國家古籍整理出版專項經費資助項目

湖海詩傳 一

【清】王昶 編纂
趙杏根 陸湘懷 趙衡 整理

鳳凰出版社

圖書在版編目（CIP）數據

湖海詩傳 / (清) 王昶編纂 ; 趙杏根, 陸湘懷, 趙衡整理. -- 南京 : 鳳凰出版社, 2018.5
ISBN 978-7-5506-2688-1

Ⅰ. ①湖… Ⅱ. ①王… ②趙… ③陸… ④趙… Ⅲ. ①古典詩歌－詩集－中國－清代②詩人－列傳－中國－清代 Ⅳ. ①I222.749②K825.6

中國版本圖書館CIP數據核字(2018)第067878號

書名	湖海詩傳
編纂者	(清)王　昶
整理者	趙杏根　陸湘懷　趙　衡
責任編輯	林日波　張永堃
裝幀設計	徐　慧
出版發行	鳳凰出版社(原江蘇古籍出版社) 發行部電話025-83223462
出版社地址	南京市中央路165號,郵編:210009
出版社網址	http://www.fhcbs.com
照排	江蘇鳳凰製版有限公司
印刷	江蘇鳳凰通達印刷有限公司 南京市六合區冶山鎮,郵編:211523
開本	880×1230毫米　1/32
印張	76.25
字數	1537千字
版次	2018年5月第1版　2018年5月第1次印刷
標準書號	ISBN 978-7-5506-2688-1
定價	480.00圓(全四册)

(本書凡印裝錯誤可向承印廠調换,電話:025-57572508)

總目録

湖海詩傳卷十……三三五

湖海詩傳卷十一……三七五

湖海詩傳卷十二……四二三

湖海詩傳卷十三……四七三

第二册

湖海詩傳卷十九……七五六

湖海詩傳卷二十……八〇一

第三册

湖海詩傳卷三十二

湖海詩傳卷三十五

第四册

湖海詩傳卷三十六

湖海詩傳卷三十七……一六七〇

湖海詩傳卷三十八……一七三六

湖海詩傳卷三十九……一八〇九

前言

一　王昶的生平和著述

王昶（一七二四——一八〇六），字德甫，號蘭泉，晚號述庵，青浦（今屬上海）人。乾隆十九年（一七五四）進士，官至刑部右侍郎。生平事迹，見《清史稿》卷三〇五，《清史列傳》卷二六，《碑傳集》卷三七阮元《刑部右侍郎王公昶神道碑》、秦瀛《刑部侍郎蘭泉王公墓志銘》，《春融堂集》所附嚴榮編《述庵先生年譜》等。

王昶一生，除了幼年、少年時期外，主要可以分爲五個時期。

第一時期爲從十八歲（乾隆六年，一七四一）到三十歲（乾隆十八年，一七五三）。王昶十八歲學爲詩詞，二十四歲至二十六歲，與錢大昕、王鳴盛、趙文哲等游。他們之間深厚的友誼，保持終身，甚至還延續到他們的後代。二十七歲時，他與錢大昕等同游沈德潛門。次年，沈德潛選王昶、王鳴盛、

曹仁虎、趙文哲、吴泰來、錢大昕、黄文蓮七人詩歌爲《吴中七子詩選》。這一時期王昶所作有《蘭泉書屋集》、《琴德居集》、《三泖漁莊集》、《鄭學齋集》等。

第二時期爲三十一歲（乾隆十九年，一七五四）至四十四歲（乾隆三十二年，一七六七）。這一時期，即他中進士之後到被處分之前，大部分時間在北京做官，屢充鄉、會試同考官，官至刑部郎中。這一時期所作，爲《履二齋集》、《述庵集》、《蒲褐山房集》、《聞思精舍集》，多應制、頌聖、扈從、官場唱和之作。

第三時期爲四十五歲（乾隆三十三年，一七六八）至五十二歲（乾隆四十年，一七七五）。乾隆三十三年（一七六八），朝廷擬查辦兩淮鹽運使盧見曾，籍没其家産。王昶當時身爲刑部郎中，且乾隆帝已經有旨，交軍機處以府道記名，因而升遷在即。可是，王昶却泄露了盧見曾案這一重大機密，直接造成了嚴重的後果。事發，相關人員都被處理。盧見曾被下獄，死在獄中。盧見曾的親家、直接向盧見曾的孫子盧蔭恩泄密的翰林院侍讀學士紀昀被遣戍烏魯木齊，内閣中書徐步雲被遣戍伊犁。王昶和他的好友、同鄉、内閣中書趙文哲被革職，自帶生活費，隨雲貴總督阿桂往雲南征緬軍營效力，後又赴四川軍營，參加平定大小金川的戰役。他們都因爲在軍營表現良好而得到提拔，并且得到相應的工資待遇。趙文哲很不幸，以户部主事的頭銜陣亡。王昶很幸運，在這一時期，凡加軍功十三級，官至吏部郎中，恢復到原來的職銜。盧見曾案，對王昶的人生，至關重要。

第四時期爲五十三歲（乾隆四十一年，一七七六）至七十歲（乾隆五十八年，一七九三）。王昶從

西南軍營回到京城後，歷任高位，擔任過的主要職務有鴻臚寺卿、通政司副使、大理寺卿、都察院副都御使，江西、直隸、陝西按察使，陝西、雲南、江西布政使和刑部右侍郎等職務。政務繁忙，頗有建樹。乾隆五十八（一七九三）年冬，他以年老力衰告歸。上諭有「王昶著以原品休致，俟來歲春融，即行回籍」之語，後王昶乃以「春融」名其堂。

第五時期爲七十一歲（乾隆五十九年，一七九四）至八十三歲（嘉慶十一年，一八〇六）去世。致仕後，王昶家居，仍致力於風雅。這兩個時期所作，爲詩歌《杏花春雨集》。《湖海詩傳》等總集，也是這個時期所編選。王昶臨終遺言，其墓志和神道碑，須分别由阮元和秦瀛撰寫。

王昶著述甚多，除了所著詩文詞合集《春融堂集》六十八卷外，他還編有《青浦詩傳》三十四卷、《湖海詩傳》四十六卷、《湖海文傳》七十五卷、《明詞綜》十二卷、《國朝詞綜》四十八卷、《金石萃編》一百六十卷、《雲南銅政全書》等，主編《青浦縣志》、《西湖志》、《太倉直隸州志》等，參與纂修《大清一統志》、《續三通》等，又和莊師洛合編《陳忠裕公集》。王豫《群雅集》云：「豫謂自文慤（沈德潛）後，以大臣在籍持海内文章之柄，爲群倫表率者，司寇一人而已。」事實上，王昶晚年身居高位，詩歌、文章、學問等方面有可觀的成就，又是沈德潛的弟子，因此，他確實在文壇有比較高的地位。

總體來看，王昶的文化成就儘管是多方面的，而其中影響最大的，還是其詩歌和《湖海詩傳》，而此二者之間，又是有聯繫的。舒位《乾嘉詩壇點將録》也説王昶晚年編選《湖海詩傳》爲「盛名之下，

一戰而霸」。能夠使王昶以《湖海詩傳》「一戰而霸」的，是其以詩歌爲主的「盛名」。

二　王昶的詩歌理論和詩歌創作

王昶是沈德潛以後清代詩壇上格調派的領袖。其論詩，大體上本其師沈德潛緒論，而承乾隆帝爲沈德潛詩集所作序言之説，奉高啓、王士禛、沈德潛爲「風雅之正」（《春融堂文集》卷三十九《鄒曉坪午風堂詩序》）。當然，與其師相比，王昶論詩，也有發展之處在。他極爲注重學問對作詩的重要，特别是經史學問對作七言古詩的重要。其文集卷三十二《答門人陳太暉書》中云：「要如洪河大江，九曲千里，奔騰汗漫中，烟雲滅没，魚龍吟嘯，無所不有。經史，雲烟也，龍魚也。以氣運之，以才使之，如是乃爲七言古詩之至。」又卷六十八《示朱生林一》言作七古：「其本領全在書卷，經史子集、説部、釋道兩藏，皆填溢胸中，資深逢源，乃如淮陰用兵，多多益善。『詞源倒傾三峽水，筆陣横掃千人軍。』蓋學與才，氣與法，四者缺一不可。」將學問對詩歌的作用，突出爲在詩歌中用學問，尚欠深刻，但他從詩歌體裁特點的角度，認爲學問對作七古尤爲重要，則得其實。沈德潛論詩，主張詩人必須有「第一等學識」，然未加以展開，未著重闡述學問於作詩的重要。乾嘉時期，學問大盛，論詩者無不重視學問對作詩的重要作用。王昶此論，也與當時風氣相合。

語云，詩如其人。然王昶之詩與其人之間，頗有很不一致之處。在乾隆朝大臣中，王昶足稱能員。其經濟之才，雖然於年過五十以後方表見，然其才蓄養之久可知。其詩中，涉及經濟者却極少。早年所作，抒發壯志豪情者很少。七絶組詩《塞上曲》，雖然全效唐人出塞之作，不切合其世情身份，尚可窺見其建功立業的少年之夢。如其二云：「羽林十萬盡横戈，不許天驕更請和。纔卷旌旗臨上郡，前軍已渡白狼河。」其三云：「風沙莽莽萬重山，醉把雕弓月下彎。回憶君恩身未報，不教兒女唱刀環。」其四云：「颯颯風霜點鐵衣，親提一旅破重圍。沙場日暮黄雲合，獨斬樓蘭報捷歸。」山水風景之作，頗有風調，乃從王孟和清代王士禛一派而來，佳作、佳句頗多。佳作如《過吴江》四首，其一云：「烟村一路鷓鴣啼，油菜花殘豆莢齊。幾日東風微雨過，春蕪緑遍畫橋西。」其四云：「枳籬宛轉護柴門，書屋斜臨水竹村。一曲澄湖平似鏡，棹歌聲裏月黄昏。」又《春感》之二云：「芳草裙腰一道斜，王孫消息渺天涯。青苔小院無人到，暮雨瀟瀟落杏花。」《吴閶雜感》句如「愁絶通波橋下路，杏花微雨濕秋千」，「花時玉笛三更月，齊唱江南水調歌」，「誰向棗花簾子下，玉簫重譜斷腸詞」。諸體之中，以此爲最。

王昶中舉人後上京師赴進士試，當是豪情初展、志得意滿之際，然《將往京師歸愚先生以詩贈行敬答》，全無豪語壯語。早年在北京爲官期間，多應制、頌聖、扈從、官場唱和之作，有價值者不多，然《詐馬》、《榜什》、《相撲》等，寫滿蒙民族傳統游戲、競技，《哨鹿行》、《殺虎行》、《進圍場》等，紀從獵木

蘭圍場事，存有清朝廷掌故，有社會歷史價值，亦頗能見當時承平氣象。

獲處分往西南軍中效力，對長於江南天堂且年望知命的王昶來説，固是畏途，然正是建功立業、實現《塞上曲》所表達少年夢想的極好機會。磨盾倚馬草檄，彎弓揮戈殺敵，有多少書生神往！然王昶赴西南時所作、在西南時所作，情調都很低沉。絶無抒發建功立業壯志之作，連豪邁之處，也自不多。《發京師》云：「往事真如夢，誰知得此行。纔看摻别袂，已促赴嚴程。生理何從數，羈懷未忍明。更無腸可斷，摇漾任心旌。」如《五日》云：「頻歲烽烟討不庭，殊方節物感重經。峰浮殺氣雲常黑，雪壓薰風草半青。奮地雄雷疑巨炮，連天堠火亂繁星。一身衰病干戈在，五日冰霜涕泪零。」中間二聯寫景，動人心魄，然尾聯即轉入低沉。蜀地事平，王昶回到北京，同英雄凱旋，至潼關作《潼關》一首，確實闊大豪壯，天骨開張，詩云：「鶉首星芒照九垓，規模百二自秦開。關山蒼莽争天險，文武飛騰出將才。日暖旌旗横戍邏，雲連城堞抱烽臺。登高立馬休憑吊，看取三峰翠色來。」急忙表明自己并非妄論興亡和時事，决不敢以文武之才自期，結尾更是僅止於欣賞山色而已。他始任陝西按察使要職時作《西安懷古》其一云：「兩戒河山陸海尊，凱旋曾憶駐行軒。久稱秦塞封疆大，誰念周京教化存？州合雍梁通地軸，度分井鬼近天垣。聖經石刻欣無恙，擬與群賢細討論。」按察使負責地方刑獄之事，而他却欲以經學爲務！又《六十初度》云：「六十平頭雪滿鬚，西來暫得息馳驅。歸心却羨投林鳥，去日愁同過隙駒。經誼鈎稽終未貫，詩篇稠疊尚嫌粗。文通老去才華退，撰録時

虞歲易徂。」此時他已經身居要職，位高權重，然僅以經學、詩歌造詣未深爲憾，而欲惜陰以撰述爲務！ 明明有經濟之志、經濟之才而不欲表露，處處遮掩，且越往後越甚。 究其原因，實是乾隆帝駕馭臣下之術。 凡是能臣，乾隆帝必打壓磨光到唯唯諾諾、老老實實如奴才者然後休。 王昶久處官場，實在是一個能臣奴化的典型，奴化到不敢以建功立業自勉自任。 所有功業，都是乾隆帝聖衷獨斷而成，豈有奴才的份！ 奴才豈敢妄想功業！

王昶之赴西南，當然是一種懲罰。 他既然不以之爲建功立業的好機會，則痛苦憂傷可知。 如《魚門以詩贈行次韻》云：「涕泪餘生意氣盡，敢將磨盾向時誇。」《涿州道中再示升之》云：「詩場酒座前塵遠，橘社莼鄉宿願違。」《晚次安肅寄來殷》云：「老泪豈堪頻洗面，短書何忍訴傷心？」《五十生日》云：「玉溪錦瑟真成讖，常寄愁心與杜鵑。」然痛苦憂傷雖有之，怨憤不平則絶無。 這有兩種可能。 一是自知咎由自取，愧悔交加；二是雖有怨憤不平，但懾於高壓，不敢抒發。 若是第一種可能，則其詩中絶無自我譴責之意。 退一步説，即使是咎由自取，也未必無怨憤不平之氣，蓋其時官場腐敗，王昶當深知之，許多身居高位的腐敗者逍遥法外，别的不説，就是和王昶同案的紀昀，遣戍烏魯木齊後，在乾隆三十五年（一七七〇）就釋還，次年就復授編修，而他王昶以一郎中泄密而遭如此重罰，豈能心服？

王昶生長於江南，性偏温和，久經官場奴化，爲人更爲懦弱。 乾隆帝曾批評他「心存瞻顧」、「不能

堅定，漫無主見」（《清史列傳》本傳），可謂有知人之明。王昶有如此之才而性格如此，又久經奴化，方能在五十餘歲後步步高升。然以奴化性格爲詩，其詩難免「平庸」之病。王昶正是如此。就情而論，無慷慨激昂之情，無怨憤不平之情，無纏綿悱惻之情，即使是痛苦憂傷之情，也不足以稱强烈、稱深沉。

若少詩情，有新意亦能寫出好詩。然王昶懾於政治高壓，思想不敢越雷池半步，又不屑像袁枚那樣好於小處翻出新意動人心目，因此，他的詩，就是最應該有新意的咏古詩，也極少新意。詩也可以以趣味勝，然王昶之詩，有趣味者也極少。除了他在西南軍營時期所作《勞歌》五卷外，所寫事，所寫景，所抒情，都比較平淡，而以高雅修潔取勝。洪亮吉《北江詩話》卷一評王昶詩云「如盛服趨朝，自矜風度」，正是指其這樣的特點。

然而，就總體而言，王昶的詩歌成就，尚在其師沈德潛之上。理由有三：一是其詩中像沈德潛詩中那樣談忠説孝的塾師語不多；二是《勞歌》五卷，更是沈德潛所無法企及的；三是藝術表現方面，學古雖然不如沈德潛之醇，但是取法較沈德潛廣，面目隨境遇的不同而有變化。

三　關於《湖海詩傳》

《湖海詩傳》四十六卷，是王昶編選的一部詩歌總集。此書王昶曾經擬取名爲《江海詩存》、《湖

海詩存》等，但最終還是定爲《湖海詩傳》。在選録範圍方面，該書仿王士禛《感舊集》，選録和王昶有交往者的詩歌作品。入選詩人有舉人以上科名的，以科名先後爲次，其餘則按照大體的生活年代排列。排在第一的詩人是康熙五十一年（一七一二）進士程夢星。其編纂體例則仿朱彝尊《明詩綜》。王昶爲被收録的每位詩人都撰寫了小傳，并撰寫了三百零六則詩話，詩話都冠以《蒲褐山房詩話》。和王昶同一個時代的凡是有點名氣的詩人，幾乎都收録其中了，當然也有没有收録的，例如宋湘就没有被收録。據復旦大學二〇一五年龍野所撰博士論文《王昶研究》統計，該總集共收録詩人六一四位，詩歌四四七二篇。

這樣的收録範圍和體例，相對而言，給編選者提供了較大的自由，因此也就更加能夠體現王昶的主觀色彩。一般的選本，就收録範圍而言，以某一時空爲範圍，選擇詩人和詩歌，必須全面、得當；就選擇的詩歌而言，或應該是優秀作品，如此可以反映出該時空範圍内詩歌的最高成就；或應該是有代表性的作品，如此可以反映出該時空範圍内的詩歌風貌；就每個詩人入選詩歌作品的數量而言，也應該有合適的比例，不能明顯地厚此薄彼。王昶這個詩歌選本，所選詩人所屬的時間範圍當然是確定的，但是，所屬的空間範圍，是以王昶自己爲中心劃定的。其所選詩歌的範圍中，大多是别人投贈之作，即使非投贈之作，也多選和王昶相關之作，因此，所入選的作品，即使經過王昶以自己的批評標準的篩選，也未必是該詩人作品中最符合王昶批評標準的作品，更加未必是代表該詩

人風格的作品。詩人入選詩歌的多寡，也多以和王昶交往的密切程度而定，或者以王昶的好惡等而定，例如，沈德潛、趙文哲的詩歌，就選録了很多。撰寫詩人的小傳，反映詩人的主要信息，例如姓名、字號、籍貫、科名、仕歷、詩文集等，是按照這樣的程式的，可是，《蒲褐山房詩話》就充分發揮了詩話這樣一種形式的自由，從篇幅到内容，幾乎没有什麽限制，有話則長，無話則短，從官場到學界、到詩壇，從詩歌流派傳承到某些八卦，所涉及的範圍很廣，内容也很雜。

大體説來，該詩歌總集有這樣一些具體的特色。

首先，比較集中地地反映了當時詩人之間的交往。該總集中，寫詩人群體活動和相互交往的詩歌和相關的記載極多。其中以詩人和王昶之間交往的詩歌爲最多，遠遠超過其他詩人之間交往的詩歌，其中又以題王昶的《三泖漁莊圖》者爲大宗。就整部《湖海詩傳》看，王昶儼然是當時詩壇和學界的領袖，甚至是衆望所歸的中心人物。這當然和該總集的收録範圍有關，但王昶也多少有意通過别人來突出自己的意思。此外，詩人之間相互和韵、叠韵唱和，有一叠再叠至多叠者。若干詩人一起聯句所作詩歌之多，在古代詩歌總集中，是極爲少見的。這些，和當時的詩壇特點是一致的。清代中葉，叠韵詩和聯句詩之盛，可謂前無古人，後少來者。於此我們可見當時詩人群體創作活動之活躍。

其次，記載了許多學術方面和書畫等藝術方面的成就。除了相關的詩歌作品涉及這些内容外，

在王昶《詩話》中，此類内容也占比較大的比例。入選的某一詩人在學術、藝術方面有什麽成就，例如經史地理音韵乃至占卜之類的研究，書畫成就及其特點，王昶都會在《詩話》中作詳細的介紹，且多結合他自己所親歷者。有些學者和書畫家，身後寂寂無聞，著作或作品也極少流傳下來，但是，王昶的記載，保留了相關的寶貴資料。王昶本人學問廣博，興趣廣泛，因此，這些記載，對研究那個時代的學術、藝術等，也有重要的參考價值。離開了這些資料，我們對那個時代學術、藝術的把握，乃至對那個時代知識分子生存狀態和精神狀態的把握，是無法全面的。

再次，是反映了當時詩風的某些特點。就所選詩歌來看，《湖海詩傳》遠遠没有反映這一階段詩風的總體面貌，但是，這一階段詩風的某些特點，反映得比較集中。例如，當時詩風重學問的傾向，即是其一。清中葉，士風崇尚學問，這在文學創作中也明顯地體現了出來。文章方面，考據文章大量出現，即使不是專門寫考據的文章，也重學問。姚鼐的「義理、考訂、文章」相結合的文章理論，就是典型的代表。甚至通俗小説，《鏡花緣》、《歧路燈》等，也以表現學問爲特色，《野叟曝言》就更不用説了。就總體而言，詩歌之重學問，也超越前人。這是時代風尚。王昶名位顯赫，學問宏富，人們的投贈之作，既要體現時代風尚，表現出作者的學問，又要投王昶之所好，於是，就更加要表現學問了，况且，大量的投贈之作，連篇累牘地頌揚王昶的功德才學和文化界的領袖地位，動輒好幾十韵甚至一兩百韵，如果不作鋪陳，又如何來表現，而鋪陳的手段之一，就是堆砌學問。王昶身爲退休高官，

對朝廷的敬畏，特別是對乾隆帝的忠誠，當然是可以理解的。因此，《湖海詩傳》中也選録了不少「潤色鴻業」的詩歌。從客觀上説，這些詩歌在當時的詩壇上，在王昶所認識的詩人所作中，是不缺乏的。廟堂詩人寫這些詩歌，固然在情理之中，在野詩人寫這些詩歌，似乎没有多大的必要。可是，乾隆帝屢次下江南，江南的那些在野士人，想謀個一官半職，也利用這種機會獻詩獻賦。這些詩歌，内容當然是歌功頌德，篇幅當然短不了，手法當然是鋪陳，除了表現忠誠外，當然還要表現學問，否則讓皇帝以什麼理由賞給官職？詩人們叠韵、聯句作詩的時候，大家爲了表現自己的學問，更是競相争奇炫博，搜僻求异，務求如此取勝，結果往往是鴻篇巨製叠床架屋式地堆砌學問。於是，《湖海詩傳》選録的詩歌中，就有了此類刻意表現學問的詩歌，即使不是專門寫學問的詩歌，學問的含量也很高。其最爲表層的學問，就是多用生僻的典故、語彙和文字，以及同一個漢字的不同寫法。格調派在詩學觀方面的某些變化，也是《湖海詩傳》所反映的當時詩風特點之一。《湖海詩傳》中所選詩歌，也體現王昶的某些詩學觀點，《詩話》中許多部分，是其詩學觀點的直接表述。因此，此書又是研究格調派詩歌理論的主要文獻。例如，其中反映出的格調派在宋代詩歌接受方面的某些變化就非常明顯。沈德潛是清代中葉格調派的主帥，其詩歌風尚的取向主要在唐詩，重格調。王昶是沈德潛的嫡傳弟子，他本人也隱隱以沈德潛之後格調派的領袖自居，可是，在詩歌風尚取向方面，他要比他的老師宏通，對宋代詩人和詩風，也是肯定的，無論在選録詩歌還是在《詩話》中，都體現出這一點。例

如，重學問，是宋代詩歌的特點，清中葉詩人把這一特點幾乎推向了極致。寫俗事俗物，這又是宋代詩歌的一個特點，而《湖海詩傳》中，有很多寫俗事俗物的詩歌，且和重學問的風尚結合起來，俗事俗物，都寫得很古雅，很艱深。某些聯句詩例如咏蟹、湯婆子、蛤蟆之類尤是如此。這些，沈德潛等的詩集中，是不多見的。

第四，是反映了某些邊遠地區的政治、社會和自然生態。清代中葉，朝廷注重對邊遠地區的開發和經營。許多詩人出於不同的原因在邊遠地區生活，在那裏寫下了很多相關的詩篇。例如，王昶和幾位好友在西南邊地軍營多年，這幾位好友都擅長寫詩，該總集收録他們在那裏所作的詩歌極多。此外，王昶的另外一些好友，短期到過那裏，和王昶他們在那裏交集或聯繫，并且相互唱和，王昶也特别注意收録他們在那裏所寫的詩歌。《湖海詩傳》所收録的這些邊地詩歌和《詩話》中的相關記載，都真實地反映了那些地方的風物或者發生的戰事，對研究清代中葉清政府經營邊遠地區的國策和實踐，乃至研究清代詩歌對題材的開拓，都有重要的意義。

總之，《湖海詩傳》有很高的文獻價值和文學價值，是研究清代中葉政治、經濟、社會、學術和文學的重要書籍。

四　關於整理《湖海詩傳》的説明

《湖海詩傳》的最早刻本是嘉慶八年（一八〇三）三泖漁莊刻本，此後有同治四年（一八六五）亦西齋重刊本、緑蔭堂重刊本，以及光緒四年（一八七八）《湖海詩人小傳》單行本，該單行本收録《湖海詩傳》中的詩人小傳和《蒲褐山房詩話》。商務印書館一九三六年出版《湖海詩傳》的斷句排印本。蘇州大學圖書館和蘇州市圖書館藏有這些古籍。兩個同治本和嘉慶八年本之間，從版式到筆劃，都高度一致，錯別字同，甚至漫漶之處亦同，不同之處極少。《湖海詩人小傳》的文字，也和此前諸刻本同。商務印書館本，除了少數罕見字和一些別字外，其餘和諸刻本也没有什麽不同。據《王昶研究》，不全的抄本和刻本還有：道光元年（一八二一）鄭喬遷抄本，乃僅録其詩話者；道光三十年（一八五〇）毛慶善抄本，僅抄小傳和詩話，且有遺漏；光緒四年（一八七八）《湖海詩人小傳》單行本，乃周駿富據毛慶善抄本編輯者。據此，蘇州圖書館藏的光緒四年（一八七八）《湖海詩人小傳》單行本，應該就是這個本子了。

此次整理，以嘉慶八年（一八〇三）三泖漁莊刻本爲底本，校以同治四年（一八六五）亦西齋重刊本、緑蔭堂重刊本，以及光緒四年（一八七八）《湖海詩人小傳》單行本。部分詩篇，由鳳凰出版社林

日波副編審以詩人别集相校，特此説明。

如上所云，《湖海詩傳》中的很多詩歌，是來自别人投贈王昶之作。在當時，投贈之作，除了少量可能的例外，一般都應該是手稿。當時對文字的規範遠遠没有我們今天這樣嚴格，人們的書寫習慣未必相同，且許多人會把詩稿當作書法來寫，更何況，如上文所云，當時大家都要表現得有學問，於是，這些詩歌中，奇字、怪字、僻字、俗字、本字、古字、通假字、异體字等等，自然就出現得很多了，甚至還有書寫者任性地生造嫌疑的字。抄手和刻工，又有可能增加這些詩歌中文字的複雜性。這次整理，凡是底本中的古今字、通假字，我們一律保留底本原貌，至於异體字，在不影響校勘的情况下，我們原則上依據我國有關部門發布的《第一批异體字整理表》以及相關的補充規定進行了處理。

整理古籍，非躬親其事者，很難體會到其中的艱難。有足夠的學問、足夠的謹慎、足夠的耐心、足夠的勤快者，方能勝任其事，而這幾項，我們都是遠遠不夠格的。因此，這次校點中，肯定有不少錯誤，我們期待專家和讀者指教。

整理者

二〇一五年十月

第一册目録

卷一—卷十三

湖海詩傳卷三 …… 七〇

湖海詩傳卷四

湖海詩傳序

古人選詩者有二：一則取一代之詩，擷精華，綜宏博，并治亂興衰之故，朝章國典之大，以詩證史，有裨於知人論世。如《唐文粹》、《宋文鑑》、《元文類》，所載之詩，與各史相爲表裏者是也。一則取交游之所贈，性情之所嗜，偶有會心，輒操管而録之，以爲懷人思舊之助，人不必取其全，詩不必求其備。如元結、殷璠、高仲武、姚合之類，所謂唐人選唐詩者是也。二者義類已不同矣。

予弱冠後，出交當世名流。及洊登朝宁，歘歷四方，北至興、桓，西南出滇、蜀外，賢士大夫之能言者，攬環結佩，率以詩文相質證，披讀之下，往往録其最佳者，藏之篋笥，名曰「湖海詩傳」。忽忽將六十年，而予年亦八十矣。去歲，自錢塘歸，發而觀之，則向日所録，蟲穿鼠蝕，失者十之二三，詩中之人，長逝者亦十之八九，并有聲消迹滅，無所表見者，是不得不急爲傳世也。因屬同志編排前後，復稍加抉擇，要不失乎古人謹慎之意。共得六百餘人，編四十六卷，以科第爲次，起於康熙五十一年，迄於近日，其間布衣韋帶之士，亦以年齒約略附之，而門下士并附見焉。視《感舊》、《篋衍》二集，多至一倍有奇，亦云富矣。間以遺聞軼事綴爲《詩話》，供好事者之瀏覽，雖非比于知人論世，而爲懷

人思舊之助，亦庶幾元結諸公之遺。至于往時盛有詩名而爲投契所未及者，則姑置之，蓋非欲以此盡海内之詩也。然百餘年中士大夫之風流儒雅與國家詩教之盛，亦可以想見其崖略，或不無有補於藝林云。嘉慶癸亥中秋王昶書。

湖海詩傳卷一

程夢星

字伍喬，又字午橋，江都人。康熙五十一年進士，官編修。有《今有堂集》。

《蒲褐山房詩話》：先生淡於榮利，自丁内艱歸，終身不出。築篠園并漪南别業，讀書偃仰其中。竹西故南北衝途，往來進謁者，文酒流連，主詩壇幾數十年。詩兼法唐宋，而雅好在玉溪生。以雪灘叟注未精，重爲箋注。其集中句如「碧流似帶環雙峽，青嶂如屏抱一村」，「十里烟深因近水，一年秋早爲多山」，「芰荷風自浮輕幔，羅綺香多過别船」，「女墻宿草經春緑，古渡斜陽照水紅」，「軒因惜竹三間小，樓爲看山四面寬」，「一院雨聲留客後，半窗梅影上鐙初」，「滿塢雲深紅杏雨，一溪烟澹緑楊風」，「花落尚攜沽酒榼，潮來争泊賣魚船」，皆清麗可誦。予少客竹西，暇日過從，門庭蕭寂。閂茶説餅，仰其風貌，不啻孤雲野鶴也。

五晲樓詠五首

鹿門子以五瀉舟、華頂杖、太湖研、烏龍養和訶陵尊贈毗陵魏處士，作《五晲詩》。余齋中無長物，有洪源方竹丈〔一〕、一漚子琴、綿津研、五茸筆格、味諫壺，皆友人所遺。壬戌夏，於齋前構小樓落成，以此貯之，題曰五晲樓。余何足以方處士，而惠贈諸君，則鹿門高致也。因繫以詩。

洪源方竹杖洪源萬花谷，去岑山五里許。谷中多方竹，取以爲杖，枝節稍短，而方整明潤，絶勝天台所産。

洪源故鄉人，惠我園中竹。方外而虚中，實此數尺玉。拄上蓮華顛，晴空寄遐矚。

一漚子琴一漚子，明隆萬間僧悟言也。所藏琴云賜自神廟，流傳三陽處士汪敕盤。敕盤歸道山，其子以余愛琴，因寄贈焉。

孤桐斫秋琴，散音傳葛嶧。昔聞奏《雲門》，禪榻曾寄迹。臨風時一彈，何似山陽笛。

綿津研綿津山人端溪研，舊有銘。舍人余葭白得之贈余。

商邱研有銘，胡爲落市肆。舍人偶得之，精英肯自秘？愧我不中書，永負良友遺。

五茸筆格雲間僧蔭寰有竹筆格，中半剖，凸其背，滑净如脂。余以詩乞得之。

梵夾安筆格，形質何離奇。老僧解吟咏，余乃乞以詩。還期山心室，共參玉版師。

味諫壺天門唐南軒館丈齋中多砂壺，有狀如橄欖者，或憎其拙。余獨謂拙乃近古，遂枉贈焉。名曰味諫。

義興誇名手，巧製妙圓整。兹壺獨擁腫，贅若木之癭。吕申公有《木癭壺》詩。一盞回餘甘，清味托山茗。

【校勘記】

〔一〕「丈」，當作「杖」。

四月二日登康山喜環山歸自新安各賦五言古詩十二韵

康山近市廛，頻年游迹杳。何況家新安，江峰隔浩渺。今日逐伴過，高堂坐清曉。時維四月初，

節候尚春杪。荒榭隱深林，曲徑餘蔓草。有客卸帆歸，來自桐廬道。烟巒盡入手，歷覽衆山小。視此城東隅，那足事遐討。余謂豁心顔，一邱亦自好。昔賢急友難，繁弦寄窈眇。我輩殊蕭閑，隨地攄曠抱。底事返天都，扶笻躡雲表。

雨後過讓圃登樓野眺以韋蘇州緑陰生晝寂孤花表春餘句分韵得緑字

積雨生夏寒，輕烟散晴旭。勝地游故頻，佳招諾敢宿。耽吟有舊侶，力疾但朝粥。城遠喧不聞，樓高紛可矚。隔溪餘夕紅，羅户雜新緑。麥壠尚微波，村徑自歸牧。古宅感廢興，清襟比風浴。願傍開士廬，更結野人屋。

重訂箋注李義山詩刻成題後

西崑無鄭箋，遺山昔怊悵。况我千載下，敢窺秘密藏。虞山箋杜陵，惟此亦推讓。朱氏本道源，注釋未云創。所惜作詩意，蒙昧若烟障。要非抉其微，何以發高唱。時從獺祭外，一洗優孟樣。楚雨縱含情，其義某竊諒。穿鑿固不免，論説或非妄。但求古人心，寧避世俗謗。想其不羈才，詎肯牛

李傍。君臣朋友間，厚意誰與亮。美人怨芳草，遂至比浮浪。豈知寄托深，直追風雅上。荆公是知己，謂與少陵抗。杜箋匪一家，往往共頡頏。梅溪有蘇注，司諫更精當。疑誤藉改定，後先寧礙妨。管中窺豹斑，聊用志所嚮。

登看山樓觀殘雪用東坡聚星堂雪韵

歲餘蓂莢才六葉，雅集消寒觀剩雪。小玲瓏館最清閑，樓上開眸迥幽絶。蒼松倚石老不凋，翠篠横窗低欲折。萬鱗堆瓦瘦逾明，一桁遮墻淡疑滅。已無亂影作花飛，還有殘光驚電掣。依稀遠岫露眉痕，約略平池舒面纈。蕭齋呵研試烟丸，暖閣圍爐添炭屑。檐前霜重多倒垂，林際風迴尚斜瞥。聚星復舉潁州令，泠然亦效汝南説。許有孚《觀雪泠然臺》詩：「豐年但願太史書，故事須從汝南説。」酒闌更擬賦廣平，莫笑詩人心似鐵。

布泉歌

乾隆壬戌冬杪，西域人黑某携青緑古器來售，中有布泉千餘，云山左鄉人掘土而出者。余爲檢

視，得六十四種，惟平陽、安陽可辨，餘不盡識。考《春秋》有平陽，《漢書》謂之東平陽。《史記·王子侯表》：安陽侯桀，濟北貞王子。《索隱》：「表在平原。」大抵皆漢時物。諸家泉譜，布泉十品外載异布，不過十餘種，未有若斯之多者也。因購得之。作歌，俟精於古篆者考證焉。

黄虞泉制杳難考，秦漢鑄造還堪追。一刀兩柱別朋貝，五銖半兩分龍龜。天鳳以來創十布，紛紛名目莽所爲。降至後代祇圜法，貨布盡廢殊前規。蕭梁顧烜略紀載，李唐封演推廣之。趙宋李金董洪輩，旁搜遠引争傳疑。綜核已非世常見，疏漏未免人猶嗤。我朝方子繼溪氏，博學嗜古老不衰。嘗蓄古錢累三百，年代一一分澠淄。更有扶風兩晜弟，亦復愛此藏書帷。余昔間獲一二品，竊同寸管誇天窺。乾隆壬戌歲冬杪，西域有客來江涯。叩門請謁鬻古玩，傾倒盡出囊中携。商尊周卣誠重器，雖欲購買無其貲。中有异布以千計，青斑翠點光陸離。古文奇字詎易識，安陽平陽差能知。當時侯國各私鑄，大都出自炎劉時。獨惜繼溪已仙逝，無由考訂相窮推。越日馬子忽枉過，開緘一見生嗟咨。千有餘歲蝕土壤，那能完好留今兹。古物精英不終秘，蟲書有篆侔鼎鼒。願以此品補《泉志》，庶幾全備稱精奇。宇内廣大何不有，耳目所見真幾希。偶然得此聊自賞，紀其歲月系以詩。

同人携茶集張漁川齋中試惠山泉用山谷謝黄司業寄惠山泉韵

故人寄茶詩與俱，雨前題封紅紙書。鷓斑初展一痕翠，蟹眼乍翻百斛珠。况截石乳雲碧腴，試較蜀井當何如？但取清風生兩腋，底須清夢游蓉湖。

雨後兩明軒看盆荷再用山谷韵

兩明軒子風月俱，種樹自翻老圃書。荷葉田田花柄柄，午時驟雨跳新珠。素瓷五十紛雪腴，三十六陂紅不如。晚天吟賞不歸去，小窗清興同江湖。

小玲瓏山館題郭熙寒風密雪圖

山館林陰翠欲滴，微露清光縈四壁。中懸郭熙《風雪圖》，凛凛嚴威儼相逼。枯樹偃枝疑有聲，危峰積素真無隙。當時藝苑稱名流，譜入宣和擅高格。神宗年號章宗璽，兩兩標題皆可識。内府珍

藏七百年，詎料流傳屢沿革。不因靈物相護持，豪奪巧偷遭蠹蝕。何從賫軸歸君家，一丈鵝溪尚完璧。時維四月風雨多，銀蟾閉窟陽烏匿。對此不覺生夏寒，消盡煩蒸轉蕭索。清暑之殿曾高張，壽安之宮亦陳迹。區區墨妙留人間，等閑遷徙江南北。於今移向草堂看，老眼摩挲三太息。

和馬嶰谷雪後看山樓小飲

小有玲瓏館，春初已報晴。瓦溝容雪凍，竹杪見山横。飢雀晚仍下，老梅疏轉清。幾人共幽賞，吟與酒邊生。

十月十七夜西疇招集行庵席散復登彈指閣

山舍罷吟初，登樓興有餘。烟光四野合，月影一林虚。人語凌寒寂，鐘聲入夜疏。城闉歸路遠，睡美藉籃輿。

五月十二日集篠園

一棹泛初霽，荒園夏景深。林藏前日雨，雲度半湖陰。與客分磯釣，有時穿竹吟。還期新月上，小閣坐横琴。

豆棚

種豆衡門下，支棚小院中。葉疏偏障日，花細不禁風。午夢栖閑蝶，凉秋語夜蟲。老夫無事日，清話有鄰翁。

水雲漁屋聽雨分得江字

隔宵猛雨似翻江，又送檐聲到紙窗。暗入竹梢猶瑟瑟，細添石罅更淙淙。已愁攪夢眠難穩，更爲催詩意未降。最是故人瓜渚夜，一燈風岸泊吴艭。謂樊榭。

九日登平山堂分韵得雲字

菊囊萸佩結幽芬，山閣扶笻避俗氛。遠岫浮江疑近岸，高松當檻不遮雲。開罏香泛村村醉，打稻聲喧處處聞。更喜老夫腰脚健，又凴吟檻送斜曛。

篠園種竹分得六言絶句二首

原是篠園舊地，蕭蕭又漸成林。邀風邀雨邀月，可茗可棋可琴。

清吟與我同瘦，遠俗非君不能。開徑應多酒客，何妨更有詩僧。

小漪南詩三首并序

宋葉主簿杞有别業淞江魚鱗涇上，扁曰漪南。丙申秋，余築篠園二十四橋之東偏，復構小亭於溪上。澄潭修鱗，可以垂釣；蓮房芰實，可以樂飢。既落成，仿主簿意以名之。小云乎哉，以果吾

腹，猶以爲大也。

吴淞别業憶前賢，博士清詞亦可傳。願比潁昌營水竹，小漪南似小斜川。

新添亭子傍疏籬，幾曲闌干俯碧漪。移柳乞桃忙未了，清明又是種荷時。

芹青茭白滿平蹊，寂寞蓮花十里堤。留得二分明月夜，棹歌只在小橋西。

雨後看梅

山齋愁坐雨蕭蕭，趁曉看花不待邀。應是東風知客到，暗香先送過溪橋。

南園春柳詞

覆墻一帶細於絲，飛絮年年入硯池。記得夕陽人唤渡，緑陰深處待船時。

又見新條换舊條，春風吹瘦女兒腰。二分明月庵前影，長是青青壓畫橋。

泛舟小瀹南觀荷聯句排律三十韵限南字

日涉原成趣，夢星。荷開肯後探。小衫披軟白，黄裕。短艇泛澄藍。容與經孤嶼，程夢鈞。逶迤入淺潭。棋枰收古篋，余昊。茶具挈都籃。勝集欣聯袂，程名世。良朋快盍簪。樹藏蟬嘒嘒，程志乾。堤夾柳毿毿。園竹紛千个，夢星。沙鷗狎兩三。停橈遵北岸，裕。曳屐過西庵。小瀹南亭在飯松庵側。曲榭弓方拓，夢鈞。平池鏡半函。闌迴縈細浪，昊。牖敞納虚嵐。直擬居蓮社，名世。何須問石龕。見《黄山志》。繞亭偏旖旎，志乾。照水更清酣。靉霴晴雲斂，夢星。晶瑩冷露涵。霞蒸顔綽約，裕。風逼氣馦馣。掩映啼妝遜，夢鈞。招摇舞袖慚。盈盈嬌欲語，昊。脉脉睡初憨。似列屏間麗，名世。如匀臉際馠。凌波羅襪瘦，志乾。出浴黛鬟鬖。絶世雙身少，夢星。傾城一笑堪。解愁傳謝沈，用謝文君、沈君攸事，見《致虚雜俎》。裕。設色倩王譚。王友、譚宏，見《画品》。异種渾難辨，夢鈞。佳名豈悉諳。會心寧在遠，昊。騁目未云貪。釀熟思仙姆，見王荆公詩。名世。香生憶老聃。見《關令尹喜傳》。褰來莖不斷，志乾。雪處藕應甘。裂芰能爲服，夢星。分枝自可含。漢昭帝宫人事。喧尤憐浣女，裕。歡足代宜男。「以兹代萱草，必使愁人歡」，昭明太子咏同心蓮句。雅合揮弦操，夢鈞。還憑捉麈談。拈毫嫌捃拾，昊。覓句費研覃。漫載紅盈舫，名世。徐傾緑滿甔。夜凉人影散，志乾。魚戲葉之南。夢星。

張梁

字奕山，號幻花，婁縣人。康熙五十二年進士，有《澹吟樓詩鈔》。

《蒲褐山房詩話》：先生卜居吾里，有保閑堂、澹吟樓、學圃居、叢桂讀書堂、鶴徑風漪草堂、花陰館、藕香亭、一松齋、書巢，備水竹花藥之勝。又兄農部別業本高文恪公竹窗，在杭州西溪，是梅竹最深處。每年上元後，輒往探梅，至雜花俱謝，緑陰如幄，乃歸。過中秋，復往看秋山紅葉。歲以爲常。工琴，遇好山水及花月佳時，一彈再鼓，鶴爲起舞，望之者以擬柴桑之處士、松陵之散人。時侄得天司寇方貴，或勸之出山，清要可立致。笑不答也。晚歲專修净土，至八十三而終。其詩宗法王孟韋柳，間效山谷、誠齋，以見新异云。

山莊雜興

青山入窗牖，日夕烟嵐濃。無心看行雲，有興咏古風。漁歌叢竹裏，鳥語深松中。隔溪佛屋近，高枕聞疏鐘。即景自怡悦，思與故人同。

霜散碧落迴，澄池映岩光。臘殘氣未暄，草樹懷春陽。梅萼破一二，日炙聞妙香。雖非飲者流，欣然命我觴。醉起月在天，門掩山蒼蒼。

荒村一夜雪，人迹净原野。飢烏鳴樹間，凍犬吠籬下。對此逸景賒，扁舟愜心寫。四山皓已盈，蕭屑空林灑。歸來撫香醪，感彼荷蓑者。

歲華忽云暮，人事焉得閑。獨予此栖泊，篁徑門晝關。方寸自恬曠，素琴時一彈。鄰翁偶相過，談笑劇歡顔。問我何不歸，無言對寒山。

彈琴雜詩

昔有累丸者，用志凝於神。薄藝何足耽，亦以示精勤。中人异嗜好，如口於甘辛。靡麗戰我前，危此閑中身。牙籤擁書叢，羅薦横龍唇。嘈嘈箏琶間，庶幾鳴其真。吟露草蟲秋，啰華山鳥春。拂石一再鼓，清風散四鄰。

昔買靈開材，斷紋勝蛇腹。携之西溪游，有舍西溪曲。頗似庾信園，雖小亦已足。焚香對山僧，一彈差不俗。響隨澗水落，指與烟霞觸。至今泠泠音，清夢尚相逐。明年正月破，此游良可續。不到茶笋時，先掃梅花屋。

讀嵇中散琴賦有會而作

束髮好鼓琴，自謂甚易工。初得一聲似，曠若意已通。學之既十年，兹理彌無窮。吾未忘我手，焉令諸有空。乳泉滴幽洞，箐木含遠風。至音本自然，聊與相從容。《由庚》六《笙詩》，何乃實以句，昌黎十《琴操》，等之乖其趣。誰曰辭不工，於聲倘無與。古人意慨然，觸物偶有寓。冲和寫閑曠，刺促含怨慕。且非指所傳，而謂口能喻。附會一何鑿，聲失義始著。乃知得其聲，辭可悉汰去。庶幾無言中，時與古人遇。

學圃居

隟地種花竹，幽居興非淺。土膏以養人，毋乃等暴殄。蔬者穀之佐，日食誰能免。抱瓮未幾時，新菘行可翦。宛然野人廬，籬落露華泫。夙勤菜盈筐，古語聊自勉。夙勤則菜盈頃筐，見《譙子》。

遣　興

晚景知物情，閉門却塵雜。秋爽入東籬，遠山晴見塔。空齋藥氣濃，窄徑花陰匝。雀字多并檐，蛬吟近依榻。人閑方晝眠，落葉響誰踏。

家兄營别業於杭之西溪時初落成偕雪莊游止即事

屋向群山倚，門臨一水斜。畫欄深映竹，吟棹曲穿花。客到轉迷路，人來欲住家。桃源那勝此，户外盡桑麻。

掩關塵事遠，隱几道心平。好鳥當軒下，新蟬抱樹生。岸痕知久雨，山氣識將晴。此意誰能道，幽居近物情。

蟋蟀

只爲聲難閟，偏教迹易尋。露花垂塹濕，風葉聚籬深。切切多私語，凄凄更苦吟。老夫床下隱，容汝伴鳴琴。

黄宫允唐堂八十生辰集少陵句得五言律六首并禁複題遵香屑例也

中允聲名久，殊恩且列卿。青松寒不落，天馬老能行。耕鑿安時論，樵漁寄此生。謂公《行樂圖》。本無軒冕意，心迹喜雙清。《奉寄王中允維》、《奉送郭中丞充隴右節度使》、《寄峽州劉伯華使君》、《贈陳二補闕》、《吾宗》、《村夜》、《猶酌》、《屏迹》。

軒冕羅天闕，如公復幾人。蛟龍得雲雨，雕鶚離風塵。煉骨調情性，虚懷任屈伸。神仙才有數，酒緑正相親。《贈太常張卿》、《奉簡高三十五使君》、《奉贈嚴八閣老》、《奉贈鮮于京兆》、《寄峽州劉伯華使君》、《贈王二十二侍御契》、《敬柬王明府》、《獨酌成詩》。

王國稱多士，侁侁胄子行。使臣精所擇，仙老暫相將。鑒徹勞懸鏡，提携頗在綱。名高前後事，

回首一茫茫。《奉贈鮮于京兆》、《題衡山縣文宣王廟》、《送顧八分文學》、《觀李固請司馬弟山水圖》、《秋日荆南送薛明府》、《秋行宫張望督促東渚耗稻》、《發潭州》、《懷錦水居止》。

海内文章伯，官高何足論。思飄雲物動，詞感帝王尊。世路知交薄，家聲器宇存。流傳江鮑體，高價越璵璠。《暮春陪李尚書泛舟》、《佳人》、《敬贈鄭諫議》、《奉留贈集賢崔于二學士》、《從驛次草堂復至東屯茅屋》、《贈虞十五司馬》、《贈畢四曜》、《贈蜀僧閭邱師兄》。

老去才難盡，新詩近玉琴。文章千古事，時序百年心。暗水流花徑，荒鋤浄果林。維南將獻壽，楓岸疊青岑。《寄彭州高三十五使君適》、《西閣》、《偶題》、《春日江村》、《夜宴左氏莊》、《課小竪鋤斫舍北枝蔓荒穢》、《假山》、《舟中伏枕書懷》。

伊昔黄花酒，明星惜此筵。坐深鄉黨敬，甘與歲時遷。竟日留歡樂，秋風灑静便。八荒開壽域，恣意向江天。《九日登梓州城》、《春夜》、《峽州田侍御長史津亭留宴》、《壯游寄岳州賈司馬六丈》、《觀安西兵過赴關中待命》、《秋日夔府咏懷》、《上韋左相》、《春日江村》。

從子鶴來别二十年今年歸暮秋過村居喜作

雀喧叢薄掩籬門，返景殘霞帶遠村。寒色小停江上艇，晚香濃引竹間尊。陰晴事往嫌重數，唱和篇多喜細論。落葉蕭蕭三徑積，未妨吟繞藥欄根。

查爲仁

字心穀，宛平人。康熙五十三年舉人，有《蔗塘未定稿》。《蒲褐山房詩話》：蓮坡先生早賦鹿鳴，被許得罪，數年而後得釋。因發憤讀書，博通典故。所居天津水西莊，貯書萬卷。南北往來名士如萬柘坡、厲樊榭、趙飲谷等無不攬環結佩，延主其家，相與覃研詩詞書畫。又所娶金夫人含英亦耽風雅，人望如仙。其集中句如「地偏人迹斷，潮定水痕深」，「落花寒食節，飛絮午晴天」，「晚徑黄花開有色，曉程殘月落無聲」，「一榻茶烟留客話，半簾花影枕書眠」，皆中晚唐妙句也。今下世四十餘年，而莊亦改爲公廨矣。先生弟儉堂與予交善，而子篴槎給事爲予同年，故得其風流好事如此。

大悲院題壁

眷此東林社，來尋惠遠師。坐深涼意滿，吟苦樹陰移。白鳥銜殘照，青蘆響暮飇。一層樓上望，浩蕩自伸眉。

留題勖宗上人玉泉山房

初地雲邊構，精廬岩腹藏。半庭春水活，一屋古松香。禪已離文字，交須耐雪霜。支公容入社，分我小匡床。

秋夜

鷄蟲得失又何傷，聊爾閑吟夜未央。簾樹含烟難辨色，瓶花貯水有餘香。且煎雀舌添清課，尚戀蠅頭讀細行。驀地又教悲老大，朝來兩鬢點吴霜。

佛手柑和查浦伯韵

盈筐相寄自吴船，幻出天龍一指禪。摩頂雖無心印法，拈花却有妙香傳。剖煎翠茗芳逾烈，留伴黄梅色并妍。本是兜羅綿現相，越橙吴橘敢差肩。

萬松寺

寺前青翠萬株松，寺後巉岩百疊峰。坐久不知天過午，數聲聽打飯時鐘。

許廷鑅

字子遜，長洲人。康熙五十九年舉人，官武平縣知縣。有《竹素園集》。

《蒲褐山房詩話》：竹素先生詩才綺麗，始學杜牧之、王仲初，繼而規模何大復、徐昌穀，志和而節雅，七言絶句尤爲人所傳誦。然性豪放，上論古今史事，慷慨激發。一官閩海，憔悴數年，非其好也。既歸長洲，居郭外二十里之陳墓河。水雲千頃，花藥數椽，猶作詩以自遣。時時入城，與沈歸愚、蔣蟠漪兩公來往，故予常得接其議論。

憶昔行寄石洲觀察

同心有幾人，每作參商隔。山川一間之，世事復紛迫。遂令面會期，迢迢望無極。自予走四方，奇士麄能識。君從蒼梧來，秉心貞且直。風義篤友生，古道照金石。抽思必詣微，靈境多獨闢。亮抱璠璵姿，文采耀東壁。一朝登賢書，聲名動京國。本以金閨彥，而混簿領職。牽絲聊一試，政平伏已擿。治行遠近聞，間歲乃三陟。屬當濱海區，伏莽多劫賊。白晝肝人肉，裨校胥辟易。蔓延將百年，流毒過辛螫。君來指顧間，豺虎吭以搤。渠魁尸桓東，降者保黃馘。南越百萬户，自此安衽席。先是，粵東被盜禍最烈，丁役莫敢捕，人人自危。君一出而擣其穴，散其黨。根株既絶，四境遂得安枕。何來逢掖生，首建不世績。天子聞其名，有喜動顏色。既綰銅魚符，旋樹牙門戟。鸞鳳際清時，九霄行展翮。憶昨華掌游，繼遇金臺側。温温公瑾醇，至今猶在臆。武溪重相逢，翦燭話疇昔。風波一失所，蹙蹙靡定迹。蛩駏性相依，芝蘭氣無敵。南睇鳳山雲，伊人如可即。緘素屢言情，半被洪喬厄。尺書天末來，忽見雙飛翼。邀我韓亭游，勸駕詞甚力。嗟予值數奇，豪氣未全革。重爲飢所驅，浪作年年客。憂勞能傷人，況復暮景逼。衰病戀故邱，壯游計久息。非君知愛深，胡爲遠行役。啓途歷水陸，兩見江月碧。高秋躡鈴閣，君上珠江鷁。盈盈一水間，遥望心如惄。賴兹賓從賢，談笑西園劇。鳳雛有

清聲，英英覘世澤。睹之散老懷，離思終難釋。昨日報霓旌，將發五羊驛。翻因歸有期，更引長相憶。各蘊十年懷，吐之待良覿。

題浯溪

浯溪一片石，長寄幽人賞。蘊靈亮有基，穿徑識所昉。昔游景已移，勝情紛涉想。重來際蕭晨，清湘駐雙槳。初日澄遠心，水木明秋爽。石梁攲半橫，絕壁峭以上。曲徑垂繁陰，流泉激清響。當境乃自今，過目已成曩。寂寞塵外踪，日見屐幾兩。高秋多白雲，空亭自來往。

對月懷石洲觀察

憶昔平川月，同看淥水流。戊申相别於淥水湖。十年逢此夕，獨照海天秋。使節正當路，故人今白頭。清輝千里共，望遠一登樓。

香爐峰

昔夢香爐頂，空中浮紫烟。今來瀑布下，天半挂流泉。遠寺鐘聲斷，蒼山月影圓。狂歌招李白，雙鶴下雲邊。

懷宋四嘉榆

依然不得志，五載鬢毛疏。正挂匡廬席，開君蒙澤書。生涯各歧路，鄉夢半離居。憶想葑溪上，長空流望舒。

四海誰相識，斯人知我心。天涯逢令弟，話舊一沾襟。聞道赤城去，蓬萊碧海深。爲期秋水闊，予亦返楓林。

送春

吴兒日暮踏歌回，紈扇痕新袖底開。燕子一雙斜掠地，不隨春去却飛來。

橋過芳草酒旗横，醉睨當壚倒玉瓶。十里好風吹不住，亂紅飛雨過長亭。

題家書後

觸撥離情拂彩箋，秋風瑟瑟雨綿綿。寒燈獨照三千里，薊北江南共不眠。

吟鞭遥指酒帘斜，唱遍旗亭樹樹花。忽憶風光滿吴苑，江頭燕子又還家。

乍逢寒食客中情，麥飯誰家隴上行。如雪梨花如綫柳，當年容易過清明。

飄零莫怨竇連波，每對青山憶黛螺。錦帶書成頻寄否，天邊飛雁北來多。

湖海詩傳卷二

厲　鶚

字太鴻，號樊榭，錢塘人。康熙五十九年舉人，乾隆元年薦舉博學鴻詞。有《樊榭山房集》。

《蒲褐山房詩話》：徵君性情孤峭，義不苟合。讀書搜奇愛博，鈎新摘异，尤熟於宋元以來叢書稗説。以孝廉需次縣令，將入京，道經天津，查蓮坡先生留之水西莊，觴咏數月，同撰周密《絶妙好詞》箋，遂不就選而歸。揚州馬秋玉兄弟延爲上客，嗣後來往竹西者凡數載。馬氏小玲瓏山館多藏舊書善本，間以古器名畫，因得端居探討。所撰《宋詩紀事》、《遼史拾遺》，極爲詳洽，今皆録入四庫書中。其先世家于慈溪，故以四明山樊榭爲號。所作幽新雋妙，刻琢研煉，五言尤勝。大抵取法陶謝及王孟韋柳而别有自得之趣，瑩然而清，窅然而邃，擷宋詩之精詣而去其疏蕪。時沈文慤公方以漢魏盛唐倡於吴下，莫能相掩也。予於戊辰歲在長洲趙君飲谷小吴船遇之，辱爲亡年交。嗣後徵君

過吴，必訪余于朱氏蘋花水閣，凡三年而徵君下世矣。至其詞，直接碧山、玉田，予已録入《琴畫樓詞鈔》，故不具論。

曉登韜光絶頂

入山已三日，登頓遂真賞。霜磴滑難踐，陽崖曦乍晃。穿漏深竹光，泠翠引孤往。冥搜滅衆聞，百泉同一響。蔽谷境盡幽，躋顛矚始爽。小閣俯江湖，目極但莽蒼。坐深香出院，青靄落池上。永懷白侍郎，願言脱塵鞅。

宿永興寺德公山樓

昏黑山雨歇，一徑松烟蒙。微聞梅花氣，吹落疏磬中。詎惜衣履濕，宿處投支公。凭樓答人語，迥與雲際同。少選沈靄斂，俯聽幽林風。明星忽三五，挂在殿角東。短燭照春緑，夜静山逾空。觀河悟衆象，拂石期冥鴻。神清了無夢，亂壑流何窮。焚香以達曙，兹焉悦微躬。

永興寺二雪堂曉起看緑萼梅是馮具區先生手種

幽人先鳥起，林磵正寂然。是時春空霽，山翠争便娟。的的花間雨，澹澹花上烟。烟雨爲合離，花態亦變遷。祭酒昔游此，手種猶生前。傲兀根倚石，欹倒枝映泉。微馨委陳迹，高格同枯禪。儒官罷亦得，不廢《招隱》篇。攀花久延佇，世已無其賢。

溪上巢泉上作

玩溪遂窮源，東峰屢向背。朝日上我衣，春泉浄可愛。不知泉落處，潺潺竹籬内。喧聞兩叠瀉，静見一潭滙。松風揚纖碧，花影蓄深黛。名言猶有相，幻照乃無悔。悠然巢居心，頗欲終年對。

晚入石人塢還永興寺

撥蘿尋微徑，山意黯將暮。幽討忘體疲，窈窕入深塢。激瀨不通人，踏石凡屢渡。返景忽難留，

蒼蒼目爭赴。萬竹皆爲風，千花并成霧。去鳥有遺音，歸樵詎同趣。夕梵懷信宿，春溪延緩步。入門不生月，仍倚檐際樹。

同欒城耕民游艮山山在城東北高可二丈許蓋土阜也旁列古松三四晚風肅然殘雪在地卧殘碑已中斷讀之不甚了了乃元艮山土神廟碑大德己亥紹興路儒學録古杭沈德章記并書廟不知毁於何時作詩紀之

皋亭雪未消，數峰粲可數。城陰艮其背，有此山戴土。牽拂無事朋，共探風物古。晚寒閉漁村，斜陽入蔬圃。疏松時一響，似喜我輩撫。徘徊去仍留，斷碑記祠宇。惟存豬兒年，髣髴辨某甫。斯人今安在，閲世如過羽。社翁一尊酒，寂寞罷歌舞。明年梨花時，再尋比韋杜。沙河春水生，看客曳柔櫓。

四月十五日同施自勖吴尺鳧游西山入龍泓洞

淺夏宜尋山，幽深最靈鷲。言瞻理公塔，濃緑暗晴晝。行縢已十里，地奥峰轉秀。石床不暇坐，窈窕入雲竇。乳泉排蜂房，其下若懸霤。絶疑秋雨時，濺撲到襟褏。圓穴居上頭，晃晃天影漏。照

見壁間書，亡國有餘詬。洞刻咸淳丁卯賈似道同客俞昕等題名。蒼然留後鑒，反似神所守。嫛婗出別洞，冷襲裌衣透。恨不裝輕綿，佛國殊氣候。

冷泉亭月夜

望月迎峰庵，已吐鷲嶺背。林間炯積雪，摇影紛瑣碎。出門路漸低，步步入幽靄。過橋松露滴，茅屋一犬吠。層巒凹復凸，月尚隱其内。招要坐空亭，萬木鬱垂蓋。泉光動深池，翻疑夜當晦。聞聲彌覺静，澗韵雜陰籟。微於交枝隙，忽見鮮雲挂。此時各無語，翹首翠屏對。颯然古精靈，髣髴妙景會。烟中客兒句，風外竇公唄。欲留凛生寒，將去如有待。今宵單床夢，猶繞琉璃界。

晚至溪上巢

林巒生春寒，心在諸天暝。列坐疏竹根，微泉各爲聽。花光淡欲無，松籟遞相應。銜烟山鳥還，余亦下蘿徑。

西溪曉起

首春溪中寒，偃卧如屈鐵。宵分天柱夢，覺來轉清切。開門殘月在，下見數峰雪。雪際生白雲，窅映不可説。登橋水市静，尋徑冰泉裂。田翁尚無事，初陽候林缺。懷新意似欣，理舊抱已結。何如岩栖人，爇竹飯松屑。

行田至荆山嶺下作

大山何連延，細岑若迴顧。中有微徑通，兩村隔松霧。平疇開朝日，宿麥半凝冱。雲根脉未泄，涓流但微注。野人籬落小，鳴鶏隱雜樹。雖無《氾勝書》，農話眷幽素。稍謍下潠業，更羡上洄住。竹橋滑春霜，往來定非誤。

同吴西林泛舟西溪看梅

緩棹縱遥目，心與春流平。邀侣以事解，得朋因寡營。峰色烟上霽，竹風沙外清。一夜叢梅發，幾處山窗明。香中林鳥語，引我沿溪行。積翠點殘雪，陰淡寒自生。西崦未云夕，東畬方可耕。稚子肯迎客，花間啓柴荆。

曉過福清竹院

探幽勇晨興，静院鐘未歇。晴烟映竹澄，殘月轉花没。地僻養靈姿，氛潤蒙玉骨。有如列仙儒，初日晞蘚髪。深山留古春，凡艷想易竭。老僧空色相，折取供白佛。護此無盡燈，常依妙香窟。坐聽籬落間，綿羽囀清越。

夜宿松靄山房

閑房駛雨過，林杪挂星漢。凉深欲添衣，不但殘暑逭。蔬盂供細食，花巾奉清盥。相偕静者流，共待疏鐘斷。夜闌空山黑，月吐翠微半。澄輝漾庭户，秋影互凌亂。露蟲鳴始急，坐覺歲時换。人生非學佛，詎免遲暮嘆。感此不能眠，裵回以申旦。

晚由金家堰步至崇先寺

一峰抱花迴，不知凡幾里。遲日落未落，散策從此始。石梁跨澗空，苔枝皆倒倚。入寺罷晚參，僧堂寂如水。詰曲取微徑，返景照花裏。瀰漫遍岩壑，春透無剩蕊。乍疑吐佛光，白毫映霞紫。復訝妙香生，馝馞得禪髓。盤桓憩松根，結茅擬來此。何必問通波，遠尋光福市。

十二月八日敦復招集瓶花齋食臘八粥聯句

歲序何崢嶸，周京穆門。星紀忽已匝。八葉抽堯蓂，金志章江聲。五德重漢臘。吟社邀執聯，樊榭。山館喜簪盍。浴佛東京遺，梁啓心蕺林。設供西竺法。溉釜精作糜，丁敬龍泓。析薪燎以蠟。果兼檜殼膚，杭世駿堇浦。米概升龠合。釋之復揉之，全祖望謝山。載剥還載掐。濾泉力斧冰，顧之麟寸田。蒸餾氣焚爇。汩汩醅泛缸，吴城甌亭。濃濃乳傾榼。宿辦勝咄嗟，丁健誠叔。早起占噬嗑。坐疑集柟林，汪啓淑秀峰。圍如禮花塔。不待木魚呼，穆門。何煩齋鼓鞳。素甌滿同盛，江聲。净饌齊一呷。甘芳滑流匙，樊榭。磊塊利用梜。群喋訝水鳧，蕺林。餘瀝施檐鴿。口香聞諸天，龍泓。腹果傲古衲。利益瞿曇云，堇浦。家風靖師答。緬思烹穀初，謝山。軒后澤溥洽。玉井象昭垂，寸田。棗饘紀職納。人皆依食住，甌亭。俗始理生狹。貴或糅元黄，誠叔。三品侈和雜。貧或點齏鹽，秀峰。七寶争嘬噆。或詭名目奇，穆門。料斗説閶闔。或困衆指緊，江聲。餔歠沸吹欱。炰傳放翁詩，樊榭。膏載叔庠札。寒持濟軍飢，蕺林。晨炊恤僮乏。何如我輩閑，龍泓。文史共歡狎。蜡飲用上寅，堇浦。談議資某甲。嶺梅吐萼纔，謝山。山茶破紅恰。騁辭筆紛飛，寸田。搜秘神有嗒。節物鬥朋箋，甌亭。故事徵梵夾。流連至纁黄，誠叔。新月照簾押。秀峰。

二月十七日重游洞霄宫探大滌洞天

振衣浴罷體更輕，竹杖投石聲彭鯱。空山昨夜龍洗窟，雨過萬壑泉縱橫。山靈知我有默禱，故遣松風作前導。一峰陰見一峰晴，天柱中央翠於掃。元同先生昔隱居，洞天長鎖琅函書。前游日夕未曾到，恨身不得乘飆車。穿盡幽篁履苔石，驚見谽谺洞門坼。童子曾爲擣藥禽，桃花解笑題詩客。此中日月停兩丸，想像九夏尤清寒。微明秉炬觸暗壁，古靈題字來尋看。洞中題刻多漫滅，但見一處云：「陳襄述古來，癸巳夏。」玲瓏乳竇隔凡處，路接華陽不歸去。有人問我洞中來，爲説浮雲如柳絮。

題敬身所藏崔子忠伏生授經圖

樹底危坐秦博士，頭童背僂須眉蒼。彼姝侍側兩鬟妥，啓脣似有聲微揚。一人炯視面若削，高冠褒衣意則莊。刻深頗似見顔色，潁川掌故稱智囊。據石作几俯首聽，手操不律書幾行。登來化我本齊語，豈至難辨如公羊。此時未有蔡侯紙，非是簡策應縑緗。嬴灰既冷孔壁匿，聖權獨賴生扶將。二十五篇復繼出，微言大義難低昂。後儒往往疑作僞，欲與百兩俱淪亡。典午清談那辨蒲莧切。此，

地下齒冷梅豫章。操矛入室真鹵莽，安得生也相撐搪。北平崔丹古節士，布袍草履神揚揚。貴人乞畫怒不與，槁死土室甘飢尩。龍泓館主得小軸，晨夕坐對齋屋張。遺經獨抱溯姚姒，樸學正可傳諸郎。猶勝濟南一女子，宛轉膝下青裶裳。

焦山看月分得聲字

焦山寺裏鐘始鳴，焦山寺前江月生。此時月上潮復上，風水相薄爲奇聲。餘音瑟瑟獵枯荻，磔然飛起栖禽驚。長波萬里入杳靄，中流一道馳空明。數星莫辨北固火，幾點不送南徐更。群峰隔岸悄如睡，何事賈舶貪宵行。吴頭楚尾兼越角，我輩聚若九子萍。同游者九人。珉石興來吊鶴瘞，瓊田望去呼龍耕。坐久起踏松影碎，滿地窸窣霜華横。琉璃宫殿水精域，佛界盡在寒而清。良朋偉觀那易得，天教今夕二者并。高咏坡公赤壁句，一尊酹月還同傾。

東皋閑居

白夾成新隱，青苔遍舊蹊。水明村裏外，樹罨屋東西。菜把官羊敵，茶香佛粥齊。慨焉思静侶，

安得手同携。

沈大匡先生華山草堂

心迹竟沈淪，空山閟古春。亭留唐野史，名在宋逋臣。破壁全題字，雙松一作薪。惟應千載上，愧殺瘦腰人。

晚秋夜雨有懷故園

落葉卷風雨，客愁仍去年。背燈三峽水，欹枕九江船。預想他時話，須妨此夕眠。南湖烟翠色，應濕草堂前。

羊流店拜羊太傅祠

茅屋疏林雜晚炊，羊公祠下獨來遲。探環已失前生樹，墮泪猶存故里碑。盛德在人如昨日，清

談誤世詎同時。雍容裘帶瞻遺像，深愧無才進些辭。

月夜渡江

露荻風林隱戍樓，宵分月上動行舟。凌雲髣髴三山意，濯足空明萬里流。北府兵厨誰與載，南朝詞客肯同游。人間奇絶成孤賞，喚起魚龍一笛秋。北府兵厨，宋時鎮江酒名。

二月十日同丁敬身金質甫陳江皋登寶石山天然圖畫閣

塔下樓開躡級登，東風聊憶昔游曾。春深城郭渾如畫，定裏鶯花不屬僧。人影漸移湖上柳，烟花又緑壁間藤。留題爲紀閑踪迹，只有看山詑最能。

送沈確士歸蘇州

滿天梅雨合思吴，早挂烟中十幅蒲。白髮定能争席否，朱弦曾遇賞音無。人同樂圃文偏潔，宅

近靈岩趣不孤。只恐鷗情成間阻，五湖那復憶西湖。

悼亡姬

病來倚枕坐秋宵，聽徹江城漏點遥。薄命已知因藥誤，殘妝不惜帶愁描。閒憑盲女彈詞話，危托尼姑祝夢妖。幾度氣絲先訣别，泪痕兼雨洒芭蕉。

郎主年年耐薄游，片帆望盡海西頭。將歸預想迎門笑，欲别俄成滿鏡愁。消渴頻煩供茗碗，怕寒重與理熏篝。春來憔悴看如此，一卧楓根尚憶不。

除夕家筵已暗驚，春醪誰分不同傾。銜悲忍死留三日，愛潔耽香了一生。難忘年華柑尚剖，瞥過石火藥空擎。衹餘陸展星星髮，費盡愁霜染得成。姬人殁之前一夕，索予擘温柑，尚食其半。

舊隱南湖渌水旁，穩雙栖處轉思量。收燈門巷忺微雨，汲井簾櫳泥早凉。故扇也應塵漠漠，遺鈿何在月蒼蒼。當時見慣驚鴻影，纔隔重泉便渺茫。

《蒲褐山房詩話》：樊榭下世，葬于杭州西溪王家塢，因無子嗣，不久化爲榛莽。後四十餘年，何君春渚琪游西溪田舍，見草堆中樊榭及姬人月上栗主在焉，取歸，偕同人送武林門外牙灣黄山谷祠，掃洒一室以供之。予爲撰「丈室花同天女散，摩圍詩共老人參」句以題其楹。李光甫方湛、蔣蔣村

炯、陶甓香梁諸子皆有詩詞記之。樊榭生于康熙三十一年九月十一日辰時，月上姓朱氏，名滿娘，烏程人，生康熙五十八年三月二十四日辰時，歿于乾隆七年正月初三日戌時。并屬蔣村及項金門墉、許周生宗彦各于忌日奉酒脯薦焉。

春　寒

漫脱春衣浣酒紅，江南三月最多風。梨花雪後酴醾雪，人在重簾淺夢中。

題周兼南唐小周后寫真

命婦隨朝掩泪光，虚聞龍衮紀興亡。畫師自有春風筆，不寫傷心入汴梁。龍衮《江南野史》今所傳不全載小周后事，見王銍《默記》。

明鄭貴妃書泥金普門品經同丁敬身作四首卷首題云：「大明萬曆甲辰年十二月吉日，皇貴妃鄭謹發誠心，沐手親書《觀世音菩薩普門品經》一卷，恭祝今上聖主祈願萬萬壽，洪福永享，康泰安裕吉祥。」

梵夾瓷青出漢京，翊坤題處最分明。依稀買得《研神記》，紙上香多蠹不成。明大內寫金字經，多用瓷青紙。翊坤，鄭妃宫名。

巧笑由來雨露偏，佛恩遺在聖人前。開函稽首無他願，一筆泥金壽一年。

柘館餘閑罷女紅，祝釐不與衆嬪同。也勝密誓高元殿，小字親封玉合中。

城南詩老觀空久，特賦新詞繼夢華。更待秋山黄葉下，與君禮足九蓮花。靈隱寺有慈聖李太后賜九蓮觀音一幢。

西溪山莊有感

闌壓垣衣户網塵，嫩寒惻惻那禁春。一池好漾羅裙水，只照梅花不照人。

錢陳群

字集齋，嘉興人。康熙六十年進士，官至刑部侍郎，加尚書，謚文端。有《香樹齋詩集》。

《蒲褐山房詩話》：公久直内廷，深蒙知遇，而乞假歸田之後，恩禮尤深，時賜御製詩章，俾其屬和。賚予便蕃，至以明僧紹爲比。及翠華臨幸南邦，公輒在屬車豹尾閒矢音賡和。詞臣歸老，榮眷有加，爲自古所未有也。公位隆望重，而愛才如不及。予鄉會試三座師，皆出公門下，於禮爲小門生，而公以乾隆辛巳入都祝釐，予尚未進謁，公已先來訪，適予上直未歸，閽人辭焉。公不許，直入蒲褐山房坐俟。予歸，劇談後去。蓋其瀟洒絶俗如此。先是，公督學江西，特拔蔣君士銓于疇衆中。所過名勝，輒有題字，而北蘭寺墨迹尤多。予兩至江西，公歸道山已久。公子東麓侍郎謝世亦四載矣。時與蔣君循覽遺詩，不自知其凄黯也。

渡潯陽江經廬山至德安次香山德安趨潯陽韵却簡柱川太守

侵晨薄潯陽，煩慮始一展。廣川利泛涉，層巒揖清緬。穿石水紆迴，出岫雲舒卷。攀危倚僮僕，

攬勝去帷幰。西崦竹徑封，東林碑字選。登頓信云疲，散誕乃忘倦。山程延信宿，茆屋就偃蹇。復此遵修塗，仍欣開别巘。村稠市稍喧，磵豁路初轉。通津俯金帶，古渡歷敷淺。稽圖豈遂游，托志聊紀顯。凌虚馬啼蹴，窮皴吾目眩。題詩報故人，即事得幽遣。

題林上舍涪雲陶舫硯譜

端石如端人，厥質静而正。徽行謚既彰，傳愛銘可鏡。此册林氏守，名輩互考訂。銛鋒碾纖阿，圭璧發晶瑩。詞兼鱮柳深，體許斯豐并。借觀不忍釋，秋窗張短檠。龍尾穴已湮，鳳咮賞難更。碧瓦多飄零，黄眼争季孟。品題有群公，石室事稱盛。我老當學耕，與君租一棱。

東林寺和王文成題壁韵

下馬登山踏秋草，路入東林覺秋好。處士高僧迹已陳，廬山面目何曾老。石罅寒筑泉聲哀，酌泉仰看芙蓉開。天池拂水落天半，餘噴似逐清風來。出門西去重回首，今宵且醉山村酒。醉中猶認壁間題，龍蛇生動不可朽。故人高閣虚中庭，中丞開公遣吏來迎。采芳遲我江之汀。夢回記上爐峰頂，

北指恒燕一髮青。

楓香驛次静山侍御韵

入山身在白雲鄉，複澗迴溪問野航。瞥見新槽聞酒熟，始知小驛是楓香。夢回郢尾人千里，月滿樓頭雁一行。馬上閑情數秋草，露葵開老尚當陽。

盧見曾

字抱孫，號雅雨，德州人。康熙六十年進士，官兩淮鹽運使。有《出塞集》。

《蒲褐山房詩話》：運使短小精悍，有吏才。總督那蘇圖特薦，謂其人短而才長，身小而志大。又嘗爲四川洪雅縣令，故以雅雨自號。夙慕其鄉王阮亭尚書風流文采，故前後任兩淮運使各數年，又值竹西殷富，接納江浙文人，惟恐不及，如金壽門農、陳玉几撰、厲樊榭鶚、惠定宇棟、沈學子大成、陳授衣章、對鷗皋兄弟等，前後數十人，皆爲上客。而是時地主馬佩兮曰璐、秋玉曰琯及張漁川四科、易松滋諧咸與扶輪承蓋，一時文酒，稱爲極盛。又校刊《乾鑿度》、高氏《戰國策》、鄭氏《尚書大傳》、

李鼎祚《周易集解》、封演《聞見記》諸書，又補刊竹垞太史《經義考》，并以國朝山左詩人最盛，屬鞠編修遜行、張孝廉元、董庶常元度諸人采輯傳世。修小秦淮紅橋二十四景及金焦樓觀，以奉辛未、丁丑兩次宸游。其愛古好事，百餘年來所罕見。

承恩出塞留別揚州諸故人

解網綸言下九閽，孤臣猶在識天恩。三年便許朝金闕，萬里何辭出玉門。沙暗陰山秋獵壯，雪明瀚海夏裘温。多情應信揚州月，直送征輪到塞垣。

休致歸里留別揚州

力憊宣勤敢自憐，薄才久任受恩偏。齒加孫晃餘三歲，歸後歐公又九年。犬馬有情仍戀主，參苓無效也憑天。養痾得請懸車日，五福誰云尚未全。

平山回望更闌愁，標勝家家醉墨留。十里林亭通畫舫，一年簫鼓到深秋。每看絳雪迎朱旆，轉似青山戀白頭。爲報先疇墓田在，人生未合死揚州。

顧棟高

字復初，無錫人。康熙六十年進士，乾隆十六年以經學徵，官至國子監祭酒。

《蒲褐山房詩話》：震滄先生少與蔡進士德晋、吴孝廉鼐精心經術，尤長於《春秋》，既捷南宫，官中書，以奏對越次罷官，遂不復出。所著《大事表》，萃公、穀之微言，正杜、孔之義疏，凡轇轕紛紜之説，悉爲定其指歸，表而出之，蓋宋元以後諸儒無其精確也。乾隆辛未，以經學徵，賜官國子監司業，未就。丁丑迎鑾，晋祭酒，時年幾八十矣。是時寓維揚者數月，猶見其撰《毛詩類釋》，今亦録入四庫書中。先生不好吟咏，而《大事表》後附《論春秋》詩，皆無關風雅，故從《梁溪詩選》中所録止此。

寄秦子樹灃京邸三十韵兼柬蔡子宸錫吴子大年

《春秋》有淵源，其秘舅氏啓。閉門四十載，著述浩難紀。餘膏漑後人，愚也叨染指。蔡子亦勃興，不謀而同軌。鑽研事三禮，注疏繁且哆。余著《宫室圖》，三代遺基址。蔡子有《禮傳》，精入豪芒裏。質齋兩昆仲，大年號質齋，與賢弟遵義并以經學名世。臭味略相似。《易傳》與《春秋》，著論各宏偉。

秦子年最少，味經得經髓。味經，秦子别號。窮經著實用，穎鋭尤莫比。治河洞古今，鹽策析源委。乘時并高翔，稽古光有煒。而我守窮廬，《麟經》究終始。諸儒論積薪，不肯隨諾唯。編年從周正，紀事因魯史。朔閏補長曆，輿圖看聚米。紛紛日月時，瑣瑣爵名氏。一掃支離障，庶得筆削旨。謬誤斥公羊，灾异嗤董子。州次而部居，分肌兼析理。爲卷四十九，大義貫首尾。所恨帙浩繁，未能致雙鯉。良友兩三人，無由攻疣疻。舅氏有從孫，謂華子師道。貫穿窮根柢。郵筒數往來，辨論析朱紫。佽助良不淺，剸割豁頑鄙。此事有由來，先河而後海。十年粗告成，吾友當心喜。天遠帝城闕，白雲空徙倚。

正月十四夜泊建寧城外

春來漫説短長亭，迢遞離腸酒易醒。兩岸青山圍素月，一溪寒水宿殘星。人依樹色經年老，舟帶灘聲午夜聽。料得家鄉燈火鬧，可知客路在郊坰。

載　亨

字通乾，號遂堂，遼陽人。康熙六十年進士，官齊河知縣。

《蒲褐山房詩話》：遂堂襟情超邁，詩筆堅剛。自齊河罷官後，率其小妻漂泊江湖，久之，依雅雨運使于邗上。嘗與予同寓真州，言生平所想企者，惟李鐵君、陳石閭兩布衣，餘子不足數也。故雅雨爲刻《遼東三老詩》以傳之。性善飲，至數斗不亂。年近八十，貌如嬰兒，自誇得容成之術。予入都後年餘，聞移寓金陵，一夕，無疾而卒。

宿來青軒

已覽香山勝，還尋勝地眠。陰厓連户竹，疏磬出山烟。月色緣階上，泉聲到枕邊。夜來魂夢冷，身出白雲巔。

山行

每至幽栖地，長懷出世心。緩隨流水去，漸入白雲深。墟里澹斜照，烟蘿生暮陰。道逢樵牧侶，閑坐話中林。

雨後山齋

山齋雨乍晴，新月照茅屋。萬籟寂不喧，殘聲滴疏竹。

秋　雨

孤艇泊秋林，夢繞江天路。寒雨帶歸鴻，飛向江南去。

沈起元

字子大，太倉人。康熙六十年進士，官至光禄寺卿。有《敬亭詩文集》。

《蒲褐山房詩話》：先生白漊之子，處爲名儒，出爲廉吏。自典郡以至方伯，所莅之地，深求利弊，次第斟酌行之。心切愛民，而以寧静不擾爲主。入任光禄寺卿，引年致仕。生平清操自勵，進退超然，與武林虛船通政相似，而詩學尤醇。歸愚先生謂高者撫杜陵，次者近白傅，信也。甲戌秋，予在濟南，先生主濼源講席，把臂甚歡。出所著《周易孔義集説》、《敬亭詩文集》見示，因得其學問之詳。歷城周君書倉永年，時年弱冠，在書院中，能讀徐氏《通志堂經解》，先生譽之，令予相見。其後書倉以辛卯登進士，官翰林，兼通内典，爲濟南學者。没後詩什無存，故附記焉。

秋日過顧思儼

秋容老更嫵，野步尋幽居。天空高不盡，水冷清如無。曲折依蔬圃，往往逢樵漁。何以識君家，繞岸鮮芙蕖。稻黄喧鳥雀，池晴漾游魚。種藥霜不死，晚秀盈階除。分畦植菘韭，向日課耰鋤。静

觀造化理，自著蒙莊書。此樂真自得，淵明復何如。

石　壁

客從花中來，僧向花中住。誅茅傍峭壁，日影常半吐。修篁入天翠，偏愛侵細路。石古柏根穿，松高巢鵲乳。群梅繞墻外，迴顧失來處。款接來山童，香茗煮花露。坐久客意安，徘徊不知暮。尋幽定頻來，勿以花落故。

溪閣秋晚和小山

寂爾秋遂晚，落葉散復聚。斷烟忽如雲，池中碧天曙。秋光入静睇，會心不知處。孤吟欲有贈，望望夕陽去。

紀行一百韵

男兒不成名，飢軀遠行決。亦知北地苦，且念内顧缺。割弃試一行，百恨難具説。平生負奇氣，少小頗挺拔。落筆一身膽，結交寸心血。狂言衆所咍，志與蒼生切。功名不足取，肯念生理拙。阿翁垂七十，鬚鬢皓以潔。數奇老不遇，意氣餘覬豁。一子嗟晚舉，瞠目望早達。十年走文場，三試竟三黜。劬勞阿母心，兒大母已没。事母痛已虚，事翁力何竭。士窮未爲辱，念此增内熱。幸逢右文朝，曠典下金闕。思走長安道，聊振雙羽鎩。似非翁所歡，勉强聽暫出。堂前苦無人，欲出轉愁絶。翁有舊執友，四五青雲列。平津篤恩義，投林匪干謁。買絲製羊裘，買布製裋褐。厚綿裝被褥，弱綫理巾襪。懷中一卷詩，心知覆瓿物。冠蓋多賢豪，尚冀賞真骨。落落辭朋儕，依依謝親昵。知己各有贈，規誦具古質。閨中有病妻，餘情復騷屑。留勸諒兩難，徒看啼絤抹。幼女無所知，弄餌倚爺膝。且托丈夫志，掉首未遑恤。阿翁凄遠送，無泪向兒咽。仲冬北風寒，三更虎邱别。始悟失乳孩，夢寐殊忽忽。同行有繆子，心形故膠漆。舟車共長途，吟嘯散怫鬱。荷天假晴和，千里弄雲日。首塗惠山寺，孤塔烟中戛。泉聲茶思清，帘影酒情逸。漸看雙岸高，稍驗下水疾。吴楚山忽斷，一道江流活。巍石撑洪濤，海門樹修闑。朝暾刹彩飛，濕霧浪痕滅。片帆掠鳬鷗，瓜步倏超越。頓覺故山

遠，吳雲望中失。蕪城煬帝家，枯楊剩芽蘖。邵伯積水長，烟草中蕩潏。人家半淹漬，雁鶩雜鳴聒。俯視淮安城，杯底萬家室。窺檐亂帆度，憑舷女墻没。疏鑿荒禹功，汩陳師鯀術。哀哉生民魚，千載憂潰嚙。恬波受輕槳，河静流轉滑。旁支避險艱，靳公著宏烈。鷺鷥立清淺，蒲葦與曲折。功名垂不朽，豈必在賢哲。洋河見清流，俯映醒眉髮。就漁擊仙鯉，斫膾猶撥刺。亂山童亦佳，晴烟媚峍屼。夜寒風力尖，冰凌長川截。光清日影淡，氣肅天容窒。摧擊恃巨椎，琤琮玉聲裂。遂使一日程，三宿始改轍。旅舍濟寧城，驚心值令節。離情一綫添，燈暗天欲雪。凌晨乘柴車，簸蕩比糠籺。辨途認征鐸，鷄聲遞木末。疏星閃餘芒，日色冷烟遏。霜花順風飛，人馬鬢鬣結。軟沙或埋輪，瘦石或拒轄。揚鞭乍奔騰，倦程時蹩躠。寒林村落虚，葉脱混梨栗。客來嗟過時，玩樹思解渴。樵髡古柳枝，童曝敗榆窟。空霄孤隼閑，荒野群豕突。騎驢看少婦，羞顔蒙縐纈。塵埃劇霾霧，咳唾澀齒舌。自從河流徙，齊魯膏潤泄。菑畬變磽瘠，蓺植鮮稻秫。承平日已久，土城壘螘垤。小邑數十家，茅屋見閥閲。暮投村店宿，泥床衾似鐵。苦酒一再斟，北食四五設。羸鷄宰金距，美菜煮玉笏。屑麵更作餅，團團似規月。佐以秬黍粥，飢來愧饕餮。四壁疥題咏，妍醜未區別。河間太守堂，通家下陳榻。温湯洗坌垢，負芒快一撥。詰朝指趙北，重霧裹林樾。天晴帝城開，瑞靄紛籠綴。車馬如雲烟，小儒愧薄劣。傍午登相府，遂許解鞍歇。先達假令顔，故知慰契闊。疲形得乍休，游魂尚慌惚。歲暮客窗深，清燈照孤孑。江南杳何處，北斗如可揭。計程越三千，數别途一月。家翁此際情，到期指

應屈。如歸固云喜，心定轉憂惙。急思報平安，深夜呵凍筆。

下十八灘

下灘喜安流，客心付輕棹。復此風日佳，江山耿瀟照。連峰帶波迴，雲水相窈窕。一箭瀉盤渦，飛鳥不可到。近迹已倏經，遥情復紛召。翻緣巨石横，得領清景要。月流千縷光，籟起萬山竅。漁歌落遥空，客思正孤峭。去帆何匆匆，終傷流景慓。

桐廬江中作

霽岩消殘雲，蒼翠不可象。石色萬古新，風日與滌蕩。峽曲江逾急，帆勢青冥上。前途既迷阻，後徑復懩慌。林密鎖秋烟，蟬寒有餘響。孤村不見人，老樹挂疏網。清陰起遥情，静目寓延賞。何必子陵灘，高風令人仰。

喜雨

久旱望雨切，無雨雲亦好。今朝忽翻盆，神功顯大造。危檐挂飛瀑，階除走横潦。飄洒林氣動，翻若烟塵擾。紙窗破忽盡，洞達領清灝。琴書沾漏濕，敢嫌吾屋老。此時田間農，狂呼天雨稻。穀熟農固喜，米賤吾亦飽。破屋與粗飯，平生事足了。雨罷颯然秋，長風送懷抱。

集穎山齋賦鬥蟋蟀

少皥行殺機，蟲豸氣先受。趯趯起郊原，唧唧滿户牖。幽士感孤懷，黠兒逞捷手。岩厓剔虺穴，曉暮迹莽藪。獲异珍掌握，養材及配偶。雕盆比金湯，頒食選玉糗。頭顱矗兜矛，項領擁杵臼。負鼓張怒翼，含鍔鋸毒口。草間出韓彭，席上争季郈。旗幟標錦彩，輝映秋八九。俠客呼鷹侶，閑曹鬥鷄友。致師曳弱莒，拔栅開細柳。未戰厲刃須，先聲憑氣取。初看齟齬交，如聞劍戟揉。腷膊興方酣，騰那迭相蹂。勢均前却窮，力并轉側久。一擲或暫解，再合似佯誘。寸吻未云裂，兩股詎肯後。微傷强撑振，并仆益紛糾。呼吸不相當，斫刺已遭掊。賈勇一鳴驚，亡魂四隅走。竄伏思藏頭，追奔

更拉肘。壇心决死生，客面徵勝負。捐軀果何争，戕類异滅醜。造物孳蟊賊，歡場狎斯阜。斯螽、阜螽，皆蟋蟀類。宫掖唐家戲，平章賈相詬。流風昔朝宁，好鬥今童叟。長吟在野篇，《豳詩》王化首。

題元祐進馬圖

程真江收藏，圖五馬，每一馬後標計年月甚詳，意若當時進貢圖籍。獨不載畫者姓名，畫却生動有法。一匹元祐元年四月初二日左騏驥院收，董氈進到，錦膊驄，八歲，四尺六寸。一匹元祐元年十二月十六日右騏驥院收，于闐進到，鳳頭驄，八歲，五尺四寸。一匹元祐二年閏月十九日温溪心進，照夜白。一匹元祐二年十二月二十三日于天駟監揀中秦馬好頭赤，九歲，四尺六寸。一匹元祐三年八月初九日進到，豹頭驄，四尺六寸。

趙宋全盛元祐初，舉朝卿相皆鴻儒。巍峨元老温與潞，二吕三范同機樞。六合清明萬物遂，兩宫日月群公扶。代遠人亡青史舊，流傳墨寶珍兹圖。兹圖五馬盡神駿，元祐年月來穹廬。董氈初進錦膊驄，于闐鳳頭如鳳雛。照夜白自温溪獻，好頭赤本秦中駒。豹頭誰進偶缺略，馬齒尺寸端詳書。青絲一人牽一馬，冠服各异馬色殊。行歸華厩新翦刷，羈馽未受當風趨。駿尾飄拂連錢動，骨肉精態清不癯。筆飛墨走落空横，姓名失識知誰歟。承平在眼圖在手，蒼茫俯仰生嗟吁。中朝有人四夷服，胡馬不敢嘶邊隅。遐邦貢獻琛賮却，要使龍種歸騶虞。大宛汗血涉海至，豈事漢武窮兵誅。聖

后垂簾真相立，重譯跪進彤庭臚。鳥言卉服次仙仗，特詔畫手工描摹。黨碑一出天地閉，陰霾障日中原墟。銅駝荆棘生轉瞬，此馬知否來南都。馬不可問圖尚好，劫灰千載空區區。君不見他年竊覬偷寫照，有人立馬憑山湖。神器一跌元祐末，章蔡之肉何堪餔。酒酣歌此意慷慨，冬青樹老啼霜烏。屏斥騏驥駕駑劣，由來此恨無時無。

北行舟中懷許二子遜於兩粵

别後風流憶邈然，驚人佳句萬人傳。狂來魯國真男子，餓後淮陰尚少年。揮斧莫教修皓月，銜杯何處問青天。南游芳草萋萋遍，夢到羊城路幾千。

三年京洛共牢愁，一載章江復漫游。雁陣分行偏度嶺，梅花無使獨登樓。細斟椰酒千場醉，曼舞珠娘一笑留。可道春江明月夜，思君有客倚孤舟。

蔣恭棐

字維御，長洲人。康熙六十年進士，官編修。

景州董子故里

嫚秦廢學校，坑儒并焚書。師吏辜誦説，六經歸榛蕪。漢興雖天授，創業由征誅。典禮命叔孫，綿蕞誠區區。百年生董子，私淑洙泗徒。下帷絶窺園，精心究典謨。從容對三策，致君期唐虞。武皇内多欲，遇之以虚拘。詎能崇正學，詔令相江都。後復相膠西，驕主重諂諛。誠正能感通，兩地無齟齬。邪臣懷妒嫉，主父偃、公孫宏。譎計何從攄。《春秋》詳灾异，衆口訾其迂。弟子昧師説，吕步舒。妄謂論大愚。獲罪得免死，緘口全其軀。所幸聖道明，邪正分殊途。以待後來者，迭起胥匡扶。有宋五子興，直溯姬孔初。日月懸中天，蒙翳消雲衢。何人啓岙徑，廣川實先驅。而胡昌黎伯，吐辭取敷腴。屈原司馬遷，子雲與相如。論道遺董子，所見猶偏隅。我過景州里，祠宇蔓枌榆。稽拜瞻儀容，和粹緬真儒。王道復誰陳，攬轡空踟躕。

尹繼善

字元長，號望山，章佳氏，滿洲正黄旗人。雍正元年進士，官至文淵閣大學士，謚文端。有《文端

公集》。

《蒲褐山房詩話》：文端公歷任封疆，晚歸臺閣。敭歷五十餘載，承先啓後，三代平章，史册所罕覯也。公在江南最久，慈祥豈悌，沾洽閭閻，而官吏格心斂手，無敢稍爲乾没。及去，而漕弊漸滋，至今猶煩厘剔，故民間思而誦之。公入覲詩云：「九重廑念是江鄉，蔀屋年來少蓋藏。疾苦未全登奏草，帝心早已切如傷。」「多年積潦閔淮徐，元氣於今尚未舒。四野嗸鴻猶滿眼，頻諮景象近何如。」直以民隱具陳，寓規于頌，實有古大臣風範。性耽吟咏，詩等牛腰。薨後，畢中丞沅與嚴侍讀長明選而刻之，僅什之三四爾。

秦隴江南余皆三至新知舊雨聚散無常癸酉春日一房山齋中感懷口占

惜春屢唱送春詞，人似浮雲任所之。白下風光常入夢，青門花柳又題詩。行來踪迹離還合，老去情懷笑亦悲。此日齋前頻把酒，明年賓主得知誰。

余將赴金陵得袁子才山中寄懷詩依韵和之

廿年四度到江城，江草江花屢送迎。白下争看新使節，青山仍伴舊書生。梅因耐雪香逾晚，雁爲凌空影自横。野外清閑無底事，行雲來去尚關情。

瑶琴獨抱向誰彈，僻處荒村夢亦安。膝下晨昏方日永，閑中嘯傲覺春寬。來札有「山中歲月，膝下晨昏」之句。隨風笑我舟無定，卧雪憐君骨尚寒。欲問年來身健否，幾回北望整征鞍。

高東軒東省查灾甫竣又奉命來南勘河余於病中寄懷即用東軒舊韵

年來轍迹遍東南，郇雨歌傳信不慚。山左茅檐如望歲，沭陽古渡又回驂。秋深澤畔鴻皆集，路滿棠陰樹亦甘。那得揚帆登畫舫，清波皓月夜深談。

流水行雲不染塵，先憂後樂總忘身。廿年豈易成知己，千里還應似卜鄰。望月定多懷友句，隨風誰是繫舟人。署中舫屋名不繫舟。料公此日篷窗枕，夢裏猶思海上民。

學使劉崇如所得三鶴忽失其一復賦

胎禽携傍碧雲陰，世上塵氛未許侵。纔喜蹁躚來瘦影。忽從寥廓動遐心。養成羽翮三秋健，借托烟林一載深。也似鵬飛萬里去，不甘寄迹在江潯。

幾見梳翎碧沼頭，一聲清唳别群流。海天自覺乘風杳，竹塢曾經對月幽。鵷鷺縱多誰作侶，稻粱雖好莫輕謀。不知亭畔雙栖者，可羡翱翔得意游。

和如庵學使臨行前一日不繫舟小集即事兼以留别韵

池上風清送晚凉，招尋把酒對秋光。人逢舊雨情偏遠，山帶斜陽色倍蒼。老圃漫嫌紅葉少，好花終覺素心香。更深重話當年事，福地閑雲景不忘。如庵前和游攝山詩，有「千年福地無人到，一片閑雲有夢通」句。

又向栖霞欲逗留，看山夙願可全酬。連朝送客頻題句，兩地懷人易感秋。曲徑自隨幽澗轉，大江仍抱碧峰流。雲烟深處塵寰隔，拾級應登最上頭。

過燕子磯永濟寺

每過精藍便繫船，非關前路受風偏。秋殘野岸丹楓冷，水落空江翠壁懸。月色微茫僧入定，鐘聲斷續客初眠。回思十七年來事，似與名山有宿緣。

落葉聲中響木魚，茶烟輕散晚風餘。探幽路慣依山轉，隔岸人多傍水居。幾度登臨皆偶爾，再來意興復何如。虎溪一笑重回首，又送行雲過太虛。

張廷瑑

字桓臣[一]，桐城人。雍正元年進士，官至工部侍郎。

【校勘記】

〔一〕臣，原作「似」，據劉大櫆《海峰文集》卷七《内閣學士前工部左侍郎張公墓志銘》改。

過永濟寺贈默上人

一徑秋陰蹋蘚苔，翠蘿深處寺門開。懸崖石色窗中出，繞閣江聲樹杪來。剩有禪房容徙倚，尚留先澤重徘徊。流光五十餘年事，又到蒲公舊講臺。康熙壬戌，先公有《贈蒲公和尚詩》。

松堂清悶聽鐘魚〔一〕，苦行山僧八十餘。卓錫不曾行脚去，翻經爲愛閉門居。閑雲野鶴心同静，瓶水爐香意自如。古木十圍忘歲月，蒼顏相對一窗虚。

【校勘記】

〔一〕「悶」，當作「閟」。

王安國

字書城，高郵人。雍正二年殿試第二人及第，官至吏部尚書，謚文肅。

《蒲褐山房詩話》：文肅清流眉目，官廣東巡撫，每以風節自矜。及入長六官，晚年充會典館總裁，所撰欲上比《周官》《唐六典》以下不屑道也。乾隆甲戌，予以會試入都，公邀同編纂。常見老嫗

所抱，鸞停玉峙，瑶環瑜珥，即今給事中懷祖，時纔十餘歲耳。公殁，懷祖幼而好學，長與興化李進士惇、江都汪貢生中、泰州劉廣文台拱深研經義，而小學尤精，所撰《廣雅疏證》，剖析毫芒，咸歸古義。時人言訓詁者，莫之能逮。子引之伯申，以第三人及第，春華秋實，兼擅其長，皆公之遺澤也。予嘗奉使讞事高郵，有司以公居爲館舍，見其宅第庳隘，廳事至不容旋馬，益知清德之留貽久矣。

游蒜山

杖策期我侣，極目烟嵐飛。披徑躡層岡，緣源面修碕。空水寒無姿，淡緑生已微。傴僂一老僧，隔澗開山扉。延客坐松寮，梵響生清機。谷幽光易暝，江遠聲逾稀。衆籟窅然合，心清無是非。憩久神彌愜，徙倚憺忘歸。舉手謝前嶺，逶迤窮林霏。

山光引游子，窈窕乘險絶。路歧情屢眩，徑錯興逾發。修竹翳層陰，危松綴殘雪。衆鳥寂無聲，騷屑林響徹。石氣入昏冥，川光互漂擎。岸轉失來踪，溪明得前白。斜日下江皋，餘霞蕩晴碧。夕嵐落千尋，空色遞相激。握手尋舊蹊，一一想所歷。忽看江上月，遥遥挂蘿壁。

樓儼

字敬思，號西浦，義烏人，寓居上海。以薦入武英殿修《詞譜》，官至江西按察使，改京卿。有《蓑笠軒僅存稿》。

《蒲褐山房詩話》：西浦寓居申浦，與繆雪莊、張幻花以詞唱和。兩君極道其工。康熙己丑，詔修《詞譜》，被薦，與杜紫綸同館纂修，辨析體製，考訂源流，曾駁正宜興萬氏《詞律》百有餘條，最中窾要。又以張綖之《詩餘圖譜》、程明善之《嘯餘譜》及毛先舒之《詞學全書》率皆謬妄錯雜，倚聲家無所遵守，因自訂《群雅集》一書，以四聲二十八調爲經，而以詞之有官調者爲緯，并以詞之無官調者，依世代爲先後，附于其下。竹垞先生曾爲之序。後以卷帙繁重，未及開雕。今不可復得矣。

過同官峽用韓詩原韵

蠻鄉臘月天，詩境亦不少。閑閑岩洞花，澹澹沙洲鳥。凍雲釀微寒，薄雪弄清曉。作吏雖庸庸，行已實矯矯。江山景不殊，俯仰暘空繞。試問公家事，茫茫誰可了？

初秋夜坐

秋到月逾白，暑微風漸清。微吟忘漏下，久坐覺凉生。昨夜蒓鱸夢，當年鷗鷺盟。拂衣歸亦得，鷄肋戀微名。

龍江晚泊

風晴日暖浪花平，一棹秋江鏡裏行。薄暮山光多黯淡，近村人語漸分明。長官自諳江湖趣，父老空勞燈火迎。指點星河天色冷，船頭小立露華生。

清　明

三分春已二分春，幾日驚看火又新。人面桃花紅乍吐，裙腰草色緑初勻。試茶擬問山中信，插柳空憐客裏身。誰道秋千村落好，東顧吹滿敝裘塵。

光霽堂讌集演邯鄲夢傳奇口占二絶

一枕風光夙願償，醒來猶未熟黄粱。銀箏檀板尋常事，譜出英雄泪幾行。

尋思我亦夢中人，一劍千山事已陳。回首瘴雲天似墨，恍疑磨盾是前身。

湖海詩傳卷三

汪由敦

字師敏，號謹堂，休寧人。雍正二年進士，官至吏部尚書，謚文端。有《松泉詩文集》。

《蒲褐山房詩話》：公儤直内廷幾三十載，清和恭謹，上結主知。予鄉會座師，皆出公門下。甲戌，在京會試，以小門生禮見，相得歡然，深加獎厲，蓋夢文子座主爲之先容也。其後哲嗣承霈今官總憲，先與予同直西清，得公行事益詳。公卒後，總憲囑趙君翼編次其集，繕録進呈，上製詩以弁其端。

題徐潛昭所藏米元暉山水

春雲濛濛濕不飛，層巒漠漠開林霏。力窮造物入毫素，老顛仙筆傳元暉。楚山清曉無由見，尺幅寸縑珍紀甗。含毫待制知幾何，玉躞金題歸秘殿。此圖流落自何年，蛛絲煤尾淪寒烟。忽逢好事得收拾，腰纏豈惜奚囊錢。於潛徐翁隱埃𡎺，几列緹緗羅寶繪。子昂獵騎趙昌花，什襲雖多此其最。臨安山水多崛奇，圖中所見猶依稀。横風吹雨過溪外，山腰紫氣斜陽低。雪花打窗歲方宴，邀我題詩展繪練。我詩漫與何足多，鑒古尤難辨真贋。朝來舒卷坐擁爐，眼前歷歷西子湖。平橋老樹虚亭孤，山樓對雨誰能圖。感君珍重重拂拭，誰道知音世難得。只愁名迹少流傳，不乏高人能賞識。

鄭方伯黄臬司張觀察招同彭宫允游趵突泉

濟南名泉天下奇，洑流突見城南陲。白龍拔地幾千尺，鬌爪劈破青玻璃。明沙石瀨開平曠，噴薄中心忽神旺。地涌青蓮玉作花，井抽冰柱銀翻浪。驚湍瀧瀧匯清渠，日影波紋上綺疏。當軒坐擁三堆雪，繞檻平傾百斛珠。圖經自昔聞靈瀆，勝概今來真在目。寧詩鷺羽曲江濤，不數晴虹匡阜瀑。

公餘軒蓋駐郊坰，野色泉聲共一亭。泳游自適魚依藻，呵殿不驚鳬唼萍。清秋歲稔場將滌，地主情殷尋古迹。酌泉共喻飲冰心，紀游莫笑成詩癖。

晴嵐閣學貽水仙碧桃走筆爲謝

釀花居士遣送花，白琢冰雪紅蒸霞。亞枝含笑人面映，倚石側彈雲冠斜。濃妝淺暈各异態，神仙風骨無争差。信風纔到老梅蕊，緑意未迴新柳芽。斡旋直借補天手，鬥艷競出東皇家。凌波娟娟步羅襪，和露灼灼調鉛華。風輕自著紙屏護，寒重更倩重簾遮。藥林矜賞破枯寂，静海觸緒翻愁嗟。梁、勵二公各有報詩，梁鰥居，勵有子婦之感，情見乎詞，其意云爾。我生幸不乏意趣，燈前笑語争喧嘩。兒童少見强解事，溉以新水培新沙。燈棚廟市不計數，珍重詎比辱拜嘉。屏間墨戲適寫照，筆妙隱躍飛龍蛇。屏間《雙清圖》小幀，亦釀花居士所臨趙子固、王元章兩家筆。看花對畫坐忘倦，頓令陋室春光奢。從來草木同臭味，莫笑瓊樹依蒹葭。

吴江

輕帆向晚急，遠水入秋澄。烟羃漁莊柳，風低蟹簖燈。市沽缸面酒，盆采折腰菱。高士傳祠廟，遺踪未易徵。

聖駕南苑大閱恭紀八首

干羽堯天洽，車書禹迹同。順時稽令典，撰日整元戎。七德揚神武，三驅振古風。不須刊石鼓，盛烈邁《車攻》。

清蹕向長楊，鳴鑣出建章。九旗懸日月，萬騎蹴冰霜。帳殿氍毹暖，旌門組練光。驍騰健貔虎，肅肅羽林郎。

地是周靈囿，城連漢上林。華旃馳日馭，紺宇仁天臨。沙路飛塵净，松臯積翠深。離宫時暫駐，端不爲從禽。

甲帳拱中樞，辰旗辨正隅。花鬘金騕褭，析羽綉蝥弧。令舉吟龍角，營開合虎符。氣酣金鼓外，

雷動萬人呼。

日角瞻天表，親巡驃騎營。秉麾森豹尾，按轡儼龍行。韎韐威容壯，戈鋋節制明。六軍同抃躍，挾纊此時情。

《周官》司馬法，風后握奇經。迭進嫻師律，環生按陣形。千行飛電紫，萬道漲烟青。却望高臺上，森嚴衛百靈。

六鈞神力勁，一發耀天威。旋旆仍餘勇，呼鷹更合圍。彩翎迎日麗，錦翼傍雲飛。恩賚叨蕃錫，歡同奏凱歸。

詰戎非耀武，偃革誕敷文。喜氣融城雪，和風捲陣雲。陽回軒律正，歌阜舜弦薰。謨烈承三后，垂衣仰聖君。

過丁乃清書樓

剩有餘閑作往還，每來高館俯塵寰。風光盡入三層檻，晴靄低迷幾曲山。好客坐看烟樹緑，新詩吟對夕陽殷。漫搴書幌思陳事，瓊蕊當窗手自攀。丁亥，余讀書是樓。樓前玉蘭最盛。

元　夜

村舍風光五夜過，春燈合岸射晴波。當頭璧月沉沉夜，勸客銀船緩緩歌。對酒漸傷前輩少，追歡惟聽舊聞多。板橋霜重人初散，不醉其如曉漏何。

除夕和趙學齋韵

十載清班忝致身，今宵餞臘正迎春。開歲元旦立春。漏聲漸聽將交子，魁柄俄看又指寅。芸局圖書從汗漫，青編姓氏懼湮淪。是夕燈下編訂《明史·文苑列傳》。挑燈檢點經年事，多愧蘭臺筆札新。

常山峪行宫蒙賜佛手柑恭紀

佳實曾陳玉案傍，冰瓷擎出沐恩光。賜從紫塞風霜老，貢自炎天道路長。名美并標仙掌秀，色深遥映御衣黄。縹囊什襲歸裝穩，留對秋花共晚香。

題陸芑洲寒山舊廬圖用張文端公韵

蒼烟古木宋林邱，傳爲韓平原南園故址。四十年前紀舊游。予於壬辰、癸巳間過此。入夜泉聲清到枕，隔城山色近當樓。石間句好苔紋護，洞口雲濃樹杪流。山上爲紫陽洞。此日天隨爲地主，鶯花一洗向時愁。

王　峻

字次山。常熟人。雍正二年進士，官至監察御史。有《艮齋集》。

《蒲褐山房詩話》：先生居臺中，義形于色，遇事敢言。常劾其臺長，時以爲當。故雷副憲貫一序其詩文，謂議論侃侃，直言天下事，指此也。謝病歸，爲蘇州紫陽書院院長。巡撫宗室雅公蔚文小有過舉，必面折之，蓋自來院長所罕見也。其詩宗尚兩馮，參以趙秋谷、何義門之説，不獨前後七子深加擯斥，即漁洋尚書，亦多未愜。然集中黔行詩，最爲清矯刻削，轉似《蜀道集》，何也？

舟中望江岸石壁書所見

絶壁插江濱，瞰臨幾百丈。舟行過其下，人語山答響。石門閂玲瓏，洞穴赫宏敞。俯探魂已驚，仰睇神俱蕩。忽看崖隙間，結構絶人想。架空木縱横，插鏬椽三兩。連延綴蜂房，漂摇罥蛛網。鳥飛不可過，躋攀何以上。舟人頻指點，使我彌惝恍。云昔吴逆時，居民苦擾攘。相携逃此中，不爾罹賊黨。聞言轉愀然，前行去沆漭。

斗狼箐

斗狼高插霄，萬木蒙蘢蔽。循途繞山麓，壁暗天無霽。輿夫喘不前，號呼兩繩曳。盤紆至山腰，身已入雲際。四觀所經山，帖地皆瑣細。是時烟雨中，褰帷試一睇。灌木不知名，山花開自麗。芭蕉葉拂衣，翠竹陰交翳。群猱競來窺，野雉止不逝。行行造其巔，惜哉難暫憩。蠻荒故多奇，天地亦護閉。此方山更雄，物産佐國計。丹黄及鉛鐵，采取有定制。而此深箐中，材木衆仰濟。自來阻幽險，兼以畏瘴癘。一朝成大路，見者恣芟薙。我知十年後，山童地且敝。感此遂成詩，山靈庶相契。

雨中過大小斗狼箐

小斗狼箐七八折，大斗狼路更險絶。蜿蜒十里幾十盤，關索鷄公敢齊列。蒙蘢萬樹翳天日，釀雨蒸雲失秋烈。人從天半下林杪，欲留不能氣鬱結。平看對面山萬重，如瞰如飛鬥巀嵲。我行半日雨已收，忽衝雲脚又噴泄。輿夫躑躅倩人助，泥滑兼之石凹凸。况逢大水當路卧，性命須臾懼傾跌。山下居民三四家，伐薪采靛衣破裂。行人再過不勝愁，全家來此一何拙。嗟哉苦樂天難均，蓼蟲食辛味亦别。

哭歸安吴奉常房師

難將黑水洗沉冤，萬里層冰慘鬼門。魑魅有知應下泪，文章無地與招魂。名高至竟爲身累，罰重誰能丐主恩。望斷尚陽堡外路，幾時歸櫬赦虞翻。

李重華

字實君，號玉洲，吴江人。雍正二年進士，官編修。有《正一齋集》。《蒲褐山房詩話》：吴江詩家，百餘年來，苦無杰作。先生筆力嶄然，滔滔自運。其宗法蓋在杜韓間。時吴縣蔣恭棐編修工古文，而先生以詩名。兩者莫能軒輊也。先生諸子皆能讀書登仕路，而詩文未有收拾者。僅存此編，棗木亦久朽蠹矣。

道古四首

嬴氏尚督責，好用韓非言。不知吃公子，乃伏亡秦根。其身則已斃，其説旋以尊。良由嗜殺身，理勿使久存。岐周積仁義，箕疇助其源。奚獨旦奭謀，亮弼貽後昆。維韓闡申商，毒甚燎火燔。追咎道德家，伯陽寧非冤。

子長憤著書，論或憑胸臆。殷勤表素王，已足稱神識。時方貴黄老，經術尚剥蝕。卓然仰高山，先路導其惑。駢羅七十賢，附聖爲羽翼。遂使弦誦堂，崇祀盛軌則。我嗟衛道人，曾未預配食。盲

左既酬功，腐遷何愧色。

俗儒矜奥博，凌雜徒記醜。我思鄭康成，乃得稱富有。窮經薈群説，羅列燦星斗。微言或有待，大義誠悉剖。隱耀避時屯，侯伯不得友。悠然通德居，書帶映窗牖。陋彼馬季長，朱户竟俯首。回賜不名官，斯言能道否。

濂溪圖太極，發緒由希夷。正類洙泗傳，柱下亦我資。相彼睿哲人，妙契超言思。早歲輒聞道，聖域可等期。傳心不在圖，聊復意擬之。微言吐精藴，乃配繫《易》詞。斯人開閩洛，功續孔與姬。《太元》與《元苞》，何獨蠡測爲。

劍閣

我行閲雄關，天險殆無敵。迢遥來一髮，突兀遏重壁。横排十萬劍，豁罅不盈尺。都無客土附，而惣精鐵積。其巔鬱叢箐，其底亂潨射。烏兔讓飛走，蛟螭避堂宅。入門循地隧，雙峽亘而窄。左作長鯨掀，右類巨鰲擲。雷轟泯斧鑿，雲蔚隨縷脉。迴風驟長驅，霜氣砭領脊。洪荒想胚胎，元氣更并迫。倘非仙掌排，亦屬應龍劃。五丁力不逮，渠能萬靈役。殘山通仄狹，留險藉控搤。誰知徒長奸，據竊逞荷戟。炎漢固殊類，偏安吾所惜。子陽先覆轍，王孟後接迹。稱帝旋洞胸，降王遞銜璧。

何況獻賊流，蝮蝎恣毒螫。張牙縱狂噬，擢髮終寸磔。伊昔凋敝初，人烟莽蕭索。生息今百年，墾闢連萬陌。文翁兼詰戎，武鄉兼教澤。遼絶若番藏，倏瞬達重譯。而此枕席安，號涣誰壅隔。地利分險夷，皇圖觀順逆。磨崖奮如椽，申命誡梁益。

五丁關

頑山積精鋌，屏亘斷無路。旁崖暗潺湲，壘罅不可度。摩天大斧劈，霆迅裂扃錮。至今龍鱗文，刻畫筋脉露。長蛇爾何物，詐誘致顛仆。得毋山精靈，幻化泄餘怒。二帝鑿混沌，七日乃物故。五丁頗相類，事與天地忤。吾聞昔仙人，移山如縱步。造化可迴斡，猛奪何足慕。

孟冬游草橋積花軒得澤字

遥情緬西山，近憩憶南陌。相期有素心，即事互招客。氣候涉初冬，烟景异疇昔。折葦芸以黄，渟溪澹而碧。松門披窅窱，竹牖睇虚白。沿洄稍通渠，點綴頗叠石。長風遞寒條，落葉冒行迹。始悟三春時，實見萬卉積。鄰園富花房，暖窖坎地脉。駢莖轉葱蒨，吐穎彌悦澤。翻憐種植翁，坐令寒

暑易。天香自供養，元化在肘腋。兹游忘賓主，酣燕任狼籍。射覆笑先登，藏鈎戲相厄。開懷試清吟。佳興勿虛擲。

送徐編修澂齋册使琉球

人言地缺東南陬，群川萬派争歸流。譚天志怪寓言耳，寧知地體圜如球。中華正居赤道北，列宿照耀分齊州。河環岳匝限大海，人文道化雄千秋。奇肱鑿齒候朝貢，歸往大國爲綴旒。扶桑之西地以萬，盡控絶島如萍浮。吾皇手啓天地鑰，八弦六幕綱維周。揆文奮武四十載，西北小蠢指掌收。乾端坤倪順迴斡，火淵冰海匪遐修。帝言覆載悉宇下，來王待册惟琉球。嘉汝有才冠詞館，其副太使敷鴻猷。玉棠崇班一品服，顏如渥赭鬚髯虬。牙旗畫鼓駭溟渤，大官餞飲擁上游。桅高百尺帆六道，柁以鐵力沙棠舟。百靈開明萬怪伏，爲魚翔泳隨棹謳。白洋横分亘其腹，上看南極當船頭。珊瑚玳瑁作海底，幻化五色光通幽。中山居民共雷抃，盟心望拜依神州。窮歡極讌坐宫殿，炮膾异族臚珍饈。飽求詞賦乞書翰，星斗爍爚龍蟠蟉。鐫之屏風刺弓韣，寶玩萬祀英名留。此行何止使不辱，神人坐致懷且柔。宣威播澤報天子，乘槎漢客安能儔。遄歸更作《寰海志》，他年考据當《九邱》。

小花山

一徑縈丹壑，千松入翠霞。人歸衆香域，山是妙蓮花。竹外春風定，廊邊白日斜。步來幽意愜，延坐拓窗紗。

寄席對揚并謝鈔書見寄

經時相望渺雲烟，標格英華世孰先。楊柳當年張散騎，芙蓉初日謝臨川。虞山風雅空前輩，婁水芳華見別傳。梅村係外曾祖。聞説异書將寄與，裝成何止玉爲篇。

過居庸

太行東騖正迴環，界截燕雲是此間。九土横分雄地軸，三邊總會扼天關。羽書報捷風雷迅，戍卒承平日月閑。此去漠南皆枕席，馬啼思踏賀蘭山。

綏德州

全秦北户勢嵯峨，韓范經營舊不磨。横嶺千重遮絶塞，孤城三面繞長河。雲開古戍烽烟息，霜落秋原禾黍多。翻笑畫疆分控日，枉令西夏擁雕戈。

湖天雜興

志和仙去杳忘歸，依舊青山擁釣磯。但隔斜風兼細雨，柳條如揚緑蓑衣。
晚洲漁笛裊纖音，颯颯蘋風動遠林。無限亂雲飛忽盡，洞庭空翠落湖心。
自趁溪雲撥小船，沿洄幾度宿湖天。爛銀沙尾醉明月，有夢不離鷗鷺邊。
斷渚平沙净渺然，酒旗寒映晚炊烟。分明滿幅營邱畫，畫出江南欲雪天。

劉統勛

字延清，號爾鈍，諸城人。雍正二年進士，官至東閣大學士，卒，贈太傅，謚文正。

《蒲褐山房詩話》：公光明正直，燭照先幾，事之可否，微發其端，至一二十年後，始服其精識。士有賢不肖，亦洞見其將來。不可得而親，亦不可得而疏也。內外臣工，無不仰其剛果，而情意肫然，不欲過爲嚴峻。生平未嘗奉佛，然於大乘《方廣》諸經，皆能得其指要。六旬以後，入夜，秉燭跏趺，危坐至二三更許，窗外偶有聲響，無不悉聞。臨終之日，五更起，盥洗飲食如常，升輿，至東華門外，輿微側，家人呼之不應，比啓帷視之，則已瞑矣。上親臨其喪，見室無長物，內外蕭條枯槁，寒氣襲人，因深爲嘆息，賜謚文正，不待禮臣議請也。公薨後，今相國石庵先生以事在記注，功在史宬，不撰行狀，不請爲墓碑墓志，第取所奉諭旨及生平奏疏編年繕録，以示子孫。其謹慎小心，亦後來台輔所當取法者。

平金川詩

臣伏見皇帝陛下御極以來，聲教暨訖，肖翹遂性。猛鷙易形，所謂仁育群生，義征不譓，四海九州，大順大化者也。西域夷金川土酋莎羅奔、狼卡，忽構鄰釁，不遵吏約，初懷懼罪之心，旋成負固之狀。潛伏厄隘，天討久稽，皇帝命大學士傅恒親往經略，誅渠奸，破堅壘，刻日獻俘，乞降不允。皇帝特頒恩諭，許其自新。二酋悔罪抒誠，詣營歸命，以六事自贖。經略宣布盛德，受降班師。桴鼓不勞，膚功立奏。蓋敵愾之後，軍猶在中途，而振旅之前，旌已返内地矣。捷聞，晋大學士，爵忠勇公，御製碑文，勒石太學，以昭示無極慶賀。禮成，遐邇歡悦。臣備員禁近，親見指揮。謹撰平定金川詩一篇以獻，凡千有八十八字，具道聖天子武烈文謨，明良喜起之盛。雖詞遜昔人，而事高往古，傳諸簡册，庶以揚扢我國家赫聲濯靈於萬一焉爾。其詩曰：

皇臨六幕，赫赫明明。陽開陰闔，秋揫春萌。有遠而賓，無疆弗庭。孰恃遴質，以扞大刑。西南絶徼，下谿高崝。踦嶇呹咽，兔窟蟻封。泳沫遐闊，以長以生。跳踉自適，乃忘其形。狼奔豕突，厥鄰是驚。彼羸弗支，籲我尉候。選隸授兵，往訶往救。不即厥麼，翻駭而鬥。負嵎誰嬰，虞人避獸。螳臂已揚，懼弗蒙宥。磨礪觜爪，包藏雛鷇。巨網空恢，神椎莫透。時曠功稽，師勤將逗。惟皇遠

覽，誕降天誅。謂叛無小，在梗斯鋤。非懲而舍，頑則莫渝。爰究爰度，運此鈐樞。曰予股肱，汝宏遠謨。汝往徯克，汝遂相予。虎賁汝從，錫汝彤弧。左右文武，敦圉之符。月在甲子，三日癸丑。建旐設旄，良辰是取。于塞于郊，來桓來糾。天子莅止，群公先後。乘以訾黄，酌以大斗。虎步龍驤，相拜稽首。載抗威棱，來歸非久。爰集禁旅，禁旅庉庉。長轂雷野，高鋒彗雲。八方散彩，揚光飛文。讃列偏裂，熾朗紛紜。爰召勁卒，目我邊屯。卷甲東來，如育如賁。威噴秋霜，氣挾春温。攖汨執猛，動若焚輪。相臣率止，是用大誡。倩洌戈鋋，焜熿旗旆。度險如夷，飈驅雹邁。乃越我疆，乃臨彼界。乃訓諸司，我營我隊。有蹶其興，孰遨以怠。乃討軍實，我卒我械。有淬其鋌，孰窳以壞。彼焰孰煽，孰誘孰和。厠我戎行，敢爲詐訛。眇睚冶夷，日測則叵。既駢而誅，乃絶盗囮。蔡莽葳蕤，喦厓嵲峨。倚依欹碕，壘石是窩。龜縮蛇伸，蜂房螯窠。霆擊山鳴，堅摧峻矬。外潰以奔，中栗而掉。彼氣斯傴，我勇聿奡。涉躐蒙蘢，騰凌蚖鱿。陣相孤虚，軍環票兆。白羽蜚叢，赤輪轡爆。羈罤睗睒，儃柬踸踔。何阻不逾，何幽不竅。既選摧鋒，將移大纛。匪枝匪梧，無寧盡劉。笞痛而謷，惟生是求。負殼藏跧，遣訢呷嘎。待命孔瘨，如魚挂鉤。相曰非誠，矧乃重尤。旦夕爾俘，奚慝是留。惟爾探威，戕鄰樹仇。我仆爾梟，用綏彼柔。草牘師中，達於帝聽。請覆其巢，請訖其命。無俾遺育，以狃不共。弋取其穴，孰云可縱。相厥山川，審兹涂徑。簡鋭而往，算則有勝。無我費留，勞瘴我衆。三旬曷淹，一鼓斯定。皇容有俙，顧瞻咨嗟。予怒狂酲，予閔窮呀。弗赦弗圖，具燼於燬。

曾是觳觫，而斧鑕加。予惟安人，非武節誇。予奉慈音，是訓是嘉。汝其凱歸，有競鼓笳。息乃鷹揚，來相予家。相布皇言，風行汗渙。貸彼游魂，許以革面。凡我三軍，勿虓勿悍。式和爾容，歸承帝眷。有憬之魁，跂行闖現。魚瞰鷄睨，出於苙圈。侏離睽睢，有辭有獻。喜溢斯陶，悸餘猶顫。虎臣矯矯，提攜以來。取道彼衝，靡慮靡猜。翼從馳驅，結束鞸靫。翊翊蠅蠅，雀躍兒哇。造於中權，膝屈額隤。戴賚銜盟，牽牲薦罍。感發漣洏，悔深嘆唉。六約有嚴，敢乞相裁。相曰來前，爾無怖苦。皇有恩言，弛爾罪罟。爾田爾宅，爾族爾聚。爾約我聞，我弗貨取。賜以鏹帛，啖以酒脯。舍之軍中，始焉圉圉，少旋而舒。覩其蹈舞，乃告成功。班師振旅，振旅輷輷，露布以傳。皇曰休哉，錫福汝駢。疏爵酬庸，庸自相先。豹尾雙綏，衣袞圭桓。相拜稽首，天子萬年。稱賀論功，歌詩肆筵。祇謁寢陵，明禋用虔。樹石成均，既磨既鐫。磨鐫伊何，惟皇有作。如日斯光，如天斯大。炳耀鏗鍧，《詩》《書》莫過。神武宏昭，聖文遠播。百爾賡揚，載歌載賀。五色相宣，八音迭和。盈耳洋洋，飛騰蕩簸。頌我皇猷，美我良佐。佐聖以藎，膂力方剛。爲元爲愷，爲召爲方。既定遐陬，思日贊襄。獻壽慈寧，茀祿穰穰。大孝尊親，徽號用彰。靈契神符，舄奕鴻龐。聲殷地弦，輝爥天閶。式於九圍，億載無疆。

題澄懷園八友圖

久結金蘭契，同殷翊贊心。勤拳分講席，蕭灑共芳林。烟樹瀛洲景，風篁《韶護》音。西園圖雅集，應遜此高深。

自顧成荒落，名賢比屋居。月川晴理棹，花塢夜攤書。分袂趨華省，鳴珂到直廬。不須論主客，泉石列簪裾。

陳　浩

字子瀾，昌平人。雍正二年進士，官至少詹事。有《南游草》。

《蒲褐山房詩話》：先生少日蜚聲詞館，與趙副憲大鯨、李編修重華、諸贊善錦齊名。其子户部君本忠，與余鄉試同年，故入京晋謁，先生以子弟畜之。生平兼工書法，得蘇文忠墨妙，爲余書者最多。四十年來，遷徙遺失，僅存一册，蓋壬申春典試南行所作也。户部兄弟皆早殁，詩稿不傳，而都下亦無知其工書者。

飛來峰

衆山環兩湖，皆以淡而妙。兹峰獨怪奇，壁立聳群峭。梯空臂難引，吹籟穴能嘯。青蒼盤松檜，瑣細雜蘿蔦。其下爲冷泉，鬥石恣騰趠。有亭翼然臨，俯仰便登眺。旁尋得洞户，深入窮窈窕。直穿山腹行，上徹天光照。誰參造化工，鑿破混沌竅。自古名飛來，此説或非剽。天欲壯此湖，靈鷲分半嶠。至今騫翥勢，猶見神尾掉。將老獲斯游，俗病冀可療。徐步下山橋，溪花向人笑。

周立厓侍御以所刻坡翁書清虚堂雪詩見寄即次韵題卷尾

坡公眼空恒河沙，下視凡筆如蜂衙。偶然對雪揮醉墨，十指拂拂飛天花。豪情奇氣兩鬱勃，杜韓顔李同一家。神呵鬼護七百載，墨采照耀金輪雅。立厓侍御有古癖，欲爲藝苑留瓊葩。拓成新刻遠寄我，見之技癢不可爬。我嗜公書嘗苦學，如飢思食渴飲茶。梁園寒夜百展玩，不覺漏鼓聞三撾。臨池那無千挺墨，惜哉老矣空吁嗟。清虚之堂在何許，柏臺雪照霜天霞。

渡揚子江

瓜步潮初落，春帆趁曉風。雪消江草碧，日上海雲紅。重鎮依天塹，中流起梵宫。濟川吾老矣，倚棹興無窮。

山陰舟夜

客行初入越，恍似鏡中游。風月來清夜，溪山送小舟。翠攢寒竹净，香動早梅幽。已近齋居日，忘機對瞑鷗。

游蘭亭

晋代群賢迹，風流宛在兹。欲尋修禊事，不待暮春時。古色看修竹，清流到墨池。行厨知有酒，先酹右軍祠。

嚴遂成

字松瞻，號海珊，烏程人。雍正二年進士，官嵩明州知州。有《海珊詩鈔》。

馬文毅公彙草辯疑書後

入獄集少陵，手書詩二百。從容赴柴市，千秋吊信國。文山在獄中曾集杜詩二百首。馬公曠代起，蒙難究心畫。疑辯信乃堅，守臣當死職。引脰絶粒時，薈萃十二册。异同晰秋毫，一字一箋釋。侍姬亦婌媚，楷法泪痕積。闔門無吹火，磷青鬼其宅。遺書誰護持，裝池述祖德。幽囚緬四載，展卷我心惻。此筆如卓笏，生擊朱泚賊。此墨尚流血，濕濺嵇紹軾。同時范忠貞，淋漓炭畫壁。閩粤遥相望，對勒平原石。

游蘇門山百泉出此山下

蘇門山瘅隘〔一〕，濯濯無顔色。孫登鸞鳳嘯，縹緲霧空碧。風雨颯中天，百獸爲之匿。臨眺動群疑，虚名若浪得。而我不謂然，闡微貴摭實。此山空其中，上土下則石。萬竅搜天根，一綫貫地脉。靈氣縈繞之，源源通不塞。運濟衛河流，濫觴罅縫坼。其功助灌溉，其害謝冲激。倒浸玻璃屏，山固兼水德。嗒然不自明，悃愊道用默。受侮於目論，甄藻賴賓識。朗朗見山心，白雲澹夷懌。清輝閣名。良復佳，試泊張融宅。

【校勘記】

〔一〕「瘅」，當作「庳」。

高梁洞上灘

萬山建瓴水，直下勢懸溜。而故屈折之，拗怒毒愈厚。呀然立洞門，夾束氣不透。穿罅鴟鳴箭，殷空牛吼柩。濤舂堆疊雪，漩撇蹴衆縐。船尾如曳黿，船頭仰舒咮。鏗然不受篙，支左先詘右。中

心起鐔鍔，大聲呼疾救。跳珠濕滿身，手與霹靂鬥。負索腰環環，邪許聲應候。宋鷁防退飛，吳象忌反走。蟻旋磨出險，喃喃口詛咒。不敢問前灘，憊矣矧多又。

易門水城爲黄眷齋明府題

易門因山爲城，小而孤。大龍泉環之，而山上無水。昔苗攻城，必遏泉，使内坐困。明季王公國勛，始於西門爲重關，水從地道入，爲備禦計。眷齋明府今重修之，民并祠焉。

平川浩如海，中央浮佛髻。高八九仞餘，圜以三里計。城削趾爲墻，雉堞齊階砌。上無多屋宇，下山憊水遞。仰維大龍泉，長流易灌溉。苗民數構患，長圍規便利。土斷徙其流，暍者坐待斃。經始明王公，諱國勛。重關峙大礪。引脉使暗通，濫觴竅濞沸。歲久石頹圮，修築君善繼。居安思預防，内捍釋外懼。昔聞漢將營，揚水敵退避。宋臣鑿清澗，深觀井養義。一水之有無，攻守所關繫。用敢勒此銘，報公祠永憩。

紀石樓令袁梅谷瘞髑髏事

石樓，古屈地。崇禎四年，闖匪渡河入，劇屠剿，距今百有餘年矣。庚戌夏，署西北隅忽露一枯髑髏，掘之，鱗次櫛比，斷鏃剥缺，爰瘞之義冢，旁勒石，歲奉祀弗絶焉。余既嘉其事，又重悲乎死者之姓名湮没不可考，要皆生不辱於賊而死，則碧血一坏，何莫非勝國之勇夫義婦也？詩以吊之。

晋封夷吾地，乃今石樓縣。縣小山爲城，居民昔逃竄。石田廢春耕，土穴斷朝爨。隔河近米脂，劇賊首發難。吹唇兵搜牢，獻馘築京觀。百年槎牙級，瘢痍漬刀箭。是皆耻生降，忍死就塗炭。女不受賊污，男不受賊亂。中宵風月黑，啾啾聲達旦。里居既蕩析，子孫亦糜爛。誰復與招魂，春秋澆麥飯。袁君莅兹土，撫循法稱善。餘波澤枯骨，幽魂雪煩怨。朱囊白木柙，彙附義冢畔。而我想當時，賊勢遠搏戰。出入河南北，晚登未央殿。淋漓人油炸，流毒天下遍。安得百袁君，遂爾首邱願。鬼亦异遭逢，望空發遥嘆。

飛雲岩

天公切石如切泥，摶之捖之分刀圭。亦復琢雲如琢玉，巧匠雕鏤納山腹。呀然一口中穿空，其下涌綿壁絮螺髻何蓬鬆。鍾乳滴成石變相，鱗鬣森動雷而風，咸與雲氣相追從。當前矗立太華蓮花峰，儼如三島浮自海上蓬萊宫。傳聞岩性忌不潔，往往呼泉一洗滌。官中那有清净身，杉槽漆斛名無實。既來未便太匆匆，滿飲僧茶消水厄。

由坡貢之郎岱

望遠峨峨冠切漢，衣襟霞舉天之半。經宿崎嶇目已迷，雲烟各自開生面。一峰昵近若舊識，乃是三日前所見。以身盤磨蟻穿珠，左縈右拂香爐篆。高屐星行下窺井，轉眼之間凡幾變。區田隨勢列等差，如規曲尺如畫綫。什什伍伍不成村，殘梨在樹落微霰。風無定所歷亂來，畫眉聲碎彈翎怨。

渡盤江

盤江源出金沙江，自烏撒入懸奔瀧。逾二千里流益怒，彯砂礐石以力扛。尸浮鱉令不知數，天塹畫斷蠻夷邦。始焉貫絙三十六，兩崖雲棧横空絡。有風撓之鐵則鳴，人到中央濤浪作。後來改制橋落成，巨材排比雁齒生。鋭頭而上牛鬥角，大鵬聳背横空行。幬以板屋夾欄楯，琳宫梵宇交回縈。積日累月計程度，鬼神助役工非輕。豈知迤西有僻路，舍易就難前事誤。花河𣓃鮓地名。黄草壩，赴滇較近目無睹。直從莊蹺至於今，地老天荒扃鐍固。偉人帝錫創奇功，屹然坊建西林渡。江寬尋丈水安流，昔遁新獲罔用泅。陰平間道取鄧艾，盧龍絶塞規田疇。黿鼉爲梁烏鵲駕，遂此平版來夷猶。省水衡錢民利涉，棹歌一曲飛輕鷗。

蔣別駕芝岡招同費副使懷谷戴孝廉闇成上舍光林游陸氏水木明瑟園二首

十畝無多地，到來如許寬。池深魚氣静，樹密鳥聲歡。淺碧侵琴薦，輕陰護藥欄。小長蘆去後，

山翠至今寒。

乞與天隨子，此間銷夏宜。堂虛雲不去，山近雨先知。種竹新成个，浮蘋亂吐絲。便無花亦好，況遇有花時。

常山旅夜

江館雲陰合，青燈耿夜闌。櫓聲離岸小，山氣壓城寒。樹老鴉栖穩，泉枯鹿飲乾。草坪離常山四十里，與玉山交界。明日路，細雨濕征鞍。

揚州春日

竹西自古繁華地，況是風光九十天。紅杏一枝春店雨，玉笙三疊夜樓烟。隔江燈影迷歌館，吹岸衣香過酒船。好夢撩人歸未得，拂城楊柳亂啼鵑。

宿許天植見山樓

綠樹疏燈落燼遲，夢醒如中薄寒時。風通花氣全歸枕，月轉樓陰倒入池。如此夜深猶有笛，可因春盡竟無詩。開門便赴尋山約，酒熟茶香短簿祠。

蔡忠襄公祠

飛度黄河勢已成，但憑一掌守孤城。三千兵帶飢寒色，百二關傳慟哭聲。報國不能生殺賊，殉君何用死留名。遺祠蕭颯横汾曲，夜夜泉飛白鶴鳴。公葬時，山泉忽飛出白鶴繞墓。

紀俺答款塞事懷明王襄毅公二首

余分修《山西通志》，見俺答屢入寇，前後死二百餘萬人。自襄毅受款迄明季，不變。然始多异議，而主於中善其後者，功俱不可没也。

城郭豐州帝制雄，鈎聯三鎮潰雲中。唇吹石勒漚麻嶺，血浴高歡避暑宫。奇貨歸來和始定，名

經請去貢長通。相臣新鄭、江陵。主議民休息，宋事虚徵葉夢熊。不信漁陽突騎粗，連年膽落鐵浮圖。奇功忽逸桃松寨，小勝惟誇莜麥湖。海若何心邀祭典，閼氏有手握兵符。西方以次皆歸款，衣賜紅獅老把都。事詳《韃靼傳》。

曲峪鎮遠眺時西陲方用兵。

地近邊秋殺氣生，朔風獵獵馬悲鳴。雕盤大漠寒無影，冰裂長河夜有聲。白草衰如征髮短，黄沙積與陣雲平。洗兵一雨紅燈濕，羊角魷魚堠火明。前明邊堠挂紅燈其上，魷魚皮爲之，膠以羊角，雨濕不壞。

三垂岡

英雄立馬起沙陀，奈此朱梁跋扈何。隻手難扶唐社稷，連城且擁晋山河。風雲帳下奇兒在，鼓角燈前老泪多。蕭瑟三垂岡畔路，至今人唱百年歌。

姚礪圃徵士

聽斷蓮塘夜雨聲，與從兄薏田同居友善。歸遲只爲啖虚名。才華見許盧思道，規矩難繩禰正平。珠帕簪花三館夢，錦衣泣月十年情。在禮館最久，書十上，三中副車。洞庭葉落秋將老，渺渺愁予與目成。

銓掣長沙二尹，將行，丁内艱。

秋夜投止山家

山當面立路疑窮，轉過灣來四望通。凉月滿樓人在水，遠烟着地樹浮空。熊羆之狀乃奇石，鸛鶴有聲如老翁。清福此間殊不乏，可容招隱桂花叢。

齊尚書泰黄學士子澄

龍虎山高北燕翔，兵聲藉口罪齊黄。忍因發難誅鼂錯，恃以成功相李綱。一死報君猶氣節，兩

人誤國共文章。齊順天鄉試第一，黄會試、廷試皆第一，與齊同榜。金川門啓宫中火，漫指西南路渺茫。

史閣部可法

鼓聲鈴閣夜驚眠，縞素孤臣茗飲年。一死平生文信國，千秋奏議陸忠宣。國殤有母呼遼鶴，家祭無兒拜杜鵑。泪灑隔江埋骨處，梅花斑竹黯春烟。

穎橋吊李元禮墓

碧血千年化水濱，回天力盡遂亡身。知臨虎穴攖常侍，忍仆龍門負黨人。覆轍可堪尋白馬，禍胎竟至釀黄巾。東林亦遘同文獄，漢碣摩挲重愴神。

宿江城晨起即事

江城鼓歇一燈懸，竹葉春宜城酒名。寒飲少眠。凉笛生於無月夜，曉鶯啼及未花天。水邊魚氣

濛濛霧，樓外山光澹澹烟。試問《白銅鞮》唱罷，近來可有弄珠仙。

武定城望獅山龍隱庵

佛火空山照眼明，黔東庵亦白雲生。頻煩中使賫香出，可許亡人托鉢行。恤典未傳程濟謚，南渡恤典追録壬午難臣頗濫，無程濟其人。經科不載仲彬名。《致身録》言仲彬以明經廷試，考科貢中無名。先公入晋身遄死，賴有長陵《實録》成。先司空死事澤州，見《成祖實録》。

由水坪宿尋甸與額觀文明府夜話

滿林霜果落繽紛，二月花紅正夕曛。山與雲依相慰藉，水因石阻得聲聞。兵鋒險道窺南户，戍火嚴城駐北軍。容易時清君坐嘯，當年滇蜀此平分。東、昭二府昔隸於蜀州，固滇北户也。烏蒙出没，戰守時聞，至雍正九年始定。

李後主

番歌一去更誰聽，天寶遺音滿後庭。烟氣暗生嬰玉鼎，花光深覆皂羅屏。只嫌搊雪無仙爪，不信量絲有釣舲。昨夜柔儀殿名。鐘漏永，秋風簾押振金鈴。

贈沈樗崖諱廷瑞，字兆符，宣城人。善山水。祖壽民，以諸生疏論楊嗣昌，爲東林黨魁。

白雲長護在山泉，與世相遺老可憐。黨論舊傳元祐籍，門風私記義熙年。蓬萊東海三間屋，薇蕨西山一棱田。生業算來無長物，摩挲粉本更潸然。

題介白亭

繞亭三面水如烟，好是霏微釀雨天。滿袖蘋香將不去，夜凉輸與鷺鷥眠。

吴門客寓友人餉鮮荔枝

羅襦白玉出新妝，不數人間十八娘。四百紅欄今夜笛，月明吹滿《荔枝香》。《荔枝香》，曲名。

聞墨莊主人吹笛金陵人，時寓天雄僧舍。

一聲入破決雲層，蕭寺閑愁寄老僧。仿佛秦淮人定後，月明如水滿船燈。

湖海詩傳卷四

張　元

字殿傳，號榆村，淄川人。雍正四年鄉試第一，有《緑筠軒詩集》。

登石門

靈境閟磵曲，幽尋及春晝。犖角屢環轉，險仄逼還就。危徑緣纖毫，梯空得奇構。珠龕藏崖竅，鍾乳滴岩竇。丹嶂劃開豁，虬松蟠烟岫。日射冰池明，翠染石花綉。傾杯倚谽谺，幽鳥鳴相侑。天風吹白雲，散亂沾襟袖。山深谷風寒，樹密嵐光逗。泠然洗塵氛，曠焉小宇宙。暮靄倏迴合，森沉夕陽瘦。净業信難留，勝游尚可又。夙懷托言咏，終期訪靈鷲。

游冶源

風日藹明霽，策杖探幽境。冶源鬱奇秀，言遵溪路永。曲徑趁逶迤，峭壁緣青冥。連林沓蔭翳，篠簩叢千頃。岸曲春水環，亭高遠山屏。紛吾快流覽，垂綸思舴艋。樽酒煩主人，坐對檀欒影。山風倏然來，珮環響幽泠。森爽淡俗緣，蕭寂發深省。眷焉懷昔賢，韵與平泉等。遺編夙溯洄，勝地復略領。盤礴情未極，夕陽已沉嶺。莫惜歸路遥，吾意愛孤迥。

白雲山歌

白雲之山連雲起，單椒直入蒼冥間。雲來雲去時滅没，嵐光蕩漾青烟鬟。倚天拔地五千仞，背臨絶壑根紆蟠。清泉一綫迸石罅，虬松高下籠琤潺。松迴溪轉數隱見，幾家村落臨烟巒。我來習静借栖托，恨不馭氣騰飛翰。是時空山過微雨，松濤浮翠溪生瀾。穿林沿岸事登頓，風翻凉露沾衣繁。陰崖一徑垂纖縷，捫蘿附葛攀巑岏。雲竇嵌空劖叠嶂，石溜清泠凝晶盤。岩窮路絶壁面削，却下澗底嗟險艱。仰見東南垂鳥道，拾級蹩躠腰脚酸。徑轉山南更西去，峰腰横截珠宫攢。浮金炫碧啓象

教，一聲清磬飄栴檀。梯空百折淩巔頂，峥嶸杰閣開金鑾。上帝高居御群品，雲旗絳節排千官。瞻拜出門莽四顧，淩臨頓覺天宇寬。恍惚疑有仙人至，或乘白鶴騎青鸞。雲中笑語頻招手，遺我滿把黄金丹。但餐一粒縱超越，雲璈霞佩聲珊珊。安能蹁躚溷塵坱，坐令白髮凋朱顔。丹臺玉室無消息，仰天悵望憐緣慳。歸來茆屋卷書坐，松風流水空灣環。

華不注道中懷邊華泉先生華泉在華不注下，先生墓直其南數里。

歷下稱詩宿，尚書沈杜儔。敦盤分北地，宗派啓東州。墓道風烟斷，華泉蘆荻秋。遺文傳海岱，永賴砥横流。

韓倉道中懷李滄溟先生

落日韓倉道，懷賢慘客顔。詩名猶白雪，墟里但青山。七子琴樽冷，千秋林壑閑。惟餘幽澗水，日夜送潺湲。

蔡德晋

字宸錫，無錫人。雍正四年舉人，官工部司務。《蒲褐山房詩話》：宸錫先生精通三禮，常分門别類，以次相從，采掇鈎貫，凡五十餘册。功未竟而殁。秦文恭公少與同學，得其本而增修之，證以歷朝史事，補以宋元諸儒之説。今所傳《五禮通考》，雖續健庵尚書《讀禮通考》之遺，實則據先生書爲藍本。今其書割裂之餘，無有存者。詩亦非所長，今存一首，而附記其經學之淵深如此。

望鄉

龍山蒼翠正當樓，水上芙蓉一帶秋。雲樹不須遮望眼，夢中人在木蘭舟。

鄒一桂

字元褒，號小山，無錫人。雍正五年進士，官至禮部侍郎。卒，贈尚書。有《小山詩鈔》。

天柱縣登樓

喜得齊雲倚石開，不愁前路有崔嵬。何人便説南天柱，我亦蓬山頂上來。

彭啓豐

字翰文，號芝庭，長洲人。雍正五年殿試第一人及第，官至兵部尚書。有《芝庭詩藁》。

《蒲褐山房詩話》：芝庭尚書以醇德樸行著于朝野，而性耽風雅。使節所至，遇佳山水，必游歷乃去。集中句如「楊柳春風江上棹，杏花細雨酒家樓」，「疏風影動林梢月，宿雨凉生檻外山」，「三徑杜門高士迹，扁舟訪舊故人心」，「漁唱數聲初出港，樵風兩岸送歸船」，「落月疏星荒店閉，西風鼓角

戍樓寒」，「鐘動遠沉山店月，林疏斜颭酒旗風」，「古壁殘燈明乍暗，空庭落葉掃還多」，「三秋風雨添良會，五字河梁又別離」，「鴛湖處處多芳草，鬣市家家近畫樓」，寫景關情，神妙獨到，當世好爲生澀槎枒者未能津逮也。

折柳行送宫贊錢勉耘同年假還婁東

燕京四月春方暮，柳色青青挂高樹。長條踠地最多情，濃陰遮斷前行路。病裏芳華冉冉過，那堪送别聽驪歌。心憐飛絮隨風舞，目斷高樓夕照多。忽憶江南烟景好，汀洲夾岸迷芳草。繫得蘭橈唤渡遲，泊來野店抽帆早。羡君安穩計歸程，抛却紅塵步屧輕。鰣魚入饌楊梅熟，不用蒓鱸動客情。婁江帶水崑山麓，瀰迤溪田繞花竹。憑君折柳寄相思，東風吹夢江皋緑。

琵琶亭晚眺

臨江臺榭鬱嵯峨，九派潯陽檻外過。帆影微茫銜落照，笛聲幽怨激滄波。天涯易下青衫泪，商舶争傳白苧歌。待得新凉明月夜，蘆花蕭瑟更如何。

楊柳枝詞和宋玉才韵

玉才名樂，常熟諸生，有雋才。早殁。

白公堤畔乍飛綿，三月微陰澹似烟。宛轉肯隨金勒騎，輕盈都上木蘭船。

萋迷山店拂澄潭，送别思攀尚未堪。春雨杏花零落盡，一株惆悵在江南。

呂　熾

字克昌，臨桂人。雍正五年進士，官至副都御史。

恭和御製新修翰林院落成得見字

文教首蓬瀛，鴻儀今創見。鑾坡楹桷新，瓊榜星雲絢。廳樹揚龍旍，亭波涵雉扇。欣瞻日采臨，特重珠衡眷。雅韵發金聲，華筵羅玉饌。卿僚載拜賡，千古傳詞院。

楊錫紱

字方來，號蘭畹，清江人。雍正五年進士，官至漕運總督，謚勤慤。有《四知堂集》。

《蒲褐山房詩話》：先生清標直節，爲在廷諸老所推。督漕運時，嚴飭沿途毋需索，毋留滯，又體恤旗丁以及押運各官，纖埃不染，使得迅速遄行，故數十年來論漕政者必舉先生第一。生平不以詩名，而所作清新疏秀，書法亦工。歿後，人刻其書以行世。

梁王城

寂寞荒榛裏，巋然有舊城。烽烟千古劫，草木萬山兵。壞堞餘殘照，寒鴉落暮聲。年年迴棹處，憑吊不勝情。

安東作

近郭河聲怒，沿堤草木多。清宵聞雁鶩，白日走蛟鼉。補救功需亟，瘡痍氣若何。誰膺司牧寄，高卧盼庭柯。

夜　舟

入夜鍾吾道，微風一葉舟。徐吟遲月上，獨坐看星流。野闊烟無際，波閑釣未收。逝將謀小隱，生事老羊裘。

夜　意

河水明如練，風帆静不張。蟲聲經露濕，月影渡波凉。計日秋將半，懷人夜未央。小山看漸近，到及木樨黄。

夕陽

一棹秋風裏，行行又夕陽。還飛鴉影亂，罷舞柳絲黄。客意銜山急，帆陰卧水凉。何人方獨立，覓句向蒼茫。

出臺莊閘作

帆挂秋風葉葉疏，臺莊一望半蓬廬。倦游客類還飛鳥，出閘舟如脱餌魚。嶺外夕陽銜欲盡，河邊柳葉落還餘。風烟是處供吟興，行到江南想亦如。

七月二十八夜坐

歸帆初卸棹歌停，漠漠凉生草露零。正好夜來無月上，水窗風細數流螢。

螢

風前雨後往來頻，入幔依簾解近人。剛有流光能自照，已忘腐草是前身。

查園

花枝落盡畫簾空，亭角蛛絲半網蟲。只有青蟬仍抱樹，盡情啼到夕陽紅。

楊柳青

五旬風露歷朝昏，尺寸河流日較論。只有海潮循舊約，迎人先已過津門。天津潮直到楊柳青。

梁詩正

字養仲，號薌林，錢塘人。雍正八年殿試第三人及第，官至東閣大學士，贈太傅，謚文莊。有《矢音集》。

《蒲褐山房詩話》：公居正陽門外楊梅竹斜街内清勤堂，蓋御賜也。堂左有味初齋，前隔墻蒲萄纍纍，其齋因以青乳名之。公充《續文獻通考》總裁，屬予司編校，常宿其齋。每日庭户蕭然，自諸司畫諾外，更無停轍。進和御製詩，每逢劇韵，必蒙嘉獎。予异之，公曰：「昔蘇文忠公善次韵，每遇艱險處，恒以譬喻出之，是以信手驅駕，毫無窒礙。吾竊得此秘，故能游行自在，天然凑泊耳。」公歸養時，與趙意林相倡和，且手自書之。士人以爲秘寶。杭堇浦編修跋云「如瑶林玉樹，高出雲表」，洵然。

奉敕賦青蓮朵

按南宋德壽宫，即今宗陽宫。宫中舊有穹石，傍石有古梅一株。今石僅存。上南巡，頗拂拭之。嗣大吏移送京師，賜名曰青蓮朵。并紀以詩。

蒼凉南渡荒故宫，孤峰削立青芙蓉。蘚苔斑駁琳館廢，忽超凡劫歸瀛蓬。花綱艮岳不復見，誰

念飛來雲一片。冷分黛色南屏腰，遠映清瀾西子面。此石經今六百年，窪竅不受神工鎸。却陋平泉莊裏迹，差肩太華峰頭蓮。緬昔梅花石邊吐，石不能言花解語。花殘留影照春風，寂寞相看共媚嫵。即今重荷天睞存，翠膚新著摩挱痕。遠致雖非聖主意，珍异何啻儕瑶琨。昔溷塵埃今苑囿，瓊華島石姿相簉。仇池雪浪詎足論，甲乙居然稱去聲。皺瘦。一峰窈窕浮烟鬟，明窗浄室當孱顔。同時异物嗟流落，研山筆格空人間。嘉名肇錫新詩賞，菀枯頓令殊今曩。不須更憶藍瑛圖，爲種梅花恣供養。

意林同學友屬書賜錦堂記以詩來謝即次元韵

百城擁處擬侯王，鉛槧窮年鬢早蒼。獻賦乍蒙稽古力，待徵命作校書郎。錦頒内府榮儒服，記勒貞珉補草堂。傳語孫曾勤肯構，君恩沾逮可能忘。

再叠前韵奉簡意林

烏衣自昔美諸王，秋水遐思葭菼蒼。剩有青編堪補史，意林著有《南宋雜事詩》。不妨白首未爲郎。

説詩客每勞前席，問字人多到後堂。謂摹吴興天冠山題咏石刻。贈答即今成韵事，他年吟社莫相忘。

征衣恭和御製元韵。

聞道長裾不利趨，用昌黎語。况隨行獵歷川塗。短衣佩劍風猶在，見《莊子》。缺胯從軍制未殊。見《唐書·高祖紀》。已喜跨鞍輕矍鑠，不憂舉步礙榛蕪。書生鞭弭周旋處，也製征袍與衆俱。

地竈軍士蓐食，皆穴地爲竈，措釜甑於上，以資烹飪。

依山列幔隨疏密，因地爲爐各淺深。穿穴不須陶冶埴，拾薪端可漑烹鬵。升烟遥結千廬白，移壘空存萬突黔。漫説風餐兼露爨，自來增減重韜鈐。

奉敕題畫仿趙孟頫

緑樹濃陰清暑，青山暖翠浮嵐。水閣平開溪北，人家合是江南。

山寺遠鐘未歇，烟村宿靄初收。最是鷗波館外，生平寄興滄洲。

孫　灝

字載黄，號虚船，錢塘人。雍正八年進士，官至通政使。有《道盥齋集》。

《蒲褐山房詩話》：君夙厲清修，兩任屏藩，名望與太倉沈光禄相埒。入爲京卿，以品詣入直上書房，故常隨木蘭秋獮。退直後歸帳房，遇山泉清潔，必取而煎之，瀹以龍井芽茶，招句山太僕及予并啜之，雜談經籍，輒以爲常。其清寒幽峭，不异老儒生也。

咏撲滿

《西京雜記》：鄒長倩遺公孫宏撲滿一枚，因寓書示戒曰「撲滿者，以土爲器以蓄錢，具有入竅，而無出竅，滿則撲之。土，粗物也。錢，重貨也。入而不出，積而不散，故撲之。士有聚斂而不能散者，將有撲滿之敗，而可不戒與」云云。唐姚元崇有《撲滿賦》。

有物工斂財，厥功利摶土。名卑貪夫愛，質陋良冶侮。守口深難窺，吸箕仰有取。六州鑄錢愚，

一竅穴金塢。形模偃鼠微，腰腹怒蛙鼓。幣納周景千，瓶投漢銖五。情聯方兄新，算用姹女數。挂杖看阮乎，繞床詫夷甫。滿籯笑遺經，長袖比善賈。豈意欹器危，不堪墮甑撫。唾壺缺一朝，玉斗碎終古。混沌鑿忽開，膨脝脹何苦。速删《錢神論》，大戒皿蟲蠱。盛滿厲所階，脂膏怨之府。苟懷焚身防，或較噬臍愈。東閣平津侯，西京媚臣祖。故人托諷規，忠告敢傾吐。布被飾清聲，金門踐華膴。厠名兒董儒，發迹羊豕伍。撲滿何心哉，寓言不無補。

和陳句山舍人作

五字哦佳句，蕭寥味共嘗。有情惟酒盞，無分是春光。官冷言愁易，鄉遥遣夢長。聯吟謝何遜，枉瘦沈東陽。

商　盤

字寶意，號蒼雨，會稽人。雍正八年進士，官至順寧府知府。有《質園詩集》。

《蒲褐山房詩話》：寶意胸羅玉笥，筆有錦機，本以詞林乞爲郡佐，久居白下，饒有閑情。常得趙

姬小憐，解碧玉連環爲贈，易名環娘，以中秋夕扁舟載之。未幾，玉隕蘭摧，悼亡屢賦。中如「鬢影憶簪花第一，眉痕怕見月初三」，「舊居鸚鵡曾呼我，斷帶鴛鴦欲付誰」，「錦機未斷纏綿縷，羅襪還留細膩塵」，「誰與修書添半臂，欲煩妙筆畫全身」，皆令人欲喚奈何。晚得小束，又有句云「恐是玉簫償宿債，偶從錦瑟感年華」，「未可楚腰擎掌上，試將吴語教燈前」。時人吟諷，以爲元稹、杜牧之比，不知其才情横厲，出入於元白蘇陸諸家，足以雄視一世也。君美鬚眉，善音律，衣冠修偉，狀如古仙人。其出守雲南，予輩餞於畢秋帆疏雨樓，作古詩五十韵送之。又明年，予至永昌，君已歿於順寧。其從侄將護喪歸，略叙生平，索爲墓志。雖屬稿應之，然不得其詳，常以爲憾。

攔江磯

長江如修龍，蜿蜒向東下。庚神不能鎖，其勢實雄霸。天帝敕六丁，挾石爲堰壩。千尋亘縱横，萬力防傾瀉。赴海得停機，約束勞造化。陽侯謹受命，違則罰無赦。我行秋冬交，水勢殊少謝。圭角露危磯，仿佛虹梁架。百繩挽一舟，有帆安敢駕。長年老解事，快從急溜借。始知天地間，利鈍争一罅。鎮躁免險巇，解紛在閑暇。卧看江流安，明鏡光新砑。

石門

石門最高頂，勢壓列岫低。鑿開一混沌，劃破雙虹蜺。乾連坤忽斷，圓璧方爲圭。至寳謝雕琢，化工呈端倪。老樹不知年，懸崖安可梯。幽瀑貫其腹，匯成九曲溪。數折入深洞，厥狀如覆瓻。蒼茫出元氣，虧蔽垂幅幰。石髓凝不消，斑斑青紫泥。惜哉靈秀窟，遠落蠻荒西。往者漢昭烈，兵敗於此栖。代移疆索改，圖志無從稽。絶景不沿革，殘碣猶標題。嗟余慕邱壑，抗走沾塵堲。眼明忽睹此，勝刮黄金鎞。閬苑現樓臺，武陵聞犬鷄。雲霄若士竦，物論莊生齊。兹游慰夙願，楖栗當重携。

東門關

暮陰忽四垂，窅窅日光薄。岌嶪東門關，勢向馬前落。拔地有千尋，去天無幾握。峰作牛毛皴，路爲犬牙錯。碧澗貫瑽琤，蒼藤挂瓔珞。怪木如老蛟，伸爪肆拏攫。難通漢使車，欲借秦皇鐸。五丁力已勩，知是何人逹。在昔高羅司，種類此栖托。舞干文德敷，納土苗民樂。世泰息烽烟，時雍奠疆索。美哉膴膴原，盡屬天朝拓。

瀕行友人索觀入都近咏賦答

昨歲來潞河，停橈訪吾友。同心托蕙蘭，芬芳真可久。詹詹紀程詩，弃遺輕敝帚。旅人愁善鳴，長者愛忘醜。蟹螯味無多，羊棗嗜亦偶。聊當楚《騷》讀，如下《漢書》酒。鐘吕君素聞〔一〕，何貴乎瓦缶。茫茫塵海中，賞音遇誰某。謡諑蛾斂眉，支離柳生肘。頗思結習除，香雨歸烏有。楊綰常自韜，丁儀求不朽。矜慎與質疑，其意皆可取。方當典學朝，搜羅到林藪。鴻羽漸雲逵，魚鱗依左右。曩列供奉班，愧非雅頌手。報國薄詞章，寧須探小酉。此卷不足觀，請君覆醬瓿。含意分袂申，驪駒在門否。

【校勘記】

〔一〕「鐘」，原作「鍾」，據《質園詩集》卷二十三改。

彈子磯

何年巨靈掌，劈開混沌石。神工出自然，皴染净無迹。嵯峨一卷小，勢與群峰敵。蒼浮雕鶚騰，

黑覆蛟螭蟄。嵐氣與雲光，深入古潭碧。還丹誰所成，惝恍衆真集。老仙去不回，留此青鸞翼。五乳七星岩，到眼堪一擲。我有邱壑緣，相看似曾識。翠屏宜晚對，金烏忽西匿。擊汰始興江，春流浩無極。

摩天嶺

偉哉挂榜山，本號摩天嶺。象伏與龍蟠，相對争秀猛。象伏、龍蟠，兩嶺名。上可捫星辰，下或起雷霆。上聲。岩石皆俯垂，如木怒生癭。美者雙髻鬟，鬖髿臨鏡整。其色黝而蒼，不辨黎雲影。全身肆撐拏，元氣結肯綮。不圖紘綖外，乃有此奇景。交州古荒服，久爲中國屏。守者受法疏，天心遂怲怲。特將青蝃蝀，化作千尋綆。用以截華夷，有寇不須警。我朝威德敷，駱越猶鄉井。防邊刁斗嚴，專閫貔貅領。鼠害毋他適，鯨貪絶吞并。蠻情久已安，貢道休教梗。兹嶺變康莊，會向昭融請。

除草

柞氏載《周官》，翦熫乘時候。單子論陳侯，道茀國有疢。刈兹荆棘叢，薪蔚迷昏晝。草竊古所

防，何分人與獸。治草通治民，其理當深究。稂莠未完除，嘉禾安得秀。不斷將養奸，姑容即藏寇。我行磽确閑，一望驚紛糅。任昉愛春游，杜甫譏冬狩。身爲司牧官，施設在成就。亦知興與革，從容無取驟。奈此曠土多，墾田勞鏟構。倘非無蔓芟，何以施耕耨。燎原真上策，炎炎功易奏。即事成短章，晚憩前山堠。

五課詩

栖身十畝，舊學圃農；出守一麾，新逢吏士。至於家塾，每念群兒。偶當退食，從容各賦短章勸勉。課分五等，時屬三春。有水曹官閣之吟，無山簡習池之醉。采風行部，正宜治事如家；獨立趨庭，敢信愛民猶子。撫衷自愧，考績何優。用質同人，毋譏拙宦。

課　耕

我本舊知農，半生以仕易。常禄雖濫叨，未敢忘民力。治郡首田功，厥土分肥埆。何種宜高原，何種宜下隰。布穀已頻催，九九犁耙飭。乘兹春令和，相戒毋休息。指日具壺漿，來就耕夫食。

課圃

少陵在西川，菜把園官送。何不勤灌畦，抱此漢陰瓮。芋區應候鋤，瓜疇及時種。厥味旨且長，口腹非云縱。堪作王公羞，亦爲賓客供。鄙夫無遠謀，斯意非嘲諷。

課吏

悃愊自無華，古稱廉静吏。有餘補不足，當以日月計。政或拙催科，心其勞撫字。許丞原未邁，尹公嘗請試。掾屬有通才，瑜不因瑕弃。孤賞出風塵，静觀屏浮議。托身俯仰間，未可隨同异。廉部告鄉人，二天何足庇。

課士

昌黎在潮陽，子厚居柳州。各將教化著，能轉文風優。熙朝振鐘鼓，遠不遺蠻陬。兹郡雖荒僻，黌序人才收。所學敦本原，經明先行修。懷此希世珍，佇待側席求。太守老腐儒，耽書親校讎。菜芭如問字，載酒元亭游。

課兒

正月硯凍開，童幼入小學。勖哉紈綺年，沈潛遠浮薄。積墨遺後昆，温公意有托。我子十齡餘，孫亦非總角。訓課不及時，將成乃翁錯。延師啓東軒，近傍籌邊閣。晝長功課了，庭花紅未落。好鳥忽飛來，丁丁動鈴索。此時讀書人，應識讀書樂。

題八蠻進貢圖

李白昔成《明堂賦》，閻立本繪《職貢圖》。其朝有位貢有物，篚筐紛錯衣冠殊。誰歟狡獪作此卷，南蠻北貊形貌粗。番部君長偉丈夫，罽賓纈錦纏其軀。腰間玉具雙湛盧，後有從者走且趨。大秦之獅大宛馬，文犀香象同馳驅。其餘獒雉非一種，迢迢重譯來通衢。异物寧爲天府貴，包茅要是王家須。東鶼西鰈紀封禪，元龜翠羽垂史書。丹青雖戲關國典，荒服不至非宏模。我朝御世邁前古，升平河岳呈苞符。蘇祿梯航歷山海，高昌弟子充生徒。華夷一統大無外，六街雜遝聞僸佅。中原自有麟鳳現，萬里禽獸輕錙銖。憶昔侍直披香殿，親睹苑藪游騶虞。作歌作頌揚上瑞，寫生妙手煩曹吴。子牟闕庭久猶戀，師古王會工難摹。君不見兩階文德今覃敷，勤兵服遠何爲乎。

李猷搏鷹圖引

道君畫鷹擅今古，誰歟匹者宋李猷。今觀此圖洵神异，素練八尺横高秋。草枯木落原野曠，鶂鶻累百離絲韝。此鷹一出振林莽，雙翮未勩獐狐愁。爾時何處得此態，毋乃射獵南山頭。雄材絶技散天下，乘勢必與風雲謀。廉頗不用枉善飯，李廣已老難封侯。雲臺紀功二十八，就中豈盡揮戈矛。名鷹勇略比名將，氣象自异群鷹儔。國家承平少征戰，田車千乘行苗蒐。此鷹才大必有用，但擊凡鳥吾所羞。安得晴空盡梟鳥，坐使鸞鳳來同游。

栖賢舍利歌

梵書八萬四千塔，誰其造者阿育王。衆靈雜遝供役使，分置國土隨神光。其在震旦十有九，就中一塔存南康。内有舍利十一粒，昔時埋没今收藏。瓶是玻璃盤玳瑁，入土出土全不壞。百煉終完寶勝軀，五光遍徹兜羅界。閻扶月照影逾寒，優鉢花籠形轉怪。聞者不見見者驚，蒼茫歷劫知何代。老僧向余言因緣，古塔建自咸平年。摩尼之珠未遭燬，遂從西麓歸栖賢。其大如豆小如粟，長有寶

氣騰星躔。作銘作贊永無極，不逢鉅手安能傳。我昔曾讀《匡廬志》，復聞此語真奇异。熊軾雖邀一命榮。鹿車原解三乘義。放筆初成《舍利歌》，重游定作《栖賢記》。君不見宰官説法天雨花，人間何處非初地。

投壺歌

投壺之禮古所垂，賓筵酬酢樂有儀。逾言借立著深戒，義取正直非新奇。今朝張燕習嘉禮，兩楹羅列無參差。立馬以三挾矢四，諸賓登降肅不僛。嗟余好古生苦晚，魯鼓薛鼓亡其詩。張氏作圖卜作律，舊經新格何人知。分曹尚德不尚藝，但求命中良可嗤。是時深院日方午，酒鱗浮動黄琉璃。銅韵錚錚振庭樹，疑有落葉飄階墀。丈夫懸弧本素志，會須手靖西南陲。弓矢載櫜永不試，太平高會無窮期。

題林良九鷺圖

一鷺振振騰向天，一鷺仰視欲上騫。一鷺戍削寒聳肩，旁立一鷺一足拳。中有雙鷺斂翅眼，不

飲不啄神氣軃。最後三鷺行不前，羽族亦有遭迍邅。飛鳴宿食野態全，誰與狡獪丹青傳。運意長在運筆先，寫生妙手真天然。秋深夢入寒塘路，葦白葭蒼不知處。

以俸米饋高妙主人系以詩

高妙主人冬掩廬，枯藤敗葉盈階除。典衣常貰少陵酒，乞米懶作平原書。翰林一官清似水，臣朔年年飢欲死。便學侏儒將奈何，自憐骨相宜如此。薄少貽君君勿嗔，加餐善養苦吟身。裹糧略可充三月，救死何勞具八珍。他年拂袖銅駝陌，夕葵秋樹高人宅。一片黄雲弄晚晴，讀書負米真良策。

題番騎圖

邊城吹角黄雲起，番馬番兒見獵喜。幽燕不作畫圖看，逐電追風儼千里。一馬昂藏如欲鳴，數馬勃窣驕不行。就中怒馬忽奔逸，能使突兀高原平。雲錦成堆誰第一，驍騰都入曹韓筆。合圍臨陣兩縱横，人馬同心勢無敵。聖朝駕馭盡英雄，繕塞年年奏武功。已見助綏番部順，豈徒舉手射夫同。赤狄烏桓連大漠，書生愧少平羌略。惟將老眼相驊騮，一過空群同伯樂。嗚呼健兒慎勿誇身手，苜

蒞蒲萄中國有。樂府争傳俶儻歌，闕氏且酌屠蘇酒。

苗刀歌

沙渠土司悍且豪，大爲容美小散毛。納地久降諸峒長，尚存苗種懸苗刀。此刀出匣三尺水，吴潭素練翻秋濤。春鵰長尾自皎潔，鸊鵜安用尋常膏。蠻兒撟健逞身手，累年剽掠横相遭。官軍綏攻議勦撫，居民雜處思奔逃。留兹利仞經戰鬥，往往深夜聞鳴號。即今向化買牛犢，兼有就學嫻風騷。朝廷德威加四海，合兵不向皋蘭鏖。羅平妖鳥避鷹隼，大宛天馬隨蒲萄。東南自充財賦藪，零星荒土輕秋毫。奠安有方賴守牧，奸宄何自潛蓬蒿。孟勞伏突本凶器，升平盛世宜藏弢。寒光如髪照無寐，起看太白西方高。

松雪硯歌爲童初五弟賦

名士愛硯如愛玉，肝是驊騮眼鴝鵒。百錢入市得奇珍，朝夕摩挲看不足。形模既古質性温，斷紋隱約疑蛇腹。涓涓一勺水凝池，内有多年墨蛟伏。此硯曾供松雪書，自宋相沿閲陵谷。我聞承旨

在吴興，妻爲仲姬兒仲穆。家學能傳騄駬圖，墨痕遍洒蒼筤竹。趙社遷移元運昌，隨身老硯無翻覆。同時亦有玉帶生，慷慨西臺留慟哭。身當歸隱焉用文，物不磷緇豈非福。烟零雨碎易消磨，幸落吾家老同叔。拂塵啓匣石聯交，對客揮毫雲滿屋。白璧休誇十五城，紅箋要展三千幅。大德重論舊歲年，良工且免新雕琢。與君洗滌試耕耘，開凍還將家課督。《四民月令》：正月硯凍開，命童幼入小學。

恭紀聖駕口外行圍[一]

聞道秋行獮，從來日用剛。三驅嚴虎旅，七萃盡龍驤。彩仗移芳甸，期門整貝裝。從臣誰第一，染翰賦長楊。

萬乘應時行，秋高右北平。巫閭蟠重鎮，長白拱神京[二]。列辟趨金鳥，虞人植綉旌。中原燕天子，徒御不曾驚。

山海烏孫外，星辰紫極中。省方疆索大，舉𢌿射夫同。苜蓿秋還碧，燕支晚自紅。從今輕駟鐵，不必采《秦風》。

允塞兼文武，聲靈曁朔南。助綏驍將集，辨物獸人諳。梓嶺高無際，蒲泥遠更探。左賢遮道拜，率服不須戡。

毳帳圍熊地，雕弓射雉天。盛朝誇羽獵，宿衛選幽燕。石鼓周宣字，金支夏后年。皇心勤武備，應候舉秋田〔二〕。

至治陳干羽，遐方貢象犀。觀兵周冀北，繕塞達遼西。風入雙雕勁，雲屯萬馬齊。豐碑宜有頌，遥見拂虹蜺。

飛騰龍虎氣，隱隱出中權。霽日頭鵝宴，清霜詐馬筵。分弓秋隼外，列戟暮笳邊。應有屠蘇酒，諸王次第傳。

大閲陳軍實，前朝總不如。虞巡傳輯瑞，鎬宴咏那居。但取平羌略，無勞諫獵書。小臣江海隔，北望想鑾輿。

【校勘記】

〔一〕「園」下，《質園詩集》卷十一有「詩十章」三字，且詩題下有注：「謹序。乾隆辛酉南康作。補編。」又有詩序：「臣聞路鼓大綏，垂爲典禮，攻車同馬，載在詩篇。然而如棠觀魚者，虚稱略地；即或於敎搏獸者，不越近郊。雖修簡閲之常，未見規橅之大。我皇上葉武功，則提三尺之劍，直倚扶桑。孔固自天，方進小雅九如之頌；無疆行地，迥非後王八駿之巡。兹者六紀乾符，重申巽命，應秋而肅，諏日維良。三選七萃之徒，群環法駕；六郡五侯之子，悉備戎行。離芷若之深宫，出璚華之別島。蚩尤前導，屏翳後隨。張竟野之罘，設垂天之罼。其地則玉關、鐵嶺、元菟、白狼、軍都峷嵂之山，碣石崢嶸之館。九邊紫

色，壤接陪京；三輔黄圖，天開北戒。秦城漢月，屯虎帳以增雄；遼壘金營，駐龍輿而攬古。時則弓矢既調，錞釪競奏，雲暗沙明之地，風毛雨血之場。大兕小豝，貫右腢而獻獲；名鷹快犬，隨上將以論功。乃於講武之中，復寓籌邊之意。黄花戍迥，羌笛年年；白草天低，氊廬處處。奈曼、巴林之族，呼韓、頡利之鄉，勃勃之馬千群，蠕蠕之鷹一按，莫不備車徒於左右，仰雲日之光華，向若是驚，呼嵩而退。此皆皇威宣播，絶异横汾過沛之游；帝德懷柔，豈徒佃渭蒐岐之舉。故獵乃可喜，而禽不能荒也。臣昔侍螭坳，曾瞻豹尾，高原大阜，慚非萬仞，鷹揚温室，上林聽罷，百花鶯語。自陳情而乞郡，長戀闕以經年。望五校之縱横，真如天上；想六飛之蜒蜿，欲繪圖中。謹攄向日之誠，竊比子雲之賦。」另，此題下，《質園詩集》卷十一有詩十首，此處無第八首、第十首。

〔二〕「拱」，《質園詩集》卷十一作「翚」。

〔三〕「應候舉秋田」，《質園詩集》卷十一作「豈作十旬田」。

林道人山房

道人老有道，自製薜蘿衣。清夢白雲遠，晚林黄葉稀。重尋應不遇，愛此暫忘機。十里下山路，蒼然横夕霏。

聞蟬

石纖峰邊路，年年噪夕陽。忽驚新氣候，何處好池塘。森木雨初霽，古城秋正凉。如聞楚天雁，悵望一沾裳。

題鄭布衣秋郊餞别圖再送史丈

布衣老筆似龍眠，寫出旗亭薄暮天。折柳幾人同悵别，采薇何日罷防邊。帳中白髮依嚴武，城上黄雲吊赫連。莫問賀蘭山近遠，數行秦樹帶秋烟。

贈内子四十初度

憶聽靈鵲報初除，九載東華寂寞居。典盡金釵供僦屋，剔殘銀燭照修書。承恩縱得新鸞誥，偕隱難忘舊鹿車。珥筆分符俱不賤，一麾休怪出南徐。

人間仕宦海茫茫，泛宅浮家又豫章。五斗偶需腰已折，百年將半鬢同蒼。安貧便是宜家策，采葯何勞駐景方。差勝蓬門荆布婦，白頭未識綺羅香。

送潘筠軒編修還越

升平朝野總君恩，局外閑將出處論。結社未應歸白傅，種蔬早已賦黄門。一竿遠拂珊瑚樹，八口同居薜荔村。此去撫松深閉户，蒼髯勝友老猶存。

環娘至淮

迴身宛轉故依然，小别重逢似隔年。葯餌急須調病後，簪環親與卸燈前。但教好月當三五，豈惜春衣典十千。江北江南風正厲，護花人祝養花天。

信步至萬柳堂是前歲亡姬舊游地愴然久之

彈鞚徐行不覺遥，鳳城寒食又今朝。地經前度增惆悵，人對芳辰轉寂寥。侍史華年傷錦瑟，故家別業問雕橋。真珠亭畔斜陽暮，翻恐無端拾翠翹。

懷淮上程魚門 晋芳

夢到通波九曲邊，槐花黄近已凉天。豈無《淮海閑居集》，秦少游著《淮海閑居集》。合有昌黎《薦士》篇。北斗望京成往事，魚門兩赴京兆試。南園餞别又今年。庚午北上，有《南園餞别圖》。丁家水榭聞歌處，凭遍雕闌夜不眠。魚門舊館青溪水閣。

秦淮雜咏和所見龍潭旅壁原韵

兩戒江山萬古清，劫灰歷盡見升平。《後庭》一曲堪亡國，玉樹從今莫再生。

南朝樓殿勝蓬萊，物换星移起暮哀。寒雨不知歌舞地，瀟瀟遍滴舊宫槐。

憶金陵舊游

吾鄉放翁在蜀十年，曾有所盼歸日，每懷舊游，屢見吟咏。僕於金陵亦然。月地花天，復此追憶，不知身滯百蠻也。

選勝鶯花幾度經，吴娘低唱酒微醒。誰知暮雨瀟瀟曲，偏向蠻村意外聽。

何處南朝不可憐，屏中樓閣鏡中船。茫茫洗馬愁難遣，已過羊車入市年。

鸞坊寂寞鳳臺空，白髮吴伶話故宫。外院尚横金鉳鉞，内橋誰奏玉玲瓏。

謝莊玩月憑闌坐，梁緒簪花側帽歸。古巷斜陽誰認得，重來惟有舊烏衣。

名士當年説過江，圍棋邀笛總無雙。只今惟有青溪水，九曲潺湲到客窗。

方　塘

如鑒方塘皎不昏，琉璃經雨净無痕。楊花吹落魚苗長，一夜春流緑到門。

許開基

字�宗，海寧人。雍正八年進士，官至户部郎中。

湘潭道中遇雨

宿霧初收竹徑開，雨絲端與拭輕埃。泉聲忽作弦聲急，知是琵琶峰上來。琵琶峰，在湘潭。

湖海詩傳卷五

嵇　璜

字尚佐，號拙修，無錫人。雍正八年進士，官至文淵閣大學士，謚文恭。

送女勤之德清

憶別汝母時，汝纔繞母膝。荏苒悼流年，汝年今十七。女工學未成，詩禮讀粗畢。當春賦于歸，余懷如有失。買舟送汝行，風帆毋太疾。却感泉下人，夜夜夢未悉。似憐汝尚幼，神魂不能佚。父母一身兼，未諳愧疏率。幸兹夫婿佳，和諧冀可必。多言固所戒，沉静葆汝質。操作職在勤，奉養心宜密。庶用慰汝親，佇卜百年吉。登輿汝竟去，有語不能出。平生丈夫概，肯爲所愛汩。十載死生

情，頓牽別離日。回棹望吴羌，老眼泪已溢。

題汪文端公松泉圖

讓溪少師古君子，同直後輩群相師。喬松千尺棟梁用，源泉萬斛左右資。風度凝遠無涯涘，廣平曲江儼在兹。名儒名臣實名世，詎止書翰兼文詞。是時直廬暇無事，榮光煜煜臨階墀。雲箋捧出御飛白，松泉二字蟠蛟螭。諸臣贊美更嘆羡，懸之賜第彰殊施。維公遂取以自號，書紳佩德深長思。松風泉韵入妙繪，道貌於此位置宜。二十年來一彈指，蓬山往迹那可追。二泉泉旁聽松石，尚冀翩然一遇之。

送二兒承豫之滇南

年老難爲别，秋高又送行。臨風人萬里，對酒月三更。有守惟從儉，無才更戒盈。勉思爲善吏，莫負此家聲。

英廉

字計六，漢軍厢黄旗人。雍正十年舉人，官至文淵閣大學士，謚文肅。有《夢堂詩集》。

《蒲褐山房詩話》：相國初通籍時，雅嗜芸緗，尤敦車笠。與樊榭及吴樸庭爚文、符幼魯曾、查蓮坡爲仁爲酬和友，詩壇酒社，翰墨飛騰，雖江左風流，不是過也。既而職長六曹，殫心時務，或舉舊稿爲言，輒遜語謝之，蓋不欲以文人自命矣。先是，定制：内閣大學士，滿漢各二人。及于文襄公殁時，方爲户部尚書，滿缺，上以其祖籍涿州，本馮姓，命踐文襄之席。蓋鹽梅之用，久廑聖心。故不拘常格，即司台鼎云。

晚過古春小築奉訪樊榭

游雲不滿空，返景下疏堞。佳人隔深巷，薄暮引幽涉。相違期非遥，相見意彌愜。微風亂燭影，凉雨鳴蕉葉。寂寞共西窗，惜此清净業。

戊子仲秋爲友竹先生題畫卷即送歸吴門

虎山橋外記維舟，曾爲梅花結伴游。彈指不期卅載過，驚心才有兩人留。甲子正月，鄧尉之游歸，簡在師、張墨岑、盛青嶁俱下世，唯余與友竹在耳。相逢且作無何飲，老别方知分外愁。展卷幾回還閣筆，微茫烟樹似吴洲。

方觀承

字宜田，號問亭，桐城人。雍正十一年由監生保舉，加中書銜，官至直隸總督，加太子少保，謚恪敏。有《問亭集》。

曹素功藕粟齋墨歌

黄山六六峰，峰峰産奇松，曹阮二水交澄溶。天生墨材擅天下，精能孰繼廷珪蹤。廷珪去今八

百載，劍脊龍紋幾丸在。元明妙製亦多人，轉眼烟塵隨劫改。興朝作者獨數曹，輕煤薄麝萬杵勞。水濡不壞點如漆，半挺可直千錢刀。後賢復能世其業，豹囊珍護青麟膏。鴻儒鉅公交口譽，姓字上徹楓宸高。却憶吾家老于魯，九元三極心良苦。名高物忌召恩讎，寂莫金壺剩空譜。于魯造九元三極墨，自謂前無古人。程君房與之競勝，遂構嫌釁。秦寶鏡，吴純鈎，神物化去不可求。何如萩粟齋中菁英且日出，子孫長作松滋侯。老夫意氣雄筆壘，興來須遣雙螺待。藿甘園譜爲成圖，看潑春濤接雲海。

雨後夜坐

雨歇郊園暮，窗開野色青。歸雲不礙樹，淺水亦涵星。茶熟兼花氣，詩成托灝靈。凉宵秋得似，的的度流螢。

嘉峪關登籌邊樓作時乙亥杪冬三日

墩煌西外酒泉東，萬里登樓驛盡通。望去單于新毳帳，牽來都護舊青驄。水分夾谷邊重繞，山到陽關勢略同。冷映高旌移暮色，塞雲開處月如弓。

冬夜雨中同劉林一馬湘靈話故鄉風景因成四韵

微風拂拂雨濺濺，已到輕寒十月天。茗碗頻添新活火，時里門寄到梅片茶。梅花重檢舊吟箋。客歲《咏盆梅》詩，憶及白門翠微寺緑萼梅障。爲鄰預結山邊屋，湘靈擬卜居清凉山。息老須歸郭外田。林一話金牛洞舊田之美。記取官齋同翦燭，數枝殘菊影猶妍。

上都河道中

歌殘《敕勒》天如蓋，路繞灤陽水不回。一片黄雲千載泪，秋風吹上李陵臺。

淀舟即事

雨後空明絶點埃，篷窗倚對夕陽開。遥村暝色收罾去，别港青泥載藕來。

行過塘頭復淀頭，葦花近屋稻盈篝。持螯消得津門酒，絶似江南九月秋。

連雨書悶

山妻解事酒常具，鄰友能來句共參。竹檻荷塘深閉户，未妨梅雨住江南。

陳祖范

字見復，號亦韓，常熟人。雍正十一年進士，乾隆十六年保舉經學，授司業銜。有《司業詩文集》。

乘月過韋蘇州祠

皓魄揚光輝，良宵展游眺。微吟韋郎詩，言尋韋郎廟。庭枝倦昏栖，爐烟歇晨燎。此邦幾人臨，公名至今劭。曰余愧俸錢，郡閣但坐嘯。坐嘯政已成，來者誰同調。精靈苟或存，夢寐挹清妙。廟中祈夢，多奇驗。

袁氏林亭

勝地宜開墅，移居遠世情。雲端雙澗落，雨外一峰晴。嵐重迷寒暑，林幽失晦明。主人興不淺，次第架書棚。

信宿已徂暑，秋光一醒人。倚空山陡健，入夜月精神。鏡裏乾坤老，霜前樹石新。欣偕二三子，坐對此清真。

周宣猷

字辰遠，長沙縣人。雍正十一年進士，官鹽運使分司。有《雪舫詩鈔》。

《蒲褐山房詩話》：雪舫，長沙名族，其子弟以文行兼者頗多。雪舫任浙中鹽運判官數載。其配爲萬九沙經女，故與全謝山、厲樊榭諸君皆稱投分。詩集四卷，得大曆十子之遺。惜偃蹇下僚，迄今無有知之者。

從常山至玉山輿中即事五十韻

水勢日東流，山形緬西矗。天險昔王開，行役余懷觸。太末古城陰，陂陀起平陸。蜿蜒出修蛇，窈窕屈荒服。三浙扃橐鍵，八閩蔽奥隩。一徑亘江廣，千岩聯楚蜀。舳艪不到處，牽挽飛隼速。百貨競麇至，萬夫紛蟻屬。我來值初冬，詰旦誡厮僕。笋輿計便安，無勞策筇竹。老大筋力衰，憑兹勝炙轂。垂帷避夕霧，卷幔迎晨旭。墟舍散仍聚，炊烟斷且續。小憩得草坪，欹斜幾椽屋。瓦盆野蔬鮮，酒旆村酤熟。鼴鼠快飲河，一飽時已足。行行寒鳥啼，樹樹哀猿逐。橘看霜後赬，茶憶春前緑。确田列縱横，疲農勞碌碡。亦足給饔飧，差堪返淳樸。重關倏屹立，百雉誰興築。中有會關，上設城垛。危石扼咽喉，群峰鎖腰腹。王路久蕩平，戍壘空懸箙。聞昨沔蓼區，妖鳥滋狂衄。潢池已解散，渠魁未即戮。大吏識機宜，要隘嚴稽督。諒彼狐兔群，疇能工竄伏。撫時生慷慨，望古益慚恧。惟昔爛柯人，仙枰閲幾局。啖棗得長年，采藥思辟穀。亦有龍邱萇，違榮甘抱璞。至今行路者，猶解指芳躅。我生蓬矢志，廿載辭圭竇。傲骨摧奸頑，鑠金遭謗讟。頻年牛馬走，萬里無停軸。鷄肋詎足惜，鷲頂已成禿。以兹浩然去，行笈兼程促。寒風刮面來，凛凛肌生粟。黄昏微雨霏，泥滑艱彳亍。遥望市肆門，如投鄉井宿。得窮一日力，裒然見懷玉。山名。爐峰與彭蠡，次第入遐矚。前途罔愆期，

旦晚抵家塾。雖無金在橐，尚有書盈簏。白髮盼游踪，荆釵冷銀燭。誓將謀二頃，壠上鞭烏犢。優悠可卒歲，知止庶免辱。遠游不如歸，斯言當三復。

葰林招集乳桐軒聽雨懷堇浦謝山

一葉蕉窗雨，懷人五月秋。江湖生遠夢，琴筑在高樓。促坐翦殘燭，天涯共白頭。遥憐吟眺處，嶺月不禁愁。

茸城訪王澹園明府

復此吴淞路，春風短棹餘。江寒連海氣，潮長入山渠。望郭烟迷戍，推篷雨濕書。故人官就此，聞道有懸魚。

南屏觀司馬温公隸書家人卦磨崖

靈山此呵護，剩迹重璠璵。言行名臣録，風雲石壁書。懸崖蹲虎豹，下筆掃蟲魚。若爲鈎摹去，鴻都可得如。

下湘先寄鏡亭燮軒兩兄湘濤弟

湘中清迥地，秋半早凉天。岸竹滋微雨，江花澹遠烟。帆隨峰影轉，月趁棹歌圓。五字吟安穩，因風寄雁傳。

寄二兄燮軒

家計仍相累，萍飄尚此身。三年違俎豆，一夢越關津。鹿柴聽樵斧，漁塘倚釣綸。迴思鷄黍夜，風雨對床人。

彭端淑

字樂齋，丹棱人。雍正十一年進士，官廣東肇羅道。有《白鶴堂詩文集》。

《蒲褐山房詩話》：樂齋與弟遵泗以詩古文名蜀中，時號「二彭」。其德器從容，涵養純粹，梁文定公階平尤稱之。自吏部郎出爲西粤監司，未幾歸老。余過成都，適樂齋主錦江書院，談蓺之下，相得甚歡，因出生平所作同其弟之文，屬余論定。余爲删存十卷。後六年，余告假歸家，適江安楊君卓來令吾邑，見此，願任開雕。及余還都，而楊君被議，謫戍伊犁，此集不知何往矣。是時聞樂齋亦下世，爲之愴然。樂齋詩大抵質實厚重，不爲聳悅之習者也。

由硤石出殽谷

南來歷險阻，硤石獨爲最。萬古剗不平，磊落争向背。二陵鬱相望，風雨時顯晦。秦晋昔交戈，百萬化土塊。設險自天成，陜勢分外内。崖傾一徑危，其下臨深澮。我馬虺以隤，跼步出入礙。艱哉蜀道難，劍門險尤倍。遥遥望前程，轉使心如痗。

大士嵓

乍望阻行旌，前山聳崒嵂。磴道蟠蒼穹，數騎自雲出。危石千仞懸，飛湍百丈溢。紆迴仗木欄，摧頹勢難必。偶然一俯首，不寒體自栗。叮嚀語僮僕，跋陟戒奔逸。防身如履冰，兢兢猶恐失。秦棧洵多奇，此岩實無匹。驚定復長歌，愧乏少陵筆。

種蔬

老去復何爲，無營亦無欲。淡泊性所甘，食不假粱肉。宅外有閑園，土沃方種蔌。是時已仲秋，天陰常霢霂。計日未成旬，浡然出地速。毋令野莧侵，此輩多潛伏。春至應蕃滋，采擷佐饘粥。家居瑣務煩，勤動在手足。身無軒冕榮，理生那免俗。不見杜陵翁，題詩課僮僕。

發宜昌

孤棹發宜昌，西歸一水長。漸臨三峽地，深入五溪鄉。臘盡寒猶壯，灘枯險倍常。猿聲天半落，頭白早如霜。

駟馬橋送開制軍之伊犁制軍名泰。

河梁送別欲魂消，翹首伊犁萬里遥。正是秋風楊葉下，一行班馬響蕭蕭。

董邦達

字孚存，號東山，富陽人。雍正十一年進士，官至禮部尚書，謚文恪。

題白雲泉圖

白雲一掬陽山隅，涓涓滴下青泥珠。大瓢挹彼來注此，活火可試風前爐。泉下架屋山人居，林木窈窕羅蕭疏。泉甘味洌漱齒頰，能令燥吻生津腴。真如灌頂飲醍醐，又似九醞仙家酤。人間點滴不到口，而此日飲無時無。顧我年來病未蘇，那得到此嘗須臾。一杯欲乞冶相如〔一〕，消渴已捐煩痾除。山中煮泉良非迂，惜哉身不游姑胥。東吴佳處夢與俱，展卷爲寫雲泉圖。雲泉之泉誰有諸，有客自是山澤臞。濯腸洗胃神清虚，得非飲者其仙歟。

【校勘記】

〔一〕「冶」，當作「治」。

金德瑛

字汝白，號檜門，仁和人。乾隆元年殿試第一人及第，官至左都御史。有《檜門詩存》。

《蒲褐山房詩話》：總憲酷嗜涪翁，故論詩以清新刻削、酸寒瘦澀爲能。于同鄉最愛錢君坤一。

督學江西，識拔蔣君心餘于諸生中，而汪子康古，其戚也。甲戌，予入京師，總憲時時招同游宴，于一經齋清談終日，率以爲常。及予南歸，又以書薦于前山東吴運使凌雲。其愛才推轂，皆此類也。總憲歿四十餘年，而杭城士大夫請祀鄉賢。時予主講敷文，因送其栗主奉于學宫，歸而重復其詩，爲之凄黯。

道源書院贈南安游心水太守

孟後千餘載，周子紹微言。生知無師授，獨臻閫奥全。晚得二程子，日月回中天。南安雖僻郡，司李栖龍鸞。大賢過化地，飲水應尋源。胡爲過嶺士，競慕南華禪。修途闢易塞，野火撲更然。英哲尚迷方，狂騁如風顛。太守篤經術，仁讓變鷹鸇。一綫扶正學，辛勤歷十年。郡東峙佳嶺，秀色羅雲烟。翦除伽藍宇，改作禮義門。堂中四栗主，俎豆昭吉蠲。民懷功德在，配以王伯安。典型斯可仰，百世興懦頑。十室有忠信，入里必式焉。寧謂四邑陋，不堪與陶甄。招徠青衿子，黌舍數十間。擇師具餼禀，琢璞成璵璠。我來一登拜，俯仰發清妍。霽月光風境，宛然落目前。君政异俗吏，必以德教先。邦人如鄒魯，君名當不刊。

朱子六經圖碑石刻在上饒縣學。

六經之書古尚缺，六經之圖古更無。聶氏有功著三禮，猶惜六經非全圖。誰其縮之六片石，刻縷名物窮錙銖。石六片，兩面刻。宗廟左右辨昭穆，明堂俯會聯冠裾。徐揚雍冀列地軸，鳥火虚昴通天樞。國有六職工居一，輿輪蓋軫多爲車。六律娶妻吕生子，鐘磬琴瑟䇷笙竽。瞭然一一指諸掌，不比揣籥談空虚。古者左圖而右史，形上形下貫精粗。箋疏曲折難盡曉，了了壁上觀規模。不見文翁石室像，可證跪坐非跏趺。漢氏去古尚未遠，辛勤補綴追厥初。詎因犧象劉杳説，小失便訾北海誣。紛紛末學講元眇，無根剿襲堪胡盧。聖人象數蔑芻狗，問及典制徒睢盱。一朝紫陽真儒出，大含細入該無餘。渺然心通作述始，置身三代窺唐虞。我生識小尚不足，敢比豎亥周坤輿。留之昭示千萬世，何止聲價同鴻都。

桃　源

主人耕作客人漁，説向先秦惝恍餘。好是碧溪紅樹裏，不傳數卷未焚書。

秦蕙田

字樹峰，無錫人。乾隆元年殿試第三人及第，官至刑部尚書，謚文恭。有《味經窩詩文類藁》。

《蒲褐山房詩話》：文恭尊甫維生先生頌繫日久，文恭既入翰林，即請以官贖父罪，蒙恩得釋，故時與桐城方公宜田稱「二孝」，蓋以宜田每于秋日省其父于塞外戍所故也。生平覃心經術，尤熟《禮經》，因仿徐健庵尚書《讀禮通考》，廣爲《五禮通考》二百餘卷，彙自來諸儒聚訟之説，爲之疏通解駁，又附以歷朝史志，使後來者折衷損益，可以坐言而起行。其有功于經義，良不鮮也。文恭博學多聞，窮經之外，凡河渠律曆，下至醫方數術，靡不通晰，故梁文莊公云：「樹峰如鷹隼横空，飛而食肉。又口若懸河，辨才無礙。」其爲同曹畏服如此。乾隆辛未，詔舉經學，將以爲師儒之官，令大臣集議論。至常熟陳進士祖范，或以其所掌録少之，文恭奮袂曰：「若不得陳某，則此舉爲無光。」衆驚問故，曰：「癸丑，陳某成進士，因謁蔣文肅公于邸舍，文肅以好語慰之，謂子有盛名，今登甲榜，而我又在朝，今歲大魁，非君誰屬？陳某默然不應，頃之趨出。語其僕曰：『速辦裝南下，無令他日以我爲依附權門。』遂不與殿試。風節若此，豈可遺之？」奏上，遂與山西梁錫璵、顧棟高、吴鼎，皆賜司業。棟高，無錫人；鼎，金匱人，亦佐文恭纂《五禮》者。文恭常招予寓味經數月，予病，爲按脉定方。故得

備聞其事。後鐫刻《五禮通考》，方公已爲直隸總督，與清河道宋宗元共出貲刻之。

題張葯齋少宗伯觀穫讀書圖

淳風浹朝野，藹然覩唐虞。緬維文端公，相業韓范徒。風雲搆神契，篇什達宸居。至尊親洒翰，奕世留璠璵。「秔稻年年觀穫樂，子孫世世讀書聲」，文端句，聖祖親書聯幅以賜公，圖即用此意。吾師粹家學，植德侔醇儒。和鳴振高岡，奉璋曳華裾。寅清播文教，九載臨東吴。孝秀奮阡陌，弦歌遍鄉閭。君親兩酬答，深心托兹圖。峨峨龍眠峰，渺渺雙溪廬。山氣合晨夕，水容湛清虚。隴歌起中宵，書聲與之俱。物我愜所願，此樂誰能如。以兹悟公意，豈伊戀菰蒲。人生有定分，農業及經畬。四體誠各勤，外物焉得渝。當今明良會，富教均涵濡。升平繪真景，六合應無殊。

冬夜有懷和天鈞上人

暮雲歸遠樹，夕陽在西嶺。招提寂無人，徙倚息孤影。空山響天籟，嚴霜襲衣冷。皓魄澹禪心，凉宵知漏永。嗟余履屯難，壯志邈難騁。反側聽蛩吟，熒熒一燈静。清飆山中來，助我發深省。起

坐調鳴琴，幽懷徒耿耿。

答復初先生見寄之作

六籍聖所貽，紹述賴百氏。紀綱天地人，厥功焉可紀。精言與大義，歷歷瞭如指。性功達治術，出處均一軌。胡爲後世士，觸目驚且哆。如構九層臺，版築傾基址。又如舟失舵，簸蕩風波裏。禮器及車服，誰復求形似。吾邑有顧翁，復古氣雄偉。窮年抱遺經，含咀吸真髓。脱身塵壒外，清曠莫與比。擁書萬卷樓，尋原必迄委。初年學古文，下筆輒光煒。尚論愛司馬，年譜究終始。先生曾著溫公年譜。神交若投契，覿面相應唯。詎止傳賢踪，裨補先正史。三禮圖宫室，古意追釋米。穿穴暨《春秋》，三傳列硯几。創成《大事表》，務合筆削旨。書成忽十稔，作歌告諸子。謂蒙守朴學，謬與談名理。款款尺素書，殷勤附赤鯉。軒朗豁雙眸，不啻脱痏疻。所恨久離索，末由竟株柢。先生名山業，塵垢視青紫。高風式鄉閭，立志起頑鄙。嗟予日荒落，勺蠡難測海。持示蔡與吴，入手先色喜。何當返柴荆，百尺容攀倚。

燕子磯

策杖陟層巔，淩虚望遠天。江山自終古，亭榭幾經年。帆影懸殘照，漁歌入暮烟。長吟舒逸興，風月任無邊。

秋齋雜咏

夙有東皋約，春畦十畝間。窗開泉上樹，門對雨中山。好鳥亦知静，孤雲時就閑。何當守寂寞，長掩舊柴關。

蔡新

字次明，號葛山，漳浦人。乾隆元年進士，官至東閣大學士，賜告歸，加太子太師，卒，謚文恭。

題汪文端公松泉圖

種樹添新蔭，先當培其根。疏泉資灌溉，先當裕其源。少師勤學殖，呈材依禁垣。汲深藉修綆，下筆文瀾翻。承明自獻納，公望群所尊。御賜飛白書，中有至道存。松貞泉比潔，寶之重璵璠。賛皇平泉記，温公獨樂園。何如此清華，天語含春温。憶我追陪日，直舍鄰高軒。文漪頻挹注，美植長滋繁。披圖感今昔，遺韵猶堪論。既以惠來學，復此垂後昆。始知餘慶在，世業皆君恩。

題古中盤五松圖

昔聞畢宏韋偃畫古松，振筆長風浩呼汹。如何此卷僅矮幅，而多夭矯騰踔之蟠龍？鱗爪攫拏勢莫止，濤聲在耳雲蕩胸。倬哉萬松老居士，筆端具有造化工。此圖何處得畫本，傳自古云盤谷之中峰。侍從宸游多燕暇，相對勝友此扶筇。濡毫拂素標异狀，貌得盤山古幹真形容。最憐後凋質，沐日浴月幾春冬。太平之世豈獨民仁壽，草木亦含雨露濃。君不見泰山上有五大夫，風烟剥落摧秦封。如此蒼髯礌磈突兀自千古，得非福地神秀鍾。松兮松兮，安能布襪青鞋盤桓於爾側，髣髴乎桂

父木客之高蹤。

劉綸

字育涵，號繩庵，武進人。乾隆元年召試博學鴻詞第一，授編修，官至文淵閣大學士，加太子太保，謚文定。有《繩庵内外集》。

《蒲褐山房詩話》：文定謙和恭謹，尤以清修自厲。少在尹文端公幕府，得其指授，繼以鴻博第一入翰林。汪文端公愛其才，兼重其度。晚年尤與劉文正公相得，和而不流，無所附麗，代言應制，皆爲一時之冠。予嘗以要事繕奏稿，夜半詣公門請閲，公起，爇燭操筆點定。時仲冬，寒甚，公呼三公子爲具酒脯，而厨傳已空，僅有白棗十餘枚以侑酒。公亦自嘆其儉陋爲可哂也。

白菜

北里初寒候，佳蔬入饌鮮。千畦風露足，一飽士農便。絶勝金虀味，疑參玉版禪。漢陰人笑我，廢圃剩吴天。

寫心精舍恭和聖製元韵。

仙源勝處隔塵音，曲磴懸梯迴出林。金粟花香真諦現，玉池月印葆光沉。能馴最是靈臺鹿，解舞都爲閬苑禽。當境拈參無盡藏，仰憑天藻會天心。

西郊晚行

亂蟬聲歇趁新凉，路轉神皋草樹香。却羨村翁豆棚坐，笑看秋稼比人長。雨潤條條寒玉鳴，風荷葉葉露珠傾。宵來欲借高僧榻，聽促蝦蟆續五更。

諸　錦

字襄七，號草廬，秀水人。雍正二年進士，改庶吉士，散館，降教授。乾隆元年復以博學鴻詞徵，授檢討，官至左春坊左贊善。有《絳跌閣集》。

《蒲褐山房詩話》：《絳趺閣集》，歿後門人删定。鄭璣尺江以爲「掐擢胃腎，抉摘杳微」，陸陸堂奎勳以爲「言近旨遠，根柢深而英華自茂」，皆定論也。余甲戌春入都，請予相見，每日苦茗一甌，蕘魚畾飯，雜談經史，危坐相對，必至日下舂而後許返。先生出臨川李公穆堂門下，生平博聞强識。詩法山谷、后山，而志節皦然，甘寂寞，守耿介，權貴之門，徵逐之地，未嘗一至。蓋古之聞人而世之畸人也。

論畫贈吴叟威中

繪事有幾輩，此道嗟沉淪。昔聞廣川語，游藝兼依仁。隱或在岩穴，顯或在搢紳。大約非俗工，流傳盡文人。匪直妙形似，亦以寫性真。精神到寂寞，乃始下筆親。青崖雙鬢皤，結茅秋水濱。解組歸去來，免踏京華塵。雲山米漫士，評斷張愛賓。偶焉騁墨戲，著手都成春。有時雙管下，有時五指皴。折枝含露暈，纖羽帖花茵。畫意亦畫似，師古不師新。翻嫌徽廟時，苑匠少軼倫。古來負絶藝，坎壈纏其身。空使倚市門，揶揄老斫輪。良工每手縮，識者徒眉顰。不見曹將軍，頭白傷賤貧。

牧牛畫卷

畫牛韓滉戴嵩最，後來張符亦擅長。是皆一匹萬緡直，風流掃迹餘芬芳。此圖誰所作，年久脱名氏。牯牸犃犆牰，數牪并十四。牧童不麾肱，翹足樹陰睡。原田農丈人，何處負耒至。對此身在桃林中，白烟紅雨空鬖鬆。亦復神馳渤海外，催耕勸牧脱佩帶。江南草長禾油油，見月不喘吴耕牛。忽憶宅邊烟雨足，沙汀試借一葉舟。飽飯冬菁戴短笠，耕耰盡日夫何求。

桂林黨籍碑拓本

道君皇帝嗣位初，黑白氣挾西方俱。流傳天變不足畏，又見欃槍紛掃除。乃知奸諛竊國枋，恣以鈎黨相吞屠。其先立石端禮門，未幾播惡及海隅。碑高三丈闊一丈，涑水以下無完膚。殁者奪官兼毁像，存者中朝不得立斯須。禮至作銘有遺臭，李斯刻石尤矯誣。彼猶可恕稔己惡，京也剪此朝士胡爲乎？想其顯書深刻時，意欲獨出無古初。海桑陵谷不能蝕，蟲沙猿鶴不可逋。睢盱唊嚼無顧忌，自謂快意真訏謨。嗚呼天地有正氣，華衮却假一字誅。《剥》之上九存剥果，焉有君子反剥廬。

三百九人更作傳，子孫恩例遞上書。宵人私恨徒區區，昔何氣鋭今何愚。勾芒忽聞前殿泣，强敵連騎東都驅。上皇蒙塵紹興渡，此石未泐國已墟。猶存一本桂林拓，以爲殷鑒非黄圖。前者甘陵南北部，後者東林復社徒。邪曲害公亦如此，古來反覆何所無。古來反覆何所無，不見鹿可爲馬脯可蒲。

天竺三生石

疏竹雨添翠，遠峰秋更青。來尋石門磵，未識香林亭。白日午不到，清齋人獨醒。葛洪有丹井，乞取問修齡。

東鄭叟行人司雨隨公之子。

日糴五升米，年侵雙鬢絲。阿誰羊舌泣，依舊虎頭痴。樗散難爲斫，風塵枉用緇。練裙寒色苦，惆悵《緑窗詞》。叟所著。

七夕

涼露微微滴，明河黯黯收。林端初繞鵲，客夜咏牽牛。戎馬猶邊地，關梁凝遠愁。清暉千里月，忍照曝衣樓。

十三夜月

蒼璧圓猶橢，高秋恰近中。微雲無點綴，清露竟流空。楊柳藏鴉起，蒹葭宿鷺同。隔船誰撫瑟，清怨出簾櫳。

杭世駿

字大宗，號堇浦，仁和人。雍正二年舉人，乾隆元年召試博學鴻詞，授編修。有《道古堂集》。

《蒲褐山房詩話》：堇浦先生書擁百城，胸羅四庫。入翰林未久，即以言事罷歸。沈文慤公送

之，有句云：「鄰翁既雨談墻築，新婦初婚議竈炊。」蓋深惜之也。既歸，益肆力于詩古文詞，海涵地負，日光玉潔，實足以雄長蓺林。兩浙文人自黄梨洲先生後，全謝山庶常及先生而已。乾隆丁丑秋，予至西泠，相見共論古今文章流别，謂予曰：「子無輕視放翁詩文，至此亦足名家。」其冲懷樂善，迥异乎世之放言高論者矣。先生有十子，自第八子賓仁外，餘皆下世，諸孫亦零落殆盡。其《道古堂集》，粱山舟侍講刻之。生平著述甚夥。今付剞劂者未及其半。

秋日集鳳鳴庵

精廬繚山根，雜樹青不斷。微風透絺輕，初日出林緩。閑閑素侣偕，戀此凉蔭滿。薫心借佛香，礪齒汩澄潭。即事唯永懷，率爾役青管。石貌非世嫌，竹意同我懶。不期釋褊心，竟以霍微痯。起行弄清陰，寫望入幽散。

晚秋游蓮居報國兩招提

秋深澹疑夕，幽興任所選。野色迹鳥飛，翠影逐人轉。緣溪徑石橋，散策入僧院。出林清磬圓，

到水凉雲變。洗鉢魚不驚，坐樹葉屢顫。不辭竹風吹，時得花雨濺。了知佛香清，矧戀鄉土善。視蔭惜遽歸，境過意頻眷。

越秀山懷古

峨峨越秀山，千古閱興替。臺隍夷夏交，月表秦楚際。緬維老夫陀，荆棘此翦薙。中原方逐虎，兵甲惜勞弊。從容得闢疆，屈强遂稱帝。帶海爲維藩，障山作屏蔽。不知漢廣大，頗恃兵鋒鋭。卓哉陸大夫，一語豁蒙曀。稱臣請内屬，蹶起解椎髻。朝臺壓闤闠，奕世永帶礪。牝晨誤遠圖，煽處乏調劑。戈船下牂牁，一往失重閉。險設釁可乘，時衰力能制。始知開國人，貶損有深計。清朝息金革，曠宇喜開霽。秋風吹餘花，孤客恣幽憩。日落樹盤鴉，潮來城上蠣。江天兩蒼茫，俯仰供流涕。岧嶤腐吏筆，憑吊落荒裔。

會宿素舫齋作

苦雨漫林屋，向晚勢尚乘。希聞檐溜縮，時見新點增。嚴城急魚鑰，猛叩力不能。歡下聽雨床，

兼試照字鐙。深杯且重把，僻事請再徵。縱横算文楸，爛漫天剡藤。微吟共擁鼻，短睡暫曲肱。瘦影儼翹鷺，静退如枯僧。奇夜性所耽，習語戒力懲。淒風攪松竹，并作清響應。起視江上峰，澹澹没翠棱。初地罕津逮，緩縛雙行縢。

張高要甄陶遣送嘉魚

鄙夫無他營，專意事口腹。家居江湖間，浩皛富水族。湖鯽鱛比絲，江鯿肥勝肉。其餘鰷鱨鯉，瑣猥不足録。策杖來南中，譬奕已换局。炎荒闕冰雪，地氣少涵蓄。百錢謀盤飧，無一可饜屬。非無薑桂芼，不免腥腐啄。廢箸長忍飢，嗔責到僮僕。坐是兩頤瘦，經歲不能復。端州有嘉魚，性不受淤濁。噞喁石室底，游泳蒼山麓。陟冬始上浮，千百自相逐。漁子伏殺機，網罟恣撈漉。蒼梧見未曾，丙穴耳已熟。豈若此地佳，滓垢能盡浴。張侯我同隊，蓬池偶失足。知我彈鋏歌，清響出茆屋。牽船帶荇藻，遠寄一溪緑。撥剌赬尾長，斑駁錦鱗簇。笑鱸口空巨，陋鯿項常縮。饞扠忍不禁，亟令翠釜沃。堆盤出芳鮮，飽飫豈非福。終餐默自維，俊味恐難續。諸生頭角觽，程藝聚笋束。妙義如吞鈎，活脱不可捉。釣深思嘉魚，善譬本山谷。山谷《次韵冕仲考進士試卷》詩：「釣深思嘉魚，攻璞願良玉。」情事適相叶，會心吾豈獨。緘詩報良友，爛漫遂滿幅。卧想魚飧人，笑齒粲啓玉。

泛舟至游魚洲訪羅秀才精舍同過海幢寺尋本無上人

我友冰雪姿，寂寥抱冬心。亦有三黎生，共鼓風中琴。精舍八九椽，花藥羅堂襟。楗以六枳籬，劣許藤蘿侵。向南拓水窗，釣竹横江潯。突出捎雲枝，濃緑招栖禽。從容申襟契，先後相窺臨。齋鐘起鄰梵，命策同幽尋。

幽尋到山寺，邪徑繚江口。參差春浮陰，飛墮不容帚。枯僧折幔幢，樹底一招手。佛屋可滌煩，禪喜詎嫌久。茶聲續寒吟，晷影側疏牖。循廊玩苔碑，坐樹接林叟。靈禽非生客，馴鹿亦舊友。揮手辭香林，濕翠猶在肘。

次江蘭晚晴步浴鵠灣至花家山放舟歸南屏

泛泛仙客舟，歷歷南山樹。渚晚欲生波，烟輕已紆路。觀荷引勝情，直破鏡光渡。丹房酣落日，翠葶晦昏霧。想見高興時，豪吟驚宿鷺。收歸素幨中，尚有無聲句。川觀不克偕，雲思曷由吐。披卷一忻然，洽我滄洲趣。

小西別館追送程舍人晋芳用昌黎會合聯句韵

簪毫紫禁嚴，宣詔丹地重。世駿。誰歟冠文豪，入選奮才勇。黄裕。高騫嘆力沉，翹望益神聳。閔崋。摩空賦筆瓌，翻水詩思涌。陳臯。疾如馬脱銜，浩若川决壅。沙維杓。遠齊嚴徐肩，近接顔陸踵。張四科。横翔類排山，獨出儼斷壟。江炎。光連星河摇，氣懾虎豹恐。程名世。握瑜炫席珍，含穎挺嘉種。世駿。東門飲餞多，北地鈴馱冗。裕。乘風想揚鑣，過家當上冢。崋。鷄壇别舊知，鳳閣拜新寵。臯。驂闖候館閎，旌拂驛樓栱。維杓。衝寒馬毛縮，裹雪僕心恟。四科。雙堠隻堠迎，十槳五槳奉。炎。封崖冰嵯峨，撑郭樹臃腫。名世。哄市驚乍穿，短篷喜初擁。世駿。岱色翠忽交，燕雲晴可捧。裕。曉瞥盤空鷹，夜咽嘂寒蛬。崋。美哉壯游遨，胡然惜微尰。臯。心儀王道平，目極帝闕聳。維杓。殊恩故特達，當職敢傝㒐。四科。陳謨追虞唐，銜憲展虔悚。炎。革帶玉螭盤，黼裘青兕茸。名世。丹穴耀九苞，華省艷雙珙。世駿。兼謂小阮、晴嵐。朝制尊鼎槐，皇輿擴秦隴。裕。德至銀瓮出，瑞應玉膏溶。崋。賜復逮耇耈，肆省破攣拳。臯。謀謨參廟堂，燮理佐宰冢。維杓。蕘言羽排霄，清緒繭抽蛹。四科。居中體易崇，近日價增踊。炎。雄飛鳶戾天，卑伏燕斂氄。名世。君行慎樞筦，趨直準宫甬。世駿。我其内熱歟，閂險夜呼洶。裕。

聖與圖爲沈鑣作

魯雩門外壇崔巍，參覃灌木大十圍。龜山左顧帶沂水，差差緑漲初生肥。聖門狂點見大意，童冠六七相因依。餘寒乍減試白夾，雜花亂逐群鶯飛。上巳祓除本國俗，此老胸次何祥機。解衣就冰盤薄贏，那得遽免同川譏。臨深况有辱親懼，教猱毋乃行人誹。《魯論》古本踵訛誤，小儒咋舌徒依違。昌黎解經出巨手，奮筆直改沿乎沂。此義皎如撥雲霧，紛紜曲説皆當揮。沈郎觀書鄙章句，志在擺脱塵中鞿。謹謝冠者挈童子，意取活潑流天機。紅鵜拍拍戲茴岸，青芽短短抽蘆碕。游絲揚空如繫日，暖風度水旋吹衣。眼前生意收不盡，好事往往傳郊扉。從游一問子所善，樊遲而後三人稀。涵濡聖涯更得汝，上與狂者争幾希。城南暮景翳將入，舞雩在縣城南七里。濯濯皎月流金徽。三章試咏舒夭紹，携幼緩緩循堤歸。

南漢金塗鐵塔歌

香刹峥泓花雨歇，秋蘩匝地凉珠結。華幢七級門莊嚴，突兀東西破空立。棱尖尊尊刺天閶，蕉

葉盤盤卷雌蜺。是誰留此鎮山門，儼似巍峨雙闕揭。我來開梵訶子林，衣上濃陰清可擷。修廊走遍寶坊開，捩眼香雲驚一瞥。青苔綉蝕九蓮花，勁骨横撑孤竹節。層層烟蓋透瓏玲，獵獵風輪轉替戾。細尋銘字瘦蛟蟠，净剔霜花釵股折。僞號公稱大寶年，傳家不改驕淫轍。矯首江天三太息，往事茫茫更稱説。昌華苑裏月如霜，歌舞岡頭花似血。髠徒噓焰竊國鈞，熏涿瞞天污朝列。塗金定徵三品貢，鑄錯空糜六州鐵。君不見天險頻爲荒宴移，地脉潛教媚川泄。又不見洸祠枉殺邵廷琄，賀江晚起潘崇徹。雙女山前戰艦空，流出降帆水嗚咽。江南眼見死牽機，西蜀同時亦灰滅。亡王獨爾保天年，佛力居然佑顛蹶。尋僧吊古起羈愁，漸漸西烏澹將没。摩挲千過飽興亡，歸到虚堂轉騷屑。

題魏司馬縉課兒圖

吾聞漢有鄧仲華，勛高望重願不奢。子十三人人一藝，後乃各自名其家。又聞晋有劉長盛，教子紛綸經史并。蔚然門内七業興，北州學者莫與京。魏侯攬轡來黔中，諸郎玉雪驕春風。佳者龍鳳劣虎豹，頭角嶄露牙須雄。俟今施政政已通，訟庭長草青丰茸。晚衙初放常自教，短檠噓焰燒青空。此樂於今幾人見，寫入圖中洵堪羡。不將蠟鳳滴圓珠，共向銅槃誇异饌。青箱素業世争傳，鈒鏤門風原不賤。清時養就凌雲姿，豈患雄文少人薦。我聾於世百不聞，愛就阿戎談夜分。投床隔屋支枕

聽，琅琅送響清入雲。長公名聲如蘭芬，次公意氣更不群。横經奪得戴憑席，弄筆書破羊欣裙。盤空硬語輒敢和，跋扈真足張吾軍。杜言紈綺不餓死，蘇言識字憂患始。斯皆過激非至言，吾所斷章不在此。請標二事舉似君，符讀城南陶責子。

夜入羚羊寺

羚羊峽束初上潮，斷岸千尺蔢青茅〔一〕。衝波卷浪擰柔櫓，舟師怖恐黿魚驕。松間忽出堠火照，始識蟻路緣秋毫。登登輕策攙臂上，蘚磴屈折藤蘿捎。榕陰黯黮穩栖鳥，石骨逋峭愁飛猱。野僧披榛起肅客，纖塵不動鳴蒲牢〔二〕。潮音杳閣亘天半，香雲縷縷盤空坳。側窗透空望江影，似有寶月空中招。天風擺磨振仙梵，飄墮木杪驚鳥巢。吾聞仙人顔李蕭，伸臂運筆一丈高。見范石湖詩注。英山古寺昔題壁，靈迹已邈難追鈔。兹宇峥嶸夾山立，佛力猛鎮千年蛟。一重沙界一重獻〔三〕，腹背交壓菩提梢。攙天峭壁闞雲篆，浩劫期我騰神尻。掃空試鎸三百字，留與好事懸椎敲。修羅降雨助墨海，餘潤立灑潮田磽。江深夜黑一揮手，燭龍銜曜應相邀。

【校勘記】

〔一〕「蔢青」，《道古堂詩集》卷十七《嶺南集二》作「被菁」。

〔二〕「鳴蒲牢」，《道古堂詩集》卷十七《嶺南集二》作「蒲牢哮」。

〔三〕「獻」，《道古堂詩集》卷十七《嶺南集二》作「甗」。

明嘉靖中端州守曾直建八節祠於北門外以祀唐張柬之李紳宋劉摯鄒浩胡寅胡銓留正張世傑而魏元忠以亢直貶高要尉獨不得與余以春日肅拜祠下心獨异之作歌簡吴太守繩年劉高要爲鴻

君不見魏元忠，布衣上書論兵事，金殿吐氣如長虹。鐵冠峨峨肅綱紀，豪奴杖殺都亭中。除惡志在清君側，白簡豈顧張昌宗。群邪側目謡諑起，卑官謫墮炎荒中。洞夷畏威噤不發，至今崖厂流清風。吁嗟高要一隅地，貶官往往王侯充。韋承慶輩不足録，如公豈合隨沙蟲。我來端水恣臨眺，步屧晚出高城東。倔俛崇祠壓道左，大樹突兀寒烟空。入門肅拜認栗主，八賢名姓昭愚蒙。唐景龍逮宋迄命，大節歷歷摩蒼穹。茫茫宦迹證人代，屈指獨少齊貞公。元忠封齊國公，謚貞。去留豈復有深意，討核那不謀群衷。笙鏞喑啞芹藻闕，閲二百載無人攻。自來守土責匪細，社稷尸祝宜甄綜。漢陽王傳《志》失載，《高要志》不載張柬之。與公乏祀將毋同。旅窗作歌寄牧尹，會看闕憾能彌縫。豐祠從此標九節，亘千百世垂無窮。

連日飲止山堂梅花下簡盛上舍世揚

短巷晴莎軟，嘉招步屧頻。梅留殘歲萼，酒泥蚤春人。素壁迴鐙艷，枯棋算劫新。耳邊鄉語熟，客裏倍情親。
好客應須酒，看花可少詩。清吟君最擅，爛醉我何辭。冷蕊時窺座，飛禽忽踏枝。眼前生意足，不用慰衰遲。

題獨漉先生遺像

南村晋處士，汐社宋遺民。湖海歸來客，乾坤定後身。竹堂吟暮雨，山鬼哭蕭晨。莫向厓門去，霜風政撲人。
秋井苔花漬，荒廬蜃氣蒸。飛潛兩難問，憂患況相仍。拄策非關老，裁衣衹學僧。凄凉懷古意，豈是屈梁能。
巢覆仍完卵，皇天本至公。《蓼莪》篇久廢，薇蕨采應空。劫已歸龍漢，家猶祭鬼雄。等身遺著

在，泉下告而翁。

謝錫大將軍惠黃精

返黑思黃獨，羅浮産最良。斸來鴉觜膩，馱送馬蹄香。靈液蒸丹竈，山苗曬石梁。羅浮有葛洪丹竈，二山相接處，有石如梁，曰鐵橋。方言聽漸熟，知是野仙薑。

鄭氏休園二首

巷逐城陰轉，人傳谷口居。入門三徑曲，過嶺一亭虚。捉麈鷗邊席，行厨竹裏廬。不知尋鹿砦，裴迪近何如。

薜壁青蘿綉，苔楹老樹撑。穿花莎徑窄，照影古潭清。高卧茶喧枕，微吟鳥繼聲。即看仙迹杳，猶剩石棋枰。

贛州傷王總戎濤即題其浩氣集後

章江東望颭檣烏，太息元戎此寄孥。見説票姚工蹋鞠，豈知征虜善投壺。蠻荒笳鼓開詩壘，瘴海風雲入陣圖。萬里一棺歸未得，尚容徐孺奠生芻。

秋日獨上五層樓望海

千級層梯宛轉過，浮雲栖棟下承阿。樓船瀨水思楊僕，黄屋蠻荒笑尉陀。蜃氣三春侵畫堞，騶夷百戰息琱戈〔一〕。茫茫漲海東南去，極目天涯涕泪多。

【校勘記】

〔一〕「琱」，原作「碉」，據《道古堂詩集》卷十六《嶺南集一》改。

九日曹孝廉達招游光孝寺喜遇羅秀才元焕

相期九日散清愁，共向城西古寺游。樹葉翠含梁代雨，井波凉汲海門秋。吟邊剩韵邀羅衮，劫外零縑見貫休。卅載津梁慚卧佛，又隨紅葉上經樓。貫休畫應真羅漢一幅尚存寺中。經樓上有銅卧佛。

齋厨曲傍翠琅玕，爛煮松花恣意餐。識字耕田慚兩負，打鐘掃地喜粗安。池光透日摇丹壁，草色乘秋上古壇。俯仰便生身世感，山僧只作勝游看。

拱北樓

蕩蕩雙門勢鬱盤，危樓直北拱長安。蓮花轉漏銅龍咽，雲葉栖檐鐵鳳寒。萬里行來初放眼，九秋悲後獨憑欄。珠明氣象層層迥，可許孤臣彩筆干。

得閩中諸故人書却寄

鄉心長在雁歸前，回首生涯意黯然。奉使自慚非陸賈，傳經差喜得彭宣。浮江客去剛三月，謂吴

雍、吴珮增。過嶺書來動隔年。坐待深更僧磬寂，不堪依舊抱愁眠。

哭厲徵君鶚

復衣升屋叫荒祠，掌夢無憑衹益悲。服散幾年疏酒伴，分香先日放歌姬。契丹已定傳疑史，天水空鎸《本事詩》。泉路定應尋月上，斷風零雨説相思。君著《遼史拾遺》，期與余撰《金史補闕》。《宋詩紀事》百卷已刊行。月上，其亡姬也。

年年踪迹滯揚州，兩點金焦健筆收。翠壁分題香界暗，玉山高會草堂秋。韓江烟月魂應戀，石友情懷老更愁。謂馬曰琯、曰璐。他日來尋舊吟榻，不堪腸斷竹西游。

集素舫齋咏春陰

如船矮屋入新年，雨後偏慳曉日鮮。芳草客尋行藥地，輕陰人住養花天。檀欒翠竹清收影，澹沲荒池冷幂烟。山鳥錯疑岩谷暝，飛來長繞石床偏。

秋日南屏僧舍茗讌

藤刺鈎衣石有棱，旋螺山路記來曾。貪涼客喜因秋健，無礙天真似水澄。竹裏煮茶清響發，樹頭安榻午風增。孤懷欲寄東林社，不見虛堂覓句僧。時讓公在桐鄉。

紅橋雨夜

小雨微微未肯晴，漫游且共放船行。望中撥棹春泥滑，醉後推窗夜氣清。玉鏡雲蘊華月影，畫橋風度艷歌聲。珠鐙照水參差晃，莫使閑鷗夢易驚。

悦枝堂坐雨

爲戀清歡未肯歸，棋完剛值雨微微。儘牽孤客偷閑坐，别約殘花恣意飛。似醉心情仍命酒，作寒天氣欲更衣。青鞋不惜衝泥滑，傍郭人家早掩扉。

秋集徐本淯學圃

桐陰不雨也生凉，藥草因風自送香。弄水與鷗分野席，看山留客坐茆堂。舉杯已約月同飲，得句且邀秋共商。幾折危闌天半倚，葛巾吾欲傲斜陽。

咏木綿花

目極牂牁水亂流，低枝踠地入端州。最憐三月東風急，一路吹紅上驛樓。

過文明門見木綿花再賦一絶

只和柳絮撲雕闌，不共蘆花漲碧灘。可惜向春零落盡，西風依舊客衣單。

湖海詩傳卷六

陳兆崙

字星齋，號句山，錢塘人。雍正八年進士，乾隆元年召試博學鴻詞，授檢討，官至通政使。

《蒲褐山房詩話》：星齋先生成進士，後重入宏詞，洊登卿寺，侍直上書房，兼尹京兆，而意致蕭散，寢處輒有山澤間儀。書法《蘭亭》，取意簡遠。梁侍講同書云：本朝不以書名而書必傳者，陳文簡公元龍及先生也。余得其手迹頗多，適滇後皆失之。壬寅，修《西湖志》於杭州，因索先生遺詩，而令子同知玉敦深閟不肯出，及其孫桂生來京師，始以全集見示，并乞序言，因而甄録如左。

春正四日謝孝廉徵雲招飲一枝山房

亞字城南烏石西，市塵不到稱幽栖。一聲山犬穿雲吠，幾處林鳩帶雨啼。掃葉煮泉丹井暖，就花移盞石床低。平生剩有春襟在，纔入新年醉似泥。

臘底病中有述

聲聲巷柝報三更，欹枕無眠對短檠。技到鳴驢真可笑，心關鬥蟻動成驚。中年斷欲衰偏早，瘦骨支寒痛漸生。已自低頭攻《七發》，其如歲事劇峥嶸。

二月二十日同孫二端人夏十二醴谷宿海淀隱師房師號隱扉，僕與交久矣。頃來上御門益早，始初辨色耳，故翰林官侍班多借宿於此。

一聲孤磬散林陰，好月當窗照素心。手版恰堪量丈室，顛毛渾不稱華簪。中春漏促眠須早，老

伴情多話轉深。幸得締緣歡喜相，鎮容塵轍此相尋。

蒙恩賜鹿肉恭紀

一臠分沾獵騎還，霜毛猶帶染輪斑。烟浮豐草長林外，味在松花柏子間。作炙送杯憐僕倦，下鹽爲脯笑余慳。平生頗切庭懸愧，須認君恩异等閑。

將回至熱河公寓途中叠南天門韵屬景垣和

萬曲東流涌玦環，輪囷佳氣近堪攀。未成清暑宫中頌，前一月餘，侍皇子讀書於行宫東禁。以殘暑展圍期故也。忽自長楊獵後還。地有含靈先潤户，潤户，用《天官書》語意。雲將入塞半遮山。今宵合刻題詩燭，屋底安眠慢啓關。

題邵戒山先生朝參遺像先生諱遠平，康熙甲辰進士，入鴻詞科，累官少詹事。

坐殘宫漏整冠裳，脉脉書思踏曉霜。未許家人窺藁草，藁草，見《班彪傳》。肯令隸役探綈囊？運逢升泰忠逾篤，世閱艱難慮較長。借問椒馨滿榆社，幾人留得簡編香。

沈芳廷

字畹叔，號椒園，仁和人。乾隆元年召試博學鴻詞，授編修，官至山東按察使。有《隱拙齋集》。

《蒲褐山房詩話》：椒園風流儒雅，詩筆亦同。書法在《蘭亭》、《丙舍》間。乾隆戊寅，予入都，遇于臨清，同行者經月。青簾畫舫，書籤硯格，纖塵不染。望而疑爲魏晉間人也。爲臬使時，嘗欲以湯文正公斌祟祀兩廡，事雖不行，士論韙之。

題商秀才紫芝剡溪秋泛圖

騷人泛剡曲，爲愛名山多。溪光動古壁，秋色明烟蘿。時有清香來，遠渚留殘荷。菰蘆雜蘋蓼，奕奕揚微波。中流自容與，曲折隨艑艖。昔游每入夢，塵境浮青螺。况讀吾友畫，恍若重經過。雅懷將無同，歲月空蹉跎。溪山不負客，歸計當如何。

登泰山歌

五岳巨鎮推岱宗，插天萬仞青芙蓉。蕩空層雲浩如海，夜半日躍扶桑紅。初經迴馬嶺，路轉山腹行。虛空旋過水簾洞，倒懸雪練噴長風。石磴盤盤歷盡十八曲，始覺捫參撫井呼吸上與天關通。左招碧霞君，右叩青帝宫。羽衣金節飄飄半空下，邀我游戲秦吴兩觀東西峰。其間秦松漢柏雷雨已摧朽，焉辨七十二代玉簡金泥封。攫身絶頂，高攀雲松。磨崖剔古篆，剥蝕如爛銅。獨有無字碑，屹立寒雲中。我欲大書補其闕，恐驚山鬼驅虬龍。還尋祖龍避雨地，更訪天寶盤游踪。祈天符命理無據，矧以縱欲希神功。粤稽重華事柴望，肆覲群后昭協同。周王時邁陟喬岳，明堂敷對來球共〔一〕。

東巡自古有典禮，詎尚封山刻石誇豪雄。吾聞泰山之雲膚寸合，氤氲倏欻彌蒼穹。化爲霖雨澤萬國，神靈酬秩宜三公。默贊我后效燮理，永禳旱潦銷兵戎。和平作頌覬神聽，多稌多黍歌年豐。

【校勘記】

〔一〕「共」，疑當作「珙」。

彈子渦

海天插水石如笏，忽肖怒濤勢鬱勃。留在波間山作骨，中有通水硿礲䯧。雙巨彈子相磨汩，祖龍欲鞭鞭不得。生此莫計萬歲月，頃乘長風駕雲帆。攀掖登岸凌巉岩，俯視窈深宛在緘。試嘗水味仍作鹹，若遺龍卵質不凡，移置隔宿劍合函。人有以彈子石移置他所者，隔宿仍歸渦内。坡仙頻訪忘暫碞，愛之不异耽香饞。余亦痴興弗可芟，匹聆廣樂逢《韺》《咸》，品題奚止玉與瑊，歸躙石頂勝野巖，潮平一色春蕉衫。

次韵答樊榭見寄

匝歲相思碧海遥，先生南返我辭朝。夢回梁月聞鷄唱，香滿湖花發藕條。貧裏預籌游岳屐，老來縱筆賦江潮。耦耕行踐秋蒓約，無盡意齋吟泬寥。

立秋夕同中林履旋小飲隱拙齋

早見銀河角影斜，西風先到小庭花。凉生荷芰野人服，秋滿竹林居士家。團扇欲抛留篋衍，短檠初上對窗紗。題詩莫感流光速，明月當頭酒可賒。

夏之蓉

字芙裳，號醴谷，高郵人。乾隆元年召試博學鴻詞，授檢討。

過十八灘

自我來西江，連宵黯風雨。旋渦濺急瀑，孤夢破柔櫓。舊傳十八灘，迅疾甚飛羽。其上排雲霓，其下蟠水府。三曲奔雷霆，五座鑿門户。涼灘尤斗絶，餘波尚歕吐。横空折坤軸，入坎發機弩。滚滚驚犺奔，盤盤瘦蛟舞。怪石立積鐵，穿沸類鳴釜。决溜懸篷窗，雲霾暗江浦。憶昔游閩南，王事日靡盬。豈無川梁隔，未覺行役苦。江潭古人輕，窮薄命所主。敢謂恃忠信，時亦戒莽鹵。積悶腸屢回，愁多頰慵拄。所賴素心人，聯舟澹容與。險韵誇競病，諧談雜爾汝。驚湍倏已平，微陽照孤嶼。

齊召南

字次風，號息園，天台人。乾隆元年召試博學鴻詞，授檢討，官至禮部侍郎。有《賜硯堂詩》。

《蒲褐山房詩話》：侍郎賦才敏慧，博學多聞，自詞林以大考前列，即登卿貳。入上書房，退直歸澄懷園，上馬，守門兵舉赤棒驅之，馬驚墜地，傷于額，腦髓盡流。皇子聞之，亟遣蒙古醫生往視，殺牛取其胃，絲繩包裹，舁回館舍。至半夜乃得蘇。又傳以秘藥，閲六七月始痊。然于平生所讀，已不

能記憶矣。其所著撰，皆未能成編。惟《水道提綱》，係充《一統志》館纂修時所撰，於源流上下，縷析條分，使讀者如指諸掌。又有《寶綸堂文集》八卷，則浙江臬使秦君瀛刻之。詩亦編爲八卷，稿尚藏其家。今摘録如左。

午窗坐睡

讀書花滿眼，憑几柳生肘。不如扶養和，一覺齊萬有。睡鄉鄰醉鄉，太古相傳久。趺坐游華胥，至人或捧手。教我持斗杓，盡量飲天酒。導我餌丹丸，天地并老壽。形神豈長保，金石亦衰朽。葆真傳片言，長跪謹當受。人嗤晝作夜，我似浴去垢。醒來午炊熟，疑值邯鄲叟。

越城懷古

海内蓬萊是越州，畫屏中卧鏡中游。家家接檻連青雀，日日開簾對白鷗。蟹舍罾懸明月夜，菱田標颭夕陽秋。我因一曲思狂客，烟水微茫何處求。

符　曾

字幼魯，錢塘人。監生，乾隆元年薦舉博學鴻詞，尋保舉，官至户部郎中。有《春鳧小稿》。

《蒲褐山房詩話》：余初入京時，即見春鳧主人。時年已六十有餘，爲户部郎，常以病假。所居韓家潭，令余直入卧内。床幃之外，書籤畫卷，茗碗香爐，列置左右。几案無纖塵。四時長供名花數盎。余笑謂曰：入君燕寢，已如在斷橋籬落間，使人不復憶西子湖矣。其雅潔蕭灑，非東華軟香塵土中人所能企也。蓋自少與樊榭、堇浦、玉几同學，故其襟情如此。詩亦清絶，不免窘於邊幅，而翛然物外之致，可想見其風韵焉。

宿水興寺德公山樓同厲樊榭作

空山行晚雲，褐衣濕春雨。昏際人漸希，杳靄入深路。曲磵伏潛流，叢篠紛交護。到寺僧相迎，把火話曩素。雨止鐘亦殘，星光出幽樹。境异心頓開，魂清迹偕赴。夜窗覓山歌，影忽落如霧。亂耳百松聲，鏘然奏《韶》《濩》。清極本無寐，有夢亦同趣。至晚重儃徊，烟華想流注。

雨中舟泊白門

濕雨低帆重，冥冥江路遥。殘蘆易蕭瑟，孤雁感飄摇。秋盡身仍客，舟停晚避潮。烟中一吟眺，
遠樹見寒條。

菊

西風被野菊，疏蕊自離離。瘦影交秋徑，寒香出短籬。淡能消世味，清復絶人知。持此縈懷抱，
冰霜與後期。

燈夕懷稚威

東華雪霽後，烟月自孤清。開閤客初去，下簾苔欲生。梅花醒宿酒，斜月夢春城。除却吟兼卧，
深懷望遠情。

重過永興寺

向與樊榭看梅，夜宿于此，去今廿八年矣，寺亦頹廢，爲之慨然。

尋碑野寺蘚痕斑，祭酒風流杳莫攀。不見疏梅照寒水，祇餘修竹滿空山。雲歸初地鐘聲寂，秋散遥天客意閑。還憶春泉滴幽澗，竹窗深夜聽潺湲。

淮浦贈鴻漸僧工畫能詩家吴中

偶然淮浦寄閑身，卷裏青山與細論。到寺秋光紛滿眼，繞堤流水自通村。師如鴻爪空留迹，我比蛛絲浄掃痕。他日支硎訪梅去，袖携香雪叩柴門。

題　畫

秋來游興遍天涯，山水方滋豈繫家。一枕清風住苕霅，未妨留客爲蘋花。

游南湖慧雲寺

昨夜西風減漲痕，荒坡流水接城根。秋光多上緑荷葉，斜日晚花香寺門。

過皂林

蟬唱西風暑漸忘，篷窗客睡試新方。夕陽帆影沈秋水，一路菱花送晚凉。

感　舊

蒼凉無復舊游踪，踏月聞歌記昔逢。今日西風黄葉路，獨行荒寺聽疏鐘。

陳　撰

字楞山，鄞縣人。布衣，乾隆元年薦舉博學鴻詞，未就。有《玉几山房吟卷》、《綉鋏集》。

《蒲褐山房詩話》：楞山爲毛西河弟子，又工寫生，以墨暈之，若不經意者，而蕭疏簡遠，品格極高，亦不苟作，故時人寶之。余定交邗溝，時年已六十餘矣。戌削而修，望之若閑鷗野鶴。嗜吟咏，今所傳《吟卷》，蓋一鱗半爪，佳者或不盡是也。然句如「二分明月樓頭影，十里平山檻外雲」，「兩時茶板伊蒲饌，一樹梅花貝葉書」，「詩卷白頭悲舊雨，燭花紅泪滴秋堂」，「焚香自寫圖中影，把卷何須弦上聲」，饒有晚唐人風韵。

歲晚雜述三首

我旅苦瑟居，無以與日夕。惟有二程子，松門、偕柳。過從稱莫逆。如何復分張，數月虚接席。漫天雲萬里，到地雪三尺。閉門時相思，開門斷行迹。百里尚如此，何况千里隔。時松門客真州，偕柳還宣城。

楊子别三月，楊工求。相見出意外。握手總片時，凡到寓齋即去。咫尺阻塵壒。既無連床話，亦乏斗酒會。身踐逆旅難，時窮道途憊。獨有磊落腸，一往尚凌邁。今晨命歸楫，幡然返蓬艾。惟我留天涯，寒廳轉無賴。遥思急風帆，雪花飛掌大。

時既苦鈍悶，客亦抱拙遲。耳目乏充對，胸鬲靡妍思。瓷盎花一叢，出自我友貽。水仙一盆，宋庭所貽。置之硯席間，坐起同燕私。衝寒發妙香，虚室來天機。不足爲人道，吾以弦吾詩。

擬古

黄鳥集柔桑，白駒逝空谷。豈不慕言旋，進退悲無告。作客每思人，投足多蹉跼。已無邱園存，十畝何由築。白雲時時飛，煩紆亂心曲。萱草不可樹，泛此杯中緑。

端居生百憂，獨步向原野。擾擾躬耕子，誰可與言者。倦翼拂樹還，頹景依林下。不見一心人，延首泪盈把。

撫枕怨遥夜，振衣步中林。凉月皎素輝，照我松間琴。佳人不可覯，山川阻遐深。願因西飛羽，遠致瑶華音。雲路無由階，引領傷我襟。

天道不可問，撫躬良悠悠。昔爲公卿子，今爲輿隸儔。劍埋豐城獄，鼎沈伊水流。貴者可復賤，

賤者將安求。何如游太始，冥心委糟邱。

市門競錐刀，志士争懷抱。誠使中心安，此外均草草。貧賤顧有分，簪裾何足道。松柏本不凋，何知春風好。

陽烏收餘映，夕兔升檐光。傲然一樽酒，醉倚空階旁。不知庭際露，泫然濕我裳。援琴歌陽和，清響激天霜。此曲苟可理，知音寧所望。

昔聞彭澤老，耽醉未能醒。折腰耻俗吏，歸來卧柴扃。茅檐秋日高，朗誦《山海經》。悠然觀物化，坐對南山青。我行一何有，于世空沉冥。遐慕今已矣，太息增撫膺。

古蕩歸途

日暮東風急，歸途雨正繁。泥深粘屐重，雲濕帶林昏。野水喧漁艇，人家掩竹門。遥憐折梅處，回首更西村。

春盡

爲貧常作客，春盡未還家。故國重回首，江城正落花。屯雲依樹斷，江柳趁風斜。寂寞年時意，勞勞空歲華。

羈栖

羈栖成我拙，躑躅世都忘。草樹荒三徑，琴書亂一床。苦吟貧亦好，屏迹懶何妨。時復看雲去，和烟過石梁。

聞蛩

不寐夜聞蛩，凄凄四壁空。疏燈人醉後，細雨客愁中。失路依衰草，長吟向暗風。壯心殊突兀，爲爾感飄蓬。

獨　酌

日没秋陰静，閑庭向夕昏。鳥栖無定樹，葉落半空村。砧杵誰家急，園林幾處存。衰燈寒照客，獨酌盡殘尊。

新柳次韵

淺拂輕描畫閣前，微黄楚楚倍芳妍。春風驛路初横笛，夜雨江城恰禁烟。試看藏鴉還計日，憶曾繫馬忽經年。無端觸忤生惆悵，豈待吹花賦别筵。

漲

木落烟江漲，沙崩古樹根。汀洲蘆葦没，繫艇到柴門。

蛬

疏窗秋氣静，清露濕籬根。細語蛬聲急，愁人自掩門。

螢

月黑秋林昏，映水忽明滅。微光聊自照，不假因人熱。

艇

放艇沿清溪，隨風去容與。隱隱聞漁歌，蘋香不知處。

笻

白帢清秋客，蒼藤碧玉紋。醉扶三徑月，吟倚萬峰雲。

簞

净展桃笙滑，凉生薤葉秋。横琴山月浸，欹枕水雲浮。

樵

腰鐮入秋山，山秋足烟樹。長歌行荷薪，踏葉尋歸路。

經舊酒家

小市紅鐙憶昔游，短衣側帽劇風流。錢郎已去王郎死，忍過樊川舊酒樓。予于庚辰北上，同王紫欄使君及歌者錢郎會飲於此。

送工求

天畔離思夢未醒，登臺秋露下殘星。落花吹遍江樓笛，偏在關山獨自聽。

朱稻孫

字稼翁，秀水人，彝尊之孫。貢生，乾隆元年薦舉博學鴻詞。有《六峰閣詩稿》。

《蒲褐山房詩話》：稼翁少孤，其祖撫之。漁洋《題小長蘆卷》所謂「桐孫、稻孫」者是也。稼翁以名人之後，所至人傾慕之。乙亥、丙子間，年近七十，游揚州，爲盧雅雨運使上客，因出其祖所撰《經

義考》後半未刻者，雅雨爲刻其全。其後開四庫館，詔求遺書，得以全帙獻於朝，上題詩冠首，由是流傳海内，蓋可謂能守先澤者矣。晚年貧不能支，曝書亭藏書八萬卷，漸致散佚，而已之所作亦久不傳。余與其孫伯承爲鄉試同年，又在揚州同寓梅花亭數月，故得見其詩。張匠門序所云「始則氣猛而格上，後則境觸而情遥」，殆不虚也。

月夜宿清流關

重關昔設險，山勢多岁崱。徑小路盤紆，有蹇策不得。秋月皎夜光，遠近見峰色。分明龍眠畫，具此大筆力。緩步過山坳，襬襶費攀陟。鐘聲雜鈴聲，可聽不可即。白露濕我裳，一餉林間息。

過張籲三水周林留題

一曲波淪小，軒窗四面懸。儘能留散客，自可酌清泉。風定花枝亞，林疏塔影圓。撐他湖上去，合喚總宜船。

醞舫即景

節未逢寒食，傷心已禁烟。欲臨《求米帖》，久讀《絶交》篇。樹有新禽集，床無故客眠。凄凉桐竹下，即景泪潸然。

賦得十月先開嶺上梅

峰前迴雁北飛時，早是東風第一枝。小雪乍晴行客路，短墻深護曲江祠。青猿上樹休教折，翠羽中宵尚未知。説與隴頭人不信，除非驛使寄相思。

無題和柘南

纔渡銀河會女牛，曈曈日上最高樓。人當欲别終難别，曲記無愁果有愁。絶世自應稱北里，憶梅從此下西洲。水邊輸與雙鸂鶒，皎鏡芳塘暖共游。

片帆重指莫愁村，好向南塘舊事論。桃葉滿江猶可渡，梨花如雪不開門。隔窗烟冷思秦女，尋夢風飔逐楚魂。欲結同心何處是，空山夜夜叫哀猿。

一縷烟銷日未晡，個人無賴倚窗迂。淺流脉脉終難渡，弱柳依依欲待扶。料得墻東憐宋玉，空教陌上憶羅敷。絲連藕斷渾閑事，對此踟躇計轉迂。

已逐鈿車下碧霄，經春驀地動歸橈。曾隨月底修簫譜，漫向樽前試舞腰。鏡裏獨憐張静婉，道傍最憶董嬌嬈。年來已作傷心樹，撩亂長條復短條。

東溝

一溝淺水碧灣環，紅板橋西柳可攀。日暮晴雲趁風去，隔江時露六朝山。

七夕詞

最好人間落葉時，宵分河曲慰相思。不知露冷香風起，開到秋花第幾枝。

陳 章

字授衣，號紱齋，錢塘人。布衣，乾隆元年薦舉博學鴻詞。有《孟晉齋集》。《蒲褐山房詩話》：揚州鹾商所萃，喜招名士以自重，而馬氏秋玉、佩兮小玲瓏山館，尤爲席帽所歸。時盧雅雨任運使，又能奔走寒畯，於是四方輻輳，而浙人尤多。如全謝山祖望、陳楞山撰、厲太鴻鶚、金壽門農、陶篁村元藻及授衣弟江皋，尤以領袖稱。授衣詩上規韋、王，下則錢、郎，非戴石屏等《江湖小集》所可并論也。

荷汀納涼

孤游去塵遠，小坐戀烟渚。水風能清人，何地著炎暑。紅蕖媚明波，娟好如静女。冷香灑生衣，淒若冒微雨。不逢入浦船，只有沙禽語。日暮凝碧雲，因思涉江侶。

西潭夜漁圖

秋潭夜氣澄，烟水湛寒緑。孤艇淡夷猶，蘆灣凡幾曲。凉月沙際生，亭亭耿如燭。知君豈爲魚，要令幽意足。且莫扣舷歌，恐驚鷗鷺宿。

游攝山

朝櫓涉風湍，著策冒松靄。攬勝情已饮，出險心彌泰。度澗屢踏石，憩林一解帶。微涓注藥叢，頹陽麗崦外。足迹半吴越，默嘆此游最。幽篁裊孤磬，投宿知所在。携月入荆扉，然鐙步香界。愛詢前游人，夜静引清話。繩床養脚力，明欲領其概。

僧樓坐清曉，雨在西南峰。忽然雲滃合，不見寺外松。殘梅飄歷歷，澀澗鳴淙淙。天影互明晦，山氣雜春冬。陸子鍾煇。發高興，不顧沾冥濛。棕帽曳笋鞋，予亦欣相從。名園叩幾處，危磴拾百重。風爐酌乳泉，石窟瞻金容。回頭望來處，但聞岩下鐘。巢禽競歸翼，游客尋還踪。帶濕轉蘿陰，門徑烟已封。

夏夜宿環溪

追凉昨有期，還尋舊宿處。雙鵝向客鳴，荷葉門前路。登閣盡殘霞，杳然平楚暮。草響農牧歸，野語籬根度。藤竹多清陰，幽意與心遇。所嗟縛塵勞，經過不獲屢。主人情最殷，掃床兼治具。風吹林間酌，月照池邊步。夜深倦投席，水軒微滴露。晝暑氣難斂，轉枕輒復寤。驚魚静還躍，繁螢飛且住。清絶愛荷香，披衣不待曙。

早春田家

爲農傍東皋，知時即生理。歲酒尚有餘，獨酌茅檐底。宿雨濇杏花，微風活溪水。珍重數日閑，作勞自此始。

晚步劍池

晝游夜復至，境静了不同。疏星明澗底，人語春山空。僧扉待我掩，露滴松間風。

舟中望縹緲峰

但作孤峰峭，不似群山亘。翠影落前灣，夕陽峰背暝。應是無行人，松花滿風磴。

孤泛

寒溪景蕭條，清幽復窅窱。偶然泛扁舟，不必有同調。林疏見山樓，岸曲隱漁釣。喧寂與曩殊，但覺所歷妙。密竹已夕陰，平岡尚殘照。摇摇興難盡，烟際孤鴻叫。

行庵坐雨

漠漠雲初合，蕭蕭竹作聲。雨喧人自寂，苔冷地逾清。幽鳥忽雙下，疏鐘時一鳴。茅檐猶點滴，樹杪夕陽明。

江上早行

侵朝沙際路，麥冷尚裝綿。幽鳥初辭樹，清江半入烟。迴橋藏釣艇，空谷響耕田。幾處晨炊絶，憂心祝稔年。

歸舟

負土荒山去，蒼茫欲雪天。江湖暫歸客，兄弟就衰年。濁酒孤鐙話，寒更一舸眠。薄田如可買，送老傍松阡。

落日放船好

落日放船好，沿緣出緑荷。低田分水急，高柳得烟多。欲罷當窗釣，時聞隔浦歌。江湖後歸客，閑咏意如何。

同太鴻話吴興舊游和韵

春風陳迹已漫漫，爲話蘋香憶碧瀾。四月桑陰門巷緑，半城溪色市橋寒。老漁舉網銀刀出，少婦繰絲雪繭殘。果有心期不相負，三間水閣未應難。

悼玉裁

雪涕同興宿草情，月襟水佩憶平生。蛾眉自昔嗟難嫁，牛耳從今失主盟。俊及清流叨合契，錢郎杰作讓齊名。海山兜率知難覓，聞道芙蓉别有城。

寄秋涇

亭皋落日惜分携，滿樹桃花鵯鵊啼。春色漸歸芳草外，行人應近灞陵西。情深留别詩常記，路遠相尋夢易迷。九曲黄流如箭激，鯉魚可得斷書題。

鷗灘

蘆叢鷗所家，水淺鳴還浴。月夜上春潮，飛向前灣宿。

雨後泛舟過篠園

溪流凡幾灣，荷葉欲無路。撑艇到籬門，一蟬吟碧樹。

夜過吴江

凉波如畫泛輕艭，夢醒秋衾月在窗。卧聽漁人烟外語，白荷花裏過吴江。

篠園水亭

枕簟茶瓜幽興長，柳深池館自生凉。片雲吹過西陂去，一片荷花無夕陽。

程廷祚

字啓生，上元人。諸生，乾隆元年薦舉博學鴻詞。有《岫雲閣詩鈔》。

贈顧進士復初

憲廟昔臨御，恩波覃八極。涣汗其大號，邱園交束帛。維時承平久，化成邁往昔。里巷聞弦歌，窮陬務修飭。聞命各戒裝，争先赴上國。儒冠既峨峨，征車復奕奕。或懷隨侯珠，或握荆山璧。或披蘭茁新，或掣滄海碧。鳴珮集丹陛，心情接虹霓。就中星斗寒，鉅儒出無錫。讀書破萬卷，性同杜氏癖。著述窮歲年，鑽研入無隙。宣尼生周季，仰窺王迹熄。然後作《春秋》，萬古垂法式。筆削見是非，義存三代直。當時游夏輩，欲贊空太息。如何後世人，無端奮私臆。邱明見國史，事實頗能核。傅會雖時有，網羅著勞績。齊魯多陋儒，厥惟高與赤。鄒夾未有書，莫由問失得。三家遂鼎峙，左氏仍後植。自兹口説滕，聖經嗟晦蝕。功令尊胡氏，學子徒守墨。首先革周正，先聖寧蹙額。一褒復一貶，譸張令人惑。褒貶本所無，安用常唧唧。忍使日月光，蔽虧重雲黑。先生歷然興，掃除不遺力。百家咸披靡，似用大師克。煌煌《大事表》，卷軸日盈積。發憤闡闕文，塵埃教蕩滌。曲説從此廢，禾稼驅螟螣。上則考天時，殷勤補長曆。下則綜形勢，聚米圖疆域。僭禮與敗度，亂賊曁戎翟。事事關大義，臚列各就職。載觀交兵篇，往來正如織。旌旗猶在眼，開卷若憑軾。晋楚争夏盟，宋鄭困行役。向戌忽弭兵，難免司城責。五材民并用，戒懼存法則。霸統經再變，王猷竟永塞。人

欲日横流，瞻烏更誰適。竊取有深意，肯令鯫生識。君書出雖晚，重到杏壇側。鐘磬鏗然鳴，清音動四壁。憶昔鴻詞徵，余亦預末席。客居郊壇西，頗愛厥境僻。涼風下庭梧，朝昏玩羲畫。冥會得懸解，忽然塵慮釋。與君偕罷歸，十載卧泉石。著書囊未成，今也喜大獲。假令留青瑣，玆業諒俱寂。深荷皇天慈，慨然增感激。

翁　照

字朗夫，號霽堂，初名玉行，字子静，江陰人。乾隆元年薦舉博學鴻詞，十六年，以經學徵。有《賜書堂集》。

《蒲褐山房詩話》：霽堂少時，曾奉教於毛西河太史。西河序其詩，盛爲推挹。常咏蓑衣，有「風雨一身秋」之句，從此得名。後在浙幕中，詩亡失大半。今所刊《賜書堂集》，十之三四爾。其爲時傳諷者，則有「一抹夕陽連漢苑，二分春色在蕪城」，「小樓夜半朦朧月，深院秋千澹宕風」，「青拂河橋風乍轉，緑昏江店雨初來」，「春寺烟深聞粥鼓，午塘風暖度餳簫」，「一聲啼鳥破春寂，數點落花生暮寒」，「殘月半痕巫峽晚，夕陽一片洞庭秋」，「關塞梅花愁裏曲，池塘芳草夢中詩」，「夾岸緑陰垂柳渡，滿篷紅雨落花天」。沈椒園臬使云：「先生年高，藤杖方袍，須眉朗映。其詩風致盎然，而神韵

瀟灑。」

送歸愚沈少宗伯予告歸里

片帆潞河來，相值在沸水。知公予告歸，南風指故里。敬讀御賜詩，千丈榮光起。載賡洵一德，眷注情無已。遭逢媲虞唐，進退善終始。公歸有程期，我老失準軌。離筵布南池，鳴蟬緑陰裏。無計更挽留，去去波如駛。但願南風狂，維解舟仍艤。

憶昔初識公，其歲當壬午。兩地合雲龍，僑札通縞紵。吴門與暨陽，來往互賓主。矻矻商古今，硜硜訂出處。龍躍終升天，雲散難作雨。遥遥兩地分，間隔寒與暑。雲龍今復合，情深逾昔者。叶。齒增易驚惕，道進無違拒。相期同惜陰，晚節師侃禹。

送公歸去來，悠悠返荷屋。作社赴鷄豚，約伴同樵牧。弭棹香水溪，采芝硯山麓。誰識衮冕儔，依然抱黄犢。道充輕禄位，天定歸淳朴。我將還故林，老去愛雲木。三十三山間，結廬卧空谷。公能復來過，江皋路應熟。念舊話前程，草堂夜同宿。

涵秋亭小憩懷師十五南塘

疏林過微雨，返照明殘滴。獨立野亭中，蕭然起寒色。澄湖落雁斜，古渡啼鴉寂。不見遠歸人，楚天淡秋碧。

秋　雨

旅泊滄江上，頻聞楚雨過。昏黄低雁陣，寒緑漲鷗波。氣逼孤燈暗，聲兼落葉多。故鄉鰕菜好，何日着漁蓑。

重過張墨岑别墅

重尋方外侶，林壑認依俙。一徑入紅葉，數峰横翠微。夕陽明筭笠，秋色上荆扉。纔到幽栖處，逢君采藥歸。

將之北河留別

織就文禽作對飛，一篝燈火久相依。耦耕當日言猶在，佐讀終年計轉非。但使我能抛犢褌，肯教君更泣牛衣。料應不學蘇家婦，金盡歸來也下機。

贈沈侍御椒園

展卷光騰五朵霞，總由忠愛發精華。詩宗杜老推雄抱，文溯昌黎屬大家。午夜疏燈焚諫草，春風小驛見常花。懸知兄弟聯吟處，添得新詩護碧紗。

馬曰琯

字秋玉，號嶰谷，祁門人。監生，居揚州，候補知州，乾隆元年薦舉博學鴻詞。有《沙河逸老集》。

晋樹亭坐雨同邵北崖程洴江陳竹町陸茶塢張西園弟半查分得坐字

入秋已浹旬，殘暑氣未挫。暑盛猶可逃，旱甚真無那。今朝北郭苔，欣逢上客破。老樹垂千年，稚竹摇萬个。颯然好雨來，晴風先滿坐。一時研席凉，幾處農人賀。擬作《甘澤謡》，君歌我當和。

爲寄舟上人題天池石壁圖

中吴山水佳，天池夙所慕。往歲恣行吟，曾踏松陰路。是時九月中，風葉落如雨。上涵明鏡光，倒影射寒兔。石室千載留，高士幾回住。别來逾一紀，夢魂屢沿泝。寄公湯休流，文字契真悟。携圖出示我，一見豁沉痼。念往俗慮湔，懷新秋色赴。惜哉筋力衰，足蹇慚故步。持此當卧游，白雲莽回互。

五月十二日集篠園

時候黄梅近，林亭宿雨晴。早荷争水出，晚笋上階生。雲影過橋斷，茶聲隔院清。可憐城市客，無復此閑情。

擬復竹西亭和浒江太史

邗溝東畔竹西亭，歲歲尋游感廢興。細雨斜廊還有井，蜀井在禪智寺。夕陽秋寺欲無僧。幾時碧玉圍千个，依舊紅闌覆兩層。收取江南烟樹色，蒼茫祇借一枝藤。

甘露寺

斷甃猶存劫火銷，祇憑絶頂看金焦。我來十月霜風厲，紅葉飄零似六朝。

馬曰璐

字佩兮，號半槎。乾隆元年薦舉博學鴻詞。有《南齋集》。

西山擬常徵君建

幽思落岩穴，起尋山澗鐘。松風導我前，石磴希人踪。落日辨遠樹，一片烟濛濛。氤氳花氣合，窈窕禽聲通。空翠望不極，雲歸知所終。况兹波上月，瑩魄明前峰。洲渚暝色至，蒲稗浮光重。此時閑眺聽，餘清貯心胸。

雁足燈歌

炎漢燈檠二十五，想見神壇照風雨。秀華細錯首山銅，未入歐陽一家譜。集古字遺西漢前，丹陽裴守搜荒烟。摹來雁足燈銘古，燊宫造自黄龍年。何如吾家囊所得，自昔曾無弋人弋。瓜皮緑活

土花鮮，蠆尾蠶頭月半蝕。銘文緣槃之半，故云。初疑槃仿蓮勺形，漢蓮勺爐銘亦彎環如月。既認趾同鼂蹼青。老眼觀書夜行燭，年號依稀辨竟寧。竟寧年間屢郊時，火續燈傳接芳苡。麟鬚難以拂霜蛾，零落蚖膏與鳳髓。不將歌舞挂樓頭，曲柄須煩黨伯舟。皎然細注輝齋壁，淅爾涼風裊素秋。墮葉紛紛窗户裏，似有哀鴻拍秋水。炎光銷盡一咨嗟，開閤殘螢竹間起。

秋霽集看山樓得山字

秋色矜新霽，憑闌此解顔。雲涼花氣薄，天净鳥行閑。喜有三間屋，還添一角山。何當諸勝侣，吟望不知還。

游冷泉亭

鐘韵一星星，幽尋獨此亭。山從入寺好，泉欲過時聽。冷氣怯春服，清輝隱翠屏。我來岩下坐，刻石記曾經。

杭州半山看桃

山光焰焰映明霞，燕子低飛掠酒家。紅影到溪流不去，始知春水戀桃花。

張　庚

字浦山，號瓜田，秀水人。監生，乾隆元年薦舉博學鴻詞。有《强恕齋集》。

《蒲褐山房詩話》：浦山工於山水，世多以翰墨稱之，不知學問淹博，如《通鑑綱目釋記》，糾繆補注，極爲精審。古文簡樸，五七言古體詩，頗見古人堂奥。丙子、丁丑間，君來往廣陵，常同樽酒，盡讀所著書，故得悉其深造。

聽葉亟齋談霍山之勝書此爲尋游之約

結廬南岳下，耳目飽幽勝。一雨百泉鳴，高秋衆山静。地僻無澆風，居人葆真性。聽談未及終，

吾心已潛泳。請爲來歌期，再作誅茅訂。

游法慶寺

勝游敢後期，况乃秋容好。林吹聽方清，山氣攬逾顥。崇寮敞閎爽，仄徑入窈窕。烟篁既深靚，雲闕還高造。逸境延冥搜，元情逮幽討。瀹泉和石髓，緌裳貯瑶草。芳潔良自娱，冥微有誰考。殘陽上遠峰，夕霏翳虚撩。側見帶蘿人，勞心鬱懆懆。嘉惠不我疑，逝將信夙抱。

聽雨

曉夢忽滉瀁，空庭春雨聲。淅瀝集芳樹，蕭散侵軒楹。迴風時一過，林鳥寂不鳴。重門尚未啓，虚幌覘已明。欹枕豈能寐，悵然生遠情。懷勞莫自歇，傷舊復多縈。大江日東逝，亂山杳西迎。客鬢霜雪積，故園蕪草平。方知衡泌客，寧讓安期生。

三橋峽

叢峰忽相合，蒼翠鬱沉幽。入深路逾峻，陡壁夾洪流。怪石皆側出，奇狀奚以侔。懸若列銛刃，矗如攢長矛。天府開武庫，森森眩人眸。硝磴問危棧，升降懷愓憂。乍看午景射，倏忽嵐陰稠。哀猿啼斷續，古木盤蚴蟉。奇花媚晚色，瘦竹清翛翛。於山嘆觀止，於險驚絶儔。自笑白髮翁，有此南荒游。

大樹鋪山家

連峰翠無際，環列如圍屏。中有千幅田，滮滮畦水平。山村倚崖麓，灌木杳葱菁。於時罷收穫，百室歡盈寧。園柑垂早黄，圃韭舒晚青。石泉瀉沙淺，野花被徑明。争桀群鷄集，歸巷黄犢鳴。征夫方倦役，對此尤移情。酒香試新篘，斟酌依前楹。夕曛半隱見，浮嵐藹峥嶸。微風一相拂，秋氣彌以清。憶昨曾過宿，風雨昏冥冥。今來值霽爽，萬象粲自呈。栖栖感徂歲，僕僕悵勞生。誰曰夷俗陋，計將闢柴荆。

倪雲林溪山無盡圖

清閟高人標格奇，意趣豈復同凡兒。偶然適興寫山水，冷冽疑欲凌人肌。想是霞餐却火食，不然那得清如斯。此卷高尺長減仞，幽溪重複山逶迤。枯林一簇山之麓，林下深深置兩屋。蓋茅零落墻欲頹，屋後蕭疏映叢竹。柴門不閉闃無人，烟波迤漾平侵門。旁通略彴亦將斷，舟楫沉嚙洲沙痕。崇峰側嶺絶蹊畛，荒寒似寫亂後村。要是生當至元末，亂亡在在驚心魂。目有所傷手自應，豈惟迂癖成性存。此卷筆法尤可喜，細觀不與常作似。山石居然王右丞，樹木全逼營邱李。枯淡雖云是本色，神味須知備衆美。李君珍惜同隨珠，自云得之酒家胡。出坎藉茅非偶爾，定是迂翁神與俱。

陳黄中

字和叔，號東莊，吴縣人。諸生，乾隆元年薦舉博學鴻詞。有《東莊遺集》。

《蒲褐山房詩話》：和叔爲少章先生子，校讎考訂，是其家傳。而和叔少時，即留心史學，頗以經濟自負。常游督撫幕府。晚年歸家。病《宋史》繁蕪，如湯義仍、王損仲，屢有删改，皆未成書。因將

《宋史》紀傳表共改定一百七十卷，但以未諳天文曆律，故各志尚屬闕如。殁後，其稿本尚存于吴下藏書家。詩不多作。彭尺木收而刻之，未爲完本。即予所見，其在長沙作五言排律六麻一百韵，則已失之矣。

夜泊黄河口

永夜河聲壯，扁舟客思孤。山川雄兩戒，漕粟擁千艫。明月中流涌，歸鴻隔岸呼。一生江海意，對此獨踟躕。

武昌登樓

行藏落拓漫登樓，楚塞山川四望收。納納乾坤懷管樂，滔滔江漢憶曹劉。五年重到仍爲客，此地從來説上游。水漲民饑風景惡，未知誰作徙薪謀。

胡鳴玉

字廷珮，青浦人。貢生，乾隆元年薦舉博學鴻詞。

初夏訪御李

喬木疏籬似畫圖，數椽老屋向城隅。隔林雨霽鳩呼婦，近户風輕燕引雛。花委藥欄紅欲盡，草深蔬圃緑全蕪。知君剩有郫筒酒，許我池邊一醉無。君近日自蜀歸。

楊潮觀

字閎度，號笠湖，金匱人。乾隆元年舉人，官至瀘州知州。有《吟風閣詩鈔》。

《蒲褐山房詩話》：笠湖性情倜儻，工畫竹，詩亦多杰句。尤工度曲，所著《吟風閣傳奇》如《諸葛公夜渡瀘江》、《寇萊公思親罷宴》諸劇，聲情磊落，思致纏綿，雖高則誠、王實甫，無以過也。子掄，字

方叔；揩，字永叔。皆能詩善駢體，著名於時。

雨中登劍閣

烟火迷秦塞，登臨帶雨來。鷹聲盤絶壁，虎迹破蒼苔。古戍風雲暗，重關劍戟開。時平天失險，空憶勒銘才。

牛頭山

千盤出劍閣，萬仞上牛頭。嶺勢雲中見，江聲地底流。連山風送雨，滿谷樹生秋。何處葭城小，深藏大壑舟。

魏公子無忌

太息夷門市井紛，信陵高躅想風雲。誠知天下無雙士，莫道當時有四君。屠儈監門登上客，婦

人醇酒畢奇勛。可憐未冷英雄骨，動地函關又出軍。

登雅州城樓和觀察杜凝臺韵

千盤轉粟上青雯，使節籌量動夜分。尚有兵烽通夕照，未妨農耦遍朝曛。庾樓嘯起邊城月，嚴道春殘故壘雲。所喜年豐堪借箸，緩裘亦足張吾軍。

負戴千群鳥道中，廟謨豈爲重邊功。風雲列陣原無戰，枕席行師偶未通。肯使唐蒙輕發卒，敢言魏絳且和戎。天威震叠須臾事，望氣應知率舞同。

城上頻傳叱馭聲，黎風雅雨倍關情。昔曾兼守雅州。山連相嶺遥飛鞚，江帶平羌近濯纓。望裏干戈銷舊壘，坐閑鐘鼓報新晴。一緘訝許巴人和，筆陣空慚細柳營。

曹秀先

字冰持，號地山，新建人。乾隆元年進士，官至禮部尚書，謚文恪。

雄縣舟中

繞城一水自彎環，野色雲容各自閑。便當乘槎溯天漢，眼中只惜少名山。

途中雜咏

古道垂楊雨幾巡，披襟剛是晚凉新。平生愛讀《秋聲賦》，聽到蟬吟亦可人。

湖海詩傳卷七

宋邦綬

字逸才，號曉岩，長洲人。乾隆二年進士，官至户部侍郎。有《紅杏齋集》。

霜鐘

長夜天將曉，鐘鳴蕭寺寒。響沉和月落，聲遠帶霜殘。老屋燈初暗，閑窗夢已闌。誰將斷續意，静證道心安。

思　歸

離情日見鳥分飛，惆悵傳經心事違。江雨山風勞跋涉，可知官好不如歸。

觀　保

字伯容，號補亭，索綽絡氏，滿洲正白旗人。乾隆二年進士，官至左都御史。

九日同友人登雲光洞賦成十韻

崖口地名。初迴獵，相於興不違。況穿紅葉谷，共叩白雲扉。嶔坎仙關豁，青熒佛光微。倒垂花片片，突起霧霏霏。開闢神工大，超遥羽驚歸。三門藏奥迹，一徑引清暉。乳滴殘碑在，苔荒古篆稀。景光延過客，空翠濕征衣。暫息塵埃躅，潛窺造化機。山風任吹帽，欲别尚依依。

德保

字仲容，號定圃，索綽絡氏，滿洲正白旗人。乾隆二年進士，官至禮部尚書。有《樂賢堂詩鈔》。

秋日

荒村無事掩柴門，世味嘗同嚼菜根。靖節未歸彭澤里，相如獨守茂陵園。風來別院生虚籟，苔長空階没舊痕。此景此情誰會得，半床殘帙一清尊。

春歸

百計留春春亦歸，東君欲别更依依。空庭夜雨醒殘夢，芳草天涯怨落暉。繞樹乍聽鶯百轉，銜泥驚見燕雙飛。欲尋紅紫無踪迹，花點池塘絮點衣。

錢　琦

字相人，號璵沙，仁和人。乾隆二年進士，官至福建布政使。有《澄碧齋集》。

渡海歸重經澎湖

柱石砥中流，狂瀾面面收。有山皆種麥，無島不藏洲。重到兩年客，孤乘一葉舟。何時成利濟，消息問潮頭。

送魏夏初歸慈溪

連宵情話思依依，夢冷西風憶故扉。未信才多偏折命，洵知游好不如歸。板橋霜重人初起，江岸潮平雪正飛。贏得手中金綫在，遲君重整嫁時衣。

王會汾

字蓀服，號晉川，無錫人。乾隆二年進士，官至吏部侍郎，左遷大理寺卿。有《梁溪詩鈔》。

江陰迴舟憶芳三金佩亦文諸子

靡靡逐清景，迢迢傍芳澳。水岸一花明，殘陽數峰緑。沙鳥下仍飛，漁唱斷還續。美人方阻修，相思憶如玉。

朱光草蟲同年何克思索題

油窗日暖殘霞烘，飛絲落絮春濛濛。起摩倦眼潑茶乳，神輿尻馬游無窮。鯤鵬么麽一氣中，人間日日天池風。且隨群動自翾躍，安用結束誇兒童。君不見古來文物掃絶踪，長安畫史多傭工。更無弓刀鬥褒鄂，衹吮鉛粉摹安豐。貂蟬插鬢有何好，意思蕭索如枯蓬。不如朱光草蟲畫，手腕所到

天機融。荒寒意態入毫楮，碧花翠蔓懸秋紅。恍然坐我故山裏，草根露濕吟秋蛩。開圖索句無匆匆，瓮天發覆難爲功。人生磊落自可耳，不羞《爾雅》箋魚蟲。

札克丹鄂佛洛營觀蒙古騎生馬歌

札克丹營氣蕭爽，沙坡澶漫連平壤。諸蕃游騎争驅入，霧鬣風鬃恣來往。呼韓晚上羊臛羹，幔城合奏琵琶箏。曲終更呈舞馬戲，奚官碧眼虬髭獰。鞭鞘一拂馬齊縱，附尾緑鬃不施鞚。千夫疾躍萬夫唱，雪花旋捲塵飛霧。注坡驀磵走侁侁，舞袂交竿捷有神。忽然墜地勢驚絶，僄如健鶻翻輕身。舉後蹶前雙掣拽，凌虚制變争毫髮。馬間出入馬不知，逸態雄姿轉相發。至尊一顧神沖瀜，人馬咸資控馭工。少府金錢服官綺，拜恩蹈舞擎歸籠。卡輪競出尋荒壘，蒙古諸蕃帳房，例在旌門外。篳篥風高山月起。御營鐙火燦華星，萬帳烟光夜凝紫。

喬光烈

字潤齋，上海人。乾隆二年進士，官至湖南巡撫。有《最樂堂文集》。

秦中王素村招飲舟中至虎邱後山遇雨即次素村韵

爲喜詩人折簡招，山塘十里碧迢迢。小橋曲岸連芳草，緑酒紅箏引畫橈。山雨忽飛林影暗，波光斜漲寺門遥。梵王樓閣溟濛裏，好景憑誰寫素綃。

夏日與華州王刺史登雁塔

金刹岧嶢上碧空，清凉高處拂天風。危欄下俯真無地，畫拱層飛欲起虹。掃盡炎氛歸象外，迴看佳氣滿關中。使君應似高常侍，正喜題詩舊日同。

阿桂

字廣庭，號雲岩，章佳氏，滿洲正白旗人。乾隆三年舉人，以蔭生補大理寺丞，歷官至武英殿大學士，一等誠謀英勇公，賜寶石頂、四團龍補服。薨，贈太傅，謚文成。

《蒲褐山房詩話》：公像著紫光，功存册府，勛名德望，所不待言。二十餘年爲太平宰相，而意猶不自慊，蓋本文勤公之教，嘗令其事鄂文端公爾泰、朱文端公軾、楊文定公名時、徐文恪公元夢、蔡文勤公世遠，承其指授，又與王篛林、蔣湘帆諸君游，意在儒林、文苑，不以韜略爲長也。統兵所至，决策如神，自在西陲，即親行陣，屢著膚功。及木果木兵潰，後五日而復美諾，二年而掃金川。甘肅化林、坪鹽、茶廳回人，連年蠢動負固，皆一兩月平之。故番王悍將，率拱手聽命，悦服無間言。其後偏裨官至將軍、提鎮者數十人，至督撫者亦十餘人。及入内閣，愛才好士，見官屬，必教以慎持名節，毋營競，見外吏，必戒以廉潔自矢，毋貪黷。所居廳事前僅容旋馬，日食不及四簋。絶無園林聲色之樂。比其薨也，天下識與不識，皆嗟嘆之。先是，公從軍於北路，及平伊犁，收回部，拓地一萬餘里。上欲置兵屯倏尉，益壯西北屏籓。同事大臣，未肯肩其任，公獨奏請，從容建置。浚河渠，集農功，立驛傳，築城積穀，商旅交集，不十年而甌脱變爲都會，自嘉峪關西，天山以北，直接科布多烏里雅蘇臺，與喀爾喀諸旗相接，而葱嶺以南，直抵葉爾羌，行者如適堂塗，如哈薩克布魯特及北鄙强悍之俄羅斯，亦恪恭震疊。公薨後，伊犁將軍保公徇衆請建專祠，隨蒙俞允，蓋深知遺愛之長也。公有作，輒焚其稿。予偶見而録之，故所存止此。

感懷用蘇文忠公寄鼂美叔韵

少小重意氣，跼蹐訾前賢。惟知一往槩，誰能計萬全。而今衰老矣，狂直都弃捐。心迹聊自慰，功成付與天。百憂如蝟集，擾擾白髮年。雖塵生還想，寧知口碑傳。胡不賦歸去，恣意窮芳鮮。松竹蔭吾廬，朝昏飽雲烟。涇渭自清濁，美醜何憎妍。不見亦不聞，幽谷長日眠。予有數椽在盤山下。擷彼南山茶，松枝活火煎。一甌滌内熱，快意耽静便。豈必覓丹砂，妄與神仙緣。醉鄉亦復好，遑惜囊無錢。

蘭泉比部初度

瘴地三年客，軍中百戰身。傳經崇世講，蘭泉鄉試座主夢少司農文子、會試座主錢少司寇稼軒及房師李少司空西華，皆先文勤公乙丑所取士。借箸重嘉賓。白髮歸還未，青鐙聚正頻。初辰一卮酒，梅放近陽春。

話舊贈錢冲齋觀察

憶昔承師範，蕭齋只兩人。始從親研削，直至命冠巾。經歷風波險，甘同蔬水貧。十年情意重，愛我比祥麟。余幼隨冲齋尊人元朗先生受業，至登科通籍，終未易師，而先生亦別無弟子。間一歸浙，閱數月，即返京師。在南日，亦未受館他氏。十餘年中，閱歷憂患，甘苦共之。不獨文字獎許也。

人海藏身久，翛然物外情。會心耽《易》理，厭俗避詩名。貧賤長如素，文章莫與京。誰知繼起者，尚有父風清。先生秉節高介，澹于酬接。晚年好《易》，朝夕不釋手。時有心得，即籤記之，以質先文勤公。興會所至，亦寄吟咏，長篇大章，有至一百二十韵者，然從不以詩自名。制舉義極工，而艱於一遇，時論惜之。

祝維誥

字宣臣，號豫堂，秀水人。乾隆三年舉人，官内閣典籍。有《緑溪詩藁》。

《蒲褐山房詩話》：先生少有才名，一直薇垣，公卿皆爲延譽，查、張兩相國尤器之。屢隨清蹕，故灤河遼海風景，數見於詩。李布衣鐵君謂其怡穆醇静，沈宗伯稱其《出塞》諸作激壯遒上，蓋是時

風雅中巨擘也。然沉淪下秩，久之，當出補同知，而非其意所願，量遷内閣典籍，乞病以歸，未及家而殁。余至京師，即辱先生獎許。以《緑溪詩稿》屬爲點定，留篋中者垂四十餘年，今始歸其孫世守焉。子喆，亦已謝世。别見於後。

舟次同陳丹城

連朝多東風，向晚灑疏雨。漁燈隔暗葦，幾點明烟渚。照我同舟人，寥寥一相語。微聞山鐘歇，詩思杳何許。

夜度長城嶺

已出清凉山，行行過臺麓。嚴風時刺面，餘雪猶塞谷。明晨當度嶺，人馬畏逼促。芻秣乘夜闌，倉卒戒奴僕。冥冥十數里，顛滑冰歷碌。嶺頭門不開，欲進詎能速。彳亍荒山坳，却退少村屋。稍前得古寺，叩扉横被逐。破廊三尺餘，蹲踞各蝟縮。手足骨已僵，口鼻氣難續。始信苦寒行，此况最云酷。四更嶺門啓，跨鞍忍皸瘃。横空十八盤，千仞更一曲。林深易相失，徑黑致互觸。仰窺天宇

微，旁睨地勢蹙。臨高素知戒，拾策但匍匐。側身防偶蹉，錯趾嗟屢蹋。乍聽鼪鼯號，復恐豹虎伏。馬跑雙泉響，挂甲古松矗。俗傳宋楊延昭挂甲處。坡坨既縈紆，崖壁亦重複。鷄鳴到關口，野店且憩足。驚魂擾終宵，履坦俟朝旭。險阻寧憚勞，紀行聊備録。

泊瓜洲

維舟宿瓜步，欹枕聞驚湍。深夜月微白，長江風自寒。壯情千里闊，歸夢五更安。不奈金焦望，茫茫烟路寬。

二月十五日尋春過偶圃憶朱大

暖風到處動吟魂，芳草閑尋近郭村。黄耳隔籬能認客，蒼頭劚笋自開門。春留元亮花三徑，飲乏劉伶酒一尊。迢遞京華游子在，旗亭新唱與誰論。

菘岐招游澉湖

平生未到澉湖濱，此日招邀許問津。葑草緑生雙浦净，杜鵑紅點萬山春。人思賀監空留宅，情比支公愛結鄰。日暮悠然桑竹下，桃源風物古來淳。

翁莊感舊同壺尊作

徑荒苔竹凋荒泉，户滿蠨蛸只黯然。可記讀書清曉坐，水風凉到曲闌前。

高瀛洲

字翰起，號願圃，仁和人。乾隆三年舉人，官太平同知。有《小稱意齋集》。

賦燕

雕梁小壘漸泥融，修尾長襟門翠紅。不愛高飛愛雙宿，晚簾消得月朦朧。

袁枚

字子才，號簡齋，錢塘人。乾隆元年薦舉博學鴻詞，四年，成進士，官江寧知縣。有《小倉山房集》。

《蒲褐山房詩話》：子才少舉宏詞，旋成進士，嗣以散館出爲縣令。初在江寧，總督尹文端公絶愛其才。既丁憂再起，至陝西，與總督黄文襄臭味差池，上書萬餘言，不省，遂乞病歸。得廢圃于江寧小倉山下，疏泉架石，厘爲二十四景，窗牖皆用五色琉璃。游人闐集。時吴越老成凋謝，子才來往江湖，從者如市。太邱道廣，無論貲郎蠢夫，互相酬唱。又取英俊少年著録爲弟子，授以《才調》等集，挾之游東諸侯。更招士女之能詩畫者，共十三人，繪爲《授詩圖》，燕釵蟬鬢，傍花隨柳，問業于前，而子才白鬚紅舄，流盼旁觀，悠然自得，亦以此索當途題句。於是人争愛之，所至延爲上客，適館

授餐。而子才又擇其精饌，彙作食單，梓以行世。故三十年中，掃門納屨，爲向來名人所未有。才華既盛，信手拈來，矜新鬥捷，不必盡遵軌範，且清靈雋妙，筆舌互用，能解人意中蘊結。今石庵相公在江寧時，聞其蕩佚，將訪而按之，子才投以二詩，公閲畢，即請相見，頓釋前嫌。其詩得力如此。然謝世未久，頗有違言。吴君嵩梁謂其詩人多指摘。今予汰淫哇，删蕪雜，去纖佻，清新雋逸，自無慚於大雅矣。孫君淵如又謂其神道碑、墓志銘諸文，紀事多失實。予謂豈惟失實，并有與諸人家狀多不合者。即如朱文端公軾、岳將軍鍾琪、李閣學紱、裘文達公曰修，其文皆有聲有色，然予與岳、裘二家之後俱屬同年，而穆堂先生爲予房師李少司空友棠之祖，且予兩至江西，見文端後裔，詢之，皆云未嘗請乞，亦未嘗讀其所作。蓋子才游屐所至，偶聞名公卿可喜可愕之事，著爲志傳，以驚爆時人耳目，初不計信今傳後也。

水西亭夜坐

明月愛流水，一輪池上明。水亦愛明月，金波徹底清。愛水兼愛月，有客登西亭。其時萬籟寂，秋花呈微馨。荷珠不甚惜，風來一齊傾。露零螢光濕，屧響蛩語停。感此元化理，形骸付空冥。坐久并忘我，何處塵慮攖。鐘聲偶然來，起念知三更。當我起念時，天亦微雲生。

雨後步水西亭

雨氣不能盡，散作滿園烟。好風何處來，荷葉爲翩翩。群花浴三日，意態柔且鮮。幽人傾兩耳，竹外鳴新泉。啁啁一鳥歇，閣閣群蛙連。暝色起喬木，斷虹媚遠天。蝸過有殘篆，琴潤無斷弦。憑闌意清悄，與鷗相對眠。

八月廿九日同補蘿晴江探桂隱仙庵歸憩古林寺

游山同隊行，看山各自領。不逢桂花開，且踏桂枝影。桂蕊何離離，蓄意如未逞。寒潭明空霜，禪室納虚景。脉脉夕陽沉，泠泠天風冷。道人登竹樓，彈琴萬山頂。

曳杖隨所如，小憩古林寺。經聲如有人，松花飄滿地。一僧長眉青，萬竹短籬翠。爲我滌齋厨，供以伊蒲味。時當晚課齊，各各參佛義。余亦慧業人，拈花領微示。出門秋正清，下山月猶未。回頭雲一重，鐘聲渺烟際。

玉泉觀魚

玉泉何澄清，銀河移在地。戢戢萬魚頭，空行渺無際。紅鱗色陸離，白小影摇曳。窺客若有情，銜花儼相戲。池間荇藻長，風定水烟細。可惜夕陽沉，鐘聲雲外至。春山生睡容，游客有歸意。回首波紋平，淡月僧門閉。

聞魚門吏部充四庫館纂修喜寄以詩

文思天子搜遺書，子以文名領石渠。士安不用借五車，嫏嬛福地張華居。憶昔蛩蛩附蚷虚，兩家簡牒争搜儲。愛而不見心瞿瞿，一朝去我翔天都。明堂大開招群儒，青藜太乙從從趨。四千年物盡挽輸，朱文緑字體製殊。龍威玉牒元皇符，漢唐所少元明無。咸集舜陛來堯衢，西山光芒燭太虚。子與蘭臺諸大夫，雙眸一串牟尼珠。部居别白分錙銖，縱難讀盡在須臾，但觀大略亦足娱，有如餓腹餐天厨，朵頤未動口欲呿。又如大海游蟫魚，恣汝屬饜樂有餘。問誰有此遭逢歟，領百萬軍恐不如。我猶未免爲鄉愚，聞見狹隘探索疏。側身西望空嗟吁，不能從子爲書奴。願抄書目遥寄予。俾得約

略知些須，此身不負生唐虞。

夜過借園見主人坐月下吹笛

秋夜論秋士，先聞水上音。半天凉月色，一笛酒人心。響遏碧雲近，香傳紅藕深。相逢清露下，流影濕衣襟。

起早

起早殘燈在，門關落日遲。雨來蟬小歇，風到柳先知。借病常辭客，知非又改詩。蜻蜓無賴甚，飛滿藕花枝。

北樓

北斗挂高樓，江山一望收。白雲檐外宿，清露檻前流。遠樹深藏寺，風窗易得秋。飛花雜松子，

終日打簾鈎。

泊舟平望偕齊次風宗伯周蘭坡學士訪玉川居士

輕帆爲我慰離群，得見梅花又見君。三徑苔痕藏草屋，一湖水氣濕春雲。風停篆影微微直，雨歇鶯聲漸漸聞。彈指來游剛十載，當筵莫惜酒杯醺。

題沈凡民蘭亭卷子有序

凡民與王虚舟、裘魯清交最狎。沈、王故工楷法，五十二歲時，各臨《蘭亭》一本，互角精能。畫者作流觴曲水，貌三人于其中。亡何，魯清死。又數年，虚舟死。凡民每哭一人，則跋數語於卷尾。乾隆十六年十一月，凡民來白下，出圖命題。余生晚，不獲見裘、王兩先生，而其時凡民之官建德，余又將赴長安。感三友之多情，逢兩人之將别，磨墨愴然，不能自已。

先生垂老泪星星，行篋常携感舊銘。一代交情存筆墨，三人顔色付丹青。酒杯白社秋來憶，玉笛山陽雨後聽。五十二年鴻爪在，昭陵風雪滿蘭亭。

浮生難挹魯靈光，風義羊求事渺茫。兩晋書亡王内史，六朝人剩沈東陽。金仙次第辭西漢，宫女憑誰説上皇。惆悵鍾期來海畔，斷琴彈落一天霜。

與郭鳳池侍講秦淮話舊作

當頭新月墜纖纖，十二年來吏隱兼。人似孤鴻雲聚散，詩如老將律精嚴。黄梅雨久秦淮闊，紅藕花深畫舫添。料得憑欄定含睇，六朝春在水精簾。

春　柳

消息江南又隔年，秋千院落碧雲天。春心肯落梅花後，青眼常開寒食前。十里烟籠村店小，一枝風壓酒旗偏。游繮欲綰愁無力，任爾横陳大道邊。

欲訴衷腸萬萬條，滿身香雪未全飄。新絲買得剛三月，舊雨吹來似六朝。緑影自遮南北渡，春痕分護短長橋。五株一入先生傳，不學柔枝亂折腰。

春興

身居宏景三層閣，家住香山八節灘。愁踐落花時讓路，愛生春水獨憑欄。朱藤架老蜂喧早，薜荔墻高蝶過難。呼取樵青作僮約，幾痕新雨試魚竿。

山中絶句

草草亭臺布置餘，今年真個愛吾廬。牙籤都放西廊下，自有斜陽來曝書。
鎮日山腰劚白雲，裁量烟草話紛紛。春衫不用金爐爇，自向百花香裏熏。
青蘆葉葉動春潮，堤上楊花帶雪飄。滿地月明仙鶴語，碧天如水一枝簫。

春日雜詩

千枝紅雨萬重烟，畫出詩人得意天。山上春雲如我懶，日高猶宿翠微巔。

水竹三分屋二分，滿墻薜荔古苔紋。全家鷄犬分明在，世上遥看但緑雲。
清明連日雨瀟瀟，看送春痕上柳條。明月有情還約我，夜來相見杏花梢。
萋萋芳草遍春潭，深院無人緑更酣。何處一聲清磬響，斷峰西去有茅庵。

湖海詩傳卷八

沈德潜

字確士，號歸愚，長洲人。乾隆元年薦舉博學鴻詞，四年，成進士，官至禮部侍郎，予告歸，加尚書銜，贈太子太師，謚文慤。有《竹嘯軒詩鈔》、《歸愚詩鈔》。

《蒲褐山房詩話》：先生潦倒名場，晚登科第。應西林、桐城之薦，即蒙主眷，不數年，洊貳春卿。《卿雲》、《復旦》之歌，《卷阿》、《矢音》之什，賡揚稠疊，往昔所無。繼以年近八旬，陳情歸老，復賜詩以寵其行，有云：「清時老名士，吴下舊詩人。」又有云：「玉皇案吏今仙客，天子門生是故人。」其嘉獎至於此。及鑾輅南巡，恩榮晝接，加銜食俸，優禮彌隆，宜海内誇爲盛事，吴中傳作美談矣。先生少從學于吴江葉星期燮。葉居横山，故阮亭尚書云：「横山門下，尚有詩人。」然先生獨綜今古，無藉而成，本源漢魏，效法盛唐，先宗老杜，次及昌黎、義山、東坡、遺山，下至青邱、崆峒、大復、卧子、阮

亭，皆能兼綜條貫。嘗自進其全集，御製叙言，以高、王爲比，誠定論也。所選《别裁》諸集，匯千古之風騷，聚一時之壇坫。年至九十八而終，蓋得于天者厚矣。或又有反唇而譏者，真少陵所謂「汝曹」、昌黎所謂「群兒」爾。

制府來

客述制府始末甚詳，因成樂府四解，志往事、儆後來也。

制府來，勢炎赫。上者罪監司，下者罪二千石。屬吏驅使如牛羊，千里輦重來奔忙。鞠跽上壽登公堂。制府賜顔色，屬吏貼席眠。破得百家産，博得制府歡。制府之樂千萬年。一解。揚旗旌，麾三軍。制府航海清海氛，聲名所到步步生風雲。居者闔户，行者側足。但稱制府來，小兒不敢哭。軍中隊隊唱凱還，内實百貨裝樓船。文武郊迎，次且不得近前。制府之樂千萬年。二解。制府第，神仙宅。夜光錦，披墻壁。明月珠，飾履舄。貓兒睛，鴉鶻石，兒童戲弄當路擲。平頭奴子珊瑚鞭，妖姬日夕舞綺筵。賞賜百萬黄金錢，天長地久雨露偏。制府之樂千萬年。三解。太陽照，冰山傾。黄紙收制府，片刻不得暫停。軺車一兩，千里無人送迎。婦女戟手詈，童稚呼其名。爰書定，在旦夕。求爲厮養，厮養不可得。盤水加劍請室間，從前榮盛如雲烟。制府之樂千萬年。四解。

侯氏三忠祠迎神曲

天門高，呀然開。儀肅肅，神靈來。神靈來，太常公，披朱衣，冠芙蓉，激雷電，斷金鐵，排趙嬈，擊曹節。掖庭危，邊疆敗。公直言，攖螯蠆。經百折，歷九死。死握拳，生嚼齒。靈在天，欣同類。揖楊左，肩周魏。靈既來，升華堂。羞燔炙，達羶薌。靈安坐，奏清徵。颯金飆，寒衆體。修肸蠁，忠孝門。聚星辰，光乾坤。

右祀太常公諱震暘。

坎其擊鼓，廟庭之下。俟我雲車，迎我風馬。車馬繽紛，通政降只。飛龍元螭，牙角從只。血痕斑斑，心憤痛只。論伸冤獄，力折强藩。運丁陽九，龍馭升天。銜鬚受刀，決脰報君。精衛填海，身腐心存。卞壺授命，盱眕從死。不辱門風，是父是子。辭鈞天所，來饗齊明。絪絪緼緼，達以精誠。鴟梟妖狐，伏而不鳴。

右祀通政公諱峒曾。

鬼雄前隊操戈殳，髑髏纍纍血模糊。飛車兩旁翻絳旗，中有義士髯而鬚。髯而鬚，侯季子。地老天荒，鐘鏞遷徙。廣柳車内藏忠臣。陳臥子。事敗連騈弃東市。升元冥，謁帝扃。上帝謂而忠貞，相隨而考而兄，出入玉闕金庭。被髮翩然，娭游下土。周覽城郭，心悲離黍。後車載美人，冠帔何容與。當年巢破卵不完，連娟修眉殉其主。神靈風雨飄颯如，酹神清爵神來乎。

右祀太學公諱岐曾。

分賦古鼎詩三十韵

龍文高晃朗，雲氣覆霮䨴。丈室神彩凝，高座古鼎在。肅穆儼介珪，鄭重埒鼐鼒。蟠螭足參立，貫索耳雙對。無色不駁犖，有狀悉萃薈。藏伏饕餮魂，追取贔屭態。鬖髿天馬群，脽尻鼫鼠輩。上鏤雷回文，下鑄《乾》《艮》卦。⿱宀廾戀別俯仰，竅軏志腹背。字類鄒嶧碑，銘非考父誡。跟肘細分析，詰曲空抑噫。初疑周虎彝，亦异虞瓦泰。比紀甗增價，并石鼓稱最。腹儉失名號，口呿詫靈怪。康瓠俗情閟，玉鉉庸耳聵。常然⿱䜌鬲易熟，函牛汁堪嘬。取郜魯非禮，售贋宋竟昧。染指嗤子公，覆餗訕元載。滋味仗調燮，法物諒珍愛。器列禮祀時，用昭廟堂内。正直形不頗，静虚量匪隘。吐景成晶瑩，

敲雲散埃壒。烹煎明作離，灌溉澤資兑。實黃流在中，席文茵于外。左陳伯索盂，右置師箟敦。塵劫逾千秋，神游歷三代。相對供捫摸，雜坐勤盼睞。扶風傳瑰奇，彌明謾狡獪。博物搜典籍，琢句恧曹鄶。世寶垂億年，作歌期保艾。

泛碧浪湖泊道場山下

泛泛碧浪湖，乍離峴山亭。吴興太守段康建亭於山，名顯山亭。後改峴山。荷蒲無故色，寒林有餘青。驚鱗潛水草，沙鳥立雲汀。但憐空翠過，幾忘舟楫行。青山與白塔，隱隱如相迎。已覘墟落近，漸識炊烟生。野叟作吴語，相顧殊有情。涼月誰共對，村酤易爲醒。明發入雲去，遥尋清磬聲。

九月登賀九嶺初見霜葉相傳吴王賀重九處。

陶公愛重九，我意同斯語。游興高令節，山行覓儔侶。已謝籃轝逸，遂陟崇岡阻。讌樂想霸圖，傳聞匪稽古。縱步無近尋，流眄有遠睹。隔塢動齋鐘，半嶺聞樵斧。楓林點輕霜，紅葉燦可數。貌腴神欲凋，浮榮難久處。超遥偕同游，泬寥感秋序。倚杖佇蒼茫，輕烟起平楚。

游天池

山靈招我深，輕策上層阪。巔頂涵清池，坎艮象成蹇。水寒魚不生，穴黝龍疑偃。想當融結初，天匠費鎸鏟。鑒影鬚眉寒，洗心煩鬱遣。沿緣把垂藤，趺坐藉蒼蘚。是時暮樵還，風送歌聲遠。雲凝羅徑濕，烟動僧厨飯。聊追謝監游，詎同阮公返。不見青蓮花，羽化空遥緬。

竹塢訪文文肅讀書處

山深境亦寒，人家住叢竹。言尋故相居，指引隨樵牧。秋籜點林間，斜日下蘿屋。登堂緬古人，當年此耕讀。經術協天眷，貞亮秉鈞軸。道直泯險夷，恩渥輕寵辱。曾罹孟博危，復遘曲江逐。斯人已云亡，岩壑留高躅。望遠重致身，懷賢耻干禄。清風激頑懦，名山享尸祝。何處來溪毛，寒泉羞杞菊。

曉登小白陽山

山嵐曉濛濛，踏雲仰層頂。林深光未顯，峰折路疑引。陟岡輕嶮巇，縱目得深迥。遥巒勢環抱，隱隱作藩屏。參錯互烟水，横縱間畦町。是山客少過，地阻名未炳。仿佛高蹈流，韜聲晦箕潁。人嫌洞壑寒，我愛松石静。攀條驚鶻栖，漱澗分猿飲。握蘭緬道侣，雲卧逢真境。晞髮岩之幽，初陽照孤影。

晚入鄧尉山宿還元閣

晚鐘流岩壑，尋聲經叠嶂。重游二十年，雲山故無恙。來登四宜堂，聊此息笻杖。老桂漸凋殘，吾生豈强壯。憑軒送遠目，百里納清曠。晴雪漫陂陀，香風透屏障。花影連湖光，夕陽摇滉漾。俄頃寒烟凝，遥嵐换形相。夜投還元閣，高枕烏巢上。風雨驚夢魂，松濤入紙帳。

經仙掌峰至石屋文文肅嘗讀書於此。

尋山得靈閟，險磴緣雲上。峰裂十指形，云是仙人掌。造化弄奇巧，留此意外想。蹊危少安步，石仄容孤往。迴矚途屢變，遥睇景難象。古洞勢谽谺，深入轉開朗。境寂返聽真，無風動虚響。石扇疑啓閉，仙踪乍惚恍。哲人耽誦讀，於此得幽賞。出山嬰華簪，罹禍幾鈎黨。撫躬審行藏，懷賢緬疇曩。何如此冥心，元珠探象罔。

過閘

截流利轉漕，險要閅版閘。奔流挂丈餘，玉虹下石硤。驚霆擺礌硠，鐘懸響鞺鞳。未到耳先震，乍睹氣已讋。客舟排檣竿，喧豗亂鵝鴨。懦者棹欲弭，勇者浪堪踏。長年理戚篙，嗚金衆夫集。退行索齊挽，逆上船疑立。忘身與水鬥，性命輕於葉。人定終有濟，忽奪兩崖入。中流自在行，安危判一睫。出險更思險，心定膽轉怯。猛省戒垂堂，未敢貪利涉。前途浩茫茫，願言慎舟楫。

暘塢

山形如玦環，聚族成村塢。東向受初陽，和風滿林莽。人家蓺花竹，傍湖實網罟。嫁娶不出村，禮讓成賓主。世氛日囂喧，隔水風偏古。我行訪林屋，失道遵枉渚。居人知我至，相邀具鷄黍。地僻多遠心，情真置浮語。把卷懷前哲，讀蔡九逵、秦存古詩。臨風久延佇。

石公山

青螺點蒼波，登陟忽巒岫。山石備萬形，變態各奔湊。荒幻理所無，俶詭境罕覯。造物費鎸鑱，用力幾莫就。亭臺嵌岩阿，因地成締構。風出一罅天，雲生百尺竇。石公與石姥，峙立分左右。我來秋已深，遥林熟橘柚。問齋饌伊蒲，隨目觀衆皺。夜留來鶴亭名。巔，霜寒伴猿狖。

度石磓嶺

谷深沸淙潺，山亂圍合沓。緣山臨無際，注目氣先讋。徑仄趾不受，石礙頂欲壓。覓路穿高雲，盤盤百尺級。同行肩難并，後進履防躡。磴危碎石支，沙崩古槎接。亦知垂堂戒，尋幽願深入。到頂身屢疲，趨下目轉捷。半途不退悔，逾險終寧帖。寄語學道人，用志慎毋怯。

發慈光一路經老人峰緣天都峰趾過斷凡橋上木梯至文殊院宿

欲窮升仙境，言別金仙宅。取徑傍嶮巇，穿松入蒙密。盤盤路忽高，十步三憩息。岩深谷虛牝，澗瀉泉噴激。經過老人峰，傴僂似迎客。峨峨陟橫雲，境界頓開闢。沿緣天都趾，仰睇蓮花菂。崖裂容一人，磴仄礙雙屐。扶掖憑山僧，駏蛩勢難隻。尻高首偏下，穿洞行匍匐。入井復出井，牽綆用全力。支木接斷橋，梯空上危壁。到頂地平坦，舊締化人域。千峰總圍抱，一氣周羃䍥。造化理所無，到者人方識。辛苦苟未經，奇快何由得。彌勒許同龕，留此桑下迹。

天都峰

黄山天下奇，天都峰之特。絶地九百仞，陡如下斧劈。勢疑塞高空，體許鎮地脉。無心拔衆上，衆自莫敢敵。通體斷寸膚，萬石怒分坼。虬枝蟠千年，蒼蘚積五色。石室開曠朗，甘泉流罅隙。或云仙人都，軒轅此游息。浮邱與容成，飛行無留迹。斯理果不誣，長生歸有德。胡爲學仙人，空聞煉金石。

下百步雲梯過華溝穿鰲魚洞作

山轉路滅没，險逾川中棧。斗然遇雲崖，直下足難踐。已累百步梯，誰數九折坂。探奇志勇猛，前進不敢懶。氣鋭力副之，崎嶇亦平坦。迴合望欲迷，凹凸勢莫鏟。行過蓮花溝，一綫蛇蜿蜿。是日雲烟凝，四望失嶤嵃。策恐支虚沙，足防滑蒼蘚。高步躋危岡，怪偉忽在眼。有境窺門垣，無底入甑甗。呀呷疑吞人，僂行敢驕蹇。漸穿巨鰲腹，神定體幾瘡。飛鳥斷踪迹，樵者見亦罕。行當逢容成，丹臺路匪遠。過此爲煉丹臺。

登獅子峰望石笋矼

奇岩摶象形，雄踞高巉嶙。發興登其巔，餘勇賈未窘。後顧氣混茫，前瞻境虛牝。到眼驚喜并，荒幻見石笋。刺天攢千戟，迸地出萬菌。破碎互相糅，逼迮遞徐引。睹此靈奇質，衆類覺宭蠢。物象隨人名，俚俗半堪哂。鬼工險莫加，天匠巧欲盡。而胡六六峰，轉使嘉名隱。迹高人莫知，箕潁樂肥遁。維時罡風來，壑谷吼聲殷。愜心願少延，佇足防未穩。下阪屢迴矚，抗手情豈忍。

憩雲外峰趾度數嶺至皮篷以杉皮爲篷。

我從雲中來，又尋雲外路。稍稍憩雲根，盤盤蹋微步。黯黯穿荒榛，喧喧聞瀑布。山花媚游人，徑仄不暇顧。少焉逢坦夷，短筇且停駐。迴瞻峰頭雲，是我經行處。澗泉趨正絶，涉水濕芒屨。何來午聲鐘，星星空際度。撥雲問香林，葱鬱娑羅樹。山僧松圓孫，耕厓係程孟陽後人。猶餘詩人趣，相遇不言禪，默默得静悟。前行逐孤雲，更向巉岩去。

度萬年寺後嶺穿林涉澗緣岡逾嶺二十餘里至石梁

出雲復入雲，度嶺還上嶺。遥山千圍合，環抱下疑井。跼步耻後怯，鼓勇赴前猛。涉澗流方激，穿林光欲暝。是時秋氣高，萬樹微霜凝。丹砂間點漆，錯雜類文錦。游目奇已過，醉心趣旋領。輕身降平陂，横從辨畦町。覓徑得荒庵，萬松庵。叩門乞苦茗。迴憶攀陟餘，險夷變俄頃。前聞輕雷聲，殷殷路修永。行將度石梁，漸入仙人境。

石梁觀瀑

巨靈用全力，兩厓忽分斷。放出三白龍，夭矯互鬥戰。莫窮水之源，直下急於箭。巨石不容水，水怒力逾悍。水石兩相争，倒躍勢擻漩。如傾萬斛珠，噴灑濺崖岸。匯合赴一門，迅疾激雷電。俯看奔騁馬，仰睇挂匹練。久坐心骨寒，乍驚耳目眩。石梁跨穹窿，劍脊險逾棧。猿鳥亦回踪，客子敢輕竄。過此逢仙真，堪使凡骨换。雲裳許裁服，芝草當餐飯。津逮有何人，渺焉悵雲漢。

瓊臺望雙闕

山形如缺瓜，峨峨倚天半。插根清泠淵，陡削天匠鏟。欲上無梯級，鳥路懸一綫。行人緣綫升，有足不敢健。猿挂憑攀藤，蝸旋疑陟棧。終焉上層巔，攬奇遂初願。兩峰劃然開，雙闕峙對面。宛如龍門鑿，亦似伊闕斷。放眼千青螺，重重裹峭蒨。此中列仙人，踪迹多變幻。寸心果精堅，鶴駕行可見。何處天姥峰，夢魂餘眷戀。

過金地嶺記所遇

層巒千迴折，陡下忽平坦。泂泂松根泉，蒼蒼坡間蘚。藉蘚挹泉流，酌取泠然善。何來一老僧，龐眉手自撚。問僧年幾何，行將三大衍。年百四十。示我養生方，無爲順仰俯。忘身并忘心，數自莫能管。大藥在偶逢，苓术肖龜犬。服之屏營爲，亦足壯關鍵。熊經與鳥申，古語術空緬。最下煉金石，伐性適自殄。語罷超然行，忽近旋忽遠。我欲往求之，雲路迷深淺。

黄山松歌爲翁霽堂作。

古盎倏見盤虬龍，鱗甲剥落蒼苔封。蟉枝偃伏三尺許，豈是峨嵋頂上萬年不長孤生松。問松托根來何從，乃在黄山六六之奇峰。黄山山高接霄漢，古松連蜷拄岩畔。怒裂石罅斷土膏，日月光華潤枝榦。工人善鎚鑿，長絙繫其軀。下縋俯絶澗，萬丈懸空虚。磊砢山骨巧斫破，一卷怪石連根株。遠從洞府最深處，千里移置幽人廬。空堂時有烟靄起，天都雲氣髣髴來庭隅。我對黄山松，想象黄山巔，浮邱與容成，雲際時往還。安得身騎白鹿蒼崖間，松肪食罷體輕舉，抗手群峰迎列仙。

張鐵橋畫鷹

鐵橋道人性疾惡，慣寫蒼鷹露奇狀。金眸閃爍爪拳鐵，猛氣棱棱出紙上。空堂孑立形軒然，百鳥驚飛不敢揚。陰山九月天雨雪，林木楂枒凍欲折。此時翻空入雲去，萬里高天灑毛血。胡爲斂翼栖枯枝，掉頸獨刷毛羽奇。從知畫師有深意，要令鷙鳥藏霜威。草間狐兔不足擊，健翮且漫横空馳。君不見鵂鶹梟鳥多惡聲，封狼破鏡時從横。會須使汝食其肉，一洗宇宙歸澄清，坐看麒麟鸞鳳來

明廷。

濟南雙忠祠祀巡按御史長洲宋公、歷下知縣韓公。

大軍向南下，屯聚攻危城。雲梯攀躡争先登，陣雲壓城城欲崩。御史率縣令，奮義抗强敵。殺馬食民，民不忍食。裹瘡吮血列防衛，援絶兵殘勢危急。是時日色無晶光，天地黯慘飛嚴霜。御史登城望闕拜，稱臣萬死無以報陛下。一身誓與城俱亡。須臾城隅陷，被執志不屈，大聲呵叱如雷霆。面受刀傷漬殷血，冲天烈焰骸骼銷，原軫歸元竟空説。兩公同日死，騎箕游昊穹，握拳透爪追英風。邦人立廟崇雙忠，神之來兮雲旗紅。嗚呼千秋亭祀歷城下，以愧爲人臣而懷二心者。

閲三朝要典

熹廟御極頽乾綱，疏遠保傅親貂璫。茄花委鬼互虬結，薰天勢焰何披猖。守原之問史貶斥，况令婦寺紊朝常。顧命老臣半誅戮，朝衣血裹投圜墻。清流白馬禍更慘，一網盡矣空岩廊。顛倒是非著穢史，手翻三案詞侜張。詞云挺擊陷國戚，追論可灼誣先皇。移宫巇鸞肆迫脅，康妃八妹奔蒼黄。

更云筆削繼孔聖，大書特書明王章。永爲人臣不忠戒，冠以御製文煌煌。黨與秉筆亂忠佞，顧秉謙、黃立極、馮銓等。霾閉日月無精光。同文館獄書黨籍，元祐君子遭摧戕。二蔡二惇恣兒戲，竟使二帝幽窮荒。此書千古同繆戾，力鋤忠耿扶奸强。從來事往有定論，青蠅白璧終顯彰。刑餘死骨斫身後，正士祀典修烝嘗。所惜國本既剥喪，再傳宗社旋淪亡。小人勿用著聖訓，承家開國須周防。

鬼車

夜寒慘澹陰風呼，長天呷嘎疑訓狐。乍東乍西無定響，倏斷倏續行空虛。一聲初起衆聲應，似有萬鬼同悲歔。家人聞聲滅燈火，掩耳且勿驚童雛。蠻奴拍手嗾犬吠，群犬狂叫奔街衢。或云妖鳥鬼部領，滿車載鬼雲端趨。車中鬼眼運鬼手，下瞰鷄鶩殘其軀。或云此物最荒怪，兩翼十首形容殊。當年天狗斷一首，至今頸血猶模糊。淋漓一滴濺華屋，高門大宅應焚如。世間無物比陰毒，但所過處思驅除。吾生疾惡性最猛，擬抽砮矢彎雕弧。寒雲漫天暗如漆，何從覓影行誅鋤。夜深飛鳴勢轉盛，欲挾鬼族游清都。妖麼莫漫矜得意，東方會見升金烏。

客談燒山事甚詳詩以紀之

叢山合沓藏於菟，目睒舌磍常負隅。封狼猰貐連元狐，醜類朋比甘爲奴。食人白骨堆霜顱，下及麞鹿牛羊豬。倀魂蚩蚩效前驅，獵人蹶張墮雕弧。時當獵月風割膚，蕭蕭苦竹鳴黃蘆。四山草木僵不蘇，壯夫憤激忘其軀。火攻巢穴良可夫，始焉數點疑火珠。乍隱乍現光模糊，忽看烈焰漫空虛。炎炎照耀千里餘，林神社鬼來獻諛。返風滅火大雨濡，山君咆哮走郊墟。血人於牙肆呑屠，上帝赫怒行天誅。祝融經天色純朱，彤旛赤纛翻絳旟。火龍蜿蜒火馬俱，岩焦谷爛驚斯須。榛莽灌櫟遭焚如，山精木魅潛逃逋。炮燖猛獸燔厥徒，存者竄伏黨與孤。兒童伸手編其鬚，往時狰獰安在乎。開闢險徑爲坦塗，遠近寧貼無驚呼。除妖降祥理則符，麒麟騶虞世豈無，嗚呼麒麟騶虞世豈無。

趙忠毅公名南星鐵如意歌爲蔣半闗賦。

蔣侯購得鐵如意，銀絲鏤飾存款識。額圖太極八卦形，背列天垣斗星位。銘辭無多語詰屈，廉而不劌君子器。銘詞。流傳知自忠毅公，年月日與姓名備。維公生值桓靈朝，婦寺秉政同宣驕。紛

紜鈎黨禍正慘，孟博繫獄訴咎繇。城狐社鼠不易去，悲歌擊節心憂焦。上方請劍空有志，唾壺敲缺真無聊。賢臣從古一網盡，遣禦魑魅投邊郊。邊草荒荒斷行迹，邊風蕭條邊月白。尚書振臂忽起舞，手持故物還拂拭。一揮天地欲低昂，想見鬚髯立如戟。賜環無詔來邊庭，萬里忠魂歸不得。陵谷變換廟鼎遷，尚書手澤今依然。光彩爛爛照四筵，鬼膽震懾那敢前。珊瑚二尺不足擊，指揮并勿談枯禪。蔣侯蔣侯知爾所寶在人不在物，要令忠義之氣垂千年。

蔡將軍歌

名人龍，吴縣人。天啓壬戌進士，仕潯州守備。遇猺民亂，力戰死。子至中，召死士入藤峽，俘其魁，縱火焚之。藤峽平，詔贈人龍游擊將軍。

蔡侯人世飛將軍，身長九尺勇絶倫。左射右射開六鈞，上馬下馬舉百斤。生兒更似李亞子，一門驍勇非常人。時逢猺獞反藤峽，草木爲屋山爲門。猿猱出没肆攫奪，青天白日誅平民。將軍奉詔入重地，膽大直欲通於身。十蕩十决勢莫敵，生鶻横入烏鴉群。峽深路險援兵絶，漫山賊衆如蜂屯。將軍願死不願生，呼聲動天雙目瞋。伏劍血流體僵立，義憤上訴天爲昏。郎君慟哭召死士，拔刀誓衆風雷奔。前驅遇賊氣欲吞，殺賊不异屠鷄豚。深入巢穴縛渠魁，揮刃刲膾何紛綸。餘黨拘攣夾磪

斧，一火木石俱遭焚。掃清藤峽只旦夕，報主差足酬先臣。當年平播砥朝棟，史書劉綎昭殊勛。楊應龍反，播州將軍劉綎討平之。朝棟，應龍子也。將軍父子闕紀録，雖經贈爵終沈淪。敢告右史秉特筆，臣忠子孝光乾坤。

魏傳巖畫墨竹歌

鄗南公子髯如戟，眼中無物氣無敵。醉餘揮筆掃竹枝，倏忽琅玕勢千尺。一叢新長成篺龍，亭亭直上捎青空。一叢磵畔忽斜出，寒梢俯地烟濛濛。一叢偃蹇穿石罅，蕭疏鳳尾摇清風。兩枝枯幹頭且童，勁節中斷如截葱。其後崇岡怪石各异態，千梢萬纛隨横從。乃知成竹在胸次，元氣入手人無功。自言北地寒威酷，只有黄沙少修竹。平生愛竹如性命，借此豪端洗塵俗。坡圖凉氣來滿堂，觀者動色神蒼茫。恍惚風雨黄陵鷓鴣語，令人咫尺游瀟湘。

贈王耘渠丈兼道别

昔年相遇秦淮樓，樓頭買醉澆牢愁。今年秦淮復相見，落拓依然縱談讌。髭鬚白盡兩頰紅，興

高奪稍群英中。酒酣耳熱肝膽露，豪情右盼還左顧。先生少主文章盟，使筆直使秋空鷹。跨海欲掣掉尾鯨，意氣魁壘山岳傾。豫章干雲世誰用，龍泉貫斗光難平。一官如泥等閑弃，鳳鳥肯逐群鷄鳴。杜陵老去依幕府，醉後登床傲嚴武。青鞋萬里歸去來，滿徑蓬蒿守環堵。回空那及猗氏盈，名塞滄瀛竟何補。唯餘愛才一寸心，結交忘年到爾汝。酒間誦我新詩篇，爲言逸興凌雲烟。低昂奮袖時起舞，淮樓四座停歌筵。我生厄塞殊自憐，途窮慟哭年復年。一人知己可不恨，何况推奬逢高賢。爲雲爲龍未可定，東西南北安得相周旋。春花落盡辭鄉久，歸心觸撥濃於酒。東風知我重離群，當筵吹折秦淮柳。前途彼此兩茫茫，天邊明月分清光。遥憶君家著書處，金壇山下松花香。

吴小仙雙松醉仙圖

天半雲雷卷中起，龍吟虎吼空堂裏。誰掃雙松勢千尺，吴生小仙醉時墨。几席陰森失豪素，上拂元冥真宰怒。林間中酒一丈人，頽然高卧忘其身。松風滿壑吹不醒，一卧直欲三千春。何時起來松下更飲酒，笑問乾坤無恙否。

集黄尊古草堂觀山水圖作歌時黄將游武夷

五年相别今相見，緑酒青燈夜開燕。主人酒酣示我新畫圖，壁間高挂鵝溪絹。江流一漚水，山岳數蟻邱。咫尺萬餘里，浩氣凌滄洲。空堂嵐氣出復没，耳邊似聞熊羆叫嘯清猿愁。忽然川迴山斷勢平遠，清沱淺渚林塘幽。陰晴明晦遞變態，粉墨真許追冥搜。坐間劉廣文，湘洲。嗟咨嘆欲絶。亦有王文學，學舒。睇眂分豪末。我時把酒還披衿，意興能窮造物窟。我謂主人工畫如工文，筆未落時先凝神。主人謂我作文如作畫，要使筆力回千鈞。主賓相視復相笑，此中三昧外人那得探其真。我不能畫解畫理，如君畫師辭客兼一身。酒闌脱帽意氣豪，自言趫捷追猿猱。遍歷五岳到絶域，采玉河畔嘗游遨。武夷九曲未沿溯，使我夢寐心煩勞。今日有酒且痛飲，明朝茫茫寒浪横輕舠。三十六峰試芒屩，歸來皴染開邱壑。高堂置酒邀我看，神往仙岩聽仙樂。水樂亦名仙樂。

宋徽宗鸜鵒圖

徽廟畫手天所縱，花卉翎毛無伯仲。時危點筆太清樓，萬里江山供戲弄。至今流傳《鸜鵒圖》，

御押垂垂挂當空。松枝纖末起長風，羽族開張勢飛動。一鳥鬥敗力已殫，翻身下墜轉向天。一鳥憑空奮拳擊，忽臨其腦難回旋。一鳥旁矚欲相助，不許雄猛摧衰殘。從知渲染有至理，扶持合在危與顛。如何助金滅耶律，欺人孤寡前盟寒。燕雲雖復兵禍結，如以鳥雀隨鷹鸇。靖康之耻繼懷愍，萬里龍沙夢初醒。鸜之鴿之公辱之，稠宋佶桓略相等。畫圖早已露先幾，誰向幾先發深省。馬角難從塞外生，有人將畫寄朝廷。朱弁在沙漠，寄六帝御容及徽宗御畫歸。披圖似帶冰霜氣，可是來從五國城。

戴文進看碑圖

魏武未嘗渡江看碑會稽之上虞，其事莫須有也。因已載雜記中，故詩亦從俗。

三百年後碑當墮，當墮不墮逢王叵。此言似諺還似謡，不解解之無不可。曹公看碑事有無，錢唐戴進文進，名進。寫出《江上看碑圖》。浩浩江流勢欲走，撐空贔屭昂其首。碑陰仰看者爲誰，面目生動軒須眉。一人緋袍一官緑，大帶撻尾腰間垂。前者解頤若有得，後者沈吟良苦思。從人奚官好結束，厥靴短後羌兒服。三鬃翦出桃花駒，嚙尾嘶風與翹足。此文傳是蔡邕贊，敏絶楊修識黄絹。老瞞心忌伏兵機，就烹偏在能鳴雁。聰明受患今古同，畫師微意傳豪翰。吁嗟乎，才子渝則戕其身，范史云：「修雖才子，渝我淳則。」愛深舐犢空傷神。何如投江抱尸知有父，碑雖磨滅心常存。

覺生寺大鐘歌

牙角鬅鬅蟠老龍，色相古黝兼青紅。旋蟲躨跜列衆獸，旁羅鬼漢諸奸凶。重逾萬石更萬石，漢高廟器將毋同。金泥傳自明永樂，遷都北地仍燕封。廟社既建鼎呂定，次及梵宇成華鐘。道衍監造役皃氏，數倍仙掌鎔金銅。彌陀華嚴薈全部，沈學士度。筆藏棱鋒。懸之杰閣入雲表，六僧舉杵齊撞舂。當年燕飛啄孺子，南兵百萬爲沙蟲。抄連瓜蔓凝碧血，禍延赤族鋤群忠。安憑佛力消黑業，趪趪聲徹天門重。恒河沙數至無筭，火焰滅熄刀輪空。從來王者貴不殺，豈緣象教尊禪宗。神孫更創萬壽寺，大璫勢力移其中。熹宗以後委諸地，龍卧沙草雲難從。熙朝郭西建寶剎，重樓複殿棟宇隆。錫名覺生代木鐸，警醒憒憒憐愚蒙。鐘從廢寺徙新構，萬牛迴首驅徒工。鯨鏗鼉鳴整課誦，響達長樂隨天風。我來郊原訪林麓，一徑委折趨靈宮。諦視古迹決雙眦，偉觀一豁平生胸。因思鷄鳴埭西北，巨鐘蝕土眠蒿蓬。摩挱永樂二年鑄，兩地禱福邀天功。一鐘淪弃聲久啞，一鐘叩擊驚頑聾。蒲牢亦等遇不遇，何况士類分雌雄。獨惜大鏞置佛地，虛無祇伴金仙踪。今皇崇道講經學，鴻都觀禮來耆童。始終條理藉法物，曷不重鑄歸辟雍。於倫於樂頌聖德，相和鼉鼓聲逢逢。

夏日述感六首

旱潦頻仍後，三吴風景殊。民貧輕揖讓，力盡畏征輸。瘠土農皆散，平田麥已蕪。吾生慚俯仰，觸目總艱虞。

糠籺聊充腹，遷延及草根。長官齊設粥，黎庶最銜恩。奔走誰家子，哀鳴到處村。吏胥休蠹食，國法至公存。

癘疫連三月，灾荒歷二年。空村多鬼語，茅屋少炊烟。乞命祟淫祀，招魂赴野山。四方俱掩胔，感此意茫然。

三尺森然在，無良尚有徒。探丸分黑白，刼客隱萑苻。聖主時蠲賦，賢臣欲繪圖。爾曹須向善，回首免刑誅。

身世空搔首，茫茫總不堪。多金高甲第，無食賤丁男。救弊須良策，哀時敢戲談。傳聞鴻雁羽，肅肅去淮南。時淮民多就食四方。

五行多錯迕，恒雨又恒暘。乍看修堤急，旋聞戽水忙。憂時勞丙吉，占策問京房。玉燭資調燮，還期格昊蒼。

岳鄂王墓

今古含冤地，孤臣舊死忠。已成三字獄，竟廢十年功。匡復憑諸將，沉淪念故宫。六陵殘毀後，泉壤泣英雄。

大將迴戈日，中原陷敵時。朝廷輸幣帛，父老望威儀。天意竟如此，神靈儼在兹。千秋見孤憤，認取向南枝。

漫與

見説岐山鳳，和鳴及盛時。羊腸千折險，虎口一生危。直節風霜煉，清名草木知。重華真至聖，款款許陳詞。

荃蕙成蕭艾，芳馨忽變更。申申詈正則，下下考陽城。擊斷憑卿貳，寬仁仰聖明。猶存三代直，野老有公評。

有感

天上風雷過，人間氣象新。狐群竞濡尾，象齒足焚身。有愧文章伯，誰爲社稷臣。爾曹堪一笑，回首等埃塵。

夜發

古壘戍旗收，烟中起棹謳。風霜欺短褐，星漢入歸舟。鐙動江樓影，蛩吟野岸秋。往來常此路，欲白旅人頭。

晚秋雜興

亢陽連四月，凶歲歷三年。恭遇成湯世，難回覆閔天。西風動茅屋，荒草滿原田。黄雀虚求食，飛鳴亦可憐。

蓬户炊常斷，朱門廪亦空。已判離骨肉，無處鬻兒童。井邑征求裏，牛羊涕泪中。誰能師鄭監，圖繪達深宫。

北闕須才畯，山林士氣增。搜羅到麻葦，曲直中鈎繩。周燮逃名苦，孫宏對策能。虚聲應共雪，莫負璽書徵。

送王蘭泉會試

之子魁南國，邦人願枕經。此行冰雪路，歷盡短長亭。水涌黄流濁，山横岱岳青。廣川三策在，望爾對明廷。

月夜渡江

萬里金波照眼明，布帆十幅破空行。微茫欲没三山影，浩蕩還流六代聲。水底魚龍驚静夜，天邊牛斗轉深更。長風瞬息過京口，楚尾吴頭無限情。

吴山懷古

大觀亭榭俯丹梯，千尺峰巔一杖藜。孤嶺界分城内外，曲江劃破浙東西。潮頭如馬當空立，山勢猶龍入望低。吴越興亡總陳迹，伍胥英爽震群黎。

三千强弩捍錢唐，賜券分茅异姓王。五季代傳唐土地，百年廟受宋蒸嘗。林柯曾寵將軍號，溪谷還沾錦綉光。所惜擁兵名義正，未從羅隱伐朱梁。

夫差曾報闔閭仇，宋室南遷事竟休。和議有人增歲幣，偏安無詔復神州。中朝已灑萇宏血，塞北空聞杜宇愁。莫上鳳凰山頂望，冬青誰認舊陵邱。

襄樊失守勢飄摇，半壁河山付北朝。餘燼但依新會水，無情深恨浙江潮。君臣俘馘歸沙漠，宫殿荒凉遍黍苗。唯有青山終古在，夕陽回首客魂消。

舊邊詩九首

我國家内外一統，萬方寧謐。揆文奮武，無遠弗届矣。閱《明史》，見季年屯政不修，邊事日壞，民生凋敝，因作《舊邊九首》，述往事，益以慶太平也。

憑關俯海舊邊疆，一綫迢遥指薊方。外國梯航通貢賦，高麗貢道。中邦門户重堤防。渾河冰合勞飛挽，長白霜清冷戰場。誰識天心正東眷，鬱葱王氣在遼陽。

右遼東

漁陽重地衛幽燕，倒馬飛狐關嶺連。自徙寧藩無外鎮，遂令古北急防邊。初以大寧爲外邊，永樂間，寧王内徙，而薊始重内邊矣。牧人度阪時驅馬，名將當關日控弦。不有築城楊御史，恐教羽檄達甘泉。都御史楊博修邊墻，設防禦，敵患少却。

右薊鎮

大寧弃後守開平，又見蒼黄失重城。土木變後，開平、興和亦不能守。正憶文皇犂絶塞，翻憐英廟誤親征。風旗蔽野晨挑戰，雪帳連山夜斫營。設險正須防上谷，安邊總爲翼神京。

右宣府

代北燒荒草木空，防秋從古重雲中。二關形勝環寧武，三面烽烟繞大同。俺答内侵邊柝苦，吉

囊遠寇陣雲紅。行間欲問平戎策，魏尚當年有戰功。

右大同

蘇武城頭落日低，明妃冢畔暮雲迷。重臣逐寇籌方略，都御史何喬新逐寇於灰溝，設善後六策。遺孽操戈釀禍梯。吉囊。疲馬帶瘡馳代北，土兵枵腹守山西。不聞仁愿防邊日，張仁愿。歲歲荒原動鼓鼙。

右山西

榆林遠過臯狼鎮，洪武新兵設備多。末季無人恢套口，中朝有恨弃黄河。正統時所弃。三更急雪還傳箭，萬竈飢軍且枕戈。能向延綏勤挽粟，馬騰士飽定如何。

右榆林

賀蘭層嶂入云霄，五衛蒼茫殺氣遥。冰結黄河飛敵騎，風高紅寺落盤雕。牛羊野老常驅隴，弓箭游軍各在腰。共識靈州沃衍地，蒿萊滿目莽蕭條。

右寧夏

鎮連八郡咽喉地，戍鼓邊笳晝夜聞。鞏鳳徵兵須轉餉，每歲調臨鞏、西鳳兵防守，芻粮在本軍額内支給，非策也。甘蘭失勢莫移軍。移甘蘭軍獨駐花馬池，亦非策之上者。霜嚴萬堡停樵爨，雲暗千山亂馬群。倚劍儻能籌勝算，獨教虞詡立殊勛。詡守陼洲，開漕道，招流亡，羌人慴服。

右固原

平羌斥堠界山丹，白草黄沙没馬鞍。萬里洗兵西水弱，三軍鳴劍黑風寒。永寧地險周防急，哈密鞭長戍守難。欲慰廟堂勤遠意，留屯邊境起凋殘。

右甘肅

題王蘭泉三泖漁莊圖

魚扈連延接雁汀，伊人新勒草堂銘。三重湖泛天邊白，九點螺横鳥外青。菰米飯炊香淡淡，《水

仙操》動韵泠泠。往來時有樵夫迹，問答微言惣性靈。

蘭　臺

蘭臺空署赴輪臺，詔遣從軍萬里來。食禄自應持正論，至尊終是重良才。不教天遠投魑魅，更許兵屯闢草萊。想象高秋望京國，一時回首白龍堆。

送杭堇浦太史

殿頭磊落吐鴻辭，文采何嘗憚作犧。王吉上書明聖主，劉蕡對策治平時。鄰翁既雨談墻築，新婦初婚議竈炊。歸去西湖理場圃，青青還蓺向陽葵。

南　鎮

《周禮》會稽推首望，大神作鎮鎮南方。位同炎宿垂朱鳥，德秉離明祀赤璋。寢殿閟宫常肅穆，

雲車風馬每騰驤。吾皇報饗勤咸秩，總爲蒼生祝降康。

寄周迂村

移家自得天隨友，尤飼鶴居皮市，迂村自甫里移家，居臨頓里，恰符皮陸栖隱地。偕隱相携孺仲妻。向共閑吟追汐社，近聞直釣坐清溪。行藏齒冷乘軒鶴，文采心驚斷尾鷄。何日隨君還故業，一蓑烟雨課耕犁。

北垞

白云生高原，忽渡南湖去。遥知隔溪人，應與雲相遇。

曉起

疏星淡已無，纖月猶木杪。天末明霞生，烟中散群鳥。

雨泊話舊

寒雨蕭蕭夜打篷，篷窗相對一燈紅。十年無限存亡感，并入空江話雨中。

過許州

到處陂塘決決流，垂楊百里罨平疇。行人便覺須眉緑，一路蟬聲過許州。

湖海詩傳卷九

程景伊

字聘三，號莘田，武進人。乾隆四年進士，官至東閣大學士，謚文恭。有《雲塘詩鈔》。

《蒲褐山房詩話》：文恭贍於詞章，兼精吏牘，初不以道學名，而濂洛五子之教，素所服膺，故肫誠樸實，頗知大體。其見於詩者，冲和真澹，雖非風騷正則，不愧有德之言。乾隆庚子，余爲都察院副都御史。元旦朝賀，都御史侍直西階，大學直東階。駕出，當先在中和殿行禮。余往邀之。會是夕大雪，公來早，中寒，已不能語。掖歸邸舍，未幾而歿。

送同年馮若渠客游平陽

驪駒已駕苦難攀，襆被携囊赴晋關。楚裏白雲龍尾闕，馬前秋色雁門山。驚才定卜三都貴，樂志寧愁六月閑。只悵從游違舊雨，何時樽酒待君還。

題同年許紅橋春宴圖即送之任粤西

薄寒風物正宜人，舊雨過從趁早春。每到醉鄉稱小户，恰于花國得閑身。酒旗星聚人千里，燈樹光融月一輪。排日朋簪渾未厭，離亭怕見柳條新。

六街燈火映長堤，接軫聯鑣鳳闕西。選石名園仝醉月，攀花曲徑一登梯。春回上苑鶯喧早，人去灕江草緑齊。促席追歡能幾日，不堪回首鷓鴣啼。

中秋前五日劉繩菴廷尉移寓奉柬二律寓中有小閣可眺西山因即以西山二字爲韵

一枝穩占鳳城西，掃徑誅茅位置齊。借緑短墻雲作屋，攀花曲磴石爲梯。管弦近接扶風帳，書卷長親太乙藜。茶臼筆床隨處好，當頭明月待新題。

移來家具菊初斑，籬落秋深静掩關。片石剜苔新作沼，小樓拄笏飽看山。退朝詩思争花發，近市心情似水閑。舊雨過從容剥啄，聯吟暇日好追攀。

裘曰修

字叔度，號諾皋，新建人。乾隆元年薦舉博學鴻詞，四年，成進士，官至工部尚書，加太子少傅，謚文達。

《蒲褐山房詩話》：公神閑氣静，明敏自然。事無大小，談笑應之，雖盤根錯節，迎刃而解。每遇朝廷大議論，衆説紛紜，而談言微中，分肌劈理，如奏刀砉然，如土委地，人人各適其意以去。總督高

君書麟謂天仙化人，不可凑泊者也。公没後，相傳爲燕子磯水神。後有家人遇之，拜祝祠下云：「若果在兹，願乞順風。」頃之，東風果作，挂帆而去。故顧晴沙詩曰：「爐香燭影曉猶紅，稽首陳情語未終。試看靈旗微揚處，春江已借一帆風。」

恭讀御製土爾扈特歸順記書後

國家中外大一統，曩惟西事煩經營。兩朝撻伐未竟緒，皇帝睿斷功乃成。勝算在握要領得，如雷斯厲風斯行。乘機迅掃到回鶻，陽關以外無堅城。再讀御製《歸順記》，土爾扈特來投誠。前兹準夷梗化久，四衛拉特相支撑。我師當時定全部，獨此早竄偷其生。未曾遣使遠招致，亦不索取勞甲兵。幡然挈屬奉表至，彼蓋遡聽心先傾。譬從地底見紅日，有不仰企非人情。試看稽首列萬帳，盡隸臣僕歸皇清。西陲全部此始結，更無别種防芽萌。上承付托述遺志，下慰蒼赤垂庥聲。倘非幾先具定識，安得臨事不震驚。大文細繹再三四，眼中事理昭然明。信哉至德感必應，昔者敵壘今編氓。提携襁褓及婦子，不似昨日飢寒并。脱離羅刹入樂土，自此畜牧安升平。渥巴錫汗知向背，鶯遷出谷兹爲榮。馬前纍纍復若若，乍習拜舞依龍旌。山莊宴賚盛典屢，丹青落筆騰光晶。鴻勛偉烈古未有，照耀天地環九瀛。豈知聖意益深遠，凛凛泰運猶持盈。

題桑弢甫五岳集

去年持節西域行，道邊恒華相逢迎。匆匆日馳三百里，那復酬對勞山靈。今年奉使出齊魯，岱宗天半空峥嶸。中州中岳亦咫尺，烟雲寂寂岩扃。平生五岳入夢寐，輪蹄到處聊延停。其如可望不可即，直等海上三山横。向禽一語躬未踐，史册已自垂高名。豈知遥遥數千載，有人誓不渝前盟。藉彼嶔嵚磊落之面目，暢我高寒崒嵂之性情。客中投示紀游作，五岳一一足所經。芒鞋幾緉昏嫁畢，快哉有志事竟成。學山至山果若此，我今相士不敢輕。手君詩卷待明發，回首猶望崧山青。

題陸包山仿王叔明高士聽泉圖

老龍夜吼濤聲起，近聽却在松風裏。鏦錚淅瀝和者誰，流泉一派清入耳。洞庭毋乃仙樂張，細叶宫商調角徵。《廣陵散》絶經千年，兒女箏琶徒靡靡。幽人意態疇爲傳，披圖云是包山子。有元巨手數黄鶴，曠代高情工寫此。横斜落紙遠逼真，毫芒底用求形似。莫言不見并不聞，有聲悟得無聲旨。萬籟俱息山空空，濺玉跳珠鳴不已。何當譜入無弦琴，志在高山在流水。

奉敕題江村草堂圖

應是白蘋洲上，居然黄葉村邊。鹿門有客招隱，蓮社無心結緣。乍可浮家泛宅，兼之鋤雨耕烟。臣亦江湖舊隱，畫圖重與周旋。

仙霞嶺

戍樓曉旆露初乾，一徑紆盤客意安。壁壘久忘當日險，功名仰愧昔人難。李文襄扼耿賊於此。青連翠鳳排林起，白走銀龍瀉澗寒。形勢東南分控帶，眼中甌越下方看。

次韵送張寶臣少宗伯予告歸里

一笑翩然喜宦成，麥秋時節暑風清。明廷屢緩還山敕，老輩難勝揖别情。調鼎有人留坐論，抽簪寧礙獨歸耕。某邱某水欣無恙，舊社鷄豚約共迎。

儲麟趾

字梅夫，荆溪人。乾隆四年進士，官至宗人府府丞。

《蒲褐山房詩話》：宗丞居諫院，伉直敢言。由是爲聖明所眷，洊歷京卿。嘗遣祭少昊陵，奏唐虞五臣皆有專祠，惟契獨無，請立廟，以補前缺。奉旨令蒲亳二州立廟，永垂祀典。既歸，嘗主書院講席。年八十餘而終。

張公洞

石洞破山腹，驚雷飛玉龍。采藥一仙去，至今呼張公。魚梁噴珠沫，靈響疑笙鏞。初猶索火照，徐乃天户通。振衣上層磴，雲影蕩塵胸。奇石蹲獅虎，山花無春冬。出洞已巔頂，指點數諸峰。歸路躡鳥道，仿佛疑仙踪。

西溪即事

溪上露華白，舟行破清曉。林端隱缺月，烟際出叢篠。渡筏漾碧沙，漁罾倚紅蓼。逢僧問前路，舉步疾飛鳥。

李　繩

字勉伯，長洲人。乾隆六年舉人，官平樂知縣。有《蒔田吟稿》。

由青田至錦水塘

灘響非一名，峰疊更千狀。乍疑前溪阻，忽訝後嶺障。牽纜溯委紆，蕩楫信容漾。清月一以對，萬象皆澄曠。巉石印虎迹，叢條凄猿唱。閱日遇轉新，撫景意彌愴。鄉思忽宵增，清謳聆越榜。

游靈峰寺羅漢洞至一綫天

仙洞拔地起，怪巧天匠鏤。披莽穿仄徑，尋异得幻覯。蓮瓣兩崖裂，佛掌一罅漏。上梯井牽綆，下坂檐墜霤。同行挾山僧，駈蹷互牽就。倒退尻高胸，直進趾壓首。隨步凜戰兢，履險無蹶仆。入洞轉曠如，板屋成結構。石檽挂珠簾，泉乳孕岩竇。僧床狙共眠，佛髻蘚争綉。枯坐了聲聞，歸雲翳寒岫。

登城望西山殘雪

寒原動晴暉，城闉暫流憩。遥峰雪未消，積素明新霽。白雲映層嵐，清光互虧蔽。藹藹烟樹疏，陰陰返景麗。岩翠淡欲流，凉氣攬衣袂。一塔指吴宫，雲林望迢遞。

憩靈昇亭眺東谷諸峰

下嶺谷轉深，奇秀衆峰窟。聞鐘引前路，松徑入蒙密。溪迴得幽亭，瀹茗偶停歇。過耳喧琤淙，到眼驚崒嵂。巧疑鬼工鏤，怪訝坤軸裂。摩空劍戟攢，逆地芝菌出。鼉鼓叩逢逢，斑管抽乙乙。俱峰名。肖形隨稱名，雅俗難盡述。是時微雨過，巾袖涼風拂。石泉和松籟，仙樂奏竽瑟。步移幻態增，目眩詭景失。諸天坐空虛，境寂塵抱豁。白雲解留人，幽禽叫林越。

游東谷一路登靈岩尋龍泉水

雲滃衆峰浮，雲净叠嶂曉。竟日白雲中，泉鳴雲路杳。丹花綴幽崖，翠壁敷寒篠。過目接新賞，引步紆遐討。入寺剩頽垣，苔階净如掃。旗鼓峰名。卓東西，屏障削天表。捫蘿追層巔，峰峰盡可了。虬幹走巉岩，寒湫俯深窅。何年蟄毒龍，雲黑露鱗爪。拂蘚尋留題，道人句可考。境静契無生，塵網脱宜早。隔塢度疏鐘，纖月挂林杪。

山行過古寺飯訖遇雨觀山田插蒔感而有作

山行緣澗深，危步踏澗石。入谷聞午鐘，鐘遥嶺轉隔。山僧導我前，野蔬手自摘。齋厨動炊烟，幽禽下窺客。濛濛濕雲流，千岩翠欲滴。庭陰潤松篁，嵐靄上几席。開軒面畦塍，凉風吹巾幘。油油動秧針，滮滮引泉脉。勤力冀有秋，敢咎山地瘠。芸人愧無成，忡忡感行役。去去携孤笻，烟消亂峰碧。

過蘆溝橋

吹角戍樓寒，征塵上馬鞍。斷雲横碣石，斜照冷桑乾。設險前朝事，悲歌此地看。故人燕市酒，相憶路漫漫。

天台道中

亂壑響春雷，山泉百道回。梯盤松路暗，崖削石門開。水碓雲中出，樵歌澗曲來。幾家殘雪住，籬落點疏梅。

河間懷古

鬲津故道指茫茫，文物由來重此鄉。訓詁一家傳博士，山川終古屬賢王。黄沙夕捲河流合，白草秋枯野燒荒。何事田間還佩犢，問誰奏績繼循良。舊渤海郡。

周迂村丈招集諸同人宴小漆園即送周緝堂還吴江吴南勤之華亭

雲龍追逐久忘年，接軫還看二妙聯。松石尚留名士迹，簪裾重卜故人筵。池光到榻涵疏雨，花氣侵階雜暮烟。珍重明朝分手去，一樽款款話燈前。

嚶嚶鳴鳥悵離群，折柳歌殘酒易醺。十子風騷懷北郭，三江烟月望南雲。疏鐘遠樹溪堂隔，細雨春帆驛路分。預擬崦西梅信到，探幽重爲待夫君。

涿州早發

三輔藩垣此一方，切雲雉堞倚岧疆。角聲千帳飄殘月，客夢孤城入早霜。經術古文傳涿鹿，英雄土俗話樓桑。時清休吊岐溝事，白草蕭蕭戍壘荒。

姜恭壽

字静宰，如皋人。編修任修子。乾隆六年舉人。有《皋原集》。

《蒲褐山房詩話》：静宰自號香岩居士，能詩善畫，工篆隸。癸酉從雷翠庭副憲視學江蘇時，予尚爲諸生，静宰得所試詩賦，愛之，遂來定交。後五年，復遇於都下，静宰寫梅數枝，取姜白石《疏影》詞，篆書其上以爲贈。嗣後，不復見矣。聞其病亟，遺命以古玉一枚、《華嚴經》一部殉葬，蓋矜奇之士也。

豆花

暮色下秋旻，蒼然生老圃。庚庚麃眼籬，紛紛豆花雨。豆花既以白，豆莢亦成縷。晚飯臨涼風，秋實腴堪煮。上有青蟲縣，下有寒螿語。霜田落爲萁，小人良辛苦。

杜若

秋水不受染，芳杜摇孤翠。白雁下横塘，照見相思字。天末懷夫君，日暮期不至。江南可采蘅，西風吹垂泪。别去可復論，露華易蕉萃。

渡江東歸

燕子磯邊九月天，鯉魚風送石城船。黄花又見歸來日，紅豆空裁寄遠篇。玉樹歌中陳後主，仙人掌上柳屯田。緘情合付長江水，江北江南盡惘然。

秋　夜

餘焰耿頹垣，荒蕪滿庭户。中有人未眠，蛩吟入秋雨。

題梅花

一枝璚蕊倚春風，鶴去寒山夢已空。記得夜深林下過，月玲瓏又雪玲瓏。

申　甫

字笏山，江都人。乾隆元年薦舉博學鴻詞，六年舉人，官至左副都御史。有《笏山詩鈔》。

《蒲褐山房詩話》：笏山副憲以中書舍人直軍機，掌内制十餘年，代言起草，指事類情，九重時嘉賞之。爲詩抒寫性情，羌無故實。白樂天、楊誠齋、查初白，其《兔園册子》也。好句如「行攀石磴無人迹，静聽流泉冷客心」，「幾日閑眠關竹户，一番細雨長秋花」，「寒歸木末全無葉，暖入梅梢漸有

花」，「尚有晚香留紫菊，不妨小閏到黄楊」，至今有吟諷者。歿後，畢秋帆中丞爲選擇而梓之。凡四卷。

旅思

二月天涯旅思交，輕寒惻惻雪纔消。一庭芳草客惆悵，幾點杏花春寂寥。何處借風吹好夢，有時聽雨度清宵。自從江令魂銷後，縹緲雲山不可招。

送陳西樸南歸

草檄才華久擅名，倦游難得是歸耕。胸中湖海豪猶在，鬢上星霜老欲成。枯柳暮烟鴉陣陣，西風殘雪雁程程。江南到日梅應放，與寄相思太瘦生。

桐川大兄南歸率賦小詩送別

釀泥深巷雨如絲，矮紙催題贈別時。欲去始憐相見晚，得歸何憾到家遲。掃除塵土三年夢，成就山居一段奇。更喜津門楊柳暗，扁舟渾似畫中移。

己卯重陽日同監試諸公明遠樓登高偶成七律一首

鳳城佳氣曉層層，高處凉生感忽增。霜葉老留前代樹，風檐閑憶十年燈。尚容我輩憑闌望，可惜無人挈榼登。轉羨陶然亭上客，葦花如雪興飛騰。

送姚二念兹之山右次陳句山前輩韵

山長新如得好官，夢餘休更惹愁端。才名不愧陳蕃榻，豪氣曾輕貢禹冠。久住忽成千里別，强移聊借一枝安。草堂貲要隨時蓄，垂老依人畢竟難。

七月朔日籜石招同地山少宰小集山齋爲鴻博同年之會兩公各賦七律六章予亦和之書于籜石所畫歲寒三友圖後以志一時盛事

山館凉生面面風，何分賓主此情同。故人海内今餘幾，往事樽前話不窮。各有姓名留薦牘，儘多酬唱入詩筒。衰年倍切齊年誼，氣類相關要始終。

接葉亭邊落葉寒，紛紛送客出長安。丙辰秋冬之間，厲樊榭、沈東甫、沈幼牧、迮耕石、汪槐塘諸君同寓于接葉亭。試畢，先生出都，同人咸于此餞别。重來我只常資進，晚達君猶本分官。未敢便爲徵士老，不妨仍作布衣看。風流畢竟推前輩，早向雲霄刷羽翰。少宰由乙卯中書丙辰中式，改庶常。予與籜石并爲後進。

下馬高車已在門，少宰先至。相逢一笑略寒温。兩公視我如兄弟，三世論交到子孫。肯以虚聲孤物望，將何努力答君恩。他年各買扁舟去，剪燭淮南盡處村。

四十年光電影俱，晚收或者在桑榆。飛騰踏雪曾留爪，老馬銜泥自識塗。難得盤桓同躡屐，却煩羅列到行厨。劈箋更仿元人意，松竹梅花共一圖。

曾捷宗

字瑶圃，贛縣人。乾隆六年舉人，官鄜州州判。有《瑶圃詩鈔》。

南浦曲

郎自居南浦，妾自住西灣。盈盈阻江水，澹蕩起長瀾。一解。欲采浦中花，凌波兩槳斜。單衫紅杏子，白夾罩輕紗。二解。邀郎入花浦，不知郎住處。人傳郎門前，雙雙烏桕樹。三解。漠漠春風吹，迢迢江水暮。問郎來不來，風濤那可渡。四解。入亦復苦愁，出亦復苦愁。相思隔南浦，明月照樓頭。五解。

江行晚泊

川原迷水驛，旅泊嘆孤篷。永夜一杯酒，寒江半棹風。燈昏知雪急，衾薄愛爐紅。回首鄉關遠，

青山幾萬重。

江行

天闊雁聲遠，江寒沙渚明。孤帆何處泊，日暮晚烟平。

楊述曾

字二思，號企山，陽湖人。乾隆七年殿試第二人及第，官侍講，卒，贈侍講學士。

《蒲褐山房詩話》：學士爲内閣學士椿之子，博綜史傳。乾隆己卯冬，上修《通鑑綱目輯覽》，命學士及大興朱編修筠、武進蔣編修和寧、仁和張舍人霽同余充纂修官。發凡起例，齗齗不少假。余輩常集其邸，家人善治庖，討論之暇，輒出飲饌，以恣燕衎。酒酣以往，諧譚四出，猶見先輩風流也。詩不多作，偶獲二章，亦駸駸入作者之室。

題陸乾日隸書千文乾日名瓆，河南巡撫陸朗夫燿之父，摹漢魏八分十數種，有石刻。

秦時王次仲，六書變體創八分。梁初周散騎，羲之碎字編《千文》。羽人已化大鳥去，侍郎鬢髮嗟如銀。迢遥應千載，源流一一區河汾。八分鴻都《石經》後，元常準尾波勢尤超群。開元碑頌僅具體，韓梁張史徒云云。《千文》智永擅神妙，八百分散留江濆。吴興王孫所傳十七卷，俗書依仿贋本尤紛紛。松陵陸子嗜古有奇癖，蟲形鳥迹遠欲窺皇墳。一丸隃麋作鼇甲，三寸柔翰供鋤耘。京華旅食坐無事，閑窗素紙舒羅紋。劄分篆隸綴晋字，規撫曹蔡淩右軍。當其捉腕時，引而不發有如勁弩縣千斤。及其縱手快，盤空夭矯有如鷙鳥摩秋雯。倏如長矛掃鋒鍔，突如巨石崩崖垠。屹如巍堂列柱礎，綿如遠岫霏烟雲。攫張如怒群龍奮鱗爪，敷紛如綴百卉垂葩芬。或如淇園風動千竹葉薿薿，或如湘流帆轉九折波沄沄。纖濃各意態，直曲隨鋸釿。含文復包質，强力還豐筋。書成應置國門外，摹觀紙價逾元纁。嗟予學奇觚，拙手空辛勤。華山岱岳未經到，郃陽酸棗憑傳聞。元黄剩句《兔園册》，《凡將》《急就》同斷斷。綰蛇縈蚓自嗤笑，偶游燕市欣逢君。一編示我插高架，縹囊珍重薰香芸。恍懸師宜帳，疑曳羊欣裙。何當數晨夕，泥飲乘酣醺。便從竊柎學梁鵠，還持奇字師劉棻。昨宵殘月正離畢，飛雨颯霅雷砏磤。曉來西山起晴色，豁開東牖延朝昕。摩挲舊籍忽三嘆，沉吟拂几

心殷殷。張生《石鼓》李潮篆，杜詩韓筆萬丈光。炘炘我生已晚學，蕪劣文章豈直殊蕕薰。摇毫擲簡不知暮，起看遥樹漠漠含斜曛。

浮山禹廟觀壁間山海經塑像

真宰三靈萃，鴻鈞萬彙陶。神奸原并育，山海競潛韜。緬昔平成烈，時先洚洞遭。八荒勤偶步，四載奠林皋。蒼玉開函授，元圭錫命叨。鑄金窮變怪，象物晰秋毫。魑魅窺形屏，龍蛇匿影逃。洛符同寶貴，泗鼎忽淪滔。斷簡存劉略，遺文問楚騷。尸藏相顧械，鳥飼畢方號。精驗如符契，疑言尚剖刀。何年圖鬼秘，入廟肅清高。靈石當階峙，奇功一簣勞。岷峨聯脉絡，淮海帖波濤。浮似來孤鶩，移寧藉六鰲。中央森殿陛，百物備牲牢。恍惚陰雲合，睢盱怒氣豪。麟身兼虎齒，魚負亦蛇操。飛有歡頭翼，鬈生役采毛。燭陰曾不息，相柳尚餘臊。夸父奔林渴，刑天舞戚遨。森羅争顯相，環列儼分曹。過目名雖記，臨風首重搔。江河當四會，樓櫓集千艘。簫鼓喧祠禱，魚鹽雜市囂。古松崇廟貌，美黻换神袍。摶土勞丹雘，驅巫迓赤緌。人天同詭誕，士女混譏褒。平野鱗分次，殘陽弓半弢。茫茫横百感，歸路響寒飈。

竇光鼐

字元調，諸城人。乾隆七年進士，官至左都御史。有《東皋先生詩集》。

《蒲褐山房詩話》：先生性情伉直，遇事敢言，而尤以文學受知，大考翰林第一。不兩載間，晉內閣學士，直南書房，屢荷文衡之命。其再使浙江也，發平陽重徵之案，幾爲交構者所中，幸得實上聞，詔令覆審，乃置縣於法。浙中人士，無不踴躍感泣，而先生還朝，晉總憲，兼直上書房，蓋皆荷聖明如神之照也。然先生自謂獨契聖賢之旨，故於宋儒所言，指斥不遺餘力，聞者往往驚駭。至詩，非所屬意也。其後偃蹇以歿，門人秦君瀛置其栗主於西湖望湖樓，且哀其詩而刻之。

登九仙山

連山東南豁，百里俯滄洲。陽崖叢石蓮，陰壑蟠潛虬。嶤朵造白日，山絕頂名八朵峰。羲和礙行輈。萬壽冠群峰，石色連天浮。覽古憶漢士，問年齊浮邱。迋迋傳丹液，可遇不可求。想像明月夜，鸞鶴驂遨游。銀臺光照耀，倒景隨東流。浩歌遏白雲，清絶令人愁。鸒鳩搶榆枋，黄鵠固遠投。涼

飆振林樹，柯葉如驚秋。夙心展廣眺，及兹縱冥搜。言陟從壽嶺，佇望仙橋路。有升仙橋。積石淙清流，斜陽亂紅樹。賞心會獨往，倦足容小住。頹宇龍象愁，危岩獅虎怒，山有獅象峰、虎岩峰。仙人逼蓬萊，溟漲不可渡。溯洄溪風長，寒林颯已暮。杳杳遠鴻音，鬱鬱隱豹霧。撫化時有適，得己物無忤。揮手攬皓魄，振衣拂白露。行行謝磷緇，終然完吾素。

游天井一名白龍潭。

游子追險絶，造物秘靈境。始下九仙麓，檻泉書庫峰名。頂。西行得牛涔，幽尋問天井。杖策半缺折，溪徑猶榛梗。跼身緣崚嶒，步澀覺道永。稍出石門隘，已怖風色猛。湍瀑迴群壑，硤角會諸嶺。仰睎練峰嵌，轉睨龍塔迥。勢挾河漢落，氣侵毛髮冷。黑雲閉霮䨴，白日匿晶影。俯崖窺半壁，陰鑒洞内景。想見虚無底，積水藏溟涬。有時沃驕陽，霖雨應禱請。沉牲終不受，澮瀨涵淵静。適來驚蟄潛，殷雷晨一警。豈謂感鬼神，兹游固多幸。西暉餘照曜，延佇惜俄頃。

韓碑

昔讀南海碑，今來南海廟。遺碣越千年，望古集遐眺。洪鈞播萬類，噫氣吹衆竅。遭水自成文，韓潮極神妙。南溟稱天池，晝夜浴兩曜。直極爲尾閭，嘘噏百靈召。軒波磓五岳，鯤鯨恣擲掉。惚恍游萬怪，三蹺窮窈窱。厥大莫能名，斯文與之肖。刊石勒祠廊，萬里鎮炎徼。想見神光起，燭夜連嶺嶠。遺文重摩挲，絶焰仰輝耀。扶桑搴一枝，乾坤有餘照。濡筆增怖愕，摹繪難領要。别派細潢港，小言碎螢爝。觀瀾雖有術，坎科每自笑。何當學龍吟，一息蛙蚓叫。

送胡少京兆從軍金川

落日明寒水，驚風動大旗。已知經絶域，不復憶生離。入穴寧論險，擒王或用奇。安邊定深計，番婦與番兒。

雜種那高壘，天河已洗兵。笳吟雲棧落，劍倚雪山清。幕府從籌筆，宫僚愧請纓。祇應驗楊柳，與作凱歌聲。

送王熊峰先生謫任西川

劍外論兵地，巴西望歲人。瘡痍群命賤，飛挽异鄉貧。白馬今從事，青雲實致身。勿云分半刺，萬里借良臣。

夜過彈子磯

日下碧峰暮，山寒蒼鶻號。江流催地轉，石氣與天高。直想移靈鷲，何年斷巨鰲。客帆不得泊，欹枕送驚濤。

雨入湞陽峽作

西壁巉無路，南天隘此門。叠空浮雨氣，迸水瀉雲根。灘厲牛仍鬥，峽中兩石如牛鬥狀，曰牯牛灘。江寒鷺不翻。樵歌聞谷口，稍稍見前村。

還過觀音岩作

迴岫枕江斷，入天青未分。波心寒過雨，洞口暮垂雲。滅火魑應見，吟風虎每聞。歸舟還小憩，宿霧白紛紛。

吉水道中

遠岫如螺涌，迴江作字流。波清從浴鷺，帆静不驚鷗。前輩文章盡，荒岡日月留。江濱有日岡、月岡。溪樓不可上，獨立倚灘舟。

抵清遠作

香爐中宿接嵯峨，擬訪禺君搴薜蘿。夜雨偏從枕邊急，春山却向夢中過。鷩心峽鳥喧芳樹，滿眼江雲送緑波。此去無勞費牽挽，停橈閑聽木魚歌。

登浴日亭次東坡韵

扶胥南下水如天，倚棹孤亭黄木灣。海外初收鰲背雨，雲中稍辨虎頭山。即看銅鼓添沙稜，南海廟前漲沙數十里，名銅鼓沙。豈有丹爐駐玉顔。東望白雲山，有安昌期丹竈。我欲騎騌攀若木，偏懸五色十洲間。

登越秀山

鎮海樓頭過雨痕，越王臺上俯朝暾。地連五嶺分鵬背，水帶三江下虎門。歌舞歲時人代换，山後爲歌舞岡。東南市舶島夷繁。頗聞利病關絲禁，尚待咨詢達帝閽。

章寶傳

字習之，歸安人。乾隆七年進士，官吏科給事中。有《蘆江詩存》。

秋日偕友人登陶然亭

蘆白楓紅淺水間，斷雲高曳小禪關。屐分莎徑凉蛬語，磬出烟林暮鳥還。畫格今看秋易老，宦情好與佛同閑。凭闌莫便輕回策，一髮螺青似故山。

書山水册子

放懷濠濮間，晤賞寂無侶。漁艇一燈遥，和烟落寒渚。

曉發碧浪湖

浮玉諸峰郭外攲，蕭然兩岸荻風吹。碧天印水平如鏡，剪破凉雲櫓一枝。

鄭虎文

字炳也，秀水人。乾隆七年進士，官至左贊善。有《吞松閣集》。

將軍山

山含春雲青，石露虬骨瘦。倚空有孤撑，跨波得虚覆。壁削平孰磨，罅坼碎如湊。初疑女媧遺，采煉彌缺漏。又疑石髓流，風凝出皴皺。問名訝將軍，侔象殊甲胄。苔蘚偶作緣，土壤不敢垢。樹古蟠蛟螭，屏展界紋綉。上枝蔽危峰，下根貫陰竇。高宜致仙禽，險不隱怪獸。探岳遲巨觀，循江副奇覯。去舟泊中宵，迴榜覿晴晝。酬此隔歲心，如有十年舊。磨崖欲題名，迅帆促歸溜。游屐空遲迴，山林笑凡陋。

首夏偕近齋拈花浚谷雪園叔宀闇谷昆季游城南王氏園林

我本兇湖釣魚者，只愛乘船怕騎馬。無因得避馬頭塵，扇障元規亦聊且。江南一別動年年，夢裏春波水接天。消磨上巳桃花雨，辜負清明楊柳烟。忽見街頭賣紅葯，坐惜流光付蕭索。城南水木自清華，十載游踪猶約略。閑雲出岫鶴辭軒，休沐能來避俗喧。因呼我輩不羈友，共訪王家没字園。園中無聯額，因戲呼爲「没字園」。入門便覺意思好，一味清凉消熱惱。竹下原非爲主來，花間未識緣誰掃。無多亭閣似星羅，一碧池塘新鏡磨。回首誤應幽鳥唤，穿雲愛趁緑陰多。松風壓頂秋濤急，草色侵鞋空翠濕。山成覆簣樹爲籬，隔斷紅塵吹不入。偶來人外十分閑，風景依然似故山。我欲盡捻書籍賣，脱身長寄水雲間。此願終愁墮空杳，高飛愧爾安巢鳥。出門舉手謝園林，潑眼烟光青未了。

度磨石嶺觀雲海

黄山雲海世所傳，曹圖洛禋學士有圖。潘記稼堂先生有《觀黄山雲海記》。歸愚篇。沈尚書有《觀雲海詩》。昔常披玩不忍舍，懷此不到空年年。今來楚南度磨石，如石磨磨折且旋。枯蝸升壁蟻出穴，高凌碧

落卑重淵。悄然坐我三十六峰頂，俯視下界兜羅綿。維雲觸石膚寸起，澮痕輕素飄炊烟。初升一縷合萬族，漸彌罅隙無旁邊。當其欲合未合間，百重樹杪噴薄無聲有象之飛泉。分流互注各有態，虚空欲碎難雕鐫。遲來惜我未見此，但見浩浩一氣相盤聯。幻參雲水寓色相，妙兼雪月争幽妍。恍疑一拳坐一葉，斷查銀漢浮張騫。還疑岳陽喚未醒，神游赤岸君山巔。或云天差夜郎洗陋俗，《綏寧志》云：古夜郎地。天吴海若紛駢闐。不然夸娥負山送我北海之北南海南，罡風鼓籟聞成連。蕩摩星日墮杳杳，平夷凹凸歸平平。就中忽露雙峰尖，光明摇漾青螺圓。與之低昂波上下，俄然遠近風便娟。瀛洲方丈此或然，不爾胡得空中懸。吾聞乾坤大物山與海，表靈藴真窮言詮。惟山有海海有市，變滅諸相真虚元。代傳其説見者少，况我過客尤難焉。登州海市禱乃見，侈神報豐天哀憐。不祈而獲我何德，重是帝命司文權。與蘇殊遇遇差勝，可無健筆追坡仙。坡仙往矣不復作，詩成未擬投時賢。時賢自有黄山在，那識渠陽别有天。

平金川

峨嵋横絶指金川，鳥道羊腸路幾千。域外河山歸禹服，寰中日月共堯天。不矜兵力誇三捷，自有宸謀出萬全。一怒安民功勒石，漢家勛業陋燕然。

上將胸中富甲兵，登壇受鉞命專征。一軍未許驚韓信，五餌何勞策賈生。日下風雷馳號令，春來草木識威名。天誅更不煩擒縱，白羽輕揮瘴霧清。

即事

半捲鰕須蕩玉鈎，蕭閑景物一庭幽。清池得雨青浮面，荒草無人緑到秋。落葉亂驚歸鳥疾，薄羅輕趁晚風柔。望中無限飛鴻影，看盡斜陽下荻洲。

王太岳

字基平，號芥子，定興人。乾隆七年進士，官至雲南布政使，左遷司業。有《青虚山房集》。

《蒲褐山房詩話》：先生詩宗魏晉，下及唐人。醇古淡泊，可稱高格。生有至性，每言及古來忠義事，輒爲感慨流涕。即觀劇亦如之。與邵叔宀、鄭誠齋、顧密齋諸同年以文字相靡切〔一〕，才名甚著。及自雲南罷歸，復直四庫館，授司業，居海淀之太平莊，憔悴以終老。

【校勘記】

〔一〕「靡」，疑當作「劘」。

讀史〔一〕

漢祖戮功臣，本圖磐石安。豈知禍所伏，近在蕭墻間。牝鷄一司晨，翰音遂登天。炎劉幾化呂，坏土殊未乾。産禄實昏呆，平勃勛爛焉。倘其遇莽操，何計能圖全。乃知床笫私，匪惟因庸孱。由來蓋世氣，半消兒女前。李唐武后禍，亦兆貞觀年。文皇豈不偉，貽謀何瞢然。千古同一慨，覆車無後先。《關雎》謹妃匹，信爲王化端。

子孟起宿衛，綽有古人風。寅恭著夙夜，進止何雍容。六尺既有托，四海無兵戎。一朝臨大事，隻手迴蒼穹。凌烟標霍氏，遠紹伊旦踪。功成不知退，震主威隆隆。終爲兒女誤，躬與弑逆同。滅親昧大義，禍發還覆宗。信哉貴學術，臣節庶克終。

【校勘記】

〔一〕「讀史」，王太岳《青虚山房集》卷一作「讀史雜咏」。

黛流村新營所住

昔予點朝簪，本自滄洲吏。一辭京雒塵，適會田園志。卜築代岩栖，嘉招慚遠至。遂賃伯鸞舂，頗授揚雄字。林間結架小，郊扉晝常閉。灌溉發陽翹，荒粗豁蒙翳。翦彼惡木陰，暢此芳菲意。非惟娱徂年，兼得閑外視。支杖聽風篁，披襟納山翠。片雨洗青天，寥寥元古思。

種藥

結廬近廛陌，獲與田夫齒。蒲杏日旉與，農候兹焉始。余方據槁梧，素業亦時理。荷耒竟不任，聊欲勤四體。鋤瓜夜雪餘，種藥春陰裏。酌以長生瓢，注之功德水。豈不念朝飢，好事良自喜。擾擾區中緣，遂性亦云已。

奉酬檢討從兄見過之作

王城車馬路，尚愛野人廬。石塢看雲坐，春畦撥雪鋤。自憐頽放慣，人許往還疏。所賴吾宗秀，時時問索居。

秋朝晏起吴百藥見訪酌酒叙懷

凉飆下梧葉，日夕滿庭墀。清曉鳥啼歇，岩窗人起遲。倒衣知有客，解帶坐論詩。世上紛徵逐，將無文度痴。

歸自東皋得顧密齋學士書口號却寄

看遍秋山又獨歸，楓林樵徑晚風微。寒原漠漠耕人語，烟渚沉沉浴鷺飛。嘗有遠心當暮景，絶無飲興典春衣。集賢舊侣能相問，人在東皋賦《采薇》。

早過潼關呈屠參政

日上關門宿霧收，角聲悲壯肅高秋。山連二華横秦塞，水控三川下豫州。行處牛羊歸聚落，幾家鷄犬共林邱。風流輸與屠夫子，深坐溪亭理釣鈎。

廖運芳

字湘芷，又字楚厓，龍南人。乾隆七年進士，官嘉定縣知縣。

秋溪晚吟

葉凉秋江清，汊口人家暮。新月上孤城，斷烟横遠渡。星星漁市火，杳杳寒山路。古崖斷行人，歸帆泊何處。

飲　酒

山氣殊未昏，雲林耿深曲。崖影墮層檐，暝色趨茆屋。遠村孤烟起，人家住深麓。清池澹凉颸，水螢度修竹。山窗然松燈，有酒我自漉。須臾石門月，娟娟照幽獨。

過静聞精舍

石徑無人到，溪聲隔竹聞。殘燈孤嶂雪，曉色萬峰雲。僧鉢呼猿共，山樵混鹿群。澄心留半偈，歸路已斜曛。

泊峽江病起口號

梳沐經旬罷，支筇作薄游。鶴鳴秋水寺，鴉陣夕陽樓。背嶺荒城閉，迎風獨樹秋。如何三載客，淹滯尚林邱。

京口懷曾瑶圃陳鑑堂

殘夜空江水，懷人坐到明。愁心楊子渡〔一〕，落月廣陵城。飛夢懸秋水，相思折杜蘅。南歸無限意，北望轉含情。

【校勘記】

〔一〕「楊」，當作「揚」。

虔州客舍送劉遠暉之江南余亦返棹南野即席賦別

天涯離宴一樽同，折柳危亭夕照中。失路三年俱作客，秋霜兩鬢又飄蓬。斷烟城郭逢初雁，暮雨江帆見落楓。別後心期應不盡，西窗可記夜談雄。

熊爲霖

字浣青，新建人。乾隆七年進士，官檢討。有《鶴嶠詩鈔》。

下清浪灘

揚帆愛風駛，下瀨喜灘急。龍涎激秋雨，濺使青天濕。操縱勞長年，屏息蒼鷹立。一石捩一篙，心手妙相入。借勢得分寸，雷車翻欻歙。弄雪跳珠花，卧聽鮫人泣。

繭拙留别盛于野

君將老劍谷，我亦歸緱山。山谷有真性，白雲爲往還。殷勤飲我酒，爲我彈猗蘭。酒力生春風，天地回朱顔。元音在正始，變徵還無端。惓惓向中夜，月落疏林寒。且復酌我酒，莫言行路難。

虎岩道中

迴岩通險阻，仄徑復艱難。磵曲水聲轉，雲深人語寒。隔林見村落，前路又峰巒。朔吹愁天晚，崎嶇十八盤。

黄崖

爲陟黄崖險，摩空欲建瓴。劃雲成境界，響谷下雷霆。鶴影瘦無際，村烟散幾星。倚欄看瀑布，一洗萬山青。

暮投瑞昌縣即事

暝色來天杪，山城客到門。萬峰陰欲合，一水瘦無痕。樵唱月中影，僧歸竹外村。數聲吹畫角，霜雁落平原。

博陵蚤發

落葉破殘夢，疏林月五更。冰花勞馬迹，鐸語亂鷄聲。影瘦寒仍怯，峰微遠欲明。中山遺石在，古驛近邊城。

陳宗達

字葯房，桐鄉人。乾隆九年舉人。有《燕臺》、《澄江》諸集。

春日文子先生招同王大魯山西園限韵

春光澹沱來江南，澄江日暖天蔚藍。閑庭芳草吐新緑，名園上日窮幽探。朅來風流羨六一，招携同伴人成三。别墅從游忝陪列，烏巾白夾容清談。初從仄徑歷苔石，漸臨曲檻依澄潭。枯池荷柄盡欹倒，淤泥濁潦真如泔。平林漠漠淡烟織，瞥眼恍忽羅重嵐。坡陀怪石各有致，獰如贔屭雄如虥。

孤亭崒嵂氣蕭爽，槎枒古樹撑楓楠。老梅低亞更清絶，晴暄盡拆霜苞含。支頤磅礴坐良久，依稀鼻觀聞優曇。却憐今年春信晚，不然花底恣沉酣。狂呼騁目縱遠眺，君山俯瞰何耽耽。祗今申澗剩遺迹，儼如秋燕存空龕。人生會合貴適意，勝賞不厭貪夫貪。不見南樓劇幽邃，深篁密樹交鬖鬖。蕭閑妒殺閉關客，午餘睡足鐘䤸䤸。詩瓢酒瓢想搢擋，揮毫潑墨樂且湛。獨憐歷碌事征鞅，東西南北其奚堪。焚書掃地平生願，幼輿邱壑吾能諳。白岳黄山舊游憩，徑欲小築誅茅庵。謝公登臨具逸興，聞言顧我頤深頷。夫子盛年歷臺閣，曾從秘殿窺金函。學窮二酉探四庫，風騷一代身爲擔。白門夙昔仰山斗，珊瑚鐵網群雅滄。文旌即日指吴會，詩人猛士隨征驂。張黄秦晁指難屈，不數短簿同髯參。東南竹箭舊稱盛，儲材羅杞梓楩楠。閑從公暇縱搜討，聯吟鬮韵披銀罈。新詩奇崛氣雄放，劍文剥蝕光生鐔。而我枵腹等魏瓠，巴吟里曲心懷慚。青桐百尺鳳凰叫，屋梁巢燕空呢喃。却登經閣覓奇字，偕游更喜朋儕簪。百弓千笏幽意愜，淺紅小白花光涵。薆薄日夕多畏佳，恍聞風激波湁潗。歐蘇咏雪森紀律，白戰不許持矛錟。即今韵險等競病，催詩火急聊推戡。枯腸搜索門匠巧，斗室偃仰同眠蠶。詩成閣筆拍銅斗，還期惠我春醪甘。

湖海詩傳卷十

夢　麟

字文子，號午塘，西魯特氏，蒙古正白旗人。乾隆十年進士，官至户部侍郎。有《大谷山堂集》。《蒲褐山房詩話》：先生樂府力追漢魏，五言古詩取則盛唐，兼宗工部。七言古詩於李杜韓蘇，無所不效，無所不工。風馳電掣，海立雲垂，正如項王救趙，呼聲動地，又如昆陽夜戰，雷雨交驚，雖係才多，實由天縱。歸愚宗伯序之，謂「胸次足以包羅衆有，筆力足以摧挫古今」，蓋知言也。先生嘗云，五言必從悟入，而七言古詩忽起忽落，信手拈來，縱横如意，亦非妙悟不能，尤屬前賢所未發。生平宏奬風流，惟恐不及。典乾隆癸酉江南鄉試，予得出其門下。既進謁，歷詢南邦人士，予以鳳喈、企晉、曉徵、來殷、升之、策時、東有爲對。未幾，視學江蘇，取來殷諸人，悉置之首列，而于鳳喈輩推奬不遺餘力。既而召陟司空，旋改司農，預參機務。上意將大用之，忽病瘵以歿。木隕山頹，宜爲清

流傷悼矣。先生嘗作古詩四章贈予，又有句云：「軼塵孤往奮仙翮，當今豪杰王與桑。來殷企晉及德甫，盤拏變滅龍騰驤。」其推許如此，而白首無成，良自愧爾。

戰城南

戰城南，悲風吹。吹黄沙，沙倒飛。左徒倒戈，右徒弃兵。倒戈者有生歸，告大將，大將怒，女鬥死，損我聲。連師夜動，虜驚晝馳。歸營舉爵，甲衆嬉嬉。張鐙擊劍，夜雲四開。各各歡喜生來歸。我思來歸，來歸安可得？願爲鬼雄，鬼雄安可圖？狐狸啜血，老鴉啄軀，白日晚下，游魂夜呼。

雉朝飛

雉朝飛，其羽灼灼。雌前趀，子後躍。于田于薄，是飲是啄。我弗如爾，行樂爾樂。我哀朝行出游，歲暮獨歸。獨歸兮心悲，群嗷嗷兮夜飢。我無術兮哺兒，先我死者知之。

今年別

前年別，泪填臆，卷舌入喉啼不得。上有白髮母，下有扶病室。忍啼作笑笑無力，出門三日不能食。今年別，苦復苦。出門無惸，入門無主。不見我母送我，但見兒女盈前，泪下如雨。我無母憶我無旅，爾無母憐爾無所。提携保抱恃爾父，父去誰與慎寒暑。爾伯爾叔善視女。嗚呼，前年別，啼不得；今年別，哭無力。

飲馬長城窟行

飲馬長城窟，城穴堆白骨。白骨爲人時，雙鞬奪馬騎。一解。騎馬過城下，飲馬臨城壕。堅冰凝澀瀾，朔氣鳴弓刀。二解。枕戈卧沙場，星芒動寒陸。青磷黯不流，枯髏望城哭。三解。

兄弟相送至蘆溝返

送者聯鑣旋，兄弟弃我去。林隙辨歸人，時見一回顧。停立瞻長橋，猶是見君處。層城隔暮烟，楚雨暗寒渡。賤子一寸心，長江千里霧。何當爲輕塵，冉冉京華路。

由天香行藥西盤初入山口

岩秀澄孤懷，趣塗意先往。理策遵迴蹊，空林得樵響。幽悰眷岑寂，矧兹秋日爽。霜徑稍曲盤，虛翠忽晃朗。漸歷紆巒深，未識迴塗廣。孤暉隨趣濃，懸磴披烟上。杳藹接諸天，振衣發長想。王裴不可作，邱壑誰心賞。何時飯名僧，松檜税塵鞅。甘從麋鹿游，拂衣謝親黨。

天成寺

秋氣寒空山，樹石忽清峭。采藥耽翠微，欣逐雲門調。叢薄稍蒙密，及此初日照。鳴淙石罅凉，

攲徑雲間蹈。詰屈周樠槮，捫攀辨蘿蔦。偶歷開士居，忽證前踪妙。霽壑明山楹，迴梁灑飛瀑。向背辨明晦，豁達縱臨眺。百里際檐端，雲物相輝曜。山烟自晨夕，流覽蘊深悼。緬懷田子春，當風蹙微嘯。

薄暮至萬松寺

山翠昏陰崖，雲際聞孤磬。怖鴿驚深叢，枯筇響蘿徑。松關晚森肅，荷衣拂深凈。日落山風吹，琴筑灑清聽。不見湯惠休，秋岩發高咏。曳屐循道門，檐間數峰暝。

曉入東岩往千像寺

幽尋意不極，披衣狥所務。山曉岩氣白，振策得微路。肅肅青松林，濺濺石流渡。零露晨未晞，青草濕芒屩。曲折入空翠，霜徑屢回度。烟巒紛若積，迴塗眄非故。髣髴聞鐘魚，香岩澹寒霧。

朝往香山

夢覺鐘魚清，褰裳月在楝。盥濯辭精廬，山僧出林送。苔光上芒屩，昨宵知露重。亂泉聽乍失，溪澗澀餘涷。石骨生清寒，行吟抱朝瓮。日出照幽谷，山鳥發新哢。微風被空翠，流雲散岩洞。永懷煨芋者，隔岫聞清誦。

豐臺王氏園

孤筇曳青苔，院静禽鳥樂。幽懷憺不極，獨行果前約。緑蘿暗荒徑，流雲帶晴閣。夜來微雨過，青林數花落。水木明朝華，陂塘翳烟薄。和風散微温，芳叢扇紅藥。幽陰澄近原，修緑浮遥郭。不辨荷鋤人，高檐聽牛鐸。

園居夏夜

清池謝纖暑，岸幘臨冰除。徐步聞暗香，涼風泛紅蕖。明月稍東上，悄然來清虛。遥樹影微得，近水光欲無。人聲過前林，迢迢歸烟墟。仿佛説禾稼，笑語良可娱。願祝百室盈，吾亦欣安居。

薄暮登清暉閣眺望

晚登池中樓，閑眺池上山。草樹炫夕麗，烟靄浮青鬟。微風從東來，披襟爲盤桓。偶然襲蘋藻，練影生輕瀾。摇曳動窗户，人在空明間。始知元化妙，及此半日閑。無心得良晤，寓目情所關。白雲出山去，日落何當還。

晚步泉上

山氣生夕涼，林端月初上。余行適無事，偶此飫新賞。池涵宵影虚，魄濯露華爽。高閣卧澄鑒，

波動微偃仰。宿鳥驚流泉，風葉遞清響。夜深松竹香，翛然拂衣杖。時逢樵采歸，村謳忽三兩。長歌懷古人，晤言發深想。

白雲寺

曉發蘇門山，晚憩白雲寺。晨昏辨朱樓，亭午行乃至。車輪軋犖确，砂礫軼軒輊。檜柏晝晦冥，叢薄鬱深閟。时聞風入松，灑然落清吹。遵闌步幽澗，雲構妥布置。楂枒老樹醜，嵌空怪石墜。有泉出樹杪，噴薄不到地。跳珠落圓鏡，喧静源不貳。境古塵貌銷，谷邃日容避。其巔開華堂，佳木森静植。烟雲倏爽朗，巒陵雜虚翠。山春釀暄和，苔綉簇鮮媚。乃知林壑妙，明晦各有致。暫覿舒遑悰，重來締餘思。無煩嘆于役，了悟静者意。

香山晚坐

秋晚珠閣凉，青山澹將夕。復此岩上住，披襟坐溪石。歸雲拂空林，翳然翳餘碧。美人何時還，娟娟秋水隔。勞者徒爲歡，去矣將何適。飛葉響寒山，臨流悵行客。

永濟寺

籃輿就深烟，古寺入修竹。山光澄我心，復映窗户緑。松雨墮殘滴，清響在空谷。隱隱西日斜，漸没岩下屋。坐聞幽鳥音，眷此山間宿。

鷄鳴寺

眷兹白下秋，税鞅鷄鳴寺。净域臨古城，坐此岩下翠。殘露滿空林，鳥動時一墜。層軒傍松杪，寒濤瀉平地。烟影暮江辨，晚日澄湖媚。兀坐對青山，翠羽數雙至。

古詩四章喜王德甫過

璚葩麗雕榭，春飆扇崇蘭。美人袨服坐，瑶瑟聊獨彈。朱弦静理藴，遠調清徽完。音希闃苦意，闔户資幽歡。殊響繁夜叢，泠泠曲就殘。綜往兼慮來，引領起微嘆。願折珊瑚枝，持謝知音難。

之子亦何好，窈窕光容儀。落葉朝翩翩，手持瓊樹枝。翠瑲飾珠珮，翔步臨前墀。噓蘭拭洞簫，不惜勞空閨。明月來廣除，曲斷無人吹。含睇稍延佇，我顧神爲移。曲調寧不嘉，白日方西馳。努力愛景光，崇德爲子期。

暄風被陽林，岩構榮丹葩。蘭芷及荃蕙，郁郁回春華。輕颸發芳艷，孤秀凌朱霞。太古忽已遥，入耳皆淫哇。不悲元音遠，坐患流無涯。斯人詣淳古，指摘勞相加。願製芰荷衣，怡子以清嘉。鳳喈、企晋諸子。

元音逝已久，瓦缶空陳陳。哀哉枯桐枝，俯首同殘薪。大雅出晚世，古意陶天真。静參淳悶趣，援手扶奔輪。沉光秘元訣，和性噓芳春。斯人亦已然，此曲何難申。咫尺獨緘憶，悵望勞嘉辰。謂沈宗伯。

夜坐園池

月出臨廣池，人影動空碧。松際隱清光，林罅露微白。風交樹影横，鐘定空園夕。念彼前居人，悵望知何益。墜葉散青苔，時見幽人迹。

登舟將赴梁溪道間作

澹靄蒙青岑，孤篷冒疏雨。層波生淺凉，獨坐聞柔櫓。溪迴移遠林，纜動驚栖羽。微辨墟上村，漸咽烟中鼓。出慣離翻難，客獨意增楚。匪緣逝者悲，誰識生人苦。稍與前渡辭，搴帷睇寒渚。江城忽已遥，孤情眷兒女。

夜過青浦

理棹投暮烟，餘暉黯遥巘。輕舸尋歸流，空波肆怡衍。野風送香氣，皓露滴微泫。重叠林景昏，微茫峰色淺。遠火辨孤城，隔岸聞亂犬。稍别烟墟移，漸覿雉堞轉。華月澹始照，流雲蔚初展。一與清景俱，乍喜塵悰遣。怊悵懷前踪，餘風動深緬。

夜赴澄江

川涂屢回驁，輾轉眺明月。微飆生斷崖，清響散林樾。竹香深夜聞，波静舟人歇。鷄鳴知近村，遠寺微鐘發。

雄飛嶺

都龐緣其東，舂陵迤其西。凌陰揖祝融，迎陽賓九疑。客首歸陽程，風色晝慘凄。積霾惑明晦，亭午日已低。棱鈎巨石礙，壁裂陰林虧。入谷墮黯黮，上嶺排雲霓。不知天露艱，俯首隨猿猊。古木號驚叢，修蛇懸空梯。慌惚來山魈，拉泪不敢啼。懸崖納獰飆，天半奔鯨鯢。投身罥欹林，顛墜乃復稽。棧轉陽景匿，谷響雷車摧。絶頂俯萬有，高冠衝天扉。蒼梧何茫茫，苦霧迷湘妃。如聞洞庭哭，崩濤咽迴溪。壞雲西角來，獵獵翻裳衣。頓覺羽翼生，大翮盤秋暉。咄哉萬里游，到此真雄飛。弗歷登頓困，詎與烟霏齊。周道多庸庸，吾行將安歸。

黑石關

亂山如斷鰲，指爪出奇力。意外貢盤錯，尺路無寸直。破荒搜棧巇，鑿空露鑱刻。朝塗趨營陽，日晏不遑息。澒洞昧昏曉，惕栗忘晨食。笅箐四山翳，縮足意惶惑。林礙天空高，雲入地底黑。嶄岩斷行旅，亂石作人立。百千矗奇鬼，摇動不可測。峽崩綫空出，谷顯鐵壁塞。高步非無能，乃受傾崖逼。鯨鯢掉尾迴，猰貐磨牙集。毒手將老拳，蠻觸汝安極。長風摧石林，老檜不肯折。鐵中殊錚錚，駭此獨行客。徑絶雷霆争，硤門日月窄。頹垣出雲棧，梯石足屢側。稍辨墟烟高，喜與蒸黎即。努力赴周塗，理策鼓登陟。

天閑驃騎歌

風沙獵獵花門涌，肉駿碨磊蘭筋聳。才大姿雄動有神，牽出銅墀氣森竦。騰身遠踏流沙烟，深夜降精雷雨懸。列缺無光霹靂動，真龍拉沓生空天。青海蕃奴不敢控，蒲桃遠效哀牢貢。未施羈勒霜蹄翻，蹴空不待交河凍。但覺揮戈大漠馳，誰知踣鐵連乾動。浮雲颯颯風颾颾，山崩谷涌馳奔濤。

渥洼萬里一乘興，中天突兀方瞳高。天子宴坐含風殿，翠網輝分九華扇。夾鏡雙懸天骨張，蹴踏瑶階日光變。翹首長鳴電彩迴，至尊動色太僕羨。錦韉羅帕輕雲蒙，鏤膺綉簇珊瑚紅。作態懷恩自驕愛，殿前徐步何雍容。當時十萬沙苑馬，格鬥掀騰不肯下。當槽頗厭争芻喧，短捶時被圉人打。此馬入門始一顧，萬匹呑聲就聾瘂。前年大狩飛廉東，麕麚臭兔無留踪。至尊玉轡山桑弓，鑿蹄翦鬣高纏騣。此時朔漠來真龍，馳突大澤毛群空。倒射黄羊殪其五，血飛漉漉迴腥風。金鞍翠飾被來好，龍芻餐遍天山草。殿閣争圖玉鼻騂，騰騫漫憶横門道。君不見霜郊瘦馬如堵墻，東門日出看騰驤。天寒草枯朔風怒，長嘶夜半呼孫陽。

澹道人秋色梧桐圖歌

道人何故使我慘不樂，寒烟叢沓空岩落。西園氣爽客登樓，金井聲繁動鈴索。亦有穠李華，亦有園中桃。銅柯石榦豈不暢揮灑，胡爲貌出濃氛縈拂風蕭騷。道人驅走東華道，飽閲炎光覺秋好。著色淒迷任化工，披箋黯澹還天巧。當其落墨時，倏欻風雨生。粗枝大葉氣横出，披拂盡作秋聲鳴。琅玕一片赴璃砌，欲墮不墮疑鏗鏗。遠憶梧宫報早秋，銀床夜冷露華稠。都將暝影虚闌意，寫人關山萬里愁。道人以我胸懷曠，寄來命挂中堂上。素幔渾連翠影匀，孫枝似有輕飈揚。

極目江關首重回，凉烟斷靄接層臺。霜濃湘浦芙蓉落，露滴幽岩蕙草摧。龍門亦有參雲勢，可奈西風鵾鴂來。

上方角鷹歌

上方角鷹蓄錦毛，星眸閃爍光如刀。緑韝絡臂黄絙操，陰崖激日翻秋飈。刷羽戢翼勢飛動，勁氣掣斷黄金絛。盤空曾踏天山雪，决雲驟起飛影滅。刷翎朝斷鶻鵵花，奮拳夜擣狐狸穴。倏忽騰身入霄漢，雨灑層空亂毛血。花裙胡兒不敢放，氈廬遠獻千秋節。嚴郊底貢馳青驄，鷹師祇候長楊宫。壯士臂歸動霹靂，英標玉立凝清雄。厲吻空櫺眺寥泬，大翮疑落花門東。坊開近在銅龍側，永日嚴威動八極。鈴掣虚檐烏鵲馳，影翻昏晝鵂鶹匿。陰庭轉瞬爍流電，群精潜喘夜惶惑。是時大冬風怒號，天清海國盤霜雕。水枯草短豺狼嗥，豴貆貒貗接脽尻。棘枝凍雀相呼呶，跂喙翔走紛繹騷。雕戈雪練迴幢旄，鳴弦厲鏃揮盂勞。凌空一逝不可招，高陵大谷追懸猱。疾過厘睫馳修毫，河陆山櫓窮搜牢。毛群羽族紛騰逃，孤飛擇肉披羶臊。霜睛不動寒穹高，下視鷙鳥非吾曹。

蘇武牧羝圖

似烟非烟霜凍鬚，欲雪不雪雲塞塗。西海北海冰膠櫓，鈎者鱳得陰飆噓。麏麚蔄足鶩鶬呼，貆猪黄獐潛伏墟。有豶其首來于于，非犛非羍亦非羭。曰羒羳羯厥狀殊，矜矜濈濈誰謂無。長肱不麾十指瘃，陰岡斷坂遨以娱。或群或友亦步趨，寢訛降飲儕厥徒。何人重戴氈裹襦，短捶不假招蕃奴。高搴玉節持不孤，翠旄歷落紆丹朱。未央建章黄雲徂，酸飆獵獵翻干旟。哀哉子卿今牧芻，絶食大窖神女扶。皸瘃慘栗愁弗舒，羝乳則歸歸或誣。有雪爲嚙旃爲茹，阿誰寫真充顧厨。鉛黄粉墨生態紆，麒麟漫漶丹青渝。畢歡效死真丈夫，少卿衛律嗟哉都。拜恩賜號封新除，兩甄馳逐形魁梧。驪騮蕃碩來余吾，祁連獵罷休氈廬。醲漿鹿脯封駝酥，寒笳按拍聲嗚嗚。紅羅綺組排妙姝，地爐暖爇紅氍毹。君獨胡爲拘檕株，子卿善覷千金軀。繳檠弓弩良可圖，上林雁帛來神書。

循山西南行宿北壁小閣放歌

太行三日送我行，參錯萬派羅虚明。迴旋起伏突奔峭，鸞翔鵠峙標仙甍。今晨近山覷山奥，深

藍淺碧丹黄青。磨礱空翠出千變，似娱我意故遣窈窕來逢迎。何人置此數椽閣，與山曲折無經營。招山欲來拂鬟鬢，時有雲氣倏欻窺檐楹。我本愛山兼愛雲，愛其紆迴參錯無相傾。佳處非山非雲亦非閣，妙會適與雲山并。却憶昨歲入西粤，城東峭壁排青屏。當崖一亭特孤絶，烟霏歷亂縈冠纓。雲山不復异南北，轟聒但少千雷霆。彼既無期此無約，偶然得耳非前盟。我聞退之禱衡岳，掃除陰翳開峥嶸。東坡廣德祝雲海，霜晨海市千人驚。二公丹誠感神鬼，天憐遷客施元精。今我不禱復不祝，坐收萬象澄孤清。登臨豈不憶鄉國，一身已逐飛鴻征。世間萬事本無主，當杯一笑諸緣輕。君不見雲山變幻不可恒，放歌且慰雲山情。

登樓行陝州使院作

七月流火疾弗瘳，十日不上西南樓。今晨風色清且柔，凴欄聊作凌風游。樓中几榻窗户幽，樓外巒壑縈沙洲。中條倏欻雲氣收，萬尖突兀撑高秋。寒樹依微辨平陸，炊烟點點微雲浮。黄河一綫東方流，抱城北折潛蛟虬。誰家挂席乘扁舟，流烟落日不可留。雲山綿渺生遠愁，夢魂昨夜歸蘆溝。歲聿云莫心百憂，今我不樂日月遒，當風一嘯翻輕鷗。

中元舊縣驛夜歌三首

長河在南斗在北，叢樹無人月深黑。破柵殘扉不滿百，夜昏瀝酒家家哭。獨客聞之黯無色，欲見邱隴那可得。四年此節在异國，但見他人供酒食。孤兒何曾在親側，靈不見我應嘆息。生不能歡祭遠適，父母生我亦何益。

去年南頓月之日，白六來聞我母卒。驚迴泪斷哭無聲，仰睇皇天白日失。倉卒翻疑前月書，書上平安誰所筆。憐兒或恐兒心傷，兒歸更繞何人膝。瀕危知復欲云何，未親含殮憑誰説。歸來一慟兒今還，呼天不應心如割。朝來漿酒陳應同，楸梧肅肅生靈風。五子羅立獨不見，靈魂應到東阿東。

我妻嫁我十年半，十日啼飢九無飯。苦憶嚴冬一破裳，嫁我鬻盡供炊爨。年餘飽暖抵幾何，奄欻銷沉魂已斷。肝摧隱痛彌留時，腸牽兒女泪被面。流連知爾意無限，到頭何日重泉見。月來數女知何如，凄飆淅瀝吹裳裾〔一〕。朝携祭榼緣青蕪，秋墳呼母母則無，覓爺中夜聲嗚嗚。

【校勘記】

〔一〕「淅」，原作「浙」，據《夢喜堂詩》卷三《南行集》改。

王將軍行過汶上彦章祠墓作

太原城頭千老鴉，東飛大漠啼黄沙。晉陽王子子勝父，捧矢告廟拔刀舞。十萬健兒猛如虎，日出河心擂大鼓。鼓聲闐闐朝入雲，大梁夜遣王將軍。將軍意氣一何勇，揮戈叱天天欲動。十蕩十决當者誰，朝趨鄆濮來援稀。雲浮萬騎哄來追，裴回駑馬空嗚哀。梁唐朝暮生焉爲，不爲我用爰斬之。如公之死死豈多，爲朱三死如公何！

輿人哭

輿人迸泪悲嗚嗚，舌乾口燥哭路隅。爾獨何事中煩紆？輿人仰頭答，欲語聲於唈。自言祖父曾攻儒，孤兒生苦身無襦。收瓜負米販齊楚，兄嫂不可同家居。去年報名銅山縣，負戴趨走事良慣。日分五十青銅錢，夫頭月給銀兩半。前擡官府經淮南，出無一月錢盈串。北關租草屋，費我三百文。勉强取鄰女，約略營衣裙。出門日無幾，聞説家遭水。妻在水聲中，宛轉隨波死。所住間半屋，至今在泥裏。昨日縣帖下，説道官今來。驛吏備馬匹，縣吏呼輿擡。一班十二人，聚集相分排。平日吃

公食，如何逃官差。天明發銅山，午至桃山驛。不道五十里，泥深没腰膝。足下著菲登頓滑，赤脚肉痛畏傾仄。泥深没我身，觸石傷我骨。前日擡官來，聽道往江西。彼時雨雖落，大道猶平夷。今日擡官去，言往江南潞。那知步步難，舉動皆辛楚。回首我家亦何許，足無完膚苦復苦。不怨行路難，但願蒼天莫下連宵雨。此去新豐鋪，道里尚三十。官路一尺泥，泥中有石脚難入。欲歸不能行不得。吁嗟輿人爾勿哭，爾不見頹雲壓首沉西北，千道電光如箭激，殷殷震雷在汝脊。

哀臨淮

嗚呼怪事吾不圖，臨淮城上淮水趨。崩濤直下城郭無，沆漭巨澤菰與蒲。七月廿日吾在途，月再閲乃成沮洳。城頭鼓棹平地如，不知下有田舍廬。縣官俟我城南隅，我叩其略聲泪枯。淮流欲入洪澤湖，湖水逆淮淮倒驅。夜乘厥勢來吾郛，洶濤驟涌人叫呼。夫逃子逐牽其孥，坐拋屋宇群負嵎。有室而没田而瀦，細流入括倉廩儲。巨流横灌牛羊徂，官凡三夜遷厥居。今之住者氓之逋，北風中人金僕姑，于野誰恤衣無襦。昨計丁户來十都，倉穀坐没償錙銖。千村萬落悲飢烏，貧者富者同嗚嗚。嗟哉不救啜與餔，坐無擘畫痊爾痛。願官好恤無母雛，天實鑒此非彼辜。民不堪命吁可虞，中丞今夜來其蘇。

河決行

癸酉秋九月，河決銅山東小店汛。麟時司試江南，過茲壤，情態目擊。作是詩紀天子紆策，促使憂悴民命也。

嗚呼咄咄鼓嚨胡，黄河之水點滴無。嗚呼黄河萬里之水曷得點滴無，巨防溜決南東徂，乃使故道鬱塞泥沙淤，宿靈虹泗奔濤趨，小店東來不一里，河身坐見馳驪駒。驪駒馳過河，河中飛黄埃。皇帝陛下痛觸徐方灾，前遣大司寇，旋遣大司馬，賜之驛騎，勿許休息連宵來。屬以十從事，迅捷如風雷。傳聞宫中昏旦罄擘畫，令百卿士各以所見陳瑶階。天關九重高高等萬里，天心乃與茆檐蔀屋相周迴。徐州水衝突，物料無所求。皇帝命河東協濟毋逗遛，河東大吏各各率屬驅行輈，知我陛下日抱蒼生憂。道逢老翁哭山徑，携妻抱子含悲哽。老翁老翁，爾不見廟堂吁咈宸衷勞，九年之堯無此聖。嗚呼九年之堯無此聖，女曹何患無性命。老翁罷哭涕在頤，插翎數騎東南馳。

鰲陽夜大風雪歌

山風吹山山夜號，雷硠霄霓奔崩濤。地軸挫折鳴巨鰲，攫拏老樹鴉雀逃。夜入萬族掀蓬茅，砂礫旋舞雪疾作，鵝毛萬片如手落。東鄰墻塌西叫呼，夜半搶攘聲勢惡。雪片轉粗風轉急，長空叫嘯坤輪裂。倉卒真同海水翻，敲鏗時見檐瓦擲。毋乃下民干風伯，不然行者丁奇劫。冬盡知無雨雹來，夜昏疑有鬼神入。雙扉翕欻塞無力，僮僕凋喪婦走匿。嬌兒顧我意惶惑，擘袪呱呱傍爺泣。嗟乎兒泣尚可休，無衣之人何以活。君不見，銅山縣東四十里，築堤十日工方起。呼集丁壯諧汝聲，下掃日僅尺與咫。手僵脚凍掃不穩，眼見千夫萬夫死。我乞天神願神已，此風莫入黄河水。嗚呼，此風莫入黄河水！

長歌喜徐大快亭至飲酒作

黑風吹海聲如虓，大江千里無征艘。東溟漁人棹船至，君從何處横輕舠。閽吏傳刺我方食，投箸而起羹沾袍。積悃蛸集忽相晤，如背癢得麻姑搔。坐君琉璃四面閣，飲君碧玉千春醪。轟飲大嚼

盼左右，卮融琥珀盤堆螯。青眼高歌望吾子，杜句。橫空岔起騷人騷。男兒不佩斗大印，便當去作鄉里豪。不然肆志憩泉石，空庭佳植羅槮櫹。丈夫舉事貴快意，譬若鷹鷙離韝絛。嗟君簿領膩塵漬，五年作吏東蒙凹。科條朝布吏役雜，錢賦暮比鞭捶敲。有時大吏出行部，前驅負弩馳如猱。掃治館舍索酒食，人奴口角譊訾嗸。歸耕既無田二頃，出仕歷有途千遭。伯道無兒伯夷餓，爰書判斷須咎繇。羈留歷下月再閱，叩門弗應吁勞勞。酸風夜吼馬毛縮，洶波凍合浮艖膠。衣裘破敝行李乏，每念及子中焉忉。心游道塗計月日，飛觴寧敢期今宵。嘆君跋涉喜君到，咨嗟叫笑兼呼呶。窗紅盞緑獨生蕊，鱗鱗碧酒金波搖。更籌屢易檐鳥宿，戟門撾鼓鼕鼕高。開簾起視雪在地，霜空片月圓松梢。

出郭見西山晴雪有懷謝青柯

夕籟喧叢篺，蕭堂昨夜寒。朝暉上西崦，雪在青林端。此日跨驢客，梅花誰共看。一瓢勞遠意，落葉浩漫漫。

西堂秋夕

雲影度銀浦，碧天横數星。幽人眷良夜，捉席暮山青。荷動觸虚籟，竹深流暗螢。遥思潞西客，翠袖倚風櫺。

寄題雲壑草堂

衆緑被墻趾，蕭然蘿薜陰。一溪明霽壑，半畝面雲林。柳是先生種，松如静者心。時來北窗卧，流興滿青岑。

鄽城楊園

虚砌蟲語歇，夜凉開竹樓。數星動林際，片月西南流。露氣暖深竹，池香寒早秋。迢迢望河漢，莫慰异鄉愁。

河陽薛氏園亭

行盡蒼苔路，高齋暮色晴。一花如有意，數樹不知名。排闥書堆案，開軒水抱楹。小池更幽絶，烟水晚逾清。

欹枕臨池睡，招呼得晚風。帳鈎花影外，人夢月明中。意愜幽懷澹，神閑客慮空。來朝踏塵去，更起步深叢。

孟縣早發洛陽道中

弓衣小隊詰朝閑，岸柳風吹宿霧還。却訝樹頭紅日出，隔河青見洛中山。

寂歷荒郊向晚過，道旁高冢鬱嵯峨。珠襦玉柙三泉冷，月黑楓林鬼語多。

面面青山是洛州，黄塵無際碧波流。荆榛不獨銅駝恨，十里寒蕪冷似秋。

園中春色麗甚觸懷爲詩

又到嬉春中酒時，苔青幽院捲簾遲。花前一事關情甚，覆盎門東賣酒旗。拄笏空亭日欲斜，林光池影映烏紗。黄蜂紫蝶入墙去，一帶緑楊歸晚鴉。

錢維城

字幼安，號稼軒，武進人。乾隆十年殿試第一人及第，官至刑部侍郎，卒，贈尚書，謚文敏。有《茶山集》。

任邱縣

我行任邱縣，頓覺行路好。泥乾少顛躓，馬足亦輕蹺。頗疑民氣暗，共訴膏澤少。插秧雖已多，結穟日就槁。前朝過涿鹿，夾路秀粱稻。豈意百里間，造物判殊巧。縣尹塵土來，齋沐方虔禱。具

言民艱難，農事非草草。六月纔布種，田功已不早。典衣傭力作，男女盡耘耰。夏秋五十日，縱雨亦微小。已空室中財，徒得眼中飽。豐隆遂終臥，家室恐難保。我聞心瞿然，嘆息視天表。迴斡當有神，盈虛亦天道。宵來起微陰，竟失衣上燥。庶幾雨濛濛，忽復日杲杲。凌晨登前途，泥滑任馬倒。

舒城旅次作

王安石通判舒州，以文彥博薦召入。

宋業隳神宗，安石實首亂。時真寬法網，天末快窮竄。如何學士口，臧否尚相半。賢奸無首鼠，少正尸兩觀。文章工何爲，斯高亦篇翰。趙高有《爰歷篇》。餘毒乃紹述，安足誅京貫。點火熾廣原，百物遂焦爛。詎憤攸灼威，而忘星星炭。理亂非一人，財用司其券。不聞治成康，囂然起嗟怨。大臣操國紀，得主患不斷。忍傷天下心，矜已伸一見。前朝紛礦税，神廟惑寺宦。藍袍翻御床，思陵可勝嘆。

桃花嶺

陟巘疲千盤，幽壑屢迴迕。遥見前山人，招手可共語。層峰起趼下，瑣碎不可數。白雲滃其間，

倏忽若吞吐。深秋雲定風，容易作晴雨。石窄滑不支，磵深危敢俯。螺旋已無經，蟻附復可取。人生苦局促，撇捩羨鳥羽。未盡三十程，曦輪過停午。

觀瀑

靈泉竇雲根，飛洒自天半。初如匹練下，觸石遂零亂。飄蕭恍雨霰，隱約冒菭蘚。霧氣羃虚亭，霏微着几案。潭底無定珠，東西濕遥岸。客游凉素裹，屢欲衣裳换。失口訝垂虹，驚風忽中斷。雷霆乍砰擊，琴筑復疏散。誰噴冰雪懷，高唱接雲漢。太白今則遥，翹首再三嘆。

定遠山行見田間蓄水有法禾黍暢茂即事述懷

山田上下如劃棋，十步五步溝通池。農家婦子水爲命，蓄積升斗同金貲。節宣起閉重分寸，兼察地勢分高卑。自然服習等卧起，非有智巧誇神奇。氣疏每至風雨好，澤潤并得癘札稀。揚州厥土惟塗泥，田實下下經所嗤。溝渠未失古遺意，東南財賦天下推。北方惰農亦鋤犁，禾生滿野無町畦。關門枕肘問晴雨，嗷嗷開口憑天時。禹勤甽澮首兖冀，誰其隳者不可稽。遐哉衛李安所責，荆吴亦

豈當年基。屢煩明詔拯瘡痍，亦有使者紛驅馳。奉行豈必盡不善，事等創造驚愚黎。中丞崔公紀昔分陝，下令鑿井民猶咨。於今稍稍食舊德，樂成圖始理則歧。况今屯種逾安西，輪臺蒲海咸得治。遂人瀦舍職不講，奚取百萬供軍資。安得九扈官農師，赤墳白壤澤畢陂。游談莫問是與非，滮池汩汩禾離離。男耕女饁不敢嬉，三錢斗米何足希。

屬疾寄曹劍亭

微疴如小隱，閉户即山林。節序抛孤枕，生涯剩苦吟。霜中群木盡，雨後一燈深。持此蕭閑味，應符静者心。

寒食齋中即事

寒更已蕭寂，近岫復便娟。清磬上明月，孤琴流暗泉。投林山鳥適，背郭草堂偏。此夕念湖海，予懷正杳然。

分緑軒對月

夕景清殘暑，凉生滿院霜。不因風動竹，未覺月侵床。有客吹長笛，何人倚曲廊。吴歌傳《子夜》，歸夢隔蒼茫。

雨後過平陽縣時奉命往泰安。

雨過空翠滴，風轉弱雲低。一路杏花發，滿山春鳥啼。人家斜崦口，城郭夕陽西。不信塵中得，行行惜馬蹄。

桃　城舒城縣北三十里，繁盛過於縣城，其名無可考。稍南爲北渚，有額曰「人在鏡中」。

五里桃城路，烟花夾岸多。秋風吹北渚，日夕起微波。巷有周郎曲，人傳小吏歌。塵沙騎馬客，自笑鏡中過。

舒城縣同年姜王田曾宰此縣。有春秋山，形如卧龍，李伯時讀書處，亦名龍眠山。

山翠落龍眠，孤城起晝烟。風辭昨夜雨，雲作去聲。早凉天。香稻千村熟，清池一邑傳。關心詢舊尹，此地有名賢。文翁，舒城人。

桐城山中曉行

山行愛侵曉，松露滴人衣。晴旭澹空翠，虛嵐澄素暉。村烟看始上，谷鳥試初飛。及此諧清曠，何妨暮色微。

新秋雨後夜坐

斜陽殘雨外，一半作秋晴。雲葉飛無定，檐花落漸輕。螢流深樹影，鐘隔遠溪聲。静愜幽蘭意，方凝玉軫情。

蛩

商聲不在樹，空砌結秋心。久客苦長漏，騷人愛短吟。并添四壁静，獨對一燈深。復有清砧和，能無白髮侵。

十六日晨達温州

潮駛三更落，風平一葉輕。晴岩明海色，寒樹雜江聲。鳥語喧山寺，人烟護郡城。爲耽游興好，遲爾半帆程。

登樓

萬樹斜陽迴，西風滿小樓。海雲多作雨，山氣易成秋。歸馬高城暗，殘蟬古寺幽。披襟聊騁目，暝色一窗收。

懊儂歌

永巷聞歌聲，歡愁不同調。儂情一寸燭，能得幾多照。
清淚掩重袖，君行豈忘家。須知鸞鏡影，不是菖蒲花。

月下吹笛

碧雲無際海天長，十二樓頭思渺茫。一曲落梅吹夜月，霜華飛下薄羅裳。

蔣元益

字希元，號時庵，長洲人。乾隆十年會試第一，官至兵部侍郎。有《志雅齋詩鈔》。

月夜追和碧城韵

含情脉脉倚闌干，料峭吟肩不耐寒。欲破閑愁憑緑蟻，難通芳信憶青鸞。静中鈴索分明聽，遠處簾櫳約略看。怪底烏龍頻吠影，想風微動月如盤。

泛舟至法海寺

烟艇夷猶去路賒，尋春蕭寺夕陽斜。風迎桂棹聽歌客，影亂湘簾隔水花。載酒儁游消此日，殢人濃艷落誰家。暮鐘欲動香塵遠，擬認輕雷逐鈿車。

閔鶚元

字少儀，德清人。乾隆十年進士，官至江蘇巡撫。

中秋夜登州試院和吴沅春韵

乘槎直到海天東，秋意蕭騷興不窮。萬里相看明月夜，三山半落酒杯中。魚龍寂静波濤闊，樓閣清寒嘯咏同。最有吴剛工斫桂，香風飄拂滿簾櫳。

李友棠

字西華，臨川人。乾隆十年進士，官至工部侍郎。

辰陽關

叱馭入沅陵，高下羅衆皺。幽探歷荒林，烟霏阻遐覯。卓立山骨開，垣墉森杰構。湍激石齒齒，靈淵滴潛溜。犖确徑愈微，僕痡愁馬仆。輿丁引雙絙，推挽翼左右。雄關勢撑霄，巉絶信天就。自可丸泥封，那容方軌驟。吴濞昔披猖，伏莽餘殘寇。釜魚喘尚延，檻獸困猶鬥。開府九伐崇，間道千

金購。沿溪出奇兵，遂使虜巢覆。介然成康莊，行旅來輻輳。層坡無曠土，原田紛錯綉。隔嶺聞吠尨，飲谷見懸狖。遺聞故老傳，承平百年後。履兹周道直，盡嘆戰功懋。税駕日將逋，山前有孤堠。

由文德關過相見坡至華嚴洞小憩

紞如街鼓猶頻敲，荒鷄山郭鳴嘐嘐。俶裝西出臨遠郊，浮嵐冷霧沾征袑。綫路漸逼鼪鼯巢，幽壑俯見杉篁梢。晨星磊落高旻抛，日出下界聞喧呶。峰迴徑仄誠嵬岮，誰遣五丁開砭礅。石崖中斷風飀飀，當關一夫如虎虓。仰攻坐廢千衝轈，何須百二誇函崤。遐觀又怯岡巒巢，三峰離立殊顤顟。遷喬入谷登降交，向背起伏揚旍旓。車騎歷歷無遁淆，僕夫竭蹷汗流骹。朝饔遥指前山坳，道人行脚僧打包。我亦瓶鉢隨身捎，齋厨野簌陳尊肴。洞門呀豁嘘笙匏，揮斥二酉凌三茅。華嚴法界非虚詨，岩牖枯藤罥蠨蛸。雪色蝙蝠深壁抓，暗窺但覺寒生髾。試秉烈炬驚潛蛟，石髓凝滴形媌姣。天花紛綴優曇包，大千色相同影泡。羊鬚有珠充仙庖，雲漿一吸超凡胞。悔不深入中心恔，此間結宇饒芻茭。烏犍百尾耕荒磽，草堂肯使岳隴嘲。漫歌長句資歡譊，小胥爲記郵程鈔。

荆門雜咏

憔悴江潭賦《九歌》，楓林葉下洞庭波。蛾眉自古傷謡諑，獨采秋蘭吊汨羅。
蒼茫雲樹隔昭邱，悵望秦川萬里游。遷客依人懷抱惡，不堪回首仲宣樓。

宋弼

字仲良，號蒙泉，德州人。乾隆十年進士，官至甘肅按察使。

題蓮洋山人集

誰掣鯨魚碧海中，玉溪端是出群雄。臨川獨具千秋眼，爲許樊南繼杜公。
虎氣龍身豈久藏，華陰赤土拭干將。當時夜夜豐城色，曾掩星文北斗傍。
蒲坂遥連太乙山，二州八水照孱顔。如何姑射仙人宅，只在河聲岳色間。

妙解惟應慧業知，生天成佛漫相疑。傳燈消息分明在，看取拈花微笑時。

江　權

字越門，歙縣人。乾隆十年進士，官夔州府知府。

自通江至南江縣途中作

肩輿怯崇岡，盤辟不敢上。僕夫左右從，宛如牽百丈。川塗各舟車，形狀已非兩。自兹及南邑，山石間林莽。尺地無逶迤，百里失曠爽。烝徒時陟降，一身勞俯仰。念此山中民，跬步嘗負襁。日暮尋寒寺，深樹一鐘響。

自劍州至蒼溪縣途中作

兩劍争嶙峋，過此稍夷坦。驛路絡山梁，古柏翼長坂。夾道散清影，森森寒欲晚。州城半在山，

城下一溪滿。涉溪上層巒，欹仄愁偏反。叮嚀告僕夫，日高行且緩。言尋招提宿，道路加餐飯。古寺多悲風，林聲夜未斷。明發望蒼溪，朝烟已在眼。

南江縣大巴山途中作

流氛恣蕩析，鼃黽憂土滿。生聚今百年，荒蕪尚在眼。兹邑更僻陋，崖壑深且遠。夜黑虎豹叢，白日行人斷。巴山兩巀嵲，拱立如相伴。大巴、小巴，相隔約五十里。中有尋丈地，稍稍露平坦。下令招流移，畫疆授生産。今來省耕斂，出郭經折坂。盤旋渡難水，水名。往復似縈綰。行行巴山道，冰雪猶未散。深山多餘寒，燒畬亦已晚。民户争來迎，暮雨就行館。

銅鐘行

曼樓江上百尺高，夜深風雨争喧號。陡聞有物在空際，吼聲動地如蒲牢。晨興相顧各詫异，上躡層梯辨真僞。四壁蕭條八闥空，鐵繩貫紐洪鐘縋。初疑神物不敢攖，神靈呵護蛟龍鳴。視之駴目色斑駁，聽之震耳聲鏗訇。須臾若抗復若墜，摩挲細讀行間字。武氏長安是建元，大撓甲辰當歲次。

吁嗟運會不可長，人間彈指成滄桑。此鐘歷刧未磨滅，尚説流傳自李唐。是時唐室方不競，龍漦坐攝中宫柄。夷滅宗潢逐帝儲，才人作后還稱聖。萬象神宫制作垂，升仙太子紀穹碑。制成奇字書青簡，欲比蒼靈萬古師。以囝爲月囜爲日，轉注諧聲皆勿律。迄今題字尚依然，諦觀洵是當時物。星移物换幾千秋，雲散風流一轉眸。景王無射歸何處，獻子歌鐘不可求。金輪御世經千載，追蠡上聲。巋然仍獨在。僞符贋鼎既流傳，何妨拂拭生光彩。百年高閣尚雄尊，萬物顯晦同朝昏。未審浮來自何日，想見逆浪聲崩奔。鐘鑄自合州，相傳從嘉陵江浮來。

湖海詩傳卷十一

盛錦

字庭堅，吴縣人，諸生。著有《青嶁詩鈔》。

《蒲褐山房詩話》：青嶁詩以入蜀爲第一，世人輒以杜少陵、王新城爲比，然不知少陵由秦階經桔柏渡而至劍閣，新城乃從鳳翔、寶鷄經漢中以至寧羌，陸路不同，若青嶁，取道歸州，穿夔巫入成都，即吴漢伐公孫述之路，亦即放翁入蜀、新城出蜀之路。其地雖皆屬天彭井絡，而山川形勢迥殊。放翁雖有「鐵馬西風大散關」之語，其後封爵渭南，而南北棧實未按轡及之，故諸公摹寫山水，各傳其勝。論詩者乃并爲一談，正如屈蚑之蟲，方隅之眼，宜見笑於通人也。

履霜操自注：瀘有撫琴渡，相傳尹伯奇彈《履霜操》處，遂擬是作。

霜皚皚兮瀘之滸，兒弗履兮畏我父母。叶。兒身載寒兮兒心載苦，兒心兮父心，兒身兮母身。寒兮苦兮，實傷我親。兒罪兮莫道，親心兮可轉。俟日出而回光兮，履霜亦暖。

十二碚

群峰東奔流，虎牙怒相向。對峙十二碚，羅列鐘鼓狀。顛崖矗層霄，旁竇穿激浪。峽泉落九天，洶洶翻海藏。撐舟出井底，篙師氣先喪。衆工捷如猱，百丈緣壁上。木末縱飛騰，山凹迭升降。一鼓更作氣，千篙力誰讓。造化何神奇，設此待霸王。頗聞白帝子，於此拒漢將。鐵鎖貫浮梁，金戈森衛仗。蕭銑復何人，屯兵倚叠嶂。群雄電掃空，故壘猶在望。平生歷險巇，未若兹游壯。萬里投蠻荒，一身墮烟瘴。風餐案傾欹，水宿魂震蕩。搜奇命轉輕，得句神益旺。詎畏前途修，瞿塘險如象。

空舲峽

出峽復入峽，兩崖插青冥。中流逐狂飆，奔騰萬馬聲。下灘梭一擲，觸石危檣傾。逆挽勞百夫，十步九倒行。力盡聽所止，刺篙就迴汀。愛此民居壯，凌空駕軒楹。宿雲出洞户，古木撐岩屏。驚猿或挂樹，怪鳥時一鳴。捫蘿上絶壁，山風動冠纓。呼童拾錦石，信手扳雜英。興幽忘涉險，觸目多怡情。前途苦逼仄，絶境難久停。過午岩日晦，磊落見數星。厓黑畏突虎，蠻語頻丁寧。移舟近湍激，拍枕聲鏗鍧。骨肉緣久斷，中宵夢亦清。狂吟出險句，那顧鄰舟驚。

過灘

重峽間百灘，一灘度一厄。江渦衆壑趨，厓口亂石積。大石疊黿鼉，小石攢劍戟。中流若沸川，翻倒蛟龍窟。牽舟逼下流，凛若阻兵革。長篙拄峰腰，遠纜走山脊。鳴金策衆工，鋭進不盈尺。一絲中迸斷，百里供一擲。觸石無完艘，沈淵有驚魄。是時雨初霽，沙石多滑澤。亡命争上厓，匍匐落冠舄。婦孺互扶携，鷄犬任狼藉。暫脱魚腹灾，波濤亦衽席。轉思斷鰲初，四極奠磐石。豈其禹力

衰，此境終未闢。吾尤罪巨靈，何惜隻手擘。天宰真夢夢，人事日逼窄。波静有潜鱗，林深多斂翮。寄語營利徒，勿作遠行客。

峽　夜

嗷嗷猿啼夜，凄凄鶴唳空。斷厓開四壁，深井落孤篷。樹漏暫明月，湍驚無定風。萬重雲水隔，歸夢亦途窮。

虎牙灘

楚蜀分争地，雄關扼怒濤。灘聲牛峽轉，山勢虎牙高。岩樹丹青雜，舟檣下上勞。新詩横槊賦，旅興一時豪。

曉發

曉發東安道，輕霜凈馬啼。亂鴉僧閣外，殘月女墻西。春冷花猶斂，沙平路欲迷。東皋待時雨，取次把鋤犁。

老將

白髮枕戈眠，黄沙帶甲穿。風雲經百戰，筋力盡三邊。舊識飛狐路，高談射虎年。聞笳心未死，尚想勒燕然。

登忠山謁武侯祠

瘴烟開曉霽，振策上忠山。霸氣餘三國，江聲走百蠻。懸崖祠屋古，劃地陣圖閑。檜柏陰風起，疑提鐵騎還。

登白帝城

萬仞墻臨灔澦堆，子陽伯業劃江開。白鹽峰對城頭出，巫峽帆從地底來。雲起化龍迷故井，風生躍馬有高臺。漢家陵闕同灰滅，泪盡寒猿日夕哀。

白帝城謁昭烈武侯廟

永安宮殿峽江頭，一體君臣祀武侯。天祖式臨傳詔夜，風雲變色出師秋。鳴鑾久絶空山道，籌筆猶懸古驛樓。瞻尚死忠諶死孝，千秋配食重詒謀。

蜀道寫懷

辭家動作經年别，去國真成萬里游。泪眼已枯猿嘯夜，鄉書空望雁來秋。蠶叢路險連雲棧，鹿角灘驚上峽舟。心折江陵灌園叟，黄柑千樹比封侯。

舟抵瀘洲

錦江直下古城壕，地入炎荒近不毛。萬里親朋勞夢寐，十旬餐宿托風濤。征蠻羅甸軍聲遠，諭蜀文園典策高。掃盡瘴烟開郡閣，岷峨天半落揮毫。

任城使院晤翁霽堂有贈

并馬長安憶舊游，逢君意氣振高秋。酒徒半散荆卿市，詩版孤懸李白樓。握手星辰摇短劍，離心風雨送扁舟。明年醉我南池上，須典千金紫綺裘。

題杜文貞公南池新祠自注：沈茱園侍御建，肖公像，配以許主簿。

浣花游迹寄南池，洗馬鳴蟬感替時。遇主名高三《禮賦》，懷人心折《八哀詩》。鑄同賈島應呼佛，綉比平原合買絲。玉貌仰瞻如舊識，憶曾親拜草堂祠。

白蓮

玉井分栽到野塘，冰綃翠袖迴生涼。半江殘月欲無影，一岸冷雲何處香。真相尚留開士社，紅衣盡洗美人妝。《水仙操》罷扁舟去，誰與凌波解珮璫。

過渝州

月落清溪放棹來，渝歌聲接楚猿哀。濤迴峽底三江合，壁立城頭萬户開。貙虎尚屯巴子國，龍蛇争避夏王臺。何當振策塗山頂，黑水茫茫辨九垓。

别兄弟

未斟别酒已傷神，四海終輸同氣親。此去白雲天萬里，望歸無復倚閭人。

别家人

伏雌烹罷勸加餐，秉燭喃喃語夜闌。點檢篋中裘葛具，預知别後寄衣難。

周準

字欽萊，號迂村，長洲人。諸生。有《虚室吟稿》。

《蒲褐山房詩話》：陳恪勤頌繫京江，迂村往從受業。及至京師，不交權貴，志節皎然，雖東漢人獨行，不是過矣。沈文慤門下承其指授者，以盛青嶁、周迂村、顧禄百、陳經邦爲最，其後則王鳳喈、錢曉徵、曹來殷、褚左峨、趙損之、張策時及予。後有考詩學源流爲接武羽翼之説者，不可不知。若企晋，雖曾親風旨，要未嘗有瓣香之奉也。

登北高峰絶頂

兹峰俯烟波，盤屈勢高峻。紆餘篁竹間，迴顧已千仞。澗滿藤陰垂，崖傾鹿迹印。當其險初履，早識境逾進。潭憐空翠入，壁訝丹霞襯。寒嶠帶漁汊，晚帆凌雁陣。散情有遐致，舒目無留瞬。會稽渺天末，隔雲遥可認。何當泛越舲，一爲窮南鎮。

晚從泠泉游，遂止招提境。入門聞清鐘，孤閣夜方永。傾耳聽泉聲，聲喧意彌静。朝來小雨過，宿霧散高嶺。憑窗見層峰，澗壑殊清迥。不知曉雲過，但覺衣裳冷。清飆動林薄，初日照山影。行當訪韜光，直上松雲頂。

發朱砂庵徑觀音岩登石人峰

言采黝山奇，早别朱砂石。升厓得險境，指示已悚惕。熟游尚色變，何况遠來客。凌空四無倚，投趾不容隙。壁削緣藤行，崖傾藉人掖。所憑勇往志，不隨艱苦易。幽岩既已經，危峰自不隔。振衣造其巔，奇勝在咫尺。俯身入烟蘿，欲詣仙人宅。

緣天都峰趾度雲巢洞上升仙梯遂憩文殊院

天都信岧嶢，特立若翠屏。取徑過其趾，俯仰皆奥境。松石俱象形，岩巒類盤綆。將陟目屢眩，恐墜心更警。行經陰洞中，恍惚陷深井。須臾從井出，冉冉首露頂。流盼多創遘，不類人世景。境斷緣梯升，氣逼毛骨冷。意堅斯有獲，出險真自幸。向晚憩禪扉，一燈照孤影。

長江萬里圖

江氣溢素練，江濤走虚堂。風吹江草杜若香，江源萬里遥相望。我昔經行武昌岸，計程未及江之半。天清鄂渚見千里，惟有巴船出雲漢。楚塞别來三十載，披圖忽睹全蜀在。巴水盤迴控峽山，拂雲帶雨蒼茫間。鼉鳴蛟宫猿嘯嶺，驚浪不礙漁舟閑。十二峰高如可攀，雲旗恍睹神女還。反思往日游趾窄，异境未極空惋惜。白虎關，黄牛驛，引我夢魂重挂席，竹枝歌罷江天碧。

游空谷法螺諸庵

樹密路疑近，峰迴徑復分。泉聲喧亂石，花氣暖晴雲。碧澗印人迹，蒼厓下鳥群。坐憐紺宇接，到處絶塵氛。

送陳原一之官甘肅

旅食京華歷幾霜，一官纔喜赴莊浪。六盤舊著唐宗迹，五衛猶傳漢帝疆。山逼星河分井鬼，地連沙漠雜氐羌。西風匹馬衝寒去，早識安邊有定方。

行經拂水山莊

扁舟泛泛越南沙，倚杖愁臨澗路斜。孝穆荒齋猶竹石，摠持故宅尚鶯花。名高那許遺簪紱，情重難教弃室家。太息百年同逝水，凄凉還爲惜才華。

晨自松陵歸渡太湖即事

迴望垂虹隔杳冥，湖波浩渺快揚舲。半篙日氣霧中白，萬點浪花烟外青。隱隱榜歌來雁汊，凄凄漁笛出雲汀。還憐心切鄉閭近，未暇携筇訪洞庭。

題秦餘女史所畫楚辭圖

繞雲烟浪洞庭深，芳杜幽蘭遍水潯。北渚已傳湘女恨，南征更識楚臣心。雲中桂棹聲疑咽，天際瑶臺影乍沉。寫盡《離騷》無限意，竹枝歌罷又猿吟。

江上曲

空江潮落水茫茫，南楚征途萬里長。爲是曾經分手地，不聽離曲亦神傷。

蝴蝶詞

萬花谷裏逐芳塵，自受翩躚粉澤新。多少繁華任留戀，不知止是夢中身。

漢　川

漢川城郭枕江堤，黯黯烟波日乍低。我欲停橈訪神女，暮山無際楚雲西。

陳　魁

字經邦，長洲人。諸生。

月夜聞笛

裂竹蒼龍吼，飛聲入暮林。誰將《折柳曲》，吹我故園心。風雨有時作，江湖此夕深。倚樓人不見，規月吐遥岑。

訪沈石田舊居

故里荒祠在，鄉鄰尚典型。浮雲看富貴，介石寄丹青。世路憐皆濁，吾生任獨醒。弋人何所慕，鴻漸久冥冥。

秦箏曲

珠箔初開急柱鳴，錦衣畫閣坐彈箏。十年夢斷伊州月，猶帶凄凉隴上聲。

秋夜曲

別院涼歸夜未殘，芙蓉秋滿石闌干。珠簾不隔玲瓏月，來照釵頭玉燕寒。

顧詒禄

字禄百，長洲人。貢生。有《吹萬閣詩鈔》。

宋楊西平郡王碑〔一〕

涇原突騎如飆馳，德宗避狄離京師。凶渠乘間竊神器，群寮俯首朝階墀。西平聞風奮勇武，提戈隕涕驅熊羆。飛狐夜出臨渭北，六軍感激忘其私。錦旗綉帽立陣上，欲使衆睹英雄姿。賊平人不識旗鼓〔二〕，三代罕有師神奇。肅清宮禁迎帝駕，鐘簴園寢均無移。帝還駐馬重嘉嘆，生臣扶國蒙天慈。節兼隴右位元帥，長城永賴威邊陲。恩延後嗣繼台席，殊勛表請銘鼎彝。裴公文章柳公筆，銀

鈎鐵畫辭淋漓。流傳搨本自宋代，千載展誦虹霓垂。有唐中興功再見，惟王名與汾陽隨。如何君聰蔽奸譖，中道罷鎮空羈縻。宏才遠略置閑散，七年轉側懷憂疑。平凉刼盟國再辱，萬乘反受蠻夷欺〔三〕。鹽州克復念王績，靈座始以新鹽遺。乃知秉軸貴賢相，社稷於此關安危。

【校勘記】

〔一〕「榻」，《吹萬閣集》卷二同，當作「搨」。

〔二〕「賊」，《吹萬閣集》卷二作「寇」。

〔三〕「蠻夷」，《吹萬閣集》卷二作「邊隅」。

朱碧山銀槎歌馬嶰谷席上賦

舊聞漢帝騖遠略，遣使西域尋河源。乘槎浮海歷歲月，誤入牛斗逢天孫。正史莫載疑杳渺，《齊諧》有志勞探翻。《漢書·張騫傳》載漢使窮河源，無乘槎事。《博物志》稱天河與海通，有人賫糧乘槎而去，見織女，亦不指騫。惟梁宗懔《荊楚歲時記》始合而爲一云。碧山一老信好事，鎔金想像成芳樽。霜皮老樹苔蘚剥，摧牙落角千年根。綸巾踞膝氣傲岸，仰視四際雙眉掀。古來銀工不多數，朱碧山。唐俊卿。二謝君餘、君和。弟與昆。碧山神妙技尤絶，盡洗鑿斧無纖痕。槎旁款識刻至正，當時虞揭通交歡。閱今四百有

餘歲，市朝屢易多更番。人間重器半銷毁，此槎未省何由存。主人博雅富金石，愛護奚啻虞蜼敦。酒闌出槎重勸客，滿斟敢惜夕景昏。垂髫迴憶侍秀水，閑舉經眼皆瑶璠。羽觴玉爵見無算，獨有一觶傳前元。聞之卅載恨未睹，把玩頓慰心神煩。談深飲劇漸酩酊，忽據班傳興狂言。騫當建元月氏返，具述天馬生大宛。發兵取馬距郁城，六千騎卒空含冤。我思騫罪在不赦，胡爲寶此重錦押。主云騫初羈外國，持節弗失懷君恩。人生一端便足取，議古那許深文論。斯言可聽試再酌，坐看落月横西軒。

岳鄂王墓

大將星芒落，沉冤向此中。十年勞戰伐，三字痛英雄。復見神州陷，虚期漠北空。錢唐司馬在，相對泣孤忠。

虞山經拂水山莊

平泉竹石久凋零，寂寞空山户盡扃。啼鳥尚來江令宅，蒼苔欲没子雲亭。生前名字傳鈎黨，身

後文章見典型。輪與東皋瞿給事，千秋汗簡自垂青。

韓　騏

字其武，吴縣人。貢生。著有《補瓢集》。

龔恪中餉鮮茘枝賦謝

頳虬遺卵閩海濆，火齊磊落炎雲屯。千林一掃附海舶，南風五日來吴門。吴門寓公閩中杰，然諾平生一言决。滿瓮投將赤鳳珠，開緘訝入驪龍穴。斑竹几陳緑玉盤，擘開紅縐浮精丸。高堂白髮添燕喜，稚兒黄口辭朝餐。入口水綃氣清馥，齒牙特倩瓊漿漉。全家骨肉飽啖餘，遍及親鄰又童僕。漢宫百本交趾栽，唐殿七日涪江來。數枝碧葉菁華盡，一騎紅塵笑靨開。何如心交出片語，水遞分甘舊相許。望梅安用樂天圖，畫餅欲廢君謨序。人生嗜欲良有繇，不知其味吾何求。一朝饜飫生色相，夢魂夜夜楓亭游。陳家紫，方家紅，絳苞玉液紛成叢。老饕欲語顔還赤，珍重期君歲一供。

題馬湘蘭爲王百谷畫蘭

秦淮水色通江緑，教伎樓頭沸絲竹。春風領袖號湘蘭，生小幽懷托空谷。吴門才子丞相賓，風流本是同心人。紅妝不但烟花主，白首終期翰墨親。剡溪雲染湘江佩，葉翦蕭疏花向背。亭亭修竹倚孤叢，投贈分明兩相配。尊生王氏齋名。玩好誠難偶，錦軸牙籤間敦卣。珍重標題作契兄，題爲「百谷契兄」。依稀硯席同良友。二百年來供賞鑒，猩紅小記留親驗。曾聞十斛買名姝，豈惜千金酬素艷。長板橋南暮靄横，金閶亭館蘼蕪平。當年十日酣歌舞，何似香從玉腕生。百谷七十誕辰，湘蘭備女樂，張筵十日爲壽。金閶傳爲盛事。書生薄命甘同妾，人世穠華搃灰滅。美人名士足千秋，一幅清芬嘆雙絶。「書生薄命原同妾」，百谷句也。

曉渡揚子江

月落未落天轉風，榜人呼噪船開篷。老夫睡眼揩朦朧，一葉已在江流中。是時殘月猶泛水，金光烱爍馮夷宫。須臾日破海雲出，赤焰正射浮玉峰。金烏玉兔兩交映，奇彩頗恨言難工。蝸廬貪睡

晨懶起，而此絶境殊難逢。孤舟昨日繫江滸，眠食不快愁藴隆。豈知江神釀靈异，使我一旦開心胸。葉葉帆移雁陣起，層層浪簇魚鱗重。遂從江南達江北，凉飆簌簌菰蘆叢。無風三尺浪安在，一衣帶水何能雄。所嗟白下路甚邇，江源須向峨岷窮。

太真扶醉上馬圖

潼關一戰哥舒虜，《霓裳》幻作漁陽鼓。倉皇騎馬出都門，鈿盒金釵傳恨譜。圖中景物亂未逢，繁華天寶如夢中。玉環扶醉乘花驄，鈿釵欹側雲鬢鬆，金銜玉勒誇芳穠。得非驪山賜浴罷，或是曲江歡宴終。阿姨丞相各歸第，明皇前導力士從。餘興欲入連昌宫，彼昏醉眼方朦朧。桃花浥雨印頰紅，回眸一盼生春風。是時延秋烏未語，萬歲千秋樂相許。玉杯春薦荔枝香，回頭石馬嘶風雨。

題畫陳摶

退步英雄事業輕，睡中籌畫最分明。華山不與陳橋變，却爲人間計太平。

題趙丞旨畫蘭

花花葉葉帶春風，自出王孫揮灑工。猶有遺民作《心史》，也將餘墨寫幽叢。

李　果

字碩夫，號客山，長洲人。布衣。有《咏歸亭詩鈔》。

《蒲褐山房詩話》：客山艱苦力學，忍飢誦經。衡門兩板，竟日翛然。良友至，輒呼小童取一錢，就茶肆，瀹茗共啜之。樵蘇不繼，怡然自得。巡撫宗室雅公嘗過次山侍御，叩以吴中隱君子，侍御對以客山及惠松厓。公遂往造焉，避而不見。時人兩賢之。其後詔徵經學，總督黄文襄以松厓薦，亦雅公所推轂也。

善哉行

富貴可樂，不如神仙。文章雖美，不如金錢。一解。得志何常，貴在乘時。騏驥蹩躠，駑馬先之。二解。舉足宜慎，臨淵履冰。志士守貞，憂心競競。三解。去日苦長，來日苦短。河流箭疾，時不可緩。四解。讀書味道，耕於南岡。知足不辱，庶幾安康。五解。

示兩兒

初冬可讀書，披帷對月影。困窮亦何常，天意默示警。所期在遠大，忘此清夜永。經義纂孟荀，如汲得修綆。摛辭芟繆悠，百家足馳騁。蘊輝珠處淵，含英金在礦。世人競目睫，欲語還如哽。但求寡悔尤，焉用名炳炳。

馬援塵聞過，柳玭重行己。吾家舊遺經，先德盛積累。黽勉無异營，頗識剥復理。中歲偶行游，致汝業漸弛。我無一頃田，經籍足耘耔。義理苟能通，出處有根柢。毉藥與貨殖，困窮亦可倚。吾生少失學，垂老方知悔。展轉力就衰，炳燭思曉起。努力愛景光，汝曹從此始。

月夜黄姑灘露坐東山中一二知己

懷幽路轉紆，領异行復却。寂寂黄姑灘，波光動林薄。臨流擷芳芷，月向懷中落。露下不知寒，空岩鳴獨鸖。坐久發微吟，覽物感離索。美人渺何許，吾懷向誰托。

還舟西津回望支硎天平山色

迴舟指西津，水净寒波細。却顧所來路，峰峰隔雲際。昨日别山阿，今朝復鼓枻。渺渺青芙蓉，欲去還含睇。重岩烟未沉，遥山樹如薺。何當復來游，咫尺悵迢遞。

王將軍劍歌

神物鑄成干將手，三尺蒼龍半夜吼。七星吐焰燭銀潢，魍魎潛藏白猿走。將軍匹馬來疏勒，手握寒光邊塞黑。贈將海内有心人，風吹一片無情色。半行籀文不可認，血花點點荆卿恨。平生慷慨

思報恩，尊前睚眦何須問。

題黄山圖

黄山之高高插天，三十六峰横雲烟。陰晴朝夕欻變化，畫師無數誰能傳。須江朱子本奇士，爲愛黄山入山住。興來拂素一寫生，筆底如有靈山助。蓮花天都何崔嵬，咫尺之間萬象開。傾崕叠石盡奇狀，飛泉倒灑青莓苔。此外奇峰三十四，高低隱現無倫次。紫石朱砂峰色殊，指點丹青恣游戲。山風習習山霧昏，淋漓潑墨俱無痕。雲翻滄海濤崩奔，猿吟鶴唳杳莫聞。蒼崕古木一氣吞，雙手展卷不敢捫。更恐虎豹深林蹲，寒瀑萬叠長松根。側見仙人倚吹笛，欲往不得傷精魂。世上喧卑那可道，振衣我欲兹山老。請君放筆爲我謀，一椽寫向何峰好。

晚　菊

迎冬方吐艷，籬下竟誰看。豈敢傷遲暮，何妨歷歲寒。孤懷原淡泊，獨立未凋殘。遲爾風前落，騷人佐夕餐。

懷陳處士陽山

老卧天池嶺，寒松骨共蒼。人如陳仲子，詩是孟襄陽。有女尸蘋藻，無兒受縹緗。風流今已矣，忍更過書堂。

懷葉荃園黄山

黄山好山色，三十六芙蓉。以爾烟霞侶，高居第一峰。松圍秋屋雨，雲度隔溪鐘。我欲搜奇迹，憑虚駕白龍。

送方望子還歙縣

千里新安路，君歸别思賒。江船摇夜雪，山驛繞寒花。負米荒城遠，看雲古樹斜。相逢舊鄰曲，款款話桑麻。

旅舍喜逢故人

相別情難已，相逢話較多。關河同涕泪，出處各風波。栖隱知何地，懷憂且放歌。無繇及青鳥，長食玉山禾。

范文正公祠

石笋排空山骨清，范公祠廟儼峥嶸。獨從天下關憂樂，尚想胸中富甲兵。晚穗迎霜遺斷隴，寒烏啼月傍丹楹。先皇銀榜龍章在，紅樹階前交映明。

送人之邳州

送子臨歧濁酒傾，獨騎羸馬渡河行。楚州雪霽延年里，淮海風高下相城。地勢荒寒稀見雁，霸圖寂寞罷談兵。橋邊黄石今何在，却望遺祠亦繫情。

鄭廷暘

字嵎谷，長洲人。監生。有《紺珠堂稿》。

《蒲褐山房詩話》：嵎谷爲季雅先生子，書法褚中令，小楷尤工。與予書疏往來，率作蠅頭小字，而銀鈎鐵畫，出力藏棱，同時如蔣蟠猗仙根、錢思贊襄，皆不逮也。詩卷無多，蔣文肅公稱其「姿致無雙，如靈和殿柳，三起三眠」，陳徵君撰稱其「意到語工，自然高遠」。今所録十數首，爲其生平最佳之作。

金陵拜方正學先生祠

讀書抱大節，刀鋸豈所憚。先生聖人徒，乃爲烈士冠。授經潛溪門，卓犖事柔翰。立言金石堅，矢志星日燦。聿當開創初，旁求棟梁幹。兩朝侍罘罳，休明賴襄贊。詎知鼙鼓來，朝臣且魚爛。草詔不爲屈，正辭責背亂。寸磔少完膚，十族死奚算。凛矣百煉忠，千春白虹貫。荒祠長干側，夜夜子規唤。綱絲垂四字，蒼鼠走空幔。儼然見孤像，再拜起三嘆。風馬從雲車，應笑滄桑换。考古覓殘

碑，橫階蝕落蘚。

九日與嚴大策馬出德勝門由西堤至玉泉山登高作

城西山色青崚嶒，愛之入骨無由登。今朝忽遇重九節，解意况有同心朋。走投小巷叩君舍，出郭兩騎相驂乘。荒塗昨日風雨後，泥水活活盈溝塍。懶行駑馬畏鞭策，原隰高下猶龍騰。須臾回盼村落遠，長堤俯瞰秋潭澄。嚴霜未降草還緑，疏柳萬樹垂鬅鬙。經過好景正滿目，不覺迎面烟巒層。年來辭家走京邑，染衣塵土時堪憎。玆游若在畫圖裏，蒼翠觸眼多非恒。龍山往日擅奇絶，安用對此形誇矜。阮生雙屐辦已久，攀援直上扶枯藤。振衣絶頂恣憑眺，日色慘淡烟光凝。長林叢木漸凋脱，時有馳突聞呼鷹。舉眸何處望鄉國，客心怏悒愁逾增。景公徒蒙後人誚，牛山涕泣名誰稱。眼前墟墓積荆棘，羊虎傾倒何王陵。豈保鼎鼎百年内，爾我携手頻相仍。晚鐘近出山下寺，更踏亂石尋居僧。繞門黄葉落幾許，空梁欲滅琉璃燈。佛前稽首稍共憩，斜陽隱現明觚棱。呼童從此問歸路，莫待東崦寒蟾升。

江上夜泊

夕陽西墮近黄昏，江渚維舟傍樹根。水底雲開浮月色，灘邊風過長潮痕。老僧唤渡欲歸寺，小犬吠人何處村。今夜獨眠思舊侣，自應銷盡客中魂。

返照

舉目山川動客愁，生涯篷轉只悠悠。微雲乍過隔溪雨，返照忽明何處樓。逝水幾曾憐鬢髮，吟情惟是愛林邱。阻風中酒年年事，摇落江村翠竹秋。

無錫道中喜晴即事

柳色春堤碧似烟，春流兩槳泛吴船。正愁雨細風斜後，恰到浮嵐暖翠邊。擁鼻漫吟鼉尾句，滌甌徐試惠山泉。少陵書籍如拈賣，此處堪求負郭田。

暮春偶作

九十春光已漸闌，濃陰一片晝漫漫。無多點雨濕芳徑，第幾番風吹曉寒。纔見柔條舒岸柳，尚教密室護盆蘭。過時未布東皇令，正恐農家二麥難。

題畫新梧清晝景

春盡高枝葉漸添，薄雲纔送雨廉纖。戎葵欲放荼蘼謝，一院清陰到翠簾。

題汪近人春深卧雨圖

竹鷄啼雨濕重嵐，懶看千林緑正酣。却憶小樓簾不卷，杏花時節在江南。

王岡齡上舍邀游江村園居時届秋仲桂花盛開是日至者爲翁霽堂徵君吴竹嶼學博沙白岸葉義山王述庵曹習庵朱適庭張崑南王存素諸同學

壺嶠仙人舉手招，蓼花波影路非遥。榜人笑指垂楊岸，泊到紅欄第幾橋。

西風吹綻小山叢，滿院幽香自不同。好譜廣寒秋一曲，夜深來聽月明中。

北海今朝識面初，掩關爾雅樂畋漁。牙籤三萬鈎簾坐，猶覓人間未見書。

林壑幽奇位置新，不容金粉掩天真。清暉娱處詩情瀹，自是停雲畫裏人。

舟行得絶句

一葉扁舟上水遲，頻年客裏鬢如絲。不堪更聽吴娘曲，恰是瀟瀟暮雨時。

金農

字壽門，錢唐人。布衣。有《冬心先生集》。

《蒲褐山房詩話》：冬心性情逋峭，世多以迂怪目之，然遇同志者，未嘗不熙怡自適也。嘗繪其四十七歲小像，蒲州劉仲益題云：「堯外臣，漢逸民，著簪韋帶不諱貧，疏髯高顙全天真。」其標格可想見矣。中歲爲汗漫游，遍走齊魯燕趙秦晉楚粵，卒無所遇而歸。誓願年五十如玉溪生打鐘掃地，爲清涼山行者。晚寓揚州，賣書畫以自給。書出入楷隸，本之《國山》及《天發》、《神讖》兩碑。畫梅尤工，頗自矜許。然爲予揮洒者，多至十餘幅。今廣陵、武林收藏書畫家，或未能有此也。

宿焦山

縹緲松寥山，積翠下無路。風籟鐘微茫，鶴迹雲散聚。如聞定中僧，禪窟勸小住。牽月濯巾瓶，江光漾高樹。

畫蘭竹自題紙尾寄程五鳴江二炳炎

寫竹兼寫蘭，欹疏墨痕吐。一花與一枝，無媚有清苦。擲紙自太息，不入畫師譜。酬人分精粗，妙語吾所取。鈐以小私印，署名隸書古。半幅懸空齋，色香滿岩塢。隱坐整日看，冷吟獨閉户。飲水張玉琴，斜陽忽飛雨。

吉祥寺泉上十韵

新霽來山中，精舍騁游眄。始入灌木陰，稍深緒風善。維南豁平疇，極西聳浮巘。静雲一族居，幽澗衆流衍。氿出浸淺莎，濫時破重蘚。潏潏靈液華，涓涓連珠演。手斢不亂淆，口飲有廉辨。即此澹交訂，君子意非舛。惜哉無名緇，緑塵門茶荈。明朝續水緣，石鼎携松箢。

吴中春雨泊舟入夜寒甚被酒作歌

春雨打篷雲冥冥，篷底聽雨泊遠汀。十十五五長短亭，好山對面失洞庭。野梅縛棘香零丁，疏香激玉飛瓏玲。苦寒噤瘁夜不寧，水際一鐙如孤螢。照書冷焰光星星，傾三百杯影勸形。滋味濁清辨渭涇，醉來荒唐嗤楚醒，伴我卧者空酒瓶。

臘月二十四日江上無事因出家醖要諸鄰翁小飲

曾讀逸民傳，南村舊隱淪。清江圍屋樹，寒雨對床人。歲宴藥苗路，花開酒國春。依然敦漢俗，祭竈請比鄰。

懷吴門陸嶠

公子美無度，讀書吴郡間。門留鬱林石，床對小鷄山。終歲淹秋駕，何時綴玉班。殷勤通旅夢，

細雨穆陵關。

東岡之下老屋三楹陳文貞公讀書處也予嘗游憩其間懷企有作

秋氣斂虚館，東岡生道心。林疏風脱翠，山暗雨添陰。既有出烟磬，復多遵渚禽。六時喧寂意，欲繼謝公吟。

初秋養疾樊上

岩居養疾遠郛壥，參术多于粥飯緣。秋澗曲流喧枕上，槐花一寸積門前。未忘舌本思今日，尚損腰圍似去年。《雲笈》《珠林》從妙悟，絶勝騶衍共談天。

詣庶滋上人齋堂蔬飯望中條山

久從初地得皈依，紺宇精嚴一款扉。孤竹瘦於尊者相，野雲白似道人衣。何曾心地妨禽鳥，且

向齋堂飽蕨薇。試上莓梯腰脚健，中條山色見纖微。

馬曰琯曰璐兄弟招同王岐余元甲江埴厲鶚閔崋汪沆陳皋集小玲瓏山館

少游兄弟性相仍，石屋宜招世外朋。萬翠竹聲非俗籟，一圭山遠見孤棱。酒闌遽作將歸雁，月好爭如無盡燈。尚與梅花有良約，香粘瑶席嚼春冰。

秋夜鮑明府鈐携酒就劉郎泊小酌與姚世鍾同過

秋夜秋池幽且娟，凉鷗凉鷺五湖天。水明于月宜同夢，樹老如人又十年。散髮賀循言可聽，銜杯謝藴迹堪憐。劉郎泊記思前度，好續吴興掌故傳。

南郭

連坰重阪近幽棲，菜甲抽青自灌畦。剛得天凉三日雨，秋光如水草蟲啼。

曉登烟霞嶺歷水樂洞轉憩慧日精舍覓壁上題名泛湖而歸雜書三首寄昔年同游王(槩)周(京司直)金(志章)厲(鶚)汪(潭臺)諸朋好

羃䍥雲容翠巘寬，此間濟勝若驂鸞。野梅苦竹無人見，破曉冰霜各自寒。
烟林葉盡聲如掃，山鳥日高啼已空。獨立吟成有誰和，一方寒玉水丁東。
蛛塵蘚墨認依稀，怊悵題名身世非。坐對諸峰浸湖面，黄妃塔下放船歸。

新編拙詩四卷手自鈔録付女兒收藏雜題

天涯詩老浪相稱，棖觸清愁歲月增。一棹今成五湖長，酒波如練雨如澠。
卷帙編完頂髮疏，中郎有女好收儲。帽箱剥落經籯敝，莫損嚴家餓隸書。

詠邱氏古樹

前輩風流一草堂，舊家松柏話勾章。歲寒自有諸孫守，不數成都八百桑。

沈之亮

字咨采，高郵人。子業富。有《雪月生涯集》。

落花詩

多少繁華曲未終，一年容易費春工。爲憐青眼移時白，不見朱顔舊日紅。乍拂游絲還着地，欲沾泥絮更隨風。偶然何必分茵厠，悟後應知色是空。

萬點風飄一片飛，年年三月送春歸。再來門户封塵網，重到園亭剩落暉。滿地緑陰雛燕老，半溪紅漲鱖魚肥。尋芳辜負鄰翁約，青草柴門獨掩扉。

亂紅堆砌奈愁何，辜負韶光九十過。謝客恐妨侵蠟屐，問津端擬覓漁蓑。江淹賦別才應盡，潘岳逢春恨轉多。太息美人隨逝水，蜉蝣生死暗消磨。

春來早起困瞢騰，幾度呼童懶不應。燕剪枝頭裁片片，馬蹄門外踏層層。分封香國青爲帝，滅度空華老悟僧。寄語深閨游子婦，高樓無事莫頻登。

陳　皋

字江皋，號對鷗，錢唐人。貢生。

自蓮花池舍車步至天城寺

舍車理簦屩，石路盤谽谺。朝暾在溪門，斷崖露削瓜。冰底啼幽瀨，宛轉行修蛇。兩山裒肘腋，徑轉開衙衙。翠屏駕香界，萬萼青蓮花。平生泉石心，於此興更賒。禮佛向白足，幡影楊寶珈〔一〕。

【校勘記】

〔一〕「楊」，當作「揚」。

晚自歡喜嶺取道西峰樵徑而下

松風吼潮音，澹日西嶺帖。山僧道我行，取徑何嶫嶫。側身穿石門，荒榛嚙衣裓。崩崖鬼面皴，暗雨莓苔浹。下臨勢不留，有似冰帶屧。查子濟勝强，騰身自誇捷。同人怖無言，予亦屢回怯。稍見祇樹林，禪燈出香葉。仰面千仞巔，翠色與天接。不知一枝藤，雙足何由躡。

登挂月峰絶頂

兹山北戒雄，浮圖聳其上。蜿蜒轉神京，元氣淋漓王。東連碣石遥，西與太行抗。長城一綫分，海水杯中釀。微茫十六州，幾點蒼烟漾。朅來據上頭，縱目四無障。白雲在其下，青鳥不得向。况彼塵世間，昏曉自殊狀。日月探兩丸，天風逼衣纊。何來浮邱翁，乞以蒼龍杖。揮手謝同儔，吾將躡瀛閬。

吴𤏡文

字樸存，山陰人。貢生。有《樸廷詩稿》。

游硤石山青蓮寺

頭頭止見山，初入疑無路。行脚厲前猛，曲折乃畢赴。精進毋憚遥，仄徑鮮窘步。怪峰高插雲，寒氣慘集霧。小松挂層崖，五粒紛無數。天光見不多，悉爲險阻據。最後得石門，安穩遂平度。豁然净界開，如迷忽頓悟。當陽結精藍，紺碧輝雲樹。蜂房綴千寮，虎牙磔四怖。中有青芙蓉，柎萼玲瓏具。何年天風吹，墮此泠然御。其麓繞丹泉，危磯激吼怒。遠公擲筆臺，流傳毋乃誤。匡廬真面目，名同實難附。摩詰本無言，涅槃底用注。殘僧如猿狖，但知拾橡蕷。禪理誰與談，勝境我幸遇。咄哉賽社人，競登珏山去。

曲陽孫晴崖明府掘地得晋王李克用書安天廟題名碑

陰風撼樹飄靈旗，山鬼吹火燒叢祠。沙觜崩塌露圭角，榮光下閃埋豐碑。孫君嗜古負奇癖，掎摭金石靡孑遺。《石鼓》遥辨蘯燮字，金薤高媲窺軔詞。栽花曲陽有餘暇，命工掘地乃得之。剜泥剔蘚見古刻，傳自唐末僖宗時。隴西郡王忠且勇，中山告急親援師。道經神廟躬禱饗，凱旋賽神神格思。司空偕行名忝附，大書勒石盤蛟螭。歐九作紀軼此事，不學合受原父嗤。有唐晚葉事百戰，文人失職悲流離。鴟張黥突鳳凰死，文筆亦復歸鴉兒。昭陵玉匣那可得，韓陵片石逾瓊瑰。依俙顏筋并柳骨，孫君寶此勿復疑。嗚呼孫君寶此勿復疑，屹立直退千熊羆。

陸蘭圃古劍歌

昔觀周生《説劍圖》，厥衣短後纓曼胡。看畫尚覺神色王，况乃寶物懸庭隅。龜文龍藻光黯黯，莊曶桓葱價俱減。陸君何處購得之，石可中分蛟可斬。行年四十走風塵，磊砢昂藏八尺身。興酣斫地自起舞，風雨馳驟驚鬼神。我聞幽燕游俠子，慷慨願爲知己死。憑將榼具報恩仇，葬近要離冢即

喜。君也讀書氣浩然，禮干義櫓無與前。恩耶仇耶平等視，所恨不逢張茂先。陸君酬爾一杯酒，拂拭無勞長在手。匣中虎氣任埋藏，自有光芒射牛斗。

抉衣玉刀歌爲朱浣桐方伯賦

維玉爲兵傳古昔，後王德薄易銅鐵。耶溪既涸堇山空，百煉鋒芒在無缺。此玉原爲温潤姿，良匠雕鎸异環玦。璞中有刃剖始呈，鞞外流輝襲難滅。一髮晶光冷射人，詎比鉛刀供小割。聞諸帝后御衣裳，用以抹腰無摺襭。不知幾度近山龍，一落風塵尚貞潔。自公購得長護身，入水不濡火不爇。千年寶物會通靈，豈逐烟雲歸變滅。宋家玉斧畫河圖，大渡遐荒外有截。劈正元時朝會陳，明堂丹陛凝寒雪。慨自滄桑世代更，沙漠牟駝等飄瞥。此刀猶幸在人間，黼黻瑶琨兩凄絶。吁嗟公乎慎毋褻，玉恐傷殘刀恐折。善藏鏮鍔養精明，避攝六丁窺太乙。

黄素堂觀察五十初度以朱竹垞老人井田硯爲介爰賦長句以代蝦詞

造化韞奇石長壽，端溪潛璞尤純堅。義取諸井琢成硯，水木滋氣耘書田。厥銘製自竹垞老，銘

云：「水而風，田之容。耕不盡，年長豐。」結鄰曾與相周旋。曝書亭前八萬卷，丹黄甲乙勞磨研。伏勝傳經歲九十，三食脉望誇神仙。我來晋陽携作伴，汲深繘短瓶徒牽。黄公秉節涖兹土，勞農勸相操經權。剛中更具教養德，心如止水澄波漩。春秋恰符大衍數，菖蒲九節開華筵。鄙人進介乏長物，用以此硯申寅虔。從來石交能耐久，况取井養無枯偏。此硯在公猶在我，無得無失何推遷。祝公并受明王福，有收勿幕孚涓涓。汾水春波足灌溉，黄河秋信防淪漣。仁人利物不改邑，會看萬井歌豐年。

德　州

斜日陵州渡，驅車有所思。杜亭無往迹，董子有遺祠。春水魚争上，昏林鳥下遲。香風吹墨露，閑意覓青旗。

陸青來見過次韵

濕雲濃霧曉難開，剥啄曾無舊雨來。舉舉江南重見子，滔滔天下孰憐才。桐枝乍折無鸞集，艾葉如張有雉媒。向後升沉何足計，是非都付掌中杯。

馮清輔枉顧

經歲羈孤嘆苦辛，塊然也覺自嫌身。親朋遠别無多字，患難相看有幾人。渺渺烟波愁北渚，年年風月負東鄰。毁車殺馬從今始，好向汀洲采白蘋。

春日晤廣陵唐再可

歸燕東風作隊忙，相逢燕趙話悲凉。雨中春色隨流水，月下簫聲憶故鄉。塵土難留騎鶴侣，烟波擬買種魚莊。幾番淘洗青衫泪，又爲唐衢泣數行。

賀周石帆學士納姬次符葯林韵

名香百和夜深含，好作同功上箔蠶。應笑香山垂老别，欲翻貝葉住精藍。

銅街十二駕鈿車，蠟炬迎來鬟影斜。定向筵前親捧硯，吟成先飲玉蓮花。

趙虹

字飲谷，嘉定人。布衣。

《蒲褐山房詩話》：飲谷遨游幕府，久著才名。間與厲樊榭、翁朗夫、查蓮坡諸名士唱和，惜老而無子，依其侄于吴市中，葺一室爲小吴船，來訪者邀至茗飲。予與樊榭徵君定交于此。生平能詩工詞，兼善駢體，殁皆散佚，故所存詩止此。其寓竹西亦久，常主許孝廉茘生家。其序茘生《槐墅詩鈔》，極爲婉麗。

揚州

淮南名郡最繁華，烟月重城百萬家。豪客春衫九鬉馬，佳人冶袖七香車。雷塘有冢生青草，板渚無波壅白沙。莫唱江南舊時曲，銷魂愁見落楊花。

岳王墳

恢復中原誓不難，靖康何意竟偏安。渡江帝子羞泥馬，賣國封書秘蠟丸。忠鯁旋聞疏趙李，英雄況復失張韓。六陵陵樹冬青盡，只有南枝尚鬱盤。

戊午七月自大梁東歸感喟成詩用以自贈

飄零淮楚逾河朔，轉徙幽州更大梁。迢遞關河雙飛雁，古今歧路幾亡羊。時無燕趙悲歌士，坐有邯鄲挾瑟倡。但得翠娥深勸酒，不辭酩酊罄清觴。問訊滄浪舊釣磯，樵兄漁弟共相依。眼看西北高樓遠，心逐東南孔雀飛。園吏好尋濠上樂，丈人已息漢陰機。浚郊不用弓旌辟，自署中吴老布衣。

湖海詩傳卷十二

張錫爵

字擔伯，嘉定人。貢生。有《吾友于齋詩鈔》。

《蒲褐山房詩話》：擔伯詩中矩中規，宜風宜雅，不失先正典型。自陸菊隱、孫松坪諸老云殂，優游衡泌，以吟咏發其性情，同時莫逮也。迄今六十餘年，而吐屬維新，古香映几，深衣大帶，猶彷彿遇之。曾孫彦曾，蜚聲壇坫，譽美江湖，知其貽謀者遠已。

月夜過靈鷲上人院

小院垂烟蘿，宵凉露微白。杖策獨幽尋，月明見行迹。孤燈照不眠，中有忘言客。開門聞妙香，

依依話秋夕。

題吴漁山雪景小幀二首

積雪埋孤村，空山静寒夜。幽人應未眠，疏簾竹間下。隱隱壁留燈，經聲出茅舍。

遠岸玉塵崩，長空華月凍。木落天宇寒，宿鳥清無夢。遥見釣船歸，濛濛水雲動。

萬壽寺華嚴鐘歌今改爲覺生寺。

城西七里前朝寺，銅鐘如山土花漬。唇吐三千寶地音，背蟠十萬蓮花字。九重願力超人天，點畫波捺何翩翩。六丁呵護霄電紫，群真下讀慈雲鮮。靖難功多新鬼哭，銅山搥破鐘成速。龜茲樂奏勝幡飄，雙樹光涵少師禿。鐘高三丈腰圍豐，君王笑錫公侯封。南山伐木栒虡壯，照耀慧日何曈曈。鼎湖龍馭排雲上，神物凄清墮經廠。仙梵禪燈歷九朝，特敕移來地蕭爽。萬牛回首千夫馳，華榱巨棟光參差。曇花感夢聲沉夜，銀草摇風曉擊時。聖孝原承文母命，六僧日供齋筵净。雷轟天半紫闥寒，潮捲津門塵世醒。文皇黑業豈能償，神廟垂衣祚自長。洪鐘靈應迦維力，金地千秋象教彰。前

年繫馬鍾山下，靈谷蒲牢眠斷瓦。云是高皇東序鏞，金川破後無人打。

明宣宗御筆子母鷄圖上有敕賜内監王進等字。

雄鷄掉尾高參差，羽毛颯颯蘆花吹。青蟲入口尚夭矯，丹頂倒泥珊瑚垂。牝鷄張口拱而竢，二雛仰母求其慈。二雛争蟲競延頸，一雛啄地偏委蛇。一雛上背一雛伏，注目總與蟲爲期。斜陽欲没影荒淡，細草亂茁青猗猗。二鷄七子各异態，雖有佳手誰能爲。安樂已平交趾弃，萬機多暇閑相嬉。含毫吮粉若無意，點染忽出胸中奇。宫娥遥看貴妃笑，内臣拜賜逾珠璣。三百年來事灰燼，此畫獨壽堪咨嗟。晴窗漫展豁蒙翳，題識隱隱銀鈎欹。得之象外洵無間，子母合繪良堪疑。君不見，長門寂寂仙師閉，無子君心更誰記。

明景帝廢陵

秋風十里吹荒陵，繚垣欹斷莓苔青。停車覓路夕陽亂，凄凉寢殿枯松鳴。土木之變良可异，倉皇北狩留王庭。廟謨國柄知不惜，舉身委振何其輕。長君弭亂社稷重，議和還國徒營營。列宗一祖

養士報，司馬號令行雷霆。精誠動天戰士泣，咄哉委任由君明。建炎踐祚宗李在，何爲不返冰天行。東安門外舊君入，握髮出走宜郊迎。紫袍拜舞臣子事，南宮朝賀家人情。皇儲既定邦本固，没寧生順千年名。事不出此戀天位，東刀綉袋多疑驚。綸辛綸。同鍾同。受杖亦何罪，一朝伐樹緣高平。完德良難吁可悼，奪門之釁宜旋生。當時惡謚誠太酷，殺禮營葬無人争。我來况逢劫火後，野燒漠漠連岩扃。欷歔吊古不忍去，回看纖月升林坰。

送人歸包山

執手未能别，哀蟬還自吟。凉風一夜雨，秋滿太湖陰。歸夢日以遠，烟波况復深。願爲天際月，流照最高岑。

翠微寺

迢迢翠微寺，一徑入寒烟。樵路秋山雨，僧房古樹蟬。蒼藤垂砌外，飛瀑落階前。啜茗閑窗坐，浮生意渺然。

劉龍洲墓

大布衣無愧，小朝廷可悲。渡江揮涕日，詣闕上書時。千載留殘碣，何人復古祠。顧湄今不作，惆悵立山陲。太倉顧伊人，欲鳩同志爲復舊祠而不果。

卧佛閣

飛閣俯千峰，遥遥見山麓。高卧不知年，歸雲夜同宿。

河渚

月落河渚凉，面面烟波隔。何處起漁歌，天空葦花白。

王爾達

字通侯，嘉定人。廪生。有《虚亭吟稿》。

《蒲褐山房詩話》：先生同祖司業七世孫，太生孝廉之子。性情坦易，通懷樂善。多聞舊事，爲門弟子談前言往行，衮衮不休。詩亦如之。予與鳳喈同年，而先生呼爲小友。每語，出肺肝相示。和氣所薰，至今思之，猶坐春風中也。

閑居

客裏歸來日，匆匆已二年。詩懷緣病減，酒量趁愁添。屋小惟容膝，囊空不貯錢。故園行樂處，風月浩無邊。

僻徑蓬蒿没，卑栖耳目清。寧爲無事飲，耻作不平鳴。覓句拈枯管，翻書愛短檠。蕭蕭庭畔竹，共有歲寒盟。

春初雪不止

江鄉臘盡欲回春，雪共春來又浹旬。攬鏡漸悲青鬢改，對床猶喜白頭新。地爐温暖添藷火，漁艇蕭條罷釣綸。何日凍消梅意動，携柑貰酒趁芳辰。

和曹來殷歸省述懷之作二首

鵲噪枝頭散曉烟，軒車枉過敝廬前。故人暮景成三老，才子言旋記十年。欲訴舊愁如宿夢，幸逢乞假暫歸田。耳邊蟻鬥何曾歇，時患耳疾。只恐高談聽未全。

編籬折柳圃添樊，雨雨風風過幾番。親健正思追洛社，君恩未敢戀邱園。筐鋪細蟻蠶初子，籜解新龍竹有孫。風物鄉關原最美，得閑愛殺閉衡門。

雙清閣落成追悼南華先生

朵殿揮毫信手成，頭銜管領是雙清。杏花春雨江南夢，空寄相思虞伯生。先生乞假南歸，纔至天津，病殁。

構造皆由清俸餘，雲飛畫棟麗天書。閣成先赴修文召，香案仙班别有居。

王　愫

字存愫。太倉人。諸生。

《蒲褐山房詩話》：存愫爲烟客璽卿曾孫，麓臺侍郎從子，而畫筆蒼深雄秀，兼擅其長。詩法錢劉，詞宗姜史，極爲沈文慤公所賞。爲予畫《三泖漁莊》春夏秋冬四幅，見者疑爲古人。嘗爲企晉寫《寒山雅集圖》十四人，文慤及定宇徵君皆在。存愫寫景，張彬如寫照，時稱「兩絶」。子湄，亦諸生。早歲學佛，受具於華山。還居楓橋，不知所終。

仿劉松年

油油原上草，潺潺澗中泉。幽鳥時一鳴，遠村帶朝烟。新緑漸稠密，落紅餘芳妍。柴門閉深陰，草閣臨春田。煩囂既云隔，機巧亦復捐。於焉慊心賞，自理風中弦。

山寺獨游仿夏禹玉筆意作圖題此

漸離塵世喧，遂造招提境。梵唄清道心，禪花照潭影。情忘不知返，趣澹默自領。瞑坐松下風，夕陽度秋嶺。

漁父圖仿李晞古筆

漁父秋江上，乘潮泛釣船。得魚沽白酒，晚酌荻花邊。

梅花書屋仿郭熙筆

長林繞屋幾千枝，想見幽人静對時。小閣春寒香雪裏，半簾疏雨坐題詩。

蔡　瓏

字文舟，崑山人。貢生，官含山縣訓導。

《蒲褐山房詩話》：先生居縣之茜墩墩東，距嘉定安亭四十里，蓋歸震川、顧亭林所居，故先生之學，私淑於兩公爲多。性質愨，寡嗜欲，教人以盡倫篤行，讀書好古爲亟。嗣遷珠街鎮，從游者益衆。予童丱受經，因得知讀書之要。暮年選廣文，尤以師道爲己任。諸生聞其言，往往感激愧厲，至有泣下改悔者。居五年，以老致仕歸。臨終，爲文以戒其子曰：「余碌碌無能，硜硜自守。慨百年之虚度，鮮一善之可稱。壯歲飢驅，言辭拙於冥報；殘年吏隱，筋力衰於當官。上有忝於光前，下無謀以裕後。移家近市，遂弃先人之敝廬；抗顔爲師，未究昔賢之閫奥。老於場屋，其又奚尤；辱在泥塗，分固宜爾。而復徒久生於世，是爲幸民；竟膺中壽之期，尤慚仁者。兹以大分有限，與世長辭。雖

夭壽之殊形，要於不貳；既死生之一致，夫復何悲？似露將晞，如蜩斯化。啓手啓足，髮膚差幸無傷；附身附棺，誠信何嫌於薄。虛文無益，末俗不經，俱應捐除，毋嫌駭聽。倘旁觀未喻，以爲子道有虧，可取遺命示之。更有囑者，平生苦志屬文，愜心絶少，至於酬和，間有詩章，尤屬支離，見嗤大雅，流傳奚望，藏拙宜先。倘有存留，悉宜焚弃。」故詩文多散佚者。孫之垣裒爲一卷。

留别環峰紳士

晚歲羈微禄，婆娑鬢雪深。長貧甘吏隱，多病忝官箴。鄉夢縈皋座，朋簪謝泮林。遥知故園月，千里照歸心。

憶昨辭三徑，携家上一船。悲銜毛義檄，坐久鄭虔氈。講肆栖公廨，香燈侍昔賢。含學無訓導衙舍，寄孥環峰書院。内有宋儒定夫游子木主，春秋奉祀。那堪筮仕日，已是乞休年。

十月下浣在漕溪正覺寺講約因留信宿賦贈智公上人

捧檄來蕭寺，晴和及小春。上方瞻氣象，近市隔風塵。講席朋簪盍，寒氈佛火親。遠公煩貯酒，

半偈悟前因。

西禪堂即事

鄭虔歸白髮，筆研已封塵。愛此�窗净，悠然佛火親。茶瓜隨分足，花雨逐番新。莫問長生訣，憑君聽未真。

和曹聖淵冬日書懷

日御元枵斗柄迴，竹君梅友共追陪。寒消元亮杯中物，暖爇昆明劫外灰。身未許人因有母，容爲悦己怨無媒。西山舊約平原隱，茅屋三間水一隈。

葛景中

字運乘，號若湖，崑山人。貢生，官來安訓導。

《蒲褐山房詩話》：先生明太常卿錫璠之後，遷居青浦珠街鎮，寓圓津禪院，教授諸生。爲詩學温岐、韋莊，句如「《閑居賦》就霜凝鬢，夢友詩成月滿梁」，「無事且傾棽尾酒，有情休續斷腸詩」，「錦囊句好題新畫，石鼎茶香讀异書」，「尚有故交留白社，更無殘夢到紅樓」，「凉思乍添前度雨，老懷重感去年秋」，皆泠然可誦。及卒，同邑劉□□采其事略，入《玉山人傳》中。

九日澱山登高

何年一拳石，踞此靛湖濱。邱壑無多地，登臨有幾人。吹花餘暖節，落葉伴閑身。莫送憑高目，秋風易愴神。

東　庵

爲趁東皋屐，行吟興未央。半灣溪水碧，滿院木樨香。寺僻荒蘿徑，僧閑閉竹房。秋風吹短棹，歸思入斜陽。

秋　懷

青鏡年華不暫留，西風又惹鬢絲秋。三春畫閣憐巢燕，萬里滄波羡海鷗。明月自臨芳草渡，好山多上夕陽樓。側身孤望成寥落，手把琅玕咏《四愁》。

金陵舊曲追次東籬舅氏韵

誰言春柳章臺路，只抵秋烟黄葉村。玉笛清歌憐别館，金釵巧笑憶當門。斷鴻落月秦樓夢，倦蝶疏花楚岫魂。建業西風人易老，白頭天寶話愁痕。

紅橋無復認桃根，萬事傷心烏夜村。蟬噪夕陽臨故苑，鳥啼深樹傍誰門。悲殘崔護來時面，銷盡江淹别後魂。剩粉零香今莫問，昆明何限刼灰痕。

金粉繁華自昔論，家家春色苧蘿村。魚鱗碧瓦花圍屋，雁齒紅橋柳罨門。鸚鵡珠簾朝學語，海棠銀燭夜銷魂。而今秋冷江城月，只有青衫惹泪痕。

辛亥生朝感興

蓬累年年負壯圖，相逢剛得阿蒙呼。東方自昔常求米，南郭於今且據梧。未必成名非豎子，尚餘故態似狂奴。出門一笑羊腸曲，馬齒空憐老識途。

沙維杓

字斗初，長洲人。布衣。有《耕道堂集》。

《蒲褐山房詩話》：斗初與張崑南皆居下津橋，自號「兩布衣」。斗初隱於商，來往江西、湖北間，長髯巨顙，如酒豪劍客，詩亦多悲壯激發之音。崑南隱於醫，豐頤紅頰，神情怡曠，間好古琴，詩亦多清和閑適之趣。兩人性情各别，而好吟咏則同，皆爲吴企晋所契。嘯侣開樽，呼朋命屐，靡不與兩人共之。嘗刻爲《二布衣集》。今下世已久，詩板亦不復存矣。

宿四宜堂

梵宇敞湖天，宵深風露冷。澗松奏群籟，崖月逗孤影。樹近俯鶴巢，燈遥辨漁艇。久嬰塵世喧，暫喜招提静。半偈雖未持，衆妙先已領。多累愧向平，無營慕宗炳。支枕不能寐，浮生嘆俄頃。

登中峰寺訪念亭上人

一雨衆芳歇，緑陰佳霽初。擾擾心不閑，久與林僧疏。兹晨踐舊約，取路忘崎嶇。杳冥入蒼靄，忽得支公廬。叩門興非一，握手歡有餘。蔬圃半藥草，禪榻多儒書。吾生愛静便，捨此將焉如。夕照斂梧竹，歸鳥喧庭除。淹留出寺晚，惜别還踟躕。

同張崑南王蘭泉曹來殷自華山夜還宿静蓀上人精舍

上方鐘動初，潭壑興寒霧。不知微雨來，靄然中林暮。歸鳥相啁啾，暗泉互奔赴。藤枯難屢攀，

磴危少安步。松際漏月光，照見山下路。回憩高僧廬，愉悦論往素。慮澹息衆緣，心清得微悟。龕燈明夜闌，喟焉起遐慕。

漁浦潭

起視越江湄，磊落晨星朗。舟子貪兼程，聞鷄撥蘭槳。宿陰曉尚屯，信潮寒未上。森森岸嶠高，漾漾川路廣。急湍多迴流，迅飆無停響。探奇矜遠涉，踏險怯初往。界峰雲溟濛，赤亭樹莽蒼。壁險猿挂藤，水清魚避網。緣源去安極，遐眺益蕭爽。暫違塵世喧，聊資烟霞賞。

題姚雪軒吳山晴翠圖用東坡書王定國所藏烟江叠嶂圖韵

棗花初落辭故山，舊游回首空雲烟。嚴冬蕭條變草木，披圖風景還依然。但見千山嵐翠各奔赴，懸崖百尺噴飛泉。晴光雨色互窈窕，捲簾雲樹疑斜川。板橋茆屋宛村落，鷄栖豚柵當門前。石梯盤空度木杪，塔鈴風鐸喧諸天。烘雲染霧妙點綴，一邱一壑皆清妍。忽思吾廬何處是，不歸久廢山中田。蹇驢烏帽走塵土，未若此地耕鑿終殘年。空谷采薪山寂寂，石潭汲水雲娟娟。携琴坐待月

上飲，醉倒自愛松根眠。帝鄉縹緲無夢到，回首已謝蓬萊仙。雲戀半幅寫歸思，青鞋布襪須隨緣。歲寒桂樹恐零落，作詩聊繼《招隱》淮南篇。

宿中峰寺

丈室層霄外，明燈坐夜分。星河澄霽壑，鈴鐸語寒雲。問法依支遁，論交愧領軍。境空心更寂，花露滴俱聞。

江夜

牢落荒江夜，星霜歲欲周。枯桑出野火，凍浦斷行舟。莫問馮生鋏，空餘季子裘。臨風獨搔首，哀雁下汀洲。

潤州夜渡

山扼中流險，潮迴北渡難。魚龍深夜寂，星月大江寒。泛泛憐雙鬢，茫茫集百端。嚴城吹凍角，凄切向南冠。

泊蕪城

此夕蕪城泊，鄉心更黯然。夜燈江口戍，寒雨楚人船。冷落愁孤客，飄零感暮年。荒鷄一再唱，擁被未成眠。

邗溝道中

短晷西馳疾，長淮北上遲。岸高崩積雪，船響犯流澌。烟火謝公埭，松杉董相祠。賴多陳迹在，憑吊一吟詩。

過燕子磯

削壁臨千仞，征帆日去來。雲端盤鸛鶴，樹杪出樓臺。岸坼隨潮走，江喧觸石迴。白門懷古地，繫纜重徘徊。

松滋送友人歸

北風吹雪灑征衣，匹馬衝寒汝竟歸。短鬢獨判淹澤國，尺書須仗達柴扉。楓香驛冷猿啼苦，桑落洲空雁影稀。此日河梁一分手，荒城留滯更何依。

瓜州城樓曉望

城上秋陰黯不開，烏烏曉角傍空哀。數行宿雁蘆中起，一片風帆樹杪來。日上海門分島嶼，霧消江郭見樓臺。夢魂阻絶鄉關遠，歲月惟將客鬢催。

菊

叢菊凌晨白露團，後時終恐易凋殘。幾經籬落迎秋發，半向天涯帶泪看。元亮栖遲耽寂寞，少陵行役飽艱難。對花忽動平生感，蕭颯霜風兩鬢寒。

秋日雜興

頻年旅食意如何，歷險真從夢裏過。驅馬亂山穿虎豹，偃帆滄海傍鼋鼉。梁鴻去國歌彌苦，王粲登樓泪更多。歸卧故園空四壁，家貧無事不蹉跎。

對酒高歌氣尚雄，古來潦倒幾人同。擔簦躡屩功名晚，擊筑吹簫道路窮。華髮蕭疏催暮景，綈袍零落感晨風。百年通塞何須問，且向滄江把釣筒。

歸舟漫興

鳧鷺唼喋滿烟汀，檇李城南路再經。一葉輕舟風正穩，晚來吹過落帆亭。
晴波渺渺澹無烟，酒店漁罾遠岸連。又見蛤蜊新上市，水鄉風景逼殘年。

月夜渡太湖

湖水接天天不分，水禽夜呼烟際聞。滿船明月唱歌去，七十二峰皆白雲。

張　崗

字崑南，號古樵，長洲人。布衣。有《鶴健堂詩鈔》。

秋日過碧公塔院

修竹無遠近，入門但清風。秋陰澹斜照，暮色蒼然空。苔花細路轉，石磵寒流通。碧公寂滅久，孤塔荒烟中。臨堂思舊講，循林想遺踪。高風昔已渺，邱壑今猶同。了然悟無生，趺坐聞禪鐘。

登堯峰作

夙昔聞堯峰，游心歲已積。杪春群物秀，及兹事清適。路轉峰西偏，蕭條但松石。飛泉若風雨，淙淙下絶壁。向晚猿鳥啼，時還見樵客。緬彼五湖水，東逝自古昔。烟波碧如此，人事幾更易。請從支遁流，空山共禪寂。

早春遂初園即事

停橈向林園，修竹衡門裏。逶迤入苔徑，嵐翠滴窗几。種藥有山翁，垂綸見童子。境遠親禽魚，

汀香秀蘭芷。開軒面西山，雲壑尤清美。丈人養微痾，逍遥慕園綺。懷新感物華，論舊惜年齒。梅花已零落，但有青溪水。坐愁風雨多，春暉澹如此。夜深岩户寒，幽籟松林起。信宿即歸期，相思悵何已。

題三泖漁莊圖

泖湖浩淼浮清瀾，九峰秀出晴雲端。故人結茅傍汀渚，緑蓑裊裊秋風寒。已知水木遠人境，况復鮭菜供盤餐。蟹簾漁簃吾已具，從君散髮垂綸竿。

秋暮同楊石餘過葆中集遂初園雨中登閣分賦

憶昔携琴坐山閣，空山猿嘯風蕭索。一彈流水響寒空，再鼓湘雲起蘅薄。即今重到已三秋，依然風露滿汀洲。芙蓉零落不堪采，美人相對空離憂。蕭齋秋晚風雨多，相逢奈此良宵何。黄柑丹荔手自劈，况有翠袖彈雲和。與君歡樂已遲暮，別後相思渺雲樹。漁洋山下好烟波，明日揚帆五湖去。

銷夏灣看白蓮

吴王銷夏處，尚有白蓮花。湖色澹無際，水天秋一涯。微風動蘋末，疏雨散蒹葭。日暮垂楊岸，同誰繫釣槎。

雨中中峰曉望

一夜中峰宿，風泉萬壑音。曉鐘雲外斷，春樹雨中深。華髮催遲暮，禪林閲古今。浮生多感慨，不獨爲登臨。

歲暮送友人之吴興

復作苕溪别，依依岐路間。斜陽孤棹客，晴雪五湖山。逝水看東去，冥鴻聽北還。天涯當歲暮，想像鬢毛斑。

送友人游天姥

潮落扁舟夕，飄然澤國東。桃花一夜雨，春水數帆風。此去登天姥，行吟憶謝公。空山摘瑶草，千里悵誰同。

月夜舟次寄懷諸子

斜陽渡口水烟分，東望平沙鷺幾群。江浦雨晴潮未落，蒹葭月上酒初醺。歸船凉露三更笛，别夢秋山一片雲。此夕懷人勞遠思，西風憔悴沈休文。

秋夜雨中集企晋園中即席懷亡友亦瑜

秋暝松窗燈火虚，故人清宴子雲廬。啼殘林鳥空山静，落盡汀蘭暮雨疏。對酒尚吟《思舊賦》，論懷休擬《絶交書》。相逢盡是江潭侣，重向秋風問索居。

秋日登靈岩同石餘企晉

振衣同上落虹亭，古塔雲深入杳冥。山市草荒秋露白，香溪雨過暮潮青。天空一雁來胥口，木落諸峰見洞庭。莫向西風更懷古，菱歌淒絶起烟汀。

寄懷朱草衣客楚中

竹西一别幾經年，雲海相思共渺然。老去杜陵猶作客，病來摩詰愛逃禪。月斜湘雁鳴沙浦，霜冷吴楓落釣船。惆悵故山猿鶴在，幾時歸卧白雲邊。

重遇揚州賽紅女史愴念舊游賦贈

露桃花蝡畫樓東，簫管曾同醉綺叢。今夕相逢俱是夢，月明重唱《玉玲瓏》。
瓊花也復解憐人，腸斷隋家舊苑塵。《水調》無聲江月悄，十年冷落竹西春。

忍將金粉怨當年，落盡桃花春可憐。多少揚州興廢事，就中愁殺杜樊川。

送友游洞庭山

洞庭秋色渺愁何，日暮乘潮載酒過。七十二峰天際落，片帆西去白雲多。

胡承祝

字華三，銅陵人。貢生，官蘇州府學訓導。有《輟耕書屋吟稿》。

擬韋左司寄友用寄全椒山中道士韵。

郡齋夜漏沉，忽夢烟霞客。訪我秋雨中，屐齒印苔石。坐花開前軒，尊酒數晨夕。夢醒月在梁，依稀見行迹。

擬韋左司寺居用寺居寄崔主簿韻。

禪室掩青燈，蟲語響籬落。寒雲淡欲無，山月照虛閣。風泉繞幽林，孤斟興不薄。苦無同心言，誰與慰離索。

題王蘭泉三泖漁莊圖

雲間三泖環重湖，迴汀曲漵相縈紆。九峰倒影潑蒼翠，水天一色涵空虛。此間代有高人居，季鷹歸老餐蒓鱸。二陸當年未入雒，讀書愛築平原廬。君家意氣雄千夫，金門獻賦長卿如。鳳池翰染方磊落，胡爲寂寞盟樵漁。知君樂志惟琴書，衡門抱影塵襟祛。數椽結構依芳渚，水村沙户相招呼。忍飢誦經人事絶，蘆簾紙閣青燈孤。有時刺艇來菰蘆，竹竿手把笭箵俱。筆床茶竈左右列，嘯傲烟月何舒徐。予家鵲岸江環閆，波寬匹練光平鋪。風冷蕭蕭飄荻葦，雨昏拍拍飛鷗鳧。頻年匏繫羈東吴，樵兄漁弟還往疏。恨不及早賦歸去，嗚榔月下歌烏烏。披君畫卷烟霞敷，此境輞水騕綱無。鮭菜江鄉美風景，足迹未到神先徂。溶溶秋水蒹葭枯，伊人宛在清而癯。何時結鄰來薛瀫，撈魚射鴨

同長逋。

曉　發

宿雨風吹盡，篷窗薄冷侵。水烟臨曉重，山翠入秋深。野渡人聲聚，遥天雁影沉。那堪回首望，落木正蕭森。

春曉曲

翠帳輕寒動，春風入綉閨。遼西無夢到，一任曉鶯啼。

題　畫

迴汀曲溆杳無涯，矖網漁舟對岸斜。一帶疏林殘照外，白雲黄葉幾人家。

欸乃曲〔一〕

烟澹湖村燈火微，隔溪漁艇夜深歸。棹歌杳杳不知處，凉月一灘沙鳥飛。

【校勘記】

〔一〕「欸」，原誤作「歀」。唐元結《欸乃曲》：「誰能聽欸乃，欸乃感人情。」題注曰：「棹舡之聲。」即摇櫓聲。

過春山

字葆中，號湘雲，吴縣人。諸生。有《湘雲遺稿》。

《蒲褐山房詩話》：湘雲家居市井，性愛邱樊，獨與沙斗初、吴企晋、朱適庭、張崑南諸君爲友。博通群籍，尤精於新舊《唐書》，嘗爲補遺糾誤，未及成而卒。惠徵君定宇極稱之。年纔二十有九。楊石漁磊《寄懷》詩云：「花葯圖書并賞音，筆床茶竈伴微吟。最憐小閣聯床語，多病常懷出世心。」其標格可知矣。詩宗劉昚虚、王龍標及王孟韋柳錢郎，澄鮮幽逸，妙悟天然，自出清襟，不由襲取。

玉樓早賦，賞識者希。沈歸愚先生甄録《别裁》時，予示以詩，采擇數首。今舉其工者，悉著之，庶毋致烟雲變滅也。

雜　詩

織女常苦寒，農夫常苦飢。里閭游俠兒，裘馬自輕肥。上林射雉往，平樂鬥鷄歸。華燭布瑶席，香風引妓圍。酣歌散烟霧，咳唾成珠璣。得意苟如此，安知是與非。

雨霽即事

霽色收微雨，白雲澹遥天。東原桔槔歇，新流分稻田。苔徑每孤往，蕭蕭聞暮蟬。藤陰凝暗露，樹杪生孤烟。秋氣晚來佳，爲吟桑者篇。

秋日寄諸子

秋林風蕭蕭，茅徑無人迹。閑居久沈冥，步屧散愁疾。衆鳥各已歸，西山藹餘日。不見素心人，浩歌空佇立。

夏日閑居

果園沐新雨，空翠積几席。卷書午倦餘，墜葉紛蕭槭。乳燕集卑枝，陰蟲吟暗壁。遇物多所懷，静觀知有獲。同心二三子，幽事已成昔。新月滿蒼苔，誰爲一步屧。

中峰水明樓

積雨岩壑静，古木吹幽香。山樓坐翠微，雲氣生衣裳。佛火耿幽龕，經聲雜風篁。蕭然萬籟寂，水石空青蒼。夙懷方外游，何爲疲津梁。誓將持半偈，掩關卧繩床。

雪中簡吴竹嶼

雨雪積深夜，荒溪斷樵牧。晨烟冷茅茨，陰色静空谷。迴風颯以至，殘滴響修竹。蕭條孤興發，視聽轉幽獨。故人隔溪水，村墟辨喬木。何當著屐來，床頭酒初熟。

沙白岸朱適庭秋嶺吴竹嶼夜集茅齋遲張崑南不至

山月隨客歸，蓽門烟中啓。凉露暗生衣，落葉時盈几。忘言淡相對，頗得清静理。開軒望遠郊，隱隱微鐘起。不見抱琴人，幽懷付流水。

同吴竹嶼登凝遠樓

雨後遥山碧如洗，蘿徑無人暝烟起。露滴荷衣生暮寒，抱琴獨宿秋聲裏。爲君一鼓滄浪吟，萬壑千岩流水深。何處夜猿啼不斷，西風蕭颯引離心。

祇樹庵黄山松歌

何人植此黄山松，虬枝屈鐵高龍嵸。日色慘淡烟濛濛，虚堂白晝生雷風。疑是軒轅遨游載玉女，青天飛下蒼精龍。不然仙人縮地弄雲海，恍惚坐我天都峰。蓮花百丈倒空翠，飛泉十里噴長虹。老幹槎枒奏群籟，寒濤澎湃聲摩空。道人無營静對此，薄寒翠滴秋衣濃。招予松根聽清響，落葉謖謖驚秋蟲。無勞采藥三桑東，但乞方便安禪宫。高枕莓苔跣兩足，悠然夢覺寒山鐘。

寄吴竹嶼

野外疏人事，蕭然掩敝廬。涼風落山果，微雨長秋蔬。倚村歌《招隱》，臨流誦《卜居》。芷蘭誰采采，日夕渺愁予。

同吴竹嶼水亭夜話

水亭纖月上，蘿徑散秋陰。涼露生衣袂，清風滿竹林。美人坐遥夜，逸興托孤琴。一聽滄浪唱，悠然塵外心。

對雪獨酌和邵灑夫

積雪滿窮巷，林深獨閉門。隔窗梅破臘，盡日酒盈樽。涷浦下寒雁，空山啼夜猿。扁舟欲乘興，杳杳暮天昏。

積　雨

積雨荒江暮，危樓水氣昏。亂山開夕照，獨鳥下寒村。種秫吾將老，裁詩誰與論。近來憔悴意，欲共白鷗言。

竹爐山房訪天鈞上人不遇上人好古能詩藏竹爐詩卷墨迹希世寶也

精舍泉聲裏，行人出翠微。雨餘芳草長，春冷雜花稀。浩劫留詩卷，名山老布衣。無因陪杖屨，惆悵對斜暉。

曉起

曉起理蔬圃，疏籬日影遲。秋寒菜甲細，露重豆花垂。散帙時閑讀，濁醪長自持。鄰翁諳野趣，乘興過東菑。

問楊石餘疾

落葉滿汀洲，斜陽閉竹樓。十年吴苑客，一卧海門秋。往事悲青鏡，餘生付白鷗。相將有嵇阮，把臂入林邱。

曉登支硎山

閑入青蘿去，寒山深幾重。晴雲生古石，空翠落長松。倚杖看流水，忘言坐曉鐘。下方初放梵，曙色辨諸峰。

山行即事

澗道依山轉，迢迢積翠深。疏鐘荒塢静，修竹數家陰。暮色歸田犬，溪光下渚禽。幽栖從我老，卜築對遥岑。

石　湖

數里入空翠，峰回碧澗幽。新霜變木葉，斜日亂溪流。帆影松陵暝，菱歌笠澤秋。忘機羡漁父，把釣狎沙鷗。

宿水石閣

斜光帶木杪，山徑已蒼然。門掩藤蘿月，人歸橘柚烟。明燈臨水飯，欹枕對鷗眠。一夜秋蕭颯，蘆花落滿船。

湖上曉起

宿雨霽空江，初陽隱寒樹。蘆洲不見人，微聞水邊語。

梁溪雜咏

東風過雨草芊芊，斜日山橋聚釣船。一路冷烟柳欲絮，春衣初試賣餳天。

村居

遠山一碧帶孤村，樹石蕭疏晝掩門。閑卧不知新雨過，晚凉藥院長苔痕。

朱研

字子存，號紫岑，休寧籍，吴縣人。監生。

塞上曲

營門日落晚蒼茫，瀚海天山道路長。愁絶李陵臺畔路，夜深東望月如霜。
長城寒色起邊愁，深夜彎弓上戍樓。漢將令嚴霜月白，更無長笛奏《伊州》。

朱昂

字德基，號適庭，長洲人。監生。有《養雲亭詩鈔》。

題翁霽堂秋林覓句圖

風皋振林木，墜葉紛如雨。鴻雁初來賓，蟋蟀聲在宇。幽人動遐思，清吟良獨苦。悠悠孰知音，空山有樵父。

擬韋左司寄友

郡齋春風至，谷鳥林端鳴。時清多暇豫，端居懷友生。名山昔同游，芳樽茲獨傾。一從秋雨别，離索緘中情。去者愜幽賞，居者羈世榮。雜花明前川，春草日以萌。寂寥掩扉卧，良會何由并。

黄山松歌爲静蓀上人賦

黟山峭拔生古松，玉屏鐵壁眠虬龍。老榦槎枒萬枝立，蒲團石上雲烟封。陰崖終古閟樵采，斧斤所弃高巃嵸。影摩蒼天野鸖唳，風鳴絶壁洪濤舂。軒皇一去五千載，振衣誰躡青芙蓉。道人移來植凈域，竹爐煮瀑森陰濃。有時干霄撼風雨，下視蒲柳皆凡庸。我來松根重感慨，月斜獨聽寒山鐘。久辭故山適异縣，楓江旅泊淹孤踪。十年夢想落雲海，無能策杖披蒙巃。皮皴骨瘦絶類此，星霜過眼秋徂冬。何時還山尋舊約，仙人招我天都峰。

斗初企晋過訪宿小樓

鄰寺疏鐘歇，江村落木多。柴門深雨閉，客棹暮寒過。促席依松檜，移床近薜蘿。山中梅信近，握手問如何。

寄懷凌祖錫

碧柳依南浦，相思春雨餘。雲帆三百里，海雁數行書。天末憐同調，花時嘆索居。經年勞夢寐，君子意何如。

聽張古樵彈琴

幽居委巷静，日晚坐鳴琴。傾耳泉流磵，當窗風入林。樓高寒雁過，山遠暮雲深。再鼓瀟湘曲，飄然諧夙心。

元夕吴江道中

夕鳥下村烟，春江欲暝天。梅花開异縣，客夢入新年。極浦疏燈出，孤帆細雨懸。迷濛芳樹色，歸路渺平川。

題王蘭泉三泖漁莊圖

吳淞百里水泠泠，草色閑門釣舫停。秋雨忽添疏樹緑，夕陽還送遠山青。人歸軥口雲迴合，棹入仙源路杳冥。從此結茅桑苧下，生涯好續《種魚經》。

寄題吳企晉秋江歸棹圖

秋風命駕惜離群，黃帽青氈此夕分。别路猿吟三楚樹，還家帆卸五湖雲。《閑情》早賦陶彭澤，清夜高歌鄭廣文。整頓香溪舊漁舍，臨流結網趁斜曛。

題黃永夫竹漁莊圖

負郭閑田半畝宫，門前棹轉曲溪通。緑楊晒網橋三板，春水環村竹幾叢。東漢隱淪推叔度，西江詩格重涪翁。何當結屋南鄰近，共話桑麻杯酒中。

和太史浚谷族叔偕同人游汪伯子岩東草堂之作次韵

名園幽寂樹層層，長者停車訪舊朋。山果雨中初結實，藥欄春盡半牽藤。溪流小艇聞漁笛，閣倚重岩隱佛燈。絶好竹林吟嘯處，清游我亦記來曾。

題江村草堂圖

芙蓉秋浦碧迢迢，又值寒塘木葉飄。曾憶扁舟漁火夜，殘鐘落月過楓橋。秋柳間門野寺孤，玉遮山色晚模糊。好將黄鶴丹青筆，寫出江樓聽雨圖。

易　諧

字夔勛，號松滋，江都人。候補知府。有《抱山堂詩鈔》。

題王蘭泉三泖漁莊圖

烟光結幽村，竹木紛可喜。古屋三兩間，静者此栖止。吟詩發妙性，窮經喻微理。時一弄扁舟，長竿釣秋水。

立夏前一日西疇小飲

爲惜春將去，幽尋過竹廬。緑深栖鳥静，風定落花疏。野徑苔痕合，夕陽窗影虚。芳華容易歇，把酒一踟躕。

環溪野望

仙源不可到，即此足閑情。草色碧無際，溪流春有聲。好花三月暮，疏雨一朝晴。向夕漁歌起，微風隔浦生。

陸貽穀

字露傳，號湘蘋，青浦人。貢生。

題黄雪廊

長廊凝望處，檀暈映簾櫳。香恰當秋半，游疑在月中。霏霏臨曲檻，馥馥入遥空。夜静徘徊久，清虚此地通。

沈懋功

字枚臣，青浦人。貢生。有《妙香詩草》。

蠟梅

數點檀心耐細看，蜂脾偷蜜怯餘寒，隔江梅柳春將至，預報東風蠟一丸。

爲西岑倪氏題畫

霜林染遍葉酣紅，平遠秋山入畫中。徑曲不知何處轉，小橋西去一灣通。

邵　玘

字珏庭，青浦人。貢生。有《西樵詩鈔》。

題西莊光禄課耕圖

東風芳草堤，渌水菰蒲境。農事春來繁，耕夫耒咸秉。夫君大雅才，振衣在華省。偶因休沐暇，聊睇田園景。野徑何盤紆，遐阡頗修整。勉以耕耨勞，眷兹蓑笠影。犬吠遠村閑，鷄鳴墟里静。良覿一以逢，囂塵自此屏。

王本蕃

字芳儀，青浦人。諸生。

渡澱山湖

風度歸帆疾，晴空漾夕輝。漁舲聲唱和，村舍影稀微。汀草連天碧，沙鷗逐浪飛。湖中青漲滿，應羨鱖魚肥。

王玖

字二痴，常熟人。翬之子。

爲述庵先生畫三泖漁莊并題

打槳入空明，横橋出秋嶼。人在釣魚汀，如聞隔烟語。

湖海詩傳卷十三

梁敦書

字幼循，號冲泉，錢塘人。乾隆十二年舉人。官工部侍郎。

《蒲褐山房詩話》：冲泉爲文莊公仲子，嗜學好古，詩得文莊家學，抒寫性靈，研深工力。其服官揚歷中外，懋著廉聲。當秉臬湖南時，適梁文定公爲中丞，拊循之暇，修舉廢墜。潭州鐵佛寺舊有鐵桂，周刻《陀羅尼咒》，爲淳化元年所鐫，久堙土中，因修寺發土得之，嘗拓以遺余，余爲作詩以記其事。

蓬壺朝旭爲湯少光禄先甲賦文石

我公等身富著述，書法恰與光禄匹。餘事風流水石間，到處搜羅不失一。文旌近自思唐歸，携石滿篋生光輝。過從主與客成二，冰瓷清昇爐烟霏。或如江上漁磯濺，剩有垂綸菭一片。或如峽内鐵堂開，何處尋詩人對面。其餘衆美難具陳，就中一石何玢豳。海天一色白皛渼，絶壁拔起淩蒼旻。青黛模糊濕欲瀉，紅雲繚繞光紛射。我疑火炎昆山巔，又擬夢游赤壁下。公言此是蓬壺尊，初升朝旭蒸天閽。小山旁列附庸耳，餘霞倒映扶桑暾。始皇求仙徒浪好，博望乘槎恐虚蹈。壺中九華昔縱傳，海上三山兹可到。千態萬象徑寸中，一覽暘谷湡夷東。縮地有術縮本畫，蛟龍潛伏雲氣通。是時庚暑方揮汗，嵐氣波光動几案。清絶茶甌又酒甌，衣袖生寒忘日旰。前年曾作萬勝游，題品自謂窮岩幽。今來觀止氣已慴，碔砆詎與球琳儔。公將旋京致使命，敦也瓜期備朝請。問字還當借昇書，玩石時從養本性。

廖景文

字覲揚，號古檀，婁縣人。居青浦。乾隆十二年舉人，官合肥知縣。

自寒岩靈峰歷香亭

春風散晴和，花塢繁桃杏。登彼千仞岡，澄潭鑒鬟影。石陷地自偏，雲扃境何静。躡屐力不勝，拖筇上烟艇。溯流舟行遲，幽趣乃全領。灣環蝦尾洲，款乃穿溟涬〔一〕。雲碓閒烟扉，淡若村虚景。萬卷書無存，舊有萬卷樓遺址。一川流自永。清磬響林皋，斜陽銜峰頂。誓欲窮仙源，茫然凌萬頃。

【校勘記】

〔一〕「款」，當作「欸」。

虎邱玉茗軒即事

山館依岩徑，紅欄積翠分。花寒桐院雨，茶沸石泉雲。倚竹悄無語，開簾忽見君。殷勤同惜別，芳訊幾時聞。

感舊二絶

遺真一曲譜真真，舊事傳來墨暈新。物换星移家樂散，十年春恨細如塵。

鶴放孤山舉手招，緑迷秋浦水迢迢。何時重訪貞姬墓，紅帽青衫過六橋。

舒城即事

羃䍥烟嵐到眼昏，龍眠居士迹猶存。畫眉聲裏穿雲去，碧嶂蒼松别一村。

寄石門

年來心迹冷如冰，玉版禪參大小乘。今日板輿過竹院，白雲深處擁寒燈。
尚平事了一身閑，扶病衝寒到此間。竹杖芒鞋人莫笑，出山原是爲看山。

過米海岳墓

寺門斜對最高峰，梵宇蒼涼暮靄濃。惆悵襄陽埋玉後，更無人倚十三松。

王鳳儀

字廷和，號審淵，太倉人。乾隆十二年舉人，官至西安鹽道。

《蒲褐山房詩話》：廷和爲孝言巡撫之孫，和州述濬子，與弟嶰谷皆能傳其家畫學。廷和在蜀雖從制軍督運汶川，而人求其翰墨者益衆。山腰谷脚，行帳一區，草束米囊之外，絹素盈床，廷和揮灑

應之。日取烏道蠶叢作爲畫本，間以吟哦，故所作益奇。凡横戈躍馬之士，見者都爲失笑。

閑居有作

幽栖罕人事，當晝掩籬門。所得在静理，無論城市喧。虚庭滴深翠，繞屋秋苔痕。清風了無意，惠然披我軒。即事生悟悦，真趣時復存。古琴再三弄，可以滌塵煩。將爲《洛生咏》，曲盡已忘言。

食菜二十韵

久客違鄉風，每食念時蔌。湖蒓及山笋，吴餉杳難續。北方有异萊，佳者出安肅。秋畦嫩甲齊，茸茸已盈握。肥霜飽根菜，燦然黄且緑。巡圃割沙泥，連車汗烏犢。市販擔新柔，園官薦香熟。先生藜莧腸，清餓食無肉。朝旭照荒厨，闌干餘苜蓿。忽欣食指動，觀頤得所欲。一把已堆盤，百錢行滿屋。松薪燒破甑，浮浮煮黄玉。妻孥勸加餐，放箸自捫腹。其餘壓老盆，御冬誇旨蓄。得飽即爲珍，底用窮水陸。適口味自長，寡嗜願易足。矧此比醍醐，天予亦已篤。元修名既喜，信民言可讀。逝將學灌園，芳蔬手親斸。

鐵畫詩并序

蕪湖鐵工湯鵬，能鍛鐵作畫，凡花卉草蟲山水屏障，無不精妙。其山水巨幅，必曠年乃成，世不多見。見者皆徑尺小景耳。好事者争購之，範以木，懸諸壁間，或合四面以成一燈，亦名鐵燈。每幅輒值數金，且不易得。湯既殁，他工效爲之，終不能逮。蓋錘爐之巧，前後所無也。同年山舟梁編修作詩見示，賦此爲和。

良工使鐵如使筆，萬象紛紛躍冶出。鼊睛夜照昆吾寒，碎翦元金若無質。隔墻鼓鞴疑有神，洪爐百轉燒酣春。春枝婀娜春蟲撲，没骨新翻鏤銀簇。或爲巨嶂窮刻鑱，十日一石猶嫌促。界欄銜壁懸玲瓏，清光飛射秋屏空。連臺四照九微轉，蘭膏掩映星星紅。雲烟過眼千金换，那及青瓜煉烏炭。巧匠争傳丁緩名，寫生欲學嵇康鍛。梅根舊冶尚輝輝，不比當時老畫師。若教妙畫通靈去，雷雨應隨龍劍飛。

題畫時在灌縣桃關

少不如上書請纓終子雲，健不如射生飲血曹將軍。胡爲短衣曼纓走萬里，入山更與群山群。倉烟斷空白日匿，山勢杳與天無極。鳥道春盤一綫青，龍湫晝閉重陰黑。平生五岳羅心胸，蠟屐欲躡松喬踪。猿啼鶴唳不到處，落墨忽掃西南峰。高堂素壁坐蕭瑟，絶壑時聞風雨疾。莫指丹青當卧游，雲間雪外方籌筆。

塞下曲

萬馬出雲中，三邊戍草空。鐵衣春叠雪，玉帳夜翻風。健卒能横槊，孤兒解帶弓。漢家方遠略，不敢薄從戎。

空磧寒雲外，連營積雪間。風翎時飲石，火旆欲燒山。駝馬收胡幕，金繒出漢關。璽書猶未報，大將在闐顔。

新賜單于宴，前驅浄塞氛。將開五屬國，更調六將軍。飛檄隨邊鳥，翻營逼陣雲。金人初入獻，

驃騎已邀勛。

沙市即事時余權判荆州官廨在沙市距府治十五里

憔悴南冠久滯淫，渚宫花月劇鬖鬖。官居近野諳田事，蠻語隨人變土音。故國蒓鱸千里夢，虚堂琴鶴十年心。焚香執卷堪消日，退食還應愧俸金。

題　畫

溪光黯黮常籠樹，山氣空濛不辨雲。還似江南梅熟候，緑陰如幕雨紛紛。

蒼茫風景黯江天，竹杖芒鞋入暮烟。客思蒲帆秋水外，詩情楓樹板橋邊。

題查儉堂觀察北征集後

玉壘金城路逶迤，鼓鼙聲裏向關河。鞭絲帽影堂堂去，又聽西風出塞歌。

雪花六月犯貂裘，塞北風雲接素秋。行盡蜀山七百里，亂霞黄葉是松州。
玉門誰更繼班超，老去戎軒鬢半凋。却喜歸來笳鼓競，載將詩卷過紅橋。橋在松州。
櫜筆年來髀肉生，新詩百讀感商聲。短衣匹馬吾猶健，恨不從公作騎兵。

王秉韜

字含溪，漢軍鑲紅旗人。乾隆十二年舉人，官至東河總督。有《含溪詩草》。

宿松歸塘

鳥雀栖烟樹，牛羊下夕原。危峰疑阻路，曲徑又通村。雨意連山暗，蟲聲徹夜喧。數程已不遠，十度月黄昏。

晚舟

寒林有宿雅，莫靄欲成霞。火露漁舟暗，星懸嶺樹斜。板橋通野寺，草舍集人家。爲問停橈處，猶云驛路賒。

邵齊熊

字松阿，昭文人。乾隆十二年舉人，十九年，賜中書。有《隱几山房詩鈔》。

舟次夜雨同江楓原蔣秋涇家兄叔一清話用少陵宿贊公土室韵

古岸繫扁舟，雨滴宵逾静。蕭蕭篷背風，寒燈淒孤影。促座興偏生，清譚夕以永。雪梨分玉乳，鬥茗試龍井。忘機意自得，灑脱性所秉。聽雨既愜願，對床愛夜迥。二客况佳士，清風溯箕潁。平生喜交游，一笑萬慮屏。安得洗寒空，素月出高嶺。回首望燕臺，雲没西山頂。

舟次天津

南歸多逸興，沽上問青帘。落日大堤晚，深林野水添。津雲迷估舶，海月動秋檐。空外寒砧急，誰家女手纖。

次杜林先生題壁原韵贈至上人

一桁青山倚翠筠，山空省得是閑身。濤聲欲墜松間月，雲徑欣逢世外人。勝處烟霞無定相，静中華木不關春。禪心試看空潭影，魚躍萍開總見真。

梁國治

字階平，號瑶峰，會稽人。乾隆十三年殿試第一人及第，官至東閣大學士，謚文定。

過觀音岩

石壁立水外，風濤浩汹汹。何年巨靈劈，幻此金蓮涌。谽谺豁幽竇，液瀝垂乳湩。飛空上危梯，萬象羅森聳。澄潭空心顔，倒景群山拱。江帆日暮摇，回首蒼烟重。一聲清磬鳴，上界香雲擁。

過港口驛次雲岩侍讀韵

歇心隨處足，堂有「歇心處」三大字，是董思白督楚學時書，今非其舊矣。小憩息群喧。不見銀鈎舊，誰同貝葉翻。萬年留寶剎，前有萬年橋，寺因以名。五字和慈恩。歲歲星軺過，溪聲客到門。謳吟將楚曲，要眇望湘烟。永夜南樓月，懷人北渚船。前塵蓬梗合，客夢藕絲連。我已忘情者，題詩任晏眠。

平定城樓天衢閣成詩以紀之

飛閣浮空接漢槎，冠山濃翠挹晨霞。關河榆柳連三月，烟火樓臺出萬家。幾度嚴城籌保障，偶從賢守話桑麻。蓬瀛天際塵難到，指點人寰路未賒。

汪廷璵

字衡玉，號持齋，鎮洋人。乾隆十三年殿試第三人及第，官至工部侍郎。有《賜書堂集》。

題蔡葛山先生觀海圖

蒲昌引度絡西北，百谷分道趨東南。六鰲贔屭拱地軸，離坎應位陰陽含。閩山磅礴結霞嶠，辟易金厦千峰嵐。就中太武更弁冕，嵯峨岎崱羅諸男。天鷄喔旦閶闔啓，榑桑高射蓮華龕。此是先生讀書處，十年月窟天根探。罡風卉歙雜魚梵，匡床静課爐香馣。壇前萬象露俶詭，馬銜矆睒虬螭驂。

臨崖振衣一縱目，近取遠納歸淵涵。畫圖寫景兼寫臆，神運直使鯤鵬慚。我昔向若躡旗鼓，二山名。却步但解捫窿㝩。至今落筆謝蠡勺，望洋欲語徒嫈媕。

迎鑾赴榆關宿永平試院見舊刻三松歌因和其韵

迎鑾道出榆關東，寒飆已戒律未冬。平州官廨暮投宿，重門授鑰塵猶封。佶曲磴路入奧窔，山堂突兀當巃嵸。堂前堂後雲影羃，舉頭瞥見三喬松。徘徊庭除夜霧合，未遑掃石披蒙茸。詰旦整冠爲肅揖，千尋古幹何鬱葱。是時曉日吐光采，金支翠葆扶童童。上拂華蓋蔭曾宇，下拖霏霧連崇墉。昔賢駐節發高唱，遥想振筆凌長風。我今銜命歷畿甸，輶軒北指經盧龍。夷齊古廟在咫尺，仰止孤竹欽遺踪。屈蟠之叟雖未識，夷齊廟中有屈蟠松。以此例彼將毋同。塞垣雪早没山骨，停車難覓霜林紅。惟有虬姿轉蒼翠，天留藻寫元冥窮。岑樓忽落步虛響，仰視壽籟翻琤鏦。乃知德産厚雨露，因篤直擬人材鍾。豈容樵牧涸斤采，要待匠石勤磨礲。苦心造就始適用，抑高舉下猶張弓。會當奇文副嘉覯，磊落翹秀開心胸。詩成策馬尋古道，灤河繞岸聞山鐘。

素心蘭

花葉澹如此，一庭風露深。炎埃吹不到，空谷杳難尋。潔白《笙詩》意，寂寥《琴操》音。虚堂冰鑒在，晤對有同心。

扈從木蘭曉發都門

金枝肄武天家法，侍從班掄驂乘人。風襲弓衣初滌暑，露零車幰不飛塵。平橋沙軟駝蹄淺，馳道陰濃馬步馴。北望雲莊猶六舍，懷恩感遇倍駪駪。

題皇六子燕坐圖次韵

花香鳥語有禪踪，静掃蒲團簾影重。小憩便參尊勝座，無言兼息辯才鋒。庭前苔長聽經石，屋角雲移作禮松。結習未除凡骨在，一瓶慚伴六時鐘。

奉命祭告東岳恭紀

城闕更籌肅麗譙，廟庭燎火徹通宵。天閶詄蕩趨重殿，神陛森嚴備百寮。盛德大生群望長，明禋晋舉萬靈朝。春巡鑾輅申昭假，早有繁禧集慶霄。

冬夜朱石君同年招飲新居有詩索和走筆奉簡

蘭堂夜飲舊坊東，新居在舊宅稍東。老遇歡場故態同。屢索三升新釀白，暫澆十丈軟塵紅。盍簪落落星低曙，飛轍匆匆燭散風。早貴如君誰得比，年華猶是日方中。

朱珪

字石君，大興人。乾隆十三年進士，今官户部尚書，協辦大學士。

《蒲褐山房詩話》：參政兄弟少入翰林，即以高文典册，照耀蓬萊華蓋之間，爲蓺林所仰，垂三十

年。然其尚名教，敦清節，世或未盡知也。任山西布政使司，以方正爲巡撫所嫌，謂其不諳吏治，由是仍改官翰林。久之，上深知其公正廉潔，累擢用爲巡撫，入長吏、户二部，而參政愛才下士，士以此望而趨之。昔韓忠獻爲中正所歸，而於元祐諸賢，未嘗偏徇；葉文忠爲清流眉目，而於東林君子，亦無私好。參政蓋深得此意者也，

己卯仲冬奉命祭告南岳定興道中月夜觀雪

皎月下積雪，竟空生白烟。氣寒清無風，涕唾琤冰堅。圓靈際大地，凍光一色連。河漢失蕩漾，列星收精躔。雪月本同居，一鏡照雙妍。羿妃與玉女，交手拍皓肩。旁舞萬靈娥，助笑開瑳然。戲吐玉池水，萬頃瓊瑶田。夜行不可耐，絶景誰當傳。

喜雨呈舅氏冀寧公

司牧顙上泚，農夫眼中泪。齋心哀龍公，迸此雨脚脆。久愁雲慘澹，暫訝珠瑣碎。綿綿聽檐溜，欲斷屢驚悸。遥知四郊外，點點八芒穗。行恒交雲根，汾漳欲潤氣。居然生枯槁，不忍嗜蘄薤。深

慚肉食鄙，静念穅籺悴。浹旬謹齋厨，頗狎菜根味。行當賽雨師，歌舞薦祈衈。寄聲白水翁，杜詩：「白水見舅氏。」清宴許我醉。

蒙恩復入翰林竹君兄以詩見賀奉答

方材宜軫圜宜轂，散樗亦受膏霖沐。車行平地穩栖鷄，巢近高天收野鶩。十年悔不熟讀書，一枕何當净揩目。君如退之苦詰盤，我學方平甘鞭扑。布帆無恙到三山，肉芝可采輕九牧。羡君高議開石渠，坐令玉堂生暖昱。子雲口吃頌鴟夷，不能爲舌聊爲腹。偶作劉晝妻孥瞋，深辨頡書神鬼哭。東坡有弟何敢望，太邱必世應知惡。漫誇屋上星蔚然，且聽窗前雨滲漉。

富陽道中次黄左田韵

之江晴溯摇空蒼，蔚藍倒影涵渺茫。暗潮漸遠沙岸静，碧玉鐕彈菱花妝。山枝誰唱思公子，鷗浴儵翻亦如此。卅年老我七往還，岩頂桐君青不死。昨來拏棹錢唐東，鑒湖鄞江風景同。釣臺七里最幽絶，一重一掩探無窮。髭霜齒扤慚學道，山鬼有靈顧我笑。御風貫月更何人，如此江山竟空到。

連宵月出華滿江，金波蕩漾流珠降。眼酣心醉玩不得，清夢不隔蓬萊窗。同游初平真妙器，餐霞已識筌蹄弃。然犀照水漫相矜，静鏡浮烟我何意。上灘邪許篙力柔，下灘風動箭射眸。從流順逆各自努，一奩江水長油油。

游半山觀梅花

半山山後神道路，廿里梅花香潑霧。交林夾徑行愈深，萬隊霓裳擁靈姱。散花天姝香國來，優曇薝蔔彌天篩。眼根鼻觀住不得，八識凈澈庵摩開。江南鄧尉香雪海，莆田凌厝名妃在。洞天咫尺知者希，吴儂争艶夭桃蕾。盤陀居士偷學閑，目成萬冶甘孤鰥。傭兒生長依冰玉，斛量梅子收梅田。可憐香色多傾國，雪霽暉移光欲泐。一篙回首百徘徊，夢魂飛遍琉璃域。

謁東坡亭即公白鶴峰故居在歸善縣城北

八州督罷嶺外游，三年故客仍淹留。合江嘉祐未黔突，買山更上白鶴頭。我行殘臘月正望，百七十里勇未休。惠守導我謁祠迹，北江繞户開軒幽。山僧指觀百尺井，當年手鑿匆幕收。嗟公丙子

作重九，朝霞已卷孤光秋。明年又復渡海去，逆旅電逝真虛舟。大賢所憩人愛樹，況此鴻爪了可求。公神跨鶴返奎斗，萬世俎豆同魯鄒。如公遷謫尚不朽，而我擁節慚鞫謀。西鄰咫尺勾漏令，東望拱揖韓潮州。他時誰識盤陀老，揭來此路停軒騶。

舟行

粤人送我五嶺北，皖人迎我三水南。我身浮雲寄空曠，誰將逝影求江潭。三年種樹未翦愛，連宵好雨宜稼甘。舟行遲遲聽襖靄，岸沙漠漠紆烟嵐。吏民猶見古直道，祝我此去當迴驂。我謝邦人情豈恝，力微恩重才非堪。蠻風蜑雨費調燮，海黥島鱷難驅戡。書生何有銅鑄柱，宦迹或可山留龕。食猶戒肉鐘敢釁，飲能歃水泉焉貪。皖山江月吾肺腑，昔年餘澤猶津涵。道傍父老喜露冕，燈前竹馬歌趁蹮。他時記我揭來處，桑下已宿浮屠三。

六月廿七日竹君先兄忌

最了無生旨，難忘不朽名。文章金薤重，富貴白衣輕。芳樹空連理，青山酹一觥。相知論海内，

作志愧欒城。

咏顔平原

妖星照野海飛瀾，灑血何人首築壇。西望常山舌不爛，南流睢水齒先寒。論功千載汾陽郭，轉敗三齊即墨單。忠義神仙同脱屣，漫將尸解擬劉安。或疑公好神仙，不知公真不死矣。

馮　浩

字養吾，號孟亭，桐鄉人。乾隆十三年進士，官監察御史。有《孟亭詩文集》。

兕觥歸趙一十六韵

前明萬曆初，常熟趙文毅官檢討，劾張江陵奪情，廷杖除名。歙許文穆官庶子，鐫兕觥以贈。歷經遷流，今仍歸公五世孫王槐明府。

文毅拜杖時，陰雷動天昇。編修武進吴公中行首疏，同杖，時稱「吴趙」。史藁《吴傳》云：杖時，陰雲四起，天

鼓大震。故據以爲言。墮肉腊而藏，中閨凝血泪。體肉潰落，夫人腊而藏之。兕觵爲餞贈，銘勒廿四字。前輩潁陽生，論交初未貳。款云：「潁陽生許國爲定宇館丈題贈。」門户此萌芽，班聯紛擊刺。禍烈人凋殘，運窮國殄瘁。大端垂史書，遺物綴傳記。推移二百年，復始歸苗嗣。追溯收儲家，六七屢遷地。朋來競捧玩，酌彼或酣醉。斯須設輕脱，非意驚翻墜。諦觀古色深，沈黝溢温粹。感嘆昔諸公，一一神所庇。拜藏欽祖澤，禋祀守宗器。舊侶玉杯亡，許文穆鎸玉杯贈吴公，今不知所在。江東無有二。恒山并高門，忠毅鐵如意。高邑趙忠毅物，以同姓，敬及之。

舟中喜見惠山

青山斗入空船裏，山氣薄人襟袖起。此身坐卧此山中，何曾限却衣帶水。山頭晴雲作絮飛，山下落木山風吹。復開水面寫山色，烟鬟隱現時可窺。鴛鴦湖邊無寸碧，秋蟀春鶊思蠟屐。山靈莫笑行客忙，老去方宜弄泉石。

于忠肅公墓

九廟將傾隻手當，旋令中外固金湯。濟時遠勝唐靈武，失策羞稱宋靖康。絶塞居然生馬角，元勛何罪死魚腸。氛霾披豁青霄朗，高揭丹心日月光。

錢汝誠

字立之，號東麓，嘉興人，文端公子。乾隆十三年進士，官至刑部侍郎。

敬業堂山躑躅盛開主人招飲花下詩以紀之

趨庭指點説兒時，今夕歡同杖履隨。曾是高曾遺手澤，能無泪灑《角弓》詩。

萬株火齊萬玫瑰，一朵花宜傾一杯。花影在杯杯在手，主人愛客客休回。

李中簡

字廉衣，號文園，任邱人。乾隆十三年進士，官至侍講學士。

辛巳季春五日龍池紀游二十韻

一百五日天氣新，三十六渠春水漲。龍池下注三十六渠。坐惜鶯花催節過，來追觴咏龍池上。龍池風景城西南，碧草芊綿彌一望。屧穿曲岸逗烟津，豁眼垂楊拂畫舫。新荷平鋪鐃妥貼，迸籜孤抽空倚傍。山川佳麗客後來，臺榭玲瓏誰始創。細檢題名無故老，劇憐磨盾輸飛將。千金百戰想風流，白髮青山對惆悵。池上有明將軍鄧子龍一聯，檃括其語。池心構亭發興孤，水面看山得神王。最好冲融窈窕中，玉壺風蹙生微浪。回身俯檻窺水源，蟹眼松風迷想像。不知地脉濟南如，濟南泉水皆如涌珠。錯擬天漿帝臺餉。遥見紅裙作薄游，正逢象板邀低唱。堤邊桃柳認新栽，床脚龜魚憐舊放。佳處全分西子湖，秀色小亞南屏嶂。春蘭秋菊不同時，地角天涯肯相讓。已知勝迹須品評，況復塵踪得寬曠。鴻爪安知鄉夢遥，龍槎一任蠻碑妄。向晚殷雷送微雨，坐深纖月窺夕帳。歸途不用鳴騶

喧，清景隨緣余所尚。

辛巳三月六日自永昌起程聞金鷄村有温泉迂道訪焉賦詩一首

板橋東去風日喧，十里五里鷄鳴村。粉蝶不斷菜花路，緑水自穿楊柳門。縱心獨往偶成適，懷古百端誰與論。春山又送馬蹄遠，萋萋芳草思王孫。

張裕犖

字幼穆，號樊川，桐城人。乾隆十三年進士，官至國子監祭酒。

琴城課士圖爲盧太守嵩作

長吏帥斯民，身教與言教。士爲民之秀，閭左是則效。成人既有德，小子亦可造。其風返古初，其化始學校。奈何吏道雜，操術昧津要。百里忝侯封，靦然執同瑁。空游百室林，譬如身未到。賢

守令琴城，愛士勤啄菴。肯子抱書來，一顧掀髯笑。講堂曾手闢，水木澄瀟照。諸生謹程課，佳時赴期約。音要。門闌停皂蓋，窗几側烏帽。藝苑鼓笙簧，文壇卓旌纛。子良藹如春，心香静繚繞。長者坐皋比，靈臺詎能肖。閑與章縫游，魚水入罾罩。涕唾視繭絲，談笑馴虎虣。必運北溟鯤，暫隱南山豹。惠然示兹圖，侑以詩古調。展卷生清風，太息發長嘯。今之古人哉，一洗世俗誚。五馬鳴鸞鑣，日晚聽綸詔。豈惟韋丹碑，但志一隅效。壺漿溢康衢，敢爲迎者告。

邵齊然

字光人，號闇谷，昭文人。乾隆十三年進士，官至杭州府知府。有《聊存草》。

《蒲褐山房詩話》：闇谷兄弟五人，先後登科第，入館閣，而闇谷尤以風度勝，故京雒名人，交口譽之。及以部郎出守杭州，修學校，纂志書，文教一新。因與巡撫監司齟齬，惋憤而卒。闇谷尤工書，學蘇文忠公，時與河東運使沈君栻齊名。今維摩、興福諸寺間，遺碑具在。中吴人士，所當摩挲把玩也。存詩雖少，而清宛可誦，足見一斑。

九日法源寺看菊晚過王述庵寓齋小飲分韵得客字

凉風吹我襟，草木日夜易。黄花於此時，凌霜露標格。閑尋古招提，入門有奇獲。周羅軒階前，僧意靳珠璧。滿頭插未能，開口笑自適。秋光殊可愛，爽氣侵肝膈。招携素心人，歡會旅肴核。論文氣如虹，射覆手屢戟。慮不牽世榮，心已醉佳客。厭厭且莫歸，微月窺簾額。

新秋夜雨

每到秋來雨，凄凉滴晚空。無端當漏静，不覺入愁中。明滅一燈影，飄蕭半夜風。暗隨黄葉墮，清響上疏櫳。

耿耿久不寐，蕭蕭聽未稀。有人愁永夕，無語對孤幃。殘穗挑將盡，流螢濕不飛。秋風看貼體，應悔典春衣。

劉星煒

字映榆，號圃三，武進人。乾隆十三年進士，官至工部侍郎。

贈廖古檀明府

三泖湖波近若耶，人家水木舊清華。安仁詞賦知名久，不待河陽始種花。

金斗城高鎖緑苔，公餘携鶴任徘徊。知君懷古多情思，定上城東鮑照臺。

查禮

字恂叔，號儉堂，宛平人。乾隆十三年由監生爲户部主事，官至湖南巡撫。有《銅鼓書堂集》。

《蒲褐山房詩話》：中丞爲蓮坡先生弟，能吟咏，喜賓客，襟抱與兄相似。尤嗜古印章，金玉銅瓷，自吾子行、王厚之而下，名人鎸刻者，無所不備，藏弆至有千餘。生平莅蜀最久，而居西南松潘徼

外者十嘗七八，崎嶇險阻，爲羌人所服。偶歸省，重築楊文憲升庵，藝花竹，招邀爲文酒之會。然亨衢初達，遽賦龍蛇，此勞臣志士所爲扼腕太息也。

西峪雲居寺

山坳結花宮，朱甍隱石罅。下馬尋寺門，門前碧澗瀉。住僧喜客來，整衣遠相迓。遂登十笏堂，竹樹侵臺榭。古殿氣森嚴，四面羅精舍。拾級歷愈高，漸與鳥巢亞。焚香塔影圓，禮佛磬聲罷。齋厨甘淡泊，客飯泯高下。坐令塵俗心，種種冰雪化。地静堪讀書，將期半龕借。

宿西峪雲居寺後院

深峪夜尤静，懸空宿高閣。推窗看前峰，一片青漠漠。星斗插檐間，岩花沾露落。萬籟寂不喧，秋氣滿丹壑。孤鐙繫刹竿，冷光熲寥廓。倚林山鬼嘯，蘿帶想綽約。坐久月上東，遲回入簾箔。經床方偃眠，天風掃殘蘀。

兜率寺

連岩勢迴抱，未測深幾重。古寺居中央，白雲當户封。入門見老樹，滴翠清陰濃。鯨魚静不鳴，碧蘚生廢鐘。殿背嵌經版，活筆含纖鋒。坐讀淹晝晷，微言懷晬容。諸天本閴寂，塵土無由逢。僧雛唤客起，更踏前山峰。

登文殊殿後閣晚望

游屐遍山阿，腰脚仍未倦。登高望所游，歷歷眼中見。向背群峰殊，陰晴衆壑變。喬枝飛木葉，瑟瑟與秋戰。壁間佛像古，紺目白毫現。明季肇塑雕，内監督營繕。此身非常住，百年等過電。蹰躕下閣來，清梵起鄰院。

清音洞

一水源源來，漩澴逼山足。山石空同開，亂流入山腹。沿流側徑通，往來走樵牧。水積漸成溪，溪遠更紆曲。鬼工鏤幻形，天匠鑿奇局。邱壑理所無，亦竟結空谷。斯游得巨觀，是時冬氣肅。取徑穿洞過，嵰崀若廣屋。鐘乳延苔花，垂垂挂碧玉。小坐心骨寒，衣裳染蒼緑。此中有清音，涓滮奏琴筑。洞口含殘暉，烟光散林木。幽邃宛畫圖，閑雲遮縱目。名山比高人，遁世遠塵俗。隱迹峙荒陬，意可避榮辱。孰知萬古後，偏我蹈其麓。摩崖更題詩，山靈勿謂瀆。

嵐光洞

陟險歷亂山，身若蟻旋磨。空谷響急流，略彴溪間卧。微吟眈尋幽，嵐光爲我破。窅然一洞天，邸壑生頓挫。人自洞中行，水亦洞中過。石徑多崎嶇，心悸崖前墮。下瞰水底潭，澄清不忍唾。漁父舉網來，舴艋兩三個。登臨恣所向，徘徊步還坐。鳥語共泉鳴，終古聲相和。

登摘星陀絶頂

入山頗盡登臨目，翹首高崖還側足。褰衣負杖結伴行，磴磴芒鞋踏蒼緑。猿驚鳥駭路若綫，俯對嵚㟪萬丈谷。愈危愈進進愈難，直自腹腰度緣督。循初憚險中道返，予獨争先尚馳逐。近巔忽見雙峰開，厲風汹汹振萬木。薄寒宜有肌粟生，盛氣翻教汗如沐。行行漸與鐵絙邇，匍匐欲前先頸縮。木梯數級懸虚空，若掉都盧憂反覆。百升豈有天可飛，一跌定知魂不續。全身眩轉付雲烟，餘念逍遥托鴻鵠。須臾越險陟山尖，枯僧待客茶已熟。自言卓立久不眠，屏絶醢鹽甘菜菽。得非金世鐵頭陀，静閲恒沙如轉燭。我來亦覺塵境忘，下瞰群峰殊碌碌。北望紅螺僅隔巔，隱現嵐光照茅屋。南望桑乾近不遥，一帶蜿蜒界沙陸。却愁歸路益嵁岩，襆被擬留桑下宿。塵機未斷仍下坡，如鷁退飛宋都六。古賢居室戒垂堂，大道康衢憂脱輹。何爲漫試榛荆間，驀澗騰坑狎樵牧。東坡昔上吴王臺，亦有同游卧九曲。歸途客問摘何星，笑指星光若朝旭。

石經洞觀隋靜琬法師所刻佛經

佛法東行自秦景，殿庭夜夢金人影。洛城白馬馱經來，畫像遂遍清源臺。月支于闐翻譯凡幾部，小品大乘紛莫數。法苑晨鈔貝葉書，香林夜散曼陀雨。茫茫大地分劫塵，或恐銷沈异今古。隋代沙門有琬公，慨然念之憂心忡。誓將四百二萬言，一一勒石垂蒼穹。鐫摹四大部，點畫釵脚工。其餘弟子復繼作，洊歷五季猶未充。太平清寧續刻亦繁富，合計二千七百餘石瘞其中。萬人乃畢一人力，慈雲廣覆蓮花宫。我來不見寫經客，但見愔愔古洞青。瑶石銛鋒深刻等摩崖，周遭舒指捫四壁。雨淋不到日不炙，鏡光欲照鬚眉碧。遥思隋時歐褚猶未生，筆踪乃爾多精英。恐是貞範先生劉元平，或者司隸大夫薛道衡。摩挲躑躅不忍去，眼底萬斛明珠傾。重尋八洞徑屈盤，鎔鐵作櫝石作欄。俯窺叠石密于櫛，亦有側立高巑岏。窗櫺隙處露字畫，縛帚掃拂真奇觀。穴深直疑劚地肺，當日或使神工安。春雲陰陰春晝寒，秋風颯颯秋光殘。爐香不絕清馨杳，千年無客來開闢。因慨吾儒六經光日月，鴻都古本多殘逸。開成以後訛亦多，蘚蝕苔侵如弃物。昨朝偶得嘉祐本，千百石中存什一。孰若此經閉置名山間，碑碑完好無闕刓。豈真龍象永呵護，定力不受風輪旋。吁嗟乎，讀書衛道何人識，空與緇流競得失。每逢奇境心膽雄，兹覽尤覺情突兀。負笻肩笠取徑欲下山，滿山莎

草蟲唧唧。

投半壁店僧寺

沿坡尋宿地，秋柳繞田塍。均水留殘碣，孤雲伴老僧。茆庵昏過雨，山店夜明鐙。一榻支頤卧，幽懷夢裏增。

涿州懷古

荒臺殘壘野雲横，岩邑從來慣用兵。二水争流環杰閣，千峰連翠落高城。精廬尚有靈椿覆，仙館應無赤鯉迎。試看童童舊車蓋，樓桑村外暮烟生。

春暮散步城東渡河過香林院小憩田舍晚歸

潑醅新水滿塘坳，瀲灔晴光浸柳梢。三月海鰲初上市，一春江燕未歸巢。澄懷豈必常高卧，遠

眺無妨出近郊。寂歷紺園人不到，隔墻閑聽梵鐘敲。

喜申及甫上舍自都下至招同紫仙荆帆西顥江皋循初文錫及心穀兄飲舍南小築分賦得九青

寒雲如凍晝冥冥，忽報征車遠叩扃。我數梅花登小閣，人隨臘雪到閑庭。眼前誰市千金駿，座上休孤雙玉瓶。更喜卜鄰酬宿諾，清吟應許百回聽。

寒食過水西莊雨中作

歲月侵尋嘆擲梭，身同泡影感滄波。水西寒食烟猶冷，門外梨花雨正多。悶檢殘書人懶讀，喜添新漲客須過。可堪載酒呼漁艇，獨把魚竿濕短蓑。

夜坐

池上茅齋竹外亭，風來微覺有芳馨。月當夜瘴消時白，山向秋林闕處青。却飲非關愁酒病，品泉猶得續《茶經》。太平一載侵尋過，暫許偷閑枕席寧。

暮春竹樹青華居即事

閴寂西岡景物疏，清華竹樹襯幽居。一灣碧水侵階净，幾疊青山入檻虚。春暖老奴晴曬藥，花陰小吏日鈔書。天涯領郡稀民事，吟咏無妨案牘餘。

王德甫考功由滇南來川以詩遥寄予月六日偕趙損之抵汶川留榻行館因次原韵以答

拂廬連壘結氈鄉，雪片封山冷夕陽。徼外鳥啼邊草白，關前馬踏陣雲黄。短兵西向如飛炮，上

將南來定破羌。報道故人聯騎至，盾邊籌筆助疆埸。

峻谷巒江作塹壕，斑斕山勢接天高。裹糧計可爲三覆，掃穴謀須用《六韜》。絶域烽烟征雁避，殘年孤月野狐號。凱旋屈指無多日，古句先期咏大刀。

飄泊萍蓬迹略同，近攖鋒鏑百蠻中。錦衣軍駐桃關北，畫省郎馳玉壘東。寒夜小留欣有伴，吟壇闊别恨無窮。圍爐翦燭西窗下，詩律當嚴似即戎。

約王德甫丹仁趙損之明守亭過行帳小飲

萬馬西來塞草荒，連山積雪少春光。弓刀隊裹藏身健，風雨聲中感話長。羽檄頻催疲轉粟，烽烟高起强傳觴。相逢盡説籌邊事，嘯咏誰堪靖戰場。

余慶長

字元亭，安陸人。乾隆十五年舉人，官至成都府同知。有《壬癸詩稿》。

《蒲褐山房詩話》：元亭生長楚中，獨嗜陳季立、顧亭林之學。爲人淵静閑止，薄宦川滇，非其好

也。告歸後，益留心經術，古文亦清深簡潔。詩偶爲之，然如「牂牁名士推張叔，河北文章重魏收」，「躬耕養母旌江革，尚節懷人識范雲」，「知有小園屬開府，可能雲樹號將軍」，「高情已欲舉黄鵠，中隱且從盟白鷗」，頗工隸事。隨予雲南、江西幕中十餘年，極稱同志。又爲予撰《銅政考》八十卷，始終本末，厘然畢具，亦《食貨志》必采之書也。

人日過莫浪坡

蛇盤青嶺窟，猿落白雲窠。人日常爲客，天涯復此過。春烟生石磴，孤夢逐江沱。行息庵前水，清泉倚薜蘿。

退思堂懷輿山太守

十笏頹椽薜荔墻，無端躑躅退思堂。子瞻詩和陶彭澤，漫叟歌招孟武昌。簿領閑時惟閉閣，賓僚散去自焚香。平生心迹真蕭瑟，落落高風未可望。

寄楊虹孫李翼兹兩進士

關西清德傳楊震，北海詞林有李邕。一見又知旋遠別，兩年莫得問芳踪。文須久澤纔成豹，性不能馴未是龍。欲寄詩無阿買寫，最難療處病疏慵。

吴　翀

字在揚，吴縣人。乾隆十五年舉人。有《艾香吟草》。

包　山

檥舟入包山，曲徑引幽翠。蒼松既鬱盤，寒篠亦密被。潺潺澗瀉坡，漠漠雲封寺。始至疲已忘，隨步輒領异。不辨五湖烟，但覺千嶂邃。時有樵聲來，瞥見山僧至。留憩飯伊蒲，參證無生意。指點毛公壇，幽閴起凉吹。仙踪緬已杳，養真夙所嗜。安得謝塵鞅，翛然此孤寄。

擬韋左司寺居

白雲護禪居，獨夜聞葉落。清氣習静知，悠然滿山閣。吏事謝喧煩，幽興耽澹薄。不見同心人，鈴語慰離索。

將至武昌寄王西莊鳴盛

浩淼江流吴楚分，故園回首悵離群。一聲落雁佤殘照，千里孤舟入斷雲。露白紉蘭悲屈子，峰青鼓瑟吊湘君。登樓幸有同心侶，玉笛吹時得共聞。

咏懷

啓期三樂興何長，帶索披裘豈是狂。劉項空勞争逐鹿，穀臧相笑等亡羊。花邊好鳥春風酒，松下清琴夜月香。莫問行藏尋管輅，殘僧野鶴共徜徉。

黃文蓮

字庭芳，號星槎，上海人。乾隆十五年舉人，官泌陽知縣。有《聽雨集》。

夜坐

月出臨廣除，墻陰見殘雪。松竹一掩映，光景洵清挹。閑居寂無聊，攬衣坐超忽。稍聞宿鳥喧，漸覺爐薰歇。我欲撫瑶琴，幽懷誰與説。月送孤鴻飛，碧雲渺天末。

題秋林讀書圖

秋氣忽凄厲，落葉紛階除。之子抱古處，閉門絶軒車。凉風在簾户，清影交籞笯。凝塵湛瑶席，時復陳吾書。淵淵潤金石，渺渺親黃虞。道腴得至味，不知饑與劬。翳予困世網，未結山中廬。古人日以遠，芳歲日以徂。何當共饘粥，悠悠謝簪裾。

石琴精舍用韋公義演法師西齋詩韻

西峰古岩下，日夕聞清磬。蘭石無人踪，松風悦禪性。茅茨帶修澗，香積依樵徑。回首重林端，白雲度山暝。

寄懷王德甫效山谷體

卧病秋光殘，懷人江路永。記別初夏時，忽忽山窗冷。竹几裊香絲，繩床蹲藥鼎。碧梧吹脱葉，一一下苔井。坐憶泖湖西，碧玉光千頃。水際鷗鳥眠，烟外蘋花暝。夕陽沽酒橋，夜月吹簫艇。更愛雲中山，九點環高嶺。松蘿樵徑深，梵唄禪林迥。勝地愜清游，幽尋足遐騁。獨惜抱秋衾，閑對孤燈耿。會須把釣竿，趁此烟波境。著我緑蓑衣，同君背笭箵。

拜韓忠武王墓

西風蕭蕭靈氣蒼，古松離立參天長。穹碑十丈字盈萬，銘功第一韓蘄王。蘄王當年佐大業，手撑半壁歸錢塘。金山一戰破敵膽，中軍枹鼓資紅妝。紅袍得脱實天意，不關獻策燒帆檣。官家魚水格天閣，燕山夢斷徒悲凉。英雄束手置閑散，良弓克敵嗟空藏。奚童蹇驢足游豫，日對山色餐湖光。嗚呼中興稱四將，局促那數劉與張。精忠鄂國洵伯仲，黄龍痛飲情慨慷。一生一死豈异軌，韓忠之戒何煌煌。只今寢園絶樵采，賜莊風景連滄浪。千秋魂魄應戀此，栖霞回首驂翱翔。冬青杜宇恨未滅，令我懷古沾衣裳。

趙忠毅公鐵如意歌爲外舅作

空堂白晝生雷電，倏忽光芒射星漢。興酣决眼三摩挲，知是尚書舊時玩。尚書岳立森孤標，彈壓婦寺清群寮。陳辭直欲誅曹節，抗疏何嫌劾趙嬈。茄花委鬼相糾結，忠義生平嘗噴切〔一〕。想像悲歌擊節時，中宵起舞情嗚咽。一自飄零别玉鑾，荷戈遠謫雁門關。徒聞竿下金鷄放，未見天涯戍客

還。東林舊事成千載，古製蒼茫閱人代。碧草荒苔埋没多，天垣星斗依然在。太息孤忠照古今，留傳舊物等球琳。試將銘語分明誦，仿佛當時鐵石心。

【校勘記】

〔一〕「嗊」，疑當作「憤」。

得曹劍亭舅氏書知有悼亡之戚却寄

寂寂滄江候雁過，瑶華萬里慰蹉跎。寧知荀粲傷難再，頓使桓伊喚奈何。遲日板輿勞獨御，畫簾微雨漫悲歌。留賓苦憶開西掖，夜夜琴尊聚玉珂。

過王存素寓齋有贈

竹梧小徑啓雲關，酒伴詩朋共往還。結社幾年依北郭，捲簾終日對西山。松陰滿院閑調鶴，月色經秋好放鷴。便擬滄洲共乘興，看君潑墨寫孱顔。

香櫞

别種江鄉重橘田，山家争摘晚秋天。疏林霜後香偏遠，小閣裝來品自妍。每到嚴寒封蠟蒂，最宜遥夜伴茶烟。笑他兒女誇新樣，彩縷低懸斗帳邊。

蚤春過趙升之村居看梅兼寄吴企晋

溪雲林靄望中移，數里江村步屧遲。閑客正宜無事飲，幽花偏愛半開時。水邊烟凈浮空影，籬外香來露瘦枝。忽憶銅坑山下路，十年風雪負前期。

王元啓

字宋賢，號惺齋，嘉興人。乾隆十六年進士，官將樂知縣。有《祇平居士集》。

《蒲褐山房詩話》：惺齋冲和厚重，神觀從容，足爲後生矜式。工古文，尤熟於宋諸儒書、《通鑑

綱目》，皆能再三尋繹，補其遺誤。又長於推步前史月日參錯者，均爲考定。惜名位不彰，人鮮知者。曾主山東濼源書院，余奉使至濟南，往訪之，始得悉其學術。嗣後有所論撰，必寄於京師，故《祇平居士集》若干卷，亦予與令子尚珏携至南昌所審定者。

題杜太守甲知通州日厘正祀典罷榷油酒雜税二文稿後二首

瞽宗祀先達，後學所矜效。奈何從賊臣，妄使玷鄉校。時魏藻德濫厠鄉賢。杜公領通牧，志在維風教。念兹關勸懲，僭差不容稍。直筆彰信史，詎任彌縫巧。錚錚數百言，震耳若驚爆。綱常一以明，粟主旋毁燒。誅彼既死魂，足使人心恔。死鬼豈足誅，維用勸忠孝。

關征曁廛税，國賦自有常。誅求逮負販，奉法殊未臧。公心切民隱，疾痛如身嘗。作書告大吏，陳義何慨慷。飛章達宸聽，恩語來天閶。歡聲動衢巷，共拜聖澤長。乃知盛明代，選吏須循良。德澤不下究，吏實乖其方。公恩廣且永，潞水同汪洋。

故明金御史殉難詩

御史名毓峒，保定人。崇禎末，奉命監李建泰軍山右，未至，賊已逼，退保保定。城陷，入井死。

乾坤澒洞烟塵昏，狼貙蜂蟻紛聚屯。橫流潰決不可制，逆勢直欲滔天奔。金侯攬轡慨胥溺，逝將赤手堙崑源。茫茫晋土皆賊壘，右臂已失寧復論。畿南郡邑實門户，走保鄉土堅藩垣。妖星忽熾帝星隕，六宫九廟咸灰燔。復仇討賊志彌烈，皎皎大義明朝暾。毁家犒士博死力，争先徒步當轒輼。山摧地裂鮮完土，勺水莫止炎岡燉。獰飆蕩潏簸宇宙，孤松豈得牢其根。危城既破身與殉，英風颯颯飛忠魂。維時守臣重首領，迎賊往往先開門。失身蒙耻等一死，視侯不异狐與豚。侯之志義耿不泯，去之百歲今猶存。寒泉古井人莫汲，時有虹起光蜿蜿。

湖海詩傳 二

【清】王昶 編纂
趙杏根 陸湘懷 趙衡 整理

鳳凰出版社

第二册目録

卷十四—卷二十五

湖海詩傳卷十七

湖海詩傳卷二十一

湖海詩傳卷十四

劉墉

字崇如，號石庵，諸城人。乾隆十六年進士，今官體仁閣大學士。

《蒲褐山房詩話》：予以乾隆戊寅爲中書舍人時，先生已觀察山西。後四年，召直武英殿校書。初至京師，見文正公，公方閱予所題《李龍眠畫十八羅漢贊》，公問曰：「曾識王某否？」對曰：「未也。」公因指册中一應真像曰：「王某似此。」故先生嘗謂曰：「我兩人定交于圖畫中也。」文正公清德重望，雅不欲以詞章自見。先生如之。先生督學江蘇、浙江，及予在陝西、江右，念及輒手書近詩見示，清心超悟，有香山、東坡風格。十餘年，所得甚夥，而漸次遺佚。門人陳子韶因合梁侍講同書書鐫于西湖上，名《劉梁合璧》。今所采者，皆《合璧》中詩。全集則未之見也。

題阿少司空迪斯尋河源小像

二萬輿圖驛使通，遠探星宿被恩隆。一源迢遞來天上，九曲分明到眼中。密勿陳情歸聖鑒，飛騰絶域嗣家風。斯人宛在無今昔，鯨背游仙問海東。

述庵司寇惠及水仙木瓜賦此以謝

秀啓珠胎藴妙香，不離色界住仙鄉。晴雲窈窕生虚白，新月嬋娟上晚凉。幽夢乍回天半曉，伊人宛在水中央。朝來解佩留餘馥，應爲凌波托意長。

拜賜曾沾貢篚臨，香清色正果中琛。何人投報偏酬玉，幾處園林競鑄金。風露滿盤生遠思，芝蘭入室有同心。便因雅貺成新咏，一種清芬愜素襟。

大士岩

蒼岩近接舊山房，藥竈茶鐺入草堂。黄葉滿林多老槲，緑陰一徑有垂楊。新參大士心源寂，屢夢前塵水月凉。他日宦成歸小隱，繞檐雲海看茫茫。

贈日者

小黠從來是大痴，紛紛六合又三奇。人間富貴誰偏有，天上星辰爾遽知。何事一身還作客，更憐八口亦長飢。鴉鳴鵲噪原無過，載好其音且聽伊。用石霜語。

贈相者

把鏡回看便了然，底須骨相問流年。祇應鬢雪將人老，那得心光伴月圓。愧我支離形似鶴，笑渠落拓酒無錢。春風楊柳長河路，認取誰儂待唤船。

題曹麟書學士天下名山圖

不知雲夢芥吾胸，蓬島方壺有路通。曾倚鰲身看日出，又凌鵬背試培風。尚平婚嫁何嘗累，顧陸丹青未足同。他日窺窗詩曼倩，真形五岳在囊中。

題大學士英勇阿公雲岩小照

坐斷空花不計年，心光常照意珠圓。却參枯木龍吟句，八陣風雲玉帳前。
萬里歸來鬢雪新，桓圭衮綉畫麒麟。白雲無盡閑舒卷，依舊青山似故人。
石室松風滿意聽，濤翻雪落語泠泠。不須更覓無生話，此是新傳了義經。
仿佛拈花笑口開，等閑蔬笋味鹽梅。從容幾刻爐烟裏，佛語親承拜賜回。

題徐樹峰問僧圖

有何不了更求僧，聾啞兼盲那解應。聽取兩松常説法，居然北秀對南能。

渾忘官職外形骸，小憩還招釋子偕。未必有疑須問答，愛渠磨衲共芒鞋。

譚尚忠

字會文，號古愚，南豐人。乾隆十六年進士，官至吏部侍郎。有《紉芳齋詩集》。

游馬鞍山

石磴欹斜上翠微，黎川風景到窗扉。雲横遠岫衣千摺，水落平橋帶一圍。仙客何年乘鶴去，山僧向夕掃松歸。聞鐘幾動烟霞癖，檻外寒枝挂落暉。

無　題

東風無力耐春殘，倦體輕盈怯小寒。獨坐孤帷難自遣，細研松露寫秋蘭。

周於禮

字綏遠，號立崖，嶍峨人。乾隆十六年進士，官至大理寺少卿。有《聽雨樓詩草》。

《蒲褐山房詩話》：少卿生在要荒，性耽吟咏，又嗜書法。爲侍御時，稍暇，輒行琉璃廠書肆中，見有佳者，隨時售之。宋元石刻既多，真迹尤不少，故取褚顔蔡蘇黄米六家，先勒于石，蓋非全璧也。旋以疾終。所居聽雨樓，在京師神匠胡同，爲明嚴介溪别墅，國初徐健庵尚書居之，繼歸于溧陽史文靖公，其後分爲數處，畢君秋帆得之，爲燕會觴咏之地。及秋帆出爲觀察，遂歸少卿。迄今三十年，是樓不知誰屬。石刻亦無可考。

曉　發

亂山迷向背，一徑忽東西。曉日明征路，清風送馬蹄。仰瞻天宇闊，乍覺嶺雲低。遥憶金華叟，尋羊遍幾溪。

褒城寄田玉年同年

鷄幘關前路，遥遥捲旆旌。迴峰失雲棧，一徑入褒城。地邇房陵舊，人懷漢水清。使星何處覓，珍重故人情。

武侯祠石琴

澹月低祠樹，疏星帶遠林。言尋沔陽路，尚想武侯琴。片石真存漢，無弦亦賞音。挑燈讀古碣，恍見出師心。

出陳倉

黄紙除書愧我名，三秋風雨捲歸旌。飽經棧閣千重險，還對秦川一掌平。陳寶祠荒迷故迹，磻溪石在有餘清。關心最是隴城北，古水長流日夜聲。

穆　丹

字荔帷，烏雅氏，滿洲正黄旗人。乾隆十六年進士，官至嘉定府知府。

同芷堂同年登松岡喇嘛寺

巀嶪番寨高，峥嶸佛寺壯。探奇偕勝友，歷覽懷抱暢。初緣鳥道行，漸陟羊腸上。硐房幽似墨，拾級頗冗長。土官傴僂迎，劍佩光滉漾。樓塔矗雲表，欄楯環相向。登閣敷座具，錦綉四壁障。僧徒雜沓趨，鐘鼓演梵放。諸天佛菩薩，幻詭窮變相。蛟龍互攫拏，鬼物逞搒掠。罘罳揭中天，貝葉森

三藏。扱衣極冥搜，拓窗肆高望。青蒼山遠近，蜿蜒水激宕。民碉雜市廛，高下紛難量。悠然清景舒，豁爾心目廣。須臾駿奔走，樽俎執饋餉。入口駭腥羶，下箸窘鹽醬。番童能大嚼，薄劣慚壯浪。番民貌睢盱，番女態輕揚。匍匐延道左，相送何恭讓。愧非國工手，莫繪新奇狀。徐君富文筆，韶鈞奏清唱。瓊瑶如我報，嘉惠永不忘。

惠棟

字定宇，號松厓，元和人。諸生，乾隆十六年以經學徵。

《蒲褐山房詩話》：惠氏四世傳經，至學士而大，至徵君而精。論經術，必宗漢魏，六朝次之，其于史子諸書，亦必取自唐以前，六書從《説文》，輔以《玉篇》、《廣韵》。所著書凡十餘種。先是，東南文士疏于經誼百有餘年，及徵君出而古學大昌。丁卯、戊辰後，予與鳳喈、曉徵、企晋從而羽翼之，繼盧雅雨、畢秋帆，又爲盡梓所作行世，而《四庫全書》館開，紀曉嵐、陸健男悉取其書，作爲提要，發明大指，然後古經師大儒流傳之緒，猶可窺其涯略，皆徵君力也。徵君祖父兼精吟咏，蓋瓣香漁洋，故徵君少撰《精華録訓纂》，亦以箋疏之學行之，極爲該博。其後經術日深，不復爲詩，然其序吴企晋詩，謂詩之道有根柢，有興會，根柢原于學問，興會發于性情，二者兼之，始足稱一大家。即其所言，

亦談藝者當所奉爲質的者已。時休寧戴東原震均以經學稱，且長于九章三角之術，但所宗在江氏慎修，多采宋元之説，與徵君鑽研漢學者不同。詩亦無聞。因與予善，故附記于此。

徵君最精于《易》，先以李鼎祚《周易集解》爲主，復采之群經注疏及《史記》、兩《漢書》諸注，以發明孟喜卦氣、鄭君爻神、虞翻納甲、荀爽升降、京房飛伏，共五家，惟京房即《火珠林》之術減大衍四營十八變，而以錢卜，至今猶用其説。至荀氏升降，已與經傳往來上下，多不可通。虞氏所釋者，僅有西南得朋、東北喪朋及月幾望數條，其餘亦無從推究。爻神本與卦氣相通，而所云上直某星，推之各爻，皆難取象。其卦氣即六日七分，自《後漢書》至《五代史》，曆官皆用以驗中節六候，而不可以釋經文。且東漢時，《太初》、《四分》、《三統》諸曆皆存，鄭君又嘗注《乾象曆》，于大餘小餘、盈縮强弱，不知用何曆法以爲推步。此諸家之説，難合亦難通。故《周易述》亦以鄭義、虞義爲言，而不能因端竟委，上符先聖微言也。若孔安國《古文尚書》，歷代大儒疑之，徵君鈎深至遠，抉所從來，雖毛氏冤詞，無以解免。其《明堂大道録》及《禘説》，具見三才之奥，而于建置在郊在國與九室十二室，太廟太室，亦無定義。故其子若孫述臨殁言，以所著未成爲嘆，正須後來同志疏通證明，以蘄復古。乃近時英俊，一知半解，甚非徵君守先待後之意，而背聖人一貫會通之旨矣。

題高司寇其韋畫鍾馗

老馗生在東南方，周行天下窮要荒。生不逢世死作殤，誓爲明主殲游光。頭帶鷄父身朱裳，居傍石室鄰銅墻。庶疫剛癉莫我當，以鬼爲飯霧爲漿。阿誰出出嘯于梁，擅吹玉笛偷香囊。老馗見之心怒張，赫軀拉幹抽肝腸。一朝痁疾除膏肓，神靈衛德感上皇。畫師屬意追豪芒，肖成馗體真軒昂。千載絶筆遠擅場，誰其繼者高遼陽。指頭蘸墨何披猖，能與吴生相頡頏。《周官》設氏驅方良，老馗遺像非荒唐。開元粉本難評量，此圖應出千金裝。詩成徙倚竹風廊，寒星欲墮天蒼浪。

陳鴻寶

字衛叔，號寶所，仁和人。乾隆十六年召試舉人，官至給事中。

《蒲褐山房詩話》：寶所風神蕭散，舉止頗似晋魏間人。與予同在内閣者五六年，及余遷副都御史，寶所爲給事中，同在臺省，故相知最深。又好書畫，時金壽門農工墨梅，重自珍惜，獨贈余十六幅。寶所見之，借去賞玩累月，既而索之，笑曰：「我以是爲性命矣，其可還乎？」蓋性情幽僻如此。

詩瀟洒出俗，如見其人。弟鴻賓，字用儀，亦工畫。附見於後。

胡敬銘招同杭堇浦諸人逭暑分得帶字

我性既畏炎，矧方病求艾。閉門謝熱客，一榻掃埃壒。恢台氣何驕，坐卧嘆無奈。忽枉故人書，招我西郊外。茶瓜足清供，吴榜初擊汰。四山曉翠分，十里水風大。長林半翳蟬，亂荷自搖蓋。佳處指南屏，一徑破深靄。寒泉沁詩脾，陰洞寂群籟。拾級憩孤亭，密影交松檜。相對禮數寬，儘容弛巾帶。清言暑不知，如脱酷吏害。磨崖何年書，字畫辨茫昧。流連至斜曛，茲游應數最。擬作《追涼圖》，妙手倩誰繪。載酒儻重來，記取此高會。

和梁山舟移竹用漁洋山人韵

平生山澤癯，骨相寒少肉。世味百不宜，破夏來看竹。好句如琅玕，主人迥絶俗。十丈東華塵，得此始刮目。颯然聲已秋，幽夢落崖谷。坐待月影篩，勿假一星燭。

過汪二玉岑湖上別業奉贈

十年阻面惜心朋，歸計菟裘嘆未能。近水誅茆輸爾早，款門看竹記吾曾。生涯漫指營巢燕，氣味何如退院僧。乘興自今來往熟，春波一棹入西陵。

六月十七晚赴西苑雨後宿雲公精舍

城西積水護田廬，岩岫歸雲解駁徐。柳影沙堤聞馬語，豆花籬落見蟲書。多情凉月如看待，可畏炎光且破除。又復打包烟寺宿，一聲清磬萬緣疏。

雨夜懷可儀弟

欲買湖莊費百金，白頭行坐自沉吟。少游有語哀新息，老圃何年學漢陰。郲野尚餘三樂在，具茨奚事五悲深。西風又響庭前樹，棖觸平生聽雨心。

湖上即目

斷岸枯楊不繫船，一雙白鳥破寒烟。願尋好手礬東絹，爲寫重湖水墨天。

游慈雲寺并序

寺建于周顯德二年，在杭之城東隅，舊有白雲居、甘露泉、鸚鵡院、娑羅閣、紫芝堂、翠竹林、赤松亭、梧桐階諸勝，盡廢。今所存者，寒泉一泓，苦竹滿徑，及寺前之萬生池、千衆井耳。明蕭山魏驥爲《寺記》，趙古書，《記》後載東坡《慈雲四景》絶句，石刻在寺，今蘇集失載。壬午夏日，與汪五隨、丁二傳逭暑過此，感嘆之久，輒形于詩。

一牛鳴地意行遲，吟遍眉山五字詩。偶與殘僧話陳迹，弄泉看月立多時。

佛像纔教毁作錢，誰知初地占幽偏。赤松老盡梧桐死，石碣猶存顯德年。顯德二年，詔毁天下佛像鑄錢，正寺建時。

七夕寄内

瓜果紛陳乞巧盤，孤懷今夕不成歡。人間亦有經年别，可作盈盈一水看。

吴 烺

字荀叔，號杉亭，全椒人。乾隆十六年召試舉人，官山西同知。

《蒲褐山房詩話》：荀叔爲玉隨編修從孫，疏節闊目，眉宇軒然。在京師，如梁山舟、陳寶所、王穀原諸君，皆親愛之。工勾股旁要之學。直綸閣者數年，出爲郡司馬，又數年而殁。兼工詞，予刻入《琴畫樓詞鈔》中。

冬日寄王德甫

孟冬風日淒，庭樹脱殘葉。攬衣步前楹，霜華覆地濕。冉冉歲將暮，鬱鬱憂懷疊。所思天一方，

道遠關梁隔。矯首望飛鴻，徘回空佇立。

鳳凰集阿閣，梧桐生朝陽。造化鍾靈昇，蔚爲家國祥。明珠薦玉敦，太廟陳五英。遇合會有時，乃卜熙景昌。之子梗楠材，細理敷文章。班匠顧不用，弃擲委路傍。已矣復何道，嘆息摧中腸。

朔風激塵鞅，九陌弛軒車〔一〕。朝謁金張館，暮謁許史廬。新知若膠漆，灼灼春華敷。昔時同盟友，窮賤趨路隅。高言諱姓氏，目笑何其迂。所以楊子雲〔二〕，守元惟著書。

我愛榮啓期，帶索朝歌琴。悠然得三樂，舉世無知心。高風一以邈，至今傳濟陰。吾友遠行客，永慕《梁父吟》。金函與玉牒，窅窕勤追尋。嗤彼於陵子，毋乃避人深。因風托情愫，惠我瑶華音。

【校勘記】

〔一〕「弛」，當作「馳」。

〔二〕「楊」，當作「揚」。

效香奩體

最憐曲榭近東墻，長夏風微院宇凉。彩綫閑抛貪鬥草，綉簾不捲爲熏香。窗中避暑揮團扇，花下窺人佩錦囊。眉語目成都省記，何時夢雨到高唐。

寄德甫

征衫拂拭塵猶在，風雪重呼江上舟。辛苦可堪聞塞雁，飄零只合伴沙鷗。敝廬種竹成虚想，古埭看花負勝游。騎省年來雙鬢改，莫將青鏡照煩憂。

長江東望雪廉纖，料得推篷朔吹嚴。舊業凋殘嗟道路，壯心磨滅爲虀鹽。人如失侣投林鳥，事比沿流上竹鮎。又挂一帆京口去，西津潮落晚峰尖。

客路茫茫仗友生，王郎書尺訂鷗盟。性因愛懶難言學，詩爲多愁易不平。三泖湖波春草緑，九峰山色晚霞晴。何當與爾乘船去，手把漁竿變姓名。

褚寅亮

字搢升，號鶴侣，長洲人。乾隆十六年召試舉人，官刑部員外郎。

《蒲褐山房詩話》：鶴侣少以制義名，中年覃精經術，宗惠氏之學，一以注疏爲歸。《三禮》折衷賈、孔，尤通《喪服》。時《公羊》何氏學久無循習者，所謂五始、三科、九旨、七等、六輔、二類之義，不

傳於世。惟武進莊侍郎存與默會其解，而鶴侶能闡發之，世稱爲絶業。以病假歸，主常州龍城書院八年，群經咸有論撰。其書尚存於家，惜未登剞劂，後學無由津逮耳。

題王德甫三泖漁莊圖

王郎著論同《潛夫》，長身鵠立山澤癯。十載相於道不孤，譬飲醇酒嘗醍醐。忍饑朝誦至日晡，汲深綆短陋俗儒。嗜好酸鹹與世殊，弗趨榮利耽菰蘆。圓泖之濱宅一區，蒼茫震澤來委輸。芰荷荇藻紛縈紆，水禽拍拍游娵隅。橫雲秀出俯衆雛，空翠無定難名摹。高人獨坐倚槁梧，素琴一張酒一壺。置身彷彿在畫圖，秋風忽起雲滿湖。無數浴鷺兼飛鳧，筆床茶竈烟艇俱。短棹微茫入有無，但聽欸乃聲于喁〔一〕。網來魚婢擉蟹奴，一笑頭銜署釣徒。草堂佳趣致足娛，浮雲富貴誠須臾。愧我長安塵俗軀，如馬戀棧鳥在笯。韭畦藕圃日就蕪，便擬歸耕返故都，卜鄰君側相歌呼。橛頭繫柳池栽蒲，風流來往無牽拘，吾將終老於是夫，息壤在彼盟弗渝。

【校勘記】

〔一〕「欵」，當作「欸」。

懷王德甫

春風生夕館，之子意何如。靜對滄浪水，閑鈔笠澤書。禽聲嗚復立，雲態卷還舒。想爾長吟罷，憐予未定居。

邵嗣宗

字鴻箴，號蔚田，太倉人。乾隆十七年會試第一，官至翰林院侍讀。

鐵畫

蕪湖鐵工湯鵬，能揉鐵作畫，凡花竹蟲鳥，曲盡生致。又能作山水屏障，其大幅，積歲月始成，故不可得，所傳惟尺幅小景耳。好事者以木範之，懸之虛壁，亦復四合而成一燈。其爐錘之巧，前此未有也。鵬没後，無得其傳者。間仿爲之，即工拙不侔甚矣。山舟紀之以詩，并囑予同賦。

劑鋼起頑礦，百煉轉靈秀。欻從烈焰中，飛精入文囿。何年神鬼工，絶藝似指奏。赤手操爐錘，

突與筆妙門。萬象宛轉成，意匠孰指授。布散紛細碎，層疊逞刻鏤。有時規岳勢，生拗矗數岫，上聳蔟螺髻，下搶俯鵬咮。忽翦半江水，挾勁作波皺。瀠洄如有情，石竇隱搜漱。或狀花與竹，葩葉互煦茂。亦懸鳥與蟲，意態足飛走。俶詭不可名，一一畫心就。本色留吾真，衆形虛與構。异哉工倕指，剛耿乃受揉。奪胎無遁藏，肖物中理腠。創此質而巧，物理安可究。得非龍護儔，爐前默提佑。不然古畫師，降靈弗待咒。泄此造化奇，神物敢呵詬。流傳少益珍，好事那輕購。粉墨有時消，此畫與世壽。

從軍行贈別徐生淦給六品服，隨侍讀索爾遜賚定邊將軍印，赴巴里坤軍營。

徐生昂然來，短後曼胡纓。問生何爲者，持符走從征。自言平生志，談笑無丁零。男兒輕萬里，安能跼檻楹。沙場枕戈臥，仰看天漢横。馬上飲蒲萄，焉知兒女情。况今天子聖，西賊破膽驚。疾霆走尺一，萬里暗無聲[一]。將軍大威武，金印如斗形。龍緌蟠十丈，呵護趨群靈。風雲赫欲動，白日低行營。會鈐一紙書，揮彼十萬兵。蹴踏無空闊，突殪狂奔鯨。生也壁上觀，腰劍亦爲鳴。右顧天山服，左盼交河清。崔嵬玉門關，杳與暮雲平。歸來笳鼓競，一笑投青萍。我請爲生歌，去矣無留行。少年重意氣，大荒亦門庭。迂儒昧遠識，坐令老此生。長揖跨雕鞍，結束何鮮明。脚下豪猪靴，

頭上烏鴉翎。疾出横門道，回首春城晴。

【校勘記】

〔一〕「暗」，疑當作「暗」。

梁同書

字元穎，號山舟，錢唐人。乾隆十七年進士，官至侍講。

《蒲褐山房詩話》：元穎爲我師文莊公長子，少入詞館，戊寅大考翰詹，仰荷恩綸，升擢侍講，旋充講官。以丁嗣父憂歸，嬰疾，遂不復出。而老師宿儒，文人詞客，踵門來見，必倒屣迎之。其浙閩貴人，軒車過訪，報以一刺之外，未嘗往也。能詩，尤工書，東南士大夫碑版及琳宫梵宇題額，有求輒應，而節鎮屬書，則屢年不報，海内益以此推重之。年逾八袠，明燈矮紙，猶能運筆，人謂唐歐陽信本、明文衡山之比也。

秋圃雜咏同述庵作

白花何淡淡，紫花何離離。晚花角上總，早花眉下垂。一番凉露泫，幾點疏雨肥。生香傍籬落，風味野老知。我來棚底坐，散髪斜陽時。似聞絡緯語，爲我寫鄉思。豆花

秋星曉未收，光景凈於洗。小草澹衆芳，延緣青竹尾。圓摺皺欲舒，一碧翦天水。惜哉抱弱質，開落朝槿似。爲語牽蘿人，莫采此花蕊。采遲色不如，采早露如許。叶。牽牛花

昔人疏草木，或云即蒲蘆。底傍青豆架，高綴碧玉壺。犀老腹則堅，斵取霜寒初。小可供几案，大可浮江湖。所以王元禮，愛玩常區區。詩成在一擲，我愧非其徒。葫蘆

吾弟讀書處，青乳顔其屋。宿土埋深根，蟠屈纔一束。方春引龍須，怒走漲天緑。漸看纓絡垂，却喜珠露沃。顆綻不容排，色凈似可漉。遠人憶此無，悔不凉州牧。蒲桃

沙壠寬作畦，香苗自成畝。年年秋社前，磊落分子母。黄割朵朵雲，紅茁纖纖手。是時飽霜螯，到處鳴虀臼。園官吾故人，分致意則厚。藉糟儲瓶罌，歸而謀諸婦。薑

蔬中有萊服，是處種不乏。尤宜入沙壤，脆玉不勝掐。北人麥爲飯，炎毒苦難戢。生啄勝梨頭，凉冷沁肺葉。園丁資地利，街市肩擔壓。不見王爽兒，千緡易宦業。蘿蔔

題翟晴江書巢圖

先生吾故人，相知逾卅載。生平無一嗜，枕藉書史内。晝盡繼之夜，燈檠鎮長對。丹黄雜研摩，筆耒事鋤刈。編窅動等身，呷嘎欲枯肺。前生定書魚，字字百雜碎。所居城東鄉，鍵户謝俗態。茅堂開三間，以書作襟背。左旋而右抽，上睞或旁睇。縱之復横之，亂叠棐几礙。嶷嶷兩孫雛，毛羽非凡輩。攤書解滿床，有若盤弄晬。先生巢中居，暇或示勤誨。居然南面擁，肯貽籯金穢。吾生眼如月，惰學淪幽晦。豈無卷五千，閣束同捆載。少年倏又過，炳燭光不逮。對兹巢中人，能無生感悔。

題陳九儀畫册

述庵先生吾畏友，一代詞場斫輪手。風雅端能被後生，揄揚輒向誇誰某。絳帷弟子潁川陳，詩名耳熟殊凡倫。尤工繪事逞餘技，有才不偶徒風塵。風塵漫説卑栖穩，落拓官身稱吏隱。一檄來從青浦濱，家江恰與錢湖近。湖山藹藹湖波澄，衙齋几净鋪溪藤。折腰敢笑種秫令，署尾胡礙硪松丞。官閑大可供瀟灑，况有丹青足陶寫。昨來示我幾幅圖，幅幅林泉總清雅。神明古法師古意，眼前誰

復如君者。我昔聞陽城主簿陳仲仁，畫格直與吴興鄰。又聞待詔陳子久，渲染徐熙得八九。君家家法本天機，一官可惜轅下蟣。却將墨瀋了公事，等是江南胡不歸。卅年我愧林間住，爲欠平生濟勝具。讀君之畫贈君詩，胸中觸撥雲烟趣。安得煩君遍寫湖上山，坐卧空堂長不去。

題温忠烈公遺像卷内附家信一通名璜，烏程人。

釋褐官司李，時危髮已皤。四郊争舉燧，一掌獨堙河。劍得知心友，書留《正氣歌》。還憐妻與女，相伴國殤多。已墜虞淵日，揮戈孰魯陽。力難醫國活，身遂與城亡。小影蒼顔見，孤忠碧血藏。易名褒聖主，千載發幽光。

同弟敦書過江上舊廬集杜。

小徑升堂舊不斜，夜來吹折數枝花。已知出郭少塵事，且盡芳尊戀物華。雲白山青萬餘里，江深竹静兩三家。百年地僻柴門迥，弟勸兄酬何怨嗟。

答友人作二首

卅年蒲柳早衰蕪，壯不如人況老乎。苦笋硬差良有願，葫蘆依樣已難摹。休言報國文章在，只合投閑草木俱。物不答施天地大，始終慚負是頑軀。

北望君恩首重回，一門三世盡栽培。臣心不是萋葹草，天意須憐擁腫材。絮到泥沾飛不起，豆和灰冷爆難開。它生願作銜環雀，再上觚棱高處來。

題百菊溪廉使雲樹歸舟圖即送之黔藩任

辱公車騎數經過，忽漫相逢欲別何。天下青山行處半，孟郊詩：「舊説天下山，半在黔中青。」坐中白髮去思多。蠻童獠婦歸懷畏，峒草江花入嘯歌。莫道帝城雲樹遠，它年旄節返鳴珂。

錢　載

字坤一，號蘀石，秀水人。乾隆十七年進士，官至禮部侍郎。有《蘀石齋詩集》。

《蒲褐山房詩話》：蘀石襟情蕭曠，真率自如。乾隆甲戌初夏，從金檜門總憲一經齋與余訂交，遂成雅契。性豪飲，常偕朱竹君學士，金輔之殿撰，陳伯恭、王念孫兩編修過余，冬夜消寒，卷波浮白，必至街鼓三四下。時竹君推戴東原經術，而蘀石獨有違言。論至學問可否得失處，蘀石顴發赤，聚訟紛拏，及罷酒出門，斷斷不已，上車復下者數四。月苦霜濃，風沙蓬勃，餘客佇立以俟，無不掩口而笑者。善鑒別法書名畫，望之審其真僞，故尤工繪事。晚年致仕歸，藉以給朝夕。乾隆庚戌，年八十三，上元日，猶爲予仿黄鶴山樵長林修竹，極雨葉風枝之妙。詩率然而作，信手便成，不復深加研煉，殆其鄉李日華、姚綬一輩人也。

葺塤城丙舍「塤」，《至元嘉禾志》作「于」。

嗚呼先侍御，青衿劾大璫。明思陵初，先公以貢生首劾魏忠賢。思陵旨有「青衿書生」云。國亡身亦隨，萬

古斯邱藏。一子兩孫祔，鬱鬱松柏行。瓦屋得五楹，歲久今無墻。嗟予幼失母，靈柩安西厢。陰寒風雨夜，起立痛我腸。人生豈不貧，所貴有扶將。我身非草木，天其忍枯僵。支傾懼見壓，邪許多驚惶。塗泥塞孔漏，敢曰禦冰霜。悠悠歲既宴，父母待於堂。去府百里近，拭泪歸村艎。

湖山神廟

金沙灘外雨，亂濕垂楊絲。荷深欲無路，遂入金碧祠。亭臺出秀樾，下匯泉成池。池中雙文禽，飛上魚梁窺。日斜游女散，天迥凉飆吹。兩峰青忽斷，濃淡雲歸時。

涵白齋

虚窗夜氣流，素壁天光聚。獨坐夏成秋，頻來客亦主。明燈二十年，幾宿溪邊雨。

游華山

飛瀑見晴雪，千尺雪石上刻句云：「飛瀑晴迴萬仞峰。」旋螺聞妙香。僧言華山處，華擁支公堂。秋田石路遠，晚樹雲陰凉。高高穿鐵壁，磴道造巔處刻「鐵壁關」三字。寂寂轉蜂房。脚踏菡萏瓣，動摇天風長。飄然不染心，不在菩提坊。

題顧孝廉鎮毛詩札記後

子夏不序《詩》，昌黎語初揭。夾漈攻已厲，雪山廢何决。齗齗紫陽翁，序既頗采列。淫奔二十四，自作得無媟。遂令後賢心，於此未能折。沈重與范煜，源流各疏别。要之毛公學，近古少頏頡。康成收三家，尚欲補其闕。逆志不以辭，亦惟援據切。孝廉家補溪，箋傳獨穿穴。其先宋遺民，作歌見風烈。孝廉之先細二翁，上虞人。元初，程文海奉詔訪求人材，以名應，被徵，乃避地常熟。其詩有云：「吾貞所志在西山。」芙蓉之荒莊，紅豆春可擷。莊有紅豆一本，細二翁手植，後屬于錢，名紅豆莊樹，伐且四十年。今仍歸顧氏，復生一本。君也老著書，樂歲飽糠籺。札記毛鄭朱，而旁及群哲。相逢在京師，同舍同晝閉。寒燈時

解頤，五十頭未雪。明年入太學，將爲諸生說。孝廉以學正薦，蒙記名。

九日竹西亭登高

閏年秋已寒，兹日氣殊爽。復迹倚勝情，携壺發遐賞。亭爲諸吟社重構。寺鄰北郭迴，阜較平山敞。江渺數上聲。風檣，天晶卓吟杖。崑臺老蘚積，葯圃凉烟上。籬短菊未黄，林疏葉時響。醉深不厭百，會偶應難兩。歌吹定何如，清言屬吾黨。

集行庵題王西室水仙梅花卷

斑竹低窗秋影折，案頭横卷披香雪。數叢綽約姑射姿，羅浮仙來參入之。葉葉銖衣支玉骨，照渠只少光明月。凉飔拂鬢不可簪，合將供養近佛龕。故知愛墨亦愛紙，子固元章兩居士。

毗陵曉望

戚墅平平岸，横林遠遠村。水清秋更碧，烟澹曉無痕。魚菜將船賣，鷄豚并舍蕃。九龍山不老，窈窕麗初暾。

七月十五夜祁陽對月

湘水露華滿，祁陽雲翠流。今年無閏夏，此夕即中秋。高館深留客，疏簾半上鈎。舉家京邸話，應憶到南州。

飲望湖亭

落景延高賞，歸繮托暫閑。蕭蕭聞木葉，渺渺見君山。估客帆檣去，漁舟浦溆還。洞庭今夜月，醉我鬢雙斑。

法源寺看牡丹歸飲王秋曹祀齋

看過棠花乍歷旬，微雲暖日又催人。萬無九十屏風品，一洗三千世界春。退院僧猶譚往事，提壺鳥已喚比鄰。歡場得步諸公後，且門明燈現在身。

杏花

杏花村落不勝情，二月風光出趙城。楊柳插檐人上冢，江南明日作清明。

秦黌

字序唐，江都人。乾隆十七年進士，官至岳常澧道。有《石研齋詩鈔》。

冬日田居漫興

寂莫村墟杖策過，寒林落盡水微波。打頭屋只三間少，負郭田無二頃多。陸氏荒莊成一笑，陶家蕪徑較如何。此中且住爲佳耳，收拾心情付懶窩。

虚白窗生暖暖烟，更無車馬漫喧闐。冷官且免書驢券，孤帳還疑伴鶴眠。庾信小園原有賦，蘇公净几豈無緣。挑鐙午夜回頭憶，一别柴荆已廿年。

周天度

字心羅，號讓谷，仁和人。乾隆十七年進士，官至許州知州。有《十誦齋集》。

《蒲褐山房詩話》：讓谷學問淵奥，先以經學薦舉，及爲詩，以雄博見才，而絶句中如《與吴南磵説丁山湖之勝》云：「春波瑟瑟小橋横，十里沿洄似掌平。記得年時輕舸别，杏花疏雨近清明。」「曲水銀塘宛轉通，千絲楊柳盡垂風。結鄰合伴東家住，畫閣遥臨一畝宫。」《望九華山》云：「寒溪百折繞秋屏，石甑香林徑眇冥。欲向懸橋問雙瀑，斜陽猶隔數峰青。」「嵌岩如鈿月如繩，菡萏浮空夜色

澄。好似露凉風定後，秋湖遥挂九枝燈。」《題張墨岑畫》云：「蒼厓華潤碧苔滋，春入林皋尚未知。幾日小亭人不到，東風吹過緑濃時。」「風迴雁溆碧粼粼，漁具罾竿趁晚晴。見説鯊魚初上水，斜陽一抹待潮生。」《歸途》云：「一杯浮渡大江東，游戲真教初祖同。下界却談金地藏，年年秋夜佛燈紅。」「翠微仙掌茁槎枒，東閣時烘閩地茶。開落岩前玉瓔珞，吹香再訪鉢囊花。」「五溪雪後響潺湲，席帽筪輿一日還。更上玩華亭上望，隔簾黄對夕陽山。」諸作尤爲時人傳誦。

金聞石將之京師訪余淮浦維舟信宿出天山攬轡圖屬題漫賦五言五十韵兼以録别

丈夫貴壯游，托意務開濟。闖門詎事宜，紆籌當遠諦。與君同鄉友，結交始燕薊。片言金石固，情好逾兄弟。尤軫用世心，六合一平睇。余本凡庸質，因君日摩厲。困頓走塞垣，君遠更數遞。雄疆綏遠城，皇輿職方繫。是地漢甌脱，元封首除薙。旋踵遺育蕃，烏桓錯白題。石槐闢王庭，猗㐌大饗帝。歠仇水深黑，盛樂宫崇麗。一從六鎮設，懷朔屹屏蔽。人民樂清宴，毛物競般裔。正光水德衰，沈淪入荒翳。倔强兜牟族，狂忍恣刲劙。穹蒼厭昏德，五日照妖沴。豪椎鐵山碎，力奪金人祭。單于設都護，受降奉盟誓。巨憝起幽陵，荒服咸反噬。自此外聲教，隔絶終唐世。阻午部族昌，遥輦

霸圖纖。鳴髀室韋逐，横戈屬珊鋭。稽古制郡縣，南面華風莅。豐州及浄州，表裏山河勢。金元代更易，沿革事無替。糺軍隸招討，群牧準前例。維昔勝國中，羲輪霾雺曀。板升一以築，宣雲重顛隮。所幸殺運終，女戎生燕嬖。表餌縻金繒，墉言貯婉嫕。鞔軏四十秋，疆埸日睥睨。桓桓我文祖，西略六師逮。宏基恢漠南，毳服走徒隸。經今又百年，山高水清厲。書生挾策至，幕府富雄製。寒泉九十九，吊古足流滯。礬絹寫作圖，紀勝擬書契。别來三改歲，相逢河淮澨。維舟一夕共，去住兩迢遞。三亭愼遲留，行矣吾繼逝。

夏夜集古榆别墅以月上風徐爲韵得上字

空館無繁聲，庭户延虚敞。幽人暫息鞚，俗客謝來往。過從皆素心，約履及三兩。清談愜我願，雜坐忘少長。夕風來舒舒，琴樽薦餘爽。古榆濃翠深，暝色勿復上。歡情托遐眇，矯首賦《河廣》。小住亦云佳，吾意屬菰蔣。

題霽堂三十三峰草堂圖

研隃麋，浴春星，翦鵝溪絹揮蚼蛉，阿誰寫此三十三朵芙蓉青。傍岩架築白版屋，日未向午門常扃。雲溶溶兮樹冥冥，石細路古盤嶅岭。暨陽先生卜居處，畫手慘澹供模型。先生异材振群雅，天錫難老歸長齡。平生作客不作宦，弓衣好句遐方聆。談經容肯异馬鄭，摛詞豈願儕温邢。學成名立五十載，冠蓋絡繹交前廷。故山往往坐抛擲，空令歲月摇千蓂。尋常捫腹且讀畫，餘年準擬餐芝苓。太平天子重儒術，要使耆宿班頭廳。浴堂之西拜詔入，烟霞未許長居停。先生此卷慎藏弆，歸田後約煩丁寧。猿驚鶴怨幸勿爾，夙懷但遣盟山靈。他時載酒隨弟子，好事借欲書幃屏。瀼西筠溪莫浪語，役驅花鳥真勞形。舊聞看續《吴地記》，再向某邱某壑一一徵圖經。

楓香驛題壁

江驛近江城，陰陰夏木清。四山渾雨氣，一路足溪聲。攤飯安長簟，微吟對短檠。勞人最多感，飄泊若爲情。

送陳桂汀表兄楚游即用齊次風太史原韵

晴川春樹楚天波，風物於今問若何。漢水西來環赤壁，巫雲東下接黄坡。歌徵《子夜》纏綿切，賦入申椒感慨多。無限江山助文藻，壯游真不羨鳴珂。

烟水迢迢鬻子城，郎當風鐸送君行。莫偕宋玉窺鄰里，偶借蕭公作騎兵。官閣攤書清晝夢，閑宵聽雨對床聲。來朝我亦揚鞭去，紫塞前頭一雁横。時予有宣府之行。

過土木驛

一簣荒蕪統幕城，土木本稱統幕，今蓋語訛也。戰田犁盡緑郊平。老成當日誰謀國，中貴何人竟盜兵。忍使蛟龍愁失水，幸無金帛與尋盟。傷心瀚海銘功日，絶漠空煩三駕行。永樂三出塞勒銘，曰「瀚海爲鐔天山鍔」云云。

冬宵獨坐漫賦示蘭浦任齋

嚴風槭槭小窗寒，爐雪初銷絳樹殘。此夜月華空似水，更無人起捲簾看。

升降依人澹一燈，栽詩輕琢硯池冰。茶烟塵榻清無寐，氣味真如退院僧。

故人別我挂征驂，滿目離情酒不酣。空羨隨陽一繩雁，年年冬盡到江南。

北郭聯吟

邵墳豆莢翠眉尖，塔下蒓絲雉尾纖。得似唐南梅醡好，紅玫瑰糝水晶鹽。邵皇親墳出蠶豆最肥實。三塔蒓菜最芳鮮。塘南出梅，土人醡以供客，色香迥絕。

梅花勝日數西溪，永福山門路總迷。試上獨山山頂望，村村香雪壓檐齊。西溪梅事最著，近日横里獨山村人以種梅爲業，花開彌覆十餘里。

高柳風蟬噪夕陽，蒔秧歸去酒瓶香。方池纔滴紅菱雨，曲牖疏窗過晚凉。

荒塍古墜暗栖鴉，環珮魂歸識帝家。春雨野棠開自落，無人知是玉鈎斜。六墓村，距塘西七里，宋宫

人埋玉地。今墓漸堙矣。

董元度

字寄廬，號曲江，平原人。乾隆十七年進士，由庶吉士改官東昌府教授。有《舊雨堂詩集》。

《蒲褐山房詩話》：曲江寄興蕭疏，不爲繩約。改庶常後，乞假南游，來往蘇揚間，寓盧雅雨署中最久。與余同舍，每把盞論詩，齗齗不倦。於其鄉先生王貽上、趙伸符兩公，咸所宗仰，未嘗有軒輊也。乾隆丙午冬，余以入覲過保定，曲江適主蓮池書院，往訪之，則已頹然老矣。仕途偃蹇，連蜷以歿，故其詩清婉中多感慨之作。

冬杪太史王丈西園先生暨之岩侍御紹衣翼子兩同年邀同李雲卜先生虞典孝廉游陶然亭

澹日冷平皋，寒林倚荒圃。招邀上孤亭，不記春前路。憶昨早春游，晞陽媚烟樹。冰開新水融，蘆長才如箸。隔林紅杏花，啼鶯不知處。日月曾幾何，蒼凉失其故。一年京雒中，十丈迷塵霧。何

期心眼開，噩夢如初寤。高坐敞虚窗，廓然成野趣。庾公興不淺，少長愜情愫。逝景豈可追，兹游良非誤。

夜雨讀朱太史次筠李上舍蟠木聯句見示詩慨然感賦得六十四句

屋漏夜淙淙，新舊雨相續。短檠伴深更，嗒然同槁木。何來《石鼎詩》，忽忽動心目。掩卷幾沉吟，愁腸轉車轂。束髮入名場，章句耻碌碌。希登作者堂，大雅繼芳躅。麻中能直蓬，他山可攻玉。山谷鳥嚶鳴，友聲應林麓。車笠訂鷗盟，上下雲龍逐。琴臺有朱君，矯矯雲中鵠。隴西佳公子，温温荆山璞。先後結同心，氣味芝蘭郁。吾鄉名士多，山川倍清淑。佛慧數峰青，明湖半城緑。俯檻聽鳴泉，蠟屐訪修竹。互答以行歌，夜闌更秉燭。白雪罷吟壇，慷慨思重築。聚散十年間，萍飄不相屬。强踏京華塵，抗顔還走俗。蒙頭雪千絲，堆胸愁百斛。依然一故吾，天高漸跼促。翳我同袍友，華藻振新沐。或登瀛洲侶，然藜校天禄。或鼓成均篋，槐市扇芬馥。聯床感離群，古道交相勖。示我索和章，百感互相觸。回首憶同游，落落棋布局。雲散而風流，勝會詎可復。况我本散人，底事自羈足。風雨攪中宵，舊夢縈心曲。漁洋曾有言，成句吾能讀。冷落鵲山湖，幾人爲令僕。

偕沈學子陪雅雨丈渡江宿金山

生長齊趙間，未涉江湖水。欣附元禮舟，談笑渡揚子。張帆出瓜步，豁然心目啓〔一〕。天水接空濛，浩浩去胡底。隔岸數點青，突兀三山峙。艨艟若輕鳧，東下疾於駛。風利忽思泊，繫纜金山趾。舍舟快登臨，逍遥陪杖履。迴望廣陵城，烟樹真如薺。

【校勘記】

〔一〕「豁」，原作「谿」，據《舊雨草堂詩》卷二改。

渡江

平明漠漠霧全消，遥指邗溝廿四橋。渡口微風催短棹，海門殘雪咽寒潮。驚心歲月愁方劇，放眼江山興尚饒。自笑孤踪似蓬轉，一年三度過金焦。

送別鞠未峰前輩

十載南樓折柳枝，驪歌重唱鬢成絲。客逢异地忘飄泊，人過中年重别離。海内同心惟舊侣，天涯屈指幾新知。那堪先後邗江棹，正是秋風乍起時。

題雅雨盧丈平山高會圖

好憑高處豁雙眸，載酒頻來作勝游。地脉遠從全蜀至，山光坐向大江收。銜恩轉運重持節，遲客登臨獨倚樓。一自冶春文讌後，代興畢竟屬齊州。

天涯倦客病維摩，仙侣聯舟一再過。饒有烟霞隨杖履，不妨山水當笙歌。梅分官閣寒香早，月傍揚州夜色多。好事屏風傳矍鑠，使君鬚鬢未全皤。

移居

一肩襆被便移家，藥裹書囊不滿車。薄宦乍叨方朔米，故人昨寄玉川茶。窗前殘雪初堆砌，夢裏寒梅已著花。爲憶鄉園小兒女，圍爐相對話京華。

舟行雜詩

漁莊蟹舍接茭蒲，浩淼烟波夜月孤。一盞檣燈數聲櫓，輕舟已過獨山湖。
河流滮滮柳毵毵，緑酒銀鱗盡日酣。回首峄山青不見，長年捩柁入淮南。

紀復亨

字心齋，歸安人。乾隆十七年進士，官至鴻臚寺少卿。

爲徐友竹先生題夏山圖卷

眼前何突兀，睹此《夏山圖》。匠心出北苑，畫手今東吴。連山起何處，駿馬争馳驅。竹樹忽虧蔽，村落相縈紆。石蒸雲氣熱，澗繞林風蘇。高人静無暑，長日狎鷗鳧。幽境造鄧尉，烟波廓具區。懷鄉轉綿邈，撫迹空踟蹰。昨與髯翁約，謂程魚門。卜築同吴趨。毋與城市近，但爲山水娱。寒梅結茅屋，乳竇通齋厨。客漫計寒餓，天或憐疏迂。圖今爲息壤，鑒此盟不渝。他日接几席，翰墨鄰不孤。

沈清任

字莱友，號莘田，仁和人。乾隆十七年進士，官至川東道。

十一月三日重過娘子嶺

木葉脱將盡，殘秋又早冬。三年思遠戍，匹馬立危峰。老衲清茶供，征夫玉粒舂。明春兵事息，民氣定從容。

爲王秋汀作畫每幅系以絶句

蹀躞同沾馬足泥，蕭蕭吟篋落巴西。蠶叢烟雨連天碧，寫作儂家霅畫溪。

連卷老樹秋風健，寂寞寒烟古道斜。和泪寫來都不似，同岑萬里各天涯。

斷港平沙葦葉秋，天南極目碧雲愁。不堪孤影空江老，一道哀鴻月滿洲。

雪壓馱峰毳幕張，五更刁斗斷人腸。短衣匹馬南山頂，風雨瀟瀟相對床。壬辰夏秋之交，予與述庵、銀臺、秋漁員外及浣花刺史并在卡了軍營，述庵、秋汀同幕相洽，及今圖此，情味宛然。

三尺枯筇走浣溪，天涯吟客一時齊。梅花十斛春如海，老我曾經索笑題。前歲春初，集晴沙觀察、榕欒查丈、吴白華庶子、王審淵太守、楊笠湖刺史及曹秋漁、秋汀主人，朝夕尋題於此。

門前垂柳嘶斑馬，墻外新醪過緑醅。落落晨星何處覓，故人真个畫中來。

松花落盡松根老，半顆茶烟石乳香。我欲東山尋屐齒，那堪零落謝家郎。謝軒鑄孝廉，東墅同年長君秋汀婿也。年未三十，卒于家。秋汀愛其「松聲茶小熟，花影蝶雙飛」句，屬寫此以寄恨。

四圍流水清風徑，兩鬢烏絲玉叠山。桐帽棕鞋收拾去，與君比屋話烏蠻。

張　鵬

字紀常，號楚門，吴縣人。乾隆十七年舉人。有《楚門詩文稿》、《讀史别情吟》、《橘膜編》。

鶵　燕

燕生八九子，知傍誰家屋。群飛入檐牙，高下翠可掬。翩翩不禁風，喃喃競相續。豈忘朱樓好，而念幽人獨。愛兹毛羽新，愧我華顛秃。

移寓

重來銷夏處，境僻足清幽。不傍梁鴻竈，常登王粲樓。書聲風捲出，花氣月勾留。但望中郎到，青衫典酒籌。

舟過匠門志感

滑滑泥妨步，舟從曲折移。水枯橋影没，沙漲櫓聲遲。一塔撑雲出，千簾護雨垂。干將門畔過，良冶想爐錘。

聞雁

一夕清霜落葉紛，北窗夜静雁聲聞。凄迷冷咽三更月，斷續寒銜萬里雲。茅店夢回驚驛路，玉樓人起瘦羅裙。年年不負愁中約，待得鶯花又送君。

秦淮水閣

虹影落晴波，羅衫揚棹歌。似含凄怨意，楊柳六朝多。

湖海詩傳卷十五

翁方綱

字正三，號覃溪，大興人。乾隆十七年進士，官内閣學士，左遷鴻臚寺卿。有《栖霞》諸藁。

《蒲褐山房詩話》：覃溪年甫及冠，已入詞垣，而精心績學，宏覽多聞，所著《兩漢金石記》，剖析毫芒，參以《説文正義》，幾欲駕洪文惠而上之。近年研精經術。嘉慶己未，予入京師，見其方考《禹貢》、《顧命》兩篇諸儒同异，相與辨難，斷斷竟日。詩宗江西派，出入山谷、誠齋間，雖嘗仿趙秋谷《聲調譜》，取唐宋大家古詩，審其音節，刊示學者，然自作亦不能盡合也。書法初學顔平原，繼學歐陽率更，隸法《史晨》、《韓敕》諸碑，生平雙鈎摹勒舊帖數十本，是以北方求書碑版者畢歸之。

陶然亭雅集分賦呈述庵先生

旗亭畫壁詩，偶出騷人托。英靈間氣集，又非一時作。公録湖海什，聊仿真率約。筵雖萃簪紳，體不拘臺閣。秋聲入蒲褐，拈出當郊郭。城陰葭菼間，山翠衣襟落。夕陽烟濛濛，飛鳥去寥廓。觴忽望遠停，窗爲懷人拓。同聲感于喬，在陰和爾鶴。日佩湘皋蘭，誰喻檀園薭。琴理了無因，畫稿從何著。試續《西園記》，還訂重陽酌。

早發德安七月十四日。

犖确高下中，蒙蘢若無路。前輿跨灣環，後騎披草樹。蛇騰與猿挂，裊窕知幾度。建昌達星子，一徑取斜注。直避鄱湖險，繚繞屢穿互。輿人肩左擔，僕夫泥没屨。我亦衣袂上，飽裛山葉露。晃蕩日出高，曲折隘口赴。香爐生紫烟，句髓今始悟。

靈秀泉

雍正十一年癸丑季冬，董文偉《記》云：試院落成日，有泉出堂階下，因立石名之。

院居山麓間，泉出堂階下。傳聞始庀材，泓然映新瓦。實爲人文兆，豈比聲聞假。我來試手斢，測量遞杯斝。怵乎於水監，以告飲泉者。學務源委尋，功敢晝夜舍。千峰蒸靈液，一眼始輸瀉。蔭樾交桂枝，泉上即雙桂樹。聰明比蓮社。東林寺、秀峰寺皆有聰明泉。勿務發脉長，深愧瀦蓄寡。側望玉簾飛，忽送山風灑。

出南康府城西門望廬山雲氣

門開星灣北，郡抱沙洲面。旬日風四霾，晨容豁一變。融融霽氣中，野曠山葱蒨。我與匡廬君，始以真相見。兜羅罥半腰，玉簾垂一綫。濛濛嘘淡白，吞吐青瑶片。大哉膚寸澤，端可六合遍。顧以晴翠光，洗我連宵倦。衡雲禱無私，海市祈敢炫。半日竹輿上，冷風有餘善。

玉淵潭

步出長松門，猶聽松濤響。路滑不容立，俯測潭深廣。奇哉玉淵字，其氣雄千丈。建瓴東北來，直瀉勢莽莽。到此一洄漩，小作圓折養。然後萬珠璣，滚滚横摩蕩。劃翻水晶宫，神龍掣蛟蟒。精靈來會合，虚無出惚怳。誰識中粹温，玉烟浮盎盎。拈破鯢桓機，何如求象罔。

五老峰歌

五老峰如五老人，拔地千丈青嶙峋。廬山諸峰出其下，前後繞膝皆兒孫。我從七峰溯三峽，湖漪叠翠蒸曉暾。全湖之勢西北拱，到此始見峰雄尊。衆峰西來擁屏障，一峰屹立蒼烟屯。一峰纔住二峰起，肩差相讓顔相温。三峰中峙最雄厚，背負龍象騫鵬鯤。四峰與三嶸相亞，其五離立仍孤蹲。五緯之精降南極，榮光河雒騰天文。衡霍中間控翼軫，斗牛紫氣三垣分。聚來匡廬奇秀處，千里誅蕩開天門。面南炎離炳正位，香爐獻壽精氤氲。日月光華雲霧窟，霞裙星珮清浄身。妙鬘曾鋪大雲海，今晨萬里無纖雲。我與老人來對面，豈借點綴空繽紛。維岳極天作屏翰，政要會合真精神。山

靈知我意有在，積翳一洗人文醇。乾坤清氣在神骨，必鍾靈淑於秀民。湖光圓碧鋪玉鏡，山容紫翠澄秋旻。仰見蒼顛顧我笑，試叩真宰堪共論。晚來雲意仍四合，讓我游過徐吐吞。我詩不要海綿語，請問初白誰識真？查初白有《五老峰海綿歌》。

雲片石

德雲庵過白雲庵，遥見蓬蓬雲滿院，度橋小憩橋西亭。我與白雲初對面，一西一東從何來。滚滚濛濛翳深殿。忽然結作萬厂户，羅列撑空諸怪變。縱横掀舞掉尾脊，觀者循廊目爲眩。我從峰頂得脉來，雲葉雲根初一綫。瓔珞華交妙鬘旋，芙蓉葉接兜羅罥。洎來中央四合抱，飄如衣袂飛如練。茫乎浩乎大雲海，蛟鼉贔屭來酣戰。霿者下垂圜上升，墮掣流星圓劃電，攝之静坐凛仍逼，氣欲蒸空青可煉。道人莫漫拈幻形，但執天花石岩片。

天開岩

西嶺不識朝暾升，地險石巨排層層。中開一徑豁石壁，危梯如削不可登。何年巨靈以手劈，岩

谷呼舞相然應。尚餘石縫作開合，右脅一掩千崚嶒。石花噴緑苔蘚漬，半岩松氣青相承。始知初日罩岩際，萬峰直下皆欄凭。赤文緑字儻可迹，架厂鑿户初誰勝。傳聞岌嶫三大字，開岩近自釋惠能。又聞南唐二徐筆，蜾篆遺法光金繩。捫蘿四顧渺何在，千佛題字迷荒芿。岩深去急覓未遍，禹碑摹本空嗟稱。俗儒信耳不信目，此習亦到岩間僧。二楊釋文太揸拄，嗟此何足相蟲冰。岩前謖謖風掠耳，露襟側帽寒凌兢。

受翠樓

紫閣峰轉太古堂，曲房直檻交迴廊。樓背有峰峰背樹，十步五步皆碉岡。宋齊以來垂黛緑，真色不受秋空霜。修眉嫮顔與列髻，凸凹濃淡排青蒼。今晨雲霞昨烟雨，石竇炯炯穿初陽。中峰左右屹兩股，萬松萬壑森相當。迴環到此大結束，臨高臺以層軒張。拍肩挹袖絢掩映，遠深近淺收丹黃。漸空漸俯忽無際，奇哉叠複不可詳。江東諸山出檻外，緣繞京口兼維揚。陰晴明滅極萬變，嵐烟江靄同一光。千里面規半掩勢，六扇窗甫寸目償。造化增損巧結構，嗟此位置誰料量。更上有亭乃遜此，其視平碧惟松篁。乘除可悟消納法，頓挫起伏皆文章。蕩胸之雲一抒瀉，迴矗忽又攘滿囊。翠從何來不可記，旭照雲海仍茫茫。

九曜石歌

九曜亭邊九曜石，南漢劉龑故苑之遺迹。愛蓮種蓮事俱往，千載仙湖水猶碧。前秋訪石因登亭，周遭顧盼疑列星。五日輒乘使車去，未得剜苔剔蘚恣留停。古色摩挲入夢寐，巾箱髣髴圖真形。一石圓頂如建瓴，危根下削漱清泠。一石四達如疏櫺，旁有直幹撑竛竮。樹與石抱石轉青，往往樹皆過百齡。不獨昔日太湖靈壁浮海至，彭沙激浪增瓏玲。崩雲散雪那遽一一數，但覺嵚崟硉兀勢欲凌滄溟。昨歸經冬水初退，坐看家僮洗萍塊。雨溜磨崖字尚存，泥淤仙掌痕還在。盧程許刻次第尋，陳九仙書竟晦昧。不知米家詩句刻何處，想在老榕巨根內。文藻同時有傳否，亭沼何心嘆興廢。九曜石，今日誰能識音式。爲九。一石獨合三石成，此語聞又百年後。藥洲兩字亦是元章題，斜日蒼烟但翹首。

漢石經殘字歌

熹平初作《皇羲》篇，石渠故事追孝宣。通經釋義事優大，文武之道非丹鉛。雕蟲篆鳥那比數，

鴻都未立前三年。議郎意不在工書，蓋以正誤代傳箋。蘭臺漆書敢私易，煌煌日月當中天。四十六石堂十丈，聚觀車兩争駢闐。楊家遞著《洛陽記》，宋初尚有斷石傳。《東觀》論出御史府，《論語》跋記董廣川。成都會稽各搜篋，洪相八石精摹鐫。因依破缺非貌古，太璞粹氣逾于全。吾鄉孫氏研山笈，南原摹本殊不然。《隸原》《隸辨》槃與籥，毛槧黄槧烏非焉。鄒平復聞張氏本，研山又落吴淞船。義門每用譏退谷，弆藏鑒别相後先。盍毛包周證魯義，歐陽夏侯訂孔編。越州閣圮海水緑，柯亭桐爨朱絲弦。玉邸半圭虹貫斗，龍頷百寶珠騰淵。崑山顧亭林。四明萬季野。各有記，我欲彙續無由緣。便當摹勒自此始，涓濡溜且尺研穿。乞名蓬來扁小閣，賀梁語燕來翩翩。

漢建昭鴈足鐙款拓本爲述庵先生賦并序

述庵先生以所得漢銅鴈足鐙款拓本見寄，其文曰：「建昭三年，考工工輔爲内者造銅鴈足鐙，重三斤八兩，護建佐博嗇夫福掾光主右丞宫令相省，中宫内者弟五故家。」又云「後大厨」，又云「今陽平家畫一至三，陽朔元年賜」。愚按此鐙與揚州馬半槎所藏形式相埒，而徑圍稍弱，半槎所藏者，予嘗見其拓本，中間云重三斤十二兩。以今所見，此文云三斤八兩，正足驗漢代權量相去不遠。而厲樊榭詩注，乃云四斤十二兩，則太懸絶矣。末云「護工卒史不禁省」，此七字爲句，其下又云「某宫内者

第廿五」，正與此鐙「中宮内者第五」之文相應，而樊榭誤以「某官」句與前一行連讀，遂訛「省」爲「首」，又誤牽薛尚功《鍾鼎款識》所載蒲阪首山宮鐙之文，不知彼自在永始四年，與此無涉也。蓋半槎所藏者，銅質半蝕，其文難辨，遂致「省」訛爲「首」，「卒」訛爲「衣」耳。考漢孝成鼎云「守令史永省」，又大官壺云「主太僕監掾蒼省」，又綏和壺云「主守右丞同守令寶省」，蓋「省」乃稽察之義，猶漢碑云「察書」也。今是鐙字字完好，且造於建昭，賜於陽朔，一器中有西漢字二段，尤可寶也。爰作歌系於後。

厲徵君詩内者銘，我見拓文未見鐙。君今爲拓鐙款寄，使我砭誤心怦怦。甘泉泰畤修故事，河東后土屢薦馨。初元以後間歲舉，不獨涓選更迋經。誰歟傅會首山祀，荆山之鼎朝萬靈。賈慶造鐙在永始，不合牽引來竟寧。昔屢疑之未敢質，得此款記尤可憑。其檠規旋徑稍弱，漢權漢尺原相乘。底曰建昭側陽朔，故家畫一於陽平。前鎸後識歲一紀，八分小篆絲迴縈。歐公恨少西漢字，今乃一器雙妙并。陽朔之題更圓勁，元尚《急就》篇初增。半槎所藏字半蝕，幾被亥豕紛訛承。孰如此鐙底瑩澤，燦若列宿捫生棱。劉敞裴煜不可作，林華蓮勺誰能評。我詩不憚諍樊榭，君藏庶可追廬陵。

述庵先生見示新詩并惠周元公道州拙賦八分石刻賦謝

披圖聚米當登臨，握槧懷鉛盡好音。岸柳春風前度影，江船夜雨故人心。口窩賦古波痕在，挂月岩高草徑深。判共城南亭子上，晚凉斜日試追尋。

栖霞道中示謝藴山

尚記城東并轡歸，詩情先逐曉雲飛。重陽細雨遲黄菊，六代精藍冷翠微。遠眺合教青眼共，深談喜未素心違。洞天且莫題名姓，苔蘚濛濛恐濕衣。

峰巔一宿記吾曾，已覺塵勞句可憎。禪畫只添雲半幅，幽居豈在屋多層。儘饒泉響來供客，如許松陰可少僧。尚恨不逢新雨後，栖賢三峽恐難勝。

顧光旭

字華陽，號晴沙，金匱人。乾隆十七年進士，官至甘凉道，署四川按察使。有《響泉集》。

《蒲褐山房詩話》：晴沙敭歷中外。雅著循聲，早遂初衣，杜門養母。人尤以風節高之。生平詩文而外，尤精書法。今世以工書名者，北則劉相國崇如、孔主事東山，南則梁侍講山舟、王太守夢樓，而嘉興周觀察稚圭及晴沙頡頏其間，殆無愧色。由甘凉道從制府籌運西川軍務，所過蠶叢鳥道，多作詩紀之。丹徒陸炳録入《蜀徼詩鈔》。

酆陵月

癸巳閏三月之望，宿酆都官廨。月上酒酣，兀然而睡。夜過半，起行庭中，清光爛然。憑闌坐玩，援筆得長句。

放舟不到巫峽雲，拄杖不到峨嵋雪。仙都清氣蕩胸來，欲捉銀蟾入蟾窟。軒然已挂庭樹枝，對影持杯醉兀兀。隱几未覺青山横，擁衾詎識華燈滅。神清夢冷沁肌骨，斜逗一痕窗紙裂。攬衣啓户

思欲絶，銀漢迢迢玉壺澈。萬里而遥江影長，四更以後天容闊。假令斫却惡木陰，定放清光到墻缺。人生對月坐飄忽，看我星霜點毛髪。小時笑指白玉盤，壯歲常依青瑣闥。瓊樓玉宇幾度看，蜀棧隴雲行未歇。巴舟十日浪拍天，嶺色千重雨如潑。信知春月令人悦，驅烟掃霧春雲活。一春明月今宵發，五魚山名。躍出江波凸。月上如環復如玦，月落啼鵑更啼鴂。籌筆無能謬持節，聽鷄爲賦鄜陵月。

弓插

隔水斷漁樵，横斜壞木橋。燒痕空樹腹，雲氣束山腰。已信人踪絶，猶看鳥道遥。巉巉餘舊壘，半壁見堅碉。

送人還江南

細雨華陽國，嘉陵江水生。緑波與春草，萬里蕩舟行。山木啼鵑路，汀花過客情。鄉心渺何許，直到海潮平。

冬杪沈莘田招集張氏園亭分韵得支字

小築城隅路，殘鐘歲暮時。樹容臨水净，鳥影度雲遲。敧石孤藤絡，平橋獨木支。誰將岩壑意，折簡爲催詩。

渠江絶句

軟輿輕夢宕渠邊，林鳥頻呼上渡船。緑到鴨頭春水足，嫩晴風色薄雲天。

天妙閣

濯錦江空還似練，大峨山遠只如眉。天邊風露無聲處，獨立西南月上時。

蔣宗海

字□□〔一〕，號春農，丹徒人。乾隆十七年進士，官内閣中書。

【校勘記】

〔一〕「□□」，諸清刊本皆缺此二字。

送人靈隱出家

百年身世等浮槎，脱却儒衣壞色加。聞道授書還有女，可堪彈鋏已無家。静參南岳千篇偈，飽看西湖十里花。他日相逢惟一笑，雲天瓶水是生涯。

周大樞

字元木，山陰人。乾隆元年薦舉博學鴻詞，十七年，舉人，官平湖教諭。有《存吾春軒詩鈔》。

《蒲褐山房詩話》：元木在京師，寓虎坊橋小衚衕，門有大井，老屋三間，虀鹽終日。予贈以句云：「小住常依元亮井，出游誰問孝廉船。」蓋紀實也。學博而才長，滔滔莽莽，動以數百言，蓋其時浙中詩人如胡稚威、桑弢甫，皆鬥奇騁异，故元木亦如之。然文從字順，自較兩家爲優。

丙申九日同趙虞咸文熙韞山文照兄弟登高柯山燕飲終日

好山如名人，秀極照心目。雖無千仞高，磅礴意自足。峰轉路更幽，雲開嶺還複。霜氣變疏林，晚紅間危緑。芳質鬱嶙峋，斧鑿轉繚曲。柯山石夙供采伐，深入山底，遂成石蕩十餘。窅然得大穴，有僧倚茅屋。清泉十餘泓，寬者極百斛。蛟龍深或藏，魚蝦多可漉。東南入古刹，石佛涌丈六。經始記赤烏，仿佛字可讀。西行愛小庵，千竿戛翠玉。絶頂望鏡湖，冰紈曳長幅。烟洲錯其間，瑣碎供麗矚。方者侔削觚，員或類輪轂。長嘯逗林杪，驚鳴下鸞鵠。萬籟號天風，清音競絲竹。二子俱拍手，呼僮酌醽醁。半醉脱帽舞，滿頭插黄菊。日莫不肯歸，更深秉明燭。

病眼數月不愈客勸静坐省思慮以養之乃復作詩自嬲可一笑也

眼爲見色根，天燭含内景。晶然蒲萄朵，流逸奔萬境。愧非杜乂姿，點漆瞳雙炯。春風惡作劇，吹火變微眚。初如刺錐末，岩電爛俄頃。紅碧炫狂花，舉目礙游騁。生平阮嗣宗，途窮悵莫逞。多白殊少青，不見靚女靚。厥罰更何爲，數月類朦冥。酒卮久不親，書帙亦復屏。刮膜無金篦，盧醫日煩請。欲速翳轉深，徒然怒生瘦。有客張湛流，古方傳示儆。曰此大火聚，弗熄勢將猛。絶慮去其媒，治躁厥惟静。譬如水沸甑，爨止則清冷。低徊聽客言，豁若咽去鯁。顧視小窗虚，天光自冏冏。

都下食冬笋和稚威

論心思故人，適口思鄉味。鄉味不蘄珍，故人不蘄貴。平生酸鹹意，往往殊俗嗜。盤飧足葵蓼，紅碧自相媚。雨翦春韭肥，霜摘秋菘膩。佳品劇三冬，箭萌深斸地。摻摻凌雲心，包含見鋩鋭。〔一〕芼以芥葅緑，風味兩成契。翠篠團東軒，故人曾此對。騎馬向長安，旅食隨所寄。獻賦厠班揚，天厨拜珍賜。一飲勺藥和，頓洗藜藿胃〔二〕。遇合會有時，蕭條奈垂翅。安得漢陽錢，銜寒買歸騎。忽此鄉

味新，如與故人至。把酒對故人，歡言不辭醉。何用羅葷羶，一箸萬錢費。遠夢促歸心，揚榾及春季。園林迸篺龍，穿籬萬頭出。有買不論斤，玉管愁破碎。桃花煮斗米，千畝吞清翠。

【校勘記】

〔一〕「包含」句下，《存吾春軒集》卷三《鴻爪集》有「有如被褐人，探懷錫邦瑞」二句。

〔二〕「胄」，《存吾春軒集》卷三《鴻爪集》同，疑當作「胃」。

東牟怪松歌小引

松在寧海州治之城隍祠，長六尺耳，而大合抱。枝柯盤鬱，團陰數畝，真怪物也。

怪松昔夢《天台圖》，怪魁作贊生嗟吁。岩因穴械可笑貌，何异文采彰崎嶇。朅來海國見此樹，意態宛與前圖符。孤根拔地甫肩及，螭拏鳳攫横鋪舒。低頭再拜起却立，爲君徑前捋髭鬚。君懷落落勢萬丈，崛强自與常人殊。天風怒起作濤響，潮汐澎湃還交輸。張蒼九尺自佳耳，臣朔一囊將何如。豈無淳于及平仲，壓倒十萬長身夫。凌雲特起縱斤斧，拔擢杞梓連枯株。大宗細桷各有用，裒以朱緑銜以珠。或駕國馬馳交衢，亦有貫月三秋桴。不然偃蹇空山隅，餐英仿佛來仙姝。胡爲潦倒混城市，坐令拍手群揶揄。蟲穿蟻剥古社側，臃腫十圍同散樗。柳州作記竄逐後，虞卿著書窮愁餘。

爲君嘆息復起舞，仰視亭亭白月孤。

長安燈夕篇

東風吹遍鳳城春，晴旭暉暉麗色新。雲舒三素環璇極，鵠立千官侍紫宸。芙蓉雙闕岧嶢起，王侯夾道羅朱邸。十二交衢練影浮，東西翠幰流波駛。去去流波歲復年，畫鷄貼燕門芳妍。纔過翦彩來人日，又見傳柑話上元。上元綺節春無價，華燈處處懸朱樹。由來綉陌隘行人，况是金吾罷呵夜。夜影迢遥瀉月華，吹笙伐鼓競紛奢。漸晃星球留白晝，全開火樹暖千家。千家萬騎喧喧出，紅榮皓魄交光射。别開鏡市向壺天，争舞文鰩連太液。鳳腦虬膏雜豹脂，繁花倒暈笑枝枝。明綃薄似瓊雲護，寶絡紛如珠露垂。游螭戲羖來無數，涎涎玉燕亭亭鷺。裁成新樣值千金，費盡妍心邀一顧。别有仙人列似麻，絳幡緋纛擁雲車。一群日户飛炎鳳，十丈天台建晚霞。杏粱錯落明珠迴，披敷厭勝垂蓮井。銅琶錦瑟鬥新聲，畫燭金鵝叢艷影。艷影新聲劇可憐，脂開北地曆痕鮮。盡圍獸炭茱萸幔，未散鯖盤玳瑁筵。魚龍百戲紛相逐，膈膊春聲催爆竹。榮光深照玉河明，香霧遥連西嶺複。百年秉燭幾歡娱，此夕繁華不可無。人間爍爍飄朱燼，天上離離見白榆。㕙闐争路飛埃裏，貴游意氣凌霄紫。横陳方褥凭絲囊，争看文衫結珠履。紅驄驕影響瓊珂，相逢趙李夜經過。换將寶玦千樽

醉，擊碎珊瑚一曲歌。銀旛花勝春人聚，鈿車相喚看燈去。慢水層層焰裏迴，行雲片片烟中度。譙鼓遥撾漏轉深，蚖膏猶自耀芳林。燈光似月明君意，月色如燈照妾心。妾心君意交相向，流蘇香暖青牛帳。但使春燈夜夜懸，長教碧月團團漾。曲衖長街去復來，管弦轟續幾樓臺。生憎咿喔鷄聲早，不奈曈曨曙色催。年年行樂升平日，浩蕩堯衢忘帝力。禮樂調爲玉燭光，圖書焕作卿雲色。西北還聞罷舉烽，征人迴馬戍樓空。春風并度羌中笛，明月長彎塞上弓。翩翩枚馬承恩遇，拔擢楩楠連箘簬。已看燭影送金蓮，更使窗痕留玉署。寂寞東來獻賦人，藜釭獨對客愁新。夢迴憶得江南岸，索笑垂垂一樹春。

隆福寺觀市一百韵

天街古刹東北隅，峨峨丹碧暉琳玗。長廊千步直且紆，吹螺擊鼓栖緇徒。一月三集作市區，問胡爲此貪其租。紛紛日出誰見驅，車牛擔負來蔽途。隧分貨別期速沽，由來方物集帝都。冠袍靴褌裙與襦，羅紈綺縠充曳婁。別其黑白亂紫朱，虎豹狼鼦貉鼲鼯。千羊之皮千腋狐，別有金雀繆以珠。珮環簪珥飾彼姝，食味適口萬品腴。豚肩鷄蹠何足慺，撜拘鮐鱧羹雁鳧。醯醢千瓮酒百瓿，秋菘春韭笋及蒲。櫨梨棗栗落萬株，厥包橘柚來荆吴。糗粢餅餌雜粉麩，餦餭粔籹滑比酥。松風茗荈烹玉

壺，近者尤尚淡巴菰。入口烟裊一縷孤，屬有百疾葯物扶。或進苓豕訾菖荑，其器松柏兼檀榆。雕文彤漆黄金塗，北人燔土作釜杅。亦雜定汝堆盤觚，剡藤三萬棐几鋪。麝煤鴝眼及鼠鬚，赤脚之婢長髯奴。有畜在圈禽在篰，爲君擊筑歌烏烏。琵琶箏笛簫笙竽，就中青幕紅氍毹。鐏彝舊物誇璉瑚，大者鼎鼐小者爐。一刀一鏡一甒盂，歷歷似閲《宣和圖》。或參外貨工詭殊，中庭卷帙良可吁。苟錯諸地藉以芻，坐令坌垢紛相污。故知世俗多輕儒，雜沓寺外臨交衢。千蹄馬市混驥駑，騵驪驔駱魚駒駼。涓人已死伯樂徂，有脚千里何爲乎。珊鞭玉勒金僕姑，壯士來買五石弧。吞刀吐火緣都盧，蒲人雜婦百戲俱。黄衣道士賣佩符，或矜禄命推榮枯。歲除正見書鬱荼，駢闐萬足唯利趨。顛倒輕重欺精粗，子母出入心計劬，傖儜鼓舌争錙銖。古者爲市法噬膚，負販救敗思有虞。我行其地適有須，慳囊撲破羞青蚨。廊陰漸轉日欲晡，偶逢列砌坐販夫。自言八十非故吾，當年交易轉轆轤，大賈不滯小不愞，得錢易粟資妻孥。即今來去空目盱，餘貨壓擔無人呼。我聞此語行踟躕，利以劑義貴灌輸。貧不學嗇富自敷，古稱節儉誡遠謨，不度其勢議或迂。升平生齒較昔逾，生産益分得不痡。固知淫巧不中模，饒買乏賣困始蘇，人失人得言豈誣。蠹吟《蟋蟀》歌《山樞》，富者益肥貧益癯。空諸所有惟浮屠，染指尚復思斟蓒。而况蚩蚩彼氓愚，皇皇求利何足誅。有親欲養子欲娱，往來親戚歡臘膢。不得餓死争須臾，高賢在職民愉愉。

讀書柯山精舍趙韞山以詩寄贈次韵奉答

不妨烟月即超然，曾讀《南華》第一篇。成佛未甘居謝後，論文那得在盧前。聽鐘野寺千山裏，打槳蓮塘萬樹邊。肯作連宵風雨話，檐端只許白雲眠。

雪後石帆太史留宿寓齋賦詩贈答用東坡集中韵

應是前身賦雪纖，多公文彩過徐嚴。修髯繞作離離竹，妙句清於《昔昔鹽》。颯沓風聲時撼户，微茫星勢欲垂檐。一樽試話平生事，退盡鋒棱笑筆尖。

羈栖無定似流鴉，謾説詩書載五車。空谷幾人愁倚竹，長安何處好看花。關山忽漫同爲客，談笑還疑舊在家。此夜漁磯應有夢，板橋紅漾緑溪叉。

陸燿

字朗夫，號青來，吳江人。乾隆十七年舉人，官至湖南巡撫。有《切問齋集》。

《蒲褐山房詩話》：朗夫癯然而瘦，清操自勵，閑涉書史，亦多爲樸實有用之學。其文集亦然。著《漕運考》若干卷，皆有益于河渠。及爲山東布政，以巡撫貪暴，不相能，乞終養歸。再起，至湖南巡撫。時總督以閱兵抵長沙，朗夫迎謁畢，還署。總督鈕祜禄君特升額來候，直入廨中，方午食，見所食皆菽乳菜蔬，訝之，曰：「天不雨十數日矣，地方官戒殺清齋，故所食如此。」總督素豪侈，聞語瞿然，詈其奴曰：「吾此來傳舍酒肉如山，何不以祈雨具告聞？」語畢，歸寓舍，悉撤其豐腆。人羡總督之知過，而益嘆君之清德感于人者速也。其後以勞瘁，病瘵而歿。其友徐貢生堅入視含斂，室中别無長物，嘆曰：「一貧至此，即不死亦難度日矣。」今入祀鄉賢祠。

太倉道中

百里中吳水，東流近海門。濕烟通蜃氣，淤岸有潮痕。落日孤城迥，陰雲野市昏。伊人住何所，

今夜倒芳樽。時訪王存素於所居西園。

除　夕

慣作經年客，今宵倍繫思。酒闌辭歲後，人静獨吟時。雁去關門近，書來石里遲。遥憐雙白髮，明日又添絲。

偶　感

喜無側媚干時術，不作媕婀諛墓文。知己未妨當代少，浮名深恐後人聞。研池餘墨臨窗試，初地清香盥手薰。決計疏狂竊微禄，閉門寂寂似揚雲。

寓園同阮唐山同年作

中庭促膝共蘧廬，諧笑云云習未除。苛節删於相熟後，淡懷長似訂交初。才華須讓連城璧，蹇

劣誰持下坂車。夜久不知河轉角，柳梢缺月挂方疏。

袁文康

字作山，保山人。乾隆十七年舉人，官姚州學正。

《蒲褐山房詩話》：袁氏爲永昌世族，弟兄文典、文揆，咸知讀書鄉學，能悉滇中舊事。予先在滇三載，作山率其群從來受業，尤喜講宋元人理學，而致知格物，以陽明爲宗，涵養醇粹，器識充然，蓋中原士人所少也。

沙陽夜行

飲罷遂扳鞍，不待聞鷄舞。游子促鄉心，憾未生飛羽。昏黑巡檢坡，石樹皆貙虎。帶醉下江峰，嚴關已閉户。夜静濤愈惡，莫能辨譙鼓。茫昧一痕天，殷雷送密雨。僕夫怨寒甚，羸馬亦生怒。顧我候繻人，屏息倚檐廡。酒醒相慰勞，世事多愁苦。此行雖彳亍，閱歷非小補。不見題柱人，非遽致華膴。底事哭窮途，險夷悉自取。語罷曙光生，款關率江滸。

馮廷丞

字均弼，代州人。乾隆十七年舉人，官按察使。

爲曹慕堂題乩仙山水圖

山峰滴翠山骨肥，山樹漫緑兼紅菲。背山臨水開荆扉，約略正枕紆迴磯。仙人拄杖衣丹緋，飄飄獨去忘所歸。涔陽極浦含落暉，亦有遠樹如秋腓。布帆兩葉烟中微，傳聞乩筆仙所揮。叩頭炷香固可祈，安用幻藥調蚌璣。空堂沉沉羃布幃，鈴聲一振風雨飛。鵝溪五尺烟霏霏，慕堂學仙癯不飢。獲此何啻身受機，邀我作詩窮依稀。我言曷不張房闈，數數注意凝長晞。乾端坤倪忽發機，山水動蕩雲因依。翻身蹋舟舟㠦碕，武陵桃花是耶非。世人撫畫空吁欷。

訪法源寺牡丹因飲王述庵西曹齋中

殘春猶有鼠姑繁，走馬來從古寺看。結夏僧閑都退院，天月上人。惜花人到共憑欄。眼中節物渾相負，醉裏光陰且自寬。不是仙郎能愛客，銜杯那得到更闌。

阮葵生

字吾山，山陽人。乾隆十七年舉人，官至刑部侍郎。

梅花書屋圖爲伊雲林題

去年曾作憶梅詩，細數平生看梅處。朝來乍披《梅花圖》，此景依稀夢中遇。前山後山雲氣滃，小橋遠帶寒塘渡。數椽精舍寄岩坳，竹外窗前逗香霧。小閣工吟何遜詩，擁書戲擬《廣平賦》。往迹君應憶武夷，舊游我亦懷元墓。草堂空紀古淮干，風雪久抛湖上路。余家勺湖草堂，在淮城西北隅。癸巳

秋，黃水灌城，梅樹皆被淹没。詩成掩卷轉長嘆，卷端愁讀故人句。卷首有朱五竹君題長句，竹君於前月下世。

周震榮

字清在，號筤谷，嘉善人。乾隆十七年舉人，官武清縣知縣。

《蒲褐山房詩話》：清在一行作吏，久淹下邑，而嗜書好古，留心金石文字之學。又愛禮賢士大夫，如章進士學誠、徐薌坡、陳以綱兩明經，皆延之賓館。所撰《武清縣志》，詳核有法。又取鄭氏《周禮注》刻之。詩不多作，即此可見一班。

金塗塔拓本歌

鳳皇山前萬松嶺，碧波雲鶴空遺亭。表忠觀但存二石，金塗塔况餘千齡。深宫五夜範金土，如來西城常留形。白蓮迹古已難問，白石詩在猶堪聽。家山夢遠桐鄉好，雅事翠墨争傳靈。坐想臨安千載上，篤生异人五季丁。弩却胥濤樓叠雪，排衙石笋山圍青。萬姓依王王佞佛，佛身千億千穹冥。蜀漢同時紛割據，頻年戰伐悲磷螢。錦綉千山恣逐鹿，觸蠻一角終憐龘。翠鈿紫陌春花輦，私第黄

金海物瓶。還鄉唱罷王孫去，保叔崔巍月入檽。烏井荒祠遺老拜，北邙宿草東風醒。君去更尋握髮殿，蒼苔敗瓦或有功臣型。

張五典

字叙百，涇陽人。乾隆十七年舉人，官上元知縣。有《荷塘集》。

乞陸二柳畫水竹屋基圖

吾家涇水陽，古原對畢郢。渭川在其南，修竹千畝整。振衣到崇岡，游目時引領。斷靄浮太乙，殘雪明秦嶺。獨於蒼茫中，愛此蕭蕭影。風雨自刁騷，晴霽得明靚。心并綠天闊，興隨碧雲永。殷勤約此君，共我茅屋冷。中田兩泉眼，渟泫載枯梗。本來無町畦，儘與窮幽屏。風前揖欅柳，波上俯藻荇。請搦瀟湘管，爲寫篔簹境。潤筆吾已辦，溪茶與山茗。

將之松江

秋風昨夜到來初，料理扁舟任所如。顧我步兵堪絶倒，宦游還説爲鱸魚。

胡　溶

字安公，鎮洋人。乾隆十八年鄉試第一，官蕭縣教諭。有《吟石先生集》。

君子行

君子貴知命，屢空非所憂。身不忘溝壑，心不爲怨尤。飢不飯嗟來，渴不挹濁流。練衫擁冬夏，園蔬薦春秋。行歌時捉襟，出門無所求。立志老飢寒，道義能自修。悠悠富貴子，嗟哉傷蜉蝣。

述志詩

達生觀物理，浮世嘆人化。秋鴻足稻粱，春蠶有桑柘。震霆無鳴冬，嚴霜不賈夏。百年爲大齊，瞬息亦代謝。君子知自然，好整復以暇。川澤難爲高，岡陵難爲下。奇功難爲賞，虚名難爲借。富貴非可求，神仙或多詐。代食希昔賢，願言請學稼。

都門喜晤王崧齋同年漫賦奉柬崧齋名宗綱，字秩登，潁上人。

七載相思盡，驚心見面初。鬢眉看漸改，踪迹定何如。花信中春老，天涯舊雨疏。比鄰逢作客，不獨慰離居。自甲戌出都，于今八年，而同譜公車者，不及五十人矣。崧齋寓與予相去數武。

十二月初二日泊仙女廟

東風吹客過灣頭，幾許離情獨夜舟。岸轉時藏林際火，雪明遥見水邊樓。三年舊雨應成夢，一

盞新醅試破愁。不爲短蓬衾似鐵，竹床常擁五更裘。

甲申立夏次日爲余初度讓山邀集寓齋漫賦

花陰庭院午清和，九十春風似夢過。小酌自消遲日永，故人偏喜异鄉多。鄰園櫻笋三年隔，旅次星霜兩鬢磨。檢點南窗學安樂，天涯何處有行窩。

廿二日又雪登樓漫成

寂莫花朝雪尚殘，又逢深雪一樓看。紅燈水榭逡巡酒，白髮青春料峭寒。世事不辭求馬骨，天涯還爲就猪肝。蕭蕭更憶堤邊柳，二月中旬欲放難。

春雨漫成

春雨蕭蕭向晚寒，羈雌情緒好闌珊。留心世事如書讀，過眼功名比夢看。燕石至今原可寶，隋

珠終古不輕彈。紙窗破處來花影，頗識閑中有靜觀。

抵揚州

西風五雨櫓聲柔，斜照分明水上樓。三載天涯千里客，淡烟疏柳又揚州。

吴維鍔

字廉夫，太倉人。乾隆十八年舉人。

集南園作峨眉小松歌贈田在兼呈竹娱

世人不識蛾眉松，是松非松問坡公。坡公騎鯨數百載，請將吾意叩鴻濛。蠶叢以來蜀國古，積雪欲没峨眉峰。元陰慘澹白日閉，窮岩安得蒼髯翁。西方羽人多异術，帝遣縮取湫中龍。雷雨一夜妙變化，紛紛鱗甲散作千萬叢。烟霏霧結自何代，至今青青之色凝纖茸。淩雲一寸心故在，兒童竊

笑蒿與蓬。君不見兔絲附長松，長松百尺何鬱葱。一朝被伐橫道旁，兔絲引蔓還春風。嗟哉下士悲不逢，首陽爲拙柳下工。細觀物理未足异，達者非達窮非窮。願君持示竹娱老，囅然一笑將毋同。

吴　桂

字一蕚，鎮洋人。乾隆十八年舉人，官潛山縣教諭。有《僾然堂詩草》。

丁沽阻風柬錢大讓山

誰唱《公無渡》，孤舟客鬢凋。風欺官道柳，月涌海門潮。淺渚鷗眠穩，寒空雁陣遥。萍踪愧良友，徒賦小山招。

梁夢善

字兼士，號午樓，錢塘人。乾隆十八年舉人，官盩縣知縣。有《木雁齋詩鈔》。

《蒲褐山房詩話》：兼士爲文莊公幼弟，風神簡遠，弱不勝衣。聊欲弦歌，非其好也。癸未、丙戌，計偕北上，嘗寓予蒲褐山房。作《木雁圖》以自況，覺魏晋風流，去今未遠。

小除日偕施茗柯游惠山寺

緩棹梁溪又一時，九龍山色互參差。竹爐烟静茶初熟，佛院香銷客到遲。是處雲巒皆入畫，偶來池館好題詩。殘年莫漫嗟行役，游屐今朝得自隨。

秋　草

捲簾人自對西風，回首天涯悵望同。金谷園中行迹斷，碧鷄坊畔舊游空。梧桐影落斜陽外，蟋蟀聲寒小院東。記否踏青時節近，畫船歸去太匆匆。

秋風裊裊倍堪憐，舊日曾來拾翠鈿。謝客詩成聞暮雨，晋公莊廢剩寒烟。羅裙捉蝶經三月，紈扇流螢又一年。太息紅心憔悴盡，輸贏誰與鬥嬋娟。

九月十二日出都自廣渠門抵張家灣登舟有感

通潞亭邊聽雁聲，暮雲無際且南征。西風禾黍臨官道，落日牛羊近古城。生意漸如衰柳盡，浮生只共片帆輕。勞勞踪迹年年是，凄絶天涯此夜情。

病中偶述

飛騰意氣復何時，病裏形骸百不宜。薄宦竟同爲客苦，長貧方悔治生遲。痴僮誰奉王褒約，老嫗空吟白傅詩。蒲柳望秋憔悴甚，朱顔已是鬢成絲。

朱休度

字介裴，秀水人。乾隆十八年舉人，官廣靈知縣。有《壺山吟稿》。

蒲桃峪

昨尋易水源，在廣昌縣城外。今亂易水流。糾結成隘口，天險扼咽喉。是名蒲桃峪，高低列戍樓。客行愁詰屈，下上窮冥搜。撥石蹄硜硜，涉波車浮浮。羊腸霜滑道，雁陣風驚秋。身如緣竿挂，心若懸旌游。歇鞍入村店，喘息類吴牛。餺飥聊充腸，欲憩不自由。山盤水更複，日仄前途修。

集杜題巽妙軒壁

蕭蕭古塞冷，忽已歲時遷。未負幽栖志，添予别興牽。喜無多屋宇，自有一山川。置酒高林下，溪風爲颯然。

翠屏宜晚對，碧色動柴門。豈异神仙宅，不知城市喧。衰顔聊自哂，世事與誰論。到此應常宿，讀書秋樹根。

春日歸舟集唐

曉風芳草竟芊綿，畫出清明二月天。行盡江南數千里，一村桑柘一村烟。

朱休承

字伯承，秀水人。稻孫之孫。乾隆十八年舉人，官城固縣知縣。

題鄞縣邱氏學敏古樹

仲孚東皋舊草堂，中有松柏參天長。龍蟠攫拏出牙爪，風至淅瀝吹笙簧。高楠漫誇杜陵宅，古木應笑平泉莊。麻姑未來方朔去，人間誰與論滄桑。

盧 鎬

字配京，鄞縣人。乾隆十八年舉人，官平陽教諭。有《月船居士集》。

《蒲褐山房詩話》：配京聞黄太冲、萬充宗之學，故爲浙東人士所推。董君秉純稱其詩高處直逼柴桑，險韵長歌，亦得眉山一體。蔣君學鏞稱其學凡三變，卒底于成。惜爲詩不自收拾，後人僅存四卷，未足以盡其長也。

初夏與張潛也顧清芳清濟清標徐鳳來管余諸生游蕯湖集護法寺以茂林修竹清流激湍分韵得茂字

香草生幽澗，世外匿深秀。曲曲尋湖源，冀以覿柔茂。時當夏景交，衆山紛彩縟。遠遠水中姿，蘋香襲懷褎。因造松竹林，歡焉酌醇酎。村濃深緑浮，座寂繁弦奏。沉吟各支頤，散策群引脰。檻泉弄珠琲，石屋蔭華構。日永任游衍，源遠失窮究。欲尋新龍潭上清隱庵，不果。好月送歸舟，餘霞横翠岫。回首白雲深，幾時重邂逅。

冬日南村偶書

暮色從何至，蒼蒼一片平。烟生山欲去，人遠月空明。天入風霜老，詩成夢寐清。何須問衡霍，世外亦兼名。

施養浩

字静波，號茗柯，錢唐人。乾隆十八年舉人，官滎經知縣。有《出塞入塞詩》。

邊　碑

雪封烟鎖迴難攀，卓立貞珉鎮此山。集古欲增《金石録》，搜奇端自漢唐還。銀鈎勢作迴戈勁，紫蘚紋疑戰血殷。堪笑閑僧能好事，强將頑礦擬斑斕。巴里坤有漢永平二年敦煌太守雲中裴岑，將郡卒五千人，誅呼衍王壽，建祠以祀。今在西門外。雍正九年，大將軍查郎阿開山道，又得唐姜行本紀功碑，字亦殘缺。

進嘉峪關

爾詩風景見窮邊，寒谷生春藉力田。勝國僅聞呼瓦剌，天家已見囿祁連。氈裘君長今安在，戎馬書生事偶然。出塞等閑歌入塞，皇恩軫恤俟三年。到坤之次年，即奉恩旨：俟滿三年，再奏。

王日杏

字丹宸，無錫人。乾隆十八年舉人，官刑部主事。殉金川之難，贈光禄寺少卿。

陶然亭題壁

西山晚翠上孤筇，斜照神州殿閣重。蘆葦蕭蕭渾似雨，寒聲并入隔城鐘。僧舍茶烟滿竹扉，繩床暫憩亦忘機。萸香菊淡人無語，聽到哀蟬落葉稀。

賈虞龍

字焕若，大興人。乾隆十八年舉人。早卒。

暑夜檢亡友龔予鮮遺詩愴然感懷作

閱世不一人，萬古共明月。浸我庭除間，浩浩如可掇。無人共幽賞，獨對亦清絶。長天寄塵海，生命輕一葉。低心避訕謗，縷縷變元髮。此意訴何人，茫茫隔存没。

存殁何足惜，念此身後名。之子美文藻，早歲蜚英聲。詩成千萬言，筆力戈矛横。譬彼江海濤，適與天風迎。斯人今不見，太上難忘情。剩有手種竹，夜夜摇空明。

題伏生授經圖

晨光入窗睡未起，誰扣我門朝夢驚。授經之圖署素壁，畫師十日經營成。在昔西周初播亂，岐

豐王氣歸秦嬴。惠文武昭養賓客，連衡合從諸侯爭。二周贅疣日奔命，祖龍仗劍王綱傾。千年禹鼎入泗水，海若走避蛟龍迎。先王法物自寶貴，不受秦辱潛其形。矧乃列聖著謨誥，煌煌大訓垂遺經。天奪其心盡焚燬，不使巨典留秦庭。挾書有禁著在律，豈惜萬古聾兼盲。弆哉當時衆博士，四百六十稱諸生。西行入關縻好爵，驪山硎谷遭其坑。發機填土骨撐拄，可憐一死鴻毛輕。爾時伏生在何所，鶴飛鴻漸緣青冥。漢皇龍興奮三尺，赤符手握扶炎精。蕭相圖書習秦陋，叔孫制禮徒硜硜。大文不欲就淪喪，憖遺一老王朝楨。髮白面皴口無齒，徵召不耐蒲車行。詔曰汝錯往授受，聱牙詰屈難爲聽。裾屐胡爲立几席，天然吐秀如調鸚。古文篇章四十六，始味啖蔗終建瓴。咄哉智囊不善學，外托經術專刑名。刻薄寡恩導漢帝，宗藩削弱非人情。陳尸東市亦草草，坐令吴楚生妖星。先王作書道政事，當時面命空丁寧。此經之傳歷千載，諸家箋注紛畦町。解經經亡聖道晦，思之終夜心怦怦。我披此圖一惆悵，衣冠肅穆堪儀型。安得鑄金日朝禮，呼之欲出來精靈。

故明侍御史沈公殉節詩

公諱履祥，起家進士，爲福建縣令，以養親去官，絶意仕進。爲父母所迫，出爲桂王監察御史，爲王借餉福建，聞王兵破，死於台州。

蠻烟蒙羃蠻山青，猿啼鬼嘯秋冥冥。壞鏃斑斑土花蝕，游磷黯黯戰場腥。西風吹處殘魂哭，天命潛移難再復。南渡猶聽漢苑鶯，中原早失秦庭鹿。父母生余何不辰，四郊飛檄走烟塵。聊爲郭外鋤瓜客，試學柴桑種柳人。頗聞越地開軍壘，故國遺臣投袂起。石城羞説儲淵生，匡山欲殉祥興死。驕兵悍將索軍租，憔悴朝倀少敝襦。宫中不見金錢賜，壁外空聞庚癸呼。奉詞告糴風帆疾，遺庶何人倉府實。捐助惟闻卜式賢，窮搜豈用宏羊術。家亡國破竟何歸，行殿蒼凉秋草肥。夢度重關依故主，泪和碧血點朝衣。聖朝寬大恩波廣，釋縛憐忠寬法網。齊桓不記射鈎仇，漢祖將行雍齒賞。耿耿孤忠矢不移，全抛馬革付荆茨。至今越水流嗚咽，來往行人哭蘚碑。

陳文錦

字絅齋，楚雄人。乾隆十八年舉人，官騰越教諭。

雜　感

我本將家子，從軍有歲年。烽亭賓四守，坐老南山邊。日仰官廪食，走狗射飛鳶。羽書一夜馳，

心膽飛賊前。韓盧喜短草，騏驥鳴秋天。豢養終惠愛，微軀寧惜捐。鋒指無完敵，蛇豕安足患。誓清南海波，以奠蛟龍淵。

年少使俠氣，鄉里頗見苦。樗蒱擲百萬，甔石不足數。羽檄徼外飛，壯志隨風舉。朝占壯丁籍，蓐食辭門户。行行逾九陸，望望抵白古。元蜂大如瓠，封豕群嘯聚。狂象結陣來，詎論豺與虎。旌干揮毒霧，巨炮衝瘴雨。汲飲雷淵旋，糜散熏腥腐。鬼子雕題頩，嵌金漆兩股。黑齒嗜人肉，嘬骨詎肯吐。鏖戰動十日，晝夜不安處。將軍按劍馳，丞相日循拊。微勞安足程，一命輕如羽。生當勒燕然，彤墀列珪組。死當爲鬼雄，訣絶故鄉土。

將之騰越留别倪雲洲先生

孤生園中蓬，紛飛越長道。詎有青雲姿，東西迹如掃。芳草萋路隅，春禽變昏曉。君子崇高義，世德敦夙好。軫念無衣客，不自快朝飽。浮雲忽异色，羽聲傷懷抱。賤子亦何言，愁心蔓如草。征車首前路，西極漫浩浩。會合當何時，千秋期共保。

蛩

小閣渾無夢，寒蛩獨有聲。似憐風雨夕，勉慰索居情。響近窗間切，聽來竹畔清。凉秋知又近，月落見參横。

除夕

鷄聲人語漫蕭然，酒醒殘燈尚未眠。三十六旬都浪過，偏將一刻惜流年。

湖海詩傳卷十六

王鳴盛

字鳳喈，號禮堂，嘉定人。乾隆十九年殿試第二人及第，官光禄寺卿。有《耕養齋集》。《蒲褐山房詩話》：禮堂以大考翰林第一，由編修擢内閣學士，典試閩中，以多用驛馬，降光禄寺卿。丁憂後，不復出山，移居吴下。先時與惠松崖交深，究群經古義，著《尚書後案》及《軍賦考》，皆闡發鄭君之説。又爲《十七史商搉》，據各史紀傳志表，考其同异而折衷之。更著《蛾術編》，列説十門，以見其學無所不該。古文宗導岩、震川，詩兼綜三唐。初爲沈文慤公入室弟子，既而旁涉宋人，歸田後復守前説，於空峒、大復、鳳洲、卧子及國朝漁洋、竹垞，咸服膺無間。故雖轉益多師，終歸大雅。兹所録者，皆其手自審定，寫以貽予者也。

矯志篇

墻上難趨，貧賤難工。昨日健少，今老成翁。長繩繫日，晼晚莫從。壯盛智慧，殊不再逢。俯仰天地，悲來填胸。一解。驊騮捕鼠，乃不如貍。鳳凰司晨，乃不如鷄。秋蘭雖芬，鮑肆間之。明珠在泥，皦皦何爲。拔劍起舞，拂衣旋歸。二解。左控夏服，右操黄間。趯趯狡兔，掩以修竿。命儔嘯侣，促坐爲歡。投壺六博，飛爵闌干。清歌激楚，妙舞娑盤。三解。思慕王喬，研精耽道。乘蹻遠游，經歷深杳。仙人授藥，還精補腦。棗實如瓜，桂實如棗。排弃火粒，後天而老。四解。典册法書，藏在蘭臺。雖遭亂潰，獨不遇灾。志嫽群雅，菀其鴻裁。藏山入林，蹈海鑿坏。百世有知，以俟方來。五解。

山游叙志

習静歸岩阿，身世永相弃。眷言陶嘉辰，栖尋信遐寄。荑英緑野秀，蘭芳紫莖媚。緣源極演漾，曠渚渺空翠。水上風行徐，山下出泉細。屯雲正滿眼，孤烟杳無際。曾崖隱天維，登頓歷蒙翳。出

窈入冥間，忽復造幽昇。峭蒨松磴陰，滴瀝乳竇秘。境往情已遷，言忘理成契。養真誰爲同，齊物自無累。傾暉不戀人，畹晚映衣袂。逝將游太元，逍遥辨深意。

東崦西崦

溪行忽無路，回首暮烟合。過橋湖水寬，隔岸亂雲接。圍繞玉鏡潭，寒影衆峰集。空色不可攬，彩翠似堪拾。東西崦幾重，蕩漾舟一葉。迢迢擅勝亭，隱隱光福塔。何處聞菱歌，清唱自相答。

入鄧尉山暮宿聖恩寺

蒼烟滿秋山，落日生暮靄。弭棹歷嶇嵚，理策尋靃靃。溪橋風泠泠，寒流激空籟。捫蘿長林迷，跼步崖石礙。微月墮幽澗，俯見清光碎。寺開知徑盡，客至自雲外。空堂響法鼓，群動息香界。慮澹不用遣，深夜無夢寐。欲謝區中緣，攝生遠塵壒。

江行

沙岸明夕陽，楚江歇微雨。時聞野寺鐘，不辨烟村樹。白鷺背人飛，銜魚自來去。

渡河瀝溪過寧國縣行亂山中

急湍橫我前，欲行忽無路。商人負茶荈，喧喧此争渡。編筏資利涉，十百排雁鶩。吾亦隨若曹，絶流從所務。山城殊僻陋，暫憩不暇顧。合沓群峰來，登頓眩欲仆。危岑造天關，仄徑礙微步。深谷多修篁，暘景難久駐。躋攀眼一豁，始與平地遇。林轉硤角回，前嶺又餘怒。畏塗迫頹齡，顛倒作計誤。坐石望歸雲，故鄉良可慕。

石皃山

舒皃本水禽，塌翼同斥鷃。忽作高舉形，軒翥在雲漢。我行入山深，險艱飽所憚。兹峰尤卓詭，

疊巘挂天半。鐵壁斷攀登，綫路曲縈轉。岩傾巨石出，磥磥墮絶澗。懸溜裂崖來，千丈觸石戰。殷地疑霆驚，飛空類珠濺。出谷見曦輪，造頂識山面。決吻復顛脰，非鶉亦非鶴。流傳竇子明，大藥于此煉。藴真遂遺塵，白日生羽翰。學仙苦未成，愁辛旅顔變。鴻駕空紫烟，翹迹徒仰羨。

家德甫三泖漁莊圖歌

吾家令弟非常儔，蕭然窮巷百不憂。忍饑誦經銷歲月，閉門覓句工雕鎪。草堂前對谷水流，紅泉碧樹蒼山浮。有時散髮扣舷去，狂歌一曲凌滄洲。揭來金閶數相見，平生知我甘窮賤。吹簫擊筑多故人，十千沽酒同歡宴。酒酣起舞首自搔，當杯心共孤雲高。丈夫生世不諧俗，便當溷迹安蓬蒿。故園况復堪吟眺，鏡裏晴風滿雲嶠。扁舟已息漢陰機，短笠將隨任公釣。偶然遺畫《垂綸圖》，撈鰕射鴨皆可娱。嗟我落魄胡爲乎，北燕南楚空馳驅。蒼茫葭菼平波外，何日相從陸瑁湖。

雨泊江岸登天門絶頂

我從南楚浮歸舸，中流浩蕩乘長風。布帆高挂似飛鳥，飄翩直指天門東。插江翠壁相對出，遥

見突兀青濛濛。削成疑自巨靈掌，移置定出夸娥功。須臾雲起飛雨集，白頭怒浪掀孤篷。舟師相呼入浦溆，繫纜急傍菰蘆叢。興來便携九節杖，思縱遠目開心胸。潺潺絶澗踢亂石，層層仄磴攀枯松。振衣千仞發長嘯，驚起雕鶻盤高空。崚嶒雨崖勢忽斷，岷濤萬里流當中。始知楚關此天險，屹立一鎖洪波衝。是時陰霞散晚霽，江光隱見磨青銅。欲從牛渚呼謫仙，更向青山懷謝公。東望石頭互虧蔽，迢迢天闕排巃嵸。興亡六代付逝水，人寰剌促悲安窮。終當挹取玉漿飲，上吸倒景騎飛龍。

梁元帝廟行

青絲白馬圍臺城，湘東萬騎歸江陵。枕戈嘗膽徒虚語，行師代景紛相乘。長沙既破同氣盡，才子并命殊堪矜。夏口已聞肆魚肉，荆門復見除股肱。胡豆洲前狂虜死，登壇慷慨稱中興。群僚累表頌符瑞，争誇紫氣交環絙。當時文軌僅千里，郢都蕞爾良難憑。如何建業不復顧，欲取荆楚當殽澠。殿中輟講寇已至，枇杷門外愁雲凝。龍文玉軸一朝毁，拔劍擊柱空摧崩。何年廟食尚遺迹，三楹茅棟連溝塍。殘碑蒼蘚巫覡斷，無復社鼓來鼜鼜。嗟哉章華亦漫滅，况乃此地荒榛芿。行人下馬一憑吊，興亡過眼如風燈。

夢游岱岳歌

我志窮十岳，身佩《真形圖》。汶陽道上縱遠目，突兀岱頂青模糊。魯酒若琥珀，絲繩提玉壺。解鞍即醉倒，偃卧胡姬壚。天風飄飄浮絶磴，導我忽轉松蘿徑。蘿徑逼高寒，蒼蒼十八盤。漢策閟古字，秦松瀉哀湍。振衣便覺凌紫極，倚劍直欲生飛翰。穹崖濺瀑多殊狀，决眦已在層霄上。碧霞四氣拱星辰，青帝五雲開嶂嶂。嶂嶂叠叠烟青青，封中雲氣縷縷生。安期一笑相逢迎，如瓜之棗出啖我。驂駕白鹿空中行，天門詄蕩，日觀巃嵸，河流挂樹，海色摇空，蒼烟九點望不極，合沓下見扶桑紅。銀臺倒影火輪出，驚回清夢仍相失。風馬雲車乍有無，丹梯翠壁看明滅。應劭記，李斯碑，平生懷抱空好奇。餐霞煉藥不早决，坐待蓬萊清淺始悔朱顔衰。風塵回首驅征鐸，惟聽霜鐘殷岩壑。萬里終當汗漫游，十年肯負烟霞約。

范上舍塞北省親圖

一人紫綺青羔裘，雕鞍側坐玉䯄騮，導以傔從連輕輈。一人褲褶捲臂韝，蓬頭突鬢佩吴鈎，停驂

左顧欲進仍遲留。主人戴笠披赤罽，意氣凌厲凝雙眸。問誰粉墨開金碧，咫尺烟嵐浮几席。軍中一范方專城，公子思親事于役。何甥謝舅亦肯從，徑自江南趨塞北。初出居庸關，黄羊白草蒼岸間。再度彈琴峽，霜林岔道風蕭颯。土木宣府都經過，柳屯枳嶺征塵多。迴瞻來處莽無際，漸覺所歷高嵯峨。羊腸一綫穿雲去，亂石驚湍灑寒雨。叠嶂摩天落日低，崩榛匝地荒烟暮。鳴鞭遥見飛狐口，代郡孤城隱雲樹。烽樓危旌凍欲折，指點先朝備邊處。六郡防秋有戰場，三關設險空殘戍。解裝一笑循《南陔》，彩衣舞罷欣徘徊。遠慰頻年望雲志，壯游還上李陵臺。郊原泱漭平沙走，堠火關榆重回首。龍堆定有控弦兒，雁磧應思射雕手。嗚呼男兒出門萬里輕，樂事况復當趨庭。功名會見繼老子，自有胸中十萬兵。

石鼓歌

太學戟門有石鼓，長廊大厦深藏緘。手摩妙墨剔苔蘚，細讀古調同《雲咸》。岐陽一搜誇盛事，遮羅雉兔兼麇麚。作歌紀績用傳後，萬夫鑿石來岩岩。魯叟編《詩》偶不録，此豈有意相夷芟。陳蒼野外弃置久，剥落缺畫成纖纖。其一作臼幸復出，氈包席裹封瑶函。宣和之年保和殿，森陰蓊鬱飄松杉。此鼓巋然珍襲好，香厨册府光芒銜。自汴入燕竟無恙，守護秘怪神所監。置諸兩塾始皇慶，

近光作賦辭譎譎。于今又閱四百載，文多中斷填空嵌。蛟龍攫絒怒鱗凸，鸞鳳軒翥長毛彡。滄桑久歷彌可貴，至寶豈特逾球瑊。昌黎宛陵遞歌嘆，雄章秀句窮鐫劖。宇文以下那辨此，子卿妄語空譏讒。我生金石有奇癖，嗜好頗覺殊酸鹹。章樵。潘迪。施宿。王厚之。吾衍。薛尚功。鄭，樵。箋訓差能舉大凡。朅來京國睹此鼓，不負萬里穿征衫。試觀字體异蝌蚪，乃知梅賾言多傀。我方欲辨壁書僞，傳鈔禿筆勞秋毚。

秋日集岡齡弟小停雲同顧景岳諸君遲劉企三徐蒼林不至

黄金可成百不憂，霜鬢欲挽嗟無由。但願春秋多佳日，勝侶共賦《逍遥游》。服除尚餘風木慟，皋魚泪點不得收。京華路遠柅車轍，誓墓且復依林邱。小謝西堂多藻思，拍肩把袂偕虎頭。意行看竹不問主，長歌短咏聊相酬。憶昔少年托廡下，平江胥口恒淹留。今來徑署寓公號，賃居竊擬營菟裘。官名自喜樂圃繼，寄迹定許怡庵儔。八門盤門最僻左，雅稱簦笠來探幽。高齋况仿紅欄里，恰宜坐雨兼尋秋。比來詞賦作者盛，體格漸恐趨俳優。春華競工秋實少，更傅鉛粉窮雕鎪。讀書自是我輩事，流光可惜同蜉蝣。肯徒酒食事徵逐，要須高步追前修。當筵意氣互期許，我歌子和商聲謳。忽憶劉郎方示疾，丈室宴坐多窮愁。心情縱令木石似，談笑尚却熊羆不。城北徐公別亦久，不見籬

畔維輕舟。何時眼中得二士，比鄰來往成風流。

游道場山

吴興城南天下稀，白波翠巘相因依。道場一峰更巉絶，梵宫高下開林扉。我舟斜穿夾山漾，霜冬澹日寒熹微。到山溪盡山滿眼，盤空細路銜烟霏。羊腸龜背互詰屈，石棱松鬣紛成圍。山腰亭子敞北户，具區萬頃環灣碕。清池一方浮湛湛，杰閣百仞凌巍巍。訥公開山此駐錫，香嚴水觀甘忘機。階前不咥啞虎善，檐際共命仙禽飛。稗官謬悠那可信，共詑神异先知幾。更將卓筆誇秀鎮，浮榮似令出增輝。豈知道人外生死，俗物祇足供嘲唏。吾生漫浪百無用，風塵回首辭籠鞿。寡聞惟持苕帚偈，壞色欲服掃塔衣。天花一室道場在，把茅作計終無違。下山瞥見翠微遠，樹杪白雲翁欲歸。

題吴興城南水閣

清暉當户生，終日對虚明。曉漲雲浮岸，春山翠壓城。捲簾雙燕入，隱几一琴横。會得閑中趣，臨流更濯纓。

夜歸

犬吠竹籬外，燈明草屋中。夜潮隨月上，孤棹隔溪通。稚子候門久，家人酌酒同。夜闌如夢寐，相對慰飄蓬。

天門

白浪天門斷，千崖杳莫攀。登櫓一長嘯，遥見謝公山。我欲浮湘去，行吟楚澤間。今宵對明月，把酒慰離顔。

歸次蕪城懷錢曉徵

遠客辭巫峽，孤帆一葉輕。春江花月夜，獨宿廣陵城。念爾燕臺去，迢迢匹馬行。差池不相見，惆悵若爲情。

懷鄧尉

峰嵐淡靄映湖光，回首清游興未忘。一徑松陰秋入畫，三層水閣夢生凉。風帘雲碓宜晴日，澗草岩花出异香。惆悵軟紅欺客袂，幾時洞口結書堂。

登黄鶴樓

萬里江天烟霧開，上頭棟宇鬱崔嵬。荆門曉色當窗盡，溢浦春濤繞座來。終古白雲餘斷靄，數聲玉笛落殘梅。茫茫人代銷沉去，拍檻狂歌思轉哀。

鄂渚雜詩

迢迢郢路古今情，夏首西浮更遠征。三户遺墟春草碧，六朝舊事暮江平。米船誰遣迎温嶠，羽扇還須藉顧榮。幾許興亡猶在眼，漢南雲樹感愁生。

大別山前落照頻，南樓清景迥無倫。蘆中問渡真窮士，漢上題襟少故人。渺渺晴川千里客，匆匆歸雁一年春。誰知庾信哀無限，每到登臨易愴神。

歸次金陵憩燕子磯清江院感賦

虎牙銅柱倦登攀，無恙孤帆此日還。遠夢尚驚三楚浪，舊游重看六朝山。蕭條行李誰知己，濩落風塵損壯顏。愁絶白門楊柳色，應同庾信賦江關。

蘆溝橋

卧虹終古枕桑乾，泱漭渾河走急湍。馬邑風烟通一綫，太行紫翠壓千盤。唤人喔喔荒鷄早，照影蒼蒼曉月寒。沙際閑鷗應笑我，又聽鈴鐸送征鞍。

春盡日送同年平太史聖臺歸浙東

周南滯迹久同稽，把酒津亭忽唱驪。醉裏人將春并去，望中雲與水相齊。禹陵洞穴仙官守，越國山川謝客迷。鑒曲敢言煩特賜，鄉園隨處得攀躋。

題畫

披圖長自愛烟嵐，笋笠�

九江舟中

渺渺潯陽烟樹齊，蕭蕭溢浦雁行低。長江九派東流去，何事孤舟獨向西。

雪中聯句

作客欣得朋，鳳喈。畏人但枯坐。忽焉繁霙集，德甫。乍疑微雨墮。洽洽愁雲凝，曉徵。棱棱寒意作。樹訝乖龍蟠，來殷。檐軫凍雀餓。六花舞櫚楹，鳳喈。四野洗堀堁。灑松密復疏，德甫。碾玉揚更簸。疏篁折有聲，曉徵。老屋壓欲破。頗畏酸風尖，來殷。差喜酒户大。韭芽出吴羹，鳳喈。蜜餌本楚些。食單列無多，德甫。詩卷正可和。醉吟馬耳埋，曉徵。狂擬驢背馱。我儕苦羈孤，來殷。生計每摧挫。今秋聞倉箱，鳳喈。連村收秫稏。歲晏緩租庸，德甫。時平謝勞瘅。矧見宿麥抽，曉徵。益資春種播。對景良足歡，來殷。稱瑞行當賀。蝝蝻土已殲，鳳喈。樧栝冰猶裹。白戰勿致師，德甫。閉門任僵卧。曉徵。

同錢曉徵曹來殷家德甫用昌黎會合韵送王次山先生歸常熟

眩目雪花高，痒肌朔氣重。鳳喈。忽興故園思，遂見歸計勇。德甫。裝成一羽輕，寒壓兩肩聳。曉徵。竅振風尚號，帆開浪猶涌。來殷。養痾公志便，問字我忱壅。鳳喈。結添卜商衣，履曳原憲踵。德

甫。叩趌駭洪鐘，挾卷悝荒壟。曉徵。游常异輿從，境嘆望羊恐。來殷。硜伉嗟俗師，流傳多繆種。鳳喈。勃窣鮮囊該，踳駁徒雜冗。德甫。逖矣昧火珠，誰歟搜汲冢。曉徵。衮衮逐頹瀾，紛紛博世寵。來殷。先生管道樞，末學作梁栱。鳳喈。砭俗論必嚴，匹古意未恟。德甫。覃思斡幽元，鉅製冠應奉。曉徵。幽鍵啓奥窔，銛斤斫拳腫。來殷。十道九域探，三篋百城擁。鳳喈。聞昔烏臺遷，群鶩白簡捧。德甫。志欲懲訓狐，沸豈耐群蛬。曉徵。正色排媕婀，直筆刺微尰。來殷。然犀燭罔象，强弩射闒茸。鳳喈。佼佼厲丰規，棱棱振傝㒍。德甫。乃知一士諤，直令百夫悚。曉徵。旋解紫綬還，閑薙碧草茸。來殷。酒陣整韅靷，騷壇集球珙。鳳喈。遂初欣還山，耽榮啞得隴。德甫。吾谷峰嶙嶙，尚湖波溶溶。曉徵。閑身付蓑笠，塵鞅脱桎拲。來殷。朅來主講席，多士資發冢。鳳喈。教比時術蛾，文喻吐絲蛹。德甫。問事愧長頭，解疑快曲踊。曉徵。兹聆驪駒歌，正值烏獸氄。來殷。往矣冰堅腹，來思花拆甬。鳳喈。佇立望河干，霜林浩呼洶。德甫。

紀昀

字曉嵐，獻縣人。乾隆十九年進士，官禮部尚書。

《蒲褐山房詩話》：君閎覽博聞，才情華贍，少日已爲史文靖公、劉文正公激賞，及再入詞垣，適

以詞臣奏請將《永樂大典》内人間罕覯之書，鈔録流布，既而詔求天下遺書，開四庫館，令君與陸君錫熊總司其事，考异同，辨真僞，撮著作之大凡，審傳本之得失，撰爲提要，進呈御覽，上皆閱而善之。其未鈔録者，則爲存目以識之，分繕七部，貯于文淵閣、圓明園、熱河、盛京及揚州、金山、杭州諸處，嘉惠來學。又加以提要二百卷，使讀者展閱了然。蓋自列史《藝文》、《經籍志》及《七略》、《七録》、《崇文總目》諸書以來，未有閎博精審若此者。蓋文治之極隆，而儒生之榮遇也。逮爲禮官之長，恭遇高宗皇帝御宇六十年，行内禪之儀，進册授寶，宏規盛事，皆千古禮儀之所未備。禮臣參稽經訓，綜以會典，斟酌進呈，均蒙俞允，次第舉行，普天同慶，亦君所擬定者爲多。君既黼黻升平，甄綜群籍，故其應制之作，雖爲詞苑所宗，而于尋常所著，不復珍惜成編。兹于《館課偶存》中録存梗概，已無愧于燕許楊劉，而試帖體，乃國家所以取士，大小試無不用之，故所録特多，俾爲士林準則也。

西域入朝大閱禮成恭紀

一掃欃槍大漠空，陽關萬里使車通。全收月窟歸封内，原有星弧在掌中。天馬徠時行就日，靈夔吼處響生風。懷柔控制相兼用，應識君王睿略雄。

花門作隊遠潛蹤，積石流沙路萬重。絶域何年迷漢壘，王師當日問崇墉。幾回哲蔟驅妖鳥，一

旦軒轅召應龍。數曲金笳歌《出塞》，西戎早已避旗鏠。

趁趯羽騎走如雷，三部降蕃次第來。伴使經時携勃律，仙莊早日覲蓬萊。秋深驛路人初到，雲捧旌門影正開。便遣平皋陪大獮，且看七萃躍龍媒。

曲宴芳園酒乍醺，將軍飛遞羽書聞。窮荒更遣蟠桃使，降表連收貝葉文。兩國名王馳贊普，同時別部走奚斤。殷勤携得昭華琯，計日中朝覲聖君。

日行三百入長安，別苑層城畫裏看。宿衛舊聞唐頡利，衣冠今賜漢呼韓。多時逋寇擒狼種，幾隊高蹄付馬官。好續《周書·王會》解，千秋勝地記田盤。

東郊南苑路回環，蕃使行隨十二閑。九奏聲中瞻御幄，萬年觴側侍天顔。燭龍珠躍雲霄外，火樹花開指顧間。真是滄溟觀日出，六鰲頂上駕三山。

朔風獵獵乍盤雕，上將持麾下紫霄。天上星辰張玉弩，軍中鼓吹應金鐃。珠斿揺曳旗初展，銅埒回旋馬更調。十萬貔貅齊入伍，分明氣象認天朝。

環抱中權兩翼交，森嚴後勁接前茅。連營畫鼓聲相答，八陣雕旗隊不淆。爍爍星文浮劍氣，彎彎月影上弓弰。六軍控馬齊翹首，尺五城南望翠旓。

五色明霞護彩旄，至尊韎韐演龍韜。由來六職分司馬，况值諸戎貢旅獒。黄道平馳雕玉勒，烏孫遥識鬱金袍。争看聖德兼文武，九合天弓手自操。

羽衛交馳玉踠騮，陪游仍遣召渠搜。重看犀手三千弩，争拜龍旗十二斿。見説須臾禽母寡，果然容易戮蚩尤。願將聖主天威重，傳到西荒海盡頭。

恭和御製九日侍皇太后宴并賜内外王公諸臣食即席得句元韵

帳殿崔嵬曉氣澄，重陽不數宴孫陵。花開松漠圍黄纈，香佩萸囊製彩綾。五色安輿雲對捧，萬年仙酒露新承。題糕勝事龍沙北，自古登高到未曾。

賦得山梁悦孔性

會心原不遠，樂意總相關。達者能觀化，仁人本愛山。天機同浩浩，物態共閑閑。偶爾逢心賞，悠然息轍環。坐看雲自出，忽見鳥知還。童冠如偕點，行藏欲語顔。鳳翔千仞上，龍德六爻間。《鄉黨》終篇意，長吟《雉子斑》。《雉子斑》，樂府題名。

賦得風弦漢殿箏

何處夜琮琤，冰弦帶月清。涼颸來玉署，秋殿動銀箏。乍聽風從律，真同響應聲。何須銀甲撥，已繞畫梁鳴。呼吸機相感，喁于調自成。爽如聞籟發，高欲遏雲行。斷續隨宫漏，悠揚散禁城。早朝天樂奏，一曲和《韶》《韺》。

賦得殘月如新月

缺月照庭除，纖纖畫不如。雖非三日後，却似半規初。衹道弦將上，誰言魄漸虚。依然千里共，還是一鈎餘。光但分增減，形難辨斂舒。誰能分顧兔，定亦誤驚魚。老桂花常在，仙蓂葉漸疏。餘輝如可借，爲照案頭書。

賦得夏雲多奇峰

嵐氣初蒸鬱，雲容俄嶄嵒。卷舒形屢變，重叠勢相攙。峭立峰成筆，高張石作帆。雄應争岱華，險欲類崤函。拔地風頻鼓，摩天日乍銜。雷疑泉響澗，雨訝瀑飛岩。縹緲真難即，嶔寄自不凡。願陳紅縵頌，流韵入《韶》《咸》。

賦得秋月如圭

月色净玻璃，秋宵畫閣西。無瑕原似璧，有角便成圭。仙桂開方滿，新桐剪乍齊。修來原是斧，切處定如泥。象以斜長肖，形從朒朓稽。凉天懸玉片，深夜照金閨。冷露中庭濕，明河右界低。方輝吟入户，更憶隱侯題。

賦得水始冰

霜自何時降，寒從昨夜增。深灘多露石，淺瀨半含冰。細溜微微聚，流澌漸漸凝。經風纔欲合，遇暖尚難勝。瑣屑銀千縷，玲瓏玉幾層。一痕初界畫，數片乍觚棱。舒斂機相待，剛柔氣互乘。應知堅腹後，陽律又潛蒸。

錢大昕

字曉徵，號竹汀，嘉定人。乾隆十六年召試，賜内閣中書，十九年，成進士，官至少詹事。有《潛研堂集》。

《蒲褐山房詩話》：君聰穎非常，髫丱時，即有神童之譽。以召試入内閣，再入詞垣，覃研經史，根柢精深，詩賦之外，究心數理精蘊，曆象考成，能通中西之學。秦文恭公修《五禮通考》，屬以相助。自廣東學政銜恤歸家，有終焉之志。歷主書院，輒以小學《爾雅》授生徒。所撰《二十一史考异》，又撰《金石跋尾》四集，蓋鄭夾漈、王深寧之流亞也。詩清而能醇，質而有法，古體文亦以震川爲歸。年

七十五，追溯爲諸生，已六十年，有司循例請重游泮宫，因有句云：「三不朽閒當立脚，四先生往孰差肩。」其實唐、婁諸公，斷不逮其百一也。

擬　古

亭亭孤生松，結根山之阿。干霄聳直幹，蔽日交繁柯。下有芝與苓，上有蔦與蘿。年歲倏已暮，霜露亦以多。幽人卜居此，松下常高歌。願爲歲寒期，相對鬱嵯峨。青青河畔草，灼灼池中荷。顔色豈不好，秋深當奈何。

龍門百尺桐，輪囷盈十圍。斫爲緑綺琴，緪以白玉徽。水流何洋洋，山高亦巍巍。鍾期顧我笑，一彈情以移。奈何舍我去，破弦不復揮。不惜弦斷絶，所悲知音稀。郢人泣匠石，蒙莊感惠施。愁來不能語，千古同歔欷。

游天平山歷龍門白雲泉蓮華洞諸勝

夙昔慕臺尚，散髮事登陟。名山志遠游，携屐探九域。天平況在邇，葱翠望不極。屯雲生層岡，

蒙泉注岩隙。壁立石骨露，峻絶苔徑仄。梯空疑無路，攀蘿若可即。行險心惟亨，仰止道自得。理以湛寂超，境與幽邃適。即此澹塵慮，奚事逃藪澤。歲宴期重游，眷兹山中客。

讀漢書

黄綺避秦漢，采芝汗漫游。不與竪儒伍，而況辨士流。吾冠幸無恙，欲溺將奚由。姓名落人間，失計逢留侯。鴻鵠羽翼成，徒爲娥姁謀。假館建成所，安吕非安劉。區區具金幣，毋乃溷公不。

茂陵慕不死，意與仙人期。豈知巫蠱禍，乃自方士貽。黄老尚清净，文景所以治。變而談神仙，所見一何卑。我欲見鉅公，岡上如嬰兒。服藥可少病，勿爲妖妄欺。

在漢中葉後，政柄歸尚書。置相不選賢，亶取容嚜徒。流汗婦參語，僂背吏夾扶。扶陽與防鄉，醖藉稱通儒。恩澤列徹侯，婣婣保位俱。威福自臣作，履霜慎厥初。居攝頌功德，後來奚足誅。

厚味實腊毒，高位易觸罪。五鼎食幾何，失意便菹醢。不見葛繹侯，刻印拜上宰。涕泣不肯受，自云從是殆。才果濟蒼生，溘死亦何悔。淺哉曲學夫，持禄不知止。

秦坑灰未寒，士節日以貶。造請公卿間，見笑徒自點。膝席避田蚡，長揖無汲黯。將軍肯臨況，治具吾敢儉。乃公戒床下，大要教兒諂。偉哉平陵朱，願請尚方劍。

持平三尺法，人主與民共。云何武健吏，内深次骨痛。操下束濕薪，一時重足恐。殺人計自安，古法置叵用。天道有神明，好還神所恫。賢哉萬石媪，斯言可警衆。

寄述庵用東坡除夕倡和韵

少小好讀書，未有袁豹半。中年精銷亡，炳燭吁可嘆。狗馬子弟習，珠玉兒女玩。樂極恐生悲，聚多終或散。元牝以爲門，法喜可作伴。自從悟如如，何暇伐旦旦。惟餘文字癖，欲療醫無案。語辨宋魯訛，文證豕亥亂。吟詩鼻長擁，揲《易》手先盥。鄉人憎怪迂，古調嗤嘽緩。賞音獨吾子，嗜好同一貫。深入賈君勇，助登激予懊。如何久别離，夜雪誰送炭。當年劇談地，蒲褐閟空館。萍開必終合，井冷行復暖。懷哉曷月歸，顧言見此粲。

題黄小松看碑圖

判牘有餘功，訪碑無寧晷。尚友到古人，翠墨雲烟委。歐曾趙洪後，立幟江夏子。古物聚所好，不脛走千里。金薤垂琳琅，收拾斗室裏。憶昨造高齋，清閟爲我啓。香厨一縱觀，如入五都市。畫

手數顧陸，絹素那足恃。何期東京刻，真面壁可指。法服儼冠劍，禮器陳匧杌。銀瓮璧流離，甘露木連理。靈秘不能藏，一朝列棐几。奇怪驟難讀，過眼聊復喜。合并知何年，癖嗜略相似。披圖宛晤對，慚我聞塵咫。想見手摩挲，比鄰招短李。片石如能言，風塵感知己。謂李鐵橋。

宋徽宗畫龍歌

畫龍古今誰妙手，前有僧繇後所翁。宣和道君亦能事，游戲落筆侔神工。空齋欻忽風雨晦，粉墨黮黕發光怪。陰雲合沓迷高穹，震雷崩騰驚下界。一龍夭矯胡髯垂，遥空隱現鱗之而。神物變化意飛動，豐隆列缺相追隨。左方題識更瀟灑，瘦金小字兼行楷。興雲吐霧豈有心，欲吸長江濟四海。題云：「興天上雲，吸長江水，濟四海民，落天下雨。」凡一十六字。我聞汴都全盛初，太清樓閣收圖書。闕仝董羽妙迹在，見《宣和畫譜》。至尊清暇時臨摹。艮岳山成劫灰速，興廢一朝如轉轂。五國城頭塞馬嘶，真龍終受泥沙辱。吁嗟乎，尺幅丹青千載傳，烏號去杳竟誰攀。一從曲洧南歸後，寂寞龍顏想像間。朱弁使金，得二帝御容以歸。

題述庵三泖漁莊圖

昔游三泖秋正暮，凉波十里浮吴艭。中流塔影插天半，突兀如建蓮花幢。蒼茫葭菼望不極，半篙净绿流淙淙。漁人此時齊結網，蜻蛉一葉張棒雙。編篁挾罔繫笭箵，扣舷遠近歌無腔。斜風細雨波不起，時聽野寺疏鐘撞。前塵十載寄夢寐，此意耿耿誰能降。王郎本是湖海客，潛夫作論驚愚戆。清詞雅材追百五，勁筆直擬龍文扛。風塵侘傺不得意，便欲采藥隨老龐。故園况在長泖上，三間老屋開虚窗。維摩十笏塵容膝，却喜面面當晴江。漁兄漁弟還往熟，籬根那復驚花尨。有時一棹乘興去，繫纜竟到枯楊椿。背篷圓笠自携取，得雋往往窺魚矼。銀絲鱸鱠味不惡，痛飲直倒頗黎缸。但見青芙蓉九朵，遥岑出没連空硿。一聲欸乃交倡和，有似竽瑟壎篪椌。人生所貴在適志，年華晼晚同奔駹。京華留滯幾寒暑，登樓信美非吾邦。披圖舊游宛在眼，浮家有約無虚哤。拂衣我亦徑歸去，潞河南下挐輕艂。葑中洞上好相待，可許主客圖成雙。

王彙英家藏古錢歌

錢府上士受姓始，我今逃債無從逃。九章綴術亦曾學，不解子母營羊羔。平生最嗜金石刻，鐘鼎款識窮爬搔。貨布雜品儲一二，如捉贏蛤遺鯤鰲。王生好古今都穆，卜居恰近吴南濠。十年藏弆肯出示，古色班駁爛錦絛。溯初尊盧首作幣，三品後出泉布刀。外圜函方法九府，扣囊底智自《六韜》。金刀錯出布么幼，黄新代漢先塗高。真人白水讖已驗，造物終厭蛙聲囂。五銖之廢開通鑄，椒房指爪痕深牢。紀元各各吉金勒，三司呈樣頒神皋。所嗤僭僞盜正朔，寸涔妄欲驕海濤。世間兒女尚厭勝，吉語宛轉銘周遭。幕文奇詭難殫述，星官北斗下采旄。雙魚三雀隱龜背，蒼龍糾屈鸞翔翺。或言撒帳取善頌，貴主釐降夸富豪。或云佩之辟五兵，却鬼可當度索桃。顧《譜》洪《志》人所讀，愛而不見空鬱陶。多君聚之在掌握，區别年代分牛毛。臨川之愚和嶠癖，同床异夢啞若曹。阿堵中物如此良不惡，傾身障簏誰訾謷。孔方絶交吾已久，畫餅差勝啖白蒈。（白蒈草，食之不飢。）乞君拓文遠相贈，瓊瑶欲報心忉忉。

同王鳳喈過昭慶寺訪學公不遇

五宗誰嗣響，清絶有祇林。水月觀空悟，風幡答法音。我來虎溪下，佛火一龕深。不見維摩詰，悠悠訪道心。

破山寺

竹徑不知遠，四山皆白雲。漸看蕭寺近，杳杳暮鐘聞。聞昔盱眙尉，清時鸞鶴群。禪房花木在，吟坐憶夫君。

荆軻里

匕首懷中出，諸郎殿下看。燕丹心未死，趙政膽先寒。成敗論人易，從容舍命難。千秋猶灑泪，易水共汍瀾。

壽王述庵司寇八十疊用虎邱酬唱原韵共成八首

八十樂全翁，精神潞國同。西京兩司馬，東海一非熊。玉尺量才正，金針度世工。漁莊近三泖，消受快哉風。

此叟非常叟，忘年得大年。籌邊雙鬢換，草檄百蠻傳。夜踏金川月，晨炊雪嶺泉。亥章曾未到，都入紀行編。

耻作囁嚅翁，寒松雪榦同。南臺冠戴豸，西省掌批熊。霖雨沾濡渥，絲綸潤色工。踐敭三十載，人識曲江風。

事業雲霄上，詞章漢魏年。行藏真不愧，福慧兩堪傳。力挽千鈞鼎，思探萬斛泉。分陰晚猶惜，樂府續新編。

今古幾多翁，酸鹹嗜不同。道能融孔釋，味欲盡魚熊。許鄭淵原遠，歐蘇著述工。新排詩卷富，肆好穆如風。

曹憲張蒼侶，窮經壽百年。千秋斯道重，四海大名傳。共仰星環斗，誰窺綆汲泉。群英陪杖履，語録及時編。

當代董思翁，聲名壽樂同。三車參象馬，五戲却猿熊。老學心逾細，詩傳選最工。懸弧冬日暖，入室坐春風。

北郭隨肩日，南宮擢第年。青氈慚我倦，黄絹羡公傳。卓立靈光殿，紆餘難老泉。鶴南飛一曲，欲附五羊編。

秋柳和曹來殷韵

極目長條更短條，永豐西角最魂銷。渭城舊恨歌三疊，白下新愁送六朝。零落夜烏啼轉急，蕭疏客鬢話無聊。春來縱説輕離别，尚有濃烟拂畫橋。

贈翁朗夫徵君

緯蕭抱犢自家風，薦牘仍看達紫宫。東國人倫推郭泰，西京儒術數申公。江湖載酒風流在，耆舊論交意氣同。擬向君山來問字，相從踏遍碧玲瓏。

懷述庵

井梧摵摵下閑庭，悵望同心隔遠坰。舊雨祇令勞夢寐，殘春曾此共飄零。白沙夜月潮聲急，紅葉秋山屐齒停。遥憶五茸雲正遠，折麻何處寄芳馨。

邵伯埭

澤國微茫長緑蕪，薄游踪迹感羈孤。疏鐘夜火秦郵驛，官柳長堤邵伯湖。往日漂流悲雁户，祇今村落足魚租。明朝又下清淮路，愧爾沙鷗宿水蒲。

毛萇里

申培轅固各專門，誰似毛公詁訓尊。北海作箋傳古學，西河製序啓真源。四詩未墜斯人出，千載云遥故里存。太息後賢矜鑿空，欲將部婁廢崑崙。

董子故里

蒼莽長河古木疏，流傳董子下帷居。天人不愧賢良詔，道誼羞稱功利書。曲學公孫方貴幸，助邊卜式早遷除。空談灾异真何用，絶倒從游吕步舒。

岳忠武墓

唾手燕雲願力堅，長城何忍一朝捐。小朝誓表和親日，大將圜扉絶命年。雪窖生還虚壯志，《金陀》論定剩遺編。君王自戀餘杭樂，不獨文臣解受錢。

秋晚訪述庵司寇三泖漁莊因同訪圓津禪院慧照上人即放舟游佘山適雲間汪西村張坤厚金冶昆仲亦至偕入王氏園登皆山閣久之復至天馬山登周氏山舟堂還抵萬壽道院歸途得詩四首

石湖乍報范公歸，容得溪翁晝款扉。菊爲秋深香更厚，蟹當霜後味偏肥。文章真到歐曾壘，經術還傳鄭服衣。一榻高齋留小住，翦燈話雨重依依。

滄江共載米家船，咫尺東佘一宿緣[一]。萸浒椒園粗結構，棕鞋竹杖小留連。銀鈎猶榜尚書字，秘笈誰探處士編。頗喜參寥偕入座，聞香且證木犀禪。

客來不速恰三人，天馬峰前共泛舲。杜老酒徒招白旭，蘇門文士得黃陳。山如秋意含沖澹，詩有天機到朴淳。重過山舟舊池館，雪鴻指爪話前因。

行窩隨處足徘徊，鳥語鈴聲次第催。丈室靜翻經貝葉，羽庭留酌酒螺杯。誰能榮世兼名世，公是仙才又佛才。涑水縱題園獨樂，不妨真率故人陪。

【校勘記】

〔一〕「咫」，原作「只」，據《潛研堂詩續集》卷六改。

尚湖夜泊

微茫雲水自萋迷，平遠山光入望低。唱遍竹枝帆盡落，孤篷殘夢尚湖西。

紅　橋

竹西十里路迢迢，檻外江南翠黛遥。翦翦緑楊風絮晚，半帆春水過紅橋。

王又曾

字受銘，號穀原，秀水人。乾隆十六年召試，賜内閣中書，十九年，成進士，官刑部主事。有《丁辛老屋集》。

《蒲褐山房詩話》：穀原在都下，極爲陳文勤公、汪文端公稱許。釋褐後，皆以爲當得上第，既入三甲，人猶以秀水朱檢討爲比。後用爲主事，觀政禮部，又以王儀曹稱之。至補刑部主事，穀原以律

例向非素習，且病，遂乞假歸。性善飲，談笑風生，神情瀟灑，雖飄泊江湖，而東南長吏晋接者多。賦詩鬥酒，凡十餘年，卒憔悴偃蹇而没。作詩專仿宋人，信手拈來，自多生趣。休寧曹農部自遴選刻其詩，子復再刻之，皆不及十之四五，而審擇未當。其全集六百餘番，予曾點定，今尚存其家。

度盤山嶺望雁蕩諸峰雨止大荆旅店

此邦南戒盡，山勢驅入海。崛强屹元氣，雕劖出真宰。爲下嶺刺天，接眼益峐崋。攢攢百青蓮，朵朵吐菡蕾。春空媚雲物，醖藉固有在。應知太古前，猶未混沌改。卒見無急驚，山靈詎相紿。詰朝果此游，須鼓脚力倍。姑去夢烟村，稍伺雨聲怠。

曉度馬鞍嶺曲折行澗道中從翦刀峰下入觀大龍湫還憩龍湫菴

一啜道場羹，鏘佩披鶴氅。穿徑雲共飛，躋險鳥同上。東西并谷幽，高下一泉響。泉響方愈寂，谷幽漸生朗。濕烟信粘履，穹翠欻盈掌。微聆鸞鳳嘯，遠窺壺嶠廣。折入最深處，高挂五百丈。近遠無定姿，變幻非一象。直下陂注馬，散迸溪劃槳。匀圓鮫人珠，熨貼織女紡。蜿蜒蛟龍纏，空濛霧

露放。或爲風所遏，欲俯旋還仰。或爲石所觸，始直中乃枉。或疾若雷轟，或細若鳥吭。絲琯洞庭張，鼓鐘太廟饗。日濃霞綺蒸，壁古虹彩長。頭寒不敢逼，目暈難屢仿。兑説萬派歸，坎習一潭養。虧盈河漢準，消息混沌想。廬山亮斯遜，天台詎能兩。凌流餌碧花，跂石攬宿莽。惝怳厓邱招，踴躍猱狖黨。任運獲貞觀，洗心韞靈賞。移情將所終，瞥眼遽成曩。聊兹李白游，未可詎那往。愴彼留衣人，置身猶土壤。莽有嘉靖間薛方山碑記，漫漶不可讀。後有七律一首，頸聯云：「有悟不須相對面，無緣猶自顧留衣。」蓋徐階詩也。

出能仁寺逾四十九盤晚入芙蓉村

亭午露未晞，琳宇花尚泫。廣墀舞天鷄，壞檻卧仙犬。登頓悉奥區，首塗仍峻峴。延睇草徑微，孃孃寫蟲篆。礬折始漸高，冉旋復屢轉。盤盤升嶺脊，愓愓凌劍棧。趣苦賞難留，迹危情莫展。回眺二靈雲，模糊夢成舛。日仄猿嘯哀，春深鳥歌善。藥草含綠夷，瀵魁泄清筧。澹漫墟烟青，陂陀春路衍。雖惜佳景睽，暫止僕夫喘。解裝曬宿雨，脱屐剔荒蘚。稍待芙蓉開，秋風約重搴。

讀南華經

兹晨風日美，散髪啓南軒。浮光蕩烟翠，衆草萋以蕃。水流花復開，陋巷如空山。朝菌發其姿，鸒鳩鳴相歡。物情澹來往，感此娱目前。聚糧適千里，消摇且窮年。會心無可説，緬與莊生言。言有無何鄉，亦在廣莫野。大樹榮冬春，寂寞世所捨。與之兩無爲，消摇卧其下。不愁斤斧傷，寧戚顧盼寡。無用吾與汝，撫琴心獨寫。

半夜夢方覺，翏翏天籟入。嗒焉見真君，授我環中法。百年同大夢，彭殤一呼吸。蛇蚹與蜩翼，微形焉可執。曼衍和天倪，邈與溟涬合。夢亦蘧蘧周，覺亦栩栩蝶。夢覺本强分，幻影安得拾。今者吾喪我，寤言誰與答。

元君將畫圖，衆史羅右左。紛然受揖立，筆墨事碎瑣。一史獨後至，忘人亦忘我。儃儃走就舍，解衣槃礴贏。萬事不入心，擺脱衆史夥。是真得畫神，元君果曰可。

泠泠七條弦，響澈霖雨中。霖雨有時歇，歌哭安所終。嗟嗟子桑户，十日斷朝饔。良友暫裹飯，聊充俄頃供。命也知奈何，誰令丁我躬。勸君無廢詩，廢詩亦終窮。

和循初用韋蘇州自蒲塘驛迴駕經歷山水韵

深更坐寒雨，雨歇風亦轉。沉綿話粤游，紛我離思衍。推户星稍出，輝輝帶階蘚。葉脱辨疏林，雲歸想遥巘。如何遘良會，杯行較深淺。含愁良易盈，即事况成緬。喧凄意每餘，去住情各展。何處曙鐘撞，殘燈耿難遣。

趙仲穆雙松水榭

霜氣日已厲，林中辨鴉舅。高軒面蒼塞，曲檻俯清瀏。左右飛雪雲，雙龍盤蚴蟉。落葉掃鹿砦，凉烟濕魚笱。颼颼蘆葉戰，忽復響窗牖。水深易秋陰，不覺風雨吼。黽勉歲寒節，誰是同心友。不有短彴横，微徑焉可取。

偕乳巢擰石泛飲西湖晚登南屏至壑莾憩山亭觀磨厓家人卦

箬篷速於鳧，拍拍出烟汊。一鏡動演漾，千螺堆婭奼。是時殘暑斂，霽景豁臺榭。芙蓉色已弄，菡萏衣半卸。頻來熟壚女，濁酒瓶滿貰。剥芡數曩游，頭顱互嗟呀。沙唇白鷺翅，寺角斜曛射。碕岸散笻屐，荒塗導檿柘。曠如歷平疇，凉風逗穲稏。無田可歸耕，長鑱我安藉。袖寒空翠澆，履濕鳴泉瀉。曲磴升窈窕，短壑迫巇罅。屹囓猛虎張，盱瞑老虬架。危彴藤欲墜，飛步不敢跨。失道蕭艾間，尋磬獲僧舍。矍見南山亭，脚力庶言罷。一片石面削，斗起足驚詫。《家人》卦誰鑱，力恐巨靈借。淋漓蛟螭纏，怵惕風雨化。當裁白地錦，覆以十丈帊。詰屈愛窺幽，彳亍慮催夜。山響孤竪唱，雲破一樵下。湖濱落雁初，林外昏鐘乍。解纜謝山靈，來朝愧塵駕。

罱泥

秧針雨纔足，新畦宜糞種。南村借釣航，港汊恣翻揖。雙竿舞燕捎，兩手禮鼠拱。縱遠項背傾，拔深腰脚勇。横撐沙觜閣，側立船舷重。亂牽菰米沉，冷觸鷗群恐。磢渦蕩呀庨，水草拌傝㒗。急

須咨薙人，騂赤分上壟。

扳罾

漁具首網罟，罾與罛罿亞。千絲罥影張，四角�枝架。挽索勇雙臂，擎竿夾前胯。欲起翻鴟蹲，既縱乃凫下。拏音聆舴艋，孤揚出烟汊。髬髵緑蓑翁，淋灕傍漁舍。連江翠雨昏，隔籪紅鐙射。冷笑狂奴廉，荒磯坐長夏。

貯水

烹茶水功六，天泉占其雨。梅雨醇而白，品争雪水上。五月檐溜飀，丁紞幾旬響。貧家無長物，差喜足瓮盎。翠杓滿傾注，照面恰圓朗。茗葉新未試，石子静堪養。藏任酒缸聯，立肯醬瓿黨。曷爲老桑苧，但恣山泉賞。養水須貯石子於瓮。

合醬

夏至逾三庚，懸空火輪熱。糴豆揀如金，磨麥篩作雪。爛蒸氣方餾，急拌黄不涅。痛挼圓箔穩，凉攤曲房閉。方結切。沸投鹽滷澄，汲用井華潔。甕深杷屢攪，檐午笠齊揭。大歲面須對，黄道曆宜許。女醢勿言辛，嘉賓儻流歠。嘉賓流歠，見梁劉孝儀《謝賚蝦醬啓》。

重五日獨游道場山却簡徐穀函

曉榜夾山澮，蒲岸深吠蛤。未傳林際磬，早涌船頭塔。螺髻翳輕沙，雲日遞吐納。泥巷耕犉卧，秧扉蠶婦闔。升麓苔磴紆，到寺風泉雜。山門盡勝概，曷用衆峰踏。苦茗僧自供，清言竹爲答。榴朵艷道場，蕭然悦塵榻。意行愜静便，惜不吾友拉。惟吟坡老詩，罄我三升榼。

易松滋招集抱山堂偶話龍湫舊游同人輒爲題龍湫宴坐小景余亦繼作

平生邱壑緣，頗笑謝康樂。經行屐齒雙，遍爲佳處着。雁山峙東南，海氣所噴薄。千峰骨瘦聳，寸土必湔削。二靈尤瓌富，外視若郛郭。自非窮幽險，面目罔約略。龍湫吾耳熟，凌晨勇腰脚。盤迴嵐翠交，迤邐苔徑拓。一登忘歸亭，坐怪巨靈鑿。飛流五千尺，劈面向我落。其上星月栖，其下蛟龍躍。支派析銀河，宫商諧廣樂。於時春向深，雲暖舞雙鶴。漫山綉芳草，踏處皆靈藥。暫容腸胃洗，還就塵坌縛。彈指倏十霜，鬢絲异今昨。殘春展舊圖，却顧成錯愕。舉因非戀嫪，觸物逾淡泊。滿座聞琤淙，并荷清風作。爲言諸尊者，終踐還山約。

曉過石鐘山不得泊

空江不聞鐘，清曉續凉夢。黄帽不解事，靈境瞥焉送。金石首八音，次第若伯仲。兹山胡爲兼，虚牝妙相控。拳然凸水次，形質類覆甕。竅穴中玲瓏，微風嬲其空。水石暗擊撞，元音發一中。此理本坡老，少見怪者衆。我言亦耳食，歸尋水樂洞。

穀日迴溪草堂銷寒第六集訂雨霽郊外探梅分韵得象字

元日到人日，一雨斷來往。今日又穀日，深巷屐齒響。招我擘春瓮，磊落問少長。握手出吉語，但飲屏餘想。古瓷茶蕊明，芳卮蕙叢養。雪壓色轉深，風恬氣已盎。春早舊年立，梅先一月賞。便恐雨妒花，零落忽一餉。花信遲亦佳，北枝尚倔强。留取作上元，繁花耀晴朗。整頓雙絲瓶，郊游陪履杖。也勝不出門，痴坐等犧象。蒼苔上下崦，春水東西瀼。梅花如美人，畫之須周昉。時將乞瓜田寫梅花小幅。

上元縣齋上元夜雪同用東坡聚星堂詩韵并效其體

沉沉院落調銀葉，却取春燈换春雪。天公試手聊作戲，誰家擁髻正愁絶。床頭抱絮薄更搜，閣裏琴弦凍欲折。分曹擘柑春自盎，密座燒蠟風不滅。細啖菜甲耿多憶，牢捧玉船愁被掣。江邊新柳又青眼，墻角短梅幾紅纈。鼓聲十棒想縹緲，茗汁一甌太騷屑。阿香驚笋掀欲穿，素女窺檐笑成瞥。白戰偏教上元續，夜宴不讓南唐説。君勿僵卧頽玉山，海月一輪催老鐵。雪後月甚佳。

祝豫堂歸自馬蘭峪同香樹先生擇石偶圃賦

至後大雪厚一尺，城西報我有歸艇。莊窩小別欻五年，倒屣相尋濕塗濘。骯髒握手昔顔在，但有新霜欲垂領。示我新詩代口述，篇篇豁朗絶畦町。憶昨癸丑之冬日在斗，提鞭北走氣何猛。袖中賦草三大禮，蒲牢一吼百獸屏。正逢天子新踐阼，柄用儒術恭搢珽。内外大官共薦剡，明光起草争馳騁。用而爲虎退爲鼠，抗之則雲抑則井。娉婷不嫁孑心惻，俳優而試吾齒冷。銜淚却跨蘆溝橋，陟險遠上盤山嶺。長城之下饑驅來，夜夜關門虎蹄打。風沙颯颯坐懷古，塞草陵花寫莊靚。歸心一縱箭破縞，暫解塵羈息蓬梗。屋房隙地任鋤菜，架上破書堪汲綆。雖處貧賤聖所耻，獲遭太平生即幸。何妨韓愈怯柳劉，未見華歆勝管邴。舊雨矧逢南郭合，長驅誰許中原并。臭味差憐投漆膠，英雄終必酬牲鼎。倘嘲鵬鷃恐未然，但逐雲龍定獲請。軟紅十丈急湔祓，臘釀方醲須酩酊。

張穆畫馬行

垂楊過雨吹郊牧，洗刷權奇出天育。鐵橋畫馬蓋有神，纖離紫燕下筆親。一匹連錢五色白，一

匹拳毛深鐵色。硉矹紛攢白象蹄，蜿蜒迴露神龍脊。春寒宛頸鳴不驕，仰視閶闔方騰驍。良材本合天仗獻，可惜昂藏走荒甸。方今四海盛太平，白首不睹烟塵驚。鐵橋畫此蓋有以，華山之陽在卷裏。我聞此老好劍兼好詩，更於畫馬神工施。乾坤漂泊丹青賤，死後聲名徒爾遍，嗚呼男兒學藝漫絶倫，君不見韋少府、曹將軍。

冰壑訂游天台余不果同行略述前游以爲導

扁舟夜弄鑒湖月，一霎飛帆臨剡溪。詰朝衝炎謁天姥，森森緑樹青猿啼。雲房澗户歷百所，石梁未到陰凄凄。呀然一潭吼地底，毒暑凛欲披羔麑。曇華亭上剛一宿，方法丹師教餐玉。醴泉瑶草黯然别，雙闕瓊臺空跂足。天台陳君有仙骨，飽飲赤城霞萬斛。蕭然坐我溪閣頭，盡日千峰環破屋。炎風趣我還渡江，越山點點趨船窗。枯笻惜未支華頂，遠夢迢迢今莫降。故人相約穿芒屩，我被塵牽俗難藥。九峰次第挈陳君，第一先登摘星閣。

題林良九鷺圖

瑟瑟空江烟霧滅，風漪百頃鋪纖葛。漁叉不響欸乃空〔一〕，忽下前灘幾堆雪。畫工之畫真化工，水禽不與陸禽同。直從第一數至九，一一變相無一偶。寫秋更得秋性情，色是秋色聲秋聲。插頭或作陂塘夢，引吭或效鴉軋鳴。戲水或孤揚，銜魚或雙行，或狀孤高類野鶴，或矜娟秀如春鶯。疏雨欲來蓮葉暗，小洲初落蘆花明。良乎良乎爾從何處得此態，髣髴金沙港口停船對。竹篙撐動忽驚回，飛上青天與人背。又記富春江上挽舟時，一行遥下嚴光祠。漁梁無人曬還浴，斜日微風吹釣絲。眼前好景畫不得，脉脉篷窗空嘆息。今朝見畫憶前塵，惆悵雨蓑與烟笠。絹素漠漠開湖瀧，驀然幽夢飛吴艭。醒來却卧空堂裏，凉月一庭秋滿江。

【校勘記】

〔一〕「欵」，《丁辛老屋集》卷四同，當作「欸」。

次茭道居

一水縈官道，數峰環小村。趁墟人裹飯。畏虎客關門，殘照依林滅，寒鐙背雨昏。平生幾緉屐，欲共阮孚論。

涼　夜

暗葉兼風響，陰蟲得露啼。秋生群暑澹，月出衆星低。紅藕飄江院，清碪動夜閨。鄉心并涼緒，任醉不成泥。

簡玉李

雀航南畔酒壚旁，小别匆匆醉暫忘。豈謂春風孤見面，翻令江水等迴腸。鶯花不屬張三影，烟月多銷脱十娘。莫管秦淮簫鼓動，燈船讓與别人狂。

酬桐石

寒影蕭然簇一鐙，雨峰應怪客來仍。稍緣病退秋情健，不爲凉多酒力勝。小技文章那制命，中年須鬢欲皈僧。與君且話通宵雨，如此溪山捨未能。

春雨次陶篁村上舍韵

如絲風外揚纖纖，早晚丁紞響畫檐。芸餅衾裯春夢擾，杏花樓閣曉寒嚴。時窺吹沫魚浮沼，不放銜泥燕入簾。除却緼袍無可典，尋常酒債任頻添。

冒雨泛西湖小飲琴鶴栖

不見跳珠又四年，衝寒仍放總宜船。暫閑塵海鞭驢手，重數旗亭買酒錢。野鴨避人歸岸嘴，官梅迎臘出墻肩。東風幾日還晴色，來看雙峰翠插天。

湖海詩傳卷十七

倪承寬

字餘疆，號敬堂，仁和人。乾隆十九年殿試第三人及第，官太僕寺卿。

盱眙縣懷古用杜工部九成宫韵

盱眙南山湄，泗城浸如臼。雉堞低迴環，流波蕩缺口。城心矗浮屠，晃朗存户牖。想當水未瀦，山城大於斗。洪濤傾天吳，巫支祁駭走。遂使婦子居，竟作蛟鼉藪。導川順水性，神禹功不朽。水由地中行，妙用傳希有。後乃違厥度，湮水水失守。宣防英哲能，法鑒千載後。長空松風迴，憑軒惆悵久。掘地伊何人，注海重搔首。

胡紹鼎

字雨方，孝感人。乾隆十九年會試第一，官至監察御史。有《所存集》。

靖果園先生挽詩

大用窮經得，高言實事餘。哲人今已没，論者復何如。若祭當於社，將傳信此書。顧瞻思往路，霜葉曉風初。

同陳雨齊劉秋岩小集

輸君健筆大如椽，意氣棱棱逼四筵。譚興可能通乙夜，詩豪不減似丁年。更邀明月當三五，却買春醪足十千。此景憑誰收拾去，一船書畫米家顛。

長途車馬自紛馳，比歲相依借一枝。又見春風吹碧草，偶傳流水上朱絲。他年相望仍勛業，往

事追歡易别離。幾度停杯還更酌，人生同此識襟期。

朱　筠

字美叔，號竹君，大興人。乾隆十九年進士，官至侍講學士，左遷編修。有《笥河文集》。

《蒲褐山房詩話》：竹君昆仲早登高第，并著才名，而君爲白眉，兼綜經史，精求古義。家積書數萬卷，金石碑版亦數千通。尤喜汲引人才，輶軒所至，必拔諸生之雋异，授業門下。家居，問字者滿堂滿室。君豐頤秀目，伉伉鏗鏗，常以李元禮、范孟博自況。公卿中惟劉文正公愛其學業，稱爲小友。其他貴人，招之弗往。爲安徽學政時，奏請將《永樂大典》中人間罕覯之書，悉爲鈔録，且求天下遺書。四庫館之開，實自君發之。其後于文襄公選用翰詹科道及中書、部曹諸臣先後至數百人，君雖列名其間，固未嘗有所討論也。年僅五十，病暑而卒。平日文稿皆以草書書之，且塗乙十有七八，子弟不能辨别，故取其明晰者刻成四卷，餘皆藏於家。

平定準噶爾恭紀四言詩百韻謹序〔一〕

臣伏見皇帝陛下六龍時乘，德與天一。四表兩間，無不周溉。御極以來，奉皇太后再巡盛京，謁三陵，展孝思。東升泰山，幸闕里，以祀孔子。南巡江浙，躬省民事。皇哉，大禮備物，未嘗有也。金川小蠢，即殄即平。乃者準噶爾部僻處西荒，世其凶德。皇祖皇考，張申撻伐，不訖于誅。天厭厥類，其孽子喇嘛達爾札曁亂臣達瓦齊，更相簒竊。虺蜴荼蓼，厥部離心。時則台吉車楞〔二〕、車楞伍巴什等曁阿睦爾撒納等數十萬户，叩關乞降。天子爲幸熱河，莅而享其人，飫沃歡呼，同請效命。皇帝神謀天斷，乘時發機，乃命將軍出師討之。即用其人導師前行〔三〕。西北兩路，同日迅發，千軍萬騎，馳越乎翰海，若瞰沸雪，若風�草，自克烏梁海至于阿爾泰山梁，更數十部落台吉、宰桑厥角恐後，我師入于伊犁，降青海叛人羅卜藏丹津及其二子，又獲逋酋巴朗孟可等〔四〕，悉俘以來。師涉伊犁河而西，標山跳川，掃閭蹈壘，用夜入其鄂立土嶜，賊兵負山面濘，自相驚蹂，追擒其帑屬〔五〕，部人達瓦齊以其子及數十人走和集斯伯克，盡獲之以獻。捷聞，皇帝躬至太廟，遍告郊社山陵〔六〕，越名山大川。群臣請上尊號，不許，乃以吉日加上皇太后徽號，爵勛賚功，周布恩澤，與天下大釐。俘至，獻于祖社，皇帝御午門以觀。辰旗豹罕，球鏞鐃鼓，飛揚鏗鎗，百秩序進〔七〕，咸頓首賀。臣伏念《易》稱高宗

殷之盛，天子其伐鬼方，三年而克之，若是難也。《小雅》詩人欲張大宣王之功，曰「薄伐玁狁，至于太原」，若爲荒徼絶域之辭。所以震蕩心目，刻畫金石，然或遲之三年之久，近在晋國之地，猶且照曜方册，其烈爍然。至古所稱王者之師不戰而屈人萬里之外，蓋有其言而無其事。今準噶爾去京師尚不啻萬里，出師不逾二時，不見一鋒一鏃之遺，而大功克奏。聞師入伊犁之日，椎髻之婦，未齓之童，望我旗纛，若慈父母。惟皇帝陛下神聖文武，天之所授，日麗霆發，飆靈雨甘，百神效職，惟所左右，誠非尋常所得擬議萬一者也。臣僅作四言詩一篇，竊欲準古經義，覃思極精，所以導揚天子之光明，式于世世。其詩曰：

皇帝聖德，自天受授。風霆在左，雨露在右。惟四十年，蜀徼蠢聚。煽其蟊賊，内訌外媾。皇帝命相，一撻十仆。父子面縛，乞命邊堠。準噶爾部，西極是守。人孰信義，若群鳥獸。聖祖獮之，朔漠三狩。世宗命將，再彈再觳。策陵有子〔八〕，非種而㲄。不如鳥鼠，相同相鬥〔九〕。是召亂臣，達瓦齊寇。通名天朝，不自寢陋。甘其下人，以飽鴟噣。諸部瓦解，呼天内附。皇帝曰嗟，汝遠無告。宅汝予所，飲汝予糗。享之熱河，厥長賜綬。咸拜獲命，死曷以報。皇帝曰吁，渠魁可宥。將軍出師，來者爲副。伐罪去疾，往哺而㲉。十九年秋，帝謁祖考。以禱出師。惟列聖祐。天策既發，西北兩道。師行三十，其里萬數。乃賚詔書，壯士馳驟。所過部落，山川巘岫。譯長宣布，咸使聽覯。各逐汝草，各牧汝畜〔一〇〕。除汝敗群，安汝老幼。無驚王師，駭鹿激鷲。乃聞乃來，若渴飲酎。跋海逾嶺，集

賽是蹂。台吉朝迓，宰桑晏候。奉上玉盤，膜拜獻侑。弋不舍牲，耕不改耨。台背而扶，垂髫而走。草榮木長，鷄拊犬嗾。傒我王師，踴躍邂逅。旆旆大纛，長途不留。天風吹揚，五采繪綉。沙漠萬里，如行中霤。無警其營，無頓其宿。不戮一人，不遺一鏃。直抵伊犁，諸部盡收。逋醜既縶，叛藩自首。賊酋顛倒，無所竄伏。小犯大兕，獵取自竇。三捷上聞，告廟用祝。陳設圭瓚，奉册進讀。皇帝躬入，潔齊盥漱。曰自我祖，萬邦是揉。大甲長弓，垂法嗣後。惟兹大勛，尚率由舊。用牲于社，上帝類造。神靈肸蠁，福應來湊。山陵峨峨，遣皇子赴。登降執禮，觀于堂構。群上尊號，謙讓至又。聿以吉日，奉皇太后。崇號純禧，金册玉鏤。乃坐正殿，受群臣朝。詔告天下，自海丕冒。五公四侯，望秩燎槱。高爵厚糈，功大必售。晋秩有位，升俊教胄。存問煢獨，讞獄平復。葺廢决滯，剗瑕剔疚。恩澤三十，莫不周究。爰以俘來，牽頸袒肉。左命于祖，右社告奏。帝登午門，日出當晝。鐃轟蕿伐，金石撞扣。凱樂大作，曰俘是受。司馬司寇，百職咸具。頓首上賀，拜舞衣袖。雷電軒豁，乾坤明秀。皇帝大德，上與天茂。長養萬物，日月所透。至誠感通，各得中孚。皇曰念哉，與天下縠。皇帝大法〔一〕，經緯宇宙。始金終玉，高成深就。配于文命，上刻岣嶁。皇曰勖哉，與天下裕。皇帝大武，止戈獻豆。嫖嫖黄鉞，孰敢叫吼。有不恭順，視厥頸脰。皇曰戒哉，與天下懋。皇帝大功，亘古莫較。東西之廣，南北之袤。帝不能羅，王不能囿。皇曰敬哉，與天下富。皇帝大孝，幠龐浹流。萬國合歡，四靈爲畱。以天下養，極于載覆。皇曰康哉，皇太后壽。小臣頌德，舉一萬漏。取

辭不文，竊比史籀。

【校勘記】

〔一〕《笥河文集》卷二詩題作「聖謨廣運平定準噶爾恭紀四言詩百韵」。
〔二〕「車楞」，原無，據《笥河文集》卷二補。
〔三〕「導」，原作「道」，據《笥河文集》卷二改。
〔四〕「朗」，《笥河文集》卷二作「期」。
〔五〕「帑」，《笥河文集》卷二作「帑」。
〔六〕「山」，原無，據《笥河文集》卷二補。
〔七〕「序」，《笥河文集》卷二作「敘」。
〔八〕「陵」，《笥河文集》卷二作「淩」。
〔九〕「相同」，《笥河文集》卷二作「同穴」。
〔一〇〕「牧」，原作「收」，據《笥河文集》卷二改。
〔一一〕「法」，《笥河文集》卷二作「文」。

寄王羽仲

山葵傾當陽，水禽鳴在陰。萬物感同類，况子相知深。平生負奇氣，往往走嶔岑。猶憶戊辰歲，

溽暑方淫霖。我擬文通咏，子和尉氏吟。安知後離别，會合常森森。恨無三萍合，思發《二鳥》音。放蕩爲奇文，真至乃古心。三正一以下，江河日浮沈。勿爲小人歸，庶幾君子林。

哨鹿同江岳南同年作

古塞八月霜嚴威，天風發發妃呼豨。雲荒葉脱木不飛，哨鹿之制傳行圍。木蘭以北山崔巍，野鹿乳字交匹妃。杈枒環角頭則頎，圓花遍體毛毶毶。銜草相食鳴相依，歲歲游牝群無違。此時帳殿漏依俙，寒星錯落宵未晞。虞人鹿冠衣鹿衣，先導天馬驅騑騑。期門左右挽玉鞿，盱分壯士密指揮。赤燉照山山夜暉，猛獸愓息逃嶇崎。嵻峎大谷人迹稀，哨聲肖鹿窮幽微。鹿聞相慕如歔欷，什伍來即疑乍非。須臾躑躅不顧歸，處處伏莽窺以睎。百得一失防幾希，壯士前搏若括機。血膋生取利刃刉，若咀芝英華之嘰。肉中實玉天然肥，仙人之饌神福機。陛下永命無疆祈，作詩紀實匪雕幾，奏之樂府陳帝畿。

翟　灝

字大川，號晴江，仁和人。乾隆十九年進士，官金華府教授。有《無不宜齋稿》。

《蒲褐山房詩話》：晴江詩以清峭刻琢見長，蓋與杭堇浦、金江聲、厲樊榭輩爲南屏詩社，故風格似之，居杭城東北臨江鄉，附近有百年老棠樹，遂取甘棠名其村。村民咸以蠶桑爲生，不知有習舉子業者。自晴江讀書取科第，于是其弟涵心淵、翰元洲、澍傅霖皆以能詩稱，臨江淳悶之俗，變而澤於詩書矣。晴江見聞淹博，又能搜奇引癖，所撰《四書考异》、《爾雅補郭》、《通俗編》，貫串精審，爲世所推。又爲《湖山便覽》，亦有資於游者。

題吴東壁梅屋勘經圖

《離騷》忘却梅，姑第勿深議。皇皇甲庫書，梅花并遺置。焦氏亦有言，折枝及零蔕。《易》理僅旁參，未足補爻繫。《書》《詩》《禮》《春秋》，時或見一二。和羹商鼎用，摽期《召南》識。加籩桃并掌，作眚李同記。言梅但言實，言花則有未。幽芳詎無取，乃爲聖賢弃。先生擁遺經，小屋擅清閟。屋

内萬編齊，屋外萬花萃。疏影立亭亭，寒夜伴無寐。研朱事勘點，草木不遺細。將何作解嘲，令彼聲價貴。吾聞梅與杏，轉變由他氣。梅至北方則變而成杏，故北人無識梅者。《捫虱新語》云。橘橘不逾淮，斯理乃一致。先王辨九州，荆揚畫南至。庾嶺羅浮山，版籍不曾隸。蠻鄉烟雪深，寂寞語生翠。孤花自開落，驛使無從寄。嘉實載群經，恐亦异族類。《爾雅》釋梅三，曰楠英與檕。一一考名狀，皆非今所謂。總之古聖賢，多在江北地。南枝未經見，遺却直閑事。斯言雖淺近，或可析疑義。

寓齋鄰樹足供朝夕玩賞遂以嘉樹顏所居柯南墀孝廉善之同賦十韵

畸人擇所栖，達士隨其遇。偶比三宿桑，難待十年樹。城南舊客寮，林木饒古趣。高顛出重垣，繚枝遠敷布。不費買鄰錢，我獲東家住。餘翠隔檐分，落影當窗赴。凉風對散髮，静月愜良晤。乃知假物用，在在理流露。劃然人我分，坐爲欣戚誤。不見種樹人，息陰幾朝暮。

曉發滕縣

匆匆旅宿先鴉起，敲鞭直走二十里。數望東光不肯明，殘月殘星墮遥水。馬頭續夢夢思淺，戍

壁畫人驚睡眼。槐眉列道見模糊，名迹愁從暗中遣。有木榜題「滕文公行井田處」。長風浩浩烟漫漫，平沙遠草征蹄寬。郊圻曠闊有如此，分田畫井夫何難。

禁體咏雪用東坡聚星堂韵

重雲凍合難分葉，細雨隨風暮成雪。霏微數點吹未覺，顛倒滿空來不絶。充畦占壤失低坳，累砌加檐隨曲折。犬聲吠巷狂亦喜，馬迹翻泥過旋滅。積團漸重忽并墮，斜點欲來仍反掣。紛紛互鬥逞威棱，一一詳看裁細纈。潔身方幸我非孤，擇地誰知爾未屑。關門任打竹聲頻，登樓怪换山形瞥。方圓無定却齊輝，菌溷胥安不虚説。小堂僵卧獨推思，一任夜寒衾似鐵。

曉起雪止再用前韵

夜蟹行沙蠶嚙葉，淅淅聲麄駐匀雪。來朝俯仰但一照，抉眦平原叫曠絶。寒花逞姣態横陳，稚竹學恭腰屈折。冷壓厨烟濕不起，净奪山嵐微欲滅。遠人著屐路新斫，密座垂簾風屢掣。但恐斑痕化愁鬢，却愛晴光除醉纈。半壁猶然聚完塊，一林忽自散餘屑。冷尋未厭驢背苦，久滯翻憐鴻爪瞥。

收藏試遣家童掃，占驗頗聞鄰老説。十斛憑將澡毒塵，歸向春田理耕鐵。

周心羅解元惠赤刀筆

中山老兔中書選，蒙將軍始傳分明。棗心栗尾束縛巧，象牙麟角裝衍精。或青或白或五色，粲論各各隨花生。何來管城倍光價，顔如渥丹魚尾赬。赤心紀事義有取，豈徒文采矜華榮。其尖如錐利如劍，審象直惟文庫兵。謚曰赤刀著深刻，寶國遂與球圖并。我聞彤管職女史，又聞丹筆正祥刑。一雙日并喻麇賜，官儀復載東西京。有明尚方仿古製，元黓困敦紀所成。管刻「壬子年製」小印文。工名未見勒蔡澡，産地不貴來宣城。燕都宏規勝國建，其間五度辛壬更。米脂賊至逢壞劫，九藏珍賫歸軍營。弃此槁竹不捆載，得留故府全清貞。昭回文治睹今日，朝宁翔翥名公卿。尚書郎挾紫囊裹，侍御史斂緋袍擎。君有言動鐵筆紀，臣有詿誤霜鋒争。君明臣良庶事舉，拜手稽首揚言賡。赤刀赤力如此用，庶幾有實非徒名。公今蕊榜先一鳴，脱囊已出頭崢嶸。玉堂薇省咫尺路，合珥此筆趨皇闥。脱手贈我殊不稱，塗雅屈蚓空縱横。携歸寓舍窗几窄，瓦池竈墨交惶驚。跛奚唤作赤龍小，家老愛把珊瑚輕。善刀而藏俟時用，緹襲不許人窺窺。答詩仍遣草根筆，神氣正盡疲搪撑。

村中晚興

所居地幽寂，薄暮客來稀。一徑吠寒犬，數家鳴夕機。厨烟補山翠，林篠暗柴扉。蹋葉忽聞響，鄰翁散社歸。

金慎齋比部出關圖

萬歲龍蟠地，山河控勢雄。明駝宵卧雪，健鶻曉呼風。樹斷天關出，沙平地界空。未能乘一障，枉自嘆途窮。

吴　江

垂虹亭畔月，暫照木蘭船。秋老蒓鱸國，霜寒橘柚天。鷺飛烟路闊，人静水花鮮。緬想三高士，披吟《笠澤編》。

秋草

關心河畔草，極目水邊洲。白露年年節，斜陽處處愁。啼蛄吊幽夜，牧馬散高秋。欲起靈均語，芳踪何處求。

秋蟬

何人信高潔，徒爾愛孤鳴。秋杪不知歇，夕陽無限情。殘音移樹遠，微思入霜清。我亦蘇門客，臨風嘯一聲。

偶步東園

列隧千重比户鐃，閑身端合避浮囂。桑畦遠隔人家小，菜甲平連雉堞遥。東郭自來堪踏雪，南湖好在復通橋。邑居仍作荒郊看，林下何須杖策招。

丹陽

寒烟渺渺接南徐，形勝猶分故國餘。岸口人家皆種柳，船中客饌每供魚。鷗沙清况愁先遣，萍梗浮踪計已疏。宛轉回腸忽闕聽，羈孤聲在獨輪車。

糊室

十字編稌秸，雙層拓繭箋。輝開屏六摺，塵斷屋三椽。抹粉辭江蜃，連衣效壁鐩。油窗花影密，虚室貝光鮮。目眩樓成玉，宵明窟擬璿。開爐防雪化，掃榻詫雲眠。敗堵周藏拙，寒風頓失權。潔勝香氍布，暖敵紫茸氈。户有綿簾設，床還紙帳懸。贅疣除畫障，點污却春聯。啓竇仍通月，張鐙莫惹烟。憑啞賣餅俗，不怕潤梅天。帙整籤相映，茅疏屋未穿。土風循儉素，吾計得安便。塞向隨貍螯，攤書共蠹研。詩成防自疥，休逞醉中顛。

湯婆子聯句

湯媪笵錫成，戴廷熺綸掌。利用异鼎鑊。質符坤永貞，汪沆西顥。名媲巽初索。皤然腹彭亨，金文淳質夫。宛爾肩戌削。竅上犀口緘，晴江。砥下夔足斫。旁無獸環垂，綸掌。頂有螺髻著。混沌失眉蛾，西顥。光澤謝面藥。居下適陰義，質夫。爲燠協時若。外礪金性堅，晴江。内涵水德弱。朔氣戒頑冬，綸掌。霜信入重幕。獨客寡所依，西顥。單栖每不樂。凄劇號寒蟲，質夫。凍憐警露鶴。宵長鷺足拳，晴江。夢短蝶羽却。皸瘃忽到踵，綸掌。蟄戾漸如斫。朴握暖莫邀，西顥。辟邪香易鑠。愛兹廓能容，質夫。昵汝重可托。飲以百沸泉，晴江。裹以千絲橐。熨體同衾裯，綸掌。横陳附履屩。相傍何藴隆，西顥。相偎免焦灼。微陽欲透繭，質夫。奇温匪隔膜。美睡勝蒙頭，晴江。沉酣抵軟脚。婦姑戡勃谿，綸掌。法喜伴恬漠。客遠昵枕嫌，西顥。兒防踏被惡。轉側便醉鄉，質夫。挹注授僮約。老忘燕玉需，晴江。遠任驪泉涸。温柔縱難兼，綸掌。貞静已能略。鉛泪制不流，西顥。金銘擬無怍。欹傾伏本盈，質夫。缺窳慮在薄。紈扇遭弃捐，晴江。竹奴悲冷落。策勛薦床床，綸掌。怙寵戒莫莫。三沐三嵬纔，西顥。一咏一觴各。蟄户恰合并，質夫。炙硯供笑噱。聯吟繼前修，晴江。涪翁斐然作。綸掌。

平聖臺

字瑶海，號確齋，山陰人。乾隆十九年進士，官廣州府同知。

琴城課士圖

盧君吏治天下稱，治緣儒術匪空名。西江捧檄舊同隊，我爲臨汝君琴城。歲時扁舟詣大府，停橈把臂銀杯傾。我隨鍾潘登啓事，君以循卓忻同升。江湖旅雁落隻影，吉安大郡迎雙旌。十年衰墨卧草上，敢與八駿争先鳴。長沙新隴痛車過，潘。上海丙舍愁空鐘。鍾。聞君干旄遍郊野，坐徵文獻恢庠黌。忽牽吏議呼對簿，虞羅直欲烹鷦鵬。白門僧舍笑相值，高吟岸幘方峥嶸。牛腰大軸在行篋，南豐遺愛留諸生。至今歷宦到銀艾，不忘下邑弦歌聲。開圖仿佛見都講，題句磊落鏗華鯨。定爲朱邑起祠廟，已看何武躋公卿。青蠅至竟不可玷，行當特詔膺藩屏。邗江鹾使盛賓館，矧以姻婭聯簪纓。移家暫借水部屋，選勝屢醉康山觥。紅毹白雪不暇顧，更迎坡老尋詩盟。悲秋旅客亦何有，酬知老骨猶孤撑。匠石程林赦山木，鉛刀代割羞青萍。送君更望崇明德，終賈盈朝盡秀英。

自臨川至崇仁道中

林端雨霽散烟鬟，水抱村扉緑一灣。却忍朝飢行十里，笋輿才過米堆山。

蔡書升

字漢翔，德清人。乾隆十九年進士，有《聽雨詩稿》。

梅花嶺懷古

元戎纔建纛，南望陣雲高。局上争殘劫，靴中置佩刀。杜鵑春自哭，江水夜還濤。碧血知何處，荒原滿野蒿。

春　夜

花陰黯黯夜漫漫，雙穗銀燈只獨看。金屈戌移明月上，碧琳琅動晚風寒。心懸粉冷香銷後，春向鶯啼燕語闌。猶勝去年寒食雨，五更殘角逐征鞍。

訪王蒓園遇雪翼日用壁間韵奉寄

飽經客况難迴首，雪虐風饕我獨知。忽憶去年元夜節，紅泥亭下話分離。壬申上元夜，與胡雪巖穎上直，大雪。日暮雲頭熨又開，粉痕明滅點錢苔。小虹橋外溪如黛，三兩漁船打網回。

葉佩蓀

字丹穎，歸安人。乾隆十九年進士，官至湖北布政使。有《傳經堂集》。

《蒲褐山房詩話》：丹穎覃心《易》理，獨契微言。著《易守》四十卷，凡昔人所言象數，如卦氣、爻辰、納甲、飛伏、升降、先天、河洛，悉掃去之，惟互卦間有取者，即陰陽、老少、七八、九六之説，亦所不取。勃窣理窟，多前人所未逮。詩其餘事也。予同年工《易》者，應山張君鳳鳴及君二人而已。張深造自得，尤精於籌策，由邯鄲令官至兖州府知府，乞歸，今尚主漢陽書院講席，不嫻吟事，故附志於此。

望瑯琊山欲訪醉翁亭不果

滁陽青不盡，山郭交相鮮。連峰亘西南，空翠紛聯綿。瑯琊隱其内，仿佛浮雲烟。及兹迴俗駕，屐齒阻層巔。遥憶六一翁，高致留林泉。危構架幽壑，飛瀑落門前。荇石既葱蒨，釀溪流涓涓。閑逐名僧舍，時勞載酒船。松竹一瀟灑，嚶鳴方寂然。西問見梅亭，香雪當春妍。繞亭千菡萏，卷葉小如錢。昔游久淪没，仰俯失夤緣。悵望更回首，野風吹帽偏。歸尋醉翁吟，臥游托冰弦。遠慚太守樂，近愧博士賢。

正陽關

已入江南地，開顔望水關。孤舟清潁尾，疏雨壽春山。行路此身賤，謀生吾道艱。一聲柔櫓外，却愧白鷗閑。

宿湛河田家

柳陌初歸鳥，松扉暫解鞍。真從田父語，莫作使君看。窗斷聯蛛網，床喧近鴨欄。羽書方夜急，栖息敢求安。

桐柏道中

柏子何年國，蒼荒接楚邱。村纔三户聚，族少百年留。計畝秧論石，桐邑小田畸零，不成頃畝，以種秧之多寡論價。開山樹架樓。尚憐生聚苦，更忍急徵求。

謁淮瀆廟漢延熹間遷廟於此

漢時千年識故封，復陽山郭覲齋宮。三川波合徐揚乂，唐開元《祠淮瀆文》：「蕩滌三川。」四望壇齊海岱崇。宋元豐立四望以祀岳瀆。淮與海岱沂，并在東郊，蓋《禹貢》海岱及淮惟徐州地也。門對金臺凝積翠，沙沈鐵匱護靈風。禹導淮，沈鐵匱以鎮水怪，在縣東十里淮河內。人有觸之者，輒致暴風雨。重憑肹蠁邀神貺，疵癘全消稌黍豐。

自南陽赴新野查視軍臺午憇林水驛館見庭宇清幽雜蒔花竹秋桂二株

河灣古驛繞雲莊，日午停驂問草堂。甘井延齡徵故事，小山招隱對幽香。農經細共高年語，社酒忻逢樂歲嘗。愧爾春陵風俗美，迂疏真忝漫爲郎。

自固廟鎮探淮井歷大復山而東峰巒環繞淮流清淺從中至淮河店漸廣境與隨州相錯

楚天秋浄鶴飛回，繚繞行穿翠碧堆。一綫波盤江北去，百重山壓漢東來。沙邊虎迹新晴見，樹杪猿聲薄暝哀。更指吴雲話歸路，真從陽口片帆開。

贈大梁張道人

隻影飄然淡世緣，赤松子後散神仙。休糧并絶燒丹火，施藥常傾賣卜錢。户外高軒寧識姓，市中老父不知年。紅塵何處尋雲卧，艮岳遺邱小洞天。

襄城

路轉青山楚塞分，孤城臨水碧沄沄。六王故冢埋荒草，七聖迷踪指亂雲。園樹陰濃黄鳥隊，汀

荷瀰漫白鷗群。潁陽幽賞真堪隱，愧遺塵纓濯縠紋。

乙未歲除

瞥見桃符覺歲更，官居如水晉陽城。墻根雪自經冬積，鬢底霜從幾日盈。嘿數行年周太乙，今所傳《洛書》，乃太乙九宮位也。其數四十有五。漫逢佳節祝長庚。尊前且幸忘先後，獨酌屠蘇對短檠。

題紅心驛

一天梅雨晚蕭蕭，十里蘋香萬柳條。小巷匆匆乞漿去，凉衫渡過赤欄橋。

雨夜宿廣陵

淡雲披拂幾長條，日暮雷塘半落潮。正是行人愁絶處，蕪城細雨近花朝。
白苧春衫雨乍零，隔船燈火幾星星。一聲《水調》吴娘曲，五度江南未慣聽。

沈業富

字方穀，號既堂，高郵人。乾隆十九年進士，官至河東鹽運使。

《蒲褐山房詩話》：君性情惇厚，篤於友朋。武進黄仲則過河東，留之賓館，病中裒其諸作，抄録成編，俾無遺佚。又風峪有北齊所刻《華嚴經》，爲竹垞太史求而未得者，君遣工入山摹拓，得一百二十餘紙，貽予于西安。蓋好事如此。竹西自午橋太史没，詩壇寥落。君以詞林耆宿，家居望重，士大夫南北往來，必造門請謁。香山洛社之風，賴以不墜。

永豐寺有感農事

寺外斜陽郭外村，我來時已近初昏。一林黄葉啼山子，滿地青秧長稻孫。過客情懷逢竹院，閑農風味是柴門。一年辛苦鷄豚社，容易田家老瓦盆。

清流關

到來絶頂衆峰齊，百里岩關萬仞梯。牛背遠浮新漲滿，馬蹄平踏亂雲低。干戈宋代空殘壘，文采歐陽感舊題。記得醉翁亭上坐，十年陳迹久凄迷。

送秋

尚餘爽氣未輕寒，一日三秋話别難。漫説小春時正好，休將過客冷相看。凋年景急愁偏遠，落木天高路正寬。忍負西來當日意，爲隨新雁送沙灘。

有感

荒深庭院蘚苔斑，到處標題感舊顔。落葉半填穿砌井，夕陽斜倚對樓山。敦槃當日争雄長，樵牧于今話等閑。太息梁間飛燕子，年年春盡尚知還。

渡　河

霜鬢添來此日多，謾將心事托烟蘿。疏星曙色分峭嶺，落日西風涌大河。春到傅巖應作雨，津開茅澗自横波。吴歈忽起鄉關思，仿佛離筵一曲歌。

次對琴韵

一彈指已去來今，十日離憂抱此襟。短杖未憑詩早到，殘蟬初咽樹交陰。青雲久悟浮生事，白髪應無未了心。便合香山共圖畫，笑他淮海漫搜吟。

題蕉陰默坐圖

晚凉深處葛衣輕，獨向蕉林默契尋。滿院緑天回遠夢，半階新雨濬秋陰。未遑息轍風塵日，肯負平泉草木心。明發有懷更誰共，坐牽題句憶聯吟。

九月六日余禮耕群玉山房讌集次瑶圃韵

沾來衫袖酒淋浪，乘興還教更舉觴。華髮心情非少日，晚花風味是斜陽。燈前詩卷從新讀，霜後園蔬取次嘗。莫訝深宵飛醉墨，老年行樂更無方。

曹學閔

字孝如，號慕堂，汾陽人。乾隆十九年進士，官宗人府府丞。有《紫雲山房詩鈔》。

《蒲褐山房詩話》：慕堂性情誠樸，雖由詞垣臺諫歷任京卿，未嘗縈心華膴。暇輒與二三同志游潭柘、戒壇、香界及田盤諸勝，嘗策蹇從冰雪中來往，見者謂是神仙中人也。作詩恬澹自然中，議論英特，非依仿格調以爲之者。君殁後，令子御史錫齡、户部祝齡，表彰不遺餘力，故朱尚書石君爲墓志，錢少詹曉徵爲神道碑，翁鴻臚覃溪爲傳，其見重於時賢如此。

和王述庵同年鄺湛若硯

湛若名露，漁洋山人所謂「海雪畸人死抱琴」者也。工各體書，亡命入廣西，尋鬼門舊迹，又爲猺女執兵符者雲嚲娘記室，歸撰《赤雅》一編，以紀其事。其詩名《嶠雅》，手自開鐫，甚工。此硯鐫「天風吹夜泉」五字，又「湛若」二字，并「朱明洞天」小印。今爲述庵所藏。

良硯古所珍，奇士世罕有。二者常相資，米老石爲友。王子真天才，瑰奇少匹耦。文章荷主知，屢試輒居首。所寶一片石，云出鄺生手。曾以草檄文，軍令嚴干掫。南入鬼門關，瘴鄉爲祭酒。指顧生風雲，群獠任犬嗾。倚馬得千言，與腹兩無負。寂寂百年餘，落落埋塵垢。君得自何年，寶光騰户牖。娱客出藏珍，瑩然置燈右。能使筆如錐，能令墨如黝。斑剥有文詞，依稀蝌與蚪。黄琮白琥姿，儼若玉色剖。滑潤如波濤，水接蟾蜍口。由來自海雪，畸才洵非偶。得之重什襲，珍之若佩玖。湛若鐫其旁，不比淮父卣。携此事從軍，遂成三不朽。滇海與蠶叢，八年勞奔走。想當决策時，筆勢變蚴蟉。指揮盡如意，掉運儼食拇。賴茲研磨功，執訊獲其醜。上將遂蕆勛，禮成勞郊藪。弱質耀戎裝，書生誇赳赳。酬庸晋顯職，卿月崇班九。因君硯益光，寒芒逼星斗。乃知世尤物，能用在能守。昔日佐雲嚲，僅僅免覆瓿。何如逢清時，得與俊乂厚。不願石鄉侯，但願名垂後。坐令金沙江，

風恬波瀏瀏。歸來雨雪霏，依依念楊柳。夜窗擁紅爐，意不忘堂阜。同心三五人，賞之樽貳缶。此硯多奇緣，用之更勿苟。願成《平蠻頌》，鐘鼎同永久。

書王芥子前輩涇渠志後

史志重河渠，經術通治體。須用讀書人，尤貴識時士。我讀《涇渠志》，歷歷如聚米。鄭白在當年，豈不稱利美。奈何後世人，尋源不究委。古今既异宜，山川亦移徙。但知耀其名，不復問彼此。遂使好事者，披圖費條紀。嗟哉萬夫役，那堪試疑似。百萬口嗷嗷，一人功自喜。纍纍涇渠岸，巍巍豐碑峙。唐宋及元明，利害俱可指。徵引既淹雅，識力尤俊偉。上下數千年，分肌而劈理。洞達古今情，匪侈言導水。不利以爲利，其利斯大矣。我生清晏時，竊自愧愚鄙。歷考利病由，較然著前史。紛更熙豐朝，非不用《周禮》。清静載寧一，其言出老子。厚實與名高，效或相倍蓰。乃知聖人言，長府何必改。勿慕匡時才，勿遺他日悔。願言爲治者，《涇渠志》誠韙。

狄武襄公祠

飛射鑾氈彗孛摧，穹碑紀績尚崔巍。致身有具從行伍，黥面無妨出將材。談笑從容韜略合，儀形颯爽畫圖開。蕭蕭松柏門堂路，猶似崑崙甲騎來。

故鄉祠貌儼來歆，青史威名世共欽。帳下孫張才孰并，朝端韓富契偏深。大勛屢向岩疆建，浮議休愁末路侵。一種深沈傳智勇，要從慎密識公心。

杜玉林

字寶樹，無錫人。乾隆十九年進士，官至刑部侍郎。

登雅州城樓

大渡河西畫角聲，投鞭撫髀若爲情。空慚司馬能傳檄，漫説終軍欲請纓。春盡林香猶作瘴，雨

餘山氣未全晴。關心最是從征客，雪没弓衣夜斫營。

癸巳六月聞木果木之警

羽書一道報嚴更，鶴唳風聲事可驚。萬里不歸都護馬，諸軍空望亞夫營。狼心自是忘威德，虎口憑誰寄死生。衛國籌邊良亦苦，昨來新築受降城。

昔嶺巉巉血戰時，幾人馬革裹還尸。曾揮露布工籌筆，趙璞庵、王涑田兩君。纔着戎衣便死綏。吴鑑南以直隸州牧試用，赴軍營未久，即遇害。猿鶴叫雲君子怨，龍蛇犯歲故人悲。倘逢遺僕煩頻囑，莫遣深閨少婦知。

范家相

字左南，會稽人。乾隆十九年進士，官柳州知府。有《環淥軒詩草》。

維　揚

緑楊城郭水初銷，十里秋雲覆畫橋。何事人間最惆悵，月明風細聽吹簫。

薛田玉

字琫叶，無錫人。乾隆十九年進士，官保定府同知。有《問澹軒稿》。

懷周亦庭太守

治獄如君少，星曹舊有聲。廿年纔出守，六詔尚論兵。菽水高堂夢，風波宦海驚。昨宵書一紙，辛苦念平生。

題朱苓泉讀易遺照

琴書寂寞草堂空，猶認平生戴侍中。早日才名看倚馬，暮年詞賦悔雕蟲。一編寢食梁施學，百里憂思魏晋風。聞説桐鄉今俎豆，莫將經術笑冬烘。君爲大鎮令，卒於官。民爲祠祀。

于宗瑛

字英玉，號紫亭，漢軍鑲紅旗人。乾隆十九年進士，官至監察御史。有《來鶴堂集》。

己丑九月與金香洇山中話别有贈

秋姿澹平野，暮氣起蒼山。林表月既白，山中客欲還。高情慰愁夕，寒霜下松關。揮手復塵迹，心長雲水間。

和慎庵將軍晚景即事原韵

天末霜風落，虚齋宕晚陰。小山淒石氣，野菊澹秋心。墨續雙鈎帖，聲尋百衲琴。主人不可及，得句太蕭森。

汪永錫

字孝傳，號曉園，錢塘人。乾隆十九年進士，官至内閣學士。

烏兜驛

客館萬山中，山居趣略同。白沙牛渡水，丹嶂鳥吟風。閉户疑禪侶，開簾問野童。虔州何處是，不辨路西東。

南　安

此去通南粤，雄關地脉分。水流皆碧玉，山嶂入青雲。曉日烏排陣，陰天虎嘯群。休言風土暖，木葉已紛紛。

游飛來寺

禪宫何事此飛來，造物鍾靈亦壯哉。水勢總趨滄海下，山門長對翠屏開。二禺孰辨游仙路，初祖還留説法臺。不覺登臨動鄉思，冷泉亭畔舊徘徊。

李昌昱

字復旦，號渭川，鄞縣人。乾隆十九年進士，官臨江府知府。有《耕讀堂詩草》。

偕尹松陵九日登陶然亭遲曹慕堂不至聞其令子秋闈得捷述懷柬寄

一生合得幾重九，但是相逢開笑口。故人不見逾三霜，佳節依然此杯酒。舍南直去陶然亭，萬頃蘆花千樹柳。高興還期直指曹，風雨城邊空佇入〔一〕。令子當場喜得盧，賀客到門嗔被肘。沉吟轉憶十年前，禪燈共耐三更守。今君喜氣鯉庭增，墻角短檠猶在否。我亦栖遲老作郎，舊話休論芻化狗。生平獨數松陵豪，笑注黄金等瓦缶。浮雲去去莫關心，落葉紛紛惜分手。插花歸到已黄昏，脱帽驚看俱白首。明年此會不須約，有酒仍來問升斗。

【校勘記】

〔一〕「入」，當作「久」。

韭

春園微雨後，新韭夜來長。青翠真供剪，辛温别有香。洗根同白薤，留客間黄粱〔一〕。儉食君無笑，翻令感故鄉。

【校勘記】

〔一〕「梁」，當作「粱」。

劉　鑾

字殿傳，號公御，保山人。乾隆十九年進士。早卒。

蘭江古渡

迢遞滄江渡，飛虹百尺雄。雲梯開鳥道，鐵索鏁蛟宫。花色三春滿，雷聲十里通。天威思漢相，萬古濟川功。

周　春

字松靄，海寧人。乾隆十九年進士，官岑溪知縣。

次湘管聯吟韵

無軒之居書連屋，洛如花開傍修竹。倩誰寫此高齋圖，倪王合作聯珠玉。宋芝山爲安邑夫子令嗣，陳酌翁、王華園皆先兄同年。我未披圖先展卷，一編《寓賞》盈尊録。時以《寓賞編》見貽。當年宋卞兩中丞，棠村江村與退谷。後來鑒古孰最精，交口稱君工品目。聯吟百首壓名流，包萬荆賀胥編録。想見斯圖景色佳，菊坡瑶阜洗塵俗。擬之《漢上題襟集》，揮毫我獨慚巴曲。風雅如君世所推，共窺豹斑嘗臠肉。讀罷新詩仍誦經，牖外不聽三呼穆。

鄭來祚

字永兹，南豐人。乾隆十元年進士。

入華子岡同郡伯徐讓甫夫子作次謝靈運韵

新秋天宇浄，策杖入姑山。林壑鬱道氣，虚空鳴石泉。頗識静者妙，轉懷太守賢。擷芳兼采秀，越嶺復度阡。紅蘭浸碧沼，青杉生紫烟。真人長已矣，此道空蹄筌。流光相代謝，忽忽如彈丸。不見百年内，詎云千歲前。仙壇雲繚繞，丹竈水潺湲。欲問蔡經宅，臨風徒悵然。

拜李泰伯墓

鳳凰山下路，策杖吊孤墳。地壓雙姑秀，天開兩宋文。水田餘落日，山寺帶歸雲。一瓣平生意，區區證舊聞。

湖海詩傳卷十八

沈大成

字學子，號沃田，金山人。貢生。有《學福齋集》。

《蒲褐山房詩話》：學子壯年在潘敏惠公思榘幕府，敏惠喜讀書，學子亦耽心經籍。晚年偕惠徵君寓官梅亭，益以學業相砥礪。《三禮注疏》、杜氏《通典》，皆手自校勘，丹黄爛然。後館於江鶴亭春家，編次詩文集共六十八卷。無子。没後，鶴亭刻以行世。其詩初學黄中允之隽，後出入唐宋，不名一體。董浦太史謂以學人而兼詩人者，信也。五言如「春燈孤照雨，高枕静聞鐘」，「亂泉樵徑没，清磬寺門深」，「遠水檣帆小，孤村桑柘深」，「香泥雙屐滑，春草一庭寬」，「夕陽紅在樹，新漲緑平堤」；七言如「微風竹外流清籟，急雨樽前送嫩凉」，「秋風一一催征雁，暮雨星星點客衣」，「萬事逡巡成白首，一年容易又黄花」，「小驛銀燈生遠夢，空江烟絮送殘春」，「茶笋故園三月暮，關河遠夢一春深」，

皆耐尋諷。

登紫陽山

磴道開新徑，莽踪此乍經。人烟生萬井，石氣上孤亭。天接江湖白，春回草樹青。凭高發長嘯，頓使宿醒醒。

贈陸式如

廿載重相見，仍爲汗漫游。僧房堪結夏，客鬢早驚秋。竹潤嵐光重，荷喧雨氣浮。好尋舊吟伴，載酒弄湖流。

過青浦懷王蘭泉

浮圖倒影卧滄波，斜日荒城客又過。邑小人稀風色緊，江寒天闊雁聲多。披綿味好嘗黄雀，掃

黛山遥憶翠蛾。東望瀫湖雲杳渺，故人病起近如何。

曉渡春申浦訪喬瓶城留飲草堂作

細雨濛濛潮正平，凌晨風利放船輕。重尋水北誅茆處，轉憶窗西翦燭情。滿徑落花紅未掃，一林新葉緑初成。吴山回首荒前約，醉影婆娑百感生。

題楊柳汀聽鶯圖

柳外鶯聲嚦嚦圓，芳洲一片緑遮天。禁烟時節晴兼雨，中酒心情醉復年。吟策每從婪尾宴，笛床閑上橛頭船。近聞更學無生法，好逐迦陵證二禪。兄與南屏恒公爲方外交。

王蘭泉舍人三泖漁莊圖

茫茫長谷緑浮天，蟹舍魚蠻半水田。絶愛江村凉雨過，柳陰初放橛頭船。

七子鴻名海内聞，偶來閑釣一溪雲。樵兄漁弟多相識，渾忘天邊鵷鷺群。

風流陳夏已前塵，吟社壬申斷問津。眼底横刀誰健者，回瀾端合屬斯人。

七里三塘唱竹枝，流傳不讓《冶春詞》。從今翻作《漁家傲》，細雨斜風盡入詩。君有《山塘雜詩》。

朱方藹

字吉人，號春橋，桐鄉人。貢生。有《紅橋載酒》、《吴興紀游》諸集。

《蒲褐山房詩話》：春橋生長燕支之匯，居依殳史之山。門第清華，風神雅令。詩賦之餘，兼通畫理。披麻没骨，無所不工。是以載酒江湖，扁舟來往，好事者輒倒屣迎之。姜白石、孫花翁當日，不能尚也。又擅詩餘，故其《論詞絶句》云：「酒闌蟋蟀語秋塘，信是愁吟伴庾郎。賦物却能超物外，苔枝綴玉寫疏香。」「梅溪竹屋共中仙，妙筆終應讓玉田。不獨當時唤春水，相思孤雁亦流傳。」

曉登靈岩

曉聞靈岩鐘，遂入靈岩路。石磴轉百盤，出花泫春露。白雲與空翠，蒼茫色交互。須臾旭日升，

禪關散輕霧。凌空一縱目，好景悉奔赴。點點太湖雲，重重吳苑樹。千里欲窮形，更上琴臺去。

同王孔堂厲樊榭登南屏山詣壑庵觀磨崖隸書家人卦傍晚泛湖而歸

夙昔抱微尚，溪山嗜幽討。況茲風日佳，招攜得朋好。芒鞋蹋白雲，人影亂芳草。夾道繁荊榛，到門蔭松篠。略彴自逶迤，清泉一泓繞。何年巒翠中，鑿此金魚沼。東坡詩「我識南屏金鯽魚」，即此地也。山僧出迎賓，骨相清且老。坐我青豆房，凈域塵不擾。石鼎煮新茶，齋厨飯香稻。乘興入岩洞，繚曲景幽窅。須臾緣磴上，如行衆樹杪。快睹磨崖碑，筆勢最夭矯。云是涑水書，前輩每稽考。歲久苔蘚侵，佛拭勞手爪〔一〕。悔不嚮拓歸，裝潢成墨寶。坐久暝色來，出谷尋古道。鼓棹向中流，舟輕疾於鳥。烟水何濛濛，雲峰殊杳杳。回首望南屏，殘霞斷林表。

【校勘記】

〔一〕「佛」，當作「拂」。

游惠山寺

未飲惠山泉，先游惠山寺。蒼蒼九芙蓉，中有琉璃地。香臺聳層雲，金碧亂空翠。松竹散清陰，岩澗饒古意。爰尋山下泉，彌得静中寄。碧乳流石根，清甘具真味。大江無中泠，此豈稱第一。松火明竹爐，汲泉聊一試。茶取雀舌煎，水候蟹眼沸。雪碗洗煩襟，悠然遠塵累。緬彼桑苧翁，清風動遥企。

曉起冒雨出山

天明如未明，襌窗失晨旭。宿霧凝不收，諸峰淡蛾緑。坐嘗石鼎茶，再飽齋厨粥。稽首别瞿曇，循途出岩谷。樹頭吹雨來，絲絲斷還續。杳靄迷陰崖，滴瀝響烟竹。蒼苔滑雙屐，下磴幾停縮。山泉先客行，奔赴前溪澳。回望但寒雲，微露蜂臺矗。

東方未明之硯歌有序

硯出端溪水坑，長三寸，廣二寸，石有眼數點如星，池作半月狀，額鐫「東方未明之硯」六字，背有銘曰：「殘月暉暉，明星晱晱。鷄三號，更五點，此時拜疏擊大奄。成則策汝功，否則同汝貶。」旁署「夢白居士題」五字，下刻「南星」二字小印。蓋前明趙忠毅公物也。今爲沈椒園司臬所藏。司臬出示余，乃爲之歌曰：

硯材一握腴不枯，青花隱隱縈肌膚。鸜鵒眼作星數點，池刳半月如彎弧。東方未明景仿佛，纖阿列宿横天衢。高邑冢宰昔寶用，嘉名肇錫良非誣。維公秉正斥邪佞，筆鋒淬厲成青蒲。論四凶兮疏四害，藉此揮灑辭意敷。茄花委鬼亂綱紀，漫漫長夜光含糊。公上白簡羅罪惡，思動天聽行天誅。滿腔熱血兩行憂國泪，應和墨瀋同沾濡。慷慨有詞銘厥背，三十一字字字驪龍珠。明知成敗事難料，論功遭貶誓與俱。嗟爾一片石，不過三寸軀。既不佐《三朝要典》陷正士，亦不助《搢紳便覽》筆染朱，書爲魏廣微作，摘取怨家姓名，硃筆圈之，密授魏忠賢，于奏對時激上怒。侍公之側識公友，曰接高楊左李君子儒。雁門關前公遠戍，爾隨薄笨車馳驅。惜公騎鯨不稍待，金鷄有赦空飛符。忠義之氣唯爾寄，精靈呵護留寰區。隱拙齋司臬齋名。頭久什襲，珍重不啻青珊瑚。主人曾官綉衣使，霜威凛凛傳

燕都。奏毁死奄舊祠宇，碎其像設掊碑趺。司臬曾疏請毁王振祠。硯兮硯兮爾何幸，後先得主初無殊。盛朝光華旦復旦，僉人孔壬今則無。不須磨爾書諫草，唯伴先生著作時操觚。今朝開匣出示我，屈指已歷百數十載流光徂。濯以清泠泉，拭以紅氍毹，龍尾鳳咮非爾徒。明星殘月形不渝，使我摩撫增嗟吁。憶昔渝麋費幾許〔一〕，五更奏牘天街趨。妻孥遺謫不遑恤，趙公忠毅真丈夫！嗚呼趙公忠毅真丈夫！

【校勘記】

〔一〕「渝」，當作「隃」。

送槫崖之吴門

白髮耽游興，扁舟任所之。夕陽江樹遠，春水布帆遲。芳草真娘墓，梅花短薄祠。吟情應更健，吴會再題詩。槫崖向著《吴會吟》一卷。

理安寺

一路晝陰沉，諸山積翠深。行行山下路，幾折到祇林。竹色侵經閣，松風和梵音。老禪曾伏虎，遺迹試重尋。

瓜步舟中懷王德甫

吳下同爲客，江邊獨放舟。鳥隨殘景没，潮挾斷冰流。旅况添蕭瑟，詩篇少唱酬。思君隔南浦，雲樹迴含愁。

臨安山中曉行

石徑晨霜滑，筍輿去輒停。峰腰横宿靄，樹杪墮殘星。僧寺鐘初動，山家户尚扃。衝寒須卯酒，何處問旗亭。

東塢庵

曲磴攀藤上，高臨傍鳥群。佛旛松頂見，僧磬石間聞。地僻稀游迹，心清斷俗氛。回看來處路，已隔幾層雲。

客舍與沙斗初夜話有懷吴中諸子

久别欣携手，他鄉慰寂寥。江湖懷舊雨，燈火話今宵。香水溪邊路，桃花塢口橋。當時觴咏地，回首十年遥。

老禪堂題壁

堂爲高峰禪師開山處，師子正宗寺舊址也。趙松雪曾書碑記，今不存。

碧芙蓉裏得平岡，此是當年選佛場。古殿慈雲猶擁護，豐碑妙迹久淪亡。六時鐘磬鳴空際，萬

疊峰巒拱下方。更欲乘風凌絶頂，龍池灑瀑半天凉。

同閔玉井江雲磎浄香園納凉

纔過紅橋繫槳牙，入門曲折水廊斜。柳陰濃緑全遮暑，荷葉清香却勝花。隨處迎凉施夏簟，有時消渴點春茶。晚來忽送催詩雨，歸路依然照落霞。

歸雲庵四首和前湖州守白雪吴公六言原韵明孫太初先生栖隱處。

苔磴斜穿山塢，竹陰深護禪家。剛是連朝春雨，一溪流出殘花。

華屋終歸寂寞，隱居常占幽閑。試看挂瓢人去，猶存堂户三間。庵有挂瓢堂，鄭少谷爲太初先生書額。

一點軟紅不染，四圍積翠難分。坐久襟衫欲濕，飛歸都是寒雲。

曾載枯禪瘦鶴，紫衣人仰高風。未必南屏峰下，烟霞勝此山中。

吴中雜咏

亞字城西柳萬條，金閶亭下水迢迢。吴娃買得蜻蛉艇，穿過紅闌四百橋。
香林魚版響初停，慧慶禪房少客經。小閣推窗宜遠眺，夕陽秋水白蓮涇。
蕙草初香二月天，白公堤畔柳如烟。討春年少携筝笛，齊上吴娘六柱船。
十里荷香明鏡間，扁舟來往樂漁蠻。柳陰深處凉風起，獨占吴王消夏灣。

過新溪

山泉放處板橋長，夾岸人家薜荔墻。穀雨纔過三五日，溪南溪北焙茶香。

明霞墓

墓在峴山之麓，題碣云「石蒲齋侍兒明霞墓」。明李可賓，字貞卿，官湖州司李。明霞，乃其侍

兒。石蒲齋，其書堂也。

琴書堆畔了生平，埋玉空山代已更。一樹棠梨三尺土，寺留殘碣識芳名。

尺幅生綃寫緑筠，舊圖藏弆未塵湮。從今讀畫明窗裏，兼憶當時捧硯人。余藏有李公畫竹一幅。

吴興歸舟作

一夜城南放棹還，夢中吹過好雲山。何當身似芙蓉塔，常在烟鬟明鏡間。

冬日過遂初園夜集小查山閣聯句

雅尚聯心朋，朱吉人。輕橈烟際發。述庵。蘭沚遵逶迤，張策時。危崖倏而突。吴企晉。宿莽走鷩鸝，曹來殷。枯林揚俊鶻。吉人。凝霜杉屋寒，策時。濺溜苔岑滑。來殷。一徑沿礁磽，述庵。雙扉豁林樾。企晉。眷玆澹宕人，吉人。渺爾烟霞窟。策時。栖元敦古歡，來殷。養拙謝天伐。述庵。拓地展百弓，企晉。結廬容十笏。吉人。緑净澄溪毛，策時。蒼寒綴石髮。來殷。長林鶴柴遮，述庵。細水魚梁汩。企晉。款冬花已闌，吉人。破臘梅漸舒。策時。依人憐凍禽，來殷。迎客狎吠猲。述庵。蹊幽窺櫹槮，企晉。閣迴俯硉矹。吉人。巡檐遠眺舒，

布席豪情勃。雲雷陳漢尊，吉人。趯趪辨周碣。香焚鵲尾温，述庵。箔動蝦鬚揭。鐙紅綻燭華，策時。瓷碧盛肴核。野供屏羶腥，來殷。山庖具笋蕨。射覆角兩曹，企晋。銜杯甘百罰。衝愁出奇兵，吉人。却敵誇勁卒。半醺臉微潮，述庵。痛飲頭欲没。狂思中聖賢，策時。渴擬吞溟渤。底須舞傞傞，來殷。漸覺醉兀兀。茗烟淪旗槍，企晋。芋火煨榾柮。雄談侈矜奇，吉人。清景坐超忽。銀箭咽虬更，述庵。冰壺湛蛾月。霧没山模糊，策時。風摇樹槎杌。澹澹雲合膚，來殷。棱棱水生骨。炙硯吟方酣，企晋。攬環興未竭。奇思鬱輪囷，硬語辨倉猝。開軒快披襟，吉人。接座欣結韈。交應慕荀陳，情詎分吴越。伊余困塵囂，述庵。多君謝朝謁。屏迹依邱樊，帶經事耕垈。采芝商皓歌，策時。樹蕙楚騷曰。花鳥供友于，琴書羨詒厥。欣此裙屐同，來殷。勿使敦盤歇。逸翮偕鷺鷗，游踪比蛩蟨。盟心保歲寒，企晋。堅貞庶無闕。吉人。

無隱庵消寒聯句次皮陸北禪院避暑韵

把袂衝嚴飆，吉人。閑尋開士宅。聽鐘駐籃輿，企晋。拾磴搘藤策。龍攫輪囷松，述庵。虎踞倔强石。崖裂皴霜痕，策時。岩封漬雨迹。徑静稀樵兄，朱肅徵。澗枯斷漁伯。邱中誰鳴琴，吉人。方外或卓錫。佛座倚雲根，企晋。齋厨引泉脉。炷香禮蓮龕，述庵。懸燈照葦席。清言容踞床，策時。高卧時

蹋壁。結跏宗雷儔，肅徵。豎拂支許敵。安禪訶小乘，吉人。妙諦證《大易》。偈從黃檗參，企晉。旨向青原摘。嗒然身世忘，述庵。悠哉襟韵適。觀空度六時，策時。斷愛戒三昔。夜悄月盈規，肅徵。氣凝雲過尺。撲朔匿氄毛，吉人。畢逋翻凍翼。危柯綴殷紅，企晉。荒坂鋪禿白。冰苔滑侵衣，述庵。風竹低壓幘。逍遥企鴻情，策時。局促陋蜾識。幸窺薝蔔林，肅徵。快聚菰蘆客。梵筴任冥搜，吉人。經幢恣元索。寶筏超津迷，企晉。珠林羅海賾。言依竺國緣，述庵。誰羨桐君籍。舀水貯一瓢，策時。穿霞藉雙屐。夙願償未能，肅徵。勝地弃堪惜。溷迹尚塵囂，吉人。息心終野寂。澮味宜敲茶，企晉。幽芳愛翦柏。回瞻薄靄蒼，述庵。悵望層嵐碧。亟當證净因，策時。庶可療奇癖。何時木樨香，肅徵。訪秋復來覓。吉人。

咏柿聯句三十八韵

秋晚摘芳包，殷紅照闌檻。吉人。顆勻鶴頂圓，光射虬珠閃。述庵。盈筐驗八棱，堆盤燦數點。策時。寒逾冰沁脾，色比酒暈臉。吉人。精熒日生輝，翕艴火含焰。述庵。體疑塗硇砂，形不藉規範。策時。渾淪觚無棱，磊砢圭少剡。吉人。甘膏鐘乳滋，細核瓠犀斂。述庵。膚柔滑可捫，梗短愁難摻。策時。絡資細篋裝，漬陋輕鹽鹻。吉人。懷橘喜同曹，持螯慎分陝。述庵。喜茲結實佳，緬彼蟠根漸。策

時。幹直倚棼橑，陰濃罨峊广。吉人。繁花綴金鈿，密蔚翦青琰。述庵。叢條拂春庭，碎影移夏簟。策時。香瓢過暑融，靈液逢秋湛。吉人。嘗巢絶鶺鴒，細嘬謝蜩范。述庵。綻宜晴旭烘，熟恐獰飆颭。策時。相呼走且僵，競采大而儼。吉人。壓擔叠纍纍，盈車響轞轞。述庵。豎賈衒齊擎，痴兒啖猶歉。策時。數品滿陶盆，徵奇考竹笵。吉人。佳名朱果傳，别種烏椑忝。述庵。松陽冷濺牙，梁園美充嗛。策時。共知龍卵嘉，未許牛心掩。吉人。糕和楚米蒸，餅壓吴霜染。述庵。灰淋崖蜜凝，風戾雲腴减。策時。搗餘粉色匀，瀝後漆光黶。吉人。蔕從織錦誇，葉爲臨書檢。述庵。致用咸足珍，分嘗詎能貶。策時。携來喜硱礩，剔去憎黤黯。吉人。金刀切紛綸，玉碗鋪掩冉。述庵。對物憶家山，誅茅近晴崦。策時。火傘映栘杉，金衣耀桑檿。吉人。設饌共園橙，登筵伴江芡。述庵。鄉味尚依稀，蕭晨忽荏苒。策時。所宜肺病蘇，豈恨食單儉。吉人。薄冷君勿嫌，清尊正瀲灩。述庵。

集璜川書屋觀伏波銅鼓同企晋述庵張策時凌祖錫聯句一百二十韵

陽曦射高堂，述庵。寶氣肆騰躍。古色侔尊彝，吉人。流芒動簾幕。熊熊詫雲歊，策時。煜煜怪雷爚。岩昏饕餮蹲，企晋。月黑蜿蜒辵。蒼疑木鬖髿，述庵。黝類火爇燋。鼛鼙同形模，吉人。米黍協尺度。彭亨豕腹寬，策時。倔强豹股博。緑碎瓜皮皴，企晋。黄披楮葉皵。回文結雕尻，述庵。斷迹豁齟

齶。字缺史頡銘，吉人。奸遁飛廉魄。蝌蚪周四腔，策時。蝦蟆欹三脚。列象天山均，企晉。分位雷風
薄。腰如巳甗圓，述庵。面比辰鑒廓。低陋縶馬錞，吉人。窄哂栖鳳鐸。完質無侃離，策時。韜光仍渾
噩。審器知金鎔，企晉。辨音异皮鞹。揎袖發鏗鏑，述庵。援枹恣磅礴。小鳴星精搖，吉人。大響雨點
落。獰飆蕩穹崖，策時。急瀑赴巨壑。轟天走之而，企晉。殷地駭不若。雲垂林熊嗥，述庵。石裂谷虎
愕。同鐃鐸鐘鏞，吉人。殊笙笣管籥。歌風想其鎧，策時。肄雅徵或咢。稽典心縈紆，企晉。辨物手捫
摸。剜沙顯晶瑩，述庵。剔蘚露璀錯。流傳東都時，吉人。采拾南夸略。瘴海波滔淫，策時。蠻陬山嶄
岝。貪吏失撫綏，企晉。獷俗善劫掠。伏莽逾鼪鼯，述庵。投林過猿玃。荒箐蒙幽遐，吉人。强弩逞矯
躩。猺獞薈狐群，策時。鬟髻熾妖虐。赤伏方中興，企晉。黄圖并虔恪。璽書集貔貅，述庵。羽檄翦鯨
鰐。健女空跳梁，吉人。老翁尚矍鑠。下瀨陳雄師，策時。伏波拜新爵。誓衆發樓船，企晉。連屯趨浪
泊。毒霧看墮鳶，述庵。盤渦訝浮鰐。險披荆榛叢，吉人。勇淬霜雪鍔。營開閫戟明，策時。陣動雕戈
拓。塵飛揚旗麾，企晉。血模糊刀斫。孽種揃雛將，述庵。孱夫竄詩索。弢弓震天綱，吉人。立柱表地
絡。雕題來粤人，策時。崩角受漢約。舁曳呈轅門，企晉。焜煌照鈐閣。蟠猊紫綉蒙，述庵。翔鷺流蘇
䋏。賓從争摩挱，吉人。徒御互趠踚。上將思驊騮，策時。良工付燬爍。駿尾宛蕭梢，企晉。驕蹄像逴
躒。金門獻種種，述庵。玉墀羅各各。功應冠寇岑，吉人。威已憚越駱。胡然謡詠興，策時。幾時湯沐
削。訟冤誰慨慷，企晉。藁葬終寂寞。奇勛貽至今，述庵。剩物撫猶昨。體非鼂氏攻，吉人。制想獠奴

作。音老詩多藏，策時。俚人笑群搏。蘆笙迭參差，企晉。椰酒共斟酌。雉翎豎丫叉，述庵。嬴殼挂瓔珞。六幅拖花裙，吉人。一緉騰草屩。踢臂淩長溪，策時。招手度危笮。破屋蔽榕陰，企晉。短墻絡藤格。綿李實蓊叢，述庵。匾桃華姸褭。賽社巫叮嚀，吉人。留歡客酬酢。箬裹堆生鹽，策時。瓦盆貯乾酪。羅列兼禽猩，企晉。熏炙到鼠鼩。雜飲態㝞娿，述庵。讕言笑嗢噱。脱釵扣淵淵，吉人。踢歌行蹺蹻。傾耳聆敲鏗，策時。攘腕任揮綽。節促交錚鏦，企晉。聲圓屏硏楟。聽隱隱轔轔，述庵。視索索矍矍。僻陋良足嗤，吉人。駢闐亦云樂。譚論考始終，策時。收藏見矩矱。表座映尊罍，企晉。宿懸繼馨鑮。置傍青玉案，述庵。襲用紫罽橐。舊玩供掀攉，吉人。新詩遞咀嚼。拂拭耽近好，策時。蒼茫興遠托。今皇恢八紘，企晉。覃化遍六漠。入侍紛梯航，述庵。獻寶聚河雒。陰羽陳麒麟，吉人。火珠上鳷鵲。邊堠消朝烟，策時。嚴城斷宵柝。方看重譯朝，企晉。詎意小醜惡。梟踞前王庭，述庵。蟻聚左賢幕。舑舕蝮蛇張，企人[一]。剟刺蜂蠆螫。聖武赫斯怒，策時。帝命求其瘼。側席思范韓，企晉。築壇遣衛霍。攻同吉日諏，述庵。撻伐凶門鑿。神符甲乙占，吉人。士鮮癸庚諾。虎帳夜椎牛，策時。龍沙晨表貉。殺氣纏蚩尤，企晉。邪氛掃格澤。三千驅水犀，述庵。百萬潰風鶴。喪膽諸部降，吉人。係頸元凶縛。惴惴就斧碪，策時。欣欣免鼎鑊。鐃曲傳數章，企晉。戎衣欣一著。洗兵魚海陰，述庵。振旅狼居堮。罷六道挽輸，吉人。安四郊耕穫。酬庸珪瓚璋，策時。薦廟膴膮臛。敷文舞羽干，企晉。視學奏簫勺。靈鼉四簴懸，述庵。華鯨九乳擽。喑彼百里驚，昭茲萬物郭。冠帶罔弗同，祖錫。賁琛詎煩却，

時方平定伊犁。我儕樂淳熙，吉人。是器足揚搉。翠葆靡銅腥，策時。雲花絶塵墣，神夔吼不聞，企晉。隱帢彩尚敫。年深建武存，述庵。代古貞元作。紺斷非淵淪，痕斑想泥鏊。驃國遜輪囷，祖錫。象州謝磥硌。砐硪壓賨輪，吉人。硼硠撼綺構。授受閱弓裘，策時。顯晦等龍蠖。氈包武溪濱，祖錫。網罩潢川輪。高軒辱寵靈，健筆起衰弱。擊鉢喧雷鳴，企晉。續貂愧螢爝。余後至，故云。狂揮鼦鼢毫，渴把鸕鷀杓。子石磨白蕉，祖錫。哥窑插紅萼。擁爐芋火煨，吉人。汲井茶槍瀹。禿巾頭鬅鬙，策時。解帶步跮踱。捃摭窮冥搜，摹畫資衆謔。劈箋侍史勞，祖錫。秉燭奚童篽。壁空風颼飀，述庵。檐凍冰洛澤。潛鱗蟄蛟虬，吉人。厲翮振雕鶚。角殘烏啢啞，策時。漏盡鷄膈膊。矯首視長庚，企晉。熒熒燭虛霩。述庵。

【校勘記】

〔一〕「企人」，當作「吉人」。

閔崋

字廉風，江都人。監生。有《澄秋閣詩》。

重過田隅草堂有感

舊識溪邊路，草堂疏竹籬。樹成人去後，秋老客來時。白鷺一雙影，枯花三兩枝。裴回欲愁絶，鄰笛正孤吹。

過環溪

移門當竹徑，插柳護山田。野水明籬外，疏梅落檻前。朝來課春作，客去理殘編。不信歸林下，郎官正少年。

晚春過讓圃

徑曲多幽草，林陰有澹雲。自同南郭隱，不用北山文。野色空樓得，高花兩院分。劇憐春晼晚，蜂蝶尚紛紛。

春霽

匝月始開霽，小園春未闌。好風清宿雨，遲日散朝寒。鳥語交喧樹，花陰半覆欄。遥憐湖上路，塵暝撲雕鞍。

早秋過巨公禪堂

初地秋先到，凉風滿户間。鶴聲松院静，僧語竹窗閑。蔬果生禪味，烟霞見道顔。一枰貪坐雨，薄暮欲忘還。

懷南圻在環溪

遥憶環溪上，春寒正掩門。水風垂柳岸，烟雨落花村。把釣潛鱗得，然松濁酒温。有人此林下，吟醉送朝昏。

贈盛青嶁

落拓風塵兩鬢絲，年年贏得在天涯。秋生蜀道聽猿夜，雪下梁園授簡時。三徑松筠應自好，五湖鷗鷺最相思。先生歸計須料理，莫使烟波欠釣師。

陶元藻

字篁村，山陰人。貢生。有《珠江》等集。

《蒲褐山房詩話》：篁村五十年前老名士。乾隆丁丑，余在廣陵，時盧運使見曾大會吴越名士于紅橋，凡六十三人，篁村與焉。有詩云「誰識二分明月好，一分應獨照紅橋」，爲時稱誦。故余贈以詩云：「勝游共聽歌三叠，清咏先傳月二分。」嗣後遠别，迥不相聞者四十年。迨余乞恩歸老，來謁雲栖，見篁村題詩在壁，詢之山僧，言昨游此，矍鑠尚無恙也。既而篁村聞余在武林，來訪，旋寄所刊《珠江》等集，因甄録之如左。

彈子磯

高棱刺青天，根脚拄水府。盤渦潛毒蛟，昏黑神所怒。迴波拒行舟，篙者力如虎。懸崖側欲頹，毛髮時一竪。妖星兆漢年，刃血赭南土。彈射峰巒穿，山靈亦遭侮。茫茫太古雲，流石氣成雨。峭壁羅青紅，妙繪色惟五。凌濤駕飛梁，欲陟絶步武。松風餞孤舟，交影日卓午。

自大里至羊塘舟中偶書所見

群岩張脅川貫胸，練光潑緑偏玲瓏。遥聞澗響在天半，玉龍倒挂前山峰。松根將斷杉影接，蒼翠圍却青芙蓉。鳴禽上下人不見，中有小徑雲常封。沙頭奔石狀醜惡，羆熊啖水行舟逢。懸帆風利不得泊，倏忽數里烟霞重。夕陽欲落猶未落，隔林飛度曼陀鐘。

西洋鏡屏

菱花不産金銅壙，挂壁寒生到衣桁。冰雪聰明老畫師，虚中烘染離奇樣。非綃非縠隔毫芒，爲影爲形乍難狀。秋痕一綫指不容，萬里斜看勢奔放。峨舸大艑天末來，箭激危檣破高浪。小姑扶柁大姑橈，紅頰長眉兩相向。玳犀插髻耳耀珠，倒影雙花動春漲。門千户萬城郭開，霧閣雲窗映仙仗。天風磨颭芙蓉旗，黄犬神牽過烟嶂。前村夜市簇華燈，錯落明星海門上。蓬頭番鬼立且趨，蟻逐蜂屯絶依傍。陽烏汩水陰兔升，老魚垂頭瘦蛟仰。偃師狡獪怒君王，地獄圖成駭變相。飛鴻爪印雪泥空，汗汗洄洄入清漾。芥子須彌恍惚逢，大光明界蛟龍藏。

韶州雨霽

推篷山色近，雙眼望真饞。過雨緑遥樹，夕陽紅半帆。鸕鷀小艇出，蝃蝀遠天銜。頓覺春寒減，臨風試夾衫。

大忠祠

松柏青蟠古屋陰，風吹畫壁氣蕭森。勤王莫展回天力，誓死同堅報國心。碧血魂歸岩瘴濕，黄龍旗偃海雲深。寒鴉飛過厓門路，一片斜陽自古今。

登廣州城樓

魚鱗萬井氣如雲，牛女星躔掌上分。諫草文章唐宰相，樓船弓弩漢將軍。羅浮巨蝶傳靈迹，南海明珠紀舊聞。仡仡崇墉鰲背起，幾回憑眺對斜曛。

過蘭溪

白沙翠竹滿汀洲，烟抹蘭溪舊酒樓。一片凄迷夕陽渡，旅人西去水東流。

題一鑒亭

風日籃輿到郭初，草亭清景似吾廬。迴廊行盡芭蕉影，細數堂堂策策魚。
薤根芹葉水雲間，風皺靴紋浪一灣。尤愛晴峰烟樹末，夕陽粉本大痴山。

六如亭

斷石闌干薜荔垂，夕陽亭外認荒碑。春風吹緑朝雲墓，一路空山叫畫眉。

重陽

風雨重陽獨倚樓，寧辭杯酒對江鷗。南山應笑東籬客，又負黄花一度秋。

月夜憶揚州舊游

素月如規印碧空，吟壇盟主憶盧仝。藕花香裏燈船酒，回首揚州一夢中。
扶胥海上露華新，那得笙歌畫舫春。楊柳紅橋今夜月，阿誰重憶舊詩人。

朱楷

字孔林，長洲人。諸生。

《蒲褐山房詩話》：孔林少與惠徵君交，故性耽墳典。又與長洲布衣余仲林蕭客校勘注疏。余有《經解鉤沉》三十卷，而孔林尚未成書。兩人皆不工詩，存此略見一斑。

九日登道山亭有感

孤亭崒嵂俯荒城，平遠江山四望清。古塔雲林低晚照，野塘風荻亂秋聲。百年逸興清樽在，一

夕相思白髮生。醉把茱萸重惆悵，故人零落不勝情。

華玉淳

字師道，無錫人。監生。

《蒲褐山房詩話》：無錫華氏，自子田學士以詞翰起家，至數傳而師道，與其從子溉峰，受業於顧復初司業，講求經義，吟咏乃其餘事。故師道有句云：「今日凌雲誰健筆，續將初白老人詩。」其宗仰如此。然《畫莊類稿》題其《澹園詩稿》云：「澹園霞峰老孫子，屏除俗學治經史。貽我一編太古音，隻字不寄時人耳。年來歸棹自巢湖，獵獵秋風尋戰壘。噴薄奇氣本洪鈞，故知此事須根柢。」信如所云，則又非初白老人支派也。

同諸弟至後園

重尋芳徑繞花陰，拂水依依柳色深。過眼雲烟今夕泪，對床風雨十年心。

題天際歸舟圖

平林漠漠含秋雨，芳草萋萋映碧潭。一片輕帆雲際出，望中空翠是江南。

華　淞

字澱峰，無錫人。諸生。

秦漢印歌示導昆

鈕螭辟邪瓦，羊色青紫黑。金赤黄埋土，剥蝕生古香，鎸鑄分製各擅場。扁倒薤，圓不方，細膩熨貼順陰陽。鸞迴鵲顧鷩翱翔，兔踆烏立蛟騰驤。雍容冠冕垂衣裳，雕戈寶戟争銛鋩。撫畫化變誰頡頏，何震文彭宗子昂。法趨簡易歸堂皇，庶幾萬一堪梯航。纖綺怪僻非康莊，篆籀遺迹今渺茫，秦璽漢印留吉光。

江昱

字賓谷，號松泉，江都人。諸生。有《松泉集》。

《蒲褐山房詩話》：小玲瓏山館嘗集江浙名流，賓谷數爲座客，故詩詞亦得午橋、樊榭諸人一體。

陽曲張思孝來江南爲儲太史刻存研樓文集并搜討傅徵君霜紅龕集壽髦我詩稿刻之凡六載始竣今將歸里以秋林獨坐圖屬題予高其誼賦此贈之時乾隆丁卯九月

玉堂感秋衾，誰復求遺稿。況彼岩居人，凄吟散烟草。江湖萬古流，後死績非小。江南五見雁，關門度秋早。顯晦信有時，斯文動蒼昊。逍遥指舊山，霜林坐清杳。

由古渡橋泛舟紅橋雨過西圃用林璺斂暝色分韵得暝字

沿緣出葦間，秋意滿烟艇。疏雨忽薦凉，輕雲不成暝。水曲隱新亭，竹深得清境。開殘荷芰香，吹上詩句冷。花師閲廢興，鷗盟坐消領。斜陽澹遠林，寥寥一蟬警。

王述庵趙璞庵曹來殷嚴東有凌静軒吴梅里集對琴書屋分得理字

故人天際鴻，清風忽來止。虚室闃市喧，招呼及諸子。風簾暑氣微，冰弦素商起。叢蘭發紫莖，幽意静如水。抗襟暢雅懷，高談送凉晷。卜夜開青尊，烟棹未須理。

初秋湖上泛舟至月上始歸

城西小艇尋烟語，幾點迎凉豆花雨。沿緣更入深葦間，水態雲光浄空宇。游船歸盡無笙歌，晚來清景娱人多。老蓮吹香酒初醒，白月挂柳魚跳波。寬閑已與繁華隔，魚税菱租堪卜宅。鑒湖何事

乞官家，在處悠游同一適。

盱眙

五代干戈地，憑高豁遠眸。山連淮甸夕，水入泗城秋。豚酒神祠社，魚鹽賈客舟。都梁有香草，欲采獨無由。

雨中簡金壽門

短巷人過少，冥冥十日陰。林花雨中澹，秋氣坐來深。蟲語時鳴室，鼄絲半在琴。遥憐寓樓客，隱几對高岑。

舊縣

一旬淹水宿，風味此鄉清。斜日明孤塔，寒江繞廢城。樓臺山外出，舟楫畫中行。瑟瑟微風發，

沙頭漁笛聲。

黄舟赤壁

高岩落日大江濱，亭榭凌虚結構新。漢水波寬帆下疾，衡陽秋盡雁來頻。戰争杳渺千年事，風月銷磨絶代人。寂莫淮南獨行客，維舟釃酒一傷神。

諸同人爲苔岑小集分咏故鄉古迹得禪智寺

迤邐崑岡枕水湄，琳宫金碧憶當時。蟲鳴廢院僧鋤菜，葉滿空廊客看碑。雨氣隔江山淡沱，墓田無主草迷離。幾翻塵劫銷磨後，歌吹偏勞小杜詩。

漢上喜李嘯村聞涿至自潯陽

蕭蕭木脱晚秋天，燈影高樓枕手眠。暮雨獨聽三楚雁，東風忽到九江船。詩篇作計寧長策，行

李隨身是夙緣。萍聚他鄉休感慨，題襟贏得緑尊前。

將之京口宿瓜洲敏上人禪林

小憩吴艭第一程，到來心迹喜雙清。樓空燈影籠龕碧，夜静江光入檻明。鴻雪偶然留指爪，鐘魚聊爾净襟情。峭帆擬趁鷄鳴渡，東掠滄溟看日生。

移　居

聚族籠坊不記年，飄零忍賦《卜居》篇。豈同杜甫橋西宅，差免張融岸上船。微力辛勤營壘燕，殘聲酸苦别枝蟬。清貧家具煩收拾，借得童牛百事全。

西園感舊

逝水年光送盡春，謝家池館暗凝塵。東風歷亂真無賴，滿院楊花不見人。

蟋蟀

蟋蟀偏驚獨夜情，一聲聲近卧床鳴。金盆弃置秋塵冷，自起鈎簾看月明。

夏夜

夜深清境復誰知，凉露無聲滴小池。寂寞紅薇花上月，照人憑檻立多時。

過九江

晴雪空江没舊汀，孤舟鎮日晝冥冥。迴帆忽見斜陽出，遠露匡廬半壁青。

愛日堂觀劇

興來留客罄清歡，歷歷珍珠瀉玉盤。紅燭消遲簾幕静，不知風雪夜深寒。
清詞小部擅風流，江漢微波咽暮愁。醉裏渾忘身是客，紅梨亭外月如鈎。

題襄尺畫蘭

葉葉凉陰生硯池，國香零落遍天涯。江南烟水春帆穩，歸夢湘臯月墮時。

江　恂

字于九，儀徵人，昱弟。貢生，官徽州知府。有《蔗畦詩鈔》。

蘋風檻

紅蘭帶清波，蘋花亂秋雨。日暮水烟昏，吹香上詩句。

春水步

蒲芽短於髪，花鴨肆游漾。痕没繫船樁，桃花夜來長。

題　畫

朝來空翠滿雲根，幽徑無人破蘚痕。一夜雨聲喧竹外，魚苗水漲石橋渾。

秋日湖上

一枝柔櫓認前灘，露柳霜蓮弄影殘。却是無人領蕭寂，水風吹雨畫生寒。
鷗外陂塘百畝寬，波光罨盡鏡中看。西風似與蘆花約，妝點秋容上釣竿。

江　立

初名炎，字聖言，歙縣人。監生。有《小齊雲山館詩鈔》。

《蒲褐山房詩話》：聖言性耽文素，又愛倚聲，與其兄弟名譽略同。游西湖，慕姜石帚馬塍之勝，卜築數椽，携細君同居數年，貲盡，家亦落，乃還邗上。余在魚通，適其叔太守恂權知夔州府，數以書問訊，并寄其詞，蓋氣誼之篤，近時所罕。詩不多作，故無專集行世。

悦枝堂坐雨分得八齊

萬條銀綫縮來齊，檐瀑紛紛看欲迷。乍喜緑添新竹葉，最憐紅濺落花泥。半規池面跳波急，一角窗陰壓座低。漸覺凉生衣袖上，呼鐙且盡玉東西。

王庭魁

字岡齡，吴縣人。監生。有《小停雲館集》。

《蒲褐山房詩話》：岡齡受詩法于沈文慤公，所居在楓橋，有小園花木之勝。能畫，藏弆名迹頗多。最愛文氏翰墨，故以「小停雲」名其館。風日佳時，恒招諸名士作文酒之會。後十餘年，岡齡謝世，圖畫盡亡，宅亦歸于袁氏。今又愷漁隱小圃，即其故址。

寒夜吳企晋曹來殷趙損之沙斗初朱德基林屋叔蘭泉西莊兄集停雲齋分得月字

凍雀栖檐端，寒宵悵悠忽。良朋欣盍簪，携手入岩窟。歲暮衆卉凋，嚴風振林樾。何以助綢繆，村醪雜野蕨。人生能幾何，轉瞬嗟華髮。行樂貴及時，深杯不辭罰。情洽語笑親，醉餘歌咏發。相送出柴扉，林梢挂殘月。

春草次韵

輕風剪剪漾春原，芳草如茵拂砌繁。謝客裁詩清入夢，江郎作賦暗消魂。遠迷樵客山中路，低襯漁家竹裏門。一望蘼蕪烟景好，翩翩游騎憶王孫。

爲家蘭泉畫三泖漁莊圖

圓沙曲渚白雲居，九點遥峰畫不如。爲愛菰蒲烟水闊，秋風釣得季鷹魚。
泖湖東去碧迢迢，矮屋垂楊舊板橋。何日竹弓同射鴨，瓜皮艇子晚迎潮。

徐薌坡

字薈林，號澤農，青浦人。貢生，南巡獻賦，命入武英殿校書，未赴。卒。

《蒲褐山房詩話》：薈林有聲庠序，梁文定公爲學政，試以《菜羹賦》，特見賞拔。中歲入京，寓延壽寺街之雲間會館。病瘵，余往視之。殘雪滿地，寒飆襲人。葛幃木榻，燈火青熒。顧余而嘆曰：「似此已是鬼境，復有何言。」因占兩絶云：「勞身擾擾役醯鷄，勘破蒙莊物理齊。客路殘生等蟬蜕，更無兒女繞床啼。」「得詩隨改又隨删，蹋壁冥搜月夜間。最是生平有餘恨，未留著述在名山。」聲情酸楚，真不減鮑家之唱、上峽之謡。余故采掇獨多，以釋其恨。至才情之富有，屬對之名通，詞華之清贍，當與我邑中陶穎儒、邵植庭齊驅并駕，非餘子能望肩背也。

夜坐寄趙損之

清風颯然來，凉氣襲羅幌。空堂悄未眠，葉落碧梧響。秋高萬籟虚，獨坐愜幽賞。耿耿銀河明，林梢新月上。緬彼素心人，眷焉發遐想。機山鬱岧嶤，谷水涵滉瀁。遠道寄相思，孤鴻自來往。

曲陽有韓魏公蘇文忠公石刻筤谷命工拓之

賈胡愛珍玩，農父勤芸蕘。物常聚所好，好貴與俗超。觥觥周夫子，一官懶折腰。仙鳧偶焉駐，冠蓋驅塵囂。縣古似村舍，遺風近唐堯。聞昔轉戰地，兵革久未銷。韓蘇後先繼，异樹而同條。軍營鎮邊徼，粟米除征傜。只今感遺愛，涕屑髦與髫。當年政成暇，餘事傳歌謡。風流相照耀，伐石窮鎸雕。字字劈窠大，虎卧兼龍跳。閲五六百載，不受劫火燒。卧閤日清宴，寓興破寂寥。時從看山便，言訪谷口樵。我亦嗜奇最，治生幾不聊。浪迹走燕趙，忝佐幕下僚。何緣蘭臭合，結伴常招邀。曲徑穿羃䍥，懸崖陟岧嶤。登登聽響拓，膠墨胥匀調。虹光爛四壁，静對長夏銷。何必河陽縣，種花含春嬌。何必鬱林舫，載石廉名標。一編《集古録》，官槖歸已饒。

石湖秋泛

凉風昨夜吹雨過，小軒檐溜聲淙淙。蠙衣上砌屐齒滑，掩關瑟縮同寒蛖。忽驚剥啄扣短闔，窈然空谷聞音跫。生平雅抱泉石志，酸鹹嗜好殊冥蠢。石湖烟景入夢寐，涎流更覺心饞饕。朝來層陰況開霽，琉璃一碧涵澄江。蔚藍爽氣望不極，排空陣陣飛鴻鸍。鯉魚風急五兩動，便思捩舵移艕艭。越江溪口足幽趣，名區自昔推南邦。相傳文穆栖隱地，田園息影耽耕稯。蠶桑鰕菜樂素業，至今遺俗猶敦厖。人家村落接沙觜，薑塍芋圃兼苔矼。疏林掩映夕陽外，修竹个个攢鶵羫。柴扉三版爨烟起，隱隱籬脚鳴花尨。行春石橋跨水面，紅闌迤邐連長杠。幅巾閑眺臨淺渚，青絲綷繫枯陽樁。箏船四面銜尾過，木蘭小槳紅油窗。《柳枝》《竹枝》迭賡唱，吳儂篷弄傳新腔。嘔啞柔櫓撥萍藻，沙邊驚起鸕鷀雙。楞伽咫尺不得上，遥見巒勢峻崆峣。青螺倒影碧波底，亭亭似建蓮花幢。禪宫晻靄入雲際，縹緲仙梵流空谾。烟嵐明滅碧無數，衆峰矗立疑跰蹝。拖笻却少濟勝具，預愁登陟疲髐髂。溪朋幸逢禽向輩，脱略禮法無嗔噥。茶檣酒幔共吟嘯，興劇往往挑蘭釭。摇牙握管鬥奇句，掉險數舞都盧橦。滚滚珠璣互噴薄，琅琅金石交錚摐。詩成擊節欲起舞，拍浮傾倒玻璃缸。酒酣慷慨忽根觸，懷古耿耿心難降。當年吳越事轉戰，艨艟百道麾矛鏦。英雄成敗只一瞬，貽戒足使神魂雙。功

高蓋世不受賞，扁舟歸去揚輕䉶。滄桑變幻幾塵劫，韶華轉眼隨奔駹。遥遥千載動感喟，馨香欲薦搴蘼茳。臨流釃酒一俯仰，遥山烟外昏鐘撞。

京口夜泊

風定帆初卸，寒塘起暮烟。斷雲瓜步樹，殘月秣陵船。山翠來篷底，江濤落枕邊。十年湖海夢，回首一凄然。

登泖塔次韵

中流一塔涌，四面鏡奩分。齒齒沙間石，鱗鱗水底雲。秋風招鶴侶，夜雨嘯龍君。倚檻舒清眺，鐸鈴天際聞。

寄張策時

金昌楊柳記同攀，別後相思客鬢斑。細雨春帆黄歇渡，淡雲秋樹陸機山。關河遠道傳紅鯉，烟水幽情戀白鷳。安得秦淮花月夜，旗亭賭酒一開顔。

牽牛花

墻腰籬角碧茸茸，小草閑庭點綴工。弱質愛沾秋雨翠，芳心愁對曉霞紅。凉分銀漢迢迢水，香送苔階冉冉風。盼斷鵲橋人去杳，幾枝疏影伴吟蟲。

寄沙白岸

天涯風雪挂征帆，回首昌亭夕照銜。四海論交留短褐，五湖歸隱托長鑱。垣衣薜荔何須補，門掩蓬蒿不用芟。準擬相從赤松子，芒鞋一緉踏巉岩。

别嚴東有鮑雅堂

天涯分手悵離居，衰柳長亭夕照餘。高會三秋傳白下，盛名一代敵黄初。風塵冠蓋交游壯，雨雪江關旅夢疏。明發孝侯臺畔路，相思千里盼雙魚。

春　草

依依新翠上河橋，鵻鳩聲中宿雨消。綉陌衣香來緩緩，銀塘帆影去迢迢。幾多芳訊傳三月，剩有離情送六朝。惆悵青袍憔悴客，年年愁緒長春苗。

古意用錢訥生秋興韵

書卷飄零手勸挐，韶光荏苒客中過。十年旅鬢新霜少，千里鄉關舊雨多。秋水蒹葭聞雁語，曉風楊柳唱驪歌。美人欲折瑶華贈，悵望雲山唤奈何。

訪道何緣問廣成，天涯漂泊可憐生。篝燈夜雨紅蓮幕，蘭槳春波白苧城。三月鶯花愁裏色，五湖鰕菜夢中情。軟塵滚滚人間路，空憶驂鸞到上清。

題王述庵三泖漁莊圖

晴光瀲灩碧迢迢，淡靄輕陰覆板橋。昨夜菰蒲疏雨過，一溪新水漲魚苗。
杉皮矮屋笋皮篷，沙觜沿迴略彴通。一帶垂楊低蘸水，緑蓑斜罥釣絲風。
桃花淺浪送春帆，蟹簖魚罾夕照銜。坐對凉波吹篴罷，自縫袯襫舊漁衫。
蹇驢破帽裊吟鞭，十載江湖舊夢牽。何日從君背笭箵，撈鰕同泛樧頭船。

八月二十六日夜集經訓堂送徐尚之赴鹽山聯句六十四韻〔一〕

合戠意未厭，青浦王昶述庵〔二〕。分襟手先抗。高齋劇清虚，青浦徐薌坡蒼林。詞客盡倜儻〔三〕。谷空懷駒維，常熟吴蔚光竹橋〔四〕。途遠感驪唱〔五〕。聚散風搏沙，嘉興汪大經秋白〔六〕。去來塵堀坱〔七〕。契緣耦居殷，秀水王復秋塍〔八〕。情用小别愴。令序際秋高，烏程張彤霍柴〔九〕。晴曦轉春盎。露華綴金莖，無錫楊

芬燦荔裳〔一〇〕。霞彩豁蓬閬。涎涎鳰辭橑〔一一〕，武進徐書受尚之〔一二〕。凄凄蛬語甍。荷衰香未銷，昶〔一三〕。葺折霰徐揚。景物逼蕭森，薌坡〔一四〕。河山攬悲壯。黃騰潞水坡，蔚光〔一五〕。碧剷雁門嶂。霽久罕塗泥，大經〔一六〕。凉深絶炎炕。選勝景彌佳，復〔一七〕。追歡神頗王。叢談翦韓檠〔一八〕，彤〔一九〕。促坐列歐舫。臭合味逾蘭，芬燦〔二〇〕。言温挾同纊。矧予本愚蠢〔二一〕，書受〔二二〕。入世豈冗長。秀是江東推，昶。美非城北讓。舊家鐵瓮鄰，薌坡。新製玉臺貺。慘緑雖少年，蔚光。中黃等飛將。一噴真一醒，大經。十決還十蕩。摩霄鵬擘雲，復。横海鯨跋浪。門庭得真傳，彤。臺閣肯依樣。賦酬西都賓，芬燦。碑考北海相。問字喜春容，書受。説經嘉硜伉。文思聿深湛〔二三〕，昶。志性乃慈諒。栖鴿類乾邕〔二四〕，薌坡。食薹侶張暢。獨行衆所推，蔚光。浮榮視猶儻。會看臯吉征〔二五〕，大經。寧復軫駁放〔二六〕。應起曲江名，復。遂侍含元仗。今春辭蘭陵，彤。上計過督亢。始至賃臯廡，芬燦。繼遷依釋藏。時寓永樂禪院。畸士偕許渾，謂許介山。書受。經師服戴望。謂錢獻之。步趨蛩後先，昶。賡和禽頡頏。名流爭攬環，薌坡。上客互投狀。論心恨已遲，蔚光。識面既非妄〔二七〕。譚莪抉其精〔二八〕，大經。道古敦所尚。相期彼岸登，復。庶幾我軍張。兹違鄰下游，彤。聊作剡溪訪。詎憂邁靡靡，芬燦。終覺思養養〔二九〕。咄嗟煩官厨，書受。怱卒辦祖帳〔三〇〕。餰童飭招邀〔三一〕，昶。竈婢竟摒擋〔三二〕。盞浮雀舌茶，薌坡。壋撥松花釀。蟹熟芼以薑，蔚光。豚蒸濡用醬。虀葅發宿儲，大經。餅餤詫新創。銜杯笑正酣，復。投箸神忽往。襆被幸同攜，時與錢魯思偕行。彤。春糧誰見餉。瑯嬛書百函〔三三〕，芬燦。轂觫車一兩〔三四〕。杳杳雁

銜蘆，書受。勞勞獸走壙。游目乍依依，昶。回首定悢悢。青垂梨半林，薌坡。紅綻棗一桁。縣僻夷村虛，蔚光。邑岩置亭障。童山屹有棱，大經。鹵井寒無漲〔三五〕。旅程頓羸驂，復。甥館卸輕裝。哦松訴合離，彤。咏絮寄酬唱。時尚之舅爲鹽山尉，其内人工詩。佩萸席上分，芬燦。鈴鞠籬邊傍。時未忽蹉跎，書受。趣方適閑曠。鹿鳴芳訊傳，昶。鯉躍層津上。一舉快先登，薌坡。三捷驚輩行。土拭出龍泉，蔚光。葉穿開虎韔。銀榜著聲華，大經。月燈展諧鬯。還過白楮坊，復。再躡黑窑廠。須傾榼三升，彤。重着屐幾緉〔三六〕。刻羽停郢謳〔三七〕，芬燦。斫輪待齊匠。摳衣復升堂，書受。毋畏俗人謗。昶。

【校勘記】

〔一〕此詩，王昶《春融堂集》卷十五亦收入，題作「八月二十六日夜集鄭學齋送尚之赴鹽山聯句六十四韻」。

〔二〕「青浦王昶述庵」，《春融堂集》卷十五作「德甫」。

〔三〕「儻」，《春融堂集》卷十五作「蕩」。

〔四〕「常熟」、「竹橋」，《春融堂集》卷十五作「昭文」、「悊甫」。

〔五〕「途」，《春融堂集》卷十五作「塗」。

〔六〕「秋白」，《春融堂集》卷十五作「書年」。

〔七〕「堀」，《春融堂集》卷十五作「掘」。

〔八〕「塍」，《春融堂集》卷十五作「敦初」。
〔九〕「雀柴」，《春融堂集》卷十五作「漢宣」。
〔一〇〕「芬燦」，《春融堂集》卷十五同，當作「芳燦」。下同。
〔一一〕「鳿」，《春融堂集》卷十五作「鴥」。
〔一二〕「徐」，原作「余」，據《春融堂集》卷十五改。
〔一三〕「昶」，《春融堂集》卷十五作「德甫」。下同。
〔一四〕「薌坡」，《春融堂集》卷十五作「蓉林」。下同。
〔一五〕「蔚光」，《春融堂集》卷十五作「挹甫」。下同。
〔一六〕「大經」，《春融堂集》卷十五作「書年」。下同。
〔一七〕「復」，《春融堂集》卷十五作「敦初」。下同。
〔一八〕「談」，《春融堂集》卷十五作「譚」。
〔一九〕「彤」，《春融堂集》卷十五作「漢宣」。下同。
〔二〇〕「芬燦」，《春融堂集》卷十五作「荔裳」。下同。
〔二一〕「予」，《春融堂集》卷十五作「余」。
〔二二〕「書受」，《春融堂集》卷十五作「尚之」。下同。
〔二三〕「深湛」，《春融堂集》卷十五作「湛深」。

〔二四〕「邕」，《春融堂集》卷十五作「笆」。

〔二五〕「彙」，《春融堂集》卷十五作「簭」。

〔二六〕「駁」，《春融堂集》卷十五作「剥」。

〔二七〕「既」，《春融堂集》卷十五作「慨」。

〔二八〕「抉」，《春融堂集》卷十五作「抗」。

〔二九〕「思飬飬」，《春融堂集》卷十五作「情悵悵」。

〔三〇〕「忽」，原作「葱」，據《春融堂集》卷十五改。

〔三一〕「餠」，《春融堂集》卷十五作「鉶」。

〔三二〕「竟」，《春融堂集》卷十五作「競」。

〔三三〕「嬛」，《春融堂集》卷十五作「環」。

〔三四〕「兩」，《春融堂集》卷十五作「輛」。

〔三五〕「鹵」，《春融堂集》卷十五作「卣」。

〔三六〕「緉」，《春融堂集》卷十五作「兩」。

〔三七〕「停」，《春融堂集》卷十五作「伫」。

林如璋

本姓趙，字宗孟，號秋吟，青浦人。諸生。

春暮有感和韵

滿天風露下西樓，叢桂香消近晚秋。寶帳夜寒鴛夢杳，一彎明月照離愁。

和村居雜咏

淮南風味總清幽，香霰霏微撲玉鈎。五夜月華凉似水，幾枝分得廣寒秋。黄雪廊

鼻觀微參色相空，凉生蘋末滿亭風。一雙白鷺銜烟去，花北花南返照紅。妙香亭

阻風中酒滯關河，廿載星霜一刹那。此夜挑鐙聽烟雨，芭蕉窗外種來多。話雨篷

高景光

字自柏，元和人。諸生。有《夢草書堂詩鈔》。

同顧丈禄百繆學山沈欽伯錢曉徵褚左峨曹來殷張策時過滄浪亭

蠟屐穿林楓乍黄，碧雲斜捲遠山蒼。野塘水漾娟娟緑，叢桂風飄細細香。詩比樂天還澹宕，人如杜牧更清狂。何當一棹胥江月，共醉溪南籬菊旁。

重九前一日遲王鳳喈蘭泉不至

細雨斜風冷竹妝，故園蕭颯又重陽。織簾空有登高約，時宗伯師招游靈岩。送酒曾無縮地方。獨對黄華披白帢，漫調紫蟹擣紅薑。不知明月吴山頂，放筆題糕若個狂。

天津雜咏投查蓮坡先生

落華新釀燕泥香，烟樹參差碧水鄉。十里津橋閑騁望，雲帆江店小金閶。

淡紅細雨桃花寺，嫩緑芳塘楊柳青。髣髴湖天晚景好，夕陽樓閣影亭亭。桃花寺、楊柳青，俱地名。

枝頭小鳥弄笙簧，油壁香車插野棠。記取踏青城外路，緑陰如幄巨家莊。巨無霸故里。

玉壺春酒不須賒，月上海棠映碧紗。宴罷客歸剛夜半，雙鬟低按小梅花。

湖海詩傳卷十九

陶　璉

字夏重，嘉興人。貢生。有《東籬詩鈔》。

《蒲褐山房詩話》：夏重爲同年進士汪鉦之子，天才英异，風發泉涌，而筆之所至，皆合於規矩。常隨予至江西，言詩譚藝，頗有牙曠之知。五言如「黄花三徑雨，紅葉一江風」，「落花驚蝶夢，香徑倦蜂游」，「江聲春雨漲，雲氣曉嵐蒸」，「墨雲千嶂晚，酥雨一帆春」；七言如「梅花數點春如許，月色三分夜未央」，「溪雨漸沾菱葉潤，野風微動稻花香」，「把酒但將杯送老，工書苦被墨磨人」，「掃花徑待琴僧過，種柳門容釣伴敲」，皆雅令可諷。其後客死蕪湖，詩卷零落，即浙西人亦罕有知者。

簡王秋賸

籬門掩柳下，林屋隔竹西。赫日馳角里，火雲升韭溪。誰能觸熱行，襬襶相攀躋。蘊隆旱太甚，桔槔病夏畦。晝夜無停辛，骨瘦面亦黧。吾儕澹無事，草堂耽幽栖。高枕北窗下，涼風和天倪。緑林藹交布，晝静蟬聲嘶。鄰曲來問字，水亭壺相提。樂飲拚一醉，百事慵如嵇。静言思村農，相形隔雲泥。逸勞各隨分，物我安可齊。玩時古所戒，深恐遭訶詆。念子勤著述，足不出庭蹊。守册愆舊約，擘箋寄新題。爛然披雲錦，眼膜開金鎞。何當炎曦收，暘谷來霆霓。頓作雨人雨，爽氣浮花堤。田苗勃然興，豐沃蘇群黎。穀賤酒更釃，近局還招攜。

從姑山

天柱一峰懸，鐵闢兩石夾。勝引青竹兜，爽含白羅夾。出郭游伴偕，渡檝吟懷洽。從姑亦仙姿，窈窕開妝匣。畫眉黛自濃，擁髻花猶插。不禁蕘夫侵，屢遭酒人狎。古洞白蝠翻，蕘峰青鰲壓。葛捫滴翠崖，藤挽留雲峽。拔地萬仞高，窺天一綫狹。玉子空紋楸，石梁架嵁嶫。千門縮如蝸，一水清

似雪。往哲此幽栖，築室共白業。白業，書堂名。明羅公汝芳與諸生講學處。紫雲冒岩阿，緑雪映簾押。縱近無諍居，肯參上乘法。數椽足藏修，歷代幾遭劫。戀枝病蟬吟，遵渚羈鴻唼。米顛興已偏，許掾濟無怯。吾將卜前峰，誅茅荷松鍤。

題王述庵先生三泖漁莊圖二十四韵

湛湛三泖流，歷歷九峰頂。蒼石走檣竿，青水浴塔影。斜岸掠燕乙，圓波躍魚丙。林塘沙灣灣，茆宇窗冏冏。占此雲水區，何必羨箕潁。公乃澹蕩人，蚤歲登臺省。豈惟文翰雄，又睹勛績炳。通家屬猶子，造謁無路請。昨公居倚廬，杜門塵事屏。所幸鴛水居，近接澱湖境。挈伴携琴樽，時同種梅奉訪。軋櫓破萍荇。巨浸納支流，遥岑拱峻嶺。禮優屣倒階，意重轄投井。深坐盎春和，劇談轉清警。揭來舊雲莊，披圖解煩怲。想倩畫史畫，天末戀鄉景。携此行萬里，忙中一笑領。及兹三年淹，故園重可整。潮看黄歇回，宅與陸機并。居處村落偏，興趣江湖迥。春理釣艫綸，秋放采蒓艇。舊夢今許償，暇日試游騁。爲問出岫雲，還山得孤永。漁唱晚風高，迴橈烟月冷。

登宜春臺

選勝在地偏，每從郭外訪。詎意囂塵中，崇臺得幽暢。書館幸爲鄰，支筇時眺望。東攢雙箭峰，西叠白鶴嶂。其北袁京山，南有大小仰。連岩抱如城，昏旦非一狀。雜英紅已繁，秀江緑始漲。井閭起炊烟，散作晴雲揚。縹緲蕩心胸，如在九霄上。衡黛潑空來，湘色遠相向。妙境畫所無，應接神亦王。題咏凡幾輩，溪山故無恙。如何帝子宫，住錫容梵放。斜陽吊荒祠，上有漢長沙定王祠。臨風獨惆悵。

昌山峽分宜縣西二十里。

驅山山不行，截流鎖江面。巨靈劈嶄岩，神瀵肆噴漩。衝波石將崩，晴空雨倒濺。行看七聖迷，鑿待五丁遣。呀如石門闖，軺如鐵輪輾。鍔如舞劍騰，森如奮戟戰。屼如鎮巨鰲，嵺如駭奔猱。𣐈如虎牙張，攫如龍爪罥。入坎坐於針，沿流引若綫。刺篙術少疏，觸愕禍立見。賴有忠信存，顧猶心膽顫。稽首閲城君，乞借東風便。

題任石民州丞春波浴硯圖

結茅在春波，敝居坊名。守拙足文翰。橐筆走灌城，生涯餘破硯。與君托懿親，因之接文讌。君家名父子，能書仿羲獻。校録各宣勤，先後就丞掾。久滯江右居，遠從粤西宦。剡藤持索繁，酬應無少間。墨汁魚飽吞，書幅鵝可换。磊落端溪林，一一羅几案。包裹涉關山，引用等英彦。昨君見星奔，扶櫬歸鄉閈。輕裝惟石存，痛定徐出玩。氣猶含烟雲，光若閃雷電。呼童梅溪上，一洗塵垢面。倩畫意故佳，自題書更擅。挾册索我詩，懷慚增感嘆。歲華久蹉跎，鬚鬢漸衰變。吏情君本淡，遠游我亦倦。何當載書舫，歸傍雙湖畔。安居守硯田，聯吟坐石磵。

往觀砥柱山銘風阻不果

濁河天上來，截流聳峭崿。常恐地軸翻，天險此鎖鑰。一柱眄孤撑，三門想舊鑿。險分人鬼神，要據伊渭洛。雷霆日喧豗，雹雨亂灑落。大哉神禹功，萬世賴疏瀹。上鐫貞觀銘，書乃正字作。嗜古獨往觀，色沮風浪惡。縱然移我情，具舟不敢泊。宛似三神山，近輒風引却。兩岸疑動摇，百怪畢

騰躍。巋然峙中流，端凝神儼若。以之激頹波，孤高非僞托。問誰障狂瀾，對此色無怍。伊余探幽奇，緣慳阻芒屩。何當練平鋪，放艇款山脚。招携同志朋，絶頂一歌咢，開拓萬古胸，解衣共磅礴。喻糜塗硬黄，剜剔試摹拓。裝池入篋衍，備載《金石略》。

九日同人登黄山

菊英初黄脱葉殷，城西咫尺浮邱山。浮邱仙人杳不見，空有白雲相往還。此地林壑多清迥，振衣長嘯登絶頂。東望群峰晚翠攢，西俯萬里秋江静。殘碑空記凌歊臺，當年歌舞安在哉。滿目蒼莽正躑躅，颯然疏雨天邊來。山人導我入香阜，疑是當年牧鷄叟。天際哀鴻不可聞，籬根且醉茱萸酒。

水　碓

先王制器民用公，耒耨之利歸耕農。杵臼以濟舂人舂，後世奇技逞私衷。機巧欲奪造化工，峻瀨百丈鳴懸淙。審曲面勢當其衝，打杙壘石亘若墉。安置水碓蒲葦叢，輪軸旋轉雨灑空。如鳥俯啄仍高翀，雲際咿啞叫饑鴻。苫蓋矮屋守一傭，以水代足坐使慵。古據不許舟楫通，柁樓斜轉曲曲從。

損人利己誰汝容。我行六月暑藴隆，大江趋漲勢正雄，盡遭潰决崩碚礐。剩有亂石堆横縱，急溜如箭灣如弓，一失趨避無完舺。與衆方便心所同，上聞達官幸勿壅，須爲禁令誠德濃。

聞澹川主講臺灣海東書院因寄以詩

吴郎好勇過季路，曩乘海舶游閩間。載書又從厦門出，一針南指滄溟灣。鷁帆飄忽颶母惡，大洋五色波漩澴。横槊高唱木華賦，立竿早見鳳卵山。凡歷幾更達鹿耳，厦門渡臺五百四十里外，尚有十一更。赤嵌城郭疑仙寰。昨遭凶徒害官長，螳蜋拒斧争蝸蠻。虎貔奮威入狡窟，鯨鯢就戮除陰奸。方今承平慶海晏，修文偃武民安閑。君坐皋比秉木鐸，琅琅大義開愚頑。風還淳古先禮讓，群守矩矱無逾閑。誠知切要正心術，豈惟淹博矜辭嫺。想經鎔鑄出歐冶，早從繩墨歸輸般。我與鋤月聯講席，時余主講廣信，種梅貴溪。來往未覺詩筒艱。况復山館近桑梓，鄉園歲暮行當還。問君何時游亦倦，水村紅樹歸掩關。定多新咏紀靈怪，追談亦足開襟顔。

寄懷秋浦集杜

不見李生久，終朝獨爾思。窮愁應有作，來往亦無期。見酒須相憶，論文笑自知。蹉跎暮容色，吾道竟何之。

別離驚節換，回首一茫茫。舊日重陽日，他鄉勝故鄉。壬辰、癸巳兩重陽，與秋浦及故鄉諸子相聚南昌。故人亦流落，今我獨凄凉。歸路翻蕭颯，高歌泪數行。艱難歸故里，秋色有餘凄。黄卷真如律，青雲不可梯。幾年遭鵩鳥，微分是醯鷄。更欲投何處，飄飄愧老妻。世已疏儒素，生涯獨轉蓬。且持蠡測海，真作鳥窺籠。徑欲依劉表，逢人問孔融。尺書前日至，鵲噪舊愁空。重陽後一日得秋浦書。

示諸生

瑟瑟秋林澹夕曛，桂花如霰落紛紛。徘徊破甑原無益，嘆息炊桐竟不聞。市上璧人誇衛玠，山中風漢笑劉蕡。鷄蟲得失尋常事，珍重他年玉笈文。

往事蹉跎悔莫償，天涯萍梗惜流光。袁京高隱山猶在，盧肇能文墓已荒。入世翻同蟲食蓼，著書笑比鼠銜薑。偶存吟卷疏蕪甚，枉費傳抄篋衍藏。

沈帶湖吏部乞養旋里正月八日招同人宴集

蘭陔日暖彩衣新，通籍金閨早乞身。韋況辭官歸故里，茅容款客見娛親。竹間近局猶燒筍，湖上春槃已召鱗。不厭梅花清共嚼，還從舫閣對吾真。

題魏仲先處士草堂

花藏菊繞陝東郊，洞口烟霞舊結茅。父子名同高士傳，公侯禮下布衣交。音流綠綺魚曾出，節抱幽篁籜尚苞。剩有虛堂風月在，英靈肯被北山嘲。

弋陽道中次澹思韵

一灣一灣復一灣，一灘一灘復一灘。灘高灣曲舟行緩，看盡春江多少山。

寄内

風摧庭樹隔江雲，腸斷烏啼夜不聞。老去更無兒在膝，惟君憐我我憐君。

張　棟

字鴻勛，震澤人。貢生。有《看雲吟稿》。

《蒲褐山房詩話》：鴻勛情性和藹，工于山水。行勝所至，群訂縞紵之交。浪迹江湖者三十餘年，惜無所就。詩卷甚多，不無疵累。今摘取十餘首，不啻細葛含風，輕羅叠雪。五言如「客至驚啼鳥，人歸踏落花」，「山静餘寒燒，潭空響夜漁」，「雨聲寒古屋，雲氣薄秋山」，「水流隨客遠，花落閉門

深」，「花邊留客雨，柳外落帆風」。七言如「流水聲中停客舫，夕陽影裏挂漁罾」，「黄花香澹秋光老，落葉聲多夜氣清」，「落日澹含千嶂雨，斜風寒送一帆烟」，「啼鳥唤人驚午枕，飛花隨夢繞春江」，「空山落木散秋影，孤館月明生夜凉」，「樵子歸來花壓擔，漁扉開處竹連村」，「樹裏千燈銀錯落，花間雙管玉參差」，「魚穿花影驚初定，鳥亂松聲聽不分」。所謂詩中有畫，然亦有畫不到處。

月下偶成呈茅大心友

心淡隨所適，移步臨清池。暝色花間來，露氣盈前墀。依依楊柳月，正上城闉時。凉生衣袂薄，吟侣還相期。

移　居

真似羅含宅，當階植幾枝。人歸花落後，夢斷月明時。别自開三徑，相將盡一卮。暫憑幽絶境，稍解故園思。

西齋小景爲蘭叔克軒作

共有詩情在，茅亭一徑幽。青山成小别，黄葉亂深秋。自得蕭閑趣，何來羈旅愁。月明同一醉，却勝對眠鷗。

夜吟寄藹庭諸人

日常柳外聽啼鶯，塵事茫茫静不驚。花爲故人留一樹，夢隨春雨到三更。不知醉後蝦鬚捲，但覺吟殘豹髓明。彼美不來魂欲斷，隔溪猶聽讀書聲。

游宏濟寺用壁間韵

滿江波浪暫停船，曲磴盤紆此地偏。雲外峰巒千仞出，風前樓閣半空懸。老僧入定聽鐘起，閑客忘機枕石眠。惆悵昔人遺迹在，淹留翻作勝游緣。

過磐石庵與陳上舍叔度話舊

不緣聽法過祇園，落落惟君傲骨存。盡引山光歸小閣，旋移花影入清樽。功名謝掾何曾早，聲譽張丞枉自喧。且喜時來豁襟抱，滄溟萬里任鵬騫。

揚州

十里春風郭外樓，更無狂客醉揚州。欲知小杜傷心處，明月紅橋夜夜愁。
管弦清脆幾曾停，春向人間醉復醒。何用更尋歌板地，鶯聲啼老竹西亭。

莊寶書

字然乙，武進人。監生，由四庫全書館議叙，官聊城縣丞。

《蒲褐山房詩話》：然乙詩取裁大曆十子，淺而實深，薄而能厚，置之錢、郎間，了無差别。少困

名場，壯爲下吏，而清和閑雅，一唱三嘆，絶异于訶壁問天、縛船送鬼者。

晚步環碧齋用太白廬山東林寺韵

幽賞日將暝，頹雲下城闕。遠引修竹風，漸露松梢月。濕翠滿林塘，烟靄雨初歇。境浄可沁心，夕凉快散髮。忽聞鄰笛吹，螢火草際没。

湘江夜月

日落山翠横，空江夜氣白。回首秋浦深，已上沙頭月。凉露裛衣襟，微風起天末。不聞人語聲，寥泬叫孤鶻。

泊江村

晚翠横烟渚，溪流直到門。寺鐘疏欲斷，秋水净無痕。宿鷺驚人起，歸鴉集樹喧。隔江漁火上，

繫纜又黃昏。

飛來寺

一角飛來寺，滿山松樹陰。鐘沉秋壑静，門對峽江深。晚翠鄰僧笠，歸雲野鶴心。何當謝塵鞅，長就遠公吟。

舟次燕子磯游永濟寺

峭閣依岩壁，迴廊繞竹林。大江浮樹杪，斜日透蘿陰。雲過知禪意，泉流見道心。默公遺迹在，邱壑至今深。

曉　行

薄霧曉濛濛，危坡仄徑通。鷄鳴深樹裏，人語亂山中。宿雨喧秋澗，晴霜浄曉空。長征何日已，

搔首嘆飛蓬。

自貴定至沙坪宿

積雨秋原足，低雲晚岫屯。編籬重護稻，依樹小成村。澗響通泉脉，橋攲動石根。沙坪行未到，霧暗欲黄昏。

秋暮友蘭齋懷滇南兄弟

渺渺雲山路，相思萬里餘。楓鴉殘照亂，竹月夜窗虚。獨坐秋將老，孤懷睡亦疏。徘徊紙閣裏，吟罷一愁予。

落日

落日寒雲色，涼飆古樹聲。歸鴉争寺宿，疲蹇近村鳴。撫恤經旬憊，灾傷積歲成。此心不我盡，

何以慰輿情。「寺」，一作「墓」。「歸」，一作「亂」。

過大關

天然畫幛繪秋殘，黄葉丹楓馬上看。一徑林深迴鳥道，千重嶺複入龍盤。澗經山雨飛流急，濤帶松風落照寒。詰曲不知蒼磴滑，蜿蜒已上白雲端。

山城即景

黄昏風静雨聲聲，雨歇崇朝風又生。客意不禁頻冷暖，春光無賴半陰晴。烟含野樹歸雲濕，路入山城落照明。立馬高岡一回首，燕南江北總離情。

寄硯鋤

鐘聲敲徹柝聲沉，窗外寒蟾積雪深。謝草夢殘前日淚，梅花愁入故園心。幾絲白髮添離緒，如

豆青燈伴苦吟。安得嵇琴彈一曲，與君對飲弄清音。

咏燈花次逋庵韵

星釭舒眼似窺人，長照尊前不夜春。結處自垂雙蕊暗，挑來又見一番新。棋敲漏静閑中落，卷掩窗寒老更親。莫道相看頻報喜，泪珠坐對獨傷神。

題曼亭五兄萬回草即用集中見懷元韵

楚騷昨歲賦香蘺，此日題詞慰客思。秋老悲歌燕市酒，春生殘夢謝家池。卅年薄宦貧如水，兩地重逢鬢各絲。一卷萬回千遍讀，剪燈殘雨漏聲遲。

楞伽峽

如此靈峰見亦稀，四圍寒翠逼人衣。奔泉倒捲出山頂，散作半江烟雨飛。

逋庵惠穭豆詩以謝之

感君同氣快論詩，惠我雲眉香滿巵。忽憶荷塘新雨後，豆棚閑話納涼時。

即事

歲闌鄉思獨裴徊，酒醒衾寒客夢回。夜半小齋燈火滅，月光映雪上窗來。

查岐昌

字藥師，海寧人。諸生。有《吴趨》、《江上》諸集。

《蒲褐山房詩話》：藥師爲初白先生孫。初白卒，久之未葬。藥師至京師，欲期麥舟之助，而無有應者。擇石與余作書致盧雅雨運使，所以資之者頗厚。會藥師歸家，大病，盡斥其貲，喪不克舉。未幾，藥師亦卒。余常見其手抄詩文，凡四册，詩句新异，而散體文尤有法度。今求之，僅存詩數十

番，餘已散佚矣。曾著《巢經閣讀古記》，亦俱失去。藥師句如《村居》云：「澤國稻粱肥鼠雀，海天雲雨混龍蛇。」《寄懷》云：「寓言急草王符論，捷徑應輸卜式家。」《觀荷》云：「何須解語能傾國，自喜居卑不染泥。」《春柳》云：「可知態好惟春月，贏得風流是少年。」皆有方寸五岳，隱然難平之概。楊編修繩武題其卷云：「筆力盤硬，正如陸魯望所謂穿穴險固，囚鎖怪异，破碎陣敵者。」信然。

游滄浪亭次用歐陽公集中韵

亭係商邱宋綿津先生重建，三韓吴中丞繼葺，住僧元普繪成圖卷，吴中諸先輩率多題咏。

湖州長史行樂地，廬陵居士題詩篇。年深迹往近誰主，風流雲散亭依然。城南徑曲步微仄，長松豐草相連環。香飄桂木挺森秀，蔭密野竹分清妍。有山有水與世遠，不村不郭忘囂喧。回頭鱗屋隔萬户，霧非霧兮烟非烟。我來吴市六百日，咫尺欲躋尋無緣。乍逢清景墮空杳，小憩寧必非游仙。蘇君當日不稱意，笑收風月吟觴邊。結廬何妨在人境，負郭矧有下濮田。至今北碕漁可釣，潑眼唾渌清而漣。曾聞池館後豪奪，創業始自吴越錢。婆留孫盡申公死，迹與身滅疇垂憐。闡幽繼嫩開府賢，好事僧繪丹青天。留題人續六一句，字字珠出驪龍淵。青衫緑鬢奈寄客，移床曲尺思借眠。异才蹭蹬有餘想，芳名蜚遁流他年。濯纓濯足取適興，姓氏詎望當時傳。

忠孝王祠

風捲胥江怒未平，巋然遺廟重羅城。業能覆楚何妨死，天欲亡吴厭此生。從古英雄皆落魄，一身忠孝獨完名。曲終《小海》腸應斷，疇向蘇臺絮酒傾。吴中有《小海曲》，爲伍子胥作。見《晋書》。

韓蘄王墓在靈岩山西，宋高宗御書元勛碑尚存。

靈岩峰色鬱葱蘢，一代孤忠百代雄。古墓江山遺澤遠，高名日月勒碑崇。臣勞自欲籌三鎮，廟算何心復兩宫。差幸全身殊鄂國，虎林祠畔莫銘功。

曉渡太湖望洞庭諸山

萬頃湖光一棹開，東西浮出小蓬萊。烟汀露渚蒼茫外，篴唱漁謳浩蕩來。挂樹銅鉦從下上，踏波沙鳥任飛迴。一灣舊入鷄豚社，應許儂家置釣臺。

金陵咏史

田舍翁誇漢業成，八紘咫尺壯圖并。諸兒却笑凡材劣，養子終令帝室傾。北府孤軍誰效死，南朝名士尚貪生。寄奴草滿青衣散，剪落洪枝費史評。

碧天痕破半邊明，逐燕高飛勢已成。黄瓦兆占沙漠遠，金川事去禁城清。釁開一姓銷殘劫，禍起諸王擁重兵。痛憶文皇南下詔，同時羅織盡忠貞。

戊午秋客秦淮雜詩有流盡舊家簾幕影之句爲時傳誦近稿佚去重游悵然補綴成八首

烏衣名巷里名珂，夾岸亭臺貯翠蛾。流盡舊家簾幕影，秦淮依舊水如羅。

亞字低闌護板橋，大航燈影已蕭條。游人不管南遷事，一樣興亡話六朝。

玉樹金釵句極妍，丁丁新調試吴弦。袖中紅本都官伎，宫戲新呈《燕子箋》。

市隱園中樂事稠，白門柳曲記眉樓。彦回少日真名士，老去從人唱石頭。

鴨毛新漲白鷗潭，瀲灔波紋皺淺藍。殘月曉風楊柳岸，詞人低唱《憶江南》。

斷烟零雨莫愁湖，樂府流傳此地無。邀得閑人來泛艇，紅衣散處引雙鳬。前輩題咏，多指莫愁爲金陵人，非是。按古樂府《莫愁樂》云：石城女子，名莫愁，善歌謡。石城在竟陵。其曲云：「聞歡下揚州，相送楚山頭。」莫愁在楚無疑。今石頭城下有莫愁湖。蓋因石城轉訛耳。湖上多荷花，故云。

柳翠梅妍十六樓，任他蕭寂亦良游。顛花殢酒生來孏，身是當年許散愁。《北齊書》：許散愁自少不登孌童之床，不入季女之室。

百花洲畔迹全蕪，聞説天開似畫圖。桃槳一枝隨鏡轉，教人回首憶西湖。馬光祖青溪園，舊有百花洲、天開圖畫亭。宋時號爲小西湖，今廢。

古鏡聯句

訪古黄金臺，贈我青銅片。時維元年冬，客自寶鷄縣。錢載。宵來紫珍夢，影落平江甸。寒芒朝發奩，諦視予甚弁。岐昌。規箴當金人，位置儕鐵硯。一錢局未遭，不老名難擅。載。幽幽懸秋冰，的的出雲蒨。岐昌。頗疑雷墨黳，奚類火齊現。岐昌。背隱雙魚鱗，濤翠鼓湎涎。載。周以百羅紋，蝕垢起微綫。岐昌。徑量璧肉倍，輪轉砂斑遍。載。端正塵蒙心，殷鮮血揁面。岐昌。横貫一道虹，碎剪半江練。載。兩三點積蘚，漢漶痕染顯。岐昌。葬殉誰代娥，耕出某原窾。載。拭非元錫粉，摩詎白旃碾。

岐昌。　哉生桂礙魄，日消雪遲晛。載。　魌然鬼物庭，芴若雨覲變。岐昌。　雖虚晋曠題，定入李唐院。

載。　儛溪照骨淪，漢祖辟邪違。岐昌。　陳倉土還漬，吴婧妝應眄。載。　獨怪金水清，不以菱花炫。岐昌。

危微炯千秋，慘澹經百煉。神爲形影釋，龍奈元黄戰。載。　時事儘糊塗，爾疾方瞑眩。　空靈聽生明，

衆止静澈鑒。岐昌。　要令群有涵，庶亟本來繕。載。　名休惡圓卿，品可登白選。岐昌。　鐵兮苟諷家，方

者仁壽殿。載。　逐熱史撣奇，知來僧幻衒。岐昌。　鐘形劍鼎鎸，六鼻雲烟纏。載。　冥搜軒轅制，博采

乙陰傳。　魚目防溷投，贗器肯同薦。岐昌。　臺慳石緑寶，囊斥綉文絢。　但足寫臞顔，何如影盛髯。載。

蛾眉新倒暈，肝膽兩灼見。岐昌。　獲君筆洗鬗，手换吾能先。載。　物歸但有數。巧取得毋羡。岐昌。

明水寒試承，壽光久堪戀。載。　古貌驚菰蘆，冷風相騰旋。岐昌。

徐堅

字孝先，號友竹，吴縣人。貢生。有《緄園詩鈔》。

《蒲褐山房詩話》：友竹襟情高曠，所居光福里，是梅花最深處。　工隸書，喜篆刻，尤長山水，幾入麓臺之室。　是以四方節鎮，皆思羅而致之。　然性不妄交，非所好者，不屑就也。　先至長安，在畢秋帆幕府，已而游楚南，依陸朗夫者二年。　時朗夫病且貧，恒有每食無魚之嘆，而友竹盤桓不忍去，至

護其喪而歸，世因此益重焉。年至八十餘，乃卒。所刻《䩄園詩》八卷，多清雋之旨。句如「山静傳齋磬，林疏出茗烟」，「燕歸新雨後，人去落花前」，「門低深隱樹，徑仄遍生苔」，「鐘磬諸天近，松篁列嶂開」，「雷殷遠山將送雨，江深高閣欲成秋」，「孤城背嶺千家暝，萬派朝宗二水分」，「蕩漾舟行明鏡裏，往來人在畫屏中」，「鳥啼深樹初催麥，雨散低檐正熟梅」。山澤之臞，往往吟諷不能置云。

登六浮閣

向晚巒氣清，浮陰散虚閣。忘言坐永日，冲襟入寥廓。竹深新粉香，林静殘花落。隔塢踏歌來，歸逢人采藥。

題　畫

湖上幽栖好，深林静掩門。蒹葭秋水岸，楓柏夕陽村。寂歷遠塵境，蕭條無世喧。一椽容小隱，吾欲傍東垣。

咏柳

輕陰漠漠釀輕寒，九十春光一晌闌。玉勒驕嘶人欲去，金衣巧囀夢初殘。枝抽半股憐連理，結綰同心記合歡。莫問灞橋芳草岸，人間隨處别離難。

有客攀條感舊游，依然風景畫橋頭。青帘沽酒烟中市，銀甲調箏水上樓。不是别離常帶恨，縱非風雨也關愁。那堪玉露凋傷後，落葉哀蟬咽暮秋。

將赴廣陵喜晤桐江於虎邱舟次遂邀過山齋遍歷諸勝詩以紀之

白公堤上柳垂絲，乍喜逢君折一枝。細雨低篷今夕夢，浮雲流水廿年期。此生愧負師門重，往事愁聞世路歧。笑指西南山色好，不妨歸棹且遲遲。

聞雁有感

塞北天南渺我思，一行久已嘆差池。何如飄泊江湖日，猶有群飛共啄時。

黄之紀

字星岩，江寧人。監生。有《編緑堂詩》。

《蒲褐山房詩話》：星岩喜爲詩文，讀書多别解。常論石奮，非其奏姊鼓琴；論李廣，非其誘殺降羌及斬霸陵尉，皆有特見。詩與宋范、陸爲近。如「塔聳始知山有寺，鳥喧方覺樹藏巢」，「竈馬方隨司命至，土牛先傍縣官回」，「斜竹拂檐風力勁，明流當檻月光重」，「好花每喜銜杯賞，明月還思滅燭看」，「身壯喜無經日病，家貧只備隔宵糧」，皆佳句也。

白沙泉修禊

夜雲斂孤岑，曉鳥喧叢樹。問此是何時，童僕告春暮。勿羨車馬安，尋幽愛緩步。無入不自得，所賴行吾素。出郭謁蔡祠，松柏繞其墓。絲竹發松間，音隨風來去。沙泉清且漣，掬之濯杯具。既醉相枕眠，陶然忘禮數。絳桃紅四山，草花迷歸路。生理不可遏，静觀發天趣。

重過隨園

江南四月草凄凄，重過倉山路欲迷。舊犬識人眠不吠，新鶯迎我坐頻啼。竹高未及藏茅屋，水長才能上柳堤。獨訝蓮花及蓮葉，春來長過板橋西。

薛龍光

字少文，上海人。諸生。有《玉屏山房詩選》。

馬遠畫松歌爲晴川趙丈賦

虚堂倏忽驅豐隆，驚看破壁飛虬龍。蕩雲潏霧怪石裂，昂頭跋尾拏虚空。坐久始覺五鬣露，是誰筆墨追天工。南宋畫史數扶風，欽山能事尤稱雄。韋偃畢宏誰比數，撑空突兀驚洪濛。想其磅礴當經營，意匠慘淡精誠通。鬼神雷雨助筆鋒，霜皮鐵幹無春容。松根對奕坐二叟，服食松子方兩瞳。偓佺之屬無乃是，仿佛疑有雲車從。丈人七十顔猶童，雲烟供養盤心胸。南榮曝背計亦得，是人是畫將毋同。吾生學仙慕陶公，愛聽萬壑鳴松風。天都華頂行汗漫，仙山靈藥有時逢。會須一食毛羽豐，更千萬載無終窮，日夕來伴蒼髯翁。

題鍾鶴汀古錢譜

粤聖備物利民用，五幣三品遥相沿。赤珠禺玉不易致，人間所便惟刀泉。歷山莊山製已失，有周九府規始圜。其徑一寸銖十二，參用李奇、顧烜說。函方象地圓從天。自從景王更鑄後，後世變轉如雲烟。五銖八銖踵半兩，當十當百還當千。孝武銀幣出新意，橢龜矩馬規龍纏。契刀錯刀兼十布，

新莽壓勝空尢愆。藕心螘鼻稱號异，鶴鳳鵪雀紛翩翾。鉛鐵連錫太糅雜，荇葉鵝眼愁難穿。其利如刀流如水，窮漠絶域皆騰騫。幕爲王后或彌勒，彎似半月或環連。或狀草木或牛象，或無輪孔或三旋。奇形异製難殫説，誰與好事羅諸編。顧生烜已亡封郎演逝，鍾君一録繼廣川。廣川董逌有《錢譜》。廿年收羅過千品，破産不惜寒無氈。蕭齋坐卧番百遍，如餐蛾緑屏腥羶。心摹手畫登竹素，務考歲月窮旁偏。正僞分列資論世，篆隸細悉刊長箋。邀我題詞書紙尾，余爲卓筆心茫然。天生五金各適用，笵冶輕重爰相權。水旱緩急所時有，救灾起滯通郊廛。誰使孔方劫一世，奔走萬類旋幽元。側聞天帝借二萬，痴牛坐是遷秋躔。傾身障簏宜無怪，舉却阿堵寧非顛。伊余硯田久蕪穢，囊中羞澀室罄懸。妄思十倍來笑鬼，鑿地一昔空留船。事見《宋書·五行志》。君平賣卜誰見過，元叔滿腹無人憐。嗟君不知權子母，持籌握算居千緡。古緑斑駁空自好，畫餅難用充杯棬。不如摒去早變計，好營廣宅并良田。君言人生各有分，賦受但看蛇夔蚿。黄金如山成底用，閲人百世無留筌。即如此錢更歷幾人代，人今盡化錢空傳。漫畫之烏亦聊爾，銜蘆之鼠無譏焉。曉來榆莢飛細雨，苔文蒼潤侵花磚。焚香盥巾一拂拭，古色疑起黄虞前。鐘牟敦鼎力難得，一臠亦足充饞涎。顔瓢幸免太公乞，心怡目玩且忘年。公能惠好一回顧，杖頭尚有百個青銅錢。

江村晚步

曳杖江村外，蒼茫欲暮天。蟬聲流遠樹，漁唱入秋烟。地僻軒車少，時豐社鼓闐。前溪明月好，更上橛頭船。

送吴冲之之江西

十年吴越擅詩名，乘興潯陽更遠征。五老迎船空翠落，九江斜日亂流明。白沙秀竹津頭驛，畫棟珠簾水上城。聞説滕王高閣在，千秋詞賦待君賡。

書吴漢槎秋笳集後

赴洛才名動至尊，漫因謡諑泣鉗髡。長流不分同金齒，垂老方憐入玉門。窮海風沙孤戍恨，中朝雨露故人恩。牢愁一卷千秋事，哀怨應從楚客論。

葉抱崧

字方宣，一字書農，南匯人。諸生。有《壺領山人集》。

《蒲褐山房詩話》：方宣爲葉忠節公應榴曾孫，少以雋才著于峰泖。吴中如吴企晉、曹來殷、趙升之、張策時外，方宣與劉豉三、薛少文、陸重暉齊名，惜其早卒，未底大成。

東平道中懷恒齋先生

渡河風日佳，繫纜沙草碧。微雲川上來，村原澹將夕。潛魚泛修鱗，歸鳥戢倦翼。農人刈麥歸，腰鐮意恬適。去去感旅情，遥遥問荒驛。言念林栖人，焚香卧瑶席。

游細林山

窈窕碧芙蓉，岩巒深幾重。斷霞明極浦，殘雪映高松。鶴下寒烟樹，僧歸野寺鐘。仙人緑玉杖，

前路倘相逢。

晚晴

花下流鶯語,園林雨乍晴。松迎初月澹,雲傍遠山明。結習疏人事,閑居識物情。偶逢鄰叟至,荷杖話春耕。

渡黄河

倚劍驚濤涌,揚舲落日懸。蛟龍春浴浪,風雨遠浮天。濁水長淮合,新堤巨石堅。安瀾終有慶,深賴睿謀全。

江村

江村謝人事,習静讀書堂。殘雪在高樹,淡烟明夕陽。松陰雙鷺宿,竹外數花香。點檢《南華》

論，蕭然已坐忘。

小查山閣

寒雲滿晴窗，焚香悟禪悦。竹外翠禽鳴，風摇一枝雪。

劉潢

字歧三，號西濤，吳縣人。諸生。有《月纓山房》、《玉樵山房》諸集。

松陵泛舟

湖雲碧於烟，因風蕩爲水。漁磯傍垂楊，蟹舍沿叢葦。秋色垂虹來，蒼然滿中沚。漾舟信歸潮，默契濠梁旨。行當乞釣綸，泛宅長已矣。

不得曹習庵消息

游子不遑息，故人空復情。關門一夜雨，横笛起秋聲。迢遞江南夢，崎嶇塞北行。相思不相見，楊柳暮愁生。

宿西山閣

客枕疑風雨，蕭騷夢不成。誰知幽閣夜，月裏聽泉聲。鶴影空潭静，桐花曉露清。披襟一長嘯，無事濯塵纓。

晚步和王岡陵

暫此息塵鞅，言追清曠游。商聲凋木葉，暝色上汀洲。缺月依橋斷，孤雲背郭流。十年湖海氣，牢落半沉浮。

感舊絶句

寶鈿銀箏客夢殘，流鶯無復語雕闌。東風不鎖棠梨怨，一枕瀟瀟暮雨寒。

吴門楊柳枝辭和王蘭泉

春到河橋翠欲流，麯塵初起揚芳洲。瀟瀟昨夜江潭雨，散作吴宫一片愁。

漠漠輕陰小苑西，春風依約杜鵑啼。殘紅流水桃花塢，一帶湘簾捲未齊。

采香欲動木蘭舟，淺白長紅付亂流。見説東風吹不斷，絲絲綰恨上高樓。

金　翀

字振之，仁和人。監生，官山東鹽場大使。有《香涇詩鈔》。

水仙花分得襪字

春雪壓檐水生骨，東園桃李花未發。水仙有意凌莫寒，素影朦朧漾殘月。我因花事增嘆嗟，烟浪微茫夢飛越。金支翠旗光有無，貝闕珠宫影明滅。冰夷擊鼓急響停，湘妃奏曲繁聲歇。彼姝者子六銖衣，微步生塵見羅襪。花魂咫尺洵有靈，一點冰心慰寥闊。憶昔嘉種羅華堂，分箋共逞生花筆。石名并三間六瓣奇，哲兄得句真清絶。「名與三間并，香惟六瓣奇」，先兄《水仙花》句也。同君解佩返瑶京，石上菖蒲空九節。欲吟楚些歌《大招》，新詩誰補《湘纍》缺。先兄詩曾言及此，故云。杜蘅芳芷眼迷離，物是人非那忍説。仙漿未飲熱中腸，聊取寒泉薦清潔。梅兄礬弟倘相携，應到蓬萊水雲窟。

陸　藻

字江坪，昆明人。諸生。有《鏡碧山房稿》。

七月宿近華浦

秋水樓上樓，四圍碧波掩。層雲上樓來，日薄太華崦。疏林杳靄間，風葉參差颭。餘霞散空明，偶見金鱗閃。暝色忽蒼凉，漁燈出蘆荻。遠鴉濃似墨，青蘚平於毯。天然圖畫中，永夕卧游覽。斗室如舟虚，寸心臨水澹。昔賢清妙語，每出自遷貶。兹乃游滄洲，怡悦吾何慊。遠山崔以巍，杰閣焕且儼。行持一指禪，何有萬緣感。鼻觀暗香生，瓶花放菡萏。

陸　藝

字樹人，昆明人。諸生。有《漱亭集》。

《蒲褐山房詩話》：樹人以武將世家耽心緗素，與其兄藻對床風雨，翰墨共娱。江坪工詩，樹人兼能畫，滇人目爲「二難」。陳大令文燦而外，莫能及也。余去滇時，江坪以百韵詩見贈，而樹人又仿烏目山人作《風雨送行圖》，極工。其《漱亭集》中，如「亂鴉翻夕照，一犬吠孤村」，「野水明殘照，村墟入暮烟」，「碧草前溪路，斜陽遠寺鐘」，俱極清雅。

懷貽堂

三叠陽關動客愁，送君無計暫羈留。寒燈情話堪通夜，暮雨離懷又到秋。南國尊前裁《别賦》，西風江上憶行舟。相思何處難回首，一桁垂楊舊酒樓。

碧鷄關别華貽堂

碧嶢西望影離離，半拂斜陽賣酒旗。莫向春風三弄笛，官橋烟柳不成絲。

題　畫

槿籬竹徑亦恬如，知是幽人此結廬。無數亂山青不斷，水光雲影捲簾初。

涂逢豫

字長卿，上元人。諸生。有《林於閣詩鈔》。

《蒲褐山房詩話》：長卿居莫愁桃葉間，少入秦淮文社，才情旖旎。爲世所推。故吴中楊文叔編修謂「清詞麗句，窅然情深，溯源六朝，得其津筏」，天台侯嘉繙謂「寫幽思于胎禽，寄遥情於孔雀，雌霓諧其賦手，雕龍隱作文心」，蓋諸名士傾賞如此。然中年早卒，所存無幾。

待友擬孟襄陽

山雲間秋樹，江波生石髮。抱琴不終彈，日莫幽思發。孅人夕未來，無言對林樾。鹿門舊隱迹，風流今已歇。我友天機静，撫景興飛越。清露桐陰疏，翹首見明月。

江　春

字穎長，號鶴亭，歙縣人，揚州籍。諸生，後以總理鹽務賜内務府奉宸苑卿，加至布政使銜。有《讀書樓詩集》。

《蒲褐山房詩話》：江都自馬氏曰琯兄弟外，能讀書好客者，推江鶴亭。城東高阜名康山，相傳是對山遺迹，葺之以奉宸游。又館沈學子於家，及卒，刻其《學福齋詩集》。其好事，不多得也。

靈錫泉

東國神僧迹，溪傳靈錫泉。緣階蒼蘚滑，掃石翠雲鮮。香雨諸天洒，梅林一道穿。清風發幽籟，心賞自泠然。

新月

三五稱佳夕，清暉自昔聞。今看新月早，已覺夜光分。無力穿疏幔，如鈎隱暮雲。却憐墻角上，花影欲紛紛。

毛大瀛

字又蕖，號海客，寶山人。諸生，由四庫館議叙，官簡州知州。剿賊殉難。贈〔一〕。

【校勘記】

〔一〕「贈」下，諸清刊本皆缺。

楓橋夜泊

停橈古楓橋，夜凉氣超忽。蓬窗風露寒，孤坐自清絶。寒山來鐘鼓〔二〕，遠火明水驛。秋空清籟

虛，星漢澹將没。一聲烏驚啼，月落懷天末。

【校勘記】

〔一〕「鼓」，《戲鷗居詩鈔》卷一作「聲」。

歸舟夜渡揚子江同施冠三作〔一〕

一片長江水，東流送六朝。烟低京口樹，月涌海門潮。倦客逢摇落，孤舟話寂寥。何當謝塵坱，分宅住金焦。

【校勘記】

〔一〕「揚」，原作「楊」，據《戲鷗居詩鈔》卷一改。

贈　内

篝燈佐讀苦相依，太息黔婁百事非。豈有雄文傳狗監，空勞清泪滴牛衣。釵荆裙布家風冷，麥飯葱湯活計微。他日鹿門歸舊約，絲緡共理釣魚磯。

春草[一]

嫩葉茸茸奈爾何，江南春暮亂鶯多。東風舊恨迷青冢，南浦閑愁暗緑波[二]。擁砌晴鋪苔徑没，成茵軟送馬蹄過。芳馨縱被陽和澤，未許高松覆女蘿。

【校勘記】

〔一〕此題下，《戲鷗居詩鈔》卷一有詩四首，此處爲第四首。

〔二〕「暗」，《戲鷗居詩鈔》卷一作「黯」。

陸授詩

字蒼雅，嘉定人。諸生。

《蒲褐山房詩話》：蒼雅美丰姿，性聰穎，能詩，旁及音律、刺綉、飲膳，無不工巧絶倫，尤長于畫。未及三十而殁。弟遵書，别見于後。

題　畫

樹凋秋已深，山近風尤勁。夕照下亭西，照見飛鳧影。

山樵徑

無山城爲山，環堞饒景色。日暮采樵歸，擔影林中識。

登燕子磯歸舟爲雨所阻贈老僧

江風吹雲雲捲飛，江風吹雨避僧扉。一聲鐘動石欲落，半顛稽首禮白衣。

湖海詩傳卷二十

盛百二

字秦川，號柚堂，秀水人。乾隆二十一年舉人，官淄川知縣。有《皆山閣詩集》。

《蒲褐山房詩話》：秦川世家科第，覃思詞章，兼耽經誼。所著《尚書釋天》，雖未精通推步，而星躔日軌，多所發明。晚主山東藁城書院，所學益深。詩宗小長蘆，亦抒寫自如，异乎世之塗澤者。

題柚

先府君令龍川時，官舍東西齋，各有柚一樹。東樹瓤微紅，西樹瓤白而微碧，味更勝，爲邑中冠。予携核以歸，種之堂北，十七年不花。丁丑春，余入長安，其歲始花。垂實六，且大，味亦不減於粤。

十月歸里，見餘果二。一投瓜田徵君張丈，張丈繪圖題詩，并爲説以贈；又以其一并徵君説呈於司寇香樹先生，先生亦題詩，又别爲圖，并書詩與説，彙成卷，屬百二題詩於左，作吾鄉嘉話，俾後之志物産者有取焉。

淮海惟揚州，厥貢兼橘柚。柚實橘之魁，體壯壓橙楱。榮讓桃李先，凋與松柏後。殿春花始敷，入夏子乃逗。晚秋色懸金，流芬入清齅。擘之滑飢膚，剖處循理腠。液解步兵酲，殼已督郵嗽。名雖雲夢同，味則交廣厚。憶昨鯉庭趨，齒方陸績幼。臨窗對嘉樹，垂實滿凉囿。素中含碎玉，甘裏醞重酎。品第一城推，風聲鄰邑購。自從歸五湖，此味不可復。初疑物性遷，或謂書傳謬。非無閩舶傳，中乾皮外皺。幸有懷核存，種之北當霤。莩甲油然生，扶疏忽爾茂。雪壓霜更欺，幹挺直不仆。彈指十七年，濃陰空自覆。竊慮化爲條，《爾雅》柚條疏云：柚一名條。案，此則「終南有條」，亦即柚，但不花不實。私心默自祐。去年長安游，歸及日在豨。開軒睹碩果，狂喜繞庭走。喧然動里閭，求者争輻輳。應接若不遑，强索或遭詬。好事瓜田翁，揮圖肯償售。深情猶未已，著説白司寇。胡盧竊自嗤，雕飾竟忘陋。篇章敵華袞，珠玉耀圭竇。他年光志乘，紀歲在丁戊。遭逢柚亦榮，千古一時姤。不羨同瑶琨，包貢錫夏后。

畫魚歌贈江陵尋源子

尋源先生工畫馬，奔走龍媒來筆下。先生畫馬復畫魚，筆迹殆過徐子虚。無端滿室動寒碧，鼓鬣揚鬐紛絡繹。桃花潭水百丈深，掉尾跳波抛玉尺。一魚前導來堂堂，群魚連貫如雁行。小魚戢戢自成隊，静依萍藻含風凉。雙雙健鯽更堪愛，噞喁呴沫宛相對。不憂鉤餌近鮮鱗，信爾行游總無礙。殊形盡態勢莫同，墨所到處天然工。世人刻劃太痴絶，真意乃在模糊中。炎天盤礴僧房裏，揮灑終朝數番紙。須知托興良有以，想見先生心若水。縱然别幅寫驊騮，肯爲千金售燕市。

題王述庵先生三泖漁莊四時圖即用留别

昔年曾作茸城客，三泖扁舟趁潮汐。九峰天際浮青嵐，一片波連海雲白。陰晴變態已熟嘗，寒暄景物隨所適。東風三月千花明，春水玻璃萬重碧。炮車發墨龍掉尾，雨脚騰空如曳帛。清宵放艇櫓嘔啞，皎月冰壺涵素璧。有時飛雪灑寒村，草閣茅檐遮羃䍥。佘山庫公堪指點，孤塔中懸水精域。述庵家在圓泖東，蒹葭想象伊人宅。十載神交識姓名，悵望烟波睽咫尺。揭來傾蓋人海中，氣誼交

情等金石。借書喜近春明坊，問字相從數晨夕。蕭然時有出塵心，鳳閣螭坳聊寄迹。三泖披圖認舊莊，漁艇漁竿猶歷歷。自言準著遂初衣，家山暫作三年隔。吳儂本住五湖濱，一水相通情脉脉。連歲長安苦滯淫，今朝穩挂南歸席。何年相約共往還，借我漁莊船一隻。

魯城東南六七里有石人二皆西向一鐫缺一字。樂安太守鹿君缺二字。省志作「棠」，縣志作「藁家」。一鐫府門缺二字。志作「之卒」。皆在紳下孔君葒谷拓以寄贈賦詩答之

辭漢金人泪暗滴，何處摩挲嘆銅狄。巋然不見魯靈光，一例西風吹瓦礫。石人乃得全天年，偶立千秋古道邊。樂安太守爾誰是，姓氏猶在名無傳。古道離離遍禾黍，但向斜陽日延佇。千呼萬喚不肯回，忍睹蓬萊變塵土。日暄雨洗换年光，碧蘚紅蘿作綉裳。紙錢飛散白蝴蝶，寒食何人澆酒漿。斫冰詞客好事者，獨往驅車吊原野。古隸龍文拓寄來，翠墨寒濤我心寫。宇文石鼓等兒孫，苦縣光和是弟昆。遥知月冷清霜夜，石人相對語精魂。

望君山

雲夢何曾足芥胸，真令汗漫笑吴儂。不辭楚塞三千里，來看君山十二峰。馥郁微聞動蘭芷，徘徊空憶采芙蓉。長風忽引孤帆轉，輿入蒼梧翠萬重。

三十六灣

裊裊江邊蘆荻風，蘭舟連夜發湘東。笛聲三十六灣月，誰念當時白石翁。「夜深吹笛移船去，三十六灣秋月明」，姜堯章《寄湘陰蕭千岩》句也，不知何時訛爲許丁卯，而《長沙志》亦仍其謬。

將之揚州夜過平望作

江豚吹浪夢還驚，來去三湘萬里程。却喜櫻桃湖外月，今宵猶作故鄉明。楊誠齋《平望》詩「櫻桃湖裏月如霜」，即鶯脰湖也。

一霎輕帆趁曉風，中流歌嘯自從容。江神有約勞相待，要聽金焦兩寺鐘。

朱雲駿

字逸湄，金匱人。乾隆二十一年舉人，官隆昌知縣。有詩九種，統爲《畫莊類稿》。

《蒲褐山房詩話》：予自黔至蜀，路過隆昌，夜宿官齋，逸湄篝燈置酒，出示其《積畫》、《蘆芽》諸集，其詩冲和嫻雅，不惟牧令中無此人，即梁溪諸君子，亦無能京駕也〔一〕。句如「薄醉易消鄉夢後，殘陽正擁亂峰間」，「蘆芽過雨添新緑，蔬甲迎秋綴嫩凉」，「白石清泉琴寫韵，紅花翠篠眼增明」，「白飯青芻銜雨客，烏絲紅袖落花天」，皆清麗芊眠。或謂其如姚武功、梅都官，殆未然也。

【校勘記】

〔一〕「京」，疑當作「并」。

春日游讀書山懷元遺山先生

春烟澹欲流，禽聲導客往。山行曲愈好，步窘勢轉上。徑斷溪横橋，冰消水平掌。澗瀑懸山顛，

塵襟快滌蕩。游歷逮茲辰，聞名自疇曩。流風如可親，對境足欣賞。

古人不可及，非徒尚詞翰。出處有本性，此際良獨難。高名震山斗，事定待闔棺。筮仕興定初，天興列史官。凋敝日益甚，簪筆涕汍瀾。國亡終布衣，家訓傳南冠。

性正氣亦正，跌蕩雄幽并。聲名世耳食，知己惟一兄。四十五年間，毀譽何轟轟。習俗安污流，所葆遂不貞。錙銖較利害，俯仰隨重輕。所以貴壁立，君子豈好争。

職本任史官，記注敢貽誤。舟師忽東狩，國史請保護。時相目以迂，零落不復顧。艱危野史亭，貞節葆歲暮。身在國史在，豈難狥國祚。吁嗟絳雲樓，志但希遭遇。

題顧晴沙户部試泉圖

山光清襲人，夜雨洗山月。清泉林杪飛，雲氣逼毛髮。落澗勢洄漩，棱棱露石骨。幽居敞岩扉，空翠環園宅。悠然太古前，夢迴茶乳白。世味一不嬰，飄洒漱蘭雪。憶昨耽游山，梯空上突兀。徑仄手扶笻，興酣脚不襪。佳境輒遇君，竹爐賞遺迹。相對神自怡，往往煩襟釋。十年出處分，君名滿京闕。在山泉水清，願言慎始卒。

觀音碥

千里鬱岧嶢，大造閟精奥。觀音碥絶奇，蟠空駭排奡。峉岃插青宴，垠堮入深隩。岩岩氣象雄，棱棱丰骨傲。終古烈日熏，慓秋陰雨膏。褒水悍莫當，突立衆流倒。疇曩徑中斷，危地不敢蹈。中丞得賈公，膠侯。辛苦事鐫鑿，擘窠書大字。陷壁錫嘉號，舊名閆王碥。賈中丞易今名。我知大士心，拯物同覆冒。在在見靈通，隱隱化凶暴。履險敬倍深，仿佛慈雲導。

五丁峽

客從沔陽來，川原愛平敞。西窮蟠冢山，漾始浮菰蔣。峽口水飛騰，漢江乃千丈。入峽氣陰沉，朔吹透簾幌。四望昏霧迷，欲行苦惘惘。葱鬱礙犀株，蒙茸遍篠簜。五丁昔開山，神力何英爽。渾淪元氣中，一嶺析爲兩。竅穴倍玲瓏，澗泉互泱漭。磧絶猿鳥踪，青冥仰逾上。山險孕育奇，龍蛇實雄長。撥雲入窔奥，托命瘦笻杖。胡不鏟層峰，再煩巨靈掌。水木餘清華，令我發真賞。

昭化縣

烟際帆初卸，孤城景物幽。人家濱桔柏，故國屬苴侯。飛鳥投岩月，清飆發棹謳。只愁明日路，捫葛上牛頭。

劍州

畫角嚴城動，雕弓盛世弢。峰看青玉削，馬踏碧雲高。要害同三峽，規模陋百牢。浹旬行石棧，于役敢言勞。

叙州即事

山谷舊曾游，浮生復此留。凉風吹木杪，秋氣滿戎州。蒼峴雲根峙，清江郭外流。百蠻遺俗改，安化服先疇。

宿遷懷古

雲雁影南征，人過下相城。史才編本紀，天命屬炎精。嗚咽空流水，蒼茫感廢營。英靈知未泯，濁酒爲君傾。

約過錫公雨阻不果

甚喜幽居近，論詩每過君。杏花何處放，春雨隔窗聞。風色淒殘照，禽聲在白雲。清吟成獨賞，怊悵爲離群。

七夕晴沙寓齋作

一抹清光入畫簾，疏星耿耿動遥瞻。夜闌蟲語聽逾静，月轉梧陰興未厭。小集溪亭烟氣澹，早涼衣袂露華沾。劇憐佳會人離别，料倩燈花子細占。

盤豆驛寄懷諸同學

挂帆暑月别東吴，猶記清樽泛緑蒲。詞客艷稱金雁驛，秋晴纔過玉娘湖。流連遍覽中州勝，憑吊時嗟逸興孤。寄語九峰吟嘯侶，肯馳尺素慰長途。

潼　關

隔岸遥青見首陽，雍州天險此分疆。蒼凉蜀棧秦關客，盤礴河聲岳色旁。戰壘千年驚鼓角，風烟萬里接蠻荒。廢興舊迹垂前史，取次摩挱寄慨慷。

紫柏山謁張留侯祠

圖報韓讎願已伸，翠屏仙隱石壁鎸四大字。閲千春。素書未必真傳世，黄石何從訪异人。直與商山同去就，肯從鐘室話悲辛。遺祠薄采溪毛薦，蟬蜕塵區迥軼塵。

聖水橋

楊花團雪趁吟鞭，恰好班春景物妍。橋揚青帘通亥市，溪流碧玉瀉雩泉。新秧弄色含槐雨，飛鳥依人語竹烟。小吏亦知情不淺，先安筆硯豆棚前。

劉秉恬

字德引，號竹軒，洪洞人。乾隆二十一年舉人，官至倉場侍郎。

送述庵司寇予告南還

白雲亭畔得抽身，紅藥階前憶宿因。公中乾隆甲戌進士，歸班候選知縣。丁丑年，聖駕南巡，公進獻詩賦，考列一等，奉旨改内閣中書舍人。蓋公出仕之始也。七袠懸車符古訓，三春鼓棹荷新綸。予告恩旨，令于春融後啓程歸里，以示優恤。投簪此日歸田客，倚馬當年草檄人。公曾兩次從軍，掌摺奏。黄鳥翩翩楊柳舞，臨風勸

酌莫嫌頻。

凌應曾

字祖錫，號叔子，上海人。乾隆二十一年舉人。

《蒲褐山房詩話》：叔子爲榆山少司馬從子。游黄山時，詩最工。如《天竺寺》云：「法鼓時一聲，千山送空響。」《早發白沙步》云：「日出兩三竿，雲中見山頂。」《富春》云：「江緑山逾青，舟行畫圖裏。」《香爐峰》云：「雲中露微月，忽照香爐峰。」何減襄陽、摩詰。

鐵索港謡

新安江之浦口，亂石怒生，牙錯環連，數里而遥，奔流若激矢。長年刺舟一篙半篙，悉中家法，不敢越粒黍許。盤旋屈曲於千萬劍戟中，可云絶險。石色沈黑似鐵，土人呼爲鐵索港。

阿誰鑄鐵作岣嶁，犖确千尋斷行旅。女媧煉石補漏天，天星中夜隕如雨。水拍拍，峭且激，行路難，歌逼仄。乍疑雲峰奇，還似浪頭黑。或如棋盤錯，或如機杼織。或如兔脱犬，或如鴉種麥。或如鬱律蛟龍蟠，或如飛鳥驚蛇迹。或如牛羊下山麾牧肱，或如鸕鷀銜魚振水翼。森森十萬横磨劍，肅

肅塗山秉圭璧。沙場陣幕擊刁斗，獵圍禽獸爛磧礫。奸奇怪變真險絶，輕刀敗絮攢荆棘。獨漉獨漉苦泥濁，迷陽迷陽傷我足。王道由來號蕩平，何爲世路有屈曲。魂夢飛騰叫帝閽，我舌猶在疇能捫。精誠貫日虎豹遁，稽首地上蟣虱臣。願敕六丁雷電下，取將鞭之見血驅群羊。投畀裨海擲天外，毋使當道如豺狼。帝有晬焉顧我笑，渾沌不勞鑿九竅。陳詞敷衽就重華，九疑山高雲窈窱。覺來漁舟有狂客，勸我酣歌啜糟粕。車輪一日九迴腸，袒跣何如呼五白。伶五斗，髡一石，崟崎歷落可笑人，胸中磈礧誰消得。吁嗟乎，胸中磈礧誰消得，仰視元天幽且默！

南華山人畫松歌爲齊雲道人賦

黄山卧龍松名。二千尺，移根突見雲根側。怪底山房春晝寒，謖謖松風生兩腋。畢宏不作董羽淪，南華散仙來逼真。下筆如松松色古，千花萬木羅兒孫。長嘯還題幼婦詞，詩中有畫畫中詩。鬼神欲入渾沌死，妙手無心偶得之。道人不種老龍鱗，半幅蒼虬什襲珍。他年破壁定飛去，三十六峰眠白雲。

游翠峰寺

隔溪聞犬吠，黄葉閉僧寮。清境偶然到，塵心此盡銷。夕陽明樹杪，湖水澹山椒。歸路雲峰外，遥遥見老樵。

懷王德甫

秦淮花月瀠瀠夜，長記王郎斫地歌。歸去吴淞倍相憶，鬢絲禪榻奈愁何。

蕭　霖

字雨垓，號曙堂，江都人。乾隆二十一年舉人，官寧洱知縣。有《爨餘》、《昆海》等集。

舟次宜昌

灘聲不到耳，江面忽平曠。回首眺三峽，遥天插千嶂。縹緲十二峰，峰峰异形狀。湍急景不延，岩高路難上。滚滚蜀江波，於此漸奔放。燒餘白起灰，怒涌黄牛浪。檢點同舟人，相視慶無恙。前途尚茫茫，何時脱塵障。

青溪洞

武陵桃花源，洞門閉已久。南來見飛雲，勝境獨稱首。兹山亦奇絶，窅然深且黝。碧流環其前，湏洞涵清瀏。中通太古泉，潜出土囊口。未知誰疏鑿，疑是鰲靈手。虚札欝谽谺，怪石紛蚴蟉。玲瓏剔萬竅，闃寂消衆有。百神不敢栖，我佛爲之守。誰與叩禪關，塵纓苦纏糾。

太平哨

昨從雲中下，及兹峰漸低。舉首忽驚眩，猶與青冥齊。下臨萬仞淵，不測黿鼉栖。巑岏勢如削，窅然窮端倪。孤城倚在南，大江來自西。時平一夫守，日落群鳥啼。雖無崆峒劍，意氣凌虹蜺。

沙箕凹

翳余初作西南游，石坡犖确生煩憂。八年宦迹遍睒詔，登陟岡嶺同平疇。普安州路更險絶，千峰萬壑森戈矛。逶迤鳥道入荒寨，雁厂凹凸深螂蟉。出門羲御朗垂照，倏忽雲氣蒸山頭。上山入雲雲不見，纖纖細雨飛松楸。普陌營邊溪澌汩，鷄場坪畔風颼飀。澗窮坡斷徑茅塞，陡從人面開岩幽。上緣無梯之峭壁，下臨無底之靈湫。竹輿繫繩縋而上，空中倒挂如猱猴。倉卒一擲輒千仞，衆力猛奮争喧啾。矧逢連陰窄磴滑，僕從策馬蹄難留。一峰纔盡一峰矗，群山匍匐兒孫儔。造巔肌骨覺輕舉，大千世界真蜉蝣。晶瑩寶氣看泄露，會貢三品隨琳璆。山出銅礦。歸來心魂尚冲惕，此身夢墮崑崙邱。

貢象行

滲液神漿滿銀瓮，雕題綉面争來貢。已見黄麟出九真，時看白鹿游深洞。南掌國處南溟濱，自昔羈縻歸鎮控。方物特降瑶光精，輪年一作天家供。聞説岷山稱獸雄，亦有蒼梧代人種。執燧曾奔組練師，脱牙或備簪纓用。不然蠢然塊然物，只與神獅作搏弄。如何伊水别珍奇，更羨荆陽看解縱。朝廷郊廟盛儀典，立仗端門陪侍從。浴處常翻百頃波，拳時每例千官俸。九夷八蠻驚壯觀，兜離齊獻升平頌。矧今新自遐荒來，不事周澄索兵衆。野性初嘗白國禾，肥軀底繫青絲鞚。短袖奚奴一一隨，高冠貢使雙雙送。此日欣留華嶺踪，他時那戀龍江夢。清秋空發昆明池，漸由黔楚過商宋。長鼻欲捲太行雲，剛蹄好踏滹沱凍。順承門外象房深，百年老物群相共。食料寧須論後先，朝儀實自關輕重。遠人來格喜天顔，异獸争輸光聖統。上方錫宴歌九功，舞向金階競喧哄。我皇德盛尤冲虚，《旅獒》一册殷勤誦。

五岳真形圖

金璧瑞降陶堯廷，王版圖畫天地形。重華協帝銀瓮出，河渚五老呈其精。靈威丈人覩文命，素書昭灼傳洞庭。從來元德契真宰，奇踪幻迹超千齡。异哉五方峙五岳，終古屹立常青青。豈於象外别傳象，奥窔更孕乾坤靈。維岳布澤宣萬物，崔巍上應五緯星。尊視三公俯四瀆，天關静鎮坤軸寧。右跨蓮峰據掌迹，左登日觀聽鷄鳴。前聳祝融後陽曲，中間申甫含菁英。峰巒可數磴可陟，詎比杳渺游蓬瀛。奈何方士逞譎詭，欲開爐冶模新型。嶙峋石骨只皮相，别有精氣相和凝。如人魂魄納軀殼，爲物爲變堪依憑。青龍掉尾元武伏，白虎朱雀交縱横。嵩高巋崋儼中立，端然具體方且平。上下反正各有象，一一縷載神祇名。四維囊括尺幅内，蕩胸鬱鬱何峥嶸。舉首不用六鰲戴，錘鑿又豈煩五丁。服之永辟魑與魅，山魈水魃供使令。此圖此語誰意造，怪誕不登《岳瀆經》。似真非真易惶惑，愚公智叟均難明。吾聞海外有五岳，其名罔罷於八紘。蒙滇亦自擅封號，彈丸促縮徒誇矜。中原五載一巡狩，樹以八表周四溟。未聞山神异胎息，内景外象勞經營。兹圖迢遞出漢世，抱朴所見寧足徵。武皇本自乏仙骨，始迷五利終文成。王母遠居極西國，幾曾萬里鸞車停。錦囊秘本誰目睹，紫臺瓊笈空熒熒。如果作佩禦邪祟，巫蠱之案何由興。宫闈尚自逢不若，山林川澤何由清。堪

笑罔兩徒責影，孰解槖籥通靈扃。丈夫方寸具五岳，勸君學道安其貞。

抵京贈二三知己 時運銅由四川水道進京。

三年仙侶隔蓬萊，地北天南幾溯洄。政績未留莊蹺邑，車聲還傍郭隗臺。魂驚月峽千重過，力負銅山萬里來。堪笑征衣緇已盡，不關京洛有塵埃。

晚上安南關

沐滂鋪畔草萋萋，極目雄關萬丈梯。兩郡咽喉歸控制，關爲大理、楚雄交界處。一天星斗接攀躋。晚風淅瀝羊裘薄，初月昏黄鳥道迷。陟盡坡坨尋夜宿，僕夫沉倦馬頻嘶。

楊林道中

溪横略彴路通車，傍海縈紆取徑斜。萬里碧天初度雁，千山黄葉亂啼鴉。場空燹户犁新土，水

落漁舟貼淺沙。恰憶江南風景似，幾回回首白雲涯。

袁文典

字儀雅，保山人。乾隆二十一年舉人，官廣西州學正。有《陶村詩鈔》。

甲午人日薛三南招飲白鶴觀同人雅集予以事不得與補和原韵并呈二首

老此離家客，花前鬢已絲。開春逢七日，滿座酒盈卮。迭以賓爲主，因從友得師。草堂何用寄，先誦道衡詩。

閑情輸野鶴，世網亂如絲。有酒思金谷，無緣醉玉卮。題春渠奪錦，殿陣我旋師。愧續群公賦，頻催雨後詩。

將出都門留別諸同人〔一〕

殘夢千山亂，浮雲萬里愁。客中還送客，病裏又驚秋。書劍空蕭瑟，鴻魚久滯留。京華豈不戀，輸與故人游。

【校勘記】

〔一〕「人」下，原有「二首」二字，然此處只有五律一首，故刪。

客中秋思

遥夜家山闊，高秋客夢賒。重幃燈一點，深巷月千家。砧杵寒孤兔，書聲續斷鴉。瀟瀟長不寐，回首望京華。

蔣業晋

字紹初，號立崖，長洲人。乾隆二十一年舉人，官漢陽府同知。有《秦中》、《吴廡》、《楚游》、《出塞》、《歸田》諸集。

臯蘭城中書所見

金城尚武地，何由集大賈。暮宿酒家樓，朝趨達官府。府中開豪筵，徵歌選妙舞。篋藏珠玉來，腰纏十萬去。遂令邊闠間，而爲貨賄處。縱非竭民膏，毋乃盜天庾。大小習成風，使財如糞土。樂户争纏頭，戎行弛部伍。憑誰問主名，多言恐觸怒。

自平凉赴臯蘭憶戎馬所經地

我本役荷戈，從軍志所尚。朝辭崆峒來，暮出六盤上。兼程趨間道，烽烟心震蕩。孤城有烏啼，

廢竈猶井狀。殺氣作悲風，陣雲壓遠障。羸卒學挽强，蹇驢驅轉餉。但見嬰孩抛，那有鷄犬放。是時日當午，炎威變愴愴。少憩更宵征，月高意稍曠。磷火隱郊墳，車輪滯沙漲。天明經戰場，形勢審背向。此地領孤軍，失援蹶上將。養癰非朝夕，小醜敢肆掠。赫赫禁旅集，皇威孰敢抗。沙蟲爾何物，邊庭藉懲創。我欲作《鐃歌》，要使健兒唱。何處雨傾盆，天河洗玉帳。

除夕和東坡除夜濰州韵

窮荒憂患中，忽忽年華送。坡公謫儋耳，富貴如春夢。托志惟歌詩，風月恣吟弄。緬惟古賢人，瓣香意有共。緊予出關來，邊事少闕空。寄迹在龍沙，抗懷比鸞鳳。赳赳揚皇威，諤諤仰國棟。謂近日接福制府條奏邊屯疾苦，奉旨查辦。籌邊裕至計，反覆陳疾痛。庶幾沙漠屯，兵農各安種。除夕動微吟，且酌蒲萄瓮。

新灘書事

上灘之難如登天，千夫力挽一綆懸。下灘之險疾於箭，奔波直下逐流電。行人到此心膽驚，性

命真比鴻毛輕。灘邊最能最能，水手名。少陵有《最能行》。慣入水，不利人生利人死。昨客不戒沉厥舟，誰歟援手心煩憂。有人翻身却下手，攫得錢刀撇波走。走歸召黨酒相賀，日夕駕浪伺船過。

讀陳龍川集

宋家南渡日不振，中原恢復方需人。龍川起修王霸略，天人今古胸吐吞。攬時度勢志開濟，萬言書就排宸閽。建都首貴識王氣，錢塘衰耗難圖存。强兵當國自有本，言言切要多開陳。九重得書赫然震，盈廷交沮不得伸。渡江歸來嗟落魄，危機密網遭何頻。天鑒奇才脱奇禍，一朝知遇膺殊恩。惜哉遽死不竟用，空有遺集垂經綸。後人展讀想節概，欲泣神鬼驅風雲。智勇一世盡推倒，開拓萬古何嶙峋。憤時不雪君父耻，高談性命殊非真。酌古數篇昭特識，不徒筆力回千鈞。堂堂正正論兵法，公得此意雄其文。或云于時涉躁進，或云罹禍疏持身。惟公才略足用世，細行不謹非無因。積累爲功涵養正，有愧諸儒嘗自云。古人立言不欺己，陋儒訾議徒紛紛。人中之龍文中虎，獨悲其遇多蹇屯，空堂風雨夜披卷，作歌直欲招忠魂。

石馬槽歌有序

荆州郡廨有石槽，傳是漢壽亭侯飲馬器也。咫尺深廣，雕鏤精緻，歲久剥蝕中斷。雨過積水其中，牵馬就飲，輒驚躍不前。王少林昇其事，賦詩見示。即用其韵。

九天星精化作槽，離虚震仰文周遭。鯨僵雨過怒鬱硉，蘚漬日炙浮腥臊。金戈鐵馬久劫化，誰拔劍斷生鼉蛟。當時侯稱萬人敵，有馬神駿追風飆。臨陣斬將策蕩决，一鳴萬騎喑不驕。歸來洗刀更飲馬，大江浩浩波滔滔。荆州勢據上游地，華夏震動威名高。《春秋》大義志伸討，躍馬直欲吞孫曹。曹方避鋭孫躡後，翊漢有恨何時消。白衣陰謀赤兔蹶，麥城驢磨長哀號。紫焰紅輝躡雲去，憑依天厩驚凡毛。牵之不前就不飲，譬若叱咤千人逃。視魏如鬼吴似犬，凛凛聲氣猶蕭騷。鬛推絶倫馬無匹，槽亦附驥傳不祧。君不見夔府八陣風雲護，江流怒激石不摇。又不見神兵殺賊驅石馬，戰罷流汗威靈昭。惟侯精誠塞天地，風馳電掣靈旗飄。神游故土應呼吸，騏驥精爽如堪招。我歌傳信非志怪，此槽永古枕卧荆江皋。

北庭都護行有序

承恩公奎將軍林，資兼文武，忠勇絶倫，出爲北庭都護。蕃回畏懷。期年而詔移烏里雅蘇臺將軍。余抵戍時，已啓行數日。敬慕之，而未見也。先於途次構成七律四首，至此，知其政，思其人，復續七古五十餘韵。庶幾萬里外非慕勢，百世下有聞風耳。

南山有竹直不扶，括羽鏃礪懷以須。渥洼之馬龍爲徒，星精下降天閑儲。人物絶類禀自殊，濟時英杰生非虛。惟公大將行則儒，忠心甲胄體用如。火不能爇水不濡，出險入險同坦途。往者滇海申天誅，急槍怒馬千人呼。譬若獨鶚摧群烏，詩歌召虎平淮徐。一人知己無雙譽，遠移節鉞天山隅。輪臺四野黄雲徂，長風捲沙雪片粗。蕃羌射生飲酪酥，每惜游牧窺邊虞。秋獮冬狩軍政符，六鈞弓注金僕姑。壯士一一勇賈餘，圍場霹靂聲連珠。飛者走者殲且屠，群番驚竄如鼪鼯。烽臺絶焰鼓不桴，經營荒漠垂久圖。耕屯悉力勞征輸，南接高昌北伊吾。糗糧車乘隨時需，遠近徵調難牽拘。斟酌多寡善因除，公之叱咤風雲驅。直入虎穴無趦趄，公之平易陽和舒。水清或恐無大魚，一規定遠籌邊謨。「得虎子」、「無大魚」，俱定遠籌邊語。期年化洽軍民蘇，玉門關外春來初。纖纖柳色雲中鋪，龍城清霽侔皇都。我來遠戍同集枯，瞻望弗及空欷歔。長城之倚廣厦居，先聲已浹人肌膚。結緑青萍抱

區區，有懷欲吐難陳書。星雲垂象昭天衢，回鶻利見占豈誣。文武爲憲詞非諛，北庭都護如公無。吁嗟乎，北庭都護如公無！

嵩山古柏圖歌有序

篁村張墨岑，名宗蒼，未遇時，游嵩山太室，見漢武所封大將軍古柏，高不逾三丈，圍過之，愛其鐵幹霜枝，老而彌茂，作獨樹於巨幅，携歸，出示吾祖先大夫綉谷公，恰值花甲初度，即以此稱祝。事隔七十餘年，畫久失去。余于戊午正月始捐金得之，又值祖生之辰，懸之堂中，悵然有觸，因歌其畫、述其事焉。

有山嵸巃不露影，有樹輪囷莫與并。枝頭矗起通風雲，堂上高懸重彝鼎。紀年應溯商周前，問産乃在嵩陽嶺。漢武雄風百靈召，柏亦特受將軍號。根盤地軸結虬形，威懾山靈作虎嘯。蚍蜉欲撼任揶揄，雨露難滋容兀奡。啞彼景山遠可遷，豈如太室長共眺。張公健筆性好奇，山中擬狀淩烟姿。瀛海神仙不可遇，茂陵封禪猶存詞。五岳胸中起方寸，烟雲腕底蟠蛟螭。摹成巨幅携吴市，吾祖歸田締交始。洪厓拍肩花甲周，出此稱觴祝蕃祉。君不見武侯廟柏栖鸞凰，寇萊植柏比甘棠。我游兩地欲摹寫，婆娑樹下空徬徨。眼前突見太古質，靈氣披拂天蒼凉。此本久落他人手，不借捐金爲我

有。含飴尚憶孩提年，展軸已當衰齒後。祖硯追思涕自流，儀容畫壁存豈偶。青蒼渲染不改色，恍詔孫枝勿替守。東風入户庭梅開，春酒介壽辛盤堆。欲誦清芬感今昔，不覺悲喜圖中來。張公名早登天府，翰墨流傳照今古。參天枝幹歲寒交，贈與歸年兩逢午。畫贈丙午，歸值戊午。嗚呼見樹仿佛仰嵩高，對畫常教念吾祖。

歸至邠州值春盡日見水流花放因憶亡弟升枚桃花溪水圖多名流贈作悵然補題

春光淡沲巒翠濃，邠州西土田家風。茅屋依依幽澗裏，落英片片明霞中。鳴禽格磔雞犬放，此間疑與桃源通。連朝風雨情脉脉，驛路飛花感今昔。我家桃塢依緑水，每對芳辰集佳客。餞春己卯歲重逢，綉谷好風鶯嚦嚦。用查初白先生讌集交翠堂贈先祖句。吹篪仲氏氣若蘭，欲繼觴咏開騷壇。詩翁當日執牛耳，鉅公名士欣盤桓。歸愚宗伯首座，芝庭少馬居次，阮薑村太史、李勉伯、吴企晋、趙升之、陸耳山、張策時、沈文聲、金二雅、汪大升、沙斗初、張崑南、兄同庵俱與會，有詩。雖無韵事簪花續，尚有清音古調彈。是日鼓琴。風吹落花漾清沼，酒酣客起皆憑欄。共言此會洵非偶，前有西堂翁繼後。一時槃敦勝南皮，再舉人文仰北斗。摧殘棣萼秋風到，病骨驚看玉樓召。桃源空望五雲邊，宗伯有「桃源又在五雲邊」贈句。

之子吟魂應獨吊。我征冉冉未離秦，豈有仙踪可問津。忽憶斯圖重有感，恍如流水隔千春。對床舊約虛歸思，觸景新詞追夙因。水流花謝年年事，每到傷春憶此人。

七月七日出嘉峪關

白晝嚴關閉，黄雲大漠屯。風光中外异，征戍古今繁。客去得無泪，生還望此門。雙星天上合，憶别幾消魂。

送奎都護移節伊江

惻惻覊臣别，遥遥威令行。漫言離廣厦，猶得倚長城。屈宋風騷侣，甘陳竹帛名。相逢原不偶，沙漠證三生。

新柳

一見一回緑，依依似故人。烟光凝驛路，別緒動江津。我憶武昌種，遥憐玉塞春。今希《高士傳》，棖觸歲華新。

入函谷關

中州鎖鑰倚崔嵬，獨客今朝去復迴。九國師延憑此險，一丸泥閉仗誰才。谷深天設金湯固，關隘秋防畫角催。何必聽鷄更懷古，夕陽駐馬幾徘徊。

秋風亭謁寇萊公祠

巴峽濤聲挾怒雷，一官曾遣寇公來。讖傳野渡横舟句，名震邊陲掌鑰才。私祭千年凝臘泪，孤亭百尺當樓臺。秋風古迹留殘照，不聽猿啼已可哀。

途次西安和吴舍人竹嶼山長用阮亭喜吴漢槎入關韵送余出塞别後依韵却寄

風塵早嘆鬢成斑，况復倉皇賦出關。异地遠投身似雁，中天長望月如環。三春行見千屯雪，一曲休歌萬仞山。多謝素交珍重意，臨歧爲我祝生還。

除夕抵家口號

入門鬚鬓共争看，得遂生還膽尚寒。萬里歸期當歲盡，五年愁話到更闌。在家叔季欣無恙，垂老兒孫已覺單。安命豈教尤怨集，屠蘇傾盡且言歡。

懷杜閣

吴宫花草接荒邱，東下姑蘇霸氣收。共仰平生懷一飯，突看此屋報千秋。側身天地蒼茫咏，入

座林嵐縹緲樓。緑水名園思樂否，後先賢哲繼來游。

仰蘇樓

磨蝎居宮厄運宜，枉留作相九重知。家來岷水源頭遠，筆現華嚴法界奇。玉帶山門僧作鎮，劍池岩壁帝賡詩。謂御製和韵。獨憐壯歲遨游者，茂苑蒼凉彼一時。

思白堂

臺榭高支五架新，風流刺史主兼賓。翠娥影裏修堤日，弦管聲中播化人。三徑香烟千載社，雙橋花柳一家春。却看醉白堂前記，魏國勛勞羨替身。

袁授階邀陪王述庵錢竹汀暨諸君賞牡丹得和字

江村倚棹入烟蘿，人物依稀晋永和。春夢喚醒輕富貴，玉堂養望重岩阿。當窗映日花能笑，列

幄凝香醉可歌。深色一叢來不易，洛陽聞道尚干戈。時洛陽有楚寇之警。

隆中謁武侯祠二十二韵

三顧君臣契，千秋綱目編。風雲一以會，魚水共争傳。帝胄流離日，奸雄割據年。志存炎漢業，力闢半隅天。大計躬耕定，三分國步邅。扶危王佐托，受命老臣專。敢惜南征苦，寧辭北伐連。攻心擒獲策，揮涕《出師》篇。牛馬千山運，龍蛇八陣懸。夙興親校簿，久駐雜屯田。蹇蹇孤忠瘁，堂堂正統延。草廬留遁迹，畫像儼神仙。洒落真希有，風流尚宛然。英雄含涕泪，詩老致纏綿。星隕天難問，龍歸德自全。伊周堪并駕，管樂肯隨肩。宇宙垂名重，蠻荒遺愛堅。我來拜祠下，草長映階前。抱膝高岡上，彈琴落照邊。清風生古柏，新雨響流泉。月旦餘題咏，溪毛供几筵。空山興仰止，歸路滿蒼烟。

徐作梅

字用和，號鱸鄉，吴江人。乾隆二十一年舉人，官盩厔知縣。

南寺

縛筏沿流渡，穩於岩上橋。愛看山色好，如遇故人招。白塔閲塵劫，疏鐘散泬寥。黄楊雙樹古，未易許摩霄。東坡詩：「松桂得干霄。」今松桂絶無，佛座前黄楊二株，甚古。

題三泖漁莊圖

騷客何年置釣磯，蕭蕭黄葉半江飛。春風騎馬長安去，閑却笭箵挂夕暉。
上苑看春憶故鄉，頭銜那羨校書郎。烟蓑雨笠生涯好，三泖重尋舊日莊。
一帶柳陰水閣寒，漁樵近局酒杯寬。雕菰飯滑蒓絲熟，四十鱸魚齊上竿。
遠山點點翠如螺，秋水依然鴨緑波。何日南湖同泛棹，拍殘銅斗和高歌。

陸惇宗

字望之，號莆塘，青浦人。乾隆二十一年舉人，官閩縣知縣。有《秀林草堂存稿》。

次和古檀游細林山韵

積雨荒游屐，春光負十分。跫然來短杖，暫爾撥重雲。暮靄如留客，他山已待君。君解維往横雲。何時能促席，唾咳得頻聞。

緑蒲萄種出西域，移植避暑山莊。形同馬乳蒲萄而無核，色正緑，鮮嫩可愛。西域名奇石密食。

萬顆圓勻出大濛，堆盤緑玉訝疑空。未容槎客能携種，應與桐君補録功。馬乳正嫌多孕子，龍鬚失笑舊稱翁。釀成查滓先融盡，味勝醍醐未易窮。

曹錫寶

字鴻書，號檢亭，上海人。乾隆二十二年進士，官監察御史，贈左副都御史。

《蒲褐山房詩話》：檢亭胸襟瀟灑，早入内廷隨巡侍直，時有篇章流傳日下。及登進士，改庶常，復由部曹擢爲侍御，因見朝貴家人貪縱不法，劾之，詢無實據，吏議請革職，詔特原之，仍令留任。及至嘉慶己未正月，上追念其慷慨敢言，不愧諍臣之職，且其事亦非失實，追贈副都御史，并廕其子爲中書，蓋异數也。君中歲後頗好小學，《爾雅注疏》校勘再三，詩亦不多作。

出古北口

霜净宿莽平，風高邊馬壯。我行出嚴關，心目恣驌浪。岩嶺争超突，泉瀑互奔放。仄徑容數騎，萬雉森巨防。巍然衆峰頂，鑱削出天匠。是時夜將半，落月排叠障。屈曲窮攀躋，直上凌空曠。出險復入險，頃刻倏萬狀。回首眺神京，烟樹鬱相望。歸途更登陟，壯觀答微尚。

早寒

策蹇凌霜坂，風高木葉乾。空山秋易老，絶塞氣先寒。肅肅車徒静，迢迢鼓角殘。幸依仙仗近，行路敢云難。

塞上

高嶺倚層穹，寒生萬壑中。驚沙常暗日，衰草自生風。霜落征衣薄，秋高塞馬雄。揮鞭一長望，烟樹正空濛。

秋日塞上雜咏

雄關高并太清連，終古風雲壯北燕。山自朔庭環九域，城聯遼海控三邊。牧羝沙暖空榛莽，飲馬泉清絶瘴烟。盛代即今虚斥堠，秋光滿目覆平田。

烏桓城下陣雲黄，白馬關前月似霜。百戰雄圖餘玉壘，累朝形勢固金湯。天晴鐵騎排空見，日落龍沙四望長。惟有灤江嗚咽水，年年常自繞邊墻。

李漱芳

字藝圃，渠縣人。乾隆二十二年進士，官監察御史，左遷禮部主事。

書趙恭毅升喬公世德册後

重熙累洽景運隆，星辰河岳精氣充。篤生偉人亮天功，猗歟尚溯恭毅公。毗陵遥胄閥閲崇，世濟其美樹德豐。大賢紹緒道積躬，文章勛業孚宸衷。旬宣兩浙旋奏功，屏藩晋秩開府雄。體國經野昭公忠，以此翊治邀酬庸。仁心淪浹茅檐通，士林額手銜恩同。組織千字光熊熊，蒼生霖雨尺幅中。孫枝五世朝陽桐，擒華掞操奎壁宫。摩挲古榻懷祖翁，公卿墨寫烏絲融。千秋清獻標家風，世德世寶垂無窮。

周嘉猷

字辰告，號兩塍，錢唐人。乾隆二十二年進士，官益都知縣。有《兩塍詩草》。

由信州至江口[一]

曉行發信州，迤邐路逾百。匝岸無青林，連岡盡頑石。解作阜亦童，昭蘇草難植。混沌眉不書，屓屭掌誰劈。茲邦富人文，自昔饒英碩。地産既靈奇，山容亦蘊籍。如何乏清潤，所見皆獷礫。菌蠢過客嘲，蓄縮山靈愬。伊余值屯蹇，累載事行役。往返頻溯洄，形模細測識。賦象揣各殊，肖物視須逼。雖未工雕搜，亦自巧摶埴。或圓如米囷，或方如射的。或累如棋架，或駢如皁櫪[二]。或如松皮皴，或如龜兆坼。或如馬振鬣，或如鹿解骼。或孑孑如檣[三]，或泛泛如舶。或積疊如堆，或細碎如礫。或如科頭翁，魁梧岸巾幘。或如袒胛僧，禿髗振鈴錫。飛梁橫山腰，有徑不可陟。蕘鼓弃水溢，有恒六可擊[四]。怒猊渴飲河，跛鱉倦伏磧。藤絡山果懸，瀑挂秋瓜䉶。波窣臼可舂，岩砑窟堪宅。洼突肖陰陽，單複類揲扐。邱背復有邱，突兀露尻脊。大山與小山[五]，吞吐互齝齸。累累斷復連，縷縷

明且析。卓立畫地錐，競舉去天尺。向背詭狀分，遠近瑰姿易。斫削豈鬼工，摶捖費神力。幻視巧呈形，疏觀細侔色。潤滑凝流脂，枯焦噬乾腊。日炙蒼顔頳，浪漬獷質黑〔六〕。映樹微含青，宿露半縈白。剥落雜黛赭〔七〕，媥爛間黝赤。翡翠毛留斑，鸜鵒眼舒碧。披莎虎竊毛，俯水魚噀墨。千形既瑰异，五色復輝艴。瞥見詫童頑，久玩欣婞嫿。大巧類若愚，至美轉無飾。媧氏煉所遺，秦皇驅不得。自古常嶙峋，于今頗戕賊。開鐫勁骨蘇，迸落大聲騞。利刀劚蹲鴟〔八〕，巨斧斫怒特。披刷去鱗皴，推敲絶領額〔九〕。豈唯損石容，亦恐傷地脉。匠石資或饒，靈斯怒恐赫。寄語此邦人，應爲山川惜。

【校勘記】

〔一〕「江」，《兩塍集》卷上作「河」。

〔二〕「阜」，原作「早」，據《兩塍集》卷上改。

〔三〕「孑孑」，《兩塍集》卷上作「逮逮」。

〔四〕「恒六」，《兩塍集》卷上作「桴不」。

〔五〕「與」，《兩塍集》卷上作「宫」。

〔六〕「漬」，《兩塍集》卷上作「清」。

〔七〕「黛」，《兩塍集》卷上作「蒼」。

〔八〕「刀」，《兩塍集》卷上作「刅」。

〔九〕「推」，《兩塍集》卷上作「椎」；「領」，作「頜」。

彭元瑞

字掌仍，號雲楣，南昌人。乾隆二十二年進士，官至工部尚書，贈太子太保，協辦大學士，謚文勤。

《蒲褐山房詩話》：文勤少年敏慧，早直西清，應奉文字，婉麗清新，往往出人意表，所進無不被蒙獎賞者，而《恭跋御製全韵詩》乃集《千字文》爲之，又撰《乾清宫前燈詞》駢體，尤佳。上賜以貂裘、端硯，中多榮之，故恩眷終不替。嘗輯宋人四六□□卷〔一〕，更爲藝林傳誦。

【校勘記】

〔一〕「□□」，諸清刊本皆缺此二字。

雪

上元節後三日雪，千山萬山人影絶。抱春出門門已封，直突無烟甑空設。去年歲事失豐穰，一顆一粒無蓋藏。富家囷窖多紅朽，相持遏糴祈天荒。飢兒張口向爺哭，人家炊米勝麋肉。爺泣語兒

兒莫啼，縣官方發常平粟。

題橋亭卜卦硯

其修九寸博半尺，厚不及寸土花蝕。云是朝天橋上亭，賣卜簾前泪和墨。一聲白雁江南飛，三日潮頭招不得。更無趙家半塊土，惟有先王一片石。崖山風雨已十年，臣心不轉如石堅。從容就義誠非易，疊山後死文山先。百年橋崩硯始出，四百年來傳勿失。太平太守好事者，對客摩挲恒永日。留將玉帶生并垂，石不能言觀者悲。當年病餓憫忠寺，壁間太息曹娥碑。

杏花十二韵

檐外簾纖達曉零，如傳芳意徧郊坰。明朝隱約春堪賣，深巷依稀唱未停。宿潤飽沾將坼罅，霽光微烘乍含馨。料量已是繁花候，想像初逢昨夢醒。燕子飛時春漠漠，牧童指處濕冥冥。繞迴曲徑簾猶押，蠁徹層樓户半扃。陌上泥沾高下屐，擔頭香過短長亭。出墻欲遣關難住，隔堰來看思未寧。搓絮垂楊同爛熳，抽芽新草共葱青。曾從范蠡湖中見，憶向慈恩塔畔經。送酪風光知近節，催耕消息到遥町。誰憐騎馬臨安客，暮雨瀟瀟不忍聽。

湖海詩傳卷二十一

蔣士銓

字心餘，號苕生，鉛山人。乾隆二十二年進士，官編修。有《忠雅堂集》。

《蒲褐山房詩話》：苕生諸體皆工，然古詩勝於近體，七古又勝於五古。蒼蒼莽莽，不主故常，正如昆陽夜戰，雷雨交作，又如洞庭君吹笛，海立雲垂，信足以開拓萬古之心胸，推倒一時之豪杰也。君長身玉立，眉目朗然，嶔崎磊落，肺腑槎枒，遇忠孝節烈事，輒長歌以紀之，凄鏘激楚，使人雪涕。夙知音律，意所未盡，放而爲院本。有《芝龕》、《香祖》諸劇，世尤稱之。錢香樹尚書、金檜門總憲先後督學西江，皆待以國士，故生平誦法不衰。裘文達公曰修嘗以君與彭司空元瑞并薦上前，故御製詩有「江西兩名士」之目。然司空久直西清，洊登鼎軸，而君卒以編修終，非所謂數奇者耶？乾隆戊申，余以布政使南昌，而君已下世矣。既展其墓，復過所居蕺園，攬小鷗波草堂、秋竹山房、釀春花

樹、青珊瑚館、邀魚步、茶烟奧、奩月簃、晚晴牖、芳潤齋、緑隱樓諸勝，爲之憮然。

望江上諸山

嵐開萬象出，徑豁兩峰對。一磴穿青雲，曲折昇晴晦。境幽寡人迹，疏象出鳥背。僧樓如點螺，古佛觀自在。遥知深塢中，有客對飛瀨。誰聞廣長舌，泉聲發虚籟。名山念所歷，佳游與心會。發興可忘言，思尋陶謝輩。

龍洞山

拔地立城郭，壁面四圍俯。地底開龍祠，山根蓄風雨。傾灑有餘潤，卓犖無寸土。石裂草木出，風過丹黄舞。横巘簇細竇，亂雅奪門户。龍居對開豁，東洞側破釜。避秦竈火絶，陽和至今貯。西洞受朝曦，貫壁徑可取。天眼一斜穿，暗漏每奔注。誰留面壁相，灌頂生潑乳。半規透旁隙，僧引前列炬。打頭識磽确，濆衣驗沮洳。入穴遁蛟蜃，脱身仝鳥鼠。兩崖兩扉抱，一峰一屏竪。裴回壽聖院，摩崖念初祖。樵歸客始炊，烟起鴿微怖。深杯吸靈怪，倒影怯蛇虎。兹山未云深，昔至人已古。

馬蹄遠莫寒，出谷日猶午。

師竹居待雪用禁體分得竹字

無衣愛冬日，不雪意常足。擁裘把深杯，祈之恐不速。是物關豐歉，老農有同欲。寧忍三冬寒，竊喜二麥熟。禁體學歐九，失職罪滕六。三光會元枵，片晷沈北陸。當午窮陰凝，萬象爲斂肅。敢發天地房，百蟄方退伏。先聲奪壯色，鷄狗皆蜎縮。資清質已成，欲泄故含蓄。輕發虞易盡，遲見難遽趣。抱潔懼涅淄，積虛耻炫鬻。落地怯手援，全形怕熱觸。既墮那得收，一散未可束。不嫌出納吝，深恐消融酷。暫免螟螣死，終令土膏沃。枯林出勁氣，勢欲敵挫戮。可憐松柏心，持此報顓頊。吾儕手脚僵，延佇豁雙目。熱中賴袚除，缺陷需掩覆。豈惟庭宇净，且解塵囂俗。那知龍公手，别自具杼柚。謂爾劉伶飲，愧彼孫康讀。貪天爲歡娱，玩物共徵逐。不知窮檐侶，皸瘃死相續。夜寢飽霜霰，朝餐乏饘粥。秔稻走吴越，兒女易斗粟。上廑君相憂，官吏相躑躅。宜麥殺其蝗，仰望勢誠楚。以兹三尺雪，救彼萬家哭。汝有鄒枚才，無异凶年玉。焉得浪抛撒，佐爾饔酒肉。我聞龍公言，意態頓拳局。相視薄風騷，便欲偃旗纛。願傾杯與炙，入地變黍穋。更取筆共紙，隨風化衾褥。覆彼溝中瘠，一果道旁腹。人心有專禱，天意無偏屬。火急布六花，以遂甌窶祝。

竹活

移竹養正齋，舊葉盡黃脱。皆云非其時，栽植同翦割。我過無術補，對之惟惻怛。淹忽閲兩旬，一一傍檐活。笋芽抽嫩鞭，筠粉長新籜。生機未遽戕，死氣不敢奪。土力本未潤，根脉遂如渴。疏雨夜滴瀝，滋溉乃旁達。僵者漸昭蘇，鬱者漸開豁。如魚困圉圉，少定去潑剌。天地所不凋，華美孰能遏。掃雲與干霄，百尺起豪末。明年陰叢叢，勿懼風偃拔。斵梢而待醉，俗論從可抹。貪天以爲功，榮悴我其斡。

乞羅兩峰畫屏

書學書家書，畫學畫家畫。束縛規矩中，所守亦已隘。兩峰嶔崎人，資禀軼流輩。展足裂地維，放手破天械。碧眼然温犀，萬鬼失狡獪。神光掣瞳人，下透轉輪界。豈但胡中丞，坐照入幽昧。游戲弄不律，奇趣生象外。細審乃逼真，驟覽疑涉怪。威攝天神裝，媚曳水仙佩。龍受金剛降，鴿下老佛拜。誰爲羅漢參，各凛菩薩戒。花殊含玉葩，樹古發新態。或貌地獄相，面目來瑣碎。陰風聚豪

端，死氣出紙背。人理彼既絶，厲魄君弗貸。不知布算勞，但覺運斤快。藝苑徹畦町，墨林除障礙。昔師冬心叟，弟子存法派。老蓮寫人物，奇古爲俊邁。草法寫衣裳，楷法寫眉黛。而君所嗜殊，高逸頗相類。我每見君作，有見無不愛。如玩索靖碑，寢食俱可廢。乞君繪屏風，求益同買菜。欲賫君子貽，長與古人對。君勿嫌幅多，真手僵不壞。

愍忠寺觀傅雯畫觀世音三十二應像

虚堂涌現人天身，三十二相何紛紜。聲聞辟支毗沙門，梵王帝釋天將軍。宰官居士長者倫，比邱優婆男女群。天龍夜叉人非人，修羅摩睺金剛神。珠眉火目莊嚴尊，魋肩鶡鼻醜怪均。芙蓉頰輔丹砂唇，黄金臂指藤蘿筋。或大歡喜或怒瞋，冠珮紱冕纓旒紳。笏杖劍麈戈鉞錞，一一妝束離六塵。明霞彩霧相鮮新，喜氣熟視衆欲親。凶威乍矚皆退奔，誰其畫者爲傅雯。十指爲筆掌擦皴，爪甲畫剔蠶螺紋。雯也倔彊性莫馴，窮老不作王侯賓。使酒嫚駡直氣伸，忽然醉弄松烟盆。狂叫拍抹獅王蹲，思議遍攝諸天魂。大笑捨之祇陀園，噴灑墨雨飛慈雲。妙香四壁浮氤氲，名觀世音何緣因。耳根第一文殊云，云何解脱萬劫輪。稱名普救如其仁，賫珠瓔珞奚足珍。衆生即佛無合分，青蓮九品花葉根。三十二相孰假真，現身説法空勤勤。離欲者誰菩薩顰，雯汝多事慈容嗔。

三峽澗

參天萬木排前灣，蚴蟉怒攫山風寒。是松非松走相覓，脚底霹靂生奇觀。亂石夾水水勢破，觸罅迸出雲千團。積鐵輪囷塞陰壑，醜怪萬變窮劖刓。立者堅壁叠者壘，以凹作穴凸作關。本是神鬼所施設，反如人力成雕鎸。鈎連盤踞不可狀，各出猛力迴奔瀾。盤旋隨勢作緩急，湃然斗落空潭閑。其餘縣溜樹根下，樹緣溜浸渾難乾。飛梁坐久駭略定，毛髮凛冽胸懷寬。雷聲入聽視轉失，決眦飛鳥無停翰。耳聾目眩細搜剔，玉淵大字蒼苔斑。瞿塘灧澦苦未識，對此不覺雙眉攢。我聞廬山之水盡奇絶，半倚削壁成驚湍。何當走地獨狡獪，不與挂練争騰翻。忽思後夜踏明月，石髓滿吸松花餐。解衣坐石弄長笛，夢魂浸入玻璃盤。前山有約客欲去，風雨一霎飛林端。

開先瀑布

瀑布之水源何來，劃然下裂長峰開。下士目駭自天落，絶頂乃有千盤迴。青山斷缺聳雙劍，元氣直瀉岩頭摧。飛流已出不肯下，一綫中折分濴洄。隱現數折蓄精鋭，失勢一落如奔雷。跳波亂擊

潭水立，怪物潛伏寧髻頣。音聲頃刻逐千變，萬馬赴敵金鼙催。天光半壁照空谷，此地萬古無陰霾。谽谺積雪挂千仞，山中猿鶴猶驚猜。銀花下散布水臺，混沌鑿破山根隈。四壁皆刻大字，有如峰房。劈窠大字洗不盡，鐵畫滿地鎸青苔。太白已往老坡死，我輩且乏徐凝才。惡詩走筆不敢寫，山亭煮汲燒松釵。來朝竹杖青芒鞋，凌風踏碎烟雲堆。飛泉三疊絶倚傍，坐觀一洗塵氛懷。

題天全楊藏用遺集

嗚呼楊公將門子，外藩千載官世世，裂土何堪及身止。昔者公年五十二，手扶老父辭鄉里。全家來飲西江水，市人不識宣慰使，謂公西蜀蠻夷耳。我聞天全古荒服，外控魚通三十六，子子孫孫飛食肉。朝廷倚彼爲爪牙，楊氏高氏分符竹。高司始陽楊碉門，婚姻累世相仇恩。怪哉楊氏生公如虎賁，高司性螯鯨鯢吞，心欲楊氏無兒孫。當年木坪蠻司死邊堡，公翁定襲成都道，公守碉門年正少。何來沃日瓦寺軍，高司虎視將爲暴。邏卒告公公劇飲，燔羊饗吏銀鐙繞。三日敵來公已去，竈下惟留白頭媪。鼓聲一發伏兵掃，蠻兒肉血飛秋草。男兒如是亦快意，頭白南遷傷閉置。低頭但咏卷中詩，絶口不談邊外事。聞公善射立馬背，左右開弓不挽轡。兵書老去厭三復，袖箭生平只一試。自言昔與木坪兒，半夜微酣尚能記。空堂燭滅電一掣，箭出中光光已逝。舉燭索箭不可得，箭著東牖

血點地，少却幾爲高氏刺。嗟乎公生丁巳卒丁巳，我歸猶及交公弟。公側室子㞃。垂涕道：公往督挽西藏糧，蠻山醜樹森刀槍，毒霧著人人立僵，得公調護人命長，無人不愛碉門楊。篋中遺詩尚萬紙，公之功名文字裏。六十年來奇男子，南昌占籍公其始。

乞酒戲呈監試明惺庵紀心齋兩侍御

斗柄插屋百慮收，酒星退舍空尊愁。遣秋愛覓犀首飲，泛月或喚秦青謳。鏁闈靜夜對官燭，良友促坐思觥籌。豈無法酒醞百斛，但恐濁鏡昏雙眸。當官禁令一夫守，愚公并力移糟邱。龍門似下萬鈞閘，涓滴不作迴瀾流。平生文字抵麯蘖，豈必沈湎爲拍浮。枯腸芒角藉少潤，消渴未欲尋茶甌。買菜猶希圃師益，貸米許向監河求。豸冠綉服兩儒者，闈内司命職有由。米鹽瑣細仗家督，江海灌溉資陽侯。麯生可否召白墮，從事何必拘青州。調羹例得取粱醴，多則益善淮陰謀。諸君垂涎有同嗜，發顔三爵看油油。荷插寧如伶便瘞，滅燭或者髡還留。兩公監酒亦所願，童羖請罰號呶儔。不然破觚毀酒具，白簡彈劾公其休。

題表忠觀碑後

不肯閉門作天子，願作開門節度使。西湖之水豈可填，有國百年吾足矣。妖賊紛紛盜赤符，公言赫赫傳青史。三世四王七十年，功名五代相終始。嗚呼仙芝漢宏一亂民，黄巢嗜殺終滅身。可憐不識忠孝字，高駢董昌皆重臣。八州父老免塗炭，九死包容頒鐵券。由來信誓出殊恩，敢使兒孫罹國憲。雍熙納地倖免誅，南渡陰還土一隅。仁人再世且享國，佳兵好殺何其愚。勸忠异代推清獻，墳廟無虞還立觀。特筆誰如蘇子瞻，雄文壓倒羅昭諫。

歐雷山副將畫像歌

須眉颯爽風雲起，身是仙人歐冶子。霸陵不失故將軍，夾漈争呼老居士。將軍十九身從戎，雙手齊開兩石弓。雄心夜拓沈沙戟，猛氣朝馳汗血驄。昆舍那洋開赤嵌，横海樓船飛羽箭。香灶三傳鹿耳更，礁沙七轉鯤身綫。將軍拜爵左先鋒，殺賊曾推第一功。龍碽無聲鴨母死，姓名勒石臺灣東。專城列戟牙旗展，閩越營門自移轉。獅鎧榮披上將衣，油幢遠挂東甌纛。烽火全消息戰塵，投壺日

醉太平春。老兵忽作探丸盜，諸將皆爲賜玦人。角巾一旦歸田里，沽酒騎驢經二紀。山中每伴赤松游，橋上誰尋黄石履。髀肉潛生氣不衰，《陰符》親授兩男兒。孟公久注翹關籍，仲氏頻褰綉絫帷。七十老翁誇矍鑠，形容未寫麒麟閣。一丈霜縑九尺身，封侯骨相輸褒鄂。五十年前壯士顔，丹青老向畫圖間。百回把酒行軍令，幾度挑燈看箭瘢。滇南此日貔貅往，不知誰縛降王長。王師豈必待廉頗，名將由來多李廣。仙翁壽骨健兒身，仍是當年介冑臣。紅衣不把青溪釣，世上英雄信有真。

童二樹鈺畫梅詩

童君畫梅千萬樹，自寫槎枒老蒼句。花開古雪未消時，香入空山不知處。梅花開落天地中，出土那識春與冬。羲和制曆造歲月，始覺萬卉難爲同。著花結實偶然爾，頌之惜之皆可鄙。孤芳或受雨露生，群艷空隨雪霜死。童君能詩方九齡，寺壁一掃太守驚。腕中天授隸草法，用以寫梅奇骨撑。我不識君見君畫，每對梅花身下拜。行根竊懼地輪斜，放榦真愁天宇隘。想君畫梅身作梅，十指屈鐵梅苞胎。驅魂附筆萼怒發，使氣入墨枝駢開。圈花破蕊等飛白，人與梅花鬥標格。神慳鬼吝一青衿，去作諸侯老賓客。

天台萬年藤杖歌謝陳象臣夢説觀察

仙官來往天台裏，父老趨迎男婦喜。居民捧輿度峕嵂，絳節桃花相迤邐。老藤蟠屈寒蛟僵，萬古甲子不可量。始爲繞指柔，漸成百煉剛。脱身未肯附松柏，定性久已忘冰霜。斂肉入皮筋入骨，混沌花葉皆收藏。山鬼驚看避神物，飛仙偶踏行石梁。不知歲月冉冉過，但覺年命迢迢長。仙官游金庭，碧林瑶草香。不覓胡麻飯，不携采藥筐。長揖天姥云，吾友有母壽且康。願乞此藤作鳩杖，庶幾筋力如藤强。天姥顧之笑，美哉公意厚益臧。神人斤斧乃一舉，截藤九尺直以方。仙官拜賜去，洞天閴寂山蒼茫。携藤歸遺小人母，堂北老親開笑口。仙人之貽我則有，敢不拜嘉同稽首。童孫代杖可釋肩，看雲數雁藤周旋。擲空莫化老龍去，倚壁不擾慈烏眠。老安少懷見公志，忠信作杖扶危顛。公身挺勁比藤健，野狐敢近天龍禪。此藤托根本福地，由公歸我數則然。摩挲後世見手澤，毋壽願與藤齊年。

題文信國遺像

遺世獨立公之容，大節不奪公之忠。天已厭宋猶生公，一代正氣持其終。小人紛紛作丞輔，公不見用且歌舞。朝廷相公國已忘，六尺之孤是何主。出入萬死身提戈，天意不屬當奈何。十載幽囚就柴市，毅魄且欲收山河。節義文章皆可考，狀元宰相如公少。山中誰救六陵移，地下真慚一身了。亂亡無補心可憐，天以臣節煩公肩。不然狗彘草間活，借口順運謀身全。俎豆忠貞遂公志，嶺上梅花公再世。鄉人誰復繼前賢，一拜須眉一流涕。

江孝子詩

右臂之肉，不可療母。左臂之肉，不可療父。兒身親身親已亡，血肉之軀亦何補。朝視母墳，夕憑父棺。茅堂凄凄，臘日苦寒。嘻嘻出出妖鳥語，風卷檐茅棺莫舉。孝子拜火火弗許。飛廉揚揚祝融怒，抽刀斷指驚祝融。神急止火神反風，父棺不動孝子死。老翁叫孫孝子起，翁欲告人兒止止。翁拾斷指裹以紙，丹徒舍人啓衾視，右手垂垂缺小指。兩臂創痕况若此，把筆傳之泪如水。江家五

世居丹徒，兒名延祚未讀書。生年二十但知父與母，不知肢體爲我有。呼爲孝子兒不受，倘以爲言兒却走。父曰懷德祖曰珩，聞史書之存姓名。事在壬辰十二月，孝子不願朝廷旌。

吴節母

三十五，未亡人。五十五，完節身。世德之家夫竟死，十一齡兒作孤子。兒讀書，母忍飢。飢腸文字五千卷，薺甘荼苦皆不知。猶記蘭閨笄總時，左圖右史娘所樂。禄命五行貌五官，不似娘身得天薄。兒不能娶母熒熒，神官夜半來夢中。我爾曾祖中書公，帝嘉爾節爾可終。母覺語兒含笑逝，成佛生天皆有自。母節當旌格于例，兩氏姓名粗可志。生張嫁吴居丹陽，夫死子俊登縣庠。乾隆戊寅年，未亡人乃亡。

趙忠毅公鐵如意歌

臣掌選司陳四害，臣掌都堂論四凶。澄清廊廟是己志，豈肯低頭魏進忠。呼臣元凶具十罪，皇天后土知臣衷。坐贓遣戍心無悶，不見逆案死且恨。平生烈性百煉剛，隻手焉能挽天運。烏金如意

翦黑雲，誰與鑄者張鰲春。七星五岳拱八卦，圖書映帶雲雷文。其銘二十有六字，堅重真爲君子器。廉而不劌鈎無鐵，舞歌勿折臣之志。身圓頸方尺半長，上有葵花向太陽。雁門相伴死宜殉，幸未附棺埋北邙。褎中恨少司農笏，虛説三君同兀兀。莫向宣州吊老兵，此即錚錚忠毅骨。

挽楊鐸仲二首

從軍奪稍老親知，小范當年是虎兒。聚米熟諳蠻地險，談兵遥念漏天師。莫年烈士心原壯，失意騷人字本奇。勛業功名俱寂寞，弓衣留得可憐詩。

腹痛腸真似轉輪，荒園十笏剩斜曛。頻驚老友都爲鬼，重過良辰不見君。倚壁杖猶支破牖，藏詩瓢已挂孤墳。河梁一别成千古，石馬風寒未忍聞。

一經齋小集送王德甫之山左同金檜門錢蘀石二先生汪康古孝廉限經字齋字二首

感遇傷離雜醉醒，摩空猶是未梳翎。已成鸞鳳仍飄泊，自古風雲有晦冥。旅食深知貧與病，才

名虛指客爲星。鵲華山畔尋君路，夢裏還應一再經。

明湖秋柳至今佳，打叠蜻蛉泛水涯。歷下山川名士地，江南烟月旅人懷。文章事大期千古，主客詩成憶小齋。賦到登樓堪隕涕，壯心容易付沈埋。

除日喜吴蓀圃至歲朝送其赴永康州任二首

開到梅花又見君，三時消息感離群。話如春逗迎年鼓，官似風迴過嶺雲。臘甕對嘗分歲飲，香衾同憶蚤朝熏。此身更比桃符舊，羞翦寒燈一論文。

冰銜領到第三州，風雪依然一敝裘。重見邊人迎父母，數勞鑾長盼君侯。天涯舊雨誰推轂，身外浮雲合倚樓。何日宦成歸井里，兩家茅屋傍花洲。

夢中訪竇文貽都督有作篇成而醒

十丈旌旗八面營，屯田都與戍人耕。陣雲風偃全軍肅，沙磧天圍一掌平。萬馬不嘶春縱牧，九邊無警夜論兵。兜鍪挂壁銜卮酒，猶是當時魯兩生。

送王德甫給假歸葬二首

幾年八座捧安輿，馨膳南陔奉起居。請息許歸于定國，臨歧同祖路溫舒。春暉正永仍將母，官舫無多半載書。笑指漁莊烟水闊，九峰青又到吾廬。

河山遮護漆燈明，封樹焚黃禮并成。天以佳城藏長者，人誇孝子是名卿。圖書鷄犬偕安吉，父老桑麻説太平。暇日花前展棋局，定知談笑一論兵。

童墨林秀才携畫梅相訪不值書以奉酬

偶乘藍筓探春光，底事歸來鼻觀香。尋到龍山花不見，那知疏影壓書堂。

平生愛畫更憐才，未見幽人却見梅。料想黄樓吹笛夜，羽衣曾伴鶴飛來。君歸自彭城，故云。

彭紹升

字允初，號尺木，長洲人。乾隆二十二年進士。有《觀河集》。

《蒲褐山房詩話》：允初爲芝亭先生第四子，家世清華，簪纓相望，而自雋南宫，即辭膴仕。歸而專心白業，香燈禪板，幾似黄面頭佗。所著《居士》等集，使讀者咸有樂邦安養之羨。支那撰述，無以逾之。然文章流别，亦能識其源委。古文宗法震川，而詩亦克承其家學。晚年怛化，石君司農稱其已登灌頂位。昔陳思嘗主遮須，白傅亦歸兜率，以今證古，或不誣也。

揮手

揮手謝人世，蕭然此閉關。有懷長傍佛，無夢不依山。竹送墻頭翠，苔侵户齒斑。閑雲如有約，朝往莫來還。

謁二姜先生祠

飄零雁羽共殘生，諫草空傳千載名。九死流離君父痛，一生患難弟兄情。萊陽歸去餘荒戍，吴國淹留剩老兵。虎阜山頭薦蘋藻，流風應共首陽清。

酬曹履開見贈次韵

物外論心契獨真，相依桂館絶喧塵。携琴入海他年約，蠟屐盟山未了因。雲净寒潭才見月，雪消梅萼早生春。南園此夕勞相憶，太息年華一度新。

過法雲庵贈杲堂上人

閑行郭外路彎彎，寂歷庵居破蘚斑。古殿有鐙陪佛影，團蒲無夢落人間。茶烟斷處還留客，梵册開時自掩關。可愛新吟才脱口，深林幽澗寫潺湲。

吴寬

字非匏，號棋芍，歙縣人。乾隆二十二年召試，賜舉人，官内閣中書。

嚴江舟中

碧幛重重合，清江曲曲通。幾家紅樹雨，一棹緑蘋風。客路驚凋鬢，鄉心感斷蓬。薄衾愁永夜，莫遣酒瓶空。

孫永清

字宏圖，號春臺，無錫人。乾隆二十四年舉人，官至廣西巡撫。有《寶嚴堂詩鈔》。

度風篁嶺至龍井

隔嶺聞風篁，凄韵雜飛溜。緣岩將百轉，仄徑迴疏秀。遥睇白雲封，近見紅日漏。登頓蒙翳深，夾林華鬘覆。細泉繞其根，澄泓媚石甃。岩花共鮮新，古翠紛縟綉。空色妙不延，神景愜無舊。想像東坡翁，高人此締構。去住本無家，風流不可復。莫辨虎溪踪，誰識歸隱竇。我亦蓮社徒，欲去戀孤岫。

自芙蓉村度舟芳嶺至能仁寺宿

雁山出天構，乍到絶思慮。藍輿信幽討，蓉川渺東注。村烟抱虚谷，石瀨媚芳渡。嶺紆細路通，峽轉鳴淙互。扶携藉僮僕，傴僂接跟胯。問途陟百盤，直上不數步。崚嶒到絶頂，木杪怯還顧。蒼蒼谷内峰，林立消雲露。浩蕩凌滄洲，莽蒼截雲路。氣象生萬千，目眴已非故。假覺嵐氣濃，晝晦浩傾能。一徑入琳宫，松杉夾衢樹。險絶坦夷得，至理順互素。明發瞻前軌，畢此平生慕。

欲再登孤嶼潮急不得到遂至館頭和韵

江土變氣候，金風被蘭渚。歸踪偶迴沿，中川眷琳宇。仙舟幸同携，曉吹韵笳鼓。瀰瀰沉石華，離離出竹祖。是時迴怒潮，榜人喑無語。聲喧千石鐘，勢挽萬鈞弩。超越匪尺尋，端倪辨銖黍。方蓬失罡飆，何必弱水阻。翻憶前度來，目成渺何所。心逐虛舟游，迹謝短笻拄。修塗果安窮，噫氣空爾怒。稍忻即次安，已慰登陟苦。寄謝海上鷗，忘機久予取。

晚泊葉青洲

殘雨忽已霽，初月升林薄。淼淼水風生，濛濛霧花落。不見葉青洲，但向烟中泊。何處下漁燈，空江起孤鶴。

早發中邱驛至臨洺關

宿雨生夜凉，客夢失朝爽。振策出郊坰，趁途意先往。遐矚徑多岐，近陟渚無杠。潦收鼃黽喧，沙凈鵝鴨長。八月正逢穫，村村快豐穰。登場多黍稌，滌圃富栗橡。樂業徵民風，熙皡有真象。嗟予遠行邁，鄲節勞鞅掌。游目得所欣，愜心在幽賞。即次稍延迴，隔水月初上。

沙哨道中遇雨

山程忽陰霾，疾行出雲背。却立看脚底，雷雨正雱霈。蛟龍揚其鬐，不避魑與魅。雲海互翻蕩，玉山忽破碎。火滅無定形，萬象爭顯晦。我生性豪豁，觸景窮變態。睹此心神開，彌覺胸宇大。須臾昏霧收，豁然見蒼靄。斜陽在松頂，隱隱明新翠。循途下危坡，適館趁芳瀨。回首望雲岩，真來白雲外。

晚渡鄱陽湖放歌呈黄孫谷

九江之水來峨岷，奔流直欲無東瀛。鄱陽千里乃一束，勢吸雲夢吞揚荆。朅來八月駕高浪，蒲帆十幅輕鷗輕。柁樓一笑旗脚轉，如箭脱手弓離檠。是日薄雨開晚晴，湖風乍息湖水平。纖雲羅羅月額細，斷霞片片虹腰横。靴紋萬頃皴滑笏，玉笋千叠環圍屏。大孤小孤隔水見，儼臨玉鏡窺尹邢。蜩鬟霧鬟各嫵媚，欲乘蟾魄相目成。中流恍聽女媧曲，仙樂一奏鏘流鈴。江妻招邀耀翠羽，湘娥婀娜揚華旌。陰潭大澤足神怪，長鯨鼓鬣龍睒精。黄神越章佩左右，前驅所導孰敢攖。飄然身已渡弱海，如超鶴背風泠泠。我時歌嘯倚宿醒，蘧蘧蝶夢如乍醒。平生浪迹墮人海，十年漂泊真浮萍。眼前好景且莫負，尊中美酒宜同傾。明朝弭節西江上，又看圓彩生滄溟。時十四日。

峽山寺和翁學使方綱

粤山山石多崚嶒，緣江一一嘉名徵。綿延千里到三峽，勢如萬馬奔岡陵。峽中勝處啓孤剎，飛來遺迹古所稱。入門乍聞鐘杳杳，到門已覺風泠泠。書臺經石徒耳食，祇餘往迹鼯鼯騰。欲尋石磴

訪石硐，遠望絶頂寒烟凝。我奮雙足躡屐登，亭午雲氣如釜蒸。誰與脅息誰撫膺，百磴一氣我獨能。絶叫衆侶衆不應，細徑争與猿猱升。天風縹緲不可憑，但見屐底盤蒼鷹。我生箕濮有微尚，十年游迹差可矜。東登日觀擘初旭，西陟玉女扳枯藤。雁湖濯足雲羃䍥，石梁弄瀑冰凌兢。豈知南行訪廬岳，迹所未到興已增。竟欲從兹探靈籙，采得仙藥誇儕朋，六根塵界恨未拔。短髮搔首徒鬅鬙，草亭延佇月已升，歸路犖确憑雛僧。興餘還和壁間韵，欲寫細字煩禪燈。

過德水宿西方庵

德水西郊路，宵行生暗凉。城依緑楊岸，風遞白蓮香。稍覺開平野，還欣接上方。勞勞倦于役，信宿借禪床。

新　湖

積雨緑岩岫，空林明翠微。人家湖口遠，魚罾晚來稀。獨向烟中立，翛然風滿衣。仙源不可問，雲徑是耶非。

峽山飛來寺

名山絶頂啓神扉，真俊當年此息機。到地松風飄梵唄，有時花雨落人衣。青瑶濬滝流銀漢，紫竹陰森眇翠微。帝子緑雲何處所，讀書臺畔草芳菲。

和若洲秋日遣懷見寄之作

風雨頻宵令節過，山城落葉漸辭柯。秋聲暗挾江濤壯，雲氣遥連海色多。隔嶺軍書勞騁望，故人問訊悵蹉跎。佇聽露布傳閫嶠，萬里金鐃奏雅歌。

送張牧堂

珠江春漲遠連天，送客津亭雨似烟。向晚西風吹更緊，離心先上九江船。

江半坡寒食

棠梨花發野鶯啼，寒食年年苦憶歸。今日蠻江聽錫鼓，落紅如雨上征衣。

張遠覽

字偉瞻，西華人。乾隆二十四年舉人，官鎮遠知縣。

《蒲褐山房詩話》：偉瞻沈静誠愨，望而知爲恭人端士。鄉試出朱石君先生門下，垂三十餘年，始爲縣令，得黔之鎮遠。地處衝繁，且值軍興之際，遂乞老以歸。所居在西華城南，有水田一頃，善本書二三千卷，偕門人王耕畬講習以終老。不喜爲詩，學古文，得震川一體。予已采入《湖海文傳》中。

讀漢書

儒者談先生，時變貴能通。要在不失道，安得苟取容。叔孫遇漢祖，千載此一逢。野外爲綿蕞，遂稱禮樂宗。嗟嗟魯兩生，老死不相從。

鄭莊吾郡人，雅懷真好事。推轂天下才，不啻自口出。松柏陰芷蘅，威施惜娉婷。大人苟愛士，善氣自相迎。周公不吐握，後世何傳稱。

鳥鳴求友聲，人生重朋寮。嫵婉一以展，榮瘁寧易操。欒布哭彭越，田叔明張敖。豈不愛腰領，夙惜懷久要。兔絲本易附，隨風何能牢。推刃匪异人，哀哉刎頸交。

登令武山絶頂

确犖通微徑，高崖勢欲騫。晴雲開二室，秋色滿中原。烟暝千林接，風迴萬壑奔。便思跨鸞鶴，變化看鵬鯤。

吾自

門寂羅從設，庭閑客到稀。催兒樹鷄栅，看婦補牛衣。頗著人前懶，渾忘世上機。蕭然吾自慣，不是惡輕肥。

彭光斗

字賁園，溧陽人。乾隆二十四年舉人，官福建永定知縣。有《越游草》。

夜泊吴江聞笛

今夜寒山寺，鐘聲定有無。何人吹玉笛，祇益客心孤。露泫水楊柳，月明山鷓鴣。倚舷聽未徹，流響散平湖。

禹陵

按志，禹穴有數處，或以陽明洞爲是。

山繞無諸國，天營大禹陵。百靈朝玉笥，千仞閟金繩。敷土何時到，元圭久上升。寂寥仙洞在，稽古信難徵。

蘭亭

蘭亭爲後人移建別所，真迹不可訪矣。

見説流觴處，蘭亭迹久湮。更無修禊客，猶記永和春。翰墨關塵劫，林泉索解人。早知題序意，俯仰已成陳。

獨客

獨客易生感，清宵孰與同。睡遲依警鶴，詩苦答吟蟲。竹徑無全月，蕉叢有敗風。寂寥燈一點，故傍小窗紅。

雨坐

隱几孤懷澹，開簾暮色幽。濕雲千里夢，紅葉滿階愁。雁度看無影，蛩寒語不休。欲眠還翦燭，拊枕聽更籌。

陸遵書

字扶遠，嘉定人。乾隆二十四年舉人，官會同知縣。

壬午進呈山水册恭題

雨潤松間石，烟開竹裏扉。日長看畫筆，山静見天機。
松色連青幛，層樓挹曉霞。九天瀉飛瀑，流得到山家。
疏花穿細柳，古屋傍青山。可似萍香泒，好風曲水灣。

恭題進呈松梅竹石册

十竿五竿修竹，一株兩株古松。近水似無還有，遠山欲淡仍濃。

蘆葉洲前夜月，梅花村裏曉風。船泛溪南溪北，人在詩中畫中。

張 銘

字新盤，號警堂，南城人。乾隆二十四年舉人，官至松太兵備道。

讀史偶然作

丈夫重節概，文藝乃其餘。咄哉莽大夫，寂寞草元居。執拗半山老，誤國在誤書。情乖性以移，荒謬喪厥初。文章空垂世，名實總難誣。千載憶其人，未嘗不欷歔。

荒菊

不殖還同我，金錢訝許圓。癯容侵暮雨，冷味澹荒烟。未肯逢人笑，寧能受世憐。關情彭澤令，猶憶舊斜川。

張時風

字虞琴，仁和人。乾隆二十四年舉人，官刑部主事。

聽秋圖

碧虚來商飆，孤情倚秋樹。妙以不聽聽，生滅參無住。底事宋玉悲，不問廬陵賦。君子六欲清，聲塵脱神悟。桐高素月陰，石瘦蒼苔附。兀坐真憺忘，輕衫濕宵露。

暮春湖上

草色緑無涯，垂楊夾道遮。湖雲低覆塔，林雨半吹花。白舫垂綸客，青旗賣酒家。余情獨紆軫，轉徙路三叉。

湖海詩傳卷二十二

畢沅

字緗蘅，號秋帆，鎮洋人。乾隆二十五年殿試第一人及第，官至湖廣總督，贈太子太保。有《靈岩山人詩集》。

《蒲褐山房詩話》：秋帆制府少得詩法於其舅張郎中少儀，登大魁，入詞垣，愛才下士，海内文人咸歸幕府。凡有吟咏，信筆直書，天骨開張，無繪句絺章之習。又好刻書，惠定宇徵君所著經説，悉爲剞劂。生平有幹濟材，在陜重建省城，又修華陰太白祠及涇渠；在豫開賈魯河，修桐柏淮源廟。金川用兵，凡軍裝騾匹，陸續協濟。故深受主知，取其所撰《關中勝迹圖志》三十二卷，録入四庫館書中，又取所進李廷珪墨，北宋刻絲山水，題詩嘉賞，所示優眷。至每逢入覲，必令在南書房，矢音賡和。出領封疆，入參侍從，亦節使中所罕見也。

空谷

溪迴峰勢折，白雲扃石户。穿雲得异境，幽人此築塢。鳥啼春寂寂，花落不知數。勝地昔疏剔，裙屐萃三五。佛贊盥手鈔，琴歌横膝譜。溪山旖旎習，洗滌到眉嫵。凡夫久仙去，松竹誰爲主。壁間鎸草篆，筆力挾强弩。手種雙梅花，香影帶峭古。餐霞眠月人，任爾自携取。松子滿石床，無人坐揮麈。山風吹午夢，林端響樵斧。

千尺雪

寒山出寒泉，雲骨窮雕鎸。截蓄乍渟演，沿洄旋潺湲。縱之使一落，銀漢秋空懸。石剛水性柔，怒激不受憐。哄鬥肆歕欲，恐擾幽人眠。幾費巧匠斫，久之得天然。小閣題聽雪，蕩漾清泠天。探源得咫尺，豈能計以千。聽泉即聽雪，妙悟泯真詮。

華山

群松夾雲路，雙屐濕翠影。危磴㚇㚇垂，鳥道界遥嶺。撫奇意漸睩，鋭進氣益猛。牽藤捫絶壁，擲足亂雲頂。湖山奇絶處，一覽收萬景。止宿叩禪關，戒規静且整。竹深僧貌寒，月暗佛燈耿。山空木葉下，秋與鐘魚永。仙掌障金天，同名各异境。逝將登太華，縋險試鐵綆。手搴十丈蓮，塵顔浣玉井。

學山園歌

燕泥零落重門閉，看花偶到清河第。龍漢潜移换劫灰，文章元運同淪替。勝朝末季溯東林，黨禍株連痛陸沉。餘焰未銷復社起，并尊壇坫在東南。敦盤結納知名士，天如先生執牛耳。七録齋頭擁百城，高文價貴長安紙。雁幣填門走四方，畫船十里接吴塘。良朋風雅追長慶，勝地林園壓洛陽。新篇月旦前茅定，珊網才名互争競。蕊榜元魁左券操，朱衣不敢司其柄，宜興復召預要盟，秘計神通綫索靈。相臣進退由清議，朝局艱危亦可驚。道山仙去真全福，轉瞬烽烟明社屋。著述猶傳太史

書，姓名免入遺民録。客愁黯黯正傷春，父老傳聞記不真。石梁碧落垂虹影，猶認先民屐齒痕。牡丹未放荼蘼老，落英滿地無人掃。粉壁欹頹淡墨斜，名公題咏留殘稿。圖書散佚化雲烟，文采風流尚宛然。三篆雕鐫埋鐵筆，六朝麗藻剩遺編。清流聲氣聯蘭臭，君子道消大厦覆。重扣雲莊記午橋，空翻黨籍思元祐。蛛網縱横罥曲廊，夕陽人影立蒼茫。莫話平泉興廢事，芳菲曾閲小滄桑。

李元妃妝臺

昭明觀後百花開，柳軃鶯嬌舞蝶來。此是元妃歌舞地，人傳蕭后曉妝臺。大定末年臺始造，臺高只在瓊花島。臺前月傍九霄明，妃與章宗露坐，上曰：「二人土上坐。」妃應聲曰：「一月日邊明。」臺上香飄五雲杪。元妃當日最承恩，紅袖烏絲奉至尊。獨對中天談皓魄，全通小史辨金根。内家嘖嘖争誇羨，粉黛胭脂一朝賤。多緣冰雪净聰明，遂使春風滿宫殿。同時張建教宫嬪，此日昭容第一人。不信玉音嬌似鳳，試看紗幛薄于雲。一朝恩寵誰能數，世上紛紛願生女。微聞笑語即師兒，翻使良家盡監户。此時風景正清幽，金屋妝成孔雀樓。樓上樓前盡珠翠，曉光齊控珊瑚鈎。度日成妝鸜鵒囀，妝臺斜立深屏淺。霧鬓雲鬟寶鏡偏，雕欄綉幕春山遠。驚心回首玉惺鬆，引手花枝落幾叢。花落鳥啼成已事，殘妝滿面夕陽紅。閑翻舊史閑憑吊，芙蓉泣露香蘭笑。古觀棲鴉不住啼，妝樓夜月還相照。

罩登乙律事荒唐，銀海方壺更渺茫。《西元集》：舊傳遼太后梳妝臺前，有瀛洲、方壺、玉虹、金露四亭。莫唱回心春院曲，朦朧樹色隱昭陽。

吴企晋泰來邀李丈客山果王鳳喈鳴盛錢曉徵大昕趙損之文哲王蘭泉昶曹來殷仁虎集聽雨篷小飲即席有作

寂寂園林夜，開尊石閣西。風池摇月碎，露竹帶禽低。獨罰輸棋酒，重分咏史題。豪情殊未已，無奈五更鷄。

春仲東行安會道中感時述事寄蘭州當事諸公〔一〕

解渴争泥水，充飢斸草根〔二〕。四年三遇旱，十室九關門。流徙兒孫絶〔三〕，蕭條壟墓存〔四〕。更誰携麥飯，燒紙酹孤魂。

天低妖霧合，日瘦暮山寒。暴骨烏争肉，敲門鬼索餐。哀歌喧《薤露》，藁葬缺桐棺〔五〕。一掬鮮民泪，憂來豈有端。

賣兒償一飯，鬻婦索千錢。長別寧堪此，生存亦偶然。吞聲知泪盡，分手尚衣牽。决絶真無計，斯須立道邊。

奇荒今至此，草草議難支。鄭監圖誰繪，《春陵》句可思。盡心臣下責，惜命上天慈。牢補羊亡後，經營莫更遲。

石田愁餓鼠，荒澤遍哀鳴。灾象夏秋并，甘省辦賑，分别夏灾、秋灾，勘數題報〔六〕。倉儲借糶空。時各屬官倉已空，方議撥運。焦勞煩聖主，補救仗群公。急切陳民瘼，飛章達紫穹。

【校勘記】

〔一〕《靈岩山人詩集》卷二十六《杏花亭吟草》題作「東行經安會道中感時述事寄蘭省諸公十首」，此處爲第二首、第五首、第六首、第九首、第十首。

〔二〕「醫」，《靈岩山人詩集》卷二十六《杏花亭吟草》作「盡」。

〔三〕「兒」，《靈岩山人詩集》卷二十六《杏花亭吟草》作「子」。

〔四〕「壟」，《靈岩山人詩集》卷二十六《杏花亭吟草》作「墳」。

〔五〕「藳」，《靈岩山人詩集》卷二十六《杏花亭吟草》作「稾」。

〔六〕「數」字原闕，據《靈岩山人詩集》卷二十六《杏花亭吟草》補。

咸陽懷古二首

杜郵落日接孤城，古礎方花積蘚生。原廟精靈呼夜雨，一作「吹碧火」。河山灰燼愴神京。斷碑不辨何王號，破瓦猶鐫古殿名。多少興亡鉛水淚，月明清渭咽無聲。

陵闕荒涼古道邊，五原豐草碧芊芊。窮泉鏡隱秦時月，采藥風迷海上船。夜市有人沽玉碗，秋風無淚泣銅仙。霸圖王業消磨盡，禾黍高低落日圓。

寄趙二損之舍人昔嶺軍營三首

蕭然吴下一書生，絶徼三年聽鼓鉦。虎帳拂雲朝草奏，龍泉壓雪夜譚兵。平淮功定資裴相，檄蜀文還仗馬卿。此日賜環人未老，好憑筆陣掃欃槍。

月落威弧曉出芒，傳聞幕府運籌長。烽青劫外雙名士，謂君與蘭泉。頭白兵間一錦囊。人血蘸題詩句健，鬼磷入帳夢魂涼。丈夫若遂封侯願，老死沙場儘不妨。

插羽飛馳尺一書，開緘鄭重抵雙魚。古歡同結千秋上，病骨孤支百戰餘。兵革殘生詩卷在，江

山狂興友朋疏。斑蘭嶺外今宵月，肯照吴淞舊草廬。

荊州述事

凉飆日暮暗凄其，棺槥縱横滿路歧。飢鼠伏倉餐腐粟，亂魚吹浪逐浮尸。神鐙示見天開網，聞水患前數日，江上時有神鐙來往。浪頭高壓望江樓，眷屬都羈水府囚。人鬼黄泉争路出，蛟龍白日上城游。悲哉極目秋爲氣，逝者傷心泪迸流。不是乘桴便升屋，此生始信即浮漚。

雲夢蒼茫八九吞，半皆餓口半游魂。鮫綃有泪珠應滴，鰲足無功極恐翻。救急城填成死劫，劈空刀落得生門。若非帝力宏慈福，十萬蒼靈幾個存。

手敕親封遣上公，勤民堂陛一心通。金錢内府催加賑，版築冬官記考工。直欲犀然窮象罔，肯教鶉結哭鴻濛。宵衣五夜批章奏，飢溺真如一己同。

大工重議築方城，免使蚩氓祝癸庚。凉月千家嫠婦泪，清霜萬杵役夫聲。蟻生漸整新槐穴，虎旅重開舊柳營。我有孝侯三尺劍，誓將踏浪斬長鯨。

江水茫茫烟靄深，紙錢吹滿挂楓林。冤埋魚腹彈湘怨，哀譜鴻鳴寫楚吟。南國鄭圖膏雨逮，西

風潘鬢鏡霜侵。莫嗟病骨支離甚，康濟儒生本素心。

華岳聯句一百韻

灝靈執神矩，鎮洋畢沅秋帆。形成四方削。三峰三霄通，長洲吴泰來竹嶼。一岳一石作。土囊旋風輪，江寧嚴長明道甫。洪爐鼓炎槖。忽荒招拒營，嘉定錢坫獻之。胚胎混沌鑿。鎸鏤山鬼泣，陽湖洪亮吉稚存。烹煉真宰鑠。谷神元門存，陽湖孫星衍季逑。金精大冶躍。鶉分驗星野，秋帆。虎位聳雲壘。背控秦隴蜀，竹嶼。面瞰河渭洛。陽侯萬泒騰，道甫。巨靈一掌拓。崝嶸鏟天根，獻之。神秀包地絡。少皞專威柄，稚存。太極司秘鑰。媧煉鷩補餘，季逑。共觸怒走却。芙蓉森翠葩，秋帆。菡萏挺碧蒻。法吏鐵柱冠，竹嶼。真官寶珠珞。孤撐紫虛隘，道甫。横塞碧落廓。靈夷兑澤宏，獻之。重壓坤軸弱。沆瀣洗霞骨，稚存。肅爽刮氣膜。澒洞雲雷交，季逑。昏曉陰陽錯。鞭軋肩贔僵，秋帆。寥吼蛟鰐惡。頻迴孝子頭，竹嶼。擬假飛仙脚。鋭進屏籃輿，道甫。矯舉易麻屩。沉沉睨眢井，獻之。惴惴寄朽索。逼仄石脅裂，稚存。峭刻岩面劆。磴窮螺紋旋，季逑。徑裊蛛絲躇。行具藤葛纏，秋帆。腰支組練縛。健僕承厥趾，竹嶼。道士挽以髆。攫空訝步窘，道甫。投暗憑手摸。蹒跚石摩腹，獻之。悚息汗流胳。旁行艱著笮，稚存。側上恐礙箬。神瞀怯蛇退，季逑。氣作矜狼躩。夤緣粘壁蝎，秋帆。迅䮗挂枝玃。微茫

出峪窅，竹嶼。飛騰向嵰岸。耽奇忘迴還，道甫。見道雜歌咢。洞古聞鳴琴，上方山西巘有毛女洞。獻之。
溝深吒遺钁。老君犁溝在百尺峽上五里。翽羽采鳳鶱，鳳凰山在青柯坪左。稚存。蹙額鐵猿愕。胡孫愁在犁
溝上，有鐵猿四。毅猛師象蹲，季逑。醜劣魍魎搏。睒睗逼象緯，秋帆。銛鑑淬干鏌。縹緲雲爲臺，竹嶼。
灩瀲瓊作萼。鑄銅支短杙，道甫。横木駕遥彴。魂涸仍九逝，獻之。意愜恣一噱。遂昇不退羊，稚存。
屈學求伸蠖。出奇矜創獲，季逑。入峭費私愎。摇摇撼心旌，秋帆。杳杳窮目籥。丹梯垂虚無，竹嶼。
青壁倚寥霩。夔魖潛匿影，道甫。鷹隼阻奮擶。淵淵泉淵深，獻之。步步雲步迮。正直頻捫朿，稚存。
左右怕流覷。搦嶺勢怵騎，蒼龍嶺一名搦嶺。季逑。鎖關力弛彉。通天門一名金鎖關。山河兩戒會，秋帆。
觴豆百靈醵。廿八潭星羅，竹嶼。五十仞斧斫。晞髪濯蒲池，道甫。搔首吟檜崿。極天天蒼蒼，獻之。
積氣氣噩噩。一變群岳形，稚存。直令衆山怍。回崖嵌堂密，季逑。飛椒截齦齶。但覺太虚邇，秋帆。
那容餘地綽。顧兔窮桑迴，竹嶼。織烏虞淵薄。設施不肯倦，道甫。鍛造毋太虐。肌骨輕片雲，獻之。
身命危一籜。紫翠無定光，稚存。生死少成格。仙人紛于麻，季逑。塵網羈似輅。騎龍慕子先，秋帆。
捫虱鄙景略。懶師羊公卧，竹嶼。恐輸叔卿簙。如船碧藕甘，道甫。似掌肉芝飵。安期金液成，獻之。
神女玉漿酌。盆貯太古泉，稚存。鼎轉長生藥。消息期青鸞，季逑。遨翔跨黄鶴。岳色匪斯今，秋帆。
游悰宛如昨。兵符馳烽烟，竹嶼。村社喧鼓鐸。犁翻麥未種，道甫。場築稻早穫。山澤氣弗通，獻之。
溝涂潦將涸。飛箋籲元閶，稚存。齋心叩穹幕。蒼龍嘘成霖，季逑。肥蠙遁愁剒。懿哉神垂休，秋帆。

皇矣帝求瘼。奎章鐫翠珉，竹嶼。廟貌塗赭堊。窺緑字赤文，道甫。照金鋪綺構。虞巡隆燔柴，獻之。漢禪陋封爵。作鎮三秦雄，稚存。生華萬物樂。守吏揚洪輝，季逑。上儀頌景爚。記緣祈澤著，乙未歲，金川大凱將旋，先期閲視東路驛站，行次華陰，時届九月上旬，久無雨澤，二麥尚未播種。因致齋簡從，躡屩登山，至落雁峰，次于金天宫内，虔申祈禱，立降甘霖，連三晝夜，闔省均沾。爰恭摺具奏，皇上御書「嶽蓮靈澍」扁額，并敕發帑金，鼎新廟貌。庚子歲，大工告成，復御製扁聯碑文，恭懸正殿，敬勒貞珉。麗燭三霄，輝增群岳。沅曾撰《華岳祈澤記》一卷，恭紀其事。秋帆。圖寫高秋跸。中丞有《高秋跸華圖》。迴驟悼前猛，竹嶼。追想剩餘遻。遐思入非非，道甫。异境現各各。鋸痕鴻荒留，獻之。屐影鳥背掠。來如夢曾經，稚存。妙匪願夙度。能療康樂癖，季逑。定辟景丹瘧。嚇破妖魅膽，秋帆。重落崛强魄。信宿明星館，竹嶼。延佇閬風閣。飆車轟霜棱，道甫。石劍攢雷鍔。千峰千層雲，獻之。萬松萬丈壑。峰峰饒金英，稚存。松松靡土著。玉繩低碧漢，季逑。珠斗帖銀箔。風隨星石簸，秋帆。月并神燈爍。蕩蕩天無名，竹嶼。肅肅事有恪。倏窅兮冥兮，道甫。旋儼若惕若。化機斡神明，獻之。元氣生芴寞。層城神所游，稚存。雙丸掌堪擢。珠旒拱北辰，季逑。瑶柱蟠西堮。配極其體峻，秋帆。成物厥功博。八鰲戴難勝，竹嶼。九鴻勢欲攫。荒荒此安窮，道甫。翔翔焉之泊。矗空青蓮花，獻之。今古長不落。稚存。

昭陵石馬聯句

應龍逴西荒，秋帆。夜隨渥洼澤。陟影歊重雲，竹嶼。飛精響驚霹。文呈開瑞圖，道甫。武服佐戎辟。駿骨珍自今，嘉興朱儒秋岩。虬鬉憶猶昔。六鈞弓髯張，稚存。三尺劍手搦。河洛既東濜，季逑。汧隴復西蹠。蕩決狂濤翻，秋帆。擊搏震雷虩。虎旅胥神資，竹嶼。龍友亦天讁。太乙旣登歌，道甫。用六占象易。狀五花九花，秋岩。高七尺八尺。汗著虹靷殷，稚存。骨并雪山瘠。絲從一尾飄，季逑。玉向四蹄畫。騋出長風前，秋帆。迅入飛電隙。九霄空四闉，竹嶼。萬里惟一適。得駕遑惜障，道甫。陷陣若批却。想當負權奇，秋岩。鼓勇蹈艱劇。萬象寂無嘩，稚存。百靈下有赫。慘慘雲鱗飛，季逑。宕宕月輪拆。歎來波濤傾，秋帆。搠去劍戟擲。出死入之生，竹嶼。效順取其逆。功成了不矜，道甫。錫逮羨有奭。顧盼何雍容，秋岩。蹄噭盡持擇。玉節排天街，稚存。金鐃沸官驛。賜浴同瑤池，季逑。升翑异沙磧。俄焉藏軒弓，秋岩。倏爾告秦璧。蒼野方晦冥，竹嶼。天閑亦蕭索。有客登九嵕，道甫。經春禮重帟。麥秀層巒顛，秋岩。柏擁深殿脊。下宮走群神，稚存。正寢肅宗祏。陪葬諸臣皆，季逑。立仗降王亦。其外分重屏，秋帆。厥象張六翮。摩挲當暝途，竹嶼。憑弔記往籍。一馬時勒驃，在東第一，平宋金剛時乘。一馬什伐赤。在東第三，平王世充、竇建德時乘。道甫。一馬霜蹄輕，手戈避單刺。白蹄烏，

在西第三，平薛仁杲所乘。秋岩。一馬風毛拳，腰箭帶九隻。拳毛騧，在西第二，平劉黑闥時乘。稚存。一馬從虎牢，擒王信揮斥。了無碧絡羅，縱步驚脱軛。青騅，在東第二，平竇建德時乘。季逑。一馬御東都，因壘乘阻阸。賴有絳幘隨，拔矢憐洞腋。颯露藻，在西第一，平王世充時乘。緊誰施刼剞，秋帆。狀此凌岞峈。用代針虎殉，竹嶼。聊佐輴龍役。閲歲經幾千，道甫。作氣猶倍百。風雨聞喑嗚，秋岩。星辰見睒睗。端相驚礸磹，稚存。生騎畏跳躑。粤惟古周原，季逑。考牧始秦伯。龍孫青海留，秋帆。驥子赤岸獲。八坊使雲屯，竹嶼。四郡閑日闢。田事洵孔昭，道甫。軍容率有繹。何期蕃馬獻，秋岩。坐致胡騎迫。動地鼙鼓來，稚存。干霄箭烽射。黄旗卓遥空，季逑。紫電飛竟夕。踣鐵鏗有聲，秋帆。摐金浩無迹。郊死敵狼貙，竹嶼。羞降代巾幗。遺迹久混茫，道甫。荒陵莽稍摵。金臺不復黄，秋岩。羽埒爲誰碧。牛羊隨寢吪，稚存。樵牧任鞭策。吞聲西日斜，季逑。迥立秋漢窄。將軍傷白頭，秋帆。弟子失旁魄。粉墨日蕭條，竹嶼。精茫尚流奕。請看房四星，道甫。晳晳亘天白。秋岩。

壽王述庵臬使六十聯句

河岳騰精氣，奎光協斗躔。泰符呈景運，輔世仰名賢。畢沅。豐玉推鴻寶，靈椿紀大年。鳳麟華胄遠，峰泖隱居偏。吴泰來。夙學天人貫，含章德藝全。幽思吞卦畫，妙解證蹄筌。嚴長明。璀璨紋成

錦，崢嶸筆似椽。董帷耽寂寂，邊笥號便便。沅。早折郗詵桂，先驅祖逖鞭。豹文終炳蔚，鳳藻必騰騫。泰來。鑾輅臨江介，仁膏被海壖。四巡亭伯頌，三禮杜陵篇。長明。班馬才堪埒，楊盧譽敢先。詩題紅藥署，職奉紫薇天。沅。簪筆揮珠玉，持衡掇杞楩。丰神欽仲寶，幹局重僧虔。泰來。公望真隆矣，卿才信美旃。由來梁棟具，不慮雪霜纏。長明。駱馬纔驚越，蠻烽欲照滇。弄兵連畛町，負固集獶狿。沅。慷慨從軍志，艱難《出塞》篇。金沙波浩瀚，鐵壁路回邅。泰來。伐叛舒長策，招携握勝權。傳書嗤陸賈，鑿空陋張騫。長明。徼外鴞音革，天邊虎旅旋。白狼充職貢，朱鷺奏喧闐。沅。武庫將韜甲，威弧未戢弦。連營趨玉壘，振旆指金川。泰來。箐密千林暗，磵危萬仞懸。飛橦尋木杪，度索挂峰巔。長明。風鶴殊多警，沙蟲劇可憐。援桴勞上相，贊畫賴中堅。沅。吹律和風應，攻車吉日涓。賈生工餌敵，衛國善籌邊。泰來。帷幄謀千里，機鈐必九淵。繩橋馳露布，雪嶺耀霜鋋。長明。偃鼓驚三覆，鳴鉦駭兩甄。纔看驅虎兕，倏已靖氛祆。沅。款塞輸賨馬，歌風遍芋田。燕然銘可勒，郿閣頌宜鐫。泰來。絳闕頒新詔，彤墀繞瑞烟。承恩龍節迓，拜命鷸冠鮮。長明。棘寺平反數，槐堂歲月延。樞庭辭儤直，方岳寄旬宣。沅。禮意隆三接，光榮沐九遷。雲山豫章郡，琴鶴使君船。泰來。滕閣延清賞，匡廬對瀑泉。聲華馳赤棒，况味守青氈。長明。暫許松筠返，俄聞綸綍傳。河潼開旭日，汧渭駐雲軿。沅。豸節霜威肅，烏臺月彩圓。香山仍學道，摩詰愛逃禪。泰來。籬菊寒逾秀，岩松翠更妍。長明。憶從龍榜後，相契鳳池前。人海嗟寥闊，官曹喜接聯。沅。江湖來素侶，車笠訂前緣。

泰來。共理懷人篋，欣逢初度筵。岸容花爛漫，庭影鶴翩躚。長明。八水青霞映，三峰紫氣連。紅包商嶺橘，碧綻岳池蓮。沅。織女初迴馭，洪崖正拍肩。謝庭春樹曉，荀幄午香煎。泰來。即事真蓬閬，他年友偓佺。琅璈聽競響，介祉頌綿綿。長明。

開成石經聯句

孔壁群經在，秋帆。斯書八體更。請觀唐太學，道甫。直紹漢東京。伊昔乾綱振，江寧張復純止原。初因泰道清。殷憂開福祚，獻之。仁讓戢戈兵。發迹同陽武，稚存。除奸過子嬰。冗員裁伎術，季逑。隻日見公卿。馭世方多暇，秋帆。司天亦有禎。李充陪釋奠，道甫。翟黼奏開黌。秘閣東西列，止原。遺編甲乙呈。其時冬十月，獻之。二載號開成。鳳漏傳深禁，稚存。天香雜佩珩。軒堯臨斧扆，季逑。稷契掌機衡。先鄭原遥胄，秋帆。臣覃敬署名。備官兼祭酒，道甫。乞上法熹平。拜表稱干冒，止原。鋪墀久屏營。五三經扃戹，獻之。百六卷從横。帝曰嘉斯績，稚存。疇咨展乃誠。宿儒須日拔，季逑。天語自風行。識藉揚雄洽，秋帆。讎資子政精。校量秦博士，道甫。趨走魯諸生。法變陳留蔡，止原。形摹下杜程。殊文删𠥱囸，即「日月」，唐武后造。獻之。新字戒𩃬𩅦。音「鸞鯱」，吴孫亮造。樣自由元度，稚存。音仍用德明。選毫知免泣，季逑。驅石有神驚。一一蒲車載，秋帆。堂堂露闕盛。琅玕交動影，道

甫。絲竹暗藏聲。元白真箝口，止原。韓裴欲眩睛。扇天當北户，獻之。切地倚南榮。峭似崩雲駐，稚存。駢疑駭浪撐。蛟龍時攫畫，季逑。奎壁夜晶瑩。焕矣依天府，秋帆。巋然鎮斗城。卜年傳萬萬，道甫。碩畫自庚庚。豈意壇山石，止原。難藏汲縣塋。斯文愁一墜，獻之。大夏竟同傾。節角蘊苔蘚，稚存。榱題竄鼬鼪。流傳多贗版，季逑。剥落半沉坑。一片從樵牧，秋帆。何方避鼓鉦。代移應鬼守，道甫。時去懼雷轟。有客來開府，止原。多年此駐營。使君終好武，獻之。幕吏竟非傖。便訝摧爲炮，稚存。翻成愛似瓊。聖經危更續，季逑。物理否還貞。浮世真過隙，秋帆。嘉賓等食萍。朅來同訪古，道甫。暢好值新晴。璧水深浮藻，止原。林鴞細學鶯。偶因尋扃鼏，獻之。復此覩崢嶸。鈎勒曾緘篋，稚存。摩挲獨倚帳。升堂欽禮器，季逑。忘味等《韶》《韺》。與士爲模楷，秋帆。伊誰覆棟甍。時清修廢事，道甫。公德及斯氓。謂中丞。手自披趺額，止原。心憐共瓦鐺。護加丹楯麗，獻之。出帶土花頳。石鼓初遷地，稚存。蘭亭頗覆罌。是碑猶磊磊，季逑。試擊尚硜硜。賴子窮三禮，秋帆。因公更一鳴。許書時不用，道甫。周籀俗何輕。眗史譏非妄，止原。參功詎合旌。爲求文歷歷，獻之。直使意怦怦。有口初嫌士，「對」字从「口」，漢文帝改从「士」。稚存。三田竟易晶。「疊」字从「晶」，王莽改从三「田」。网非秦忌改，秦忌「罪」字，用「网」、「非」字爲之。季逑。彡景葛書并。「影」本作「景」，葛洪《字苑》始加「彡」。似此諸經易，秋帆。能無下士爭。《書》循安國僞，道甫。傳亂左邱盲。九《易》惟從費，止原。三《詩》直取亨。雅詞加虫鳥，「虫」音「虺」。獻之。禮本失濯鬃。古文「祧」作「濯」，「祊」作「鬃」。玉箸非無伎，稚存。珉材若待評。

時如追史佚，季逑。隸豈守秦嬴。當代開蓬館，秋帆。呈書及晏楹。雅流胥薈萃，道甫。藝術有根莖。藜火虬檐澈，止原。仙才虎觀盈。百家删稗莠，獻之。萬卷别瑶瑛。論列須公等，稚存。招要盡國英。陽冰曾獻柬，季逑。江式有餘情。玉燭調方久，秋帆。鴻都事合賡。蜀經成露雹，道甫。宋刻久榛荆。作聖誠超古，止原。如川一到瀛。卑唐徒爾爾，獻之。佚漢月諓諓。揖讓黄虞夏，稚存。翱翔頡誦彭。魯魚迷早辨，季逑。科斗寫誰令。舊刻争留咏，秋帆。新材待發硎。大書重作頁，道甫。文治翊恢宏。止原。

上巳前五日同人觀桃杜曲聯句

韋杜春光麗，良辰好共探。秋帆。地鄰天尺五，節近月重三。竹嶼。澮淹烟痕斂，霏微霽景含。獻之。遥瞻林灼灼，恰傍柳毵毵。稚存。紫霧藏深塢，紅雲護曉嵐。秋帆。幾株浮遠岸，一樹照澄潭。竹嶼。密蔭依叢竹，繁陰拂古楠。獻之。枝頭鶯語滑，蕊底蝶情憨。稚存。笑靨迎風艷，嬌姿倚日酣。秋帆。斜侵溪女鬢，輕壓野夫擔。竹嶼。螺髻堆濃碧，魚鱗漾蔚藍。獻之。望中迷叵匝，眺處極參覃。稚存。渺渺通長薄，盈盈駐短驂。秋帆。穿林驚晛晥，掠水聽呢喃。竹嶼。綴錦疑施幄，凝香别有龕。獻之。冶游窮水北，舊事憶江南。稚存。磵繞幽人宅，桃花磵爲趙凡夫别業。溪環處士庵。唐六如號桃花庵

主。秋帆。橫塘波似鏡，空谷石長谽。竹嶼。草嫩宜調馬，桑穠待浴蠶。獻之。晴絲空外卷，花氣晚來醃。稚存。打槳多蘭艇，連杠動笋籃。秋帆。狂思傾百榼，興每擘雙柑。竹嶼。歲序驚飄梗，朋游少盍簪。獻之。驅車經灞滻，迴首隔崤函。稚存。東閣賓還集，西郊樂且耽。秋帆。冲懷陪謝傅，雅尚得劉惔。竹嶼。小隊臨青綺，行厨挈素奩。獻之。炊鑪香噴碗，浮蟻綠盈甔。稚存。飯煮青精滑，茶翻白乳甘。秋帆。珠喉憐薛訪，蠟板愛何戡。竹嶼。鸜舞何妨達，魚喚未覺貪。獻之。悠然齊物我，曠矣視彭聃。稚存。競識題襟趣，終懷投轄慚。秋帆。新篇淩鮑謝，深契托僑郯。竹嶼。促席元言得，揮毫妙義參。獻之。永和蘭渚會，正始洛濱談。稚存。坐久昏鴉集，言歸暮鼓韽。秋帆。水嬉差可擬，泥飲尚能堪。竹嶼。崔護門長掩，樊川路自諳。獻之。他年追勝賞，聯騎更趁驔。稚存。

諸重光

字申之，號桐嶼，餘姚人。乾隆二十五年殿試第二人及第，官至辰州知府。有《二研齋遺稿》。

題施耦堂靈璧石筆山用仇池韵

君家靈鷲山，烟巒卧寒緑。自作此山主，看雲意頗足。泗濱産磬材，歷落藏崖腹。洞達滴溜穿，偃蹇迴波蹙。高價比球琳，方物輸貢牧。何年廟堂珍，玩作几案瀆。好事始米顛，一品壓群玉。南宫有淮泗山一品石。流傳研山圖，峰勢互起伏。君今手一拳，蠶比握粟卜。便作海山對，渺與烟雲逐。清響時一聞，泠泠聲振谷。五岳游未能，耦堂自號五岳卧游人。三竺見所欲。出入懷袖間，恍置吴山曲。持歸示鈍丁，短蓑舞獨速。丁處士鈍丁蓄靈璧石一，名抱雲峰。樊榭山人曾作長歌記之。

七夕吴興道中

一天凉露洗銀鷗，碧浪湖頭始放眸。小艇争分菱葉路，人烟多在荻花洲。仙家迢遞期今夕，行客漂零畏早秋。不用水嬉徵故事，苕南端合付清游。

上元前夕寶幢鑑南過飲

萬人如海冷官閑，風月經時上笑顔。客爲踏燈成不速，門非覓句亦常關。詩傳餞臘迎春裏，予與耦堂賦《歲暮》、《新春》詩各八首，席中傳看。花賞梅兄馨弟間。齋中時供水仙一盆。呼取比鄰來共醉，墻頭免破濁醪慳。謂蘭泉同年，時比屋而居。

趙雲崧同年移寓裘家街即海昌陳文勤公邸第也三年前予曾寓此賦贈

閑坊老屋記平泉，占斷城南尺五天。卜宅難於田二頃，徙家竟似歲三遷。雲崧年來屢易寓舍。何妨渴示相如病，莫笑貧無趙壹錢。載酒門生來問字，可容絲竹列彭宣。時雲崧分校順天鄉試。

王文治

字禹卿，號夢樓，丹徒人。乾隆二十五年殿試第三人及第，官至臨安知府。有《夢樓詩集》。

《蒲褐山房詩話》：禹卿賦才英俊，尤工書，楷法河南，行書效《蘭亭》、《聖教》。入京師，士大夫多寶重之。時全侍講魁、周編修煌奉使琉球，挾以俱往，故其詩一變，頗以雄偉見稱。及歸，以第三人及第，益風流自喜。不四五年，出守臨安，又二年，被劾東還，遂無意于仕進矣。其時錢塘袁子才壯年引退，以詩鳴江浙間。禹卿繼其後，聲華相上下。年未五十，即耽禪學，精於《楞伽》、《唯識》二書。晚年刻其詩□□卷，中多秀句。如「將離更唱紅蘭曲，相憶應看青李書」，「烟光自潤非關雨，水藻俱馨不獨花」，「光生明月琉璃地，暖勒餘春芍藥天」，「芳草心情淹妓館，梅花時節上僧樓」，皆堪吟玩。

將往琉球留别諸同學

平生滄海心，十載困羈紲。京華緇素衣，策蹇行蹀躞。迫隘思遠游，煩渴成内熱。何當懷抱寬，暫使樊籠脱。琉球東海東，世界隔潮汐。重譯求分符，亦足美皇業。浮查使者星，夙昔故相識。兹行偶然遂，聊用窮溟渤。洪濤割陰陽，中流雲漢没。寒風吹天空，白日大魚出。驚險絶比倫，心胸庶開豁。丈夫不得志，湖海隨播越。野鷗萬里波，生事那可説。觚稜下殘暉，驅馬離魏闕。經過故閭里，重覿舊林樾。親朋欣我至，壺榼自提挈。帆挂浮玉風，屐穿黄鶴雪。十日累千觴，流連不知歇。

歡會無常期，愴焉念離别。夜寒江月落，鷄鳴催曉發。

函谷關

兩山插雲霄，一峰當門户。孤關扼其下，百尺鎸扃固。鷹隼飛却迴，驊騮愁失步。東來盡平衍，至此訝無路。入關途更隘，方軌恐難度。强秦昔恃險，要害於兹據。一夫足嘍啃，九國盡猶豫。由來得地利，天意亦難迕。清時罷泥封，仙氣常紫霧。願受五千言，嵩華躡芒屨。

登萬壽閣望華山

華岳天下奇，巒岫逞百變。三峰矗雲外，兹閣當其面。拱手群帝朝，舒臂巨靈現。落日蒸爲雲，古雪積如練。咫尺青蒼飛，儵忽紅紫眩。其後枕大河，玉帶繞秦甸。混茫銀漢接，一氣誰能辨。平生海山游，絶域迹頻踐。河岳相磅礴，壯觀特未見。安得臨絶頂，南條尋討遍。餐霞忘歸來，泠然御風善。

題畢秋帆同年倚竹圖

人生豈合居無竹，衮衮紅埃使人俗。開圖忽覺寒翠生，滿紙琤琮敲碧玉。萬竿叢雜緣山阿，西轉坡陀臨水曲。赤日不到晝亦陰，清風欲來雲自緑。昔君得意逞馬蹄，共羨長安花看足。千紅萬紫競争春，何似孤根傍茅屋。與君交契托歲寒，柯葉不改凌霜肅。看君玉貌宜公卿，結實會應巢鳳族。翰林官貧朝苦飢，未免佳人在空谷。安得千户同封君，一飽無餘自捫腹。移書急爲問家園，三徑休荒舊松菊。

木芙蓉

蠻方八月猶苦熱，一雨始覺煩暑湔。晚晴推篷有喜色，幽花照水臨清泉。一朵兩朵正殊絶，半開半斂尤嫣然。雨枝翛翛泪猶濕，風葉冉冉鬟疑偏。秋葩雖艷异春卉，别有風韵難爲傳。穠桃俗李逞妖冶，金盤華屋施朱鉛。豈如貧女姱容態，天寒空谷真娟娟。我行萬里飽風露，只有山色爲人妍。辰州已南萬峰秀，浮峰削翠攙青天。未知造化定何意，故置尤物當窮邊。即如此花乃國色，凌波顧

影殊堪憐。仙城不遇丁石主，湘浦并無屈宋搴。山涯海角自榮謝，衹恐香色隨雲烟。黄州海棠亦寂寞，唯與坡老消殘年。

個舊廠

滇中山色半粗醜，草樹稀疏如禿叟。伊誰掃出萬螺青，莫是仙人鳳尾帚。由來此地五金聚，寶氣潤於膏沃首。天晴朱碧耀泥沙，夜静虹霓貫星斗。遠人騖利紛沓至，運甓芟茅安井臼。頓令空谷成市廛，鈴馱駢闐車轂走。朝來萬指事椎鑿，地脉山筋十斷九。洪爐煉冶無休時，時見霏烟散榆柳。豪商大賈裘馬輕，硐户砂丁衣面垢。眼前咫尺分榮枯，何必朱門與蓬牖。却怪山靈不自愛，韞璞藏輝豈難守。故將財貨眩愚蒙，自取鎸劖求擊掊。至人不貪以爲寶，填渠溢岳吾何有。

城南晚步

最愛城南路，無人自往還。孤舟殘雪岸，獨樹夕陽山。黄竹圍池館，紅橋卧水關。戴公招隱處，幽絶未能攀。

八公洞納凉

白雲生古洞，赤日隔林邱。松籟千山雨，泉聲一壑秋。茗香閑自酌，花落坐還流。他日誅茆處，支公爲我留。

舟夜

旅客三更夜，空江萬里天。水涵星不動，帆正月同懸。遠樹攢春薺，平蕪入曉烟。近鄉無限意，倚棹未能眠。

潘曉樓人日招飲北固山下

北固孤峰聳碧天，閑居潘令愛周旋。雲銜晚日穿林外，雪擁晴山落檻前。人事飄零違舊雨，江春蕉萃入新年。酒酣倚劍重吟望，此地興衰倍可憐。

次日豐見城按司携首里諸公子見訪更索新詩再賦

那霸清江接海門，每隨殘照望中原。東風未與歸舟便，北里空銷旅客魂。晝夜華燈舞鸜鵒，三秋荒島狎鯨鯤。他時若話悲歡事，衣上濤痕并酒痕。

閏九日同全周兩册使雨中登涌田崎欲游城岳不果歸憩凴氏園小飲周詩先成即次其韵二首

一雨秋林萬壑幽，使星冠蓋共遨游。未妨公讌頻吹帽，已分重溟不繫舟。五字河梁蘇屬國，經年書記阮陳留。生平不淺登臨興，沾濕還應到上頭。

殊方物候幾回新，猶自衣衫染庾塵。城岳忽迴金齒屐，藍田剛對玉山人。松筠密愛清陰遍，禮法疏緣懶性真。鴻迹醉餘從點黦，他年誰爲拂紅巾。

揚州逢琉球國謝恩使者馬宣哲鄭秉哲留飲舟中述別話舊慨然有作二首

海天誰信此相逢，情話邗溝半夜鐘。萬里秘書歸日本，經年季子聘周宗。月高更酌麻姑酒，麻姑山爲琉球屬島，産酒絶佳。潮響還疑辨岳松。辨岳爲中山最高處，多松柏。別後相思何處寄，瀛波春靜卧魚龍。

流水年華重感歔，隨槎曾向十洲居。映花孌女春鳴瑟，秉燭仙童夜侍書。斷素零縑鴻爪在，紅塵碧海雁音疏。漁竿仍作滄江客，慚愧王門舊曳裾。

小集郭立齋舫樓劉雲峰以種竹後至

霽色流雲亂遠峰，三層樓迴倚高春。青山有約聽殘雨，滄海無端感舊踪。憑檻亟宜持酒賞，耕烟未得荷鋤從。紅牙玉琯填詞處，雲峰工小令。明日應添翠幾重。

送曹素爲令新都素爲余癸未禮闈分校所得士也

馬首春深指綠蕪，江山今古識魚鳧。峰迷白雨千盤峻，棧入青天一綫孤。簾肆有人還待訪，芋田無稅不須輸。微聞父老相傳語，只望文翁再剖符。

倉卒

倉卒征南下碧油，初聞衽席過貔貅。服牛未定輸糧策，縛虎先爲入穴謀。豈料空拳真遇敵，當時一飯勝封侯。星橋火樹張燈夜，羽檄飛馳正未休。

蘭池笠轂舊聲名，一眚何當替孟明。軍政纔聞誅後至，將星忽報落前營。九龍移仗邊風急，雙鶻橫霄塞草平。可惜希文窮塞主，長天落日閉孤城。

贈圖侯益亭時侯以副都統鎮京口

貔貅百隊擁花驄，照耀轅門海日紅。玉牒銀潢九天上，高牙畫戟大江東。右軍龍虎揮毫健，思訓雲山設色工。頻枉旌麾下茅屋，賢侯真有古人風。

寄懷宋小岩兼柬曹竹虛祝芷塘

每向東華散玉珂，相於花下酌紅螺。歐梅自許賢豪聚，蘇李偏教闊别多。棋局居然更甲子，酒壚真是邈山河。何戡解話當年事，謂李桂郎。也與尊前唤奈何。

吴　璜

字芳甸，號鑑南，山陰人。乾隆二十五年進士，官户部主事，發四川，以知州用，殉難。贈巡道。入祀昭忠祠。有《黄琢山房詩鈔》。

《蒲褐山房詩話》：芳甸爲予己卯鄉試所取士，承其尊人樸庭之學，專心吟咏。官户部時，間一二日，必造予談詩。雖冬夕嚴寒，雪花如掌，僕人凍沍，手足皆僵，而芳甸猶堅坐清譚，斷斷不已。後從總督劉君秉恬辦金川糧餉，兵潰，行至登春，戰殁。沈太守清任、蔣編修士銓皆爲作傳。君詩春容莊雅，而才氣自不可遏。句如「門掩梨花經雨瘦，庭深芳草逐愁長」，「孤燈蟋蟀催詩急，疏雨梧桐入夢寒」，「碧雲影斷人何處，黄葉聲寒雨忽來」，「忍寒偶隱烏皮几，感舊頻挑鳳脛燈」，「漫携謝朓驚人句，要和張華《勵志》詩」，「華年忍向閑中度，妙諦都從悟後參」，「夢迴紙帳梅花白，笑檢綈袍草色青」，皆工麗可傳。惜其集出于烽火之餘，未爲全備。

送胡孝廉功甫之雲中

仲秋號盲風，朔氣來絶塞。仰視向南鴻，孤飛不成隊。與君鄉里交，异地始槃敦。談經萃紛綸，論史熟興廢。固宜重簟抽，奚止三舍退。同心肯離居，晨夕願相對。短衣褲褶裝，胡爲遽行邁。莽莽居庸關，屹立度何隘。千仞削谽谺，一綫通茫昧。亂石横亘之，怒落馬頭碎。霜凝夜裂笳，日出曉翻斾。揚鞭問前程，穹廬天四蓋。行逢射雕兒，指點平沙内。飛狐口羃烟，彈琴峽鳴瀨。崒嵂人雲中，劃然開眼界。回瞻向來路，已覺高百倍。暝陰吊戰場，兵革擾前代。京觀築鯨鯢，亭障連烽燧。

殺運久方除，赫聲遠能届。我朝控皇輿，華夷大無外。遂令邊徼靖，撤禦忘要害。壯游托升平，懷古發悲慨。嗟予滯京華，未得連征轡。望遠欲言愁，加餐須自愛。茱萸插重陽，念子登高會。

古劍歌

太倉王孝廉廷和家藏古劍一，是其祖中丞梅冶公撫粤時所購，相傳爲故將某征蠻舊物。龍身虎氣，錚然有聲。上巳日，同人會飲孝廉寓齋，各賦一篇。

空庭白晝風怒號，三尺水捲聞驚濤。雌雄出匣光逼射，鼉文縵理陰陽交。想當初造合時日，金生火剋無差毫。雲螭捧爐雷擊橐，太乙下視潛麿么。千錘百煉鑄始就，陸剸犀象水剸蛟。往者南粤偶梗化，土司雜沓連紅毛。蠻兒彩髀摇箭箙，累載剽掠民奔逃。箐烟羃嶺度敵騎，盲風拍浪掀狂艘。將軍定計擣巢穴，腰領亂刈如蓬蒿。手提此劍鬭哮虎，腥血透染蟠花袍。功成脱佩挂梁柱，猶聞戰鬼聲悲號。中丞兹土昔秉節，千金索購心力勞。摩挲盡日劇不厭，皎若鷴尾滋鵜膏。祖孫再傳遞愛護，入夢仿佛徵三刀。國家承平不廢武，合兵正向皋蘭鏖。會縛谷蠡斬母寡，稽顙貢獻來葡萄。惜哉此劍弃不試，徒佐禊飲親風騷。王郎王郎勸君一斗之濁醪，爲君斫地歌且謡。升沈顯晦縱莫定，豈有神物終藏弢。豐城獄底尚掘取，擅名何况真豪曹。酒闌更静客散座，起看熤熤星辰高。

洛　陽

攬勝中原最，承平氣象閑。河流抱伊闕，岳影護秦關。耕鑿銷金甲，鶯花怨玉顔。離離宫寢盡，惟見北邙山。

仲夏偶成

已齊得喪判秋毫，禪榻茶烟避俗囂。自有詩書爲麯蘖，不嫌門徑長蓬蒿。明珠未肯輕投鵲，古井何曾再起濤。便學盧郎殊不惡，興來痛飲讀《離騷》。

春日樓居

曈曨初日上簾鈎，無數春山翠入樓。多病懶裁《鸚鵡賦》，薄寒還御鷫鷞裘。江梅渺渺懷人遠，芳草凄凄動别愁。更有心情難解釋，潘年未到雪盈頭。余年未二十而雙鬢已斑。

寄懷商丈聯三

耆舊應推第一流，蕭蕭華髮已盈頭。《歸田》早賦張平子，下澤群稱馬少游。蟬噪古槐愁夕照，雁横銀漢寫新秋。枌榆社會知將近，好與鄰翁互獻酬。

和商寶意舅氏移居詩

帝城歲晚忍分攜，擇處蘧廬近市西。伏櫪還存千里志，安巢偶借一枝栖。芳華未必閑中澹，得失都從悟後齊。猶憶校書清切地，柯亭劉井未全迷。

敞門卧雪苦無徒，深巷平填草不蕪。魯酒消寒原易醒，唐花得氣即難枯。長吟鎮日頻摇膝，問字何人競挽鬚。抱得胸中生意滿，虚窗任挂《北風圖》。

立秋前三日步至陶然亭

偶著芒鞋策策行，到來心迹喜雙清。短蘆一帶低如屋，空翠千層遠入城。野曠每留斜照久，地高已覺早凉生。老僧解得登臨意，勸聽殘蟬曳樹聲。

與嚴東有舍人夜話疊前韵

真成雙俊巷中居，密坐圍爐約肯虚。乍接清談頓忘倦，頻來苛禮要全除。春風桃葉隨波長，夜月璚花照影疏。細數平生吟眺地，柝聲已報轉更餘。

檢點青衫泪已乾，論文不改舊酸寒。賞音自昔同心少，對局真慚下手難。舊業可堪荒蠹簡，生涯只合把漁竿。煩君轉語天隨子，翦取吴淞一幅寬。雲間陸蘭坡善畫，時同寓。

題江南杏花春雨圖

吴波如練熨難平，雨後朱霞夾岸生。誰倩邊鸞寫鄉景，十年歸夢又清明。

程之章

字柯坪，仁和人。乾隆二十五年進士，官雲南通判。有《爽籟山房集》。

《蒲褐山房詩話》：柯坪年少工詩，力求排奡。杭編修堇浦謂其「思既深湛，才復警拔，天工人巧，交擅爲用」。傅侍講閬亭謂其「警幽律，扣虚牝，不風而體自輕，非秋而氣已洌」。蓋互相矜賞如此。服官未幾，旋以銅額多虧，幾干頌繫。家既破，而身隨之。文人九命，可爲喟息者也。

銷夏分咏投壺

哨壺本禮經，制肇篠簸作。皃氏易以金，鑄等六州錯。虚中皤腹枵，直外强項削。其上盎口銜，

其下臏足斫。鴰儼熊虎張，矢備柘棘拓。簫材榦尤美，尖鋭霜淬鍔。錫名仍僕鐔，參製謝𥔲鐓。賓筵揖阼升，司射奉中度。堂室庭异宜，旦晚旰殊托。締視拾投始〔一〕，進止必以恪。審固心手調，省括盈縮酌。一控一縱然，再接再厲各。或撥觸蛇驚，或奮迅龍躍。或既往復還，或欲前轉却。或挺若植竿，或横如秉籥。或巧并穿楊，或易過委蘀。洞胸詫積雄，貫耳懾餘虐。鋭前楚札堅，怯後魯縞弱。嗤蹋踘輕儇，勝丸劍揮霍。鏗鋐投石籖，颭搨戰風鐸。頃之貍奏終，執算謹錯愕。頓釋兩軍嚴，還東三章約。驍者慶馬從，劣者引觴醵。偶中詞何謙，幾敗語非謔。古人重游藝，能事擅祭郭。賦推元淑工，銘詡九齡博。上官昔著經，司馬曾更格。不惟攝威儀，且以袪炎熇。奈何末俗偷，鮮解雅歌樂。閑呼師本盧，慣效烏曹簙。牧奴有前言，哂爾徒業惡。

【校勘記】

〔一〕「締」，當作「諦」。

秋日陪鄭晴湖先生泛湖憩蕉石山房同作

秋禽警皋露，幽意喚游客。一棹弭湖漘，寥天劃層碧。閑穿葭菼叢，冷逼鳧鷖宅。因緣步崇崗，脱葉喧筍屐。闌迴磴道牢，磵澀蘚痕積。絶頂豁吟眸，齋舫六柱闢。彎環鏁長堤，崱屴挺奇石。葉

葉皺螺濃，棱棱帚竹瘠。松風激澄潭，瑶席湛盈尺。寂坐俗耳砭，萬籟矧蕭槭。子春山海情，中散烟霞迹。并入斜陽鈴，塔影壓峰脊。

吴山忠清祠

第一峰頂摩烟霄，蟻行詰屈蟠林梢。何年金碧闢靈宇，榜顔英衛雲日昭。惟公忠烈難覼指，不獨吴市佯吹簫。争桑釁已釀蠶妾，劈炙禍更延王僚。屠潜伐六父讎雪，鞭尸未許紛譏嘲。夫差未造啓越寇〔一〕，石田安得抽嘉苗。蛇門竟忘雙指痛，鼠壁復厭苦口嘵。彼哉么麼白氏子，鷹視虎步讒中刀。夸光妖女蠱君側，綺羅緑黛春風嬌。屬鏤鋒淬碧血鏽，鴟尼哀怨同楚騷。遠追龍比披赤膽，近挾宰種揚靈濤。素車白馬日再至，陽侯擺舞風蕭蕭。羅刹之水凡三折，赭龕夾峙翻鼉蛟。有鹹有腥有滑腯，居民往往愁漂摇。公靈在天力捍障，沙堤詎數鐵幢牢。漢唐以來重神惠，流傳俎豆非一朝。大中祥符禮更盛，蘇王撰祝揮霜毫。即今安瀾慶環堵，祠官蠲潔升酭椒。我來雨過萬峰翠，松楸蔭日森堂坳。抉目東門事如昨，懷古翻令中心怓。詩成酹酒緬餘烈，胥江浩浩胥山高。

【校勘記】

〔一〕「未」，當作「末」。

季弟之式以法製鮮荔枝見餉走筆答之

江鄉六月蒸炎熇，悶思酌水翻天瓢。浮沉瓜果苦無味，忽見離支百顆筠籃抛。我聞閩粤之地産最饒，丹砂作袂瓊作膏。君謨舊譜三十二，陳紫江緑嘉名標。泉州藍紅第其次，重之不啻綬山桃。虎皮蚶殼及龍爪，餘者一一甘投醪。子午谷口紀唐貢，馬馱車載同包茅。一日二日色香變，按圖令我心中怭。安得越溪度嶺緑榕陰底住，興酣啖遍丹山椒。伊誰分餉及老饕，惠連吾季人中豪。風前笑解絳羅袖，珠顆滴滴新辭條。非以鹹製非蜜漬，方法豈類人間操。我饞對此叫奇絶，得毋紅塵一騎争騰超。亟呼我盞潔我庖，侑以松花之釀杬皮肴。一嚼宿酲醒，再嚼殘暑銷。芳甘沁齒冰雪冷，怳若金莖曉露零三霄。枯腸那用醍醐澆，楊梅盧橘詎爾曹。吾欲爲爾賦，惜無曲江巨手揮宣毫。吾欲爲爾畫，又無元瑜妙墨霏生綃。投贈例有瓊玖報，長物何在虞嘰嘲。哦詩答君君勿哂，請當漢錦十幅裁蒲陶。

寄懷横塘胡二朗汀

東郭幽人宅，桑陰畫掩門〔一〕。停雲低列嶂，落日淡孤村。野闊移帆影，橋平壓漲痕。定知吟興劇，叉手對籬根。

避世墻東客，耽吟洛下生。芸房抄术序，水艇狎鷗盟。風定釣絲直，雨餘竹簟清。臯亭山色好，涼翠撲簾旌。

【校勘記】

〔一〕「晝」，當作「畫」。

齋居漫興

分無鑾觸擾閑踪，趺宕圖書興尚濃。行葯偶穿深巷屐，尋僧時趁隔湖鐘。石排甲乙苔斑瘦，魚戲庚辛水影重。養就天慵聊自遣，何因薄技試屠龍。

登吳山尋青衣洞同丁大健

春山幾摺葛蘿捫，洞口青衣迹尚存。石扇迎風醒鶴夢，砂床過雨争苔痕。探書定有靈威守，采藥誰從抱朴論。鐵篴一聲仙籟杳，隔江岩壑夕烟屯。

南湖即事

參覃夏木徑斜通，玉照堂空剩釣筒。小試竹爐烹雪乳，水亭消受白荷風。

題方三塘探梅圖

消息枝頭一綫春，鴨頭新漲碧粼粼。酒寒夢醒江南路，知有月明林下人。

吴楷

字景儒，江陰人。乾隆二十五年進士，官騰越知州。有《退圃集》。

《蒲褐山房詩話》：乾隆戊子、己丑間，緬甸因蠻暮木邦土司内附，侵犯邊境，屢討未克，乃命忠勇富察公爲經略，率兩副將軍討之。惟時滿漢官兵，徵調數萬，又有吉林、福建水師，造舟下南大金江，軍實所資，動須百萬。君以一知州搘柱其間，供億浩繁，無不咄嗟立辦。督撫倚藉如左右手，軍帥皆器其才。師既罷，將薦於朝，而君以積勞成疾，乞歸，不數年而卒。時論惜之。詩非專長，然匆遽中援毫立就，亦多清雅可觀。

楊林驛

古驛楊林路，重來十六年。斷雲村口寺，殘雨海中船。滇中水之大者，皆稱爲海。歸計憐雙鬢，秋懷共一天。匆匆冠蓋集，使節又臨邊。

珠湖望月

清泠月色到湖邊，瞥見他鄉分外妍。是處青山連郡郭，幾聲柔櫓出江船。風和不覺波光動，酒醒應慚客思牽。此夜此懷誰可訴，卧聽流水響潺湲。

乘風過岳陽樓不及一登感賦

岳陽城郭枕寒流，天下江山第一樓。雙鬢遠携蒼洱雪，三年老傍洞庭秋。雲烟每向忙中錯，筋力都於懶處休。後樂先憂懷往哲，臨風笑我逐浮鷗。

侯朝宗有媚香書畫之章中鐫俠骨棱棱四字吕素園爲詩以志即用其秋字韵

壯悔堂開傍畫樓，印章零落有人收。柔情小住秦淮月，俠骨争高梁苑秋。北里桃花歸樂府，南

都金粉剩風流。如今又得佳公子，大阮詩篇與唱酬。

謝啓昆

字藴山，號蘇潭，南康人。乾隆二十五年進士，官至廣西巡撫。有《樹經堂詩集》。

《蒲褐山房詩話》：藴山爲覃溪少卿入室弟子，篤信師説，故宦轍所至，留心著撰。在京口、邗江，遇古迹，題咏而表章之。又得秋帆制軍《史籍考》未全之本，補綴成書，凡若干卷。至桂林，作《粤西金石志》，與覃溪《粤東金石志》并行。又招縣丞王尚珏孝廉、方正胡虔等修《廣西通志》，微顯闡幽，搜羅博洽。爲詩不名一家，而詳于咏史，足資後來考證。

台州勘灾紀事

嘉慶二載秋七月，耿耿銀河出復没。牛女之次台階旁，有風鼓自土囊穴。初從大塊發噫氣，旋翻圓嶠鬱蓬勃。舸艦如山浸黑洋，魚龍奮鬣驕白日。飛廉布陳嗚喧豗，天瓢覆雨灑倉猝。排山萬馬驅潮來，嘉禾盡偃木斯拔。保抱携持遺老稚，鬼哭啾啾及枯骨。豈惟茅茨捲三重，但見屋瓦飄百室。

向温溪折。是日大汛，而温州潮不到，因上游泛溢勢阻也。日臨日黄太與寧，沿海居民遭蕩析。怒聲幸逢孤嶼止，猛勢不牢盆失利空白波，竈户無炊剩黔突。太守飛牒告大吏，敷奏于帝語皆實。我職旬宣亟命駕，星言不辭道路躓。周巡回浦歷章安，甌國村墟一覽畢。其人樸儉安耕漁，其俗峭厲尚剛烈。爰頒帑藏載後車，分遣掾屬勤撫恤。萬間未暇庇廣厦，一椽可補當慈筏。載以舟楫資糗餌，要使軀命得生活。烏葬火瘞非常經，掩骼埋胔用仁術。耕不餘三民乃咨，徵緩其一政有秩。去秋此地亦風災，秔稻尚未被漂泊。今歲西成已失望，未可拘牽泥一律。方今聖人大澤施，勿使方隅一夫失。租賦屢荷蠲萬億，粟帛況又頒毫氂。太倉有積因陳陳，升斗何曾計屑屑。海壖地瘠鮮蓋藏，民生苦窳謀竭蹶。上則下則有等差，民田蕩田豈區别。我慚膏雨歌黍苗，忍令斥鹵納穗秸。祇宣上德布仁風，匪博群黎誦生佛。澤中鴻雁集無哀，海上萑苻殲可必。

水碓

累石截飛濤，機心學桔槔。米舂雲子白，水激月輪高。鴉軋聲相亂，循環柄自操。回思荆布室，相杵太劬勞。

過姚江懷王文成兼題遺像二首

指揮文吏靖風烟，蓋世經綸達變權。南斗一星扶北極，西江隻手障東川。公有造于我邦甚鉅。陽明洞室談經啓，廬岳碑文紀績鐫。撼樹蚍蜉成底事，勾餘俎豆且綿綿。

都堂忠信感貂璫，蜚語無端構豹房。講學生徒懷偉略，銜枚號令定岩疆。龍場謫處居何陋，先生謫龍場驛丞，築何陋居。鯨海功成讓未遑。宴坐九華無一事，雲中冠佩尚飛揚。先生生日，有雲中之異。

桐廬舟次口占是日爲余六十開一生辰兼柬沈磐谷

舒灘過盡又洋灘，我似鮎魚上竹竿。舟小路紆行自得，飽看嵐色當朝餐。

晚年哀緒不堪論，怕觸絲桐憶彩雲。時妾鄭氏已亡。貽我延齡丹五色，定須訪道問桐君。桐廬以桐君山得名。

一周花甲從頭數，此後光陰立脚難。晚節吟詩同沈約，西風人瘦菊叢寒。

到處題名翠壁間，家風賢守六朝山。年來無復西堂夢，池草經霜兩鬢斑。舍弟砥山去世已三年矣。

永　嘉

錢受穀

字黄子，秀水人。乾隆二十二年召試，賜内閣中書，二十五年，成進士。官雲南迤東道。有《燕貽堂詩稿》。

《蒲褐山房詩話》：黄子尊人爲阿文成公受業師，亡於京邸，黄子方弱冠，扶柩以歸。家極貧，從其姊夫沈編修昌宇于湖北學幕，亦皆徒步往來。既由召試入中書，成進士，授庶常，改户部，悉心核算，人謂幹才。及觀察滇南，軍需旁午，凡有勞苦，必身任之，而操守清潔，不肯絲毫苟得，雖屋宇卑陋，飲食粗糲，不恤也。少時讀書，務爲絶俗。在滇南時，每至五更夢醒，輒取昔時所誦如《治安書》、《天人策》、徐孝穆《與楊愔書》、庾子山《哀江南賦》、劉蕡《對策》、杜牧《論兵》諸大篇，蹋壁温之，盡一篇乃已。奴隸驚起。余輩深愧不如。

秋日戲簡蘭泉璞函次韵

書生敢望弓車錫，潦倒長年空四壁。一朝落筆戰堵墻，紙窮聲響如霹靂。沙場歸後更從軍，僕射如兄應感激。自慚典午非長才，豈有奇謀獻深羃。九隆戱屋笑放衙，似水蘧廬正幽寂。無心服散瘴自消，有術醫民方早覓。鑾城時雨兆歲豐，蓄耳秋宵聽郊笛。可憐此樂吾最知，久與邊氓共休戚。呼童且脱豪猪靴，衣上征埃自湔滌。平生禪悦抵八珍，鹵饌南烹總堪吃。前身要是行脚僧，日日勞形轉安適。雲間好友今詩豪，并舍高吟不常覿。惟當一醉慰天涯，昨夜糟床濃乳滴。潑醅轟飲張吾軍，拇戰猶能萬人敵。

蘭泉四叠前韵見贈作此奉答

四叠新詩百朋錫，掉臂行空臨絶壁。知音况乃遇中郎，爨下琴材如霹靂。高張古調易慨慷，促柱危弦自悲激。天南風景秋最佳，片段凉雲砑輕羃。軍書暫輟幕府閑，一室跏趺坐禪寂。宰官衲子互輪回，合眼前身定堪覓。侵曉哦詩暮誦經，那有閑情到箏笛。與君不獨稱同年，過江婚宦皆世戚。

君工磨盾我轉輪，共佩青萍雪霜滌。頻年戰伐緬田荒，飽飯何人充口吃。飄零四野走纏頭，不款天朝更誰適。去歲夷奴君眼看，朝琛未獻争私覿。檻獸應知勢厄窮，涸鮒終望濡涓滴。詩成寄君君合嗤，豈有書生能料敵。

四疊前韵答璞函

角陣吟箋煩載錫，尺幅珠光射東壁。捲藏且自防六丁，掣取應愁騰霹靂。君詩本是廣長舌，萬疊豪波中蕩激。又如無形之丹青，妙幰高懸揭簾冪。我生失學緣簿書，廢井無瀾自枯寂。雲山樂志儻可期，談笑封侯幾時覓。低頭只拜趙倚樓，好句聯翩賦長笛。蠻鄉秋早生暮凉，何事無悰獨憂戚。與君屈指話洗兵，瞥眼西風場圃滌。土司城外萬黄雲，長腰香稻流匙吃。是時元戎奉詔還，君去蒲輪頗安適。下車一揖多故人，冠蓋京華盡來覿。兩年草檄氣尚豪，洒硯先催墨池滴。落筆中書四座驚，集賢學士無人敵。

桐城道中

桐鄉小邑清如畫，雨後諸峰緑漸齊。挑菜兒童山上下，采茶女伴崦東西。一叢柳浪催歸語，十里桑陰布穀啼。春晚江南好風物，悔教身世自栖栖。

憶三塘二首

蠣殼窗明射緑波，蟳頭小舫滿官河。幾年藏酒三塘路，醉聽吴娘鴨子歌。

蕙草香薰一道清，春風簾額問三生。朱樓白塔相望處，别有傷心畫不成。

王曾翼

字敬之，號芍坡，吴江人。乾隆二十五年進士，官至甘凉道。有《居易堂詩集》。

《蒲褐山房詩話》：芍坡不以詩名，而諸體皆工，無慚作者。如《苦雨》云：「長埒何時堪躍馬，深

林昨晚又鳴鳩。」《籃輿》云：「浪暄危峽千堆雪，香裊幽花一片紅。」《謁楊忠愍公祠》云：「誤國何人開馬市，孤忠獨見觸龍鱗。」《初度》云：「前程底用占靈策，歸計惟應理釣竿。」皆名家句也。

曉行過河入峽

鷄鳴人乍起，草草理征轄。出門聞水聲，斷岸少津筏。馬嘶人語沸，燈火互明滅。百夫承肩輿，亂流儼飛越。昨度廣樓河，洶涌百丈闊。回頭有餘悸，到此增懔冽。絶澗幸已過，連山復相接。微茫一綫走，合沓千峰插。履險多凌兢，縋幽愈縈折。披裘增曉寒，秋風吹颯颯。想見山中人，不知有六月。昔讀少陵詩，秦州咏寒峽。此間毋乃是，疑有太古雪。從來行路難，浩嘆同一轍。

過洋縣

幼讀東坡詩，夢入篔簹谷。朅來古洋州，不見一竿緑。漢南風景好，此地更清淑。連畦秀粳稻，叠嶺森嘉木。略彴度迴溪，飛流戛鳴玉。孤村四五家，松下結茅屋。愛此劇瀟灑，欣然思卜築。不愁食無魚，但惜居無竹。緬昔清貧守，燒笋佐肴簌。千畝在胸中，千尋掃尺幅。高風詎可攀，到今仰

芳躅。邇日宦途人，怕瘦不嫌俗。欲尋噴飯處，佳話竟誰續。

游鳳翔東湖謁坡公祠

坡仙身自有仙骨，偶辭絳闕游塵凡。對策彤廷儲作相，剖符來試岐州監。扶風古郡富故迹〔一〕，飲鳳池頭開鏡函。蘭橈頻此泛鷗波，輕風拂拂吹春衫。八觀詩出人争誦，山川景物供鐫鑱。名流所到洵不俗，耆好迥自殊酸鹹。七百年來湮勝迹，尚留篇什貞珉劖。滄桑歷劫此湖在〔二〕，玻璃百頃澄波涵。後來太守亦好事，芙蕖遍植茭葑芟。四面軒窗看倒影，漁磯恰向波心嵌。曲岸疏花倚叢篠，長堤緑柳間青杉。東西旱舫儼相對，臨流似欲張蒲帆。我來正值暮秋節〔三〕，葭蒼露白霜飆嚴。宛在亭邊一凭眺，南山晴翠浮巉巉〔四〕。肅拜祠堂識遺像，角巾鶴氅携瑶緘〔五〕。惟公大節炳千古，忠愛不避宵小讒。宦游到處輒選勝，蒼苔碧蘚留冰銜。東湖雖不比杭潁〔六〕，藉公名字輝林岩。撫景懷賢三嘆息〔七〕，吟魂何處招巫咸〔八〕。

【校勘記】

〔一〕「故」，《居易堂詩集·吟鞭剩稿上》作「古」。

〔二〕「在」，《居易堂詩集·吟鞭剩稿上》作「存」。

〔三〕「節」，《居易堂詩集·吟鞭剩稿上》作「天」。
〔四〕「巉巉」，《居易堂詩集·吟鞭剩稿上》作「碧巉」。
〔五〕「携」，《居易堂詩集·吟鞭剩稿上》作「手」。
〔六〕「杭潁」，《居易堂詩集·吟鞭剩稿上》作「西湖」。
〔七〕「景懷賢三」，底本漫漶，據《居易堂詩集·吟鞭剩稿上》補。
〔八〕「巫咸」，底本漫漶，據《居易堂詩集·吟鞭剩稿上》補。

漢陰舊縣

合沓荒山裏，孤城倚薜蘿。封疆秦地闊，井邑楚人多。興安一郡，大半湖廣人。短犢眠青隴，閑鷗泛碧波。息機吾已早，庶免丈人訶。

過紫柏山有廟云留侯辟穀處

夫子真人杰，蕭韓詎足儔。偶來扶漢鼎，終竟報秦讎。借箸無遺策，藏弓有覆輈。寓言聊辟穀，

誰見赤松游。

甲辰紀事

築堡何年事，俄聞據石峰。穴深容聚蟻，山險接盤龍。底店稱同逆，芽溝起竄凶。一波方未静，三孽更相從。

深入孤軍陷，將軍竟死綏。出奇功自許，輕敵悔偏遲。警報中宵急，訛言衆志疑。大兵觀壁上，猶自執冰嬉。

嵎負聊延喘，重壕密塹迴。枯山無汲道，飛炮有轟雷。勢已如冰解，崩應厥角摧。游魂彌膽落，秉鉞相公來。

十縣傷殘後，村烟斷曉炊。招徠仗循吏，蠲賑荷鴻慈。室毁田疇在，人歸刈穫遲。頻煩宵旰慮，西顧問瘡痍。

鷄頭關

山城高接棧雲秋，昨夜西風落葉稠。絶磴幾千縈鳥迹，雄關第一數鷄頭。中原龍戰爭秦塞，蜀道騾綱走劍州。自此南至劍閣爲蜀棧，北至寶鷄爲秦棧。一冒垂堂心膽怯，懸崖百尺瞰飛流。

曉過新豐

驪山迴望鬱葱蘢，古道陰盤復向東。此日枌榆非故社，當年鷄犬識新豐。寒容慘淡凝微雪，先一日雪。市語喧闐逐曉風。曾憶五年前過此，梨花幾樹雨濛濛。

出嘉峪關

酒泉西去陟崔嵬，嶺上雄關四扇開。萬里風雲通雁塞，九邊鎖鑰扼龍堆。沙飛漠漠分中外，磧度重重怯往回。正擬旋鑣俄發軔，瓜州迤北近輪臺。本隨制府赴惠回堡勘灾，嗣有旨，順往巴里坤查勘屯田事

宜。計過哈密，尚有四程，距烏魯木齊止數日程耳。

關門候吏劇殷勤，記在西凉識使君。建節前塵徒爾爾，弃繻壯志漫云云。征鴻豈認沾泥絮，游騎聊隨出塞雲。莫向長途説辛苦，去年此日正從軍。

喀什噶爾

當年掃穴奏膚功，向化爭來譯幾重。城聳徠寧歸禹服，山連拔達盡堯封。舊係兩和卓木之地，乾隆二十四年，掃穴犁庭，逆酋授首，自拔達克山以內，咸入版圖。木棉遍野人能織，粳稻堆場馬解春。掘地爲坎，布穀其中，馬牛雜踹之。誰識遐荒成樂土，萬年感戴聖恩醲。

風聞一紙漫傳疑，入告倉皇事可嗤。誰向破巢尋卵翼，肯隨遺孽弄潢池。晏起、伯爾克、薩木薩爾三酋遠竄多年，誰與同惡？乃忽傳烏合，此事所必無也。楚囚并自無三户，漢將何煩遣貳師。今日訛言果冰釋，九重睿鑒早先知。

自題辛丑蘭州紀事詩後

洮河南下接金城，赤子潢池竟弄兵。談虎今宵猶色變，燃犀前事極心驚。熟窺全局分功過，細

讀新詩識姓名。豈但籌邊添白髮，磨崖從古仗書生。

時平當局事恬嬉，變起蒼黄蔓易滋。搏兔固須全力赴，亡羊深惜補牢遲。杜公《諸將》真詩史，裴相平淮有頌碑。山鬼國殤都入咏，那禁展卷泪交頤。

裘　麟

字超然，新建人。乾隆二十五年進士，官編修。

游盤山千相寺

路轉東峰近，紆迴磴道循。出山雲送客，入徑鳥驚人。地愜烟蘿性，身無泉石親。悠然三嘆息，過此便紅塵。

湖海詩傳卷二十三

吴泰來

字企晋，號竹嶼，長洲人。乾隆二十五年進士，二十七年召試，賜内閣中書。有《净名軒集》。

《蒲褐山房詩話》：企晋襟期清曠，意致蕭閑，咸謂東晋許元度、劉真長之比。少中副車，選校官，俯仰仕途，非其好也。特以松滋山水之佳，勾留竟歲，旋以病歸。其大父吉安太守銓，歸築遂初園於木瀆，雲林杳靄，花葯參差，有柳堤鶯囀、竹溪烟雨、平橋夏漲、爽臺秋月、古堂晚香、莎村觀刈、松門夕照、松閣聽濤、岩東霽雪諸勝。其尊人用儀復購書數萬卷於其中，多宋元善本。遂與江浙諸名士，流連觴咏。座無俗客，惟李布衣果、惠徵君棟、王光禄鳴盛、錢詹事大昕、曹學士仁虎、趙少卿文哲、張舍人熙純、朱明經方靄、上舍昂、凌孝廉應增、汪員外棣，張崗、沙維杓兩布衣及名僧逸雲、念亭，畫師則王存素，琴師則周紫芝，皆一時之選也。如是十餘年。後雖成進士，以召試賜中書，而少

無宦情，壯而彌甚。東南人士，望之如仙。既而兄弟争析産，出藏書而貨之，并售其園。於是同年畢公沅招主關中書院，携家而往。後又隨至開封，年六十餘而卒。企晋才情明秀，尤嗜徵君所注《精華録訓纂》，故作詩大指，一本漁洋。吴中數十年來，自歸愚宗伯外，無能分手抗行者。中年自定其詩十卷爲《硯山堂集》，徵君序之。餘稿皆藏於家。予與訂交將及四紀，向所同游者零落殆盡，金谷、玉山之雅集，不可復得。今取其詩而吟諷之，不啻山陽之笛矣。

十八盤

蒼崖破天根，壁立生萬象。丹梯垂鐵鎖，猿鳥不敢傍。天闕鬱嵯峨，風雲日摩蕩。仰穿但壁削，俯視驚漭瀁。孤松倒千尋，夭矯忽奔放。飛泉劈陰崖，石角皆怒向。凌虚步彌跼，造極神乃王。冥思真宰理，雕鏤窮异狀。遐哉七十君，靈迹空想像。云亭尚崔嵬，簡册應淪喪。吾將采瓊蕤，高卧觀叠嶂。

虎山夜泊

月白江氣寒，秋波澹容與。征帆投遠村，哀雁尋荒渚。惟見打魚人，隱隱烟中語。

月夜遲過湘雲不至

皓月映池水，竹柏生清寒。幽人何時至，悵望孤雲端。蘭蕙亦已歇，羅幕驚秋殘。舞瑟感幽獨，永夕起長嘆。

西齋夜宿有懷朱孔林

木末斂餘照，宿鳥投深烟。寒山上微月，流影西齋前。竹柏稍掩映，池塘人悄然。翛寥感晨風，淅瀝聞幽泉。良宵復何爲，寤嘆懷前賢。遥知掩關者，高咏《南華》篇。

天井灘

五里聞灘聲，驚雷聒晴晝。行人戒戙楫，欲往不敢驟。夤緣涉葭葦，倏忽抵岩竇。洪濤傾山來，萬竅各奔湊。仰窺若建瓴，直上比縣溜。石如痴龍蟠，水作外蛇鬥。中流入盤渦，震蕩幾致覆。馮夸憫其勞，靈風幸相佑。千摇遂出谷，迴波帶清漚。長年顔始開，鄰榜曲已奏。迴思踏奇險，失足那可救。停橈一長思，久客悲老瘦。

皮　篷

千山路盤紆，一徑行屈曲。疏鐘杳然至，隔水見茅屋。扣關聞經聲，入院但喬木。廣除沐新雨，春草芳更緑。道人頗忘機，深山伴麋鹿。手持貝葉書，招我松下讀。會心在雲林，真賞愜幽獨。長林暝色來，人語雜樵牧。歸路沿溪聲，泠泠出空谷。

四宜堂玩月

夜静群籟息，松門起疏烟。寒鐘響崖谷，月出山蒼然。清暉映庭際，水石皆澄鮮。遠火照深樹，流雲澹遥天。平生素心侶，塵綱欣齊捐。逍遥永今夕，試鼓風中弦。

游隘口諸山作

群山争岭岈，路入土囊口。雲影移東西，峰勢轉前後。兩崖逼天光，中斷若杵臼。奔騰春湍豪，突兀青壁陡。野人愛巢居，鑿翠開户牖。山田錯棋枰，溪石碎星斗。長松架短壑，下有飢蛟守。林昏怪鳥啼，日落驚麏走。暗谷明雜花，清渠帶疏柳。錯疑仇池穴，此地通小酉。平生山水興，絶景遇非偶。哀猿唤離心，欲去更搔首。願言隱浯溪，踪迹同漫叟。

早春山居張崑南沙斗初朱適庭黄永夫王德甫錢曉徵曹來殷杜過草堂留宿

屏迹還舊山，柴門謝賓客。空林恣偃蹇，樂意在泉石。春至草木繁，微雨杏花坼。東臯農事起，荷鋤行阡陌。一笑逢故人，握手破岑寂。啼鳥思舊侶，停雲感陳迹。相遇敦古歡，剪燈話疇昔。池月松際來，竹露衣上滴。偶揮嵇生琴，復蠟阮公屐。明當追良辰，嘯傲倚青壁。

湖樓曉起

白雲不歸山，化作湖中雨。曉景極空濛，離離辨洲渚。鳴榔稍欲散，水禽相與語。高樓忍春寒，坐對西泠浦。幽興不可窮，烟中羨漁父。

對雪獨坐有懷

同袍各雨散，苔徑無行迹。微雪被階除，空齋坐岑寂。希聲静始領，寒色陰逾積。凍鳥不聞喧，風竹稍淅瀝。餘香散幽幌，遠漏沉遥夕。悠悠千里心，誰是山陰客。

斑竹嶺

連山如奔濤，高下入蒼靄。潛行因谷底，直上俯鰲背。鎸鏟翠屏列，㞦岃青壁對。路盡峰始迴，潭空水交會。萬竹蒙崇岡，錯磨天影碎。陰厓臨大壑，神物想狡獪。噴沫驚蛟涎，藏形駭龍蜕。虬枝走長根，童童掩車蓋。何人架岩屋，檐楹割蒼黛。羈心厭津梁，投迹遠湫隘。穴知仇池近，洞喜桃源大。山月忽照人，悲風戛群籟。幽探厲前踪，獨往符勝概。明當攬芙蓉，聳身凌霚靆。

晚坐法螺徑待月夜歸作

凉風歇鳴蜩，烟靄山欲暮。暝色隨孤笻，沿溪信微步。不知西峰陰，竹月已流素。青林深幾重，暗泉自奔赴。經聲隔翠微，僧房杳何處。歸來坐盤石，葛衣灑清露。夜深蘿徑寒，時見流螢度。

沙孤堆舟行閣淺感賦十八韵

潞水多廢閘，淤泥積深窪。横亘類洲渚，波面迷三叉。扁舟之字行，往往膠於沙。篙師競邪許，揮汗到日斜。摇兀不自由，推挽争諠嘩。有如仄行蟹，俄作倒退蛇。開頭若旋磨，荇帶相牽拏。來船乘長風，時送回帆撾。咫尺判遲速，物理何參差。我今溯歸程，捷徑非所誇。終朝對葭葦，隨意撈魚蝦。長征豈不快，小住亦復佳。世兒矜疾走，倏忽騰天涯。豈知吕梁險，積石如莫耶。不有忠信軀，失足空驚嗟。水行雖淹滯，早暮吟雲霞。跛鱉自云樂，不羡追風騧。誰能脱韁鎖，共此不繫查。

送過湘雲之松陵

春風楊柳堤，細雨蘼蕪路。扁舟五湖口，遥指松陵樹。烟波下長川，孤帆渺何處。不知蒓鱸鄉，漁師幾家住。三高祠前春水深，垂虹橋外夕陽沉。君今短棹唱歌去，予亦迢迢烟水心。

林屋洞歌

左神古洞幽且虚，金庭玉柱惟神居。丙門暘谷連屋閭，洞口仰窺如覆盂。蛇行百步猶崎嶇，陰氣晦昧慘不愉。石乳巧詭誰所鏤，林立玉笏翹犀株。神瀵噴礴成沮洳，雪色蝙蝠蒼鼱鼩。飛鳴跳擲猿猱狙，我來欲進仍趦趄。腰懸辟邪金虎符，火鈴照耀前後驅。走避罔兩潛夔魖，豁然中開八奥隔。銀房一曲窈而迂，隔凡之字青模糊。天章雲篆不可摹，石壇上接天帝都。帝觴百神於此俱，撞鐘擊鼓吹笙竽。緑毛仙人來徐徐，青童倏忽馳飈車。乖龍日暮銜明珠，神光迴合群靈趨。吁嗟此地洵可娱，仙源地肺交縈紆。東通海岱西荆巫，雲氣直達巴陵湖。洪濤隱隱翻軸轤，仙人几席羅方壺。平生蕭然山澤臞，崑崙弱水應可逾。置身塵垢徒區區。石床苔蘚宜掃除，願留此中讀禹書。

吴越王廟

异人初起天目峰，金戈百戰揮群龍。羅平妖鳥一朝盡，峨峨王業錢塘宫。紇干山頭凍雀死，碭山小民作天子。丹書鐵券渡江來，尚父空名真足耻。惜哉不用羅江東，交臂事賊非英雄。子孫相承六十載，落人掌握何匆匆。當年萬弩射濤處，鐵幢高聳樟亭路。英姿颯爽已千年，至今吴越蒙安堵。吴越江山總寂寥，錢塘宫闕草蕭蕭。荒碑猶立表忠觀，古祠空對浙江潮。潮生潮落悲今古，運去時來何足數。一聲白雁下江南，臨安又作降王土。

將游黄山前一日宗人湛若携黄海圖見示漫題長句

先生昔隱天都峰，彩鸞黄鵠紛相從。醉上丹臺弄星漢，一聲長嘯驚洪濛。朅來人間玩朝市，桑田滄海觀匆匆。芒鞋萬里探靈笈，金箱五岳圖真容。五丁斧斤巨靈掌，驅來筆底真神工。化人樓臺倚空碧，晴天照耀金芙蓉。蓮花石笋勢雄峙，中有雲氣噴長虹。銀河倒流萬仞峡，海門日射玻璃紅。松根老人妙點綴，丰格似是浮邱翁。緣知坐卧三百日，羅此萬態蟠心胸。我來獨宿碧溪口，對之夢

落軒轅宫。紫袍仙人九節筇，朱幡前導雙玉童。貽我劍佩蒼精龍，丹泉石髓尋可逢。覺時已是换凡骨，徑思鶴背超天風。平生當著幾兩屐，忍令絶景淪虚空。捲圖大笑出門去，明朝高卧蒲團松。蒲團松在平天矼，其上可容坐卧。

卧龍松歌

長松捲地如卧龍，鱗而爪鬣蟠虚空。虬枝偃蹇二千尺，古榦倔僵無春容。根纏古藤走奇壁，苔作霜皮石爲骨。忽然昂頭出碧霄，下瞰蒼崖萬重裂。清風謖謖當晝來，交柯接葉高崔嵬。山猿野鶴助長嘯，怒濤晴捲青天雷。或云其下藏魍魎，大壑陰霾氣凄愴。或云此下流金精，千年琥珀龜蛇形。仙人夜過餐五粒，月明仿佛吹鸞笙。我思此山奇秀甲海内，浮邱容成昔高會。得無軒皇遺手種，長令空山閲人代。雨露潛滋元氣長，鬼神呵護靈根在。客來婆娑三嘆息。此樹人間應難得。他年汗漫訪天都，只恐神龍去無迹。

登閣觀水漲和沙斗初

闌風伏雨昏復朝，鵓鳩喚婦沙鷄號。小樓獨宿烟霧裏，卧聞百谷生波濤。輥雷濺雪不可禦，但訝衆水喧璈嘈。河魚大上水入市，天意亦助黿鼉驕。烟沉萬瓦晝寂寂，雲壓獨樹風蕭蕭。何人山根架水檻，有客野岸尋漁舠。滄溟咫尺入圖畫，水光雲影紛周遭。忽思吾廬在何處，靈崖山畔香溪坳。菱湖晴漲三萬頃，芙蓉七十波中摇。笭箵隨意挂烟雨，水村沙户相招邀。采蒓剥芡四時足，棹歌一曲青天高。江山如此不歸去，自甘形役徒心勞。髯翁髯翁詩酒豪，不須相對吟牢騷。水雲千里江南夢，黄帽同携青竹篙。

題王德甫三泖漁莊圖〔一〕

幽居圓泖烟水横，九峰一髪遥天青。高人移家入圖畫，菰蘆深隱門常扃。平生讀書破萬卷，興酣落筆摧堅城。湘江雨暗鼓瑶瑟，緱嶺月白吹鸞笙。清詞琳瑯叶風雅，會須揚藻摩天庭。何爲抑鬱作窮士，樵兄漁弟尋閑盟。君言草堂有佳趣，吴淞百里波紋平。小橋遥隔蝦菜市，迴溪近接鳧鷖涇。

枳籬宛轉護門巷，蘆簾紙閣風泠泠。松聲滿院鶴唳起，竹影倒地茶鐺鳴。據梧隱几人事絶，時有沙户相逢迎。鈎簾遥瞰澱山麓，釣篷移處斜陽明。風荷千柄響秋雨，沙鷺一足翹涼汀。此中嘯傲足永日，夜窗燈火聲咿嚶。人間萬事不挂眼，驊騮跛鱉誰虧成。吾家亦住香水曲，門前欸乃漁榔停〔二〕。三年流浪走塵土，歸來負杖親岩耕。崦東崦西春水生，柳芽蘆葉波冥冥。釣徒招手烟際語，兩舷脚叩摇笭箵。雲山如此共來往，不妨唱和隨松陵。題詩一笑息壤在，他年載酒窺柴荆。

【校勘記】

〔一〕「德甫」，《硯山堂集》卷四《荷鋤集》作「琴德」。

〔二〕「欵」，《硯山堂集》卷四《荷鋤集》同，當作「欸」。

灘行偶述短歌六首

漸江潺潺勢屈曲，名灘逆溯三百六。錦峰綉嶺誰削成，石黛參差浸蒼玉。翠屏中開間茅屋，帶以清泉映修竹。來船去舸不暫停，安得孥舟弄飛瀑，月明歸來濯我足。

兩山如門巨石衝，驚波駭浪迴長空。懸流轟轟瀉百里，失勢欲撞鮫人宫。篙師瞑目忽大叫，一夫前推九夫譟。迴船入峽神始愉，夕陽沉沉野猿嘯，渡頭漁燈忽相照。

一峰前開一峰合，清溪萬轉深不測。深林處處啼鵜鴂，水遠山長行不得。冷風暗雨飄白日，林昏無人虎欲出。舟師摇手情慘栗，此時欹枕魂欲消，灘聲入夜方嘈嘈。浮橋不鎖待斜日，時有來往江山船。茅舍高低連阡陌，鷄犬歸途暮相識。武陵豈必皆寓言，流水桃花迥非隔，他日携家就魚麥。羅山打鼓船始開，孤篷細雨風吹來。人家三五住篁竹，幽禽相唤聲悲哀。酒帘摇揚青半幅，榜人繫纜沽村醅。小桃花紅李花白，推篷見之三嘆息，故園明朝作寒食。新安江水清見底，百尺游鱗數魴鯉。扁舟仿佛落鏡中，玉沙磷磷石齒齒。平生愛山兼愛水，此中垂釣真已矣。剪茅三間縛樹底，射鴨撈蝦捕烏鬼，倦插綸竿卧沙觜。

由上方廣寺至華頂歷覽茅篷有作

天台茅篷百四十，高踞華頂蒼崖顛。銀峰金地勢環拱，俯視塵海兜羅綿。倚岩架壑少結構，枳籬宛轉香茅編。六時法侣行道處，落花堆徑喧岩泉。我從石梁探方廣，徑思絶頂攀青蓮。披除榛莽走礫确，足繭不惜雙行纏。青泥盤盤蹋虎迹，白水激激窺龍涎。振衣萬仞下危石，忽訝皎鏡開淪漣。花龕三五綴深樹，鐘魚出屋聲泠然。杪欏萬本陰碉户，小橋獨木當門前。連居小築更幽寂，縱横十

笏宜安禪。山僧煮茶拾松子，靈山雲液消塵膻。華頂茶，雲霧結成者，爲山中精品。空階法雨忽沾灑，迴瞻歸路横蒼烟。飄然四大無住着，此境無乃超人天。祇洹精舍夢不到，適逢佳處差安便。五邱十岳徒浪語，須彌芥子誰真詮。願依蒲團坐小劫，乞分芋火消殘年。

讀少華饋酒歌戲贈

新詩百篇酒一斗，羡君雄才世希有。我生不飲三蕉葉，自笑玉山頽已久。一醒一醉各陶然，流俗紛紛誇好醜。大千巨細本相形，謾以云亭羞培塿。至人熟視將無同，蓮社竹林均不朽。讀君新詩論酒趣，似遇麯車涎挂口。我非酒人得酒意，愛咏君詩當擊缶。清秋凉雨洗孤桐，遥夜疏星挂高柳。緑蛆浮瓮香噴唇，紅玉花瓷長在手。百觚痛飲是我師，千載渴羌宜尚友。相看臭味詎差池，夢到華胥真樂藪。拍浮晨夕潤枯腸，未許峥嶸起堆阜。醉鄉日月自蕭閑，坐覺浮雲變蒼狗。破除萬事得此君，小築糟邱鎮相守。兀兀俱成無漏仙，不須更乞聲聞酒。

蔣蕠湄招同諸子集綉谷出桃花溪水圖索題漫成〔一〕

闔閭城頭暑雨微，古堤楊柳烟霏霏。幽人招我出綉谷〔二〕，方塘一曲摇紅衣。青溪宛轉深不測，千樹鴨頭遮舍北〔三〕。仙源不遣誤漁郎，溪上沙鷗總相識。

畫師好手不可遇，咫尺忽睹滄洲趣。桃花流水望杳然，想見伊人結茅住。紅雲夾徑翠影重，柳絲風急喧晁翁。隔溪欸乃一聲静〔四〕，遥夜月明收釣筒。

壓檐竹翠連梧葉，小院幽香蕩簾莚。當年風雨宿秋聲，一鐙閑勘《官奴帖》。披圖忽訝春光好，照眼繁紅明翠沼。花前想見苦吟人，夢繞池塘生碧草。

細林山人出世姿，少華。王郎斫地歌淋漓。鳳喈、德甫〔五〕。曹侯宛委探仙籍，來因。四賢迭奏瓊琚詞。溪水如雲香不斷，柳陰藏屋春星亂。何當涴筆試新圖，重向蘇齋呼舊伴。

君家三徑我舊諳，閑庭竹石交參覃。松關晝掩少剥啄，午風吹蝶春酣酣。圖成自擬輞川宅，茗碗爐香好留客。落紅如雨點清樽，醉掃花陰卧苔石。

【校勘記】

〔一〕「成」下，《硯山堂集》卷八《净名軒草》有「六首」二字。此處無第四首。

〔二〕「出」,《硯山堂集》卷八《净名軒草》作「入」。
〔三〕「頭」,《硯山堂集》卷八《净名軒草》作「桃」。
〔四〕「欸」,《硯山堂集》卷八《净名軒草》同,當作「欵」。
〔五〕「德甫」,《硯山堂集》卷八《净名軒草》作「琴德」。

題山夫兄所撰金石存卷尾

虛檐午霽風鳴鐸,古色熊熊映簾箔。蟠螭奇士開素椷,黄白下覆雲垂幕。羽陵蠹簡何處來,良常新銘伊誰作。銀櫑木直盡補綴,缺月嘉禾半斑剥。歐陽不作廣川亡,郭髯趙崡俱寂寞。後生未識《嫏嬛編》,遺迹誰探《金石略》。高人酷似楊南仲,遠紹旁搜精且博。捃摭星宿到羲娥,考論山川辨垠堮。頡書史篆形倔奇,禹鼎湯盤制淳樸。規模蟲迹蝌蚪垂,扁列螺書鸞鳳泊。乙尊癸卣紀歲年,雌敦虎彝稽尺度。岐陽獵鼓太聱牙,岣嶁神書苦踳駁。嶧碑出火光陸離,泗鼎敲雲氣騰躍。奇文屈曲識雲雷,古鑒模糊驗龍雀。塵封壞甓强名磚,苔蝕碎泉微露廓。分書流轉蔡與韓,隸變根原斯逮邈。輕摩蟬翼耀銀鉤,半裂蠆文雜金錯。漢唐以降迹更夥,碑洞如林恣尋拓。浮圖像記高寵嵸,樓觀經幢精鑿鑿。開成巨刻照千春,繼迹鴻都尤卓犖。俗書瑣碎嗤换鵝,舊榻荒唐傳瘞鶴〔一〕。山經海

志有缺遺，一一騈收古錦橐。看君嗜好與俗殊，頭白汗青殊矍鑠。自言壯歲客燕雲，匹馬短衣經朔漠。荒岡斷隴走狐兔，關塞蒼凉山峉崿。風號月黑不見人，往往深林逢不若。無終亭障古荒陲，短碣叢殘自捫摸。推尋點畫考跟肘，剜剔泥沙安節角。嵩陽石闕華陰碑，下視歐虞較孱弱。歸來杖策尋岱宗，日觀天門氣磅礴。云亭金册虚無間，劫火留餘更搜索。杏壇片石比璆琳，讀史真堪佐商榷。江湖飄蕩復幾載，單舸不畏鯨波惡。南尋禹穴窺窆石，宛委藏書盡羅絡。輕囊自詑千金裝，坐擁何如百城樂。飄然更作逍遥游，傲吏漆園同寄托。雲烟過眼總須臾，人世茫茫風捲蘀。乞兒一物語太痴，至竟風流照幽壑。定知此癖亦復佳，障簏錢奴真握齱。伊予好古生已晚，日注蟲魚非磊落。六書八體强纂排，略識漏痕并釵脚。常嗟行草競姿媚，倒薤懸針失矩矱。忽披此本還舊觀，快若霜篦刮眼膜。寶函疑有鬼神護，秘笈莫遭雷電攫。金庭玉笥未遑窺，緑字赤章誰共學。得君一語當津逮，辨核井然豈影掠。連朝載酒問元亭，似向雲林登閟閣。摩抄古器發高論，妙解神明弃糟粕。老顛拜石世誰知，市上庸兒空駭愕。最愁别思苦相催，樽酒離亭還罷酌。後約殷勤君記取，檢點金箱圖五岳。好從林屋探遺書，應有龍威啓靈鑰。

【校勘記】

〔一〕「榻」，《硯山堂集》卷八《净名軒草》同，當作「搨」。

蔣紹初自蘭州歸將返吴中賦贈

結交廿載骨月親，相去萬里猶比鄰。屋梁落月夢顔色，茫茫遠道馳心魂。今朝晴鵲忽大噪，見子披豁開天真。行空天馬脱羈勒，西征浩蕩忘艱辛。潼關四扇射朝旭，華岳萬仞摩秋旻。皋蘭策馬攬形勢，塞垣無際河流渾。唐營漢壘莽蕭瑟，終古戰骨埋荆榛。聖人御宇擅雄略，盡化金甲開邊屯。移軍絶漠不知遠，但有耕鑿無烟塵。或虞積久易生釁，豈知勝算垂千春。羌渾雜處禀漢法，款塞部衆皆良民。君行周覽發深慨，傳諸歌咏彰皇仁。歸囊爲我一啓讀，壯志直欲排天門。方今海寓正無事，航浮索引皆來賓。班生投筆竟何補，底用汗漫窮三秦。勸君息機謝塵鞅，閉門高枕桃溪濱。五湖烟月無恙在，好待西風理釣緡。

蘇文忠壽讌詩爲畢秋帆中丞作

歲惟元黓月在丑，弇山公爲蘇公壽。黄柑丹荔羅中庭，酌以寒泉薦清酒。先生逝後七百年，身翳白鳳翔雲烟。文章風節不磨滅，凛凛浩氣騰星躔。早年解讀《范滂傳》，垂老盡和淵明篇。平生自

詡萬事足，玉堂茅舍皆隨緣。熙豐擾擾更朝局，天遣斯人頻放逐。歸計終虚陽羨田，傷心不獨烏臺獄。瓊厓萬里依窮髮，瘴雨蠻烟經歲月。當代誰憐宰相才，此身自抱神仙骨。縑素曾傳笠屐圖，老蓮妙筆添毫活。秦關雲氣接岷峨，再拜靈旗猶恍惚。君不見騷人揆攬徵初度，磨蝎命宫多觸忤。至今俎豆配潮州，章蔡紛紜何足數。又不見東湖祠宇埋榛艿，公來丹刻陳椒馨。千古瓣香酬夙願，風流肯讓宋中丞。商邱宋公撫吴，曾邀東南名士于誕辰設祀，并刻施元之注《東坡詩集》行世。

對琴丈招同閔蓮峰處士蔣春農舍人程魚門上舍筠榭司馬泛舟紅橋漫成短歌即以言别

飛篷隨風不自由，平地瀉水東西流。浮雲聚散本無定，何意共作紅橋游。紅橋三月春可憐，緑楊旖旎浮春烟。千紅萬紫太撩亂，隔林處處聞啼鵑。鵑聲唤客欲歸去，鴻爪春泥還小住。樵兄漁弟齊拍肩，日向花前集簪屨。木蘭艇子移沙岸，匝地東風摇酒幔。吟興還尋皂莢橋，閑情欲問瓊花館。君不見楊花吹雪覆白蘋，隋家古堤愁煞人。又不見歐公昔醉平山麓，苔蝕荒碑卧陵谷。盛衰哀樂總須臾，世事茫茫同轉燭。人生只合長相覓，錦瑟年華莫輕擲。但憑緑酒發朱顏，忍聽黄鷄催白日。興酣日落風滿湖，樓臺倒影凌虚無。水晶宫闕忽涌現，竟思濯髮窺冰壺。高歌今夕樂莫樂，醉拂花

茵坐盤礴。相逢苦少别苦多，奈此月落烏啼何！

鄂城喜晤王大令少林屬題東園圖卷

我生好作汗漫游，挂帆西登黄鶴樓。故人一别歲月遒，意外握手心綢繆。塵簪乍解百不憂，相與嘯傲凌滄洲。新圖示我巒翠浮，元氣噴礴蒼岩幽。靈區咫尺藏阻修，榛莽虧蔽鼪鼯愁。多君選勝窮冥搜，斧鑿似欲開金牛。苔痕凈洗石骨峭，犀株象笏排琳璆。陰崖下瞰百尺湫，墜葉一片驚潛虬。茅亭虛敞竹木稠，羅列圖史供研求。放衙吏散群動休，一燈午夜聲咿嚘。文章緣飾政事優，枳棘豈久栖鸞儔。脱然捨去不自由，圖畫已足傳千秋。君不見堂堂坡老來黄州，當年卜築親鋤耰。雪堂繪壁烟靄流，迄今文采垂山陬。至人寓物無滯留，迴視好景俱浮漚。向平婚宦願可酬，他年與子期丹邱。

秦中寒食卧病獻之秋塍淵如同過敝齋看花小飲各賦七言古詩一首次昌黎寒食日出游韵

百五風光嗟旅病，花驄懶逐游人盛。籬揵六枳少經行，一樹瓏瑽梨雪映。冷雲結夢依修篁，艷紫夭紅羞與競。幽人未厭貧家春，并軫聯翩發高咏。飲醇氣味和不流，琢玉詞章雅能正。醉敲銅斗記前晨，裙屐重邀時已更。奔湍飛電苦難追，作達何妨委時命。座間幸免元規塵，一任雄談揮麈柄。白髮渾忘异地愁，青袍恰有同升慶。謂獻之、秋塍。深慚折節拜龐公，竊比登堂呼子敬。英英幕府羅群賢，照坐瓊枝高且敻。天球光氣耀岩壑，餘事詩豪兼草聖。中朝名德萃此邦，謂秋帆、述菴兩先生。唱于唱喁樂事并。籥雲快睹驊騮姿，食野自甘麋鹿性。故山雖好未思歸，卧聽林鳩呼雨横。遥憶青門連綺陌，楊稊醮水芹芽迸。黄犢犁翻三尺泥，白鷗波拂千層鏡。相逢田父多好懷，泥飲猶能頌仁政。他時授簡擬梁園，掉鞅前茅與後勁。勝游更指曲江頭，石泉槐火催新令。

秋塍淵如辱和拙詩斐然競美翌日携酒見邀同過廉讓堂奉陪述庵前輩讌談竟日因三疊前韵

新篇快愈頭風病，鄴下才名應比盛。清門文采各翩翩，秋月琅玕忽輝映。令嚴細柳旌旗翻，氣攝景宗笳鼓競。偶從谷口訪烟霞，還向山陰繼觴咏。素筝濁酒倚門閭，問字元亭欣就正。山桃吹雪辛夷殘，燕賞違時恐難更。儒林丈人大雅宗，綉斧西來承簡命。雙清心迹擬冰壺，坐閲春風移斗柄。名流争識題襟樂，舊雨頻占盍簪慶。苔岑結契偶然同，車笠論交久而敬。柏臺晝静吏人稀，寶篆縈香度幽夐。冠裳脱略敦古歡，三爵陶然時中聖。欣看酥雨潤芳田，樂事賞心真可并。斜陽返照射簾櫳，林外晴光悦鳥性。忽憶家鄉春正濃，藤蔓成陰竹鞭横。寒山小築傍芙蓉，清泉漱玉雲根迸。寒山雲根泉，出芙蓉峰下，流注漱玉山房，爲述庵讀書處。閑雲出岫本無心，彈指霜華點清鏡。天教勝地暫迴翔，未覺栽花妨美政。更向前除展數弓，留取篬筤節竿勁。時庭前雜植花木，并移竹數十根。相看幸有此君同，妙語至今思大令。

中丞祈雨得雪再疊前韵

荒園春槁草木病，青野空占麻麥盛。宵分望澤驗江星，依舊楓林月華映。曉窗欹枕聞好語，林外晴鳩聲不競。凄凄有渰起南岑，《雲漢》詩篇當罷咏。陰霾繞樹昏連晨，急溜排檐斜復正。山僮縛帚詫奇事，銀霰繽紛晚來更。聞道郊壇禮數虔，岳牧齋心通帝命。垂山太乙閟靈湫，滋液群生握其柄。扶犁已解老農憂，買瓮爲增寒士慶。定知物力荷神庥，展幣用牲宜致敬。中丞棨戟劇清嚴，簾閣微香度幽敻。神功收斂寂如無，僉頌臣賢由主聖。况聞屈宋列衙官，蘭茝同心欣合并。道山延閣簉鵷鴻，愧我閑鷗野心性。雅材百五競扶輪，不許狂瀾恣豪横。園林過雨樂事濃，滑澾春泥竹胎迸。海棠洲畔胭脂紅，鳥弄屏風拂明鏡。願公高會執牛耳，撿點詩盟理觴政。仁心及物蔀屋歡，餘事加人詩筆勁。風流倘紹聚星堂，白戰還來聽號令。

晚過白雲寺

松谿行不盡，石窟叩禪扉。空谷聞清響，孤雲在翠微。樵歸山徑寂，鳥下竹林稀。向夕跏趺處，

涼生蘿薜衣。

晚過中峰古公禪院

松門空翠滴，竹塢夕陽遲。偶愛東林路，言尋慧遠師。風泉發清響，山月照華池。回首重來徑，蒼蒼白露滋。

谷口送念亭上人歸中峰

虎溪分手罷，隱隱望中峰。石路留殘照，楓林度遠鐘。遥憐清夜月，獨倚碧溪松。静境誰同賞，空懷物外踪。

懷璞函

故人滄海别，寥落掩孤村。一夜吴淞雨，春波直到門。抽帆應未得，把卷共誰論。落月屋梁滿，

知君勞夢魂。

過朱孔林新居追悼惠松厓過湘雲二處士

閑雲無定迹，寂寞閉柴門。已息塵中駕，還居谷口村。青山君輩在，白社幾人存。愁絶黄壚畔，難招千古魂。

彈指驚前夢，凄凉廿載餘。鄭公還薄宦，杜老未寧居。汐社堪投迹，蘇門好結廬。他年尋息壤，把臂狎樵漁。

蒙陰

亂石敖陽道，人行紫翠中。岳雲晴繞郭，沂水遠連空。暝色催征騎，長天落斷鴻。那能佩含景，結屋向東蒙。

清口

地扼東南險，黄淮走一門。接天桃浪暖，到海箭流渾。木石功非細，魚龍氣自尊。茫茫九河道，禹迹共誰論。

讀史有感[一]

朱幡鐵甲擁旌幢，揚僕樓船下楚江[二]。萬里懸師衝瘴癘，千夫挽粟廢耕稷。珠崖未罷還催戰，銀印初頒更受降。争似璽書問南粵，文禽象齒貢蠻邦。

苜蓿蒲桃繞漢宫，玉關葱嶺使長通。貳師驅馬初論賞，校尉屯田已奏功。自古邊庭須魏尚，至今父老怨唐蒙。輪臺詔罷烽烟息，王會依然萬里同。

華陽黑水古梁州，絶域蒼茫萬里秋。戰壘新增巴子戍，降王舊拜夜郎侯。籌邊樓上傳烽急，大渡河西落日愁[三]。多少材官兼技擊，幾人飛矢射旄頭。

【校勘記】

〔一〕此題下，《硯山堂集》卷三《浮江集》有詩四首，此處無第二首。

〔二〕「揚」，《硯山堂集》卷三《浮江集》同，當作「楊」。

〔三〕「渡」，《硯山堂集》卷三《浮江集》作「度」。

九日期王德甫不至

楚天寥闊惜分襟，木落亭皋秋正深。遠道關河頻悵望，重陽風雨罷登臨。板橋花月愁中賦，笠澤蓴鱸夢裏尋。珍重前期莫相負，草堂猿鶴伴秋吟。

舟中讀適庭鳳喈德甫璞庵來殷送行之作却寄

烏鉢峰頭曳杖遲，故山香雪繫人思。春來忍負探花約，酒罷空吟折柳辭。寒雨離亭聞笛夜，早潮江岸挂帆時。銷魂幾度中年别，一榻茶烟揚鬢絲。

露

月華如練夜漫漫，梧竹庭幽捲幔看。響滴清荷人未寢，凉生白苧漏初殘。飄零舊苑銅仙泪，冷落秋江楚客蘭。最是懷人增遠思，蒹葭無際雁聲寒。

萍

迴塘千點綠周遮，密映苔磯拂釣查。盡日參差依荇菜，經年飄泊怨楊花。鴨頭漲合柔藍繞，燕尾叉分翠帶斜。愁入汀洲春又晚，亂紅流水各天涯。

舟中寒食同趙升之陸璞堂作

孤篷小泊練湖南，百五風光客裏諳。欹枕乍聞鶯細細，開簾無那柳鬖鬖。歸心空羨尋巢燕，倦態真同上簇蠶。花外鞦韆墻外路，可堪回首隔江潭。

雅雨使君招飲官署訂平山看花之約以事牽率弗獲如願賦此志謝

載酒江湖興未窮，片帆斜挂柳絲風。倚門自笑同元叔，投轄何期有孟公。檀板金樽花影外，湘簾銀燭雨聲中。南樓賓從推群雅，深愧憐才到阿蒙。

和張漁川法雲寺次温飛卿韵

扶笻蕭寺喜同群，懷古空吟月二分。漫以園林思太傅，欲將詞賦擬參軍。六時猊座飄香雨，百尺虬枝冷暮雲。何限中年哀樂感，願依初地證聲聞。

王林屋挽詩存素

廿載論交識素風，逃名白社兩心同。閑身已自全三樂，薄命終難送五窮。北郭詩篇清興在，南皮樽酒舊游空。披帷何限人琴感，都付零縑醉墨中。

和習庵前輩歸家述懷之作次韵

潞水輕帆破暝烟，家山指點練祁前。好尋摩詰還山咏。未過羲之誓墓年，清夢定應常戀闕，素心終不負歸田。相看暫脱金門籍，浪迹江湖號樂全。

青山歸夢隔楓宸，到及田園正餞春。鳥語花香消永日，詩瓢酒盞度兼旬。壯游差了平生願，静退還成自在身。茶塢山頭好風景，他年真作兩閑人。

王禮堂同年移居郊墅與敝廬相近賦此以寄

廿年龍腹忝齊名，結宇相望倍有情。兩岸人烟分市色，一溪燈火共書聲。卜鄰乍喜來王翰，游岳終須約向平。許我元亭頻問字，好携濁酒叩柴荆。

武昌覽古

浩浩江流繞鄂州，晴川烟靄望中收。山連夔蜀誇雄服，地扼襄樊列上游。極浦雨昏陶侃壘，高城月冷庾公樓。漢南柳色依然好，摇落西風感白頭。

趙璞庵枉過吴門惠留寒舍撫今感舊相對黯然因成長律六十韵奉贈

正始何寥落，元音漸散亡。异才能間起，大雅鬱相望。誼合龍雲切，情聯縞紵長。懷新情繾綣，感舊意徬徨。憶昔逢君日，初過選佛場。聞鐘蘭若近，入院貝多香。圖史原同好，詩篇迴不忘。論文摘星漢，談蓺溯河梁。傾倒詞源瀉，低徊古義詳。忍寒携襆被，聽雨并匡床。正作蕭齋客，還登謝傅堂。園林歸獨樂，山水足相徉。群從交方盛，名流氣益張。共吟《青玉案》，不佩紫羅囊。筆擅珊瑚格，杯盛琥珀光。餞春尋柳岸，吊古拂莓墻。滴粉工新咏，裁雲有報章。擘箋朝染翰，促席夜傳觴。作客真忘倦，爲歡亦未央。風流成古昔，歲月去堂皇。鴻爪無留迹，蓬根忽遠揚。江湖成落拓，苜蓿總凄凉。岸幘窺牛渚，張帆溯馬當。琵琶商女曲，蘆荻楚人鄉。捧檄仍無奈，投簪苦未遑。頭

巾空縶戀，手版太匆忙。碌碌難安枕，栖栖作急裝。歸心懸馬角，世路怯羊腸。暫示維摩疾，群訶阮籍狂。一官聊自免，三徑未全荒。舊侶漁樵在，閑園松桂芳。勞人初偃仰，短夢已滄桑。元老騎箕去，仙翁馭鶴翔。紫筠迷舊徑，緑野剩空廊。夙雨零朱邸，悲風起白楊。羊曇徒涕泪，衛玠益凄惶。莫問停雲館，還尋履道坊。扣門增黯黯，判袂各倀倀。會合仍難定，漂流且一方。豈期辭海曲，忽欲問吴閶。一笑歡如昨，三秋願已償。剪燈具鷄黍，永夜話參商。世已嗤元叔，君偏賞漫郎。菰蘆容嘯傲，騷雅共扶將。擊鉢多儔侶，吹簫盡慨慷。衆流争浩瀚，天馬獨騰驤。百斛扛秦鼎，千尋拔豫樟。新篇推鮑謝，樂府轢張王。短佩紉蘭蕙，輕裘典鷫鸘。醉醒人世外，歌哭酒壚旁。白眼誰相問，青袍愈可傷。悠悠付蓬藋，泛泛逐滄浪。水渌吴王苑，花飛白傅塘。靈泉懸石室，芝草秀銀房。勝地殊蕭爽，佳期詎渺茫。烟波宜放棹，蝦菜正堆筐。晞髮穹崖上，垂綸笠澤陽。論懷同向秀，把臂有嵇康。哀樂原多故，升沉祇自量。歲寒期莫負，珍重鬢毛蒼。

再游靈谷題句

僧房窈窕白雲封，秋寺無人度午鐘。曾記志公臺畔路，短筇閑倚六朝松。

紅橋録別

相逢古寺閲昏朝，禪榻春風伴寂寥。記得無眠聽粥鼓，打窗松竹雨蕭蕭。
蒼茫垂柳接長堤，春草王孫去欲迷。後夜楓香亭館裏，亂山殘月聽荒鷄。

秦淮水榭偶成

幾度青溪浪迹游，板橋花月自春秋。銅駝一瞬悲殘劫，冷落人間十四樓。
一樹垂楊緑萬條，興亡閲盡是南朝。都將舊苑繁華夢，付與佳人碧玉簫。
朱雀航南月未斜，江船迴泊鼓三撾。寒烟漠漠籠沙際，何處秦淮問酒家。
午鳩啼破雨廉纖，三尺春潮兩岸添。何處携香試温鼎，柳陰庭院棗花簾。

寄江于九湖南

楊子江頭暮雨凉〔一〕，送君南下楚雲長。孤舟遥夜楓林泊，聽盡猿聲過岳陽〔二〕。

天際君山一帶青，片帆何處吊湘靈。愁心莫聽巴陵笛，楊柳春風滿洞庭。

【校勘記】

〔一〕「楊」，《硯山堂集》卷六《歸雲集》同，當作「揚」。

〔二〕「過」，《硯山堂集》卷六《歸雲集》作「是」。

東平道中

蓮葉東風路幾灣，蹋波眠起白鷗閑。魚鱗雲散洞庭闊，一抹青遮鼉尾山。

重修灞橋紀事聯句

秦關浩蕩依天險，竹嶼。渭水蒼茫到海遥。道甫。鰲極深蟠分地絡，秋帆。鼉梁高峙建霞標。季述。銀濤隱撼驚鱗屋，竹嶼。玉蝀斜飛想鵲橋。道甫。憑眺宏規嗟漢代，秋帆。摩挲鉅製紀神堯。季述。朝宗玉帛輸千品，竹嶼。祖道衣冠集百僚。道甫。三疊陽關朝雨歇，秋帆。一聲《河滿》別魂銷。季述。芙蓉佳氣通仙仗，竹嶼。楊柳東風拂苑條。道甫。紅映長林鋪彩纈，秋帆。緑齊芳草雜蘅蘼。季述。晴沙徑僻容鷗占，竹嶼。碕岸莎平任鶴翹。道甫。廣陌微聞歌緩緩，秋帆。迴堤極目水迢迢。季述。何人簾幕修花譜，竹嶼。幾輩旗亭問酒瓢。道甫。茸帽衝寒驢背骨，秋帆。絲鞭趁曉馬蹄驕。季述。時移物换徵前史，竹嶼。戟折沙沉閲幾朝。道甫。鐵馬嘶風悲斷壟，秋帆。銅人辭月泣深宵。季述。池荒興慶寒蕪碧，竹嶼。燒入昆明劫火焦。道甫。望裏一杭行泛泛，秋帆。吟邊獨木步摇摇。季述。觀濠詎有蒙莊興，竹嶼。涉洧空傳鄭國謡。道甫。勝地遺墟留宿莽，秋帆。清時惠政紀重霄。季述。旬宣屢駐中丞節，竹嶼。諏度頻煩使者軺。時奉諭旨，以橋爲漢唐故迹，命中丞與修亭少司空相度重事修建。道甫。原隰周防無壅水，秋帆。川涂經畫見乘橇。季述。千夫應節趨橐鼓，竹嶼。萬袂連雲競冶銚。道甫。誰遺神人鞭巨石，秋帆。却驚巧匠結棼橑。季述。江干歴碌聯鑣騎，竹嶼。烟際咿啞出浦

橈。道甫。䆮䆮危闌排雁齒，秋帆。澄澄倒影卧虹腰。季逑。馮夷擊鼓喧清夜，竹嶼。織女迴車拂絳綃。道甫。路近隥州思載舫，秋帆。春回上苑聽遷喬。季逑。縈紆素練侔雲漢，竹嶼。映帶巖城傍斗杓。道甫。瑰麗詞宜銘析里，秋帆。峥嶸氣已敵凌歊。季逑。登臨共美黄圖壯，竹嶼。文筆争誇陸海饒。道甫。礲石千秋誰比績，秋帆。洛陽碑版至今昭。季逑。

王宸

字子凝，號蓬心，太倉人。乾隆二十五年舉人，官至永州府知府。有《蓬心詩鈔》。

《蒲褐山房詩話》：蓬心，麓臺侍郎曾孫，所繪山水，頗能入室。美須髯，工飲酒，爲人疏節闊目，胸無城府。官中書舍人日，所居與予對門。先爲予畫《蒲褐山房圖》，又爲予畫《惠山竹爐茶卷》，蓋仿明王孟端舊本而作。久之，升爲湖南永州太守。州山水幽峭，又往來於瀟湘間，繪事益精。乾隆庚戌，余奉命按事長沙，會歲暮，蓬心踏雪來訪，後爲余畫《雲栖教觀圖》，蕭疏蒼翠，可謂名家。其生平所著，有《繪林伐材》十卷，上自黄帝時史皇，下逮國朝乾隆時人，亦畫史之總也。

蒲褐山房圖題句

山房本先生松南故居，今寓京城宣武坊南，以額移署其中，頗爲幽勝。蓋其地即趙天羽給諫寄園故址〔一〕，張南華宫詹、沈歸愚宗伯先後居此。丙戌秋中，小坐山房，愛其林木晻靄蕭槭，點摹圖之，并次坡公韵。

苦吟咽秋蛬，旅夢冷秋雨。隘巷白板扉，常掩西山霧。先生對門居，談言起幽慕。老屋擁蒲褐，妙解坡仙語。花時設芳樽，招列户外屨。冰梅入座清，恍然釋塵慮。烹茶起瓶笙，細響疏林度。蕭然寄此身，隨地得閑處。滌硯繪斯圖，下筆生遠悟。願從杖履游，時領安禪趣。

【校勘記】

〔一〕「諫」，原誤作「練」。

題畫呈湛庵廉訪

湘水明如鏡，嵐光接翠微。紉蘭思楚珮，看竹款柴扉。烟市人家少，山園菜甲肥。不知身是客，

到處欲相依。

晝穀日盍簪圖贈方三刺史介亭

正月晴和風景新，白香山句。更當穀日媲靈辰。良朋夜訪添佳興，好會朝期在宿因。簪插鬢絲飛絮落，酒拈竹葉斷霞勻。定須爲客成圖畫，莫向塵途去問津。

重過許州示茗柯妹婿

黄蘆衰草起風埃，兩馬單車去復來。頭到今朝難再白，眼經此際懶頻開。一身珍重惟需藥，千里相尋待舉杯。至戚情深休惜别，魚箋層叠好勤裁。

庚戌除夕示影山侄詩

莫嫌舟次逢除夕，小集賓朋興亦嘉。一盞同添今夜酒，雙燈已報隔年花。岸邊送臘聞傳鼓，江

上迎春望使車。惟憶永陽官閣裏，相將弦管笑言嘩。

祝　喆

字明甫，嘉興人。乾隆二十五年舉人。有《西澗堂詩稿》。

《蒲褐山房詩話》：西澗爲豫堂先生子，工畫梅，横斜偏反，各極自然，直與陳楞山、金壽門輩异曲同工。詩學山谷老人，疏瘦苦澀，不肯墮尋常徑術。錢嗣伯編修評云：「風度閑雅，氣韵高秀。往往尋味於人所不味，而風致彌佳，超然塵壒之表。」

九月八日小集竹隱山房食蟹得八字廿六韵

葦花白湖湑，秋冷光汎汎。時物霜信催，朋尊眼翳刮。笭箵倚灘舟，郭索照夜窽。椶椑疏作雨，人伺静於獺。盈筐近市堆，糿草綫輩紮。大者雄戈矛，怒觸手瘢疕。小者困拘攣，呴沫腹填軋。兒童戲縱擒，釜鬵試溉刷。性躁窘烹煮，氣腥雜椒榝。俄看紅輪囷，快嚼聲齰齓。嗜或尖團分，健争螯跪扒。顴項殼負穹，肥膩脂凝肭。聱牙錯交加，皸指霜空乞。外骨碎且投，内黄實而硈。旁佐鄰醯

酸，更和蜀薑茁。曲包厚味咀，搜剔秋毫察。作羹瑣屑餘，溜匙滑瀡滑。拍浮客相持，故疾吾不殺。近食喜稍稍，無腸怪乙乙。得雋一勝百，失意十常八。庖製糟醑香，湅緘瓶罍齾。斫雪誇蝤蛑，爬沙陋蟚蜞。惠文增飾殊，馬甲萃美拔。衛身恃鋭堅，登俎等刮刖。例須菊英泛，醉聽桐弦戛。口腹累何窮，《爾雅》助痴黠。

送項象尊北行疊韵

龍驤刺天桅，鼉吼殷岸鼓。轉粟官司漕，稽程月建午。衿青館餐謀，履素徑竇杜。載籍羅《索》《邱》，浮江豁門户。喔咿枕鏖浪，宿留野醺醑。《水調》發黄頭，靈旗搴少女。壑填雀鼠壯，氣勃衫襪煦。挈兒歡於家，見客遠得侶。天倉胃次覝，路堠柳間數。近日輿蓋騰，離鄉蛩駏苦。雪霜迫我衰，媒介憐子嫵。沐霧蔚爲文，軋絲絇成組。何憂壁立四，已覺湖吞五。刀鐶盼秋期，篋稿志物土。

繭　蛾

風化室初離，蛸飛力不支。前因成夢幻，相偶似情痴。栩栩形同寓，繩繩子亦宜。春愁更何限，

鏡裏寫雙眉。

寄幼子德秀

我年逾五十，憐汝未成童。總角髫應短，經時面或豐。幼儀嫻拜跪，難字辨魚蟲。帙亂須頻理，音疏冀遠通。名駒常邁迹，白玉在良工。幸自無灾難，何堪守困蒙。分甘携弱弟，對燭念衰翁。莫愛新襦暖，還愁旅橐空。田禾秋薄飯，庭菊雨荒叢。甚欲全生理，凉颸起斷蓬。

徐觀海

字匯川，號袖東，錢塘人。乾隆二十五年舉人，官寧州知州。

《蒲褐山房詩話》：袖東性情瀟灑，工小楷，畫蘭竹尤精。嘗從予方略館，爲寫書官。其後在江西爲屬官，衙齋相對，譚詩讀畫，幾忘其爲五斗折腰人也。自予入佐秋官，君亦旋歿。詩集不可復見，即所存數首，清遠閑放，宛見其人。

集查儉堂觀察凌波小築分韵得送字

春陰罨畫溪，小雨輕寒弄。草堂瞰衆山，蒼翠萬態貢。清讌陪群公，瀟灑脱塵鞚。殷勤玉局仙，撥雲開新瓮。潑剌釣浮鯈，不煩結魚緵。舉樽吸山緑，跌宕差伯仲。座中振清嘯，逌然響鸞鳳。遥憶載石游，觀察自粤西歸，著有《載石集》。杳冥窮幽洞。仇池穴玲瓏，觸我游仙夢。兩年踏蠻荒，幾爲弋所中。馳驅古戰場，鳴鏑每高控。悠悠塞上鴻，心事餘惚恫。雄譚夜轉深，不寐雜歌諷。何時逐歸航，蘭槳春波送。

題陳研齋别駕竹磵清吟圖

秋月白，秋風清。山中一夜雨，瀉作鳴琴聲。琴聲落落空萬慮，人在篔簹最深處。科頭一卷倚石吟，時有閑雲自來去。

題丁魯齋畫松歌

畫松好手不易得，誰其作者高士丁。畢宏韋偃去已遠，難將新意追先型。君家貌古心更古，古龍寫出之而形。髯鬙亂矗夜叉髪，颯沓斜撇鸞皇翎。驚螭却走瘦蛟舞，怒雷殷撼奔雲停。孤根曲節勁如石，其下應有千歲苓。初疑香影落晴晝，髣髴清嘯藏仙靈。奇情鬱致洵無匹，妙想結構通杳冥。我官於鄂百不有，但餘卷軸羅寒廳。日長藤榻擁書坐，好風謖謖摇疏欞。夢回忽見蒼髯叟，軒然一笑眼倍青。此時安得有此友，歲寒聊當座右銘。何時携爾稽山去，飽飯濤聲欹枕聽。

和查榕巢觀察中蓮池見訪原韵

屐齒如傳空谷音，閑情淡遠寄遥岑。卷簾一榻花陰下，坐看白雲初出林。

申兆定

字圖南，號鐵蟾，陽曲人。乾隆二十五年舉人，官定邊知縣。

《蒲褐山房詩話》：圖南少日清羸多病，弱不勝衣，歷官湖南衡陽、河南長葛及陝西大荔、朝邑，均以廉聲著聞，然非其好也。中年學道，留心《參同》、《悟真》。聞涇陽有李半仙者，本大輿人，雲游海岳，得養生術，年可一百四五十許，晚居陶復中，衣履垢膩。圖南屏車騎，親謁之，從容扣擊，爲其許可。又工分書，遇有漢魏碑碣，必於斷缺尋其點畫，凡偏旁波磔，反覆考證，臨摹數十過乃已。所撰《涵真閣漢碑文字》，如《郙閣頌》、《張壽景君》諸碑跋，皆精深詳審，以訂《隸釋》、《隸辨》及《金石圖》之异同，故當自成一書，獨有千古。作令十年，遽歸奄忽。其《夢入西溪枕上偶賦》云云，殆其詩讖耶？

夢入西溪枕上偶賦

脉脉西溪路，南枝競報春。如何花底客，竟是夢中身。冷艶猶盈抱，茅檐尚可巡。惱人寒漏急，

不得卧香塵。

和澄之醉後聞歌三絶復枉長律次其韵

妙緒頻抽八繭綿，移情終古説成連。不因身在曹劉後，要使神超李杜先。日月坐馳增黑業，篇章潤飾笑華顛。知君慧劍新磨淬，不許塵根一綫牽。

玉笥山

岧岧上玉笥，直下窺汨羅。山風激潭水，嗚嗚聞《九歌》。

桃花紅

仙人種桃樹，花影散春江。浮邱住花裏，隔花聞仙尨。

張應均

字星岩，號東畬，元和人。貢生，官西陽州判。有《入蜀草》。

《蒲褐山房詩話》：東畬工於山水，居京師，極爲今相國董公蔗林所賞。自入蜀後，筆墨尤勝。未幾，以病告歸，家居數十年而歿。詩不多作，近體亦復閑雅。東畬本宋魏國公之後，家藏南軒官湖北路轉運副使敕書，凡十四行，一百一十一字，上有御書之寶。據敕書，南軒曾官御史兼秘閣。考之本傳，未嘗爲御史，亦未嘗爲轉運副使，此可証《宋史》之闕也。後有程南雲跋云：「南軒十一世孫居松江，有鏡秋閣，自號九峰，其弟還居吴門，故敕書存於東畬家。」而九峰不見於松江郡志，附記於此，并諗我松之好事者。

馬邊草樓夜話

天涯萍梗總浮生，萬里蒼茫愴客情。夢斷江雲迷故國，人隨山雨入邊城。壯懷每向登臨闊，旅感從教閱歷平。珍重交游今聚首，草樓蕭瑟賦秋聲。

皂角鋪

水郭山村隱翠微，人家竹裏對晴暉。紅葩的的秋塘净，白石粼粼晚渡稀。林際炊烟新稻飯，門前洄嶼舊漁磯。江南風景依然在，客路休嗟未是歸。

山水題贈顧晋莊明府

蜀川歸去漫勾留，自笑身如不繫舟。他日江南山色裏，爲君艤棹荻花洲。

題　畫

巒容深淺水雲寒，一片空濛著筆難。却憶吴山亭子上，翠鬟每向鏡中看。

湖海詩傳卷二十四

胡高望

字希吕，號崑圃，仁和人。乾隆二十六年殿試第二人及第，官至左都御史，謚文恪。

春日就亭即景

碧蘿掩映小林坰，繞屋平岡迤邐經。一曲蕭江晴入畫，幾層閣岫暖浮青。登臨到處開襟抱，風雅當年見典型。好景無邊添勝賞，佳游仿佛峴山亭。

校士寧都

春光駘宕過梅川，民物熙和境静便。膏雨乍收青畎外，人家多住翠微邊。翠微峰距寧都城西十里，金精十二峰之一也。魏永叔有《翠微峰記》。關心芳序搴蘭節，入畫輕陰釀麥天。最喜時平風俗美，星軺周覽記經年。按試諸郡，已一周矣。

趙　翼

字雲松，號甌北，陽湖人。乾隆二十六年殿試第三人及第，官至貴西道。有《甌北集》。

《蒲褐山房詩話》：雲松性情倜儻，才調縱横，而機警過人。所遇名公卿，無不折節下之。初受知於汪文端公，及入中書，直軍機處，傅文忠公尤愛其才。旋以及第改翰林，數年，簡放知府，出守廣西鎮遠。時緬甸用兵，詔選鄰省幹才助搜軍實，君住永昌半載。會文忠將督兵深入，遣之還粤。又爲李制府所賞，調廣州，并登薦剡，擢貴西道。尋以母老留養，遂不復出，迄今幾三十年。同時與袁子才、蔣心餘友善，才名亦相等，故心餘序其詩謂「興酣落筆，百怪奔集，奇恣雄麗，不可逼視」，子才

謂其「忽正忽奇，忽莊忽俳，稗史方言，皆可闌入」，洵知言也。乾隆辛亥夏，余與慶樹齋尚書奉使讞事高郵，君時主揚州書院，拏舟見訪，銜杯促膝，竟日而返，蓋其篤舊交、嗜譚藝如此。

游惠山

曉緣梁溪行，波滑一枝櫓。忽聞溪流聲，知是夜來雨。舍舟入林麓，霽色澹天宇。空翠霏濛濛，孤烟起縷縷。葉落風自掃，山缺雲或補。言尋漪瀾堂，寒碧見太古。却訝尺許深，汲綆萬人取。始信一眼泉，中涵滿腹乳。臨流澄水觀，眉髮朗可數。翻嫌塵網身，到此成傖楚。日斜歸路促，勝游嘆莽鹵。回首蒼山巔，新月上高樹。

同顧北墅王漱田觀西洋樂器

郊園散直歸，訪奇番人宅。中有虬鬚叟，欽天監正劉松齡等皆西洋人。出門敬迓客。來從大西洋，云官授羲和職。年深習漢語，無煩舌人譯。引登天主堂，有象繪素壁。靚若姑射仙，科頭不冠幘。云是彼周孔，崇奉自古昔。再游觀星臺，爽塏上勿羃。玻璃千重鏡，高指遥天碧。日中可見斗，象緯測

晨夕。斯須請奏樂，虛室静生白。初從樓下聽，繁響出空隙。噌吰無射鐘，嘹喨蕤賓鐵。淵淵鼓悲壯，坎坎缶清激。錞于丁且寧，聲折拊復擊。瑟希有餘鏗，琴澹忽作霹。紫玉鳳唳簫，烟竹龍吟笛。連挏椌楬底，頻櫟鉏鋙脊。鞉耳柄獨摇，笙舌炭先炙。吸嘘竽調簧，節簇笳赴拍。篪疑老嫗吹，筑豈漸離擲。琵琶鐵撥彈，搊箏銀甲畫。空泉瀯箜篌，薄雪飛篳篥。孤倡輒群和，將喧轉稍寂。萬籟繁會中，縷縷仍貫脉。方疑宫懸備，定有樂工百。豈知登樓觀，一老坐搊擘。一音一鉛管，藏機捩關膈。一管一銅絲，引綫通骨骼。其下鞴風橐，呼吸類潮汐。絲從橐罅綰，風向管孔迫。衆竅乃發響，力透腠理砉。清濁列若眉，大小鳴以臆。韵仍判宫商，器弗假匏革。雖難繼《韶》《護》，亦頗諧皦繹。《白翎》調漫雄，《朱鷺》曲未敵。奇哉創物智，乃出自蠻貊。緬惟華夏初，神聖幾更易。鸞鶯肇律吕，秬黍度寸尺。嶰谷截緑筠，泗濱采浮石。元聲始審定，萬古仰創獲。迢迢稗海外，何由來取則。伶倫與后夔，姓名且未識。音豈師曠傳，譜非制氏得。始知天地大，到處有開闢。人巧誠太紛，世眼休自窄。域中多墟拘，儒外有物格。流連日將暮，蓮漏報酉刻。自鳴鐘。歸將寫其聲，畫肚記枕席。

錢充齋觀察遠餉永昌麵作餅大嚼詩以志惠

久客生計窘，晨起惟啖粥。山行想酒樹，野處訪麵木。嘉惠荷故人，玉屑饋滿簏。貧兒詫驟富，

動色到僮僕。於焉商食單，享此非分福。冷淘勞捹旋，水引費撈漉。𪍠𪍿乏脂豨，腦膳少棧鹿。餺饠法不嫺，餺飥料未蓄。聞昔蠻荒中，祭必人首戮。武侯南征來，改薦饅頭熟。今行即其地，厥例正可續。又無起酵具，籠篋枉削竹。緊惟作餅事，力省成易速。鴟夷蘜潤泉，鴉嘴鋤野菽。先揉銀泥爛，次納金薤馥。挼抄彌罅縫，按撫擴邊幅。周輪仿鏡圓，空中肖璧複。火不武而文，功既翻又覆。寧顧齒牙倦，本無逼焰焦有瘢，得氣飽如麴。斯須動頤朵，雪膚瑩滿盝。饞口欣過屠，亟趁出鏊燠。佳名巨書畫黷。一笑戎馬間，將軍不負腹。却憶豪富家，兹事鬥鼎餗。束皙賦猶陋，吴均説未録。膏環圜無端，饊條直不勝殊，雅製曼陀獨。攙蜜雕駝蹄，拌槐蒸兔目。肪求赤髓羊，腴選舐背犢。酥有見風消，曲。仿古紅綾包，翻新彩花簇。百和工雜糅，千層互連屬。裂作十字勻，飣就五色郁。中薄可映字讀。脆或嚼爲粉，軟或卷成束。視我腐儒餐，奚啻飯脱粟。顧當飢渴中，所願良易足。流遇一壺，直抵舟萬斛。殷勤謝珍貺，敬志古誼篤。已增十日糧，況勞千里轂。從軍王仲宣，累人閔仲叔。飢驅彭澤詩，乞米平原牘。生平骯髒氣，不覺滋愧恧。所悲茹淡久，欲語羞再瀆。晋飢惟恃秦，隴得又望蜀。何當更拜嘉，庖人日繼肉。

照陽關 歸順州與小鎮安分界處，絶壁無路，忽山半一洞如城門，以通往來。

危崖如削鐵，横列截前路。問道無可尋，陡壁孰能赴。地絶天爲通，神扃在雲霧。初時貿貿行，心疑僕夫悞。黑箐叢篁間，綫道屢盤互。攀躋過木杪，始見洞穴露。其深三四丈，其廣十餘步。恰從嶄絶處，横穿一罅度。圓若城闉門，兩頭俯烟樹。地迥去天近，日出光早昫。關名曰照陽，應補酈生注。外達交趾國，内連邕管戍。雖似入瓮行，不比山竇污。設無此庨豁，萬古瘴嵐錮。時清消警備，不藉儲胥護。重閉念勇夫，詩成仍却顧。

青山莊歌

毗陵城北皆平地，何許林巒叠層翠。路人説是青山莊，門帖新題官賣字。我來出郭偶經行，款户曾無主出迎。綉闥雕甍空尚在，殘山剩水不勝情。頭白園丁老扶病，爲余縷述資談柄。園是前朝貴介爲，依稀記得延陵姓。後屬安昌相國孫，廿年行樂尤繁盛。相國勛名在廟廊，清貧未有午橋莊。令孫繼起爲方伯，分陝曾栽召伯棠。罷官歸徙常州住，百畝林扃供散步。入門便陋舊規橅，大笑前

人太寒素。已編錢垺買堂成，捹倒金籯將地步。不覺松杉也改觀，何曾臺榭還如故。繚垣甃异枳編籬，砥室築臨花夾路。十馬馳球鬭作場，百牛拖石排依樹。粉本溪山似嶂懸，壁衣簾溷皆紗護。一重一掩景迴環，某水某邱途錯互。倚杖疑探栗里幽，泛舟訝入桃源誤。勝賞經年興不殘，四時花鳥暢游觀。清音警露鳴仙鶴，浩態嬌春艷牡丹。西府海棠移扣砌，上林盧橘植雕闌。跳波魚婢能知樂，挂檻鸚哥解勸餐。園林成後教歌舞，子弟兩班工按譜。法曲猶傳麴部箏，新腔催打花奴鼓。反腰貼地骨玲瓏，擎掌迎風身媚嫵。阿誰棋墅伴壺觴，綈几羅幮樂未央。幸舍賓朋珠履貴，便房姬妾翠鈿香。傾城妓入籠鵝館，要路官登射鴨堂。熱客倚冰終日計，乞兒向火一群忙。主人自顧矜豪放，揮霍不將錢籠障。博局籌償舊帑錢，纏頭錦出新花樣。《茶經》蟹眼淬槙槍，食品猩唇調醢醬。蠟泪成堆更爇膏，酒瓶卧壁仍傾釀。笙歌酣倚賞花亭，鐙火醉歸邀月舫。自製當筵上壽詞，青山與我長無恙。豈知卮漏比泉流，猗頓潛懷折閱憂。已失又思求塞馬，未蹊輒欲奪田牛。豪名本足招人妒，禍事真成與鬼謀。張樂正期投轄飲，叩門忽報檻車收。填尸圜土悲黄犬，回首歡場付爽鳩。春夢一場那可再，祇今惟有青山在。青山也要屬他人，官價三千聽人貸。猶憶倉皇對簿趨，難憑複壁寄錙銖。委地圖籤爭剔玉，隨身衣履敢留珠。翻教百口求春賃，那有千金賄獄輸。籍到平泉花木簿，林霏亦似泪模糊。平生枉使錢如水，此日人情薄於紙。有誰廣柳路旁迎，并少緑珠樓下死。老僕如今也人官，仍充園户守荒寒。飢窮全仗游園客，給一文錢一度看。往日監門粱肉厭，近時失路

斗升難。我聞此語心棖觸，信有興衰如轉轂。重向林巒曲折尋，繁華仿佛留人目。垂楊影裏釣堪垂，秋樹根邊書可讀。愛山我乏買山資，有山渠少看山福。空餘别廟祀花神，自塑泥身占岩谷。畫寢香消落燕泥，空堂氣冷飛蝙蝠。平津厩庫古曾悲，華屋山邱今莫哭。梓澤風流昔未經，踏春偶到訪池亭。無端一段園丁話，説到傷心不忍聽。日暮歸途回望處，夕陽猶照晚山青。

南　珍

維粤宅南位離火，陽明所耀開菁英。凡百瑰瑋負奇質，咸不脛走來羊城。天寶既徵孕毓厚，人巧亦見工力精。不惟其産惟其聚，奇彩耀市目欲瞠。南烹食貨且勿述，試數服玩僕屢更。氍紋吉貝貢入篚，繭絲胡蝶繅滿籯。盤金綉球龍鳳舞，蹴花文錦荇藻縈。不知鮫人在何處，方空織出凉綃輕。禽羽爲毳獸毛罽，艷殺血染紅猩猩。雕鏤肖形推象齒，圓爲牟尼方觚棱。蕉葉剪裁掩紈扇，椰瓢裝相抵兕觥。奩具斑浮玳瑁靨，屏風眼活孔雀翎。蟬翼燈清罥霧縠，龍鬚席軟輕桃笙。檀欏斫器訝笏滑，玻璃懸鏡涵水明。復有絶技出海外，能連天咫規璣衡。機括測景針自指，橐籥按刻鐘輒鳴。其他珍异難殫述，硨磲瑪瑙猶嫌傖。蜜蜡净無雀腦白，琥珀瑩有虬松頳。蒸栗膚腴黄蠟石，落茄花映紫水晶。就中更貴珊瑚樹，鐵網絞得逾球瑛。丹幹磊砢枝鬱律，光賤絳燭高朱櫻。珊瑚以蜡燭紅爲賤，

櫻桃紅爲貴。瓊州沈香亦佳品，黎母東洞最擅名。伽𠋥生結鴨頭緑，掐之指爪微痕生。是皆貴重不易得，市牙尚有價可評。賞鑒家且置勿道，别購骨董追姬嬴。土花斑考古彝鬲，水銀皴辨舊玉珩。晋唐名畫丹碧絹，柴汝秘瓷翡翠甖。其晚出者竇益异，金剛鑽及貍貓睛。組母緑射彩華透，松兒紋裂鐵綫横。青金石取烏斯藏，碧霞璽采猛密坑。更有珍珠似明月，月華入蚌胚胎成。合浦六池産有幾，販自番舶來重瀛。重或數銖大徑寸，形體圓滿光晶熒。蘭檟雅宜玫瑰飾，玉盤肯逐琵琶傾。一握便可百千索，賈胡居奇恣取盈。計直不數金三品，誇富何論貝百朋。地大物夥信繁盛，匹夫懷璧徒硜硜。噫嘻乎，連城照乘古所艷，要衹一得難兼營。豈若此邦備衆美，始信奥區用物宏。從來物聚於有力，惟購者衆始畢呈。爲問粤中各官吏，其家豈必皆鄭程。朝廷制禄有定額，何以官橐多奇贏。伊余一雙書生眼，乍睹不覺適適驚。腸飢未踏羊蹄菜，指動忍染黿鼎羹。竭民脂膏飽嗜好，不有人禍將天刑。吴隱酌泉表素節，包老投硯垂徽聲。雲烟過眼付一笑，蕭然氣味含孤清。

題蘖庵僧遺像

曾住花山最上層，披圖猶見骨崚嶒。立朝章疏批鱗手，易世衣冠削髮僧。故國遺墟傷北望，空門法席演南能。孤標自是經奇士，莫但相推續佛燈。

哭門人董東亭庶常

十年一第返江關，也算人生衣錦還。到日家惟懸磬在，病來身死亂書間。方修毗陵邑志。消埋奇氣虹千尺，零落殘篇豹一斑。嬴得憐才情不少，京華朋舊泪同潸。

孤露身真落葉如，曾憐少賤帶經鋤。生無薄産常依婦，才可名山未著書。家在一方鴻爪裏，名沉千古貉邱餘。從知墮地須論命，何物憑君覽揆初。

漫興

紙窗凉逼露華清，顧影蕭然感易生。漸老鬢毛攙黑白，就衰筋骨驗陰晴。將車送鬼窮難去，食字求仙候未成。手剔寒燈清不寐，階前落葉報秋聲。

送童梧岡編修視學湖南兼寄諸桐嶼辰州

簜函五色麗朝霞，遥指荆南驛路賒。道脉至今稱岳麓，才人自古到長沙。雲開衡岫占文筆，帆轉湘流過使槎。大雅扶輪須努力，儒生此職最清華。

行部辰陽禮數寬，有人手版謁征鞍。桐嶼，君同年也。應劉才子原同調，屈宋衙官恐未安。燕寢香凝杯酒暖，轅門風静鼓聲寒。相逢爲道邠卿老，自少詩朋興漸闌。

聞桐嶼罷官却寄

一麾出守到辰陽，忽被彈蕉孰中傷。儒術豈應疏撫字，仕途未可恃文章。空留東閣花如雪，可惜中年鬢未霜。太息春明分手日，曾期治行漢循良。

竹君述庵蕺園來殷耳山璞函小集寓齋即事

老屋三間聚履綦，到來便擬夜歸遲。地非北郭聯吟處，人似西園雅集時。名飲豈須絲竹肉，清談無過畫書詩。只慚蔬韭誇高宴，未免人嗤措大爲。

蕭寺看花僅幾旬，俄驚裘褐戒霜晨。年光真覺如彈指，著述猶難到等身。五鼎食中無我輩，千秋亭外幾痴人。祇應轟醉過殘臘，此便消寒第一巡。

浮湘

碧天無際水茫茫，泛楫遥臨楚塞長。不比逐臣須禱岳，從來詞客例浮湘。路經九曲帆頻轉，地爲三閭草亦香。懷古高吟到分夜，一聲清瑟數峰蒼。

永州道上

烟雨瀟湘泛使槎，九疑一半暮雲遮。長途已過峰回雁，寬政今無俗捕蛇。袁濶尚傳遷客記，浯溪難訪漫郎家。篋中剩有《春陵》句，留伴孤燈一炷斜。

崑崙關詠古

釃酒軍門正滿壺，嚴關夜半已潛驅。千秋部曲皆番落，今各土司皆狄公從征將校之後也。一片山川尚陣圖。何必梁公爲遠祖，不妨季布是黥奴。經過想見英雄氣，古木靈風叫鷓鴣。

述庵璞函緣事罷官亦從軍來滇却贈

幾載京華共酒樽，豈期炎徼再相親。翻愁日下無名士，却喜天南有故人。株累驚心金齒戍，巢痕回首玉堂春。好將戎幕聯詩社，吟遍蠻鄉景物新。

哭果毅阿公病殁於軍

曾從絶域立功回，五百驍兵萬賊摧。回部之役，公以五百兵敗賊萬衆。使相旌旗開幕府，上公劍履畫雲臺。攻心徼外勛垂就，距受降僅數日矣。曳足軍中志可哀。太息金沙江畔路，將星寒落浪花堆。

曾忝軍諮畫策長，血痕親見裹金瘡。可憐病到三遺矢，猶自身衝百戰場。門望高還傳帶礪，國恩深爲紀旂常。獨悲丹旐還都日，故吏無由奠一觴。

慈元殿宋楊太后同帝昺居此。

中土無家寄海隅，數椽椒寢莽榛蕪。遺踪漫擬陽人聚，塊肉曾携趙氏孤。臣妾僉名羞作表，公卿負扆儼成圖。最憐涕泣臨危語，何減唐宫麥飯呼。

壬辰冬仲以廣州讞獄舊事吏議左遷特蒙温旨送部引見聖恩高厚蓋猶不忍廢弃而衰親年已七十有五書來望子甚殷諭令早歸以慰倚閭望因呈乞開府圖公給假旋里擬即爲終養計途中無事感恩述懷作

一重公案律條訛，鐫秩非關吏議苛。迂拙自慚更事少，聖明猶慮弃才多。恰從順水乘歸棹，擬乞閑身着釣蓑。不是敢辜恩命重，高堂衰鬢已全皤。

多謝諸公苦挽行，圖公堅欲奏留，補山、約軒、笠民諸公亦多敦勸。實無才可濟蒼生。勤將政補猶形拙，清愛人知已近名。坎坎伐檀歸客思，依依折柳故人情。翻教不忍輕言别，窨酒更番爲治觥。

衙齋無事可消磨，一載閑情付咏歌。老去賀公吴語慣，病來莊舄越吟多。滄江秋晚衣裁荔，空谷天寒屋補蘿。不覺詩成真作讖，篇篇都是憶岩阿。

韓蘄王墓

麒麟高冢占雲墟，异姓真王百戰餘。勛業未來先卧虎，英雄老去亦騎驢。葬應秘器蒙分賜，績

尚豐碑表特書。宋待功臣原不薄，栖霞何事獨誅鋤。

述庵從軍滇蜀閲七八年凱旋後超擢廷尉兹乞假歸葬事畢還朝道經毗陵停舟話舊賦贈

烏撒匆匆握別遥，何期相晤在江郊。十年京國詩文契，萬里邊塵患難交。曳履喜公遷棘寺，息機笑我老書巢。停舟不盡離懷訴，坐到斜陽挂樹梢。

滇疆蜀徼佐軍籌，奏凱歸來進秩優。蟣虱久知生介胄，貂蟬真見出兜鍪。公蒙恩賜孔雀翎。焚黄詔特榮先壟，飛白書應起賜樓。新構第宅。却憶吾家老元叔，與公曾共赴星郵。

陸隨絳灌本殊科，誰似先生兩不磨。文苑才偏臨陣勇，戰場歸又著書多。放翁詩滿成都市，劉秩身當曳落河。如此儒冠纔不負，眼看青史入編摩。

南天門

峽束青冥上，嚴扃構泬寥。天惟通一綫，星可摘三霄。路鑿鉗椎苦，峰排劍戟驕。控臨戎索大，

拱衛帝京遥。狹僅容單騎，驅難并兩鑣。地形愁倒馬，風力稱盤雕。險叶泥封谷，危如棧架橋。時清無戍壘，岩迴有僧寮。捲幔霏空翠，炊厨拾斷樵。鐘魚聞上界，沆瀣吸中宵。雲族漫爲海，山支涌似潮。平生登覽興，我欲馭輪飆。

陸錫熊

字健男，號耳山，上海人。乾隆二十六年進士，二十七年召試，賜内閣中書，官至左副都御史。有《篁村詩集》。

《蒲褐山房詩話》：耳山博聞强記，資禀絶人，由中書入直軍機。初與予奉敕編《通鑑輯覽》，頃之，命輯《永樂大典》，復求天下遺書，開四庫館以薈萃之，校對數百人，謄録至千餘人，歷十年始成，而君與今大宗伯紀君曉嵐司其總。每進一書，仿劉向、曾鞏例，作提要，冠諸簡首，上閲而輒善之，特旨由刑部郎中授翰林侍講。文字受知，駸駸嚮用。典試者三，督學政者一。後因奉天所儲四庫館書中多脱落舛誤，奏請自往覆校，比至而病歿。時論無不痛惜。平日進御之作，工而不穠，婉而能切，同人推爲莫及。至詩文，隨手散佚。歿後，搜篋中，得數百首，皆應酬之作，非其稱意者。

横塞灘

嗟哉横塞灘，兹險何由奠。山青削兩崖，天白露一綫。衆壑競奔流，斜曳萬丈練。劚土濯山根，亂石纍纍見。水洲列四五，沙卵成高堰。上生芷與蘅，其色頗葱蒨。清流歧數支，觸石珠交濺。縈迴轉似輪，激駛直如箭。崩波恐一決，百丈從後牽。木篙拄兩肩，跳躍左右踐。迂久始過灘，回顧猶驚顫。坦率情所趨，行險理非便。因之悟至道，長嘯得所遣。

舟宿白蓮涇得吴大充之見懷作即用韵却寄

停橈向空江，暝烟散叢薄。三更下風露，天宇轉寥廓。故人枉書札，三復《停雲》作。歡娱罷琴酌，良會久寂寞。伏枕更攬衣，太息感今昨。緘意托修鱗，寒潮正東落。

青瑶池館夜集分賦得石字

凉月松際生，流光滿溪白。開軒引蘭酌，幽襟契泉石。禽翻竹風疏，人語桐露滴。不有池上吟，誰爲永今夕。

鉛山道中追悼蔣心餘前輩作

豫章有名材，千尋挺岩谷。森然到合抱，徑寸受氣足。《咸》《韶》發清奏，冠佩好奇服。鵷鸞滿中臺，豪逸天使獨。靈心苦雕鎪，健筆謝邊幅。凄凉桓伊箏，諧笑東方肉。微言參聖諦，餘子但碌碌。遠追正始音，盡洗皇荂曲。寧徒壓西江，詩派繼前躅。文端今歐陽，一見快刮目。承明須著作，藜火照天禄。司空東閣士，彭蔣粲雙玉。故人已龍驤，一老猶驥伏。空呼野才子，去伴古尊宿。晚憐爲貧出，又捧侏儒粟。方乘桓氏驄，竟集賈生鵬。我昔游諸公，杯盤互追逐。交游散風絮，歲月轉車轂。當時二三子，强半在鬼録。都亭憶分携，冷月挂疏木。雖言苦風痺，尚喜按絲竹。心知見無幾，慰語痛在腹。終然厄龍蛇，聞耗泪盈掬。人間讀書種，黄壤蘊簹篦。定知三尺墳，夜有紅光燭。

偶來通德鄉，山川覽清淑。聊爲投文吊，未遂隻鷄哭。鳳毛付超宗，食子宜在穀。他年訪斜川，遺編許重讀。

鄱陽湖

昔讀《禹貢》書，今泛彭蠡澤。連山盡東趨，大地忽中坼。岷流束襟喉，楚派會圭璧。微茫波濤青，破碎洲嶼黑。網舡綰諸州，津堠通十驛。魚龍閑自舞，天水了不隔。當年戰鄱陽，陣火照山赤。檣櫓灰燼滅，銘碣丹青泐。雄圖久銷沉，遺廟空血食。惟餘浩渺觀，一洗芥蔕臆。我來水歸壑，又苦寒飆射。千尋蹴巨浪，七日滯行客。崩崖困掀簸，永夜愁逼側。遥瞻落星戍，悵望柴桑宅。出險會有時，扁舟竟安適。夢醒聞好語，旗尾西北擲。

彭澤縣

大江會九派，驚濤浩無邊。潯陽三舍餘，五日勞洄沿。層崖出危堞，孤城枕江壖。茫茫辨洲樹，稍稍開墟烟。即景感徂歲，望古懷昔賢。水勢縱陽西，山光義熙前。我因一囊粟，乘此萬里船。所

求亮錙銖，忍受旁人憐。造物養不材，飲啄良有緣。但當咏時運，便可歸園田。三復《乞食》詩，操瓢亦欣然。

桐城江上有懷姚姬傳禮部

江介滯寒景，扁舟泛夕陰。龍眠望巒翠，不覺暝烟沉。眷言同懷子，結廬卧高岑。焚香散貝帙，潔膳娱萱襟。東華一爲别，種松已成林。昔游曠嘉覿，今塗阻遐尋。相思無日夜，浩與江流深。蘭省夙相要，歲寒亮此心。綢繆十年舊，契闊一毛侵。

三笑堂

開門見南山，松花墮凉雪。言尋虎溪路，一徑趨逶折。深堂寂無人，緩帶滌煩熱。幽襟契蓮社，吾愛陶靖節。意行無町畦，曠致縛禪悦。當年三客踪，草長綦音絶。丹青尚遺姿，巾服儼孤潔。描摹亦駢拇，色障非大徹。法師具天眼，萬象不生滅。虚空本無槁，那事强分别。一笑撒手迴，妙諦不可説。請聽橋下水，猶似廣長舌。

分賦得有竹莊送紀心齋先生南歸

石田老布衣，名著高士録。當年玩遁占，却薦適初服。結廬相城里，人境闢岩谷。募疏手寫成，乞種萬竿竹。生絹拓烟霞，賓屨填户軸。至今想修髯，飄飄映餘緑。如何塵外踪，乃受畫壁辱。無名挂官府，彌見獨行躅。先生早通籍，廿載寄朝禄。出處迹雖歧，風流趣堪續。昨宵西塞夢，飛落横塘曲。上書乞身歸，投老此卜築。遥知琅玕林，中買數間屋。閉門聽秋風，蕭森戛寒玉。通泉遠分筧，劚笋晚當肉。逍遥定長年，先後纚清福。應嗤都南濠，但點讀書燭。

題馮星實夢蘇草堂圖

大峨仙人天與游，夢蘇居士神相酬。鬚眉恍見七百載，鳴止正待三千秋。平生尚友香一瓣，竹屋青燈歲方晏。鄭箋矻矻手自抄，莊蝶蘧蘧目非幻。下峽以還渡海前，嬉笑怒駡皆詩篇。搜來稗野添公案，揀盡塵沙得定詮。心精感通如面告，笠屐翻然風肅肅。尋春豈訪符秀才，聽雨還偕老同叔。披帷一笑顔色親，掉頭不住機鋒真。文章幸脱元祐禁，襟袖應貯眉山春。蓬萊游戲歸何處，壽骨長

身起餘慕。隨風咳唾落尚新，涌地源泉默成悟。巧意丹青想入微，月梧烟篠晚依稀。豪情湖海呼能出，真面廬山認儻非。開府生辰詩滿紙，學士高齋署蘇米。君家證夢復草堂，去酌寒泉薦芳芷。

蔣丈奕蘭招陪沈歸愚宗伯彭芝庭司馬及諸同學集綉谷送春

荼蘼風起晴鳩啼，曲巷過雨生春泥。紅橋四百芳草暮，落絮飛遍昌亭西。樓頭花枝樓下雪，流光匆匆坐成別。名園上日羅衆賓，共惜江南好時節。江南春漲青接天，十日正泛沙棠船。白蕉之衫高齒屐，乘興來醉櫻桃筵。竹梧交蔭敞瑶席，黄金叵羅持勸客。良辰勝事本難期，復見風流照泉石。簾光泛緑池水平，碧羅裊裊含烟清。石床洗盞更盤礴，欲落不落斜陽明。東風無情鬢成素，多謝流鶯唤人住。倒載狂歌歸去來，來朝酒醒春何處。

遂初園歌呈拙莽吴丈

先生家本天都峰，丹梯鐵鎖攀芙蓉。白雲如海蕩胸臆，手弄明月驂茅龍。十年夢落滄江曲，却向岩東縛茅屋。自有前期侶向禽，何妨混迹同樵牧。桃花滿溪溪水香，柴門晝掩山蒼蒼。園林結構

足佳趣，枳籬百曲沿滄浪。葛巾方袍自來往，芳徑無人碧苔長。急雨微生竹院涼，暗泉細落松根響。紅橋窈窕碧玉流，興酣散髮乘扁舟。仙源路轉豁明鏡，倒影忽浸花間樓。先生平生此休息，林下清風滿泉石。短鍤常携劚藥童，方床頻約圍棋客。西園昨日花亂開，置酒邀我臨高臺。華林魚鳥趣方永，下若尊罍晚更催。相看緑鬢顔如昨，不用巾箱圖五岳。結習難忘蠟屐情，息機真羨披裘樂。別有江湘憔悴人，年年席帽苦風塵。携家欲就横塘曲，射鴨撈蝦作比鄰。

題晋陽申五兆定山樓聽雪圖即送其省覲杭州

冥冥寒色低壓檐，千岩萬壑開銀奩。天公昨夜勞玉戲，樵徑絶迹山埋尖。孤茅天外誰所縛，玉虛樓閣清光添。幽人高枕聽蕭瑟，明窗透影疑冰蟾。横空曉起發奇賞，四面盡拓蘆花簾。朔風亂吹柳絮落，冬序瞥見繁花粘。乍如春蠶卧竹箔，食葉上下飢難厭。又如鐵騎驟風雨，銜枚將令森兵鈐。危檐溜折栖鳥起[一]，凍澗飄入游魚噞[二]。長松振鬣遠撑突，毿挲亂戛驪龍髯。空山無人萬籟寂，聞根不斷神彌恬。却思踏雪控金勒，霹靂應手弓初拈。豪情争如逸致好，登眺不畏寒威嚴。段橋殘雪景尤絶[三]，山水勝事君能兼。驪歌唱罷送征棹，短衣空愧塵容黔。

【校勘記】

〔一〕「危檐溜折栖鳥起」，《篁村集》卷三作「檐條墮折碎珠響」。

〔二〕「飄」，《篁村集》卷三作「撲」。

〔三〕「段」，《篁村集》卷三作「斷」。

桐廬

信美桐廬縣，初冬似暮秋。人家烏桕樹，客子木綿裘。樂歲高低廩，通川上下舟。宵來試山雪，白映老夫頭。

夜雨簡奕蘭

讀罷《離騷》意惘然，更堪暝色下江天。小床怯雨留鐙坐，薄絮欺寒壓夢眠。浮世因緣雙屐外，少年心事一杯前。張郎亦是秋風客，擬向鱸莊問釣船。

瑞洪聞雁

番陽急雪夜凄凄，幾隊哀音落枕齊。夢老慣依邊月迴，群孤猶怕嶺雲迷。江湖浩蕩驚新侶，秔稻艱難憶故栖。欲寄封君轉惆悵，流黄機畔翠顰低。

陪瑶華主人游盤山千相寺分韵得亭字二十韵

叠磴趨中谷，連山拱翠屏。客來扶棧度，騎轉隔橋停。石壓蹲蛟勢，松盤舞鶴形。繁花遲潑雨，絶澗想奔霆。蟻道方緣埡，獅林忽建瓴。雙竿承寶刹，兩扇豁金釘。雲氣晴浮瓦，泉音晝入鈴。香臺禽欲下，講座虎曾聽。海色連平楚，天光動落星。契真洞名。開峃窱，洗鉢貯清泠。田俯僧衣碧，峰交佛髻青。何人崇象設，多事鑿岩扃。相好窺俱足，名言理亦冥。唐燈懸古厂，遼碣剔殘銘。興發還紆策，幽尋更得亭。拈毫逢邂逅，隱几接芳聲。游許陪飛蓋，才真謝叩莛。流連傳茗碗，指點拓窗櫺。歸路頻迴顧，長吟到薄暝。題詩崔顥在，勝地愧初經。

雨中作

春烟漠漠水初生，隔院遥傳百舌聲。最是客愁消未得，杏花寒雨過清明。

蓉江道中懷人絶句

光禄文章壓輩流，瑯琊宗派鳳麟洲。朝回日日餐蛾緑，鬟影書聲共一樓。王光禄鳴盛。

錢郎瘦比東陽沈，地近蓬萊會列仙。曾到和林訪遺事，斷碑零落兔兒年。錢侍讀大昕。

定香居士老詩禪，卜宅仍鄰古寺前。常説夜游同謝監，柏陰如藻石幢邊。王舍人昶。時昶寓在寄園，而謝編修墉所居聽鐘山房，皆在憫忠寺之北。兩君月夜常偕勝侶往坐松下，至二三更而歸。

鄭郎昨上蓮華頂，濯髮親經玉女盆。手摘明星望鄉國，黄河如綫走中原。鄭禮部鴻。

韓莊閘口望微山湖

眉痕淡掃夕陽邊，獨倚危橋望楚天。引起江湖十年夢，亂帆如葉水如烟。

湖海詩傳卷二十五

曹仁虎

字來殷，號習庵，嘉定人。乾隆二十二年召試，賜内閣中書，二十六年成進士，官至侍講學士。有《咏典》、《秦中》、《刻燭》、《炙硯》諸集。

《蒲褐山房詩話》：來殷以聲華名望爲都下所推，然端静自守，恂恂粥粥，不至朝貴薰灼之門。其詩初宗四杰，七言長篇，風華縟麗，壯而浸淫于杜韓蘇陸，下逮元好問、高啓、何景明、陳子龍及本朝王士禎、朱彝尊諸公，横空排奡，才力富有。七律尤高華工整，獨出冠時。雄渾之語，則有「雙峽天低連雪嶺，五丁地險接維州」，「校尉盡看紅帓首，材官齊號黑雲都」，「奸細幾曾誅趙信，征人空見老班超」，「紫霧千盤開漢碣，碧霞四氣拱秦封」，「西京專閫推横海，東漢登壇數伏波」，「初添蜀郡三城戍，更遣秦川四道兵」，「執法烏臺秦御史，談經絳帳漢儒林」。情韵之語，則有「梨花小院重重樹，燕

子高樓面面風」,「叱犢聲聞黄稻隴,歸鴉影點緑楊村」,「東風樹樹生紅豆,南浦迢迢送緑波」,「明窗曲几彈棋地,小雪疏梅咏絮天」,「初聽成雷喧白鳥,閑看避雨徙元駒」,「澗道水聲疏雨歇,江天帆影夕陽多」,「客路正當歸雁後,鄉心多在落花初」,「白蘋千點鷺初散,紅雨一簾鶯亂啼」。時詩道雜而多端,或仿白居易,或仿黄庭堅、楊萬里,或至仿袁宏道,信手塗抹,率以流易佻巧爲能。如郭舍人之俳諧,鄭五之歇後,黄茅白葦,彌望皆是。及來殷詩出,乃奏金石以破蟋蟀之鳴。然其集未行,世人知之者尚少。定例,各宫殿門對聯,撰自翰林,次由工部。每至封印後,工部堂官率屬敬謹懸挂,新春開印後,收而謹藏之,歲以爲常。其勦舊者,隨時更换。乾隆癸未、甲申間,多係來殷恭撰。今其集中所存,如皇極左門云:「九重敷斂範陳箕,曼羨蕃釐共錫;萬國會歸光戴斗,蕩平軌路同遵。」右門云:「洛籌福紀慶洪延,象協居中建五;乾策祥符徵順叙,功侔則大函三。」斂禧門云:「輝騈寶券晋雲閶,推策純常集嘏;慶衍瑶籌贏澥屋,闡珍舄奕流禔。」斂禧左門云:「重霄日月爥升,恒景運祥開久照;八表山川徵樂,壽昌期福集新韶。」右門云:「化成熙皞,驗風從治,比春孳夏育;祥迓熾昌,昭德致符,呈乾絡坤維。」錫慶門云:「億萬齡錫羡延洪,保定自天孔固;三千界重熙洊洽,祥和與物同春。」左門云:「三壺景象駐恒春,釦砌環迎戩福;六幕光華徵復旦,彤宸茂集繁祺。」右門云:「珠囊晷緯召庥徵,福界垣臨太乙;玉燭年華彰瑞應,昌辰化溥由庚。」影壁門云:「川岳獻珍符,烟煴闡瑞;日星昭景貺,糺縵呈華。」「玉琯奏諴,和氣調九寓;瑶樞徵廣,運衡正三階。」茶膳房

云：「得氣先蓂長應月；呈祥翠蓮并迎風。」「五色雲英滋秀草；千秋露實熟蟠桃。」「湛露凝甘盈缶瓮；光風布煦應瑶篇。」「液酌衢尊同介景；音調嶰管遍覃禧。」例此數百言，置之盛唐詩内，皆絶妙好詞也。升平故事，自古罕傳，足爲詞林程式，故摘録於此。

晚過尚湖

濛濛濕雲昏，冉冉凉月吐。扁舟向湖波，前涂渺何處。疏鐘來遠山，野火出深樹。賓鴻下蒹葭，颯沓秋氣暮。沙寒不見人，柔櫓烟中去。

熱河懷人詩五首

王公直禁廬，歲歲侍鑾纛。自參滇蜀軍，九載歷鑾徼。豈惟策勛奇，詩文助雄奡。昨赴豫章城，派振西江調。德甫。

鴛湖有一老，文苑擅三絶。早歲客平津，關塞陪車轍。閑中談往事，酒酣并耳熱。余亦慟西州，流光感電瞥。先生客蔣文恪公所，每以隨輦同至塞外。余於己卯歲官中書，亦陪文恪公至木蘭。嗣後文恪即不復扈蹕

矣。擇石。

河間著作才，輿志資編纂。初登詞苑班，即備屬車選。庶常扈從熱河，始於先生暨錢竹汀，以方創輯《熱河志》也。踵事逮末儒，依類訂成卷。餘義在引伸，匪曰誇證辨。余承先生後增訂《熱河志》，體例一遵原書，惟辨老河之非即白狼水、潢河之非即饒樂水、中京長興縣即在大定府城内諸條，爲前書所未及。曉嵐。

錢君桑梓人，研席共齠歲。踵武向承明，依舊魚同隊。當君游塞時，惜未聯征轡。想像訪遺碑，手剔枯苔翳。竹汀。

學士隨蹕來，黌宫值新建。煌煌舍菜儀，几筵侍親盥。文聲翔塞垣，典故具詞館。合有雅頌音，矢詩逾樂泮。白華。

馬伏波銅鼓歌和夢文子夫子

我聞軒轅始作《棡鼓曲》，靈夔鷙鳥張軍容。夏足殷楹遞更變，用供祭祀兼兵戎。《周禮》鼓人掌六鼓，和以錞鐲鐸鐃鐘。路鼗提晋辨等級，要貴立動昭豐功。漢初樓車製更异，軍門鼓吹傳雄風。離牛坎馬各有用，兹獨奚取銅山銅。相傳得自漢馬援，駱越遺器來南中。想當交阯初叛日，蜂屯蟻聚揚軍鋒。朱鳶駱將恃雄勇，寇略嶺外窺城墉。璽書朝下伏波印，副用段志兼劉隆。平生慷慨負大

志，據鞍顧盼鳴雕弓。徑從滄海趨浪泊，樓船百道麾艨艟。斷崖塹磊控萬疊，幽箐杳靄迷千重。飛鳶作隊下墮水，黑雲四塞天濛濛。金溪穴深深不測，親率戰士當其衝。九真遺賊悉蕩滌，日南合浦風烟通。中明漢律示約束，紛紛向化輸蠻賨。分茅嶺外定疆界，插天銅柱標巃嵸。轅門晝啓獻方物，負戴絡繹來猺獞。大圍兩肘高四尺，非刁非斗非金鏞。昔時廣州始鑄此，良金上齊歸陶鎔。千鈞重器一朝就，剋晨置酒陳飧饔。中庭高懸貫四耳，曉暾下射光曈曨。溪獠峒虜各奔赴，項髻斜插形鬅鬆。金銀釵股競扣擊，半醉徐起歌嚨哅。花腔盧沙相間作，用以報賽祀祝融。一從遠輸入漢室，捆載萬里馳花驄。歸來擊牛勞將卒，鑄爲馬式煩良工。儀帛諸家備骨相，黄騅赤驥高纏鬉。工成獻自宣德殿，封侯裂土相始終。何爲此鼓獨未毀，鬼神呵護留炎封。蠻烟朝迷色閃閃，瘴雨夜洗陰雺雺。驚灘亂石露光怪，白日倒貫長江虹。神物沉埋閱千載，何時却出荆榛叢。氈包席裹致吴下，縵文隱隱苔花濃。面平腰束下無底，碎乳四散排玲瓏。蝸蜒剥蝕備諸狀，瓜皮沉緑丹砂紅。惜無龍螺刻籀篆，豈假饕餮圖奸凶。蟾蜍大小拱左右，識凹款凸中虛盅。雲雷有象間絡索，班班古色盈簾櫳。羊鼎虎彝失貴重，珠盤玉敦羞尊崇。硯山堂中遠塵俗，插架文史羅三冬。巍然此鼓列座右，摩挲拂拭光熊熊。革匱十重巾十襲，聲價不數珪璋琮。我來入門望寶氣，遥見突兀虛廊東。桐魚作桴一奮袖，噌吰鞺鞳驚群聾。疾雷殷天走霹靂，陰霧覆地趨豐隆。連輦輕輿互較轢，快劍短戟爭撞掊。鼓聲震堂堂欲動，似有萬騎奔峒崆。三撾忽停衆響寂，元天仰視高穹窿。狂歌擊節自起

舞，令我懷古心忡忡。蠻夷叛服本無定，控御有道歸君公。自從漢家事遠略，喪師失邑無終窮。先零種落居內地，遂使邊境交矛鏦。匈奴二庭及西域，出没晝夜頻相攻。懸兵迢遞出徼外，飛芻挽粟勞輸供。賴有名將如援輩，相與戮力垂勛庸。惜哉五溪復猖獗，壺頭病困何匆匆。牀前豎子起蜚語，朝宁誰復知孤忠。文犀薏苡事莫辨，矯首耿耿悲填胸。男兒要當志邊野，裹尸馬革真豪雄。即今西陲諸部勁，秋深牧馬遥傳烽。登壇授鉞遣將帥，旌旗千萬摩蒼穹。陣圖堂堂控蛇鳥，營竈纍纍連𪖙蚣。金笳鐵角數聲動，士如猛虎駒如龍。遥聞疆場新戰捷，露布已達明光宫。便當捲甲趨絶漠，一鼓直掃龍庭空。區殫域滅始返斾，勒銘夜削青芙蓉。叩關款塞集君長，黄支烏弋咸來同。軍中鼙鼓静不震，五金銷盡歸春農。辟雍簴業振文教，靈鼉奏處聲逢逢。千秋青史紀偉績，夫豈不如矍鑠翁。

天台山歌送沈歸愚夫子

天台山高崎吴越，層峰隱現開靈闕。鳥道斜連谷口雲，龍湫映徹岩前月。赤城拔起何巃嵸，紫霞明滅金芙蓉。靈氣蟠結雄南東，上帝賜與神仙宫。陰崖遠通一綫日，絶壑横卧千年松。盤盤鐵鎖不到頂，但見飛梁峭壁縹緲懸空中。先生本是烟霞客，解組歸來樂泉石。選勝還升陶令輿，探奇更

蠟謝公屐。金箱常貯《真形圖》，興酣奮袂尋仙都。螺溪幽溪路窈窕，葛嶺察嶺峰模糊。身倚千尋梯，手持九節杖。捫蘿直躡層霄上，白鳳青鸞倏有無。朱幡絳節時來往，微茫滄海水一杯。南瞻雁宕青崔嵬，石梁中斷雙崖開。白虹倒挂奔晴雷，珠簾千層匯玉鏡。石笋萬仞懸瓊臺，松門之西敞靈境。居慶切。兩袖天風浮絶磴，斷猿哀鳥左右啼。瑶草凄凄滿幽徑，白雲自散春岩青。氣蹺隱隱乘風行，仙源一别三千齡。碧桃花落寒泉清，層樓十二開瑶京。洞中玉女相逢迎，金漿石髓遞相勸。浩歌一曲凌蓬瀛，烟巒如此堪栖托。笑我天涯空寂寞，采藥仙源路不迷。十年忍負山中約，翠壁丹梯西望遥。何由相伴陟岧嶢，惟餘華頂三更夢，遠逐錢塘一夜潮。

消寒第三集遇雪用東坡聚星堂雪詩韵

吾生量怯三蕉葉，不飲還愁負新雪。酒人絡繹隔巷來，把臂狂歌正歡絶。凍輝緣隙紙窗明，幽響墮階冰柱折。那知漏鼓寒易沉，但覺爐灰濇將滅。此時興酣一起舞，窣地重簾手自掣。空庭風捲白皚皚，銀海光摇亂醉纈。枯腸熱後欲森芒，妙論參來快鋸屑。愔愔促坐戀今宵，清景明朝去如瞥。掃庭任招僮僕嗔，占瑞宜有老農説。歸來支枕續斷吟，翠被生棱冷於鐵。

曉起雪未止復用前韵柬同人

孤鐺吹火煨濕葉，老屋沉沉閉深雪。同雲侵曉未放晴，佳客不來車轍絶。階前瘦石封漸平，壁上虚弦凍將折。長天一日鏡光遥，幾點浮烟自起滅。喜無野馬近簾飛，時有飢禽争樹掣。玉妃姿態本天成，不逐濃妝鬥紅纈。迴飆忽作打窗聲，寂坐閑齋聽騷屑。只愁皓潔難久留，優鉢空花付一瞥。冰甌瀹茗太酸寒，風味莫與粗人説。聳肩忍凍發長吟，隔户丁冬響檐鐵。

雪霽後同人各以聚星堂韵詩見示疊原韵奉酬

遥天斑駁開雲葉，屋角初暘爛晴雪。長鬚剥啄遞詩筒，雒誦臨風各工絶。巷南巷北盈尺泥，欲往還愁屐齒折。喜將妙句當深談，一段清緣難泯滅。柔情不學眠蠶僵，健筆偏驚老鳳掣。忍寒高咏亦足豪，那羡舞茵圍綉纈。京華暮節臘鼓喧，饋歲往來事瑣屑。吾儕作達須及時，激電年華一轉瞥。拍肩命盞歡可尋，叉手圍爐話重説。吟成火急遞飛箋，要乞靈丹與點鐵。

再用前韵催同人和作

軟塵海裏萍聚葉，各有雅懷鬥冰雪。峥嶸歲晏課新詩，矮紙書成倍清絶。按節狂歌銅鉢敲，當場醉舞綸巾折。消寒排日泥傳杯，題壁淋漓迹未滅。扶輪巨手推數公，座上驪珠讓先掣。伊余雕刻慚小才，譬若爲花剪碎纈。《陽春》高唱發聲遲，下和巴音知不屑。由來清景難重摹，樂事賞心總成瞥。閉門定想苦吟勞，開徑還期情話説。偶然摩壘輕致師，莫笑空拳無尺鐵。

同人各以叠韵詩至仍用原韵賦答

新詩工似雕楮葉，合有幽蘭儷白雪。連朝絡繹送蠻箋，硬語盤空何警絶。共知僵卧吟倍豪，那怕苦寒骨欲折。髯公賓從誇汝南，文酒風流未澌滅。友朋勝集古今同，依舊詩壇旌旆掣。傾來寶篋皆琳瑯，織就雲機盡綺纈。撚髭擁鼻足清歡，錦帳羊羔真猥屑。苔岑臭味托心知，石火光陰隨眼瞥。松爐灰暖柏盞香，餞臘咬春有成説。相期倡和過殘年，聲應真同方響鐵。

讀同人聚星堂韵詩各有聚散之感仍疊原韵

泠吟相和蟬抱葉，泠宦相尋鴻印雪。長安聚首多素交，文字招邀真勝絶。胸中塊壘澆易消，腕底鋒芒運難折。新篇落紙盡珠璣，貯向奚囊未磨滅。深爐急盞送殘年，赴壑驚蛇不可掣。歲寒共矢青松心，羞與凡花鬥春纈。即今幾輩各分携，三徑人空更酸屑。舊游裙屐漸飄零，游水東流日西瞥。題襟集在期互編，剪燭緣慳忍重説。中年哀樂慣傷情，狂歌擊碎如意鐵。

消寒第四集復遇雪仍用前韵

空中翦水成花葉，送臘連番飛快雪。天公有意助清娱，玉戲縱横最奇絶。廣庭縛帚掃復盈，老樹連巢壓將折。吾儕文酒有夙緣，肯學灰心斷生滅。衝寒踏凍疲馬嘶，薄暮打門亂雅掣。相逢似跨白霓來，要借芳醪生面纈。閑翻松炭添篆烟，自揀茗芽煮冰屑。夜深不厭捲簾看，作態迴風尚飄瞥。詩情詎待驢背尋，賦筆須從兔園説。漏沉燈炧客告歸，泠逼茸裘如擐鐵。

對雪復用前韵柬同人

空林一夜飄瓊葉，門巷蕭然封凍雪。滿窗虚白映殘書，獨撚冰髭伴幽絶。日光穿瓦相澄鮮，風勢壓籬半倒折。焚香捲幔望轉清，著屐下階痕不滅。眼前萬族各有營，鷽鳩低搶鷹高掣。浮杯越酒緑生鱗，出窨唐花紅吐纈。擁爐兀坐是孤歡，那遣閑愁感羈屑。食前五鼎車八騶，富貴徒供眼斜瞥。玉壺世界隔塵喧，惜少吟朋揮麈説。枯腸搜句耽寂寥，寒硯頻呵堅似鐵。

雪後得王惺園閣學書即用前韵却寄

去年暖寒傾竹葉，夜閣招邀賞初雪。當筵八咏創新題，去歲與惺園同賦雪中八景。刻燭争傳句超絶。苔箋半幅手自書，腕力生棱釵股折。越燕兩地忽分襟，妙迹弆藏未漫滅。蕭齋清景故依然，獨惜流光如電掣。君今擁傳握文衡，老眼寧愁花眩纈。情懷映月湛冰壺，咳唾隨風霏玉屑。吴山雲樹浙江潮，天末空勞遠望瞥。冷吟閑醉定誰同，離緒茫茫不可説。梅花想像賦新成，漫道廣平心似鐵。

與君分手向江邊，今秋偕惺園典江西鄉試，惺園即視學浙中，以九章江渡頭船一葉，秋水涵天浪如雪。

月二十一日别於南昌城外。祖帳驪歌最凄絶。燕臺南望路迢遥，惜别經時心欲折。朝來貽我雙魚函，懷袖摩挲字不滅。十年仙籍舊同登，瀛海靈鰲讓先掣。宵歸院燭照金蓮，曉起宫袍擁紫纈。西窗暇日互招尋，四座從容聽談屑。竹林把臂憶風流，良會匆匆眼空瞥。相思命駕定何因，昔款還從書素説。莫嫌踪迹易暌離，結契終應比磁鐵。

泊觀音門寄王德甫錢曉徵

風雨青溪渡，曾同抱被眠。寒江今夜月，獨上白門船。樹色三山遠，潮聲九派連。酒闌一長嘯，哀雁落雲邊。

秋　夜

凉月照高柳，草堂夜氣分。斷鴻空際度，清磬静中聞。葉落全疑雨，池荒半是雲。彈琴不能寐，蕭瑟感離群。

寒山

孤磬出林際，空山獨到時。鳥聲新雨霽，松影夕陽遲。落葉留青嶂，寒泉響碧池。何當繼高躅，栖隱向茅茨。

楓橋舟次

楓落東塘路，星河澹碧天。殘鐘烟際寺，遠火月中船。古驛啼烏後，寒山斷雁邊。忽聞歌《水調》，蕭瑟不成眠。

卞忠貞墓

内史徵兵急，陶公赴救遲。江山多難日，甲胄致身時。碧血魂猶怒，青溪事可悲。冶城松柏路，風雨捲靈旗。

大義推温嶠，清言笑阮孚。重泉猶握爪，八口共捐軀。斷碣荒苔蝕，靈祠落日孤。石城忠孝并，千載有司徒。

懷王德甫錢曉徵

青溪歸棹悵離群，禪榻茶烟夜漏分。白露爲霜人乍去，碧天如水雁初聞。三秋客思憐王粲，十字詩名數仲文。準擬蘇臺重話雨，支笻踏遍洞庭雲。

渡　江

澄江如練客舟輕，遥指金陵一日程。楚水亂帆時近遠，吴山殘雪半陰晴。濛濛浦樹烟中出，點點沙禽望裏明。無限南朝興廢感，寒潮空到石頭城。

妙嚴公主拜磚

早謝椒塗習唄音，琉璃地上足趺深。生塵不學凌波步，入石偏符面壁心。合向花龕供拂拭，未隨蘚砌付消沉。九蓮明孝定太后曾取入大内，復送還寺。异代同禪契，長護芳踪到梵林。

澄江使院答陸青來即次原韵

小邑猶傳楚相居，空江半壁控南徐。論交喜稅塵中駕，譚藝閑翻篋裹書。冰泮曲池芳草長，雪晴官閣早梅疏。最憐三十三峰好，日日開簾對碧虚。

梁溪道中

芙蓉湖上送行舟，短柳依依滿渡頭。緑水長堤游客路，青旗小市酒家樓。雨中樹影參差出，烟際山光淺淡浮。回首故園寒食近，天涯日暮引離愁。

題王岡齡新居次韵

一徑初開仲蔚居，雲林清興更誰如。風潭好聽滄浪曲，月几時披笠澤書。户繞緑莼添稚竹，坪滋青甲摘新蔬。詩禪畫偈風流在，携屐頻過野外廬。

韓　莊

碧沙萬頃遠烟微，洲渚蕭條釣户稀。日出神鴉迎棹舞，風高孤雁掠帆飛。水流王氣連豐沛，山擁晴光入海沂。摇落不堪逢暮節，高堤官柳漫依依。

西苑春望用王德甫吴冲之韵

鵶背宫雲澹不流，蓬山佳氣曉來游。沙邊暗渚通魚籞，樹裏明霞隱鳳樓。尺五天低分勝地，重三節過趁芳游。依稀憶得江南景，幾陣香綿撲渡頭。

千條柳色亞紅闌，步屧探春春未殘。曲沼水平三尺漲，芳堤花殿一分寒。風前競載青絲榼，葉底徐調碧玉鞍。不厭閑來頻拄頰，西山濃翠在林端。

韋曲修禊之會以風雨不果賦詩二首志悵并邀諸公同和

上除風景待招尋，聯轡宜過曉郭陰。聽雨聲從殘夢覺，惜花情比憶家深。浮杯枉渚虚高會，隱几閑窗付冷吟。漲遍華嚴川畔水，握蘭何處濯芳襟。

油雲隔斷曙霞紅，尺五天邊話未通。芳草自遮游屐路，落花空惹鬢絲風。仙源幾曲虚無裏，春信連番畹晚中。贏得履綦多勝侶，嘉辰一樣擘箋同。

恭紀皇上肇建辟雍釋奠講學禮成一百二十韵

軒陛垂衣日，虞廷絙瑟時。道原符一揆，治正洽重熙。保合洪鈞化，從容上聖姿。百王兼損益，一統集君師。巍焕超前代，漸摩訖遠陲。龍圖應出水，鳳瑞夙聞岐。載考黌宫制，言崇國學儀。名先徵米廪，典特備蒼姬。育德歸宣教，明倫溯秉彝。士風膠序起，王迹鎬豐追。共識敷文廣，寧容舍

業嬉。夏弦游藝圃，春誦下書帷。棫樸齊翹秀，菁莪并展猗。奏公於樂咏，翼子厥謀詒。俊造升由此，明和義在斯。昔曾傳雅化，今幸值昌期。府事歌惟叙，工虞慶允釐。握符參昊綍，布德偏黔黧。景緒恢前烈，康功敕百司。綏猷臻秩秩，建極倍孜孜。閶渥垓紘浹，威稜徼塞馳。巡方臨澤國，問俗到農菑。軌順宗河曲，瀾恬巨澥湄。拓疆通版索，藏富裕茆茨。秘閣全書弆，奎章御集摛。天文昭倬彼，聖德懋祇台。妙協從心矩，深籌復古規。成均洵首善，起化有深裨。四學稽周舊，三廱陋漢遺。明堂稱莫辨，太室號非宜。左右分形异，方圓聚議滋。鴻都書漫集，虎觀典空禕。縱有浮文飾，何關大道仔。循名期化導，責實愧平治。自立燕都監，猶虛璧水池。崇儒逢聖化，典學企文思。所貴功能創，寧虞制久虧。渫泉盈自足，修綆汲非遲。道統光虞夏，心源接昊羲。識惟歸獨斷，工不待疇咨。爰詔司空建，仍頒内府貲。庀材羅白石，鳩役給朱提。巧引璇源派，寬涵學海漪。旋邱流四繞，象島水中坻。崇殿巋然立，平臺屹不欹。虹梁排蝃蝀，鴛瓦復琉璃。金碧輝瓊牖，丹青麗綉楣。繽紛凝秀藻，鞞鞢映芳芝。四面齊開闥，千尋自亘桅。清嚴森黼扆，洞遈敞罘罳。映碧蠲埃壒，迴環抱渺瀰。文瀾來有本，聖澤匯無涯。似砥分階墄，連雲接棟榱。經營占定室，揆度集般倕。教胄嗤梁武，從公隘魯僖。落成昭御記，雒誦仰宸詞。制度寧沿襲，淵源泯合離。折中歸正大，取象協崇卑。赫赫鐫豐碣，煌煌焕巨碑。勤惓垂至訓，締造溯丕基。典本殊羞耇，儀休混養耆。父兄難比事，更老足傳疑。未許鋪張甚，終餘傳會嗤。説祛千載謬，天縱一人知。歲應旃蒙籥，祥開大衍蓍。億

齡增帝秩，五世茂天支。恰值曾元會，彌欣福嘏綏。綿綿榮翠瓞，翼翼衍金枝。鳳詔元辰沛，鴻恩薄海彌。官僚頒誥綍，岳瀆薦香匜。啓讌還繩武，臚觀廣錫禧。彤宮羅綺席，釦戺列龐眉。矍鑠同扶杖，聯翩各捧卮。華筵情衎衎，壽宇樂怡怡。淑景陽春滿，韶光仲月推。瀛洲萌細草，太液涣輕澌。報社先翔鳦，遷喬乍囀鸝。濃脂桃暈萼，淺黛柳抽絲。翠律重迎節，青旛漸暖颸。上丁行秩祀，先甲致齋祗。掌故修宗伯，章程飭奉祠。習容何肅肅，觀禮到祁祁。鵠立聯簪綬，鳬趨接履綦。告充陳柤梪，蠲潔列琗盩。省視周卿尹，供張屏隸厮。玉鸞星夙駕，銀箭夜何其。曉漏速留點，朝陽未展曦。鈎陳嚴鹵簿，禁鑰啓葳蕤。届候洪鐘動，凌晨彩仗移。明燈方引隊，曙色欲開熹。子佩還馳道，儒冠跂廣逵。祥烟籠瑤蓋，瑞雪導華轙。陟降容皆中，明禋志自持。黃流盈玉瓚，白粲皁明粢。奏管音諧鳳，鳴球典命夔。精誠瞻秉鬯，博碩助陳犧。禮樂看隆備，神人共宴嫛。馨香升普淖，儀物會棽麗。講席當陽敞，琅函乙覽披。緝熙彰聖極，行健闡乾維。穆穆倫常具，昭昭晷度垂。功惟存敬止，道自契誠之。徵鼓來蹌濟，摳衣效肅愭。敷言宣御案，髦俊跽彤墀。盡聳愚蒙聽，難攄淺見窺。牖民真孔易，覺物本無私。翠蹕初旋軫，珠霙尚綴旗。喜看花六出，先卜麥雙歧。命以重申布，恩從百爾施。匪頒均示惠，式晏并宣慈。解額加增廣，官聯録等差。尚方陳彩幣，儀部具珍醨。慶靄偕驤首，醲膏盡浹肌。雍容三代禮，保定九如詩。自顧材齊櫟，惟知悃矢葵。觀光陪近侍，拜獻愧先資。忝與分茶賜，榮叨珥筆隨。延洪誠樂只，盛典足昭兹。紀媺音徵雅，敷疇福備箕。賡揚逢景會，

抃手頌春祺。

恭頌皇上東巡盛京上陵禮成百韵并序代作(一)

乾隆四十三年，歲在著雍閹茂秋七月，聖駕出山海關，邁瀋陽，恭謁三陵，紹聖祖之家法，追懷列祖繼世垂統萬年啓佑之成。蠲吉戒塗，經行内地，不行圍，不筵宴，却高麗、扎薩克諸外藩之朝賀，鑾輿肅穆，共帳不移，烝徒無擾，于以省方觀民，廣補助之仁，舉懷柔百神之禮。太常蕆事，大孝光昭，甚盛典也。小臣江鄉下士，恭逢皇上龍飛首祚，曾應博學鴻詞科，乾隆十六年，復薦舉經學。自惟學術弇陋，佔畢無成，由直隷河工丞倅薦升府道，奉職閩滇，旋以軍需册籍詿誤降調，遵例捐復。兹當赴銓之時，恭遇法駕時巡，隆儀載舉，孝思維則，曠越三古。臣不勝揄揚大美、形容盛德之思。又憶五年前奉發雲南，蒙恩召見，温語垂詢臣尚能作詩文否。臣今年七十有三，雕蟲末技，結習未忘，瞻就光華，遥睎珥筆侍從之班，敻乎天上。不揣荒疏鄙陋，輒賦五言百韵，叩獻行在，恭呈乙覽。山鷄舞彩，儀鳳羽以何年；小草傾陽，效葵衷於此日。臣無任激切屏營之至。謹拜手稽首而獻詩曰：

宗國星纏左，興京遼海東。中天開王氣，奕世襲淳風。弓劍三陵思，山河百戰功。撫時紓永慕，追遠展純衷。孝治光天下，恩膏遍域中。眷兹根本重，稽古典章崇。月出衣冠舊，時巡律度同。燔

柴喬岳峙，奠壁翕河潀〔二〕。俯念勞民吏，遵途指鎬酆〔三〕。柳邊停宿帳，碣石記郵筒。水土凉汀便，炊烟蔀屋饛。子來争汎掃，市集静喧叿。先甲頒明詔，新秋啓玉驄。和鸞來迤邐，長白望嵸巃〔四〕。星宿環黄道，烟嵐夾翠巃。巍巍峙龍虎，肅肅守靊霳。玉瓚馨遥薦，珠邱氣自蓊。綿瓜徵繹繹，黛柏列芃芃。展拜橋山下，深惟創業隆。十三戎甲奮，千億帝圖雄。應運開堂構，乘時蕩祲雺。義旗揮日耀〔五〕，雷鼓震天鼙。赫矣思謨烈，佳哉望鬱葱。薰蒿動凄愴〔六〕，靈爽儼曈曨。馬汗猶流石〔七〕，龍髯不挽弓。風雲長共護，霜露罔時恫。締造丕基鞏，凝承寶命窿。餘威助神武，大業益昭融。遠定濛池部，旋除萑徼凶。髦頭掃星焰，亥步極天幪。競引梯山索，頻浮度海艟〔八〕。龍荒恢版籍，雁塞闢耕墁。玉帛九垓會〔九〕，車書萬里通。殊勛歸默佑，遺澤衍龐鴻。拱極峰形繞，朝宗水勢淙〔一〇〕。祥輝晴縹緲〔一一〕，雲氣曉冲瀜。鍾毓傳靈寓，苞符翊聖躬〔一二〕。精神通沕漠〔一三〕，治化契鴻濛。紀運長開泰，占年屢告豐。八方徵輯睦，萬姓鮮煢癃。弭節遵周道，留都啓法宫。時方際熙皞，念益秉謙冲。綈服去雕組〔一四〕，茨檐謝璧玒。不煩賀鶼鰈，奚取獻豜豵。賓賁辭藩服，笙簧罷瞽矇。暫教停晏饗，盡遣戢戈罦。旋蹕商辰肅，懸郊旭日彤。扶桑延曉曙，若木耀晴空。關勢雄巉嶫，溟支抱潰洭。霏英凝浩露〔一五〕，爽籟拂高飈。巨浪恬澄練，明霞絢彩虹。碧霄鴻送唳〔一六〕，蓬島鶴開翪〔一七〕。向是神仙窟，今爲雨露叢。村村收棗柿，處處足葵菘。築圃登新稼，盈場見束稯。溝塍紛綺綉，磵壑響玲瓏。叠岫浮濃翠〔一八〕，輕塵簇軟紅。珠囊光奕奕〔一九〕，玉燭照熊熊。法祖真繩武，臨民每達聰。乾行周不

息，兑澤沛無窮。喜洽謳衢子〔二〇〕，歡生擊壤翁。農歌溢阡陌，帝謂接崆峒。微賤慚臣質，生成托化工。經綸貽祖父，志即立孩童。砥行希原季，虛聲愧賈終。制科叨薦剡，賢榜隔飛翀。素抱常傾藿，生涯類轉蓬。防河爲小吏，負土竭愚悾。所幸邀綸綍，真看脱韝籠。七閩紆印綬〔二一〕，六詔駐車輽。治仰東西漢，賢師大小馮。詩書化椎魯，牒訴息嚨訌〔二二〕。地産稱殷富，人情率愿侗。最宜宣德意，相慶靖邊戎。盈縮籌軍糈〔二三〕，辛勤問鞠藭。機絲嫻僰女，甑粟饜蠻僮〔二四〕。僶俛期無斁，馳驅急在公。涓埃虛報效，文籍坐迷瞢。鐫級原非枉，歸田詎有痌。未甘儕散櫟，猶是戀宸楓。自揣年非壯，兼愁智復懜。之無字粗識，亥豕誤能攻。欣遇文明代，宏搜典册藂。冀分藜閣火，勝綰虎符銅。咫尺天顔近，汪洋聖度洪。矢音聊見志，發覆願披忠。祇自耽蟲篆〔二五〕，何曾識豹鼨。庶幾清問及，萬一下乘充。寒意回枯柳，清音出爨桐。珠光借魚目，駑駕策霜鬉。荆璞憐三獻，羔皮飾五緵〔二六〕。遥瞻雲糺縵，欣迓轡瓏璁。至治昭巍焕，元音覺聵聾。敢言供著作，祈與牖顓蒙。重趼隨班馬〔二七〕，長吟等砌蟲。十年濡賦筆，百韵上詩筩。祝擬籌添海，呼宜響效嵩。迎鑾方濟濟，抱悃轉忡忡。葑菲如堪采，稊稗實待礱。擊轅呈里曲〔二八〕，翹首望高穹。

【校勘記】

〔一〕張鳳孫《柏香書屋詩鈔》卷二十四有此詩，則曹仁虎乃代張鳳孫作，詩題改爲《皇上東巡盛京上陵禮成恭紀五言排律百韵》，無「并序代作」注文，且序亦因之無。

〔二〕「壁」，《柏香書屋詩鈔》卷二十四作「璧」。
〔三〕「鎬」，《柏香書屋詩鈔》卷二十四作「鄗」。
〔四〕「嵸巃」，《柏香書屋詩鈔》卷二十四作「巃嵸」。
〔五〕「義」，《柏香書屋詩鈔》卷二十四作「參」。
〔六〕「薰」，《柏香書屋詩鈔》卷二十四作「焄」。
〔七〕「馬汗猶流石」，《柏香書屋詩鈔》卷二十四作「石馬猶流汗」。
〔八〕「度」，《柏香書屋詩鈔》卷二十四作「測」。
〔九〕「九垓」，《柏香書屋詩鈔》卷二十四作「如期」。
〔一〇〕「淙」，《柏香書屋詩鈔》卷二十四作「潀」。
〔一一〕「輝」，《柏香書屋詩鈔》卷二十四作「暉」。
〔一二〕「翊」，《柏香書屋詩鈔》卷二十四作「翼」。
〔一三〕「神」，《柏香書屋詩鈔》卷二十四作「誠」。
〔一四〕「去」，《柏香書屋詩鈔》卷二十四作「祛」。
〔一五〕「浩」，《柏香書屋詩鈔》卷二十四作「皓」。
〔一六〕「送」，《柏香書屋詩鈔》卷二十四作「遠」。
〔一七〕「開」，《柏香書屋詩鈔》卷二十四作「高」。

〔一八〕「翠」，《柏香書屋詩鈔》卷二十四作「緑」。
〔一九〕「囊」，《柏香書屋詩鈔》卷二十四作「蒄」。
〔二〇〕「謳衢子」，《柏香書屋詩鈔》卷二十四作「荷戈士」。
〔二一〕「紆」，《柏香書屋詩鈔》卷二十四作「行」。
〔二二〕「嚨」，《柏香書屋詩鈔》卷二十四作「哤」。
〔二三〕「軍糈」，《柏香書屋詩鈔》卷二十四作「糧糗」。
〔二四〕「饜」，《柏香書屋詩鈔》卷二十四作「飽」。
〔二五〕「自耽」，《柏香書屋詩鈔》卷二十四作「是耽」。
〔二六〕「緵」，《柏香書屋詩鈔》卷二十四作「騘」。
〔二七〕「班」，《柏香書屋詩鈔》卷二十四作「斑」。
〔二八〕「呈」，《柏香書屋詩鈔》卷二十四作「陳」。

覺生寺大鐘聯句

華鐘鎮祇園，曹仁虎。廓然容萬斛。佞佛成祖營，青浦王昶述庵。役徒少師督。激電移歲時，上海

趙文哲璞函。傳燈閲涼燠。探勝攄遠懷，南匯吴省欽白華。趁閑討遺躅。車遲曾城阿，江寧嚴長明道甫。寺聳大道曲。豐碑蛟螭蟠，平湖沈初雲椒。巍座龍象蹴。周遭庖廥𢈔，上海陸錫熊耳山。錯立栝松槲。駁蘚鋪城階，仁虎。倒茄麗㮇袱。威神屏方良，昶。怪偉圖忽儵。流鈴戛郎當，文哲。法鼓震塗毒。綉繒内家旛，省欽。琳笈中禁軸。幽響飄迦陵，長明。妙香散篤耨。眈眈廣院呀，初。屹屹岑樓矗。鰲柱擎坤維，錫熊。雁堂仿乾竺。風幡亞差參，仁虎。露栱盤歷碌。上桄腰彎環，昶。緣壁脚彳亍。蟻穿窈以深，文哲。螺旋往而復。趱趱笋簴横，省欽。帖帖蒲牢伏。其圍四尋餘，長明。厥徑三仞足。重八千衡贏，初。高十六尺縮。積石儲廪囷，錫熊。量祛越方幅。頂同盂體圜，仁虎。身作鏡光煜。辨名殊重唇，昶。取象類大腹。排欒饕餮蹲，文哲。介篆虹蜺束。昂俄夔首撑，省欽。瑣碎虬紋簇。哆張陋釜鬵，長明。雄跱啞鼐鼏。有銑兼有鉦，初。非錞亦非鐲。中懸廬肖穹，錫熊。下覆室成覆。能熊景常歊，仁虎。黝黝色轉沃。烟熅涌帝青，昶。繚繞暈官緑。含霜九芒寒，文哲。炫日五采昱。鋒棱沙畫錐，省欽。縵理錦交縟。重爲繞匝行，長明。共作迴環讀。華嚴翻寶函，初。般若譯珠櫝。品經見葉傳，錫熊。真偈蓮花續。體變盧佉文，仁虎。語想釋伽囑。蠡紐危自垂，昶。鯨桴怒相觸。雷音走隆隆，文哲。飆韵泛謖謖。應大昭小鳴，省欽。中左羽右禄。豈立號立横，長明。乃滿坑滿谷。日動氣必宣，初。維空聲斯蓄。警宵分鷄籌，錫熊。報午間魚粥。旅魂感恫惶，仁虎。山鬼拜踡跼。大地咸震醒，昶。諸天正清穆。聲聞豁塵襟，文哲。喟息稽故牘。主慁藐孱孫，省欽。操戈恣悍叔。

時方息龍争，長明。事忽符燕啄。腹心寄齊黄，初。羽翼剪代蜀。葛藟忘庇根，錫熊。椒聊使盈匊。啓疆假以權，仁虎。睨器求所欲。連營諸將驍，䄍。入幕一翁秃。讖誇瓦墮空，文哲。計詭壁藏複。飛揚鞲脱鷹，省欽。跳突原走鹿。歌風北方强，長明。占繇南國蹙。臨江勢已成，初。割地議空瀆。郭門喧征鼙，錫熊。陵闕閃戰纛。宫中傳披緇，仁虎。殿上儼受籙。周公輔誰欺，䄍。和尚誤難贖。紀年付革除，文哲。鈎黨窮訊鞫。著緋衷刃趨，省欽。要絰投筆哭。咄呼寃哉烹，長明。狼籍弱之肉。株連榜姓名，初。羅織籍家族。兩仗修羅宫，錫熊。列鋸波吒獄。孰雪重泉寃，仁虎。莫逃一字恧。魯弓假不歸，䄍。周鼎遷重卜。鑄鐵悔六州，文哲。貢金來九牧。象功愧和平，省欽。懺禍懲殺戮。大慈見應嗔，長明。宏願峙較篤。濁劫經刀兵，初。道場會水陸。咨考工庀材，錫熊。命將作敕屬。銅調牝牡和，仁虎。火扇文武焔。製器倕工能，䄍。揮毫學士獨。一礫復一波，文哲。三薰更三沐。幅整資臨摹，省欽。環圓試鏤鑿。摶泥外渾淪，長明。化蠟中滲漉。封冶長庚監，初。開爐太乙矚。瀉液凝碧烟，錫熊。騰輝爍朱旭。咒鱗降蜿蜒，仁虎。封衅縶觳觫。審音析毫厘，䄍。中度辨黍粟。雄梁高引絙，文哲。飛架圓轉轆。大衆歡贊揚，省欽。群靈駭馳逐。漫將殺魄招，長明。直使陰魔服。解脱驅三灾，初。祈求迓百福。真諦參每煩，錫熊。善根種非宿。是爲有漏因，仁虎。詎稱無量祝。縱依净土安，䄍。終俾吉金辱。疚心積孽多，文哲。彈指流光促。沈埋痛瓜蔓，省欽。倉卒報榆木。十朝舊物貽，長明。萬壽崇基築。明代是鐘本貯大内，後移漢經廠。萬曆五年，建萬壽寺於西直門外，移鐘於寺，日

俾六僧擊之。見《野獲編》及《帝京景物略》。賜出從紫閣，初。移來近蒼麓。聽周釋界千，錫熊。撞選僧彌六。喧寂任禪緣，仁虎。廢興易世局。鴛舍藏至今，昶。虎分禁自夙。天啓中，有言寺在帝里白虎分，不宜鳴鐘，遂卧鐘于地。見《燕京游覽志》。地隨亳社遷，文哲世閲秦灰速。啞弃堆泥沙，省欽。偃眠蔽樸樕。剜苔過客摩，長明。擲礫游童扑。代已變滄桑，初。物仍寄輦轂。流傳四丁訛，《燕邸紀聞》云：是鐘鑄造及徙置萬壽寺，年、月、日、時皆四丁未。今考永樂朝無丁未年，蓋汪氏之訛也。錫熊。呵護六甲肅。景運逢轉輪，仁虎。昌時協調燭。提唱通人天，昶。秉持徹道俗。闡法開化城，文哲。栖真榜靈囿。挽以千馬車，省欽。貯之萬鱗屋。奏殊辟雍薿，長明。陳擬房序玉。帝臨星罕移，初。聖作奎章爥。正覺發顓蒙，錫熊。多生遂熙育。仁虎。水源功德滋，昶。雲氣吉祥郁。文哲。毋愴憑吊情，且暢登臨目。長明。新詩如叩莛，初。用補春明録。錫熊。

顧震

字葦田，錢塘人。乾隆二十二年召試，賜内閣中書，二十六年成進士，官至刑部員外郎。有《一得齋詩稿》。

《蒲褐山房詩話》：葦田能詩，尤工書法，極爲梁文莊公所賞。丁酉科充江南副考官，與今石庵

相國同事，號稱得人。

湖灣種魚圖爲朱青湖賦

南湖水緑春雨初，春波活活涵菰蒲。潛鱗作隊自踴躍，揚鬐鼓鬣相吹嘘。漸看和氣滿大澤，水蟲懷子占多魚。覆巢殺胎傳《禮經》，意豈獨貸漁人漁。漁人生計良獨殊，浮家泛宅一葉如。長竿大網意未足，更有笭箵罩罩罶與罛。攔截中流若環堵，鳴榔鼓枻窮朝晡。一寸二寸粥於市，腥風涎雨充庖厨。我嘗當食投箸起，可憐堆盤纍纍逾蟲蛆。暴殄天物古所戒，況復刳腸剖腹奚止千萬餘。魚生分合供刀俎，惜哉胡不寬斯須。古來畫工多好事，但繪溪山漁樂圖。漁家樂兮魚族泣，大小得失分錙銖。青湖居士寄興遠，不向烟波稱釣徒。買得魚苗種湖水，豈其欲富師陶朱。祝渠永離網罟厄，子復生子或有蛟龍儲。我來披圖一軒渠，悠然想見魚樂乎。相看時作種魚想，生意滿懷魚滿湖。

看菊和申拂珊少京兆

移得東籬菊滿堂，招邀裙屐爲花忙。曲屏護處香彌冷，細竹扶將幹不傷。插鬢任看風落帽，捲

簾尤愛月窺墻。休疑昨夜寒飆急，此卉由來是傲霜。

吴玉綸

初名琦，字廷韓，號香亭，固始人。乾隆二十六年進士，官至兵部侍郎，降編修。有《香圃詩鈔》。

過函谷

雄勝稱天險，乘春事遠游。千山闢函谷，一綫人秦州。烟雨愁鞍馬，風沙滿驛樓。計程無幾日，萱草可忘憂。

華陰道上

嵯峨飛度碧雲環，百二雄封指顧間。白帝降精凝華岳，黄河倒影射潼關。秦州車馬勞孤客，楚國風花改舊顔。此去曲江亭上望，春波泛處浴鷗閑。

山下晚行

谷口無人野徑斜，秋風蕭瑟感年華。四山落葉亂飛鳥，萬樹遠松明夕霞。屢聽霜鐘尋古刹，擬沽春釀問誰家。歸來岩畔寒星挂，倚杖空林數暮鴉。

秋閨怨

龍沙今夜月如何，香霧雲鬟怨綺羅。一段別愁君記取，玲瓏畫閣夜凉多。刀頭有約事全非，斷續砧聲雁早飛。落日胡笳秋色冷，塞垣何處寄征衣。

李文藻

字素伯，號南磵，益都人。乾隆二十六年進士，官至□□知州。有《恩平》、《潮陽》、《桂林》諸集。

《蒲褐山房詩話》：素伯窮經志古，肆力於漢唐注疏。以粤東縣令洊陞州牧，引見來京，聞余有

惠氏《易漢學》諸書，至余寓舍借鈔。大暑中，漫膚多汗，沾漬衣襟，不以爲苦也。詩不多作，亦頗工穩。如《觀音岩》諸詩，尤爲雄健。惜年未中壽，殁于粤西。其餘著作無可表見者。嘗約其友人周編修書倉取經史著述之未甚傳于世者，刻爲《貸園叢書》，而素伯殁，其後遂不能續。今所傳者，止此十二種而已。

觀音岩三十韵

曉至觀音岩，檥舟試孱脚。洞門呀然闢，攝衣闖重鑰。白日忽昏夜，明燈僅微爝。拊楯山鼠飛，唾地谷神諾。屢折迷所向，踏石畏朽索。一竅開絶頂，俯瞰得寥廓。奔瀧圍佛几，來朝萬青崿。形肖靡不有，獅象龍鳳鶴。鍾乳當檐垂，旛蓋倒蓮萼。輪囷寫毫光，珠玉飾簾幕。造物施供養，萬古無銷鑠。耄衲導我下，具茗半山閣。軒豁游大厦，息定興磅礴。拂蘚睇高壁，文字争寄托。韓蘇所未到，此景遂寂寞。再下出洞口，乃見飴山作。南游爲美莊，川岩入詩槖。磨勒得此三，南山連碧落。惝怳新城篇，片石誰爲鑿。回舟更仰首，萬仞一斧削。皴皺尺寸异，渲染朱緑錯。五丁猶夙聞，何人布丹雘。下有蛟螭蟠，上絶猿猱躩。松桂挂石棱，飛鳥偶附著。對此一長嘯，逌然滿崖壑。却悔初來時，峭帆疾于鶚。夜夜蓬島夢，年年文書縛。山英留奇勝，及歸踐昔約。烟霞浮篷窗，兒女亦駭

愕。行厨問薪米，將爲十日泊。

寄鄧謙持

見説炎方惡，此來殊不然。連山甘蔗地，細雨荔枝天。珠翠羊城市，笙歌蜑户船。紛紛恣清賞，天乞壯游緣。

嘉應州

風物隨方异，梅州二月天。沿溪鴉舅樹，近郭蜑娘船。山色暮愁裏，雨聲寒食前。還須求老酒，爛醉寫蠻箋。

丁　橋

翠鳥鳴沙觜，紅泉轉樹腰。行人將午飯，驛舍及丁橋。笋轎蠻兒舉，衣箱獞婦挑。何人教引灌，

辛苦見秧苗。

逼除有事澄海

昨宵身世落鴻濛，溪郭山墟艑舶通。凉到有聲榕葉雨，緣來無際麥苗風。蠻禽拍水春先滿，瘴果登盤歲又終。明日歸來須痛飲，屠蘇酌後忽成翁。

惠定宇九經古義刻成寄示周書倉二十韻

紛紛數經義，吴下見顓門。紅豆無凡子，青箱有肖孫。心窮《周易》奥，力破《夏書》渾。僞傳成齏粉，多文抉本根。堯年誰與語，魯殿巋然存。亥豕因形識，蟲魚視掌論。障塵憑却掃，疑獄仗平反。許慎勛同策，丁鴻義最繁。授徒開絳帳，仰屋謝朱軒。鐘鼓宣洪響，針砭到病源。直回秦室火，終食孔庭膰。世悟唐儒陋，人推漢學尊。前身應左史，接武或東原。翠軸勞郵寄，花廳快手翻。鬌緣聽訟白，眼到勘書昏。鋟版從蠻徼，傳家异《兔園》。諸生得津筏，絶業在乾坤。聖詔求遺籍，神州貢幾轓。千官品庖饌，四庫盡瑶琨。此帙寧磨滅，煩君獻九閽。

嵇承謙

字受之，無錫人，文恭公長子。乾隆二十六年進士，官至侍讀。有《一枝》、《直廬》、《使軺》、《蕉雨》諸集。

舟行感興

我生嗜山水，一一記所見。昨歸望龍山，如識故人面。澄泉滴寒乳，霜嶺明晚茜。山靈知我思，風雨態屢變。攀躋未逾月，扁舟溯鄰甸。朝陽莅鳳岡，到處復留緬。

奉和弇山中丞前輩東湖玩月元韵

閉門校藝春如夢，微雨生凉夜似秋。緑遍東陽堤畔柳，清歌落日快初游。余以校士至鳳翔，匝月竣事。太守田公邀游湖上，爲竟日歡。

鎖院敲吟憶古仙，照床明月鎮無眠。桃花潭水深情在，五馬春風小駐年。

蔣雍植

字秦樹，號漁村，懷寧人。乾隆十六年召試，賜舉人，二十六年成進士，官編修。

春草次袁存齋韵

東風作意草芊綿，緑遍郊原又一年。游興任尋澆酒地，客愁多在賣餳天。曾盤塞北千群馬，尚憶湖南萬里船。何處銷魂最惆悵，蘼蕪山下夕陽邊。

吴興宗

字繼群，江南華亭人，大興籍。乾隆二十六年進士，官安徽太平府通判。有《記里編》。

苧城懷古

不泛天隨宅，誰尋范蠡湖。暮潮隨月滿，漁火隔江孤。蘆葦思窮士，烟波問釣徒。腐儒江漢客，一棹溯三吴。

馮應榴

字星實，桐鄉人。乾隆二十六年進士，官至鴻臚寺卿。

《蒲褐山房詩話》：星實英敏豁達，有幹濟才，既以江西布政使罷歸，益肆力於典籍。尊人養吾侍御注李玉溪詩最爲精贍，君師其意，以蘇文忠公詩注疏舛尚多，遂取王梅溪、施輔之、查初白諸本合抄之，以考其是非得失，所采正史而外，凡叢書脞説可爲證据者，靡不搜討。余撰《金石萃編》，載文忠石刻頗多，兼以後賢題跋，君亦獵取之，以爲助，亦可徵其精審已。

題陸璞堂臬使適園灌畦圖

灌園逃聘稱知幾，季世自合甘憂違。東坡種稻拾瓦礫，愍勤亦在投閑時。先生生逢堯舜代，釋耒通籍依彤闈。文章政事五彪炳，霖雨方佐深仁滋。忽然繪圖擬學圃，適園取義何淵微。承家七葉植德厚，培溉要使昌條枝。更俾子孫識至味，勿以粱肉忘耕菑。咬根始可百事做，澤物免令群生飢。卷端自題屢致意，豈容淺見尋常窺。而我披圖轉棖觸，夙歡陳迹懷京畿。空宅東西初邂逅，平泉花木同因依。余始交先生於令昆耳山同年邸寓，又并出于文襄師門下。自從賓館脱粟輟，重感池塘夢草希。我復歸田謀菽水，露芽霜甲貧難肥。仄聞雲間望彌重，清卿典膳增光輝。西江稂莠鋤削盡，旋來吾浙郇膏施。剪蔬雖虚故人召，拔薤已見頹風移。今年蠶花倍告稔，秋成飽飯良可祈。只餘隴蜀惡未刈，崆峒麥熟遑休師。宣房底績并緩報，哀鴻中夜猶鳴飛。願君滲漉普垓壤，無徒自適耽其私。

哭陸朗夫中丞前輩八十韵

白日驚雷震，騎箕信忽傳。悲深湘竹泪，凄絶楚琴弦。未答平生誼，終虚後會緣。才微慚述誄，

德備漏言詮。盛壯馳英譽，孤寒奮大賢。機雲推入洛，鄒樂重游燕。孰進王孫飯，曾無子敬氈。高冠瞻獨立，峻骨恥人憐。韓愈書稀上，歐陽鑒最先。公爲家君門下士。固知千里足，必遇九方歅。吟藥趨深禁，含香近御筵。地當清切任，秩拜度支遷。汲引勤無倦，迂疏愛獨偏。爨焦勞拂拭，冶躍藉陶甄。榴官中書，公即薦入樞禁，自後同直宿扈蹕者凡五年。愧我竽吹濫，從公武接聯。星廬常并帳，花苑每連韉。健筆凝如鐵，冲懷静若淵。儉甘公膳飽，暖戀故裘便。下直耽吟誦，群書好貫穿。八分家學邃，尊翁虔實先生精隸書。公能繼其學。五色彩毫鮮。幾載相携手，同方罕比肩。一麾樓現蜃，三接斗移躔。雨露從茲渥，冰霜自昔堅。公出守登州，次年東巡，屢蒙召對，由是駸駸嚮用矣。浦珠還郡吐，官燭罷宵燃。所至能安堵，寧惟不愛錢。護真同襁褓，辱但示蒲鞭。信諫言雖戇，平反獄必研。公守濟南，曾力争一疑獄，爲之昭雪。忠看王馭叱，威仰賈帷褰。公擢西寧觀察，請奉太夫人南歸，即赴任。上爲嘉許，改調運河，俾便迎養。歷晋藩臬，均不離山左。鈐略消群盗，公於王倫作亂時，率屬防守。城籥仍以時啓閉。源流訂百川。公著《運河備考》書。恩教依色笑，績更著旬宣。度量涵溟澥，丰標峙岱巔。途方异冰炭，行豈污腥氈。局以知難退，操因自守全。萱闈暉欲報，蓉闕悃仍懸。公以太夫人年高乞養，優詔允准。去有床留壁，歸惟石壓舷。鴛湖鄰暫卜，鶴算景長延。謝客餘羊仲，窮經儼服虔。貴猶親杖屨，契益協蘭荃。坐久春風靄，談深夜月圓。慰衰供藥物，候疾問餐眠。公篤於師誼，久而不易。孝烏鳴初急，哀鴻瘼未蠲。故官從特起，優詔爲行權。公居太夫人憂時，以河防未竣，特詔奪情，仍任東藩。山左輿歌遍，衡陽閫寄專。單車

衡岳雨，襆被洞庭船。列戟門疑水，焚香事告天。自然翔鸑鷟，詎待效鷹鸇。稂莠芟畦隴，和甘被市廛。謨猷垂可久，勛業溯無前。隔朔書曾達，兼旬疾未痊。公於六月朔日手書寄榴，述病狀，且云：「别有會心，不以爲苦。」去來原了徹，往復轉纏綿。妖异徵栖鵩，愁非視跕鳶。民肥身已瘠，眷厚報寧涓。回首鄉關遠，崇朝館舍捐。舉扶安笫席，占卜罷筳篿。軫惜層霄切，湘藩以公歿告，上批諭：「可惜。」悲號四境連。憖遺無一老，盡瘁竟重泉。竹是銜恩植，碑緣墮泪鐫。賻金貽舊掾，甘薯采遺編。公官山東臬司時，編《甘薯録》一書，爲備荒之策。邇因豫東被旱，大吏以公書進呈，上閱之嘉嘆，特敕刊布，勸民種蒔，而公歿已月餘矣。想像靈輀發，蕭條素旐旋。妻孥仍异縣，墓舍少良田。清白堪遺後，逍遥定證仙。全歸公已矣，隻影我潸然。樗櫟材成散，蜩鳩性賦顓。屏藩司重任，邱岳積前愆。苦蘖嘗如此，良箴勖慎旃。同期心黽勉，互戒俗輕儇。鞶帶還褫職，櫜鞬促赴邊。自慚官守曠，敢怨命途邅。申命邀寬大，餘生予滌湔。汗漿哀病驥，飲露咽疏蟬。縲紲驂先解，榴因事奪職，軍臺效力，公以俸廉助贖。雲羅網又牽。路岐增悵惘，雁遠托勤拳。銜結中懷矢，追維萬慮煎。托孤心肯負，撫抱痛應填。知己今誰偶，招魂路幾千。寢門迷渺渺，芻束乏戔戔。永輟床頭瑟，重披篋裏箋。黄壚過寂寞，白髮洒潺湲。有恨成終古，無朋伴老年。衡茅他日返，漬酒認荒阡。

崔龍見

字幔亭，永濟人。乾隆二十六年進士，官荆宜施道。

癸卯冬暮杭州無軒司訓屬和芝山甥題湘管齋圖元韵

廿年作吏無老屋，官退恰如鮎上竹。朅來從事古餘杭，雪霽湖山積寒玉。太邱把臂恨較晚，眉宇軒然照人緑。休嗟冷蓿滯春盤，會見幽蘭出香谷。問君高齋何所有，萬个琅玕悦心目。好事能藏漢代碑，君藏漢碑多善本。集古蚤著歐陽録。近刻有《寓賞編》。爲言愛畫通神解，吾甥弄翰差免俗。芝山三爲之圖。卷中題識盡英賢，絶蓺同工非异曲。庭有懸魚今哲匠，君爲太守鄭楓人先生門下士，延置賓館。肯令坐客食無肉。待尋湘管諧素心，朱笠亭大令爲作《素心閣圖》。勝覽他時傳祝穆。

春雨次趙味辛舍人韵

好雨及芳時，疏梅半着枝。雲低沾袂重，苔淺上階遲。烟柳張思曼，風花江總持，陽和霄漢意，留待舍人詩。

儲秘書

字玉函，宜興人。乾隆二十六年進士，官至黄州知府。有《緘石齋詩稿》。

《蒲褐山房詩話》：玉函好游汗漫，兩度嶺南。中年後始中甲科，數載省郎，一麾出守，尋以罷官歸，卒。其詩淺而實腴，清而不激，正如素練輕縑，雅宜時用。五言有「鞭絲紅稻雨，帆影白蘋秋」，「竹陰清石磴，花色淡秋衣」，「亂鴉盤古塔，凍鵲聚閑門」，「海月迎人滿，山花背客妍」，「苔階微霰白，竹屋亂烟青」，「玉梅殘夜雪，銀燭小樓春」，「峽暗漁燈小，江空戍角高」，「雪屋寒炊黍，風燈夜翦蔬」；七言有「野雨舟横新水渡，晚凉人在緑陰村」，「雨色盡歸山一角，春光恰到柳三眠」，「客辰先覺凉風至，鄉思空隨夜月盈」，「衣袖尚存慈母綫，盤飧重剪故園蔬」，「故園重見花如雪，舊雨相看鬢有

絲」，「緑蔭村邊孤寺掩，春陰墻角一花明」，「倚閭有母心空切，負郭無田計總非」，「燭殘客舍聽蛩語，葉滿長安送馬蹄」，同人每傳誦之。又工倚聲，見予所采《國朝詞綜》，與其鄉任曾貽、史承謙相埒。

枕石軒小集贈澤周

老屋倚城根，幽人此高寄。泠然琴聲罷，剥啄時一至。散帙坐凉軒，披襟受空翠。微月映花叢，林亭淡春意。清譚易淹留，薄酌不成醉。願言共晨夕，永謝塵中事。

瀨江道中

扁舟越寒溪，篷窗正愁絶。餘霞散復收，遠火明更滅。雁叫一天霜，漁歸半帆月。舟人指前灘，灘水空陳迹。我行嘆飄蓬，望望烟波闊。濁酒聊自斟，羈懷那可説。平生對清景，强半在行役。

過友人山居

招尋出城南，迤邐翠微路。峰陰豁清曉，花氣釀春暮。濃緑罨山村，鶯啼不知處。連塍宿麥秀，隔竹新泉注。鷄犬何翛然，幽人此間住。摘蔬留客飯，就石安茶具。習習松下風，遲遲晷景度。晏坐竟忘言，羲皇静中遇。

西城觀冰歌

層城兀峙西河灣，茫茫千頃浮波瀾。城頭三日北風吼，雪花如掌愁雲繁。朝來風定水亦結，大地凍合琉璃盤。蓬萊宫闕在人世，晶光照耀陵心顔。點染但見亂鴉黑，空明遠映霜楓丹。銅峰一帶忽無影，罨畫竟作生綃看。我昔客游歲云暮，層冰嵯峨塞燕關。行人利涉務巧製，冰床絡繹紛河干。臨流不作老狐聽，宛然車轂交迴環。可惜南人不解此，膠舟歷歷蘆花灘。檣摧櫓折納手坐，瓶空粒盡愁眉攢。前村有酒沽不得，咫尺徒歌行路難。

臺莊雨次

松花明驛路，客子尚披裘。山鳥呼泥滑，人家過麥秋。遠游忘節序，多雨憶田疇。照眼清淮近，飄然一葉舟。

丙子元日

楚岸光風轉，輕帆拂曉懸。江流開霽色，山郭入香烟。故國猶千里，征途又一年。梅花曾有約，計日盼歸船。

寄　迹

竟日衡門掩，蕭然客館清。竹烟寒不起，松雪夜微明。煮茗消殘漏，攤書戀短檠。蹉跎歸未得，愁絶歲峥嶸。

松陵舟中漫興

路入松陵百里餘，霜皋木葉未全疏。風帆零亂頹陽外，漁火荒寒小雪初。旅食苦無鱸作膾，吟情惟有雁斜書。經旬醉卧孤篷底，誰道清游勝索居。

桐廬道中

山繞桐江碧四圍，輕舟日日弄清暉。人家一帶緑烏柏，帆影相連入翠微。到處灘聲經雨驟，等閑魚味及秋肥。高踪輸與羊裘叟，一片吟情屬釣磯。

九日抵廣州

搔首南天對夕暉，越王臺畔卸征衣。岧嶢樓觀臨滄海，縹緲人烟接翠微。鄉信更無鴻雁達，秋風祇有鷓鴣飛。今朝正是重陽節，何處東籬采菊歸。

春日懷故園

天涯節序近傳柑，嶺外梅花未許探。最憶故園風日好，霏霏香雪石亭南。

沈士駿

字文聲，長洲人。乾隆二十六年進士，官編修。

塞下曲

邊城木落雁南飛，颯颯金飆塞馬肥。今夜李陵臺上月，照人何處擣寒衣。

湖海詩傳

三

【清】王昶 編纂
趙杏根 陸湘懷 趙衡 整理

鳳凰出版社

第三册目録

卷二十六—卷三十五

湖海詩傳卷二十八……一一六〇

湖海詩傳卷二十九……一二〇三

湖海詩傳卷三十二……一三六七

湖海詩傳卷三十四 …… 一四九四

湖海詩傳卷二十六

趙文哲

字升之，號璞函，上海人。乾隆二十七年召試，賜内閣中書。殉金川難，恤贈光禄寺少卿。有《媕雅堂》、《娵隅》等集。

《蒲褐山房詩話》：升之賦才英敏，少在申江書院，得凌少司馬指授，論詩以新城爲主。既而與張策時、凌祖錫、汪韡懷、吴企晋同學，至蘇州又與予及鳳喈、來殷互相砥礪，於唐宋元明本朝大家名家，無所不效，亦無所不工。自入内閣，直機地，益爲于文襄公所賞。暨偕予入滇蜀，得江山之助，所作尤變化新奇。至其外佳句可摘者，如「藕花香遠隨蘭棹，桐樹陰清滿葛衫」，「層層露檻全臨水，葉葉風帆直到門」，「迹异騷人吟楚些，趣同傲吏托《齊諧》」，「中年絲竹愁兒女，少日楂梨憶弟兄」，「白髪已虚鉛鼎術，青山空憶草堂貲」，「牽得碧蘿能補屋，穿來黄竹解攀箱」，「秋風遠度關門樹，曉日晴

開岳井蓮」，「老去評量絲竹肉，客來贈答影形神」，「夕陽沽酒柴桑路，夜雨題詩苦竹州」，「出世尚仍居士服，浮家擬署散人銜」，「矢石餘生嗟已老，詞章小技愧非尊」，「晚歲蟲魚空著述，故山猿鶴漫移文」，「羽林卒勁排鵝鸛，上苑書稀斷雁鴻」，亦炎洲之翡翠，渤海之珊瑚，采擷不能窮也。

鄭學齋詩爲王德甫作

秦灰漢始噓，孔壁魯乃壞。五經日再中，萬古破昏靄。都講滿石渠，同源异流派。精壘推小毛，曲臺屬大戴。田因高弟傳，伏藉嬌女對。胥靡申所羞，巫蠱孔猶晦。式悲歌《驪駒》，固困刺豭⿰豕艾。餘子列《儒林》，無譏比自《鄶》。東京稍凌遲，鞶帨競雕繪。圜橋聽已非，倚席講斯懈。《板》《蕩》及《董逃》，兵甲日奔駾。黌宫逢采薪，射圃見鋤菜。零縑製縢囊，大帛作帷蓋。天未喪斯文，川岳秀靈在。偉哉後鄭公，通德卜門大。髫年耻就吏，耕養甘負耒。游學走四方，兖豫更燕代。於時馬扶風，皋比意頗忲。絲竹列絳紗，三年不迴睞。目送吾道東，贈言發深喟。六藝論既通，七緯學豈外。九章窮纖毫，三統究元會。遂針左邱盲，復起穀梁廢。文成百萬言，决若江河沛。傳家按《禮經》，趨庭著明誡。自言苦萍浮，典籍率腐敗。寫定藏名山，日暮遠靡届。妖夢驚龍蛇，仰止失衡岱。景侯實輇材，駁難逞狂喙。如何宋諸儒，高談氣矜邁。占《易》先後殊，陳《書》古今悖。《春秋》惟刻深，鄭衛

盡淫穢。訓詁束高閣，膽決吁可怪。篁墩劇披猖，栗主竟裁汰。撼樹同蚍蜉，亂苗等秕稗。一髮懸千鈞，後死心孔痗。王郎大雅材，風華被江介。餘事稱詩人，《咸》《韶》掩離韎。逢時每途窮，汲古獨津逮。青箱抱遺經，力欲掃榛薈。沈酣笑積蟫，慎重疑觸蠆。妙或能解頤，快真過爬背。時見抗手來，伉伉壓流輩。圓泖水迴羅，橫雲山點黛。中有一畝宮，差勝三間廨。高懸禁扁書，體勢重金薤。平生北學心，昌言震聾聵。子亦鄙章句，結習久未瘥。志寧逐鶡翔，謗可任蟬喝。敢憖莛叩鐘，竊喜針引芥。君能張吾軍，鼓衰期可再。願聞澱湖陰，孔林接香界。故物留璧環，勝地絕塵壒。心非戀蒓鱸，謀已叶蓍蔡。問奇來叩門，春風長書帶。

京江曉發

夢醒江月斜，隱隱數柔櫓。舟人覺潮生，挂帆逐前侶。霏霏水氣滋，靄靄露華聚。偶因白鷺飛，烟中辨洲漵。須臾散初陽，已見瓜州樹。汀花何溟濛，隔江夜來雨。山迴露碓床，岸迴隱漁鼓。微風來炊烟，人家渺無所。羈心信多感，景物矧如許。三嘆即長途，勞生念終古。

江上復遇金棕亭同人永濟寺登觀音岩眺望作時金將赴廣陵

微雨青楓寒，鸝禽去遥裔。悠悠渡江船，日暮更愁繫。别君水上樓，逢君山閒寺。意外得携手，塵踪暫同憩。入門杪欏陰，風葉時一墜。商飆從西來，傾聽浩無際。理策肆遐矚，荆豫宛相次。崖傾隱頹陽，谷邃振凉吹。樹杪榜歌喧，烟中樵響逝。離合洵不常，身世矢相弃。何處廣陵思，殘鐘隔江至。

烏石灘

灘行日百戛，駭此水底石。烏石獨人立，鬥水出奇力。一撇修蛇赴，千盤怒馬勒。旋渦倒來深，陷作飢蛟宅。往往月黑時，磨牙伺鸝魄。長年亦飽經，既至色如墨。入險萬夫譟，險絶聲轉寂。百丈細於絲，性命輕一擲。我生抱區區，踐此世路窄。太行偶然移，銜木竟無益。齋心報則殊，元天自幽默。毋恃吕梁游，風波浩無極。

過桃源初上一灘名毛瓮子

灘流清可憐，阻石形勢變。一望江空濛，如雨復如霰。槎牙數峰峙，中各通一綫。石立水亦立，飛浪搏人面。水中八尺篙，水際百丈縴。遥遥相叫呼，有若赴急難。當其入險時，出死力與戰。昔稱倒水岩，靈秀桃川冠。龍溪碧玉流，茂竹紛可玩。灘上爲瓮子峰，峰與倒水岩相望，即《水經注》所云「沅水東歷三石澗，秀若削成，茂竹便娟，致可愛玩」者也。龍家溪亦經此，南注于沅水。幽景不我娱，徒令飽憂患。何處漁仙庵，聞鐘起三嘆。

大風過芝草白榕諸灘

夜雨聲蕭疏，晝雨勢稠密。山川水雲中，凝望渺如一。今日灘稍平，得雨翻蕩潏。小舟駕長風，輕矯故無匹。水石自毫縱[一]，狃勝犯倉卒。中流一洄漩，長年爲股栗。豈知十幅帆，空際破狂獝。篙櫓未及施，州里速傳驛[二]。竟以不戰勝，此理《陰符》述。貪天亦何功，静念爽若失。行人幸無恙，何啻破冢出。

日暮風更横，去。横空與水搏。水亦飛怒濤，直向柁樓落。風水自相鬥，吾命果安托。瓶盎鏗有聲，衣履濕難著〔三〕。低蒲一三葉，一走不可縛。緣溪石嶕嶢，未敢著吾脚。進止兩無計，指顧徒駭愕。天憐我淹滯，亦增灘勢惡〔四〕。送以飽帆風，使知壯游樂。惜無萬斛舟，横海截蛟鰐。小舲薄於紙，豈足試盤錯。繫纜餘驚魂，言就荒戍柝。一望波連山，徒侶何處泊。是夕與僕人舟相失。

【校勘記】

〔一〕「毫」，《娵隅集》卷一作「豪」。

〔二〕「州」，《娵隅集》卷一作「卅」。

〔三〕「履」，《娵隅集》卷一作「屨」。

〔四〕「增」，《娵隅集》卷一作「憎」。

鸕鷀灘

遠聞水鳴灘，近望雲點墨。真如千鸕鷀，出没浪花白。立如怒將飛，拳如倦且息。踏沙去遲遲，嬉雨來拍拍。散布整復斜，群居雙或隻。一片清瑶流，蹴踏成碎碧〔一〕。因之生鷺濤，横空大於席。扁舟簸其間，一波更三磔。大灘苦浩淼，小灘苦逼仄。有大鸕鷀、小鸕鷀二灘相連。兹鳥又何知，矧乃水

中石。安得并州翦，翦此蔽江翼。

【校勘記】

〔一〕「踏」，《娵隅集》卷一作「沓」。

牟珠洞

黔之洞最奇，我所游未快。羈踪歲將徂，勝踐日斯邁。名徵牟尼珠，地納須彌芥。款户朝烟霏，穿六午曦曬。一柱聳琳宫，四隅圜石砦。像設因自然，趺居城不壞〔一〕。初入洞，有石柱中懸，柱上環刻佛像。乳泉薦晨供，籟韵傳夕唄。惜無宗雷緣，永謝向禽債。尋幽利在需，鼓勇受以夬。乍窺窈兮深，稍進迫且隘。冲融冬氣藏〔二〕，暗慘夜分屆。携策替桃笻，呼炬投菅蒯。層級雲作梯，重闢水爲界。滑屨仰難留，頹冠俯欲罣。先行試一童，後至挈兩价。由竇意未慚，自崖興寧敗。回旋任屢探，要害輒交搤。憑虚馭神尻，歷險破天械。苔衣青可裀，草帶碧堪髤。硿硐轉元飆，沆瀁流素瀣。犖确退之詩，模糊巨然畫。物態信瑰奇，山心轉清灑。窮搜足開皸，樂事爪爬疥。逝將抉靈扃，詎俟揲吉卦。潜窟何窅冥，驚濤忽漰湃。虺虺春奮霆，嘐嘐秋起噫。象罔珠自沈，支祈鎖誰解。洞中石形如門者凡三，土人呼爲天門〔三〕。第一門高二尺許，第二門僅尺餘，匍匐乃入。流泉漫溢，幸不深。至第三門，則高及一丈，中懸

石柱，宛如棖闑，號曰「玉龍」。其下水聲如雷，云有神物潛焉。即之深墨〔四〕，無階梯可下，游者皆自厓而返矣。凛乎客不從，甚矣吾既憊。途窮去還遲，徑捷出翻詿。興盡懸後期，觀止發長喟。闕略經遺桑，荒唐史徵稗。撫景縈征魂，揣稱資旅話。其穹疊岑樓，其廣敞官廨。狹者封丸泥，低者覆土簣。砥平或無頗，縫裂或有殺。每每錯原田，決決繞溝澮。虛中鳴鐘鏞，矧上列珪玠。清癯儒摳衣，嚴毅士擐介。陰嵎伏於菟，邃室居大蔡。晉獒搏而躇，郈鷄鬥已鎩。蹢躅涉波豕，淋漓渡水犗。位置無定姿，皴抹亦殊派。衛公失品題，米老徒起拜。曷爲落鬼區，竟使近蠻寨。既阻問津懷，枉負垂堂誡。浮生小淹泊，造物大狡獪。屬思窮千形，落筆凌百怪。如見天門開，夭矯玉龍挂。

【校勘記】

〔一〕「城」，《娵隅集》卷二作「成」。

〔二〕「融」，《娵隅集》卷二作「㦽」。

〔三〕「土」，原作「十一」，據《娵隅集》卷二改。

〔四〕「墨」，《娵隅集》卷二作「黑」。

己丑元日同德甫至螺峰圓通寺禮佛用東坡同游羅浮道院及栖禪精舍詩韵〔一〕

白髮又一年，風波幸初揭。曉齋足音絶，静玩爐烟細。昨夢了無痕，非來亦非逝。相携訪名藍，因巒叠雲砌。入門向圓蒲〔二〕，悲涕滴征袂。病葉依孤根，傷禽護餘毳。亦知天地間，金石尚同弊。倘乞去。一袈裟，聊與娱晚歲。蓋頭把香茅，被體搴芳荔。南中春早融，帶雪秀蘭蕙。不待桃花紅，已覺隔塵世。嗟此叢垢軀，佛香爲除禊。天親與無著，豈必皆兄弟。再拜叩導師，吾駕何時税。

【校勘記】

〔一〕「德甫」，《娵隅集》卷三作「述庵」。

〔二〕「向」，《娵隅集》卷三作「禮」。

冒雨行老秧田道中啼猿滿山率爾成咏

一峰十萬樹，一樹四五猿。一猿千百聲，雜以風雨喧。一日十二時，一程三十里。一軍六千人，

盡在猿聲裏。爾猿有何悲，子啼續母啼。爾本斷腸物，不關生別離。三朝復三暮，一鳴更一躍。好似征夫苦，翻唱《從軍樂》。

客夜同德甫碧夢重訪魯梅作

古梅如枯僧，一蒲伏清衆。又如清都仙，紛紜翳白鳳。脱身兵燹外，孤逸天所縱。憶昨吾獨游，歲寒盟許共。幽娱澹忘言，未敢恣吟諷。相思忽經年，重來挾二仲。匹諸訪古歡，有介禮斯重。脱我黄皮褲，卸君紫絲鞚。入門意翛然，何處著傔從。撫柯互盤桓，自倒粉瓷瓮。石骨青有棱，苔膚碧無縫。天根茁冰雪，鋤月孰能種。疏花僅數點，已有幽禽哢。想見爛漫時，一片白雲凍。詩幰水部何，心比廣平宋。遲遲唤歸鞭，愛忍薄寒中。空齋酒忽醒，永夕竟何夢。

庚寅除夕碧夢和東坡粲字韵詩見示賦此答之

一燈花忽圓，雙鬢雪將半。誦君守歲詩，動我臨觴嘆。愁隨老俱至，人與世相玩。閏楊已頻厄，社櫟原自散。同臨戎馬場，似遇漁樵伴。使令互僮奴，招尋雜昏旦。苦語口銜碑，歡笑頭没案。驚

看桃符新，倦聽爆竹亂。國門隔朝謁，家廟廢薦盥。去日何匆匆，歸期反緩緩。病驥詎受銜，窮魚猶在貫。餘生吾就衰，斯志孰起懦。成虧任鼓琴，輕重付懸炭。勞歌有促節，羈迹無定館。昨惠越酒醇，大勝燕玉暖。近連致紹興酒，甚佳。醉中泣最多，試驗枕非粲。

撿家書感懷寄内再次前韻〔一〕

我家五畝宅，水竹居其半。就荒今幾年，空抱歸與嘆。昨開君素書，泪涴不忍玩。上言勉加餐，下言勤服散。懷哉卜刀環，老作春耘伴。憶昔入館初〔二〕，息壤傳戒旦。鮎魚一上竿，幾至充食案。可憐箜篌曲，力挽中流亂。君實我諍友，何止奉匜盥。自從謫天涯，思君帶趨緩。況聞懸罄室，一錢辭朽貫。平生飛揚念，到此坐頹懦。今夕復何夕，誰餉紅籮炭。徒吟《北門》詩，尚守西河館。終期攜手去，言就茆檐暖。若準二歲刑，明日免輸粲。予以戊子小除日抵滇。

【校勘記】

〔一〕「撿」，《娵隅集》卷七作「檢」。

〔二〕「館」，《娵隅集》卷七作「官」。

柬充齋德甫三次前韻〔一〕

桐音曷以哀，其尾焦已半。亦如傷心人，未語先愾嘆。三年走關塞，戈甲若服玩。引領望休兵，春田快牛散。逐臣果安求，庶趁歌衢伴。譬諸無目者，永夜亦思旦。錢王我石交，旅食每同案。爲民呼號亟，謂充齋。爲母方寸亂。謂述庵。餘事但指口，涕泪日忘盥。深知時命窮，反苦歲月緩。烔然壯士肝，金石尚堪貫。此身戰場餘，敢遂懦夫懦。柳子説捕蛇，白傅紀賣炭。感事良區區，尚欲陳史館。今時泰階平，願布春臺暖。書生輒大言，一任三軍粲。

【校勘記】

〔一〕「德甫」，《娵隅集》卷七作「述庵」。

寄懷習庵白華耳山四次前韻

昔人貴讀書，僅求袁豹半。同岑得三友，乃有望洋嘆。我老學殖荒，空對日景玩。槁瘁似左徒，疏懶比中散。豈能挾鉛槧，來與老兵伴。自顧本薄植，斧斤復旦旦。公等大雅材，作吏傍香案。同

聲奏朱弦，洋洋曲將亂。神聽和且平，庸以侑清盥。三年吾不見，如病失和緩。古歡復有幾，夷險心一貫。苦憶臨歧言〔一〕，誦之激頑懦。天涯一寸腸，日夜攪冰炭。定知柏葉尊，時過藤花館。予京寓有古藤一株。勉旃問字人，豈特借餘暖。兒子秉淵近受業習庵、白華之門。緘詩致綢繆，何夕見此粲。

【校勘記】

〔一〕「歧」，《娵隅集》卷七作「岐」。

永昌得錢辛楣學士書却寄八次前韻

易羅水一勺，鯉魚無尺半。素書從何來，釋我當食嘆。讀罷置懷袖，分作三歲玩。學士今儒宗，品地壓黃散。憶昔春明門，蕭然素心伴。著述櫄馬班，瘖歌接伊旦。矢之蒼松枝，貽以青玉案。敬奉穆如篇，每許起爲亂。自從歸子舍，眷戀鷄鳴盥。頗聞庭誥勤，趨朝戒毋緩。去住迹未歧，出處道本貫。吾衰果何爲，自以憒勵懦。杜牧有《罪言》，近已學吞炭。空留《喻蜀文》，曷足付芸館。思歸亦良苦，尚念挾纊暖。君如終惠存，勖彼門子粲。來書過誇兒子秉淵近狀，故云。

感遇九次前韵

子美吏隱兼，長康痴黠半。今吾定何如，自笑還自嘆。遇事論短長，久欲愧陸玩。又愧殷伯道，避賢趁行散。咄咄坐書空，獨與形影伴。已爲斷尾鷄，何苦强知旦。覆鹿試追求，盗羊可并案。睡訝歸夢濃，無奈啼鴉亂。平生一片心，不用洗玉盥。誰令州閭會，雅琴彈嘽緩。薰蕕强從同，涇渭反相貫。可憐臣精銷，曷敢諱衰懦。微命輕鴻毛，日試陰陽炭。此身果安歸，故園亦假館。壺冰自知寒，熨火自知暖。孰通繫表言，千載望荀粲。

乞畫一百二十四韵寄贈王犍爲明府鳳儀

昨開君素書，如共翦燈語。磊磊見意氣，綿綿感心腑。斐然情文兼，風格近典午。手熏蘅芷蓀，步節珩璜瑀。恍披光明錦，必出天孫杼。所悲生同岑，廿載晤言阻。自我從軍行，幸近花封古。君亦奉符檄，橐管趨幕府。謂言握手易，互作窮塞主。懸匏繫何爲，漂萍泊無所。合并尚愆期，張角逢六五。知君意鄭重，不在加餐努。平生抱區區，思爲知己吐。峎川浪奔雷，昔嶺雪飛暑。中隔一千

里，日夕枉延佇。况我飽憂患，偶幸脱網罟。三寸舌猶在，敢使禍重賈。鬱兹塊壘胸，五岳莽撑拄。今吾竊有請，能事君儻許。清門擅丹青，幾輩入堂廡。兩髯尤絶倫，謂君與難兄蓬心舍人。久重懷瓘估。昔聞唐退傅，屏風競毫楮。東坡笠屐圖，逸韵播蠻土。願學誠太妄，匪徒异出處。爲君述舊游，歲月駭飛弩。頭顱愧人看，髀肉嗟自拊。惟餘好奇懷，煩毫或有取。浣花箋十樣，君畫準此數。一圖虎山橋，探梅倚柔櫓。帽檐壓風雪，指點問村酤。《鄧尉探梅圖》第一。一圖雲林寺，冷泉濺衣苧。晝夢隨輕颸，引入萬松去。《雲林銷夏圖》第二。更憶辛巳秋，卸帆自孤嶼。遂登雁宕山，瑰怪圖經著。天台雄浙東，持比乃邾莒。宴坐臨靈湫，百面震雷鼓。琁肩窅沈沈，白氣褭一縷。我向諾巨那，乞石平似礎。入山兩汗脚，快洗碧玉乳。痴龍且安眠，亦莫敢爾侮。此圖重于鼎，君以弱腕舉。筆勢挾瀑勢，紙外拗餘怒。《龍湫濯足圖》第三。是皆少賤日，吴越視庭户。水餐就漁磯，岩宿寄樵塢。相於結汐社，還往足鷄黍。詩多正始音，淳悶同柷敔。一從落人海，此樂不我與。綉衣被廟犧，瓊粒竊倉鼠。抗塵復走俗，顧影中自憮。維時闢西館，著作盛鵷序。史鑑評千秋，方輿考三輔。予在館承修《通鑑輯覽》及《一統志》，蓋纂輯直隸省甫竣而罷。我實預編輯，燒盡如椽炬。《修書圖》第四。其年帝秋獮，清蹕忝陪扈。于田馬蕭蕭，在囿鹿麌麌。對仗揮制草，動色佽飛伍。《塞垣簪筆圖》第五。校書天禄劉，賦射華林庾。二事試入畫，差足洗寒窶。噫嘻遇何常，升沈難逆睹。芳蘭曷爲鋤，叢桂奚以斧。獻玉詎招刑，投珠胡見拒。得馬焉足憑，亡羊寧尚補。一跌六七年，荷戈走邊圉。敢辭辱泥塗，聊比越草莽。單

車乍離燕，短棹旋過楚。曉臨弄珠皋，暮托捐佩浦。驟聞鄰船笛，嘹喨出汀渚。湖天月忽落，楓林颯寒雨。銜烟哀狖鳴，跋水瘦蛟舞。未出玉門關，已使感羈旅。何如青衫人，送客江之滸。《夜船聞笛圖》第六。洎入征南軍，王事念靡盬。病來全似痁，食至半疑蠱。嗟哉筋力衰，魑魅恐難禦。行行大金江，毒漲沸如煮。助以顛鷂風，萬室失保聚。我駕獨木舟，簸蕩身傴僂。刀箭紛滿眼，浮骼礙洲溆。一葦犯黑來，勢已等騎虎。藐焉六尺軀，輕抵窮蟬羽。《金江雨渡圖》第七。生還真偶然，仍逐防秋侶。瘴鄉居何陋，敦樸擬鄒魯。借箸幸多暇，雅歌從去。征虜。謂大宗伯雲岩先生。城南涌珠泉，日涉比園墅。泉在永昌城外，古易羅池也。纍纍蜕地穴，若可穿以組。孰云泡易滅，宛在玉盤貯。庶幾濠上觀，藉遣謫居緒。《玩泉圖》第八。蜀孽兩金川，僻處越塗禹。山名。怨則鬥蠻觸，昵則倚蛩駏。誰築籌邊樓，而不備桑杜。王赫斯有征，重臣寄心膂。我亦承賜環，星言赴益部。昨冬掃一窟，檻車縶其父。圖籍無可收，安問故鐘簴。降人接踵至，哀涕被奎踽。一刀尺有咫，擎獻自蠻豎。其詞劇嘍麗，略不辨儂汝。譯者以臆對，匪云實筐筥。紈牛與露犬，件繫在軍簿。感此不殺恩，願供香一炷。報之雙錦段，燭下數摩撫。霜華何棱棱，冷氣逼眉宇。十步五步間，鬼物近斯沮。誓將兩酋血，爲刀旌厥武。《蠻人獻刀圖》第九。君圖此四者，所遭果孰愈。荼蓼將同根，非辛亦即苦。行年四十九，志已絶華膴。生還豈不懷，海畔有環堵。我家非素封，義方秉遺矩。泉明勤責子，康樂善述祖。《誓墓》右軍文，《思歸》季倫叙。東皋卜丙舍，前場後爲圃。春及童抱耒，秋至婢舂杵。白頭好兄弟，佳日速肥

羜。淵也稍嗜學，不競紫囊賭。一經授先生，津逮在訓詁。毛鄭如可作，中流藉砥柱。没齒乃無憾，願宏責良鉅。圖成當息壤，不死天所予。《丙舍授詩圖》第十。君畫過王宰，我詩慚杜甫。發函定絶倒，筆墨代縞紵。蒙莊説畫師，盤礴動當宁。問君一揮洒，呼醉盡幾甒。經營極意匠，擺脱《宣和譜》。他時視哲弟，〔一〕難着顛崖樹。

【校勘記】

〔一〕此句下，《娵隅集》卷十有注：「謂蓬心舍人。」

灘石多怪偉近所見則嵌空秀削大類吾鄉太湖石特林立溪岸間不以少見珍耳得詩一首

楚南謂多石，斯語殊憒詫。灘行始信然，怪很亦可怕。自過雄溪路，瓏玲見頻吒。十里更五里，目賞苦無暇。峨峨冠劍偉，冉冉笑顰姹。梯雲叠三成，夾水垂兩架。俯峙如鼎鼐，仰承若彝斝。古苔綉一片，必裂四五罅。玉樹灣之東，晴江見虹跨。土人呼爲仙人橋。低懸半月彎，横鎖兩溪汊。千峰雪消時，玉龍走其下。何殊藍橋瀑，跳蕩各雄霸。旁有峰數朵，未肯出彼胯。顛米透縐瘦，三品總無價。我鄉笠澤湖，水石互冲瀉。鼉渚龍渚間，蚰蜒詩入化。方此真小巫，甲乙非旅亞。惜哉落炎荒，

僅當障水壩。浮泥擺枯蘆，野火延老柘。栖烟鳥斯巢，避雨牛所舍。往往放逐人，於此發悲訝。我獨賀石遭，幸不置臺榭。神物本難馴，寧堪入罟擭。未聞壺公壺，可以籠岱華。大小豈殊觀，盛衰常代謝。平泉無百年，秋風遍耕稼。土花何斑斑，當日覆歌帕。石丈苦無言，輒遭腐儒罵。不如好江山，蒼蒼閱冬夏。五溪況無瘴，風景比杜灞。此中豈少人，筆力柳州駕。爲石發奇偉，光怪斗南射。終當一訪之，息壤歸帆卸。

大池灘

小池連大池，蛟龍有重坎。騎虎勢難下，決進豈吾膽。日落風蕭蕭，四顧墨雲霮。濤頭倒如山，相戒勿輕撼。四舟一心力，循環互牽攬。争此命一絲，譁詉聲慘慘。我舟最後發，忽遇石角嵁。百丈罣急流，舟如斷蘆颭。一夫出應募，懸縴踏幽窞。翻身雪浪中，微見一燈閃。抉石負而趨，一步猶一險。前舟見相賀，到岸鼓音紞。急傾斗酒勞，驚定生百感。安得百萬夫，習流號勇敢。

宿汶川縣作

朝發尤溪驛，夕宿汶川縣。山城小於斗，紛沓市廛變。赳赳羽林軍，顧盼炫乘傳。圉人牽馬來，一躍走如電。回首呵下騶，槽櫪差既遍。徵求到芻茭，鞭撻及丞掾。誠哉好身手，我欲觀一戰。憐余館未定，躑躅日已晏。幸逢查使君，謂儉堂。故人真戀戀。殷勤掃塵榻，咄嗟辦厨膳。燈前兩白頭，絶塞得重見。妻孥何足問，身在尚疑幻。軍行事一概，欲言自傷賤。鬱然壯士肝，聞鷄感明旦。

有買得古碧玉小印者文曰文雲孫余謂此信國公舊署名也爲作長歌以諗好古者

正氣迴薄化紫雲，夢蘭叶瑞嘉名分。燕臺血埋千載碧，誰斫琬琰遺雕文。猩紅欲滴古翠剥，嫩于苔色圓于簟。蕭然眉宇撲蒼潤，令我懷古心拳勤。文山白晳美如玉，妙年鋭意窮皇墳。玉帶生研最奇古，應有小印留書芸。集英射策炳龜鑒，御筆第一書劉蕡。天門榜開非肇錫，比諸正則稱靈均。一從麗江領戎幕，飛書草檄馳千軍。押成鳳尾自鈐記，懸知血泪縈朱紋。黄冠歸鄉苦未得，衣帶銘

語空斷斷。晞髮客去碎如意，織綾婢老沾羅裙。巾箱舊玩散榛莽，時見寶氣騰蜠蝹。井中《心史》亦已出，此印足直金盈斤。流傳估客辨真贋，异名小字疑紛紜。君不見六陵雙匣厄羊馬，玉瓶銅鬲隨妖氛。區區片石以人重，不與璽角同漂焚。段司農笏屬國節，今無其物猶餘芬。摩挲三嘆叫朱鳥，天龍夭矯捎蒼雯。

蘇武牧羝圖

白日欲没黄雲徂，海氣直撼毉巫閭。烏頭不白馬角無，牧羝求乳何爲乎。咄咄子卿意良瘏，湯鑊甘之非堇荼。手持禿節六載餘，上林雁斷無來書。傳聞故園久荒蕪，保宫老母愁桑榆。争船觸柱兄弟誅，飄零何處求妻孥。同來吏士各羈孤，相逢不敢鼓嚨胡。丁年匆匆雪鬢須，兜離窈停難久居。人生到此誰不渝，君獨奚爲抱區區。陰山八月雪載途，朔風如刀摧肌膚。野鼠掘盡百草枯，羊飢人飢聲泪俱。仰天一慟雲模糊，羈禽離獸爲叫呼。隴西將種亦丈夫，曹柯之盟豈盡誣。哀哉椎髻穹廬趨，草間苟活群羊如。河梁置酒空爾娱，刀環餘語何其愚。不有子卿全厥軀，將使夷狄輕中都。嗚呼自昔保泰資廟謨，四夷爲守言非虚。漢家邊患惟匈奴，奔狼突豕兼封狐。犁庭絶幕計已疏，和親况復金繒輸。譬諸朽索御渥駒，安能俯首馴薪芻。嗟彼使者亦何辜，雲中區脱經崎嶇。驕虜睢睢更

盱盱，片言立使肝腦塗。宛王懸頭南越屠，窮荒難拯冤魂蘇。生綃慘淡誰所摹，決眦恍惚馳伊吾。題詩勿用相嘆吁，君不見麒麟閣上懸新圖。

凌祖錫招同諸子集沉香禪院即席述舊爲長歌

客居近市塵土欺，況逢三伏炎官威。手搖紈扇卧冰簟，猶似深甑遭蒸炊。板扉剥啄來舊雨，雙眼一豁開金篦。時張策時過訪。西園公子雅愛客，青猿折簡旋招携。摒擋琴尊過蕭寺，不用飛蓋相追隨。幾年不到舊游地，僧雛據座稱傳衣。須臾列席向小閣，依然四面松風吹。浮瓜沉李破甘碧，敕斷葱蒜兼羊豨。狂歌起舞樂復樂，半酣話舊生酒悲。憶與諸君共盤礴，意氣俶儻誰能覊。封侯似可談笑得，便思决起排天逵。十擲輒犍豈關拙，一錢不直安足嗤。就中吴郎企晋。盛文藻，蠻箋醉墨何淋漓。尋芳一曲交唱和，井華汲處能歌之。自從人事變桑海，相去咫尺同天涯。餘生憂患百無用，曳尾久已甘塗泥。少年綺語亦懺盡，爐香經卷差相宜。人生離多會苦少，好夢一斷無由追。相逢有酒不盡醉，明朝歧路徒相思。感余區區呼更酌，不知主客當爲誰。起行松陰看月出，清影照鬢涼絲絲。

憂旱

重光之春苦雨恒，三農無麥愁薪蒸。五月六月復癲旱，火雲終日峰峥嶸。婁婆女妭自拜舞，勃谿鳩婦空飛鳴。高田盡成龜兆坼，深溝或作釜氣烝。諸司皇皇休百務，郊宫索祭嗟難憑。三吴賦税稱重地，漕船百萬輸神京。承平日久患人滿，斗米二百錢有嬴。春莩作飯不得飽，須臾毋死祈西成。驕陽何意更肆虐，坐見無路呼癸庚。《洪範》五行昔曾考，雨暘休咎皆有徵。我皇御宇重邦本，《豳風》《無逸》陳丹青。屬車今年指吴會，比於先王春省耕。賜租賜爵恩屢沛，至今閭井猶歡聲。一隅告灾詎爲害，天地覆載無殊情。《流民》定許監門繪，盛世寧有宏羊烹。天心人事一訴感，佇見甘雨隨風零。滇滇泛泛遍千里，共卜高廩多藏秔。窮儒此意幾悵望，步檐愁見昏中星。

題蕭尺木畫關山行旅圖

有山漸漸水迢迢，有車班班馬蕭蕭。行人携持雜負戴，十里五里相周遭。蜿蜒或如蟻緣垤，翩翻或作烏赴巢。帽影遥看出復没，郵程那計昏連朝。關山突兀入眼底，秦城蜀棧窮岧嶤。誰披絹素

寫絶景，蕭梁王孫能事饒。王孫奇迹留采石，長江東逝魂難招。斯卷傳是盛年筆，金碧界畫分秋毫。《蘭亭》本在特自喜，用自記中語。斜行細字親題標。十縑購得置小閣，日日坐對形神超。男兒墮地射弧矢，帷房妻子非吾曹。况復時艱苦謀食，那得閉户歌逍遥。年來多病畏行旅，生涯落拓栖衡茅。飛禽兩翼雖暫蹋，終思决起衝風飆。曳裾彈鋏詎忍此，藥囊卜肆從所操。名山大川遍游覽，歸事著述亦足豪。因觀妙迹發遐想，一笑吾豈風中匏。

沈衡山進獅圖歌

腥風怒生沙石走，日落荒林動雷吼。老羆野兕無處逃，短後蠻奴揮赤手。佩刀出鞘山爲開，白超蹴踏飛塵埃。馴習控御别有道，長鞭短捶何有哉。疏勒康居萬萬里，方物由來載青史。良工粉本何代傳，咫尺風雲驅筆底。得非鏖戰林邑軍，群飛星瓦百獸奔。又疑狼山遇神物，一擊金精空咆哮。人强獸强差足當，坐使重譯入宫闕。嗚呼柔遠古有經，不享其贄臣其氓。聖朝冠帶被海外，雕題鑿齒胥來庭。前年泰西重譯貢，趨朝稽首詞屏營。白牛香象誰比數，珍怪往往難爲名。至尊儉德豈寶此，却之無以慰厥誠。《天馬歌》應陋漢代，《旅獒》書直宏周京。惜哉衡山身已殞，《職貢》未圖輪立本。文采風流空爾思，白頭愁賦《丹青引》。

錢王射潮圖歌

前水後水勢莫當，突如萬馬勝軍裝。江婓倚笑鮫妾舞，作氣八九吞錢塘。天目异人經百戰，閉門天子那堪羨。錦袍玉帶歸去來，父老椎牛縱高宴。樟亭酒罷意氣雄，歌詩慷慨驚龍宮。勁弓毒矢屹相向，海若股栗迴長風。是時臨江萬木亞，雪嶺銀城蔽空下。白日欲墮蒼天高，大旗不翻鼙鼓啞。疾雷一聲齊發機，修羅刀箭紛而馳。金湯永鎮蛟蜃窟，真勝十萬熊羆師。潮生潮落悲人代，壯觀丹青動深慨。金券已消陵谷遷，鐵幢猶峙江山在。今古興亡同一漚，江南白雁恨悠悠。千載曲江傳弭節，梁園枚叔擅風流。

綉谷送春歌爲蔣紹初升枚作

我來闔閭城，春水桃花生。蘇臺萬楊柳，聽盡流鶯聲。江樓十日吹細雨，流光堂堂背人去。蔣侯跌宕多好懷，不惜張筵送芳序。華堂沈沈簾幕開，葡萄香滿黄金罍。崇蘭泛午竹交蔭，鳴鳩乳燕參差來。興酣促坐銀塘曲，前歌聲長後歌續。清淺蓬萊又一時，尊前長願顏如玉。前己卯《綉谷送春

詩》，尤侍講西堂首倡，而歸愚師以諸生與焉。今師年八十有七，白首健在，復爲斯集主盟，洵佳話也。東風作顛花亂飛，白日欲斜客告歸。天涯作達且爲樂，回首鄉園櫻笋稀。

樂户行

明末流賊張獻忠入荆州，自稱西王。時惠邸樂户有瓊枝、曼仙者，以色藝擅名。獻忠召以侑酒，瓊枝駡賊不屈，賊脅以刃，瓊枝駡愈厲，曰：「汝技止此耳，吾何畏！」群賊臠之以飼犬。而曼仙則極其技能〔一〕，爲獻忠所寵，遂乘間置毒於酒以進。獻忠眤之，令先飲。曼仙色變，不得辭，飲之立斃〔二〕。獻忠覺其毒，亦磔其尸。

獻賊來，城門開。王早遁，官乞哀。西王府中晝宴啓，侑觴才人自朱邸。獻賊喜，瓊枝怒，樂户雖賤非賊伍。玉肌白刃兩如雪，一笑相從飛碧血。獻賊怒，曼仙喜，樂户誠賤堪賊餌。酖賊不飲令先飲，恨不宵來殺諸枕。噫吁嘻，駡賊賊怒一死輕，古有之，雷海青；眤賊賊喜一死遲，古有之，高漸離。堂堂兩樂工，千載耀青史。不謂江陵城，更有弱女子。

【校勘記】

〔一〕「技」，《娵隅集》卷一作「伎」。

〔二〕「之」，《娵隅集》卷一作「而」。

宿南堤河即事

白沙碧波抱幽渚，天與征人養疴處。時予病初差，故行獨後。緣坡障以老楓樹，萬馬中宵自西去。無燭無月微有星，秋深露濃隔帳零。溪禽不知有客宿，時傍巾屨行伶俜。坐久漸復見諸景，對岸雲林致幽迥。葦華無風忽動摇，知是賣鹽夜歸艇。夷人多持鹽來出售軍營〔一〕。炎飆瘴雨十日淹，一夕清境清如恬〔二〕。且支水枕百憂外，萬一夢到江之南。

【校勘記】

〔一〕「來」，《娵隅集》卷四作「米」。

〔二〕「如」，《娵隅集》卷四作「而」。

猛拱土司進四象詩

王師征緬次猛拱，誕告諸夷爾毋恐。誅無赦者篡逆種，緬逆懵駁之父瓮藉牙，本以篡弒得踞其地。爾

克共將受天寵。夷官感泣手雙收，携厥配來錦帊攏。琥珀作瑱貫耳孔，蠻布花裙名曰桶。厥音嘍麗性愚侗，苦言鄰寇肆牢籠。索米求金日苛冗，大旱望雲愁蝃蝀。公今來及秋瓜唪，無數啼嬰飢得湩。氓安田廬魄安冢，欲報之德乏球珙。有馴象四放秋壟，兩牙彎環形擁腫。願進闕下誠忭悚，重鋂不繫繩五總。以肱麾之行接踵，弓刀如山屹不動。曰跪則跽立則竦，賜以釁沐江濤洶。譬與降臣勉萋菶，伏流不見背峰聳。一躍風雷四蹄涌，步伐儼然承誡董。非鞭捶之駕無覂，九閶仙仗環陛栱。列象巍峨寶瓶捧，諸邦任土歲有奉。四象寧增玉階重，鑒爾效順志頗勇。封章上聞不汝壅，錫以佩囊刀珌琫。過望之喜逾得隴，聖清醲化極鴻濛。元甲雕戈革包鞏，朱波彈丸瓮中蠓。厥考盜兵始作俑，子弗幹蠱轉詾詾。獸之不如頑且懵，縛以尺組拑以拲。萬里頭顱象肩擁，象也聞之起而踴。

和雲岩先生雨後書懷見示之作即次原韻

唾壺談麈被阿錫，幕府清嚴亞夫壁。偶盤駿馬挽雕弓，一手能生雙霹靂。軍中好整復好暇，不覺流光箭同激。瘴鄉入夏每愁霖，天漏沈沈幾重幂。今年既雨晴更佳，露井風檐氣清寂。虛窗倚幌見螢流，暗牖藏燈任蛾覓。依然人在受降城，一曲梅花聽吹笛。先生籌筆向戊夜，對景無端予心戚。昨聞京圻頗顛旱，璧牲禮遍山川滌。麥秋已過黍方華，粗飯殘年須飽吃。北門吾尚不憂貧，王事知

公甘我適。防秋正調八關兵，屈指師期火朝覿。尊前偶乏刺閨書，閑數銅籤傍階滴。南樓涼月興何如，清嘯一聲曾却敵。

放言一篇再叠前韵呈雲岩先生

蟻封何物膺九錫，蝸角有時破十壁。浮杯水欲傲滄溟，敗鼓音思掩霹靂。土龍行雨鞭安施，木雁凌風機所激。群游擾攘虱在褌，宴處啁啾燕依幂。鏡懸暗室混妍媸，鐘設聾鄉泯諠寂。醉裏驚蛇影易留，夢中藏鹿踪難覓。邪蒿未必盡勝粱，爨竹何曾皆中笛。早聞抨雀走珠丸，頻訝割鷄揮玉戚。鶴頸雖長豈用裁，鷺毛自潔寧煩滌。丹霞曳佩手誰縫，白石療飢煮孰吃。絲纏蠶老究何爲，紙破蠅飛亦焉適。肺肝吴越詎相知，眉睫邱山莫予覿。不求道術證九還，不向禪宗分一滴。放筆聊成《天問》篇，知公轉語鋒無敵。

充齋以和章柬示四叠前韵

吟筒入手百朋錫，快似旗亭争畫壁。賞花在昔笑徘徊，擊鉢吾今窮霹靂。公然摟伐勢不支，猝

爾窮追變反激。枯腸隱隱轉車輪，駭汗徐徐拭巾冪。是時殘蠟對飄摇，此地酸虀伴岑寂。思當將斷徑忽通，句到初圓力難覓。遂令疏越清廟弦，却儷蕭寥釣船笛。年來踪迹判升沈，老去情懷共欣戚。鄉關何事苦思量，兵甲幾時真洗滌。余髮種種愁頻搔，臣口期期恨如喫。用鄧艾口吃事，借作「喫」。但求飲酒千日醉，誰遣舂糧萬里適。路雙歧處我未迴，坦一方間人莫覿。罪言不緣韓鐸發，血泪寧爲琵琶滴。小詩角鬥何足道，毒手老拳詫相敵。

擬宫怨五叠前韵

芳名憶自茗華錫，朵殿春風扇椒壁。門前不灑竹枝鹽，日日宫車馳霹靂。爲誦《周南》第一篇，据《魯詩説》。脱簪待罪詞偏激。君王不念有齋女，入廟曾尸六尊冪。紈扇先秋忍弃捐，銀壺永夜聽凄寂。可憐庭樹影朦朧，夕陽惟有寒雅覓。却望昭陽火照筵，有人醉弄寧王笛。瓊枝璧月奉宸歡，粉碓脂田覃外戚。自搜蓋篋賜衣存，零落蛛埃難浣滌。閑愛鸚哥解誦經，朝朝紅豆親調吃。深知永巷亦君恩，敢向仙家怨淪適。餘生輪與帳中人，珊珊猶望翩來覿。長門買賦少黄金，親拂瑶箋注銅滴。他時一鑒倘重陳，曾料莫敖必輕敵。

充齋枉顧復出一章見贈六疊前韻奉酬兼謝其頻致佳酒

飛將軍號君孰鍚，一幟翩然馳趙壁。我時堅臥若弗聞，大似嬰兒對霹靂。平生萬事甘讓人，詩句新來洗豪激。聲如土鼓不成摻，質比匏樽豈須羃。偶然拈韵伫興成，時鳥候蟲共喧寂。無人愛處君獨賞，纔放晨衙走相覓。瘴鄉流宕兩人慣，揮泪非因轅寄笛。上冬憶我戰場回，虞陛初傳舞干戚。蠻邦筐篚何足陳，蔀屋瘡痍要親滌。逢君把酒語慨慷，未藉此官一生吃。一篇臣結《舂陵行》，俗吏聞之驚適適。文章風義君能兼，寢饋應知古人覿。獨慚我與世相遺，日向床頭丐餘滴。肺腑連宵芒角生，乘醉衝愁無堅敵〔一〕。

【校勘記】

〔一〕「乘醉衝愁」，《娵隅集》卷五作「醉衝愁陣」。

寓齋即事柬述庵七疊前韵

圓蹓無蒲手無錫，結夏何如僧面壁。平生但蓄無弦琴，不愛奇聲傳霹靂。官齋清絶清似水，一

刺不通非有激。林颸吹鬢涼絲絲，花霧侵衣陰冪冪。檐端雙鵲曉聲乾，簾外一鳩午語寂。蒼苔雨後三徑封，除却羊求踪孰覓。人到中年感易生，酒壚豈爲鄰家笛。故園昨寄萬里書，情話依然共親戚。青衫只道泪痕多，戰血那知今未滌。多謝加餐勸我勤，惠州飯許東坡吃。華胥聞説勝鈞天，假道應從醉鄉適。九衢處處有堯樽，酒德誰能使民覿。《莊子》：「民可使覿德，不可使覿形。」比來曹事都不知，拄頰西山秋欲滴。相將料理苦吟身，縛褲横刀再臨敵。

寄博晰齋八叠前韵

英簜函從香案錫，誰遣衝炎走銅壁。瘴雲如墨雨如漿，夜夜馬蹄生霹靂。歸來遇我騰衝城，却怪北山詩太激。人將白髮自蕭散，雨過黄梅轉蒙冪。不辭著屐來取别，書借一瓻供破寂。予在騰越，值晰齋自塞上回，瀕行，贈我書數十册。去歲征南幕府開，參軍在座君能覓。玉門生入事如夢，軟脚筵開鬥箏笛。聽到《陽關》第四聲，年少何戡也凄戚。晰齋有歌者朱琇，色藝冠一時。予于永昌屢見之。近已携歸大理矣。天涯去住總難料，未許征衣塵土滌。杜陵依舊客諸侯，對酒真憐不能吃。杜詩：「對酒不能吃。」君今且看點蒼山，試茗分香興清適。畫欄桂樹又秋風，花下何人展嘉覿。玲瓏休唱樂天詩，燭泪還愁替人滴。借問維摩病若何，定知談笑熊羆敵。晰齋薄病初起。

同年朱子穎太守遠訪軍中行帳話舊有感作

陣雲頹空溪水吼，炮火横飛大于斗。白頭自甘枕戈甲，寧料此間握君手。憶君召對在御苑，詢及先臣霽顏久。奉詔作畫群公驚，盤礴一揮筆如帚。聞君昨歲游峨眉，伏虎岩前掉臂走。佛燈懸處照無寐，欲借禪床穴雙肘。君今踪迹更奇絶，閑作寓公謝官守。夕烽連山箭滿眼，君不來觀亦无咎。君言壯志雖漸衰，未肯帷車學新婦。蜀中邊患我頗悉，如掣鯨鯢歸敝笱。十年養癰不一決，俞扁之工亦何有。軍興百事如蝟毛，又苦咄嗟思辦取。可憐轉粟十萬夫，盡是春田把鋤耦。臣甫《北征》憤最切，臣結《春陵》意偏厚。南臺寺名。病起匹馬行，不獨軍容觀細柳。借箸應作李左車，劇孟何堪挂君口。相逢剪燭話未已，却恨郫筒難致酒。與君論交在夙昔，風節相期頗不苟。戰場兩處所見同，瘴海三年得生偶。軍旅之事雖未學，出入兵間得八九。惟聖有訓戰必慎，行兵所戒勝毋忸。參軍長揖敢自傲，萬感横胸鬱堆阜。夜來偏師肆賊壘，裹血人歸認誰某。終生長纓今在否，上陣何時縛小醜。氈廬風雪對嘆息，錯比剡溪來訪友。

十二月十三日斑斕山紀事

連峰若環斷若玦，羊腸一絲天際豁。賊碉屹然不可拔，如猘之狂鼠之黠。一軍拒左遏賊衝，及山之半布成列。一軍右上瞰其腦，腑瞰碉樓蟻在垤〔一〕。朔風獵獵翻大旗，指點元戎中秉鉞。是時窮冬天苦寒，堅冰欲鼓山石裂。萬人裹甲如裹鐵，噤不成聲喉捲舌。豈知挾纊在一言，始信掮循勝鞭撻。槍丸似雨烟似墨，一卒飛騰刀滚雪。上碉無梯下無穴，以肉鬥石怒衝髪。何來援賊氣甚囂，短兵一接魂魄奪。殺人無聲亦無形〔二〕，人在陣雲自出没。生擒一賊挾兩頭，歸謁和門略陳説。生囚死馘互拴縛，一片模糊刃餘血。啃汝小醜恃在險，問天此險爲誰設？負嵎之獸且莫攖，游釜之魚寧久活。詰朝再戰竊有請，若徇三軍須此卒。

【校勘記】

〔一〕「腑」，《娵隅集》卷十作「俯」。

〔二〕「形」，《娵隅集》卷十作「影」。

秋日過水竹居

松竹日蕭瑟，重來徑不分。林霏寒作雨，池水静生雲。地下悲知己，天涯惜離群。臨風清泪迸，落葉暮紛紛。

宋玉宅

哀怨靈均弟，風流子美師。江山留舊宅，雲雨托微辭。過楚吾何適，經秋客更悲。蘭成今白髮，腸斷結茅期。

春感

江樓一望草芊芊，寒食東風欲禁烟。柳外誰家閑試馬，花前有客倦聞鵑。春愁似水當三月，好夢如雲已十年。贏得鬢絲今漸改，生涯禪榻自蕭然。

送德甫入都

幾載昌亭載酒從，過江才地孰齊蹤。《凌雲》新賦推司馬，對日雄談屬士龍。斜月宫花迴夕佩，輕烟禁柳逐晨鐘。金臺舊侶知無恙，爲道蒓鱸興轉濃。

酬王德甫見贈次韵

廿年香火感深盟，萬里猶爲并轡行。尚憶牽衣同拜母，真從戴笠早稱兄。驚看踪迹如逃劫，忽對詩篇似隔生。爲話故園心轉壯，要令絶域遍春耕。

渡漳水同德甫

風烟極目浩縱横，晚渡牽船客共争。流急勢先吞滏衛，地雄氣尚帶幽并。一宵候館知安托，十月輿梁苦未成。僅葺其半，云須十一月始成。每到卬須動遥感，清漳夾宅負平生。

泊襄陽同德甫

岸樹川花望不分，烟波如畫碧紛紛。渡江帆帶樊城雨，倚堞樓含峴首雲。《漢上題》思追勝事，《襄陽傳》欲續遺聞。魚梁洲畔饒鷄黍，衡宇他時好共君。

自漢水放舟南下即事二首

襆被同登漢上槎，六年不聽櫓嘔鴉。容身已喜如居室，入夢渾疑是到家。斜日趁墟宵喚酒，輕烟壓水午鳴茶。南遷我久忘官様，慚見船頭候吏嘩。

碧波翠巘一程程，細雨斜風撲面迎。沙步閑容村犉卧，烟帆低傍渚禽行。潤留硯墨吟初罷，寒勒篝香夢未成。忽憶吴中十年事，夜船燈火按銀箏。

夜渡毛口河趨阿都田作

夜航無槳趁懸絙，一縷溪烟漾水澄。村曲尚聞闤市柝，峰坳先見驛樓燈。宵晴平野星光散，候暖空山石氣蒸。料得天涯掩閨者，夢魂隨我度崚嶒。

宿亦資孔驛過此即雲南境。

踏盡黔山碧萬層，荒郵還作借單僧。生花燭短渾無焰〔一〕，刺水衾寒忽有稜。永夜夢多情惝怳，殘年詩少意瞢騰。偶然折得苔枝在，伴我吟窗瘦不勝。

【校勘記】

〔一〕「生」，《娵隅集》卷二作「掃」。

次猛拱即事

江烟江雨捲雙旍，蠻塞居然汔小休。林下偶逢歸塞馬〔一〕，軍中失馬者往往於林箐中得之。行間争飽犒師牛。諸夷頭目迎獻必以牛。分給各營，一牛可食五十人。草花泫霧猶含瘴，木葉衝飆更耐秋。忽憶故園近重九，菊鈴初綻酒新篘。

【校勘記】

〔一〕「塞」，《娵隅集》卷四作「寨」。

入虎踞關

近關僕馬盡歡聲，户杼場春寫太平。賣劍便思爲佃客，弃繻何用識書生。誰封抔土無留碣，近關新冢纍纍，云皆彼年出征將士也。未塞丸泥有駐旌。關爲老官屯郵遞往來要路，方駐兵設將於此。慚謝候人迎問疾，緣江多少裹創兵。

荷葉

幾日田田碧一窪，空亭倚遍石欄斜。池塘人静影臨水，風露曉凉香勝花。未許衝波依舫屋，最宜聽雨隔窗紗。分明載酒曾游處，兩板紅橋緑半遮。

苔

一重門掩一重簾，徑草階莎一色添。軟碧圓時裀可藉，蔫紅碎處屐同黏。端居盡日芳塵斷，逆旅先秋舊雨淹。逋客新來行迹絶，翠痕不掃倍纖纖。

茶烟〔一〕

庭院沈沈午悄然，風爐帖妥屋西偏。更無人影惟簾影，纔和香烟又藥烟〔二〕。偶著瓶花縈未定，忽吹鬢髮暈初圓〔三〕。心知不自勞薪出，絶愛低回病榻邊〔四〕。

【校勘記】

〔一〕「茶」，《娵隅集》卷八作「爐」。

〔二〕「和香」，《娵隅集》卷八作「拂茶」。

〔三〕「鬢」，《娵隅集》卷八作「鏡」。

〔四〕「絶愛低回」，《娵隅集》卷八作「愛爾低佪」。

禽語

芳林入夏碧如雲，格磔鈎輈總不分。醉倚短笻閑獨聽，夢迴單枕遠初聞。偶然斷續隨朝雨，幾處高低度夕曛。知我機心忘已盡，一枝借得兩欣欣。

遷寓

白頭瘴海已三年，傳舍無端竟五遷。真遣卜居依鶴觀，寓對白鶴觀，恰合東坡惠州故事，故云。差欣汲飲近龍泉。寓在龍泉門内，去涌珠泉數十武耳。補茅屋老秋風勁，得樹庭空午日圓。衰病不堪重借箸，枕

戈時復枕書眠。

復還居舊寓感懷四首

一雨新苔上戟門，重來蕭寂似山村。磨牛踏處依陳迹，巢燕栖時掃舊痕。悞喜南樓聞躡屐，忍忘東閣對開尊。秋風起後庭花盡，惟有親栽菊尚存。

防秋羽檄自紛紛，拄頰看山到夕曛。拂策已知居莫定，迴車誰料路還分。季鷹漫決歸吴計，司馬空傳《難蜀》文。尚擬短衣從夜獵，灞陵争識故將軍。

羅雀門庭刺孰通，一樽孤酌雨聲中〔一〕。心依短燭灰將盡，身對殘棋劫未終。獨向風飆悲退鷁，偶從泥雪認羈鴻。單衾無限春明夢，夜夜常隨馬首東。

斗大山城鼓笳，中宵人倚步櫚斜。敢因去國忘傾藿，不爲懷鄉計及瓜。幕府正聞籌筆數，征途深愧贈鞭賒。時巴韞輝員外將隨副將軍巡邊，故云。殘書襆被安排了，自對寒燈拭劍花。

【校勘記】

〔一〕「酌」，《娵隅集》卷九作「引」。

孱陵呂侯祠

地控荆湘此最雄，英名猶在霸圖空。生能開卷分陰業，死得封侯尺土功。竟遣白衣來北岸，渾忘赤壁縱東風。油江遥接蝪磯水，嗚咽還應怨阿蒙。

澧州道中寄程荆南衡州

澧水東流下洞庭，蒸湘亦抱合江亭。如何遠浦捐芳佩，不共佳人醉渌醽。難後夢魂頻錯迕，病餘書問費丁寧。篷窗獨聽瀟瀟雨，官燭無花也泪零。

行帳病中補山同年枉顧夜話有詩見示次韵酬之

身似殘弓不上檠，黄楊暮節鵪初程。尊前語咽胸埋壘，帳外人歸血洗兵。病枕自營求艾計，戰場頻作贈鞭行。時員外郎薩□□、太守王衣聞先後入關。笑談忽聽穿林炮，驚閃秋燈一穗横。行帳距賊寨一

里許，賊人炮丸時從帳上過。

夜雨再次前韵索補山和之

昌黎詩裏一燈檠，未了江湖聽雨程。萬里重爲衝瘴客，五更來共卧瘡兵。蕭條沙壠村鷄斷，颯沓風林陣馬行。料得子荆感秋草，軍籌傳處句縱横。

至隴川宿錢充齋觀察寓舍連得王述庵比部惠書并用檠字倡和詩韵賦詩見懷四叠前韵却寄兼邀充齋和之

入關初翦故人檠，互誦君書算驛程。身病獨成歧路客〔一〕，語長半爲夾江兵。昨宵聞炮知猶戰，虎踞關距老官屯約三百里，昨宿此，猶聞軍營大炮之聲。明日扶輿悵獨行。馬革平生心未已，得歸翻苦涕縱横。

【校勘記】

〔一〕「歧」，《娵隅集》卷四作「岐」。

檠字韵詩倡於補山予凡五疊頃述庵復郵寄五章索和督促甚力意在迫我於險無言不讎賦此却寄餘四篇皆即景成題總不越一夕中事并挑補山和之〔一〕

天上彤弓已在檠，日方南至客東程。時緬甸具箋乞降，大兵已撤至虎踞關。仲宣賦尚嗟懷土，子美詩應快洗兵。老去忽驚殘歲改，生還准約故人行。昨聞鐵索橋邊路，處處梅花馬首橫。

【校勘記】

〔一〕「皆」，《娵隅集》卷四無此字；「總」，作「皆」。

聞補山將至詩以迎之

雄劍藏械弩弛檠，梅花篷裏一程程。揚鞭已歷三千里，出萬仞關，由猛拱、猛養歷新街、老官屯，入虎踞關，約三千餘里。磨盾真過十萬兵。話到鞠藭袪薄病，來書言有腹疾。歸逢楊柳送遄行。最愁後夜西窗燭，未是離筵泪欲橫。

和述庵五詩未竟而燭忽燼枕上占此

閃碧熸紅怪出檠，用趙當遇燈檠怪事。兊兊詩債誤嚴程。遷延已自迴三舍，悉索猶堪備五兵。隔屋荒鷄還冷伏，緣床黠鼠早微行。思君坐待殘宵月，又到梅窗弄影横。

辛卯十月二十日蒙恩復官參佐蜀中軍事感遇攄忱得詩四首寄京師及故鄉知舊

刺閨書裹八行馳，戎幄來宣感涕滋。再入中書嗟我老，三登啓事愧人知。予自從軍入滇，前相國春和傅公、前將軍雲岩阿公及今將軍温公，前後凡三經補牘矣。素心正集蓮花幕，清夢先依藥樹枝。對仗哦詩磨盾檄，一官前後總恩私。

身在軍中被詔温，除官免謁還曹尊。凡奉特旨遷除者，例免謁選。夜舂米更喧粗婢，月給錢還乞稚孫。十載踏迴牛磨迹，予自壬午服官至今辛卯，恰十年。九重掃剩鳳巢痕。中書舍人有兼司經局正字者一人，予前適除此職。近見邸抄，已議裁矣。似與坡公詩意適相比附也。他時曝背茅檐底，半話金鑾半玉門。

借箸頻煩對夜分，居然長揖作參軍。横戈雜虜忘蒙澤，調鼎元臣念策勛。未遣邊城休宿甲，猶聞閭閻井望春耘。近從父老聽明詔，揮涕争傳旰食勤。近屢降明詔，諭以廑念戎行，不得已用兵之故。讀者無不感奮泣下。

獨上高城攬夕暉，霞旌霜戟自成圍。長纓肯讓終生請，神筆思憑葛相揮。玉壘陣雲初壓帳，金江戰血尚沾衣。此南大金江在緬甸境。予己丑隨征，屢經度此〔一〕。誰知矢石林中客，已許餘生對紫薇。

【校勘記】

〔一〕「度」，《娵隅集》卷十作「渡」。

暮至尤溪

兩崖一綫走陰森，班馬凌兢有戒心。雪似凍鴉翻絶壁，石如飢虎攫空林。横橋入市人聲雜，候館懸燈夜色深。不用繼庖煩長吏，龍溪茗碗豁愁襟。尤溪一名龍溪，産茶最佳。

雲岩先生兵抵美諾追陪夜話有感而作次家雲松韵

笳鼓聲沈劍氣寒，依然奉席接衿鞶。喜心倒極驚三捷，歧路依違愧一官〔一〕。主簿參軍從位置，

兒童走卒問平安。細論兩戰場中事，白髮門生感萬端。

【校勘記】

〔一〕「歧」，《娵隅集》卷十作「岐」。

永昌寓舍即事書懷一百韵寄京師及吴中故人

萬里程初届，三年迹乍淹。力猶衝瘴癘，身已混閭閻。相愧逢梁舉，居思卜楚詹。坐愁書咄咄，卧病夢譫譫〔一〕。蠱達風何陋〔二〕，哀牢地最炎。迅湍飛弩駭，亂石淬刀銛。霧暖紅浮箐，烟昏緑繞楠。漂摇葓挂蛭，擁腫樹藏蚺。廢堡墻攢刺，荒衢屋覆苫。冬畬雷虢虢，夏岫雪䨮䨮。林密稀窺景，嵐濃屢送䵒。四時涼燠互，一日雨暘兼〔三〕。況值軍興久，頻聞戍守添。傳符荆屬粤，馳檄蜀通黚。黔陽，《廣韵》作「黚陽」。市價騰芻秣，邊儲雜菽䊤。轉輸連下邑，勸勉遍窮檐。路險舟轅絶，城岩節鉞嚴。材官紛棨戟，文士競韜鈐。僧舍除庖湢，氓廬借釜鬵。授餐真雜沓，供帳極叢纖。量龠沽村釀，論銖鬻井鹽。寸箋逾重錦，尺布抵輕縑。照壁松枝炬，傾甌麥顆飴。不緣勤撫恤，何以免危阽。地主誰承乏，天涯且屬饜。猪肝人肯累，蝸殼我寧嫌。頽翮嗟栖幕，驚鱗幸脱罛。迂疏招詬厲，放浪付妗𡟰。食至疑逢蠱，悲來似發痁。鄉心彌惝怳，旅話自喁噞。耆舊吴中盛，風華海内沾。承家餘研削，求友

得針砭。于野才偏聚，斯文任敢謙。知名緣鯉素，寄興托貂襜。學必崇純樸，言還絶僞譣。正聲刪促節，法服破輕纖。貞梓原從繹，文瑶亦受磏。刈蕭蘭郁郁，芟稗稻稖稖。砥柱瀾須障，傳薪火未熸。鐘喑桐使應，磁熱芥能黏。矻矻忘餐寢，依依共苦甜。開園偕躡屐，閉閣對施幨。茗瀹明瓷碗，香分斷漆奩。静看春盎盎，閑覺晝厭厭。汲古情斯縱，探幽意詎廉。靈崖青婀娜，震澤碧澶湉。大小尋雙渚，東西訪二崦〔四〕。軟輿穿曉竹，短艇繫秋蒹。蒓碗連波貯，菘筐帶露釗。厨珍多水族，饌法半湯燖。跌宕燈重翦，勾留鼓再歉。翻杯容污袖，捧硯試題韂。辯逞雕龍口，談掀礫蝟髯。世人應共嫉，吾道豈終潛。梧藹初停鳳，竿修遂上鮎。田間先釋屩，日下各乘⿰車廉。鎖闥鏘垂珮，玟墀滴漏籤。丹泥封尚濕，紫穎削頻尖。周《雅》歌差馬，《秦風》詠載獫。每秋陪扈蹕，趁曉許提槧〔五〕。斷澗圍奔鹿，平原逐突⿰犭咸。衝飆駕落縠，赴響雉投⿱竹嚴。列幄榮頒齒，歸裝詑積⿰月韱。班仍趨鵷鷺，歲忽換烏蟾。勝侶多多善，清游處處忺。銷寒移密室，逭暑就長櫩。唐寺評花擔，燕臺問酒帘。壯懷從濩落，素抱忍⿰忄奄憸。聚鐵翻成錯，銘金竟失箝。戌行承譴薄，參佐藉謀僉。尤悔人難寡，疵瑕俗競撏。由來稱俊達，所往被污⿰氵閻。放逐愁形槁，譏讒痛骨鋟。書騰粱苑獄，章飲朔方鉗。辱及中山臏，哀深大史閹。索琴詞款款，憶鶴淚瀸瀸。廢弃予猶幸，栖遲趣轉恬。兹行殊汗漫，回想尚舑⿰舌詹。遷客如蛩駏，謂述庵。同心比鰈鶼。三楹纔賃屋，一桁旋鉤簾。垣矮峰爲障，階虛水出溓。當關無小鵲，支榻有枯⿰冉龜。病久知宵永，眠遲愛日暹。團參惟上黨，芳朮少於朁。從《廣韻》。薏粥僮能糝，芹葅僕解醃。

勤常調葯餌，懶更疊芸幟。萡滑宜高屐，梅橫礙側幨。偶然行得得，聊爾喜沾沾。獨有孤衷鬱，終期醜類殲。笳音晨自聽，星象夜頻覘。推轂元臣出，揚旌屬國瞻。先聲驅爨僰，宏願靖黎黔。蕩決厹矛錞，飄揚貝胄綅。溟濤沈斷梗，崑焰燎荒菼。寶井亡殘幕，金樓失破闍。夾砧啼傴僂，繫組狀髫鬑。蛇豕棱威掃，梯航化澤漸。風驂歸壠輗，霜劍冶耕鐮。抱牘籌空借，磨崖筆試拈。腐儒搔白髮，幾欲訊筳占。

【校勘記】

〔一〕「病」，《娵隅集》卷三作「疾」。

〔二〕「盞達」二字，《娵隅集》卷二爲空格。

〔三〕「暘」，《娵隅集》卷二作「晴」。

〔四〕「二」，《娵隅集》卷三作「兩」。

〔五〕「趁曉」，《娵隅集》卷三作「幾輩」。

楊枝十二韻

本是銷魂種〔一〕，年年綰別離。一株當二月，萬縷復千絲。栽處應天上，攀來每路歧。未歸陶令

宅，頻夢謝家池。態倚疏簾勝，陰籠曲檻宜。濃疑掃眉黛，弱欲鬥腰支。著雨憐初起，臨風愛小垂。金城悲此地，玉殿憶當時。細馬看還繫，流鶯聽乍移。尊前人不見，笛裏客相思。我往成搖落，誰來屬護持。香山戀樊素，只爲是楊枝。

【校勘記】

〔一〕「本是」，《娵隅集》卷八作「爾本」。

副將軍阿公振旅回永昌時屆歲除官齋尊酒追溯用兵顛末述事抒情輒成聯句八十韵亦勞者思歌之義也〔一〕

詔撤三年戍，升之〔二〕。人依萬里城。受降唐節度，德甫〔三〕。振旅漢營平。尚藉邊籌遠，升之〔四〕。旋逢歲籥更。星霜回暮節，德甫〔五〕。烽火息嚴程。蓮幕叨陪侍〔六〕，升之。椒盤快合并。紀勛詞磊落，德甫。感事意迴縈。在昔承恩命，升之。於兹習義征。重邀王母福，德甫。益勵丈人貞。公初受命督師，啓行時，詣皇太后宫請安，賞賚甚渥，并傳諭，所賜青瓶、如意〔七〕，皆寓吉兆云〔八〕。穴竄將窮鼠，升之。波翻未翦鯨。先聞傾鼎餗，德甫。繼悼結冠纓〔九〕。倉猝殲于遂，升之。消搖散在彭。以上叙楊制府應琚貽誤軍事，及將軍明公等猛育殉節〔一〇〕，并錫箔木邦兵潰之事〔一一〕。改弦軍政肅，德甫。挾纊士心傾。戎略書詩裕，升之。儲胥

竹木羸。習勞曾運甓，德甫。肆武亦開棚。分埒騰騮駱，升之。排囷積秸秔。威真敷絕檄，德甫。念愈軫疲氓。勢可乘因壘，升之。功偏待秉衡。以下叙經略赴滇統師進討，各取道諏期〔一二〕，公皆悉心籌議，往復再三。儀容諸將攝，德甫。號令一軍驚。借箸師中協，升之。飛符閫外行。周咨常旁午，德甫。秘算必先庚。吉日應徐卜，升之。凶門詎急爭。深燈輪悃愫〔一三〕，德甫。側席費論評。薪恐難移突，升之。棋虞易下枰。終朝惟仰屋，德甫。前路遽揚旌。萬仞巖關峙，時公由銅壁關前駐野牛壩〔一四〕，督造戰艦，而經略由萬仞關渡大金江收撫猛拱〔一五〕，以通西路〔一六〕。升之。千重駭浪橫。蠻雲凝作嶂，德甫。淫雨積爲坑。振策經途速〔一七〕，升之。浮查問渡輕〔一八〕。幸牽巾櫛戀，德甫。得使櫬輿迎〔一九〕。猛拱土司渾覺先已逃匿，因縶其小妻，遂率衆詣軍門降。勇决空群醜〔二〇〕，升之。平安屬使伻〔二一〕。遠期姬旦舄〔二二〕，德甫。來就亞夫營。時公已進駐新街〔二三〕，屢遣夷人間道齎書，與經略大軍約期會合。此地雙江扼，蠻暮江自東來，匯于大金江，斜對哈坎，爲東西兩軍會合所經。〔二四〕升之。維公隻手撐。夾鈇親戮叛，時隴川人蘇明燦、段世瑞來往賊寨〔二五〕，爲賊致書，皆奏誅之。德甫。插羽亟徵兵。削柿高檣矗，升之。鎔金巨炮轟。何須然斷鎖〔二六〕，德甫。絕勝渡浮罌〔二七〕。乘艑馳温嶠〔二八〕，遣伊將軍勒圖迎經略。〔二九〕升之。揚麾挈顧榮〔三〇〕。謂制府阿補堂。〔三一〕東西連玉帳，德甫。水陸應銅鉦。會合歡初沸，升之。飛騰氣已盈。非緣欺小敵，德甫。直與奪先聲。姑蔑收空壁，升之。餘皇徙斷浜。猿窮斯就縛〔三二〕，德甫。禽逸乃遭抨。此叙十月十日新街水戰，擊敗賊兵，獲其舟并旗纛器械無算〔三三〕。頭目賓雅得諸被創而死〔三四〕。風陣催帆飽〔三五〕，升之。霜棱淬劍瑩〔三六〕。官屯趨浩蕩，德甫。

賊栅列峥嶸。以下叙進駐老官屯攻圍賊寨之事。當轍螗宜捕，升之。藏嵎虎莫攖。越蛙徒自式，德甫。衛鶴那堪令〔三七〕。忠藎通神鬼，升之。思勤邁父兄。有言皆激奮，德甫。無物不輸誠。瘴癘寒猶熾，升之。瘡痍力轉勍。槍烟摧拉雜，德甫。機石擊鏗訇。執鋭兼持燧，升之。臨衝競挽棚。梯危懸碧漢，德甫。隧曲穴青坪。俘卒聯徽纆，升之。逋夷驗刺黥。時舟師生獲十餘賊，并有自寨逸出來歸者，驗其下體黥涅〔三八〕，知爲真緬人也。下游援漸絶，德甫。中夜諜頻偵。裹血方酣戰，升之。炊骸遂乞盟。老官屯被圍既久，舟師又斷其南來救援，賊寨垂破，而阿瓦酋長已具貝葉降書，遣使乞款。卑辭函鏤貝，德甫。吉語應占蓂。公赴滇時，途中遇善筮者，筮得《離》卦六爻，皆不動偃武之兆也。時值文淵病，升之。群欽諸葛名。時經略抱病〔三九〕，緬人來乞降者，公諭遣之。至誠孚裸虜，德甫。大義洽豪英。表餌幾全握，升之。韜鈐術盡屏。盤根衷獨苦，德甫。省括計彌精。待振虞階舞，升之。徵調傅相羹〔四〇〕。旋師符敕諭〔四一〕，德甫。請令爲嫠惸。軍中方受降，中旨適下〔四二〕，已命撤兵〔四三〕。〔四四〕納款求陳幣，升之。攄忱謝宰牲〔四五〕。歡呼喧爨僰，德甫。感泣遍柴荆。臘後蛩催織，滇中冬候，蟲聲不絶。升之。春前犢試耕。祲看消枉矢，德甫。瑞定表華苹。遠譯風諧律，時緬甸貢使將至，故云。〔四六〕升之。新郊雪散霙。滇中少雪，而連朝，四山積素彌望，兵後豐年，於兹可卜。〔四七〕朝天歸上輔，德甫。計日近元正。經略于嘉平十九日起程赴闕〔四八〕。班管停磨盾〔四九〕，升之。雕弓罷繫檠。薦辛挑細菜，德甫。透甲劈香橙〔五〇〕。泥飲蛆浮瓷，升之。徵歌雁語筝〔五一〕。燕私蒙款款，德甫。鴻論劇觥觥。烏本期頭白，升之。魚還念尾頳。仲宣仍逆旅，德甫。元叔剩餘生。夢寐嗟相對，升之。

然疑忍共明。追思從褌褶，德甫。誓欲掃欃槍。匪尚犁庭績，升之。終酬攬轡情。居恒時若厲，德甫。履險道能亨。偉節强哉矯，升之。嘉謨展也成。畫圖垂紫閣，〔五二〕德甫。譽望溢丹瀛。猷壯推方叔，升之。知深荷晏嬰。〔五三〕願從元白後，德甫。驃樂載同賡。緬甸，即古驃國。唐韋臯爲節度時，進其樂部。元微之、白樂天皆有詩紀事。升之〔五四〕。

【校勘記】

〔一〕「副」，《娵隅集》卷四作「定邊」；「阿公」，作「既」；「韵」下，有「奉呈」二字。

〔二〕「升之」，《娵隅集》卷四作「趙文哲」。

〔三〕「德甫」，《娵隅集》卷四作「王昶」。

〔四〕「升之」，《娵隅集》卷四作「文喆」。下或作「文喆」，或作「文哲」。

〔五〕「德甫」，《娵隅集》卷四作「昶」。下同。

〔六〕「蓮」，《娵隅集》卷四作「蓉」。

〔七〕「所賜青瓶如意」，《娵隅集》卷四作「青瓶竹如意」。

〔八〕「兆」，《娵隅集》卷四作「讖」。

〔九〕「繼」，《娵隅集》卷四作「竟」。

〔一〇〕「猛」上，《娵隅集》卷四有「在」字。

〔一一〕「木」上，《娵隅集》卷四有「江」字。
〔一二〕「各」，《娵隅集》卷四作「凡」。
〔一三〕「輸」，《娵隅集》卷四作「攄」。
〔一四〕「由」、「前」，《娵隅集》卷四作「出」、「進」。
〔一五〕「大」上，《娵隅集》卷四有「南」字。
〔一六〕此注，《娵隅集》卷四在「千重駭浪横」句下。
〔一七〕「振策」，《娵隅集》卷四作「單騎」。
〔一八〕「浮」，《娵隅集》卷四作「枯」。
〔一九〕「櫬輿」，《娵隅集》卷四作「簞壺」。
〔二〇〕「勇决空群醜」《娵隅集》卷四作「况瘁憐家僕」。
〔二一〕「屬使」，《娵隅集》卷四作「報遠」。
〔二二〕「遠」，《娵隅集》卷四作「言」。
〔二三〕「新」上，《娵隅集》卷四有「蠻暮」二字。
〔二四〕此注，《娵隅集》卷四無。
〔二五〕「寨」，《娵隅集》卷四作「塞」。
〔二六〕「然」，《娵隅集》卷四作「燃」。

〔二七〕「渡」，《娵隅集》卷四作「度」。
〔二八〕「乘艑馳温嶠」，《娵隅集》卷四作「犄角分群帥」。
〔二九〕此注，《娵隅集》卷四無。
〔三〇〕「揚麾挐顧榮」，《娵隅集》卷四作「參謀有列卿」。
〔三一〕此注，《娵隅集》卷四無。
〔三二〕「窮」，《娵隅集》卷四作「亡」。
〔三三〕「無算」二字，《娵隅集》卷四無。
〔三四〕「而」字，《娵隅集》卷四無。
〔三五〕「陣」，《娵隅集》卷四作「緊」。
〔三六〕「霜棱」，《娵隅集》卷四作「波漩」。
〔三七〕「那」，《娵隅集》卷四作「豈」。
〔三八〕「黔」，《娵隅集》卷四作「黥」。
〔三九〕「病」，《娵隅集》卷四作「痾」。
〔四〇〕「徵」，《娵隅集》卷四作「徽」。
〔四一〕「諭」，《娵隅集》卷四作「旨」。
〔四二〕「中」上，《娵隅集》卷四有「而」字。

〔四三〕「命」，《娵隅集》卷四作「令」。
〔四四〕此注，《娵隅集》卷四在「旋師符敕旨」句下。
〔四五〕「攄」，《娵隅集》卷四作「抒」。
〔四六〕此注，《娵隅集》卷四無。
〔四七〕此注，《娵隅集》卷四作「連日得雪」。
〔四八〕「起程」，《娵隅集》卷四作「啓行」。
〔四九〕「班」，《娵隅集》卷四作「斑」。
〔五〇〕「劈」，《娵隅集》卷四作「擘」。
〔五一〕「語」，《娵隅集》卷四作「拍」。
〔五二〕此句下，《娵隅集》卷四有注：「平定準部、回部，上命圖公形於紫光閣，親爲之贊。」
〔五三〕此句下，《娵隅集》卷四有注：「用脱驂贖越石父事。」
〔五四〕「升之」二字，《娵隅集》卷四無。

湖海詩傳卷二十七

張熙純

字策時，號少華，上海人。乾隆二十七年舉人，三十年召試，賜內閣中書。有《華海堂集》。

《蒲褐山房詩話》：策時英姿壯氣，與升之同學齊名，而胸襟軒爽，照人若雪。兩人成名後，臭味稍有差池。策時中年歿於京邸，未歷江山兵燹之奇，故所作未免稍遜一籌。五言如「人家藏遠樹，漁火入寒流」，「澄澗分岩翠，虛亭受月明」，「洗鉢承花雨，翻經和海潮」，「竹陰連別院，花雨靜禪扃」，「香臺孤磬發，碧殿一燈深」；七言如「邸中久已馴龍性，隴上何須赴鶴書」，「連江暮雨孤帆卸，萬樹秋聲一雁飛」，「笛床風細催三弄，酒座香濃試一浮」，「疏雨一旗山店酒，春風雙轡馬塍花」，「詩就涪翁分一瓣，酒同坡老鬥三蕉」，「紅牙曲罷千花暝，青翰舟迴一水香」，亦數十年來吾鄉握槧懷鉛之士所當膾炙。

古怨詩

合如金在冶，決如箭去弦。東風一以逝，桃李爲誰妍。櫪中千里駿，奮起忽長嘶。馬嘶驚妾泪，問君何所之。出門向西笑，入門獨悲嘯。男兒喜快游，室家焉得保。見君空復情，送君空復情。啼鵑如有意，繞樹徘徊鳴。裁羅思作裳，不信反成裘。汲井愛清漣，到底不能流。君恩如曉漏，夢闌聲漸歇。妾恨如宵燭，泪乾心尚熱。漏亦有時續，燭亦還復燃。君心如可轉，白日俟再中。叶。

戰城南

戰城南，戰益力，一當匈奴死不惜。爲我謂敵，爾安得驕？振臂一長呼，陣雲中决如崩濤。馬騰疾雷，刃飛急雪，長圍若連山，獨騎焉得拔？壯士舞，不聞金，但聞鼓，刺劍入喉僵不倒。董古切。生願封侯，封侯安可得？死爲鬼雄，鬼雄當廟食。焉能效主將，疾馳入堅壁？

君馬黃

君馬黃，臣馬白。金爲羈，玉爲勒，人馬一心出塞北。君登燕然，氣如虎若羆，風雲溼涌入四蹄。寒陰照我影，野空秋草腓。雪没馬背不得馳。人馬更相顧，錯莫無晶輝。汝雖驍騰奈汝飢，托非其所累汝爲。太行未云險，平地卒發機，顛踣窮野我焉悲。嗟哉汝馬忍死草間活，千金無人市汝骨。

飲馬長城窟行

飲馬長城窟，天寒水生骨。從軍萬里取封侯，何言却作長城卒。城頭鼓鼕鼕，城下鳴雕弓，健兒騎馬如騎龍。飛鴻何翩翩，翩翩入雲漢。健兒塞下泣，少婦閨中嘆。長安十萬户，秋來何地無砧杵。白月蒼茫來照之，聲聲似言築城苦。作書附飛鴻，慎莫輕撩長官怒。長官怒汝，汝不得訴。嗟汝力盡孰知撫，安得飛身化作長城土。化作長城土，長城屹然起。健兒不死，歸問鄉里。

落木庵

數里入雲松，招提依絶壁。青林被微霜，落葉斷行迹。停策叩禪扉，翠陰拂巾幘。幽花綴晚紅，芳沼湛深碧。仙梵静蓮龕，佛香散瑶席。捲幔睇遥山，連峰漾秋色。澗空萬象澄，地迥諸天寂。勝游方羨今，孤迹猶緬昔。曾聞開士居，舊是遺民宅。遥知蜚遁情，詎爲烟霞癖。水石留餘清，風流想高格。疏磬鳴上方，烟壑澹將夕。枯禪縛未能，悵望冥飛翼。

寒山别館對雨同來殷作

際曉元蟬吟，凉雲蔭喬木。玉琴泛商聲，寥寥感幽獨。故人軫離居，暇日惠高躅。烟蘿結清歡，嵐影散遐矚。飛雨忽來過，筠翠藹新沐。稍迷雲外峰，復亂林中瀑。頗滌塵慮煩，焉念流景速。嘉藻時見遺，瑶尊更相屬。松陰澹欲暝，殘鐘度空谷。

剡溪用康樂赤石泛海韻〔一〕

揚舲溯翠微〔二〕，寒蟬吟未歇。崖窮澗道開，烟深林影没。哀淙漱雲根，明瀾鑒秋髮。沙嶼恣沿洄，溪山自映發。嶺表送斜暉，岩端吐纖月。時聞石瀨喧，遥見樵踪越。芳樽還共持，高咏詎能闕。遠情寄空濛，乘運任淹忽。眷兹曠世懷，雲踪繼前伐。

【校勘記】

〔一〕「韵」下，《華海堂詩》卷三有「同企晋來殷」五字。

〔二〕「揚」，原作「楊」，據《華海堂詩》卷三改。

逾金地嶺渡幽溪至高明寺

金地逾百盤，褰裳及初旭。細路緣秋毫，層巔造雲族。淺溜汩近踵，游氛晃遠目。鈴鐸忽清揚，泠泠出深谷。方從木杪行，焉辨岩下屋。參差楓樹林，一折入山腹。遥疑磴道窮，㕞訝岩勢複。怪石生角牙，暗泉韵琴筑。短彴亘仙源，名藍藏澗曲。入寺怖鴿翻，倚樹馴猿伏。霜柯雜青紅，烟壑净

蒼緑。菌閣面飛崖，山厨抱叢竹。宵澄林響交，梵静秋襟肅。喟彼塵鞅勞，眷此懸燈宿。

瓊　臺

玉霄峰下森天仗，瓊臺高削擎仙掌。一綫丹梯不可攀，危崖直下三千丈。我從越嶠訪靈奇，秀甲寰中心獨賞。青笠紅衫試一登，天風縹緲凌虚上。層巔積翠鬱蒼寒，石骨崚嶒無寸壤。列障紛看玉笋圍，天中獨有金盤仰。下臨絶溟浸山根，天影倒垂雲氣蕩。波沈蒼璧鎖蛟螭，日冷青蘿淒魍魎。峭壁中開更杳冥，玲瓏雙闕凌蒼莽。急湍出峽走雷霆，迸落千岩散靈響。化工狡獪渺難名，頃刻晦明移萬象。嶺表初逢陽景回，林端復見陰霞晃。洵知絶境接清都，時有仙靈此還往。夜静龍吟大壑寒，秋高鶴唳瑶壇爽。化人仿佛計追尋，灝氣横空絶塵想。冲舉還期羽翼生，采真擬待琅玕長。撫松吟嘯澹忘歸，夕照銜山增悵惘。回首雲關白月來，神霄一片金波朗。

石梁瀑布

龍門突兀風雷作，汹汹崩濤天半落。冰簾萬丈捲晴霄，轉轂盤渦殷大壑。青鑱玉峽高入雲，飛

梁横亘中穹若。叠嶂還疑神斧開，半規更類天弧拓。紆迴三折透硆砑，逼側重關豁齦齶。遠從華頂沛仙源，地肺玲瓏互穿絡。萬泒争趨赴一門，摩崖鬥險誰能縛。奔騰突騎鼓嚨胡，諠扣奇兵振錞鐸。捫蘿穿竹俯蒼冥，亭午迷濛日色薄。破空炯炯劃琉璃，濺壁霏霏散纓絡。瀉入寒潭勢轉雄，衝飆捲沫還相搏。聞道靈湫深莫窺，中多神物蟠蛟鰐。緣溪一縷水烟生，往往浮金耀鱗角。天際常飄法雨迴，林端自有慈雲幕。是時秋盡海風寒，殘潦無聲群澗涸。誰從碧落挽銀河，元氣淋漓恣盤礴。人間真見玉龍飛，杖底深愁坤軸弱。曇華亭上撫危闌，極目蒼茫興遠托。應真奇迹閟靈墟，終古潮音蕩寥廓。比似恒河久閲人，芒鞋幾輩登名岳。夜凉白月照跏趺，一片秋聲撼虚閣。摇摇神觀不成眠，手攬長虹夢猶噩。

題徐昭發畫馬

南州高士如冥鴻，偶然畫馬非畫工。矯矯却得雙真龍，流雲飛雪花浮動。疾馳下阪長風送，紫髯奚官不敢控。春塘水暖芳草齊，方瞳紫焰臨清溪。跳珠散迸碧玉蹄，前馬吸流微濺沫。後馬涉波氣咆勃，弄影驕嘶縱超忽。嗚呼神駿愛者誰，在厩萬駟非權奇。空被錦韉牽珠鞿，蘭筋蕙腕時遭叱。千金不得增高價，縱有健步誰當駕。落日蕭條鳴向天，迹雖在野神則全。逸氣不受俗士鞭，我欲穿

雲踏龍脊。安得借汝追風力，山南更訪高士宅。

楞嚴壇詩百韵

高明古寺佛隴西，桑門安隱臨幽溪。苔龕藻井環忍殿，象豸馴伏龍蹲踞。廣場選佛妙相具，諸天森聳形模奇。法雲深護戒壇静，走避魍魎潛委蛇。伊昔智者度台嶠，定光招手當神逵。東逾金地西銀地，林壑邃美卓錫宜。遂穿霞心劃地肺，圓通洞口開仁祠。澄神入定拜靈鷲，周覽大壯規鴻規。聖因應會萬靈翼，檀波歡捨千輪賚。化城怳惚落人世，法器疑向鷄園栖。就中宣説灌頂戒，珠網高揭開重壝。斬新日月照禪窟，寶塹閲世無遷移。我聞佛降維衛國，成道乃在摩竭提。蜂臺誦經法輪轉，明星慧日相昭回。祇洹精舍休夏日，大苾蒭衆如雲隨。伽藍五重各殊狀，一一欄檻金銀爲。安庠結跏獅子座，玉毫珠火容熙怡。螺旋肉髻瑞光涌，映蔽世界懸重離。閣雲樓雲互糺縵，衣樹鬘樹交芳菲。六種震動嘆希有，争詣佛所同猋馳。曼陀種種雜瓔珞，旋轉上踊成花臺。十方遍聞迦陵語，六虚暗觸天琴諧。誰從座起偏袒拜，阿難小弟蒙佛慈。一朝回向清净戒，頂光聚咒熏心持。親因攝受老魔伏，密音覼縷標筌蹄。塗場結界軌則備，哀祐末世傳階梯。零陵甘松及薰陸，雪山牛糞和成泥。白膠青水糅黄土，辟除净域纍崇基。方圓丈六爲八角，香爐華鉢紛周圍。隨安圓鏡爛如

月，閒華鋪設光參差。應器十六作清供，密薑蘇合兼乳麋。更煎沈水浴獸炭，然令猛熾投銅匜。純酥三合蜜半升，六時拉雜摧燒之。温馨氤氳滃壇室，但有香氣無烟霏。當陽左右敷寶象，盧舍下至毗俱胝。刳心初七閱三七，抑揚持咒還思惟。鏡交光處佛摩頂，視身頓淨如琉璃。乘此咒心證無學，揚塵順風疾可知。自從貝文秘龍藏，窮子極夜將安歸。迦葉初傳正眼藏，四高臺迥疇能躋。道場三會紀周穆，化人踪迹今猶疑。漢庭皎夢感靈貺，乾坤震旦排荒迷。王尊重繭叩西域，摩騰飛策來東陲。雖分滿字演三獸，正趣未晰阿遮梨。碧眼胡僧一隻履，始挈心印推宗支。一花芬敷生五葉，二百年後無禪枝。佛若多羅精戒品，十部律誦稱辯才。同時上首得羅什，臺建般若宗門開。元奘復造結集墟，三乘大意明西來。遷儀晦影海田易，梵花零落餘劫灰。智者獨受龍樹鉢，楞嚴戒體無磷緇。閻浮百億四日照，出世正應靈劫期。貂蟬簪笏弃如土，離垢遂作人天師。密諦總持戒定慧，大力蹴踏龍象獅。當其登壇戒三輩，典座嚴整諸律儀。法鼓琅琅九乳吼，清信士女環層階。初説覺支不二法，微參念住第一機。上者證明斷諸漏，其下方便承三皈。或時散花下天女，或時獻花來山祇。或時帖耳大空侍，或時應手破竈飛。野狐聽講大慚愧，老魅聞道紛漣洏。正如昏波漸沈墜，忽現寶筏尋津涯。梵童禪伯各翹仰，歸真願得骨若皮。一燈傳照嗣白業，紫金鈿鉢千春垂。寺有智者大師鉢。因芽心樹逾小劫，無盡特起興闍黎。無盡禪師中興天臺教。剜苔剔蘚露角節，昌黎句。鬱金鷄舌重磨治。四檐香榭大張拓，此壇復見騰金輝。我乘勝緣訪初地，忍花靈草羅軒墀。旁行細譯貝

葉字，側理自拓螭頭碑。塔鈴語風仙梵放，彷佛古德開堂時。自敷坐具邀白足，拂拭毳衲談毗尼。塵根一切本非有，無無無盡空何依。牟尼不染四無礙，雖有戒律安所施。聲聞辟支由戒入，似調慧馬方拘縻。觀心自在忽解脱，神通游戲超藩籬。但云持咒習堅忍，欲語究竟差毫厘。獨憐下劣落魔境，諸愛流結棼如絲。故令初禪息衆妄，第一增進當如斯。漸從無生證無滅，助因生慧窮希微。始知末法大饒益，圓滿無上皆自茲。爾來幻師擁高座，炷香豎拂同兒嬉。有時木强伸一指，忽效獅吼拈雙椎。亂華揑目迷頂相，業雲結影埋珠暉。香城陽焰了不悟，高自憍舉愚凡兒。其根鈍昧復狂瞀，纏縛無量貪嗔痴。公然召徒受記莂，飯盂香杖相珍貽。藥叉羅剎踞蓮界，剎竿岌岌經壇摧。安得神王震金杵，盡驅素洛投泥犁。曰余多生本乞士，記憶宿住還依稀。革囊誤落文字海，受諸劇苦心骨悲。未知世事可忍否，攢眉但覺津梁疲。擬逃火宅入定室，誓願高與須彌齊。欲同慧可斷肢臂，擬仿劉勰燔鬚髭。捨弃重擔塞暗井，世臘雖逝猶可追。圓明妙性無退失，蒙佛憶念或庶幾。惜無師利共提奬，醍醐甘露療渴飢。繞壇三匝頓我顙，是身斷不爲行尸。天悠海永信根在，結習未盡爲此詩。千户尚難圖作佛，發言恐受俗士譏。回看金粟現微笑，白月炯炯横禪扉。

李鶴峰先生聽雪圖

吴山平遠環如帶，泉導雲根獨瀟灑。一峰中豁劃仙源，天半銀瀧起靈籟。蓬蓬却怪飆豐裂，練影翻騰破寥泬。奔雷走電無時休，噴作晴空千尺雪。玉龍鱗甲何蜿蜒，冷光四射交雲烟。磨崖作氣奮一擲，餘勢散入千林間。初聞琤琮振岩麓，復聽玲瓏間林竹。大鳴鏘鏘駭蛟虬，細響泠泠亂琴筑。白日不動高雲凝，六月凛冽驅炎蒸。岧嶢入谷變光景，對此頓覺心魂清。我聞石鐘之奇在石骨，南音函胡北清越。那知絶巘落明瑶，水石鏗鎗更清發。玉堂仙客天上來，星軺暫駐雲關開。陰崖陽谷蕩精氣，吐納沆瀣生風雷。此時暖翠摇晴色，岩草凄凄潤花碧。虹梁左折出危亭，懸溜跳珠濺飛白。悠然臨眺披素襟，恍惚密霰飄青岑。非宫非徵激天賞，獨領太始揚清音。勝游回首饒佳興，妙手可憐圖一幀。清商更乞拂龍唇，會見飛流四山應。

升枚桃花溪水圖

我從蔣生游，屢唤桃溪渡。溪上繽紛萬樹桃，緑波漾漾流紅去。林光交翠花燭天，下上啼鶯勸

人住。不辭短艇數經過，重是相逢心迹素。高齋上日恣譏娱，耳目清迥畫不如。忽然寫作三丈圖，又疑此景人間無。我兄平生雅徹骨，邱壑胸中無宿物。畫師得此景趣融，一水一石精神出。魚鳥静心機，琴書澹相守。冰雪争世榮，性命悦蘭臭。未知王裴一輩人，風流得似此君否。今年綉谷賦餞春，僕也磊落知衆賓。比聞維摩卧丈室，苦索新句何拳勤。萬事過眼同烟雲，何如頤志且益神。答詩聊代枚生啓，他日花時重問津。

萬峰院對月

藉草舒幽賞，雙林月皎然。平湖環下界，仙梵静諸天。松澗滴清露，花溪含夕烟。萬峰夐絶處，一宿信前緣。

登穹窿山上真觀

三峰高削倚層雲，杰觀清霄隔紫雯。迢遞丹梯凌倒景，飄飖絳節散靈氛。石潭雨暗聞龍氣，銅嶺烟消見鶴群。羽化至今虚想像，擬將真訣問茅君。

桐柏宫

杳觀平臨日月標，華琳拱翠鬱岧嶢。金庭古洞黃雲護，玉陛高真絳節朝。下界風雷鳴絶壑，上清鸞鶴降重霄。何緣抗手招仙伯，碧月瓊臺奏鳳簫。

蔣蟠漪尋春游藝圖

春衫初製越羅輕，芳草晴皋緩轡行。山店桃花分馬色，溪橋楊葉試弓聲。擊鮮膾切紅絲細，命酒觴傳翠液清。料得興闌歸綉谷，翳然水木更移情。

禮堂祖錫企晉德甫來殷遠書通問賦此却寄

霜鴻千里達瑶華，昔款重尋自嘆嗟。太白蒼寒當曉月，孤蓬愁悴托叢麻。生涯竟似迎風鷁，逝景真如赴壑蛇。見説海波遥接漢，幾時相訪一乘槎。

嚴長明

字道甫，號東有，江寧人。乾隆二十七年召試，賜内閣中書，官至侍讀。有《歸求草堂集》。《蒲褐山房詩話》：東有生長秦淮，性情韶令，六代風華，資其芳潤。幼與俞薀塘、鮑雅堂輩弦匏倡和，麗藻流傳，表聖所云「采采流水，蓬蓬遠春」者也。旋爲夢文子司農所知，延譽於雅雨運使。寓官梅亭最久，益偕四方名士論交，而與余及惠定宇徵君、王受銘主事、沈學子貢生，共數晨夕，於是上探經訓，下攬叢書，發爲詞章，備形鴻博。尋以獻賦入中秘，繼直軍機，鳴鞭珥筆，時扈屬車。然荷衣蕙帶，輒志江湖，晋侍讀後，遂以病歸。會畢君秋帆巡撫西安，招在幕府者十有餘年。尋歸白下，復主廬江書院以殁。其子觀，能讀父書，所補《元和郡縣志》，亦爲詳確。

宿文木山房待涂長卿陶蘅川不至

夕陽度西村，烟際數峰暝。返景入蒼潭，深沉颯餘映。竹露隱清光，松風答佳聽。虚室卧倏寥，吟床拂深凈。却憶蘇門生，張琴散高咏。感此候中宵，孤笻伫蘿徑。

泰州西溪懷王述庵

晚雨池上晴，披襟豁塵步。華月生前溪，流雲在高樹。水木交澄鮮，烟芳對容與。人静景亦閑，心清境彌悟。却憶同門友，褰裳共游寓。佳期不可敦，芳訊終難遇。支頤蓮葉東，烟際香微度。

乘月過中峰晤月江上人遂宿白雲庵

山月晚招人，冷挂松際屋。徘徊光欲低，復與上人宿〔一〕。單扉開南榮，小像綴横幅。圓蒲結跏趺，静對石燈緑。東風意何爲，吹雨斷而續。蕭蕭復蕭蕭，一夜在深竹。

【校勘記】

〔一〕「與上人」，《嚴有東詩集·歸求草堂詩集》卷一作「會月師」。

由光孝朝適青山

夢覺聞清鐘，僧寮見天曙。理策步松門，林光導微路。宿露晨未晞，荒烟憺容與。高下隨坡陀，沙洲信回互。前山紛已重，環溪緬非故。空聞澗草芳，時聽岩泉注。幽悰何處尋，清梵中峰度。

雅堂欲返南徐書此志别

一雁度淮水〔一〕，天涯今已秋。青楓正摇落，况君動行舟。行舟去安適，東望滄波流。秋聲亂江樹〔二〕，海色連沙洲。他鄉此爲别，一笑何時酬。嗟余寡兄弟，同氣惟君求。自從閑芳躅〔三〕，半載心幽悠。淮南幸相見，桂樹欣攀留。寧知歲方晏，孤影終難儔。舊家秦淮水，遥對臨江樓。臨江夜潮落，直到南徐州。願君日垂釣，恐有魚書投。

【校勘記】

〔一〕「雁」，《嚴有東詩集·歸求草堂詩集》卷五作「夜」。

〔二〕「江」，《嚴有東詩集·歸求草堂詩集》卷五作「紅」。

〔三〕「矚」，《嚴有東詩集·歸求草堂詩集》卷五作「躧」。

古北口以外居民率因山爲田中秋後正直刈穫任負塞途延矚所及賦詩志之[一]

塞山皆積石，間有戴土區。草人物其地，厥色黄而虚。刀耕復火種，糞以蕡與榆。時哉值枯旱，嵐氣能烝濡[二]。亦有淫澇候，疏泄多湝沮。所爲計田功，屢祀恒豐腴。初聞僅土著，十十五五俱。漸乃迄齊晋，負戴妻及孥[三]。如梯百常地，似㲉三尺廬。于焉長子孫[四]，兼以逃庸租[五]。我來值秋穫，攬轡爲遲蹰。齊民無异術，道在先勤劬。一夫既其力，可食八口餘。彊槃尚如此[六]，况彼沮澤洳。舊家東南州，厥土惟泥塗。其畜宜鳥獸，其穀宜稻稌。曠土既頗衆，餘夫良不無。胡爲置本計，僕僕將車徒。于世既無補[七]，于身竟何需。公然效鼠雀，日盜官倉儲。

【校勘記】

〔一〕「直」，《嚴有東詩集·秋山紀行集》卷二作「值」。

〔二〕「烝」，《嚴有東詩集·秋山紀行集》卷二作「蒸」。

〔三〕「戴」，《嚴有東詩集·秋山紀行集》卷二作「我」。

〔四〕「子孫」,《嚴有東詩集·秋山紀行集》卷二作「孫子」。

〔五〕「兼」,《嚴有東詩集·秋山紀行集》卷二作「并」。

〔六〕「彊」,《嚴有東詩集·秋山紀行集》卷二作「疆」。

〔七〕「既」,《嚴有東詩集·秋山紀行集》卷二作「固」。

賦羅浮蝴蝶繭

麻姑生齊陽,散髮事王遠。一朝得仙去,譬若蛹脱繭。靈裙揚清風,翾忽莫可挽。化爲栩栩蝶,游戲洞天晚。余家近良常,群真夙所館。潛通朱明天,幽約時復踐。嘉雀質五色,皓雀聲百轉。桂蠹金花蟲,種種各心繾。鳳子尤所珍,惜爲列仙遣。入夢偶飛來,作伴時苦短。耳山行自南,方物此其選。依持若同功,未忍遽分散。密須絳葉黏,輕藉游絲卷。綴如九子鈴,比若兩角銑。貯以越紗籠,置之湘竹篚。見乞剛一枚,珍重抵玉琬。爲言清夏交,温風緑窗滿。定有神娥來,妖嫺莫窮眄。兩兩條乘風,翾飛泠然善。小猶鏡屏張,大者陶輪展。扇面七華開,帔心九霞翦。彼哉葛稚川,抱樸寓遥巘。莎裳木葉衣,相視應有靦。而我貴沈冥,顧此情獨輾。爾本滄霞姿,仙都恣游衍。偶因文采彰,終被世塵涴。唐花飼豈堪,蠟樹栖難穩。且隨燕蟄冬,莫效蚖逐暖。好讓墨蛾飛,悠揚向秋

阪。作貢華林園，描摹付斑管。秋過熱河東砂石阪，地産黑蝶，大者五六寸，土人呼爲墨蛾。蒙古人呼爲額爾伯克伊，秋中例以百枚進御，云如意館中需作粉本也。

書宋張舜民撰游師雄墓志後

唐室重辟召，從事多豪英。温造佐河陽，崔翰居汴京。昌黎及樊川，所在尤著名。下迄趙宋初，沿此尚作程。卓哉游夫子，夙秉河岳靈。弱冠從横渠，章句非所營。農桑學校外，尤熟刑與兵。初膺范公忠宣。薦，繼乃吕大防。趙卨。并。中間韓絳琦。蔡挺。劉，瑄。一一稱國楨。機宜掌文字，戰守司權衡。周知七曜曆，洞徹三軍情。岸幘古戰場，精神貫長庚。一上《分疆録》，四塞期永貞。再上《安邊策》，三蘖幾消萌。謂西夏、吐番、鬼章。奈彼秉鉞者，大半皆書生。但知投鼠忌，敢作横鯨振。請看韓范儔，廿載相代更。坐鎮籌邊樓，雪鬢秋泠泠。聞負不聞勝，議守不議争。秉常亦黠虜，心膽何曾傾。史家例無識，所讐徒虚聲。其事出大儒，焉敢輕譏評。往讀《西夏傳》，太息真填膺。斯志今始覯，適愜心所盟。願誦百千遍，達此精與誠。願書千百本，勵彼頑與冥。聞公有荒阡，僻在關西垌。公墓在武功西原鳳凰岡。行將一再拜，親擷溪毛馨。兼書第二碑，刊置當元扃。高并武功山，終古摩天青。

秋帆中丞約游秦中正月望日渡江由浦子口入關途中雜興

是身如浮雲，出岫隨所遇。況復平生親，招邀見情愫。匆匆飭行裝，一一别親故。向午至江干，雙楫亦已具。長老爲余言，今夕易爲渡。風送隔林帆，雲低過江樹。回首國西門，蒼茫已如霧。始識身在途，船頭獨延伫。

暇日去不惜，出門程可稽。登車無幾日，已落淮水西。時方霽春雪，四望交流澌。淝河既東會，渦口仍南躋。奔騰狀匪一，到處相防堤。憶昔曾渡此，兩岸如町畦。余於庚辰七月由鳳陽赴淮安經此。今兹易瀰漫，更值落照低。人家間浦漵，處處烟迷離。舟人亟行邁，向夕靡安栖。食宿有定候，愧彼沙上鷖。

中原地將盡，氣勢漸不平。高低曲折内，所見都未經。雙輪亙其際，終日欹復傾。益以塵土石，擁塞殊不情。有時白日開，瞥見成皋横。云此赴伊雒，不及兩日程。側想古今來，蠻觸幾戰争。英雄與竪子，各各成其名。空令千載下，絶倒阮步兵。

未到函谷關，先聞硤石阻。輿夫各矜莊，若有大敵禦。今朝果來兹，氣象實莽魯。山分青萬重，天豁白一縷。西邊飄秦風，東邊灑晋雨。五帥復三臣，茫茫去無所。況訪南北陵，遠作夏周語。平

生事通脱，到此意慘沮。前挽後復推，惟恐失銖黍。安得向蒼鷹，參覃借雙羽。快意在一朝，詩成車出土。崤陵。

亂山缺左角，獻出城樓牙。雙旗揚清風，蕭瑟不滿笳。程途已牢落，況乃雪片加。簁空著人面，雜以塵與沙。行行欲投止，土室不數家。居人面黧黑，見客如驚麏。此間詎堪宿，奈彼前途賒。因思《采薇》歌，霏霏怨行車。我今豈無感，辛苦將誰誇。潼關遇雪。

眼花

夙憶宋金華，文采燭宇宙。惟視不及尋，時作目童訽。余時當盛年，神明方在囿。内景既充腴，外象盡通透。洞坦雖未能，觀理頗不謬。一目竟十行，半面不重覆。暗中摸曹劉，空際測廣袤。時笑休復眵，每訝仲賓陋。江鄰幾近視，見《宛陵集》。歐陽觀不能遠視，見《江南野史》。豈意閲歲時，半百甫接構。老態如有約，一一來輻輳。耳輪已樹塞，牙關倏開竇。幸兹雙琉璃，沆瀣盛未漏。誰知復有鬼，悄焉夢中姤。醒來覓舊觀，種種异狀候。喜時泪翻垂，暗裏光忽逗。遠者徑欲前，近反莫敢就。疏乃或褻狎，親則轉悖繆。守墨苦未能，視内反多咎。無計施斧斤，曷由假詛祝。爰效子羽責，歷歷與之呴。曾聞古人言，養虎自詒寇。計汝附我身，相待亦云厚。江山恣偉觀，英髦快遐覯。悦汝置圖

書，逸汝屏篆籀。或恐昏汝神，中年戒淳酎。或恐揺汝精，外室却艾幼。汝惡我即防，汝好我必副。似我作居停，庶可誇邂逅。緣何中路間，如羿卸其彀。頓使大光明，一蝕不可救。年非卯酉克，《癸辛雜識》：凡人損目者，命多是卯酉克。占豈六三遘。有道或可原，無説頗難宥。雙瞳顧而譆，忽作反唇詬。格物子夙稱，兩端諒已扣。失養則銷亡，得養則老壽。自我附汝身，合契等先後。見子目一編，若烏哺其鷇。卷閲三萬餘，歲歷五十右。精爽已亡羊，樊籬更焉守。君看滿月光，終古視若晝。所以葆貞明，不照句與讀。感兹意良殷，甘言姑弗誘。人匪形之妍，道在德之茂。有光而常韜，何异盲與瞀。况目于我身，如賓筵一豆。雖眊却非瞽，萬物尚可覯。縱瞽亦何尤，有用我輒售。古詩三百篇，中聲夢曾究。有召須瞽矇，大樂當入奏。外傳二十卷，韋注師所授。如欲繼左邱，長箋復堪就。余幼時著《詩樂中聲表》，并期疏韋昭《國語》。形質有成虧，神理自通復。語罷視空庭，桑榆晚芳秀。中有殘陽光，斜穿讀書牖。

題鈕昭服牧村圖

小塘十畝烟水閑，青村窈窕當其間。板橋流水絶行迹，菰蘆深隱何蕭然。先生逸才世不數，清標令譽殊高騫。興酣落筆美無價，會須揚藻翔天垣。胡爲幽栖類窮士，漁莊蟹舍相沿緣。君言牧村

有佳趣，大湖五瀉當門前。曲梁遠隔蝦菜市，連汀近接鳧鷖川。烟林一徑入蒙密，絲楊踠地花連天。三株兩株屋頭樹，十棱五棱溪南田。樵兄漁弟便游逸，往來西陌連東阡。此間笑傲樂莫樂〔一〕，武陵何必尋桃源。兹圖張示亦何意，俾我昔夢難安便。我家舊住淮水曲，西溪點綴誇幽妍。自從放迹入塵世，揚州一夢留三年。佳山美水坐孤負〔二〕，漸看青鬢成華顛。名園自古難獨樂，寒夜况爾宜對眠。我當踐子息壤約，子當酬我《招隱》篇。

【校勘記】

〔一〕「笑」，《嚴有東詩集·歸求草堂詩集》卷四作「嘯」。

〔二〕「佳山美水坐孤負」，《嚴有東詩集·歸求草堂詩集》卷四作「佳山佳水坐辜負」。

徐友竹入關同寓節署出所作秋山雨霽長卷索賦因書長句以贈

君家住近重湖灣，放筆即似湖中山。湖中山好畫不盡，翦來一角如輕烟。烟中峰巒覆如甑，墨氣作雲雲不定。浮空積翠浩冥冥，知是昨宵雨初竟。雨止不歸壑，散作奔川流。飛灑百重樹，四山同一秋。秋聲蕭蕭雜鳴雁，中有人家似堪辨。沿緣騁望渺無津，祇有漁舟自成伴。此中可耕亦可漁，不然買屋還讀書。閉門却掃動經月，日飲山淥忘飢劬。胡爲塵土蔽雙膝，回首鄉關空歷歷。蕭

條粉墨獨留連，浩蕩年光復安及。滸溪山，清以真，誰其友之荆蠻民。具區水，寒且泚，誰其似之洪谷子。我今題詩非漫與，白頭結交定相許。他時買棹來過從，莫遣空山隔秋雨。

由對松山北飛龍翔鳳二嶺登十八盤遇大風雨至三天門有作

左壁如屏右如障，争長東西不相讓。就中一綫露青冥，天路云從此間上。昂藏七尺付輿丁，曳以長繩挾以纊。如蟻旋磨蠖循條，頂踵挨排成一行。前瞻淡日方平肩〔一〕，後顧狂飆頓扼吭〔二〕。雲來便作水烟歕，雨急還資電雷壯。洪鐘萬斛四山摐，强弩千枝一林放。盤中倏變海茫茫，盤頂空餘天泱泱。去。此時黍粒渺單身，耳目精神交滉瀁。妄思捧土塞天河，不使飛流下千丈。更愁山去化方蓬，高掌還應巨靈仗。陳祈聊解暫時嘲，詎識山靈已陰相。分風特爲掃雰雺，豇出天門高有閌。南天門在十八盤盡處。同游彳亍幾人來，引手相看幸無恙。遥看杰閣上摩空，閣舊在天門内三靈侯祠。會借仙翁赤藤杖。拄來長嘯倚危闌，一覽斜陽下空曠。

【校勘記】

〔一〕「淡日方」，《嚴有東詩集·金闕攀松集》作「方喜日」。

〔二〕「狂飆頓扼吭」，《嚴有東詩集·金闕攀松集》作「忽驚雲壓項」。

唐登封臺在日觀峰西薄暮投宿夜登峰頂觀日出歸後題詩伏虎門壁

清晨盼天門，得上已昏黑。古殿閉虛皇，神燈黯無色。齋心丙夜目不窺，倏驚窗紙紅離離。空中似聞海波溢，耳畔如有天鷄啼。瞯然走向幡竿石，石舊名瞻魯臺。東望立同楹木直。不知咸池去此路幾千，但覺海水群飛入胸臆。初時色漭泱[一]，有若新磨銅。須臾勢隆起，一綫緣長虹。咄哉長虹曷由起復止，南亘魚頭北魚尾。拂天誰會羲和鞭[二]，敲折玻璃萬條紫。散成朵朵金芙蓉，貼向滄波吹不起。少焉風動蓬山根，播蕩溟渤如翻盆。就中團出火一輪，計里遠以三千論。據徐整《長曆說》。左歆南離[三]，右欲北戒。大象焉藏，太空焉繫。何龍燭而明，何麟鬥而晦。胡奔策而莫追，胡揮戈而遽退。安能御六辨，指陽門，郅縹蓋，曳緋帑。足踏紺鴉背，飛上榑桑顛。遠引木公袂，高拍青童肩。親從黃道訴真宰，一證古今扣槃捫籥之讕言！狂歌未了衝飆起，倏見雲來若鵬徙。兩翼飛遮萬里光，一時賁育咸披靡。東牟道士劉孟容，自言卅載居山中。曾經五度見鼂采，皆與此夕神光同。道士言泰山近海，長有蒙氣坌涌，似此瞻矚親切，三十年中，記曾六度而已，皆有歲月書東天門壁。鼂磯忽報更籌淺，觀壯如斯志應滿。歸來奮筆寫龍蛇，惟見兩眼金光不停閃。

【校勘記】

〔一〕「決」下，《嚴有東詩集·金闕攀松集》有注：「去。」

〔二〕「會」，《嚴有東詩集·金闕攀松集》作「奮」。

〔三〕「歃」，《嚴有東詩集·金闕攀松集》作「敨」。

初四日下山祇謁岱廟謹和文子司空乙亥歲殿壁勒石元韵并效其體〔一〕

太微執斗臨紫宫，元精合撰呈卑崇。靈威仰尤愛所鍾，職諸岱使專厥雄。維帝出震開東封，垂旒仿佛君雲中。日章月采昌以丰，外表嚴毅中抱盅。金輿山立璧兩輚，蒼麟夾侍摇青鬉。先以大角倉精龍，眡天察地横復縱。歕海欲漠如長洪，莫原厥始要厥終。周三千里境未窮，高四千丈廓有容。天關上下開梯衝，左日右月驚發曚。太清宫碧扉則彤，云亭社首衛若墉。玉符琨瑞埡附崧，配以太華恒衡嵩。壘聞精氣相周通，象若侯甸男衛從。扶輿匪特以自豐，德之博者功亦隆。稽古顓頊居空峒，奉火爲祖金爲宗。禺彊佐之殫靖共〔二〕，導率元武行蹱蹤。窮蛇冠珥追厥踪，倚燭龍燭山曰鐘。陰火灼冰冰弗融，鳥獸希革草失芃。維靈俯眡憂心忡，少皞于召來東蒙。唐臣陸吾若不逢，明威聖者天所工。負甲背虎持六䄙，陽門倒挂榑桑弓。窽鑿大塊嘘協風，生氣涌出如奔虹。吹萬無復天札

凶，谷氣不痹林不癃。時叶光紀心維恤，斥弃輿馬兼僕僮。上之帝所陳鞫訩，天庭忽荒神罔恫。縮身潛喘夔魖同，下奔委羽栖其躬。因是六幕交和沖，靈乃訢合孚若顒。庬箕舒猋畢降凍，凝膏液若乳酪醺。以昌萬彙綏九農，奔走唱于復唱喁。天子時邁嘉乃庸，高居袚飾金碧重。五禮六樂罔不供，奠以蒼璧妃青琮。天酒地汁嘐溶溶，奎章下賁光維熊。輝增群岳麗燭空，詎等封禪夸成功。七十二代交汹汹，縢書瘞玉欺瞀懵。豈惟麟鳳來竟慵，黍禾茅亦生不叢。嗟余八翼慚氄氃，兹何意向天門翀。挈才自愧成牛蓊，含辭欲吐道弗充。迴矑驚見貞石礲，重若球貝陳三雍。披吟未已泪落胸，公如天柱頹中峰。元神陟降應在穹，帝晨左右鳴珩璁。曷歸乎來牖我衷，閶闔東望雲曈曨。

【校勘記】

〔一〕「文子」，《嚴有東詩集·金闕攀松集》作「謝山」。

〔二〕「彊」，《嚴有東詩集·金闕攀松集》作「疆」。

蘇文忠公壽讌詩

蘭陵夢裏吟聲絕，《夢中寄朱行中》詩爲公絕筆。精爽飛空作明月。清光下照七百年，令我轉溯哉生前。丙子之冬月建丑，奎宿垂芒亘天久。降神應會蓋有由，磨蝎胡爲命宮守。豈知謫墮天所令，厄

公遇正成公名。三言奏御見忠愛，卅載外出空怦營。徐黃猶是中原地，更遣流離到荒裔。去國難爲謇諤心，投荒豈是朝廷意。儋廉九死始一回，買田陽羡空徘徊。迄今祠宇半天下，瓣香致敬知誰哉。河間中丞今玉局，政事文章兩無匹。傳神阿堵得章侯，特補龍眠舊時筆。像有李公麟畫石，在眉州祠内，今已剥落。佛說真應去。有二身，思公嗜好如公存。芋羹皛飯豈堪飫，花猪竹䶉須重陳。中山松醪近希有，三爵但傾真一酒。門墻欲附悵生遲，再拜陳詞公鑒否。聞公押衙紫府忙，幾時人世來翱翔。御風騎氣倘過此，應喜再見秦張黃。

存雪亭晏坐有寄

林卧逢秋盡，亭皋此暫過。天寒聞雁少，木落見山多。忽憶元栖者，離居思若何。西風不可越，渺渺洞庭波。

山齋琴夕示吴瑞宜

閑階疏雨過，桐葉有清陰。掩袂惜微月，當窗横素琴。泉流時近席，風細不歸林。幽賞知誰是，

寥寥空外心。

挽錢思贊同年

閑歲良書闕，侵晨惡耗新。招魂迷遠道，卧病憶兼旬。薄宦憐遲日，高情見古人。青門乖别處，草草記沾巾。

老覺身爲患，貧原俗所輕。馳驅銷壯志，憂患急餘生。元草憑誰付，晨星次已更。空留遺墨在，藏弆志交情。思贊以書法名吴下。

中秋日同人夜宴西齋有作

長空無翳樹無烟，爲惜良辰减宴眠。遥夜天分秋一半，中庭人與月俱圓。香净河漢微茫外，坐近江花綽約邊。他日料應懷此夕，好將嘉會記尊前。

金川凱旋王蘭泉前輩于四月望後三日道出秦中別後有書見及賦寄四章

誰參神策定維州，節鼓西迴暫駐郵。岳色横雲隨候騎，河流噴雪浣征裘。鬢絲凉帶金天雪，詞筆清含白帝秋。公于座間賦《霜天曉角》詞一闋，以志會合。多少枕戈磨盾事，臨歧無術問從頭。

占象師中擬范韓，幾曾盤錯見艱難。六軍帳外朝聽策，上將靴邊夕問安。心惻國殤同日殉，謂損之、吴鑑南諸君，同殉木果木之難。手書露布萬人看。凌烟會見新圖畫，誰道書生骨相寒。

詔策籌邊第一功，恩光稠叠動昭融。翔鸞音湛三槐露，孔雀翎翻九棘風。邦典坐愁心鄭重，王綸手捧地尊崇。公入都後晋秩大理寺卿，仍直機庭。臨風莫道臺光迥，仰首卿雲即見公。

茂陵秋雨住經霜，消息天邊訊一行。猿鶴餘生依子舍，風雲神筆付詩章。信知前輩才無敵，可識蒼生望正長。休以故人歸計得，便思華衮换蓉裳。公來書有「欲賦《遂初》」之語。

九月望日錢竹初同年來自富平出鳴秋合籟吟卷示閲漫書

十年怊悵冷鷗盟，丙戌歲，與竹初别于都門。何意天涯兩合并。爲我聯床話疇昔，一枝紅燭雨三更。

芝秀蘭芳滿謝庭，拈來字字感湘靈。秋聲一部愁無着，合付江南宋玉聽。

集陸耳山新居聯句

峥嶸歲光闌，嚴長明。局促吟思懈。偶傳《卜居》篇，吴省欽。遂破止酒戒。同人《无悔》占，曹仁虎。適我有美邂。迹慚陶廬偏，陸錫熊。塵謝晏宅隘。北市衮粉坊，趙文哲。西鄰轟香界。枝穩鶯遷巢，吴省蘭。徑僻鶴守砦。門前閬可羅，程晋芳。庭内净弗灑。井眉鹿轤牽，阮葵生。簾額鴉叉挂。盆松修而臞，長明。几石貞以介。𪩘標甲乙籤，省欽。鼎畫方圓卦。膽瓶涷中堅，仁虎。脚鐺炎上炫。賜扇珍裁筠，錫熊。傳書寶垂薤。僵卧人推袁，文哲。排入客等噲。軟埃漬帽裙，省蘭。餘霰點衣衩。矮屏窺瓏瓓，晋芳。方褥踞緯繣。寒避莊噫衝，葵生。暖迎趙日曬。謀十榼千鍾，長明。去三揖百拜。泊無饔人更，省欽。把自園官賣。中膳烹小鮮，仁虎。末俸鑿疏粺。腹肆溢膏腴，錫熊。言泉瀉清快。超超妙談元，文哲。咄咄詫語怪。出腑森槎枒，省蘭。吞胸掃蔕芥。支枕吟堂花，晋芳。秉燭讀壁畫。賞心癖嗜痂，葵生。得意癢爬疥。鼓嚴初三交，長明。律短下九届。撥籠檀炷沈，省欽。打窗槲葉敗。眷兹尊蟻乾，仁虎。慨彼隙駒邁。臣飢空解嘲，錫熊。僕病倏起憊。身游《雉川圖》，文哲。僮守子淵誡。篋牖封紙㻞，省蘭。蘚垣覆泥簣。争耽秃管緣，晋芳。莫顧痴錢債。團頭香火盟，葵生。抵掌水天話。覞度

山公閩，長明。愛才穎士价。莞爾開令顔，省欽。跫然接芳欬。歸馬路雙歧，仁虎。過雁聲一派。終署散人銜，錫熊。言傍參佐廨。文哲。

鄭　澐

字晴波，號楓人，儀徵人。乾隆二十七年舉人，三十年召試，賜内閣中書，官至浙江糧儲道。有《玉鉤草堂詩集》。

和同年施鐵如侍御過訪寓齋夜話并送别之作

楚客垂垂老，燕臺草草過。秋聲連日夜，鄉夢落關河。暖眼逢人少，離憂自古多。非君今夕話，誰與慰蹉跎。

雨中有述

露下凉生大火流，三旬水宿感淹留。河聲送雨過沙市，山翠横烟入柁樓。遠客懷歸終戀闕，美人經別易傷秋。紅塵自有栖閑地，誰遣行藏愧白鷗。

錢維喬

字竹初，武進人。乾隆二十七年舉人，官鄞縣知縣。有《竹初未定稿》。

自碧霄步至真濟寺

沿溪竟忘遠，山氣忽成雨。遥望千仞峰，身入得浄土。虚樓障雲岫，日影未辨午。出户聞潺湲，涉足石可數。雙崖勢疑合，稍轉遠山吐[一]。復坐梵舍深，白足偶共語。屋頂森萬竹，空翠墮眉宇。披襟滿凉籟，六月定忘暑。嗤彼塵中人，幽栖境終阻。

【校勘記】

〔一〕「山」，《竹初詩鈔》卷二作「樹」。

游石門觀瀑

夙吟太白詩，遂理謝公屐。遠上窮秋岩，雙崖忽中闢。雲泉竇天半，飄灑萬丈壁。仰見銀虹飛，到地素影激。四山黯欲雨，一綫垂日色。坐久寒生衣，石氣森漸逼。雁山兩龍湫，攬勝快乍歷。復此續幽興，欲去意屢惜。解纜寒灘鳴，清響倘未隔。

雨夜與夢鈿坐話〔一〕

幾日西窗雨〔二〕，天涯尚許同。關河雙泪外，骨肉一燈中。短髮難消酒，哀音易墮鴻。明年見春草，好與數飄蓬。

【校勘記】

〔一〕「夢鈿」，《竹初詩鈔》卷九作「浣青」。

〔二〕「日」，《竹初詩鈔》卷九作「夕」。

殘荷

相逢淺水舊依痕，退盡紅妝葉半存。到眼已隨霜氣老，亂愁猶帶雨聲喧。凉生楚佩空餘影，香憶吴船枉斷魂。我亦無心任舒卷，製衣何處覓秋根。

五更渡洛水

翠羽明璫夢未真，寒皐空有水粼粼。馬頭一片將殘月，曾照黄初作賦人。

朱孝純

字子穎，漢軍正紅旗人。乾隆二十七年舉人，官至兩淮鹽運使。有《海愚詩鈔》。

《蒲褐山房詩話》：子穎爲都統龍翰之子，承其家學，能畫，尤長于孤松怪石。擅逸氣，鬚髯不

多，有兩莖緣唇而下，長二尺許，風吹飄然，撚之頗自憙也。作令四川，獨游峨眉，經旬乃返。後以迴避，當量移他省。時大兵方討金川，子穎單騎赴營觀戰鬥，久之而去。其倜儻奇偉如此。愛友朋，凡知名士，如姚郎中姬傳、王太守夢樓，皆所最契者。晚爲揚州鹽運使，方欲招致大江南北諸賢，爲文酒之會，而遽以風痺解職。姬傳謂其「不可一世之氣，勃然動于紙上」、夢樓謂其「豪宕感激之意，屢見於詩」者，信也。

題橫幅大松〔一〕

雲綃誰寫橫江梅，回頭已失濠梁崔。東絹破裂真榦摧〔二〕，畢宏韋偃安在哉！岳樓晨起滌冰硯，琥珀十笏磨烟煤。一株兩株不容擬，四株五株羌能排〔三〕。飢蹇頗疑筋化鳳〔四〕，僵立亦作皮生鮐〔五〕。上者夭矯破元氣，下枝磊砢交根埋〔六〕。豈惟齊劉視螻蟻，撫摩秦漢如嬰孩。人言放筆有奇膽，斯意莫作凡情猜〔七〕。前年飛鞚大峨頂，落日上踏蒼雲堆。偶乞尊師壽者相，坐騎龍象雄毰毸〔八〕。千萬億身得化理，乃敢縱墨由靈臺〔九〕。象形象意兩無着，青天赤手搏風雷。驚濤忽忽四壁響，片月下照生蒼苔〔一〇〕。張髯大笑支方頰，我欲言之言難該。虛亭坐觀六合妙〔一一〕，更請義旨參如來。

【校勘記】

〔一〕「題」下，《海愚詩鈔》卷三有「自畫」二字。

〔二〕「真」，《海愚詩鈔》卷三作「直」。
〔三〕「羌」，《海愚詩鈔》卷三作「差」。
〔四〕「蹇」，《海愚詩鈔》卷三作「騫」。
〔五〕「生」，《海愚詩鈔》卷三作「束」。
〔六〕「埋」，《海愚詩鈔》卷三作「荄」。
〔七〕「情」，《海愚詩鈔》卷三作「近」。
〔八〕「雄」，《海愚詩鈔》卷三作「髮」。
〔九〕「由」，《海愚詩鈔》卷三作「污」。
〔一〇〕「蒼」，《海愚詩鈔》卷三作「古」。
〔一一〕「虛亭」，《海愚詩鈔》卷三作「一草」。

送二亭從侄還邗上〔一〕

處士江干宅，蕭條今幾春。漁竿鳧共老，菰米雁同貧。子亦工文字，妻能共隱淪。可能期結社〔二〕，安頓苦吟身。

汝南閑守在〔三〕，白髮近何如。友義平生重〔四〕，詩名海内孤〔五〕。經時聞卧病，隔歲少來書。風雨江關外，憑君問起居。謂王夢樓先生。

此別何匆遽，當年亦渺茫。天心關聚散，士氣屬文章。願卒名山業，休隨涉世方。宣城今老去，凄絶鬢毛霜。

【校勘記】

〔一〕「上」下，《海愚詩鈔》卷五有「六首」二字。此處爲第三首、第五首、第六首。

〔二〕「可能期」，《海愚詩鈔》卷五作「何當同」。

〔三〕「閑」，《海愚詩鈔》卷五作「賢」。

〔四〕「義」，《海愚詩鈔》卷五作「誼」。

〔五〕「海内孤」，《海愚詩鈔》卷五作「退老餘」。

洪椿坪二首

金碧垂空亂夕陽，天池雲表望星房。無邊雪嶺千層白，不盡霜楓萬樹黄。飛鳥與人争道路，啼猿知我憶家鄉。烟叢雨霧迷歸夢，那得羈人不斷腸。

偃卧冰莲第幾層，精靈入夜此依憑。溪聲泠逼松窗雨，山氣昏圍旅舍燈。世外浮沉驚幻妄，眼中慧悟得頻仍。神盂寶掌匆匆住，布地黄金苦未能。

羅兩峰爲余寫真〔一〕

勛名無復上麒麟，剩有丹青托故人。萬里來歸逢汝老，一官落拓遂吾真。籌邊經野功何補，殺粉調鉛技更神〔二〕。横掃琳瑯三百个，滿添風露到閑身。横幅中萬竿修竹〔三〕，絶無他物，故云〔四〕。

【校勘記】

〔一〕「余」，《海愚詩鈔》卷八作「予」；「真」下，有「漫題奉贈」四字。

〔二〕「更」，《海愚詩鈔》卷八作「益」。

〔三〕「中」下，《海愚詩鈔》卷八有「惟寫」二字。

〔四〕「故云」二字，《海愚詩鈔》卷八無。

題江帆風柳圖

睡足青山媚曉姿，烟篷縹緲柳參差。煮魚記坐蜻蜓尾，消受江天飯熟時。

望泉圖

楓葉飄紅點石苔，隔林烟靄隱崔嵬。山泉雨歇不知處，吹作白雲天上來。

金學詩

字韵弦，號二雅，吴江人。乾隆二十七年舉人，官主事。有《播琴堂集》。

月夜同人集青瑶池館分賦

碧沼生夕凉，萍香微雨歇。篔簹漾纖影，微露林端月。開酌娱清暉，披襟坐超忽。隱隱遠鐘聲，宵分出疏樾。

永濟寺曉起步尋江滸諸蘭若

松顛鮮旭升，一鳥鳴晝寂。攬衣起前軒，凭几展幽覿。微風娑羅香，宿靄蔭深碧。老僧啓禪扃，導我入修陌。烟巒秀可餐，雲樹濃欲滴。崖峭形嵸巃，徑深路紆窄。枯枝嵌檐凹，危樓壓山脊。憑高瞰江濤，訪古剔苔壁。不見六朝人，空留三界宅。林端梵音來，含凄感陳迹。

登君山望大江作

乍離江上城，遂陟烟中嶠。野徑希行踪，寒岩斂群妙。探幽著屐登，選勝支笻造。半空水氣浮，絶頂日光耀。林壑謝近窺，雲帆延遠眺。扣舷揚吴歌，鳴榔發楚棹。三山樹蒼蒼，萬里潮浩浩。祠宇凌崔巍，亭臺峙巉峭。澄觀符夙懷，寂契舒朗嘯。將栖蒲葦叢，散髮狎漁釣。

句曲道中望三茅山

野店荒鷄鳴，犯曉促征騎。初陽呈衆妍，平楚豁新霽。迢迢三峰高，半空落紫翠。杳靄峻林深，紆回修壑媚。蟠龍神物潛，駕鵠仙踪寄。隱約五雲中，遥天度鸞吹。羽帳散金花，靈崖啓玉笥。愧非松喬儔，彌結烟霞契。何當飛步登，揮手謝塵累。

食江瑶柱

河豚擅吴産，江瑶登閩市。水族有萬殊，我獨取二美。鰣魚差比肩，餘者卑卑耳。晴窗午夢回，忽忽動食指。有客餉羹材，來自溟海涘。光堪辨綿紋，質未脱泥滓。雙甲一罅開，肉柱勢隆起。孤莖矗明瑶，迴腸纏文綺。色味各殊尤，對之一笑喜。急呼庖丁前，應手劈肌理。割腴熊掌同，選勝鱉裙似。惜哉龐然軀，所得僅有此。藏腹异蚌珠，焚身類象齒。老饕久慕名，乍熟口已哆。飽啖兼拾瀋，未許丐奴子。雖爲哺啜徒，猶笑肉食鄙。回思赤鮭肝，或以毒致死。隴蜀不可兼，吾寧姑舍是。

食鮮荔枝

有美十八娘，質秉南方火。薄醉暈輕紅，化身爲此果。平生爲口腹，不惜鼓遠柁。屆時乞新苞，天公應報可。守官例饋貽，輿儓紛擔荷。周圍黄筬盛，旁襯緑葉裹。乍見亟開緘，入手柔枝蟬。紅卸羅纖纖，白映玉瑳瑳。當筵薌澤聞，此際情無那。所惜幕中居，有類樊籠鎖。動不逾閾行，忙即掩關坐。豈能入園林，按譜窮渺麽。傳聞洪塘外，朱樹盈道左。繁星列焜煌，初旭照妮娛。佳必厚且圓，餘多尖而橢。酸澀大無當，清甘小亦頗。適口非好名，耳食寧嗤我。楓亭宋家香，尚望郵致夥。楓亭距會城三百餘里，出荔支，其名宋公香者最甘美。閩山千里程，藉以償勞瘴。快哉坡翁言，日啖三百顆。

白鶴嶺望海歌

有力不敢役五丁，有斧不敢用巨靈。層峰環海作屏障，兀立地柱撑青冥。我來欲窮日出處，東行笑指扶桑程。攀梯拾級幾千丈，石路一綫披榛荆。書生雖無濟勝具，盤迴幸藉筳輿輕。蛙聲閣閣山雨晴，飛瀑瀉入寒潭清。花香繞衣翠侵屐，不知身在雲中行。三層古嶺倏到頂，上有矗起縹緲之

孤亭。險絶不虞虎豹窟，高處遍覺魚龍腥。海濤汩汩風泠泠，仙人跨鶴吹鸞笙。一笑向我松間迎，水晶宫闕琉璃屏。奏鈞天樂酌醁醽，大千世界落杯底，島嶼隱現如浮萍，艪艚乘流頗自在，此間有路通蓬瀛。吁嗟乎，吾生萬事勞其形，繭絲纏裹不得寧。神仙可學丹可成，悔不早侍安期生。

周别駕模春驛曉裝圖

欲落未落澹月横，柝聲乍歇車聲鳴。旗亭古柳得春早，緑烟深處聞啼鶯。馬上曹騰續殘夢，風前緩引青絲鞚。使君行部歷郊原，往往輕裝屏騶從。盧溝橋西月一痕，淀南淀北沙田匀。漁莊隱隱接野戍，風景宛似江南村。是時繁花放晴朵，碧衫紗帽吟情頗。竹馬無煩丱角迎，書囊自遣平頭荷。宦游風物洽清襟，紅樹青蕪一徑深。還將走馬芳堤路，并入凝香畫閣心。披圖我愛郊行樂，酒旗山店東風郭。幾樹棠陰萬户垂，期君行遍陽春脚。

爲蟠漪蔣丈題春郊游藝圖

我生不到紫塞游，黄雲白草馳驊騮。萬里功名紆夢想，十年投筆輕封侯。高齋快展游藝圖，圖

中花柳交紛敷。澄波灩灩素練鋪，碧山浮靄連平蕪。平蕪三月江南路，絶勝榆關風雪暮。千步球場林際開，五花驄影烟中度。晴郊攬轡行步工，青絲紅鬣嘶春風。深林穽窱狐兔匿，忽驚霹靂鳴雕弓。先生少負青雲器，談笑論兵縱輕騎。小技還誇貫虱心，長材未許舒猿臂。掉頭獨賦歸去來，蕭然三徑臨風開。書裙一字抵寸璧，飽霜秋兔相縁迴。壯游回首浮雲改，步屧林邱致瀟灑。北海開尊舊雨多，南山射虎雄心在。曼胡之纓短後服，單急裝成携羽鏃。興酣貰酒泰娘家，半醉歸來倚綉谷。城西獵罷日斜初，書劍生涯興有餘。最羨少游騎款段，絶勝新婦閉帷車。

桐廬

此地真瀟灑，楓林竹樹邊。依山無雉堞，近水有人烟。樵徑夜鳴柝，漁家曉扣舷。前途指嚴瀨，望古思悠然。

石湖秋泛同褚舍人廷璋高明經景光張玉穀劉潢顧宗泰三茂才

一髮青山夾鏡明，西風雙櫓劃波輕。沙棠載酒春橋路，半卷湘簾按玉笙。

鷗波千頃越城西，烏桕丹楓兩岸齊。一抹菰烟漁唱遠，布帆阿那入雲溪。
石湖別墅長青莎，白石風流嘆逝波。惟有團欒湖上月，夜凉曾照小紅歌。
沙禽點點背人飛，紅樹寒塘夕照微。十里薲花香不斷，鯉魚風裏棹船歸。

馮兆觀

字鑑塘，山陰人。乾隆二十七年舉人。

童二樹畫梅寄懷次韵

四海誰識霜鬢鬖，一壑僵卧如寒株。已看枝葉并禿落，那得雨露相滋濡。山人向我寫肝肺，真相乃似遺皮膚。我非君平竟弃世，夢中常想蒼生蘇。馬雖有蹄出無地，玉京空望神仙居。往者友朋盡雲散，慷慨獨與長劍俱。憂人之憂樂人樂，極目寧敢登高呼。渭濱回首白鷗没，烟波萬里歸元都。況有老梅可作伴，讀書飲水誠良圖。生當太平靡所補，一衣一食皆爲虚。念此局促夜不寐，仰屋撰述心神枯。料無移文仍嘲及，猿驚鶴怨今知誣。何時賀公湖畔路，烏蓬同坐三山區。

再和前韵

逍遥公子今白鬚，時憶繞澗梅百株。鶴歸應帶片雲至，蒼蘚荒苔雲氣濡。忽來洛下住二載，每苦塵土侵肌膚。作書作畫自遣興，更爲叠韵追髯蘇。盤空硬語却妥帖，似在松風亭下居。紛紛玉蕊欲墮砌，縞衣月下蹁躚俱。二十四篇再三讀，鄰人怪我中夜呼。豈知意愜便高唱，即今所得猶大都。兼有寄我斐然作，題在巨幅梅花圖。老梅作伴意良厚，相勸泛宅浮空虛。此詩此畫在世間，應令來者銀海枯。因君欲作買山計，山靈嘆息言非誣。歸歟杖策梅花屋，嘯歌會在雲水區。

蔣雲師

字瑞應，青浦人。乾隆二十七年舉人，官至順天府西路同知。

夜坐

山行苦奔馳，寧無幾日暇。官牘稍料理，如馬銜乍卸。蕭然對中庭，最喜在凉夜。微風吹空林，纖月映幽榭。魯酒且淺斟，雜飣及泠炙。雖乏故人偕，勿令歡意謝。人生樂有幾，流光不少借。即此閑適餘，枉用獨悲咤。坐久濕我衣，已忘秋露下。

陪蘭泉舅氏游細林諸山泛泖而歸

雨歇春陰薄，移舟泖碧溪。殘梅香更遠，細草緑初齊。潮漲烟村外，日斜古刹西。小窗同把酒，諸嶺望中低。

早寒生遠霧，殘月墮微茫。忽睹朝暉上，悠然山色蒼。松門開石鏡，竹屋覆琴床。眼底五茸勝，連岩引興長。

泊京口

北固片帆落，濤聲岸欲吞。雲低孤岫迴，日暮大江奔。風雨迷瓜步，魚龍起海門。蕭然京口客，相對只清樽。

密雲道中

驅馬檀州道，沙堤取次行。亂峰環徑起，小邑枕山平。晚望村烟影，時聞澗水聲。雲根何細碎，從此出邊城。

對酒

對酒消愁愁更深，念誰清夜伴長吟。葭蒼露白渺千里，不是伊人無處尋。

湖海詩傳卷二十八

沈　初

字景初，號雲椒，平湖人。乾隆二十七年召試，賜内閣中書，二十八年，殿試第二人及第，官至户部尚書，謚文恪。有《蘭韵堂集》。

龍岩州金牧邀游龍洞作

清風一路引游騎，坡陀岡脊森長松。石磴盤折入幽壑，峭崖斜立堆巃嵸。㕓巖中拓數弓地，土花浸緑紛茸茸。仰視石罅滴鍾乳，横裂積鐵藤蘿封。其時秋暑正炎熱，到此陰冷如殘冬。濕霧滲漬古壁暗，疑是深夜潛蛟龍。一痕洞口養沈碧，却照午日光溶溶。

法螺寺

竹籬依樹插，一路翠微中。落葉有人掃，秋花無際紅。山門開遠色，亭檻架虚空。遥指湖光好，雲烟接梵宫。

通天臺

漢武仙壇顥氣清，通天繹繹峙神京。三辰旗繞甘泉出，六甲書從閬苑迎。幽恨千秋憐沈炯，雄心一代誤文成。玉床翠被風流歇，落日長安望故城。《文選》注：臺高三十丈，望見長安城。

舟發吴門

短簿祠前三日留，東風吹我上蘭舟。弟兄情話判今夕，山水清緣感昔游。衣上殘梅和月落，窗邊新柳著烟浮。一年好景春將半，偏與行人起别愁。

舟發潞河次程蕺園韵

忽斷車聲聽水聲，秋風人與雁同征。吟看遠樹迷歸棹，夢逐疏鐘繞禁城。行住尚懸他日念，別離只讓少年輕。倚闌愁絶帆南去，不忍重添故土情。

游仙詩

湖上青山浸碧虛，鳳岩高處拓精廬。仙人最愛樓居好，蘸筆曾題閬苑書。
玉七晨餐挹露華，下方城郭任喧嘩。等閑游戲抛瓊屑，散作人間六出花。
木公金母記前盟，白鳳飛來路幾程。可得梅花消息否，雲窗霧閣不勝情。
列岫窗中暮擁愁，宿雲檐下曉還留。吴山便是蓬山路，夜静春寒十二樓。

集程魚門拜書亭觀藏墨聯句

葛囊乍啓霏古馨，沈初。龍賓十二呈瓌形。程晉芳。磊磊落落偶復零，吴省欽。簾波四蕩烟華青。曹仁虎。五色徘徊光不暝，嚴長明。摩挲瑩質玉脱硎。趙文哲。元氛上薄迴秋寞，陸錫熊。笏圭丸鋌隨所型。初。圓者重錞方者珏，晉芳。倨旁剡上鈞參停。省欽。諸品歷琭徵圖經，仁虎。元珠赤手探窮溟。長明。作鱗之而飛九霝，文哲。佛現太白毫熒熒。錫熊。咄哉方寸隱岳靈，墨中赤水珠、九子、白毫光、五岳真形四種尤异。初。雲云雷回杳兮冥。晉芳。有山上峙淵下渟，省欽。有木翹幹草茁葶。仁虎。或獸蹀足禽梳翎，長明。攢樓架閣何岧亭。文哲。刻畫衣衩來嫱娙，錫熊。模笵一一超畦町。初。識凹款凸審厥銘，晉芳。紀年月日書甲丁。省欽。斵珪碎璧鏗玎玎，仁虎。粟紋斑剥餘晨星。長明。半螺猶直千賝眗，文哲。吴去塵。羅小華。方于魯。程君房。譜夙訂。錫熊。閂妍角秘尹與邢。初。維桑卜築黟南坰，晉芳。天都三十六翠屏。省欽。蒼虬千春孕茯苓，仁虎。肪肥液滿招戕刑。長明。緄繩入陰追駭猈，文哲。登登柯斧傳崆岭。錫熊。斯之束之擔且拎，初。板扉燈閃瓦竈陘。晉芳。一絲裊碧烟無爐，欽省。輕煤霏霏著瓮瓶。仁虎。尖風不到文窗欞，長明。角麋之膠漉去腥。文哲。和以谷水寒清泠，錫熊。搗霜萬杵連巷聽。初。明犀暗麝惟使令，晉芳。江南墨官徒耳聆。省欽。父子秘授煩丁寧，仁虎。

我用我法心自惺。長明。氈包錦襲馳車軨，文哲。多君保此從鯉庭。錫熊。知白守黑區渭涇，初。道在用晦非痴詅。晉芳。即今月給分槐廳，省欽。日就研此依乾螢。仁虎。客卿封號辭拘囹，長明。古歡静對鍵雙扃，文哲。磨人任爾閲歲齡。錫熊。

韋謙恒

字慎占，號約軒，蕪湖人。乾隆二十二年召試，賜内閣中書，二十八年，殿試第三人及第，官至貴州布政使。有《傳經堂詩選》。

《蒲褐山房詩話》：皖桐詩派，前惟聖俞，後數愚山，以嘽緩和平爲主。約軒承其鄉先生之學，故不以馳騁見長。六一居士序《宛陵集》，謂古雅純粹，汪堯峰序愚山詩，謂簡切淡遠，舉似約軒，可謂得其法乳者。約軒以翰林大考受知，不數年直綸扉，出爲方伯，緣事罷歸，以四庫館編校加鴻臚少卿，故吟興至老不衰。令子協夢精于《儀禮》，有《蠡測》十七卷，不喜爲詩，故無所采。

自題秋林講易圖并序

濟南使院，在大明湖東，水石清幽，致有佳趣。新秋雨霽，校士餘閑，偕兒子協夢、協中學《易》於坳芥亭，因爲《秋林講易圖》，并題五言二首。

平生嗜墳典，一編每獨把。矧以退食餘，坐我秋樹下。清光盈胸懷，水木自瀟灑。蓬髮有二子，詩書爲陶冶。《易》學傳九世，自先來亭公治《易》，今九世矣。詎敢頓瘖啞。程邵吾兼師，焦京汝姑舍。居則玩其辭，鳴鶴象可假。惟期樞機慎，庶幾悔吝寡。安能病包犧，效彼負苓者。

善《易》不論《易》，斯言古亦有。吾惟未善《易》，齗齗乃在口。錫名憶先人，俾我終身守。拳拳五十年，頃步無敢苟。小子躁未釋，道藴詎能剖。卦以《未濟》終，于義何所取。三陽皆失位，微言倡老叟〔一〕。小狐濡其尾，戰兢斯无咎。以兹持爾身，或可昌我後。他時當致亨，有孚于飲酒。

【校勘記】

〔一〕「老」，《傳經堂詩鈔》卷六作「箴」。

謁陽明先生祠并序〔一〕

祠在貴山書院左，歲久不治，余以奉錢新之，乃帥諸生行灌獻禮，兼紀以詩。〔二〕

天地苦榛狉，無由開屯蒙。往往賴賢哲，聲教遂以通。夜郎古絶域，道學誰爲宗。豈知龍場丞，乃暢鵝湖風。苗犵雖錯處，性命理則同。良知本孟氏，諄諄提瞶聾。石洞玩爻象，草庵殊從容。先生結草庵於龍場〔三〕，又有玩《易》窩，在陽明小洞天。但偕鹿豕游，寧許魑魅逢。一時講學者，溯源流未窮。如彼潮陽人，至今師韓公。頑廉懦夫立，冠服何雍雍。我來瞻祠宇，亟爲勤垣墉。落成薦俎豆，縫掖諸生從。升堂尋微言，吾道非虛空。致知與力行，相與爲始終。請看新建伯，磨厓紀豐功〔四〕。徘徊竟日夕〔五〕，皓月生前峰〔六〕。

【校勘記】

〔一〕「謁陽明先生祠并序」，《傳經堂詩鈔》卷七作「貴山書院左有陽明先生祠歲久不治余以奉錢新之乃帥諸生行灌獻禮」。

〔二〕此序，《傳經堂詩鈔》卷七無。

〔三〕「庵」，《傳經堂詩鈔》卷七作「廬」。

〔四〕「厓」，《傳經堂詩鈔》卷七作「崖」。

〔五〕「徘」，《傳經堂詩鈔》卷七作「裵」。

〔六〕「前」，《傳經堂詩鈔》卷七作「遠」。

蕭尺木先生畫壁歌〔一〕

壁畫泰岱、華岳、峨嵋、匡廬四山〔二〕，漁洋先生誤華爲衡〔三〕，蓋踵《曠園雜志》之誤也。

平生愛山水，思爲五岳游。向平之願不得了〔四〕，兀坐一室徒啁啾。去年挂席來采石〔五〕，攝衣直登謫仙樓〔六〕。謫仙樓下何所有，但見丹崖翠嶂空中浮。頓使白晝雲烟生滿屋，恐有長蛟出没哀猿愁〔七〕。近看却是壁上畫，蕭公秃筆幻出人間秋〔八〕。日觀縹緲插天際，秦松漢柏蛟龍虬〔九〕。玉女洗頭盆宛在，巨靈仙掌痕猶留。匡廬奇秀甲天下，石門瀑布争飛流。大峨小峨兩山峙，積雪倒映瞿唐舟。釘頭鼠尾皴法异〔一〇〕，荆關巨手誰能儔。謫仙平生拄杖處，一一都向軒窗收〔一一〕。錦袍烏帽騎鯨客，夜深放憃來吟謳。若非畫師腕底有邱壑，青山白紵安足供優游。我來坐卧已一載，胸襟披豁開雙眸。東西二岳在懷袖，暮臨彭蠡朝眉州〔一二〕。譬如列子御風去，一日能使萬里周。嗚呼人生游踪不能遍江海，也須栖息數寒暑〔一三〕，胸中聊以消煩憂〔一四〕。

【校勘記】

〔一〕「先生」二字，《傳經堂詩鈔》卷二無。

〔二〕「壁」下，《傳經堂詩鈔》卷二有「在太白樓下」五字；「山」下，有「皆謫仙生平所游歷」八字。

〔三〕「先生」，《傳經堂詩鈔》卷二作「山人」；「誤」，作「訛」。

〔四〕「向」上，《傳經堂詩鈔》卷二有「無如」二字。

〔五〕「去年」，《傳經堂詩鈔》卷二作「邇來」；「來」，作「向」。

〔六〕「謫仙」，《傳經堂詩鈔》卷二作「太白」。下句同。

〔七〕「恐」上，《傳經堂詩鈔》卷二有「對此」二字。

〔八〕「蕭公禿」，《傳經堂詩鈔》卷二作「老」。

〔九〕「秦」，原作「泰」，據《傳經堂詩鈔》卷二改。

〔一〇〕「釘頭鼠尾」，《傳經堂詩鈔》卷二作「麻皮斧劈」。

〔一一〕「軒窗」，《傳經堂詩鈔》卷二作「四壁」。

〔一二〕「臨彭蠡」，《傳經堂詩鈔》卷二作「登香爐」。

〔一三〕「栖」上，《傳經堂詩鈔》卷二有「向此」二字。

〔一四〕「胸中聊以消」，《傳經堂詩鈔》卷二作「聊以消胸中之」。

陸縴歌并序

黔山陡削，肩輿不能上，乃繫二繩於輿之左右，使人分曳之，以佐輿人，名曰縴夫。余憫其勞，因爲之歌。

犖犖确确穿山坳，居人騰趠如飛猱。肩輿送我岩邊宿，若遵大路忘其勞。忽見懸崖插千仞，輿臺趦趄不得進。短纜聊同上瀨船，長繩略似服箱紖。一夫邪許衆雷同，牽挽直到層霄中。蝸角雙雙向人面，鰕鬚裊裊當晴空。行步雖工力已竭，白汗翻漿僅免蹶。枉希代馬强追風，翻類吴牛驚見月。峰頭已過喘未停，息肩相與趨郵亭。得錢幸足供醉飽，小人勞苦古有經。奔馬用人我心怍，肯惜傾囊爲軟脚。安得更籌衣食源，俾爾長享田安樂〔一〕。

【校勘記】

〔一〕「安」，《傳經堂詩鈔》卷七作「家」。

丁丑江南召試蒙特恩官中書者七人吴二匏徐勇庭皆逝唯余與王述庵副憲褚筠心吴白華兩學士曹習庵中允五人在耳而述庵陳臬江右白華督學楚中秋燈獨坐偶吟東坡歲寒猶喜五人同之句不禁中夜搔首因用蘇句發端賦詩奉寄并邀筠心習庵同作

歲寒猶喜五人同，宦轍無端離别中。覽鏡自慚雙鬢白，倚樓唯對一燈紅。星河耿耿秋生袂，江漢茫茫水拍空。何日尊前懷抱盡，劇譚相與吐長虹。

黑神廟 土人呼南將軍爲黑神，報賽者無虚日。

巫覡紛紛歌舞頻，刲羊釃酒爲何人。不知南八真男子〔一〕，鼓簫叢祠賽黑神。

【校勘記】

〔一〕「不」，《傳經堂詩鈔》卷七作「也」。

姚鼐

字姬傳，桐城人。乾隆二十八年進士，官至禮部郎中。有《惜抱軒集》。《蒲褐山房詩話》：姬傳豈弟慈祥，而襟期瀟曠，有山澤閑儀，有松石閑意，簿書刀筆，雅非所好也。詩旨清雋，晚學玉局翁，尤多見道之語。望其眉宇翛然，已知在風塵之表矣。既歸，屢主安徽敬敷、江寧鍾山、揚州安定三書院，以讀書學道教多士。地方大吏無不愛而重之。古文淳古簡凈，紆徐往復，亦多不盡之味。

山寺

四山動秋響，高林黯將夕。披雲度寒榛，暮陰下前壁。寺門風蕭蕭，飛葉滿岩積。箐嶼暗深溪，淙鳴出穹石。想見谷口外，落日遠峰碧。一磬流烟中，萬壑抱檐隙。豈無湛冥人，於兹衣蘿薜。初月輝易盡，悵望遂停策。

出獨山湖至北口作〔一〕

初日澄前陂，餘陰澹岩曲。清流杳終古，宛此媚幽獨。烟消净衰草，風來振疏木。移舟度雲影，停橈玩空渌。理昧後人踪，興與前游屬。托世楚雲裏，孤懷亮自足。

【校勘記】

〔一〕「北」，《惜抱軒詩集》卷一作「江」。

連日清齋寫佛經偶作數句

結髮慕勝因，而復役人事。秋空溯江水，勝地雲帆至。烟際東林鐘，月出山谷寺。猿鳥諸天外，中宵倚寒被。劣觀清静理，一寓情賞寄。遺物非安排，取境即塵累。雲餘冬日美，門掩衰草翠。清夢觸舊想，即目遇新義。聊披貝葉書，終與忘文字。

嚴侍讀長明招集散木庵時嚴將南旋〔一〕

風日一何佳，初冬殊未冷。高齋客來暮，檐陽露俄頃。小庭木盡脱，蕭蕭散空影。所貴人心閑，適與物候静。平生值數賢，驟見良已幸。招邀况一室，行不待造請。主人無俗懷，稍爲設蔬茗。既脱形骸累，觀醉不妨醒。試思士多才，奚啻木有癭。可得謝斧斤〔二〕，何嫌寄幽屏。所惜送將離，屈指江路永。曷以盡餘情，宵深燭猶秉。

【校勘記】

〔一〕「招集散木庵」，《惜抱軒詩集》卷二作「散木庵集」。

〔二〕「可」，《惜抱軒詩集》卷二作「苟」。

乙卯二月望後與胡豫生同住憨幢和尚慈濟寺觀月有咏〔一〕

夕陰連遠麓，嵐翠斂高岑。新月吐岩缺，光照寺西林。籃輿轉重障，杳度碧溪深。春樹葉未多，疏影落衣襟。佛宫坐遥夜，妙義托幽尋。上眺層閣暉，下步重階陰〔二〕。素魄行無極，光霽曠來臨。

本非有擇照，安知愛者欽〔三〕。文學俊才筆，禪悅亦所歆。余衰邈違世，慕道恐弗任。非徒遣煩慮，更當遺賞心。闍黎净業就，結習猶謳吟。共會忘言契，何嫌金玉音。

【校勘記】

〔一〕「後」，《惜抱軒詩集》卷四作「夜」。

〔二〕「陰」，《惜抱軒詩集》卷四作「琳」。

〔三〕「愛」，《惜抱軒詩集》卷四作「受」。

闕口阻風

一出金陵郭，兩日北河口。翻翻鍾阜雲，背我逝蒼狗。試曳市廛杖，迴飲王生酒。墨香發笈外，古色盈座右。吴畫奪造化，黃字耀星斗。上河王養中家觀所藏書畫甚富，我尤愛山谷道人書子建詩及吴仲圭《夏村圖》。乃知此淹留，風伯意良厚。自是飽挂帆，卯行當及酉。離家百里外，故山當船首。正及湖水闊，忽起西風吼〔一〕。停棹入菰蒲，繫纜向榆柳。蘧蘧清夢醒〔二〕，試一憑船牖。遥山紛冶麗，下水亦清瀏。魚艇夕陽邊，楓葉零霜後。雖無古墨妙〔三〕，景物亦希有。行止要不礙，慍喜兩無取。默坐獨成詩，橫肱進吾糗。

【校勘記】

〔一〕「忽起」句下，《惜抱軒詩集》卷五有「引領吾徒羡，銜尾來俞走」二句。

〔二〕「蘧蘧清」，《惜抱軒詩集》卷五作「老翁晝」。

〔三〕「無」，《惜抱軒詩集》卷五作「乏」。

元人散牧晚歸圖

日落未落東皋黄，揺風欲盡千絲楊〔一〕。榆莢雨後村塢凉，澤中草長人微茫。牛從雜還老牸將，刺促或走或佯望〔二〕。或掉尾立銜藏莨，牛背短捶二尺强。握坐者牧舟樹檣，旁有吹笛聲琅琅〔三〕。據牛横坐如胡床，後有蓬髮趨踉蹡。前有招之右袂張，首伏牛後尻前昂。二人蓑薜行驅羊，掀笠偃背丫髻長。其一糾笠風中揚，林木度盡横陂塘。前村暝色寒蒼蒼，一人先俟牛宫旁。繞宅榆柳青蒼筤，老翁飽腹飯黄粱。出携幼稚嬉徜徉，少婦機杵鳴東厢。人生正可知農桑，春夏耕牧秋築場。不見臧穀羊皆亡，嗟哉此畫真吾鄉。

【校勘記】

〔一〕「盡」，《惜抱軒詩集》卷一作「静」。

〔二〕「佯」，《惜抱軒詩集》卷一作「羊」。

〔三〕「旁有吹笛聲琅琅」，《惜抱軒詩集》卷一作「或來以笛吹其旁」。

獲嘉渡河

河北山形壓天半，左挾軍都東海岸。雲騰風掣到河陽，二千里餘青一斷。我來經過衛州西，雲巘迴頭百回看。竹林亭立明玕清，原泉飛下珍珠散。想見幽人尚考槃，安得同歸脱覊絆。北風忽出白陘口，吹渡秋河百川灌。山川聊供中流喜，舟車顧有知津嘆。西南廣武數峰來，屈指英雄幾更换。

游攝山宿緑雲庵二首

不見深岩桂，微風谷口香。披雲過石徑，聽澗到僧房。穹壁天光窄〔一〕，環林地籟長。欲求明處士，偃蹇待斜陽。

叢樹未摇落，寒山已改容。自携孤竹杖〔二〕，晚下最高峰。燭隱秋聲閣，詩成夜壑鐘。白頭餘健在，幽處欲潛踪。

【校勘記】

〔一〕「光窄」，《惜抱軒詩集》卷九作「容峻」。

〔二〕「竹杖」，《惜抱軒詩集》卷九作「杖影」。

哭魚門

魚門素有同居之約。今春聞其引疾，方爲欣然，而魚門旋以訪畢中丞，没于秦。子才三歲耳〔一〕。

遇君通籍已華顛，猶見雄才賦百篇。送别議聯元亮井，論文曾許伯牙弦。十年白虎成通論，幾日童烏與太元〔二〕。一入崤函身不返，空聞解紱買江船。

【校勘記】

〔一〕「子」下，《惜抱軒詩集》卷八有「幼」字。

〔二〕「童」，《惜抱軒詩集》卷八作「揚」。

毛俟園用僕看桂前字韵作詩見貽因復答之

萬里清江到坐前，又逢佳客九秋天。短笻共散幽憂疾，芳樹誰知擁腫年〔一〕。君輩論文推馬齒，

世間相士貴鳶肩。止宜不負看花約，自斷平生志已堅。

【校勘記】

〔一〕「擁肿」，《惜抱軒詩集》卷九作「偃蹇」。

婺源胡奎若藏黄石齋先生自書五言詩迹題後〔一〕

直言瀕死荷戈餘，社稷猶思再掃除。指佞朝廷惟汲黯，存亡時勢异申胥。秋來草没宫門路，石齋將死于江寧時，過故宫門，猶下車。見榕村記。夜半鐙寒屋漏書。要識艱危成節概，不隨流俗在平居。

【校勘記】

〔一〕「先生」二字，《惜抱軒詩集》卷九無。

過江浦縣

江出天門雲水長，客心孤迥路蒼茫。寒山自繞滁中碧，不與斜暉過歷陽。

細　雨

細雨餘春尚薄寒，緑窗風定蕙香殘。七年同種階前樹，獨坐花間掩泪看。

王嵩高

字少林，寶應人。乾隆二十八年進士，官平樂府知府。

《蒲褐山房詩話》：少林門第清華，如樓村殿撰、白田庶子，皆其大父行。文學之傳，師承有自，故發於詩者，或幽静而閑止，或奔騰而排奡，皆音節自然，駸駸入前賢之室。吟編甚富，今所采摭者，止《游梁》一集耳。以郎中出守粤西，未及歲，以乞養歸，後遂不復出。一爲安定書院院長而卒。聞其詩多散佚者。

仰化鎮曉發

月落荒鷄鳴，披衣戒徒御。烟靄蒼茫中，征夫從此去。曖曖出市墟，微微辨村路。野風吹席帽，草露濕芒屨。長途怯所經，倦僕顧已屢。積霧開前山，初陽散高樹。迴瞻昨宿時，茅茨在何處。

龍山寺别念昔二叔

犖确行陂陀，蒼然四山暮。澹月生前峰，照見招提路。遠水送孤舟，長天隱春樹。漁燈波外懸，僧磬烟中度。怊悵竹林人，明朝峭帆去〔一〕。

【校勘記】

〔一〕「明」，《小樓詩集》卷三《游梁集》作「來」。

宿遷

莽莽英雄國，千秋惜霸才。風雲通井邑，書劍隱蒿萊。古木寒鴉噪，空城曉角哀。惟餘東逝水，長繞楚王臺。

戲馬臺

宋帝鳴鑾日，茱萸宴席開。河聲殷地轉，秋色抱山來。鼓角三軍壯，風流二謝才。雄圖今在否，長嘯上高臺。

晚行山間

迢遥楚山外，杳靄疏林暉。却望下山路，人家方掩扉。日夕烟鳥散，近村樵牧歸。誰念旅游者，行行歌《式微》。

月夜憶白門諸子

此夜秦淮客，疏燈水閣頭。鄰船歌《白紵》，凉月下江樓。别恨同千里，歡期咏《四愁》〔一〕。遥憐橋畔柳，還似昔年秋。

【校勘記】

〔一〕「歡期」，《小樓詩集》卷二《游梁集》作「相思」。

大梁懷古〔一〕

摇落偏驚旅客魂，秋風回首眺中原〔二〕。三花樹色開神岳，萬里河聲下孟門。形勝鬱蟠終古在，英雄忼慨幾人存。信陵策士俱黄土，獨有侯生解報恩。

金明池水上河通，宋帝諸陵白露中〔三〕。花石南來軍國病，翠華北狩寢園空。烟寒桑柘連秋社，雨後蘼蕪滿故宫。莫問樊樓舊燈火，東京遺事夢華同。

【校勘記】

〔一〕此題下，《小樓詩集》卷二《游梁集》有詩四首，此處爲第一首、第三首。

〔二〕「秋」，《小樓詩集》卷二《游梁集》作「西」。

〔三〕「帝」，《小樓詩集》卷二《游梁集》作「室」。

夏日憶縱棹園木清閣

城東咫尺若耶溪，布襪青鞋願久暌。烟水宛通山郭外，人家隔在板橋西。開簾風送香荷净，當户峰排石笋齊。小艇斜陽泛花影，桔槔聲裏亂蟬嘶。

陰陰夏木繞吾廬，山下流泉過石渠。一咏一觴圍坐處，某邱某壑釣游初。墻東修竹千竿直，閣外高梧百尺疏。曾與謝公扶屐齒，凄凉别墅迥愁予。

太皞宓犧氏陵

邃古傳神母，流光感赤虹。龍書彰聖瑞，日角表皇躬。肇啓苞符秘，能侔造化功。紀元開運會，

畫卦判鴻濛[一]。理協陰陽始，幾參象數終。三才咸有統，六位嬗無窮。姬孔淵源在，炎黄謚號同。補天欽帝妹[二]，創字授臣工。任宿沿風姓，庭巢列禪通。混茫都邑改，巍焕寢園崇。紺殿凌霄漢，朱陵接華嵩[三]。握圖容自肅，衣卉道彌沖。萬古斯文祖[四]，千年望秩隆[五]。聖朝稽典禮，謨誥述龐鴻。日月觚棱外，乾坤法象中。白龜淪蔡水，蒼檜擁齋宫。幽贊成何極[六]，靈蓍滿百叢。

【校勘記】

〔一〕「鴻」，《小樓詩集》卷二《游梁集》作「洪」。

〔二〕「欽」，《小樓詩集》卷二《游梁集》作「咨」。

〔三〕「朱」，《小樓詩集》卷二《游梁集》作「丹」。

〔四〕「萬古」，《小樓詩集》卷二《游梁集》作「作者」。

〔五〕「千年」，《小樓詩集》卷二《游梁集》作「欽哉」。

〔六〕「成」，《小樓詩集》卷二《游梁集》作「誠」。

雨夕

涼雨空階暗，疏燈小閣明。啼螿兼落葉[一]，一夜作秋聲。

【校勘記】

〔一〕「蝥兼」，《小樓詩集》卷二《游梁集》作「蝥將」。

蘇去疾

字獻之，常熟人。乾隆二十八年進士，官□□知州。有《涉藝園詩集》。

《蒲褐山房詩話》：獻之樹節孤峭，天懷夷曠，鳳喈常以張覆輿、殷伯岩爲比。樂府最古質奇奥，然如「河漢澹無影，滄江流有聲」，「獨夜久不寢，雨聲聞更涼」，「夜凉風篴起，明月滿前村」，又極清遠蕭澹。由庶吉士改主事，出爲知州，與世聱牙，遂謝病歸。家居三十餘年，杖履逍遥，朱顔白髮，視聽不衰。虞山人指以爲仙。

代飛來雙白鵠爲弟純之入燕作。

四鳥生商山，羽翼日已齊。銜羽復接翼，啾啾何凄凄。問鳥何所規，稱我黄口時，四體少羽毛，待哺常聲悲。中道痛失哺，八翼共因依。朝拾覆車粟，莫還空城栖。蹌蹌蓬蒿居，性命宜無違。子

有山海志，安能久卑栖。風雨一交際，東西南北飛。我欲隨汝去，一身悲斧斯。勸汝依藩籬，憂汝寒與飢。交頸長太息，泪落空復爲。迴顧世間人，和樂真不支。

古　意

天路興浮雲，遠望心中悲。借問何所悲，君子久别離。結車繞天涯，會見知日稀。日色何晼晼，叢蘭滿邱畹。前綏令未來，三嘆不能飯。參差盛年去，歲暮行當返。年盛一已頽，蘭草一已摧。日夕空閨中，凉風當告誰。望君如南山，思君如流水。南山終不移，流水何窮已。

行路難

君不見北地儒家子，碌碌刀筆無顏容。一朝投筆殺賊去，帝遣圖畫凌烟中。當時四海望英爽，令我坐嘯生雄風。上馬掣兩鞭，雙凫躑躅長楸間。黄塵匝地秋塞净，丹梁綉柱開雲烟。被褐之甫何處來，氣象衰颯非時賢。常先大鴻在帝座，龍鱗杳矯豈汝攀。行路難！

男兒墮地不得命，氣象繆屈如死灰。床頭令我惡顏色，蒸嘗不列晨無炊。骨肉分張入五郡，夙

興寒起一望塡膺悲。白日懸天亦周照，蓬藋杳杳無清輝。步出西郭門，木石摧拉埋精魂。悲風倏忽四面至，山精微嘯似在枯桑根。興亡歷歷山與河，不逢黃金買枯骨，但見郭隗墳墓高嵯峨。行路難，當奈何！

送八綉游京師

君不能手彎兩石從兩肩，珠袍馳逐稱少年。又不能早營河車佩五岳，捷徑走上終南顛。浮沈里巷何所作，彈棋賦詩仍醉眠。高歌時時鬼神泣，小句往往兒童憐。前年飢軀過涪右，萬里瀕墮蛟龍涎。戎商未辨客何苦，意望下洞開閑田。秋風三吹洞庭葉，始歸坐客仍無氈。朝來撫髀正愁思，大笑忽憶蓬萊仙。妻帑困人是何物，富貴待我今華顛。故人飛騰半霄漢，且向隗衍分糜饘。李白蓬蒿豈應久，陳登湖海誰能捐。黃河東來日往還，岔道北走居庸關。鈎陳遥環太乙座，溟渤曲抱崆峒山。三輔黃圖冠區夏，此行自勝游東川。憶昔東川下平虜，萬馬蹙踏巴渝間。金甲盡銷若水北，玉函再入秦山編。西臨烏蒙南越雋，氣象雍穆開風烟。頌聲將興偉士奮，坐朝明堂張九筵。大音低昂詔牛鐸，古器黯淡求朱弦。是行正遇太平會，歌咏盛世公當前。僕夫在門驪在道，行矣贈子秦人鞭。

獨　游

獨游泉上寺，篁翠雜衣凉。灌木吟山路，春禽向夕陽。禪房深晚秀，空谷静天香。坐對雙溪水，濠梁辨未忘。

秋盡懷八綉丈客蜀中

凉風在群木，萬壑有哀音。天末應搔首，千山起暮吟。洞庭波始闊，峽水月常陰。魂夢猶難到，愁君白髮侵。

李　集

字繹芻，秀水人，武曾之孫。乾隆二十八年進士，官鄖縣知縣。著《願學齋詩鈔》。

《蒲褐山房詩話》：繹芻早耽理學，晚爲循吏，詩非所好，而清深蒼老，實合於古人繩度，稱其家

傳無愧。年七十九卒。臨終詩云:「一曲蒹葭水繞門,歸田十載住荒村。家藏止有圖書在,付與雲礽世守存。」其標格可見。子旦華,雋才早卒。孫遇孫,有名庠序間。俱見於後。

桐華館閲未孩詩即書其尾

群芳歇春餘,鳴鳥亦斂息。拂拂剌桐華,當窗呈淺碧。高館晝長陰,苔徑少行迹。微雨從東來,洗此柯百尺。色香昇衆妍,獨秉素心白。籠雲蔭重階,隨風點瑶席。長離儻來翔,翩然戢其翼。我有同心人,采采蘭訊隔。試展短長謡,香馨滿衣幘。

贈許晦堂二首兼以送别

匹馬當年短後袍,長河落日指臨洮。孤臣舊壘迷沙雁,公子愁心訴寶刀。急雪三城獵騎入,暮笳千帳錦筵高。至今紅柳秋風曲,君以尊先公總戎事,留邊數載,著《燉煌集》。「紅柳秋風」,集中句也。譜入佳人碧玉槽。

番陽岑接楚山隈,杖底寒潮萬壑雷。九泒雪深鄖子國,雙江春轉大孤臺。頻年踪迹歸長鋏,幾

度風濤遣濁杯。却憶滄洲坐吹笛，神魚驚起夜猿催。

祝德麟

字止堂，海寧人。乾隆二十八年進士，官監察御史。有《悦親樓詩鈔》。

寶鷄初入棧

行行歷鳳翔，前歧分隴蜀。昨日望中山，今朝山下伏。掌管益北門，設險岐南服。壁立插天關，旁趨坼地軸。危梯窮一綫，俯瞰無平陸。故術熟獮猴，新蹊用樵牧。陰崖生雨雲，陽嶺移晴旭。氣候變東西，往迴雜涼燠。山中百泉水，轟作雷車逐。奔騰注一溪，偏與巨石觸。石攔水益怒，跋扈相凌蹴。何人架飛梁，窸窣度馬足。單車走仄徑，攀捫已局促。槎枒出雲根，故向人頭撲。崖欹路每掩，徑轉嶂仍複。鬱鬱萬樹林，中有盤古木。却遭不死藤，牙鬚苦縛束。山果隨意紅，瑣碎失名目。時聞嘹嘵聲，鳥啼隔幽谷。陂陀半峰罅，偶一著茆屋。蕎花糝微丹，瓜蔓延衆緑。指顧生面開，游衍幽賞獨。險惡十三程，發軔戒傔僕。巍巍煎茶坪，西接鳳州隩。傳云岩壑間，頗聚仙靈族。方今聖

德昌，會須鳴鸑鷟。莫向紫柏山，求仙問辟穀。

汴州懷古

品畫論書鑒別真，獨於理亂味經綸。樊樓燈火平時景，艮岳鶯花夢裏春。地弃燕雲原失算，天生宗岳爲何人。始終太息金甌缺，誰贖黄龍塞外身。

山海關二首

表海依山氣象尊，堂堂岩邑鎮關門。户庭直是同閨闥，水木能無溯本源。一代風雲開草昧，兩都形勝控雄藩。月明衮衮濤聲壯，想像當年士馬屯。

神武開天萬世功，真人駕馭必英雄。宗臣衮綉來姬旦，降表書辭得竇融。電掃黄巾滄海畔，星馳金甲玉關中。歸心豈假驅除力，雲氣飛揚滿沛豐。

寧羌州夜雨

夢繞巴山古驛亭，濕螢明滅一燈青。西風特作瀟瀟雨，并入秋聲此夜聽。

桐廬雨泊

雲罋沈沈作嫩涼，飄然一舸載輕裝。秋風秋雨桐江路，不待猿啼已斷腸。

董　潮

字曉滄，海鹽人。乾隆二十八年進士，改庶吉士。有《東亭詩選》。

《蒲褐山房詩話》：東亭綺歲能詩，與沈文恪初有十子之刻。金春玉應，爲世所稱。既而贅婿蘭陵，兼以飢驅奔走，故其詞句凄鏘。如《感事》云「已悲閱世同劉峻，莫更逢人説項斯」，《芙蓉池》云「豆泣釜中知有恨，蒲生塘下更堪悲」，《姑蘇懷古》云「歌殘《白苧》春方醉，采得黄絲夏已銷」，《料敵

塔》云「戍捲寒沙騰櫪馬，城荒晚角下鞲鷹」，《中山雜感》云「郡控三關雄巨鹿，峰連千里走飛狐」，《劉去華詞》云「青史幾人高諫議，白麻當日哭延英」，皆名句也。一入詞垣，即登鬼録。玉樹生埋，殊堪霣涕。

雪後

暝色起亭皋，微陽上林薄。開門寒氣侵，凍雪松間落。風竹摇檐楹，日暮聚飢雀。蕭然守一編，幽栖甘寂寞。黄昏返空齋，挑燈坐高閣。硯寒冰屢凝，爐清香更爚。幸免塵鞅羈，得此卒歲樂。清境固愜心，所嗟在漂泊。

馬上望西山

谷口遠烟微，蒼然起寒色。不知塵土中，有此翠欲滴。迴峰斷歸雲，半嶺積餘日。鐘遥寺不分，雪淺徑微出。望眼極空明，新妝殊婉孌。征途逼歲新，游子倦行役。對此融心神，庶幾慰躅躑。欲携九節笻，綫路通雙屐。手攬碧芙蓉，凌虚送歸翼。悵望渺靈源，馬蹄去安極。

禽　言

脱布褲，縣吏持牌促官賦，農人低頭向吏訴。農何哀，吏何怒，太息無錢供酒脯，脱布褲。

布穀布穀，雨深泥濁，叱牛朝耕牛觳觫。日暮歸來倚門哭，春花無收食無粥。

提胡盧，尾畢逋。蠶十筐，桑百株。婦子瘁，早起趨。新絲賣，完陳租。南村酒，不得沽。空相喚，提胡盧。

婆餅焦，小麥苗。官差築塘水没腰，雖欲種麥那可逃？麥苗不得植，安得婆餅焦？

唐花詞

春明門外斜陽岸，稚緑雛紅春未半。冰痕纔泮鳳凰池，雪影乍消鳷鵲觀。何處芳菲爛若霞，試燈時候見唐花。柔葩凍合香初拆，嫩蕊寒侵色漸加。滴粉搓酥千萬樹，春光一夜來何遽。暖火頻將紙屋圍，微飆更著輕羅護。花市朝來賣幾枝，内家妝束弄妍姿。絶憐冀北韶華早，翻訝江南春訊遲。鳩啼小雨天將旦，隔墻暗送香零亂。芳徑難教蝶夢通，新妝不用鶯吭唤。十萬金錢買數叢，攜來深

院對東風。嬌窺綉軛香韉裏，春在燈光帽影中。更有豪華推甲第，惜花似惜僝僽麗。龜甲屏圍寶篆微，蝦鬚簾捲春陰膩。緩舞嬌歌醉復醒，曲欄低護小金鈴。但將早艷争新樣，不管繁枝怨易零。露菊霜蘭誇不得，臙脂一種添顔色。爛熳偏矜元夜前，吹噓不杖東君力。幾日繁華座上珍，可憐轉眼已芳塵。桂叢擬待秋風拂，不把寒香門早春。

落梅

狼藉殘英遍水涯，東風何事洗鉛華。籬邊暮雨依修竹，郭外輕陰讓杏花。雪盡溪堂人卧病，寒生江店客思家。蹇驢更有行吟處，幾片低飛破帽斜。

亭亭疏影淡無痕，消盡風流楚客魂。半樹衹應留别浦，一枝猶是記前村。烟殘遠水初迴棹，月落寒山正掩門。只有蓬萊花鳥使，抱叢偏解惜空尊。

舟泊半山

去秋三度臨平路，今日重來值禁烟。寒食杏花山店酒，春風楊柳寺門船。田園歸計知何日，鷗

鳥相思又隔年。壞壁閑尋舊題句，雨昏殘墨尚依然。

感事呈諸同人

臨風顧影嘆蹉跎，話到驚心喚奈何。眼底浮名徒刻鵠，人間幻態盡籠鵝。畫眉不稱新妝好，長袖終輸善舞多。敝篋空餘孤劍在，夜闌斫地獨哀歌。

彈鋏高歌行路難，酒酣耳熱向燈殘。曾聞南國依劉表，誰過西州念謝安。每惜秋風紈扇弃，非關冬月練裙單。巑岩世路頻惆悵，細雨廉纖打面寒。

京口渡江

輕帆如葉下吳頭，晚景蒼茫動客愁。雲凈蕪城山過雨，江空瓜步雁橫秋。鈴音幾處烟中寺，燈影誰家水上樓。最是二分明月好，玉簫聲裏宿揚州。

清明次梵珠韵

疏柳籠烟拂岸斜，禁城天近氣清華。半春孤客忘寒食，一夜東風又杏花。故國有書愁去雁，空齋無夢惱啼鴉。石欄記得分新火，緑翦桐陰自煮茶。

吴森

字雲衣，南豐人。乾隆二十八年進士，官廣濟知縣。有《�灡詩草》。

江行望麻姑山

脉脉廣川流，蘭楫從此去。殘雪藴叢薄，夕陽隱荒戍。麻姑朝未回，仙壇想如故。村莊四五家，衰草門外路。飛瀑界青碧，稠杉緲烟霧。遥企山中人，頗愜山中趣。怏然念吾儕，仙風幾時御。

玉河步月

愛此團欒夜，行行向碧灣。流光紅蓼岸，心事白雲間。水落千門静，天高一鶴還。年年桂花發，容易鬢毛斑。

淮堤晚步

舶趠風威緊，朦朧樹色微。扶笻當薄暮，零露滿征衣。地曠孤城在，天遥尺素稀。回頭望明月，烏鵲更休飛。

游麻源谷

問訊麻源谷，方平去未還。烟雲多變態，草木只空山。少歲長爲客，懸流不可攀。何當駐飛舄，白首對孱顔。

書齋漫興寄大興張生

吴雲燕樹幾年心，太息蕭蕭白髮侵。古寺鐘殘收玉局，行厨酒盡典瑶琴。平生風味慚中隱，如此烟波只獨吟。料得閉門花落去，春來魚雁恁浮沉。

晴川樓

秋盡登高倦眼開，雪濤淼淼雁聲哀。湘中有泪濕斑竹，江上何人吹落梅。每聽橈歌引清興，欲同漁父賦歸來。可憐松柏爲薪後，虚費崔生十倍才。崔詩：「晴川歷歷漢陽樹。」今竟絶無。

雨中貽清署小集呈古愚兼寄思郭

周遭四壁隱苔痕，雲暗松梢客到門。峽裏清猿三下泪，天涯孤劍一開樽。春風不醒棠梨夢，秋雨能銷燕子魂。遥想故人吟卧穩，蓬蒿今已滿中園。

再游伯牙臺遂登梅子山

每於憑眺起悲歌，翠館迢遥此重過。夢裏微聞沙雁落，樽前又見夕陽多。鸞鈴響轉游人騎，楓葉飛看估客艖。莫爲閑愁減幽興，過江名士半蹉跎。王奉齋，字水皆，罷官後僑寓漢陽。

吴　霽

字倬雲，錢塘人。乾隆二十八年進士。有《貯月山窗詩偶存》。

黄龍洞是慧開卓錫處

淅瀝秋雨灑，森爽古木交。寺門石壁陡，篆路風篁捎。千年老藤枝，屈曲蟠潛蛟。人語響空谷，日輪挂危巢。當年卓錫人，何似水上泡。空餘面壁佛，寂寂昏復朝。

然犀亭

日落江逾白，山多不了青。濤聲與松籟，吹夢上孤亭。倦客猶高咏，空潭自蟄靈。蒼茫百戰地，誰擬孟陽銘。

重至青雲樓望敬亭山

不改青山影，依然繞郡城。春風一爲别，秋月又懸清。舊夢空樓入，新愁白髮生。如何最良夜，祇有露蛩聲。

雪後放舟之鳳林寺小憩分得林字

舟乘殘雪放，雲展半湖陰。寺古晝長閉，人來鐘遞音。客至打鐘則門啓。天花空綺語，佛火冷山心。多羡歸栖鵲，蒼蒼松桂林。舊名喜鵲寺，爲鳥窠禪師道場。

游齊雲作

愛山空復譜圖經，使節欣依拜岳靈。飛瀑雨餘穿地白，亂松春老入天青。誰從劫火參金像，廟燬於火，新落成。自有罡風閟石扃。彈指浮漚更何似，結茅岩下讀《黄庭》。

雨中赴黄山道中作

一重一掩杳難分，衣上寧知緑是雲。人似蟻穿珠九曲，橋如梭織錦回文。風輪有影泉鳴碓，菌閣無階鳥唤群。雙嶺前山看漸近，又飛雨脚暗斜曛。

江城送别圖爲朱荆園作山東進士，前余掌教勺庭。

岱頂松標海鶴姿，相逢無那又臨岐。兩年山館追吟屐，一夕江城共酒巵。朗月照人秋練練，纖歌留客夜遲遲。明朝十幅乘風去，紅樹青山萬里思。

湖海詩傳卷二十九

褚廷璋

字左莪，號筠心，長洲人。乾隆二十二年召試，賜内閣中書，二十八年成進士，官至翰林院侍讀學士，降六品銜，乞歸。

《蒲褐山房詩話》：筠心敏慧絶倫，風神諧暢，兼有荀令、謝郎之目。直綸扉，進詞館，充方略館纂修，于準夷回部山川風土，最爲諳悉。奉敕纂《西域圖志》，又纂《西域同文志》，并通等音字母之學，雖法顯、神珙，無以逾也。詩初學青邱，既學元白，旨遠詞文，卓然大雅。

聞吴中歲飢

客從南方來，遺我一尺素。上言長相思，下言久不晤。中言歲艱辛，雨淫復蟲蠹。鴻雁謀稻粱，劬勞滿行路。中邦財賦雄，東南實府庫。長淮挽天漕，百萬歸天庾〔一〕。時和屢豐年，民俗日庶富〔二〕。閭閻歌舞地，喧闐集雲霧。古來哀樂理，循環豈無故。得無豪奢習〔三〕，上干皇天怒。吾願三吴民，遇灾發深悟。去華返其醇，勿爲浮靡誤。庶幾感穹昊，排閶憂可訴。

【校勘記】

〔一〕「天庾」，《筠心書屋詩鈔》卷一作「户部」。

〔二〕「民俗日」，《筠心書屋詩鈔》卷一作「外强侈」。

〔三〕「豪奢」，《筠心書屋詩鈔》卷一作「輕儇」。

鬻子行

百錢鬻一男，千錢鬻一女。十十與五五，道路自儔侣。牽衣或頓足，大者三尺許。其小尤伶

仃〔一〕，未斷懷中乳。父母謂子女，鬻汝亦痛汝。割刃與他人，豈不創深鉅。父母謂子女，鬻汝亦愛汝。鬻爲豪家奴，顧盼得所主。遠鬻去里閭，浩蕩脱拘圉。鬻汝以生離，不鬻以死聚。苟能全性命，恨不插毛羽。蕭條悲風寒，野曠日不煦。河橋永訣别，泪眼血如縷。寡婦與鰥夫，飢寒獨延佇。

【校勘記】

〔一〕「伶仃」，《筠心書屋詩鈔》卷一作「零丁」。

上楞伽山登浮圖絶頂

尋烟陟崔巍，風送塔鈴響。秋花隱叢木〔一〕，净石牽宿莽〔二〕。樓觀何岧嶤，朝暾射金榜。山來莊嚴地〔三〕，萬古鎮龍象。祀淫神不福〔四〕，頹俗競誣罔。凜凜中丞公〔五〕，破愚匪矯枉。至今絶本根，快事緬疇曩。浮圖倚層霄，放眼納莽蒼〔六〕。橫接飛鳥翅〔七〕，仰捫巨靈掌〔八〕。俯瞰銀濤翻〔九〕，青螺貯盆盎〔一〇〕。長謡激天風〔一一〕，飄忽絶塵鞅〔一二〕。夢游疑玉京〔一三〕，不用九節杖。翻嗤學仙人〔一四〕，踪迹付惝怳。

【校勘記】

〔一〕「秋花隱」，《筠心書屋詩鈔》卷二作「幽花綴」。

〔二〕「浄」，《筠心書屋詩鈔》卷二作「瘦」。
〔三〕「山」，《筠心書屋詩鈔》卷二作「由」。
〔四〕「祀淫」，《筠心書屋詩鈔》卷二作「淫祀」。
〔五〕「中丞」，《筠心書屋詩鈔》卷二作「文正」。
〔六〕「放眼納莽蒼」，《筠心書屋詩鈔》卷二作「輕舉踏雲上」。
〔七〕「横」，《筠心書屋詩鈔》卷二作「俯」。
〔八〕「仰捫巨靈」，《筠心書屋詩鈔》卷二作「攬象不盈」。
〔九〕「俯」，《筠心書屋詩鈔》卷二作「坐」。
〔一〇〕「青螺」，《筠心書屋詩鈔》卷二作「隱隱」。
〔一一〕「長謡」，《筠心書屋詩鈔》卷二作「斯時」。
〔一二〕「飄忽絶塵鞅」，《筠心書屋詩鈔》卷二作「高眠絶塵坱」。
〔一三〕「夢游疑玉京」，《筠心書屋詩鈔》卷二作「清寒境真到」。
〔一四〕「翻」，《筠心書屋詩鈔》卷二作「還」。

朱文也招游平山堂遂至觀音山歸過法海寺

秋光湖上來，明鏡浄寒渌。空洲擢蘭枻，驚起鷗鷺宿。芳堤十里餘，沿迴騁遥矚。霜林綴微丹，

露草含舊緑。亭臺何宛轉，明瑟雜水木。前山接飛虹，萬翠森在目。撫松躡層厓，登頓恃腰足。吾友雲鶴儔，矯翅忘逼促。凌空得遐觀，鎖霧半山腹。指點白塔雲，晴絲漾輕縠。須臾下平岡，里許出溪谷。聞鐘賈餘勇，元關叩梵竺。修廊映檀欒，觸手若新沐。徘徊成小憩，亦足媚幽獨。紆行却前庭，斜陽下西麓。鱗而水面波，溯影沈碧玉。解纜載夕曛，村烟見歸牧。空囊貯嘉游，一笑對童僕。

昭陵灘

未接奔流狀，先聽奔流響。如雷亦如車，水石自擾攘。迴漩衝激餘，一派界三兩。長年勇成癖，萬力合篙槳。讓石不讓水，穿空髮無爽。平生涉波濤，忠信非鹵莽。入險意自恬，就夷神轉怳。清湘本安瀾，緑净平于掌〔一〕。何爲墮磊砢，忽若癭在盎。傳聞膠舟處，冷魄逐漭瀁。至今鬱餘怒，馳戈日還往。雲根倘可移，安吉置原壤。猶夷棹常閑〔二〕，一鏡憑俯仰。

【校勘記】

〔一〕「緑」，《筠心書屋詩鈔》卷六作「渌」。

〔二〕「猶夷」，《筠心書屋詩鈔》卷六作「夷猶」。

瓮子洞灘

遥聞聲淙潺，下見水洄洑。高崖列層屏，彎環抱寒瀑。舟穿亂石間，左右濺珠玉。一篙力萬鈞，勇訝過賁育。一覽屏上行，蟻附不容足。鐵索半壁懸，歲久多斷續。請聽勞者歌，行路難於蜀。作詩諷後來，舊規庶云復。

清浪大灘

左顧峰攢攢，右盼石齒齒。中束一綫江，清浪捷于駛。翻銀滚雪間，如案亦如几。又如列盤盎，瑣碎失料理。石扞水不讓，水嚙石不徙。一怒萬古喧，篙槳信所使。我來乘春流，入險自兹始。齋心禮伏波，前途佑安軌。迴船颯靈風，送帆一何美。恍忽雲旗翻，絳節導迤邐。武溪猶昔深，箋韵今已矣。

書吴世濟禦寇始末後[一]

吴侯儒家子，經濟乃復爾。孤城累卵無聲援，百萬生靈一人恃。明季頹皇綱，群盗日猖蹶[二]。蔽遮淮潁趨亳蒙，妖氛太白纏三月。吴侯手無尺寸兵，訓練義勇兼諸生。四門如山屹不動，突騎間出風雷轟。明朝烏啼蜂蟻浄，不遣刀塗血路留。烟塵熙熙原野人，歸耕著書紀謀畫，傳鈔供展讀。虔心感神靈，大力冒蒼旗。盈盈豪楮間，如珠泪盈掬。至今細陽民，私祭户尸祝。不有當時禦寇功，安得鱗鱗萬家屋。何年名宦補斯人，專祠俎豆垂千春。靈旗森肅雲軿降，如見登陴百戰身。

【校勘記】

〔一〕「書」下，《筠心書屋詩鈔》卷一有「太和令」三字。詩題後有序：「明崇禎七年，吴以名進士令太和，時李自成分兵攻圍太和十餘日，吴躬率士民晝夜抵禦，出奇兵殺賊目紫金樑等數人，復虔禱關帝廟，見青字書伏魔大帝，神燈數百盞環埤相護，賊顧駭，官兵乘之，乃大潰散，城獲全。著有《禦寇始末》傳後，余讀而壯之，乃作是詩。」

〔二〕「蹶」，《筠心書屋詩鈔》卷一作「獗」。

陳蔭堂觀潮圖

驚霆飆忽雷轟闐，空堂瞥見銀濤翻。中流白馬恣馳突，東走不受群靈鞭。正疑海若作狡獪，又似大潢奔瀉一氣窮河源。雄風挾浪涌毫素，就中有客神飛騫。杖頭直指觀峰日，袖底横曳滄洲烟。忽憶客歲秋江邊，异事詫見須眉軒。翩然白鳥迎風搏，凌空突兀騰波瀾。前潮子胥鬱靈氣，後潮文種流煩冤。鮫涎濕卷雲練裂，龍角倒撞金戈喧。千騎萬騎如雲屯，江光冥合相吐吞。須臾勢落歸海門，群山重吐修眉痕。歸來寢寐驚心魂，誰歟圖此卧游足。奚啻八月之望攬勝錢塘濱，翻恨昔游等塵夢，不入繪本常鮮新。人生何時筇杖周五岳，復見靈源四瀆噓噏通無垠。山川奇麗供放眼，笑指兩大成漚塵。與君汗漫泛舟入，同作江頭踏浪人。

春雪遣懷簡韋約庵吴白華王述庵曹習庵諸子

昨宵紙帳寒威添，清響窸窣敲筠簾。曉來窗影開曙色，亂灑凍雨飛霏䨒。空庭髣髴微霰接，撲面蕭摵驚風兼。天公知我愛修潔，游戲滕六驅飛廉。水晶宫闕銀世界，兩大一色藏烏蟾。去年三冬

氣恒燠，少見六出飄㢘纖。春歸節序未云過，霡霂正應豐年占。而我荒齋托窮巷，如蠶眠起漁喁噞。迴光照屋不補漏，餘點入突適消黔。同人三五踪迹絶，坐使寂寞奚童籤。忽思消寒出奇計，典裘沽酒貧不嫌。主人灑掃客雜坐，三間暖閣安深檐。地爐芋栗恣吞剥，家厨羊豕窮燔爓。臘醅清還入桂杞，海錯鮮更和薑鹽。藏鈎燭短愁屢跋，劈箋韵險欣同拈。酒酣高歌興轉劇，開户一笑軒眉髯。此時蕭條邊月白，王師萬里馳戈鈐。旄頭夜卧鐵衣冷，刁斗列幕秋毫岩。安得倚天一雄劍，芙蓉淬水抽鋒銛。渠魁執馘獻諸廟，餘醜梟獍皆夷殲。不然探奇香雪海，衝泥不惜涴巾襜。故園寒玉三百樹，山光宜合湖波湉。春風别我動盈歲，使我寤寐心神恬。何爲兀兀困几案，陳編故實煩摭撏。已經三月落塵海，依舊冷客慵趨炎。明朝晴曦暖冰檐，和風小草萌勾尖。山莊聲聲啼布穀，河橋處處懸青帘。相逢買醉百觚盡，準擬蠟屐蒼苔粘。我歌欲罷雪亦霽，起看明月磨新鐮。

題謝仲和竹石幛子

雨葉風枝縱横起，瀟湘欲落簾波裹。誰拈秃管揮秋毫，咫尺蒼梧愁萬里。兩枝直上何蘢蓯，濛濛拂地晴烟濃。一叢嫩籜穿石隙，凉颸蕭瑟摇虚空。其下貓頭新笋看抽玉，苔花迸破幽闌東。此事風流蘇與文，房山松雪傳其真。息齋父子亦神到，後來作者徒紛紛。江南謝老映晴雪，數枝貌出凌

秋旻。竟疑腕底金錯誤，横剪一段秋江雲。主人愛客兼愛畫，招歡日在長林下。其言人海少檀欒，對此清標惜無價。安得更闌借展玉鵶叉，歸挂空齋坐消夏。

徐勇庭日璉到都晤贈

京華鬱熱驕赤烏，桃笙暖裂湘筠枯。晝眠散髮夜深坐，冠蓋寂寞司籤奴。朝來翻盆撤炎繖，颯如酷吏去郅都。清風況聞故人至，當階把臂軒眉須。投鞭拂衣浄塵涴，茶甌談麈安座隅。經年契闊暢情愫，諧笑最喜鄉音俱。語闌袖底出新製，吟秋點筆霜階梧。清驚鯤弦奏商角，凉疑雁渚摇菰蒲。把君瑶華堪玩娱，自笑廢學同饑癯。今春懶惰百不作，文筆那使波濤驅。起肓砭疾藉良友，定許唱和同于喁。況逢舊雨會裙屐，帆山萊嬰。泖水述庵。踪不孤。凉庭金井轉轆轤，流光瞥眼秋風蘇。餘杭老酒吴船到，提壺痛飲飛百觚。不然獵碣辨魚柳，摩挲金薤忘朝晡。金臺落日眺燕冀，遺迹欲訪斯人徂。嗚呼遺迹欲訪斯人徂，荆高琴筑勿復道，千金駿骨無時無。

聽同舟李翠園鼓洋琴

秋陰沈沈動烟江，風沙颯沓敲篷窗。高歌發興扣舷罷，坐聽擊撥聲琮琤。如絲非絲竹非竹，宫商宛轉隨新腔。乍疑春禽弄俊舌，娓娓兒女愁銀缸。又訝飛泉落寒磵，松風瀉出流淙淙。將昂似抑復相逼，砉然奮出金戈撞。朝天紫塞去無極，聯翩飛落驚鴻雙。我聞此調增嘆息，顧語四座言無厖。琵琶箏笛紛滿耳，清音欲聽心先降。伊人掩觸擅奇絶，如以荆筑驚愚蠢。金絲棖棖切幽怨，使我旅魄摇旌幢。人生會合且痛飲，一杯一曲傾春缸。回首落日挂遥樹，愁心千里浮歸艭。臨風他日動瑶軫，爲君相憶貽蘭茳。

接葉亭圖爲祝芷塘賦

憶昨移家拂巾屧，剩石瓌瓏砌邊壓。春深隔院啼禽多，指點孤亭名接葉。余舊寓半截衚衕，與接葉亭爲比鄰。西厓不作南華老，文幟詩壇過眉睫。空閑竹徑墮流螢，閑鎖花房飄宿蝶。海寧太史今名流，冰雪肝腸玉顔頰。丹鉛信手任游戲，卷軸隨身恣漁獵。堨來此地作寓公，前輩風流儼相接。栽

培草木理石泉，茶銚琴床安妥貼。招携暇日盡豪俊，我亦聯翩附襟褋。興酣爲道相逢初，落筆風檐窺敏捷。冰壺鑒裏動光采，抗手蓬山共飛躡。迴頭塵夢十二年，屈指分明時一霎。丁丑歲，余初識芷塘于浙江學署，獲讀其試作，後同舉春官，入翰林，迄今于紀一周矣。此圖點染結構工，髯翁筆到天機浹。彈棋把酒人兩三，捲幔排窗景重疊。邇來京洛少名園，稍喜林亭供日涉。主人愛客能倒屣，才華况擅雕龍勰。卷圖更乞致王宰，添我松陰坐鱗鬣。

寄懷虞諧舍弟即用其去秋送别詩韵三首

匆匆官渡憶長征，折柳當筵愴别情。秋雨夢回梅福墅，江雲背指闔閭城。連天白日關前影，永夜黄河枕上聲。不奈鴒原多悵望，燕臺落日暮愁生。

聞説鋤雲薛荔村，春來携屐破苔痕。興乘西子湖邊棹，景對梁王閣夜尊。多病馬卿仍故國，著書荀令自閑門。江皋落魄遥憐汝，須信艱虞吾道存。

軟紅初試素衣難，入海俄驚逝跳丸。夜直銀虬依漏永，曉趨金馬戴星寒。東方索米憐朝餓，北郭吟詩憶舊歡。昨夜池塘勞遠夢，半闌春草帶愁看。

寄舍弟虞諧

三千里外苦吟身，聞説經年藥裹親。漸澹名心緣見道，未抛家累尚憂貧。香生别夢山中樹，寒入秋潮江上鱗。况是烏啼聽不得，墓田愁照月如銀。

西域詩〔一〕有序

璋備員史局，承修《西域圖志》、《同文志》諸書，考索印證，七年於兹。紀聖朝之疆索，闡前代之見聞，編纂之餘，爰成斯什，用志天山南北都會城郭之大略，以補史乘所未備，且藉以咏歌盛烈，竊附于《江漢》、《常武》之義云。

烏魯木齊

額魯公孫此建瓴，地爲額魯特公族噶爾丹多爾濟之昂吉。天戈萬里下風霆。山圍蒲類分西谷，漢蒲類國，地治天山西疏榆谷。雲護沙陀拱北庭。唐爲北庭大都護府，北接沙陀突厥地。不斷角聲横月白，無邊草色

入天青。輯懷城新建城名。上舒雄眺，盡把耕疇换牧坰。

伊　犁

人驅風雪獸驅烟，猶見烏孫立國年。爲漢烏孫建廷處。烏孫爲行國，逐水草。海氣萬重吞麗水，伊犁河，唐時名伊麗河，亦曰伊麗水。西北流入巴爾喀什淖爾，彼中海也。山容三面負祁連。伊犁爲訐騰格里山〔二〕，即古祁連山。東西南三面分支環抱。盤雕紅寺朝鳴角，有海弩克、固爾札兩廟〔三〕。散馬青原夜控弦。紀績穹碑銜落日，固爾札廟東建有前後《勒銘伊犁碑》。英靈班鄂想迴旋。定北將軍班第、議政大臣鄂容安盡節于此。

雅　爾〔四〕

多邏川外夜吹蘆，雉堞新成接上腴。塞月已寒三葉護，唐三姓葉護，地在北廷西北金山之西〔五〕。邊風猶動五單于。漢呼揭、車犁、烏藉、振閏、郅支五單于地。名藩甲卷烟消漠，西北接左哈薩大界〔六〕，大兵追阿木爾撒納，入其境，哈薩克撒帳數千里，因而内附。健將弓開血灑蕪。巴圖魯侍衛奇撒布克敵制勝于此。不是皇威宣北徼，春光誰遣遍墳壚。

額爾齊斯

西州直北勢憑陵，瀚海迢遥過白登。鈴澤風高奔怒馬，今烘郭圖淖爾，譯言鈴澤。金山雪暗下饑鷹。

今阿勒坦鄂拉，譯言金山。曾傳舊壤開都伯，舊爲都爾伯特游牧處，四衛拉特之一也。都爾伯特，急讀則成都伯。僅見降王保策凌。都爾伯特有三策凌者首先歸附，封王爵。今存。四部蟲沙成底事，好將忠謹化驍騰。

吹

梯空勁旅倚孱顔，巴圖魯阿玉錫以二十五人敗六千餘衆于格登山，在吹東境。徑出盤雕落雁間。波浪遠翻圖庫水，圖斯庫爾，急讀則成圖庫，唐碎葉水也。風雲高護格登山。千屯此日開榆塞，自圖斯庫爾北岸傍吹河西北行五百餘里，總名爲吹。今爲屯種之所。十箭當年阻玉關。唐沙鉢羅咥利失可汗分十部，部授一箭，曰十箭。居碎葉東西境。碎葉長川流不極，吹河爲唐碎葉川。猶懸邊月照潺湲。

哈喇沙爾

風雨猶疑鐵騎屯，至今沙戟有遺痕。焉耆鎮啓龍游遠，唐設焉耆都督府，爲四鎮之一。都護城懸烏壘尊。西境爲漢烏壘城，都護居此，于西域爲中。弓挂輪臺飛皎月，西有地名玉古爾，漢輪臺地。劍磨蒲海射晴暾。南有羅卜淖爾，爲古蒲昌海，河源至此潛行。戍樓高處分襟帶，山水遺經費討論。

阿爾蘇

天邊冰雪鬱嵯峨，木素峰高朔氣多。城北有木素爾嶺，多冰雪。回語木素爾，冰也。壕上射生城落雁，軍前饗士帳鳴鼉。東縈姑墨千年磧，阿克蘇東，塔里木河北岸，爲古姑墨國地。南走于闐一綫河。和闐河北流至此，入塔里木河。待把方言垂竹筆，回人用竹筆。阿蘇温宿漫承訛。阿克蘇爲古温宿地。

和闐

毗沙府號古于闐，和闐爲古于闐，唐設毗沙都督府。西倚葱嶺。葱嶺千盤積翠連。大乘西來留法顯，《水經注》：釋法顯至于闐，其國有大乘學。重源東下問張騫。《漢書》：河有兩源，一出于闐。漁人秋采河邊玉，于闐有緑玉河、黑玉河，即今玉隴哈什、哈喇哈什諸河也。戰馬春耕隴上田。今日六城歌舞地，六城曰額里齊、曰玉隴哈什、曰哈喇哈什、曰齊爾拉、曰塔克、曰克勒底雅。唐家風雨漢家烟。

【校勘記】

〔一〕「詩」下，《筠心書屋詩鈔》卷三有「十二首」三字。此處爲其中八首，而無《闢展》、《庫車》、《喀什噶爾》、《葉爾羌》四首。

〔二〕「爲訐」，《筠心書屋詩鈔》卷三作「有汗」。

〔三〕「固爾札」，《筠心書屋詩鈔》卷三作「固爾扎」。下同。
〔四〕「雅爾」，《筠心書屋詩鈔》卷三作「塔爾巴噶台」。
〔五〕「廷」，《筠心書屋詩鈔》卷三作「庭」。
〔六〕「左哈薩」，《筠心書屋詩鈔》卷三作「哈薩克」。

自沅江四十里至增埠野宿〔一〕

上瓊湖畔曉聞鶯，又放垂楊罥去旌。綠漲鴨頭雙槳滑，晴烘魚尾一帆明。殘春花木驚榮謝，遠徼雲山待送迎。今夜風燈何處宿，烟波不遣傍嚴城。

【校勘記】

〔一〕「增」，《筠心書屋詩鈔》卷六作「曾」。

鳳灘

擊汰辰陽溯北河，名灘萬斛舊驚波。風烟黔箐重源遠，雷雨蠻溪九派多。隘地濤聲馳白馬〔一〕，

連天山勢壓青螺。東坡奇絶南游興，準擬憑舷發浩歌。

【校勘記】

〔一〕「隘」，《筠心書屋詩鈔》卷七作「般」。

食菱聯句

江南果族滋，水蔆擷秋實。微涼過芰池，璋。殘暑退蓮室。驚風緑蒲短，枚。戰雨紅蓼密。濯濯修莖生，琛。茸茸嫩苞茁。根浮淤泥新，璋。葉漾碧流潏。其花始蕭疏，枚。厥月晚填溢。叢刺角周四，琛。纍顆望彌一。并蒂時低垂，璋。孤條或昂出。稚疑瓜在包，枚。堅訝繭成栗。中含圓芡浄，琛。外附流荇滑。碩喜盈掬齊，璋。尖懼傷手失。連沿没鳧翁，枚。交錯礙魚乙。圍瀨漲渺瀰，琛。緣汀野蕭瑟。岸濡初冷露，璋。塘映欲落日。沿洄絆纜紆，枚。容與桂橈發。纖纖搴素腕，琛。采采落時物。碧蓋翻藻傍，璋。紫莖斷蘋末。朝連浦烟收，枚。晚帶渚雲割。水居隔東西，琛。女伴問吴越。來游陂面風，璋。歸載水心月。與采蓮後先，枚。較摘蒓仿佛。盈筐波乍揚，琛。湘釜泥未掘。剥纔食指動，璋。嚼豈屠門必。潤吻厭桃藕，枚。朶頤賤葵鬱。來禽鮮宜配，琛。蜜父熟堪匹。甘知山芋遜，璋。肥豈籬豆奪。賓筵列無譏，枚。野饌供難缺。人同影月三，琛。候協流火七。調惟塤應

篦，璋。趣乃膠投漆。叩門苔印齒，枚。近市宅容膝。盤留嘉蔬陳，琛。尊滿舊醅潑。嘗新欣屬饜，璋。知味縱譚悉。摇珠幹方剪，枚。韞玉殻初脱。那須爛去毛，琛。未事食懷核。紫錦句恒咏，璋。青冰記堪述。《方言》徵蕲茝，枚。《爾雅》辨欞蕨。漁莊待分租，琛。吟舫想消暍。作詩付奚奴，清芬滿蓬蓽。璋。

吴省欽

字充之，號白華，南匯人。乾隆二十二年召試，賜内閣中書，二十八年成進士，官至左都御史。有《白華詩鈔》。

《蒲褐山房詩話》：白華著撰，精心果力，不屑蹈襲前人。少日與趙損之、張少華同學漁洋、竹垞，既而别開蹊徑，句必堅凝，意歸清竣。入詞垣，大考翰林第一，繇是衡文荆楚以及西川，遇山厲水刻處，輒以五七字寫之。或以東野、長江爲比，未盡然也。散體文于唐似孫樵、劉蜕，于宋似穆修、柳開，亦復戛然自异。

鳳嶺

我辭豆積山，言指廢邱驛。徘徊三五里，夷衍散人迹。破荒入雄嶂，石齒奮銜屐。十步峰九迴，籧篨面峰脊。及脊峰更危，意外豎絶壁。朱藤萬年欹，黄壤一撮瘠。抵死撑九天，欲下嘆安得。縱無鳴鳥儀，或有怪鴞翮。東頭佛髻青，西頭雷峰白〔一〕。高標納萬象，神鬼出奇力。蟻冢顧來程，濃氛黯將夕。

【校勘記】

〔一〕「雷峰」，《白華前稿》卷四十二作「海潮」。

馬鞍嶺

輿轎平。告喻嶺，累甗迭起伏。馬鞍三十四〔一〕，碨磈側愁目。甫登畫眉關，蚓徑類蝸縮。磨牙伺奇鬼，猿玃伴宵哭。百上始絶陘，一下即墮谷。力持軒輊交，伎倆見差熟。誰還擂大鼓〔二〕，萬丈陷地軸。鮫鼉弄狡獪，河底挂飛瀑。緣河升降慳，賈勇奮投足。黄石爛不僵，青棡死未秃。居人斸樵

徑，走險習麇鹿。顧影并蒼然，策策響寒木。

【校勘記】

〔一〕「三」，《白華前稿》卷四十二作「二」。

〔二〕「還」，《白華前稿》卷四十二作「邊」。

五丁峽

王涯辨仙掌，近理抉堂奧。至神無迹象，跖劈妄見告〔一〕。昌意娶蜀山，人烟久通照。胚渾天地初，有空不容鑿。梁州錯雍州，自古禹力到。西東帶二漢，星精象維肖。漾源出嶓冢，乘載利親道〔二〕。滑滑石罅穿〔三〕，汩汩樹根冒。匯流兹峽間，龍窟倚蹇奡。水立山轉孤，戰合昆陽譟。撼蕩芥蔕鬆，崩駁性靈拗。一縱始潰奔，入衰理輕棹。下峽下南紀，上峽上西徼。褰裳赴懸流〔四〕，顱頂壓危峭。泱漭元氣蒸〔五〕，庨豁真宰耗。方知洚洞年，早闢華陽道。五丁五石牛，郛説適騰笑。馬老能識塗，崎嶇任孤造。

【校勘記】

〔一〕「劈」，《白華前稿》卷四十二作「擘」。

〔二〕「道」，《白華前稿》卷四十二作「導」。

〔三〕「滑滑」，《白華前稿》卷四十二作「涓涓」。

〔四〕「流」，《白華前稿》卷四十二作「瀑」。

〔五〕「泱」，原作「決」，據《白華前稿》卷四十二改。

慰忠祠

祀户部主事上海趙文哲，刑部主事滿洲特音布、無錫王日杏，重慶府知府新建吴一嵩、候補知府江寧王如玉、府同知桐城鍾邦任，通判休寧汪時、浦城吴景，知州會稽吴璜、承德常紀、漢陽徐諗、南昌彭元瑋，知縣陽湖徐瓚、渭南張世永、嘉善許椿、宛平孫維龍、貴筑章世珍、仁和程陰桂及其子烈，布政司照磨臨榆倪鴻，縣丞仁和倪霖，吏目宛平羅載堂，巡檢臨桂郭良相，典史光州吴鉞、東安許濟、寧河周國衡。其地在少陵草堂之西，顧觀察光旭權視臬篆，倡議成之，以七月十六日奉主入祠。王吏部昶撰碑文，顧觀察書之，予爲篆額。

太歲在癸巳，六月日初十。我軍軍昔嶺，滑澾朝徑濕。定邊印如斗，誡子預藏襲。玁玁移纛旗，未暇整伍什。將投木果旁，堅壘待重入。中道膏賊鋒，師潰咎誰執。一雙蘭署郎，趙農部、王比部。機庭練批答。褲褶來從軍，并命祇呼吸。徐常瓚。司度支，吴一嵩。羅備典給。隨行即隨死，僵卧委靴

帢。以上殉難昔嶺。先時番孽降，野心欠馴習。招摇揚白旗，還往悄游諜。聊以夾霸番語强劫也。嘗，各各繕槍鋏。將軍置罔聞，餘黨執竦讋。驟窺美卧溝，朔日晚告急。提臣防禦單，倉猝斃群嚐。遂延喇嘛寺，欲向別駕汪時。脅。父子甘舍生，褫剥逮緶縺。角碉檄報同，科多火攻合。鍾程暨仙尉，許濟。望救痛何及。桓桓推郭吴，半通寄冗闔。相持閱幾朝，相格斬幾級。郭守占固凡十一日始破，吴守澤爾多，殺賊數人始斃。以上糧站各員，自郭外，皆以初二至初九等日被害，其餘十三人，皆初十後從督臣登春退師途次遇害。勢去終莫支，炮臺迹旋躡。吏卒慘欷歔，商民駭駁蹐。號呼赴大營，營門拒弗納。侵晨教大開，出走擁踝胛。將殞兵竄亡，瓦解浩難戢。登春驛重臣，枯朽被摧拉。且戰且退奔，矢石冒千叠。取道争兩厓，厓上炮聲接。從官十三人，先後尸枕壓。辟諸牽綱時，豈復漏魚妾。肉爲饑鳥銜，骨爲訓狐攝。豈無輸運賈，折臂爲升合。豈無負戴夫，斷頭爲囊篋。豈無屯戍士，決脰爲垣堞。國殤不勝書，鬼録不勝牒。文臣不惜死，公等更酸唈。晴沙東林裔，倡議議皆協。度地依草堂，笋林斬叢艓。芝栖映藻井，栗主替畫翣。檍陰映蕭蕭，鸝語喚恰恰。惝然魂氣來，碧血洒丹閶。能爲張巡厲，如傍要離俠。麻鞋杜陵叟，慘切效長揖。心肝奉至尊，今古匪殊轍。慰忠祀江城，昭忠祀京邑。姓名婦孺傳，事迹史宬輯。所嗟擒蠻計，葛亮竟帶汁。風鶴警蒼黄，沙蟲莽嘈雜。本非幃帳參，而歷疆埸劫。赫怒揚主威，義憤激兵法。禁旅交龍驤，鄰師亦鱗集。幕府稱定西，賊庭佇犁插。以慰存者心，繫組任敲吸。以慰亡者靈，傳芭永伏臘。尚有楊酈都，轟雷運歎欲。紿賊殲數人，斯舉漏章摺。

身殉衆競憐，廟食爾同愜。鄷都令楊夢槎，管理炮局，昔嶺潰，爲賊所得，脅令演炮。楊教不如法，殲賊十許人。衆賊臠之。自軍中來者多傳其事，而請恤未及。是冬，兩督臣查奏，夢槎以奉令撤局回營，于山溝被害。得贈道銜。而周國衡或經死難，或被冲失，另察報聞。傴拜修瓣香，陰景耀靈熠。

夜度大侯埡

日落山鳥喧，征夫急投路。崇岡蟠蚓蛇，十駕九偏誤。積腥吹陰風，颯颯戰荒樹。左右苦覆翻，上下眩仰俯。列炬雖爛如，萬象自積暮。重關抗絶頂，寥落數家聚。人聲雜犬聲，側耳慰惶懼。來程一迴眺，尺寸入窘步。明知前去難，馬力且傾注。顧影短裘寒，東峰月微吐。

白岩壩

午發城北門，萬山擁圭撮。鰲背無片苔，荒磧莽轇轕。青江如綫來，要解赤烏渴。白沙縈遠村，所向頓空闊。曖曖嵐霧横，蓬蓬水雲活。好風涌緑疇，弄影上木末。迢遥香積場，幾輩托衣鉢。岩下藝禾麻，岩前種杉栝。傍岩田父居，竹光護門闥。攬巾感黄塵，何時重披溪。

仙茅

范公志虞衡，有茅鬱苞孕。服食從旌陽，真氣佐長命。旌陽何所師，諶母養清净。白日升丹霄〔一〕，遺把茁山稜。剪去春又生〔二〕，披尋妙指證。遺迹在豫章，朝真秋最盛。是皆非蜀産，棘道今轉勝。孤叢抽斷厓，數節蹙荒嶝。不誇三脊豎，而訝獨根迸。搴刈精采宏，袚濯氣質定。錫名婆羅參，鍾乳莫能競。請誦曼碩文，六味養中正。揭徯斯有《仙茅述》〔三〕。鰥生愍蚤衰，脉絡枯緯經。失色包匭材〔四〕，一二荷持贈。安得拔其茹，栽莳布月令。與世躋太和，無藥亦無病。

【校勘記】

〔一〕「丹」，《白華前稿》卷四十七作「天」。

〔二〕「剪」，《白華前稿》卷四十七作「翦」。

〔三〕「徯」，《白華前稿》卷四十七作「奚」。

〔四〕「色」，《白華前稿》卷四十七作「喜」。

藏棗

核物備五宜，來來著標格。藏産推果珍，楛皮番紙名。裹成腊。小者扶寸餘，黏膩不容擘。大者指數圍，恬澹不容齚。如瓜雖未能，入藥真足惜。大荒處極西，厥汗受符册。覓種盈萬栽，有睆挂林隙。暈紫攢鱗鱗，皺紅披的的。采經烏拉番語牲畜。馱，飽飼曩宋番語庶子出家者。吃。其核尤出奇，無復仁可獲。佩離兩已背，渾沌一爻畫。噛之若檳榔，生澀介喉嗌。以彼寒苦地，乃集甘温益。句臚傳唱人，練氣秘服食。緊余孱病身〔一〕，内景滯胸膈。筐傾坐難支〔二〕，竿打路偏隔。想象西南番，萬里獻心赤。一笑檢農書，簾影棗花北。

【校勘記】

〔一〕「余」，《白華前稿》卷四十七作「予」。

〔二〕「支」，《白華前稿》卷四十七作「致」。

果貍[一]

貍首歌斑然，而何白其面。面白尾則狐，瓜走疾追電。是名牛尾貍，《釋獸》闕經傳。故人笑我陋，購致充朝膳。法宜帶糟蒸，味勝凝酥薦。融結在脂膏，肌肉何由辨。以彼攀樹工，百果耀璀璨。橘柚爲醴漿，棗栗作餱饌。「橘柚爲漿栗爲餱」，子由句。素無强食惡，反使殺機先。巧捷輸狙公，自肥適貽患。老饕嗜珍品，春柈佐諧讌。貍之言不來，斯言得毋謾。

【校勘記】

〔一〕此詩爲《白華前稿》卷四十七《中江二咏答臧大令理谷》之一。

藏香

薰籠媚閨情，炷爐誦佛號。香市喧蜀都，却被海内笑。謂乏龍腦珍，兼遜鷓斑耀。下駟安可充，先韋幸無躁。尸陀林各天，西藏直西徼。唾弃南北宗，貼耳奉黄教。吹螺響嗚嗚，轉幡影浩浩。正法如日懸，一氣大感召。甘松及珠貝，百煉入鐺銚。搗爲元霜精，搓作金管貌。星星微火來，烟篆四

騰掉。其臭淡無言，其爐光有曜。重帷閉少時，融液透百竅。辟邪具神通，那必數醫療。方今威德宏，神僧契元照。重舌赴東土，焚頂秘虔告。區區登貢餘，惹衣記廊廟。使臣荷分致，羌情驗歡叫。東香同束芻，價壓萬蹄噭。鄭重燒博山，心清遠聞妙。

藏氆氇

邊城出魚通，烏斯藏聯屬。水草健移帳，羊牛富量谷。豈惟馳騁便，寢食利皮肉。一毛積萬毛，毹毲細盈匊。漫撚體漸麄，交搓緒相續。數丈亘一條，條條受機柚。《詩》注：柚受經。經之旋緯之，織作妙緣督。長鈎準高架，用手不用足。疋成刮使光，束卷詫豐縟。彼中霜雪繁，適體耐寒燠。披同黑貂襜，藉勝紫熊褥。入市茶馬偕，任貢組纁悉。皇靈被戎夏，如布罔越幅。扈夷徠捫漿，準部資考牧。氍毹致新羅，𣯡毲獻身毒。弓衣綉詩句，即事驗懷服。珠珍何自來，展對見羌俗。復陶製效秦，黃潤價壓蜀。賓罽番駝尼，考校昧前録。爲報割氈情，纏綿佐宵讀。

嘉州食荔支

少長東海隅，尤物自洋舶。漬以蜜與酒，色香味差得。雖非薦新采，猶道趁鮮吃。中年乘使軺，桂嶺有行迹。小暑會告徂，輕紅負親擘。唐貢歲取涪，坡語苦未核。南海片段筐，彼産實馳驛。詩人眩鄉土，可口哆津液。不見眉倅廳，子由詩注：眉倅廳有荔支二株。伸手無可摘。朝來食指動，珍果枝的的。絳襦白玉膚，了了恣披析。天漿斟飽滿，仙酒窨芳澤。稍嫌名實浮，少肉乃豐核。主人笑謂我，兹樹兹土特。守之閱數旬，采之靳一鬲。非關苑鳥啖，請效齊螬食。肉熱我弗愁，中乾誰似腊。物少斯見珍，肯遣六丁掊。我欲懷種之，遷地復何益。庶作嶺南人，日啖顆三百。

平羌渡望鐵索橋

平羌江口浪花惡，我之渡江竹簰掠。從船則危橋則安，指點橋頭板橐橐。僂游掉臂同石矼，熙穰摩肩勝木彴。簰夫笑我言大夸，險艱如斯逾架閣。有剛百煉柔繞指，紛鎖交鈎亘蜎蠖。一絲嬝嬝百丈牽，雙杙丁丁兩厓削。枯椿瘦鐵相撐扶，如挺在背脛在脚。版之被鐵纔一重，不横而從罅歷落。

幾人窘步争捷徑，作隊踉蹌似猿玃。足所未到腰已軟，摇揚風旌了無簿。四顧絶岸先傍徨，下瞰澄潭尤錯愕。前年負載過者多，十條索截七條索。千夫瞪視慘呼汹，白日青天喂鮫鰐。而我聞言起三嘆，夷險信天倍寬綽。古稱州域置繩橋，人説星文應井絡。唐蒙發卒馬卿論，漢代沈黎遂名筰。連峰蔽日陰檀欒，繞郭含烟響膈膊。我儕題柱志未頹，爾輩成梁庀誰托。使節還須瀘水行，廟謨那數靈山拓。嗚呼，安得此索飛度刮耳崖，加頸鋃鐺二酋縛。

過大小關山

關上復有關，山上復有山。關山陡上更無下，一下百上增孱顔。初如螺旋後蛇蜕，步步紆折腰彎環。粗者爲砂大者石，石磵陰森卧蛟脊。晴天白日轟怒雷，亂洒飛湍打行客。林虚箐密熊虎驕，據險與我争秋毫。危峰壓人面休仰，颯瀝愁煞陰風摇。野店蒼凉傍荒戍，歇馬店前倚枯樹。山家却指相公嶺，如此關山是平路。

瀘州屢得述庵軍中寄書

定西將軍尺二檄，緊程八百緩五百。陣雲凝雪雪化冰，腕底何人飛霹靂。一聲落紙山岳摇，太白出地千丈高。尊酒細傾歌坼地，赫蹄隱隱騰秋毫。初言入釜游魚哭，繼言落雁軍容簇。後言七日犁賊庭，無數糧栖萬竈熟。男兒豈必手斷南越頭，飽看飽聽願亦足。復言講堂古柏傳文翁，諸生誰繼相如雄。五架五間飭材好，落成飲至需春融。軍中學《易》悟《易》理，小衄毋怯勝毋喜。書招贊普謀未藏，城築因杆願非侈。三瀘城邊瀘水分，渡瀘人去思前勛。賓寮整暇有如此，將軍辦賊何足云。

石符榻本

〔一〕廣元縣東百丈關水中，有石大如席，上有文如符，人謂之石符。傳是張道陵所書，佩之能辟邪，孕生男。

扶桑繭紙涷雲墜，似符非符字非字。其横三尺縱一尋，七劍在腰一槊植。嚴關百丈厓陡懸，厓下江聲響淜湃。沿江上下溪勢叉，貼卧盤陀浄苔翠。夏漲能禁魚潦黏，曉鐘定使烏朝避。中央如鏡天劃工，言是道陵手磨記〔二〕。樵蘇絶迹漁釣稀，響搨登登强羅致。高牙大旆山鬼驚，對仗垂旒瀆靈

衛。縵文糾結繆篆粗，誦者生箝捫者畏。堂楣高揭輝日星，豈分宜男許留佩〔三〕。陰陽水火千劫沈，伯道無兒命所制。五斗應從鄰郡傳，三丰或自前朝至。青蛇在袖呵叱來〔四〕，化入蒼紋露真氣。羅浮竹葉猶爾爲，似此瓌奇古無二。得毋漢相籌筆餘，暗勒仙銘妙垂示。木牛銅釜隨燼烟，獨有一卷鎮贔屭。呼童檢點牢記將，勿遺火薰與日曬。五雷劈裂黄石飛，且把陰符枕函秘。

【校勘記】

〔一〕「榻」，《白華前稿》卷四十七同，當作「搨」。

〔二〕「磨」，《白華前稿》卷四十七作「摩」。

〔三〕「豈分」，《白華前稿》卷四十七作「爲是」。

〔四〕「在」，《白華前稿》卷四十七作「無」。

題惺亭制府土番款塞圖

西北曰塞蕃部稠，四衛拉特枰畫楸。土爾扈特最荒敻，未奉冠帶祠春秋。有元子孫麗不億，外氏策妄先朝讎。悉率醜類避崑焰，牧場水草行相求。劈正斧沈質孫敝，廬帳非帳裘非裘。我皇拓地越葱嶺，準回種類盼共球。萬亭障外怨遺己，渡額濟勒輕若泗。生身熟身户三萬，革履辮髮詞咿嚘。

畏威屋惠叩關吏，會值秋令循貙膢。紫絲纆轡迓天寵，親睹殺虎神槍掊。宗乘廟前禮銅殿，旋騎特許經邊郵。佩印編旗校丁衆，頒朔讀法安田疇。於闐布多聚屯廠，黃羊紫鼠駝馬牛。我臣悉臣主悉主，蒙古族盡歸覆幬。公時麾節鎮戎索，頓置扉屨儲芻餱。遠携小隊問疾苦，要使絶域知懷柔。諸蕃𦱕然繞牙帳，進止鞠跽黿排頭。爾曾某某爾祖某，爾昆弟某嘗招尤。某山某水某夷險，館堠食宿如經由。驚呼誠汗手加額，公神人也誠斯投。各以其職歲來覲，陪臣義敢忘干掫。是年鄙人使西粤，錯迕無异周南留。象胥譯舌鮮根據，忝視典册封其酋。鼎鐘爲述祖德遠，綸綍畏深王言羞。我公圖此紀行役，丹青王會交弸彪。錦江展對愜春色，懷古坐歗籌邊樓。滴博蓬婆彈丸耳，宵旰幾載勤咨諏。王師掃巢事俄頃，拜鳌圭卣光揚休。封沙拉扣肯郡王、舍楞貝子册文，皆欽擬撰。

姜伯約墓

一膽包東夏，崎嶇戰伐名。反旗嘗走敵，斷釀輒收兵。乘隙天心去，逃譟主信傾。空留守關處，宰樹暮雲横。

木洞得泉之信

峽斷風無定，孤舟下水難。山圍巴郡外，人出楚雲端。猿語傳清怨，魚書戒早寒。分明佩萸節，獨自傍烏蠻。

蒲州

蒲州舊錫中都號，城冠高寒鸛雀樓。到海長河尊一柱，度關太華俯雙旒。帝鄉耕稼居猶近，霸國兵戎死未休。見説連朝風溜緊，索郎無恙對銷愁。

雨抵滎經

竹霧沈冥石磴遥，棕櫚葉暗接芭蕉。楚人聚落空巖道，漢相威名始孟橋。峰勢極天圍古障，澗聲終夜打秋潮。來朝走馬關山阻，欲醉芳樽意已消。

登鬱姑臺

鬱姑臺似鬱孤臺，杳渺霜鐘法界開。亂水北吞三峽下，斷峰南擁七星來。荔枝一過霓裳散，桂樹重招鶴馭哀。爲是兩川冠冕地，醉扶藤杖獨徘徊。

初夏寒寄述庵

窣地湘紋不上鈎，脱綿時候轉披裘。胡琴帶潤梅迎雨，楚簟含凉麥送秋。玉粒盡關湔水口，鐵衣猶滯雪山頭。暄寒易序占天意，爲煉精神破貝州。

題璞函少華詩卷感寄述庵耳山璞堂

幾載青林夢故人，一編風雅坐相親。鯨魚絶海苕詩翠，欲綉平原趙勝身。

永安宫康熙二十九年，夔中許嗣印因址築亭，在府學明倫堂後。

垂創三分國，存亡六尺孤。赤符謀復漢，黄鉞忿窺吴。持敵師偏衄，還軍路不紆。靄叢懸夢寐，魚浦息艱劬。象秘星躔犯，宫深玉几扶。儲君宏後敕，元老亟先趨。治命彌留最，忠言繼死俱。蝪靈號地坼，鵑血濺春徂。一自歸喪儼，重尋别殿蕪。翠華歸迹竄，珠幛蘚痕鋪。逝水長東徑，開門遽北俘。聽笳墻隱雉，過棹闕朝烏。中道空王業，群雄衹伯圖。結亭存體概，立學改形模。下輩魂應戀，分香意孰誅。向來伊霍侣，主德爲交孚。黄初四年三月，月犯天心星。四月，先主殂。

施朝幹

字鐵如，儀徵人。乾隆二十八年進士，官至宗人府府丞。有《正聲集》。

《蒲褐山房詩話》：鐵如詩樸質清真，不尚才藻，生澀刻峭，得之孟東野、梅聖俞爲多。居官如其詩，往往進寸退尺，如黄楊之厄閏。雖居邗上，不屑與鹺客往還，故其窮日甚。在京師，敗車一輛，老屋數椽，俸不足，益以稱貸，而破氈敝席，寒菹冷炙，夫婦相得怡然，終不屑與熱官來往。稍遷京卿，

督湖北學政，而荆襄間潢池告警，恒惴惴不自保，憂瘁而亡。無後。其門人伊太守湯安，刻其詩于檇李。

呈王蘭泉先生

雙闕集華轂，宏達羅諸儒。夫子江海客，出入承明廬。制告宣九天，禮樂垂八區。斯文無盛衰，大義通古初。疇昔西戎叙，月竁偃螯弧。載筆獨紀實，於鑠尊皇輿。退食罕人事，鳥雀翔室隅。默坐不知暮，邈然對琴書。

黄鵠覽九州，抗音流蒼旻。神馬稱龍媒，萬里逾崑崙。負异固由性，養精方保真。側聞大雅宗，與世本殊倫。至寶藏澹漠，元氣涵心神。悠悠終古間，浮榮非我身。妙道瞻在兹，展轉曷能陳。

少居衡茅下，慨思古人風。耕釣事偶然，潛見心自同。塵網未可屏，青門逐燕鴻。巨麗觀郭郛，陶咏忘夏冬。荃蕙出幽谷，芳意難爲通。一朝見攀折，雨露滋丰容。聲名戒速成，將進圖其終。景光豈不惜，我生守至公。

攬衣出西門，遐矚天象開。朔風吹古雲，蕭蕭落我懷。堅冰横大野，凍木乖陰厓。寒鳥怨無巢，晨夜鳴徘徊。覽物發長喟，撫志欣所依。厚德永銜戢，自勖千春期。

湄庵示某僧

白石開樵徑，青衫訪化城。鳥争幽處宿，泉入定中鳴。落日梅花冷，歸雲竹影平。慈航如可渡，蕭灑學無生。

山　中

山中月初出，獨坐彈孤琴。落葉滿前溪，始知寒色深。仰視雙翠鳥，緘情托好音。夜半風雨來，蕭蕭愁我心。

過峨嵋院

流水不可住，孤雲行未還。峨嵋院中月，已照江南山。理自獨游悟，心隨清夜閑。他時結茅屋，相對一開顔。

夏夜松間待月和蔡芷衫

四壁静如此，青空凝睇長。月明漸欲出，松色生微凉。鶴下得幽意，風清聞暗香。金陵未歸客，坐久露沾裳。

東關早發

雉堞鬱崔嵬，孤征一棹開。春星兼鳥落，山雨接潮來。土瘠憂人事，年饑出吏才。生涯猶旅食，慚愧隴頭梅。

哭景雲客名人龍，江都人。

夢君驚不語，死别舊征衣。落月到今夜，慈親猶望歸。幽州懷雨雪，梁苑失芳菲。三十來登第，空傷朝露晞。

舟中觀景雲客遺詩景又家杭州卒於衛輝

天涯行李望如何，一卷遺文涕泗多。放鶴林逋歸慘澹，入梁司馬病蹉跎。中原秋色悲嵩岳，孤劍寒雲落大河。酒價長安平日事，登艪風雨助哀歌。

文信國祠

江抱真州水一方，宋家丞相尚祠堂。孤城警急留三日，大業艱難望二王。燕市南冠殘月落，吴山白雁故宫荒。可憐刺史謂李公庭芝。精靈在，泉下相逢各斷腸。

寄懷張春帆

楊花飛盡白沙洲，夾水蒼山兩岸流。忽憶故人從此去，西風吹月下江樓。

羅有高

字臺山，瑞金人。乾隆三十年舉人。有《尊聞居士集》。

臺山少習技勇，治兵家言，弱冠後外服儒風，内宗梵行。於釋教，服膺《磬山語録》，兼通天台、賢首諸家，尤以净土爲歸宿。于儒者之教，宗明道、象山，而群經主孔、賈《正義》，小學主《説文》，皆能參稽義訓，句櫛而字比之。年四十六卒。與長洲彭進士紹升、吴縣汪文學縉、益都李明府文藻交善，方外則揚州高旻寺僧照月也。生平不多作詩，如《書東林五君子手帖》，亦奇崛可喜。

題彭允初所藏東林五君子手帖

我友彭季子，學志兩東林。天花六時供，忠孝觀厥深。偶見五君書，感甚《梁父吟》。曰楊曰繆魏，兩周皆國琛。明運屬昏黄，狐鼠弄霾霒。九州鉗網彌，妖氛毒矣淫。唯時儒林賢，舍命争天心。獨見五君書，我已頭岑岑。

肅觀景文書，雷霆鬱掀掔。旱魃屯天膏，電繞驚蛇綰。蕭凉念佛人，渺志青蓮搴。忠介官京師，日課佛名一千。見《燼餘録》。喑嗚發怪咤，義聲沸愚賤。諸彪心已亡，施罵意何腆。肉身受泥犁，正念能不轉。公子仁且武，血疏麗朝晛。惜哉不旱觀，淗嶠青霞緬。

應山椒山儔，移宫氣挺挺。二十四罪疏，奸膽落其鯁。同心魏與左，揚激忠憤炳。誰托左公書，割去聽無瑩。江陰暨吴江，誦説懷孤耿。心畫飄殘雲，字外餘清勁。商飆撼屋梁，展對塵慮屏。頑懦無我如，作詩永深省。

張　塤

字商言，吴縣人。乾隆三十年舉人，官内閣中書。有《西征》、《熱河》、《南歸》諸集。

《蒲褐山房詩話》：商言才情横厲，硬語獨盤，後乃學於山谷、后山，沿於文長、中郎，打油釘絞之習，時露行墨閒。然如《新豐》云「百家鷄犬英雄宅，萬歲枌榆故舊情」，《夜宴》云「花露半晴題却扇，人扶殘醉唱迴波」，亦殊工麗。而生平與翁覃溪、趙雲松、孔葓谷諸君友善，故考證金石及書畫題跋，頗爲詳贍可喜。

石嶺子

幽徑隨意取，山屋無正態。古戍吹螺殼，大荒滑黿背。多泉不貴井，荒坡尚有菜。風林土竇啓，雲衣水口對。勖哉養汝儉，瘠土古人愛。

古北口

地盡中原山，天挂秦時月。喜峰連居庸，夾此青硉矹。一騎容關門，千秋幾戰伐。沙清走野兒，日落剩飛鶻。乃見長城下，僅卧白頭卒。近來關内民，關外來耕垡。冥冥古樓堞，荒荒無羅訐。真笑前人忙，龍蛇膠齮齕。

次新安縣

縣城孤迴作重關，天許青山四面看。紅柿人家沙路净，白楊風色澗聲寒。馬留破驛萁成束，人

上荒臺月半丸。一宿匆匆便將去，料無遺累到豬肝。

和寒食弔鸚鵡冢詩

仙家羽化玉棺存，贏得詩人到墓門。三月白楊留小碣，一奩紅豆奠芳魂。有生浩浩歸情劫，終古茫茫付泪痕。女伴踏青聞太息，落花堆裏共黄昏。

次三道梁同述庵通政對月并題其詩卷後

看月山梁山翠無，月中相對話榮枯。十年慈母雙行泪，萬里歸裝八陣圖。名士縱横能仗劍，詩篇强硬亦彎弧。慰忠祠記蒼茫在，又爲知交一嘆吁。成都建慰忠祠，蓋祀亡友趙璞庵、程香岩諸君者。述庵撰碑記。

萬鍾傑

字汝興，昆明人。貢生，歷官福建按察使，加布政使銜。

荆州

大地起胚渾，岷山萬馬奔。瀰茫通夏口，磅礴竦荆門。江汛桃花水，雲垂橘柚村。鬱葱佳氣好，南國紀屏藩。

黄牛峽有懷錢南園太史

人世能經幾白頭，輕帆今又下黄牛。猿聲啼過三湘雨，楓葉吹殘大别秋。信有文章光上國，那堪風月坐南樓。十年同作天涯客，猶是空江不繫舟。

施南三十二韻

邊郡烏蠻近，岩疆白地平。秋風生畫角，落日照層城。湛露三朝重，殊方百度明。星躔次東井，地勢控南荆。椎魯風猶古，顓蒙政自成。一朝驅猰貐，兩載縶鯢鯨。樂土群争附，青山衆可耕。衢尊思帝力，蔀屋愛官清。俗化螳螂臂，風馴鼠雀争。鐘鏞思往哲，胞與待蒼生。仗節尊圭組，專城重甲兵。剛柔因地利，寬猛協人情。刺史甘棠舍，將軍細柳營。農歌歡臘雪，社酒醉春晴。有客來憑軾，修途事請纓。南山觀豹變，北海擊鵬程。浪迹風塵闊，飄蓬歲月驚。春雲生馬首，暮雨聽燈檠。去國逢霜雪，生涯仗弟兄。乘槎還泛泛，出谷更嚶嚶。作貢傳東箭，徵書寶白珩。懷人隔秋水，紉珮束香蘅。雁到歸期遠，花飛别緒縈。窗虚窺蓓蕾，庭寂走貍鼪。愁入千絲裹，身憐一葉輕。山僧留雪茗，野客饋黄精。流水隨琴意，空階聽鶴鳴。斯民真古處，吾道自安貞。刷羽期高舉，傾甌戒易盈。文章欣際會，簡册説功名。竪子謀温飽，男兒志邁征。中心似葵藿，不改向陽傾。

奎林

字直方，富察氏，滿洲正黄旗人。以恩澤封公，由侍衛官至伊犂總統將軍。

《蒲褐山房詩話》：君以椒房戚畹，弱冠侍直乾清，其時諸父兄弟勛階烜赫，而君甘澹泊，習勤苦，處之蔑如，二十餘年。四方征討之役，無不身在行間，終殁於西藏之江卡。櫜鞬之暇，喜讀史傳。嘗閲《元史》，予問之，其中愛慕者誰，曰：「耶律文正，吾不敢期。最慕者王保保耳。」其寄托如此。周行萬里，所遇封疆大吏，唾涕視之。與予在滇蜀軍營數年，最爲相契。及乙巳春使伊犂時，道出西安，留官齋劇談痛飲，呼小伶度曲，臨别書一絶而去。其餘間有所作，悉燬其稿。親兄明瑞，號筠亭，風流儒雅，亦能爲近體詩，以雲貴總督征緬甸，殁于途次，詩亦無存。

示李伶

倦客看春尚有情，嫩紅柔緑眼仍驚。風流地主緣何事，不折楊枝贈遠行。

湖海詩傳卷三十

張四科

字喆士，臨潼人。貢生，寓居揚州，官候補員外郎。有《竇閑集》。

食筍

緑陰謝豹啼，皽皽驚晚筍。添竹知已遲，饞口詎能忍。小試傍林鮮，指動豈無眹。曉牙冰片鳴，堆桉錦籜隕。食肉本無相，加餐還自哂。要知澹故佳，寧忘美爲疢。多生餘此債，聊免刀砧憫。累君昇猪肝，損人非雁腎。蕨配恨不同，鹽腊香易泯。何如清泉瀹，甘苦味皆允。放箸對此君，高興殊未盡。清風滿詩腸，陶泓爲徐引。

喜全謝山至因憶樊榭堇浦蕙田諸游好

我友天下士，半居山水鄉。偶聚若萍梗，一别愁津梁。四明有狂客，早歲辭岩廊。幾年阻音塵，隔絶如參商。今夕復携手，中林共壺觴。廣除澹炎景，南風清樾香。既欣文字飲，更歌風雨章。遥憐二三子，浙西恣相羊。安能聯袂來，使我調飢忘。

邵文莊公温硯

五金皆山英，萬物勞匠智。要以濟時需，鮮克佐文事。於明邵文莊，獲睹硯爐製。流傳三百年，請爲説其器。外周而中空，方整若巾笥。其上紫石嵌，其下朱火熾。腹裏貯清泉，傍竅納虚吹。春向筆端回，暖入墨花膩。冰雪頓無權，揮灑每如意。二泉本大儒，詞翰亦精緻。撰銘鎸其旁，蠆尾五十字。方其歸養時，遂畢著書志。砥行益精純，力學辨真僞。峨峨點《易》臺，高名共嵬巋。里人安桂坡，多幸見接侍。竊欲暖公寒，役作類鳧燧。慨此自公遺，敢作玩物視。我有嗜古朋，愛之左右置。呵凍索題詩，杕火請一試。

蟾蜍水滴

誰鑄此蟾蜍，彭亨隱痱瘟。爬沙不入月，貯此涓滴水。研磨墨瀋香，摩挲土花紫。長置硯山旁，相對憶顛米。

銅鼓歌

精銅巧鑄尺半高，腹刳面夷腰微凹。雲雷百匝花紋交，非鐸非鐲非征鐃。是曰銅鼓出溪峒，伐之鏜鞳如鳴鼛。形完毋煩韗人鞔，聲巨詎必桐魚敲。漢家丞相平不毛，天人擒縱一手操。當時作此厭醜虜，或云入貢從狪猺。丞相宿諳五勝法，要使金伏炎精熇。應留此物鎮南土，與銅柱并銘勛勞。五溪蠻夷最重此，得之能易千蹄牢。納鼓釵長獠女叩，醉舞胡旋歌哇咬。蘆笙合奏峒神樂，用祈豐歲齊肥墝。百年以來蠻運絶，流轉遠上越客舠。買歸高齋佐清玩，懸以畫簴貫以橦。手持雙杖不敢下，安得拊擊同陶匏，免使古物竟受雷門嘲。

題紙窗竹屋圖

披圖得佳趣，竹屋夜寒凝。門外數峰雪，燈前一研冰。有人清似鶴，此味澹于僧。好是殘年況，翛然我亦曾。

兩明軒坐月得寒字

層軒憑夕霽，涼氣集林端。見月添詩思，留人向夜闌。高荷風影仄，疏酌酒光寒。不惜扶歸晚，來宵悵獨看。

汪　棣

字韡懷，號碧溪，儀徵人。貢生，官刑部員外郎。有《持雅》、《對琴》等集。

《蒲褐山房詩話》：韡懷居廣陵，好文史，嘗槧漁洋《唐詩神韵集》行世，然寥寥數十首，未必爲真

本也。甲戌冬，予過廣陵，韓懷具小艇邀賓谷、松滋諸君，陪予游平山堂，酒次備論生平諸作，予曰：「『江梅春信早，村店酒旗偏』，此君五言壓卷句也。」座客皆以爲允。

有懷

落木挂圓景，皓彩揚高城。前除夜逾静，殘雪林外明。澄懷屏塵慮，仰睇有餘清。故人渺何及，臨階空復情。

彈指閣月下

精舍夕欲凉，前除忽已暝。客從林下來，襟上有清影。徙倚孤閣外，亭空足烟景。露白光已寒，修廊夜方永。忽聆一聲鐘，皓月在松頂。

水竹居偶成

微雨過檐端，草色上階緑。圓塘水乍生，泠然坐幽築。軒開敞四筵，雜英弄晴旭。流眄檻前灣，春意藏深隩。斷岸略彴通，繞徑篔簹足。鯈魚樂環流，小鳥入空谷。樹覆短籬旁，亭結平皋曲。鄰人問字來，社酒持巾漉。欲暝天迷離，遠火出叢木。别有心神清，石上支頤宿。

萱圃聽琴朱稼翁吴梅里陳授衣凌春藻王琴德趙升之曹來殷嚴冬友同作時王趙曹歸吴下嚴歸白門

庭除花氣香，雨過徑苔滑。偶此集吟侣，琴聲散清樾。奕奕鏡中顔，星星簪際髪。開襟論風謡，揆藻自超忽。離歌何爲來，兹夕會有月。遥念江天明，乘潮棹謳發。

木瀆游初園贈吴拙庵暨令子竹嶼

迢遞横塘路，栖幽愛獨尋。林亭環曲沼，昏旦變鳴禽。點點遥峰秀，濛濛極浦陰。數椽能選勝，扃户是清心。

早春赴姑孰

征途不知倦，殘夜促嚴程。山曉霜初白，江空雁有聲。夾堤疏落葉，匹馬向秋城。謝尚今何在，凄然客感生。

鄭　炎

原名渠，字清源，秀水人。諸生。有《雪杖山人集》。

夜泊垂虹

周流七十二峰前，胸次虚靈水國仙。無復點塵侵淡月，僅餘清露洗遥天。殘城鼓斷門猶啓，獨樹烏啼客未眠。我比機雲差解事，不煩輔嗣夜談元〔一〕。

【校勘記】

〔一〕「輔嗣」，《雪杖山人詩集》卷一作「王弼」。

次陳曲齋集谷隱山房茶話韵

雨霽携筇過白蓮，一聲清磬了塵緣。苦吟茶味高於酒，默坐花香冷似禪。心静不嫌幡影動，談深無礙月華偏。山房竟作圖書府，方外追隨二十年。

讀　書

遁野歸來長杜門，頗於往哲日相親。貧無熱客撓清興，閑共乾魚結古鄰。金石有聲傳户外，蓬蒿自分老湖濱。會心深處天機見，數點梅花滿院春。

燈　下

草草勞心逼歲除，莎庭人静四更餘。消磨白髪三千丈，手剔銀釭讀异書。

齋中玩菊

不待敲門問主翁，夕陽窗外有深叢。黄花漸被霜侵白，野鶴含愁怨曉風。

陳鴻賓

字用儀，鴻賓弟，錢塘人。諸生。

陶然亭雅集賦呈述庵先生

秋晴喜嘉招，眺覽意彌適。一徑入葭菼，野水漾空碧。有亭翼然起，獨向城隅闃。宛游江湖間，扁舟傍沙磧。西山忽當面，爽氣欲迎客。變幻雲霞生，葱鬱蒼翠積。憑欄肆遐睇，紛若成畫格。九衢車馬喧，塵土苦役役。而我物外游，羈懷得暫釋。維公金閨彦，亦具泉石癖。一尊常共携，流連更日夕。漠漠昏烟合，遲遲歸騎策。不省尺五天，岧嶤香界隔。

己亥臘日爲述庵廷尉畫三泖漁莊圖并題

卜築長耽物外幽，漁兄漁弟共汀洲。遮門楊柳一林暗，照眼芙蓉九朵秋。張志和應愛青笠，陸

天隨合老扁舟。分明不似官人樣，着個紅衣稱得不。

題邱太守學敏古樹

冬青樹失故宫隈，人代茫茫付劫灰。獨喜君家枝幹别，似經新甫陟徂徠。東皋宅裏輪囷樹，肯逐朱門愛賞移。留與諸孫遺蔭遠，蒼然常見歲寒枝。

楊懷棟

字星標，海鹽人。諸生。

題三泖漁莊圖即送德甫先生歸里

小築江村路，溪流滑笏平。林稀山寺見，烟鎖釣船横。雲水留詩社，蒓鱸伴酒鐺。故鄉風物好，迢遞計歸程。

幸沐河汾澤，何當起别情。征衣臨驛路，小艇到柴荆。隔水鳴榔遠，穿林短笛清。知應惜留滯，獨坐對寒檠。

朱維魚

字牧人，海鹽人。監生。有《眉洲詩鈔》。

野望

偶經北原上，却向南村歸。一雁下秋色，數峰明夕暉。泉流不礙徑，草露欲侵衣。未得還家計，臨風憶鱖肥。

聽人話征伊犁事

擒王直欲盡流沙，兔走烏飛日月賒。瀚海天低雲作浪，春山樹少雪爲花。一軍茶火分回部，回有

紅白二種，自爲部落。萬里蒲稍入漢家。絶域烽烟生亦死，漸忘清泪落悲笳。

潼　關

虎視龍興踞上游，洞開四扇俯神州。西來翠叠三峰色，東去河兼八水流。赤帝偏能降軹道，青嬴底事出延秋。唐陵漢闕俱黄土，獨剩秦時月照愁。

金式珪

字夔齋，青浦人。諸生。有《鳳栖山房稿》。

冷泉亭

峰勢如飛來，寺門落幽境。風起千波寒，日涵萬籟静。低頭照清水，渺渺蓬壺影。

自廣陵歸後寄朱丈春橋

澄湖照初陽，身在烟波裏。行行金閶亭，倏忽晋陵水。山市載酒行，漁歌隔船起。相思携手處，延佇不能已。

宋維藩

字瑞屏，烏程人。貢生。有《滇游》、《遄歸》等集。

章江舟中即目

江雨來無時，飛空點晴緑。春雲壓我舟，彈指隔凉燠。蒲帆乍引滿，微飆散輕縠。人家岸東偏，幽樹出深屋。蒨桃方着花，垂柳春風足。老翁田間來，帶雨策歸犢。稚子候柴扉，蓑衣挂深竹。我家水雲鄉，耕漁本初服。何爲事遠游，舟車紛水陸。辭家及初春，江梅發寒粟。一驚社燕飛，始覺日

月速。春光九十日，到眼櫻筍熟。空懷北堂人，送此千里目。

清溪洞 平彝縣西三里。

策馬沿回溪，徑轉得山麓。森然敞雲關，危亭出修竹。洞穴闢何年，靈奇拓山腹。日月雙轉輪，光遠不敢燭。石髓寒漸凝，狀作雲濤蹙。天吴及蠼蚭，一一聽蹲伏。時還揚其鬐，噴薄出寒玉。清溪十里長，尾泄常不足。山下有大溪。斜容天一綫，寬受車百轂。賴此佛力鎮，靈區去恐速。洞中多佛像。掬泉煮新茗，古碣摩挲讀。碑刻甚多。不知塵勞身，何緣换心目。去去幾回頭，林風滿巾服。

渡洞庭湖

天鷄喔喔啼前川，榜人决起驚扣舷。南風吹帆健于鶻，朝霧欲塞無由緣。晨起大霧。風來霧散雲解駁，輕帆獵獵凌蒼烟。東西南北浩淼不可辨，但見天宇四蓋垂無邊。日華晱晱射不得，一一碎作青紅鮮。空明一氣莽迴蕩，浪影直撼浮浮天。不知洲渚更何處，惟有風檣萬點跕水如飛鳶。而我輕舟獨容與，蒲帆安穩高聳吟詩肩。君山岧嶂洲外小，孤城樓櫓雲中懸。舟子相呼各致語，日正午亭

當空圓。百八十里頃刻耳，要是神力人奚權。君不見舟中之人髮半白，讀書說劍今廿年。青衫破盡不得換，曳裾歲走公卿前。平生舉足與世迕，失計復落滇雲顛。歸甘藜藿爲念母，此意豈謂天公憐。浮江涉漢路正遠，願守忠信輕濤淵。酹神共許飽神德，檣頭得食飛鴉還。呼童取酒酌罷詩亦就，日影西下正透篷窗妍。

小孤山

我昔曾讀歐公《歸田録》，亦見東坡《長江絶島篇》。大孤小孤山色常在目，清夢每落神女祠東偏。我家海東而山在江介，江海相距道遠還逾千。幽燕楚粤水陸走十載，餘此絶境未到心猶牽。今年行踪决欲補舊憾，浮江有意計定天南邊。江山萬里一旦落我手，兩孤縹緲忽已青浮舷。先從湖口俯出大孤背，蒼翠欲滴已若凌飛仙。今朝小孤山色復到眼，雲根峭削獨涌中流天。初如圭璋清質矗瑶碧，漸如髻髮鬖影高連鬈。百盤徑細勢作螺轉殻，兩厓影峙分若人駢肩。東西南北各絶比附，群山如蟻無計來夤緣。山頭草木不到塵世種，瑶花琪樹自向春風妍。蓬瀛仙島或恐便浮去，帝遣神女作鎮威權專。洪濤到此有力不敢逞，俯受約束但作洄波漩。三江兩湖雄勢始一殺，池廬皖壽萬古安瀾全。是時江豚吹風夜鼓浪，輕舟阻險一住三日連。舟人過此摐金望空拜，余亦篷底默禱修齋

虔。惜哉飆流駛激不得泊，攀蘿躡磴事尚留他年。此行青山采石次第過，梅根浦口水出齊雲巔。山光綿邈一一落帆席，安得所到耳目窮鎪研。抽毫伸紙急爲寫勝概，愧無好語可向高厓鐫。詩成倏忽帆脚看已轉，柂樓斜影不盡青娟娟。

述庵先生垂示滇中詩集即次見贈詩韵題于卷後

不破萬卷行萬里，古不許以能詩稱。杜李韓蘇亦如此，筆端時有烟霞騰。先生讀書十行下，五車百笥偕寢興。餘事作詩供游藝，古光鬱出青嶒崚。蓬池閬苑置身早，鈞韶響遏浮雲凝。別裁僞體振群雅，如掃霧障開榛艿。南荒萬古吟不到，炎山色死寒於冰。靴刀帕首縱一往，絶景天爲騷壇增。是時緬人肆螳臂，上公玉帳輝環緪。醜徒腥血滿油幕，并與牛炙殽肴胥。先生磨盾草檄罷，冰詞透洗黄茆蒸。遂窮黑水極南海，自禹迹後人無能。蔽江流柹碎賊膽，伏莽不敢高陵升。旋輪降款納燧象，乃振勁旅迴雲鵬。牛腰束詩歸示客，筆鋒可斷千矛矜。尸林劍樹讀者悸，虎頭燕頷真堪憑。賤子昔者走人海，偶攄吟咏淆淄澠。先生贈言恢華繒，南來急遞勞緘縢。奬許雖過意鄭重，酹知十載心兢兢。滇游復悔交臂失，厚眷終不忘愚懵。薄植何緣動青眼，晴雲叠嶺披層層。所嗟濩落魚投罾，研田墨稼成荒塍。即今更踏緑槐影，倦無行卷輸籯縢。朝來把詩賴鼓勇，和歌終憾力不勝。側

聞越睒策驥足，冉駹徼外還呼鷹。行間詩在肯示我，并付小史抄溪藤。

松鷁山寺

松鷁山翠裏，初地壓坡阤。一徑入林小，緑雲侵座多。水聲清晚磬，人語隔烟蘿。暫息勞筋在，塵緣愧我何。

大通驛

平沙遠水漲初生，楊柳烟梢緑尚輕。十里春陰江漠漠，杏花開後近清明。

玉山

初日光寒乍透襦，晚風吹袂正泠泠。白雲忽擁山腰路，遮過長松一半青。
山城春色轉垂楊，竹板肩輿石路長。知是近南芳信早，晴風二月菜花香。

初得衡酒

倒瓶衡酒醲於乳，出網刀魚白似銀。料得碧瀾堂下路，有人把盞話行塵。

題畫

新緑全遮老樹腔，蘋花開過板橋樁。雨聲直到溪南屋，聽盡瀟瀟不掩窗。

板橋驛

茸帽深衣客路遥，朔風吹午醉全消。四山殘雪疏林晚，細馬斜陽過板橋。

蔣業鼎

字升枚，長洲人。諸生。

《蒲褐山房詩話》：升枚風神俊雅，竟體芳蘭，與同縣朱桂泉，人稱「雙璧」。弱冠操觚，專心吟咏。有所作，往往推敲，至忘寢食。先是，祖樹存州牧、父盤猗司馬，皆以風雅名家，居桃花塢東，有倚梧巢、西疇閣、交翠堂、蘇齋諸勝，統名綉谷。康熙己卯，尤西堂侍講年八十二，樹存約爲送春之會，烏目山人王石谷寫長卷以記之。時沈文慤公年二十七耳。至乾隆己卯，文慤八十七，升枚佐其父，復爲前會。名流至者二十餘人，作圖者爲林屋山人王存愫，人尤以爲佳話。又吴中名妓張憶娘，爲顧俠君、惠半農兩公所眷，樹存作《簪花圖》，日久漫漶，升枚加以裝潢，并屬座客題詞，其好事如此。年未三十而殁。

聞蘭泉歸信

蒼凉千里道，歲晏滯歸舟。白雁低寒影，黄河急暮流。夢回孤店路，心繞故鄉樓。悵望天涯遠，

何時慰別愁。

行止本何定，高情憶舊朋。琴尊坐遥夜，雨雪話寒鐙。忽忽風塵隔，迢迢涕泪增。懸知三泖畔，猿鶴怨難勝。

送人之澄江

東風芳草路，南浦木蘭艭。遠樹低青嶂，孤城枕碧江。梵鐘烟際寺，漁火雨中杠。獨對遥天暮，相思倒玉缸。

寒　夜

寒風發清響，木葉忽紛飛。微月澹樵徑，疏烟生竹扉。隔林深犬吠，遠寺夜僧歸。閑步尋幽興，相於擬息機。

九日懷蘭泉濟南

離居千里思依依，木落亭皋景物非。舊雨憐君還作客，重陽對酒正思歸。傷心節序黄花發，極目雲山白雁飛。却憶鵲華秋色好，憑高吟眺送斜暉。

奉送蘭泉先生歸里

蒓鱸歸思滿吴淞，渺渺江雲隔幾重。畫舫柳垂春門酒，香林梅發曉攜笻。暮潮雨歇過三泖，明月烟深到五茸。何日更來尋舊約，寒山同聽夕陽鐘。

朱漢倬

字凌霄，元和人。諸生。

山中訪友不值

爲訪烟霞侶，崇岡際曉過。涼飆一夜急，落葉四山多。藥徑封苔蘚，柴門掩薜蘿。支笻空悵望，何處獨行歌。

別桐溪故居

移來家具上輕槎，欲去無言獨感嗟。園竹誰燒他日笋，砌梅還發向時花。柴門留掩臨春水，蘿徑回看隔暮霞。爲謝鄰翁休眷戀，重過正擬問桑麻。

九日病起喜沙斗初張策時吴企晋同吉人叔過訪

遠煩勝侶問棲遲，正是蕭齋病起時。九日黄花欣共對，三秋紅樹久相思。聊斟醽醁酬佳節，欲插茱萸感鬢絲。何事歡逢偏悵惘，年來憔悴乏新詩。

春郊偶步

裙腰細草碧凄迷，乘興閑游獨杖藜。風暖平原春牧犢，雨晴墟落晝鳴鷄。千絲楊柳痕猶嫩，一路桃花放欲齊。最是前溪新漲好，酒帘低映板橋西。

朱澤生

字時霖，吴縣人。監生。

送張策時東歸

空江梅雨過，孤客上扁舟。蘋葉溪邊寺，榴花水際樓。新知懷鮑謝，清咏憶應劉。後夜横塘月，誰同載酒游。

寒夜懷蔣升枚

金波穆穆破黄昏，滿院青苔獨掩門。遥憶桃花塢畔路，寒鐘夜火最銷魂。
熏爐畫卷自蕭閑，咫尺江城斷往還。何日西疇深閣裏，明燈涼雨話巴山。

朱莅恭

字肅徵，號桂泉，長洲人。有《雅材堂初稿》。

《蒲褐山房詩話》：桂泉爲紫岑之子，適庭之弟，與從兄時霖，皆弱冠能詩。居桐溪浜，其前爲疏雨樓，後爲蘋花水閣。又吴企晋、沙斗初、張崑南皆居西郭，相去數百步，而予與鳳喈、策時、損之、來殷、升枚過從來往，故詩酒之盛，著于吴下。每有所作，桂泉泚筆和之，衆皆嘉賞，以爲春樹珠苞、仙花玉蕊也。後予輩入都，勝游難再，及戊戌南還，樓閣易主，舊雨亦多物故，循覽遺詩，不勝聞笛山陽之感。

早春過遂初園

園林新雨過，微風度叢竹。振衣登高臺，遠山互回複。空翠滴諸峰，烟嵐近茆屋。庭前早梅舒，池上閑鷗浴。楊柳初垂絲，掩映春波緑。遥聞鶴唳起，縹緲出松谷。數聲漁笛來，殘陽挂喬木。

吴企晋澤均招同沙斗初張崑南王祖錫王存愫張策時蔣升枚暨曹來殷王蘭泉集璜川書屋

春盡多微陰，幽居感離索。故人有雅懷，招邀共杯酌。已愜盍簪情，復聆清言樂。褰裒展圖畫，詞章時間作。稍見暮雲開，眷此孤花落。微風散芳襟，凉露滴藪薄。初月亦舒光，依依照簾箔。寂寞理琴書，蕭閑論邱壑。相期棹扁舟，素心庶有托。

訪張策時家兄凌霄寒山留宿有作

一徑杳無人，携樽對松酌。寒泉階下流，殘葉林間落。人静四山秋，露下聞烟鶴。坐久遠鐘鳴，金波上簾箔。凉飆稍復生，清咏詩間作。雅尚寄琴書，元言愛邱壑。天末懷良朋，何由共芳約。謂崑南、斗初。

流螢篇

碧廬屏邊晚凉起，點點流螢照紅蕊。帶雨時飛深院中，隨風忽落長門裏。長門深院總凄凉，緑柳千絲拂畫墻。青輝隱隱明金井，微影依依度玉塘。玉塘金井月朦朧，更和微露下梧桐。燈暗羅窗來綉幌，香銷寶鼎撲雕櫳。雕櫳綉幌人初静，疏星幾處依苔徑。繞竹還因團扇移，穿花時傍羅衣映。穿花繞竹乍凄迷，紅闌六曲捲簾低。未央殿裏舞初罷，長信宫中烏欲栖。烏栖舞罷不勝愁，柳下何人倚畫樓。碧漢迢迢横玉宇，金風颯颯冷香篝。更想空閨少婦情，斷腸關山萬里營。蟋蟀床前秋漸晚，鴛鴦幔内夢難成。閣外沈沈落月早，樓頭歷歷殘更杳。回望餘光墜曉烟，年年歲歲愁多少。

龍湫宴坐圖爲王穀原比部題

浙東山水首雁宕，鑱天絶壁森嶻嶭。傾崖旪岁露奇狀，老樹磥砢撐空腔。朝嵐夕靄互虧蔽，中有飛瀑聲琤瑽。或如層雲洒密雪，或如急瀨奔秋瀧。或如殷雷擘巨峽，或如疾雨衝哀淙。或如千官響珮玦，或如萬騎交矛鏦。或如漚絲帨練帛，或如引索懸尋橦。舉頭已見目掉眩，入耳更覺神增愯。咄哉造物劇好事，作爲此弄驚呆惷。我聞諸矩羅尊者，曾結紺宇凌嶻谾。法雲時覆貝葉卷，香雨恒繞蓮華幢。迦陵翻飛刷毛羽，薝蔔娜婀開珠椿。千秋絶境罕人到，坐使澗道生蘭茳。王君本是烟霞客，談詩學佛真無雙。尋幽不惜桑屐蠟，歷險那俟籃輿扛。棕鞋布襪足濟勝，杖策一徑沿危矼。荒榛羃䍥竄枝鹿，蔞竹蕭瑟鳴驚尨。道逢野樵氣象古，時遇老衲容顏龐。趣塗縹緲清梵響，入寺匌匒晨鐘撞。壁間僧衣挂白氎，座上佛火明銅釭。四門迴向方未已，傾聽騾覺聞砰訇。忘歸亭上一凌緬，始信絶景雄南邦。山源地脉不可測，跳珠濺玉長瀧瀧。石梁廬阜身未到，對此已使心神降。獨憐勝地久寂寞，誰人過訪聞音跫。但當拂衣永栖托，杉皮屋子開桐窗。夜汲寒泉浄瓶鉢，曉引危溜滋耕稷。閑從尊宿共敷坐，栖隱豈羡襄陽龐。生平頗有物外賞，秋水息景言非哤。華嚴天闕有夙好，忍令歲月同奔駹。謝公游興倘可繼，擬趁晴日浮蘭艭。披圖題句三嘆息，夢魂飛渡横陽江。

寄趙損之上海

吴城秋盡雲陰陰，寒霜欲下青楓林。天邊哀雁自孤唳，階下亂蛩方苦吟。美人一别烟波深，側身東望長沾襟。芙蓉零落空遲暮，誰寄瑶華達遠音。

西郊雪霽

出郭携笻杖，遠山生晚霞。夕陽樵客路，殘雪野人家。籬落喧寒犬，雲林聚宿鴉。清游娱歲暮，更泛釣魚槎。

題吴企晋秋江歸興圖

斷靄浮江渚，孤帆趁暮晴。潮連楊子渡〔一〕，樹隔皖公城。猿鶴秋山思，蒓鱸故國情。靈岩松菊在，吟眺足平生。

【校勘記】

〔一〕「楊」，當作「揚」。

送吉人家叔之維揚

唱徹驪歌起暮颸，送君愁見柳如絲。旗亭酒罷潮生候，水驛帆開月上時。瓜步江空楓葉盡，廣陵秋老雁聲遲。題襟舊侶知無恙，好賭雙鬟畫壁詞。

蟬

池塘寂静晚生凉，忽聽餘音度短墻。南陌無人嘶暮雨，西風有恨送斜陽。琴絲猶抱齊宮怨，鬢影空留楚客傷。惆悵秋深霜露下，寒燈遥夜伴啼螿。

萍

楊花散落碧波限，逐浪隨流共溯洄。千點青浮魚欲上，一池緑漲鷺初來。濛濛幾向烟中長，漠漠時看雨後開。爲問行踪何處伴，水邊荇藻岸邊苔。

山塘雜咏

芳堤早度落梅風，鬥酒人來繫玉驄。燈市闌珊花市近，小樓疏雨杏初紅。
水閣山窗入望遥，銀塘新漲試蘭橈。青旗小店重重樹，六曲紅闌接畫橋。
玉蘭花發度清明，閑上吴船聽曉鶯。寫得春游新曲在，與誰約伴合吹笙。
花案凄凉事已非，輕塵短夢泪沾衣。荼蘼風裏春蕪緑，一路紅襟掠地飛。
王孫芳草滿迴溪，油壁香車到未齊。一桁水精簾半捲，宫黄淺額鬢雲低。
傷春惜别最消魂，白苧吴衫浥酒痕。陌上花開人散後，殘紅滿徑掩重門。

王鳴韶

字夔律，號鶴溪，嘉定人。新陽縣諸生。有《鶴溪剩稿》。

《蒲褐山房詩話》：鶴溪爲鳳喈光禄之弟。光禄移寓吴趨，主盟壇坫，少年簸弄硯削者，争走其門，而鶴溪屏迹練祁，閑門兩版，端拜雒誦，獨抱遺經。蘇文忠公謂文定淳古澹泊，不求人知者，似也。殫精散體文，亦極得嘉定四先生矩矱。

題述庵先生三泖漁莊圖

遠山漏夕陽，幽洑涵碧水。數株不了樹，中隱茅亭子。地静不逢人，葉脱飄紅紫。漁舟何處來，隱約滄浪似。

和孔鶴甄中秋宴集

露華清絶正中旬，朋舊過從駐畫輪。北海筵開邀月魄，小山花放起香塵。詩成《漢上題襟集》，酒近江南麯米春。勝事相逢更難得，坐間俱是素心人。

水　村

春水灘頭鳧鴨眠，牽絲弱柳拂蒼烟。遥岑一抹清如洗，知是江南二月天。枳籬隱隱有人家，竹外疏枝未着花。覓得魚鱗黄篾舫，蕩開一帶荻蔓芽。

諸廷槐

字殿掄，嘉定人。貢生。有《嘯雪齋吟稿》。

贈别林協君

丈夫不得志，别離易作惡。與君結綢繆，年甫逾總角。出處同鄉縣，嬉戲舞象勺。才稱士龍奇，齒是公明弱。詎知行路難，但識盍簪樂。子爲獨角麟，予豈凌秋鶚。不久轉瞬間，謂可翔寥廓。逸足偶被羈，俊翼還遭縳。一朝落仇網，奇禍偶然博。號彼駃騠尨，吠此狺狺浞。身幾落囹圄，魂或飛鼎鑊。何人思下石，已分填溝壑。跳身從東西，竄父走疆索。夜行墮坑塹，早宿栖叢篛。乞食命暫延，贖金人未醵。舉世無蘇雙，誰爲解囊橐。始知《貨殖傳》，遷也有爲作。仰首呼蒼天，泪下如珠落。省釋自明年，姓名始顯托。是時賤子身，不才同屈蠖。方罷友朋悲，旋遘死亡數。紙錢時時燒，麻衣歲歲著。三喪葬未曾，有生不死若。衰門乏期功，終凶到鼠雀。憂至能傷人，興來時蹻屩。浪游江湖間，居然成落魄。吴山既迢遥，越山亦岝崿。間從王烈游，愛就陶潜酌。有時碎胡琴，那顧傍人愕。以兹自消遣，庶用慰落莫。側聞林先生，高寄城東郭。邴原聊躬耕，孫復仍開學。庶同介之推，奉母謝好爵。不羨龐德公，挈妻行采藥。形影一室中，圖史紛參錯。彈琴咏先王，六經皆注脚。食古咀神明，銜華鄙糟粕。發爲詩古文，洪鐘异竽籥。外間啖名客，不足資一噱。同心二三子，鄙人幸未却。君無絶交書，予果遠游諾。築室練水湄，塊然守寂寞。惠然君如何，幸不鄙菲薄。寓園聊

下帷，空齋遂司驛。獨憐小兒子，不足煩雕削。顧惟大雅材，傾心勝葵藿。況此同懷子，因君復羅絡。酬贈雜詩篇，議論少枘鑿。往往露肺肝，時時見諧謔。歇後笑鄭棨，護前思沈約。君時出一言，如以篦刮膜。奈何勝事衰，一別等飛籜。王郎叔華。滇黔歸，已復走京洛。汪子絅青。數不偶，又入蓮花幕。回憶爾汝語，依稀夢猶昨。名士本無多，奈此相思各。今君復分手，明歲兩飄泊。別時千言煩，意趣何綽綽。不念臭如蘭，翻然去似鶴。同心而離居，惴惴懼隕穫。相期保令名，毋爲任消鑠。

陶春館印譜歌爲汪大絅青作

六書久蕪小學廢，真行草隸徒紛紛。相斯史籀不可作，金剪玉箸誰窮論。莽新變制及文字，秦章漢印如絲棼。陽冰轉注得天授，指斥叔重苦未醇。楚金兄弟掩群雅，別裁僞體真斷斷。宣和天子盛文物，敦卣鬲甗彝舟尊。款識亦足徵蚪篆，流傳不辨僞與真。惜哉收羅富章印，著譜垂世初無聞。宋元諸人逞妍媚，王顔姜晁同等倫。天水王孫最後出，妙處獨溯周兼秦。同時好手有吾衍，垂金屈玉何紛綸。風流未沫及明代，絕藝獨數三橋文。歸蘇朱王各樹幟，檀園一老世共尊。本朝名家不可數，鶴田雲美雙嶙峋。其餘程沈并徐許，各各造詣咸空群。年來好事頗中絕，金石著録無其人。知

君嗜好與俗异，鷗波海岳不足云。明窗净几森羅列，銅斑玉血光璘璘。建饒之瓷青田石，硨磲琥珀雙烏銀。其鈕槁瓦及亭索，辟邪獅子悉綜甄。周官璽節漢斗檢，大篆小篆形模分。千年土花蝕不盡，波磔鈎畫微帶皴。字奇形古猝未辨，以指劃肚空吟呻。印以硃砂紙用繭，不令過眼同烟雲。傳之奕世永寶惜，明誠永叔同千春。

汪照

初名景龍，字緲青，嘉定人。貢生。有《陶春館吟稿》。

《蒲褐山房詩話》：緲青少有詩名，在練川十二子之列。壯年從今大學士王公杰于浙江學幕。予在陝西，相從者三載。通金石，能八分，如《臨潼張子祠堂記》及《修長武縣學記》，皆其所書。又選《宋詩略》，最爲精當。晚年窮經義，有《齊魯韓三家詩義證》、《大戴禮注》，今藏于家，尚未能鏤板以行。

渡圓泖

晨光散菰蘆，虚舟漾寒渌。九峰浮彎環，三泖叠輕縠。微風倏然來，明漪恣遐矚。芳杜净可搴，渚禽時相逐。沿轉益清爽，滓濛洗煩縟。孤懷發元感，一理滄江曲。迴思塵網中，形神衹跼蹐。

劉生鐵簫行

鐵笛老仙不可見，鐵簫今見劉卣亭。黝然深墨太古色，非關幽隱藏奥屏。夔襄般匠法原準，棱節宛截篬筤形。長餘二尺徑以寸，鏤鏤孔竇如明星。絳唇微噏半珪月，其下穿洞堪垂綎。鴻爐冶煉黑金液，鎮以太乙摶模型。獨惜良工解攦攡，昆刀曾未鐫遺銘。諦審勿敢定時代，諒閲唐宋延千齡。不然摩挲鏽蝕處，兩掌何不沾微腥。重光赤奮若十月，朔日庚午纔舒蓂。桐疏蕉萎風漸緊，霜華點點飄檐瓴。試從笅中發天籟，鮲囉吣嘟聲瓏玲。大氣貫注詎防裂，劃然沸帽鞫雷霆。手容必恭頭容直，聯綿絡繹神清寧。孔雀白鶴疑下舞，寐者驚覺醉者醒。銀筝鐵撥那足數，銅琶鐵板齊爲停。紙瓷玉石製亦雅，遜此鑌鐵追九靈。君畜寶琴雷氏斫，石弦碧弦尹與邢。平安小舫足鑒古，二友相對

紅窗櫺。慚余有琴典已久，吹簫市上徒伶仃。劉生爾才如青萍，會當奏響登王廷。奚爲落拓浮吴舲，翩翩襆被來西泠。夜深口吻吮宫徵，剛健流利寒燈青。自寫長歌押强韵，詞源挽壑輸滄溟。劉生劉生爾細聽，爲爾鑢錫磋新硎。鐵篴爲龍鐵簫鳳，飛騰五采雲霄翎。

秋夜林協君諸殿掄范凌蒼吴右積錢學園王幼輿毛又莨枉集草堂分得秋字

明月滿南樓，高寒攬翠裘。論文多舊雨，把酒恰深秋。霜落丹楓冷，天空碧漢流。相將看突兀，吾道問滄洲。

秦淮泛月

凉露娟娟漲暮潮，芙蓉花老暗香消。蘭橈徐蕩秦淮水，秋月秋風送六朝。

點點遥山影黛螺，樓臺近水月明多。青簾白舫垂楊外，猶按南朝玉樹歌。

沈沈香霧浸窗紗，畫檻朱闌古渡斜。一片清溪嗚咽水，寒烟誰問故侯家。

林大中

字協君，嘉定人。諸生。有《金庭山房稿》。

《蒲褐山房詩話》：協君自負不羈，究心風雅。尋與某縣令不協，遂以他事累之，收捕甚急。協君不得已，竄至我鄉。邵秀才玘留之經年，藏於複壁。久之，令以左遷去，幸而得免。然協君自此意興蕭索，詩才亦減矣。

烈士行

老驥羞伏櫪，烈士志難已。有聲錚錚唾壺缺，奮袖低昂坐中起。東方千騎居上頭，五馬歸來朱顔喜。秦箏趙瑟翻新聲，絳脣玉貌歌喉清。蓬萊宫闕隔雲漢，對面不聞鸞鳳鳴。惜哉李廣愛士卒，數奇不侯空遠征。穿域蹋鞠弃粱肉[一]，驃騎居然垂大名。即今鄒枚多佳士，雪月梁園争獻技。握中鉛刀快一割，自炫自媒良所耻。吴趨三月楊花新，楊花茫茫愁殺人。不如沽酒市中醉，追逐嵇阮忘主賓。亦欲相於竹林下，却恐王戎非隱淪。余將去結成連鄰，彈琴東海烟波春。

【校勘記】

〔一〕「梁」，當作「粱」。

同俞萬準范紫庭施冠三程茂來嚴序賢跂堂游馬鞍山拜宋處士劉龍洲先生墓下

西鹿山前落照遲，回思風雨渡江時。空陳草莽孤臣疏，誰建中原大將旗。同甫功名應自許，放翁心事亦堪悲。一尊敬爲先生酹，共剔蒼苔讀舊碑。

張允武

字僖若，嘉定人。諸生。有《海樵詩鈔》。

《蒲褐山房詩話》：僖若詩才清俊，亦工駢體。居嘉定望仙橋，閉門謝客，同里數人外，無所往還，故其詩罕有知者。

古劍

空齋夜氣騰星躔，龍光飛上滄浪天。主人中藏太古鐵，瓜皮玉色寒蒼烟。糢糊光喋犀兕血，青白氣竭蛟龍纏。純鈎湛盧不可見，月黑山深風雨旋。摩挲鐔鍔揚其華，淬若芙蓉出片片。千年赤堇裂霜脂，天精下瞰走妖螭。雷公砰訇身擊橐，天地亦爲相扶持。流水文鈲珠衽脊，指揮萬里雲沙白。風胡老死茨山涸，神物升沈自今昔。簡衣手拂起高歌，嗚呼劍乎奈如何。曷不飛去平津路，蜿蜒百丈蟠洪波。曷不騰化闔閭墓，虎覷白日蹲岩阿。或爲繞指充褻佩，或幻香丸讎細碎。十年不試徒爾爲，千里飛鳴氣猶在。風塵澒洞豺狼驕，江湖偃蹇魚龍高。千金自向匣中老，置之不异儕鉛刀。我取華陰片土拭，千秋寂莫誰歐薛。莫輕憔悴馮公彈，頗快詼諧莊叟説。魚紋刓缺世事平，精靈壯士雄心鳴。風雪聲寒海氣惡，空堂夜夜神鬼驚。劍乎劍乎慎自愛，爾勿菰蘆吐光怪。

拜先參政墓

青江江水日潺湲，華表欹斜石獸蹲。三世恩波封樹老，百年兵火斷碑存。争傳仗義收中使，守盱

江時，曾以法繩中璫之議加橋稅者。終許陳情動至尊。明神宗末，屢疏乞歸終養。敬守一編《明志》在，著《明志稿》十二卷。异時具傳待龍門。

朱璿

字元圃，太倉人。貢生。有《崇雅堂詩稿》。

《蒲褐山房詩話》：元圃筆墨生涯，依人作活。見予於關中，出詩相示，蓋往來燕趙秦晋間所作。其先得詩法於許子遜、沈敬亭二先生，故不作唐以後語。

虹梯關

平生愛探奇，曉出平順郭。村迴路忽峻，策馬上齟齶〔一〕。一步一狰獰，俯視恐脚錯。轉輾達虹梯〔二〕，剷削更險惡。拔萃列劍戟，撑空悸猿鶴。徑仄石四鬥，巨靈不能拓。一梯雲中標〔三〕，兩梯天外削〔四〕。千梯更萬梯，歷盡氣已弱。自有天地來，此境誰探索。往聞青羊寇，當路恣剽掠。維關實雄壯，盤踞爲邱壑。潞澤鮮寧居〔五〕，并門亦震愕。自非夏貴溪，誰能此清廓。勒銘以垂戒，後世宜鑒

度。設險維王公，禍患慮閒作。迄今際盛世，草野安耕鑿。無擾即經猷，鎮靜乃良藥。寄言守土臣，安民禦不若。

【校勘記】

〔一〕「鄮」，《崇雅堂詩藁》卷二《晋游草》作「鄞」。

〔二〕「虹」，原作「紅」，據《崇雅堂詩藁》卷二《晋游草》改。

〔三〕「雲中」，《崇雅堂詩藁》卷二《晋游草》作「躡雲」。

〔四〕「外」，《崇雅堂詩藁》卷二作「半」。

〔五〕「路」，《崇雅堂詩藁》卷二作「踏」。

抵家三首〔一〕

出門三四年，及歸轉憂惙。沿途話平安，自慰實恍惚。入門見虛位，幼弟駭已卒。未及問棺殮，先自心膽裂。昔我爲飢驅，瓶罍計實拙。奉母得母歡，賴汝慰我出。豈知一分手，竟作千載別。長號恐母傷，掩泪獨幽咽。

登堂啓阿母，阿母驚欲奔〔二〕。見兒捧兒面，欲泣且復吞。不悲弟長逝，反幸兒尚存。兒生亦何

益，浪迹辭故村。三年太行山，一載春明門。菽水艱復缺，浪説供鷄豚。反使門户計，累母操持難[三]。兒罪實種種，親心益諄諄。貧賤歸亦喜，久别知酸辛。傾囊沽斗酒，且將别緒陳。話長及亡弟，相對傷離魂。

中夜急叩門，開門晤諸弟。侄輩亦復來，知我歸故里。移燭認舊顔，各各大歡喜。相持候起居，惜我風塵裏。問我行路難，思親慣流涕。問我廣結交，奔競實所耻。秉性故迂拙，貪緣少絶技。問我囊槖中，一卷詩而已。天寒路逼仄，千里慚負米。問我歸何爲，所願潔滫瀡[四]。待兔且守株，焉得計生理。我謂諸弟侄，君子貞素履。

【校勘記】

〔一〕「三」，《崇雅堂詩藁》卷三《晋游草》作「四」。此處無第三首。

〔二〕「欲」，《崇雅堂詩藁》卷三《晋游草》作「相」。

〔三〕「難」，《崇雅堂詩藁》卷三《晋游草》作「艱」。

〔四〕「瀡」，《崇雅堂詩藁》卷三《晋游草》作「瀢」。

玉峰潘玉川以曹素功墨見遺作長歌答之

古來墨官誰最工，處晦獨擅燕山東。以文章顯專雄封，庭寬庭珪相承宗。下及兩谷名則同，近

世獨稱曹素功。想當斫髓精陶鎔，真宰泣訴陰精通。黑夜遍踏黄山峰，斫斷十丈雲邊松。金火木水子母融，陰房日色慘不紅。絶壁晻靄凝烟濃，歸來玉杵三萬春。捕麇煮角當嚴冬，元霜鬱鬱浮天空。以一勺水試磨礱，龍香上達層霄穹。圭方璧圓信手籠〔一〕，一時價市張金重。我生也晚不遇公，焉得玉玦方玲瓏。乘興一潑光熊熊，玉山佳人翰墨翁。愛我筆陣横且縱，特惠一餅如黄琮。神珠的的貫其中，鱗爪刻露雙赤龍〔二〕。犀文玉質蒼精銅，開緘急試當曲櫳。碧花騰躍金芙蓉，落紙但覺烟濛濛。嗟我平生愧雕蟲，句無天邊挂長弓。文陣邦得中權攻，得此鍪甲《筆陣圖》云：鍪甲，墨也。助我筆上鋒。呼吸恍惚精神充，揮洒頓若飲澗虹〔三〕。便當疾掃素絹圖《豳風》，不然圖作《五岳真形》容，不然寫作賈董鴻文鴻。光采照耀明光宫，傳之萬世垂無窮〔四〕。

【校勘記】

〔一〕「圭方璧圓」，《崇雅堂詩藁》卷一《鶴天草》作「圭圓璧方」。

〔二〕「鱗爪」句下，《崇雅堂詩藁》卷一《鶴天草》有「古氣鬱作禱旱瓏」句。

〔三〕「揮洒」句下，《崇雅堂詩藁》卷一《鶴天草》有「乃爾迂顧心爲叢」句。

〔四〕「傳之」句下，《崇雅堂詩藁》卷一《鶴天草》有「庶不負爾持贈衷，嗚呼庶不負爾持贈衷」二句。

雪夜柬在衡宋瑞文瀾諸同人〔一〕

諸子今何似，愁人夜不眠。病貧當歉歲，生計各殘年。燈黯風吹壁，鴉歸雪滿天。飛騰吾故興，吟斷地爐邊。

【校勘記】

〔一〕「諸同人」三字，《崇雅堂詩藁》卷一《鶴天草》無。

秦淮秋泛

酒酣重上木蘭橈，指點垂楊第幾橋。十里烟花浮夜月，半江燈火黯秋潮。多情最是盧家燕，感舊曾聽商女簫。一種消沈付行客，白雲何處問漁樵。

上黨懷古〔一〕

八諫山頭夕照黄，長平秋色暮蒼蒼。謀多轉售千金間，勢去從占六國亡。星散碧磷依腐草，風嚴白骨走邊霜。新安廿萬同坑盡，贏得秦人號虎狼〔二〕。〔三〕

忠論堂堂斥董賢，請登孔武與彭宣。建平事勢危如卵，司隸平生直似弦。兩奏定應拚九死，一官端許歷三傳。衹今行步工驄馬，猶自歌聲徹道邊。〔四〕

柔盛東歸已合謀，永垂分霸自相仇〔五〕。燒糧徑欲趨臺壁，頓甲聲言下澤州。纔出壺關枝葉盡，便逢蘭汗子孫休。叩囊雖老猶稱智，却道中宫誤晉侯。慕容垂不聽段后〔六〕，云：「爾欲使我爲晉獻公乎〔七〕？」終立寶，滅于蘭汗。

夾寨城邊感慨過〔八〕，三垂岡下舊横戈。錦囊負矢心元烈，白鎧臨兵義更多。生子當如李亞子，優人忽愛敬新磨。匆匆末路真無謂，魂魄猶應戀舞歌。〔九〕

蕭瑟風塵五代秋，明宗愛婿誤英謀。招來捺鉢三千騎，淪入邊沙十六州〔一〇〕。空自忘恩通黠虜，誰知負義更封侯。晉重貴擊契丹〔一一〕，下敕榜曰：專發大軍，往平黠虜。後降契丹〔一二〕，封負義侯。阿孫鐃有横磨劍，不洗稱兒稱父羞〔一三〕。

【校勘記】

〔一〕此題下，《崇雅堂詩藁》卷三《晋游草》有詩十二首，此處爲第二首、第三首、第六首、第九首、第十首。

〔二〕「贏」，《崇雅堂詩藁》卷三《晋游草》作「羸」。

〔三〕此句下，《崇雅堂詩藁》卷三《晋游草》有注：「八諫山在潞安城北。云趙括置營，有人八諫不聽而死，故名。見府志。」

〔四〕此句下，《崇雅堂詩藁》卷三《晋游草》有注：「『鮑氏驄，行步工，三人司隸再入公。』當時謡語。見潞安志。」

〔五〕「自相仇」，《崇雅堂詩藁》卷三《晋游草》作「戰難休」。

〔六〕「慕容垂不聽段后」，《崇雅堂詩藁》卷三《晋游草》作「慕容垂云：河東國之枝葉不可不先計。又云：吾雖老，叩囊底智，足以辦此。垂欲立寶，段后諫之。垂」。

〔七〕「爾」、「我」，《崇雅堂詩藁》卷三《晋游草》作「汝」、「吾」。

〔八〕「過」，《崇雅堂詩藁》卷三《晋游草》作「多」。

〔九〕此句下，《崇雅堂詩藁》卷三《晋游草》有注：「夾寨城、三垂岡俱在潞安城外。」

〔一〇〕「州」，《崇雅堂詩藁》卷三《晋游草》作「洲」。

〔一一〕「擘契丹」三字，《崇雅堂詩藁》卷三《晋游草》無。
〔一二〕「契丹」二字，《崇雅堂詩藁》卷三《晋游草》無。
〔一三〕「不洗稱兒稱父羞」，《崇雅堂詩藁》卷三《晋游草》作「不斷稱兒叫父羞」。

許兆桂

字香岩，雲夢人。貢生。有《夢雲樓詩鈔》。

次黄梅縣

知與家山近，鄉音漸可通。水仍前度緑，花比昔年紅。小艇春江外，故人雲夢中。到家堪計日，恰趁楝花風。

黄陵廟在黄陵山二妃葬處，漢劉表建廟。

南望蒼梧路渺然，黄陵宫殿草芊芊。湘流不盡春風怨，斑竹深藏暮雨烟。瑶瑟朱弦長寂寞，明

璫翠羽自嬋娟。紛紛帝子靈旗影，落日愁予北渚邊。

陳蘭莊珪以詩見贈次韵奉答

秋波短楫楚江來，晚市沽春一舉杯。人集金庭能愛客，山尋玉笋爲憐才。香霏黄菊成高會，影對青燈出雅裁。交錯觥籌紛坐起，蒼顔早見醉翁頹。

琵琶亭感舊

江岸依依楊柳枝，黄蘆苦竹不勝悲。昔年游處渾如夢，况説青衫下泪時。

張夢喈

字鳳于，號玉壘，江南華亭人。貢生。有《塔射園詩鈔》。

《蒲褐山房詩話》：玉壘爲文敏公從弟，家門鼎盛，絶無進取之志。所居塔射園，係許臬使纘曾

舊墅，因近西林寺浮圖，故名。岩石參差，池水環其下，有晚榮、柿葉山房諸勝。玉壘掩關高枕，種竹澆花，讀書樂道之餘，工于篋法。爾來《易》道荒蕪，吴中士大夫無通于大衍者。今哲嗣晦堂傳之，亦好古者所當問業也。

班婕妤怨

愁絶窺簾月，驚來拂席風。歌聲傳別殿，秋色掩深宫。漏永殘燈外，情緘團扇中。回思辭輦日，恩寵有誰同。

自題塔射園

晚榮山房

晚來山更佳，斜陽入榮木。落落歲寒姿，蒼蒼媚幽獨。

遜亭

明月滿空山，迷濛香霧遠。思古咏梅人，亭閑坐忘返。

拜石軒

石丈形何癯，當軒聳而立。愧我非米顛，對之不敢揖。

塔影

珠輪裊微瀾，金碧層層現。向夜佛燈明，千花涌波面。

張夢鰲

字巨來，青浦人。梁子。諸生。有《乃吾廬稿》。

憩指松庵柬見性上人

閑居慘不樂，小舫尋精藍。九峰門列五，神鼉踞其南。上人字見性，皓月臨空潭。佛法信無多，芒鞋遍須參。竭來喜禁足，一室扃珠龕。青蔬間白飯，咀嚼和烟嵐。躬耕三十畝，澤澤草載芟。顆粒出辛苦，味比醍醐甘。侍者今三人，少壯俱丁男。鐘魚雜耒耜，古佛開歡顏。維余幼多病，幽性便空岩。塵緣苦未了，無生話彌慚。安得從師游，梵莢親瞿曇。仍持居士律，卯飲憑朝酣。

雨後

雨過虚堂枕簟清，微風謖謖豆棚生。雲開忽逗斜陽影，高樹驚蟬又一聲。

王　芳

字悦亭，江南華亭人。諸生。有《存樸齋詩鈔》。

夕佳樓

高樓坐超忽，面面皆青山。夕陽明一角，遠在空濛間。倚醉看孤鳥，隨雲去復還。

寄懷葉芳宣即用留别韵

憶返申江棹，秋風又一時。寒江潮欲上，草閣雨如絲。采菊懷前度，開尊負後期。知君吟賞處，縹緲暮雲垂。

曹錫黼

字菽衣，上海人。諸生。給事中一士子。

寄子京二叔用李太白送友韵

迢遥萬里路，鄉國幾人行。忽憶經年别，無端浩嘆生。秋風巴子國，落日漢王城。念我應回首，吴雲一望平。

寄葉松亭明府

白雁渺天末，朔風吹客襟。每思高卧者，共此歲寒心。只采柴桑菊，曾鳴單父琴。日邊無一字，長悦嶺雲深。

張登晨

字鳴谷，上海人。諸生。有《幼霞初稿》、《綉堂遺詩》。

山塘雜詩

短簿祠前鶯亂啼，真娘墓上草萋萋。玉簫吹徹人何許，小擘蠻箋裏泪題。
晴絲罥絮納芳檐，初日微紅映綺奩。一剪香風吹宿夢，賣花聲起捲珠簾。
木蘭小舫擬輕舠，雙槳凌波有小姑。醉向碧桃枝下過，滿身月影倩花扶。

邵炎

字珉高，號玉蕖，青浦人。諸生。

和友人作

仙桂雙株畫閣陰，招邀曲宴意難禁。酒香月下開缸面，泪泫風前見蠟心。紫陌車回人緩緩，緑窗琴罷夜愔愔。行雲行雨原俱夢，莫向墻東抱錦衾。

題石鐘山夜游圖

誰將遺迹問州鳩，石壁空嵌日夜浮。想見風高波浪響，一輪霜月萬峰秋。

陸文啓

字宇東，婁縣人。諸生。有《琴溪詩鈔》。

游五松園

園林孰古今，興廢滋感慨。若非哲匠功，焉能亘千載。吴中師子林，相傳自宋代。樹石世希有，游歷驚險怪。度地無五畝，奇峰具萬態。變幻狻猊狀，猙獰鬥雄邁。玲瓏九竅通，老米應下拜。一徑洞口開，躡足懼險隘。行行轉曠朗，忽忽迷所在。展轉往復回，迤邐靡有届。同游各取路，倏忽面相對。分明笑語通，咫尺分疆界。小憩聽松亭，亭名。松風振清籟。斑駁古龍鱗，五株競偃蓋。靈根

迸石罅，儼向黄山貸。得勢共昂霄，憑空儼結隊。目熒不暇接，足力甚矣憊。入山深又深，不離卷石外。始知造化工，終非人力逮。臺榭幾滄桑，林巒永不壞。千古倪迂圖，流傳入大内。今皇莅東吴，徵圖降羽旆。峰壑舊規模，招提新藻繢。我今躡屐來，欣然逐朋輩。見所未曾見，素心聊一快。抒詞略記勝，姑了筆墨債。妙境難具陳，安得兹游再。

諸葛銅章歌

蕪湖人諸葛永年，名祚，能鎸銅章，煉銅煉鋼，皆自爲之，精其業已三世，外人莫之傳也。勖哉沈丈客蕪湖，識其人，命作三方，鎸余姓氏名號爲贈，作歌以紀之。

峋嶁《石鼓文》渺茫，六書精義留符章。赤銅鑄出私印小，炎劉制度逾珪璋。千百年來磨滅盡，花乳石刻争輝煌。阿誰嗜古能邁古，諸葛永年獨擅場。永年煉銅如煉石，温爐密室搜精良。形模大小既就範，鐵筆出匣齊鋒鋩。秦碣漢碑供驅使，籀史秦相窮偏旁。興到偶然欣一試，蛟螭盤屈生光芒。鎸成雙印傳海内，見者驚嘆心徬徨。鎔金削玉本閑事，凌躐古製難形相。永年三世神此技，秘竅止以傳諸郎。公卿購求不輕與，絶藝敢用金帛償。我從勖哉沈夫子，千里馳送勞承筐。入手把玩嘆奇絶，撫摩再四喜欲狂。一心感激還自忖，區區姓氏何由彰。生平無分隨鐘鼎，那見城南燭火光。

宋相朱勝非微時，夜見城南火光，燭地掘之，得朱勝非私印銅章。

陸文蔚

字藹卿，婁縣人。諸生。

讀嵇叔夜養生論感而賦之

嵇生龍鳳姿，遐情軼天半。有心避世羅，寄書絶仕宦。藥從山中采，竈乘柳下鍛。絲竹妙寄懷，琴尊足留戀。竪論論養生，引年良有願。豈知无妄灾，未克先幾見。耿雉罹于罿，冥鴻遭飛彈。服餌縱有效，羅織安能逭。性潔乃禍媒，才高招物怨。千秋爲銜哀，如聞《廣陵散》。

哭碧螺周夫子

回首春風十載依，茅堂猶是枕漁磯。凋零前輩晨星少，慘澹諸生舊雨非。柳下風高誰定謚，蓮

溪學在愧傳衣。惟將梅雨連天水，灑作淋浪泪滿幃。

何王模

字鐵山，青浦人。諸生。有《萍香詩鈔》。

過珠溪憶王述庵

三泖漁莊外，秋風動白蘋。著書人别久，問字客來頻。入洛馳名早，登樓作賦新。君恩方湛渥，谷水漫垂綸。

秋感集唐。

曲闌愁絶每長憑，似證禪心入大乘。世事茫茫難自料，浮生擾擾竟何能。芙蓉葉上三更月，蘆荻花中一點燈。秋後見飛千里雁，流年無奈得人憎。唐彦謙、張祜、韋應物、鄭谷、李昌符、白居易、劉方平、

羅隱。

春日晚坐

微風園竹摇，小雨階苔濕。開簾放燕歸，先有花飛入。

金鴻書

字寶函，青浦人。諸生。有《清省堂詩稿》。

夜宿玉清道院聞磬

涼露滴清秋，東軒月華上。志士樂幽栖，靈源自開朗。旋聞清磬度，隔竹一聲響。道以神理超，心緣孤寂賞。顧視丹邱人，風姿覺秀爽。示我玉牒文，發我紫霞想。萬籟忽寂然，應知道機長。

新秋夜坐有懷

涼風蕩夕陰，輕烟忽消散。離離絳霄側，冉冉明星爛。美人在高樓，盈盈隔河漢。仰視不能即，徘徊捲虛幔。道路日以遥，恩情日以斷。欲報雙明璫，愧乏青玉案。惆悵不成章，臨風起三嘆。

望亭

水驛通南北，江程列市廛。人來黄葉渡，亭紀赤烏年。行色秋風外，鄉心落日邊。浩歌胥口曲，竟夕送歸船。

朝天宫

丹梯雲氣接虛明，路入朝天儼碧城。劍佩聲移琳閣迥，爐烟香散石臺清。仙人花下翻金籙，羽客壇前奏玉笙。何日紫宫傳闕記，便從此地學長生。

有感

奏淮歸棹悵風烟，又是淒清乍冷天。樂府歌殘《將進酒》，《霓裳》夢斷《小游仙》。明河有影飛秋雁，流水無聲響夜弦。苦念平江憔悴客，空勞日費大官錢。

寄王述庵方伯時將赴滇

滇蜀軍營壁壘齊，建牙吹角夜郎西。承恩方朔辭金馬，奉使王褒祀碧鷄。水溢瀾滄春漲闊，雲連銅柱海雲低。征蠻舊日勛名在，常使天南靖鼓鼙。

朱位行

字因在，青浦人。貢生。

登泖塔

竹筏乘潮去，中流塔影分。遥汀凉浸月，古刹暗藏雲。嘯咏追仙令，屠赤木任青，時與諸名士泛舟三泖。栖遲羨隱君。楊鐵崖有草元閣、小蓬壺諸勝。危欄一憑眺，清梵半天聞。

王陳棟

字象隆，青浦人。諸生。

積雨初霽偕友人閑步即事

高閣依山岫，晴雲遠若浮。蟬聲林外噪，蛙吹雨中收。蕭散池塘路，微茫烟樹秋。同携謝傅屐，肯爲晚鐘留。

王陳梁

字次辰，青浦人。諸生。

蘭亭集吟

爲遇山林勝，相於述禊修。虛亭欣列坐，曲水快清游。人與蘭同静，情隨竹盡幽。騁懷殊未倦，觴咏聽湍流。

當春因寄興，人在惠風天。盛會當今日，清言猶昔年。臨文攬古迹，和咏集時賢。俯仰無悲慨，興懷每暢然。

湖海詩傳卷三十一

汪孟鋗

字康古，秀水人。乾隆三十一年進士，官至吏部主事。有《厚石齋集》。

《蒲褐山房詩話》：康古曾祖晋賢先生，讀書好友，建裘杼樓以貯圖史，有華及堂以延賓客，故子孫皆好學能文。而康古與都御史金公德瑛親戚，得其指教者多，又與萬孝廉光泰、王西曹又曾、錢少宗伯載相劘切，大抵叢書稗説，考核精詳，翹然自异於衆。與其弟仲鈖咸以詩名江浙。仲鈖有《桐石草堂集》，横空排奡，取徑略與康古同，因先卒，未及與交，故不録。康古又通内典，乾隆癸未，上欲删正《續藏經》，諸城劉文正公屬予與康古任之，考訂去取，俱稱上旨。兼精術數，自謂壽命不過五旬，届時而卒。子如藻、如洋，皆從予問業。如藻字念孫，乾隆乙未進士，由翰林官至德州糧儲道。無詩。如洋，詳見於後。

題紹興十八年同年小録

挽近後器識，文藝翻所專。文藝亦孟浪〔一〕，十或八九然。徽公大君子，人爵修以天。題名拜黄甲，法慧寺。看駢肩。主文繄邊知白。周，綦。克副明詔宣。《録》前有十七年搜取茂异手詔。偶然同出身，徽公，第五甲第九十人。鵠立誰與賢。馳驟東漢軌，君言一何孱。臣從田間來，祈君三代前。于時期集所，主管九人焉。主管《題名小録》：何騰、何欽承、劉安世、程千里、田興宗、葉謙亨、柴衛、韓彦直、張宗元。意謂循故事，竟附青雲傳。竊聞貢舉議，四科遞分年。人才係風俗，私憂頗拳拳。如公其人與，鄒魯曠周旋。千年群玉鄉，公本貫建州建陽縣群玉鄉。未覺風流湮。顧瞻數倫等，路絶無由緣。太息山陰人，獨居豪杰先。狀元王佐，紹興府山陰縣人。

【校勘記】

〔一〕「文藝亦孟浪」，《厚石齋集》卷三作「乃復孟浪爲」。

題寶祐四年登科録

廬陵有年少，兆夢騰紫雲。裒然集英殿，袍笏雄壓群。當時俎豆想，榮豈稽古云。肝膽果鐵石，倡率勤王軍。殺身成仁義，用識文山文。遂及謝與陸，謝枋得、陸秀夫，俱是科進士。綱常力肩分。理皇殿季宋，得賢囊未聞。我讀萬言策，諒哉臣對君。不寧考官王應麟。賀，特擢心殊殷。六百一人中，疇謝名利熏。九十六科後，自開寶八年始有省元、狀元之別，至是凡九十六科。獨守忠愛勤。門謝紀己未，第二年己未始門謝，《録》中有《表》。策死知所欣。云何同枝樹，璧也憐蕕薰。璧亦是科進士。給錢倍昔典，舊有小録錢，是年以支用不敷，再給降一千七百貫文。治賦窺餘緼〔一〕。本貫下有「治賦」字樣。往往綴細碎，益顯名芳芬。請作千佛禮，佐以栴檀焚。

【校勘記】

〔一〕「緼」，《厚石齋集》卷三作「藴」。

幻居莽觀華嚴墨海《華嚴經》八十卷、《行願品》一卷，明萬曆間名人分寫。

中峰國師餘精靈，法雲下護《華嚴經》。食肉漱口此來視，紛綸抽帙緇流驚。法領所得法業譯，大方廣佛昭千齡。道琳青鎮寶閣僧。豈有受持意，走乞五載莊嚴成。人八十二卷八十，第三十六卷，兩人合寫。斬新筆墨光流晶。云何寶閣不能有，百年兵火歸禾興。名卿士夫不可悉，高僧善女都留名。逃名或不署姓氏，聲聞之外尤芳馨。是人所書字畫一，如雨蕭散沙匀平。又如衆生壽者相，證性各自殊模形。傳聞華亭寫其一，巧偷不復留禪扃。補書之人信好事，所惜完善非前明。籤題一一辨草篆，寒山使筆能飛騰。莫誇金溅顔色异，何讓蘖紙收藏精。諸人寫經多妄語，有無功德疑相争。〔一〕經言非寓亦非實，此中妙諦高無層。不見有經何况字，任人饒舌翻縱横。東郭學人勉事佛，廬居手翻書素綾。元忠萬字寫爲父，我亦爲母資往生。孫元忠爲父寫《華嚴經》累萬字，坡公跋其後。老僧作樓妥安置，善因勝果今方并。行須廣乞四大部，盡寫付汝充箱籯。

【校勘記】

〔一〕此句下，《厚石齋集》卷二有注：「跋語多祈福懺罪，有不□願者，則欲以功德還之佛。」

岣嶁碑拓本二十韵〔一〕

大禹敷文命，神謨繼有鯀。九州荆漢畫，五岳祝融攀。洚洞灾方澹，蒸黎食既艱。刊碑先繆篆，授簡達夷蠻。詰屈成科斗，離披出草菅。象形愚目駭，叶韵聖經删。青赤誰能見，丹鉛或未嫻。歌賡咨益佐，吁咈訓苗頑。管説云亭禪，韓驚涕泪潸。天神呵護久，道士勒摹慳。鏡水流如故，滇雲割以還。蹄迒尋舊迹，苔蘚剥餘斑。宛委書同秘，黄能血借殷。經如圖怪物，鼎即鑄神奸。泗瀆支祈鎖，螭頭太室顔。霧迷愁晻靄，字泐辨迴環。拓勝囊符佩，裝輸閲市鍰。範陳通物始，圭錫重人間。未許陽冰學，寧齊史籀頒。遥思聲教訖，萬古仰隨山。

【校勘記】

〔一〕詩題下，《厚石齋集》卷十有注：「己卯。」

雪後聯句用昌黎雨中寄孟刑部幾道聯句韵

冬春乍遷嬗，里巷紛謁拜。萬光泰〔二〕。勞君着屐尋，助我劃灰話。汪孟鋗〔三〕。垂冰遞長檐，積玉

隘空界。光泰。稍稍初日暾，旋旋晚風噫。孟鋗。搖松白奮攣，落桂青破械。光泰。餓犬聲欲沈，凍雀意自怪。孟鋗。氣和奪候慘，情密忘禮殺。光泰。謂言久周旋，其奈遠行邁。孟鋗。時柘坡將北上。崎嶇首燕路，惆悵背江介。光泰。把盞酒未魔，掃壁詩且疥[三]。孟鋗。德荷金錫斐，志愧騏驥快。光泰。鬚髮及未斑[四]，羽翮肯受鎩。孟鋗。獨往思挽推，群處切誥誡。光泰。方當飲醇醪，庶令起沉瘵。孟鋗。陽施動雲雷，潛化被草芥。光泰。歲華與俱新，造物固不憊。孟鋗。虛心開菀枯，大氣鼓成壞。光泰。如火觀昭融，如川溯湍湃。孟鋗。异色雜丹黔，衆聲合任昧[五]。光泰。古情醇乎醇，外論喝復喝。孟鋗。撫時力堪努，載重績恐敗。光泰。京洛遲再游，蓬海讓先届。孟鋗。牧無三百羊，釣想五十犗。光泰。良璧文騰纚，利劍光溢蒯。孟鋗。山人衣結鶉，都女髮卷蠆。光泰。翺翔玒天門，兢業守聖戒。孟鋗。深情積繾綣，至味領咀嘬。光泰。相將壯其猷，大勝錫我玠。孟鋗。別憐冒塵土，歸約翦葱薤[六]。光泰。時哉貞吉升，行矣君子夬。孟鋗。

【校勘記】

〔一〕「萬光泰」，《厚石齋集》卷三作「柘坡光泰」。

〔二〕「汪孟鋗」，《厚石齋集》卷三作「厚石孟鋗」。

〔三〕「壁」，原作「璧」，據《厚石齋集》卷三改。

〔四〕「斑」，《厚石齋集》卷三作「班」。

〔五〕「昧」，《厚石齋集》卷三作「韎」。

〔六〕「翦」，《厚石齋集》卷三作「剪」。

朱炎

字桐川，號笠亭，海鹽人。乾隆三十一年進士，官阜平知縣。有《楓江》、《瀛洲》、《湖樓》諸集。

《蒲褐山房詩話》：笠亭一行作吏，而著述之念，未嘗一日忘，好古多聞，撰《陶説》六卷，又抄明人詩十四卷，餘皆未經剞劂。其詩五言如「秋先桐葉下，涼在雨簾多」，「山平依檻立，水曲抱城流」，「鐘晚沈荒寺，潮平斷野矼」；七言如「烟開遠岫雙鬟曉，花漾晴波一鏡春」，「遠水白蘋明月渡，隔溪紅袖夕陽樓」，「高閣夕陽殘醉後，板橋流水獨吟時」，「孤城水驛迴孤棹，茆屋人烟又一村」，「葉落似將鄉思墜，螢飛偏共客心流」，置之宋元人集中，亦爲佳作。

登山至茆庵小憩

海天本寥廓，連山蔽光景。遐心到層巔，力怯氣偏猛。纖徑出松梢，微茫若懸綆。突兀忽趁人，

欹石壓我頂。曳杖足先蹋，驚魂目難逞。仰干苦逼仄，回盼忽修整。山阿結僧廬，檐户負崇嶺。其旁紛坡陀，其下快清迥。亂山望的的，原田横町町。俯瞰籬落間，春茶傍石井。呼僧汲山泉，小住試新茗。落花共鳥墮，歸雲上衣冷。坐聽鐘磬音，團蒲發深省。

下山憩嶺半坐石壁下

性愜不知疲，歸途更延趣。石骨忽開張，流連未能去。削若斧開鑿，怪似獸蹲踞。漬雨細點苔，崩雲亂倚樹。離立面向背，支拄體交互。殊形紛羅列，詭態變已屢。更復踐仄徑，騎危目遥注。坐久日蔽虧，心遠鳥軒翥。樵歌下清風，游子澹忘慮。彼美山水姿，兹游悵岐路。謂磊軒。會當望東南，蒼茫指烟霧。

至韜光觀金蓮池登絶頂望遠

攀林出叢篠，耳目忽露爽。傳聞長慶僧，卓錫得方丈。寒泉滴金蓮，已足滌凡想。爲誦謫仙詩，懷古轉神往。取徑越岩崿，憑高闢塏塽。大海遠不波，群山共俯仰。下矚吴越區，歷歷紋數掌。空

烟蕩溟濛，虚室迥疏朗。丹竈翳榛蕪，石笋立林莽。安得招偓佺，飄飄去塵鞅。

下山紅葉夾路支竹穿林至玉泉觀魚

登陟興未闌，白日欲西去。山光半明滅，斑駁見紅樹。竟欲回陽春，豈必嘆遲暮。徑迂延賞多，足倦支筇助。餘情眷漣漪，縈紆愜幽趣。望望未入門，流泉已交注。側步睇微波，潑剌翻紅素。裴徊坐軒楹，翠色襲衣屨。晚景怡人心，吟情起行路。歸來逸思横，雲林屢回顧。

讀表忠觀碑歌

表忠之觀錢王祠，趙公奏疏蘇公碑。匪私於錢忠以勸，筆力透紙蟠蛟螭。至今往迹半零落，賴此激發行人悲。吾來碑下剜蘚讀，俯仰形勝增嗟唏。金陵錢塘兩都會，東南財賦稱不訾。真人乘運宰天下，南唐逆命遭創夷。忠懿去國等傳舍，歸土不必勞王師。錢塘遺民數十萬，湖山依舊紛游嬉。玉帛子女久相保，康王南渡猶堪支。勒勛應得鑄鐘鼎，此碑良足千秋垂。廬陵作史論十國，胡乃於此多微辭。吁嗟八姓代五易，中原塗炭無窮期。黥髡盜販乘間起，四方豪杰分邊陲。閩陋荆蹙蜀漢

險，紛紜蟻子爭雄雌。堂堂勛爵出吴越，擊郢功始乾符時。破劉誅董樹奇績，功成受賞王爵宜。歸鄉慷慨歌民俗，牛斗無孛人無欺。勤修職貢可安堵，何愛象犀水貝璣。剽剥豈不犯衆怒，保傲奚爲民思之。可知忠孝世所守，元氣能入人肝脾。爾時九國皆僭亂，以較吴越似者誰。熙寧往事忽千載，龍山回首觀已隳。巋然此祠又誰作，靈風颯爽懷鬚眉。荒碑風雨幾秋徙，日銷月鑠還扶持。感嘆今昔泪雙墮，摩挲不惜手生胝。

對月待友人不至

松際月初上，山中人未歸。鐘聲何處起，烟樹望中微。瘦影移筇竹，寒光照客衣。此時可乘興，未得掩雙扉。

西湖雜詩

樓外湖光一鏡如，憑闌隔柳看叉魚。山厨亭午炊烟直，正是銀刀出水初。

楊公堤畔水田圍，烏桕陰中布穀飛。若得一犁兼一犢，個儂於此澹忘歸。

九里松陰山徑開，琮琤溜玉樹邊來。聽泉一路過三竺，又值雲林放梵回。
采茶歌絶采蓮歌，扇月衣風瑟瑟波。試罷旗槍閑倚檻，夜來香在水亭多。

金兆燕

字鐘越，號棕亭，全椒人。乾隆三十一年進士，官國子監博士。有《棕亭詩鈔》。

《蒲褐山房詩話》：棕亭游黄山諸作，奇崛可喜。常過吴門，訪余不值，寄詩云：「山塘碧漲水初肥，柳下停舟一款扉。卧榻不離裁竹徑，行窩祇傍釣魚磯。半簾疏雨客何處，滿地落花春欲歸。莫嘆維摩頻示疾，天涯人亦減腰圍。」又工院本，在揚州作《旗亭畫壁記》，盧雅雨運使刻之。生平不耐静坐，愛跳躍，多言笑，故時人目爲「喜鵲」。

文殊院

登山不問途，容足便舉趾。雲肆垂仙蕤，霞窟叠幻綺。滑捫蛟室腥，險攀雀巢庳。企空隔仙凡，移步判生死。從僕勉後隨，導僧屨前俟。穿透天一綫，漸睹海千里。蹣跚入小庵，枯衲方隱几。炷

竈燕白疏，石鼎煮赤米。休足得展目，杉根頻徙倚。奇石擲元熊，怪松鬥蒼兕。佳境知漸入，未敢言觀止。不待曉鐘鳴，床頭覓棕履。

慈光寺

雲裏來鐘聲，不知寺何處。但見狖猿群，紛紛入竹去。深澗架獨木，俯仰絶所據。路轉境乍闢，紺宇互騫翥。峭壁作繚垣，陰森殀昏曙。遥覓十餘里，清泉不假濾。古佛參四面，塵緣滌萬慮。秋旻月正高，山氣寒相助。日晞獨蒙絺，夜闌謀擁絮。詰朝更探奇，濟勝具當豫。藤杖選枯根，芒鞋剔殘淤。燈下强老僧，山郵細條疏。

煉丹臺

我生困塵濁，偃蹇螻蛄窟。欲乞餐霞方，那無入星骨。履險拚微軀，探异陟硉兀。筇杖荷芝筐，不敢畏顛蹶。軒皇乘龍後，仙境多荒忽。嵬然煉丹臺，萬古高峭崒。鼎銚偃空山，龍虎氣未歇。孰調文武火，嬰姹焰騰勃。山腰百步梯，一步一䟺𨇤。後肩續前踵，上履躡下髮。銜尾似渴鼠，帖腹若

飢蝎。踊膝憩崇岡，齋心通冥謁。白雲爾飛來，吾將排金闕。

舟過檇李

枉渚由拳北，寒雲上杳冥。酒傾銀鑿落，歌愛玉瓏玲。磨劍千年石，落帆何處亭。鴛鴦湖畔月，今夜照孤舲。

寄懷吴岑華先生

西風木落萬山秋，倦客懷人獨倚樓。月到古墻聞蟋蟀，夢回空館聽鵂鶹。定知舊徑懷羊仲，誰向新豐識馬周。江水冬春如皎鏡，何時摇艇一來游。

貝葉金經小閣中，知君權實悟皆空。香爐鵲尾安鬃几，文竹魚須冷畫櫳。自放形骸友麋鹿，閑看得失鬧鷄蟲。三塗八難消除盡，底事還留綺語工。

秋日過歙西鄭氏書樓偕吴二錤芍小步近山同訪吴大松原歸飲月下三十韵

千峰曙色曉蒼蒼，極目西風客思長。藻井蕭晨辭燕婢，綺塍豐歲咒鴉娘。偶經古鎮知岩邑，爲訪幽齋過野塘。小閣高懸徐孺榻，寒流斜抱鄭公鄉。疏籬六枳開花徑，曲岸雙扉轉畫廊。旖旎青帘沽酒市，弸環絳帳讀書堂。高名自昔原齊富，奇字如今只問揚。上足人皆夢秋駕，垂髫女亦誦靈光。垣衣雨後侵琴薦，壁帶塵中冷劍囊。璃匣米山鴝細溜，牙籤鄴架巃牢裝。一編別集名乾撰，幾闋新詞號弁陽。露浣薔薇纔擷秀，霞明楓槲更尋芳。橋橫略彴明紋縠，鐘吼蒲牢出寶坊。攤屐乾沙枯澗澀，買衣弱蔓古藤僵。鸛巢晚隱深林赤，鹿柴晴堆落葉黃。雲遏歌臺鳴響玉，苔封恨冢吊幽香。百弓地復開佳境，半刺綾旋謁阿荒。户對奇松青倚蓋，堂迎修竹緑排槍。橛頭船小窗前過，洗手花粗砌畔昂。鐵幹丁丁聞啄木，金鈴楚楚見治墻。翠屏如畫橫高巘，緗帙連雲壓古床。據案書痴應似竇，揮毫草聖詎輸張。山分點允真堪羨，津躍機雲不可常。險磴迴尋朝徑仄，虛簾早見夜燈煌。論文座上冥心會，射覆筵前蓄意藏。紅燭刻時詩虎捷，白波卷處酒龍狂。何須倚檻悲王粲，且自欹巾問葛疆。蛩語驚心喧四壁，虬壺瀝耳報三商。國香忽入林蘭隊，經袖真趨帶草旁。雙眼矉瞜濃醉

後，一輪寒月滿樓霜。

謝垣

字東君，嘉善人。乾隆三十一年進士，官刑部主事。有《壺領山房前後詩集》。

《蒲褐山房詩話》：東君家住楓溪，是水雲深處，性情蕭曠，雅尚清幽，能畫，尤善琴，迹涉軟紅，志同物外。與其弟崑城少宰比屋而居，一則丹轂盈門，一則青苔滿院。披其帷，其人斯在，識者有殷韓之别焉。詩近韓冬郎，録具佳者，以見一斑。

秋夜

戒飲難耽寐，易吟易得愁。月明窗誤曙，霜冷被知秋。紅葉吴僧寺，黄花楚客舟。幾時幽賞遂，慚愧海邊鷗。

七夕前一日

初鳴蟋蟀早秋涼，團扇還憐夜未央。解恨欲傾千日酒，招歡聊爇五雲香。柳因腰瘦難舒眼，藕爲心虚易斷腸。聞道來宵牛女會，起看銀漢露沾裳。

嘉禾寓中聞秋蟲

何處瓜畦絡緯聲，虚堂欹枕正三更。旅人本少思鄉夢，都被秋蟲暗織成。

沈世煒

字吉甫，號南雷，仁和人，廷芳子。乾隆三十一年進士，官至禮部郎中。有《澹俱齋詩集》。

再過郎岱恭朗軒司馬招飲夢魚亭即席率賦

薇省相親憶昔年，重教兩度續前緣。茅亭小築依苔徑，山雨初來響石泉。萬里征塵銅鼓外，一尊鄉思鏡湖邊。多君念舊情彌切，欲別重留意悵然。

孫志祖

字詒穀，仁和人。乾隆三十年進士，官至監察御史。有《頤谷吟稿》。

《蒲褐山房詩話》：詒穀性情瀟澹，清修自好，由西曹而擢監垣，即以病歸湖上。中年後留心經籍，作《家語疏證》六卷，蓋王肅假此以難鄭君，詒穀條分縷晰，解其癥結，有功于鄭學者甚大。其外如《文選理學權輿補》一卷、《考异》四卷、《李注補正》四卷，刻於桐鄉顧氏《讀畫樓叢書》中，皆見詳核。子同元，能傳家學。

寄懷咏駿弟客湖南

別緒思無端，難忘送行日。風飉知袂寒，雨灑庳篷密。男兒羡壯游，輕裝遽遠出。我歸夜已闌，秉燭恍有失。却憶對床時，聲聲聽蕭瑟。長安名利場，迫我離親側。獻策笑刖庭，讀書慚面壁。落托意何如，倏然歸故室。渡江得家書，字細紙纔一。誰知脊令飛，翻作鴻雁別。過廣陵，知昆園兄已至粤東。念我出游初，年纔十六七。壬申進京時，余年十六。汝今年略似，頗亦愛詩筆。洞庭亘綿緲，騷人代著述。橘柚垂秋深，烟波澹木末。嗟予行役者，彈指光陰疾。爲咏三陟章，安能久鬱鬱。

落葉

秋霜一夜衆林萎，葉落成堆未掃時。流水年華人易感，辭柯消息鳥先知。小園竹徑風聲寂，遠樹柴門日影移。莫道婆娑生意盡，憑闌點筆好題詩。

彭 禮

榜姓吴，字行之，鎮洋人。乾隆三十一年進士，官寧武知縣。有《北窗吟稾》。

宿榔梅庵

片玉樓頭拄杖輕，襟情瀟洒俗塵清。直將海氣疑雲氣，祇有泉聲雜雨聲。清磬遠傳齋醮肅，翠嵐遥接篆烟平。雕甍釦砌仙階近，閑繞朱欄獨自行。

次韵陳玉臺侍御京邸見贈之作

一從捧檄出京華，獨向三邊坐吏衙。無復春明敦舊雨，厭看秋塞涸寒沙。漫勞雛鳳新章好，來詩尾句云：「喜聽清聲在雲路，丹山雛鳳啄桐花。」蓋爲次男兆蓀作也。最憶元龍逸興賒。但得郵籤時遠遞，絶勝隴上寄梅花。

行縣至黄松洞

碧峰陡立勢巑岏，仄徑崎嶇屐齒艱。深澗有泉容易沁，洞門無路孰爲攀。沙盤雕翮遥遥認，樹作龍鱗面面環。一事差羸樂天叟，不須偷出事游山。

齊雲山天門

境入仙源勢屈蟠，碧雲深處任登攀。神靈不阻修真路，閶闔先開第一關。

香爐峰

絶磴高陵碧澗空，孤撑石鼎篆雲濃。人間香火應嫌褻，縹緲憑虚峙一峰。

徐以坤

字含章，號穀庵，德清人。乾隆三十三年舉人，官國子監博士，四庫館書成，議叙以主事用。

《蒲褐山房詩話》：穀庵爲觀察以泰之弟，好學能詩，與錢蘀石、查藥師友善，所作亦如之。而中年病痿，不能出庭户，雖入京師爲校勘官，盤桓一室，四面皆護以重幃，日中往往燒燭檢書。好延賓客，予常入其卧内。又使其子受業，且命之歸浙江獻賦。明年，子暴卒，穀庵病已劇，遂請假歸，未幾亦殁。詩文俱軼。

九日

怕説題糕節，愁多病日侵。帶圍看又減，藥裹懶重尋。寥廓悲秋氣，粗豪伏櫪吟。茱萸休細把，逆旅任光陰。

戲爲絶句

蕪城春雨柳毵毵，司理年時酒榼擔。明月二分橋廿四，好春天付與江南。

秀州一老腹便便，博物研經取次專。詩史一朝公論在，獨嗤蒙叟愛松圓。

陸　敬

字默齋，吴縣人。乾隆三十三年舉人，官内閣中書。

普門焰口行

老僧登壇作胡語，普度十方沾法雨。林深月黑風颼飀，恍惚靈來嘯儔侶。空中陣陣飢鳶呼，臺上梵唄聲模糊。願將調御慈悲力，先使人間少餓夫。

獨游武林雨中至舊館

荷笠重尋勝，兹游信不群。人如曾識燕，山有未歸雲。隔岸雙峰隱，衝烟一艇分。臨風懷舊侶，話雨爇爐薰。

陳初哲

字在初，號永齋，元和人。乾隆三十四年殿試第一人及第，官至荆宜施道。

張桐村屬題垂釣圖

穿林坐石面晴湖，分得閑身六逸圖。掉首好從巢父去，一竿東海拂珊瑚。

斜風細雨入吟毫，《漁父詞》成托興高。我欲烟波最深處，也投香餌釣連鰲。

陳嗣龍

字春溆，平湖人。乾隆三十四年殿試第三人及第，今官副都御史。

遂平館舍和褚筠心前輩韵

幾日看紅葉，重來蔭緑天。霜華憑點綴，樹影得清圓。讀畫雲生壁，敲詩硯滴泉。僕人貪偃卧，那解愛便妍。

旅迹原泥爪，翛然客思增。林深遲夜漏，風細颭秋燈。小憩何嫌久，迴闌取次憑。皇華期報命，信宿敢云能。

任大椿

字幼植，一字芝田，興化人。乾隆三十四年進士，官至監察御史。

《蒲褐山房詩話》：幼植少以詞賦知名，所擬古樂府劇爲錢文端公所賞。既而覃精經術，尤熟於《爾雅》、《説文》、《廣雅》書，嘗撰《吕忱字林考逸》八卷，又刻《釋繒》、《九經三傳沿革例》諸書。同時有沈君振基，亦通六書，官宗人府主事，不携妻孥，寄居僧寺，敝車一輛，皒以入署，歸則杜門謝客，忍飢誦經，清苦之況，人所不堪，時論高之。與予交善，因無可録，附見於此。

惟泰元

峨峨壽宫，聿祀太元。神光下流，紫烟氤氲。太元胚胎，遑探其垠。軋坤之軸，闢乾之門。一五騰逐，掣於天根。潢漢之委，下交崑崙。岳瀆异脉，乃一其原。夭喬鱗羽，肖於不言。炎邱燭龍，南旦北昏。人性曶合，如居一垣。杳不可測，其道至尊。爰薦清酤，奠以璵璠。龍文金景，鼎彝是敦。冥羊神梟，列陳帝閽。靈來裔裔，龍旌載翻。綏皇景福，總齊四藩。

天門開

天門開，光煜爚。流紫壇，輝日壑。仰帝閽，横斗杓。珠熉黄，相璀錯。皇駟騫騰，格澤回薄。

歷次十二，畢會其絡。拂鉤陳，九斿翻。游極下，闢端門。圓靈躍乎金穴，羲曜起於天根。火齊爲階玉砌垣，中有銀潢貫其藩。乘雲軿，駕鸞輗，裔裔詄詄往若疑。神光滮蔚臚所知，如歷中垣即靈威，金薄華蟲擢鈴緌。丹書綠字天語奇，用褒姬德錫乾儀，聿撫九有萬億期。

赤蛟

赤蛟綏，青芝蓋。夜未央，炳蕭艾。神欲來，零露沛。風爲軒，雲爲旆。萬祇位，肅瑤堂。雲母屏，明月璫。錯珠網，爛生光。列干羽，夾絲簧。麟以脂，龍以膾。席火齊，瞥文貝。鬱金合，氣氤氳。精奕奕，來無門。九蘊燎，金支翻。祝致詞，神惠之。

朱鷺

朱鷺矯以翼，來翔廟廷。赤星斑斑，角彩騰精。延頸而起思太清，不思都宮閟室洞洞冥冥。犧象雲雷羅縷宣幽靈，登歌兩兩各抗纛與旌。紫綃霞駁，金支參横。七音粥粥經緯生，不依軒墀違遐征。朱鷺矯以翼，將游倉浪之天摩華星。潢漢十二樓，但見鉤陳熠爚爲藩屏。殺翮下墜，引足上騰，

欲薄中黄，决眦一鳴。天門呀然，翩何不來下，天子聖哲，靡不率庭。靈雀之集難强名，羌何炳炳揚朱明。雲罕以罹緌以縈，獻閶闔，炳赤瓊，億萬世，歌《由庚》。

烟雨樓

漾舟及平湖，竹樹引佳興。渚近棹漸遲，沙平纜初定。拂衣緣木杪，躡屐臨丹磴。疏雨寺門來，春寒在蘿徑。松房僧語稀，餘情入清罄。移時促歸帆，雲水易成暝。近郭烟穗斜，穀穀寒鴉應。

徐秋湄邀留王雨亭先生松下清齋話别即景贈懷一首

躡屐渡溪橋，弭枻及村渚。墟中寒色來，窅然入幽户。君指平流餘，小閣促延佇。上堂款主人，云客曲江浦。款我具羹糜，君意何縷縷。話别難爲情，不願竟其緒。下階散清襟，風泉乍迴互。柏竹色無多，厥性此中取。燭剪夜窗明，妙契一相語。

至了義寺

過塢指疏林，到寺停雙楫。風吹烟穗斜，入户氣蕭屑。境僻罕來踪，日落見殘雪。隔竹聞歸僧，相遇無言説。

發秣陵

餘事畢羈況，早行猶及餐。放船歸思減，久客别人難。去雁宜平水，微霜生薄寒。不知昏靄裏，已過幾峰巒。

延陵道中

又乘白舫向天涯，路入延陵極望賒。盡日吟情連雁鶩，一秋風色在蒹葭。閑梳短髮清霜見，忽脱征帆落日斜。尚有鄉園數弓地，種麻殊羨野人家。

舟次吴閶懷薛香聞

闔閭城近蓼花疏，幾曲橋通水竹居。作客每隨歸雁後，停橈正及晚餐餘。人行紅樹村中雨，潮落青山郭外魚。咫尺尚緘天末怨，秋船漂泊一裁書。

宿瓜洲

小歇扁舟柳外罾，松溪渺渺出疏燈。三更月落瓜洲渡，行盡青山見秣陵。

陳朗

字泰暉，平湖人。乾隆三十四年進士，官至撫州知府。有《青柯館詩集》。

《蒲褐山房詩話》：泰暉以乾隆己卯浙江鄉試領解，癸未會試，卷在予房，《四書》文典雅肅括，薦時總裁皆謂可元，而秦文恭公以論有小誤擯之。既揭曉，始知其名，悔已無及矣。蓋己卯浙江主試，

即公子泰鈞編修也。後以己丑成進士，改刑曹，兼長案牘，劉文正公筦部，深相倚重，而君性沉默，且嗜酒，不善于同事，至上官，相待亦疏。久之，循例出爲太守，非其志也。年近五十而卒。嘗有句云「塵緣良已了，幻相此何論」，又云「養生托莊老，齊物任彭殤」，則其於去來間，故已視如露電。

石帆山用謝康樂游赤石進帆海韵

到海地形盡，山勢殊未歇。突兀見石帆，遠與波出没。孤頂凌四垠，遠島渺一髮。轟轟胥濤翻，飍飍颸風發。陰火燃秋霖，陽冰結炎月。時見樵牧人，挂席來百越。嵌空絶壁下，想像白龍闕。盤渦激雲根，落日意超忽。回首長墻山，丁丁樵斧伐。

題蘭泉先生三泖漁莊圖四首

聞道漁莊好，高居三泖間。門前滬瀆水，屋角細林山。塔影中流直，鷗思别浦閑。京華清夢遠，畫裏認柴關。

雲水連天闊，烟羅隔岸遥。夜潮移滬葉，晴日養魚苗。草偃鸕鷀舍，花藏略彴橋。此中多樂事，

可以酌霜匏。

處處山臨水，家家耕復漁。人披青襏襫，船挂緑腒疏。返照宜修網，澄潭好射魚。春申浦畔路，絶勝五湖居。

三江古澤國，風物最宜人。名貴朱衣鮒，松江有朱衣鮒，見陸魯望詩注。羹傳紫綫蒓。鄉園饒野思，毫素見清真。欲挂帆竿去，相隨理釣綸。

楚江返棹

雨止月未上，蕭蕭楓葉丹。柁聲放溜急，帆影入雲寒。村酒難成醉，旅愁耐可寬。扣舷何處客，漁火在前灘。

春綉詞

紅襟新燕已諵諵，陌上夭桃開兩三。買得越溪絲半幅，唾絨寫出小江南。

伊朝棟

字□□，號雲林，寧化人。乾隆三十四年進士，官至光禄寺卿。有《武彝山人詩集》。

讀史

走利世如鶩，君子貴潔己。結駟雖英賢，桑樞亦志士。歲時缺伏臘，醵金謝閭里。貧士加孤雲，無依亦自喜。何勞太史公，而今爲慚耻。

秦令紛牛毛，無救嬴氏亡。漢網漏吞舟，約法止三章。文景持寬大，本好老與黄。清净民寧一，曠蕩仁風翔。建元元朔來，酷吏嚴風霜。騶虞已失職，蒼鷹斯擅長。法律持事君，豈能致虞唐。首鼠與轅駒，結舌氣不揚。卓哉汲長孺，伉厲排張湯。

西京兩太傅，千春令人傷。賈生天下才，絳灌指爲狂。雖蒙宣室召，再黜乃進梁。董公經術醇，漢儒誰頡頏。一出傅江都，終老事驕王。英俊沈外僚，轗軻泪沾裳。顧彼寒泉井，心惻徒徬徨。

志士苦獨清，貪夫苦多欲。鄭相戒焚身，宋卿善辭玉。下田分寢邱，孫叔願已足。鮒也誠何心，

帶輒徵穆叔。谿壑豈易滿，其亡如轉燭。渴不飲盜泉，熱不息惡木。玉壺貯片心，濁泥詎能辱。

秋日登永定縣北樓三首

信美非吾土，登樓感易生。寒烟通遠渚，落葉滿孤城。淒緊潘生興，遲迴庾信情。羈人元有泪，不爲聽猿聲。

何限依人意，登臨一惘然。偶尋黄葉寺，已近白榆天。屐齒浮雲上，鄉心夕照前。楓林霜滿眼，坐想寄吴綿。

已負黄花約，西風觸忤深。猶違元亮井，祗攬仲宣襟。鼓角寒城壯，川原暮景沈。欲回仍小立，蒼茫去。獨長吟。

潘奕雋

字守愚，號榕皋，吴縣人。乾隆三十四年進士，官户部主事。有《三松堂集》。

《蒲褐山房詩話》：榕皋家門鼎盛，科第聯綿，通籍後即膺館職，兼奉皇華，而遽辭簪黼，歸卧山林。鄉閭重以黑頭，士類藉其青眼。琴樽裙屐，望影趨風，僉以爲洛社之耆英，玉山之佳會也。年甫六十，卜勝地于緑畝山，林泉窱窔，生壙附之，其標格尤不減司空表聖矣。詩温厚和平，而清遠閑放之致自在。餘句五言如「青帘烟外舫，紅樹畫中山」，「風將殘磬遠，鳥與暮雲歸」，「澗聲疑過雨，嵐影欲沈烟」，「凉波沈鳥影，高樹落蟬聲」，「花影移吟几，湖光上客衣」；七言如「移來密竹篩蟾影，種得甘蕉送雨聲」，「舊游殘夢尋無緒，同輩晨星看漸希」，「秋士風情宜對菊，老年世味剩銜杯」，「新圖屏幛青圍座，舊種檐蕉緑上衣」，「香浮古鼎閑臨帖，花倚晴窗伴校書」，「過雨紅蓮纔破萼，銜烟白鷺自分行」，「古寺烟消梅放萼，小橋水暖柳抽芽」，「簾前巒翠疑排闥，檻外湖光欲上樓」，皆令人攬擷無盡。

壬戌二月廿八日同曹恂愚李補樵游寧邦塢酌鳴珠泉逾中茅峰憩茅篷遂游拈花寺上竹竿嶺歸宿上真觀

游山獲同志，飯罷携枯藤。仄徑尋舊題，捫蘿憶吾曾。庚戌秋日，同芝岩、月渚題名石壁。祇林面修竹，院静疑無僧。溯昔遺榮人，於此避弋矰。隨行老兵去，逸事今誰徵。相傳宋韓蘄王隱此山。山腰探泉脉，峭壁青崚嶒。鳴珠手可掬，石磴三人凴。一酌百慮釋，再酌塵心澄。

寧邦茅峰左，茅篷茅峰右。峰塢開寺門，諸峰獻群秀。我來當仲春，晴翠落襟袖。寺僧八十餘，以静獲老壽。飢掘山笋燒，渴汲山泉漱。爲言静中味，可會不可授。嗟哉塵世客，自愛實自寇。吾亦未離塵，將衰悟計謬。

鍾吾本僧廬，今爲羽士宅。拈花占山麓，依然古香積。門前澗水清，門内峰巒碧。庭陰喬柯列，下有舊行迹。僧雛供伊蒲，一飽聊岸幘。齒增雪盈顛，歲逝駒過隙。回思十二年，汩汩竟何獲。默愧耽幽人，長年憩泉石。余不到山十二年矣。

斜陽忽西下，林外嵐光沈。拄策尋歸途，竹竿路嶔崟。徑轉睇雲間，遥傳笙磬音。層波太湖白，重岫靈岩陰。意適興有餘，兹游愜素心。道契性不隔，味澹情彌深。蕭蕭松風中，孤燈照幽襟。題

詩待補圖，并以諧玉琴。補樵善畫，其侶能琴，故云。

立崖司馬於戊戌歲假歸吴門寫行看子題曰天遠歸雲繼之任楚中旋有輪臺之行逮丁未歲歸里而是圖已失令弟賓嵎購之市中立崖重裝屬題

蔣侯持圖索我題，滃滃白雲起尺幅。云是良工爲寫真，驚心光景奔輪速。憶昔人歸晝錦堂，扶檐碧樹新於沐。逸興蕭疏寄暇晨，英姿颯爽流遐矚。溪藤散彩頰添毫，棐几湘簾幽賞足。紅塵滚滚歲堂堂，過眼雲烟寧省録。飄零流轉幾經春，收庋何人秘深櫝。阿連購贈意良厚，紙色浄如手未觸。當時寫圖亦偶耳，誰料先幾若預卜。天遠曾穿塞北烟，雲歸仍戀吴山麓。敕勒川邊秋草黄，晴川閣下江波緑。船唇馬脊夢模糊，蒼狗白衣紛滿目。人生行止或使尼，得喪悲愉互倚伏。君今七十正康强，白日看雲卧綉谷。晴窗故物重摩挲，何异楚月與鄭鹿。題詩作記憶前塵，失馬塞翁真是福。因君我亦念行藏，輪蹄半世空馳逐。老矣身同退院僧，童焉心似新生犢。閑雲一片許相依，二老風流庶可續。試問爲霖天畔飛，何如含雨岩前宿。

洽園石笋歌爲范芝岩作

洽園佳日吾頻過，高下犖确窮烟蘿。園中奇石森成列，形具堂密岡厂阿。今來方亭復小憇，亭北忽矗雙髻螺。籬根新笋初解籜，訝此甲坼青嵯峨。主人爲言此石古，入世閲劫如觀河。宫詹勿齋。雅尚愛林壑，太守雲泉。投老遺簪緺。當時名園寄清暇，先後石畔來婆娑。風前坐品幾嘆賞，月下醉倚頻摩挲。百年人事轉頭换，兩番興廢真刹那。奇章不作米顛老，委此异質僵烟莎。園丁竈養豈知惜，荒榛枯蔓紛成窠。昨朝移致爲拂拭，故知有美難埋磨。剜沙剔蘚位置妥，瘦骨漱水寒生波。含風清韵鏗可扣，溜雨翠色圓成渦。高齋新霽卷簾坐，紀事灑墨揮長歌。惟君好异天所與，用助歡宴供吟哦。菱溪杰作憶六一，雪浪遺事追東坡。不須對石更增慨，觴客且倒金叵羅。

兕觥歸趙歌爲常熟趙者庭明府作。

素衣角帶陳嘉猷，相公未肯歸荆州。懦夫屏息舌入喉，剛腸詎以腹劍柔。墮肉如掌氣益遒，直爲一代綱常憂。當時同袍祖道周，共飲止許吴編修。文羊一角黝而觩，忠臣口澤垂千秋。凶終世或

文穆尤，亡親今爲江陵羞。一觥流轉珍天球，汶陽卓行齊中牟。慨念杯棬涕泗流，不憚辛苦間關求。精誠所格夙願酬，顔藏翁介良有由。是曰天相寧人謀，覃溪樂府可以謳。衡齋高義古罕儔，用告家廟揚前休。子孫永保世澤留，足以激厲末俗偷。可憐相公相業優，不少圭瓚秬鬯卣。貢媚況復羅琳璆，是觥區區何足侔。一朝勢盡舉室幽，殷家大珠誰復收。

消暑八咏和袁簡齋録四

辭客

閑門無剥啄，息影謝塵緣。梧院暑方午，竹窗凉自眠。屏看山過雨，琴聽石流泉。此味何人領，難邀世外仙。

補竹

疏影覆方池，移來竹數枝。清風環枕簟，緑意上鬚眉。鳥語客初去，日斜人未知。碧鮮良可賦，吟嘯坐忘疲。

曝　書

三伏乘朝爽，閑庭散舊編。如游千載上，與結半生緣。讀喜年非耄，題驚歲又遷。呼兒勤檢點，家世只青氈。

滌　硯

拂拭晨窗硯，提携更濯波。誰能如汝壽，未免受人磨。舊冢堆千管，新泉試一螺。書成聊自賞，不擬换群鵝。

桃花塢唐六如先生祠墓歲久頹廢陶山明府重爲修葺賦詩四章余未和也辛酉八月上浣二日偶然獨游小憩桃花仙館得詩如數即次原韵

綈袍瓦罐話前塵，「交游零落綈袍冷，風雪欺凌瓦罐冰」，先生《漫興》詩句也。老屋荒阡喜就新。一事廢興真有數，此生行止豈由人。壺觴不散幽憂疾，花月能娱放浪身。試向東風酹杯酒，夭桃何似昔時春。

折除官禄是才名，咫尺滄浪帶水清。兩地風流同不朽，百年恩怨最難平。人間何物都元敬，海

内知音祝允明。濁酒滿瓶花滿眼，未妨弦索送浮生。

地下何須嘆數奇，憐才曠世有心知。放懷早悟如如旨，感遇曾賡《悵悵詞》。余昔年有吊先生墓，用先生《悵悵詞》韵詩一首。聽説深亭營廢冢，欣看彩筆賁新祠。他時盛事傳吴會，燕寢清香憶左司。

仙館依然傍佛燈，閑將往事問殘僧。三生幸接枌榆社，半偈來參大小乘。茗啜晴窗傾法乳，碑珍遺墨拓溪藤。祠屋《桃花庵歌》，先生自書，古宕秀逸，非近人所可幾及。從拓碑者購一本歸。何當十笏分餘地，長此齋居養絳陵。

題管韞山詩後

夜永燈寒一卷陳，唾壺敲缺氣嶙峋。客言是集能千古，我爲同袍惜此人。論事獨敦風義古，咏懷兼愛性情真。觀臺絶筆餘忠悃，太息陽城志未申。

壽述庵前輩八十

杖朝恩許主鷗盟，洛社優悠咏太平。三殿履聲諸老憶，五湖帆影一身輕。松高浥露枝添翠，鶴

老横烟韵轉清。莫道漁莊穩卧久，東山念總繫蒼生。公居泖湖之濱，嘗寫《三泖漁莊圖》以見志。

潞水蘭橈放早春，緩程猶記荷温綸。收將捧日擎天手，來作眠雲跂石人。蒲褐公山房名。拈毫餘結習，聞思公葺精舍，屬余題額。宴坐悟前因。連篇近誦山塘咏，老筆摩空覺有神。今年四月，公游山塘，作《虎邱即事》詩廿六首。

回首觚棱歲月深，銅墀清切漏聲沈。建牙四表壺冰朗，籌筆中年鬢雪侵。人信匡時須實學，公言執法但虚心。堂開佚老身還健，投紱能忘報國忱。

出處依稀似樂天，人間今見地行仙。詩吟海燕原無競，用張曲江《咏燕》詩事。夢哂黄粱亦可憐。謂己未正月初旬事。未許官階妨著述，最難鐘鼎又林泉。諸生誰奏《南飛曲》，待譜新詞付管弦。公少工樂府，近又有《續詞綜》之選。門下士得指授者，皆有玉田、白石遺韻，故云。

吴壽昌

字泰交，山陰人。乾隆三十四年進士，官至左中允。

《蒲褐山房詩話》：中允蕭閑真澹，早遂初衣，而學有本源，工於佐證。爲貴州學政，作時藝以繩多士，穿經貫史，一時拈出，衆以爲得未曾有也。詩自《虚白齋館課存稿》外，見者葢寥寥。

題墨録

吾友古聞人，好古富詞翰。長安復僦居，城東張高館。訪之榻無塵，圖史堆几案。須臾陳錦匣，未啓手先盥。中藏舊隃麋，歷歷不可亂。形模仿圭璧，款識雜銘贊。幽香與古光，拂拭難爲判。既觀復用嘲，君癖劇好鍛。胡不圖博古，鼎彝森愛玩。不則譜書畫，宣和迹重按。抑或録金石，庶用資購貫。正史訂既訛，舊文續未散。寶此膠烟姿，歲久易漫漶。廷珪永已矣，此物無長算。邵羅迄方程，孰稱諸家冠。著録若流播，質亡名詎惋。矧乃置不用，什襲加防扞。不如之五都，一丸買新爨。持以狎丹鉛，塗改復點竄。有用貴珠璣，無用賤薪炭。君笑繼揶揄，謂余徒相難。同一嗜古癖，奚爲分畔岸。寓意不留意，昔賢有明斷。所聚雖我好，不假千金换。品以百十二，持贈居大半。以彼膠漆交，獲兹雲烟看。居游聊與偕，摩抄出璀璨。即墨侯毋封，子墨客多慢。行將吾齋坐，心清參鼻觀。豈學米家船，揭牌忘汁漫。感君懷曠達，愧余言河漢。五陵事裘馬，孤賞冀誰贊。幸無豪奪人，完歸復何憚。

龔敬身

字屺懷，號匏伯，仁和人。乾隆三十四年進士，官至楚雄知府。

三間房道上書所見

木殘柳色尚依依，中有人家住翠微。一架匏瓜寒未摘，兒童對客掩柴扉。

程沅

字芷南，丹徒人。乾隆三十四年進士，官汾州府同知。有《春帆近體詩鈔》。

曉發瓜步

明發瓜洲渡，蒼茫曙景分。沙痕收楚雨，樹色寫吴雲。魚翠當窗拂，龍腥逆浪聞。中泠如可汲，趁欲解微醺。

杪秋江堤晚步

荻浦花如雪，楓根繫釣船。凉生漁侣夢，秋占水鄉天。遠岫月初上，近村人未眠。沙頭重留戀，鷗鳥若爲緣。

秣陵返棹

商飆迴楚岸，曙色冷吴天。落葉無邊樹，歸帆何處船。離亭秋望斷，孤驛暮愁連。極目疏林外，風鴉破暝烟。

王　瓆

字崑霞，鎮洋人。乾隆三十四年進士，官吏部郎中。有《晚香書屋詩稿》。

《蒲褐山房詩話》：崑霞爲烟客曾孫，被服雅素，紫羅囊，玉麈尾，不愧烏衣之目。兼承家法，工於畫理，所作詩雖未深造，亦復澄澹可觀。

饑民謡

大淫雨，百草肥。五穀死，饑民悲。形容枯槁面目黧，不如富家狗與鷄，凶年猶得食糠粞，枵腹仰天天不知。父不顧子，夫不顧妻，我欲捋取羊鬚萬斛珠，歸來療我饑民饑。

絝中兒

趙孤兒，褌中置。兒不啼，兒亦异。夫人抱兒徒下泪，以是藐諸孤，誰能出死地？公孫杵臼與

程嬰，宛轉乃能全大義。平生不忘趙先君，子爲其難我爲易。一時幻出兩孤兒，杵臼取兒走先避。程嬰謬告諸將軍，諸將横奪孤兒驚。杵臼既見殺，孤兒亦遭屯，國人聞之皆哭杵臼詈程嬰。孤兒死，諸將喜。千金賞，程嬰耻。真孤兒，反在矣。孤後成人嬰亦死，始信立孤爲難耳。匿孤教孤終立孤，如此兩人世上無。諸將盡是懦丈夫，翳桑餓人安在乎！君不見宣孟忠貞位正卿，桃園之難愧穆羸〔一〕。

【校勘記】

〔一〕「羸」，當作「嬴」。

破山寺

幽栖心轉曠，策杖啓禪扃。飛瀑添龍澗，流雲悟雀瓶。竹穿蠟屐冷，山見酒人青。天許分僧樂，層軒幾日停。

秋杪過南園呈竹娱族祖

楓徑霜初落，松關日乍曛。伊人在秋水，詩思渺江雲。高閣鳥聲集，寒潭樹影分。臨軒思綉雪，清磬隔林聞。

戚蓼生

字念切，德清人。乾隆三十四年進士，官至福建按察使。有《竺湖春墅詩鈔》。

馬底驛

凄絶黔安地，經行得未聞。語音三户别，晴雨一山分。陡壁騰樵婦，荒爐坐戍軍。還看溪澗畔，虎迹映斜曛。

于鰲圖

字伯鱗，號滄來，漢軍鑲紅旗人。乾隆三十五年舉人，今官蘇州府知府。有《南來集》。

秋夜高郵舟行

千里暗如墨，櫓催趁夜行。燈隨星共遠，風與水争聲。舵轉坐常側，帆懸魂屢驚。秋深憐病骨，豈敢惜浮生。

斗山口望徐州

蕭騷風拂鬢，指顧見徐州。劉項無餘土，張蘇是故侯。悲生雲外雁，寒起水中秋。烟霧迷城市，疑看蜃吐樓。

瓦房工次早行

旅次眠難穩，晨鷄催客行。森森緣岸樹，落落遠村更。淡月全無影，寒流自有聲。征車衝曉霧，野浦亂鴉鳴。

印照

字匯淙，嘉定人。乾隆三十五年舉人。有《菽園詩稿》。

夜坐懷朱東發

夜凉不成寐，延佇倚岩户。忽聞遠寺鐘，已歇西堂雨。幽幌暖餘香，疏星耿凉宇。美人游不還，檐鈴空自語。

南宋宫詞

内人奏鼓合《凉州》，彩練抛來七寶球。殿下諸王呼萬歲，至尊盤馬過龍樓。
芳池九曲水瀠洄，日午龍舟打槳來。報道芙蓉須卧看，銷金羅幕一時開。
高髻團衫别樣妍，謝恩總立閣門前。紅羅帕子新承賜，小印金龍押四邊。
東風桃李競春暉，女伴彈棋捲綉幃。忽聽金鈴檐外響，飛奴遥帶夕陽歸。

嚴　翼

字憩棠，嘉定人。乾隆三十五年舉人。有《鴻音集》。

灘　江

山勢從黔落，江流入楚分。摩天開一綫，繞壁走千軍。白晝渾疑雨，青岩不斷雲。依稀三峽裏，

處處嘯猿聞。

極天同鳥道，此路即羊腸。戰壘餘金索，武侯南征，從石壁貫索以進。懸崖綴木房。絶壁上有老屋數椽。寒烟晨尚燒，老樹臘初霜。風景蠻方异，勞勞嘆阻長。

安南道中

一鞭隨早爽，秋意滿空山。雨歇蟲聲裏，雲生馬足間。稻涼花盡白，柏老葉初斑。蕭瑟蠻方景，勞勞客未還。

送燕

海北天南消息稀，秋來别我尚依依。漫尋昔日花前路，須記明年竹裏扉。此地幾人開白社，舊家何處覓烏衣。懸知不負華胥約，好趁西風緩緩歸。

水西途次

秋净巒天萬髻羅，一鞭趁曉走嵯峨。雲連蜀道羊腸迴，木落黔山虎迹多。帶露雜花凉自放，下溪活水淺無波。時豐便覺登場早，處處磨鐮待割禾。

湖海詩傳卷三十二

程晋芳

初名廷鐄，字魚門，號蕺園，歙縣人。乾隆二十七年召試，賜内閣中書，三十六年成進士，官吏部主事，以校勘《四庫全書》，改編修。有《蕺園全集》。

《蒲褐山房詩話》：魚門業傳鹽策，家本素封，而覃研典籍，虚懷求益。少問經義於從叔廷祚，學古文於劉海峰大魁，又與商寶意、袁子才唱和，故博聞宏覽，而才情豐蔚，詩文并擅其勝。然游宦三十餘年，家益落，無以自給，爲乞米計，至關中，病暑而歿。喪歸，秋帆撫軍留其著作，存於終南仙館凡十餘年，而畢氏籍没，其書遂不可考。惟聞《春秋經義》尚存於門人謝編修振定所，然亦未付雕鎸。

夜夢袁簡齋是日簡齋書至因作詩寄之

昨夜夢尋君，迢迢渡江水。官舍月微明，握手花陰裏。各言長相思，餘論及文體。覺來鷄未鳴，殘燈弄餘蕊。是日君使來，果得書一紙。乃知精神合，魂魄已潛擬。之子抱天懷，咳唾落珠琲。作吏非所難，苦滯百寮底。况是絳霄人，何堪久塵滓。讀書結初願，有田誓歸矣。而我孑然身，百憂浩所委。惟君憐我深，義與殷顔比。别易見面稀，得書時復喜。大江多風濤，舟楫慎所使。嘲啾百鳥群，乘春競人耳。孤禽獨不鳴，高樹永栖止。感物思遠人，觀時悟生理。庶幾各自愛，黽勉固終始。

山行

秋山多白雲，峰勢與雲變。岩岫淡冥濛，磵壑互隱現。有如皴染家，濃淡着素絹。俄驚山無根，雲氣平抹斷。縈紆雲作態，峰路逐雲轉。須臾長風來，雲净山悉見。偉哉造化功，頃刻千狀换。慰此行旅艱，極目信忘倦。

愛貓詩爲王梅沜作

烏圓雖柔馴，所志惟搏擊。區區常畜耳，何用重憐惜。吾友梅沜翁，好之遂成癖。種勿辨珍奇，毛勿取錦織。裹鹽向僧換，貫索從市得。豈惟賚魚乙，亦且分肉食。桃笙聽晏眠，花影撲狼籍。懷袖一撫摩，俯首笑啞啞。我前爲致詞，子亦太痴劇。右軍愛籠鵝，神契在筆畫。支公賞神駿，所嗜乃逸格。彼皆有寓意，而豈盡沉溺。今子胡好爲，玩物作無益。寧伸唐宫冤，恐附義府魄。朝聞瓦盆翻，夕訝鄰鷄磔。護短而憑愚，奚不速自克。支頤初不答，徐徐乃爲釋。人生各有好，彼此勿互易。《禮經》載八蜡，農事渠有力。珠光一圜轉，綫以子午測。紗帷傍張搏，穿柳聘魯直。稱曰玉狻猊，被以金鎖勒。誰張雪姑榜，孰向臨安索。楚金七十事，事事典以則。昌黎美相乳，用以表仁澤。吾生本貧賤，萬里一書策。破帽不改新，破衣不加飾。夫豈盡攫鼠，而有護防責。吾但取其名，徐乃課功績。飢惟盡一簞，功足蕩四壁。時時看洗面，瀹茗待佳客。亦復錫嘉名，應聲如僕役。錦堂氍毹春，我但敗氈席。雲圖抵數金，我以百錢覓。余方愧負若，何乃動譏斥。况余久羈滯，寒坐冰雪宅。獨酌一壺春，左右伴岑寂。宵分共卧起，氣暖若裘褐。既非衛侯鶴，乘軒喪厥國。又异葉公龍，瞥見心膽惕。黄耳鬱高墳，事不厭奇特。予方嗔子迂，慎勿誚我惑。我聞輒拊掌，所論良亦得。豈惟謝子

過，且使余悦懌。客游多歲月，此輩宜物色。贈子毛穎雙，畀我銜蟬隻。

讀商司馬寶意詩題後

潞河南下流波澹，水驛山村倦臨覽。閑把君詩枕上看，冷吟驚破魚龍膽。霏烟拂霧紛變態，陶汰工夫出夷憺。泠泠清響脉通池，往往初甘味回欖。珍厨鹽豉豈异味，要在饔人善和糁。就中妙境難舉似，醃䤈微香發新菡。堂堂旗鼓列雄師，韓魏依然自視欿。憶從南園握君手，若樹亭亭鋪碧毯。揮毫落紙君自擅，分騎揚鑣吾豈敢。金臺夕寺共追尋，九陌新秋轡同攬。歸驂淮水葉蕭騷，去棹巴江雲黯黮。竹王山鬼互將迎，鵊鳥蠻花增怨憯。大江春早重登櫓，澎湃奔濤驚習坎。集中有《驚濤》四律。匆匆燕市一相逢，草草杯盤論坎顑。卅年銅綬滯青衫，如此儒冠困丹槧。即看車馬尚鷄栖，那得功名追燕頷。徒勞琢句腎肝瘦，或恐搜奇天地慘。江鄉隨處有蒓鱸，箬笠差宜傲珩紞。秫田二頃待同耕，願與先生披錦贉。懷人掩卷暮愁生，淅淅凉風吹亂菼。

日月合璧硯歌

端溪下嵓久著名，就中最美稱水坑。良工琢石如琢玉，沐日浴月揚其英。太空無雲蕩晴旭，下有海水涵金精。兩儀合度儼合璧，五緯列宿韜光晶。邊鬌錦囊貯此硯，吴頭楚尾都隨行。多年珍好落吾手，信有天意非人争。蒼蒼者烏踆者兔，轉丸歲月無停征。磨人墨汁磨墨硯，使我終老勤耘耕。斧形風字載常譜，此硯一出逾瑶瑛。質温密栗縵紋理，表靈發异矜廉清。曾聞龍鱗賜天府，明良作輔承嘉榮。放翁軍帳坐草檄，撫時泐硯心太平。今我清時一葦布，寶此异物將安營。刻鏤風露笑通侻，携持場屋羞傖儜。逝將移贈天禄史，表忠燭佞司權衡。即今隨身遍南北，山經地志閑商評。眼中何從起翳障，胸次願得長光明。詩成閣筆一笑粲，夕陽纔下金波横。

侯夷門題畫詩十二首余於李芋圃太史齋壁見之嘆諷良久瀕行芋圃以侯詩書扇見遺作詩志之

侯生使筆如奔驥，掣電崩雲千里逝。錦韁綉靮不勞施，峻阪層崖豈防墜。發狂使氣氣益雄，埋

頭渴飲千觥空。自矜奇節類遠祖，抱關擊柝將無同。昔年共我游春墅，名士座中多楚楚。放紙寧嫌十丈長，摇筆如風目如炬。就中金玉兼泥沙，旁觀竊笑争譏嘩。要其才氣萬人敵，畢生不遇堪咨嗟。殘秋獨上南朝塔，大風摇山黑雲匝。忽然狂笑忽號咷，滚滚江流響相雜。重來淮水揚輕舟，五月尚着青羊裘。題詩哭奠水南老，鬼語荒忽悲咿嚘。江干作尉怪疾起，一夕酕醄厠中死。清流若輩濁流投，造物憐才竟如此。壁間題畫十二詩，我來京邸偶見之。文從字順尚難解，要當配食樊宗師。翰林李君書法好，每道匆匆不暇草。仰家扇子寫侯詩，送我遠返江南道。斜行密構皆通神，羲耶獻耶恐亂真。豈惟鄭重别余意，君與侯生亦故人。凉風十月迎馬首，把玩循環不離手。流傳他日到何人，名墨遺詩俱不朽。

和洴江伯父彈指閣老樹爲風雨所拔用少陵楠樹韵

婆娑老樹佛閣前，疏枝蠹葉不計年。曉映明河挂珠斗，夜承墜露栖幽蟬。凉秋七月風雨至，大塊吹嘘紛怒氣。拔地還疑鬼神力，掃空已斷雲烟意。憶昔游人争賞愛，青青密蔭圓如蓋。空餘古砌净流塵，無復清飆送高籟。老僧禪懷少荆棘，小劫無爲感中臆。欲識根株生滅緣，舉頭華月澄秋色。

韓幹神駿圖

兀如山立如風旋，力躡電影馳其前。高巔雙壁夾兩觀，長鳴思騁仰視天。非花非駁非連錢，沃雪遍體銀絲纏。奚官脱帽衣袒偏，志不在馬耽清泉。怒塵一洗毛鬣鮮，耀日不復煩鞍韉。涉水水底蒸雲烟，蹄間錯落流珠濺。道人注目意静便，相賞逸格通高禪。奚官鞲鷹捉老拳，搜身擇肉思秋田。矯矯元度跂脚眠，桐花下墜清露妍。奇姿絶態咫尺傳，筆無瑕痕墨彩圓。目以韓幹然不然，先生曹霸差齊肩。肉不露骨骨益堅，一藝所到參幽元。殘縑寸斷神則全，渥洼精氣連星躔。支公不作誰爲憐，駕轅服皂紛闐闐。千金市此勿舍旃，丹青未必留空筌。

仇實父漢宫春曉圖

澄霞舒卷天半紅，流鶯細囀晴烟中。韶春先到樂游苑，金鋪玉砌光融融。翠微五柞連馺娑，千門盡啓葳蕤鎖。寶鏡當樓理曉雲，玉鈿匌鬢簪嫣朵。掃花宫婢雲垂衣，驚起蛺蝶成團飛。柳絲低嚲不能舞，九華殿裏東風微。惟有昭陽春最豔，珠壁金釭燈灎灎。紫燕休尋别殿巢，文鴛競向迴塘占。

何處離宫抱怨深，夢迴隱隱聽車音。青陽不道凌朝轉，皓月還看到曉沉。十洲作畫工雕繪，此卷傳神信爲最。似經新露長芳苔，如有柔風動羅帶。君不見露寢離宫歲歲新，承恩并輦古無倫。一朝帳殿生秋草，三十六宫誰是春？行人曾過驪山下，野土青紅没鴛瓦。蕭森古木嘯愁鴟，落日寒聲起平野。繁華如此空摧殘，不如長向圖中看。

父庚觚

蓐收積氣凝堅剛，銅英布濩草木黄。何年采煉鑄法物，破觚爲圜稱有商。商人敬鬼惡不祥，制器立象殊精良。雷紋震疊百物懼，饕餮森列群邪藏。尊彝罍甀觶爵觴，因時備用各有常。觚戒德孤寓深意，如置監史立兩旁。數千百載韜古光，何人掘取歸縑囊。想當埋瘞向深土，重苔野火增青蒼〔一〕。輕雲油油覆煌煌〔二〕，相對肅穆嚴冠裳。父庚之銘義何取，篆法直逼誦與蒼〔三〕。十干作名厥旨彰，亦如祖丙父乙難追詳。或云字迹肖垂穎，無乃祈穀供蒸嘗〔四〕。勾吴於越米價昂，斗錢四百嗟奇荒。上天殷念恤黔赤，五風十雨肥秋秧。禾頭斑斑麥吐芒，庚金成實司西方。宜舉此觚答天貺，灌實鬱鬯羞馨香。職思其居實稼穡，毋使沉湎譏太康〔五〕。

【校勘記】

〔一〕「重苔野火增青蒼」,《勉行堂詩集》卷四《刻楮集》作「野火與赤苔與蒼」。

〔二〕「覆」,《勉行堂詩集》卷四《刻楮集》作「復」。

〔三〕「蒼」,《勉行堂詩集》卷四《刻楮集》作「倉」。

〔四〕「蒸」,《勉行堂詩集》卷四《刻楮集》作「烝」。

〔五〕「毋」,《勉行堂詩集》卷四《刻楮集》作「毌」。

太白樽

紫窑片瓦敵拱璧,何況世遠誇唐磁。揭來傳觀形製古,龍文圾碎銜雙螭。云是太白狂飲之酒器,其説杳渺難深稽。質純砷細色澤厚,當是宋人摹仿之所爲。堂堂謫仙人,矯矯翔鸞姿。紫宫青府不稱意,偶來人世窮兒嬉。長安道上馳八姨,楊花撩亂天迷離。心知禍亂口不語,胸中磊塊澆千卮。金龜賀監解,玉硯妃子持。將軍脱靴不足顧,彩毫落紙驚淋漓。江南蜀道頻流移,子規叫血猿猱悲。糟邱麯壘氣彌壯,春江吸盡青琉璃。團團牛渚月,湛湛謝公池。手撫力士鐺,笑把桑落枝。飄然騎鯨忽歸去,天風吹髮凉絲絲。金門歲星不可見,但見柳旁三點揚酒旗。殘杯剩勺到處有,後

人傳寶如瓊琦。此樽遺製特奇古，想見醉倒冠巾攲。嗟我兩長無一得，不能豪飲兼吟詩。銅瓶在手汲新水，插花植卉爲清怡。沉香亭畔牡丹少，一枝隨分新胭脂。

景陽鐘歌

靈谷寺裏有古鐘，赤苔斑駁翠蘚濃。傳是景陽宫中之法物，多年零落塵埃封。其製稍狹高二尺，旋蟲繞獸盤蛟龍。中銜白玉徑寸許，雷紋雨篆紛重重。小鳴大鳴叩輒應，金飆颯颯摇寒松。《周官》鳧氏掌鐘簴，裁度律吕維和雝。兩欒九乳有定製，懸之明堂列辟廱。元音一振統萬里，左五右五連笙鏞。偏安江左氣象迫，古樂盡變祟纖穠。了無典則布軌物，但此鄭衛矜昌丰。流音怪底應商律，運祚短促無春容。此鐘遞嬗多年代，旁峙在懸終不壞。五更聲動閶闔開，金珂玉劍來朝會。夜臘方傳虎踞關，曉妝又赴鷄鳴埭。蒼蒼城闕起寒烟，一轉繁華歸法界。六時振響答流泉，古月婆娑話成敗。君不見潛壤銅鐘似殷雷，鯨魚十二今何在？

題劉别駕若庵江上觀潮圖

生平竊慕祖士雅，渡江擊楫何瀟灑。英風更羨吴越王，射潮潮避鐵弩强。丈夫壯志苟如此，會須吸盡西江水。即看《江上觀潮圖》，蛟螭彈壓膽氣粗。居然萬里匯尺幅，茫茫千頃銀濤鋪。是日鱗雲紛霙霼，驪龍率舞魚作隊。轟掣雷霆戰騎馳，動摇山岳天光碎。黄牛峽口白馬灘，險處急速成奔湍。逶迤千里乃一放，元氣浩浩驚奇觀。金支翠旗光閃爍，隱隱層波涌樓閣。使君胸次比江寬，壯游宦海無拘縛。笛聲吹裂山根石，兩岸蘆花如雪積。潮平天净月輪寒，飛起群鷗破空碧。

苗刀歌次商司馬寶意韵

三苗遺種誇雄豪，花裾赤脛尻有毛。生兒斂鐵爲積屋，十年浴鐵成苗刀。青絲細絡緑皮裹，寒光一髮收銀濤。晶瑩不受土薄蝕，拂拭但用人脂膏。千錢覞覶奮格鬥，刳腸抉面休輕遭。卅年前經大搜剿，委弃兵械深林逃。使君何從得此物，恐防鬼伯中宵號。寒窗把玩出素匣，愁雲慼慼風騷騷。方今四極盡康阜，婼羌疏勒無兵麈。貝多奇樹釀酒醴，驊騮内厩栽葡萄。玀玀擊鼓日歌舞，妄念不

敢萌分毫。羅田小寇實土著，何乃蟻聚忘撫匃。紛紛狐黨盡擒縛，奸酋竄匿同驚猱。願持此刀急逐賊，剸之千段如誅蒿。功成納鞘誓不用，凶器百勝宜終弢。長謡怒髮忽倒竪，酒人吾欲從荆高。

題元人所畫雙鷺圖寄商司馬寶意

有菀者蒲折者荷，澄溪澹澹静不波。翻翻白鳥食茄下，野性那復憂虞羅。一翹隻足仰其頸，一飛向空斜帶整。緑蘋風起似驚秋，紅蓼花深宜照影。由來愛潔毛骨殊，雪絲蓋頂圓沙鋪。誰能貌取最真態，春鉏上下如相呼。畫家恐是錢舜舉，我欲問鷺鷺不語。浪高憶爾破遥天，雨急憐伊避寒溆。有客思歸放白鷴，幾回對畫起愁顔。槎松葉暗霜魚小，争得江湖趁汝閑。

宋徽宗所畫龍翔池鸂鶒圖

我行骨董肆，瞥見古畫軸。筆姿墨彩愜飛動，摇蕩心魂眩雙目。諦觀乃是《鸂鶒圖》，宣和小印鈐紅硃。瘦金書體數百字，拂紙靉靆雲烟鋪。緬昔酣嬉忘國步，江南花石催無數。青陰閣傍碧琅玕，雪浪金堤栽玉樹。龍翔池上風日春，采蘭祓禊逢佳展。瓊林宴上出此作，奎章鳳藻驚群臣。彩

襟錦臆垂霞縷，顧影相矜如刷羽。直從禁地寫江湖，一片横塘澹烟雨。紇干山雀飛聯翩，如斯絶技天不憐。才藻南唐後主敵，兵戈西晋永嘉年。五國城西沙拂面，帛書空憶南來雁。荒村古驛月痕斜，詞筆蕭疏咏孤燕。故國蒼茫落照殘，春深誰更倚紅欄。無情水鳥争飛去，風滿清池碧草寒。

游太學觀石鼓

纖雲净掃澄高穹，旭日正射東膠東。虎門書庫縱觀眺，蒼碑丹碣何穹窿。兩廡忽訝光熊熊，左五右五蟠紳虹。叩之其響非逢逢，厥形肖鼓名從同。籀法變换删禽蟲，口不能讀心差通。麀鹿速速秀者弓，鸞車既好矢則彤。左司妙句開鴻濛，文考有作垂酆宫。韓蘇繼起筆力雄，云此實頌中興功。《竹書》《汲冢》試折衷，載紀未及奚鑿空。廣川跋語據盲左，岐陽簡狩修師戎。時遥莫辨初與終，考古曷若勤尊崇。三疑妄説真夢夢，先秦宇文紛亂訌。赤烏踆兔猶朦朧，六經聚訟如蟻叢。法物怪底遭群攻，元人南伐何匆匆。巨石作炮紅衣紅，此物先已來燕中。金鑲玉勒辭疏櫳，草萊拂拭光氣融。璧水半璧環冲瀜，滄波匯海岳有嵩。縮瑟萬象歸牢籠，穆書原鼎同馮隆。誰其述者衆與蒙，煌煌四百六十字，紫凰威鳳争飛翀。偏旁漸失數不充，剥蝕豈必關磨礲。孰云汝壽碩且豐，投梭歲月方無窮。南劍木刻珍瑶玒，安得琢石臨摹工。至寶零落吾所恫，念之不覺心忡忡。且求遺拓裝書筒，墨

香披拂來松風。

題梅妃吹笛圖

朦朧樹色簾衣揭，一片沉沉宫禁月。誰寫《江妃擪笛圖》，綴景傳神總清越。嶺南妙選入深宫，玉笛閑吹號最工。檻外春晴方鬥草，筵前舞罷更驚鴻。無端釵合承新約，黄金買賦知難托。眉際潛傷桂葉凋，笛中暗訴梅花落。團扇非秋早弃捐，明珠和泪譜商弦。亞墻花静人偷曲，惟把《霓裳》碎拍傳。芝焚蕙弃無須嘆，鼙鼓漁陽起天半。蜀道青騾爲阿誰，此身幸不關危亂。從古君恩易重輕，樓東才豈讓華清。西風妒煞垂楊碧，還向朝元作雨聲。

王莽貨布歌

成都火井黯不然，昭陽禍水方乘權。巨君睢盱目睆鼎，刻意摹古欺愚賢。周公孺子飾假面，《金縢》《洛誥》增外篇。六官改竄不足道，貨泉變自居攝年。十品頒行别次第，卯金之號旋舍旃。契刀大布類叢雜，訟簿擾擾愁株連。黄牛白腹理當復，填耳莫禁民謡傳。鰒魚臭尚播千載，漸臺死不直

一錢。當時著作悉無取，貝貨所製殊精研。昔聞伏羲摶九棘，燧人農皇相後先。曰刀曰幣别子母，爲輪爲郭分方圓。吕姜佐王管子霸，但取民用流如泉。嗟莽何能識此意，刻舟求劍徒拘牽。要其規矩必古法，小篆如薤如針懸。秦碑漢石有摩泐，銅質堅勁其神全。委宛成文庶堪媲，黍銖定樂彌相宣。豈如鹿皮雜金幣，大昇鵝眼浮青漣。食因咽廢古所誡，舊制況復非彼專。鄱陽莽錢入僞品，通山瀕海紛糾纏。别書刀布信卓識，雖不適用毋輕捐。夷甫不言信高致，王昕取一奚過愆。宜男可徵勿深考，囊中伴我倉斯箋。

家頫書侄餞席聽祝道士彈水仙操

貝宫無烟濤氣白，老仙長住鮫人宅。天邊攬月置懷中，笑向龍堂輕一擲。冰絲播弄饒水聲，寥寥秋闊夜宇清。遺宫剩徵到人世，异韵未許參凡情。道人神姿映不寢，爲我揮弦佐匏飲。存齋太史適共聽，跂脚西窗手交枕。是時緑桂吹古香，高雲飄墮雁起翔。浮音切響振岑寂，指頭涌出波茫茫。阿咸心閑得琴意，解帶松間對月醉。夜闌更請奏歸風，我欲臨江鼓征棹。

送舍弟述先之廣陵

河橋一携手，碧柳未成絲。春水方生夜，孤帆獨去時。岸荒人語少，雨急雁飛遲。亦識前期近，其如愴别離。

甓社舟中

澤國蒼茫裏，雲帆一葉過。亭荒秋樹少，湖闊夕陽多。漁舫有時集，勞人何處歌。依依淮浦月，相送耿金波。

旅寓遣懷三首

去住渾疑有夙因，重判衣袂涴緇塵。《柘枝》偶作當場舞，鷄骨慵占野廟神。淡淡鶯花憐故國，疏疏風雨度蕭晨。故應難展穿楊手，老作清時擊壤民。

世情鹵莽競錐刀，得失鷄蟲祇自豪。殘箧誰憐白團扇，新聲終愛《鬱輪袍》。波深滄海龍吟細，天抹閑雲雁陣高。積障破除書卷在，一枝籬菊送香醪。

瀟瀟初雨撲雕簾，睡起懵騰興未恢。南國夢餘花信晚，西城居近井泉甜。不慚齒壯名難就，長是愁深病亦兼。何事故鄉消息斷，辭家兩見换新蟾。

將赴京兆試同人相餞晚甘園留别

緑暗郊原草色齊，荒凉曉曲唱黄鷄。藏名漫擬隨龍尾，學道何曾悟馬蹄。良友情懷春水闊，旅人襟抱夕陽低。也知骨相無多福，未必鈞天聽易迷。

落花

陌上休歌緩緩歸，風光九十已全非。山鶯過處紅成陣，海燕來時緑作圍。迸蕊尚縈青玉案，餘香還惹碧羅衣。曲屏一夜尋芳夢，猶逐殘英續斷飛。

月露千枝影半簾，幾番風信雨簾纖。不隨暖絮縈珠網，更帶晴絲拂鏡奩。静墜膽瓶燈灺暗，閑

飄曲榭水紋添。忘情不信維摩詰，一片孤芳手自拈。
幾回欲折轉生憐，誰料飄靁曲檻前。水佩風襟消綺夢，酒旗歌板惜塵緣。愁生水北三更雨，恨滿江南二月天。無限芳華買難住，紫榆空散沈郎錢。
一夜天風掃絳嵩，飄零從此限塵凡。點妝冷艷依眉黛，漬粉新春落枕函。廢圃荒烟無蝶采，空宮斜日有鶯銜。關心最是春機女，織取繁紅上碧衫。

阿膠聯句

濟流達阿城，程晉芳。屢起屢迴澓。高環井布輪，沈初。下汲瓶挈竹。清迅登《茶經》，梁夢善。煉煮稽藥籙。彼哉長耳公，晉芳。縶之小山麓。風聲引蹄蹢，初。雲氣覆黝黷。鳴應子午交，夢善。色取壬癸獨。陰崖露草咀，晉芳。寒徑雪花蹴。三年置閑散，初。一旦摧令僕。土人製膠，飼驢以北山之草，三年乃用之。皮存毛不附，夢善。支解尾猶秃。火紅文武添，晉芳。泉綠淺深掬。重燈耐細煎，初。響雨雜微攡。淬融晷刻淹，夢善。紋皺分寸縮。照面漆髹几，晉芳。著手脂炙轂。牽連乃黐黏，初。悦澤遂膏沐。凝爲堅固體，夢善。割類方正肉。厥包附土貢，晉芳。其用佐金肅。劑和宜朮苓，初。價值過龜鹿。媚寧佩娙娥，夢善。濁待止河瀆。客來偶停橈，晉芳。市聚看列屋。粉書板雙扉，初。青

曳帘半幅。檢囊罄輕賫，夢善。裹紙聽平鬻。瑣碎翻湯頭，晋芳。鄭重藏録目。酒杯化醇醲，初。夜睡益甜熟。真僞勿具論，夢善。歸去遺姻族。晋芳。

官扇聯句

明上海陸文裕公，嘉靖中以祭酒直經筵，嘗拜宫扇之賜。裔孫錫熊官京師，暇日出示其友程晋芳、汪孟鋗、趙文哲、阮葵生、董潮、吴省欽，爰共聯句。

秋光敞雕楹，晋芳。晨爽拭珍篁。娱賓折簡招，孟鋗。述祖在笥檢。扇裁蜀府新，文哲。製陋漢宫儉。勝朝中葉承，葵生。其廟太阿剡。深居厲刑賞，潮。旅進雜忠謟。一俊占鳳鳴，省欽。九逵筮鴻漸。南曹巨璫毆，錫熊。《明史》本傳，授編修，劉瑾改爲南京刑部主事。瑾誅，復官。東觀群雅媕。朵殿經槴𥅜，晋芳。條銜御毫點。公《南巡日録》，御筆親署爲「翰林學士」，抹落「侍讀」。侍屬車塵清，孟鋗。飫天酒露霑。迎節蘭辰佳，文哲。爆直松閣罨。賚衣白紵輕，葵生。解糉紅絲纈。是物本貢珍，潮。异數非竊忝。函頒香案臣，省欽。帕捧閤門闔。爛然朱霞濔，錫熊。溰若素波閃。花樸蟬翼翻，晋芳。海圖龍甲閃。段竹截鵝肪，孟鋗。圓釘貼蟹靨。紙劈繭纚縰，文哲。銀塗泥灔瀲。佩宜錦囊盛，葵生。世廟賜張孚敬等錦囊詩扇，見《嘉隆聞見記》。絡藉彩索繶。又五日，賜李時、夏言等彩索、牙扇、文虎等物，見《翰林記》。携歸袖

緋緋，潮。傳示目覞覞。樓添槐雨涼，省欽。公邸中有槐雨樓，在宣武門内。屏引梧颸颭。公有雲錦石屏，今藏于家。揮疑仙骨珊，錫熊。障少俗氛玷。三沐兼三薰，晉芳。一重或一掩。迴翔瑣闥榮，孟鋗。蹉跌延津貶。本傳以講章爲閣臣所改，奏請各陳所見，謫延平府同知。大柄久不持，文哲。疏節詎終慊。懷中月團圞，葵生。天上日荏苒。春祠晉嶺花，潮。夜艇江湄笑。握隨笻杖倚，省欽。叠映越羅斂。本傳，自同知擢山西提學副使，改浙江，進江西參政，歷四川左布政司使。巢痕玉署空，錫熊。篋泪金蓮染。黄扉誰畫接，晉芳。青詞競宵𧞣。履絇羽舄躚，孟鋗。冠葉香螺黶。紫禁輿并扶，文哲。丹壺藥獨夾。捋虎腰領縻，葵生。嚇鴟臭腐嚵。望虚棘與槐，潮。興托菱共芡。抽身等弃捐，省欽。炙手避威焰。吉金行槖垂，錫熊。廉石歸舟暫。申浦折芰紉，晉芳。袁壘團茆店。願豐課田園，孟鋗。公集有《願豐堂漫書》一卷。後樂窮溪厂。後樂，公園名，在春申浦東。谷水圖斫鱸，文哲。茸城賦載獫。蔬笋安枯禪，葵生。杉檜絶驚魘。臨池妙素縑，潮。數典富鉛槧。風流被末沫，省欽。恩款話斯憯。出入變寒暄，錫熊。卷舒信夷險。貽厥傳魯弓，晉芳。昭兹守周琰。文孫勤服膺，孟鋗。冷客慰飢嗛。披襟當北窗，文哲。視景薄西崦。把玩神愕眙，葵生。評泊口喁噞。規隘七寶纖，潮。彩奪五明霅。森森鸞尾捎，省欽。趯趯雀翎翀。便面刓觚圜，錫熊。聚頭學裙裺。什襲閱百年，晉芳。陸離驚一睒。畫零蝶兩翾，孟鋗。墜失魚雙眨。袱看蹙綉韜，文哲。幨拓剪紗撿。祛濁敢拂蠅，葵生。通靈或駭鼸。展防寒具污，潮。揚奉清芬奄。家集網叢殘，省欽。國史補遺鮎。恍坐春風春，錫熊。公有《春風堂隨筆》。群瞻儼山儼。晉芳。

食蟹聯句

水錯饒羹材，程晉芳。廚珍試饌法。堆盤解象占，趙文哲。就坐旅情洽。販集丁沽腥，山陽阮葵生吾山。買問亥市插。飽露腹中腴，海鹽董潮東亭。迎霜骨外砝。跪交銀戟撑，吳省欽。螯舉玉鈎夾。凸如背負筐，曹仁虎。森若胸貫鉀。急縛氣尚雄，陸錫熊。横行徑已狹。濡濡沫互噴，晉芳。宛宛目交眨。飼宜土膏肥，文哲。漉用井華渫。族徒葦籃傾，葵生。命并糠火熁。泣釜鼎娥憐，潮。登筵觥使扱。薑芽小紅攢，省欽。橙縷新緑掐。酸醯一勺⿰夾斗，仁虎。苦醞百分呷。笑爾中腸無，錫熊。供吾左手抾。猛夫詫突睛，晉芳。公子嗤駢脅。尖團臍互覘，文哲。磊落殼先拹。褪蓑雪膚鬆，葵生。披鈿金靨欱。千齡珀凝脂，潮。六州鐵鑄甲。纍纍鬣足叉，省欽。薄薄蠣房䀹。瑩白瓊液滋，仁虎。頳黄玳膏浥。肌充美自含，錫熊。腦滿香齊嚌。批郤爪梳爬，晉芳。觸芒齒咋⿰齒夾。攫疑戰拇囂，文哲。嗑擬甘唇狎。渠魁咸拔尤，葵生。么麿亦承乏。髓浮沾襟裾，潮。支解謝箸策。細咀耐更番，省欽。大嚼誚半霎。積骼高崚嶒，仁虎。餘肪膩淩渫。賤桃花楚蝛，錫熊。陋藻苗越蜐。倦僕涎欲流，晉芳。饕朋口猶呿。菽乳滌惺忪，文哲。菊鈴搓鞡韘。清盥陳給巾，葵生。雅譚捉蒲箑。候乘夜月虧，潮。興逐秋風颯。醉容何傞傞，省欽。鄉語競評評。荻漲遠逾淮，仁虎。蒓波清到霅。笭箵迎溜懸，錫熊。籪箔椓泥

插。江空八月寒，晉芳。港暝一燈炯。橘洲烟溟濛，文哲。菱渡水漻淈。郭索依牛涔，葵生。沿緣上魚罨。奔明集渚汀，潮。負固藏厓庋。鉗蘆走蹣跚，省欽。執穗行超迹。智輪蚓泉穿，仁虎。形寄鱓穴庾。乘潮或歸溟，錫熊。過雨争聚鬧。菅屬來徐徐，晉芳。葉船去泛泛。罾撈帶草蝦，文哲。簝動驚花鴨。種堪按譜搜，葵生。味待加餐啑。瑣碎鸚鸈纖，潮。輪囷虎斑彪。長卿文獨豪，省欽。彭越力寧怯。紛紛遭拘擒，仁虎。帖帖被檢柙。枚非一千須，錫熊。輩喜十六恰。趁墟沙尾喧，晉芳。論價擔頭壓。詩換蘇何饞，文哲。酒浮畢所忡。送似走白衣，葵生。招邀脱烏帢。生拆宜鹽投，潮。熟蒸忌湯煠。榼飣蔗霜黏，省欽。罌裝椒雨腌。封糟窨墻陰，仁虎。和醬暴檐吸。真應常侍除，錫熊。幸少監州懵。烹异葵公詭，晉芳。議思鍾子諵。偶參琴心圓，文哲。每悟茶眼晗。歸夢懸篷籠，葵生。客懷滯簦笈。舊迹印鴻泥，潮。流光熟羊胛。蓼塘畫展屏，省欽。笠澤書翻匣。給鮮徵食單，仁虎。忍俊妨浄業。少坐俟吟安，錫熊。星芒動簾押。晉芳。

邵晉涵

字與同，號二雲，餘姚人。乾隆三十六年會試第一，官至侍講學士。

《蒲褐山房詩話》：二雲學問，經經緯史，包孕富有，而不以詩賦見長。在史館最久，數十年來，

名卿列傳，多出其手，據實直書，未嘗有所依阿瞻徇也。所著《爾雅正義》，先已刊行。又有《孟子述義》、《韓詩内傳考》、《穀梁正義》諸書，未成，皆藏稿於家。子秉華將彙而録之，以惠來者。世人但誇其小學，蓋方隅之見爾。

秋夜作

英英西山雲，霏霏被高樹。明月無餘暉，飛來落何處。江草日蕭疏，江花澹容與。想見羽衣人，乘月披雲去。即目媚芳華，孤懷感羈旅。雲中君不來，風鈴夜深語。

題阿少司空奉使探河源圖

昔從石室校圖録，紀遠得見《河源書》。偉歟盛治闢疊龕，于闐葱嶺成通涂。尋源特命世臣往，核實還奏承帝俞。勒成巨編貯秘閣，流傳芳迹存遺圖。連峰接天勢匝匼，盤陀一徑通幽嶇。縈迴谷轉地平衍，突見泉脉交融輸。垂杓宛轉排列宿，堆盤錯落噴靈珠。元人誤會鄂端尾，傳訛互証潘與朱。豈識上源更冲演，里餘三百黄英鋪。迤西巨石犖庨豁，若戴斗極開辰樞。懸崖黄赤本鴻致，天

紳百幅空中舒。粲瑩散作鏐盪影，傾沃疑有神漿儲。真源見處雲日期，山靈預使曾嵐祛。乃知天池懸北極，真抵瀛渤成歸墟。豁疑千載經目驗，豈非精意能感孚。古人睹記限方域，構虚設象終拘墟。流沙西海岫連屬，廣輪孰與分川衢。潛流出地注鹽澤，扶風義弗龍門殊。元公辨言述釋水，高源峻湊崑崙虚。渾泡穿地互汩潄，千七百一川所渠。簡語弗詳待申闡，影附誰信溝猶儒。披圖萬里在咫尺，攬轡如見神敷愉。閬風緤馬古有志，游仙或在清虚都。

落　葉

斷腸橋畔此重經，又見風林捲落星。斷梗隨風人易别，薄寒吹袂酒初醒。餘霞江路兼山路，暮雨長亭更短亭。憶昔攀條勞望眼，征衫可似舊時青。

周厚轅

字駕堂，湖口人。乾隆三十六年進士，官監察御史。有《蜀游草》。

入峽

入峽入下峽，三峽自此始。萬山自西來，東嚮同一軌。蜿蜒折復曲，澗窄僅尺咫。巔若地割據，趾若樹連理。争勝各變怪，略不一峰似。或立圭與璧，或爲蛇與豕。或者施施來，或竟耽耽視。入定若枯僧，明妝儕女子。睥睨蹶復張，格鬥傾還倚。青蓮不上船，黄石又呼履。柱迴伏波銅，壁换臨淮壘。初日麗觚棱，積雪盎階戺。舞馬忽升床，牽牛乍臨水。登場選千佛，揭鉢走百鬼。金鵝十二屏，錦障石家里。厥狀難具陳，所見略如此。開闢豈其然，鑱鑿誰所使。竟挾岷江來，約束不得駛。旁激却積鐵，倒嚙觸利齒。所以一葦杭，動費千夫指。尚有惡灘多，前途問行止。

注易洞有山谷書「鈎深堂」三字，勒于石。

絶磴陟秋風，一嘯群木動。山腰復右折，石腹裂中空。剜苔索古鐫，鉗口難成誦。鈎深尚有堂，點《易》此其洞。陰凝紹聖元，冰堅天地凍。端禮碑未書，汴水帆帆送。崇政去已遠，織網密無縫。一舸泛黔涪，四境欒栟幪。海外幾歸人，朝端鮮鳴鳳。致此岩竇栖，勢比邱山重。剥餘碩果甘，否極

群賢痛。象占箕子貞，翼擬周公夢。居安序自清，樂玩辭堪用。如何洛蜀争，亦效鄒魯哄。二賢尹焞、譙定。幸趨嚮，四座間賓從。涪翁兩字書，范守千秋頌。檻外朱碧流，遂作潢污供。此邦藉沐浴，繼學得真統。緊我遠游人，落帆一飛豇。仰止問津梁，山禽隔林哢。

過黄州用東坡先生定惠院月夜偶出韵

舟子解舟天未明，我尚蒙頭似中夜。小僮呼起看黄州，披衣已過東城下。城中竹樓遲客登，城外春醅向人瀉。連江麥浪正掀翻，數塢桃花尚低亞。好山仍如馬上看，美景漫向風前借。東坡遺躅復在兹，南樓一去真長謝。從今水月少客知，但有雲山繞官舍。我來未覓道士漿，渴甚頻思大官蔗。放膽將令北海空，打頭偏爲西風怕。不慚賡韵博嘲嗤，癖似好官由笑駡。

歸州夜泊

石裏沙爲岸，山腰樹作城。人家紛下上，鳥道幾縱横。不雨雲常住，無風水自鳴。怒灘千古恨，蹉跌爲寒盟。

雲陽縣

已到雲陽縣，舟居戒早寒。人家三面水，秋雨一痕灘。利用餘湯井，清風問橘官。栖霞如可托，高處共吟壇。

嘉定晚泊

斜照落烏尤，山城俯碧流。花明烟外市，燈散雨中樓。古道平羌界，高齋萬景收。萬景樓，宋築。何年方響洞，佳句爲勾留。見涪翁詩。

留别吴少甫學使即用其見贈詩韵

從君買就玉壺春，欲盡沙頭酒數巡。好倚風琴聯舊雨，憑教夜話接清晨。收來蘆荻洲前月，照出關山笛裏人。别袂不嫌聞折柳，梅花時節賞花新。

魯仕驥

字九皋，號絜非，江西新城人。乾隆三十六年進士，官夏縣知縣。有《山木居士集》。

《蒲褐山房詩話》：絜非學本儒先，躬行實踐。不爲聲韵之學，獨留意於古文。少師朱君仕琇，由劉海峰大魁，而溯靈皋方氏，以上至曾、王。登科十年，始謁選得山西夏縣，蓋司馬文正公之鄉，絜非益自喜，將求所以無愧于文正者。今大司馬宗室長君麟，方爲巡撫，稔君學行。時諸州縣請買補常平倉穀，以收餘利。絜非謂穀價方貴，豈可病民，請即停止，長君驚异，舉以風示通省，欲薦于朝，未幾病卒。子二：長肇光，貢生，先殁。次嗣光，舉人，亦能古文，嘉慶己未會試，殁於京師。兄弟皆爲彭尚書元瑞、曾運使燠所愛重。然諸孫皆幼，而絜非文刻者半，未刻者半，恐無人爲之裒集也。

秋夜客懷

人生遠離苦，最苦秋夜闌。况我孱弱息，終年背鄉關。悠悠日復日，會當何時還。時至氣候變，得毋衣裳單。衣單固足念，所期日加餐。皓月照庭隅，徒倚生感嘆。

寒蟬號高樹，蟋蟀吟羅幃。此時涼風起，蕭蕭入深閨。君子遠行役，悠悠我心思。容華不足念，但感久别離。舟行願無波，車行願無泥。驅車望鄉邑，歲晏當來歸。

庭前紫荆樹，艷麗正着花。如何風雨至，摧殘相交加。枝葉半顛頓，葆養此根穿。人生骨肉情，睹此足嘆嗟。亡者既已矣，在者客天涯。及時莫遠游，丈夫當懷家。

由幽栖寺溪行登栖靈峰

杖策指高峰，巑岏逼層嶺。傍嶺途可紆，選勝屐復整。逶迤沿溪流，徘徊俯密靚。緑草嫩如抽，幽花爛吐炯。漸入見古寺，烟光接青冥。遂穿林木叢，仰測岩巒頂。鳥徑辨微茫，雲竇托溟涬。緬然得殊觀，遐哉闢异境。耳目既昭朗，心期轉清迥。眷言宅斯宇，得往良爲幸。

徐長發

字玉厓，婁縣人。乾隆三十六年進士，官建昌道。有《經稼堂》、《魚通》諸集。

田園雜詩

野水接茅屋，鷗鳥常相親。蕭蕭蘆荻浦，依依見停雲。商風日夕至，薄寒初中人。田家刈晚秫，午鷄鳴烟村。歲稔多裕色，逍遥及佳辰。近局有好懷，酌酒召比鄰。願得長有年，睹此風俗淳。

夜叩永濟寺

畢景淡遥山，疏鐘起林樾。烟深巘路迷，露下螢光濕。石房犬吠幽，竹院梵音歇。佛火一龕明，僧雛倚空鉢。賴兹清净緣，一契無生訣。遥夜啓禪關，杪欏散凉月。

村夕懷薛肇文

浦口亂晚烟，華月在林際。竹樹生清陰，蘋花散香氣。凉露净琴弦，微風襲衣袂。感念同心人，中宵悵無寐。

春暮述庵招飲蒲褐山房時余將欲南還

黄金臺上雲千叠，黄金臺下花如雪。我來三月薊門游，好景江南坐成别。西清王公大雅倫，相邀共醉長安春。長安春景倏已暮，西山朝爽常留人。湯泉修禊歸來晚，玉河楊柳烟光遠。作詩潑墨擬蘭亭，如雲名士供游衍。吁嗟良會洵有期，紛紛飛絮沾人衣。飄飄却羨雲中翼，潦倒寧慚泥曳龜。劉琨墓外鳴鷄早，劉蕡祠畔青青草。修竹吾廬照眼明，底須鹿鹿紅塵道。

杪秋過張策時齋

黄葉閑門路，溪迴一徑幽。寒林下飛鳥，冷蕊發牽牛。寂寞元亭酒，飄零白社游。著書應自得，端不爲窮愁。

夜宿瓜步

斜月仙人掌，蕭然佇客舟。葦花明夜步，漁火隱寒流。秋序逢摇落，鄉心感滯留。賦詩臺畔酒，一夕思悠悠。

九日霸臺讌集

霸水風寒白雁秋，竭來爲客此淹留。終年許下陳蕃榻，九日重登庾亮樓。酒對燕山秋塞遠，霜清遼海暮雲收。驚心佳節違鄉國，落日高臺起暮愁。

將出都門寄故鄉同好

紅塵障面已三年，翹首江關一惘然。擊筑漫沽燕市酒，負書還買潞河船。聊從鴻爪看陳迹，莫向牛蹄問去緣。毾㲪筵前春事晚，東風無那落花顛。

述庵方伯從滇南移節江西書來詢及入蜀後所著并述黄星槎所撰尚書繹義已成歆然爲賦四絶

點蒼山色送行旌，早見匡廬五老迎。天與白蘇游賞地，感懷蓮社不勝情。

湖海談詩有總持，未遺北宋與南施。劍門關路知相憶，垂老偏從蜀道馳。

黄山歸後興翛然，河鯉齊姜笑并捐。剩有當年建安筆，白頭還注伏生篇。

江湖老伴幾凋傷，悵望潯陽與泌陽。寄語青山遠相待，好從三泖問漁莊。

錢　澧

字東注，號南園，昆明人。乾隆三十六年進士，官至通政司副使。

《蒲褐山房詩話》：南園居臺諫，慷慨敢言，無所梗避。嘗劾山東巡撫貪暴不法，敕審得實，正其誅。眉棱聳峭，同事畏之，其實中懷樂善，見如不及。清談終日，必以世事爲心。君督湖南學政，予從雲南入都，道出辰州，時方扃門試士，予僅貽一刺候之，而君遣人固請少留。比日暮試畢，即至予

寓中，蟬聯絮語，燭見跋乃去。其飲人以和如此。君殁後，索其詩不得。雲南門人袁子文揆，以所選《滇南詩略》見示，故抄録數首於此。

長風三首

涼風動湖水，黄鵠起飄飄。立秋已昨日，歲序逝莫要。我家百廿指，難終賴漁樵。計更出門去，病久筋骸凋。默卧念京師，長路愁迢遥。尚欣人不忌，所志非金貂。

細月光隱隱，照我敝床席。瘦妻中夜嘆，十載久爲客。未育一男女，聊與慰晨夕。更知幾何歲，復得同安宅。昔日兩鬢髮，今一已見白。從此盥匜中，何堪照顔色。

明日具晨飯，盎已無粒米。堂上倘復知，分責逮諸弟。弟壯各能力，茹荼甘如薺。時命有利鈍，此意久所體。遠行堪代耕，私情復何啓。獨有涓涓泪，沾胸濡若洗。

宜都李明府石首王明府與荔村于役荆州共爲荆州詩予時在公安依韵寄之

夔門東下接荆州，不盡濤聲日夜流。野次天分鶉尾闊，門高山礫虎牙秋。雄都峙楚規南幸，重鎮窺吴號上游。請向升平論形勝，江花睡穩一沙鷗。

渺渺龍山放眼回，層城高倚夕陽開。空聞乘艦浮江去，誰信更衣駕櫓來。沙際忽添巫峽雨，烟中遥認楚宫臺。清時四境無豻虎，王粲登樓不用哀。

沙頭燈去路還東，絶岸南緣息壤通。乘醉來尋一柱觀，披襟全受九江風。黿鼉出没蒼濤迴，烏鵲翻飛夕照空。莫倚能詩漫惆悵，老人星在野雲中。

天涯仕宦誼同敦，江漢風流古所論。清賞有時連畫舸，雄談竟夕倒芳樽。文章怕入孫郎帳，聲價終歸卞氏門。此夕公安城裏月，藥鐺孤枕對黄昏。

洪　朴

字伯初，號素人，歙縣人。乾隆三十六年進士，官廣平知府。

《蒲褐山房詩話》：伯初美秀而文，温其如玉，少與弟桐、梧先後登進士，曾有「三珠」之譽。同鄉戴編修震、金殿撰榜皆通經，伯初從之問業，故以員外郎督學湖北，飭童生能背誦五經者入學，諸生能背誦《左傳》、《周禮》、《儀禮》者，補廩生，楚士翕然從之。後由郎中出爲廣平守，將發屬令之虧空，衆人驚异，而伯初亦憂疑抑鬱，久之，殁于任所。

送別述庵前輩後復得來書有感

誰料終成萬里行，折殘疏柳倍傷情。風饕雪虐人將去，母老家貧子未生。難燭憶曾同鶴禁，銜杯何處話鷗盟。書來只合藏懷袖，欲待重開涕泪傾。

伊湯安

字小尹，□□□氏，滿洲正白旗人。乾隆三十六年舉人，今官貴州督糧道。

春日游焦山

鉄瓮浮青嶂，遐觀萬象涵。圖曾傳海嶠，嘆咭唎貢使繪圖以歸。秀獨甲江南。蘭若僧談雅，春山鳥興酣。耽游歸已暮，纖月照清潭。

游南明山

競説南明景，公餘結伴游。荷香僧院静，泉響石梁幽。古洞誇仙迹，虚亭豁遠眸。高情慚白傅，勝地幾勾留。

初冬雨霽郊行感賦

閑曹無事任游行，且喜連朝雨乍晴。破寺經年僧亦少，江城十月草還生。驚心節候同駒隙，到眼音書滯雁程。山色六朝看未足，臨風彳亍獨含情。

彭　淑

字秋潭，長陽人。乾隆三十六年舉人，官吉水知縣。有《蟾芝集》。

雨　後

雨餘爽氣生，夕陽照林薄。野泉奔別磵，晴虹下幽壑。已看庭草滋，更惜岩花落。延佇空搔首，春情自漠漠。

空館對雪懷故園因憶城南諸友

小圃積瑶華〔一〕，霽雪澄清夕〔二〕。清光射岩扉〔三〕，寒色帶松石。飢烏啄枯樹，凍犬卧檐隙。挑燈動微吟〔四〕，幽意忽不適。迢遞射堂村，蕭條楊子宅。南村數枝花，板橋幾兩屐。歲暮關河深，歸夢阻疇昔。一聞蕭寺鐘，更懷城南客。

【校勘記】

〔一〕「積」，《秋潭詩集》卷一《蟾芝集》作「敞」。

〔二〕「清」，《秋潭詩集》卷一《蟾芝集》作「空」。

〔三〕「清」，《秋潭詩集》卷一《蟾芝集》作「孤」。

〔四〕「挑燈動微吟」，《秋潭詩集》卷一《蟾芝集》作「忍凍吟雪詩」。

晚泊九江九月四日。去秋泊船亦即此時。〔一〕

寒碧一江横，餘霞向晚晴。秋深元亮里，潮落灌嬰城。暗浪摇燈影，迴風帶雁聲。蘆花溢浦岸，

悵觸去年情。

【校勘記】

〔一〕此注，《秋潭詩集》卷二《蟾芝集》在詩尾，作：「去秋泊船亦此時。」

上饒道中

樹杪見晨光，烏鵶啼一行。桐陰山路净，稻氣水風凉。縹緲看雲岫〔一〕，徘徊渡石梁〔二〕。村沽仍釃白，勸飲是吴娘。

【校勘記】

〔一〕「縹緲」，《秋潭詩集》卷三《蟾芝集》作「浩蕩」。

〔二〕「渡」，《秋潭詩集》卷三《蟾芝集》作「度」。

送徐玉田（寶麟）署南安郡丞

太息天涯日暮雲，故人落落少知聞。相思舊雨非今雨，惆悵逢君是送君。也恐青衫愁司入。

馬，誰將蠻語問參軍。好烹一掬芙蓉水，消受梅花到夕曛。

東軒題壁

露下木樨香滿庭，秋堂燈影夜深青。微寒又作瀟瀟雨，聽到梧桐酒忽醒。

黄州憶章門諸子

大江春水拍天流，萬頃波中一葉舟。南浦故人相憶否，斜風細雨過黄州。

汪端光

字劍潭，江都人。乾隆三十六年舉人，官廣西府同知。有《沙江》、《晚霞》、《才退》諸集。

畫溪訪龔克一

十里畫溪水，茶香動野烟。好山尋舊侶，孤艇入新年。不負春前約，來當雨後天。鶯花猶未足，無事日高眠。

今　夜

今夜篷窗宿，鄉心醉欲迷。殘燈猶叫雁，疏雨忽聞鷄。舊扇花應染，新裙草漸齊。嘉辰誰更在，不解翠眉低。

次玉才韵

江南柳色不同看，莫遣吟腰更倚闌。小雨無情天脉脉，春燈如水夜漫漫。知愁每覺貪眠易，愛瘦應憐强飯難。底事天寒勞翠袖，苦將修竹問平安。

湖海詩傳卷三十三

鄒炳泰

字仲文，號曉屏，無錫人。乾隆三十七年進士，今官倉場侍郎。有《午風堂集》。

《蒲褐山房詩話》：曉屏清真廉介，素以名節自持，山東、江西兩任學政，非特苞苴屏絶，即偶有承筐，亦必却也。詩喜明七子，而風格實在青邱、漁洋間，清妙之致，溢於楮墨。五言如「疏梧不藏月，深竹解迎秋」，「晚風漁火小，細雨估船稀」，「歸僧松影外，清磬竹聲中」，「林藏兩厓合，樓出一峰高」，「細雨高城雁，秋聲古戍笳」，「潮聲到闕盡，帆影上城來」，「人歸穀雨後，門掩竹風初」，「東嶺猶藏雪，南湖已送潮」；七言如「山鐘過澗初知寺，江月升舟欲上潮」，「長廊古佛明燈夜，高館秋槐聽雨時」，「霜後園林如我瘦，溪前門巷幾家新」，「山迴晴郭猶含霧，風定寒蘆不作秋」，「破屋自聽蕉葉雨，平橋同試藕花風」，「石磴茶香清暑後，書窗梧韵晚涼餘」，「近郭花明秋浦月，過橋鴻落薊門霜」，「極

浦帆檣浮郡郭，秋山風雨到城樓」，「病餘不受三春色，雨後初逢六月花」，皆如列子御風，泠然而善。又撰《午風堂叢談》，名公佳話，詞林典實，多摭其中，足爲史學之助。

惠山石門精舍〔一〕

松風入岩隙，響在空山曲。攀崖歷幽洞，翛然出塵俗。水簾挂絶壁，百尺注山足。石門古苔封，精舍依林麓。人去春岩幽，芳草空自緑。登兹離垢地，鳴禽亦忘欲。

【校勘記】

〔一〕「舍」，原作「含」，據《午風堂詩集》卷一改。第八句中「舍」字同。

泛舟滸溪橋取道碧山莊至忍草堂同若洲阿巢葑齋諸子

尋山雨益佳，挂席下溪水。沿堤凡幾曲，人家紅蓼裏。安知滸溪口，山色澹如此。杖策碧山莊，登山從兹始。芳塍屢沿緣，石磴更迤邐。歸雲岩寺積，流澗平林駛。落日草庵上，一半孤烟起。入門鳥語寂，坐久鐘聲止。愧無信宿緣，輕舟已東徙。

晚次梅心驛

日午過南溪，言尋伯時墓。道上無行人，惆悵空山路。南望衆山好，接鬣自迴互。龍眠與鹿起，倏忽各奔注。松杉自凝遠，丹楓隱復露。溪聲多在樹，屈曲意所赴。三旬觸風埃，到此忽如寤。望遠境屢移，歷近窈難溯。夕雨忽又至，楓香在深霧。竹房聊小憩，前途莫迴顧。

家小山宗伯畫竹

吾鄉畫手多吴裝，高逸舊數倪與王。兩公畫山亦畫竹，後有繼起推廷璋。中間作者亦草草，譬之江湖有行潦。近來耆壽兼畫禪，吾宗獨推二知老。昔年望重春官卿，晚入九老圖耆英。退朝無事工寫生，春花秋樹隨意成。好與苦竹森秋莖，墨花亂捲了無意。真氣結束中分明，頗疑秋雨深夜至，珠露欲落寒無聲。長歌短咏舊時作，愷郎小印朱紋錯。收入行囊什襲珍，時時猶聽風生籜。別來忽已五載餘，西亭佳會難如昨。剩與雲林舊畫圖，一時供奉招風閣。

周燦仿趙承旨鵲華秋色圖

一峰上矗何年立，天半華柎露初濕。鵲山近附半鳥頭，相向晴空作秋色。濟南名山此當户，松雪雲囊急收入。右丞北苑筆底兼，神物由來供秘笈。周生見畫不見山，淡著青黄靳墨汁。磐石華泉暮雪封，翠屏濼口朝烟戢。我時過此不得上，自笑郵車太急急。單椒秀澤語益信，妙盡山容畫難及。我無仙骨换元丹，扁鵲遺經枉傳襲。歸向橋邊四照樓，垂楊時放山光集。還思重訪曾晁迹，歷山堂畔北渚隰。甘受齊人説好事，一證詩人舊結習。

廣陵舟中送馮道州西游

黄鳥啼高樹，離人悵遠行。問予將北渡，憐爾獨西征。細柳春山驛，寒烟别浦城。新愁江上水，一送布帆輕。

寄吴秋岳

十里邗江水，流從九曲橋。知君谷口住，時見廣陵潮。客館吟紅藥，春帆奏玉簫。宵深竹西路，清月正迢迢。

新城旅館

春陰不作雨，昨夜又西風。花落鳥聲寂，山寒人影空。客書頻自撿，鄉夢幾時通。莫惜流光駛，當階芍藥紅。

訪顧子村居

小雨過溪上，秋齋晚最宜。相逢寒露節，來誦故人詩。樹密藏鳩婦，洲寒宿雁兒。卜鄰吾有意，清味野翁知。

蓬萊閣觀海

丹崖杰閣鬱岧嶢，放眼高秋積霧消。滄海一泓真可泛，神仙終古不堪招。估帆風定春通舶，列島天清午送潮。闥外朝霞飛不盡，仙游重見赤城標。

大風渡九江望庾樓作

使程初喜駐江干，路入雄疆倚檻看。十月濤聲溢浦合，大江風色庾樓寒。賓僚後約空舒嘯，山郭新圖記勝觀。明日匡廬真在望，雨檐蕭瑟夜將闌。

送人之淮安

長淮渺渺起秋波，板閘沙堤取次過。日暮劉伶臺上望，故人曾住十年多。

毛上㒈

字羅照，號宿亭，鎮洋人。乾隆三十七年進士，官户部主事。有《思補堂詩集》。

《蒲褐山房詩話》：羅照弱冠好詩，與同邑王瑜、陸元邁結詩社，出入唐宋，才情横厲。又工畫，初效原祁，繼與王宸臨摹宋元名迹，縱横變化，獨自成家。在中書時，諸城劉文正公謂之曰：「『一卷青山送一年』，非君佳句耶？」其名重公卿間如此。

删竹

草堂數竿竹，托根始田畛。分攜栽我庭，位置擇深穩。加泥復灌泉，珍護風霜隕。積厚乃敷榮，歲歲茁新筍。嬋娟散新碧，蒼翠聳尋引。子孫不知代，干霄集鸞隼。秋落悲梧桐，朝榮笑木槿。何如對此君，猗猗日悃悃。出門今歸來，忽嘆生理盡。叢箭竄階陀，横篠礙户楯。既掩文石秀，益露古墻蠹。扶持莫自立，恣縱終見損。未免施斧斤，鬱鬱感憂殷。種植頗艱難，弃置良弗忍。此竹亦猶人，願人學務本。

從義扶乞草書歌

風雨颯沓波濤驅，斗室恍與龍蛇居。回頭忽悟屋漏壁，長矛利劍光鋩舒。宏農一妙天下無，三杯癲史神仙徒。筆堆如山那可至，要使萬卷充膏腴。多君三昧擅家學，肘後傾倒青泥壺。怒龍倔强兔飛走，枯松叫鶴波驚魚。杜陵評書貴瘦硬，此論往往嘲髯蘇。楂枒臃腫各天性，何薄饑鷹誇墨猪。方圓在眼法在手，筆勢欲落先躊躇。興酣揮灑數百紙，狂呼跳躍縱横如。今人不識顔柳面，干禄乞米何爲乎。少小喜學元祐脚，依樣那得成葫蘆。白州刺史來蜀都，肌理細膩脂凝膚。請君一掃筆陣圖，勿云未暇匆匆書。

夏苗行

古氓出兵兵歸氓，今氓爲氓兵爲兵。古蒐獮狩大閱精，今以苗治無妨耕。茜涇教場廣于城，一井可以屯千營。中央瓦屋高建瓴，乃是演武將軍廳。虞人萊田沙草青，百步一表牽長絙。質明赤日懸銅鉦，風翻帥纛黄金鈴。觀者如海如山陵，兵制防海數議增。詔寬餉額充千丁，此時教場列陣明。

縣鄙鄉野各以名，馬步槍廠分四停。鍪兜貫頂紅駿纓，銀鎧金闔爛眼睛。大書日月風雷霆，我刀我淬戈我硎。青犀之弧白雕翎，誰其遮者洞爾膺。士氣既飽馬氣騰，炎敲肆虐滚火軿。官堤偵騎飛流星，將軍臥起解宿酲。正啖牛脯饕羊羹，須臾鐃角動地鳴。狼豕沸穴猿落檜，撑天火纖黑隼旌。師旅卒兩伍長迎，將軍騎馬馬不勝。以人作馬肩輿行，直入堂上擁毾㲪。中軍狗陳先斬牲，不用命者如此令。鼓人伐鼓聲鼟鼟，隊隊伍伍雄彪弸。上軍下軍天地亨，左軍右軍牝牡承。前軍後軍鵝鸛形，八闕六花環四層。震離定位陰陽靈，人入馬出馬絶靰。馬入人出人超騁，或擊其首其尾應。或犄其角其脛撑，穹廬芨含軋霄崢。忽登天姥聞吹笙，是名大陣威材成。小陣刺擊虎格虔，膈膈膞膞鏦鏦錚。失手人鬼呼吸争，使我栗股陰山冰。撩交復起拳脚并，銅獅鐵豹相排擎。爾欲我撲我爾傾，拔山不動均輸赢。轟然合圍殺氣蒸，大炮小炮雷䃂軯。大弩小弩星貫堋，而鈹而鑽而蠻藤。四五百步飛蒼鷹，塵埃漠漠雲晶晶，青天白日黄冥冥。帳前撼谷射老麖，幕下攪海擒驕鯨。將軍曰止執律興，六軍不聞人馬聲。我聞佽飛百萬利用征，晋壘楚壁無堅扃。又聞神威龍武衛玉京，鴉兒雁子多縱横。即今桓桓貔虎英，以此衆戰孰敢攖？蠢兹木邦作不庭，滇池萬里烽烟驚。臣桂臣衮臣相恒，帝曰帥師惟汝貞。天戈所指欃槍清，不日銅柱標新銘。三軍脱甲歌太平，億萬千歲金甌寧。爾輩可以休戈棱，將軍曰我承天子之命弗敢輕，明日再演狼山營。

榆河曉發

可憐榆塞月，夜半出柴門。寒入黄蘆戍，秋殘紅葉村。密林防虎械，野火散羊屯。此去憑誰問，蕭蕭慘客魂。

涿　州

雨雪罨孤村，樓桑近北門。一堤沙路軟，雙塔樹陰昏。忽下吴人泪，難招蜀帝魂。朔風驚刺骨，還戀敝裘温。

宣化府三首

形勝居庸控上都，黄沙一片夕陽孤。金城鎮處封疆重，玉輦巡時草木蘇。雪後見花春寂寞，雲邊認雁月模糊。懷來萬里車書集，不作丁年出塞圖。

迢遞香河接阪泉，天弓曾此發雕弦。龍門曉月猶存代，狐嶺秋峰直到燕。雨過葡萄隨店賣，日長鷄犬上墻眠。烏桓景物猶堪志，銀箭銅爐送舊年。

險驛雄關僕馬難，臨風頻灑涕汍瀾。天圍部落秋原迴，人過營臺曉色寒。堡樹獵餘收捺鉢，寒田春早熟牢丸。龍庭亦是桑麻地，只有征夫不忍看。

荆軻城

變徵歌殘白草枯，紫荆關外月模糊。真令豎子埋屠狗，終遣西周聚憚狐。賓客尚看揮涕泪，將軍空自費頭顱。即今易水蕭蕭起，不見當年《督亢圖》。

飯笠耕先生齋得餐字

草堂粗糲共朝餐，書卷綸竿四壁寒。往事久抛同馬迹，故人那肯累猪肝。閑挑冰雪青蔬圃，笑整溪山紫籜冠。高卧醉鄉還自署，梅花亭長橘洲官。

新燕寄王卓潛

歸來何處又匆匆，巷口江頭旅夢同。萬里掠將寒食雨，一番吹過杏花風。家家玉壘香泥碧，夜夜雕梁燭影紅。莫倚辛勤好長住，傍人門户總成空。

登甘陵城樓

旌旆飛揚雉堞平，高樓臨眺不勝情。潮聲夜轉盧龍塞，樹色遥分夾馬營。人渡三關稀見鳥，春歸五月始聞鶯。如何董相談經處，惟有蕭蕭禾黍生。

許兆椿

字秋岩，雲夢人。乾隆三十七年進士，今官江蘇糧儲道。有《秋水閣詩鈔》。

《蒲褐山房詩話》：秋岩與弟石泉兆棠，先後入詞館，咸以才名，而石泉早卒，秋岩轉御史，降刑

部郎，由知府而至監司，蹭蹬仕途者幾三十年。嘗與予案事高郵及長沙、應山、衛輝諸處，同羈旅者年餘。于思飄然，議論明達，工詩善書，尤精於吏牘，下筆千言，無不迎刃而解，蓋非獨以吟咏見長也。與其鄉余元亭同知、彭秋潭明府，文名鼎峙。予過雲夢，造其廬，老屋數椽，蓬蒿掩户，竊以爲元次山瀼溪之比云。

題吴明府森雲衣癸未進士，江西人。〔一〕石門山圖册子〔二〕

荆山揚鍔争摩天，欲斷不斷浮蒼烟。千盤萬叠石門出，峭岩一拆流奔泉。横橋直架洞底壑，漱瓊鳴玉聲濺濺。溪風吹翠濕欲滴，老樹挂壁根空懸。梯山鑿石盤鳥道，古藤百尺愁攀援。茅檐一二負嶂立，夜半駕鶴來飛仙。如何造物不自惜，更於絶壁窮雕鐫。懸青萬仞門呀然，一步一使心迴旋。如鴉蝙蝠撲人面，似乳石髓滑不堅。天風掃斷塵坱迹，杳杳時有閑雲眠。使君青眼了不負，亂山堆裏居三年。拂衣一旦擲官去，緑陰處處啼春鵑。衹留山色在圖畫，未妨羞澀囊無錢。驅車京洛塵滚滚，興劇一放黄州船。雪堂月好快把酒，時客羅太守旭莊所。江天萬里清而妍。此時披圖發長嘯，石門之山落眼前。要留面目對山色，豈可骫骳供人憐？我歌未已君忽笑，此語未足聞時賢。置圖一鼓瀟湘弦，衆山響答空中傳。

【校勘記】

〔一〕此注，《秋水閣詩集》卷四在詩題末。

〔二〕「圖」字，《秋水閣詩集》無。

曉渡吉林江

渡口人初聚，波心鷺不驚。塞天風有色，江浦月流聲。截岸山屏壯，衝烟桂楫輕。大哉觀水德，千里總澄清。

舟中酬召村

衰柳依依漢水潯，危檣南下氣蕭森。人來絶塞三秋過，事到中年百慮深。薄禄虚沾悲子職，長途久滯繫親心。寥天旅雁何多事，又送嗷嗷入夜音。

漢江舟中和召村

五湖泛宅計猶賒，擊楫今登漢上槎。世味漸諳知老大，鄉園欲近問桑麻。隔村樹杪馳帆影，逼水堤根動浪花。無限心情同着眼，可憐倚棹聽慈鴉。

過萬小莊與同人小集

幔卷高軒夏日長，圍棋作畫任徜徉。風驅殘暑剛新霽，人戀窮交況异鄉。事到中年多感慨，語因小醉恕荒唐。劇憐子敬琴聲寂，冷落當前門酒場。小莊與石泉弟交至篤，石泉下世，今半年許矣。故感及之。

灤陽雜咏

塞上雲多易作秋，垂楊何處起邊愁。群山碧重烟初合，魄月明生火已流。小立森寒添半臂，大

言論事愧長頭。無端搔首驚清聽，不斷飛鴻叫遠洲。

占得鳩巢十笏寬，入門草草卸征鞍。袍痕濕帶潮河雨，日色明流太乙壇。山截龍沙天保障，地尊斗極夜高寒。朝來封事知多少，恐對漣漪賦素餐。

羽書三捷奏甘泉，萬里行師總萬全。雨箐旗飛山奪險，雪林磵劈石摧堅。風雷直破蠻人膽，日月原臨化外天。髀肉未消空策馬，據鞍何處着先鞭。時方廓爾喀用兵。

上元日至山海關即事口號

使星幾度出營州，佳節真教賦壯游。記得前年長白下，雪花如掌作中秋。壬子秋奉使奉天，再使黑龍江。中秋大雪，重陽又雪。

春月初圓第一宵，别離草草路迢迢。還家夢是今朝好，明日關城隔更遥。

李堯棟

字松雲，山陰人。乾隆三十七年進士，今官延平知府。有《寫十三經室詩鈔》。

仙霞嶺

亂竹刺天高，松聲萬壑濤。千盤出雲表，百里見秋毫。北望無飛雁，南維劃斷鰲。蠻烟深隔處，天爲限神皋。

山家

田亞綠雲梯，叢叢板屋齊。春聲溪近遠，日色嶺東西。墟古人烟少，岐多樵徑迷。征夫行不得，愁聽鷓鴣啼。

吴　俊

字曇綉，號蠡濤，吴縣人。乾隆三十七年進士，官山東布政使。有《榮性堂集》。

《蒲褐山房詩話》：蠡濤與弟少甫，同以畫省望郎稱詩京雒，又與馬玉圃培、李滄雲棃詩場酒座，

無不同之，而蠡濤取徑幽深，精心獨造，非但不拾人間餘唾，亦不必盡合古人矩矱也。從軍以後，崎嶇烽火，所見益奇，筆足以發難顯之情，即少甫亦多不逮。

徂徠山下

一往入楓柏，不知溪路深。林開見岩壑，窈窕徂徠陰。雨足黍苗長，綫溜懸遥岑。落日一照耀，石髮抽瑶簪。上王在何處，上王，村名。《梁父》無人吟。三兩見牧豎，百十飛水禽。喬松不可見，蒼霧秋沉沉。

再游千像寺就僧飯

山門故依然，斷紐懸危鐘。寺僧如猿猱，跳躍捧我筇。親切竹裹路，狎熟林梢峰。經唄講堂歇，水磨齋厨舂。豌葉嫩勝蒻，椒芽芬可供。疆疆鵲覓粒，窣窣鼯窺墉。師談往日虎，我怵鉢底龍。落日且辭去，花霧堆重重。

藤縣用東坡先生藤州江下夜起對月贈邵道士韵

鐔溪水如刀，飲之淬心肝。藤州城似斗，細路蛇蚓盤。我憐黄頭兒，赤脚蹈急湍。前尻壓後脽，窞坎不暇看。而我倚篷坐，西風送朝寒。耳目暫閑曠，意與栖鷺安。摩抄雙鴝研，清露瓜瓢溥。新作二端石研，携以自隨。是中出新句，墨灑江漲漫。道士不可見，林禽弄幽彈。緬懷儋耳客，扁舟下空灘。

百色

山髡水復赬，草木遭蒸烹。火雲卓朱蓋，罩此斗大城。我行冒溽暑，載驟心怦怦。足熱解鞋系，頭污憎冠纓。或言此火宅，硫磺灼溝坑。一雨山骨沐，熏毒流縱横。飲之損人壽，渟之膩不清。連檣艤市舶，貨薄錢則輕。厥利入僑籍，土著不得争。日日兵馬過，數數賦役并。老翁走蹩躠，弱丁啼傖儜。衙吏虓虎鬭，里甲勞魴赬。節氣過芒種，磽确方犁耕。十牛九將子，且哺而且行。過時嘆不穫，何以贍我生。睹之心慘怛，不能已徂征。堂堂大司馬，兩手握萬兵。雷霆淬精鋭，耳目開聰明。要當蔡州襲，勿作楚幕偵。滅此遂朝食，卷旆敲金鉦。壺簞實漿食，千里町黎迎。

題春明廣文畫竹

一竿受風娟欲語，一竿撐空拔儕侣。一竿横逸露半身，下有絣嬰尚戴土。廣文胸中十萬竿，三竿乍向醉後吐。以其落筆想其餘，鸞鳳鞭笞伏膈臓。長安酷暑鎖渴羌，清風萬錢何處買。濕雲漏雨騰蒸甑，木榻軀蠅坐沸釜。翻身向壁變清凉，稍覺湘妃步秋雨。可憐内熱損精神，一幅琅玕那堪煮。

濟南秋思

商意入林薄，蕭晨鶗鴂鳴。山連牟子國，水繞晏嬰城。雨洗碧天净，草凉池館明。長安一回首，愁絶雁南征。

眷眷追前約，舊秋頗多文酒之會。匆匆俯逝波。姓名秋社熟，詞賦驛亭多。密雨侵蘿薜，西風颭芰荷。修鱗三十六，不寄一書何。

晚秋池上

俯仰小池上，西風驚客心。不須感摇落，長自愛秋陰。梧竹倚娟妙，水雲相淺深。禽魚知我樂，舉步即華林。

清化驛

翠嵐堆白屋，緑幔捲青岡。無雨栟櫚戰，微風蘭杜香。騷情憶公子，幽館恐斜陽。明日崔婆酒，停驂試一嘗。

羅舊驛館

行看嵐翠潑人衣，坐覺溪光冷入幃。境美最貪茶後睡，身輕差熟夢中歸。山銜楚雨黔雲起，鳥掠湖烟嶺樹飛。一曲芷江清徹底，美人不見思依依。

老鷹岩

蒼鷹摩翅入雲中，鑿壁誰將爪距礲。戍卒拾薪尋虎迹，山人削枳縛牛宫。故知狐兔無藏窟，祇覺鶬鶊在下風。側起一岡猿臂拓，拏人先遣眩西東。

與玉圃比部夜坐

南院啼螿北院箏，商音凄霧不分明。二更秋自銀蟾吐，小語凉從冰去聲。簟生。才子性靈盟楚晼，仙人樓閣寄瑶京。莫言一樹無情碧，會寫風聲更雨聲。

奉檄赴西粤軍營留别寅僚和莊胥園廉訪送行原韵

萬里牂牁一羽翰，鐵衣試着路人看。書生敢謂平蠻易，幕府深虞轉餉難。祖席舞花剛爛漫，征帆拂樹得輕安。故人四韵珍朋錫，爲遲秋風載戢干。

李　棨

字滄雲，長洲人。乾隆三十七年進士，官順天府府丞。

憩雨花庵

侵晨入野寺，小憩試烹茶。竹露半窗静，松風一徑斜。新詩題古壁，佳話寄僧家。先是，管松崖、龔荻浦兩太史，有和詩粘壁。我亦南行客，蒼然兩鬢華。吴太史原詩有「白髮未還家」句，故云。

登黄鶴樓

仙人騎鶴去，何日復飛來。獨有清秋月，長留漢水隈。城臨高岸起，樓倚暮烟開。詩思凌虚發，何須玉笛催。

秋日游毛氏園林

隨時尋適意，野色澹秋顔。竹木何蕭瑟，湖山自往還。松濤石上落，花露月中殷。儘得林泉趣，西風葉已斑。

題曝書圖

憩石消殘暑，空庭好曝書。松風一徑入，竹露半窗虚。墨古留冰繭，香清走蠹魚。晚來乘月讀，涼意滿衿裾。

鐵　保

字冶亭，東鄂氏，滿洲正黄旗人。乾隆三十七年進士，今官山東巡撫。

《蒲褐山房詩話》：冶亭少入詞垣，偕其弟鬧峰并以詩名，而冶亭尤工書法。北人論書者，以劉

相國石庵、翁鴻臚覃溪及君爲鼎足。嘗選集國初以來滿洲人詩爲《熙朝雅頌》，共一百二十卷。以予向在戎幕，與章嘉文成公多倡和之作，從予處録而補之。蓋百餘年來名人杰作，搜采無遺，尤足爲盛朝掌故也。乾隆庚戌，高宗純皇帝東巡，予與閬峰扈蹕，屬車豹尾間，恒相酬贈，惜其詩已佚，無從搜輯，附識于此。

游醉翁亭

滁山萬笏青，選勝得幽邃。中有歐陽亭，翼然卧空翠。枯梅挺异姿，云昔公手植。老榦標千年，餘蘖發新致。四維匝修竹，天影不到地。瀟瀟君子風，林壑自生媚。亭南疏釀泉，百尺漱清泌。曲折雲碓穿，噴簸崖骨墜。亭中何所有，屢撲富碑記。屹立坡翁書，斑駁露神异。遥遥六一翁，樂歲勤撫字。醉飽滁人同，酣歌豈游戲。我來醉翁亭，不識醉翁意。咄哉群吏醒，何如此翁醉。

茌平

路入重邱境，肩輿扣縣門。地延孟子館，人近魯連村。樸俗衣冠陋，荒城鳥雀繁。磽磝成剩迹，

古月澹黄昏。

宿花莊

晚就花莊宿，花莊花已凄。田車欹短壁，水牸卧荒畦。日夕桔槔静，秋深䆉稏齊。孤吟村漏息，土屋坐然藜。

滁州道中

萬壑壞滁郡，肩輿入翠屏。烟蘿沈大野，玉笋插蒼冥。晚稻沿溪熟，秋雲帶雨青。風高懷六一，渺矣醉翁亭。

雨中過鄒縣望嶧山作

嶧陽千仞鬱崔嵬，雨濯芙蓉面面開。碑碣字消秦帝後，風雲氣擁岱宗來。山川地有參天勢，鄒

魯人多曠世才。我欲登高停使節，隔溪空翠濕龍媒。

登攝山最高峰

危峰崱屴千岩外，瘦削芙蓉入渺冥。龍虎氣蒸鍾阜白，金焦影蘸海門青。時平莫問山多隱，僧老方知藥有靈。欲訪江郎舊亭館，碧雲紅樹幾飄零。

即事

白雲瞻望泪汍瀾，嚼蘗肝腸强自寬。愁裏逢春驚老至，中年生女作兒看。宗圖欲譜成家乘，祀典仍虛愧禮官。更有佳城營未得，數椽擬構闢荒寒。

贈友

緇塵涴盡素衣輕，抱影空齋擁百城。僕愛詩依蕭穎士，客逃名喜蔣元卿。三餐自爨長腰米，百

罰頻澆折脚槍。老矣青氈真故物，雄飛雌伏各忘情。

落拓名場未有涯，周妻何肉累頻加。喜從白傳分鱗爪，肯向元暉藉齒牙。湖海氣高身獨卧，溪山興遠夢無家。顧郎自是難衣食，白屋青燈鬢已華。

春　夜

北斗崢嶸鑒薄帷，讀書聲緊漏聲遲。烏啼偃月初暝後，鼠竄枯燈欲燼時。壯志漸隨春夜老，苦吟未許硯冰知。放翁詩卷音難嗣，後五百年狂者誰。時讀放翁「後五百年無此狂」詩。

滕縣謁文公祠

齊楚縱橫鼎屢遷，彈丸百里祚孤延。不須更問維新術，已共成周八百年。

馬緯雲

字依墀，海鹽人。乾隆三十九年舉人，有《白沃山房詩卷》。

《蒲褐山房詩話》：依墀爲墨麟先生之孫，緯有才情，工於綺麗。予修《西湖志》于湖上就莊，依墀與趙晋齋魏、朱映澝文藻、沈嵩門景熊、汪秋白大經、王秋塍復、項金門墉皆與纂修之列，而依墀所輯《人物志》尤詳。予旋奉旨以直隸按察使起用，書未及成，藏於鹽署，後佚。

妙智寺用韋蘇州義演法師西齋詩韵

引杖步郊扃，杳杳聞清磬。古寺修竹深，幽禽悦真性。入門藹以緑，草積無人徑。澹然去來緣，秋山起遥暝。

長歌呈桑水部院長

先生稽古經術崇，手扶大雅陶愚蒙。餘山勞先生麟書。絶業繼濂洛，英靈肯許常人鍾？茹韓吐蘇大手筆，過都歷塊如風駿。金庭石室不肯住，富貴於我浮雲同。長空倏忽摇天風，偶乘雲氣騎飛龍。黄雪亂灑千長松，泉聲兩耳鳴琤淙。芒鞋竹杖自來去，遍踏五岳青芙蓉。自從歸隱聖湖曲，空堂夜讀聲摩空。賤子寂寞海濱上，夙味經義徒雕蟲。揭來飄泊淪楚澤，書皮高閣塵黔容。昔年親故半未覿，論交三世今識公。公開寶帳集都講，煦拂四壁春融融。五金在冶仙火鎔，斧劉斤削加磨礱。吾儕豈甘自暴弃，熙恬竟日隨嬰童。人生不朽有大業，欣戚豈在塞與通。上自皇墳下稗乘，披尋一一羅心胸。無味之味貴獨得，力田寧計豐年逢。少年歲月況强盛，旭日炫采緣升東。微軀七尺著何處，苦無大藥仙疲癃。高騫思附鸞鵠翼，薄采終弃蓀蘭叢。太息古學坐蕪蔓，語欲出口傷喑聾。洗荒滌穢竟莫覯，浮聲掠影徒相攻。安得虎觀諸儒作，掃除宿霧摩青銅。行愁坐嘆苦未遂，先生白首猶遒雄。烟林拔起雲當中，膏雨到處繁花紅。笑指枯枝枝盡緑，春華無使隨秋蓬。

五人墓

奄黨噓殘焰，成仁竟殺身。屠沽能此舉，冠蓋竟何人。毅魄荆榛聚，豐碑贔屭新。要離遺冢近，俠烈共嶙峋。

同汪柏岩淮射亭河昆季過南屏訪心舟上人直雨留宿山舫

杖策萬峰頂，寺門山雨凉。竹深烟磬寂，花落石床香。白社栖心晚，青山笑客忙。十年今信宿，得飯贊公房。予客楚中，吴竹堂進士爲予亟稱心舟，及今識面，已十年矣。

歲暮雜感

大江南去古揚州，修禊紅橋攬勝游。盧公雅雨轉運揚州時，曾修禊紅橋。轉眼豪華成代謝，當時裙屐擅風流。不堪痛哭羊曇路，何處重逢郭泰舟。更是丁零關塞遠，朔風吹雪海西頭。盧公令嗣蘊齋觀察

時奉命出塞。

匆匆書劍枉飄零，曾泛扁舟到鶴廳。黄鵠山高看判牘，桃花洞暖憶談經。移來香草騷人賦，欲吊湘江帝子靈。小阮近聞多著述，争看摛藻耀天庭。懷吴明府古心先生。《香草居稿》，吴宰長沙時著。

夜坐有感

迢遞孤懷怨暮砧，裒裹風露上衣襟。空堂清簟隨秋冷，小閣殘燈入夜深。落葉有情終戀樹，幽花無處不關心。支離倚枕慚多感，攬涕何能寄好音。

董　詔

字駇臣，安康人。乾隆三十九年舉人。

《蒲褐山房詩話》：與安界聯楚蜀，地入萬山，枝鹿之風，幾同禁昧。孝廉無待而興，獨能覃研經史，絶不爲俗學所拘，洵豪杰之士也。生平貞介自持，不趨公府，自吴太守六鰲、鄧大尹夢琴兩君外，其餘貴人，招之不往。作詩頗宗杜陵，句奇語重，而驅使故實，足以副之，正非稗販點竄者可比。近

日，嗚狐篝火逼近輿安，而久聞隱君子名，戒不入境，故得自安耕讀，閭井晏然。

題禹穴

大禹藏會稽，厥生在石紐。遷史太白書，兩地耀先後。嶓冢導東流，曾聞栖寄偶。竭來訪遺踪，扁舟出洵口。直下百里間，巉岩如新剖。峭遮天躔窄，浪激坤軸吼。微茫石徑懸，割然開户牖。縱横十笏地，乃憩錫圭后。四壁青琅玕，疑鎸文蝌蚪。欲譯忘家句，剥泐惜已久。回思西來流，夾岸連岡阜。中開坦迤地，百僅一二有。霪雨泛波濤，渺焉成淵湫。不知未治時，何處窮澤藪。美哉德遠矣，到今賜實受。摩挲營窟迹，緬懷决排手。春秋薦蘋蘩，社臘潔尊卣。西蜀與東粤，蔚爲三不朽。恨無謫仙筆，擘窠鑱岩首。出穴慨焉顧，浩浩滄浪走。

甲口鎮

望外楚山碧，岩疆一水收。圖經傳甲口，地勢入秦頭。兩戒雄南服，千年壯上游。欲詢庸濮迹，錫穴暮雲稠。

秦瀛

字凌滄，號小峴，無錫人。乾隆三十九年舉人，四十一年召試，賜内閣中書，官湖南按察使。有《小峴山人集》。

《蒲褐山房詩話》：錫山秦氏素以事功經術見稱，至對岩學士始擅詞章，有《蒼峴山人集》，故凌滄以「小峴」名集。又雒生給事兄弟所著《泉南山人存藁》，頗能接迹柴桑以及襄陽、摩詰，君爲給事再從孫，五言今古體，具得其傳，至七言古詩，兼宗范、陸，具體而微，蓋其家學所未曾有也。在武陵數年，益以文章山水自任，招邀賢俊，屢爲詩酒之會，刻前哲遺書，又修望湖樓於湖上，以供東坡，修龍井寺旁隙地，建祠以祀少游，而詩文日益進。然性情蕭澹，雖勤於吏治，而素無宦情，遷湖南按察使，不及一載，以病乞歸，東南人士猶翼其復出也。

循黄公澗至忍草庵二首

緣岩涉寒澗，蒼蒼翠微遠。偶因孤興發，高林屢迴轉。虚景重湖深，連陰衆峰變。松間乳泉細，

竹裏餘風善。幽鳥時一鳴，不知山深淺。

茅茨蔭長松，一龕鄰石壁。欲問《楞嚴》字，中有趺跏客。清機滿空虚，幽篁弄寒碧。夙懷清净退，淹留便終夕。空山少來者，惟見麏麚迹。

游管社山莊

石出寒流清，幽篁映虚館。微風叢際來，空翠忽凌亂。乳竇泉脉動，峭壁烟華散。坐深潭影移，境轉山色换。息機渺漢陰，歸舟復三嘆。

中秋起坐望月

夢覺山窗明，下階整衣帶。石泉散清影，凉月森松檜。衆響一已寂，澄心與之會。獨無邶中琴，何人賞弦外。

秋夜報恩道院與青溪别

街鼓逼嚴城，竹院鐘魚静。了了潭上月，照見石髮冷。夜寒人未栖，露下鶴先警。溪橋一分手，落葉迷歸影。

山　家

芒屩踏寒雲，路徑翠微裏。秋林横短彴，人家映清泚。炊烟殊寂寥，山翁出門矣。日暮鶴歸巢，高風落松子。

漁　舟

離鴻下秋水，溪色相與暮。泛泛何所之，浮生本無住。一棹入烟叢，笠上松陵雨。

渡江有懷

江雲漠漠生，遥指西津渡。故人昨夜别，何處還相遇。打槳入寒潮，月上蕪城樹。

呈竇東皋先生二首

微言既以絶，六經尚訓詁。卓哉毛鄭徒，於世實初祖。後儒聚訟繁，立説多齟齬。夫子起東海，學術靡不舉。精微穿奥窔，洞達闢牖户。私智匪所矜，卮言固無取。下以詔來兹，上以宗鄒魯。愧彼捫籥流，其識等矇瞽。

雕蟲本小伎，章句良足愧。然而尼父言，文乃載道器。六經既云亡，骩骳及五季。孟縣實起衰，選言庶精粹。吾師辨流派，大小入睹記。少步翰墨場，力拔班馬幟。絢爛歸淡泊，文至道亦至。不材殿門墻，負劍驚辟咡。祭川必先河，登堂務嚌胾。卓然群倫倡，斯文賴不墜。

勖緗武

操觚學文字，漸熟漸老成。術業苟弗專，厥藝胡由精。治文如攻玉，磨琢神乃瑩。治文如治金，陶汰生光晶。群言入爐錘，六籍儲菁英。斯詣貴深造，匪曰旦夕程。汝今務帖括，筆力頗縱橫。惟苦所涉淺，腕底疵纇呈。沙礫混精鏐，碔砆雜素瓊。勉旃更力學，日邁月斯征。技果進乎道，豈獨取世榮。

勖緗文

汝齡今十五，未解習文史。須知志學年，年已非稚齒。奈何更不學，悠悠負長晷。先王重四民，四民莫先士。詎惟弋高科，將以通萬理。人生天地間，無如讀書美。慎勿生厭苦，咀之味愈旨。吾家數百年，弓治只此是。我貧無所貽，貽汝一經耳。過時而不學，後悔不可止。斯事不若人，當引爲己耻。力學如力農，耕耨自兹始。

寄述庵先生

雲栖古蘭若，江上鬱崇嶺。篠簩穿岡䆃，墮地碧雲冷。公本住世人，來宿招提境。此時寒山空，禪燈一龕静。知公萬想滅，獨禮金粟影。心與潭泉清，道契岩月冏。我今嬰世務，塵慮安得屏。緬懷繕性者，聞鐘發深省。

五人墓

茄花滿地紅，委鬼當頭坐。趙嬈王聖何披猖，鈎黨東林逮楊左。緹騎四出來吴門，吴門白晝風霾昏。大聲東廠索人急，銀鐺鐵鎖聲豗喧。五人踉蹌趨大府，號呼欲救周吏部。張拳奮臂雷電掣，緹騎紛紛竄如鼠。借問大府誰，義兒毛巡撫。飛章告變誅五人，延頸從容甘鑕斧。嗚呼五人市儈徒，一旦赴義同捐軀。死隨吏部化厲鬼，披髪上訴鋤閹奴。纍纍高冢武邱路，歲歲棠梨酒一盂。君不見碧雲寺，舊是衣冠葬閹處。墓碑百尺委荒榛，惡鵰空叫斜陽樹。

髯仙行吊劉丈思茗

吾鄉劉思茗先生老而不遇，以詩聞於時。丙申秋，余之官京師，與先生别。既晤兵曹王西園表兄，知先生於是冬病歿，兵曹作《髯仙行》哭之。先生固髯也，余素識先生，情何能已？

伯鸞溪上烏啼樹，風月湖山問誰主。蔓草空悲白社人，衰楊徒泣青山雨。憶從束髮識髯仙，飄飄意興凌秋烟。看花幾着阮浮屐，載酒頻呼范蠡船。中間落魄安可説，郢門夜雪金臺月。章句從教老布衣，功名只看添華髮。浩然歸去百不憂，掀髯一笑同浮漚。問字侯芭推著述，閉門蔣詡擅風流。自昔騷壇數才調，二劉伯仲誇雙妙。劉震修先生兄弟嘗與先宫諭唱和碧山吟社。蘭成況似庾肩吾，子敬寧輸王逸少。先生父於根先生長於詩。近來老輩頗凋零，蒲船不作雙扉扃。華蒲船先生於先生爲中表，亦工詩，去年病歿。空餘破卷留殘蠹，已悟浮生比斷萍。那堪歲晚京華住，凶耗傳來重嘆逝。可憐吟斷鮑家詩，化作黄壚數行泪。

朗齋以水仙倡和圖册索詩輒題長句

君本江南客，最憶江南花。衙齋手種得幾本，雪霜蓊蓊含春葩。幽香一盎浸春水，寒壓冰魂呼不起。夜深化作白雲飛，飛入琴心七弦裏。七弦泠泠清復清，月中仙佩來瑶京。何人貌得蕭騷致，長與詩客聯芳盟。我爲看花情脉脉，家住江南歸未得。一枝合薦水仙王，西神峰下寒泉碧。

爲錢秋濤太守題出塞圖

高秋大漠邊草枯，波羅地名。九曲蒼駕呼。麞麌竄谷虎交徑，凉飆獵獵飄黄蘆。憶昨扈蹕出古塞，與君結隊同馳驅。塞山莽莽塞雲黑，朵顔一角秋糢糊。横鞭遥指畫眉嶺，山石犖确還縈紆。斜日欲落忽照眼，楓葉亂綴紅珊瑚。河流泱漭不敢渡，我方佇立空踟躕。看君策騎意殊壯，吟肩高聳掀髯鬚。健兒褲褶躡馬後，手射獐血彎雕胡。下馬招余恣拍飲，燈明列帳傾醍醐。君今去作八閩守，甄越南歷無諸邪。蘆門柸溪互環映，島嶼百怪森曈曨。時平海國樂耕織，黄堂静鎮民歡愉。僧繇妙墨虎頭筆，爲君更寫褰帷圖。

晋磚和謝蘇潭方伯

方伯廨舍得古磚，永平二字分明鎸。皖江胡君虔。爲考定，謂是晋惠之記年。牝鷄司晨鐘簴壞，金鏞兆禍紛戈鋋。銅駝夜泣委榛莽，雒陽宫闕犁爲田。典午距今歷千劫，金石銷泐希流傳。茲磚塼埴出誰手，乃不變滅隨雲烟。菭紋斑爛土花綉，剜剔一一字不刓。磚厚二寸長以倍，光氣熤熤蛟螭纏。得一未已且得八，羅列直擬羲爻全。主人舊是八磚客，玉堂視草稱神仙。揮毫作歌頃刻就，妙翰親灑鴉青箋。晝長高齋出示我，蛾眉隱隱明蓬巒。銅缸積水墮紅雨，花架十丈薔薇嫣。近人好事侈媕雅，翁學士外孫星衍。與錢。坫。未央上林卯金製，瓦當無數傳長安。其間贋鼎頗雜出，傅會往往勞言銓。主人嗜古得真古，千秋五鳳同寶旃。他時采入《武林志》，更煩洪适成新篇。

訪徐石漁于沙村精舍

興至輒相訪，百年耆舊存。鬚眉看甪里，橡栗老羌村。微雪鴉争樹，斜陽客到門。盤餐期信宿，晤對戀清樽。

智海禪院夜坐

三月祇園住〔一〕，蕭然遺世情。夜深松露滴，夢與佛香清。隔院聞鈴語，空階來鶴鳴。維摩有真諦，擾擾愧吾生。

【校勘記】

〔一〕「祇」，《小峴山人詩集》卷二同，當作「祇」。

十三山

絕壁插空冥，邊門未了青。千尋蟠北戒，一氣落東溟。松杏看培塿，辰韓作枕屏。何年此開鑿，吾欲問圖經。

碧雲寺

入寺鬚眉緑，曉雲衣上生。天浮雙塔迥，石與亂泉争。雨後藥苗長，林邊山鳥鳴。言尋翠微去，前路有鐘聲。

獨山門在太湖口。

門東太湖水，危湍獨一拳。山曾經禹鑿，石不受秦鞭。日落黿鼉渚，秋高雁鶩天。日窮三萬頃，好放洞庭船。

送陳桂堂守辰州二首

頻年同省闥，相送楚江西。關砦連三户，雲烟入五溪。觀風雜夷獠，行部遍耕犁。公暇攤書坐，官齋聞竹鷄。

君去逢衡雁，三湘木落時。秋風武侯壘，夜雨竹郎祠。夢逐辰江遠，書探酉洞奇。故人思曼在，傳語寄相思。

金陵懷古

神异曾傳伐荻洲，金陵王氣未全休。樗蒲草澤英雄在，瓜豆中原割據秋。太息北人思飲馬，可憐南國唱符鳩。白門又報收袁粲，付與遺民怨石頭。

壽陽白馬近臺城，選佛齋壇懺不成。龍瀆西來傳舊語，犀軍北顧散空營。七官無術能匡難，五月何人爲解兵。不獨江南悲庾信，茂陵腸斷沈初明。

由崑山至青浦舟行墟落間即事

秋色東南正渺然，一帆疑葉下吴田。柴門流水微通徑，細雨斜風不滿船。晚飯真宜舵樓底，清樽重憶草堂前。玉山回首匆匆過，遥指茸城又夕烟。

余宦游六年故鄉交舊零落殆半感念存殁因繫以詩

少日交游共賤貧，草堂燈火話悲辛。招魂地下多新鬼，薄宦天邊少故人。白社秋風沙上劫，黄壚夜雨夢中塵。他年絜酒西郊路，鄰篴蕭蕭涕泪頻。

中關行帳觀返照和鮑雅堂韵

層叠岡巒擁一關，晚霞低罥夕陽斑。雅翎黄掠晴原樹，螺髻青迷大漠山。地抹昏烟千帳外，天横秋色亂岩間。西來更指興安嶺，古迹蒼茫是朵顔。

重九日廣寧道中作

塞上孤城倚大荒，摇鞭無語對斜陽。十年田里蕪三徑，九日邊關少一觴。晼晚年華看菊蕊，别離兄弟檢萸囊。白雲攔斷登高眼，不許愁人更望鄉。

北鎮廟

巨鎮嵯峨倚碧虚，青蒼一抹走徐無。虞封圭幣尊荒域，遼塞山川扼上都。晝壁風雲群后會，空堂日月萬靈趨。東丹遺迹今誰問，寂寂松杉鳥自呼。

津門秋感

薊北霜寒上敝裘，瓦門關外客登樓。中年親串多華髮，此日山河又暮秋。葉落雍奴笳吹動，雲迷碣石雁聲愁。飛揚跋扈平生志，鑿空終當萬里游。

平沙獨立感蒼茫，濁浪滹沱落日黄。鄉里未能乘下澤，侏儒久已笑東方。竭來燕趙悲歌地，欲問邯鄲挾瑟倡。馬客幽州最無賴，壚頭日日醉千場。

西風蕭瑟角飛城，北望長安秋氣清。俠少短衣誇射虎，通侯小隊試彈箏。依劉有客悲王粲，諭蜀何人似馬卿。辛苦西南諸將帥，荷戈今日尚論兵。時四川未平。

黄金突兀暮雲封，郭隗於今未易逢。塞上寒烟横獨鹿，天邊秋色隱盤龍。鯨魚吸浪生鱗甲，海

鳥迴風怯鼓鐘。江上季鷹無恙在，五湖歸去擬相從。

吴蘭庭

字胥石，歸安人。乾隆三十七年舉人。有《南雪草堂詩集》。

《蒲褐山房詩話》：胥石爲吴編修大受高第弟子，少以文名吴越，壯游燕趙，多蒼深清健之作。年六十餘，流寓京師，與仁和吴君麗璜長元齊名，時號「二吴」。胥石有《五代史纂誤補》四卷，長元有《宸垣志略》十六卷。胥石在京師，嘗寓馮編修集梧家，既南歸，又寓秦臬使瀛署中。詩四卷。句如「亂泉横短彴，荒壄綴疏花」，「柳痕妝閣翠，花氣酒船香」，「晴烟融碧樹，小雨漲紅潮」，「春旗絲雨潤，水市曉風腥」，「麥場風引雉，荷浦雨隨鷗」，「星光寒墮水，樹影遠隨人」，「餳簫寒食節，絲雨杏花天」，「鶯花成昔夢，烟月嘆浮生」，「梅扶老態猶含萼，草釀柔情未破荄」，「山色當門朝旭麗，松聲滿院夕陰寒」，「被酒并尋盤馬地，乞花同泛釣魚船」，「愁鬢欲星還作客，長途無日不登高」，皆耐人諷咏。

柏井驛

天風吹縹緲，徑挾山百折。我行秋方中，寒氣已凜冽。兀兀有虛警，短夢作復輟。初日出東方，人馬同欣悦。不辭登陟勞，屢見土風别。山要亘疏烟，居人乃窟室。戴履俱后土，一竇泄天日。蟄蟲坏其户，動物宜羸物。古民既陶復，隙地亦甌脱。聚族得栖止，此言生且活。樸野無物累，愧我身世拙。回首彌忡忡，窮途畏顛蹶。

韓信嶺

一徑走峻坂，崖壁若環衛。行行漸幽默，如入永巷内。日御歷綫天，見午不見未。亂山鮮木石，矗矗唯積塊。堆阜忽俯瞰，突兀壓我背。脉疏質已離，砉然恐其墜。勢險比岩墻，疾驅思縱轡。却怪繞馬首，抗行斷復綴。保無或偶然，適與禍機會。頗聞漢韓侯，奮迹致高位。一蹶中危法，乃爲兒女賣。詎伊非英豪，良由昧進退。即今吊荒冢，行客發深慨。凛凛抱微軀，羈孤彌自貴。

園樹

園樹陰初匝，池荷香不收。薄凉先在水，疏雨忽疑秋。入世方桃梗，依人只蒯緱。可堪牢落意，獨對小庭幽。

村家

清景銷煩暑，披尋午睡餘。柳風驅犢健，槐雨聽蟬疏。矮屋門雙扇，平橋水一渠。村家塵事少，便擬卜鄰居。

蒹葭

渺渺愁心結，凄凄極目同。江湖勞遠夢，身世怯秋風。危榭波平檻，孤舟雪打篷。蹉跎余有恨，相對此衰叢。

過文石山房有感牧園先生

安昌弦管最風流，池館荒凉幾度秋。豈有虎賁憐北海，空餘馬策慟西州。他年國士誰青眼，此日書生已白頭。瓠落自慚知遇厚，一尊重與酹松楸。

趙希璜

字渭川，惠州人。乾隆三十九年舉人，官安陽知縣。有《四百三十二峰草堂詩鈔》。

彩雲軒晚眺

雨色圍春住，龍孫解籜肥。當軒崖仄立，搏石水斜飛。嫩緑生新草，殘紅送落暉。山家饒樂事，花外掩柴扉。

自題羅浮烟雨圖

不忘稚川約，尋春跨蹇行。山頭冪烟雨，天氣乍陰晴。遠樹森森立，流鶯恰恰鳴。敲詩露痴態，人盡笑狂生。

雁

紅葉滿滄江，寥天雁一雙。秋澄黄荇月，夢醒碧蘿窗。古渡片帆落，疏鐘何處撞。蟲聲還泣露，凄絶對殘釭。

留别馮魚山太史

那堪潦倒老京華，魂繞羅浮處士家。炊熟黄精山月上，霞衣縹緲踏梅花。
玉堂金馬位君身，我逐浮名失我真。拋却山中好風景，青山早已笑詩人。

高文照

字潤中，武康人。乾隆三十九年舉人，早卒。有《闐清山房詩録》。

《蒲褐山房詩話》：潤中以選拔來京應試，適予隨侍木蘭，未與相晤，留詩而去。及從塞垣歸，潤中則已下第南還。久之中式，寓于滿洲某公家，教其子弟。予時在蜀中。及遘病將革，謂其門人曰：「我雖不得受業于王公，而刻我詩集必求其序。」及丙申予返京師，其門人具述前言，深爲感嘆，因作序貽之。又二十餘年，聞其集已刻於苕溪，以予文冠其端，然亦未見刊本。姑就曩所掇者録之。至其詩風發泉涌，言之高下皆宜，佳者固不盡於此。

能仁寺看梅

雲消烟岫青，雨止風潭碧。侵晨步祇園，鳴鐘花外隔。精廬掩修篁，小磴通雙屐。討春憩白堂，方丈名。世界一時白。林深雜鳥哢，徑古斷人迹。想際月朧明，清影上瑶席。開士情未忘，瀹茗款吟客。顧此無垢體，得游衆香國。晞髮雙樹間，裵㒟竟芳夕。一笑還破禪，落英紛點額。

泊舟西泠橋步入栖霞嶺

青山久招要，幽討阻孤往。枯筇勝侶俱，登岸頓心爽。初塗稍坦夷，仄徑漸嵽嵲。榛荒目屢顧，峰陡面恒仰。扶欄足小駐，遠近景羅掌。湖光蕩日圓，雙眸豁虛朗。雲來苔磴濕，泉吐松根響。暢此塵外踪，遽作天際想。翦茅定何年，佇辦芒鞋兩。

秋日放舟玉湖尋上下釣魚山

水落積氣空，澄烟乃如練。整棹出寒城，孤光亘湖甸。林迴微徑折，天霽層峰見。一洲蘆雪晴，衆塢楓霞變。澄波吟擊楫，風水忽相濺。捨舟躡斷磯，巇崿聳遥眄。亭亭車蓋陰，瀰瀰浮玉面。横岡遂逶迤，密樹入葱蒨。雲歸渚疑没，日落山逾絢。孤松倘可巢，吾將垂釣綫。

客夜獨酌二首

新月皎河漢，涼飆襲輕襟。故園在兹夕，竹柏團階陰。辭家遠行邁，愀然游子心。霜籬多萎條，風樹無安禽。時物亦已换，惆悵雙魚沉。天涯一樽酒，此時相酌斟。

夜坐覺秋永，殘雨入蕭散。獨飲醒意多，寒來不能斷。鄰鐘聲漸動，壁焰燒微短。白露滿簾衣，幽人在虚館。

打冰詞

飛來一丈天山雪，截斷長河堅入骨。要與冰尸角兩雄，連檣椎破魚龍窟。細冰戢戢凝復開，大冰突兀如山來。崚嶒一望不見底，三老長年如死灰。船頭日暮亂篙舉，倒射船窗作飛雨。前船不動後船聚，今夜仍須冰裏住。

聞笛

東堂微雨歇，涼月上空林。高枕憯無寐，蒼龍何處吟。商飆驚暗至，河漢欲西沉。記得雙江郭，扁舟此夜心。

紅豆

南國相思樹，盈盈傍岸紅。收當經細雨，歌想按春風。玉合開頻數，上聲。珊瑚碎略同。可能遥寄與，骰子意玲瓏。

晚歸丁家山下

片月當杯出，蒼山擁棹歸。蓮塘孤鷺瞑，柳陌斷蟬稀。入浦歌聲杳，迎風酒力微。水仙祠下路，一磬扣禪扉。

贈葉秀才正始詩

此邦耆舊凋零後，未斷心香見此人。邱壑栖遲身竟老，文章流别世誰論。許渾風月編丁卯，周密叢殘志癸辛。家世石林應好在，幾時同作碧山鄰。石林築室卞山，自號石林居士。

嵇公祠

嵇公諱永仁，無錫人，范忠貞公幕僚。同日殉節。

弓刀一跨便從軍，草檄才高入幕賓。豈謂黑頭公輔器，翻成碧血侍中身。臧洪赴死原同日，許遠圖勛合并倫。咫尺靈旗風雨集，年年廟食配張巡。

移家三首

屈子何煩賦《卜居》，井泉近處即吾廬。突黔不暇虚安竈，家具偏多爲載書。投刺了無新賀客，

遺榮猶有舊懸車。門前一段鷗波漲，領得頭銜是老漁。

吟囊畫篋蠹橫陳，幾日安排覺斬新。明月仍來耘老閣，青松又結趙家鄰。余新居與松雪齋對。借他美蔭尊須設，移得名花屋不貧。移栽大牡丹花二株。鷄犬寂寥奴婢少，免教圖畫笑詩人。

當年辛苦話誅茆，余屢卜居禾中不果。計拙依然䳒作巢。差喜比鄰懷蟋蟀，肯嫌在户咏蠨蛸。蓬蒿點綴宜開徑，猿鳥稀疏坐近郊。夢裏金陀坊畔路，寄聲林水漫相招。

寄遠

瑶琴愁撫十三徽，彈到思歸泪滿衣。賴是天南霜雪少，相思不用理寒機。

泊潯溪寄沈五

欹帆小雨易黄昏，風色蕭蕭獨夜村。可道離愁是溪水，舊痕才退又新痕。

陪薛太史暨嚴大秋霞泛舟南湖登烟雨樓二十韵

兩槳伊啞破曉烟，四圍渟碧浸遥天。蜃嘘樓閣空濛裏，螺畫峰巒杳渺邊。不雨不晴常瀖渮，非風非水互淪漣。狂游自約登瀛侶，二客還隨羽化仙。境眩菰叢遮眼密，情多菱角刺衣穿。黄消霧柳雙眉皺，緑約風萍一鏡圓。瞥過輕鴛騰藻綉，驚心法象現重蓮。桂花落後門空鎖，柹葉垂時墨尚鮮。雁齒排橋彎似月，龍頭裝屋小於船。灑來仙榜榮三接，賦就花陰記八磚。壁間敬觀御製詩《與撫臣莊有恭聯句》。絶島豈宜人問渡，閑波應許鷺分眠。層層曲榭鋪吟席，往往清宵鬥管弦。蓮唱半飄僧枕上，漁燈都到酒樽前。湖詩西子徒爲爾，宅泛鴟夸不偶然。舊事戒提千載恨，新聞好紀五朝編。考《烟雨樓記》，知樓址始自五代。得同汾蟹松鱸興，重述嘉禾瑞繭年。痛飲歡勞鐺折脚，叢殘話溯地由拳。一灣水繞前生夢，三過踪留此日賢。秋老潭蓉紅欲滴，歸遲沙月白堪憐。移家準擬從公住，只少千金圩上田。

温　恭

字荔坡，福建永定人。乾隆三十九年舉人，今官青浦知縣。有《蜀行偶草》。

過彭澤縣

落日嶺頭樹，秋風江上城。斷崖連埤堄，孤嶼倒空明。幸出三巴險，誰憐萬里行。今朝下彭澤，懷古愧高情。

五頂關

懸岩峭壁水潺潺，路入寧羌五頂關。直北雲堆秦塞樹，依南猿嘯益州山。石經血濺餘兵氣，雨帶風凉滌客顔。休問此行緣底事，驟綱十萬餉戎間。

宿硤石驛次壁間韵

宦游遑惜鬢毛斑，轉餉來過硤石間。今日逢人問巴蜀，何時飛度劍門關。

吴錫麒

字聖徵，號穀人，錢唐人。乾隆四十年進士，官祭酒。有《有正味齋集》。

《蒲褐山房詩話》：浙中詩派，自竹垞、初白兩先生後，二十餘年，大宗、太鴻起而振之，及兩公殂謝，嗣音者少。司成以雲蒸霞蔚之文，合雪凈冰清之作，馳聲藝苑，獨出冠時，既工駢體，尤善倚聲，而詩才超越，直繼朱、查、杭、厲之後，宜中外望之，指爲景慶也。情殷萱背，乞假南還，雖未即安於閑適，而世已以白、晁兩太傅相期。生性好溪山，流連詩酒，青簾畫舫，緑箬紅衫，游筇所造，無不承蓋扶輪，掃門納屨。

坌柏渡遇雪

孤帆若無依，飄飄就寒浦。豈有行役勞，及兹感淒苦。冥含林氣肅，凍結石棱古。積陰如趁人，慘昇變亭午。疏聲表初雪，繁響雜飛雨。叢蘆易蕭條，豐篠極掀舞。來檣雲際辨，去鳥烟外數。栖止難預謀，捷徑爾何取。牽蘿懷美人，會見茅茨補。

桐廬道中寒雪初晴月色皎潔

扁舟屢沿轉，不厭風水聽。矧兹雪霽佳，片月林外醒。寒姿結窈窕，幽壑穿瓏玲。雲歸微素合，波往虚光停。明明帆弄葉，晶晶開屏。身在衆山中，不知山色青。岩端發清磬，潭底摇疏星。桐君爾何人，寂寞仙扉扃。携鋤采藥去，歸來已千齡。幽夢永今夕，鷄唱天冥冥。

泛舟出東新關至皋亭看梅

春風吹櫓聲，摇曳在烟際。溯游從迴波，謀野獲新霽。柳條緑已舒，草脚青不細。微微剩松雪，稍稍出山髻。前村暝逾深，遠樹明復翳。徐聞鐘磬招，願結瓶鉢契。人來僧語熟，月大寺門閉。三匝繞花身，贊以妙香偈。

黄土梁

斜日照行客，一鞭歸鐙敲。陂陀望若平，寒雲注虚坳。石骨陷其裏，周以積土包。荒荒怵真虎，慘慘横瘦蛟。登頓亦已疲，豁然見衡茅。年豐畢婚嫁，少婦方垂髾。晴檐理針綫，念將新歲交。感我勞者唱，詎免居者嘲。

夜觀烏龍山野燒

松門月黑風亂旋，山影下覷窗西偏。非星而星山之巔，幾點初若流螢然。升之樹杪紅燈懸，俄而不見峰側穿。倏又見之雹掣圓，一峰突涌亭亭蓮。前峰後峰跗萼連，其下一珠龍抱眠。烏龍不烏光蜿蜒，赤龍衙衙欲上天。是何草木當赭鞭，百蟲將軍卑爾權。爾生爾殺爾自專，象以齒焚蘭膏煎。蕉夢不醒秋墳邊，哀哉牧火遺荒阡。禍并玉石成灰烟，我惜山黛蛾眉妍。使彼濯濯誠何愆，有酒欲潠術不仙。安得倒挽山下泉，女丁婦壬驅爾軿，游山明日衣同褰。

師子林歌

雄雷震空六甲驅，空青塞户陰糢糊。卷毛啖舌形狀殊，逃盡虎豹豺狼貙。諦視細細蒼苔鋪，伏而不動非石乎。陡回驚悸生歡娱，洞天咫尺開仙都。中不百畝蛇綫紆，五里十里盤崎嶇。前之升者猱附塗，以踵摩頂仰可呼，忽然索之又亡逋。白日在空午欲晡，翻身跳入壺公壺。四壁翠灑松雨粗，松生石隙老更腴，不階尺土元氣扶。松耶石耶德不孤，石以松古青逼膚，松以石怪垂龍胡。天風來

往調笙竽，滿身雲氣留斯須。出門輿馬喧九衢，胸中了了邱壑俱。吁嗟乎，胸中了了邱壑俱，千秋畫本思倪迂。

題翁覃溪前輩方綱所藏唐泰山摩厓銘拓本

昔聞泰山封禪七十有二代，千八百處勒石紛周遭。浮雲倏忽幻蒼狗，遺迹荒遠難爬搔。祖龍紀德無德紀，直以没字欺兒曹。開元天子履乾位，海内殷富忘飢嗷。登封擇吉臨渤海，圓壇五丈陳旌旄。金鷄唱日百靈集，天門咫尺升君蒿。爲民祈福本盛德，煌煌玉册何須韜。禮成鸞鶴亦翔舞，清響細戛仙人璈。群臣稽首帝有喜，永垂洪烈齊唐陶。大書深刻一千字，力挽巨海迴波濤。即如銘詞典重亦似出燕許，不然如椽大筆誰能操？謂將從此毖後患，文云將多於前功而毖彼後患。豈意先笑終號咷。飛霜殿上猪龍逃，延秋門外鳴弓刀。太平不告兵屢告，燎柴火换烽烟高。青騾遠去劍南道，無復御馬登神皋。秦松漢柏亦何有，回首泰山萬里空嶆嶆。我昨渡河來，望遠心魂勞。未臨日觀睹突兀，每指雲闕思翔翱。側聞此碑椎拓洵不易，梯空上似懸藤猱。玉堂仙人何年得此本，販來美錦誇蒲萄。高凡三丈闊一丈，背負那不煩靈鼇。縱觀何异篦刮目，八分妙理窮秋毫。平生懷古感興廢，雲烟過眼增忉忉。東鶼西鰈亦何取，銘功表德徒稱褒。中興之頌摩崖早，靈武君王又柘袍。

辛丑十月移居蒲褐山房即趙天羽給諫寄園故址

我本識字耕田夫，一椽家住錢塘湖。自從釋褐注朝籍，破屋久向長安租。一年官俸抵不得，打門那免人追呼。中庭更無草木映，如人面目先焦枯。昨晨過客爲我説，有屋乃在城西隅。寄園名字耳所熟，况復價減千青蚨。天寒手指凍欲裂，移家連日忙妻孥。莫謂先生家具無，有酒在瓮書在厨。蹇驢一頭車一輛，從以赤脚長鬚奴。入門老樹相顧笑，此間去往皆酸儒。趙家給諫老著述，墨痕四壁常沾污。當時談空説有處，滿窗落葉啼飢烏。後來名士尤作達，於此但結文字娱。村夫子相誰不識，今朝又入移居圖。墻陰手剔故人迹，尚剩健句追歐蘇。壁間有王蘭泉鴻臚《移居詩》石刻。先生自喜道不孤，檢書插架酒注壺。飲酣一吸盡江海，歌罷萬籟調笙竽。人生大抵如寄耳，能寄所寄惟吾徒。欲從莊叟論齊物，誰信柳子非真愚。來春坐待花樹發，繁枝壓屋清陰鋪。開簾無事日把卷，何必更憶秋江鱸。

移居以來同人多以詩酒相招醉後成篇仍用前韵

三家村住非村夫，往時王蘭泉副憲暨翁覃溪、諸桐嶼兩前輩比鄰居此，同人有「三家村」之目。詩人豪氣吞江湖。滿城風雨自吟咏，閉門不怕人催租。十年舊事等雲散，求友但有禽聲呼。我移家來已歲暮，蒲萄一架虬藤枯。林間殘雪未融釋，瘦日初上東南隅。請鄰尚少篘後酒，迎富那得飛來蚨。何如西湖處士宅，梅可作妻鶴可孥。先生自笑長物無，炊烟不起塵滿厨。東家西家邀我飲，紛紛折簡來奚奴。酒酣耳熱不得意，高談座上驚庸儒。玉缸惜少翠袖捧，醉墨不顧青襟污。自東徂西歸路遠，每聽城上三更烏。捫心清夜無愧怍，能令衾枕生歡娱。明朝僵卧亦何害，一幅自寫袁安圖。陽春有脚無不到，蟄蟲何日能昭蘇。旁人莫謂意太孤，萬事已如冰在壺。旁人莫謂宦太冷，一官已任風吹竽。詩壇一席置狂客，燕市五載稱酒徒。得廬吾自愛所愛，避熱誰信愚非愚。平生舊業相料理，短榻尚有青氍鋪。菜根咬得滋味足，何必頓頓思蒓鱸。

西湖夜泛

水展琉璃䈄，人乘書畫船。蟲聲千葉雨，月氣一湖烟。壞塔黄妃剩，清詩白傅傳。勾留逢此夕，半在藕花邊。

庚寅春再赴嚴江同舍弟錫麟舟中作

聽風兼聽水，三度上江船。遠樹霽寒雪，一帆明夕烟。人耽高隱地，山媚早春天。正擁羊裘坐，嵐光墜我前。

好句忽飛到，與吟惟子由。江山如昨夢，兄弟此扁舟。野水争灘上，閑雲爲竹留。他年翦燈話，毋忘富春游。

尋　春

蓬蓬渾不遠，盎盎竟難名。酒熟花初發，天晴草亂生。何來南浦恨，不盡夕陽情。破得青山笑，流鶯又一聲。

吴淞道中

重到吴淞路，清霜十月中。蟹消諸簖火，蘆捲萬梢風。泖色天如接，山眉畫最工。夕陽容易落，微剩柏林紅。

讀放翁集

鐵馬金戈夢不成，熏爐茗碗寄餘情。蘇黄以外無其匹，梁益之間老此生。擊賊未忘垂釣日，臨終如唱渡河聲。長吟直與精靈接，千億梅花坐月明。

初雪

爬沙一曲譜簾櫳，密灑斜飛態不同。對我青山蒙絮帽，待人粉本畫漁篷。濁醪已長前村價，黄葉纔空昨夜風。報與老農應色喜，鴉娘門外咒年豐。

春草

東風吹得燒痕蘇，陌上青青半有無。十日雨晴熏蛺蝶，一江水暖長蘼蕪。凄迷如夢如烟裹，晼晚飛花飛絮俱。多少鷓鴣啼處客，年年腸斷洞庭湖。

高接林巒低水濱，風光一片屬芳辰。但尋門巷渾無路，豈爲天涯減却春。塞北至今青冢在，江南相望緑波新。萋萋送别先愁我，不獨江淹是恨人。

湖上看雨

青鞋纔得下琴臺，忽響南山一道雷。雙白鳥邊催陣起，萬荷葉上聽秋來。凉生漁艇誰吹笛，醉向湖光莫放杯。眼底菰蒲蕭瑟易，水龍吟激暮天哀。

題黄仲則遺詩後

謫仙樓上謫仙詩，如此才華可惜之。廿載風花龍出骨，萬言珠玉豹留皮。美人黄土今生歇，才子閑情若個知。想見一燈秋雨裏，通眉長爪苦吟時。

虎邱三首

虎氣消沉鶴市荒，東風容易客迴腸。貞娘墓上年年柳，畫了春愁畫夕陽。

水閣家家風幔開，畫闌曲折粉塘迴。冶香輕似落花過，快櫓瞥如飛燕來。

看紅看白數花枝，傳唱朱翁樂府詞。一半櫻桃一半笋，送春天氣不多時。竹垞翁《虎邱葉兒》樂府：「一半兒櫻桃一半兒笋。」

范來宗

字翰尊，號芝岩，吴縣人。乾隆四十年進士，官編修。有《洽園詩鈔》。

拈花寺早起

山居夢初迴，晨曦未到嶺。天地發清機，但覺衣裳冷。草濡蟲亂鳴，松高鶴争警。倚立岩石間，游目聊一騁。山外正酣眠，何人發深省。

白雲泉和潘榕皋農部韵

昔日同尋勝，今來獨品泉。鳥聲閑似客，山意静於禪。檻外留斜照，爐中有剩烟。未憂腰脚弱，

更結上層緣。

法螺

登陟憑筇杖，迴旋似結螺。修廊緣磵轉，嵐氣染衣多。别自開丹嶂，天然引緑蘿。願言頻過此，安樂有行窩。

唯亭小泊

一峰船尾送，歸路晚蒼茫。風雪殘年短，江湖獨夜長。雲寬全借水，市小半連鄉。此地宜魚稻，年豐樂未央。

顧宗泰

字景岳，號星橋，元和人。乾隆四十年進士，官高州府知府。有《月滿樓詩集》。

魚臺舟中

荻花無數夕陽邊，景物依稀入楚天。白板橋通沽酒市，緑楊村聚賣魚船。水環棠邑民風古，驛傍河梁客思懸。有河梁驛。此夕看山認齊魯，鄉園望斷轉凄然。

登鷄鳴山

蒼凉俯瞰建康城，碧磴盤空到眼明。平楚殘霞開夕照〔一〕，後湖秋雨入新晴。聞鷄埭古荒烟合，射雉場空芳草平。景色最增羈客感，千年陵谷動關情。

【校勘記】

〔一〕「霞開」，《月滿樓詩集》卷三《半繭集》作「雲銜」。

司馬相如

琴心一曲感殷勤，酤酒還憐犢鼻褌。底事白頭悲怨切，誰人更與賦《長門》。

松陵道中

數聲欸乃下輕艭〔一〕，飛動波心鷺幾雙。正是水窗高睡足，一天幽夢落楓江。

【校勘記】

〔一〕「欵」，《月滿樓詩集》卷二《東游集》同，當作「欸」。

曹錫齡

字受之，號定軒，汾陽人。乾隆四十年進士，官監察御史。

送述庵先生予告南歸

帝佐資碩德，應運公爲輔。中外久敭歷，名臣勛業樹。清風歌穆如，今復見吉甫。昨歲古稀過，致仕例援古。杖國杖鄉身，逍遥游化宇。况復江南濱，疏傅喜接武。謂辛楣先生。獨惜典型去，鴻飛思遵渚。花朝醉陶然，流光春風舞。一闋驪歌成，寸心離緒吐。

李廷敬

字寧圃，滄州人。乾隆四十年進士，今官松太兵備道。有《平遠山房集》。

會昌登陸喜晴

江練澄朝霏，林花耀旭景。平沙晴愈潤，烟草相與永。歸雲赴遠岫，餘瀑喧近嶺。村途紆稻畦，山徑抱樹癭。俗殊意難測，禽變心自警。扁舟三日醉，幽夢乍一醒。安得摩詰筆，繪此猺獞境。

將至嘉應維舟野泊却寄問波

麓斷山重起，潮迴水欲窮。溪雲深貯月，石瀨險生風。別緒思楊柳，音書隔雁鴻。今宵米家舫，應泊鳳台東。

韶州雜詩

一曲清江匯，遥趨峽萬重。孤城如島嶼，二水會魚龍。北嶺迴秋雁，南華隱暮鐘。三瀧非險阻，從古入堯封。

湘江亭外柳，綰盡古今愁。暮雨吴娘曲，春風越客舟。斗迴天北極，人去海東頭。斜日關河暮，殘鴉噪戍樓。

除夕對酒

易醉屠蘇酒，難爲爛漫歌。南溟厭蛟蜃，西楚尚干戈。遲暮朋儕少，窮愁歲事多。孤城對烽火，今夕意如何。
汐落東溟近，城高北斗臨。感時兄弟泪，設醴友朋心。洲橘何須種，瓶梅不待尋。已驚霜滿鬢，歲月苦相侵。

潞河舟行

黄葉聲繁雨脚斜，輕舟宛轉避汀沙。河流曲似穿珠蟻，節序忙於赴壑蛇。去住關情秋燕子，榮枯相倚野藤花。一痕漸透斜陽好，欲染閑雲作絳霞。

過汪研薌司馬秦淮小寓留飲兼示舊作

暇日相尋一舉樽，風光人比浣花村。群山過雨青排闥，春水如苔緑到門。我拂垂楊驚聚散，君吟芳草自朝昏。奚囊滿貯驚人句，寄托深時不易論。

嚴福

字景仁，號愛亭，吴縣人。乾隆四十年會試第一，官至編修。

池上和韵

柳岸秋催老，蘭汀曉送香。雲沈菰米暗，雪散葦花凉。鏡水游同勝，歛湖興共長。徘徊未能去，隔浦野烟蒼。

乍歷三秋候，頻來一水鄉。魚游渾可數，鷗狎久相忘。小徑留寒草，流波蕩夕陽。陂塘清似畫，

染就有微霜。

題消夏圖

勝地堪延賞，遥連太液波。輕風荷氣遠，斜照柳陰多。書畫船難擬，蓬壺景未過。寄情良有在，不必擁笙歌。

送汪雲壑修撰視學雲南

九重寵命擁華旃，地紀烏蠻自漢年。三策天人争説董，中朝文物久敷滇。談經方見追前哲，時述庵先生在滇。把酒其如對别筵。爲想軺車吟眺處，昆明山色晚蒼然。

秋　霜

瑟瑟金風到野塘，板橋人迹漸蒼凉。痕兼淡月千村白，寒入遥峰幾樹黄。侵曉何曾留竹瓦，連

宵已覺逼繩床。年來雙鬢頻經點，怕聽秋聲夜滿廊。

潑火雨

賜火傳來滿鳳城，旋看細雨過前榮。葦燒破竈難禁濕，柳起新烟暗覺輕。三月風光烘欲動，五侯門巷滴無聲。却因朱騎塵飛後，倍愛天街景色清。

宋思仁

字汝和，長洲人。諸生，官至山東糧儲道。有《有方詩鈔》。

羊城懷古

兼弱秦功尚，開疆漢計勞。地分三楚遠，嶺限百蠻高。長憶梅鋗節，終傳楊僕豪。興亡青史在，懷古首重搔。

屈原故宅

茫茫湘水漾空虛，昔日靈均此卜居。秦地可曾亡六里，楚臣徒自放三閭。汀洲香草情難盡，岸浦丹楓怨未除。萬古旅魂招不得，長沙風景又何如。

琵琶亭

雲山疊疊水悠悠，獨倚孤亭正暮秋。一曲清歌千載恨，兩行客泪四弦愁。烟花踪迹傳前事，詩酒風流紀舊游。今日我來江上望，尚餘哀怨滿寒流。

水晶樓

緑窗碧瓦露初流，下有梧桐幾樹秋。萬頃湖光清似鏡，不知明月在高樓。

陳繩祖

字絙橋，祁陽人。監生，官至廣東糧儲道。有《苕溪游草》。《蒲褐山房詩話》：絙橋爲文肅公大受次子，世家華膴，輒以盛滿爲虞，及其兄開府楚中，即析産别居，且謝病歸，寓蘇州之水仙庵左。然後卒爲所累，奉母南還，抑鬱以卒。宋梯雲越序其詩，謂往來吴越間，愛吴興山水清遠，詩筒酒盞，徜徉白蘋紅蓼間，自冬徂春，笻屐所至，輒成歌咏。

錢山漾

纔過碧落湖，却入錢山漾。錢山松雪殘，稍稍青可望。狹路窮溪源，臨流忽開曠。午日泮輕澌，吴檣壓高浪。曖曖遠人村，隱隱樵舟唱。群峰莽迴合，寒氣森相向。似聞沙禽喧，稍見漁艇漾。水國富蒲蓮，居民避春漲。余生楚澤濱，兹游頗清暢。倘住下菰城，餘年差可養。

方等禪林去法華山里許爲汪氏家庵

言過萬松谷，初入楊梅塢。修竹隱疏花，清泉帶芝圃。略彴横深溪，鷄鳴辨山午。絶境不逢人，衣上時沾雨。

明霞墓

小褐明霞葬此山，魂歸猶自泪潺湲。澄湖月落開妝鏡，修竹風微隱珮環。慧業難消天意妒，風情寧待老來刪。春林自灑啼鵑血，腸斷游人日往還。

王啓焜

字東白，號秋汀，嘉善人。監生，官至四川鹽茶道。

水竹居集飲次玉厓韵二首

池館新開集勝流，罩檐濃緑午陰幽。鷗盟似雨聯今舊，萍漬隨風感去留。醉倚鶯花三月榭，夢迴蝦菜五湖舟。俄聽隔水笙歌細，籠霧和香一片浮。

雪山西望曉疑烟，一曲春波花壓船。瓮咂村醪頻削管，蜀中田家多造咂酒，以水灌瓮中，插竹管吸飲之。盤餐園笋不論錢。詩情斟酌多餘味，官事消磨少雜緣。最憶比鄰還步屧，余别館巴山夜雨齋即在屋北。每携樽酒話燈前。

湖海詩傳卷三十四

黄景仁

字仲則，武進人。諸生。有《兩當軒》、《蔗梢》諸集。

《蒲褐山房詩話》：仲則風神玉立，世比叔寶。年未弱冠，所撰小賦新詩，已有「烟月揚州」之譽。既而彈鋏依人，歷游楚越，又從竹君學使于皖桐。及回京，從予受業。務爲閎覽博聞之學，故所過名山水，探奇歷險，才力皆足以發之。激昂排奡，不主故常，信其所至，正如泪流鮫客，悉化明珠，米擲麻姑，俱成丹粒。既屢試不遇，乃充《四庫全書》館謄録，議叙當得主簿。未及選，復游秦晋。歿于蒲州。運使沈君既堂及余與畢秋帆交賻之，而時洪稚存亮吉又往經紀其喪，始得歸于武進。生平所作，未有成編。余遣人赴蒲録其集以歸，最爲完善。循環吟諷，不啻哀猿之叫月，獨雁之啼霜也。傳本參差，世雖有愛而梓之者，然去取失宜。今詳加決擇，存全本於書塾中，以待後之篤嗜者之論定。

登千佛岩遇雨

木落千山秋，天空一江碧。賈勇登巉岩，决眦瞰危壁。獵獵虎嘯林，陰陰龍起澤。膚寸足下雲，倏已際天白。急雨翻盆來，疾雷起肘腋。同游三兩人，相望失咫尺。飄然冷風過，烟霾漸消迹。雨脚移而東，長虹豆林隙。山翠濕淋漓，苔空見白石。快哉今日觀，横寫百憂積。山川美登眺，嗟余在行役。陟高睠親廬，犯險乖子職。歸當置濁醪，孤酹奠驚魄。

舟發西安至東岩夜泊

清晨發西安，四野動鷄唱。人烟起橘柚，村落隱相向。川景明朝暉，宿霧自消蕩。萬壑霜風乾，清江寂無漲。一一過巉岩，入江更多狀。出没窮雕鎸，盤回互倔强。舟行苦相持，帆勢忽阻喪。所喜泉石清，終日娱騁望。短晷欻西馳，蒼岩更孤傍。隱隱遠峰出，稍稍明月上。遥指常山程，終宵一惆悵。

雨中游桃莊看飛泉即東坡題聽泉亭處。

搜石乃得泉，泉流更洗石。石浄浄天青，泉飛化虹白。山中連日雨，深塢絶行迹。誰知穿雲來，乃有問泉客。左右聞澗聲，尋源固不隔。懸崖忽當面，飄沫時濺額。俯掇星迸潭，仰怖雷破壁。一與洞壑緣，分支已千百。稍戛旋翻銀，微渟頓澄碧。大海及污潦，安知後所適。保兹在山心，莫忘初境窄。逝矣眉山翁，誰歟證心獲。

雪夜至亳州

信帆溯清渦，歲晚水源閉。適我將舍舟，風雪塞天地。襆被輕易肩，書簏愛難弃。絮帽不暖頭，迎面玉龍戲。夜色斂郊坰，一白了無際。虚光紛四來，極眺快心意。如乘剡溪船，興發忘所自。如襲蔡州軍，銜枚走精騎。一髮見南譙，界天明睥睨。此邦古都會，人物挺殊异。當塗斯沛豐，三分推吉利。文采擅一門，雄威振當世。霸圖荒已陳，英風渺焉逝。欝我懷古心，香醪就市貰。殷勤愧館人，幾訶去關吏。解裝然濕薪，孤吟聊擁鼻。急雪一打窗，空宵客魂悸。

觀潮行

客有不樂游廣陵，卧看八月秋濤興。偉哉造物此巨觀，海水直挾心飛騰。瀴溟萬萬夙未駕，對此茫茫八埏隘。才見銀山動地來，已將赤岸浮天外。砰岩硠岳萬穴號，雌呿雄吟六節摇。豈其乾坤共吁吸，乃與晦朔爲盈消。殷天怒爲排山入，轉眼西追日輪及。一信將無渤澥空，再來或恐鴻濛濕。唱歌踏浪輪吴儂，曾將何物賚海童。答言三千水犀弩，至今猶敢攖其鋒。我説此語等兒戲，員也英靈實南避。只合回頭撼越山，那因抉目仇吴地。吴顛越蹶曾幾時，前胥後種誰見知。潮生潮落自終古，我欲停杯一問之。

後觀潮行

海風捲盡江頭葉，沙岸千人萬人立。怪底山川忽變容，又報天邊海潮入。鷗飛艇亂行雲停，江亦作勢如相迎。鵝毛一白尚天際，傾耳已是風霆聲。江流不合幾回折，欲折濤頭如折鐵。一折平添百丈飛，浩浩長空卷晴雪。星馳電激望已遥，江塘十里隨低高。此時萬户同屏息，想見窗櫺齊動摇。

潮頭障天天亦莫，蒼茫却望潮來處。前陣纔平羅刹磯，後來又没西興樹。獨客吊影行自愁，大地與身同一浮。乘槎未許到星闕，采藥何年傍祖洲。賦罷觀濤長太息，我尚輸潮歸即得。回首重城鼓角哀，半空純作魚龍色。

晚泊九江尋琵琶亭故址

晨發黄州郭，夕宿潯陽渡。沙平岸闊不見人，瞥過千重萬重樹。潯陽渡口風蕭蕭，江州城外魚龍驕。匡廬作雲半紅黑[一]，倒吸白浪如山高。是時日落葭菼暗，盆浦瑟瑟生寒濤。一舟衝浪去杳杳，獨雁帶雨來迢迢。角聲振木木葉脱，秋聲漸高秋思發。無言攬袖起彷徨，却倚蘭橈望天末。吴頭楚尾烟冥冥，獨立百感來無情。江風吹面酒亦醒，掣笛吼作狂龍聲。短衣踉蹌步沙瀨，草間尋得琵琶亭。崩堤毁岸人迹絶，狐狸跳嘯鼉鼉鳴[二]。昔聞樂天此間夜送客，琵琶聲停江浸月。擬向江山作主人，却因商婦悲遷謫。我亦天涯有泪人，對此茫茫慘無澤。吁嗟乎，泪亦不必落，愁亦不必愁。君不見茫茫九派東向流，千古萬古無時休。我家乃在東海頭，西風滿意吹數日，一笑可上吴淞舟。蒓鱸蝦菜萬事足，安用江湖嘆敝裘！

【校勘記】

〔一〕「紅」，《兩當軒集》卷二作「江」。

〔二〕「跳」，《兩當軒集》卷二作「跳」。

竹君先生偕宴太白樓醉中作歌

紅霞一片海上來，照我樓上華筵開。傾觴綠酒忽復盡，樓中謫仙安在哉。謫仙之樓樓百尺，笥河夫子文章伯。風流髣髴樓中人，千一百年來此客。是日江上同雲開，天門淡掃雙蛾眉。江從慈母磯邊轉，潮到黃牛亭下回。青山對面客起舞，彼此青蓮一抔土。若論七尺歸蓬蒿，此樓作客山是主。若論醉月來江濱，此樓作主山是賓。長星動搖苦無色，未必常作人間魂。身後蒼涼盡如此，俯仰悲歌亦徒爾。杯底空餘今古愁，眼前忽盡東南美。高會題詩最上頭，姓名未死重山邱。請將詩卷擲江水，定不與江東向流。

虞忠肅祠

氈帳如雲甲光黑，飲馬完顏至江北。六州連弃兩淮墟，半壁江南死灰色。雍公倉卒來犒師，零星三五殘兵隨。勤王一呼草間集，督軍不來來亦遲。萬八千人同一泣，卓然大陣如山立。海陵走死賊臣誅，順昌以來無此捷。降旗斫倒十丈長，六飛安穩迴建康。此時長驅有八可，以笏畫地言琅琅。不可與言言不必，肯復中原豈今日。五路烽烟百戰平，三巴門户崇朝失。即今青史尚餘悲，即今戰處留荒祠。寒蘆半没楊林口，白浪猶衝采石磯。江淮制置亦人杰，下流觀望何無策。再造居然賴此人，不是儒生敢輕敵。肅爽鬚眉一代雄，誰令遺骨老蠶叢。招魂縱有歸來日，應在吴山第一峰。

黃山松歌

黝山三十有六峰，峰峰石骨峰峰松。有時松石不可辨，一理交化千年中。丹砂琥珀共胎孕，亭亭上結朱霞封。人言松相遜石相，即以松論何能窮。沐日浴月暈蒼翠，苔色散點周秦銅。窈峭上偃雨君蓋，糾結下固靈虬宫。鱗張鬣縮爪入肉，萬劫避過雷火攻。昔觀圖畫訝未見，到眼更覺描無功。

懸崖嵌峒不知數，莘莘縰縰皆鬼工。及至觸手膏溢節，極瘦駁處春華同。清泉洗根瀉漭泱，瑶草分潤生蒙茸。翻疑石相奇太過，相助爲理論始公。青牛伏黽不可得，幾輩對此顏如童。明當遍覓茯苓去，短鋤碎斸千芙蓉。

歸燕曲

玉露零階葉飄井，巢燕差池去無影。別路三千紫塞長，秋風一夜烏衣冷。可憐欲別更徘徊，莫氣繁華眼倦開。易主樓臺常似夢，依人心事總如灰。珠簾十二斜陽下，凄凉幾閱流紅卸。昔日抛花散綺筵，此時掠草辭歌榭。海國回頭霧百重，可應魂戀舊房櫳。玉京臂冷紅絲斷，神女釵歸錦合空。亦有江南未歸客，年年社日曾相識。故家子弟半飄零，蘆花滿地頭俱白。朱雀航邊伴侣稀，鬱金堂上故巢非。抛殘一樣新團扇，辛苦三春舊舞衣。感恩幾輩同關盼，忽待明年更相見。一任泥抛落月梁，那堪門掩無人院。伯勞東去雁南來，百遍相呼誓不回。天空自有低飛處，不是同心莫浪猜。

聞愛督從河南歸

不飲忽忽傾千觴，朝聞故人還故鄉。夢魂飛渡京口樹，覺來海月烟茫茫。七年南北頻回首，别後狂名滿人口。結客都從燕市多，愛才肯落平原後。昨夜聽鷄函谷來，衣裳紫氣猶餘否。洛陽縣裏花愁風，銅駝陌頭荆棘叢。知君懷古意鬱勃，乃使黄河一綫盤。君胸繽山唳夜鶴，少室聞清鐘，下視唐陵漢寢竟何物，嗚呼此游真足驕吴儂。我行瓠落無所惜，歲歲年年去鄉國。所愧平生拜母交，阿蒙碌碌常如昔。北海空勞薦禰書，仲宣未是依劉客。太白樓頭不見君，謝公宅畔苦離群。欲邀紅燭三更話，除借青山一片雲。我輩相望各蒼老，萬事期君致身早。不然痛飲酣青春，坐擁列鼎兼重茵。哀絲激肉寫懷抱，堂前醉倒三千賓。出門大笑忽萬里，莫使醯鷄笑殺人。

花　津

一燈低昂向船久，萬兀千摇至津口。船頭正與沙堤平，拂面毵毵水楊柳。風前魚鼓已報更，岸上人家尚沽酒。客來小飲飲即醺，三兩依依話村叟。歸塗忽散草上螢，顧影防驚竹間狗。時清喜無

盜賊警，波平未是蛟龍藪。江湖自我野興長，鷗鳥於人宿緣厚。沈吟露下那得眠，獨倚篷窗數星斗。

退潭舟夜雷雨

山僧夜半敲石火，照見古壁騰龍蛇。岩風忽刮一燈滅，驚起百鳥鳴嘔啞。千林萬竅浩呼汹，俄頃急雨翻銀車。嶺頭墨色接天色，白處雨脚垂如麻。我舟忽爾移斷岸，噌吰水石聲交加。舟人繫纜争性命，千丈一落分毫差。懸崖怪樹電光裏，龍顛虎倒猶盤拏。誰知暴雨不終夕，打篷漸歇箏琵琶。前山已復挂銀漢，隔岸尚見飛灘沙。當窗絶壁不能上，薄雲來往明於紗。草頭點點散螢火，水上閣閣鳴青蛙。新凉美滿雖快意，但破好夢方還家。

蘭泉先生齋頭消寒夜集觀鄺湛若天風吹夜泉硯作歌銘八分書，下小行楷，鎸「鄺湛若」三字，并「明福洞主」小印。

門鑰收魚漏停箭，通政高齋夜張讌。燭輝沈沈酒氣濃，半酣示客端溪研。潤結雲腴細裊絲，紫蒸玉暈光凝片。有銘有印了不疑，明福洞主之所遺。我公得此走萬里，從征十載軍中携。雷硠電裂

奪不去，蠻烟惡溪沐浴之。開滕發匣起光怪，傳觀四座群嗟咨。研乎爵汝樽中酒，似汝遭逢信希有。昔伴西山義士家，今歸東觀名儒手。當時海雪稱畸人，弃家亡命走鬼門。摩挲銅柱度藤峽，經過桂管窺五屯。藍胡侯槃雄四姓，花面蠻姬更驍勁。天女天魔舞隊奇，阿夷阿等歌妝靚。鄺生翩翩書記才，陸離瑰詭相輝映。是日猺獞屢跳梁，生入虎穴覘覆藏。記成《赤雅》將有用，研乎辛苦曾同嘗。一身終殉家國難，片石空留姓氏香。何如我公佐熙代，嵩崋森棱見風概。天子命佐征南軍，讀書長歗貔貅隊。馳檄纔清驃國烽，回軍又撤旄牛寨。詩就常分豹略餘，書成總出山經外。想當草疏還飛文，軍聲如雷寂不聞。精瑩研石不盈尺，墨瀋洒遍天南雲。歸來論功爵不次，研乎與汝同策勛。公之英名動明主，四海傾心屬公輔。會看一片墨池陰，不日化作蒼生雨。我生萬事嗟蹉跎，廿年人墨交相磨。書生報國徒詃語，我不如研何其多。傳聞同時有緑綺，身後售歸錦衣子。即今把玩知誰人，何年劍合延津水。惜哉見研不見琴，購得我欲傾千金。持將獻公操一曲，颯颯天風泉夜音。

蘭泉先生招集蒲褐山房觀劉貫道蘭亭禊飲圖作歌

卷尾書：「至元六年春，中山劉貫道畫。」

永和觴咏誰能繼，蒲褐山房夜高會。裙屐都饒晋代風，風流本屬王家事。酒酣燭樹光模糊，潑

眼見此《蘭亭圖》。悠然坐我此亭上，和風清氣來吹噓。横綃七尺何不有，中山劉郎寫生手。名士爭摹馬渡餘，苦心爲落龍眠後。李伯時亦有《禊飲圖》，見《畫譜》。亭陰背山面流水，亭中主客竟誰是。倚欄一老觀鵝群，渺然欲逢情所欣，吾知此是王右軍。一人偏右岸巾幘，若爲蒼生動顔色，不絲不竹情不歡，此是東山謝安石。一人據案坐上風，若欲自命爲文雄，仿佛應是孫興公。當年作詩復作序，似在慘淡經營中。其餘醉醒行坐亂無次，一一皆具點睛勢。或吟或飲或笑噱，不一雷同各生氣。最後一客依修篁，擁虎皮坐神激揚，脱非謝散騎，合是袁龍驤。四十二人盡豪翰，何必皆詩皆有傳。士女空誇洛水游，旌旗却笑華林宴。古來文讌此獨尊，亦憑此畫方傳神。後來貫道圖裕陵，隆準日角龍爲真。真龍貌得猶易易，能貌此者嗟何人。我聞伯駒先時亦有作，吾家文獻嘆錯愕。謂其纖毫微密極盡神，試較龍眠定何若。那得三圖風雨倏合并，各出精靈鬥强弱。不須望古窮幽探，筵前名士皆東南。我公文章經濟赫爲盛時出，不似典午末造無益惟空談。後來好事作真迹，莫畫當年畫今夕。

圈虎行

都門歲首陳百伎，魚龍怪獸罕不備。何物市上游手兒，役使山君作兒戲。初舁虎圈來廣場，傾城觀者如堵墻。四圍立栅牽虎出，毛拳耳戢氣不揚。先撩虎鬚虎猶帖，以棓卓地虎人立。人呼虎吼

聲如雷，牙爪叢中奮身入。虎口呀開大如斗，人轉從容探以手。更脱頭顱抵虎口，以頭飼虎虎不受。虎舌舐人如舐彀，忽按虎脊叱使行，虎便逡巡繞闌走。翻身踞地蹴凍塵，渾身抖開花錦茵。盤回舞勢學胡旋，去。似張虎威實媚人。少焉仰卧若佯死，投之以肉霍然起。觀者一笑争醵錢，人既得錢虎摇尾。仍驅入圈負以趨，此間樂亦忘山居。依人虎任人頤使，伴虎人皆虎唾餘。我觀此狀氣消沮，嗟爾斑奴亦何苦。不能决藩爾不智，不能破檻爾不武。此曹一生衣食汝，彼豈有力如中黄，復似梁鴦能喜怒。汝得殘餐究奚補，倀鬼羞顔亦更主。舊山同伴倘相逢，笑爾行藏不如鼠。

題翁覃溪所藏宋槧施注蘇詩原本即宋商邱所藏本，後歸查初白。

注蘇之難如注杜，誰識良工最心苦。永嘉本已芻狗陳，商邱刻擬景星睹。終愁綴葺或失真，遺辭浪説由儀補。崑崙星宿溯洪源，紫鳳天吴工雜組。廢書神游嘉泰年，漕司善本落何所。誰知好物如龍騰，六合翱翔擇其主。巍然靈光歸寶蘇，齋名。初白庵中此先貯。率更楷法久更新，施顧同時一機杼。詩外有史史可增，何必蟲魚鬥箋詁。絶識博學兼歷年，能事無慚劍南序。更從軼簡追混茫，益嘆今傳多錯迕。古人所有不盡有，補之以臆毋乃魯。查田謾説能訂訛，但存其舊不猶愈。功臣玉局白有真，益友吴興究奚取。興來竟欲家置編，化千萬億光氣吐。不令此籍遭泥蟠，一爲詩生洗腸

腐。公如有意付木工，乞附姓氏公其許。

湘江夜泊

三十六灣水，行人喚奈何。楚天和夢遠，湘月照愁多。霜意侵芳若，風聲到女蘿。烟中有漁父，隱隱扣舷歌。

初九夜

拉雜雨聲收，迢遥入夜愁。送凉孤月皎，得氣早蟲秋。簟冷無人院，筝殘何處樓。紅墻高尺五，盼斷玉繩流。

移家來京師〔一〕

豈是逢時料，偏從陸海居。田園更主後，兒女累人初。四海謀生拙，千秋作計疏。暫時聯骨肉，

邸舍結親廬。貧是吾家物，其如客裏何。單門餘我在，萬事讓人多。心迹嗟霜梗，生涯辨雨蓑。五湖三畝志，經得幾蹉跎。

【校勘記】

〔一〕此題下，《兩當軒集》卷十三有詩六首，此處爲第一首、第六首。

都門秋思〔一〕

四年書劍滯燕京，更值秋來百感并。臺上何人延郭隗，市中無處訪荆卿。雲浮萬里傷心色，風送千秋變徵聲。我自欲歌歌不得，好尋騶卒話生平。

五劇車聲隱若雷，北邙誰見冢千堆。夕陽勸客登樓去，山色將秋繞郭來。寒甚更無修竹倚，愁多思買白楊栽〔二〕。全家都在風聲裏，九月衣裳未剪裁。

【校勘記】

〔一〕此題下，《兩當軒集》卷十三有詩四首，此處爲第二首、第三首。

〔二〕「栽」，原作「裁」，據《兩當軒集》卷十三改。

送嵇立亭歸梁溪

只送人歸自不歸，都門柳色故依依。春寒未免欺駝褐，野性行當遂鹿菲。見《鹽鐵論》。去路江湖隨地闊，到時櫻笋入筵肥。爲君更誦還山樂，第二泉邊一浣衣。

武昌雜詩

上游形勢百蠻分，黯慘蠻天易夕曛。西上荆門山一綫，南來衡嶺雁千群。郢中有客皆詞賦，楚國何峰不雨雲。誰信曲高真和寡，至今延露總難聞。

由來作鎮未堪都，花草吴宫又廢墟。江漢欲浮天地外，山川渾老戰争餘。舳艪銜尾心空壯，鐵鎖沈沙計早疏。我喜時清久延眺，未因貪食武昌魚。

夾岸雙城陡翠微，登臨誰與共清暉。更無老子連床話，敢望仙人跨鶴飛。嶺上鳳凰歸未得，月中烏鵲去何依。漢陰咫尺愁相望，何日勞生此息機。

魯口帆檣取次開，扁舟常繫鵲磯隈。三春無樹非垂柳，五月不風猶落梅。樓上休誇崔顥句，天

涯誰識禰衡才。可憐夙負黄童譽，漂泊翻成异地哀。

春日客感

只有鄉心落雁前，更無佳興慰華年。人間别是消魂事，客裏春非望遠天。久病花辰常聽雨，獨行草路自生烟。耳邊隱隱清江漲，多少歸人下水船。

金陵别邵大仲游

三千餘里五年遥，兩地同爲斷梗飄。縱有逢迎皆氣盡，不當離别亦魂消。經過燕市仍吴市，相送皋橋又板橋。愁絶馱鈴催去急，白門烟柳晚蕭蕭。

程夢湘

字荆南，丹徒人。貢生，官清泉知縣。有《松寥山館詩鈔》。

《蒲褐山房詩話》：《松寥集》資清以化，乘氣以霏，如瑤臺瓊島間，被仙霞而飲甘露。所謂水仙數萼，冰梅半樹，未足喻其芳潔也。蕭真幽澹，直匹王、韋。後試令湖南，盡覽瀟湘山水之勝。寓書于予，以此自詩，然未嘗見其篇什。中年殂謝，不竟其才。世之欲洗俗塵而蠲宿垢者，五言古詩，必染指於此。

西氿夜行

日夕湖水清，蒼茫月明裏。水清不受月，月出見湖底。遥山隱鱗鱗，微波空瀰瀰。星星漁火生，杳杳挐音起。開簾向空緑，一碧見千里。空明溯流光，沿緣擷蘭芷。盈盈渺難即，臨風懷彼美。

雙溪納凉

徙倚臨前溪，坐此嘉樹林。蟬聲在高柳，晚風送餘音。菱荷静如拭，幽香散冲襟。乍看凉雨歇，復喜歸雲陰。濯濯溪上月，泠泠手中琴。一彈復一吟，悠然清我心。

張公洞

曲踶下幽蹬，山形如釜覆。霹靂弄奇險，明晦判前後。老僧向予言，終年失昏晝。深黑莫敢窺，涓涓滴垂溜。仙鼠不避人，撲撲近衣袖。真靈匪云遥，轉睫或可覯。行行路忽阻，仰見天光透。振衣陟崇嶺，决眦俯平岫。山魈獻諛媚，雲物羅綺綉。薄暮難少留，荒寒嘯群狖。顧我心迹清，何時脱塵垢。仙乎丙子翁，于兹葆貞壽。

西溪水宿

殘月下柁樓，鳴榔破幽寐。露稀天益澄，水遠星初墜。遲明啓篷窗，峭寒襲衣被。時有微風來，菰蘆響清吹。水花不知名，輕盈送香氣。渺矣孤客懷，于焉發遐思。

歸次雲陽

朝發香草湖，曠然豁胸次。秋雨澄鮮新，晨光蕩溶濟。稍見遠山横，空波落寒翠。沙禽流好音，岸花適閑意。迢遥建陵口，宛轉香林寺。一往烟水深，爽焉脱塵累。羡彼鷗鳥情，飄飄何所繫。

夜宿雲林曉步冷泉亭上

深夕憩南磵，龕燈照清宿。無風松自響，未聽先滅燭。中有太古音，泠泠漱鳴玉。乍疑吹笙竽，漸似拂琴筑。不知雨是水，半偈皈玉局。静極轉無寐，侵晨步幽谷。來登泉上亭，新凉滿風竹。石色含古陰，苔坂上衣緑。泉心無熱惱，冷趣自能足。悟彼寂中喧，衆響愈幽獨。因知石上泉，清機時往復。泉石本無聲，會此偶相觸。何須辨無無，初陽散林麓。

晚入海岳庵中訪友人閑話

圓景頹西江，循途下山麓。歸鳥破暝色，閑雲翕叢緑。言訪素心人，經聲出深竹。禪扉晚不關，一徑入祠屋。相遇無煩言，清吟坐空谷。人寂香愈清，談深茗初熟。携琴憺忘還，新月挂高木。

促席

促席坐寥寂，素絲琴未張。高齋客久去，滿院松花香。徑僻喧山鳥，人閑遲夕陽。稍看岩壑暝，衣袂早生凉。

曉起大雪

茅檐明夜色，晏起擁爐吟。繞屋寒流静，開門雪正深。微茫辨籬落，蒼翠失雲岑。趁欲沽村酒，前溪不可尋。

惠山

迢迢十八澗，路轉復幽通。坐倚泉邊石，時來松下風。携琴修竹裏，躡屐亂雲中。欲就愚公隱，心期或許同。

南樓對月

孤鴻聲可數，黄葉落無多。復此南樓月，離思渺若何。烟開溧陽樹，山接貢湖波。明發歸帆遠，乘風好放歌。

優曇庵看梅

不復似人境，好風來自東。花明鳥影外，香滿磬聲中。徑入春籬短，窗開雪澗空。只愁迷去所，隔水訊樵僮。

晚步甘露港看桃花

春雨過幽塢，芳林明晚霞。閑臨清溪水，隱見碧桃花。欲問仙源路，還來就釣槎。何當入深處，一訪隱淪家。

春日幽居

卧聞春雨歇，清曉啓南軒。掃石苔花潤，開門溪鳥喧。因之尋寂樂，有得遂忘言。自足幽人趣，何須離垢園。

春晚雨餘池上獨酌

雲薄不成雨，夕陽開又晴。園林極幽瑟，池館悉空明。酌酒穠花發，懷人春草生。登樓起遐思，棖觸謝公情。

立秋日偶作

西堂不受暑，况復晚風清。一葉落無意，悄然秋思生。蘿陰歇微雨，荷沼作新晴。爲問淮南樹，招人若有情。

晚過方丈訪松亭德士不值

岩栖十笏徑幽通，定板初敲訪晝公。碧磵松吟猿梵冷，香厨花掃鶴糧空。行縢定識投雲外，詩卷何因出裓中。閑却烟窗雙麈柄，片時清話未能同。

廣陵客舍食鯫魚有感

潑剌銀刀出水鮮，客盤樽酒對堪憐。試燈風裏初登網，少别春江又一年。

送萬少滄之吴門兼懷吴門諸子

風絮飄零一愴神，傷心端不爲殘春。昨宵病酒今朝雨，况復懷人更送人。

蘇加玉

字維晋，號餐霞，太倉人。諸生。有《蓼蟲吟稿》。

《蒲褐山房詩話》：維晋才情雄杰，骨力開張。少時猶及見沈子大、顧玉停諸先生，備聞緒論，而又以杜、韓、蘇三家爲宗。同里汪衡玉少司空視學安徽、江右、河南，所至必偕以同行。性極好游，凡遇名山故迹，必登臨吟嘯而去。故集中所作，極爲卓越。歸而貧益甚，年逾六十，猶作童子師以自給。余嘗過所居，繩樞圭竇，俯首而入，見其敗氈破席，吟咏自如，雖饔飧不繼，弗顧也。

三月五日自九江赴饒州阻風大孤山次日進艇至青山風横浪逆瀕於危者數矣幸而獲免詩以志感

九派何湯湯，彭蠡漫浩浩。江湖互吐吞，日夜勢舂擣。放舟潯陽郭，帆指饒州道。春氣遠空濛，指點鞋山曉。須臾颶風來，雨暗失江表。篙師亟停橈，繫纜依别島。一夜苦雷硠，明發仍梟梟。藏舟獲苟全，速進禍乃兆。開頭泛中流，箭激快輕矯。共嗤勇退非，利涉取機巧。誰知風更狂，捩柁欻傾倒。倚舷顔色灰，咄咄呼三老。險夷信由命，順逆人所造。得勢請莫矜，入坎悔當早。波瀾何地無，達者洞深窅。獨憐我窮途，投足真草草。漂泊誤依人，忠信愧夙禱。出險神或哀，前途正未了。何當返蓬廬，藜藿得一飽。驚定拭泪痕，默默問蒼昊。

十八日發硃砂庵過天門至老人峰歷巢雲洞上小心坡渡斷凡橋抵蓬萊島穿一綫天遂登文殊院

寺後萬峰擁，峰峰插天勁。回睇已蹈空，前瞻翻陷穽。升高固有基，陟麓豈云竟。乍轉披蒙茸，

屢折入幽敻。削壁劍倒懸，叢岫笋互迸。沙崩激洄湍，石亂肆横亘。險艱非一途，攀緣絶孤磴。童僕駭徬徨，朋儕策濟勝。中道肯迴車，一鼓不待更。抱崖十指牢，垂岩一足剩。屈膝搴過腹，縮項低觸脛。詎止鼇叢剖，直與鴻濛競。天門手可捫，老人笑相迎。前行路復紆，遍歷景逾靚。鑿洞白雲巢，裂石蒼松孕。瞥過小心坡，罡風吹夢醒。安危慎走趨，吉凶歸定命。絶壑斷凡踪，危橋續懸絙。混沌失全天，蓬萊徙真境。叶。縹緲文殊臺，烟靄破鐘磬。聳身入静藍，足駐喘未定。却忘登頓疲，共詫奇詭并。不從歷劫苦，誰能造仙聖。

初春偕友人游大梁上方寺遂出郭登吹臺

昨日苦風沙，今朝豁澄霽。夙約聊可踐，晴郊喜并轡。河冰涣流澌，堤柳折芳意。稍違闤闠喧，宛造華嚴界。幽思款禪關，清香滌茗器。翹首企浮圖，積鐵插雲際。神禦河伯逃，力制馮夷避。至今枝撑危，尚駭波濤潰。蒼茫梁宋迹，歷劫獨未墜。上方寺有鐵塔，經河患，古迹皆湮，鐵塔獨存。又聞古吹臺，郊外緬遺吹。枚馬今飄零，高李昔酣醉。芒碭雲久荒，滄桑遞興廢。一慟呼梁王，日落黄河外。悄了罷登臨，歸騎銜烟靄。吊古意未休，清秋冀來再。

孟津渡河

夜宿河陽城，朝發孟津渡。旭日澹朦朧，風沙莽回互。舍策臨河湑，登櫓肆遐顧。西自崑崙來，三門束砥柱。東走豁平原，浩溔實始豫。兹地尚瀠漩，下流更奔注。禹迹嘆久湮，遷徙代已屢。聖世恤民艱，堤帑發府庫。大吏擁符節，百僚競馳騖。安瀾今有慶，宣房安足慕。中流俯魚龍，兩岸列烟樹。南北歷迍邅，山川氣吞吐。擬撰《河清頌》，豈獨《遠游賦》。

曉發洛陽次函谷關

聞鷄舞劉琨，驅馬背洛邑。洪濤蕩曦霞，曠景布原隰。西馳越數里，岡壠驟匼匝。崖欹輪側旋，峰倒石欲壓。白晝星沈沈，黄沙風獵獵。四游篋笥鉗，中鑽劍戟插。睥睨界雲懸，仄徑梯空躡。云是函谷關，終古撑危堞。又云楊僕移，漢武始創立。崤陵華岳通，柏谷桃林接。熊耳搤其肮，地肺貫其脅。時平走星軺，世變屯組甲。堅壁一夫怒，環攻萬騎怯。在德豈在險，自焚悔不戢。虎視群雄吞，鹿逐劉項入。誰知百二封，莫敵三章法。魏晋迄隋唐，戎馬血紛蹀。幾見敗劉聰，仍聞斷李密。

叶。四海今一家，夜户且不闔。戎壘桑麻叢，山砦牛羊䍧。徒此撫重關，慷慨吊前劫。未弃終軍繻，漫效步兵泣。龍鱗拭寶刀，摧鋒韜玉匣。

書魏叔子大鐵椎傳後

鐵椎一擊天欲掀，重五十斤柄摺環，壯士揮之如弄丸。十蕩十决人馬奔，出没隱見疑鬼神。風馳電掣星斗昏，决戰夜半賊若雲。摧枯拉朽安足論，髑髏僵立敗馬蹲。壁上觀者驚心魂，欻忽大叫馳飆輪，但見百里揚埃塵。豪健枉數宋將軍，壯士如此真不群。嗚呼壯士真不群，胡不蕩滅秦寇掃楚氛。

十九日登文殊臺看前海諸峰放歌

夜宿文殊院，曉上文殊臺。文殊何年此趺坐，須彌芥子納九垓。普門行者感靈夢，誅茅願力何雄哉。左獅右象互蹲踞，玉屏背枕相差排。前面陽崖數十丈，佛座突兀依中台。攝衣拾級眼界闊，但見千峰萬峰掀舞空中來。硃砂日映絢紺碧，桃花爛漫天邊開。八卦森羅列，老人似嬰孩。層巒峭

壁不足數，一一碉底抽根荄。指點昨日所來路，蛇穴鳥道交縈回。仰睇天都最奇崛，青蒼一氣連斗魁。渾元運化萬萬古，天地未闢此峰精氣先胚胎。六鰲不能戴，劫火不敢灾。五岳争雄失却一大物，逃入黄海群峰崩角誰能儕。獨有蓮花不肯下，一莖萬朵凌虚栽。蓮蔕蓮柎茁秀色，千年不謝長滋培。猶恐勢孤力未敵，旁擁蓮蕊高崔嵬，歷歷出没雲濤堆。罡風吹掃轉瞬盡，又睹軒轅羽駕乘雲迴。高臺壯觀有如此，憑凌大叫舒胸懷。半生落魄世齟齬，撫髀日夜嗟摧頽。功名富貴有定命，深山窮谷無容媒。浮邱容成日携手，庶幾陶寫中心哀。君不見文殊院中老僧如死灰，獨占絶頂居蓬萊。文殊院止有一僧，貌似三四十歲人，而問其年，但云五十餘年不下此臺矣。不誦經，止朝夕誦算法九九數百遍以爲功課。冬夏不易衣，每日一食。慈光寺僧給之，有時不繼，或五六日不食。見客但稱爾汝，無世法。與之財物，不辭不謝。慈光寺僧來取去。

九龍潭瀑布歌

一龍奮爪攫烟霧，一龍弄珠互吞吐。復有一龍掉尾游，尾拖十丈藏其頭。其餘六龍各驚繞，鱗鬣開張勢夭矯。咄哉九龍非真龍，乃是瀑布懸晴空。奔流穿雲抉石走，石破凸凹屈作九。鬱怒欲泄氣更豪，轟雷聒耳陰風號。萬峰雨注澗水匯，鴻洞一霎翻雲海。只今久渴無飛泉，泥蟠寒谷龍穩眠。

欲布甘霖滿寰宇，會待風雲上九天。

苦熱行鄭州作。

吾聞豫州天下中，陰陽和會徵時雍。胡爲自春徂夏苦赤旱，但有烈日無清風。六月溽暑愁蘊隆，炎帝赫怒驅祝融。圓蒼爲爐地爲炭，實以萬物鎔作銅。渴龍鼓鬣騰烟空，火珠迸射六合紅。烏鳶張口牛馬喘，草木焦卷千山童。可憐客子如投籠，官衙湫隘難爲容。唇乾口燥汗被體，晝立夜坐心沖沖。况復卷帙紛填充，黄茅白葦何厖茸。手操栗尾罷摇扇，神昏意倦迷雙瞳。渺然天半二室峰，峰前漢柏凉陰濃。玉女窗中貯冰雪，逍遥谷底鳴琤琮。近在百里行可從，曷不逭暑扶吟筇。不爾黄河萬里驚濤汹，蕩滌煩酷開心胸。濯纓濯足兩清絶，直欲穩卧蛟龍宫。吾家吴江東復東，五湖三泖環瀛通。鷺鷗宅藏楊柳渚，芙蓉屋繞菰蒲叢。中有赤脚漁蓑翁，橛頭艇子遮短篷。往來烟波唱欸乃[一]，三伏那怕炎威攻。别來此景久未逢，風塵褦襶悲途窮。安得金飆掃虐焰，清凉玉宇懸高穹。

【校勘記】

〔一〕「欵」，當作「欸」。

陶靖節舊里

淵明非隱士，解帶竟歸田。乞食得無拙，躬耕聊自全。壺傾仍獨酌，琴在不張弦。故里今猶識，桃源何處邊。

文信國祠

舟覆崖山後，中原恢復難。自甘流碧血，果肯戴黃冠。諸葛心存漢，留侯志報韓。空山儼祠宇，松柏颯陰寒。

春盡日雨中過藍橋夜泊石港

暮雨渡藍橋，征途去轉遥。雲兼愁思積，春與客懷消。白鶴歸來晚，青絲日夜凋。停帆石港宿，仙夢憶吹簫。

蔚村先生移居

五岳神游路未通，依然踪迹落寰中。襟懷欲拓千間厦，嘯傲仍無一畝宫。差擬江湖隨泛宅，縱非羈旅亦飄蓬。何年果得頑潭住，倚棹春風放釣筒。先生慕陳確庵頑潭舊隱，故别號蔚村。

桐　廬

桐廬風景人清妍，一葉淩虚坐渺然。山色倒涵明鏡裏，江流遠瀉白雲邊。松杉滴翠宵藏雨，鳧鴨銜波曉破烟。欲訪仙靈栖隱處，結茆常得伴林泉。

晚泊黄泥坂次陸所亭韵

風柤蘭橈繫晚汀，空江細雨共冥冥。林間鳥去村烟白，浦外漁歸岸火青。客緒如絲吹易亂，春陰似夢唤難醒。誰將古調翻流水，驚起魚龍夜半聽。

秋夜尋岑山星岩寺

雨歇殘陽滅遠岑，暗中摇櫓度雙林。水分島嶼灘聲緩，寺隱藤蘿石徑深。法界鐙明塵夢覺，空山秋半夜寒侵。到來四大禪床穩，卧聽清宵響梵音。

宋州

南北江山一郡分，歸德蔽江淮而通關陜，爲南北要衝。襟喉保障鎮雄軍。朱梁爲宣武軍，後唐改曰歸德軍。孟猪遠撼黄河浪，芒碭深屯赤帝雲。張許至今爲厲鬼，郡有雙廟。羅袁异代起妖氛，羅汝才、袁時中與李自成爲明末流寇。黍離磨滅滄桑迹，畫角城樓夜不聞。

南陽

南陽氣象尚氤氲，發迹英雄漢代聞。高密建功能再造，武鄉遺憾竟三分。淯川壁壘迷荒戍，新

野旌旗卷暮雲。成敗興亡誰可料，霸才王佐各超群。

琵琶亭

琵琶亭外水連天，落日帆檣估客船。不待秋風波浪急，潺湲夜夜入哀弦。獨客停橈喚奈何，晴空渺渺涌春波。天涯淪落相逢少，未覺當年墮泪多。

殷如梅

字果園，元和人。諸生，有《綠滿山房存稿》。

《蒲褐山房詩話》：果園安貧樂道，苦節自貞。乾隆庚子春，予扈蹕至吴閶，偕沙斗初步屧往訪之。曲港一灣，衡門兩版，在横橋疏柳間。簞瓢屢空，嘯歌不輟。蓋錢穀居節一流人也。句如「梵唱微微知寺遠，松陰黯黯覺山深」，「好句有時堪入畫，閑情無日不提壺」，「蛙聲四起夜逾静，月影半沉星倍明」，「身賤底須深處隱，才疏敢放醉時歌」，「東風緑到門前柳，小雨香生砌下蘭」，「深深瓮受黄梅雨，小小爐煎紫笋茶」，「雨中花鳥都無賴，病後詩文儘放低」，「茶烟不共晨炊斷，梅雨能令午夢

涼」，「將添菊枕因花老，欲卸松棚爲葉乾」，「半畝瓜壺秋色早，一庭梧竹雨聲多」，「亭名放鶴横烟靄，洞憶呼猿挂薜蘿」，「林卧真堪忘歲月，樓居應不愧神仙」，置之《石湖居士集》、《堯峰詩鈔》中，孰能軒輊？

晚步寄張丈岡

悠悠溯秋水，獨步空塘晚。蟬聲不厭多，山色偏宜遠。借問素心人，何時共消遣。

宿清净庵

凄然不成寐，獨夜多虚警。雨檜雜風篁，聲喧轉幽静。隔窗梵唄歇，知是僧初定。

晨别石佛寺

空山多清響，夢覺悵幽獨。起看朝日升，露光泫衆緑。群芳襲人衣，孤雲娱我目。樵唱聽還失，

隱隱在深谷。静對澄潭坐，閑持道書讀。此境惜暫游，何時得再宿。飯訖辭林僧，回首隔川陸。

蔡將軍歌名人龍。

峨峨均房山，迢迢大藤峽。猺獞據其中，走險猿猱捷。將軍父子真英雄，曾討南粵征西戎。忽然奉命來剿賊，直前孰敢攖其鋒。林箐何深路何惡，此時勇氣十倍作。蛇矛夭矯入群蠻，白袍血濺紅斑斑。援師不至將星殞，戰馬悲鳴人力盡。力盡下拜謝至尊，曰臣某某死國恩。烟塵黯澹風慘冽，銜鬚拔劍當轅門。紛紛漆齒争馳突，馬革猶存尸竟失。長君痛憤激諸軍，殺氣呼聲遏陣雲。背負如生元帥首，盤空一鶻殲鴉群。净掃妖氛看倏忽，直是陰魂護殘卒。吁嗟死綏自古多，轉敗爲功得幾何。至今嗚咽潯江水，遥和陳安《隴上歌》。

題山家壁

茅舍此山邊，寥寥八九椽。炊烟籠竹樹，人語帶風泉。耕鑿非逃世，栖遲不記年。卜居如有意，幾許買鄰錢。

韓蘄王碑

峻嶒片石硯山旁，忠武勛名日月光。尚憶使船如使馬，獨憐擒賊未擒王。幾年驢背英雄老，千古龜趺歲月長。共道中興功第一，行人瞻仰奠椒漿。

宿中白雲

布衾紙帳夜初寒，禪室幽閑夢亦安。不聽松風床下響，那知身在白雲端。

朱士廉

字孟容，號醉竹，休寧人，昂之子。監生，著有《捶琴閣詩集》。

晚過寒山復返支硎

疏林霏夕靄，古寺滴寒泉。笏立疑無路，峰迴別有天。野茶花點雪，密竹翠含烟。欲借招提宿，飄然意若仙。

朱履長

字仲恒，休寧人，士廉弟。監生。

送吉人從祖歸桐鄉

日落旗亭晚，扁舟獨問津。小樓今夜雨，撰杖與誰親。遥憶鴛湖路，微波長緑蘋。甑山歸卧後，悵望寄修鱗。

過中峰登水明樓

閑尋松下徑，更上水明樓。空翠諸峰滴，寒泉衆壑流。風生叢竹響，雨霽白雲收。擬托東林社，常從慧遠游。

韓是升

字東生，吴縣人。諸生。有《聽鐘樓詩稿》。

插秧

夏至風雨時，秧針秀如翦。村農力作勤，插蒔足皆跣。溝塍畫短長〔一〕，泥淖測深淺。行分翠剡齊，莖比青莎軟。開軒面平疇，倚杖看遥巘。愧彼田中人，筋力各黽勉。但期禾黍熟〔二〕，蓑笠傲軒冕。

【校勘記】

〔一〕「短長」，《聽鐘樓詩稿》卷六作「疆理」。

〔二〕「但期」句下，《聽鐘樓詩稿》卷六有「餘粒飼鷄犬，別無榮辱心」二句。

張貞女詩

女未廟見死，歸葬女氏黨。明文載《禮經》，未嫁豈容往。夫死而守貞，例不旌門榜。張女秉志堅，許字姓耻兩。聞喪絶水漿，飲泣意凄惘。阿父諒女心，改節勢難强。衰絰歸陳門，篝燈事績紡。迹同古逸民，遭變伏榛莽〔一〕。肯緣章縫賤，再作出山想。操勵清霜嚴，懷澄皓月朗。君綱與夫綱，道在不可枉。當其矢志初〔二〕，焉計破格奬。一心貫始終，大義炳天壤。

【校勘記】

〔一〕「遭變」句下，《聽鐘樓詩稿》卷六有「至今澗上廬，清風世猶仰」二句。

〔二〕「志」，《聽鐘樓詩稿》卷六作「念」。

張公洞

出門不逢人，撥草始得徑。洞從地底入，其口小如磬。黝黑無陽光，秉炬僅能映〔一〕。摳衣行彳亍，積雨苦泥濘。蹉跌笻難支，登降足交病。童奴捷如猿，扶掖倚爲命。中間忽豁朗，驚魂坐稍定。鹽堆與米堆，仙床及仙甑。領略豈能遍，奇自太古孕。垂垂石鐘乳，融結類晶瑩。石燕時飛翔，翩躚羽毛净。欲尋庚桑公，遺迹渺難證。記傳多支離，傅會詎足證〔二〕。盤旋見天日，奮迅出深穽。回顧百丈埳，凛凛汗流鬢。細認磨崖書，福地到生慶。洞口古篆「張公洞天福地」六字。〔三〕

【校勘記】

〔一〕「映」，《聽鐘樓詩稿》卷六作「進」。

〔二〕「詎足證」，《聽鐘樓詩稿》卷六作「未足信」。

〔三〕此注，《聽鐘樓詩稿》卷六無。

齊河旅次逢姜度香少司寇使旋

使節遥從雒水還，相逢一笑客途間。故交屈指如君少，過客何人似我閑。此去全家依粤海〔一〕，

幾時重晤上燕山〔二〕。回瞻北極星辰朗〔三〕，梁月時疑照舊顔〔四〕。

【校勘記】

〔一〕「依」，《聽鐘樓詩稿》卷四作「航」。

〔二〕「上」，《聽鐘樓詩稿》卷四作「到」。

〔三〕「回瞻北極星辰」，《聽鐘樓詩稿》卷四作「斗垣回首台星」。

〔四〕「時」，《聽鐘樓詩稿》卷四作「從」。

徐麟趾

字春書，秀水人。監生。有《荔村詩鈔》。

《蒲褐山房詩話》：春書本籍鴛湖，移居邗上，於盧雅雨運使稱詩弟子，是以江浙名流類多傾蓋。金冬心農題其像云：「一卷詩，比瓊琚。鸞箋手，人不如。酒有槍，幌有書。識是誰，南路徐。」王穀原又曾贈以詩云：「十年小別東瓜堰，一夕相逢皂莢橋。大抵詞人慣羈旅，未緣明月戀吹簫。」「幾卷新詩黯淡吟，天涯畢竟有知音。中年偏與飢寒會，典去衣裘又典琴。」「聞道白沙江口住，近携家具夢揚州。腰纏一笑原烏有，鶴背高寒獨耐秋。」「葉落淮南旅夢殘，可知門户故家難。不如歸泛南湖月，

占得鷗沙把釣竿。」

歸真州草堂作

望裏柴門近，西風一棹歸。夕陽在樵徑，落葉下漁磯。山水清無恙，鷗鳬静不飛。家人歡置酒，爲説蟹初肥。

蘭泉歸青浦别後却寄

東風吹雨夜揚舲，篷背瀟瀟可耐聽。海市蜃烟孤嶼白，江村漁火一燈青。長帆駕浪愁歸緩，短榻懷人怕夢醒。想見彩衣歡拜母，團圞春酒話家庭。

寄都門友人

屏迹幽耽水竹居，枕邊無夢到華胥。十年久絶彈冠想，萬里頻傳却聘書。月夕論文多弟子，花

時載酒半樵漁。凌烟事業推公輩，戀我青蓑老荷鋤。

紅橋春望

誰遣韶光滿目前，東風吹草緑生烟。大堤楊柳環城郭，小市鶯花接墓田。載酒豈無王司入聲。李，傷春只有杜樊川。勾留最是紅橋月，一夢揚州十二年。

懷人詩

韓水人來訊起居，幅巾藜杖健如初。閉門不覺窮愁老，白髮青燈夜著書。程午橋夢星

相逢禪榻話蹉跎，水繪園邊側帽過。一自江湖空浪迹，海門風雨別來多。姜皋原恭壽

去年曾到官梅閣，四壁吟看沈約詩。病後知君圍帶減，一番風雪鬢成絲。沈沃田大成

蕭涼孤館對枯僧，君獨能來興頗勝。吟落峨嵋橋畔月，水南歸去夜分鐙。李晴川少白

春風嘗過羅含宅，看寫梅花當早餐。別夢不知江水闊，一庭明月話秋寒。羅兩峰聘

金夢麟

字仁趾，全椒人。諸生。有《洗墨軒詩》。

過上谷郡

居庸關外路嵯峨，古戍迢迢倦客過。落日孤城懸上谷，秋風匹馬渡渾河。寒沙匝地村墟少，野火連天戰壘多。伏櫪空懷千里志，壯年歲月苦蹉跎。

登懷安城贈孔明府曜南

女祁城倚最高峰，草白沙黄朔漠空。萬里邊墻寒日外，諸羌部落暮雲中。地分燕趙山河壯，天限華夷保障雄。父老不須權借寇，北門鎖鑰付萊公。

同江賓谷吴洪芎王古村葯根上人鐘越侄游平山堂

蜀岡憑眺楚天開，人盡登高作賦才。萬壑松濤排地起，千重山色過江來。古今勝迹留詩卷，湖海相逢共酒杯。指點招提猶未遠，更從支許講壇迴。

陸象拱

字杏村，長洲人。監生。有《對柏山房集》。

蒲城縣烈女馬蘭香墓

曾參養曾皙，顔路泣顔淵。二語係烈女口占。事有不一致，沉吟起長嘆。親恩豈不重，節孝難兩全。著我新羅襦，采絲事事纏。微軀委白練，大義何皎然。凉飆掃蠅蚋，溽暑時未闌。觀者咸太息，异事今流傳。人生等死耳，此死重泰山。忠孝無轉念，稍遠則已遷。慷慨固非易，從容良獨難。讀

書勵名教，百行多所愆。讓彼蕙蘭芳，清芬垂簡編。

商於新開路

嶺泉垂百道，山路更參差。翠竹仙娥驛，紅檣綺里祠。猿聲驚旅客，虎徑問樵師。莫嘆張儀詐，川原幾變移。

鍾吾驛

已過鍾吾驛，洳河一水環。烟深伍相里，城枕馬陵山。鷗鷺隨波静，漁樵帶月還。白雲鄉未遠，約略隔重關。

邗溝感興

綉陌曾驅白鼻騧，春風離恨在天涯。矮墻一樹花如笑，記取紅橋第幾家。

湖海詩傳卷三十五

楊芳燦

字蓉裳，金匱人。貢生，今官户部員外郎。有《吟翠軒初稿》。

《蒲褐山房詩話》：蓉裳驚才絶艷，綴玉聯珠，駢體之工，幾于上掩温、邢，下儕盧、駱，而詩則取法於工部、玉溪間。填詞亦清妍婉麗，兼有夢窗、竹山之妙。乃僅以拔萃科選爲伏羌縣令，既而逆回構亂，烽火連天，蓉裳嚴守孤城，授子傳餐，獨當豕突。予時在鶉觚督兵堵禦，草檄飛書，往來問訊，見其意氣自如，嘯歌不輟，知其必能辦賊。事平後，久之乃量授靈州。又偃蹇十餘年始爲農部。雖兼會典館纂修，而終不獲與於承明著作之林，殊爲缺事。然聞京師盤敦之盟，必以君爲赤幟，蓋光焰固不能掩也。

雨夜喜洪大華峰趙大映川過訪

暮雨黯平林，江雲莽無際。隔墻榆柳葉，策策鳴軒砌。目極南雁飛，心傷北風厲。董生園不窺，仲蔚門常閉。忽聞剥啄聲，喜見故人至。得慰飢渴懷，且略寒温例。深衷互傾倒，軟語及瑣細。憶昔我與君，相望有年歲。兩函魚雁字，千里金蘭契。牢落賦《停雲》，飄零嘆秋蒂。今夕是何夕，良朋許聯袂。呼童掃蓬蓽，促饌供粗糲。堆盤煮蔬筍，沃釜烹鱸鱖。君爲盡十觴，我愧無兼味。落落忘形骸，怡怡叙昆弟。酒闌促坐語，商略盡文藝。詞壇日蛙黽，雅道方淩替。努力愛盛年，等身富清製。南溟鵬欲化，碧海鯨當掣。决雲千仞翔，臨風九臯唳。曹劉競豪健，李杜誇雄麗。古人今不作，絶業君其繼。入世葆聲華，立言務根柢。苦辭慎勿忘，前修永爲勵。飢烏啼獨樹，秋旻忽澄霽。岧高初月沉，參横衆星嘒。嗚嗚哀角喧，黯黯青燈翳。匆匆撤殘榼，凄凄送歸柂。相逢纔破顔，話别重揮涕。去矣莫復陳，川原正迢遞。

寄懷錢三曙川時曙川由燕之陝。

鍵户絶將迎，索居少歡意。念我同心人，飄零各天地。憶昔我與君，旅舍欣把臂。從此數招尋，素心訂神契。我齒少於君，君畜我爲弟。文史相嬉娱，金石互磋礪。秋風暨陽城，清樽夜同醉。爲歡無幾時，旋判江干袂。獻歲春之孟，君作北行計。買馬料衣裝，去應春卿試。團雪苦易散，飄蓬木無蔕。會合不可常，蹤迹倏離异。時時向西笑，望君掇高第。君本磊落才，千緗富文藝。名不忝翹材，官應典中秘。奈何金門賦，屢上遭弃置。九萬始搯風，六月忽垂翅。凄凉抱璞心，惻愴迴車泪。長安米價貴，居又大不易。席從幾時煖，駕向何方税。問訊北歸人，語苦未詳細。昨宵聞剥啄，蓬門來驛使。燕臺三千里，弱弟作齊贅。謂荔裳。寄我一札書，道君出幽薊。單車度函谷，意氣頗凌厲。關中昔天府，平皋莽迢遰。巨靈拓高掌，破空出奇勢。秦皇縱博處，箭栝長丈二。鈎梯不可攀，仰望心已悸。八川鼓洪濤，噴欲入清渭。秦嶺瞰九嵕，一氣鬱蒼翠。歷歷漢唐陵，豐碑矗如蝟。月黑松楸深，森寒走妖魅。君行恣憑眺，到處頓征轡。奇境入吟懷，奔溢不可制。揮毫書峭壁，乞火題破寺。脱手皆珠璣，錯落盈篋笥。浮名何足論，此實千古事。嗟我獨何爲，草間日憔悴。豈不願騰躍，束縛有家累。懷君百感集，纚纚坐揮涕。擲筆復高吟，天風激凄戾。

可給廩

華林園，蛙兩部。前者吹，後者鼓。君曰給廩給廩可，蛙言官家不如我。糲一盂，桃數顆。誰給糈，憐君餓。君不聞牝鷄夜叫天模糊，齊趙厲吻相呑屠。爲公爲私君知乎？

為果溪先生題友松圖

君不見元禮謖謖如松風，長輿落落如長松。誰其匹者今劉公，骨幹眉宇將毋同。公乎掀髯喜清嘯，愛松之人與松肖。亟呼妙手寫吾照，十丈虬枝倏夭矯。調調刁刁江風涼，霜鱗黛甲争開張。我公據石翻縹緗，唱于唱喁狂非狂，脱帽露頂神洋洋。囁嚅翁，支離叟，一生孤直耐嘲詬，朝華夕秀豈足偶。彼蒼髯者吾老友，廿載摩挲最耐久，一任群兒笑衰醜。松乎善保歲寒姿，盟以金石永不移，揭來與子相娱嬉。茯苓琥珀背松脂，屑而食之甘如飴，良友所贈公莫辭。公莫辭，令公喜，骨青髓緑世莫比。駐公光景三千年，乘雲去友赤松子。

貼梅扇子歌扇爲冒姬董小宛所製。

九華宫扇裁紈綺，錯翠鈎紅世無比。寧須漢殿織麟毫，不向謝家詩麈尾。活色生香點綴工，折枝梅萼影重重。孤山萬樹花如雪，飛入卿家便面中。奪得仙人掃花帚，收拾冰姿出塵垢。畫圖嬌面試春風，未許徐熙矜妙手。纖指拈來上碧綃，忍令香粉逐春潮。招凉曲院藏羅袖，待月西樓傍翠翹。吴儂小掐紅牙脆，掩映歌唇逞妍媚。吹到嗚嗚鈿笛聲，恐教顆顆冰花墜。烟魂月魄太分明，入手翩翻蟬翼輕。借問當年誰鬥巧，依稀記得董雙成。雙成家在揚州住，門前便是紅橋路。射雉參軍正妙年，飛梁架就銀河渡。錦幕文窗貯粉兒，明霞爲骨玉爲姿。劇憐妾命如花薄，偏遇霜欺雪壓時。當筵曲唱家山破，高家兵馬闌江過。細雨關山正斷魂，澹妝恐被塵埃涴。歸來魚鑰鑠重門，寒食東風度好春。妝閣新翻方勬様，一枝爲贈遠游人。素英狼籍梨雲凍，一去珠宫騎彩鳳。塵世難逢萼緑華，帥雄空入羅浮夢。篷頭點點泪花圓，剩墨零紈總可憐。君不見謝娘《團扇曲》，一般辛苦互流連。

王氏漢官銅印歌

吾鄉王殿撰爲秦中學使，時部民發冢，因得古銅印數百以歸，今散失殆半矣。余于其孫光顯齋頭見之〔一〕，爲作此歌。

北邙山勢何嶄岩，聚斂魂魄歸蒿蔹。墳封馬鬣土脉旺，碑劖蚪篆刀鋒銛。兕皮作椁堅且韌，蜃灰堊壁幽而潛。深林祇有陰青語，黯隧不見陽輝暹。健兒嘯聚試身手，黑夜竊發揮鋤鐮。石扉雙閉脱扃鑰，鐵鏽碎落無帷帘〔二〕。碧玲唾壺頽玉碗，雲母卧榻青銅奩。墓前椎碎捧燭獲，懷中盜出滴水蟾。最多纍纍古印檢，取去一一拋榛蒹。可憐弃置賤如土，誰能購取酬以縑。王公遠宦越險阻，王公諱雲錦。〔三〕古物入手窮該兼。奇踪詭迹搜欲遍，爛銅殘鐵求無厭。俸錢探囊已罄竭，古癖刻骨難針砭。裝充翡翠不足羡，車盈薏苡寧傷廉。携歸幽齋自摩玩，未許俗客來窺覘。匣將玲瓏暨徽尾，配以鼾䱍和酓鷩。土花斑剥鸚鵡鏽，血暈拉雜珊瑚鈐。龜螭壓鈕妙刻畫，虬蛟蟠字驚觀瞻〔四〕。嗟余好古生苦晚，韓句。對此懷舊情難忺。雙眸注視屢眴轉〔五〕，寸喙噤斷空䂳䃍。官銜缺齾辨蝠扁，篆籀佶屈如疇𪓰。中樞權勢山岳重，部曲號令風霜嚴。虎符制閫牘頻押，龍章降省名同僉。奇物閲世久仍在〔六〕，餘威炙手今已熸。吁嗟乎，山陵半入劫灰黑，玉石莫逃野火炎。世餘此物未磨泐，天豈有意存

微纖。荒原颸瑟伴狐兔，幽岩黯黮叢蛇蚺。精光夜上觸牛斗，靈神默護趨屏黔。爲幸精英盡泄露，旋恐零落無留淹。著書重訂琳琅譜，蘊奇密鎖瓊瑶械〔七〕。未央宫瓦甓作硯，上林苑竹磨爲籤。蕭齋得此足三絶，縱有奇物無容添〔八〕。

【校勘記】

〔一〕「時部民發冢」至「齋頭見之」，《芙蓉山館詩鈔》卷二作「時大吏窮治部民盗冢事，王公因得漢印數百以歸。余於其曾孫光顯齋頭見之，已散失殆半矣」。

〔二〕「鏄」，原作「鞲」，據《芙蓉山館詩鈔》卷二改。

〔三〕此注，《芙蓉山館詩鈔》卷二無。

〔四〕「虯」，原作「蚪」，據《芙蓉山館詩鈔》卷二改。

〔五〕「注」，《芙蓉山館詩鈔》卷二作「諦」。

〔六〕「奇」，《芙蓉山館詩鈔》卷二作「徽」。

〔七〕「鎖」，原作「銷」，據《芙蓉山館詩鈔》卷二改。

〔八〕「物」，《芙蓉山館詩鈔》卷二作「賞」。

錢忠懿王金塗塔瓦歌〔一〕

貝闕琳宫啓華閟，云是錢王布金地。椒墻剥落帖花㮨，龍帳森寒鏁幽魅。訪古人來叩法扃，摩挲神物易漂零〔二〕。天衣中坼青猊座，劫火延燒白氎經。剩有嵯峨相輪在，土蝕塵埋經幾載。什襲欣看趙璧完〔三〕，護持不共梁甌碎。刻畫丹青入細膚，幡幢瓔珞現修羅。遍傳大衆優婆塞，共禮前朝窣堵波。相傳此是宫中物，錢王舊事人争説。虎落雄圖十四州，龍天慧業三千佛。良工當日試雕鎪，朱火烏金躍冶流。七級浮圖初鑄就，人天珍重勝琳球。一朝納土京師去，蒿草蕭條故宫暮。内府圖書秘色窑，流落人間不知數。瓜子南金賂趙公，十瓶海物尺書封。裹蹄輸去黄華盡，那有餘貲給梵宫。塵寰無路求回向，不如去逐降王長〔四〕。談禪早已放屠刀，鏖戰底須排甲仗。麟帶貂袍拜太師，一家湯沐奉恩私。始知北面朝元日，即是西方證果時。閑來日寫金經誦，此塔依然作清供。翻笑痴兒卧榻旁，等閑不醒維摩夢。斷鐵零金總可憐，劫灰寒炮不重燃。幾行蝌蚪書名字，并識柴家乙卯年。好奇今有平原子，購得奇珍歸趙氏。余友毗陵趙映川購得之。瑣瑣飢蠹蝕碎黄，斑斑古血凝殘紫。洛下銅駝荆棘荒，仙人流泪别咸陽。古今一例難回首，幻影空花悟法王。

【校勘記】

〔一〕詩題下，《芙蓉山館詩鈔》卷二有注：「背有篆文曰：『顯德二年乙卯錢王宏俶製。』向在西湖寺。」

〔二〕「漂」，《芙蓉山館詩鈔》卷二作「飄」。

〔三〕「壁」，原作「璧」，據《芙蓉山館詩鈔》卷二改。

〔四〕「如」，《芙蓉山館詩鈔》卷二作「知」。

與劉三羹堂夜話有感

一春兀兀抱愁坐，面垢冠敧任慵惰。良朋三五隔天涯，對影呻吟苦無那。辟除妄念學枯禪，諷誦金經當清課。書床不整卷縱横，硯田久荒塵堀堁。忽聞君自蘭陵來，倒屣相迎積愁破。互看顔色憐枯槁，共話生涯悲轗軻。五言妙手出偏師，三耳雄談驚滿座。忼壯幽州馬客吟，凄凉楚澤騷人些。嗟余少小丁憂患，回首風波苦掀簸。胸襟自昔詫豪宕，骨骼而今變柔懦。子卿痛泪洒牛衣，許靖餘生憑馬磨。險巷搥車悲寂寂，大澤迷途陷左右。饑鷹縫目上新韝，駑驥垂頭戀殘莝。囊中只剩一錢在，桑下那禁三日餓。舉世言愁亦欲愁，窮年得過權須過。羨君俶儻才無敵，壓軫連箱富奇貨。明

珠有價莫輕投，利器新磨寧忍挫。當前人物愛輕狂，長此窮愁哀我癉。軟語嘈嘈堪達夜，倦僕頻頻又催卧。殘燈照壁鼠窺覦，寒柝敲更卒巡邏。微霜入户夜氣清，明星墮水寒芒大。布衾如鐵枕手眠，愁夢闌珊不堪作。

賽神會

鏗金鉦，曳大旆，三月春郊賽神會。東家西家喧小兒，攔街叫跳如狂痴。須臾馬蹄來特特，黄金絡頭珊瑚勒，馬上人持紅錦敕。神從中央來，奪隘聲喧豗。神從門前過，市人不敢坐。緋袍窣地穩稱身，蟠絲孔雀銀麒麟，當輿旌蓋交繽紛。路傍富兒指而笑，昔年曾捨三千緡。相追逐，歡不足。罄金錢，娱土木。君不見寒女衣單不掩身，老農夜守空倉哭。

蓋神廟

匠人來，築臺觀，運甓磨磚二年半。匠人朝不來，太保行相催。廟中夜掣鋃鐺鎖，廟令大呼神怒我。觚棱金爵高刺天，一臺築就十萬錢。搥肥牲，喧紙爆，天平明，蓋神廟。明神坐中央，廟令群趨

蹌。布商米估争解囊。解囊來，記誰某，貧人錢落富人手。布五尺，米一斗，入市嗷嗷求速售，一貫蚨錢九十九。富人萬金賤如粟，貧人一錢惜如玉。抽得貧兒手内錢，施向神祠種神福。九級階，十丈廊，裁金嵌碧光熒煌。土馬泥人立階戺，夜聲啾啾衆鬼喜。廣厦萬間有如此，何不移來庇寒士。

珠江曲送徐大景春之廣東

芙蓉湖頭春水流，芙蓉峰畔春雲愁。沙棠雙槳木蘭枻，送君遠向珠江游。珠江曲曲環南國，丁星金翠繁華窟。蠻鄉怪物載龍編，海國方言通象譯。蜃雨魚雲積水東，山川形勢霸圖雄。誰尋葛令丹砂井，莫問劉鋹碧玉宫。珊瑚扇子猩紅屧，珠江佳麗人争説。抹厲花開艷雪香，檳榔子熟晴雲熱。珠江淺瀨漱金沙，素足珠娘慣浣紗。日熨章魚齊上水，樹深么鳳共銜花。富商巨賈相誇衒，奇珍入手如泥賤。蠔甲堆成亞字欄，鮫絲織就冰紋練。君去珠江南復南，珠官風俗舊曾諳。秋深桂嶺争鑽蠹，春到花田學種蚶。誰誇羅襪凌波步，葉葉花船粤溪渡。怕被嬋娟一笑留，莫耽香粉三年住。無端送别黯銷魂，把袂臨歧未忍分。我所思兮望明月，君之出矣逐浮雲。渭城三疊殷勤唱，碎曲零歌惹惆悵。磲碗斟來且莫辭，布帆吹去應無恙。十八灘頭走急瀧，計程五月下珠江。倘逢庾嶺歸來使，寄我羅浮繭一雙。

喜汪大容甫中過訪長句贈之

汪生俶儻出世姿，短衣孤劍將安之。江湖流浪苦復苦，人説才奇窮更奇。相逢每恨來何晚，掃室殷勤開酒盞。糝將何點白葵羹，捧出休源赤倉飯。狂來不顧世眼驚，相對拉雜談生平。文人失職有同病，出吻各作寒號聲。君言稚齒飢寒迫，弃擲詩書最堪惜。弱冠方傳作賦才，壯年始奪談經席。五經復興魯叔陵，纍纍著作充箱籝。心開窔奧深莫測，面若刻畫森有棱。奔走風塵飢欲死，撑腸萬卷徒爲耳。肉食難分博士羊，草衣且牧公孫豕。羌余少小趨雕華，斧棨綉帨相矜誇。愛儲奇字未滿腹，慣拈强韵空聱牙。千秋絶業不同傳，君入儒林我文苑。須識夔蚿總可憐，何當蛩蚷聯爲伴。坐談不覺日影移，榜人催上河之麋。即今一見復奚益，翻令千里勞相思。留君不住我心苦，握手臨歧涕如雨。他時相望越王臺，何日同澆趙州土。布帆無恙臨風飆，秋來應看錢塘潮。潮頭倘有雙赤鯉，盼君寄我英瓊瑶。時容甫將之浙東，即以贈行。

晚春花事盛開因寄懷亦齋三兄荔裳二弟[一]

去年看花人在家，一春風雨空嗟呀。今年花開春色好，看花人又涉長道。從來勝事總多磨，每向東君唤奈何[二]。九十韶華逐塵土，兩三伴侣隔關河。昨日曾過妙香閣，亦齋兄讀書處。[三]永晝沉沉下簾幕。蜂聲滿院夕陽斜，一架藤花背人落。歸來孤坐傍闌干，抱影空堂慘不歡。數盡銅籤人未睡，薔薇花底露華寒。醉紅軒駐東皇駕，劉侯酌我來花下。仙娥高捧赤瑛盤，狂客争持青玉斝。是處看花勝昔年，紫雲樓閣碧霞天。銷除詩債何辭醉，領取春光不費錢。對景真應放懷抱，底事閑愁倍潦倒。白日惟看北嶺雲，清宵不夢西堂草。春來花事逐番新，每對新花憶古人[四]。皂莢橋頭稀酒伴，青揚齋裏剩吟身。錦江水暖寅哥渡，紫陌塵高卯君去。鄉信千行托便風，岐途一别悲零雨。東頭老屋更西頭，猶記年年選勝游。袖底新詩飛白鳳，筵前妙令鬥潛虬。别離未慣多僝僽，翻悔當時易分手。一語憑將驛使傳，故鄉風物君思否。春事闌珊花信遲，别來何日不相思。櫻桃着子如紅豆，轉眼江南四月時。

【校勘記】

〔一〕「盛開」，《芙蓉山館詩鈔》卷三作「甚盛」；「三兄」，作「兄」；「二弟」，作「弟」。

〔二〕「君」，《芙蓉山館詩鈔》卷三作「風」。

〔三〕此注，《芙蓉山館詩鈔》卷三無。

〔四〕「古」，《芙蓉山館詩鈔》卷三作「故」。

爲段大蓉皋題修竹吾廬小照

生綃尺幅濃陰重，萬个篔簹森欲動。膩香罨地黑離離，瘦影緣雲声竦竦〔一〕。誰坐玲瓏緑玉叢，出塵姿與此君同。過江人物今猶昔，標令居然正始風。跂脚科頭踞盤石，冷翠空濛沁肌骨。嗣宗散髪待凉風，摩詰停琴伫明月。竹葉何須泛碧螺，《竹枝》不用譜新歌。三椽草閣遺塵事，象外烟霞領取多。露初星晚常相傍，静色孤根鎮無恙。射鴨從教截作弓，化龍可許携爲杖。愧我宫無一畝寬，更無隙地着琅玕。牽蘿補屋空惆悵，翠袖蕭蕭獨自寒。感君過訪荒齋静，晚歲心期一朝訂。此日從君乞釣竿，他時爲我開花徑。嫩笋新篁好護持，莫教游客浪題詩。留將百尺青光在，小字行行寫《楚辭》。

【校勘記】

〔一〕「緣」，疑當作「緑」。

寒夜有懷黄大仲則景仁

荒林葉脱行人稀，嚴霜碎落寒霏霏。初生月魄不照地，列宿錯落鋪珠璣。駕鵝東來厲哀響，十十五五排風飛。幽人畏寒不敢出，未到日暮扃柴扉。藜床危坐擁殘帙，一燈晻睒明書帷。懷君竟夕不成寐，反手據案長歔欷。男兒作健好身手，有泪寧向歧途揮。天涯倘得快心地，絶勝窮巷號寒飢。但愁干謁不稱意，坐受俗物相嘲譏。千金辟士置幕府，此風古有今則微。高秋與君一握手，幽齋軟語情依依。留君信宿不肯住，勁帆健櫓如發機。迅猋忽捲歲華去，層冰滿野高崔巍。茅檐擁絮尚不樂，况復遠道驅驂騑。何時壚下貰美酒，對飲立解愁城圍。相思展轉天欲曙，晨風肅肅歌妃豨。

秋晚

竟日雨霏霏，尋秋客到稀。幽花寒不落，獨鳥夜還飛。石罅泉聲細，峰頭樹影微。誰憐張仲蔚，寂寞掩園扉。

偶成

颷館梧桐樹，先期報早秋。一庭涼雨過，滿地碧雲流。犬吠人争渡，鴉啼月上樓。誰憐今夜客，又作去年愁。

寓感[一]

倚竹蕭蕭彩袖寒，爲誰憔悴帶圍寬。思如園客繅千丈，泪似鮫人滴滿盤[二]。慵奏新聲調火鳳，頻封密字托青鸞。中庭檢點閑花草，莫種相思種合歡。

庭院深深道韞家，白銅鋪映緑窗紗。朝妝懶試金條脱[三]，夜被空熏玉辟邪。閑展畫叉臨北苑，每尋仙籙憶東華。懺除慧業渾無計，願上瑶臺掃落花。

【校勘記】

〔一〕此題下，《芙蓉山館詩鈔》卷二有詩八首，此處爲第一首、第四首。

〔二〕「似」，原作「以」，據《芙蓉山館詩鈔》卷二改。

〔三〕「條」，《芙蓉山館詩鈔》卷二作「跳」。

謁昭烈惠陵

玉壘山川拱帝都，樓桑片土啓雄圖。普天齊奉《黄初曆》，大統終歸赤伏符。八陣風雲長護蜀，千秋魂魄悔征吴。相臣逝後降車出，難問流離六尺孤。

雨　沙

疑是蓬萊清淺時，海塵都向石山吹。半床鼠躅長留印，一桁鶉衣恐化緇。豈是唱籌煩道濟，未煩障扇避元規。朝來農叟談黄雪，預卜今年麥兩歧。俗云黄雪宜麥。

寒食日九龍山晚歸〔一〕

買得蜻蛉一葉輕〔二〕，叩舷歸路不勝情。那堪佳節逡巡去，又背名山宛轉行。新水遠浮菱荇緑，

夕陽低傍鷺鷥明。無聊剩有微吟興，遥和漁童欸乃聲〔三〕。

【校勘記】

〔一〕「山」字，《芙蓉山館詩鈔》卷二無。

〔二〕「蚙」，《芙蓉山館詩鈔》卷二作「蜓」。

〔三〕「欸」，原作「欵」，據《芙蓉山館詩鈔》卷二改。

春　感〔一〕

侵晚空林䳇鳺鳴〔二〕，愁多不耐餞春行。半池水氣蒸雲濕，一角霞輝抱日明。到處揶揄應笑我，此中空洞盡容卿。洛生咏罷支頤坐，一任人嗤老婢聲。

前生結習破書堆〔三〕，蠹簡零星散麝煤。慧業生天誇謝客〔四〕，精心奉道笑方回。閑塗故紙酬詩債，細拾殘花當酒材。正欲劇談無客到，東頭老屋盼君來。寄荔裳舍弟〔五〕。

【校勘記】

〔一〕此題下，《芙蓉山館詩鈔》卷二有詩四首，此處爲第一首、第三首。

〔二〕「晚」，《芙蓉山館詩鈔》卷二作「曉」。

〔三〕「生」，《芙蓉山館詩鈔》卷二作「身」。
〔四〕「謝」，《芙蓉山館詩鈔》卷二作「阿」。
〔五〕「寄茘裳舍弟」，《芙蓉山館詩鈔》卷二作「謂茘裳」。

土爾扈特霍碩特哈薩克各蕃部入覲回巢余奉檄護送出境紀事四首

昔持英簜朝天去，今向鑾坡獻壽回。立仗許登三殿側，賜筵曾設九賓陪。邊沙軟藉鋒車過，塞草肥迎宛馬來。職貢萬方全盛事，平安烽近赫連臺。

罽薦文茵照地光，錦繒稠疊壓歸裝。歡聲直遣騰荒外，珍品從誇出尚方。玉節仍煩中屬國，金符新拜左賢王。聖朝綏遠無窮意，長使邊氓慶樂康。

邐迤郊原列斾旌，城頭鼓角極和平。秋星蓋野穹廬静，夜火傳更戍堠明。都護彎弓能飲羽，名王上馬慣擒生。自憐文士無長技，也挽絲韁傍塞行。

馬蹄蹀躞響鳴珂，韎韐材官逐隊過。萬里嚴程趨紫塞，三秋高浪渡黄河。郵亭客去喧烏鵲，古道人閑散駱駝。歸義好翻新樂府，白狼槃木入聲歌。

畫船

曲渚魚憐浪，迴堤雁齒橋。繽紛張錦幔，容與泛蘭橈。羅襪凌波步，瓊烟貼水飄。半篙新漲闊，七里渌塘遥。網户垂銀蒜，雕窗嵌玉珧。簾編湘女竹，扇剪美人蕉。彩絡調歌鳥，珠鈴繫雪貓。扣舷蒹葉岸，解纜藕花潮。迷迭含芳長，蘅蕪爇火焦。繁華今好在，香粉未全銷。午夜開華宴，辛房出阿嬌。約黄孫壽額，束素小憐腰。粉鏡千回照，雲梳百遍撩。眉長勾翠黛，髮膩彈珠翹。彩釜猩唇煮，磲杯桂露澆。風微衣麝散，帆轉酒鱗摇。射覆圍蟲豸，攤錢喝雉梟。怕成泥絮果，休負雨雲宵。促坐心相印，搴帷目屢招。犀筒銀液減，蛤帳守宫消。催賜纏頭錦，還留繫臂綃。鴛鴦一夢覺，烟水兩迢迢。

初秋寄可齋六兄

静坐思羈客，離家已四年。瞿塘翻惡浪，劍閣鎖愁烟。鄉味懷鱸膾，蠻風秀木棉。關心驚朔吹，灑泪聽啼鵑。恨乏凌霄翮，難求縮地仙。峰遮遥目斷，月伴客心懸。見説窮荒外，猶聞羽檄傳。三

旬苗逆命，六伐士揮鋋。魚壘袄氛動，鼉叢殺氣纏。電飛橫海箭，雲擁伏波船。的的宵烽舉，嗚嗚曉角宣。平沙埋折戟，殘寇弃空眷。火射荒磷滅，風吹古血羶。窺人走罔兩，啄月飽烏鳶。天意誅群醜，軍威震極邊。獍梟凶自斃，貔虎勇無前。運策煩諸葛，回師縛右賢。一麾臨的博，七萃壓先零。劍指星芒落，灰占月暈圓。地開金馬郡，功勒碧鷄巔。邛筰當衝要，官曹少静便。調符過赤甲，轉粟上青天。且叙天倫樂，還期道性全。傍岩園半畝，記曲閣三椽。取次開琅篋，周遭葺蕙櫋。雪回雙鶴舞，霞襯百花妍。作達淵明酒，耽閑子敬氈。趨庭懷置橘，事佛坐依蓮。兄自號蓮趺侍者。爐炷雙烟麝，甌烹八卦泉。邛署泉名。襟懷賴陶寫，愁思莫縈牽。吴樹知秋矣，巴雲望渺然。凉風敲竹柏，暝露墜蘭荃。古壁琴徽冷，銅荷蠟泪濺。螢飛烟漠漠，人静漏涓涓。浩淼江湖闊，寒暄節候遷。魚書空往返，蝶夢屢迴旋。我只懷康樂，君應念惠連。蓬蒿掩荒徑，糠籺伴芸編。騷鬼能爲祟，書淫竟莫痊。凄凉賦《窮鳥》，惻愴聽鳴蟬。蘖苦知誰共，膏明只自煎。迍邅胡至此，逼仄擬終焉。豈有干時策，空思負郭田。獨行無壓負，百足望夔憐。破悶爲佳耳，尋途各勉旃。感秋魂儻恍，望遠涕潺湲。甚處堪投筆，終須早着鞭。角鷹刷毛羽，霄漢看騰騫。

柬鄒寶松太守三十韵乞臺灣府志

島嶼窮溟外，波濤積水東。領符分虎竹，懸箙繞蛇弓。騶從專城貴，旌旄列郡雄。海疆來杜母，蠻俗仰羊公。威惠三年遍，謳謡四野同。歸裝辭越嶠，鄉思值秋風。异境超區外，奇觀入眼中。此行凌渤澥，直擬鑿洪濛。蜃市吹噓幻，魚雲刻畫工。颶風晴颮颮，陰火暝熊熊。水豹翻層浪，花鷹捩遠空。金沙華帓紫，鉄網女珊紅。漢石堆殘錦，秦橋界斷虹。路疑圓嶠近，穴豈沃焦通。夜泊鉛爲碇，晨裝錦作幪。衝波迴鷁舫，撾鼓渡鮫宫。五柳家猶在，千桑願已豐。閑尋《遂初賦》，自署樂天翁。寄興琴書酒，關情杞菊松。室餘廉吏槖，人愛使君驄。許靖鄉評美，王球族望崇。壺冰開皎潔，佩玉戛玲瓏。昨歲虚投刺，今晨幸發矇。《上林賦》：「乃今日發蒙。」迷途哀病驥，末技獎雕蟲。賭墅陪安石，開樽謁孔融。有心希剪拂，刻意自磨礲。鯨島侏儚俗，龍編幽怪叢。可能蒙惠贈，便足破盲聾。跋浪乖奇志，蟠泥抱隱衷。從今誇海運，矯翮待飛翀。

澄心堂紙二十四韵

記昔風流主，争雄翰墨場。新詞何妙麗，小札最精良。巧織光明錦，匀鋪細膩霜。品方蠶繭重，價比衍波昂。進御君王笑，拈箋女史忙。翻來金葉底，擘向綺筵傍。妙墨留仙子，謂耿玉真〔一〕。香經寫法王。紅鈐署鍾隱，後主自號「鍾山隱士」。〔二〕艷曲記娥皇。方麯黄羅面，燒槽紫錦囊。一般供玩賞，終古怨興亡。五夜家山破，千年劫燼揚。灰都作蝴蝶，魂不化鴛鴦。風送迎降表，星飛告急章。聚時勞護惜，散日太蒼黄〔三〕。故國春江冷，羅衾夜雨凉。纏綿歌半闋，慘澹墨千行。無復迴鸞影，空教賫蠹糧。叢殘歸史館，粗使給文房。歐公《五代史》用此紙起稿。又聖俞詩云：「聊給粗使供鸞臺。」〔四〕淳化銀鈎拓，宣和玉局藏。謡纔聽《白雁》，讖又應紅羊。梅老新詩在，王郎舊志詳。奇珍易零落，尤物幾滄桑。兩軸如相贈，千金可許償。好同龍尾硯，軼事話南唐。

【校勘記】

〔一〕「謂」字，《芙蓉山館詩鈔》卷三無。

〔二〕此注，《芙蓉山館詩鈔》卷三無。

〔三〕「黄」，《芙蓉山館詩鈔》卷三作「惶」。

〔四〕此注，《芙蓉山館詩鈔》卷三無。

碧紗㡡十六韻

紫貝冰紋檻，明螺卍字櫺〔一〕。桃笙涼乍展，綱户静初扃。暫却蒲葵扇，教移雲母屏。千絲成巧製，十幅可中亭。水玉寒纔凝，秋雲澹欲停。薄翎裝翡翠，輕翅擘蜻蜓。螢暗分光緑，蟾孤逗影青。雙烟縈寶篆，列點數空星。燈穗看來澹，花房摘處馨。倦眸時甸綫，悄語倍瓏玲。小挂龍皮拂，匀排犀角釘。密防蚊陣入，慢遣蝶魂醒。白板烟中舫，紅羅水上亭。清疑通溟涬，深好護娉婷。却暑眠方穩，游仙夢亦靈。碧城十二曲，曲曲記曾經。

【校勘記】

〔一〕「卍」，《芙蓉山館詩鈔》卷三作「梵」。

寄呈述庵先生〔一〕

憶昔游京輦，青袍拜月題。蘭成初射策，德祖尚垂髫。氣象瞻嵩岱，文章仰壁奎。雅懷開朗月，

豪氣吐長霓。入座皆瓊蕊，升閑盡駃騠。登龍争御李，題鳳詎嘲嵇。謂同門叔華、竹橋、仲則諸君。謬采蓬樗質，容參桃李蹊。浣腸吞寶篆，刮目得金篦。賦手驚鸚鵡，詞鋒淬鸊鵜。橫經問菜丣，就席對楂梨。升斗原爲養，聲名敢厭低。金臺纔奉檄，燕市遂歌驪。別泪緣纓落，新篇滿篋攜。師恩逾鄭重，吾道在提撕。客路關河迥，勞人面目黧。風塵從漫浪，朱墨學勾稽。虎尾危曾躡，焦原險屢躋。一官來絶徼，六載此卑栖。旌節移三輔，絲綸下九閨。高秋雕鶚翮，遠道驌驦蹄。關吏迎軺傳，邊氓識組圭。祥刑平庶讞，惠政惻群黎。畫戟黄圖右，烏臺紫岳西。稍欣函丈近，仍悵笑言暌。昨歲遭兵燹，儒生習鼓鼙。狂塵奔猰貐，駭浪沸鯨鯢。誓死孤城在，輕生一劍提[二]。飛灰黯樓堞，猛火照弧鞞。浹日重圍解，星郵尺素賚。一緘詞愴惻，七字韵清凄。惡鳥巢旋墮，妖狐穴盡犁。感深神惝怳，痛定涕流澌。差喜身無恙，休嗟命不齊。宋人空刻楮，楚客尚吹虀。蓬島風頻引，銀潢路轉迷。往來旋磨蟻，進退觸藩羝。已分安蓬藋，何心慕錦綈。公言真可憶，鄉思浩無倪。蓉渚尋漁舫，龍峰灌藥畦。菰蒲期射鴨，柑酒好聽鸝。試問飄零者，何如歸去兮。故山聞怨鶴，舊事觸靈犀。櫸柳當檐脱，蛩螿繞砌啼。思枯抽秃管，興索拊空瓶。落日回陂雁，寒烟竄嶺鼷。鐙光秋淡淡，林響晚凄凄。夢去星沉水，書來雲憶泥。無緣奉譚讌，幾度隔暄萋。爨下邀三嘆，車前試一嘶。陸倕《知己賦》，重疊寫香緹。

【校勘記】

〔一〕「寄呈述庵先生」，《芙蓉山館詩集》卷四作「憶舊陳情五十韵呈王述菴師」。

〔二〕「一」，《芙蓉山館詩集》卷四作「短」。

伏羌紀事詩一百韵

聖澤敷殊俗，天聲震八紘。花門何醜類，草竊敢縱橫。釁爲尋仇啓，妖由構煽成。逆回田五謀復新教，勾引匪類，修理石峰堡，爲聚衆之地。鼠牙工發覆，蝸角怒相傾。先是，賊匪約於本年五月五日起事，緣回民李應得首先呈告〔一〕，未及期而遂反。方鎮空持重，中權孰使令。養癰憂内潰，躡尾失先鳴。時賊由海城攻靖遠〔二〕，轉掠而南。官兵尾追，疏於堵截。濡滯師將老，驍騰敵果勍。誰當擒罔象，無計制長鯨。祖厲朝呼渡，時靖遠從逆賊匪〔三〕，艤船以待賊，因沿流而下。蕭關夜斫營。西安州管被劫，四月十六日事。定西仍聚落，賊首田五斃於狼山，餘黨僅百餘人，遁至官川，招集安定回匪，賊勢復熾〔四〕。渭北却翻城。賊衆劫通渭之馬營監，進攻縣城，一夕而陷。蕞爾當陽邑，伏羌古當陽亭。〔五〕相違一日程。虢脣虞是齒，邾柝魯聞聲。中夜荒鷄嗷，高岩石鼓鏗。先是，伏羌鷄未夜半輒鳴，占云有兵。又境内梧中聚山有石鼓〔六〕，相傳鳴則兵起。重圍占月暈，芒角動星精〔七〕。縣尉標完節〔八〕，五月初九日，賊破通渭，縣令王慺潛逸〔九〕，典史温模自經死〔一〇〕。將軍著烈名〔一一〕。明

都統、孫參戎奮勇擊賊，山路崎嶇，後軍不繼，遂被害。〔一一〕沙蟲師有劫，風鶴信頻驚。陸地機纔發，「地發殺機，龍蛇起陸。」《陰符經》。〔一三〕蕭墻禍早萌。朝三狙暮四，晝伏鼠宵行。無奈禾生莠，難教石化瓊。搜牢寧有術，鈎距遣誰偵。伏羌武生馬稱驥兄弟數人，計約内應，包藏外匪，城中居民頗有知其奸者。〔一四〕狼卜陰謀泄，犀燃詭狀呈〔一五〕。群奸方擾擾〔一六〕，數士獨錚錚。義可捐妻子，情誰顧舅甥。回民馬映龍，即馬稱驥甥也〔一七〕。矢心先告密，雪泣自輸誠。嘉爾殊慷慨，緊余不聽瑩。終然邀上賞，可以定輿評。五月十四日，回民監生馬映龍、白中煒、馬宏元將馬稱驥等逆謀首告〔一八〕。伏羌向未設兵〔一九〕，星馳告急，官兵猝未能至〔二〇〕。燦督率漢回民夫上城〔二一〕。外議以爲回民不便令守〔二二〕。後李制軍到縣〔二三〕，以馬映龍等舉發内應，守城出力，賞給武弁札付，外議遂息。衆志堅堪恃，凶鋒猝敢攖〔二四〕。卧羆吞貉子，嗾犬搏狸狌。狡窟憑熏灌，妖酋競抗衡〔二五〕。交衢長鎩滿，狹巷短刀迎。螳臂窮猶奮，蜂眸死尚瞠。駢頭填犴獄，連頸縛徽纆。五月十八日，請兵未至，而馬稱驥等逆迹漸露，勢難復待，决計擒捕。賊已持械而出。當時格殺者馬稱驥等四人〔二六〕，餘皆先後就縛。内患方消弭，前村倏鬥争。烽烟騰土堠，賊騎漫山坪〔二七〕。十八日晚，即有鄉民報縣〔二八〕，賊由縣北鄉巴斯坪各村莊驅脅回民〔二九〕，大掠而進。跣足夫携婦，摩肩弟覓兄。倉皇弃髫齔，嗚咽哭煢嫇。近郭人流血，環郛火徹明。譟或千唇沸，行如一足躄。飛揚氛甚惡，跳蕩色何獰。呀闞夔墻壁〔三一〕，喧豗坼棟甍。陣雲愁靉靆，邊日慘光晶。滿谷驅姚墟餘瓦礫，謝墅剩榛荆。縣北五里姚謝家莊有武生姚以寧等，率衆拒敵〔三〇〕，被害尤烈。牛馬，連車藉稻秔。争先誇趫捷，走險據嶢崢。賊攻圍縣城，據天門山札營，距城僅一里許。〔三二〕岩邑周防早，

微官性命輕。俠腸原耿耿，獨行信硜硜。黑子城三版，青萍水一泓。周苛惟誓死，傅燮敢求生。羯末才無敵，羊何氣并英。射雕驚斛律，倚馬笑袁宏。謂戴曉嵐暨家從侄簣山、秋岑。圍城時告急文稟，皆出其手〔三三〕，而簣山登城射賊，竟斃一人。勢只伸孤掌，危還藉衆擎。帶刀農佩犢，時召募鄉勇多至千餘人〔三四〕。持戟士離黌。邑諸生魏輔君、王表等，均有幹略，悉令守城。健婦俱行汲，羸童亦踐更。奔馳勞僕隸，捍禦賴髡黥〔三五〕。流人李忠等上城禦賊，頗爲出力。流雹飛髇落，狂雷巨炮轟。登陴均受甲，給廩免呼庚。四日孤墉在，千夫一膽并。徒勞設梁麗，屢見碎衝輣。賊積草盈車，伏車下逼城，屢被槍石擊斃。天意爲誰怒，民心笑爾儜〔三六〕。賊連攻圍四晝夜〔三七〕，城上矢石如雨，斃其首從百餘人。賊胆恇怯，遂不敢復近〔三八〕。如棋争劫勝，似博殺梟贏。侵曉憑樓堞，遥原見旆旌。烟塵飛候騎，笳吹到援兵。象主群陰遁，爻占大道亨。危巢徙梟鴟，舊穴聚狐麖。二十二日，李制軍率兵到縣〔三九〕，賊戰輒敗，遂於二十四日遁走秦安，由底店仍聚石峰堡。自昔恢王度，由來仗國楨。班資周保傅，勛閥漢公卿。福制軍暨英勇中堂先後率京兵來甘進剿〔四〇〕。秦蜀各路官兵亦陸續雲集。玉節威行部〔四一〕，銅符事遠征。指麾皆頗牧，趨走盡韓彭。芟舍嚴刁斗，轅門急鼓鉦。羽書千里應，積粟萬囊盛。纊挾全軍煖〔四二〕，醪投衆士酲。兩甄排稱娖，列騎雜斑騂。貳負强遭梏，防風窘待烹。長圍羅劍槊，險道斷溝坑。賊困守石峰堡〔四三〕，我兵四面列圍，絕其汲道。賊窘急乞降，我兵乘機攻剿〔四四〕，賊巢遂破。群慝應簫勺，神奸首滿盈。臍膏明似燭，項骨脆於菁。「項骨脆於春蔓菁」，見盧仝詩。困獸攀籠檻，游魂戀釜鐺。肘跗紛磔裂，骸骼亂枝撑。烈烈摧枯枿，炎炎燎聚虻。纍纍俘婦女，

婉婉曳孩嬰。或有逋逃藪，其如置網紘。〔四五〕自知應斧鑕，初不假笞搒。縣中從逆回匪，有自底店竄回各村者，獲之，輒一訊而服。革面從文豹，遷喬慕谷鶯。爾曹生有路，今代獄惟平。近奉上諭，良善回民仍令安業，毋許株累。有向從新教者，許其改歸舊教。寬大群方悅，明良百度貞。直教空貫索，奚止掃欃槍。歸馬秦川迴，回軍華岳晴。虎牙宣偉略〔四六〕，龍額錫殊榮。福制軍特晉侯爵。銘擬燕然勒，歌同漢樂賡。歡聲溢廛市，和氣叶《韶》《韺》。温語傳丹扆，恩綸出玉京。蠲租憐瘠壤，給復慰疲氓。賚溥金兼粟，仁先獨與惸。高櫩蓋焦土〔四七〕，殘骴掩荒塋。奉恩詔，凡被賊焚掠傷害村莊，均予賑恤〔四八〕，恩極優渥。痛定微軀在，腸迴百感縈。失時幾拾瀋，懲熱慣吹羹。彈指閻浮劫〔四九〕，當場傀儡棚。青山招遠夢，白水憶前盟。關隴皇威暢，邊陲戰氣清。江鄉三畝宅，何日好歸耕。

【校勘記】

〔一〕「先呈」二字，《芙蓉山館詩鈔》卷四無。

〔二〕「時」字，《芙蓉山館詩鈔》卷四無。

〔三〕「時」字，《芙蓉山館詩鈔》卷四無。

〔四〕「復」，《芙蓉山館詩鈔》卷四作「遂」。

〔五〕此注，《芙蓉山館詩鈔》卷四無。

〔六〕「梧中聚」，《芙蓉山館詩鈔》卷四作「天門」。

〔七〕「芒」，《芙蓉山館詩鈔》卷四作「大」。
〔八〕「標完」，《芙蓉山館詩鈔》卷四作「能全」。
〔九〕「縣令王慺潛逸」六字，《芙蓉山館詩鈔》卷四無。
〔一〇〕「自經死」，《芙蓉山館詩鈔》卷四作「死之」。
〔一一〕「著烈」，《芙蓉山館詩鈔》卷四作「竟殉」。
〔一二〕此注，《芙蓉山館詩鈔》卷四作：「明都統孫參將遇賊於高廟山，奮勇死綏。」
〔一三〕此注，《芙蓉山館詩鈔》卷四無。
〔一四〕此注，《芙蓉山館詩鈔》卷四作：「城内回民馬稱驥兄弟數人從賊，約爲内應，包藏詭秘。」
〔一五〕「燃」，《芙蓉山館詩鈔》卷四作「然」。
〔一六〕「群奸」，《芙蓉山館詩鈔》卷四作「幺麿」。
〔一七〕「稱」，原作「中」，據《芙蓉山館詩鈔》卷四改。
〔一八〕「將馬稱驥等逆謀」七字，《芙蓉山館詩鈔》卷四無。
〔一九〕「向」，《芙蓉山館詩鈔》卷四作「尚」。
〔二〇〕「官兵」，《芙蓉山館詩鈔》卷四無此二字。
〔二一〕「燦」，《芙蓉山館詩鈔》卷四作「余」；「上」，作「守」。
〔二二〕「爲」字，《芙蓉山館詩鈔》卷四無；「令」，作「同」。

〔二三〕「軍」，《芙蓉山館詩鈔》卷四作「府」。
〔二四〕「凶」，《芙蓉山館詩鈔》卷四作「狂」。
〔二五〕「妖」，《芙蓉山館詩鈔》卷四作「祆」。
〔二六〕「者」字，《芙蓉山館詩鈔》卷四無；「稱」，原作「映」，據《芙蓉山館詩鈔》卷四改。
〔二七〕「漫」，《芙蓉山館詩鈔》卷四作「滿」。
〔二八〕「即有鄉民報縣」六字，《芙蓉山館詩鈔》卷四無。
〔二九〕「北」字，《芙蓉山館詩鈔》卷四無。
〔三〇〕「敵」，《芙蓉山館詩鈔》卷四作「賊」。
〔三一〕「夔」，《芙蓉山館詩鈔》卷四作「摧」。
〔三二〕此注，《芙蓉山館詩鈔》卷四作：「賊據天門山，距城里許。」
〔三三〕「謂戴曉嵐」至「皆出其手」，《芙蓉山館詩鈔》卷四作：「時羽書絡繹，皆出戴曉嵐暨從兄弟簀山、伯初之手。」
〔三四〕「召」，《芙蓉山館詩鈔》卷四作「招」。
〔三五〕「捍禦賴」，《芙蓉山館詩鈔》卷四作「奮勵逮」。
〔三六〕「儜」，《芙蓉山館詩鈔》卷四作「獰」。
〔三七〕「圍」字，《芙蓉山館詩鈔》卷四無。

〔三八〕「近」，《芙蓉山館詩鈔》卷四作「進」。
〔三九〕「軍」，《芙蓉山館詩鈔》卷四作「府」。
〔四〇〕「軍」，《芙蓉山館詩鈔》卷四作「府」。
〔四一〕「威行」，《芙蓉山館詩鈔》卷四作「來樞」。
〔四二〕「煐」，《芙蓉山館詩鈔》卷四作「煥」。
〔四三〕「困」，《芙蓉山館詩鈔》卷四作「堅」。
〔四四〕「賊窘急乞降，我兵」七字，《芙蓉山館詩鈔》卷四無。
〔四五〕「或有逋逃藪，其如置網紘」，《芙蓉山館詩鈔》卷四作「跧伏難藏迹，推求莫遁情」。
〔四六〕「虎牙」，《芙蓉山館詩鈔》卷四作「豹韜」。
〔四七〕「高欄蓋焦土」，《芙蓉山館詩鈔》卷四作「遺墟修板屋」。
〔四八〕「予」，《芙蓉山館詩鈔》卷四作「與」。
〔四九〕「閻浮」，《芙蓉山館詩鈔》卷四作「龍華」。

吴照

字照南，南城人。貢生，官大庾教諭。有《聽雨齋集》。

《蒲褐山房詩話》：照南才華清綺，跌蕩不羈。少從張觀察銘來松江，過吴門，得詩法於禮堂光禄，一以唐人爲師。及予至江西，照南來執弟子禮，餘人不直挂眼也。通六書，又工畫竹，人以爲金錯刀之比。予江西門人中有「三吴」之號，謂雲衣、蘭雪及照南也。

辛亥暮春武昌東郊外覽勝

飛英滿漢皋，芳草遍楚甸。佳賞愛餘春，覽物增眷戀。决决野田流，喈喈林鳥囀。試泉記卓刀，訪古失臺殿。遂陟洪山巔，縱目盡鄉縣。天遠指長江，雲氣亦屢變。既喜風蕩襟，更無塵障面。琳宫與紺宇，偶憩情所便。緇流遁虚無，羽士托修煉。雖蒙智者嗤，自有愚人羨。晚鐘催夕陽，高興未云倦。藍輿望城闉，靄靄飛甍見。願言續後期，江漢恐游衍。悵然念旅羈，流光疾如箭。

子雲居士和予春游及惠墨詩即贈一首仍用春游韵

詩名三十年，子雲在海甸。閉精斗室中，掃萬惟一戀。春花媚青陽，嬌弄百禽囀。劃天無纖雲，彈指現宫殿。我求大雅才，汗漫歷州縣。騁轡誰知歸，拘牽了難變。换骨要大丹，不敢飾頭面。痟

痔一身在，安得體輕便。冶金弃洪爐，篝火妄烹煉。竇色俱晦埋，入市誰肯羨。我每讀子詩，洗眼去昏倦。古者吾既知，今時實稀見。詞壇幻魚龍，百戲呈曼衍。敢偍談吐鋒，請問機對箭。

銀槎詩

嘉興銀工朱碧山，槎杯始載南村叟。元朝學士競獻酬，明三百年缺談藪。北平初記孫公藏，萊陽曾聞宋氏守。證以歌詩皆壬寅，荔裳詩：「背鏤至正壬寅字。」愚山詩：「猶存至正壬寅字。」考之江村乃乙酉。《苑西集》：杯首有「嶽壽無疆」四字，又刻「至正乙酉年」。朱李咨嗟不作雙，朱竹垞詩：「可憐雙艑今成鰥。」李武曾詩：「往時作雙今不偶。」漁洋記録忽成偶。《居易録》：退谷、荔裳各藏銀槎一。平生未見銀鑿落，是一是二疑難剖。今年九月邗溝上，西溪主人置樽酒。筵前捧出博望侯，乙酉款識鐫諸右。再三疑是高家收，却少額端題岳壽。定知巧匠製必多，雙艑流傳殊否否。主人笑我太饒舌，倒瀉銀河吞一口。摩挲試認尋源人，長袖飄然垂左手。蒲萄滿酌大西夏，浩蕩乘風獨翹首。所渠千七百一川，卧看輪迴烏兔走。怪爾尋章摘句徒，那識河源接星斗。千里一曲須千巵，何事姓名證誰某。孫宋諸公安在哉，辨論雖多徒覆瓿。與其身後虛名留，不若生前一杯有。此杯此客在維揚，他歲他鄉説癸丑。難從織女問支機，且對黄花爛窗牖。置身我亦入槎中，視崑崙虛如培塿。

天門山

長江流萬古，東下鎖天門。滄海一髮盡，秋陰千里昏。飄零感身世，俯仰信乾坤。搔首平臺上，茫茫誰與論。

天一山晚眺

遠浦樹蒼蒼，千山帶夕陽。晴嵐浮郡郭，烟火隱帆檣。樵唱投村晚，鐘聲出寺長。登臨發清興，仿佛似瀟湘。

孫香泉招同沈春林項直庵沈白華楊緒堂小飲時香泉將歸吴中

小閣開尊暖氣和，酒鱗艷艷欲生波。半酣我亦諳吴語，高會人休學楚歌。十幅蠻箋花樣瘦，沈眷意于歌者，有《無題》詩八首。三篙春水別懷多。平生未減飛揚氣，容易逢場醉臉酡。

於越訪友人

柴門依約傍江隈，雲樹多情喜再來。秋水船隨湖雁至，故人尊向桂花開。貧專邱壑原奇福，老閲風霜作散材。我欲買山同卜築，青松翠竹許分栽。

閶門偶興

五湖浪迹笑西東，一棹吴門興未窮。十里市聲烟樹外，百分春色酒船中。平橋水暖彎彎月，畫閣晴開面面風。千載姑蘇行樂地，莫將身世感萍蓬。

城北游春

栖遲兩度金陵客，又見韶光轉歲華。路熟重尋前代寺，天晴補看去年花。平湖馬洗春波緑，廢苑鶯啼細柳斜。今日同游須盡醉，解裘先質酒人家。

贈陳古漁

跳跋風塵計總非，論交先懶叩朱扉。頻年白下稱流寓，今日江東識布衣。老眼看花清泪落，名山載筆賞音稀。古漁輯有《棲霞山志》。莫嫌骨相多寒瘦，我輩從來要忍飢。

金陵贈古漁

千里相思喜合并，蕭疏白髮啓柴荆。氣吞湖海襟期闊，老閲炎凉感慨平。歲歉尚能安素食，詩工原不礙狂名。一尊細酌疏窗下，笑指東山月正生。

贈牧野上人

重理琴書客秣陵，舊游剩得幾詩朋。投人自笑非高士，安分居然羡老僧。檐角葉飛渾似雨，霜天月皎不宜燈。與公試話年來事，招隱名山是上乘。

金慰祖

字繩武，號蘭嵎，嘉定人。貢生，早卒。有《緑雨山房吟稿》。

《蒲褐山房詩話》：蘭嵎，觀察洪銓之孫，詩才繁富。南昌彭司空元瑞視學東南，愛之。七律如「飄零弱主封歸命，憔悴詞臣著《辨亡》」，「忠臣終惜袁開府，名士應羞褚彦回」，「燕子話殘樓外雨，梨花夢斷夜來雲」，「欲消寒意添龍腦，頗愛微吟凍兔尖」，「叢祠山火歸鴉噪，斷岸斜陽牧馬嘶」，「客路吟箋留綈几，故人歸信隔烟汀」，諸句爲世所稱。而五古清遠，七古排奡，駸駸入古人之室。拔貢赴都，尤爲于文襄公所賞。新宫遽賦，時論惜之。

虎跑泉

蒼烟滿前山，溪行欲無路。微聞流水喧，遂溯源歸處。孤亭寒竹色，斜光澹春樹。寂歷青嶂重，迢遥翠微露。松花點塵衣，鐘響静凡慮。平坡巨獸踪，滉漾清泉注。瓢飲叢篁間，禪扉濃緑霧。不見古導師，徐咏坡仙句。

夜登獅峰遂宿留餘山居

暮色蒼然來，殘暉黯前巘。寒碧落我衣，俯視月在澗。獅峰出群岫，登陟寄遥眄。清燈耿岩扉，孤磬發齋館。晴嵐静欲無，湖烟翠可卷。投宿空亭幽，啓牖虚光滿。叢篘翳蒙密，長松半凌亂。冉冉疏花香，霏霏夕露泫。濺澗響寒泉，隔葉吠山犬。旅思既蕭條，晚風益清善。一與勝景值，乍喜塵悰遣。欹枕候曉光，探幽肆游衍。

曉行九溪至理安寺

東嶺睇朝暉，西峰躡殘月。崖束奔細泉，林長聳清樾。沉沉霧氣滋，睆睆禽聲悦。夢入亂山深，花隨曉雲發。遂陟玉鈎橋，因尋涌泉碣。何處聽江聲，停輿叩孤刹。

拜繆文貞公墓

蒼蒼彭越山，渺渺長涇水。云有繆公原，荒阡近村市。嗚呼明季衰，朝廟綱維弛。巨璫持太阿，群奸受頤指。公也本史臣，感憤司載紀。奉使渡瀟湘，發策詢多士。覘其識所存，庶令遇無詭。公典湖廣試，發策試士，有刺及宦官事，魏璫銜之。激昂忠烈章，宵小魄潛褫。維公斧鉞嚴，點竄引經史。楊忠烈公疏劾忠賢二十四罪，公爲潤色奏草。璫益心憾之。平生薄蔡邕，志豈美官徙。百折且不回，三遷詎爲喜。璫以公文望，遷諭德。巍巍玉泉岡，營壙窮華侈。索記等南園，斷腕不可使。叱咤壽寧侯，佞黨纇有泚。璫營生壙玉泉山，令其客以碑文請，公不可。客復引壽寧侯事爲諷，公瞋目叱之，遂及禍。丰裁凜自持，天地道終否。九關虎豹森，傷哉王度粃。造爲羅織經，肆以鬼蜮技。誣良托苞苴，告密同投匭。慷慨就囹圄，殘酷肆搒捶。璫竄公名于織造李實疏中，下鎮撫司，爲許顯純斃于獄。意欲盡清流，何由達天咫。一網善類空，寧徒六君子。謂楊、左、袁、顧六公。覆盆洎得伸，國已傾宗祀。暨陽僅彈丸，同歸公與李。謂李忠毅公應昇，亦江陰人，同被禍。百世共咨嗟，高風激頑鄙。我來古道旁，維舟采汀芷。再拜泪潸然，徘徊睇中沚。長松夕靄寒，亂水平橋圮。登壠想東林，春山百餘里。魂氣時往來，乘此虹梁紫。酹酒拂蒼碑，柁轉啼烏起。

讀史偶成

貞非柳下惠，寧學魯男子。廉非吴隱之，勿飲貪泉水。爲介毋爲通，律身慎于始。萊公附朱能〔一〕，終貶雷陽里。昌黎三上書，亦爲識者訾。君子在固窮，何徒艷朱紫。枉尺而直尋，得彼已失此。

岌岌東晉朝，瓜分少完土。江左多英流，琅琊賴群輔。誰令王茂宏，庸才稱仲父。睚眦死伯仁，流涕亦奚補〔二〕。敦也叛逆同，假破東征斧。佳傳惑千秋，誅心等蘇峻。祖。約。當時第一流，我服温忠武。

吾觀李贊皇，雄謀足經國。僧孺小有才〔三〕，駕馭亦稱職。果能泯怨尤，何難靖河北。顧惟門户私，反覆窮擠抑。不見廉藺徒，蠲忿相戮力。平勃志安劉，交歡資輔翼。如何英達人，乃遜武夫識。

長卿能諫獵，顧上封禪書。子雲守太元，甘爲莽大夫。定識苟未足，文彩寧有餘。詼諧東方生，侃侃陳六符。陛戟辟董偃，卓犖雄詞舒。下視嚴與終，渺小竟焉如。

【校勘記】

〔一〕「萊」，原作「菜」。萊公，即寇準，北宋天禧四年（一〇二〇）封萊國公。關於寇準與朱能間事，宋代筆記多載之，如洪邁《容齋五筆》卷五「永興天書」條稱：「大中祥符天書之事，起於佞臣，固無足言。寇萊公在永興軍，信朱能之詐，亦爲此舉，以得召入，再登相位，馴致雷州之禍。」

〔二〕「溪」，疑當作「奚」。

〔三〕「孺」，原作「儒」。僧孺即牛僧孺，唐文宗、武宗時期牛李黨争中牛党領袖。

同易圃先生暨蒙泉登虞山劍門峰頂作歌

虞山高蜿蜒，劍門尤峭蒨。十載經過未一登，空説嵐光日千變。虞山峰巒向背，陰晴旦暮，隨時异色，雖善畫者不能曲肖也。曉來舟泊尚湖濱，山翠蒼蒼壓波面。褰衣一徑上籃輿，吾谷盤紆態婉孌。綫路狹與猿猱争，竹絡頻欹目震眩。祇餘絶巘挂藤花，每遇横坡失香殿。折坂行如旋磨蟻，危樵遠類依檣燕。半壑微聞鐘梵清，百迴始有虹橋見。連崗複磴真宰愁，特擘雙崖立蘚片。森然十丈露岭岈，疑躍金精飛紫電。峥嶸取象蜀閣門，不知誰貯仙人箭。是時蓬勃天風號，瀑水砯崖玉花濺。崖高東風風不行，倒捲珠簾拂亭院。茫茫下視極梯田，千頃春湖僅匹練。獻花來鶴望依然，形似可求憑野諺。吾谷東爲美女獻花岩，又尚湖盡處有龜去鶴來形迹，望之逼似，皆土人所居也。却愁烟霧隱長涇，中有佳人舊文讌。于谷居長涇，去虞三十里，望中湖流如帶，尚可辨睹。何時小隱共山林，漫結團蕉置琴硯。逌然長嘯幽谷應，大地空濛春欲遍。聳身東望海雲黄，銀屋龍堂濤曼羡。高城百雉半依山，萬井樓臺壯哉縣。我生未爲遠道行，西僅金陵南薛濺。今春匝月涉錢江，衣上征塵客游倦。豈知靈境在意外，海色湖

光叠隱現。富春老人惜不逢，潑墨憑誰寫東絹。徑欲斗酒登湖橋，狂醉題詩續横卷。勿令寂寞笑山靈，差勝蕭條隱壠甸。王公才名冠燕臺，談詩望重金閨彦。張侯下筆師鍾繇〔一〕，往往求書捉葵扇。相於唱和盡可傳，曷不誅茅事著撰。山僧遠致玉蟹泉，亭午供客伊蒲饌。遺聞軼事足諮諏，欲問歸途餘眷戀。他年雲棧訪前游，記取圓坡谷鶯囀。

【校勘記】

〔一〕「鍾」，原作「鐘」。鍾繇（一五一—二〇三），字元長，潁川長社（今河南許昌長葛東）人。三國時期曹魏著名書法家、政治家。事見《三國志·魏書》本傳。

出閘行

酹濁酒，揚清鉦，船頭喜望臨清城。洸汶之泉九十七，盤紆羅帶相交縈。濁流有聲西北瀉，誰挽地脉回東行。靈風飄旗高不捲，漳神祠屋群鳥鳴。連朝阻閘喜放溜，瞥如蒼鷹掣鞲翔空冥。登檣長嘯一舒目，蒼然平楚秋原晴。長年爲余言，此途足畏無羈情。君不見會通之浚本漕粟，設官節水權虚盈。千檣萬艘集春夏，百夫邪許尺寸争。翻資小吏成利藪，垂緶繫板撓征程。七十二閘孰飛越，不惜客子愁沙汀。君行兩旬秋水闊，縱稍濡滯旋揚舲。人生快意豈有極，涉歷務念心太平。聞言默

自警，斯語宜箴銘。捷徑耻投足，遲速隨所經。有閘輒愁孤艇滯，出閘又患關津征。不如衛河桔槹叟，夕陽飲犢歸柴荆。

題述庵先生三泖漁莊圖册

泖湖百頃流淙淙，涵青漲緑迷釣矼。九峰綿延遞環接，倒影明鏡浮嵐雙。水鄉清嘉絶可樂，春有茶笋秋蘭茳。平陂數椽對孤塔，松毛縛屋蕉遮窗。公昔讀書樂烟渚，豹隱仿佛襄陽龐。一朝射策登上第，龍文百斛健筆扛。千言揮灑工奏賦，朵殿珮玉趨琤瑽。經綸報國展奇績，大兵西征金鼓摐。元戎借箸資贊畫，滇池僰道經崆峣。飛書草檄磨盾鼻，機宜洞合堅硐降。甲兵小范足方駕，曷數唐蒙通冉駹。梯山棧谷悉歸化，荒徼窮壤咸耕稯。古來文人志開濟，豈徒翰墨驚冥蠢。師還迎勞加懋獎，賜翎圖像宸恩厖。卿班累沐不次擢，南臺霜簡群震㦬。屬車九九備顧問，扈從誕歷東南邦。帝心簡倚念陳臬，特遣豸服臨西江。洪都千里波浩淼，津頭伐鼓聲逢逢。明刑弼教昔所重，猷歷仁見張牙幢。惟公居榮志恬淡，清夢往往思漁艭。憐才愛士勤汲引，座盈嘉客傾金缸。蓬茅亦復荷培植，洪鐘常許寸莛撞。自公南行悵失倚，人海不啻聞音跫。敝廬距泖一衣帶，乘風屢挂芙蓉艭。披圖注目獨神王，菰蒲春雨飛流淙。楓涇朱涇瀉新漲，瞥若急峽喧驚瀧。漁舫葉葉出復没，亦有菅蒯

維柳椿。公昨給假今迎養，暫閑千柄蓮花蹕。豫章烟水亦絶勝，滕王高閣標文杠。綸扉調鼎旦晚聽宣召，從公話游三泖京國挑銀釭。

夢游雁蕩山歌柬汪少山丈

我聞雁蕩之峰百有二，精藍十八青螺巔。謝公好游屐未到，層崖半擁兜羅綿。東甌地勢濱滄海，鞭石驅山仗真宰。龍湫百丈挂珠簾，似與天台争巋崋。先公往日曾專城，芙蓉鑿石留題名。丙寅秋，先大父有游雁蕩諸詩，同吴副使棨亭刻石芙蓉村下。二十餘年已陳迹，憐我選勝徒殷情。浮溪詩翁曠世才，昨朝筇杖東南來。爲言絶頂見湖雁，十谷八洞窮崔嵬。羡翁振衣歷孤迥，未得相從遍靈境。酒闌日暮夢茅龍，月明飛度丹芳嶺。陟嶺氣高寒，天梯碧巑岏。四十九盤倏眼底，石梁横亘青雲端。蓮花芝草左右迎，玉女天樂鸞鳳聲。蓮花、芝草、玉女、天樂，俱峰名。群星摇摇若可摘，菱笋卓立雙峥嶸。指靈峰之磴巇，凭浄名之軒楹。神龍噀水雷雨急，隨風變幻天瓢傾。羽旗爛漫展未捲，藥杵時和哀猿鳴。展旗、藥杵諸峰，俱在東内谷。洞天石門呀然啓，雙娥二八銖衣輕。紫簫乍低芝蓋轉，仙人冉冉來容成。千紆百折攀岩巇，數椽倚壁三重茅。道逢陳覺莞爾笑，贈我紫蒂緗紋桃。事見《雁蕩山志》。斗城縹緲，甌水迢遥。鐘聲間起，松花徐飄。極睇滄溟一杯耳，天鷄夜半鳴寒潮。萬峰紫翠遞深淺，紅

輪騰涌蓬萊椒。浩歌一曲發遐想，逢逢澗底迴長飆。方控鶴翎更西去，泠然行訪黄岩路。風馬雲車乍有無，驚迴清夢芸窗曙。紅蕤枕畔雁聲高，不知門外烏啼樹。斤竹澗，白雨潭，此中山水心所諳，青鞋布襪終幽探。期翁他日徑携我，合掌峰下尋瞿曇。

送王鶴溪先生之粤有感先大父奉使舊事賦呈

江左風流客，扁舟萬里行。春烟六榕寺，殘月五羊城。崖勒新題句，碑留舊使名。憑誰徵往澤，白髮海南生。

惠山僧寺題壁

山翠入江明，山雲出岫輕。半岩開梵宇，一面對春城。虚牖靈風肅，寒潭孤樹清。烹茶懷舊侶，經歲動吟情。

冬杪得邵荻香書

意氣與君同，年年尺素通。離心縈舊雨，鎩翼感長風。置袖沉吟後，挑燈涕泪中。今宵山閣夢，定逐海雲東。

雨夜獨坐有懷蒳香

獨聽風檐雨，瀟瀟竟夜寒。劇憐花事減，因憶客衣單。海色侵華髮，春塵敝素冠。欲乘新漲水，放溜到空灘。

無題集唐。

争引秦娥下鳳臺，且將團扇共徘徊。杏花滿地堆香雪，蓮朵含風動玉杯。緑綺韵高湘女怨，銀泥衫穩越娃裁。良宵更有多情處，玉漏銅壺且莫催。

也同歡笑也同愁，簾下三重幕一鈎。忽展彩箋書《别賦》，願爲雙鷺宿中洲。鮫綃霧穀籠香雪，錦纜牙檣起白鷗。日暮酒醒人已遠，鳥啼花落水空流。

吴梅村墓

古粢離立蔭佳城，祭酒荒阡落日晴。兩代詩名元好問，畢生心事沈初明。留身豈爲前朝史，紀寇彌傷勝國兵。蔓草寒烟餘悵怏，玉京遺壠亦榛荆。

蒳香讀書資善寺暇日過訪即事

貓頭新笋秀林扉，宿雨方蘇梅子肥。紅蕊半殘蜂懶抱，緑窗斜掩燕交飛。讀書新有珠船獲，論古還看玉麈揮。我欲雲亭頻問字，休嗔屐齒破苔衣。

婁東道中有懷卧雲舊游

麥花香裏碧溪灣，藹藹浮雲自往還。古寺緑陰飛鳥外，孤村人語夕陽間。曾題蘚墨移春檻，憶醉鳧觴叠石山。陳迹磨牛頻悵怏，忘機輸與白鷗閑。

雪中過花田

試罷春山第二泉，又披風帽過江天。石橋珠塔花田路，十里叢梅雪打船。

夜過露筋祠

白蓮花落畫橈遲，湖曲微風拂面吹。三十六陂環玉玦，月華凉浸露筋祠。

漂母祠

一飯艱難托釣絲，英雄舍母更誰知。可憐纔奉千金報，已是弓藏鳥盡時。

洳溝過留侯受書處

報韓亡命洳溝里，大索猶憐秦網疏。燔盡六經誅偶語，野橋又授一編書。

汪 中

字容夫，江都人。貢生。

《蒲褐山房詩話》：容夫多聞彊記〔二〕，經史金石，悉心研究，嘗得漢石闕畫，以五千錢從寶應舁歸，其癖如此。性情兀傲，凌轢時人，故人多短之。中年受業於予，欲自比于王給事念孫及給事子孝廉引之，暨劉教諭台拱。索予爲文，因舉孫樵、李潼、司空圖「行在三絕」爲比，容夫喜劇。作書數百

言以謝。家故貧，予與畢總督沅寓書鹽政全君德，俾掌大觀堂所頒《四庫全書》，因此所入頗豐。及全君移任杭州，又屬其兼掌西湖賜書。容夫赴杭，同人醵錢飲之，大醉，比曉而卒。生平所著有《廣陵通典》三十卷、《春秋後傳》二十卷、《述學》四卷，又選屈宋以下哀艷之文，爲《傷心集》若干卷。比其殁也，子稚，著作皆不可考。阮閣學元僅獲其《述學》重梓之。劉教諭欲裒其集，亦不能多得也。詩非所長。從《淮海英靈集》中鈔得一首。秋墳鬼唱，亦徐文長、董雨若之比也。

【校勘記】

〔一〕「殭」，當作「彊」。

辛卯三月二十一日夜和黄仲則景仁

叢薄風生窗淅淅，夜火欲盡作青色。病客獨坐毛髮立，鬼適何來太相逼。颯然雨落林鳥啼，空堂曳革行來遲，終夜作索心然疑。天明向壁塊然卧，與汝相守能幾時？

李旦華

字憲吉，嘉興人，集子。貢生。有《青蓮館集》。

《蒲褐山房詩話》：憲吉爲同年繹芻之子，以拔貢入京師，才華籍甚。館於于文襄公邸舍，半載而亡。予悼以詩云：「青蓮舊館荒蕪盡，白石新詞感慨多。」「姓名無復塡銀榜，詞賦偏教動玉樓。」「身非金石原難料，筆有詩書定可傳。」爲時所誦。

試越中新茶

松風吹竹爐，舀彼溪水活。愛兹雙鳳團，厥産乃在越。緑花色可餐，紫笋芽乍茁。封題試一開，其氣已馝馞。我聞苦荼樹，《爾雅》紛羅列。仙家垂方書，久服换凡骨。顧渚與武夷，歐蔡盛譜述。豈知種獨殊，方物補《越絶》。始嘆千岩秀，鍾毓何葱鬱。憶昔門酒兵，蒲萄正新醱。西施乳最甘，銀盤蒓更滑。一食三百杯，豪氣猶蓬勃。露沉月已微，三更起酒渴。都藍列選具，珍重乍拭拂。貯以春瓮深，吹以桂火烈。紅雲壓雪碗，乳花初下咽。如御含風袍，清飆生頰舌。迢迢會稽山，勝境徒恍

惚。浣紗江清泠，芳草猶未歇。會當一振衣，烹泉坐林樾。

洞溪二賢詩

明巽隱先生程本立

先人代偉人，立身庶完善。正學崇魯鄒，勁節凛冠冕。誠能格象主，法必本經典。屹立强固姿，喬岳一盱睅。髫年已成器，美質抱瑚璉。廓然大肆志，章句屏蕪舛。間作塵外游，宿儒共循勉。偶訪壞中老，爲賦惜日短。蕭寥金華山，學海百川卷。危緒懸一髮，緣督得連弗。出除親王吏，賈韋同華選。諷諫臣心苦，湞洱膺呵遣。道勝無窮居，异俗豈難返。馬判避車輪，鷄神馴闌圈。峨峨西平公，依倚輯緬甸。摩盾一紙書，羅鬼得蘇喘。點蒼與格孤，濃緑浮新蘚。奏計閶闔趨，文章得遷轉。執簡副中丞，視草篋詞苑。豫章綰銀符，靖難更兵燹。親藩篡逆成，事不睹編簡。平生學何爲，畢命意施坦。同時方練輩，大義共推闡。芟夷一朝盡，清流空京輦。李詎代桃僵，桂不爲蘭免。嗚呼唯先生，全歸獲所踐。絶學開吾邦，奇節不自顯。一編最後出，雷電護蟲篆。信知派别真，异代得流衍。大雅有傳人，异説毋横罥。

楊園先生張履祥

大道著孔門，忠孝本學術。猗嗟楊園子，曠世挺昭質。乾坤合屯艱，時議方横出。甘陵南北部，國亡罪未雪。先生顧之憂，沉痛腸内熱。負笈山陰門，大義見削札。如披炎午文，豫祭文山活。嚙指弃諸生，褻衣猶裹血。其時群盗横，餘殃及枯骨。未就馬鬣封，已毁鴟鴞室。長號迫中腸，匍匐卧坯穴。可憐終身喪，麻衣表裋褐。志業晚愈醇，詩書光未竭。元明超等倫，宋賢庶方佛。即登先師堂，亦在狂狷列。嗚呼子少孤，荼苦送日月。氣盛志益鋭，雜學亦馳突。孤島思傍徨，欹岸足窘窒。翻然指康莊，測景仗圭臬。迴略大荒來，百派辨芒芴。所以古醇儒，始亦墮禪窟。著書多質言，立志絶迂闊。庸行未易敦，往往懲前失。苦思彌和平，憫世釋憤疾。躬耕隱石户，食力義所切。既念鞠子哀，復恐正學絶。豈知溘朝露，運會固莫奪。弱息已摧殘，門徒盡蕩析。誰能叫帝閽，石破秋雨裂。細思無含辛，終當配前哲。

題馬令南唐書後爲金秀升先生賦

唐祚終三百，藩鎮劇争門。君亡國未亡，正朔在天祐。朱温篡唐而諸侯仍稱天祐，唐未亡也。區區

五經兒，草竊等窮獸。史臣操褒貶，歷數著代授。正統尊亂臣，諸國書僭寇。不聞蘭臺書，作紀稱新后。誰將《春秋》義，更糾歐陽繆。峨峨江南君，淮甸足庶富。鯉魚飛上天，發迹著勞疚。漢中琅邪王，劉馬延餘胄。唐祀苟血食，世系更焉究。慷慨義士懷，亦足慰思舊。國史具勸戒，一代垂法守。江淮盛衣冠，詎可仍闕漏。馬氏綴舊聞，蝨簡拾齬齟。千百存一二，哀然稱良構。展卷三摩抄，丹鉛勘句讀。因思建國初，生民望拯救。中原墜塗炭，時哉良難遘。奈何争彈丸，籌國廿年後。八閩尋干戈，三楚拾顛覆。迨後失淮南，舉肥轉羸瘦。風流繼六朝，詞藻炳文囿。誰歟老學庵，未易校妍陋。謂陸游。後來傳十國，茅蕝此先就。吴志伊先生《十國春秋》多取證此書。轉哂帝汴者，蕪史恐遺臭。

程咸九邀過寄圃分賦

薄靄澄空曲，浮嵐入夏清。劇談聯舊雨，前度聽新鶯。春間同春橋先生過此。水檻桐侵帽，山厨笋作羹。夕陽銜半嶺，改席策筇行。

竹牖迎凉至，疏籬傍徑開。晚風生薜荔，夜雨熟楊梅。草已三年緑，人今幾度來。忘形到爾汝，把酒坐蒼苔。

踘臂從君慣，疏狂奈我何。坐來風磴久，衣惹露華多。自有觀濠興，空成扣角歌。秋山叢桂發，載酒擬重過。

黄騂

字岳領，興化人。貢生，官□□知縣。有《雙江倡和集》。

聽雁

夢醒夜方半，堂虚燈尚然。幾人添别恨，一水隔長天。餘響度雲外，遥情依日邊。莫愁霜雪逼，春色入殘年。

新緑

又隨佳日蔭高齋，目送林於闌正排。幾處落花尋舊夢，一溪流水問生涯。濃分酒色才浮盞，細

染苔痕欲上階。便擬臨風過長夏，午陰游戲緑槐街。

陳樹華

字芳林，號冶泉，元和人。由蔭生官澤州府同知。

《蒲褐山房詩話》：芳林爲吴中名族，祖、父皆以詩名。其少時愛《左氏内外傳》，參稽考訂，至老不衰。所著《春秋内外傳考正》五十卷，今存於阮芸臺中丞處。詩非所長，亦爲雅令。

蕪湖雨泊

不悟謀生拙，飄然賦遠游。大江奔濁浪，小邑寄偏陬。落落語青眼，悠悠漸白頭。蕪湖風雨裏，淹泊起鄉愁。

游南池用清江楊恪勤公韵

訪友任城道，南池得暫留。亭幽渾忘暑，樹密已含秋。勝迹垂千載，閑吟起百憂。四明齊李杜，主簿亦名流。杜工部祠在南城外，壁上石刻有《與任城許主簿游南池》詩。太白樓在南城上，樓内塑謫仙、賀知章像。

王述庵方伯擢少司寇匆匆北上送別之後獨游蘭北寺追溯春莫邀同人讌集祀宋牧仲先生像于綿津書屋用壁間元韵唱和余未及與撫景興懷輒繼作奉寄

送別趨南浦，尋幽過北蘭。花光明曲徑，鳥影落迴湍。薦藻遺容在，焚香丈室安。風流今視昔，不負好雲巒。

紛華非素尚，觴咏集閑亭。照水掀髯白，看山潑眼青。會須憐暮景，應亦感晨星。勝賞輸群彦，江聲此獨聽。

秋　草

秋來無復舊萋萋，漠漠平原入望低。暗淡尚憐雙蝶舞，凄清偏恨亂蛩啼。纔零白露朝烟冷，試映青袍暮色迷。何處王孫最惆悵，瀟湘江北洞庭西。

湖海詩傳

四

【清】王昶 編纂

趙杏根 陸湘懷 趙衡 整理

鳳凰出版社

第四册目録

卷三十六—卷四十六
著者索引

黎簡

大質……一八一二
投書澗……一八一三
御幛坪……一八一三
鎖雲岩……一八一四
汪履成……一八一四
朱淇泉叱犢圖……一八一四
金陵道中……一八一五
大侄上章自西江歸見於梁山
旅次……一八一五
陳焯……一八一六
安邑宋明經芝山爲寫湘管齋圖
并題古風次韵以謝……一八一六
海鹽朱笠亭進士見芝山所寫湘
管齋圖爲更作素心閣圖即次
芝山詩韵題句三疊前韵爲謝
紫陽別墅有周雯摩厓石刻詩因
……一八一七
次其韵……一八一七
吴騫……一八一八
復偕諸子游審山過碧雲寺尋稚
川丹井……一八一九
漢雁足鐙歌爲述庵司寇作……一八一九
奉次無軒二兄湘管聯吟元韵即
以爲壽……一八二〇
寒食嚴陵道中遣興……一八二一
贈述庵司寇……一八二一
善卷水洞……一八二二
龍門山晚眺……一八二三
嚴先生祠題壁次汪小海韵……一八二三
方薰……一八二三

湖海詩傳卷四十……一八六九

湖海詩傳卷四十五

湖海詩傳卷四十六方外

湛　汎

性　仁

達　澄

達　瑛

湖海詩傳卷三十六

張　誠

字希和，平湖人。乾隆四十二年舉人。有《熙河草堂集》。

《蒲褐山房詩話》：孝廉衿情既勝，腰脚復健。志爲五岳之游，登岱宗，上嵩洛，訪予于關中，直躡蓮華峰頂，與廣東馮庶常敏昌吟眺，經月始下，又欲作峨嵋之行，蓋徐霞客輩流人也。性好梅，作《梅花詩話》凡若干卷，搜采辯論，頗稱繁縟。

光福里探梅

早讀笠澤書，野寺得光福。輕舟背日行，曉風十里速。山色迎人新，水光泛鴨緑。孤塔遥峥嶸，

一溪自迴曲。傍岸編疏籬，開門隱修竹。居人爲我言，山中絶塵俗。望衡千餘家，種梅如種穀。梅熟子可沽，梅開香不鬻。不鬻當如何，客來恣所欲。

鄧尉一帶皆單瓣白梅至西磧始有硃砂紅緑萼梅玉蝶梅各種自鄧尉下冒雨復至西磧山頂

山山不斷香，樹樹未消息。陡見斑陸離，振衣上西磧。隱隱籬落間，燦燦映朱碧。小紅桃杏色，緑萼群仙列。東風飄靈雨，四野行人絶。余情苟信芳，塗泥寧所惜。陟岡亂雲侵，歷磴蒼蘚裂。交徑横枝妍，倚澗芳華潔。顧慚塵俗軀，游此神仙窟。何當來買山，永結子雲宅。

包山顯慶禪寺皮襲美、陸魯望有包山精舍詩，即此。

山行不知遠，叢木忽蒼翠。青嵐起層岡，幽幽隱古寺。初地肇蕭梁，嘉名錫唐帝。復有慈受僧，結廬傳宋世。寺前五株松，落落擎天勢。虬角不可攀，龍鱗時或墜。山僧頗好名，竊附五柳意。寺僧號「五柳」。揖余爲余言，此樹閲千載。其下兩石幢，中藏佛舍利。剔蘚試摩挲，其一本無志。其一會

昌年，僧契元書字。字字空王言，歷歷時日記。唐會昌二年壬戌九月八日，僧契元書《佛頂尊勝陀羅尼》，書法絶佳。頗通瘦硬神，亦饒烟雲氣。幸藏深山間，勿爲椎拓累。守拙全天真，斯理得罕譬。少小慕松陵，倡和金蘭契。今來精舍中，風流結遐企。棟宇或劫灰，林壑餘古致。我亦烟波徒，翛然願高寄。

文大夫種墓墓在卧龍山下。

賜劍南陽怨未伸，銀濤白馬并江神。卧龍何處尋遺冢，烹狗無端憶昔人。敵國十年三術破，故交一棹五湖春。君王自有同安樂，不念當初患難臣。

宋大樽

字左彝，號茗香，仁和人。乾隆四十二年舉人，官國子監助教。有《學古集》。

野老

田廬聚妻子，桑麻環繞之。今年已七十，一日無別離。舉酒互勸飲，頹然忘是非。醉歌扣牛角，牛角向我低。客從何方來，勞勞已幾時。客歸抱黃犢，此樂客自知。

臨平山安隱寺最幽偶往游矚

周覽若有失，遥懷輒引領。白雲先客在，春入空山静。松風答樵歌，蘿月帶潭影。達者能栖心，至此更深省。

飲維揚酒家送客

江上忽離別，扁舟增暮寒。猶持故人酒，莫作异鄉看。送者有時返，此行應更難。朔風吹涕泪，獨自向長安。

田家作

昨夜春風生，今朝春鳥鳴。白頭先早起，紅日好深耕。隴畝留淳古，牛羊樂太平。歸來相勞苦，勸飲更多情。

趙秉淵

字少鈍，上海人，文哲子。乾隆四十二年以難蔭改補中書，今官成都知府。有《卯君初稿》、《小斜川叢稿》。

過述庵丈蒲褐山房出畫册命題賦呈三首

長安羈宦客，僦屋本難定。大抵近市喧，斷無樂幽屏。城西蒲褐居，巷僻隔塵境。精廬十笏寬，窗几瑩而净。絶似書畫船，羅列尊彝鼎。藥欄數弓地，竹樹翠交映。茶聲沸庭陰，客至瀹佳茗。先

生澹蕩人，款語意閑静。時參文字禪，結跏味彌永。道是退院僧，十年住華省。

西山窈窕容，不肯入官府。爲愛愛山人，山色滿檐户。誰將修眉痕，收拾到毫素。朝爽夕更佳，無事頰頻拄。空庭老槐榆，離立狀奇古。秋花寫幽姿，作意弄媚嫵。先生笑忘言，寓目各有取。凉飆入庭柯，凄切送清響。閑階亂蛩音，落葉滿床上。吴淞舊隱居，風味記疇曩。殘陽下亭皋，閑門静扃兩。蕭蕭打吟窗，撼撼撼虚幌。篝燈賦秋聲，此境縈懷想。今夕坐高齋，晤言動悵惘。

木果木軍營題巴兵部尼琿金江淬劍圖

我來西嶺觀軍容，和門高捲紅旗紅。行爐定省得少暇，軍諮祭酒紛過從。先生嗜古本儒雅，投筆不爲通侯封。穴中群鼠喜觸鬥，忽爲狼狽交相訌。王師聲罪致厥討，務使荒徼消烟烽。先生躍馬任參佐，櫜筆磨盾陪元戎。昨冬先掃兔一窟，短蓬零薢隨秋風。降人感涕竊有獻，一劍脱手詞何恭。先生撫之投袂起，誓以此劍齒兩凶。人心劍氣歘然合，怒欲出室鳴宵中。金川之水何瀧瀧，渟沙激石行如龍。臨流坐愛清見底，山光樹影交玲瓏。昔曾請纓今枕甲，以水淬劍他山攻。匣中三尺本如水，匹練躍出青芙蓉。爛於初日艷於雪，撇波化作干霄虹。横磨十萬此其一，指揮頭白難攖鋒。我今觀畫若觀戰，便思手挽百石弓。無勇非孝古有訓，竟請摩壘從諸公。鷸膏不如逆酋血，三釁三沐

旌爾忠。龍身虎氣繼贊頌，倚天欲共凌崆峒。

宋謝文節公橋亭卜卦硯歌爲查榕巢先生賦并序

宛平查太守禮。得端溪古硯一，長約八寸，廣半之，額篆「橋亭卜卦硯」五字，背楷書「宋謝侍郎硯」五大字，左側鎸程文海銘曰：「此石我友也，不食而堅。語有之，人心如石，不如石堅。誰似當年采薇不食守義賢也。」右側刻題字云：「大明永樂丙申七月，洪水去，橋亭易爲先生祠，扣地得之，閩後學趙元行書。」二十七字〔一〕。按《宋史》言先生當宋亡後，入建寧唐石山，轉茶坂，寓逆旅，日麻衣草履，東向而哭，既而賣卜建陽市中。元翰林學士程文海薦之，不起，被魏天祐逼至燕京，居憫忠寺，見壁間曹娥碑，嘆曰：「小女子尚知節義，我寧不汝若哉！」遂不食而卒。又考《福建統志》，今建寧縣南門外有朝天橋，一名濯錦橋。宋紹興中築。釃水十三道，覆屋七十二間，上有謝疊山祠。與元題字吻合，則橋亭之爲朝天橋無疑矣。特先生官止江西提刑副使，史傳及《輟耕録》皆同，硯背刻「謝侍郎」，未知何据，俟再考。太守能詩好客，有前輩風流，而是硯爲孤臣遺澤所留，宜其寶逾拱璧也。丙戌九月廿四日，太守置酒，邀諸先生共觀，諸先生各賦長歌，余亦爲詩。

信州城，一彈丸；安仁溪，一衣帶。謝公當日作逋臣，忍死須臾有母在。崎嶇轉茶坂，蜿蜒朝天

橋。上有突兀之老屋，下有嗚咽之寒潮。麻衣草履貞苦節，東向飲泣無昏朝。國家金甌已傷缺，不及區區片石猶堅牢。犀紋鴝眼詎在好標格，但覺墨光黯淡和泪痕難消。垂簾聊學成都客，卜肆沈埋人莫識。遺民姓氏混塵埃，我道《明夷》在《周易》。無端空谷下旌招，不道公心介于石。瓦全玉碎各有志，豈待行藏問龜策。燕山寺中燈影孤，南冠憔悴一餓夫。碑閒女子寧汝愧，抗節直與首陽徒。橋亭人去久寂寞，杜鵑啼血空模糊。滄桑轉眼五百載，殘石猶有神明扶。打城洪水漂不去，天使光怪騰泥塗。流傳何日到公手，寶之不异千璠璵。摩挲再四誦銘字，令我懷古心縈紆。嗚呼，玉帶生，信公友。此石千秋與同壽，文山叠山兩不朽。

【校勘記】

〔一〕「七」，當作「九」。

過緑雯庵

徑曲踪難覓，苔生白板扉。花香入齋鉢，竹色上僧衣。梵響隨風細，鐘聲度水微。此中參静理，愜賞欲忘歸。

瞿叔游華寄示江村漫興詩即用原韵奉酬

幽栖地僻少塵埃，著屐删花踏緑苔。水霧漸看朝雨合，林烟先向夕陽開。《茶經》《藥録》時三復，竹塢梅坪日幾回。早晚故人倘相訪，床頭共醱舊香醅。

春盡日寄遠

板橋細柳碧於烟，風信匆匆三月天。正是玉人春病懶，杜鵑啼到綺窗前。

徐薝林薌坡明經屬題澱湖漁隱圖率賦三絶句

湖中山色烟中樹，郭外斜陽水外村。不必并刀煩剪取，儂家自有水當門。

撲水叢蘆緑幾灣，持竿心似渚鷗閑。還應添個漁舟小，著我烟波浩淼間。

鱸鱠蒓羹滑溜匙，船娘纖手白凝脂。秋來好景無多子，只在斜風細雨時。

馮　培

字玉圃，號實庵。無錫人。乾隆四十三年進士，官户科給事中。有《鶴半巢詩鈔》。

瘦銅惠筆賦謝

夙昔慕著書，竹素日搜討。脂暝而墨晨，手録務秘寶。座間管城子，結交最傾倒。所恨才力弱，研摩謝穿縞。名如地畫餅，言類海生棗。臨池亦未成，蛇蚓强縈繞。故人學殊富，星宿羅胸抱。興酣泚筆爲，秋實兼春藻。貽我青鏤束，爲我潤枯槁。細字鐫二行，東吴瑞符張。造。段氏胡盧奇，蘇公散卓好。我指鈍於椎，銜蘁鼠應惱。夢中五色花，塵土捐蘊早。年來直禁樞，橐筆軍書草。貴捷不貴工，取濡不取燥。三錢鷄毛製，風雨足揮掃。番休暫歸沐，俗累苦相嬲。磽确荒硯田，中書愁禿老。縱有字堪煮，其奈筆難飽。雪晴窗几明，乾鵲喜清曉。抽毫試拈弄，快得麻姑爪。自浥水蟾蜍，聊用謄詩藁。

磬錘峰康熙間賜名，俗名棒棰峰。

衆山連尻脽，匼匝抱仙闕。其勢若奔馬，縱逸向空闊。山靈厭平坦，拔起烟霧窟。陡然石棱棱，一柱聳突兀。倒垂羚挂角，孤撑龍蜕骨。上有古石幢，戾淵字奇崛。石幢鐫「戾淵帛㈡」四字。「戾」，古「户」字，見《説文》。「淵」，疑即「淵」字。「㈡」，武曌所造「日」字也。「帛」，未詳。亦不知何時所建。下瞰武列水，清秋蕩宓汩。熱河即《水經》武列水。大哉造化爐，旁礴積日月。嘉名聖人肇，徼外秀不没。吾將學米顛，肅拜具袍笏。

辛丑歲暮得述庵手書賦呈

晴雪封疏林，寒飆吹老屋。散直逼歲除，寂寥影蜷跼。書來自泖湖，長箋四五副。喜劇挑殘燊，盥手再拜讀。首言離别久，禁庭溯曩躅。螙簡紬書繁，螭毫視草速。相隨閲晨晡，共事積凉燠。回憶成昨夢，纏綿意三復。次言詞苑輩，文章非所屬。明代李何王，壇坫迭當軸。通籍皆曹司，領袖藝林伏。玉堂闃無聞，軨材空碌碌。姚淶。楊維聰。姓字湮，錢吴身名辱。國朝數鉅公，聲華競馥郁。

多緣郎署階，罕入瀛洲録。勿以改官故，中懷長刺促。努力期不朽，藏山富縑竹。末言瀧阡表，窀穸就吉卜。策杖繭重巒，負土泣奔鹿。哀鬢霜雪侵，壯志風雲縮。紙窮情有餘，琅然叩哀玉。先生群雅宗，扶輪砥時俗。筆落萬舌傳，弓衣織滇蜀。提劍出虎口，團蒲禮鷄足。鑱厓徼外清，綉斧臺端肅。政成大江西，高并匡廬瀑。甄藻搜湖海，嘘枯拔岩谷。我比陳無已，歐陽實私淑。猥蒙齒牙芬，壤流附岳瀆。此風今已無，嘆息鹽車服。感遇鬱難宣，古義自銘勗。何日從公游，悵望春波緑。

聞詔予明季殉節諸臣謚恭紀

雍齒封原假，韓通傳竟遺。由來亡國社，未得表忠碑。河岳精靈迴，《春秋》義例垂。易名洵曠典，异代疾風思。

明政嗟解紐，難回實鏡淪。三方無半壁，萬死有完人。頑懦遺風激，賢奸定論真。闡幽千載事，大義在君臣。

古北口

北來鎖鑰屹雄關，不斷秦城指掌間。匝地風雲連紫塞，倚天屏障削青山。長河疏柳龍媒度，古戍清笳虎旅閑。何事三邊誇重鎮，只今明月挂弓彎。

寓舍偶題次中笏山副憲前輩韵

依然僦寄小軒除，門隘難容長者車。滿屋山雲新雨後，一庭塞月晚凉餘。纔過濡水無長夏，濡水即今之灤河。已覺燕臺是故居。下直喜逢封事少，不須頻問夜何如。

抵京後寄劉退谷孫香嚴并諸同人

西風一夜落黄榆，回首興州絶塞紆。山擁百盤通虎北，水分三藏下龍芻。歸鞍乍帶邊塵色，扈蹕方誇《校獵圖》。諸公并隨進哨。明月臨關秋正滿，能思燕市酒人無。

馮敏昌

字伯子，號魚山，欽州人。乾隆四十三年進士，官户部主事。

魚山讀書砥行，無師而成。自官庶常，改户曹，益以考訂校讎爲事。工書能詩。名山大川，必往登涉。又修《蒲褐山房詩話》：魚山所居欽州，乃廣東西南瀕海處，蓋地近安南，漢以來無文學士。《孟縣志》，精確詳審，有功於金石。丁憂歸，遂不復出，聞在端溪書院主講。從此山陬海澨，咸知古學，魚山爲之先導也。

游龍門謁大禹廟

萬年欽禹力，千仞睹龍門。山束峰巒壯，河驚氣勢奔。晴雷冬亦奮，白日晝應昏。感激爲魚嘆，真將捍患論。

氣運將開闢，山河待始終。寧隳天地性，真作鬼神功。雲氣摩青壁，濤聲繞故宮。安瀾知有賴，感仰意何窮。

過平陸謁傅相祠

遁迹同遺老，旁求仁大賢。傅巖圖像日，殷室中興年。霖雨端由帝，星辰尚在天。精誠能陟降，且勿托神仙。

巫相看鄰壤，巫相、咸父子故里，近在夏縣。阿衡得替人。如何先版築，且復事勞筋。一代君臣契，平生空乏身。驅車睹遺廟，感激動心神。

管世銘

字蘊山，陽湖人。乾隆四十三年進士，官至監察御史。

昭陵石馬歌

虬髯真人二十四，手挽黄間射欃彗。百戰未嘗輕失利，出死入生憑一騎。凡駑何能假鞭轡，蹀

蹬六龍天上至。拳毛白蹄特勒驃，骨相更數青騅驍。乘之陷車風雲高，盡使萬馬喑不驕。匪止褒鄂酣弓刃，次第削平諸僭逆。芻料登槽三品直，帝謂未足酬其力。肖像昭陵斫以石，過者見之猶辟易。百年天地生塵埃，鐵騎蹴踏潼關開。仿佛先帝神靈來，指揮殺賊賊氣摧，汗出浴石形毰毸。嗚呼，馬兮馬兮，生能騰驤死猶怒，不負文皇顔屢顧，下視哥舒直狐兔。五雲長飛松柏路，薛積苔深誰敢仆。廣明劫火關天數，馬亦無聲卧寒露，繭紙《蘭亭》落何處。

響泉硯

錢郎叉手詩盈卷，短什長謡無不善。更工撥墨寫秋山，十載摩挲惟一硯。硯初得之自燕市，兩宋形模半存毁。磨礲更畀藝石翁，重發奇光有深理。本出端溪最上坑，蒼烟軟玉韜光精。千年溪水暗激射，背負嚙缺蛟螭争。解人因物出新意，凹凸隨形成位置。上作溅溅曲注痕，下取汹汹不平勢。勢得毫厘等千丈，几案真疑萬泉響。從此鎸銘號響泉，瀠濮瀟湘落君掌。君携此硯返華京，五上春官名未成。就中恐有卞生泪，泪滴入石同泉傾。硯乎硯乎時有待，鸜鵒青青眼常在。終當貢汝置玉堂，不使東坡擅龍尾。

送李雲岩大司馬世傑賜告還黔

當代封疆第一流，奮身掾史出邊陬。精勤吏事陶公甓，風厲官方晏子裘。上藥起衰馳鳳嶺，公初在四川總督任内引疾，蒙賜人參一斤。安輿扶疾到龍樓。特旨肩輿入直。相臣請老司徒養，謂蔡葛山、曹竹墟兩先生。又見公歸擁八騶。

風　葉

淅瀝西風作意侵，紛紛黄葉捲疏林。江空與鳥分帆影，山静兼泉亂屐音。一去故枝飛不定，欲争初地力何任。無情未得枯桑似，獨客難禁萬里心。

錢世錫

字嗣伯，秀水人，載子。乾隆四十三年進士，官編修。

《蒲褐山房詩話》：嗣伯長於登臨行旅之作，而博雅足以副之，瘦硬通神，不減其父。晋中詩尤佳，斷句亦清激。《聽雨》云：「卧聞驟雨灑涼棚，六月如秋枕簟清。仿佛江湖宿漁艇，菰蒲深處滴篷聲。」《題絳守居園池記》云：「樊文讀罷苦聱牙，客舍青燈百感加。太息彌伽老居士，秋風墓樹集寒雅。」嘉興張彌伽曾爲之注，故云。

自峕嵐往保德山行

盤盤山中路，巧作螺紋旋。將東反向西，似帆隨湘轉。上坡若挽船，蹭蹬疲驢戰。下坡如放溜，坦迤趁勢便。壁立黄土堆，突兀已厭見。不定嶺雲姿，無名野花茜。晋地何寥闊，馬蹄將踏遍。

明宣宗仿宣和筆林檎鸜鵒

隴禽調舌立畫廊，臨風頻弄綠鏇光。豈如銜烟向深塢，秋露初熟林檎香。輕紅嫩黄盡佳果，不必香稻仍餘糧。雪衣踏枝枝欲動，絶自矜貴居中央。旁有緑衣如娣姒，展襟側睨蹲斜陽。物色生態乃如此，流傳繪事出尚方。宣皇御宇際熙洽，百工藝術俱精良。鬥鷄磁翠瀉清醥，薰鴨銅鑄焚都梁。

猗蘭求賢况飢渴，鹽梅麯糵資三楊。幾餘六法供游戲，化國之日何舒長。此圖偶仿宣和筆，枝枝葉葉能芬芳。神霄天子實天縱，調鉛殺粉真擅場。枇杷角鷹筆法在，不隨花石淪滄桑。青城流離亦氣數，未須浪子笑端王。金牌獨奈赤鸚鵡，來自汴水蒙風霜。舊人呼罷卜尚樂，萬歲泣下宫鬟傷。高宗在建康，有大赤鸚鵡自江北來集行在承塵上。蓋道君時宫中所畜，足有小金牌，有「宣和」二字。比上膳，草草無樂，鸚鵡大呼：「卜尚樂起方響。」久之，曰：「卜娘子不敬萬歲。」蓋汴京掌樂宫人以方響引樂，故猶以舊格相呼。高宗爲罷膳泣下。見《楓窗小牘》。始知靈禽异凡羽，合與圖貌傳縑緗。絶勝鸞鳩與義燕，紛紛籬落空飛搶。

雪後

爐火微明老屋深，虚閒空自抱冬心。山寒飢虎嘯當路，城寂栖雅懶出林。乾雪舞風停又起，凍雲漏日霽還陰。惱人不似江鄉好，欲見梅花何處尋。

李鼎元

字味堂，號墨莊，綿州人。乾隆四十三年進士，官宗人府主事。有《師竹齋集》。

《蒲褐山房詩話》：粱爲西南屏，水厲山刻陗，而數十年來未有鍾其靈异者。近日綿州稱「三李」，以墨莊爲最。意沉摯，辭警拔。筮仕後，索米不足，遠游江海，所過名山大川，發其抑鬱無聊之氣，拔地倚天。三吴士大夫以英挺自命者，未能或之先也。庚申初夏，余在武林，墨莊奉使琉球，過訪講舍。予謂君天才奇偉，又佐以域外之觀，海涵地負，當有駴心而怵目者。及使還，予已老病家居，未見所作。

舟發武林

三次出武林，水行道彌苦。天熱長無風，江淺耿不雨。扁舟困泥沙，動賴人夾輔。竹篙尚無濟，那復問柔櫓。遥鄰水中車，江上哭田甫。昨日水滿田，今日如斥鹵。江涸不及岸，車短焉足取。君看前溪中，無舟但網罟。對此心愀然，滴泪濕厚土。安得鞭睡龍，乘雲下天府。沛然作甘霖，稼穡始

可睹。天乎聽不遠，感激輸肺腑。

石門洞觀瀑

白龍雲中翔，取水銀漢傍。水溢收不及，一落千丈强。雷聲破地出，雨氣連天長。中遭石一激，雪花霏微茫。石門洞天地，道經頗能詳。青芝産石田，語或非荒唐。我來逢九秋，凄凄風色凉。仙人隔珠簾，欲語不得將。何以洗我耳，更願滌我腸。待我俗緣盡，結茅此山岡。

牛頭山

日出群木疏，山色遞晻靄。客子踏雲行，直上青天外。雄關踞牛角，江似蹄涔會。回頭望二劍，淬鋒將安賴。踵觸後來人，幾成滅頂害。四山争向背，形勢辨襟帶。時清關吏疏，奸民或狼狽。頗聞渡口人，欺客恣狡獪。孤商休夜行，毒魚如蟒大。

朝天關

峨峨葭萌關，棧中第一隘。上壓石千尺，下截江一派。險勢過牛頭，峻極出天界。烈日掌中捧，崩雲馬頭挂。鉤梯與危磴，到此益奇怪。俯窺江上船，小若坳塘芥。五丁鑿不得，架木迹未壞。如何孟達輩，守此亦終敗。信哉險難恃，萬古一長噫。

七盤關

七盤盤入空，勢欲捫青天。路逐石角轉，人隨樹杪旋。誤入羊腸中，甘讓飛鳥先。風雲莽迴護，欲出愁無緣。嶺水一以分，隴蜀遂相懸。頗似岐路人，揮手揖馬鞭。有草烟外香，有花雨中然。好景寫不得，惆悵雲峰前。

滴水崖

人從崖下行，水自崖上落。迴風吹水飛，白雨洒林薄。馬滑進輒退，僕怨前且却。如入大漏天，羲輪避難托。又恐息壤移，不受五丁鑿。藤蔓正得意，層層肆纏絡。能令白晝昏，峻嶺變幽谷。真如陰險人，天或助其虐。殷勤語從者，此處防失脚。

鷄頭關

鷄頭高入雲，人與雲争路。夜行山不知，險隘未全露。月落烏亂啼，林黑馬頻顧。輿夫昧高低，亂踏滑石步。悄悄盡七盤，鼷鼯或驚去。微聞水瀧瀧，崖深自可悟。天鷄鳴一聲，回望轉生怖。失笑謝童僕，此險幸偷度。

柴關嶺

揮去青羊河，登頓上衙嶺。石齒排劍鍔，叢蔭蔽陽影。路與蛇虎争，人挾風雲騁。重嵐濕征衣，飛泉灌客頂。山骨不受鋤，箐林獨完整。疑是枩神靈，保兹樹千挺。不然山盡禿，連理亦何幸。萬木劫運開，對此轉悲哽。

曲阜縣

我行半天下，所到采風俗。非官怨民頑，即民怨官酷。官民本一家，胡爲心不睦。淳哉聖人鄉，禮樂尚薰沐。不取非義財，不争無情獄。不負官吏租，不厭縻豆粥。懷刑君子心，屬饜小人腹。比户敦廉讓，居人重耕讀。遠矣武城風，賢哉四氏族。智者擇里仁，此鄰不須卜。

出都

微祿雖云養，空文不救貧。那堪羈宦子，又作遠行人。故里歸何日，天涯寄此身。殷勤餘兩弟，菽水共艱辛。

萬仙樓

兩崖方對峙，一徑恰容樓。洞雨懸螭口，山雲絡馬頭。回看城若近，直上路仍幽。衣袖飄飄舉，翛然豁遠眸。

扇子岩

何來雲母扇，壁立插晴空。開闔陰陽异，炎凉歲月同。即今能却暑，終古不揺風。惟有新秋逼，凋騷起灌叢。

金星亭

絶壁疑無路，懸崖尚有亭。俯臨千澗黑，高接一天青。屋角雲常宿，檐前鳥未經。摇摇風欲墜，只合住金星。

游雪竇

出郭緣山徑，蒼茫曉色分。鵲喧朝霽日，人踏亂峰雲。澗水澆田便，村農插稻勤。計程原不遠，午後一鐘聞。

夜直入東華門

一官未補是閑身，那更奔馳逐軟塵。折簡尚循前輩禮，看花空憶去年春。班超有志思投筆，汲黯無才嘆積薪。最悵東華門左館，即今誰是舊詞臣。

病　足

不著朝靴且挂冠，未妨步履暫艱難。公卿本厭趨炎客，筆墨初宜耐冷官。舊歷山川來夢裏，故交風雨隔雲端。庸醫莫勸加針砭，自愛西窗卧榻寬。

藺相如墓

相如智勇竟如何，歸璧秦庭未足多。膠柱真能知趙括，避車非是畏廉頗。千年蜀客還生慕，四尺荒墳不忍過。叱伏虎狼憑頸血，翻憐匕首殺荆軻。

偶　興

莫向瀛洲問謫仙，紫薇花近九重天。功名退似臨風鷁，家計清於吸露蟬。有子登科吾欲老，無財養母盜能憐。氉氃直類羊公鶴，不耐重驅到舞筵。

不堪回首是流年，機事機心早弃捐。肯效季良成畫虎，漫從墨翟刻飛鳶。貧除搜句無長策，富縱多文不直錢。行輩而今皆老大，倩誰先著祖生鞭。

四月二十九日次子闢官生同人集賀分得七律

庭前歡笑正談經，婢報深閨次子生。但覺有聲震平。户牖，便求無難到公卿。關心老媪先稱賀，愛我良朋更洗觥。頗笑阿翁雙鬢雪，孫猶未抱望兒成。

王元勛

字叔華，嘉定人。乾隆四十三年進士，官徐州教授。有《易圃詩鈔》。

漁　父

芙蓉落秋江，蒹葭生暮色。扁舟何容與，獨釣幽岩側。纖鱗不盈筐，持竿若有得。童稚遥相呼，

妻孥供晚食。鼓枻歸去來，柴門未昏黑。業微力罕勞，欲寡情易愜。悠悠涉風濤，感君徒太息。

海上觀冰山歌同毛海客賦

江南從無三尺冰，冬暖紫裘汗氣蒸。歲維辛巳月在丑，十日大寒昔未曾。北風吹海海水立，峨峨百丈隨堅凝。中流猶聞浪激撞，排空已見峰崚嶒。巨魚凍死尚崛强，老龍僵卧難升騰。馮夷水仙弄寒月，髣髴夜半來相登。余時踏凍訪海客，驚見冰山高崱屴。陰森氣壓沃焦寒，空色明映扶桑碧。日從冰底出冰上，貝闕珠宫光倒射。雲霞不礙水晶空，峰巒皆作火齊赤。恍疑有樹挂珊瑚，誰遣圍屏雕琥珀。蜃樓海市安足誇，雪車冰柱徒爲役。須臾火輪埋黑雲，雷硠一聲摇乾坤。危崖中裂向夷島，斷嶺欹側連江濆。嵌空半帶魚鰕影，瘦削欲變波濤紋。太陰嚴凝太陽弱，消鑠日久方崩淪。平生壯觀此第一，衝寒縱覽留浹旬。直待東風春水發，挂帆浩蕩垂修綸。

出屏風關

行徑繞山微，陰崖凝夕霏。松風吹不斷，翠靄欲沾衣。時有林花落，遥看瀑布飛。迢迢白雲際，

無計叩岩扉。

赤沙湖

八月雁南翔，湖波接混茫。水中散村落，木末度帆檣。山遠秋容淡，天低夕照黄。芳洲獨倚徙，宿莽引餘香。

漢江秋望

波光天影兩空明，雲外迢遥宿雁聲。帆帶夕陽歸夏口，山連秋色到樊城。《銅鞮》誰唱當時曲，鐵鎖空餘吊古情。欲訪滄浪漁父迹，濯纓閑對漢江清。

九月登憫忠寺閣同芷園作

西山晴翠滿城頭，乘興來登蕭寺樓。白雁早驚沙漠雪，黄柑遥憶洞庭秋。傳杯有客成高會，吹

帽何人紀勝游。樹下泠泠鐘磬發，夕陽寒色上茸裘。

嶧山道中

落日西風捲地寒，黛螺遠近叠晴巒。山家長在翠微住，不解行人駐馬看。

湘中雜興

垂楊垂柳滿長堤，薄霧輕烟晚更迷。三十六灣春草緑，鷓鴣聲裏夕陽低。
渺渺春波鼓枻遲，蒼蒼曉色起愁思。深林杜宇啼初急，花落黄陵帝子祠。

徐大容

字莪沚，江南華亭人。乾隆四十四年舉人。有《復堂詩鈔》。

《蒲褐山房詩話》：莪沚爲文貞公九世孫，性情蕭澹，幼耽吟咏。既從沈上舍大成游，覃精經術，

一以漢魏爲師。作詩好押劇韵，盤硬語，而近體亦復嫻雅，如「垂老尚虚謀負郭，吟秋無恙健登樓」，「不見便同千里隔，得歸已負一年間〔一〕」，「總爲猪肝求不易，非關鷄肋弃偏難」，「競渡已無人蕩槳，憶歸應感客登樓」，皆雅音也。

【校勘記】

〔一〕「間」，當作「閑」。

床山歸自括蒼小集伴花吟塢以洞庭始波木葉微脱爲韵得葉字

良友遠客歸，握手笑開靨。斗酒爲洗塵，盤蔬互相饁。是時秋雨霽，斜陽射城堞。凉飆颯然來，頓覺耳目慊。言念平生交，散若林中葉。而我病杜門，情興尤疲苶。得失任鷄蟲，寒暄付裘箑。已懶鼓齊瑟，詎暇彈馮鋏。辟彼焦冥巢，所樂在蟁睫。惟餘山水懷，痞痳尚蹺蹀。讀君括蒼稿，快意逾抓鑷。冷烟渌波亭名。凝，活翠青城山名。叠。相去千里餘，展卷恍親涉。宵長秋夢多，夢弭横江楫。

拾硯齋觀曹雲西山水畫卷

我不解畫解讀畫，草堂四壁圖天池。遍游五岳志未遂，快意藉慰長相思。舊藏墨妙二十幅，天籟賞鑒多題辭。余家舊藏宋元人真迹二十幅，近已散佚。惜哉雲烟瞥過眼，神物聚散無常期。重光之歲日長至，扁舟訪舊城南陂。主人愛客揖客坐，示我妙迹邀題詩。開圖知出雲西手，絹素黯澹神淋漓。空江濁浪鬱渺瀰，絶壁高嶺攢厜㕒。白雲遮斷最高嶺，但見蒼蒼濕霧含朝曦。草枯無全葉，樹老無全枝。危橋曲磴互掩映，中有仙人來往乘雲螭。吾聞先生昔解組，羲爻一卷常相隨。抱膝長吟意不樂，睥睨横被群兒嗤。偶然放筆寫异境，性靈不受雲山羈。此圖洵精妙，欲與真宰争神奇。流傳安得入君手，摩挲儘可忘朝飢。詩成叵耐發浩嘆，擾擾得失將何爲。行當拂衣謝塵𡎺，待畢婚嫁知何時。

游知止山莊

一徑入空翠，鞋痕破蘚斑。柳遮當户日，花映隔溪山。僧梵青林外，漁歌渌水灣。頓忘歸路晚，

相對白鷗閑。

床山新居小集分得居字

一抹溪雲十笏居，幽尋遥指故人廬。橋通小市魚鰕賤，徑接平蕪橘柚疏。客有素心能置酒，家承先澤只傭書。插籬未了裁花急，爲待春深奉板輿。

茸城雜咏有序

壬辰冬，信宿西泖村莊，風雪竟日，擁爐獨坐，偶咏吾郡風物，得絶句若干首。詰朝天已放晴，輟不復作，以俟它日興到續之。

卷篷船小疾於梭，柳外誰人載酒過。九曲塘西山九點，櫓聲咿軋蕩春波。

熟梅時節雨冥冥，長日家家醉緑醽。聽説海鮮新上市，五更人語采花涇。鮒魚

甘欺崖密軟欺酥，淺碧輕黄隴畔鋪。柘館紅蠶新上簇，老農侵曉餉山厨。蠶豆

灘空鶴去水茫茫，廢圃猶傳豢鶴莊。記取中秋好明月，露凉清唳下迴塘。鶴

玉寶泉清流澮沱，雨華洞古氣朦朧。夕陽一角前村遠，臥聽蕭蕭紫竹風。玉寶泉

查山山下碧淪漣，寒月泉如第二泉。賒取月團三百片，竹爐活火手煎煎。蘭笋山

汪如洋

字潤民，號雲壑，秀水人，孟鋗子。乾隆四十五年殿試第一名及第，官修撰。有《葆冲書屋集》。《蒲褐山房詩話》：雲壑爲康古次子，與兄念孫咸以文名，而雲壑和平端雅，以狀頭直上書房，爲公卿所器重，以爲安州尚書之比。其詩清圓朗潤，不襲槎枒楛瘦之習。年甫四十，遽歸道山。成親王哀其遺詩，刻於京邸。

送百泉之邗上

婀娜風穩帆，鼕鼕驛喧鼓。詩人别我去，揮手柳陰午。平生患短視，才勝一目杜。携書千里游，肯學堅閉户。西窮馬嶺巔，北飲滄洲酺。年年衣食謀，那復戀兒女。廣陵賢主人，講席春光煦。時赴蔣心餘編修之招。郵書忽相招，下榻欣有侶。及門俊髦多，樂可晨夕數。差幸作客佳，似忘離家苦。葫

蘆蜀岡醉，芍藥玉鈎嫵。江山入錦囊，烟月費織組。吟笻橋廿四，歸艇秋三五。時有中秋返棹之約。後會相團圞，菱芡熟鄉土。

讀黄山谷詩叠前韵

涪翁大雅才，詩壘肅旗鼓。光芒發蒙翳，如日月當午。句奇酷追韓，律細飽參杜。豈惟窺牖窗，直已踞堂户。蛸蛑氣味佳，咀嚼勝甘醑。手如斷獄吏，羞學簪花女。艱澀閲宦途，少荷天恩煦。坡仙遠謫身，漫叟狂歌侣。入黔復入蜀，道里天涯數。投床鼻息大，那計迍邅苦。《傳》稱山谷安置黔州時，即日受命，投床大鼾，人以是賢之。造詣勉益精，筆奪江花嫵。寧同俳玩列，几席炫麗組。「我詩豈其朋，組麗等俳玩」，集中荅晁堯民句也。養丹火轉九，煉石色成五。誰歟傳此燈，吾欲酹黄土。「雙井無人后山死，只今誰子定傳燈」，楊誠齋句。

十月廿四日橘頌山房小集同補堂西澗舅氏惺渠賦木棉裘得作字[一]

湖頭蘆絮飛，風信寒欲作。桁衣單夾收，卒歲婦功課。木棉熨貼宜，適體最柔愞。鋪如雪片輕，

吹作雲朵大。輪碾核汰淘，槌軟花翻簌。縫裳製乃工，挾纊温可佐。厚須銖兩匀，新戒油膩涴。敝裘三十年，毛落捉襟破。難求曝背温，袖手苦僵坐。寬長復潦倒，得此已爲過。客來誚擁腫，吾性便懶媠。稍禁窮褲冷，兼暖布衾卧。貂襜彼何人，被褐即奇貨。

【校勘記】

〔一〕「澗」，原作「潤」，下《贈王秋塍明府》詩夾注有「西澗舅氏」云云，又本書卷二十三録祝喆詩，小傳云其有《西澗堂詩稿》、《詩話》稱其爲「西澗」，據改。

夏蟲篇戲仿山谷演雅體

驕陽爍冰冰骨倒，夏蟲隆隆肆薅惱。鼃尊井坎利藏拙，蜂聚餱糧但娱老。檐鼄罜物蟠在腹，壁蠆鈎人痛針腦。蛾争烈焰死不知，蜥守微紅爛猶擣。若狂舉國蠅集瓜，一孕百子蛹食稻。微歌土蚓貴優伶，喝道花蚊醜輿皂。蟫吞仙字傲學究，蟻竊羶餘羨厨媪。叩頭蝠螻誠太卑，負版踉蹌亦何好。燈誇無盡可憐螢，檄討不然行及蚤。夕斯可死蜉蝣痴，上若罔聞蛾虱禱。行泥科斗病即僵，重閉顛當室誰保。螳思奮臂轍與雠，蛣爲充腸糞皆寶。夫征婦嘆蠨蛸枯，父弃孩啼果蠃抱。倉中穀蠹昧饑穰，瓮裹醯鷄懵昏早。觸蠻好斫譤局煩，蚜蚄失靈巫迹掃。頗聞縊女隨蜕蝶，或者王孫怨秋草。蠐

蠏居豈耐磑磑，舴艋歸難乘浩浩。五更露下碧無情，翳樹一蟬清欲槁。

蔣春雨以所藏項孔彰酒瓮桃花幅索題得七古一首

孔彰嘗乞酒于友人，後來索瓮，而瓮已破，乃以此幅報之。

墨林之孫善畫兼好酒，畫日百幅酒一斗。酒乾難佐筆墨豪，不謀諸婦乞諸友。書來索瓮瓮已破，報乏瑶瑶情則那。折枝一幅聊解嘲，逸態寧容塵土涴。垂髫綽約神仙姝，淡素不買胭脂塗。殘磚剩甓少形似，酒香微潤桃腮腴。麯生烏有墨濡吻，此中已覺仙源近。請君卧瓮尋醉鄉，定有漁人賦招隱。蔣君嗜古癖最深，得來此紙珍璆琳。晴窗示我玉叉挂，宛然携酒花下吟。詩成試問花知否，花已沈酣欲墮襟。

抵滇後呈述庵先生

槐街漫剌十年殘，回首程門雪未乾。國士論知窮始信，名卿折節古猶難。棠陰忽布南天遠，萍葉知浮大海寬。萬里依然成負笈，由來奇字勝高官。

苦吟先子薄陰何，遺集編成待不磨。一序千金生死諾，三春六詔雨風和。碧鷄暇溯前型美，銅雁傳觀古意多。席間出示漢銅雁足燈，云在西安時所得。感極情深詞轉拙，只如圓泖聽漁歌。吾師有《三泖漁莊圖》，曾令洋填《買陂塘》一闋。

再過燕子洞

契闊靈山乍兩年，重來仍是給衣天。抽身皂莢黄塵外，到眼琪花碧草前。終古濤聲常作雨，經春苔印又如錢。使君不識忙閑事，偷伴孤雲一夕眠。

謹次皇十一子題太僕陳句山先生遺集後原韵

含毫三嘆渺何因，仿佛龍樓坐接茵。一日未忘師友分，半生虚現宰官身。定文辛苦秋窗雨，感舊蒼茫月榭塵。神理青山如可作，祇應合掌向天人。

贈王秋塍明府

三年梁苑隔知聞，燕市收鐙忽見君。宦迹邅迴太行道，詩篇精彩朔方軍。新姻對面難忘酒，謂屠笏岩刺史。死友關心獨定文。議刻西澗舅氏遺集。小住休教行色遽，六街花事又三分。

江德量

字成嘉，號秋史，儀徵人。乾隆四十五年殿試第二人及第，官至監察御史。

《蒲褐山房詩話》：秋史爲賓谷從子，父于九，好金石。秋史承其家學，蒼雅篆籀，靡不綜覽，尤工八分，所書《武成王廟碑》，爲時所貴。兼能人物花卉，以北宋人爲法。卒時年四十餘。曾注《廣雅》，又輯《泉志》未成。所蓄漢唐碑舊榻〔一〕、宋版書甚富，嘗以《漢太尉劉寬碑》貽予，覽三日還之。殁後皆散失。詩不多作，信手而佚，蓋非其所留意也。

【校勘記】

〔一〕「榻」，當作「搨」。

王少林太守藉山讀書圖

太守里居有藉山樓。官漢陽時，署據鳳山之麓，構小閣讀書，用里居舊名名之。

借書人云痴，借山事益寡。不辨買山錢，林壑寄瀟灑。結構就岩麓，遍地去榛瓦。坐我松桂扉，言念枌榆社。拄笏對鷄籠，初志用自寫。吏散山翠深，一卷時復把。風細爐篆高，花開鳥聲奼。無何別山去，載書勞車馬。青山無處無，塵坱未能捨。此卷長隨身，此山成久假。

題王樓村先生十三本梅花書屋圖用查初白先生韵

花前寫真事已奇，夢裏看花誰見之。忍冬老人乃畫夢，禹鴻臚之鼎作圖。心花幻出冰霜枝。歸臥草堂風日好，鶴書不怕山靈移。前身明月來無迹，寫出情性非人爲。羅浮仙人抱冰雪，不吃梅蕊寧調飢。青氈長物幾得失，嘗失去十數載，先生曾孫少林太守復購得。展卷觸鼻香絲絲。枯槎倒亞瘦蛟偃，春陰濃壓茅檐卑。書幌午垂石屏護，香爐茗碗安排宜。瞿然一翁坐擁膝，清風兩鬢烟霞姿。木蘭棹妥春水闊，白鬚者誰翩來遲。化百東坡影搖蕩，仙耶佛耶人誰知。寫真能寫夢中叟，神妙直是非夷

思。文孫築堂踐古夢，排門輦石知爲誰。少林構堂以實之。嘗有大力者排闥輦其石以去。且種梅花十三本，曰真曰夢皆非痴。

題時帆溪橋詩思圖

看花來北郭，訪竹過東橋。室邇人千里，溪斜水一條。閑心芳草長，塵夢曉鐘消。此日披圖見，吟成膝自摇。

水流雲在意，同此證初心。選石坐春晝，惜芳穿故林。别驚詩力健，豪忘酒杯深。得句時還讀，琅琅和素琴。

法式善

本名運昌，奉旨改今名。蒙烏吉氏，字開文，號時帆。蒙古正黄旗人。乾隆四十五年進士，今官侍講。有《存素堂稿》。

《蒲褐山房詩話》：時帆自登仕版，即以研求文獻、宏獎風流爲事，故在詞垣著《清秘述聞》、《槐

廳載筆》，在成均著《備遺録》，其餘有資典故，著而未刻者甚多。所居在厚載門北，背城面市，一畝之宫，有詩龕及梧門書屋，室中收藏萬卷，間以法書名畫，外則移竹數百本，寒聲疏影，翛然如在岩谷間。經師文士，一藝攸長，莫不被其容接。爲詩質而不癯，清而能綺，故問字求詩者，往往滿堂滿室。

游西山宿秘魔崖得三首

曉出西直門，一雨山如沐。亭館生新凉，林樾浄含緑。波平若無流，花光澹而縟。郊行四十里，僧寮上初旭。松濤瀉地來，爐烟墮欄角。浮屠七級圓，倒影壓山足。泉聲穿石竇，遠向峰腰束。趺坐證空明，古佛自幽獨。

清夢滌珠潭，孤情聳金岫。忽聞草露香，涓涓滴衣袖。萬樹鬱嵯峨，駢柯矗蒼秀。傴僂烟翠中，一步一逗遛。日脚不落地，峰陰生白晝。人鳥俱無聲，松籟空音湊。三里始出林，岩際天光逗。借問采樵人，何處尋乳竇。

凹凸陰晴殊，豐碑蘚花膩。溉以清浮泉，隱約露文字。文字果何爲，功德贊闍寺。著語非不工，惜哉貢諛媚。我方考圖經，搜剔入岩翠。北印五百庵，一一探深閟。

六月三日邀薌泉雲巢煦齋長河曉行看荷花遂至極樂寺小坐分體得五古廿四韻

出郭荷暗薰，到門柳駢矗。略彴亘横波，長堤界斷洑。露氣著衣冠，天光豁林麓。難期賓從賢，况際風日淑。凌晨偕四友，當暑忘三伏。客至不參禪，僧枯已如木。亭虚體自凉，水流心弗逐。殘夢破蜩螗，閑雲曠鳧鶩。稚笋迸石階，古蘚綉板屋。芭蕉委地陰，葡萄當牖覆。檜老粉蕭蕭，松圓濤謖謖。對面起樓臺，闌腰嵌山谷。鶴築金碧輝，螺鬟翠膏沐。讀顔秘監詩，見李將軍幅。美景觀練若，勝游期信宿。市上十丈塵，饋中三年穀。形摧路坎坷，氣折車轣轆。何如初地佳，更藉遠公築。雖乏打槳翁，尚携持蓋僕。礙帽懸藤低，粘屐軟草馥。竹爐茶可潑，香厨蕈初熟。消君磈礧胸，飽我藜莧腹。自居淡蕩人，略享清净福。開窗看西山，萬朵芙蓉簇。

讀王鐵夫芑孫孝廉楞枷山房近詩并其室人曹墨琴近作賦

亦是人間語，塵埃一點無。曠懷小天地，好句滿江湖。入夜雁聲苦，到秋山影孤。櫻桃風味好，

慎勿戀伊蒲。韓城相國爲孝廉題櫻桃館額。

取我淡花句，余近有「淡花開不濃」句，爲孝廉所賞。較君孤月詞。君近贈琢堂有「月白孤清雨自疏」之句。情懷各無賴，風雨輒相思。苔尚緑雙屐，菊剛黄半籬。到門認秋水，隔水是茅茨。黄葉打門響，青山生暮寒。秋烟淡茶塢，墨氣出花欄。貧賤交心易，文章造命難。詩成在驢背，趁爾未爲官。豈但酒謀婦，并能詩佐君。房中結鷗侶，世上重鵝群。摇筆柳飛雪，下簾蘆破雲。慚余老妻拙，畫紙不成文。

雨後游極樂寺贈誠上人

徑滑還支石上筇，蘿門盡日碧苔封。兩三竿竹自秋色，千萬叠山皆雨容。詩卷凉生禪榻早，茶爐香壓佛花濃。煩君倒瀉天河水，一洗人間芥蔕胸。

同陸璞堂學士程東冶侍讀江秋史編修集許秋岩前輩秋水閣

一縷茶烟漾曉楹，海棠風裏度清明。空齋倦客江湖夢，短巷斜陽鳥雀聲。呼酒不妨新月上，捲

簾恰好晚春晴。西園下直吟詩慣，感我聽鐘十載情。令弟石泉編修曾於下直日吟詩于聽鐘書屋，今已下世矣。

吴樹萱

字少黼，吴縣人，俊弟。乾隆四十五年進士，官四川□□道。有《霽春堂集》。

武昌城南泛舟至東湖驛

武昌城頭月初落，黄鵠磯邊浪不惡。傍岩樓閣映參差，重來好與黄花約。烟巒揖讓送人行，便有湖光映面清〔一〕。茭蒲菱芡足秋色，鷺鷥點破江天晴〔二〕。平生慣與烟水習，舍陸而舟意頗得〔三〕。宛轉溪橋畫不如，兩岸浮嵐翠欲滴。白蘋風起浪吹花，欸乃聲中放客槎〔四〕。回頭笑指晴川渡，無數估帆明落霞。

【校勘記】

〔一〕「清」，《霽春堂集》卷一作「迎」。

〔二〕「鷥」，《霽春堂集》卷一作「絲」。

〔三〕「意頗」，《齋春堂集》卷一作「吾意」。

〔四〕「欵」，《齋春堂集》卷一同，當作「欸」。

蒼溪

鷄聲出茅屋，始信到蒼溪。荒戍仍烽火，孤城急鼓鼙。江流來劍北，秋色遠巴西。橘柚人烟外，霜華滿石梯。

臨江試院夜吟

氣入蠻墟冷，星懸斗帳明。江流圍小郭，灘響逼殘更。遷謫人何在，艱難恨未平。雲安此去近，知有杜鵑聲。

觀音岩

坂折捫蘿上，岩高拄杖看。仰天窺一綫，匝地走千盤。樹古雲裁葉，江晴雪滿灘。花飛吹不到，叢翠擁諸巒。

癸丑立秋日署齋歡讌翌日將有漢嘉之行適秋汀遣人致善吹笛者詩以付之

一聲吹裂萬山秋，月魄雲容韵裏收。我是江城舊何遜，落梅棖觸故鄉愁。

謝振定

字薌泉，湘鄉人。乾隆四十五年進士，官至監察御史。有《雲將山草》。

《蒲褐山房詩話》：薌泉在御史臺，巡城，適道遇勢家奴車服侈麗，且相抗，乃縛而鞭責之，焚其

車。事聞，吏議弗善也。既罷官，性好山水，爲東南汗漫游。嘗訪予青溪，以病未見。乃歷五茸三泖，過嘉禾，至西湖，又渡曹娥江，覽鑒湖、蕺山之勝，所至士大夫虚左迎之，酣暢淋漓，酒痕墨瀋中，獲其寸紙，珍爲拱璧。

胥門舟中晤唐陶山夜話

送君舟中別，癸丑歲潞河送別。復此舟中遇。各各看鬢毛，意氣尚如故。幾年雙鯉魚，纏綿道積愫。交永言可深，疊唱詩無數。自我淮南來，凌風欲飛渡。終焉隔帶水，盈盈有餘慕。萍蓬感東西，鷀蟀變朝暮。宦拙君所同，蓄意無由訴。我今釋重負，揮手謝鷗鷺。一舟汗漫行，雙屐雲嵐布。訪戴心所先，把袂忽一晤。君來非我迎，夢尋巧相赴。宵寒燭屢跋，瑣碎誦新句。游踪述髣髴，略領江山趣。遲我垂虹橋，十日酒中住。

游吼山

放棹來繞門，尋幽過皋步。清漣净如拭，白鷗宛相赴。舟從石洞穿，人向竹陰駐。迎客僧赤脚，

彳亍導先路。游鱗卧澄波，野鳥弄圓嗉。嶄然見山骨，壁立空依附。萬笏排雲霄，一拳挺烟霧。玲瓏露圭角，堂皇出奥阼。迷離斧鑿痕，千載苔蘚護。匠斫本無意，極目發奇趣。更尋龍首岩，飛泉迸甘澍。跳珠落千尺，觸石有餘怒。緬昔石簣翁，於兹寫心素。矯首懷東山，長嘯獨欣慕。

郊　行

看山忘遠近，躡屐破溪烟。雨足分秧水，風清曬麥天。機聲出茅屋，花氣上漁船。信美滄洲趣，環村叫杜鵑。

碧霞元君祠

作配青圭肅，凌空絳節飄。陰陽雙氣合，風雨萬靈朝。玉女泉猶洌，銅碑字半銷。翛然塵慮净，清磬滿雲椒。

吴蔚光

字悊甫，號竹橋，昭文人。乾隆四十五年進士，官禮部主事。有《素修堂集》。

《蒲褐山房詩話》：竹橋初登詞館，繼改儀曹，志尚幽閑，即辭華膴。既而哲臬總制湖湘，門盈蘭錡，而向禽之志彌專，箕潁之情愈切。覃研文史，嘯傲湖山，跌宕琴樽，搜羅書畫，且與門人鮑叔冶等及女士席佩蘭、屈宛仙，弦詩讀畫，粉墨淋漓。吾谷雲深，尚湖春暖，人誇雅集，望比臞仙。故發爲著撰，莫不刻羽引商，揚風扢雅。佳句如「江城遠笛秋風早，山館疏燈夜雨多」，「半湖流水青通市，十里垂楊緑到城」，「捲幔榴花紅有焰，浮杯菖葉碧生香」，「憑温小檻思題竹，行熟迴塘爲看花」，「水氣陰凉將做午，山情平淡恰逢秋」，「逢花客有留連意，對月人多太息聲」，「夢裏驅犍歌白石，醉中薰麝寫烏絲」，「貰來緑酒堪爲國，畫出青山可當家」，「天寒睡怯孤衾重，夜雨吟貪小閣幽」，「落花聲氣簾櫳悄，鬥茗時光几格幽」，「斜陽簾幕圍爐話，殘雪樓臺擁絮吟」，「長日一筒荷葉酒，豐年萬頃稻花香」，「千古功名春夜夢，半生交友曉天星」，「紅雨半簾飛蛺蝶，緑雲千葉蓋鴛鴦」，「空江短棹春波色，小院重簾暮雨聲」，「夙緣未了時開卷，舊侶無多日掩關」。雖畫以旗亭之壁，寫以蜀錦之箋，殆不能窮也。

曉出西郭

初暾麗陽林，微靄冒幽巘。稍聆谷鳥喧，倏覿曙光顯。縱棹聊逶迤，褰裾信繾綣。理洽慮自輕，意豁境逾緬。平田前罫陳，曲溆後環轉。習習惠風夷，曖曖鮮雲衍。修鯈鑒沈浮，崇蘭泛舒卷。感兹芳序延，一獲冲期展。撫景申長謡，忘形從所遣。

三月三日

良辰際元巳，令節届春作。靈雨涣瑶流，鮮飆扇珠萼。命駕循芳林，褰裳踐蘅薄。園楊既牂牂，山桃逾灼灼。文蔓緌繁蕤，明玕坼疏籜。晛睆鶯止邱，頡頏燕巢幕。紫鱗或負萍，紅蠶亦栖箔。緬彼風浴踪，眷兹祓禊約。奉劍徵西河，流觴紀東洛。采艾心徒拳，握蘭懷偶托。樂矣庶毋荒，咏哉勿相謔。

攔江磯

衆磯觺風湍，叠石攢怪蝟。兹爲水所吞，江腹森戟鐓。汩汩疑爛糜，陰火日煎沸。疾流既奫淪，縈波復溶潏。防之不及防，與舟爲鏃礪。太行鬱厜㕒，孟門瀉湖潰。險巇在目睫，睹者得先戒。禍機發于陰，斯害小而大。動作苟或疏，一觸臭厥載。巨川無安瀾，激蕩繁變態。利涉宜《中孚》，既濟發深喟。

小孤山

豫章山童然，崛屼半成禿。小孤涌江心，秀削獨者屬。亭亭麻姑紒，一髻挽膏沐。俯照歙鏡光，群娥影粗俗。又如坼泥笋，春町翠高矗。其巔駢幽篁，娟凈染蛾緑。劚紫啓户闥，梯青架樓屋。盤旋上下層，宛入老螺殼。烏鴉百千栖，黝色點犖确。物蠢知所止，或啄而或縠。兹峰實瓌特，靈氣日照育。水澤交渟瀅，林木紛潤黷。宜有神示司，秩禮視岳瀆。珠幢建飄揚，羽葆衛肅穆。云胡异見聞，冠以女郎目。逝矣塵網牽，沿洄傍隈澳。擊汰行倭遲，弭旍睇綿藐。申章寓長謡，湔雪庶無辱。

迴瞰澎浪磯，壁立自赧駁。

道士洑

崒者爲山脽，夷者爲山腹。迤者左右翼，是爲山股足。前俯而後仰，宛然道士伏。鞠蹬滄江濆，詰屈悍流澓。舟上與水争，若車鍥其軸。十進九成退，以風鼓之速。舟師健於虎，至此牛觳觫。攝魄歸一心，貫精入雙目。得濟罷驚悸，過涉興怨讟。吁嗟山有靈，千禩長蒲服。坐令行旅人，所遇頻頻蹙。天閽高九重，曷不飛片牘。剗平成康莊，錫我蒸黎福。

由祁門登陸至魚亭

宿烟屯修嶺，新漲馳迴溪。蒼蒼灌木陰，錯以菜麥畦。結翠下作磴，散金上成蹊。黎明發輿轎，辣闤鳴春泥。林風巾獵獵，嵐霧衣禔禔。前梯松岩高，後縋蘿坂低。行者如龍游，止者如鷄栖。午餐見澄霽，日出景已西。閑花有千笑，幽鳥非一啼。行瞻百里道，砥平鮮埃塈。或橐而或囊，或負而或携。履坦緬遺澤，自祁門至魚亭，路八十里，皆先伯祖倡募修成。矧彼頒與黎。極盛重所繼，務塞衆口詆。

解裝及魚亭，延緣狎梟鷺。

錢忠懿王金塗塔一版縱二寸有奇横約寸半陽面佛象已漶不可析其陰有吴越國王錢宏俶敬造八萬四千寶塔乙卯歲記十九字記下别有人字蓋編次意也按曝書亭集志此訛稱武肅者竹垞翁實未之見故繫元周方泉詩於後爲據周詩但從如來捨身象起議亦未確指爲忠懿今可以證其失矣趙味辛舍人携出視客前輩翁覃溪學士因拓數十紙并作長歌學士語余塔本四版上函以蓋友人曩于陝中睹之橅製既多流傳在世兹特一中之一耳余分所拓歸展玩不足亦成是章

五材民并用，誰能去者兵。嗚呼八萬四千塔，如九州鐵錯鑄成。武肅當年賜金券，衣錦軍歌息征戰。誰咏《鍾馗擊鬼圖》，廢立先囚義和院。文德迎來重襲封，淮南江北助交鋒。賚兼羊馬恩原渥，獻盡珍奇禮最恭。荆楚諸邦歸命逼，孤危難仗空王力。風景河山幾百年，一朝舉族留京國。不知此實何時造，紀歲分明維乙卯。得非赤堇銅，或是嶺南寶。青蓮座下狻猊獸，紫竹林中鸚鵡鳥。

摹姿寫狀髣髴存，龍女善財争拜禱。應在太平興國前，遣還兩浙喜欣然。買燈正散中朝綺，唱簿方收小户錢。欲懺世尊銷怨讟，裝炭營爐焰高爥。浮屠七級將毋同，後代猶聞呼保俶。一片聲疑替戾岡，朱斑緑駁出空囊。低眉欲現慈悲相，透頂虚生智慧光。何如盡變犂與鎛，衅甲韜戈事耕作。

抵家四首疊用梅岑韵

自信平生少宦情，對山臨水眼偏明。策科幸脱今生累，詩卷慵沽後世名。閭里不須猜晝錦，階庭猶得趁冬晴。殘年光景粗收取，唱櫓歌春到處聲。

燈火連宵笑語嘩，車塵馬勃隔東華。傳臚典大從頭數，省覲期寬放口誇。一壑一邱惟汝置，半村半郭本吾家。棉輕粥暖都行樂，除却當前事恐賒。

笆籬短短約疏疏，嘷犬栖鷄識敝廬。排日工夫花重護，漏春消息柳先舒。香風深巷鄰開瓮，膏雨平疇客荷鋤。懸想來年春更好，長吟遠眺定容予。

扉欞徑掃自翛然，何必園稱小輞川。小輞川，錢秀峰侍御園居。璅屑久憑妻與子，荒唐終斥佛兼仙。碧芹翠韭還鄉味，紅橘金柑度歲天。只愧曩游筋力憊，已難親蒔隔溪田。

錢塘

字禹美，號學淵，嘉定人。乾隆四十五年進士，官江寧教授。有《鶴原詩草》。

定林寺夜起

夢覺聞寒鐘，起行向谽谷。草徑露氣深，流螢點修竹。宿鳥栖忽驚，山泉斷還續。余心憺無事，徙倚至明旭。

入室

房室繐帷寒，燈火照虛位。平生一杯酒，銜哀爲汝酹。依依外老姑，憐我面蕉萃。謂我幸自遣，生者固有逝。即看兒嬌好，甥意已可慰。回指帳底女，少小聰明最。殷勤勸我歡，語罷亦拭泪。秉燭遂至曙，愴恨不能寐。

倪雲林山水巨幅歌

野夫春晴獨微步，有客扶筇訪村路。登堂爲贈倪迂畫，入眼林巒莽盤互。水墨雖黯淡，蕭爽見天趣。漫漫秋空雲，揮洒滿縑素。恍疑置我蒼梧元圃間，不然定是華壇赤城舊游處。遠天極目磨青銅，曉嵐無際雲溶溶。游氛凈掃初日出，翠岩縹緲浮晴空。砦間一瀑布，蜿蜒赴壑疑奔龍。衝林激石直下不知幾千丈，但覺耳邊眩轉生雷風。山下草屋結構同，誅茅應是桑苧翁。數家屋壁互依倚，只有向背無西東。是時秋老霜正濃，門前颯颯脱葉紅。得非湘江二女偶過此，至今斑竹留寒叢。倪迂澹蕩人，托迹山水縣。生平幾兩屐，爛漫恣登踐。豈惟邱壑畫作殊，跌宕襟期總堪羡。雪甸灘頭放棹回，銅官山畔支筇遍。雲林堂，朱陽館，禪榻隱囊伴清燕，我獨何爲負前願。碧樹紅泉日待人，青鞋布襪行當辦。

九日同嚴冬友諸景雲王少陵汪繩青楊上玉畢文瀾金宋瑞登治城山

時序易摧謝，江山感物華。百年幾令節，名士半離家。地迥日沉樹，天寒雁落沙。空憐一樽酒，

寂寞伴黄花。

夕次小赤壁下

孤棹沙頭泊，西風蘆荻稀。晚潮隨月上，獨鳥傍船飛。樵唱歸林薄，禪燈出翠微。山村摇落候，處處搗寒衣。

春半

紅紫尚無信，萋萋緑漸遥。嫩寒歸柳陌，微雨及花朝。白舫堤邊水，青旗渡口橋。賣餳時節近，幾處有吹簫。

送江月潯歸黄山

聞發滄洲興，飄然問去程。寒波歸故國，短棹背孤城。山近雙臺峻，江連七里清。鐘聲雲際落，

帆影鏡中行。翠嶂天都境，丹爐軒后名。未能同眺覽，相送獨含情。

寄諸佃楞

虎尾羊腸事可驚，頻年憂患苦相嬰。絶交豈敢如朱穆，入世誰當恕禰衡。慷慨帶刀豪士氣，蒼涼擊筑酒人情。過都一蹶非無爲，習坎由來未易行。依然落落吐長虹，蹭蹬何妨到冥鴻。高卧樓頭元意氣，俯居跨下亦英雄。命宫磨蝎三生定，身世藩羝一笑空。多謝故人相慰藉，阮生未擬哭途窮。

沈周畫

幾家茅屋接漁灣，櫪塢松林夕照間。憶得卸帆亭畔望，晚烟紅樹皖公山。

程際盛

原名炎，字焕若，號東冶，長洲人。乾隆四十五年進士，官至監察御史。有《稻香樓集》。《蒲褐山房詩話》：東冶由舍人洊歷蘭臺，奉職三十餘年，退食而歸，掩關却掃，惟以汲古窮經爲務。所著有《説文古語考》、《禮記古訓考》、《周禮故書考》、《儀禮古文今文考》、《駢字分箋》、《續方言補》、《清河偶鈔》，皆有功于學者。居京日久，故不爲吴士所深知，然繼朱伯原、俞玉吾之遺軌者，非君奚屬？作詩曾問業於歸愚宗伯，綽有唐音。

夜泊燕子磯

江冥不可渡〔一〕，江風凄以肅。停橈向石磯〔二〕，正傍青山麓。紅樹隱遥汀，蒼烟辨崖屋。絶壁聳千尋，窈窕結寒緑。驚濤夜有聲，觸石浪仍伏。扣舷不能寐，遐景載欣矚。徘徊沙月生，泠泠葦花曲。明日挂帆行，孤舟何處宿。

【校勘記】

〔一〕「冥」，《稻香樓詩集》卷二作「溟」。

〔二〕「停」，原作「亭」，據《稻香樓詩集》卷二改。

舟次青暘雪

孤艇溯烟流，朔風凍雲木。霰急灑烏篷，雪深壓茅屋。杳靄入晴川，淪漣淡溪曲。湖雲結空青，林樹聳寒緑。沙灘驚雁飛，木杪歸鴉宿。數蕊坼寒梅，千重映修竹。旅客契静心，虚舟空羈束。山陰興未乘，秦塢恣遐矚。渺渺暮歸人，悠悠屏塵俗。

暨陽歸舟懷葉麗農

離群别鶴悵何依，水色蒼茫烟靄微。斜日風高潮正落，暮寒酒冷雪初飛。浪游泛泛歸心切，去路迢迢旅夢稀。却憶荒園梅幾樹，幽香知已拂人衣。

消夏次王西莊先生韵[一]

蘭草侵階懶未芟，此身長署散人銜。竹花細影浮湘簟，蕉葉清芬滿葛衫。静坐團蒲聽梵語，閑凭方罫拭棋函。不愁繫日長繩少，午景遲遲度翠岩。

薰風習習動微凉，十畝青瑶傍草堂。紫笋新煎浮竹色，紅蓮早熟半松香。蕭疏境别如濠濮，懶慢人過盡惠莊。一枕羲皇高隱几，悠然曉夢落瀟湘。

【校勘記】

〔一〕此題下，《稻香樓詩集》卷二有詩四首，此處爲第二首、第三首。

陸伯焜

字重暉，號璞堂，青浦人。乾隆四十五年進士，官至浙江按察使。有《玉笥山房詩鈔》。

虎邱晚憩同竹嶼麗農泛月歸

理策尋林邱，天寒氣候變。入寺霜葉飛，聞鐘棲鳥散。凉烟空翠交，夕霽明霞亂。旛影護香壇，松陰静僧院。開軒有餘清，孤懷自舒卷。泠然竹間琴，飛泉注幽澗。華月升林端，陰崕延夕景。鳴禽戛風籟，修竹亂人影。流目興未闌，揚舲夜方永。野橋俯晴川，游鱗動浮荇。水氣生夕凉，停琴酒初醒。却眺翠微間，蒼蒼亂烟暝。

華　山

蒼蒼嵐翠濃，淅淅商籟肅。泠泠御風行，杳杳孤雲逐。單椒秀華趺，秋容若新沐。石床枕雲棧，鳥道入林曲。竹木暗四山，往來稀樵牧。絶壁劖空青，方池浄寒緑。天籟流笙竽，風泉韵琴筑。林響蒼鼠竄，梵静馴猱伏。懷新無近尋，賞异得遠目。雲影晃游氛，山花媚幽獨。我聞千葉蓮，服食可辟穀。何如謝聲聞，松陰結茆屋。

晚憩法螺

侵晨越華跗，畢景向雲闕。林壑非預期，秀色紛攬結。丹梯歷由旬，碧徑知幾折。金地圍微瀾，瑶壇翳深樾。稍聞烟外鐘，已露松間月。嵐陰夕復佳，定香晚初歇。泠泠千花鈴，流響入寥泬。晏坐生道心，習静味禪悦。一鼓風中琴，微雲自超忽。

白雲泉

山半聞清音，偶隨石林轉。文瀾蕩晴暉，絶壁架雲厂。銀華滴千乳，雪竇穿一綫。陰崕漱寒玉，月壑澄素練。潛虬靈瀵涵，觸石碎珠濺。浮采自晶瑩，回光亦凌亂。冥心憺忘歸，水觀有餘戀。

題王繹如山窗掃葉圖

天宇澹寥閴，山齋遠塵市。商聲入林葉，槭槭墮階戺。紛然掃更落，校書差可擬。之子愛三餘，

丹黄勘圖史。豈徒注蟲魚，亦欲辨亥豕。佔畢嗤腐儒，俗學陋稂秕。慎莫享敝帚，譚藝自今始。

春愁次韵寄熊筠湄

峭寒如水柳如絲，觸忤閑愁只自知。一夜餞春啼鴂後，五更殘醉落花時。緑波南浦天涯路，芳草西堂夢裏詩。惜别懷人苦無緒，好憑魚素爲開眉。

消　夏

連朝梅雨漲魚矼，分得吴淞水半江。高樹受風凉入户，疏簾障日静當窗。雲開忽現青螺九，烟暝還翹白鷺雙。好趁晚來明鏡裏，芰荷香泛木蘭艭。

苔痕侵徑不教芟，一室觀心便隔凡。草際暗蛬鳴絡緯，庭陰清露滴松杉。偶思小憩揮蕉扇，漸覺新凉透葛衫。忽憶玉堂天上境，條冰久已换頭銜。

史國華

字濟寰，溧陽人。乾隆四十五年進士，官至吏部員外郎。有《石淙山房詩》。

《蒲褐山房詩話》：濟寰爲相國史文靖公從孫，壬子予主順天鄉試，濟寰爲同考官，望之温然，即之冲然，與予譚藝，極爲相得。惜年僅中歲而殁。集中五言如「山光隨短棹，燈影送寒潮」，「疏砧欺短夢，老樹入新秋」，「濕烟分燕尾，小砌長龍須」，「種蕉宵聽雨，采藥曉穿雲」，「石邊泉脉細，松下竹門深」；七言如「山雲帶濕蒸茅屋，溪雨添肥漲小橋」，「當徑草深寒食雨，衝簾燕怯杏花風」，「日影半從窗外過，鳥聲多自樹間來」，「野水陂塘雙燕影，落花門巷亂鶯聲」，「池縈細浪迴魚網，柳暗深村映酒旗」，皆有晚唐風味。

送陳賡山歸山陽

夫子淮南去，添人十日愁。帆開黄葉雨，江冷白蘋秋。是處才名噪，相逢氣誼投。田園歸固好，何以慰離憂。

小築

小築向江干，秋光祇獨看。片雲高岫濕，一雨暮春寒。烟火伍茅舍，琴書静藥闌。幽栖無客到，隨分著衣冠。

深溪村居即景

我愛佳山水，乘閑到古村。好峰園屋角，野徑入雲根。生計依茶笋，家居聚子孫。淳風安簡樸，披褐道爲尊。

雲陽驛

雙槳凌風出潤州，雲陽百里片時收。練塘四面圍村塢，建業千峰對戍樓。估客帆檣停夕照，江城鼓角壯新秋。潮聲早晚曾經此，古驛扁舟起暮愁。

江行

扁舟直上接空冥，山勢盤旋四面青。十幅蒲帆衝細雨，一江秋水蕩寒星。花深蘆荻高人隱，味熟蒓鱸客夢醒。最是旅愁消未得，塞鴻淒楚不堪聽。

湖海詩傳卷三十七

楊　揆

字荔裳，金匱人。乾隆四十五年召試賜舉人，官至四川布政使，贈太常寺卿。有《桐華吟館詩稿》。

《蒲褐山房詩話》：荔裳偕其伯兄，才雄藻密，世號「二難」。張千層之錦綉，門八尺之珊瑚，其爲貴重，無以逾也。然蓉裳既已黄巾青犢，著績岩疆，而荔裳復以碉門而外出塞數千里，耳目所見，得未曾有，與前代文人簪毫佩玉雍雍華要者不同，蓋造化奥區，久而必發，而窮荒戰地，自嘉州、昌黎之後，紀載無多，天或借翰墨以發其奇。兩君遭際，洵非偶然，宜閲之者如游絶域，如讀异書也。

熊耳山

名山古熊耳，禹迹詳紀載。嶙峋勢如蹲，嵩華屹相對。衆峰互迴抱，百里分向背。中見雙崖披，半壁色純黛。車輪愁欲脱，馬力行苦憊。摩空磴道盤，危步屐齒礙。疏花坼林紅，鷩羽隨岩翠。下視浮濠流，出澗僅如帶。隨山三百折，始與洛水匯。中原苦平衍，到此意殊快。全秦收不得，奇杳落關外。長空捲層陰，絶壑忽晝晦。飛雲入太行，流影過衣袂。因知二陵近，風雨如有待。循途陟高岡，勇進非敢退。投足得山坳，漫告僕夫瘁。

青海道中

朝從青海行，暮傍青海宿。平野浩茫茫，隆冬氣何肅。懸軍通間道，萬騎誇拙速。嚴霜拂大旗，邊聲動哀角。飛沙怒盤旋，迎面驟如雹。時當澤腹堅，海水沍而涸。層冰摇光晶，黯慘一片緑。或聞大聲發，凍折千丈玉。中流起危峰，勢可俯喬岳。將傾未傾雲，欲飛不飛瀑。云是太古雪，壓疊如皺瘃。出没罔象形，吐納蛟蜃毒。西荒此巨浸，洪流所瀦蓄。卑禾百戰地，秦漢尚遺鏃。蕭蕭古壘

平，兀兀邊墻矗。青磷風焰小，白骨苔花駁。夜深駐戍帳，凍土遍墝埆。冷月懸一鈎，荒荒墮厓谷。嗟哉征戍士，辛苦離鄉曲。試聽青海頭，煩冤鬼猶哭。

皮船

刳木製爲舟，利用涉水可。大如艑與航，小或艇與舸。駕風蒲帆揚，沿流篾緪鎖[一]。指迷師用篙，躡險工喚柁。今來藏江側，厲揭測誠叵。洪濤砉奔翻，巨石聳砐硪。番人誇蕩舟，舟小殊眇麽。外圓裁皮蒙，中虛截竹荷。淺類筥可盛，欹訝筐欲簸。著足當中央，俯身戒側左。形模嗤渾沌，軀殼僅蜾蠃[二]。傍岸任孤行，邀人衹雙坐。俄驚層波掀，真擬一壺妥。駭耳聲錚摐，眩眼勢嵬砢。附毛識命輕，存鞹嗟身癉。相觸心母褊，群争指休墮。微生慣江湖，到此良坎坷。倘從魚腹吞[三]，寧殊馬革裹。曾聞慧海航，止泛蓮花朵。彼岸幸非遥，津梁勿慵惰。

【校勘記】

〔一〕「篾」，《桐華吟館詩稿》卷七作「篋」。

〔二〕「蜾」，原作「螺」，據《桐華吟館詩稿》卷七改。

〔三〕「吞」，《桐華吟館詩稿》卷七作「游」。

索橋

山行阻洪流〔一〕，深廣詎可越。兩崖兀相望，怪石起嶒崒。飛空架索橋，鎖鈕危欲絶。曳踵窘不前，森然竪毛髮。宛宛虹舒腰，落落蜿蜕骨〔二〕。迴疑匹練鋪，窄抵長絙拽。誰遣高梯横，莫挽巨篾脱〔三〕。翻風乍飛騫，緣雲更鮠飑。手怯朽索捫，足苦縮版裂。前行不得縱，後武寧許突。俯視逆流迸，疾較飛電掣。夭矯龍尾垂，凌亂雁齒缺。驅鼉既難憑，駕鵲苦乏術。拄杖心魂魂，褰裳趾兀兀。杠非冬月成，繩豈太古結。艱危信多端，絶險誰所設。行矣勿回顧，中道未容輟。側聽步虚聲，長吟踏摇闑。柱敢馬卿題，馭比王尊叱。一墜無百年，登陸股猶栗。

【校勘記】

〔一〕「行」，《桐華吟館詩稿》卷七作「川」。

〔二〕「蜿」，《桐華吟館詩稿》卷七作「蛇」。

〔三〕「篾」，《桐華吟館詩稿》卷七作「筏」。

魯工喇屬達隆宗。

棱棱聳石角，設險抵劍門。雪霰零其巔，草木亦不蕃。徑仄復斜注，僅有屐迹存。冰柱森槎枒，袖手莫敢捫。願借九火輴，畀以一炬燔。庶使窮谷底，飛灰轉春温。此志寧易遂，徒與愚公論。柱杖三嘆息，誰爲收驚魂。

丹達山路徑奇險，上有雪城山神，屢著靈异，奏列祀典。

昔聞兹山奇，絶險今始遘。玉龍何之而，勢欲與天鬥。連峰排岝崿，寒色逼金宿。突兀窮荒中，陽和不能透。想當鴻蒙闢，鉅手出極構。石棱間缺嚙，嵌空琢冰甃。一片玻璃光，千斛瓊屑糅。陰風中怒號，虛響沸岩竇。行旅慘不前，十步九顛覆。勇上未盈尺，陡落千丈溜。躑躅馬脱蹄，毰毸鳥縮咮。有時朝日開，如熨綃縠縐。乍晴相激射，到眼胥眩瞀。我尋《西荒經》，險阻亦既覯。信知九州遥，豈爲五岳囿。何圖歸程急，到此空引脰。人言山之神，靈爽兹妥侑。陰霾變倏忽，窈冥失旦晝。來從萬玉妃，旋轉飄縞袖。築雪如作城，森寒巨靈守。時虞長圍壓，誰敢孤軍逗。狂飆一倒吹，

萬牛盡回首。往往昏黑中，不復辨崖岫。倏見神燈迎，出險相引救。我行日亭午，千洞鳴玉漱。幸值氣暄和，謂爲神所祐。心怯卦習《坎》，事喜象遇《姤》。整衣拜叢祠，兼以村酒酭。視秩少桓圭，升香無玉豆。作詩志兹行，用當神弦奏。

飛越嶺屬清溪縣。

沈黎古邊郡，頗覺山水惡。凌晨過清溪，迎面聳厓崿。元和置縣廢，遺址失城郭。巋然峻嶺存，拔地上寥廓。艱危扳石磴，百折勢磻礴。陰霾慘冥冥，蜚廉肆威虐。囚澗伏蛟蜃，騰空斷雕鶚。苕亭見邛崍，修坂天際落。蝮蛇何蓁蓁，吐瘴昏旦錯。毒厲能中人，奚敢試徒搏。其巔尤崚嶒，虹棟構飛閣。莽莽控番夷，天然設扃鑰。西陲倚屏障，造化非苟作。險可一夫守，隘豈五丁鑿。經春霜威嚴，不夜磷火爝。叢灌走魑魅，穹岫嘯猿玃。平生跳蕩心，顧盼成駭愕。著足藉蟠藤，捫手怯朽索。我欲圖真形，放筆寫岩壑。縹緲無端倪，方壺定慚怍。

星宿海歌即火敦腦兒。

平沙浩浩丕無垠，黄霧四塞長風翻。憑高極視目眩眴，漭泱巨浸圻混元。誰歟遠佩櫜與鞬，直跨地首摩天根。十步九折愁攀援，瘴烟黯澹斿旗旛。我聞導河出崑崙，貫納忽蘭兼赤賓。寧知一脉遐荒存，灝氣磅礴相吐吞。皇輿地載窮垓埏，祀典崇列肸蠁尊。陳以卣鬯投犧豚，遠超岳瀆陵厚坤。百泓所進萬馬奔，泡泡汩汩還渾渾。沮洳洄洑失曉昏，高瀉直欲浮中原。巨靈仲掌不敢捫，蓄束幸藉山爲門。陽烏咮縮鰲足蹲，下穴龍蜃蛟鼉黿。雄呿雌吟卵育繁，欲出不可層波掀。霜飆中夜迷征轓，衆星倒景何焞焞。車舍擔積勾陳垣，大若懸瓮小覆樽。分野莫辨牛斗痕，有時天際生朝暾，白毫萬丈慘不温。玉龍露脊遥蜿蜿，乃是太古堅冰嶟。漢家使者辭帝閽，遠過大夏經烏孫。枯槎安得通星源，沐日浴月摇心魂，鑿空或者乘鵬鵾。我行陟險隨戎軒，弓刀列帳千軍屯。窮冬草落山頂髡，斧冰鑿雪勞炮燔。馬蹄半脱驪與騵，車軸全折輗與軏。清角夜奏同哀猿，壯士僵立愁還轅。何如排風驅九鯤，手握斗柄凌雲騫。下瞰大澤如盎盆，倘遇博望毋卮言。

聞伏羌警

三月家書斷，迢遥盼隴雲。塵魚甘寂莫，風鶴又傳聞。蕃部初飛檄，蕭關已勒軍。山城如斗大，雉堞遍祆氛。

誓衆真倉猝，何曾習鼓鼙。當衝臨渭北，走險遏洮西。乍放空營鴿，俄聞半夜鷄。儒生心力弱，何計戮鯨鯢。

聞説金城畔，籌邊昔有樓。旌麾煩上相，劍槊領通侯。好待援兵集，還看壯志酬。長宵占月暈，遠照海西頭。

辛亥冬予從嘉勇公相出師衛藏取道甘肅時伯兄官靈州牧適以稽查臺站馳赴湟中取别同賦并示三弟

彈指三年别，相逢却黯然。煩君馳驛騎，慰我事戎旃。禁旅風行速，軍書火急傳。天寒聽隴水，出塞正濺濺。

聞道烏斯國，遥連舍衛城。談空惟選佛，縱敵竟銷兵。搜括徒輸幣，跳梁敢悔盟。皇威震重譯，蕞爾漫縱横。

上相承方略，專征大纛開。銀刀嚴部伍，玉帳許趨陪。愧未工蠻語，何能辨劫灰。梯山兼棧谷，前路劇崔嵬。

作客身原慣，兹行學荷戈。窮荒春不到，沙磧草無多。健翮摩蒼鶻，明蹄騁紫駝。莫持青鏡照，雙鬢恐先皤。

臨歧本倉猝，欲去强逡巡。制泪各無語，加餐惟此身。衣裘煩料理，童僕勉艱辛。纔作連床夢，窗鷄又向晨。

伯兄以守城功保舉久遲未得入都寄懷四律

秦鳳涇原路幾千，沉魚翔雁兩茫然。孤城兵火存三日，絶徼風波近十年。東走河聲環木峽，西來山勢接祁連。官程屈指應堪數，消息誰傳到日邊。

五載慈顔一笑開，板輿先御向燕臺。自憐薄宦長安住，反累衰年遠道來。話到存亡俱有泪，學和姊丈和叔兄俱殁于伏署。身離憂患尚餘哀。輸他兒女齊誇口，曾聽嚴城戰鼓催。

風前心緒劇懸旌，攲枕中宵夢不成。豈有池魚驚失火，休疑社鼠更憑城。時聞伏羌城樓被火。防秋事早煩籌策，行部威猶費送迎。曾記軺車西去日，有人韓范許平生。蔣心餘先生送行詩有「著書畢竟空言耳，韓范功名在此行」之句。

三山縹緲隔塵紅，破浪雲帆會許通。詞客今能談出塞，才人俱艷説從戎。嗚甄計就心真壯，磨盾詩成話更工。兄有《伏羌紀事詩一百韵》。何日對床風雨夜，重提舊事一尊同。

呈大將軍福嘉勇公

徼外軍書午夜來，將星又見動中台。九重授鉞先聲壯，三十登壇衆望推。佩印密承宣室詔，分旗盡典羽林材。路人争問嫖姚貴，此是專征第幾回。

暫駐牙旗大衆歡，籌邊樓上倚闌干。中宵鼓角横戈聽，絶域山川聚米看。燃燭兩行分草檄，解鞍千騎會傳餐。時調索倫勁旅甫抵前藏。須知上將能持重，姓氏先令賊膽寒。

褲褶蠻靴結束輕，容參幕府學談兵。摩雲遠過閻浮界，計日應收的博城。麾下偏裨皆壯士，軍中禮數到書生。驌驦感贈銀蹄迅，得免長途款段行。余經行青海，馬力甚疲，公以所乘馬予之，甫得達前藏。

趙懷玉

字億孫，號味辛，武進人。乾隆四十五年召試舉人，今官青州府同知。有《亦有生齋詩鈔》。

林屋洞

湖寬地肺通，土裂山腹厚。初猶龕可容，漸覺釜低覆。蛇行辭杖策，蟻伏嫌襟袖。驚霆左右轉，駭石首尾鬥。陰陽昇旱潦，明暗雜昏晝。撲炬起蟄禽，风迹閟陰罶。金庭企靈威，石函虚篆籀。始疑造化泄，轉怍心志陋。奇游倘可續，敢惜疲軀復。

登焦山[一]

焦山不見山，積翠天際浮。挂席指海門，乘潮達岩陬。初升繚而曲，漸陟高且修。樹陰清晝冪[二]，木勢層厓樛。瞥然露微罅，驚踏滄波流。身輕失久疾，地曠蠲煩憂。是時天宇肅，萬象澄清

秋。蓬瀛氣東至，呼吸如可求。俯視松與寥，下等土一抔[三]。决眦雕隼疾，隕魄鼋鼍游。昃景澹欲沉，罡風凛難留。真人向我招，乘翳駟玉虬。

【校勘記】

〔一〕「山」下，《亦有生齋集詩》卷六有「絶頂」二字。

〔二〕「晝」，《亦有生齋集詩》卷六作「景」。

〔三〕「抔」，原作「坏」，據《亦有生齋集詩》卷六改。

曉過羅睺嶺行十餘里憩潭柘

山曉日未高，白雲羃如帳[一]。花明亂殘月，十里同一望。籃輿陟崇嶺，人面森列嶂。忽然青蒼開，金碧落天上。不見柘千章[二]，猶餘松十丈。碑留明昌刻，寺溯嘉福創。泛觴隨波流，折竹引泉羕。風來殿鴟翔，鐘動篋蛇放。遺踪半泯没，過客猶想像。憑高俯杰閣，陡覺心眼暢。一拳峙中央，九峰互環向。日光亭午低，石色不肯讓。閑房晝如年，坐卧空色相。山僧謂余勞，早具伊蒲餉。

【校勘記】

〔一〕「羃如」，《亦有生齋集詩》卷九作「圍似」。

〔二〕「柘」，原作「栝」，據《亦有生齋集詩》卷九改。

七月十四夜京口對月

入秋毒熱苦未減，况復束體投孤篷。今宵乍得泊洲渚〔一〕，披襟獨受凉颸衝。蒼山如烟散波面，皓月作勢升雲中。白氣空涵一天地，金花碎迸千虬龍〔二〕。老僧臨江口持咒，倚佛自説無邊功。楊枝露潤鬼界黑，菡萏燈逐濤頭紅。風流千古此淘盡，直欲粒米招群雄。騎鯨太白去不返，抱月思躡仙人踪。兹行日遇石尤惡，塔上鈴語仍顛風。三更露重入篷底，夢醒正打金焦鐘。

【校勘記】

〔一〕「洲」，《亦有生齋集詩》卷五作「江」。

〔二〕「花」，《亦有生齋集詩》卷五作「光」。

題文信國書爲錢唐鮑文學廷博〔一〕

書凡三百四十七字，前幅已缺，文載《清河書畫舫》，向在李中丞鹿山處，今歸於鮑。後有一峰跋

語，謂空坑敗後所寄〔二〕。一峰不知姓氏，小印署「冰蘖」二字，或云宋遺民也〔三〕。王光禄鳴盛以書中「入汀」一語疑之，辨其非空坑作。其他跋語頗多，皆近人，故不及焉。

半閑堂築西湖幽，法書名畫傾公侯。木棉庵中携不得，半作劫燼無人收〔四〕。當時豈索信公書，至今尺紙逾天球。鮑生家亦居湖濱，物不貴异惟其人。牙籤錦贉幾千軸，得此謂可空其群。寥寥三百卌七字，空坑敗後從容寄。幅殘似耻瓦欲全，色淡還思泪深漬。已教八口墮虎穴，忍令孤城怯螳臂。間關久置成敗算，俯仰尚兼家國計。臨危示法先示信，檢點殘軍收札印。人亡縱失將伯助，天意不教以疾困。公書云：在瑞金，一病甚可憂。可憐覆巢難復全，生兒夭折女弃捐。魂從朱鳥返天上，心照青簡傳人間。傳疑傳似任史臣，黄冠故里恐非真。况爲曲筆撿正氣，大元革命邦維新。浮踪偶向閩海寄，聚訟空若鴻溝分〔五〕。如公可死死亦矯，龍首黄扉致身早。殁殊葛公節義傳，生勝睢陽宰輔表。後來豈少登科名，豪華但學公平生。讀書不識忠孝字，翰墨亦稱稽古榮。

【校勘記】

〔一〕「唐」，《亦有生齋集詩》卷五作「塘」；「廷博」下，有「并序」二字。

〔二〕「謂」下，《亦有生齋集詩》卷五有「是」字。

〔三〕「或云」，《亦有生齋集詩》卷五作「殆亦」。

〔四〕「半」，《亦有生齋集詩》卷五作「化」。

〔五〕「空」,《亦有生齋集詩》卷五作「争」。

請水詞〔一〕

郡城東有白龍祠,每旱,太守率官吏往禱,迎池中水歸,間即得雨,謂之請水也。

天陰黯黯雲蓬蓬,樹頭吹盡東南風。立秋半月到處暑,五日十日仍不雨。有時屋角雷聲小,雷聲未終日杲杲。小兒入市執柳行,常俗禱雨,作柳龍行市中,小兒折柳隨之〔二〕。農夫坐隴嗟苗槁。攜苗報縣求勘災,官賑未發徽先開。朝聞呵殿門外過,云是請水城東來。城東祠宇祀老龍,焚香山積寶炬紅。老龍善睡兩耳聾,勺水不敢貪天功。官民束手兩無計,蝗旱此邦亦神意。昨日禁屠今宰羊,太守縣官賓在堂。

【校勘記】

〔一〕詩題下,《亦有生齋集詩》卷五有注文「并序」二字。

〔二〕「折」,《亦有生齋集詩》卷五作「執」。

水車謡

水車聲，晝不止，赤日烘人皮肉死。水車聲，夜不息，官河日乾水一尺。河乾難致百斛船，柴米添價鹽添錢。青簾官舫上流至，一泊三日空沿緣〔一〕。兩岸農夫不停手，長鯨怒翻渴蜺走。闞南有雨闞北晴，聞蘇松得雨。天意獨吝吾鄉久。君不見東南饒富推淮揚，去年河決今年蝗。彼民悔不生此方，水車雖勞何足傷。

【校勘記】

〔一〕「沿」，《赤有生齋集詩》卷五作「延」。

長毋相忘漢瓦歌爲張舍人塤賦

秦宫已灰漢宫作，靈臺置酒面寥廓。淒然誰使漢王憐，共舉當時薄姬約。主家歌舞稱平陽，承恩特賜千金裝。一朝上車入宫去，拊背但説毋相忘。漢朝故事有如此，片瓦銘辭誓終始。毋忘若比天久長，長樂長生皆妄耳。甘泉忽譴拳夫人，紈扇風多華殿塵。君心反覆那可恃，少翁空致帷中神。

鴛鴦易冷琉璃脆，滄桑幾見秦山碎。瓦平土質獨能全，中有多情萬古泪。色帶霜華形滿月，四字分明辨豪髮。銅爲沓冒玉作階，曾蓋何宫覆何闕。爾來好古集良朋，金石搜奇得未曾。昨見封宫傳舉契，早聞鈎弋出遺鐙〔一〕。侯官林侗。昔作《瓦圖記》，排山朱楓。近日尤能事。如何掎摭尚見遺，天意將爲舍人賜。我交舍人近廿載，素衣漸化朱顔改。寒窗風雨一摩挲，車笠前盟宛然在。好裁璧友伴愁吟，舍人製瓦爲研〔二〕。莫問蘭池與上林。鼠鬚成冢魚箋盡，歷劫難磨耿耿心。

【校勘記】

〔一〕「遺」，《亦有生齋集詩》卷七作「行」。

〔二〕「研」，《亦有生齋集詩》卷七作「硯」。

宣和琴歌爲莊蜚英明府作〔一〕。琴名戛玉，背有「宣和御寶」印。

宣和古琴善形製，背面斷紋蛇腹細。黄金爲徽玉作軫，秘印依稀鐫四字。秋風颯颯黄鵠哀，良工方選陰陽材。此琴是否百琴一，誰與伴者惟春雷。當時定樂委方士，更出樂章重郊祀。朱弦疏越一再彈，居然解愠歌風旨。君王玩好無不精，法書名畫紛縱横。殿名易在改元後，念琴進御非承平。按宣和殿有百琴堂。宣和元年，改宣和殿爲保和殿〔二〕。人間不聽元音久，忽入南華散仙手。錦囊高置郭公

碑，良物從來必有偶。焚香試請歌一曲，短側長清相斷續。響泉瀧瀧磬琅琅，銘背信堪呼戛玉。虛堂漸覺悲風生，淒切不似從前聲。平沙萬里塞雁落，想見去國蒙塵行。勸君囊琴且莫撫，世人但解耽歌舞。知音往往在爨餘，避劫茫茫思太古。琴名。君不見會稽陵破見穿雲，弓劍何人葬故君。飄零更有汪供奉，操出《思歸》不忍聞。

【校勘記】

〔一〕「明府」，《亦有生齋集詩》卷八作「大令」。

〔二〕「殿」下，《亦有生齋集詩》卷八有「則非堂中之琴矣」七字。

景州

遥指隔溪塔，驅車過景州。春光先在水，暝色欲歸樓。燈市新年盛，人烟近郭稠。賢良誰第一，故宅問山邱。

胥口伍行人祠

夜烏啼罷冷宫梧，祠墓千秋尚枕湖。踪迹已開《游俠傳》，山川空負霸王圖。入秦七日偏存楚，報越三年竟覆吴。猶有未忘恩怨在，怒潮如雪動寒蘆。

留别都門諸子〔一〕

去住真知兩不堪，且尋鄉夢返江潭。下車事已同馮婦，縮屋心誰信魯男〔二〕。聽到悲歌先自泪，傾殘薄酒未成酣。故人知我緣親在，寄語夷吾謾諱貪〔三〕。

三日風光歲又新，平生未識帝城春。空群冀北難爲馬，捷徑終南况有人。彩筆久疏江令夢，素衣空惹庾郎塵。竈前檢點更炊具，合是勞薪作後身。

【校勘記】

〔一〕此題下，《亦有生齋集詩》卷七有詩四首，此處爲第二首、第三首。

〔二〕「縮」，《亦有生齋集詩》卷七作「搐」。

〔三〕「寄語」、「謾諱」，《亦有生齋集詩》卷七作「肯諒」、「不是」。

任邱追悼李先生中簡

宦海歸來松鞠殘〔一〕，重過槐里夕陽寒。一經鄭重頻題篋，先生無子。三黜蹉跎到蓋棺。僦屋屢愁生計短，賜園猶憶主恩寬。乙酉夏，余請業于西苑澄褱園〔二〕。刹那廿載傷心事，門下彭宣泪未乾。

【校勘記】

〔一〕「鞠」，《亦有生齋集詩》卷八作「鞠」。

〔二〕「西苑澄褱園」，《亦有生齋集詩》卷八作「澄懷園中」。

劍門

斧鑿何年到五丁，攢如鋒鍔列如屏。通天箭栝層層黑，出匣芙蓉朵朵青。西蜀地形勞夢想，北宗畫法見遺型。只嫌拂水無聲久，願借山靈風雨聽〔一〕。

【校勘記】

〔一〕「借」、「風」，《亦有生齋集詩》卷九作「向」、「借」。

哀張三舍人 塤

昨歲書來今年報〔一〕，忽傳噩耗自長安。汗青手定千秋業〔二〕，垂白身終七品官。君以己丑入中書，今二十年矣。老遂客懷孫抱久，貧憐遠道殯歸難。春明舊會頻傷逝，歲辛丑，同人有詩酒之會。魚門、辛餘兩前輩相繼殂謝〔三〕，及君而三矣。存篋遺詩忍重看〔四〕。

【校勘記】

〔一〕「年」，《亦有生齋集詩》卷十一作「乍」。

〔二〕「殺」，《亦有生齋集詩》卷十一作「汗」。

〔三〕「魚門、辛餘」，《亦有生齋集詩》卷十一作「辛餘、魚門」。

〔四〕「重」，《亦有生齋集詩》卷十一作「再」。

王　鼎

字祖錫，號條山，江南華亭人。乾隆四十五年舉人。有《蘭綺堂詩鈔》。

擬韋左司寺居

城闉厭囂塵，林岩釋羈縛。偶謝郡符繁，遂兹禪扉樂。松風謖謖來，山月墮秋壑。澄懷物我間，萬慮渺何着。至道趨衆形，有無泯垠堮。智士出于機，静者得所托。悠悠元契初，中心安澹泊。

鹿城秋夜對月偕秋潭竹嶼德甫習庵分韵

碧漢散清景，蒼然夕靄昏。相携坐明月，捉席秋梧根。落葉紛以積，栖禽時一翻。何人弄横竹，離思滿前村。

謁袁海叟墓

一代遺才出處難，感懷殘碣夕陽間。魚龍有地潛東海，猿鶴何人誚北山。老鐵千秋知己在，《白燕篇》成，爲鐵崖激賞。青邱幾輩故園還。公獨以見幾免禍。藿龕風節期誰伴，明季狷庵先生亦曾遁迹於此。

展謁能生壯士顔。

舟經太湖口

雙帆剪破碧玻璃，秋色空濛望欲迷。七十二峰何處好，夕陽一角洞庭西。

汪學金

字敬箴，號杏江，鎮洋人。乾隆四十六年殿試第三人及第，官左庶子。有《静厓詩初稿》。

《蒲褐山房詩話》：杏江爲持齋少司空哲嗣，襟情既勝，才調彌嘉，標格則玉樹瓊枝，詞賦乃金荃蘭畹。所鐫初稿，已有揚州烟月、江左文章之目。最工駢體，爲余撰《三泖漁莊圖詩序》，時謂其工。既由詞館洊陟宫僚，兩次請假南還，世俱嘉其雅尚。所營静厓小築，水竹彎環，樓臺窈窕，梵磬龕鐙，儼然世外。朋舊中如武林潘侍御庭筠同之，餘人莫逮也。蓋其夙植净緣者深矣。

秋日同朱元圃晚步南園遲王萬夫雁湖不至

秋容媚夕景，幽境結遐想。佳時愜勝尋，清游惜孤往。將儔覓素心，探邃獲元賞。雲霞氣澄藹，原陸勢蕭爽。亂流散石淙，細路伏榛莽。林壑迭映蔚，軒除坐超朗。陰厓露氣凝，寒圃月容廣。閑庭一葉投，悄壁百蟲響。素節悼奄徂，前游憶疇曩。願言敦古歡，毋爲役塵網。志合迹自親，義孚道豈枉。攬衣望停雲，却立增凄怏。

延清軒觀大理文石爲張葶聯賦

春陰三尺低壓檐，虚堂雲氣春戢戢。延清軒中貯文石，漆匣乍啓争窺覘。骨節堅潤色蒼碧，文理刻畫皆精嚴。荆關閣筆寫不得，天然靈氣成飛岩。岩端仙人鬢毛緑，玉芝瑶草堆筠籃。岩下清江清見底，游魚連尾依澄潭。樹石禽鳥盡形相，物態栩栩生毫尖。四座拍手叫奇絶，賤子據案摩挲三。平生好玩百不入，此物竟使成奇貪。米公攫取吾豈敢，平泉秘惜君何慚。此時老梅花撲簾，社酒百瓮開醅甜。但得主人日召客，芒鞋踏破南城南。

新晴即事

雨歇平蕪外，舟人蕩槳喧。魚蝦江上市，鷄犬水邊村。官驛三千里，春風廿四番。梅花將落盡，玉笛最銷魂。

北河舟次

平野連天闊，長河帶郭斜。客程遲候燕，暮色上歸鴉。烟柳低垂岸，春潮淺露沙。直沽七十二，是處酒人家。

過趙北口

燕趙中原地，蒼凉獨客過。西風吹易水，落日下滹沱。大澤龍蛇動，荒原雁鶩多。市中屠狗散，無復有悲歌。

清江道中

古渡綠陰低，人家半水西。叢篁當路密，幽鳥過村啼。衆澗歸溪合，群峰傍堞齊。夕陽多暮色，蒼翠使人迷。

芭蕉

爾亦工愁者，相依倍有情。自然含雨氣，容易作秋聲。昔夢成何事，空中笑此生。小窗三葉後，且與醉鄉成。

舟中見月

月出照汀洲，江空夜色幽。星河低浦樹，風露近灘舟。亂葦漁塘夕，凉螢水驛秋。我行殊未已，信美不能留。

初春重游百花洲有懷陸輕桴

重到同游地，浩然懷故人。鄉園歸遠客，江國看初春。南浦風光霽，東湖草色新。應知婁水曲，樽酒話佳辰。

七夕旅懷

天末起孤愁，明河入夜流。今年初作客，此夕最悲秋。南國無鴻雁，他鄉見女牛。更誰吹玉笛，雙泪落盧溝。

晚至汶上縣

晚路貪新霽，行行送夕曛。亂雅先客宿，歸雁入春聞。浦樹明殘雪，村家隔暮雲。思歸汶水泪，不到楚江濆。

同述庵司寇游海寧寺因至弇州山人祠歸憩小齋即事三首

步屧來初地，朋簪集上方。露齋僧供潔，水觀道心涼。鄰竹分清蔭，池荷遞遠香。因從輞川老，一話舊漁莊。

海内推詞伯，瑯琊大道南。文章存四部，第宅失三弇。净業祠依刹，元風觀記曇。六時結禪誦，香火舊情諳。時議修葺祠屋，即於左方重建曇陽觀，以僧守之。

自笑衡門下，居然銷夏灣。周堂三面水，支閣一卷山。客塵蘭言美，仙枰橘趣閑。行藏無异撰，風浴咏歌還。

過桐城左忠毅公墓

群小要孱主，孤忠忤大璫。清流成黨禍，冤獄借封疆。北寺朝臣盡，東林士氣傷。龍眠山色在，常照墓門旁。

胥江夜泊同存塘舅氏曹南枝先生登萬年橋望月

胥口驛前風露饒，鐘聲漁火劇魂銷。月明子夜誰家笛，人上吴江第幾橋。舊雨漸成萍迹散，春風應惜馬蹄遥。緣知一别愁如許，剪燭篷窗話晚潮。

即事效松陵體

梅花將盡柳將絲，蝶舞鶯嬌作意遲。野圃未鋤留菜甲，山泉新汲試茶旗。春風烏帽花間酒，夜雨紅燈竹裏棋。取次江南櫻笋候，家園孤負踏青時。

初晴舟發苦竹洲

苦竹洲邊宿雨晴，江村風景近清明。柴門流水山棠發，戍壘斜陽野薺生。社燕歸時春社散，潮鷄啼處午潮平。兒童踏慣青溪路，倒跨烏犍旁岸行。

晚秋感興

江樓東望俯三吴，落照西風彭蠡湖。鄉信又聞荒稻蟹，今歲江南不收。客懷何處覓蒓鱸。晚霞圍郭山深淺，秋水連洲雁有無。最好郡齋吟咏地，不教詩興敗催租。

初夏晚窗即事

芭蕉影裏坐攤書，但得清閑百不如。新緑簾櫳春去後，淡黄庭院月來初。荒齋速客三升酒，小圃歸童一剪蔬。休笑十年塵網内，依然清夢到樵漁。

皖江道中

潯江西去皖江東，席帽征衫笑轉篷。山鷓數聲松葉雨，溪蟬十里藕苗風。旗亭貰酒缸花緑，村店題詩蠟樬紅。明日燕雲南望處，吴頭楚尾怨青楓。

觀春明夢餘録載黄石齋先生事

頑懦能興百代風，當年直節表青宫。崎嶇絶地文丞相，憤切危言汲侍中。萬死邊關思補衮，孤軍海嶠殉遺弓。聖朝明詔憐忠義，青史成名荷大公。

書侯朝宗先生集後

梁苑遺編迴絶倫，英名奇氣未全湮。少年濁世佳公子，垂死清流舊黨人。直以文章褫馬阮，肯將名節負吴陳。風流江左傳遺事，争唱桃花曲部新。

懷上海施秋水

天人策罷動螭坳，海上才名早夢蛟。賦命屢愁磨蝎限，得時初應漸鴻爻。機雲京洛稱佳士，孔李門墻托密交。聞道秋風理歸棹，蒓鱸話舊掩衡茅。

曾 燠

字賓谷，南城人。乾隆四十六年進士，今官兩淮鹽運使。

《蒲褐山房詩話》：維揚爲南北要衝，又有平山、蜀岡、虹橋諸名勝，故士大夫往來者，籃輿笋屐，徘徊旬日而不能去。然二十餘年覓船投轄，地主無人，每有文酒寂寥之嘆。賓谷開東閣之樽，集南都之彦，予門下士被其容接者尤多，而擘紙揮毫，散華落藻，攬《題襟館詩》兩集〔一〕，遂覺烟月争輝，江山生色。

【校勘記】

〔一〕「攬」，當作「覽」。

擬游焦山不果却寄王夢樓太守謝薌泉侍御胡黄海學博以江流天地外山色有無中分韵得天字

海岳庵中今米顛，謂夢樓。飽餐山緑吞江烟。雙峰勝處口能述，過我屢結游山緣。我行有期已

神往，况逢使節開江船。謝公清興善吟嘯，幕下客又能詩篇。謂黄海。瀕行與我三日約，神其鑒此惟焦先。蓬萊方丈多飛仙，凡夫欲到風引還。恨無彩虹亘萬丈，化作飛橋長駕天。我生性僻愛山水，來官兹土宜最便。轅車何乃太刺促，咫尺不辦雙行纏。遥知公等同拍肩，朝嵐夕汐景屢遷。剔銘好趁江水落，問鼎驚見雲雷旋。華嚴界現海雲相，羅漢岩有金剛禪。斯時念我定譏笑，山靈見怪奚辭焉。坡公懷慚意獨往，不退未肯因無田。嗟我胡爲在塵滓，蝸廬誓卜雙峰顛。

游慧山飲第二泉有感

不汲爐塘今十年，丙午冬試泉于此。胸塵萬斛無由湔。眼明江上見九塢，我似渴驥來奔泉。泉底山光青倒出，泉邊冰洞風蕭瑟。在山泉水竟常清，照我容顏非昔日。山僧爲我燒竹爐，示我孟端《漁隱圖》。品泉讀畫心眼豁，便欲相從漁隱居。我家麻姑神功水，釀爲冬醞清且旨。吾邑釀神功泉，謂之麻姑酒。自謀食肉出山來，不飲亦經十年矣。年華逝水乃如斯，歸買薄田幾時始。

真州準提庵老梅行

白沙江村有老梅，百年劫火餘枯荄。春風一夜忽鼓動，玉笋旁迸千枝開。天地有心試冰雪，龍蛇偶蟄驚霆雷。今人争繞月觀樹，往日誰踏僧廊苔。廿四橋邊萬花海，我無暇去翻遠來。名姿往往寄幽獨，相賞故不從塵埃。疑是仙人萼緑降，返魂自得真香催。惜無酒酹花前杯，參横月落人空回。

瓜洲登大觀樓記所見

樓前破浪嘗鼓楫，樓上旌竿望中出。平生意興豪登臨，風利帆飛竟何及。夜深怒噫阻瓜步，曉起荒城拾苔級。振衣忽與三霄摩，俯首便同衆山揖。蕭公北顧此南望，六代烟嵐盡收拾。是時海門初上日，西北浮雲飛歘集。江天澒洞如黄昏，一綫電光吐還翕。雷聲撼崖崖欲走，雨勢掣水水皆立。潮汐疑争赭龕放，金焦恐作羅浮合。喬柯并力猶垂垂，浮圖梟空頗岌岌。不知神鬼何往來，衹覺乾坤遍沾濕。大檣森竦餓鴟叫，小艇低昂浴凫入。樓中立脚愁傾欹，衣袂輕吹向江急。反看僕從色黯慘，謦欬無聲但嘘吸。方春二月發陽氣，宜有蛟龍欲啓蟄。我來相值亦偶然，窮此大觀記篇什。

題宫娥乞巧圖

新月微黄露華白，樓臺迥與明河直。一縷爐烟裊空碧，諸仙綽約當風立。何代宫娥乞巧夕，神光奕奕瞻九霄。鬟蟾飛動鬟娥嬌，人語不聞衣帶飄。冰肌此際愁單綃，别有深房銀燭燒。銀燭相看兩神女，似説妲媧常獨處。但見明河不見橋，雙星今竟在何許，窗外梧桐滴殘雨。

汪梅村訪道圖

一路飛泉響，樓臺隱暮霞。不知春幾許，開遍碧桃花。有客扶邛竹，尋仙餌玉華。嗟予求道晚，婚嫁願何奢。

東臺道中

小邑無城郭，村圍衆壑深。地卑秋不爽，海近晝多陰。野艇因魚活，荒田費雁尋。水鄉生事儉，

念此一悲吟。

正月十二日探梅鄧尉

昨日信風來，痴雲爲我開。前數日甚雨，十一日立春始晴。鶯聲過茂苑，草色發蘇臺。小巷緣村曲，群峰與柁迴。忽看花倒影，舟已繫林隈。處處載春塢，家家向水扉。横枝從礙路，香霧漸沾衣。憩石憐青蘚，扶筇盼翠微。此時幽興極，老圃欲相依。

上方寺看梅

山門掩修竹，殘雪在庭陰。此地罕人到，梅花香獨深。春生前代土，客感去年心。小飲竟成醉，徘徊月滿林。

贈王述庵侍郎得告歸里

纔看飛旆覲明光，去冬侍郎假滿赴都，經過邗上。旋報懸車返故鄉。一代勛名在麟閣，五湖烟水占漁莊。侍郎有《三泖漁莊圖》。經師盡匯先儒義，名士多從弟子行。他日吴中成洛社，白頭司寇醉吟長。

汪容甫挽詞

兩篇《述學》世空存，容甫著有《述學》内外篇。兹事憑誰更共論。生有狂名過阮籍，死無吊客似虞翻。杳然東閣花前影，凄絶西湖雪裏魂。容甫卒於杭州。重檢蜀州人日句，滿箋遺墨是新痕。今年人日游蜀岡，容甫有詩見貽。

種竹

舊日叢生竹，清陰亦頗饒。場師嫌養小，春鳥欲遷喬。鋤出三弓地，移來百尺條。護根纔累土，

立節已干霄。門徑全疑碧，樓臺更覺遥。響令風有韵，影待月來描。柳拂新添態，花穿越助嬌。帶霜猶矯矯，無雨亦蕭蕭。借爾能招鳳，求鄰莫瘞貓。引竹者多於隔墻埋死貓，則笋過墻矣。爲竿經幾歲，成町即今朝。鞋底防萌觸，衣邊看粉飄。敢言千户等，庶共七賢邀。當暑休愁晝，聽秋好度宵。安排棋局坐，添得酒香澆。儻惠風人咏，從教律呂調。

浮山禹廟聯句

淮海惟揚州，禹功所排決。三江古統名，曾煥。一郡今獨轄。念兹處塗泥，吴鼒。宛爾在營窟。孰障湍千迴，蔣知讓。徒恃土一撮。列岫奔長江，胡森。如龍赴巨渤。何時掉頭過，吴嵩梁。此地片甲脱。側聞黑墳起，黄郁章。正值洪流割。浮玉勢若浮，詹肇堂。拔山力難拔。遥分城子尊，陳燮。近與蜀岡兀。蓮花涌地肺，郭堃。鐵柱撑石骨。鰲戴蓬萊峰，俞國鑑。鷟飛耆闍崛。詫异同博羅，何錦。傳疑比郁鬱。交州石豈沈，煥。慎縣槎不没。琭琭泗濱磬，鼒。泛泛龍池鉢。恐由夸娥徙，知讓。定受神人撻。衆响安得漂，森。息壤故能遏。永惟刊旅勞，嵩梁。實使昏墊活。篠簜敷益饒，郁章。瑶琨産無竭。筐篚具織貝，肇堂。島夷安卉葛。有廟崇報功，燮。以時肅展謁。樸猶仿茨土，堃。美但飾冕黻。畫梁欲通靈，國鑑。鑄鼎亦象物。虚壁驚生雲，錦。大珪仰如月。薦果宜包柚，煥。膳羞戒用

鰲。繅藉玉曰瑚，鼒。粢盛豆以楬。兩階列干舞，知讓。九奏想球戛。溯自岩岳齋，森。於時石簣發。四載异所乘，嵩梁。六扈均所察。庚辰助瀹注，郁章。竪垓周坱圠。導水淮獨艱，肇堂。倒瀾江最闊。黄龍既曳尾，夔。支祁復穿頞。然後瀉流沙，堃。以次闢伊闕。厥壤咸則三，國鑑。于外歷年八。綏歌新婚，錦。呱呱泣遠別。豈惟手盡胼，燠。不覺腓無胈。始藏洞庭簡，鼒。更立岣嶁碣。山海成圖經，知讓。靈怪極荒忽。或爲有脊蟜，森。或爲從目袜。或爲無口䠊，嵩梁。或爲比肩蟨。或鳥翼而魚，郁章。或人面而猾。日或炙女丑，肇堂。雨或止女魃。神或司羽民，夔。類或號蠪侄。雷獸或鳴夔，堃。貳負或受桎。至今喜傳摹，國鑑。八廟尚髣髴。風雨紛欲飛，錦。埃塵罔敢拂。府事允修治，燠。聲教斯暨訖。皋拜予何言，鼒。帝曰汝不伐。作服兼作會，知讓。納總還納秸。黿負洛水疇，森。鳥耘會稽垡。食報宜孔張，嵩梁。明禋曷嘗越。相沿宋代觀，郁章。共志梁時堨。昨者吾山平，肇堂。幾爲大河汩。澤陂思夏甸，夔。薪屬迫冬日。賴彼典則貽，堃。感兹肸蠁達。堤根楗竹牢，國鑑。水勢放渠豁。澤國慶平成，浮山永不嚙。燠。

古赤刀聯句

有客懷寶至，綈函玉徑尺。色侔禹錫圭，曾燠。名取用命册。不以五城當，吴煊。使爲萬人敵。

温其貴仁和，詹肇堂。礪乃用剛克。精從委然孕，徐嵩。靈變滄耳赫。執此元璜元，吴嵩梁。謂之赤堇赤。一片横烏雲，煥。幾時化虹霓。輕冰翦其峰，煊。平砥亘其脊。其本經綸文，肇堂。其陰頡籀畫。缺痕如月牙，嵩。鑿竅類雲戚。右雲戚三竅。良工匪斯今，嵩梁。寶器閩在昔。粵若周王釗，煥。輔之太保奭。上宗奉同瑁，煊。西序設宏璧。言念先君公，肇堂。丕休肇王迹。干戈載啓行，嵩。鞞琫具容飾。越惟賜彤弓，嵩梁。逮及動黄鉞。腥聞滅輕吕，誅紂劍名。煥。艷體授小白。武成戢而櫜，煊。毒球刳若剔。維兹赤刀藏，肇堂。久隸典寶職。膏塗騂剛釁，嵩。鋒令虎威辟。《西京雜記》：黄公少時，能御虎，佩赤金刀。陳器在雕几，嵩梁。流輝射篾席。用彰厥聲靈，煥。所重斯手澤。緊誰割虹光，煊。仿古作露拍。采從黑水中，肇堂。言鑄赤冶側。後魏昭武帝事。以晋璩楚珵，嵩。媲宋斤魯削。叶。有聲戛球磬，嵩梁。如鑒濯絲髪。腦緊鷄冠比，煥。鱗脱蛇尾滑。珍宜并枝斯，煊。勇不藉椒亦。戰國勇士名。聖朝治偃武，肇堂。君子貴比德。獻費來于闐，嵩。貢刀鄙大食。誰數戎衣勛，嵩梁。已邁干羽格。采入《博古圖》。配之鼎彝鬲。煥。

十月初八日夜集題襟館

冬暄陶令辰，地敞適高館。纖月升上弦，青浦王昶。小春叶陽琯。梅信東閣催，奉賢陳廷慶。斗望

南豐亶。欣隨杖履來，婁縣楊之灝。辱顧車騎滿。昔雨今雨偕，曾燠。湖雲海雲綰。弱冠與風浴，謂蔣山。南城吴煊。耄齡勤瑟僴。謂蘭泉師。詩盟長不寒，陳夔。宴席此相暖。飲分大小户，詹肇堂。沐值上下浣。晚菘翠盈盤，婁縣王蔚宗。殘菊香入盞。悄悄漏水長，張彭年。摇摇燭跋短。樂意陶斯咏，俞國鑑。醉顔笑而莞。方請題襟題，元和蔣徵蔚〔一〕。共矜辨才辨。賢主振風騷，昶。諸生侍誾侃。評詩沿謝翱，廷慶。隸韵陋孫愐。篇常翻水成，之灝。句似連珠演。月弄兼風嘲，燠。露鈔并雪纂。樂府宣正聲，煊。禪宗具法眼。見善如不及，夔。聞歌必使反。群依玉界尺，肇堂。争踏鐵門限。船爲張憑喚，蔚宗。榻因徐孺展。宗風倡廬陵，彭年。仁問匹荆峴。洪惟大雅材，國鑑。敢謂知言選。自顧類碔砆，徵蔚。終應比瑚璉。老夫荷久要，昶。賤子申中款。飛雲石作供，慶以八座雲石贈都轉。廷慶。落木硯新盥。蘭泉先生贈都轉硯，名落木。義托他山交，之灝。珍添子墨伴。蘇銘僕未能，燠。顛拜公不免。傳觀愜朋歡，煊。録别張祖餞。來爲十日留，夔。歸去九峰遠。蘭泉、古華兩先生俱言歸。潮生荻洲寒，肇堂。霜落楓橋晚。米舫臨米書，古華太守所居齋名。蔚宗。漁莊溷漁隱。蘭泉司寇有《三泖漁莊圖》。踪迹萍合乍，彭年。阻長水溯宛。共期令名崇，國鑑。毋使芳訊斷。良夜何厭厭，徵蔚。華年惜衮衮。君以後期申，吾非興盡返。昶。

【校勘記】

〔一〕「徵」，原誤作「微」。本書卷四十三收録其人其詩，據改。

陳廷慶

字兆同，號桂堂，奉賢人。乾隆四十六年進士，官辰州府知府。有《古華詩鈔》。

將之長沙舟中作

雲低岳麓陰，帆挂銅官渚。山雪瞬空明，水天澹容與。我欲吊沈湘，飯筒雜角黍。三户縱亡秦，《九歌》尚悲楚。臺榭非襄王，江潭但漁父。水濯滄浪纓，瑟凭湘靈鼓。鶴羽翻縞衣，雁聲似柔櫓。一往烟波深，滔滔自今古。

枕上聽雪口占

雪澤冬來少，詩人句不成。夜寒方料峭，風定益淒清。病枕聽猶細，山窗映漸明。疏慵朝未起，髣髴郢歌聲。

舟行天心湖玩月

春江歸棹駛，載酒愜幽尋。一雁橫空唳，迢迢千里心。輕帆張月夜，遠岫落雲陰。欲問升沉事，漁歌入浦深。

虛白樓在河洑山太和觀。

細雨沐春山，樓尋濕翠間。坐來虛室静，看去白雲閑。竹裏高人卧，松陰獨鶴還。幸當明月影，清夜對孱顔。

偕葉桂樵中翰元符訪祉亭銓部雨中留飲薄暮登廣仁嶺乘月而歸

雲釀雨濛濛，人來空翠中。礬頭山色變，棼尾酒尊同。漸覺凉聲少，還欣晚霽通。三人踪迹合，一笑印泥鴻。

踏遍西郊路，山陰似此無。遥天千嶂合，落日一亭孤。俯壑心猶凜，凌梯膽轉麁。圓輝看未上，重爲跂須臾。

舟次呈述庵先生

靈光公望峻榆枌，玉尺叨量舊著文。蒲褐瓣香容屢接，寒山鐘梵又同聞。五溪向説灘聲惡，萬籟能將筆力分。時讀公滇楚紀游詩。滸墅臨關勞送客，新詩首唱倚斜曛。同送芸臺宗伯，公詩先成。

楊倫

字西禾，陽湖人。乾隆四十六年進士，今官荔浦知縣。有《九柏山房吟稿》。

《蒲褐山房詩話》：西禾德器温醇，如太圭不琢，太羹不和，望而知爲儒者。生平論學以不欺爲本。主武昌江漢書院七年，其門下多尊而信之。撰《杜詩鏡詮》，實能照見古人心髓，足與朱鶴齡上下。

過廬陵吊文信國

半閑堂中蟋蟀鳴，遂令鼙鼓東南驚。崖山風雨事凄絶，尚有一老支餘生。文山大節高嵂崒，一簣無由障江決。辛勤萬里覓遺孤，屢敗非關用兵拙。孤忠百折不一更，獨有正氣胸中横。當時生吊出炎午，公豈以激成其名。取義成仁符讀誦，得賢早賀天門珁。蓬萊首選歲有人，如公足爲科名重。江外蒼茫對夕曛，千秋碧血剩孤墳。慟哭冬青遺記在，至今猶憶謝參軍。

述庵先生三泖漁莊圖

伏波銅柱標扶胥，鄉里憶乘下澤車。丈夫報國經綸舒，至樂終遜歸田廬。先生盛世稱璠璵，文筆久壓幹與璩。復嫻兵法窮穰苴，大軍西征翩旐旟。元戎借箸籌邊儲，燕歌慷慨草檄餘。陣左曰啓右曰胠，指畫了了髮就梳。黃茅黑箐途崎嶇，萬騎蹂躪陟彼砠。堅營擇掃譬擣虛，遂空賊巢擒魁渠。邛筰始得安耕鋤，師還迎勞降玉除。卿班累轉飄華裾，勛爍天壤文淵如。盤錯歷遍厭拮据，漁莊入夢清魂蘧。舊家瀫山湖上居，陂塘養就千頭魚。小築一徑通篠簩，九峰叠秀同環滁。雲氣滃出疑龍噓，城荒白苧傳闔閭。楓涇夏日繁紅蕖，微波縐縠風來徐。釣竿落處深不淤，飛集鸍鳿兼鶶鷵。楠榴栝檜松杉櫧，四圍蒼翠紛扶疏。幽懷此間聊可攄，晨昏况得侍板輿。春醪餉客斟浮蛆，飯炊香稉熟新畬。蒓絲突過長安菹，由拳之鄉樂只且。鏡湖許乞吾歸歟，觚棱回首心躊躇。雨露恩渥能忘諸，南臺方聞下除書。表率豸服封章臚，清霜乍飛走衆狙。驄馬步工無趦趄，願公莫亟賦《遂初》。廟堂獻替功難紓，遑學丁卯耽樵漁。

華明府秋槎石門觀瀑圖

片帆憶過匡廬下，夢想銀河向天瀉。香爐峰高未及登，空見江濤疾於馬。名山聚處數浙東，括蒼天姥遥相通。石門瀑布更奇絶，懸溜欲并開先雄。詩人位置天原别，紆組偏教近岩穴。前身孫綽令章安，界道飛流賦能説。嗜奇暇日探靈區，小舟一棹穿菰蒲。迴巒叠嶂勢盤鬱，短彴欲度須笻扶。松杉擁處登孤榭，照眼寒光剛激射。白日驚聞雷雨聲，玉龍飛下蒼山罅。著書昔有青田劉，赤松黄石同遨游。雄虹時吐氣千丈，相與噴薄山之幽。高人迹等浮雲散，洞壑依然猿鳥唤。一條直注似長川，颶母風來吹不斷。故園住近九龍山，慣看匹練懸林間。游踪得此窮壯觀，煩囂滌盡開塵顔。我生亦具泉石癖，畫裏晶簾窺咫尺。山靈若肯相招邀，準擬明春蠟雙屐。

鄭編修西橋黄山觀雲圖

山頂安得洪濤春，雲海萬頃雲蓬蓬。却立雲端視雲背，俯瞰塵世皆蟻封。蕩胸何止如擘絮，軒轅煉丹舊曾住。峰三十六洞十八，蓊鬱迷濛不知處。倚天峭壁斗可捫[一]，石上倒走長松根。疑是痴

龍吐烟沫，遮翳白日蒼林昏。我生亦具看山癖，眼界未開負雙屐[二]。對此茫茫欲振衣[三]，便挽洪崖跨鵬翼。

【校勘記】

〔一〕「壁」，原作「壁」，據《九柏山房詩》卷二改。

〔二〕「屧」，《九柏山房詩》卷二作「屐」。

〔三〕「欲振衣」，《九柏山房詩》卷二作「思奮飛」。

武昌喜晤徐民部惕庵表兄賦贈長句

連旬苦雨陰雲堆，閉門不出生莓苔。軺車忽報故人至，廢卷起立心神開。此間會合非所料，握手入門先一笑。別期回首已七年，却喜君顏猶壯少。憶昔長安居對床，騷壇酒陣争雄强。短檠伸紙共索句，不覺落月沈西墻。青雲退鷁予何有，君亦左官事奔走。中間消息兩茫然，傳得新詩滿人口。星郎出使多輝光，幕府贊畫需賢良。横行闊視异流輩，意氣不減前清狂。索居兩載寡儔侶，奇氣因君思一吐。鐘鼎山林未可期，人生須各有千古。秋風蕭蕭黄鶴樓，要君同登最上頭。胸懷萬里瀉何處，拍檻快看長江流。

過周家水亭

一徑尋深竹，蕭然遠市闤。閑花多落澗，細雨欲沈山。漁網平橋外，人家翠靄間。東頭士龍住，時復叩元關。

烟雨樓

輕烟漠漠雨濛濛，曲檻朱欄四面通。山色半浮津柳外，人家都在水雲中。珠簾捲處開歌板，漁笛吹來棹短篷。消暑無如此間好，鴛鴦湖上白蘋風。

馮集梧

字軒圃，號鷺庭，桐鄉人。乾隆四十六年進士，官編修。有《貯雲居文稿》、《詩稿》。

《蒲褐山房詩話》：鷺庭爲養吾侍御三子，多藏書，精校刊，嘗刻《元豐九域志》、《杜樊川詩注》、

惠定宇《後漢書補注》、盛庸三《儀禮集編》，又畢秋帆尚書《續資治通鑑》刻未及半，賴鷺庭重校刻成之。

武城縣

漳與衛合流，厥性喜奔竄。沙水相排撥，取道倏變换。此塌乃彼漲，往復如螺旋。舳艫行相銜，回頭成對面。張帆復卸帆，順逆日幾遍。自是水致曲，非關風善變。我昔鼓征棹，當春勢灝瀚。怒濤聲喧豗，所嚙無堅岸。村落所當衝，頹毀存不半。彼民多顛連，客心頗驚憚。兹行值水縮，平進隨魚貫。秋柳尚依依，呼群有鳧雁。飽餐無餘事，篷窗可静玩。弦歌指高臺，傅會聊一粲。汶口流湯湯，計程按昏旦。

哭劉給事謹之即述湯夫人殉烈事

有夫爲良臣，有婦爲烈婦。人生孰無死，死亦稱嘉耦。結縭三十載，尸蘋兼奉帚。早歲贊成名，瑣闥紆華綬。松柏有高枝，蔦蘿相結糾。雖非同根生，所願同白首。陰堂告惡夢，年僅四十九。良

人忽見違，孑焉無主後。茹泪視含襚，苞筲及翣柳。客散僕御倦，仰視月宿斗。重泉路幽幽，去者尚未久。安行應有待，相從宜急走。吾有朱絲繩，結以雙環紐。持向靈床前，畢命義不苟。身死名則存，誥朝傳萬口。至尊聞之嘆，謂此足深取。良臣誠可惜，乃婦更寡偶。下詔爲表揚，贈恤從優厚。詔贈給事爲鴻臚卿，夫人得旌表。我家本通家，風義又師友。名門標盛事，悲喜兩俱有。愧無如椽筆，闡發付巨手。金石或可渝，此事期不朽。

俞廷掄

字純植，號柱峰，餘杭人。乾隆四十六年進士，官至昭通知府。有《柱峰遺詩》。

將赴昭通陸行抵富陽途中回望天柱峰有作

峨峨天柱峰，佳氣籠碧落。其巔多白雲，雲移向南郭。近郭即我家，慈親居索莫。我初還家時，侍母坐帷幕。母言萬里行，嚴裝宜踴躍。循聲遍南徼，所學期無作。一旦辭母行，母訓聽猶昨。迢迢富春道，僕夫勇氣作。去速首屢回，但見峰岝㟧。願將思母心，隨雲布寥廓。望雲詎師古，離懷冀

可托。

己亥初冬都門虎坊寓齋食寒具與朱文藻朗齋陸以誠和仲胡光龍雲川聯句

消寒候未肅，治具法久諳。食單供數九，文藻。節物宜春三。宋人以寒具爲寒食之具。餅無湯可飲，淘非冷耐唅。入油質彌脆，以誠。著鹽味不甘。想其登釜沸，不敢同湯探。數尋類搓玉，劉禹錫《寒具》詩：「纖手搓來玉數尋。」光龍。一襘疑采藍。不教書畫近，聊與飣餖參。正如恩膏沃，廷掄。具見沾濡覃。膩唇鼠方竊，爭餌魚同貪。紬絲比夜績，文藻。食葉如春蠶。但聞聲簌簌，不辨語喃喃。甜水淪苦茗，京師謂淡水曰甜水。以誠。乾酒啓小盦。燒酒曰乾酒。醉醒各隨量，飢渴任所耽。滑喉咀味速，光龍。染指攫取酣。高堆覺盤小，備濯催盆涵。稠疊不知飽，廷掄。煎熬倘能堪。來愁厨傳遠，賣聽街市儋。吾鄉又名饊，文藻。饋物常宜男。棗栗佐分果，彈酒爲伴函。武林風俗，以此爲饊子。生男之家，佐以棗栗彈酒之類，交相饋遺。今兹偶饕餮，以誠。何必論北南？屑餘戒暴殄，槃盡增惶慚。主賓各叉手，光龍。僮僕空携籃。一飽仍向火，再饜期傳柑。詩宜踵題字，廷掄。説豈嗤空談。文藻。

沈景熊

字炳季，號嵩門，仁和人。乾隆四十九年進士，官印江知縣。有《寄取軒詩鈔》。

《蒲褐山房詩話》：炳季爲余門下士，叢書稗説，靡不瀏覽，發爲詩，如入波斯之肆，木難母淥，往往雜見沙礫間。杭大宗編修稱之。余在武林修《西湖志》，招以入局，因深知其學業。晚膺民社，旋即懸車，亦振奇好古之士也。

西江古鐘歌

維皇至治誰比踪，聲教廣被協堯雍。德動天地大樂出，西江爰獻蒼姬鐘。徵祥已邁汾陽鼎，典寶不減東序鏞。齊盄周景不可見，對此厥象羅心胸。欒銑角甬雕刻巧，禮圖繪畫真傖儂。面各四乳乳四面，三十六乳如攢峰。寸挺戛擊乳乳昇，春容轇轕聲丁冬。銘文可識籀史篆，結體古秀蟠蛟龍。正月乙亥志造作，子孫世享何敬恭。至今相對猶鄭重，恍如入廟來朝宗。更愛完美剥蝕少，朱斑燦爛耀丹彤。百神呵護信不易，紫泥土碧光茸茸。我昔遨游過渝水，幸睹此物誠歡悰。摩挲不釋加考

核，摹寫鈎勒全姿丰。爲綏爲雅未敢定，集古金石相追從。乃知真是三代器，一十二律殊聲容。非編非篾亦非特，依時大小無相重。此地舊爲墨莊宅，當年什襲恣清供。長留已及數千載，湮没久被磚苔封。一朝應瑞現牛斗，鏗然出土驚三農。九牧上貢天子喜，皇皇寶貴珍方琮。命付太常重審定，《韶》音復作慶遭逢。短章作頌且志遇，會見儀鳳來邕邕。謹按篆文，其大鐘名似雅，小鐘名似綏，不敢妄識。恭聞御鑒定爲鎛鐘，并依制增置廟祀，作樂崇德，千古莫隆，歌以紀事，且志遇也。

途中

孤篷小泊碧山根，短竹疏籬古寺門。樹接殘陽紅有暈，水連芳草緑無痕。趁墟雲濕魚蝦市，唤渡人歸薜荔村。長望鄉關愁日暮，烟波江上與誰論。

邵培惪

字元惪，昭文人。乾隆四十九年進士，官麗水知縣。有《避葵吟》。

清江浦

橘產自南方，北逾淮化枳。鸜鵒不逾濟，貉逾汶則死。山澤各有宜，物生苦轉徙。胡爲名利人，輕身去故里。客土無元氣，始謂殊不爾。頻年厭行役，斯言真信矣。今我至河干，景物劇可喜。泉甘土盡腴，風柔草爲靡。舳艣疑駕梁，軫輻不留軌。鄉音漸有情，水族更多旨。分明魚處陸，萬丈落清泚。江湖頓相忘，吹沫掉其尾。回頭人海中，兩載百日耳。浪迹每匆匆，歸興常亹亹。衣塵緇未化，不藉河流洗。但念何所爲，去來忽未已。嵇康倘詰責，鍾會齒難啓。用此良自悵，慷慨不可止。

瓜洲城

蘆荻叢中古戍樓，孤峰隱隱瞰江流。鐘聲遠雜潮聲落，山色平分樹色浮。絶岸風雲連鐵瓮，遥村燈火隔揚州。賣瓜步上聞佳話，願得分甘到客舟。

宿高溪

古寺依山側，征夫此暫停。夕陽穿徑竹，流水約池萍。行旅慚携鶴，風塵學戴星。明朝又前路，詎敢惜勞形。

李驥元

字鳧塘，綿州人。乾隆四十九年進士，官編修。有《雲棧詩稿》。

《蒲褐山房詩話》：鳧塘詩有奇氣，亦有逸氣。起句如「東風吹早霧，豁然露朝陽」，「秋風捲地來，黄葉打窗牖」，「山頂出天上，山根枕湖眠」，「龍山如龍頭，垂胡飲江水」，「大江日下流，我沿江水上」，「天地爲大爐，煎此潼川水」，「天雲送春去，山色青無邊」，「結交不結心，同室如异地」，又如「荒鷄何與人，偏不穩栖宿」，「五更枕上鳴，唯愁客夢熟」，又「河連天上月，沙聚雲中雁」，「人來鴻雁飛，河動月光辭」，「看山如飲酒，快意輒心醉」，皆能自鑄偉辭，未經人道。與兄墨莊，工力悉敵，可稱「二難」。但奉粟一囊，臣飢欲死，未免流浪江湖，因人作計，故激昂慷慨中，有危苦蕭颯之音。

天雄關

左排山萬峰，右包江一道。矗矗天雄關，衝霄崖未了。地據西南雄，天圍秦隴小。波濤碧油油，霜霰白皓皓。自經閣道行，群山入懷抱。及兹歷益高，如鶴凌蒼昊。但惜往來人，扳梯增懊惱。

飛仙閣

仙人耽白雲，不肯塵囂住。凌峰修一閣，高挂雲多處。門栖唐代烟，園種宋時樹。欹崖下接江，陡壁中開路。雙雙白玉童，啓門四山顧。舉手忽招我，言駕鶴來馭。便當謝時流，追侍王喬去。

滴水崖

泉水山澗流，澗下山更險。積勢懸崖前，一落瀉坑坎。硋衝石有聲，澒洞山俱撼。幸逢寒沍時，不雨波濤減。掣鷹駭越禽，見兔想秦獫。壑深風勢號，霜重楓枝染。水既碧無塵，山猶青未斂。何

須桃花源，即此供流覽。

七盤山

南棧七盤促，北棧七盤長。憑高瞰地底，曲折同羊腸。一盤訝天近，舉手捫日光。三四盤漸轉，如灘下舟航。五盤六盤上，山翠沾衣裳。樹垂萬年古，泉落千丈强。紆迴第七折，始得遵平康。江翻浪中雪，馬迹橋上霜。迴頭望山頂，烟霧空蒼茫。

壽陽縣宿

群山隨我來，寸步不離側。蜿蜒到縣城，頗使游人適。山鋪落日黄，水冒浮烟碧。細流入孤村，千峰圍一邑。停轍更流覽，尖沙吹絡繹。地寒草木枯，秋高鷹隼擊。人言苛政猛，前令新罷職。寄語後令來，蒼生宜愛惜。

駱駝灣

繫馬駱駝灣，曙色分行客。長江隱塞雲，遠地茁寒麥。犬吠野人籬，酒香游子席。魚肥僕意歡，芻多馬聲悦。此間有岐途，西南劃阡陌。南連楚水烟，西接秦山雪。我家蜀江西，胡爲向南役。翹首望劍關，肝腸兩斷絶。

入　峽

兩山峰欲合，幾無水行地。神禹鑿石開，江流初得意。汪洋雪浪來，河漢峽中墜。吼如秋夜潮，快如金埒驥。不知造化功，奇險何年置。鎖斷粤咽喉，舟度亦非易。篙師反歌笑，上峽若無事。嗟爾澤國人，終以水爲戲。

石門山

石門山有四，險惡惟塘窟。峰高天疑卑，壁峭石欲落。兩兩建祟墉，蓬蓬榮刺竹。虎嘯陰風生，泉飛白日浴。開闢無人徑，步崖即顛覆。豈知我亦巧，輕舟破江緑。偕晁上急灘，飛語答空谷。側耳聽鷓鴣，倚舟看楓木。

白馬灘

下流望上灘，灘勢垂天半。噴欻幾千尺，如馬下高棧。舟進波欲欄，哄同鄒魯戰。畢竟人勝水，遲迴達灘岸。兩山又交壤，中嵌江一綫。日月照不及，蓬蓬雲遮面。苗夫力牽纜，出山途始轉。迴望不見江，但覺林葱蒨。頻年江海行，風波歷亦慣。篙師翻畏葸，泊舟猶喘汗。

雪山關

白日走青霄，夸父不能逐。一上雪山關，日疑手可掬。峻看達天門，雄訝折坤軸。亂山泣魑魅，一徑通黔蜀。樹欹上下崖，風簸西南谷。當關據一夫，萬馬應裹足。憶昔隴西行，劍門關駐目。謂擅天下險，烏知險非獨。俯視肩荷者，喘汗步難速。安得愚公移，蕩平路坑壑。

送友人回蜀何吉齋。

誰遣春花伴客旋，聲聲祖帳咽離弦。月明燕市嘶征馬，雲暗巴山聽杜鵑。攬轡空懷齊物志，歸鄉且讀養心篇。相思莫謂書難寄，飛雁猶能到日邊。

甲寅春日送述庵先生南歸

氣節凌霜柏，聲華震地雷。七旬恩眷渥，千里嘯歌迴。召伯棠猶在，陶公菊又栽。公去秋曾告假南

雨泪滋桃李，歸。薊雲華蓋捲，吴月斗牛開。尚憶雕龍辯，真憐倚馬才。詩刊湖海集，酒醉聖賢杯。

時祖帳都門，多公門下士。風情寄竹梅。故鄉親友説，疏廣賦歸來。

潘奕藻

字思質，號畏堂，吴縣人。乾隆四十九年進士，官刑部郎中。有《歸雲詩集》。

游天平山遂宿白雲精舍

我非山中人，强就山中宿。松風扶杖兩腋輕，野鳥迎人幽徑熟。山中老僧舊所識，扣門不厭聲剥啄。白雲封户洞壑深，玉笋参庭衆峰矗。庭中方池清可鑒，圍以朱欄蔭修竹。游魚啖影花氣肥，垂楊蘸水波鱗蹙。雲泉古篆誰所銘，第一清流冠南服。石壁有「白雲泉」三字篆，又題曰「吴中第一泉」。石磴垂蘿辨茶竈，翠崖遺影留仙躅。山僧延客何所薦，斫取枯枝煮溪蔌。飯餘小憩涉山亭，月黑惟看星熗煜。空林突兀竄鼯鼠，飛泉蕭瑟鳴琴筑。悄然清泠不可往，閉門孤坐依殘燭。鋪床拂枕少眠卧，鼻息雷鳴驚倦僕。人生百年坐飄忽，塵勞擾擾紛馳逐。榮枯得喪醉夢裏，孰以亡羊辨臧穀。共

言小隱待功成，蝸門何時息蠻觸。我今暫結清淨緣，有似冰丸破炎燠。何當遂此永幽栖，青壁茆齋倘可卜。紞如五鼓耿不寐，木魚旋起呼僧粥。

聞笛

秋浦月初上，秋風雁獨飛。何人愁出塞，有客賦將歸。水落魚龍寂，霜清楊柳稀。徘徊聽入破，涼月冷侵衣。

確山縣古爲道國。

蕞爾春秋國，嗟哉黨錮名。世家遺舊史，故里重儒生。蜩沸涼移樹，山危翠壓城。此邦風土好，不讓首陽清。「死願葬首陽山側」，范孟博語也。

七夕次小河汛

今夕是何夕，蕭然旅館清。風驅殘暑净，月蕩一鈎明。瓜果天涯節，雲山客子程。前途烟水闊，好趁布帆輕。

吕星垣

字叔訥，武進人。貢生，官新陽縣訓導。有《白雲草堂詩》。

北窗曉起

北扉斜對玉山庵，鐘磬遥遥度碧曇。几近蔬園幽景曠，帳連豆架暗香含。半窗雁影秋河澹，一枕蟲聲夙雨酣。自覺精神生早起，寫經兩幅抵朝參。

邱思燕

字丙南，青浦人。諸生。有《青山吟藁》。

朱寅齋莊蓮谷泖客飲裕光齋

訪舊斜陽裏，歸雲嶺上收。主人孔北海，座客謝南樓。何幸邀青眼，多情易白頭。玉簫聽未得，明月照人愁。

六和塔

山僻疑無路，鈴聲樹杪聞。海天雙眼豁，吴越一江分。懷古臨流水，題詩對斷雲。六和憑眺迥，頭地覺超群。

慧日寺觀梅

盈浦平添十里潮，尋芳好放木蘭橈。最憐旭日和風裏，剩有枝頭雪未消。

江鄉贏得此身閑，信到招提數往還。忽憶虎山橋畔路，朦朧月色照吾山。香雪海本名吾山。

湖海詩傳卷三十八

王　復

字敦初，號秋塍，秀水人。監生，由四庫館議叙，官偃師知縣。有《樹萱堂詩》。

《蒲褐山房詩話》：秋塍承其尊人穀原之學，殫見洽聞，詩才凌厲，少即與汪雲壑、祝西澗、蔣春雨諸人聯吟鬥險，衆避其鋒。既而入京師，游秦中，從予及秋帆撫軍最久。迨筮仕中州，初任商邱令，又偕幕寮彭受園等流連觴咏。尋調偃師，繼湯君毓卓之後。湯君南皮人，乾隆壬午孝廉，搜羅金石，重輯志書，與武君虛谷交。君繼其後，風流彌劭。游龍門砥柱，極山水之勝，作長卷以紀之。同安陽令趙君希璜皆以「仙吏」稱。句如「月明漁火全無影，夜静江濤漸有聲」，「草色青迷沽酒處，杏花紅點渡江時」，「凉氣吴衫輕易透，離愁魯酒薄難降」，「碧窗晨展泥金帖，紅燭宵浮藥玉船」，「吟來詩句清呈佛，老去容顔瘦有神」，「新詞且共歌鹽角，舊醖還來撥瓮頭」，「燭花送喜春争發，弓月流輝夜

未深」，皆繪藻相宣，宫商叶應。

雨傘七疊前韵

削竹仿製笠，糊紙似蒙鼓。圜轉膏油塗，拄立圓影午。摺叠携甚便，平。開闔機莫杜。晴時任弃置，縈塵暗側户。積陰忽兼旬，密雲如釀酭。出門愁沾濡，利用逮婢女。手重互易持，氣蒸變熱煦。大勝瓦爲之，亦便披蓑侣。轡疑篷庋聽，點滴頭上數。況資暑月宜，遮避炎曦苦。遥思紫蓋張，飛共落花嫵。繪畫雜綺羅，擁護盡文組。未若此便民，風雨占十五。蕭然破屋中，差免濕竈土。「破屋常持傘」，東坡句。

兩峰畫梅見贈詩以奉酬用東坡李公擇梅花詩韵即送其還揚州

北地寒色早，林木淒飆動。先生坐旅窗，筆硯自吟弄。腕庋回春風，繁枝破荒凍。香雪燦滿林，悞引蜂蝶哄。昨朝尺幅貽，隔巷走傔從。展挂玉丫叉，我懷忽孤縱。先子交君師，兩峰爲金壽門先生高弟，壽門與先大夫交甚契，每歲寫梅寄贈。投契如伯仲。年年驛使來，遠道幽情貢。每當縑素開，勝比琳琅

重。茅堂氣和盎，窺檐鳥頻哢。時予髮甫束，立侍側清諷。迄今幸弆藏，感往餘嗟痛。兹復得此圖，好似割垣雍。遂訂冰雪期，稍醒塵土夢。修到定幾生，明月閑鋤種。師承有淵源，落筆自超輇。出藍千載真，浮白一宵共。君還羽騎鶴，我愧雛稱鳳。竹西千百株，春到舊岩洞。他時訪故人，更撥香泥瓮。

正月八日曹種梅招同朱梓廬小飲同用東坡送曹子方韵

幽居傍水曲，凍解摇晴瀾。竹林倚翠袖，梅影欹黄冠。齋中蠟梅盛放。近著帙益富，新書墨未乾。足音喜空谷，言泉瀉流灘。吟情未嫌苦，春味方宜酸。嘉魚薦丙穴，生菜登辛盤。我今困勞悴，君毋嘆懷安。境閑心自適，宵短夢易闌。志在業千秋，情豈榮一官。擬尋山水勝，寧辭道路難。梓廬、種梅約游天台。相期弆蝸角，長往持漁竿。磯頭舊鷗鷺，斯盟應不寒。

墻下小軒題壁

小築三間屋，幽居春事宜。林深知鳥樂，墻短愛梅欹。地占金陀里，禪參玉版師。軒後新栽竹。

經營真不易，誰寄草堂貲。

日涉聊成趣，情懷與俗疏。課僮芟徑草，留客翦園蔬。静卷彈棋局，閑翻種樹書。預期銷夏好，一枕北窗虚。

次韻答紅泉題予游草之作

他鄉負米記年時，惜别懷人得句遲。繫馬垂楊村店酒，落帆斜日女郎祠。心酸南浦江淹賦，腸斷東風賀鑄詞。不是天涯倦游客，此中愁思更誰知。

百泉將往邗上予以事阻未及同行叠前韻送之

渡口楊花亂拂衣，行縢檢點上船扉。去如海燕尋巢舊，到值江魚入饌肥。綺語徐陵欣共賞，時與秋湄偕行。窮居王粲嘆無依。紅橋流水湔裙碧，遲我風鳶接翅飛。

和介堂移居詩原韵

家具移來幾束書，翛然真覺愛吾廬。定教快意屠門肉，且免長歌客舍魚。添種花枝依徑曲，量栽蕉葉補窗虛。簾圍小院愔愔静，一榻熏風午夢初。

冬日晴暖農人望雪甚殷詩以催之用東坡雪後書北臺壁韵二首

曆尾駸駸晷影纖，披裘未覺氣凝嚴。人來舊苑懷詞賦，時到殘冬念米鹽。早有微陽烘麥隴，可無甘澤慰茅檐。陶家况味真清絶，待掃繁霙出素尖。

畢逋聲裏亂昏鴉，隔巷香聞過麯車。未見風流吟謝絮，先教火急試唐花。堂前白戰思詞客，江上青蓑伫釣家。箋乞碧翁陰早合，同雲延望手頻叉。

和渭川寓感原韵即以寄懷

郎官漫説應星辰，落拓方嫌衆裏身。暖氣欲吹鄒子律，狂飆偏惹庾公塵。悠悠閲遍三千界，録録容隨十九人。歲暮冰霜方歷盡，幾番芳信待回春。

旅館宵談静掩門，天寒惜别黯吟魂。銷愁且自傾三雅，溷俗何能净六根。鴻雪浮踪留不定，鶯花好夢去無痕。自緣力弱難酬報，怨李恩牛總莫論。

年來物我漸相忘，得失紛紛詎足傷。涸轍終教窮鮒活，占巢空笑拙鳩忙。銅臺遺迹尋香履，雪苑前游憶咏觴。各有千秋傳業在，名山到處好收藏。

珠蘭十二韵

縛架支柔榦，移盆就畫檐。慣滋清露潤，不避暑風炎。名字湘潭襲，來程閩海淹。霏微肌粟綴，淺淡額黄添。開處猶疑蕊，繁時欲逗簾。貫思珠瑟瑟，摘想玉纖纖。小扇低承綺，清瓷滿貯奩。浴餘蟬翅掠，妝罷鳳頭拈。粉助芙蓉艷，球成茉莉兼。枕函嬌夜合，茗碗鬥春尖。軟語吹唇密，濃香入

夢甜。經時常眷戀，腸斷莫相嫌。一名斷腸花，見《本草》。

重陽後四日述庵先生招同朱笥河翁覃溪程魚門三先生暨趙少鈍陳竹厂徐蒼林黄仲則張蕚樓諸君集經訓堂送錢獻之赴西安分體得五言排律二十韵

衆葉紛辭樹，相携正黯然。驪駒方在路，萸菊復開筵。榮豈浮名慕，才應大雅憐。虚堂頻會合，畸士半迍邅。繾綣情何重，艱難道自全。幾年遲握手，匝月鎮隨肩。識字推揚子，通經擬鄭元。宫商精辨審，輪軾細參研。時以新刊《詩音表》及《車制考》見示。言洽蘭同臭，交真石比堅。凉亭時挈榼，禪室屢分箋。題字羊裙濕，尋幽謝屐穿。暢懷當暑月，彈指逼霜天。壯志囊中鐵，離音膝上弦。荒榛搜古碣，疏柳綰吟鞭。旅食勤加飯，征衣重著綿。高原秋色迥，遠塞驛程連。圖就關重入，獻之有《入關圖》。書成市可懸。南州留舊榻，東閣重時賢。别語今宵永，遐音异日傳。臨岐回首處，凄絶各風烟。時予亦將南歸。

述庵先生屬題三泖漁莊圖四首

一鏡碧摇檻外，千螺翠涌窗前。山水東南甲秀，波雲下上澄鮮。

別墅謝公絲竹，小園庾信江關。何似筆床茶竈，天隨子共往還。

久別田廬無恙，繫情邱壑難忘。静對生綃幾幅，蒹葭秋色蒼蒼。

事業富韓一代，文章燕許千秋。空憶烟波清興，閑眠讓與沙鷗。

九月杪將北行同人餞飲於晚晴齋聯句

倦歸息擔簦，人事瓠壺擾。良會日無多，理裝復秋杪。復。王郎久衣褐，關津急征鳥。鬱鬱壯歲懷，扶摇望雲表。祝嘉。詞場溯前輩，雛鳳清聲紹。舊業守青箱，珍材挺孤篠。蔣元龍。我昨游金臺，文苑窺窅窱。冠蓋萃群英，魁台耀葩璒。汪彝銘。上林體麗則，原草句驚矯。遇合會有時，勿嘆知音少。王尚繩。十年識豫章，千里駕騄裹。直欲鉛槧偕，衹恐侏儒飽。汪大紳。豈曰玉美燕，而思瑟倚趙。汪如洋。朝來涼風遒，持袂形神悄。騷騷落葉聲，役役飛鴻爪。復。

薦達有蕭朱，論交見管鮑。飄零竹林社，惜別意難了。嚞。於此且留連，騰觚酌清醥。披綿肥疃村，斫雪健松泖。元龍。砌擷菊枝殘，窗鳴雨點小。相勸添杯壺，劇談判參昴。彝銘。爛醉今夕歡，離愁明日攪。抽帆江楓欹，并轡驛堠繞。尚繩。衝寒入國門，毋使鄉信杳。紙閣爐夜紅，天街雪晴皎。大紳。覿面先後期，蹇驢柳春曉。書屋借城南，鵠袍戰京兆。如洋。

徐書受

字尚之，武進人。監生，由四庫館議叙，今官南台知縣。有《教經堂集》。

《蒲褐山房詩話》：尚之少而食貧，長而多故，彈鋏依人，恒有四方之役，羈旅道塗，所作往往牢愁激楚，大抵取法在孟東野、張文昌間，然才情諧暢，兼效元白。早年與仲則、映微輩出入門下甚久，各以古道相期，詩格雖不同，其篤於性情一也。

無米

没徑長蓬蒿，結廬背城郭。問何突不黔，怪豈鐺折脚。竈婢告瓶罄，菜色共寂寞。既缺太倉糴，

詎效屠門嚼。庾空愁腐鼠，盎竭噪飢雀。誰憐顏公乞，寧就仁祖索。〔一〕吾將屏甘濃，息意事葵藿。世無監河侯。口腹竟奚托。三旬遭九食，君子固窮約。指囷未爲貪，餉新或堅却。〔二〕碧韭炊黄粱，紅鹽裹青箬。粥糜已無餘〔三〕，麥飯尚堪擢。養生娱性命，沽酒傾下若。高坐方浩然，時聞嘯歌作。一飽同何曾，毋嫌食單薄。

【校勘記】

〔一〕「寧就」句下，《教經堂詩集》卷一有「异味聞鴞羹，佳客進鷄臛。蒓絲入鱸膾，湩乳下羊酪」四句。

〔二〕「餉新」句下，《教經堂詩集》卷一有「厨下充膏肥，無疢飲苦藥」二句。

〔三〕「粥糜」，《教經堂詩集》卷一作「食粥」。

新嶺

振衣忽霄漢，巉絶已平視。一綫上天宇〔一〕，萬笏出地底。斜日在半崖，高鳥飛不起。豁然倚層空，盤旋徑邐迤。雲生乍籠袖，澗響復盈耳。何處烟林鐘，天風吹十里。躡景有羽翰，蒼蒼暮凝紫。

【校勘記】

〔一〕「宇」，《教經堂詩集》卷九作「奥」。

十八盤

朝行千磵曲，暮宿萬山岊。嘆奇先舌撟，瞻顧笑目竭。盤陀況梯升，横出更斗絶。攀躋分寸難，十步四五歇。下視愁懸猱，上陟怯飛鶻。力均連股尻，意動惕毛骨。輪摧機轉碓，車簸海浮筏。虚烟沉翠壑，杳靄插遠笏。精藏白日駭，蛇蜕來徑滅。亭皋俯呀庨，人馬比蛩蟨。奔雷動地脉，素彩散天闕。崩崖猶見樹，陰洞未消雪。荒榛時罥罣，怪石屢臬兀。險應穿鳥道，幽恐近虎窟。雖復登陟勞，陋彼坂九折。

懷述庵先生贈莊明府成烈

近來弟子多著録，海内無過王與朱。筠。自從二老僅存一，如水注壑士益趨。我交明府歲丁酉，經訓堂中醉巵酒。張蕚樓。徐蒼林。一輩并异才，詩成起爲先生壽。先生再登朝，請假一上章。松楸慕無已，諒益鬢鬢霜，我行四顧徒茫茫。近知明府在，感我故意長。明府何如廣文冷，絶异恒情發深省。次園由廣文薦舉，然時時慕爲廣文日，不可復得也。爲政風流希古人，弦歌遺澤何其幸。

雨宿田家

瀟瀟雨，滑滑泥。泉淙淙，近前溪。車輪不轉用力齊，僕夫告瘁愁路迷。昏止樹林下，老馬同烏栖。多謝野翁意，怪我顔色低。遥指草廬在，繞出溪前堤。前堤亦非遠，步步如登梯。全家細弱共一飽，勞君爲我具黍鷄。野翁良不俗，室中尚有牛衣妻。妻餉饁，翁執犁。嗟予踪迹苦無定，終歲道路常東西。來時纖草緑，去日寒風凄。野翁揮手且復别，我本途人信馬蹄。

濬縣登眺近山用岑嘉州留題縣南樓韵

一堆空翠如欲飛，黄葉滿林禽暮歸。嵯峨石碎馬蹄滑，徜徉有客風吹衣。太行隱隱環山縣，恍似荆關畫圖見。居人日在翠微中，問客徘徊何所羡。我思不若買小邱，規池養魚通澗流。庾公於此興不淺，月出更上城南樓。謂松園先生。

獻縣塗遇馮大百史訊知西河客游長水

常年揖別判東華，消息憑傳故里賒。不覺輕塵同駐馬，可憐高樹已藏鴉。賦成明水年尤少，榜盡孫山事可嗟。今世子雲愁入俗，傾脂河畔醉鳧花。

蘆溝道中

嵯峨石路一車輕，似在危灘駭浪行。霜柳未黄矜雨色，風蟬將老變秋聲。頻至寄迹才何用，幾處懷人夢不成。宛憶春塘冰乍泮，典衣沽酒話平生。去春偕西河過此。

送董超然南歸即寄錢大魯思楊三西河次用少陵夔府詠懷一百韵

迹久違吴下，人頻會日邊。蹉跎淹壯志，哀樂萃中年。已刻無成鵠，聊同不繫船。撫膺惟莞爾，舉首孰褎然。物態應看慣，人情本重遷。厭題《鸚鵡賦》，半廢《蓼莪》篇。告瘁寧求息，刓方尚惡圓。

恰逢飛絮候，又負養花天。曩日遨游數，兹邦習氣偏。西疇初餉饁，東路正防川。董相帷猶在，陳蕃榻自懸。莫携磨鏡具，誰貸辦裝錢。异地空相顧，貧交轉共憐。三千齊上客，七十郡名泉。考古情逾濬，懷歸眼欲穿。童烏能學語，少弟并扶肩。爾去誠良策，吾留僅冗員。羈栖寒素約，合并隔塵緣。爲溯湖濱勝，曾招畫舫便。小桃輕嘆雨，弱柳暗藏烟。枚馬論遲疾，王盧較後前。長生拚似鶴，結友盡疑仙。景物都陳迹，詩章莫浪傳。好山供俯仰，流水送潺湲。以上叙戊戌春與錢、董二君歸自湖上。一自離群出，重教憂患煎。事同蟲食苦，形比蟻投羶。陋巷迴車騎，華堂避舞筵。種纔分菽麥，微敢托鵬鸇。未是無心失，終期怙過悛。徙薪愁曲突，淅米向霜鋌。呼吸生真寄，屯亨命有權。虞翻傷傲兀，杜篤免拘攣。夙願應將遂，沉痾頓令蠲。俗儒争誚讓，豪族盛游畋。不惜珠爲彈，從知瓦可全。賓僚輕許掾，雅意進彭宣。謬得群公嘆，何求一士賢。紛紜存夏五，變幻悟秋千。鳩乃營巢拙，鶯還出谷先。長楊初薦達，短翮欻聯翩。縱异生枯管，能知緩急弦。快方標雁塔，悔早失魚筌。涉世誠疏矣，忘機盍泯焉。龍門仍蹭蹬，驥尾暫回旋。賦或嗤《奇字》，文甘味《太元》。幾人成誓墓，何事亟歸田。問夜檠同翦，嬉春轡每連。病餘慵買卜，食少費烹鮮。歲月無停軌，音書附去舷。涕痕猶滿袖，危語動盈箋。以上辛丑楊君登第後，與余别於京師時事[一]。稍稍驚魂集，時時遠夢牽。平生懷放曠，吾輩各迍邅。易得浮踪合，毋憂宿諾捐[二]。贈綈悲寂寞，伐輻刺淪漣。幕府趨關輔，謂獻之、淵如。蕭齋傍澗瀍。謂緘若、星頡、漢章、應尾。題襟聞洛社，感舊緬秦阡。詎效孫登嘯，行加祖逖鞭。名流希

結納，静女獨嬋娟。不謂辭鄉樹，還來聽暮蟬。相逢初換葛，小頓又裝綿。偶乞僧厨飯，常虚客舍氈。花時偕側帽，陌上競遺鈿。底用區門户，徒嗟仰屋椽。忍看紅葉謝，被唤海棠顛。腹稿乘酣脱，頭風及旦痊。句教干白傅，才倘妒青蓮。挈侣商投足，登車信曲拳。孔庭陪對鯉，楊席見銜鱣。冒雨尋荒樹，衝泥没錦韉。所欣蘇久旱，非比潤微涓。以上董君同寓都下及後至清源〔三〕。此會皆天假，追談到海堧。不扶笻竹杖，定製布行纏。嶺勢劖霄立，灘聲挾石眠。向來神頗王，孤往興尤堅。佳果經時熟，繁香彌望妍。菩提增蔭鬱，蝴蝶弄翩翾。土俗如前否，登臨念慎旃。聚糧俄北首，著集尚炎躔。以上指所撰《嶺海集》。旅寓依朱季，生徒侍鄭虔。細流源必匯，大冶入宜甄。臺尚風期杳，潘張麗體駢。鞠通揮緑綺，紛蠹守青編。漫亢諸侯禮，休輕百雉專。新晴勤稼穡，缺月挂弓弦。憶昨如行脚，於今學坐禪。第能安食指，何苦落言詮。一妙嘗旋越，秋塍、荸樓獻賦被放。雙珠復滯燕。稚存、映川禮闈報罷。最難寬毾㲪，奚必慕騰騫。故里諧談燕，高軒敞曼筵〔四〕。試燈低吐焰，逢麯飽流涎。贈别須丹棘，銷魂豈杜鵑。帆開揚婀娜，道阻聽洄沿。過圯思黄石，還山訪偓佺。關心占勿藥，魯思病店未愈。拭目待高褰。未得西河召試消息。那作垂天翼，真慚跕水鳶〔五〕。左原遭見斥，伯玉解繩愆。求劍舟勞刻，凌雲字枉鐫。飄萍殊泛泛，芳草乍芊芊。嗜酒愁憑掃，耽吟體過孱。諒予非擇禄，未敢就曹銓。

【校勘記】

〔一〕「余」，《教經堂詩集》卷八作「予」。

〔二〕「宿」，《教經堂詩集》卷八作「夙」。

〔三〕「上」，原作「下」，據《教經堂詩集》卷八改。

〔四〕「敞」，《教經堂詩集》卷八作「廠」。

〔五〕「慚」，《教經堂詩集》卷八作「漸」。

代人有贈

五銖衣薄畫雲綃，硯匣琉璃解頌椒。爐暖翠縈心上篆，鏡瑩紅隕影中潮。脂香羅掩痕猶印，粉醉霞烘暈未消。配藥方依辰日合，照愁燈剩卯時挑。偶耽静色風飄絮，時愛秋聲雨滴蕉〔一〕。睡起錦書和月織，病慵螺黛割烟描。衫緣篋冷薰初透，絲爲桐枯韵轉遥。花苑霧迷渾是夢，湘簾波浸不勝嬌。偷翻曲譜頭頻側，閑擅丹青手自調。欲識惱公無限意，燭盤堆泪去迢迢。

【校勘記】

〔一〕「時」，《教經堂詩集》卷九作「特」。

入平原境曠如奧如土阜如山蒼烟四合令人有去此何之之嘆

坡陀百折樹千重，徑絶烟濃忽又通。兩兩仙禽語何處，人家盡日翠陰中。

何青

字數峰，歙縣人。監生，今官澄海知縣。有《味餘樓初稿》。

《蒲褐山房詩話》：數峰天才英俊，風雅宜人。竹君爲安徽學使，特加識拔。既入京，復來受業。爲詩摇毫擲簡，嘯傲滄州，而五言宗二謝，七言宗韓、蘇，又復左規右矩，節簇自然，是以詩名益振。然數奇不遇，溷於鹽策，近始鳴琴花縣，世論惜之。

富春江

解纜錢塘江，停舟富春郭。海門夕汛平，嚴瀨迅湍落。曲渚隱林巒，斜垣繞岩崿。閭閻樹杪懸，

雞犬人家托。漁父泛依依，水禽飛格格。古刹覆松杉，遥村横略彴。涵岫暮烟微，逗月晴霞薄。羈旅淡無悰，山川果宿諾。永懷沈家令，言念謝康樂。洵美未能留，眷兹暫淹泊。

月夜宿石磓嶺

晨策恣幽尋，日暮中途歇。未梯絶巘雲，先卧孤嶺月。林籟響喁于，山泉流瀄汨。氣清空谷寒，露下高岩潔。周遭天宇浄，遥峰露崒嵂。安得凌絶頂，飛觴和玉屑。相看興不違，近阻情彌切。雖獲蕩喧囂，還令神超越。僧房危榻支，不寐遲明發。

發慈光寺過巢雲洞歷小心坡度斷凡橋入一綫天達文殊院宿焉

凌晨度慈光，攀躋越數里。層巒當我前，欲往昧所指。谽谺古洞通，驟入幽岩裏。栗栗小心坡，貼壁剛容趾。嵌空横略彴，下視不見底。一綫穿鴻濛，諸天勞仰止。奇松解迎送，孕石參差倚。龍鱗勢欲飛，偃卧長不死。怪石作人立，兀兀争奇偉。瞪目應接疲，側身忘險巘。罡風吹日斜，雲際暮鐘起。宛入蓬萊宫，文殊院有「陸地蓬萊」額。心向文殊禮。還當十日留，憑眺窮終始。

鍛奴歌爲蘇餐霞作

鍛奴論詩氣食牛，百城坐擁窮披搜。鍛奴作詩力縛虎，鬼愁膽破避險語。有才不遇嗟窮途，賣文爲活長江湖。襆被依人聊爾爾，萬里山川供足底。狂來欲剗仙霞峰，興酣吸盡西江水。一笑贈我《黄山歌》，勸我晞髮山之阿。但道富貴浮雲耳，不如高山流水供長哦。丈夫落拓理則那，鍛奴鍛奴奈爾何。

雨中過怡雲山館觀桃

人足烟霞癖，居鄰鷗鷺家。夭桃沿徑密，細雨掠溪斜。新碧添春水，殘紅散落花。古歡如可接，好逐釣魚槎。

自南昌之南康別從兄秋厓

南浦傷心地，逢君又別君。早年多作客，何處不離群。彭蠡波浮岸，匡廬樹出雲。登樓勞遠夢，春草滿江濆。

天都峰

斧鑿何年闢，巍然冠此山。更無峰比峻，豈有路能攀。向背三州外，陰晴一息間。軒皇長不返，終古石苔斑。

元夕章江望月

春到天涯始欲愁，今宵又見月當頭。東湖清影水涵閣，南浦芳塵人倚樓。浪迹關山經兩載，全家骨肉在三州。江城孤笛撩歸思，悔殺探奇處處留。

開封月夜有懷蘇餐霞在陳州

紞如衙鼓夜將分，萬里天無一縷雲。皓魄連宵看積素，羈魂异地怨離群。樹高烏鵲當軒繞，城古荒鷄隔巷聞。遥憶芳塵凝榭處，抽毫王粲最能文。

朱竹君先生齋消寒咏瓶中月季花

凋殘處處轉霜蓬，向晚芳苞孕小蕽。薄植寧甘群卉後，韶華却許四時同。瓶能續命何妨折，爐可回温欲借烘。丈席人來剛立雪，對花一似坐春風。

游峽山寺

北禺雲氣接南禺，殿宇巍然帝子趨。峽水縈迴三十里，山榕蓊鬱一千株。扳藤覓徑危防足，憩石看泉冷浸膚。定是烟霞緣未了，一經初地一踟躕。

胥繩武

字燕亭，鳳臺人。貢生，官萍鄉知縣。有《晋普山房詩鈔》。

陪謙山觀察查武定各邑灾賑途次有作

油幕稱殘客，星軺載後車。此行當歲莫，何處不天涯。綻縫征裘薄，連程驛路賒。等閑塵轍裏，來往送年華。

裒益權衡細，頻將涷管操。指揮定成格，臂使藉諸曹。煢獨教均被，恩施戒濫叨。寬嚴因地判，心識去。哲人勞。

有感

卧聽南來雁幾行，江城八月已飛霜。愁生舊夢家千里，病起新賒藥一囊。破寂最憐風款户，書

空無復句題墻。浣花溪上飄蓬客，怪底猶能築草堂。
西風冷雨悵歸難，秋到詩人分外寒。四壁漸成懸磬室，幾年空作折腰官。向誰乞米書多拙，許我輸金法已寬。歌哭都非消遣計，欲圖狂飲接餘歡。

兩峰以清容居士自書詩册見示題後

兩册溪藤栗尾書，斯人何在欲長吁。更無白傅新詩本，此亦黄公舊酒壚。好句快心刀切玉，古香盈篋櫝藏珠。六丁下取君須戒，留伴通靈畫幾厨。

劉大觀

字崧嵐，邱縣人。貢生，今官奉天寧州知州。有《玉磬山房詩鈔》。

《蒲褐山房詩話》：崧嵐始仕遼陽，仁聲懋著，方且洊登牧守，奮迹仕途，乃其詩蕭閑刻峭，卓然自立於塵埃之表，正如粱伯鸞滅竈更炊，不因人熱。推其源，似出於《瀛奎律髓》，足與「四靈」三拜，分手抗行，不僅爲「五言長城」已也。

與郡人芳山種花

劚雲植嘉卉，聊復助天工。此土非吾有，分春與衆同。莫烟生遠永，樵唱散遥空。領得山中趣，横琴坐晚風。

陳柳州見過榕樓客舍

長年著敝衣，攝郡有清威。每到無人處，孤琴還自揮。馬因行部瘦，民自下車肥。來共僧樓語，星河耿夜輝。

貧士咏

寒鷄窮巷鳴，不見突烟生。書向鄰家借，詩多雪夜成。斷繩横短榻，折足卧空鐺。盡日無人語，時聞飢鼠聲。

江村偶步

江村泊舟早，閒步獨行遥。乞藥尋山寺，聽泉過石橋。曉松雲際路，春蕨雨中苗。何處還招隱，名心已漸消。

東昌舟次寄兄

節候幾更移，多年嗟遠離。最難遣愁處，將欲到家時。問友多新墓，看花少故枝。衹餘江上月，猶爲照深巵。

晚泊滄州

晚風吹渡口，遥見起朱霞。蟬噪水邊樹，棗開村後花。古城方落日，荒戍不鳴笳。知與市中近，隔船聞賣瓜。

送青城劉明府歸通州

行色少光輝，身貧馬不肥。宦囊貯吟卷，民泪濕征衣。落日歸程莫，寒山秋葉飛。到家應閉户，接見世人稀。

送吴竹虚卜居石門山

居士安身處，石門秋氣清。祇聞松籟響，不見世人行。采藥身應健，看雲眼自明。遥知到山日，定有鶴來迎。

王初桐

字于陽，號賡仲，嘉定人。監生，官齊河縣丞。有《海右集》。

泰山觀磨崖碑作

七十二君輦道荒，云亭踪迹俱微茫。祖龍之碑既無字，金函玉檢疑荒唐。開元天子履全盛，意氣直欲無軒皇。東封自古稱大典，遂令下詔開明堂。勒銘大抵示符瑞，揮灑御墨輝天章。高文或出燕許手，長篇大幅何煌煌。當時海宇本殷富，發揚蹈厲窮鋪張。八分淋漓六百字，穹崖屹立三丈强。芝英鶴頭體製別，筆勢髣髴酸棗兼中郎。焦山鶴銘鼎銘何足數？庶與朱陵洞天《岣嶁銘》相方。惜哉天寶末，諸楊亂其綱。風塵澒洞一朝起，鼙鼓動地來漁陽。珠沉玉碎銅狄燬，惟有此刻終古垂琳瑯。毋乃鬼神自有木甲護，不然安得風饕雨虐依舊光芒長。流傳完本世間少，頗思椎拓充行裝。他時携歸向吴會，什襲珍作蕭齋藏。奈何梯青躡翠必鉅費，而我羞澀垂空囊。聳肩仰面百遍讀，口角流沫神揚揚。信知岱宗大觀此第一，秦松漢柏皆枯僵。木甲，漢武帝時泰山神也，見應劭《漢官儀》。

登蓬萊閣觀海風浪大作

蓬萊之山不可到，蓬萊閣中好登眺。閣前海闊天茫茫，萬里長風來遠嶠。大海小海浮杯中，珠

宫貝闕吟魚龍。新羅朝鮮只咫尺，豆帆一霎成艨艟。我思釣鰲榑桑渚，白浪連山迷去所。白氣蒸爲駭岸雲，浪花灑作晴天雨。須臾風止烟霏霏，青銅一鏡磨斜暉，劃然長嘯驚鷗鷺，群向田横島上飛。

歲暮感懷

落拓江湖三十年，注名官簿倍堪憐。不辭南北東西路，直到冰霜雨雪天。髀肉消來添白髮，篋衣典去剩青氈。人言宦海藏身易，除是頭銜得酒泉。門徑深松灑翠濤，行厨煨葉太蕭騷。冬前舊蓄葅香盡，雪後新增酒價高。蟲解號寒聊得過，鳥能吐綬亦徒勞。街頭臘鼓鼕鼕響，歲晏關心首一搔。

新城訪王氏西城别墅

尚書池北營書庫，數十年間付渺冥。曉日鷄豚羼提閣，秋風禾黍石帆亭。居人指點基空在，故老傳聞事忍聽。却憶銅坑銅井外，漁洋終古一峰青。

《蒲褐山房詩話》：西城别墅，阮亭先生所築，凡十二景[一]，有石帆亭、樵唱軒、半偈閣、大椿軒、

雙松書塢、小華子岡、小善巻、春草池、三峰、嘯臺、石丈、竹徑、緑蘿書屋諸勝。一時名士皆有題咏，多清遠閑曠之作。公子啓涑，彙而刻之，共九十餘人，不分卷帙。予奉使青州，過新城時得之。此書不見於《漁洋全集》三十五種，恐久而遺佚，故著於此。

【校勘記】

〔一〕「十二」，據王士禎《蠶尾集》卷六《西城别墅記》所述諸景，與下文一一對應，當作「十三」。

余鵬翀

字少雲，懷寧人。監生。早卒。有《息六齋遺稿》。

《蒲褐山房詩話》：少雲，鵬年之弟。少有逸材，工水墨畫，竹君督學皖桐，賞之，由是名譽日起。然依人爲活，往來燕晋，所遇名山水，輒以詩寫之，發其抑塞磊落、骯髒不平之氣。未幾卒。其詩舊存朱氏，鵬年録得三卷，名《息六齋遺稿》。

城隅曲水納凉

清渠散水氣，無月夜亦明。叢蘆弄疏陰，無風凉亦生。水禽不見人，深處惟聞聲。披襟得稱意，我影隨我行。淩波偶延佇，波去影自停。去者本無適，來亦何所營。未成江海歸，自具活潑情。遂令波上人，對影忘殘更。都城盡同夢，心迹此雙清。

送楊蓉裳之任甘肅兼簡楊慎齋刺史

楊侯短小姿，書卷充光腴。二十始過四，健筆追唐初。依然盈川令，不襲王駱盧。先于晉宋間，飲液去其膚。停匀染藻綺，圓轉隨璣珠。今年膺鶚薦，芳名塡帝都。大匠持斧纆，飭材應時需。薰風引墨綬，出宰天西隅。祖帳春明門，朋故咸欷歔。作吏風塵中，此道成荒蕪。而我起相謂，君輩徒區區。士生功名遂，文章固其餘。古人苟得爲，空言應屏除。割鷄契先聖，雕蟲羞壯夫。况兹敦厚源，足供循良模。百里勿云小，自邇徵感符。甘凉落日外，我昔曾驅車。請具爲君陳，我言信非誣。山邑數十城，各擁千峰居。牛羊散岡隴，桑柘蔭街衢。居人半農圃，終歲操鐮鋤。板屋聞鳴機，高塲

積糧儲。巨室不治習，游手尚畋漁。羌人分隙地，種麥供歲租。任負每先時，不敢煩胥徒。俗醇宜簡政，水清戒驚魚。長官不自擾，民事自安舒。此時坐訟庭，雲嵐日扶疏。山澤有精蘊，性靈生機樞。仕優學亦固，心逸績已敷。去去慎所職，勿復相躊躕。故人和州牧，義氣今所無。自我來長安，三年未得書。君行會相見，爲問今何如。

奉贈約蓴

李侯哦詩風撼檐，高格橫恣追蘇髯。窮冬燕市守蕭館，積雪照户塵侵簾。花箋滲墨凍欲折，石硯炙火吁不炎。獨抛心力鬥冰勁，未放意思成膠粘。終朝握管待神會，物象時到秋毫尖。玉川搜腸五千卷，鄴侯過眼三萬籤。詞腴詎能濟身窘，吟貪未是妨官廉。曾經令尹三仕已，色無喜愠心無嫌。廿年游宦半天下，初看兩鬢霜痕添。但借山水助吟嘯，不假甲令行苛嚴。歸程空嘆客垂橐，舊邑誰聽民歌鐮。暫同鮫蜃屈洼濕，肯與魴鱮争喁噞。擊柝爲貧聊爾爾，彈冠笑彼徒沾沾。我早聞名見恨晚，義氣安得常摩漸。愛君詩句化凉薄，知君襟抱藏熙恬。當今用材正求舊，溯洄寧舍棫與蒹。天涯獨咏非久淹，佇君試割安黎黔。

過三泖漁莊訪蘭泉先生不值

汀蒲溆葦紆徐遍，出港平波烟一片。漸看村落似曾來，却憶當年畫中見。舟行畫裏數前村，水調農歌相間聞。帆偏斜日初過市，櫓起輕鳧忽到門。守門稚僕看行色，方音未解生疏客。門前一樹繫漁船，公家近事渠能説。指點横橋敗柳邊，東西舍影漾溪烟。比鄰舊近天隨里，走卒都知司馬園。前年歸自西江曲，稍葺荒茨事修築。未看餘地起樓臺，略飾微時舊花竹。舍後營齋庋賜書，橋前割墅開家塾。范氏宗人并執經，韓家弟子常連屋。過門鷗鷺識嘉賓，借徑樵蘇護喬木。更傾餘俸買新菑，總屬官田不屬私。一廛自寄耕漁業，百畝都供膏火資。家事已清廬墓後，君恩未忍出山遲。明年終爲蒼生起，故國先增耆舊思。比聞海堰功初賦，翠華重幸杭州路。御集都須水部編，湖山正待仙翁注。文彦如雲要總持，高帆吹擁西泠去。去時河坼正殘秋，歲宴應無幾日留。客今遠道來相訪，能爲天涯小待不。停舟聞語徘徊久，滿目昏鴉數回首。三年離索客何成，百歲從容公不朽。殘雁寒天更獨來，斷萍遠浦難相守。臨流轉柁思猷猷，近海雲霞晚更添。雪夜挐舟空訪戴，草堂卜築合依巖。扣舷高咏伊人句，一水蒼蒼隱亂蒹。

兩峰爲作蘭竹横看賦此奉謝并乞新畫

寫竹不滿十數葉，能使葉葉生長風。蘭莖自弱筆自健，更爲風勢分西東。其旁太古一片石，不與凡塊争玲瓏。兩峰老筆每獨造，意匠未許蘇文通。手敏何曾受迫促，五日十日渠何傭。有時槎枒露肝膽，一掃百幅無雷同。近來京邑散真迹，家家屏幛輝秋容。北中地性艱植此，培之不茂成枯叢。修篁新笋忽滿眼，能事乃濟天功窮。高齋霽色開初冬，北風卷幕庭陰空。兔毫肥勁墨色濃，醇醪爲君置千鍾，天涯再見君已翁。我行俶裝别君去，天地闊遠何當逢。長箋廣幅抽行筒，矮紙未盡君之工。待君酒腸動芒角，放筆萬篠摩蒼穹。氣吞烟水看冥濛，要連雲夢輸君胸。

次韻與仲則作

關河歷遍敝行縢，略憶行藏嘆鏤冰。半世狂名餘白眼，十年殘事有青燈。謀生誤作餐書蠹，行路窮于刺牖蠅。莫負一身能潦倒，邇來蕭瑟已難勝。

題雪帆圖施君雪帆思歸未得，屬余作此以遣意。

載將書笈與吟縢，帆指黄雲水欲冰。重訪江湖傷旅鬢，幾年蓑笠負漁燈。寫君鄉景休思膾，顧我生涯慣誤蠅。若許同舟明亦去，北中此景覺難勝。

渭　城

三疊驪歌酒一尊，孤吟客舍近黄昏。滿城暮雨楊花白，不出陽關亦斷魂。

黎　簡

字簡民，順德人。貢生。有《五百四峰堂詩鈔》。

《薄褐山房詩話》：嶺南自三家後，風雅寥寥，比來余所知者，張庶常錦芳、馮户部敏昌、温編修汝适、潘舍人有爲、趙大令希璜，而簡民爲之冠。性好山水，屢入朱明洞天，窮其幽勝。朋儕罕有當

意者，惟與德清許宗彦、無錫孫爾準爲詩文交。其詩峻拔清峭，刻意新穎，言人所不能言，苦心孤詣，竟以是終。五言如「香雲松葉竈，青雪竹房燈」，「明瀾聞水鳥，暗葉定風螢」，「林暗山亭夜，城光野水秋」，「海雨留魚氣，潮田起鳥群」，「松霧濃沾瓦，花源曲到門」，「潮送竹扉月，雨留花畝雲」；七言如「一枕春寒閣鄉夢，千家人語入江聲」，「酒醒北郭風花路，夢斷西林夜雨山」，「蒼凉日色沉沙樹，悲壯江聲入水村」，「吴趨歌者誰相識，楚些魂兮不待招」，「楊柳西樓懷鬼曲，辭章南俗托神弦」，「排闥柳花吹酒店，飛空山影壓漁竿」，「霜粘雁背菰蒲白，村少禽聲穲稏黄」，「溪雲曲曲三篙水，浦樹沉沉一桁山」，皆未經人道語，藥亭諸公見之，亦當退避三舍。

華首臺後至洗衲石并小記

華首臺之路，四五里不見天日。葉翠滿衣，拂之不去。觀雨花橋之水，若積山怪雲，至臺臺平，至堂堂折，自香積厨沿筧得徑，爲合掌岩。岩左側落爲洗衲石，石故坦坦，飛泉照人，於是與同游二子卧石上。時青天空寥，白雲未急，幽鳥一聲，山翠已落。

登頓倚靈迹，隱見覿神構。陰窈風雷蓄，陽林笙竽奏。鐵石積古寒，玉條媚今秀。造物視詎給，化迹信不謬。虚堂清鰥睡，夜點誤崖溜。瀹茗持露重，披衣擁雲皺。紀辭待後感，燭壁惑前鏤。凌

晨續奇步，竟日索异觀。冥冥烟蘿嘯，至人詎能遘。

水簾洞

千百石疊迸，匯此一簾水。清寒先迎人，去此尚一里。懸雪薄不破，奮雷伏難起。静極入山客，雲水勞未已。想見洪荒來，坌涌遂至此。崖藤老盡力，石樹凍半死。棉裘凛棱鐵，骨戰及吾齒。投暄出陽阿，回顔有生理。

延祥寺至寶積寺

泉壑投延祥，松麓上寶積。俯窺無底雲，却立千丈壁。東峰忽深黑，雷霆迸虚石。雨來挾飛瀑，聲與萬松敵。長雲過人頂，急步脱我屐。山寺已閉門，叩關者何客。回顧所來處，漫漫不能識。老僧呼洗足，雛秃抱衣炙。旋尋池洗藥，復究泉卓錫。

題內子禪病圖小影

孱軀縱長心，深汲繹短綆。流光導青春，芳懷坐交警。與子同今世，電掣火光猛。命瀕數死在，貌以憂生請。倚瘦勿窺鑒，增寒不臨井。自云聰明薄，上咒昧無等。女子本柔弱，根塵轉强梗。豈如君身骨，仙種發真省。簾波落桐陰，窗日碎光炯。傾花積殘露，燃柳引恬穎。微謔傳常情，忍笑曳俄頃。通神語先和，防禮襟再整。減頤若爲惜，約範已自領。淡然山林姿，昭質含至静。體安景與適，庭虛物皆屏。金仙上莊嚴，慈竹側幽冷。亭亭風露姿，寒意上鬢影。予惟病維摩，煉藥對石鼎。夙業以子故，安忍死割癭。他時兩縑卷，佳話溢五嶺。我不離眷屬，而得清浄境。倘嫌梵天俗，何必佛摩頂。

秋江行寫別贈張秀才藥洲日瑶

八月凉風素波起，歸心夜滿秋江水。江上離筵耐堅坐，筵上哀絲澀柔指。炎方暮節江蕻青，畫船暖燭玻璃明。美人長嘆起勸酒，廣袖押花條脱聲。酒行按歌凄以清，江山夜色遥含情。朝來人寂

江水闊，上有曉雲行不停。兹來七旬住山城，朋輩不放一日醒。綺叢自有文字飲，淺棹兼修鷗鷺盟。就中惜別不忍別，城東明星海西月。已傷哀樂向來多，且信風流一時歇。君不見廣州城下南北河，垂楊今較古來多。西風時候猶情態，一路送迎無奈何。

予嘗作羅浮觀日圖贈周道士今日忽欲復作此圖寄何徵士勤良爲先作詩寄之

羅浮欲雨天突兀，暮雲晚山辨不得。不知一夜雲化水，洗出東南半天碧。一樵山父黄葛衣，踏曉獨開山上扉。蒙然冥海萬里黑，中有滄凉紅百圍。赤明道士亦好奇，獨愛此景請畫之。畫之别我向南去，衡岳洞庭行挈隨。此人今已雲水杳，此景恐爲人世知。我亦出山忘誓辭，畫亦仿佛不可追。可憐牛馬走塵土，更復身心傷别離。何郎昔訪我，對我終日坐。歸去橘柚鄉，别我一載長。秋風幾日吹緑草，盡捲江聲入懷抱。心尚波濤定後驚，身向朋儕最先老。榮名願及飢時貴，絶技原非死前寶。昔寄畫一紙，畫山不畫水。今乃更一端，畫水不畫山。要令碧海洶涌日，破爾粉壁青苔間。於陵先生夢葵食，夢亦傷廉心不安。何如對此飽亦得，不飽可質飽可還。苦心作詩乃無益，君不見杜陵野老不得食！

端州縣齋作

四天潑翠城郭濕，城頭窺人萬山立。城門朝開塞奔峭，勢欲與人争出入。戕𣳪西極如綫來[一]，至此擘地風濤開。羚羊咽吭不肯一吸盡，呃逆倒壅屯雲雷。山嚴水猛兩不下，地弱往往蒙厥灾。居人不及對面語，脚下沙走長堤摧。盲風顛浪昧道路，非所去處偏擠排。入地塔影直於筆，浮天城堵膠如杯。下視東流峽山口，江水鬱作山崔嵬。我昔尋常此經過，水落山高石頭大。盤渦風雨神靈叫，景福祠下有盤渦，聲如哀㕧，俗曰「猪子渦」。不常作，作則風雨晦冥，舟人畏言之。寒峽戰鬥黿鼉餓。帆檣疾轉指鳥飛，性命欻危等鳶墮。今來風水赫餘怒，猶恐乘桴到堅坐。縣齋蓮幕多故人，久别遭逢情話親。江光夜亂石頂月，山氣忽生衣上雲。樵天海上花作屋，出門白夾照青春。當筵起舞醉沓颯，百縷雲氣千花塵。酒闌袂冷夢江國，萬疊翠屏勞片魂。

【校勘記】

〔一〕「戕」，《五百四峰堂詩鈔》卷五同，當作「牂」。

小園

水影動深樹，山光窺短墻。秋村黄葉滿，一半入斜陽。幽竹如人静，寒花爲我芳。小園宜小立，新月似新霜。

野堂

山海容歸興，波濤展野堂。潮增夜天白，樹合晚雲黄。殘芰騷人服，寒花飢客糧。頻年計衣食，無地話農桑。

清江

清江清不極，泯泯肅心魂。日驗魚龍氣，苔行蚌蛤痕。層寒動城影，平碧混村原。垂釣吾將往，虚舟寄海門。

雲隱續致水仙花

無雨亦春陰，春華不可尋。年過旬日淺，花見兩情深。峰勢空青割，盆光水碧沈。關門夢香草，行坐楚江吟。

春　郊

水滿碧不動，春郊新雨晴。數行濃柳外，一桁曉山横。日薄滃花氣，風恬軟鳥聲。病才蠲六七，虛白已全生。

望仙坡最高樓

在眼山川故國情，崑崙寒翠古邕城。短長道路供離别，少壯交游半死生。雲色黄茅秋瘴盡，沙光碧玉暮江清。平安郡邑南征後，偶問途人不説兵。

雨中作寄吕秀才石帆堅

不辨松聲接海聲，晝雲陰傍瓦檐平。夢迷上巳渾風雨，節感中年憶死生。游戲郢人須宋匠，窮愁遷史信虞卿。柴桑夙志疏人事，計爲身謀早課耕。

問藥樵遺詩

頻年哀挽最傷心，死别流年日以深。桓鳥析群知善哭，巴猿刻意在哀吟。已將飢餓遺家事，未免朋儕負夙襟。直到畢生難塞責，不勝明義繫人琴。

録别張大谷十二月廿五日

柴烟糞火題詩處，去馬來牛作别時。爲設維摩花雨榻，無煩高適草堂貲。身先夢去惟應戀，客并春來不肯遲。知爾看花還惜别，短篷疏棹費相思。張君爲設居停之所，頗整潔云。

彭明府竹林爇席上

隔城山翠動凉氛，時雨吹花益酒薰。東里歌辭傳太史，鄭文川時方爲彭令製屏文。南村農事訪徵君。薄游客館容稱病，如市臣門半課文。飲水已甘相見好，四年西夢峽山雲。予以乙巳識彭侯於端州，時令封川。

聽吴客作吴歌

千里東風長緑蕪，江南春似廣州無。一般冷雨蕭蕭夜，不獨傷心爲鷓鴣。

朱　彭

字亦錢，號青湖，錢塘人。諸生。有《抱山堂集》。

《蒲褐山房詩話》：西泠自金江聲、厲樊榭、杭堇浦、汪槐塘諸公後，大雅將淪，青湖獨承其後，以

詩法指示騷壇，故二三十年來，從游甚衆。每言浙江明季多學鍾、譚，漸乖於正，自雲間陳卧子先生司李山陰，差知復古。後如西泠十子，皆奉司李之餘緒。西河毛氏幼承賞識，亦宗其旨。即竹垞太史，初時并效唐音。百餘年來浙中詩派，實本雲間。至康熙中葉，小變其格，繼吴孟舉、查初白出，始競爲山谷、誠齋之習，檇李學者，靡然從之，而武林兼學唐宋，無所取裁，故青湖專以歸愚宗伯《别裁》諸集傳示學者，於詩學自爲有功。今年已七十餘，多識前言往行，實爲一時文獻。著有《吴越古迹考》若干卷、《南宋寓居録》若干卷，不戒于火，爲可惜也。其詩古體矩矱從容，今體聲情高遠。餘句如「桃花争曉色，湖水識春心」，「江雲初過雨，春水欲平帆」，「秋林生澹月，烟寺出寒鐘」，「早烟浮岸草，新緑入江船」，「雲木浮春氣，烟江聚晚愁」，「遠岫明秋水，殘峰戀夕陽」，「霜摧群木瘦，秋放一峰高」，「半山無夕照，萬鳥共歸心」，「白鷺豈知千古事，蒼山猶帶六朝秋」，「雲净江天遥辨塔，潮迴沙渚忽無田」，「滿溪梅雨白連郭，一路桑陰緑繞門」，「灎灎花光遥映水，濛濛嵐氣欲浮春」，「春當三月原如客，人過中年欲近僧」，「病餘人比寒山瘦，秋晚詩如落葉多」，「人當晚節多憐菊，天爲重陽特放晴」，皆可入司空表聖《摘句圖》。又録其弟子李方湛、蔣炯、徐鉽諸人及其子棫壬等十二人詩爲《同岑詩選》，予爲之序，今行于世。

澄江書院種花詩爲盧抱經山長作

空墀何所有，草長地亦閑〔一〕。買得涇口花，種向軒楹前。入春土膏潤，樹杪浮晴烟。玉茗早破萼，緗梅復解顔。漸看桃與李，亦欲矜便娟。卉木詎有知，不負暄和天。灌溉苟無失，各自争春妍。種花寓生意，生徒願勉旃。

種植有良法，聚土培其根。根本倘能固，著花亦自繁。儒生首德行，惟孝及弟昆。經訓爲菑畬，當使故業温。立言既有本，坐見風教敦。翦彩以娱目，生意何所存。先生顧我笑，謂我善講論。春風藹然至，相與開清樽。

【校勘記】

〔一〕「閑」，原作「間」，據《抱山堂集》卷四《澄江集》改。

題唐明皇鬥鷄圖

旭日射堂人影動，丹青黯澹烟光重。高叉一幢鬥鷄圖，矯首相看便驚竦。衣冠約略皆唐裝，人

物意態分毫芒。賈昌率童抱鷄至，花冠上指神揚揚，引開草色排春場。明皇勒馬駐不發，左右環觀顔色悦。灑將芥粉颯霜毛，薰得貍膏森戰骨。伍昂怒目光不定，金距盤拏各馳突。一鷄兀立峙上風，不虞失勢遭顛蹶。一鷄佯俯旋聳身，意欲中人在倉卒。由來狡獪豈自雄，外假蠢懦藏其鋒。禄山雌伏定揚去，敗奚請斬王應從。優容翻使全羽翼，騎騾西狩傷飄蓬。上皇白髮歸來晚，空教蜀道驅長坂。鼙鼓喧聲動地來，綺羅香影隨烟散。爲問鷄坊尚有無，曲江宫殿長青蒲。外作禽荒古有戒，令我觀圖增嘆呼！

趙松雪相馬圖

張公藐視四十萬匹馬，眼空方識權奇者。紛紛俗子尚皮相，遂使凡材盈冀野。瓶也下筆存其真，精爽内蘊骨肉匀。四蹄矯健輕風塵，兀立紙上如有神。紅袍長官負高識，整鞍爲繫長林側。彼此俱憐知遇奇，居然顧盼生顔色。只今龍媒亦間生，趚趄耻與駑駘行。憑誰拂拭寒郊外，一向秋風昂首鳴。

謝彬鍾馗嫁妹圖

畫人欲行獸欲走，謝老吾鄉得名久。何時縱筆寫荒幻，横幅淋漓羅鬼醜。蒼茫落日山光昏，山神導前獸駭奔。於菟妥尾不敢蹲，持者擔者行接跟。鬼僮力怯艱舉重，以首承之同戴盆。穿深林子徑繚繞，撾鼓吹簫出烟嶠。鍾家小妹坐羊車，半揭珠帷善窈窕。馗也頹唐策蹇驢，欹似乘船鞭影掉。在昔李龍眠，畫作嫁妹圖。十洲及叔寶，异代工臨摹。此圖匠心更獨出，羞與古本同規模。想當下筆氣概粗，方良膽裂魃蜮呼。老屋動摇白晝暝，風雨颯沓烟模糊。乃能一一雕鎪造化窮虚無，不然安得紙上群靈趨？

走索行

一夫導前鳴銅鉦，有婦結束肩隨行。三叉路口唤戲索，兒童拍手歡相迎。好事圍場斂錢急，堵墻觀者群争集。衆中側出掠雲鬟，勢欲騰空翻却立。回眸躍上神力超，兩傍齊駭聲喧囂。娉婷意態獨整暇，垂楊閑擺風中腰。高步堂堂一徑拓，此時眼底如無索。往來絡繹驚飆馳，失勢一蹶力不支。

翻身倒垂猿挂樹，半寸脚尖鈎索住。旋空忽作轆轤轉，亂捲烟雲目爲眩。人羡精能伎倆無，我獨相看爲嘆呼。耕耘紡績弃不事，輕身重利寧良圖。答云尊官莫嘲讓，行乞由來非所尚。江田米少征税無，衣食翻懸一繩上。頻年踏遍天涯路，泣下吞聲難盡訴。嘩然擁隊人競呼，鳴鉦又向前村去。

登報恩寺塔

長干古塔高切雲，琉璃錯采光氤氲。琅瓃風鐸晝夜響，十里五里遥相聞。我初見之心已壯，鼓勇先登神氣王。蓮花座畔試攀躋，宛轉梯空曲相向。九級真同上九天，置身頓在層霄上。秦淮水一綫，牛首土一抔〔一〕。三國及六朝，英杰歸蒿萊。何况前明燕王南下一飛燕，飛來却趁金川開。天位篡竊史肯恕，忠良屠戮人皆哀。即此惡業已難懺，建塔那得消餘灾。浪傳發願感舍利，白毫隱現銀濤堆。我思此理不可得，佛布慈雲蔭南國。愁慘偏逢好殺時，舍利雖存光必匿。得非殉難諸臣膏血流，磷火光騰出深黑。撞鐘伐鼓渡慈航，難免千人萬人泣。甄工創建總徒勞，留與今人駭雄特。老僧邀我看塔燈，吊古蒼茫泪沾臆。

【校勘記】

〔一〕「抔」，《抱山堂集》卷三《秣陵集》作「坏」。

元人阿爾稗熊虎圖

蠮螉塞外白草凋，平沙颯颯翻驚飆。山深無人日色淡，黄雲涌出如奔濤。下有猛虎相搏擊〔一〕，一虎一熊真匹敵。怒氣咆哮奮爪牙，想見空中飛霹靂。虎也雄獨稱山君，衝突而出誰能群。熊之制勝在善伏，《埤雅》：熊之搏擊，先伏而後動。動則能教虎觳觫。乍蹄乍起交相持，施轉似挾陰風馳。槎枒老樹類奇鬼，霜葉秃盡惟枯枝。誰向荒崖摹此態，渲染迥殊吴下派。縱横健筆出元人，題款猶存阿爾稗。秋來將軍獵邊城，摇摇旌旆相隨行。臂鷹牽犬來郊坰，曷不手縛熊虎歸闕廷？

【校勘記】

〔一〕「虎」，《抱山堂集》卷六《倦游集》作「獸」。

樓居吟

吾友童鹿庵少失怙，其母撫孤守節，不下樓者十有五年。會邵二雲太史來修府志，采其事以表苦節。余爲作《樓居吟》。

江干老屋樓三楹，以木支拄防欹傾。童母守節子未立，家無儲粟空瓶罌。鄰有老嫗亦早寡，惸惸都是孤寒者。爲言苦節當同貞，一居樓頭一樓下。床前設靈帷，床後然土竈。鎮日坐樓頭，樓下迹如掃。驕陽當窗欲爍金，我心如雪暑不侵。北風中人欲砭骨，我身如松凍不折。夜來獨對青燈孤，呼兒攤書依坐隅。頻縫阿母手中綫，爲憐兒體寒無襦。一女襁褓泣呱呱，中宵遺溺相叫呼。敲冰濯遺冰刺膚，十指龜坼血模糊。起視爐中宿火無，兒呻母吟聲泪俱。獨茹荼苦十五載，吾友始得爲通儒。嗚呼此節誰能如，嗚呼此節誰能如？

早春山行

一徑入春陰，行行野趣深。早烟浮遠浦，殘雪秀疏林。問客少塵事，看山生隱心。何當結茆屋，長此寄清吟。

憶河渚舊游囑㝡夫作畫

春山欲化烟，春浦雨綿綿。雲氣圍梅塢，香風引客船。溯洄猶入夢，惆悵已經年。乞取徐熙筆，

圖中結静緣。

石頭城

鬼斧誰鑱削，雄城壓建康。江流經割據，山色閱興亡。謝傅亭空圮，征虜亭，因謝安得名。韓擒壘亦荒。惟餘危堞在，終古鬱蒼蒼。

靈谷寺和趙升之原韵

濕翠滴衣襟，人行松樹林。一峰看雨過，五里入雲深。古塔留禪迹，虚堂冷梵音。來尋功德水，趙椵有同心。

南山晚眺

散步日將夕，閑吟支短筇。偶看雲外寺，獨倚澗邊松。歸鳥有寒色，晚山無定容。何人共情話，

喜與野樵逢。

山樓晚坐寄懷抱村客括蒼[一]

寒林變風色，雪意鳥先知。感此歲云暮，登樓寄所思。亂山雲外客，孤棹道中詩。好赴圍爐約，茅堂共酒卮。

【校勘記】

〔一〕「樓」，《抱山堂集》卷七《東笋集》作「雲」。

早秋山行

一雨滌殘暑，翛然郭外行。松凉人氣健，山霽鳥聲清。野老携鋤返，樵童掃徑迎。自欣來往熟，到處愜幽情。

秋晚獨游臺城取道至後湖作

閑訪臺城路未遥，荒原落葉正蕭蕭。華林馳道迷秋草，元圃游墻過野樵。齊惠文太子創元圃，傍列修竹，内施高障，造游墻數百間。萬點晴嵐遥映郭，幾株疏柳曲通橋。誰知席帽青衫客，獨自騎驢吊六朝。

方正學祠

雄藩歸去釀兵氛，難發憑誰共解紛。決策俄驚南内火，守陴已納北來軍。一言草詔終難得，十族捐生古未聞。木末亭邊祠廟在，當時猶面孝陵雲。

景公祠

豸冠依舊入楓宸，後死空悲志未伸。斷索尚能凌輦蹕，衣緋先已動星辰。鈔連鄉里瓜多蔓，地近祠堂草不春。雨花臺側，至今無草。千古方公堪并祀，要離漫説可爲鄰。

檥舟亭

孤亭突兀俯寒流，坡老名傳古渡頭。別去江南雙短鬢，歸來海外一扁舟。萍蓬遠道家無定，饘粥荒田願易酬。争奈騎鯨留不得，枉教遺表乞常州。

宋望祭殿

江山半壁號中興，殿闢南屏最上層。淮北黄沙存舊壘，洛西衰草没諸陵。玉魚金碗知何處，風馬雲車未可憑。一誦雪消春動句，君臣當日忍同登。雪消春動，見放翁《感憤詩》。

消夏灣

湖面凉風漾緑蘋，吴王消夏檥舟頻。那知於越深宫裏，偏有炎天握火人。

垂虹橋秋望

楓葉蘆花遍遠灘，蕭蕭風露作新寒。秋光三萬六千頃，獨向垂虹橋上看。

曹秉鈞

字仲梅，嘉興人。貢生，今官山陰教諭。有《藤花老屋詩鈔》。

《蒲褐山房詩話》：仲梅栖遲山澤，隱約自甘，而殫見洽聞，搜奇汲古，凡墨經畫品，書史硯箋，金石之録，古器之評，無不溯其津源，辨其真贋。詩材清雋，在錢、郎、韋、柳間。爲人冲和恬雅，在江西主桂溪書院者數年。今雖司教一隅，而澌江人士莫不奉爲祭酒。

題朱山樽凉宵待月圖

静夜生嫩凉，暝色横碧霧。甘蕉風乍颭，藂桂香暗度。華星出雲間，銀河漾輕素。適我無非新，

清暉豈殊故。坐看輪影遲，秋衣點秋露。長吟小山招，遥想希逸賦。飛鴻來遠音，停琴生妙悟。流光千里同，二分起幽慕。

秋日偕吴少陘李賓日泛舟歷南屏諸勝

凉意未歸樹，秋色紛在巘。芒鞋蹈輕莎，柳翳日色淺。平湖葑草叢，柔櫓自摇演。沿緣十里堤，眼盼亦曠衍。晴雲不作雨，奇峰倏萬變。風吹紅藕花，殘暑一以洗。清絶南山隈，水竹恣吟緬。盟心鷗鷺間，緩步苔石踐。手摩懸崖碑，香啜龍井荈。佳游從此始，探奇豫結伴。好爲尋舊題，深岩剔蒼蘚。

偶憩東塔僧舍沈稚春錢訥齋王若農過訪留飲同觀元僧雪庵手書八大人覺經真迹

春陰愜幽思，調御室小住。獨語聽風鈴，曲徑恣緩步。青白池久湮，雷音額仍故。閴寂不逢人，松扉倩雲護。何來同心侶，意外此把晤。緬畦菜甲滋，巡檐花須吐。米汁還共斟，我佛亦不惡。僧

彌雅好事，妙書出經庫。朱絲昐方闌，墨瀋垂秋露。健如神杵麾，勁比漏痕注。當年衣鉢傳，心印寄了悟。雪庵有書付弟子惠福款。嗤哉逃虚子，天竺詳與付。頭銜署資善，佐命侈奇遇。枉受菩薩戒，心迹自抵牾。姚廣孝跋云「卷付下天竺慈靈庵主」，自署「受菩薩戒弟子資善大夫太子少師」。何如紫柏翁，人品分覺寤。達觀跋語有云：「覺則爲大人，不覺則爲小人矣。」嵌壁石刻，獨存此跋。群思翠墨研，淡拓縈薄霧。短軸卷還僧，相將乞竹素。且飲缸面酒，鐘聲催日暮。

新秋寓居南屏僧舍

涼雲不出山，秋聲已在樹。長日無人行，闃寂此磵户。宛然記昔游，只益岩蘚古。平池水華净，倒影亦媚嫵。風定自在香，日落月初吐。
曉霧失層山，亭午倏漏照。密林森蒼翠，金碧相焜曜。驟雨從東來，雲烟互繚繞。斜陽一角明，微茫辨越嶠。恨無南宫筆，横幅寫衆妙。

偕吴縠人太史幻居庵觀明人手書華嚴墨海

一昔雲葉凉，秋影淡於水。曲徑果幽尋，翻經凭竹几。吴侯金閶彦，妙墨香光似。净眼照妍媸，精心度流峙。印籀辨籤題，展玩竟跋尾。了然乞書因，天花雨空裏。假兹翰墨緣，悟彼清净旨。塵襟一以滌，同人大歡喜。離垢惜不能，散帙興未已。登閣期後游，虚窗杉月俟。

題王小農學稼圖

烟柳暗平橋，杏花明屋角。宵來鵓鳩鳴，春雨一犂足。糾笠聚新畬，農功自兹俶。秧針緑映水，翼風更濯濯。即事多所欣，呼童放黄犢。智慧已不勞，何處著寵辱。秫田慶有秋，明月酒新漉。力耕不我欺，課兒《豳風》讀。

述庵先生招同諸公寒夜宴集承露堂分得此字

辛槃未借春，斗柄方指子。簾垂晷影移，歲占雲片俟。官閣吟興高，廣厦歡顏啓。寸莛發華鐘，雕蟲慚小技。先生偶休暇，琴尊交舄履。相於文字飲，真率唯尚齒。折節手杯斝，脱略到青紫。素心徵古歡，清歌流妙徵。并無風月譚，只有金石企。江梅寒欲花，紅燭光映几。改席漏聲遲，冰丸銷階阯。酩酊陪山公，雅尚那有此。高會仰韓門，風流接芳軌。浩浩酒意得，湜籍敢竊比。

題朱山人畫魚

畫魚好手不可逢，近來共數楊維聰。惜聰形繪非神繪，魚鱗刻畫徒能工。山人體物有深意，未畫游魚先畫水。烟波澮澮湖水平，荇藻出没如有情。大魚昂藏小魚戲，唼萍噴沫皆生趣。從知魚水樂相於，修鱗詎肯安沮洳。濠梁一碧殊清泚，樂意何須問莊子。

秋日過徐袖東通守新緑舫

使君家住湖山麓，慣狎鷗光與水淥。卅年作吏向風塵，一碧西泠清夢熟。雨餘水荇翠撲天，風定縠紋清比玉。故將小築仿烏篷，行館斜扉依水曲。沄沄枉渚接花洲，湛湛方塘鋪净緑。筆床茶竈妙安排，作畫題詩媚幽獨。我來岸幘當中秋，亭午亂蟬喧灌木。軒窗四啓來長風，入牖清泠鮮可掬。邈然野色占秋光，籬豆花深瓜蔓屋。使君憂國願年豐，盼望雲霓還蒿目。應看銀竹澍甘霖，檐角天紳挂飛瀑。村畦決決穎栗垂，池沼盈盈鷗鷺浴。重過舫閣聽秋聲，宛泊定香橋外宿。

宿南屏精舍柬朱笠亭

佛火頻分夜，秋聲此乍逢。疏鐙茅屋雨，殘夢曉山鐘。凉思生清簟，愁吟有候蛩。朝來岩翠爽，好策一枝笻。

寒食坐雨次張瓜田先生韵

潑火雨時雨，春風寒食寒。行愁芳草濕，坐惜好花殘。節物關心迴，人情洗眼看。最憐湖上柳，依舊暗平灘。

朱文藻

字映漘，號朗齋，仁和人。諸生。有《碧溪草堂詩稿》。

《蒲褐山房詩話》：朗齋漁獵百家，取材宏富，精六書，自《説文繫傳》、《佩觿》、《汗簡》及《鐘鼎款識》、《博古圖》諸書，無不貫串源流，會其旨要，又能手親摩寫，非徒以形聲點畫自名小學者可比。韓城相國督浙學時，訪而延之至京師，佐校《四庫全書》，且於南齋奉敕考校事宜，亦俱諳習，又通史學，凡合紀傳、編年、紀事、通典諸書，輒能考其缺略，審其是非。先嘗助予修《西湖志》，後助予撰《金石萃編》，訂正之力最多。其詩在劉夢得、張文昌之間，正如空山鼓琴，沉思獨往。

題邱至山墨録

東河先生擅詞翰，文字光采雲霞鮮。平生甘苦與墨共，外物不足分其專。高齋櫝藏形式古，爲珪爲璧殊方圓。同岑持贈悉著録，豈謂得魚能忘筌。精神感通龍賓至，物聚所好成因緣。邵羅方程名品備，下逮諸家堪并傳。編排先後慎登選，百十二家名貫穿。墨本耐用壽於筆，數挺定足支十年。先生蓄之何時用，著書毋欲追彭籛。四明南來京雒返，紅梨匣滿奚囊懸。松林處晦夜半泣，收拾精爽隨行韉。先生著述不負汝，壽以汝德元之元。即今藏弆未忍試，惟静惟默全其天。有時黑蛟起霖雨，墨雲一噴萬井烟。不才好古見恨晚，將此异寶神愕然。題詞卷尾勉學步，上黨黄山魂夢牽。

題邱氏古樹

邱家巨室宋代基，堂前三樹蟠蛟螭。兩松一柏儼昆弟，手足腹心同扶持。棋局紛紛甬東路，不逐枯槎浮烟霧。雅人移植且不能，留遺子孫豈偶數。行都喬木思秋陰，萬松嶺上空蕭森。但有故宫桐井樹，西風銀杏飄無心。無心銀杏在萬松嶺桐井旁，傳是宋樹。東河先生重世澤，遍乞歌詩篇什積。我

懷古姿慷慨吟，颯颯風濤赴几席。

龍井茶歌

采春茶，冒春雨。風篁嶺南龍井古，戴笠携筐走山女。采茶忙，焙茶香。山泉到厨聲淙淙，新茶供客客滿堂，有餘時與家人嘗。君不見東村蠶娘勤采桑，絲成不得爲衣裳。

三老尋詩圖爲張若垞雨村蒸田昆季作用卷中孫二益韵

詩人之思一徑通，不尋則與榛莽同。尋之有易有不易，妙處每在艱難中。因苦得甘味始足，不知老至忘衰翁。若垞先生有詩癖，本無俗累攖心胸。雨村蒸田兩昆弟，三翁嶰竹吹雌雄。所居即是深山處，大雅可回末俗風。江干車馬迹不到，東城境僻詩不窮。詩情大好荆樹下，白首不分榮悴容。披圖瞥見尋詩苦，如闢窈窕祛凡庸。或占片石或曳杖，或已得句求益工。不知詩從何處覓，刻意所到無不融。三翁聯榻歲不數，靈江遠溯滄溟東。此圖特寫聚首樂，傳詩更不煩郵筒。我爲題詩寓深意，興詩興行知所從。

湯鵬鐵畫歌

蕪湖物産有鐵畫，創造云是湯鵬監。湯鵬畫工兼金工，不以名位争頭銜。乍看似墨潑絹素，山水人物皆空嵌。風飄秀色動蘭竹，雪摧老榦撑松杉。華軒逼人有寒氣，盛暑亦欲添衣衫。最宜樺燭燒春夜，千枝萬蕊發翠岩。元明舊迹共諦視，轉覺黯淡精神緘。從來鐵質秉堅性，發土得鑛携長鑱。以之作畫柔繞指，絲絲紬繹女手摻。深閨刺綉那足道，直欲筆研塵封函。流傳江南及江北，不脛而走争飛帆。題詩畫上志嘆賞，遍示坐客語亦咸。

漢銅雁足鐙拓本趙晋齋索題即次王述庵先生韵

述庵先生性嗜奇，海内金石搜羅之。薈存拓本兼題辭，先生纂輯《金石萃編》一書，屬藻分輯，凡古今金石文及諸家題跋皆録之。關中舊迹千年遺，輶迹所到咨諏爲。召伯分陝古所治，今見廉使修厥司。甘棠古木花垂垂，滇藩移節歲屢朞。雁字萬里艱遠貽，雁足鐙字藏囊幃。長篇題册資摹規，細辨響拓參毫厘。六十一字沙畫錐，篆隸筆法完無虧。在槃在趾兼唇皮，鐙銘共六十一字。「建昭三年，考工工輔爲内

者造銅雁足鐙，重三斤八兩。護建佐博嗇夫福掾光主右丞宮令相省中宮内者弟五故家」四十五字隸書在槃下，「今陽平家畫一至三陽朔元年賜」十三字篆書在前唇，「後大厨」三字篆書在趾下。六書俗學與古違。東漢碑蝕疑轉滋，賴此古器出土遲。西京法物供分携，碧暈想見然蚖脂。蓮花綉幕開堂闈，嘉賓各各伸雙眉。考文論古喜且悲，元成時事動繫思，可下濁酒增酣嬉。朱文蘭葉珍西陲，如捧緑圖授翠嬀。創獲豈獨自悦怡，不脛而走來邐迤。晴窗頓下逵羽姿，不爲一粒謀餘貲。昂藏獨立一足支，氣勢千仞高崔巍。顧盼四座神愕眙，陽鳥正合隨朝曦。羈栖毋乃類縶維，制器尚象千爐錘。考工工輔精于倕，博福光相名存宜。佐嗇丞掾官參差，不朽勝似匏匜簋。榻文傳玩勞裝池，貯鐙綺匣縈罘罳。夜枕側聽凉秋颸，山岩霞篔扶淵夔。作詩者有少山、星岩、赤霞、篔山、伯扶、升淵、夔齋諸君。龍蛇題字鱗之而。晋齋好古逸興飛，網羅一册聯光輝。二千年事如何其，諸詩詳考溯始基，其不備者事亦稀。搜奇過甚求乳羝，物有顯晦道坦夷。遷流歷劫波瀰瀰，一經考索生瘢痍。證以樊榭詩增疑，半槎所藏迹未墮。詩題繫銘字可追，其文與此合幾希。《厲樊榭集》載邗江馬半槎所藏《雁足鐙銘》云：「竟寧元年，護爲内者造銅雁足鐙，重四斤十二兩。護武，嗇夫霸，掾廣漢主，右丞賞，守令麋，護工，衣史不禁，首山宮内者第廿五受内者。」一例寶貴珣玗琪，彼此間隔歲丑寅。彼爲竟寧元年戊子作，此爲建昭三年辛卯作。中間隔己丑、庚寅二歲。首尾四見香稻䅸，一鐙再造紛揚攈。弟五廿五分榮暉，其餘凡幾數莫推。伊歲上章暨祝犁，《爾雅》：太歲在庚曰上章。《史記索隱》：歲在己曰祝犁。謂建昭元年己丑、二年庚寅，俱無鐙可紀也。未見制作堪重持。大篆文字源庖羲，百品九

沸宣鼎鼐。沃淳夔螭兕鳳匜，彰采鵕鳥虎蜼彜。仁威螭首雲雷卮，并具典重義可窺。此鐙僅予内者私，即後大厨亦如斯。記斤載兩析珠璣，不共臺殿陳虯螭，幾類短檠墻角攲。陽平元舅勢莫幾，賜鐙兩載生嗟咨。元舅陽平侯王鳳，陽朔元年賜此鐙。三年八月，鳳即薨。心驚受寵性未漓，鄭重君賜傳銘詞。淮源世澤流勿衰，讀史浩嘆漢祚移，殆非人事由天時。陽平侯受此鐙，即刻銘以識，蓋猶知榮君賜也。一鐙之微，不敢忽如此，此時鳳之事君，恪盡臣節，已可概見。逾三十年而漢祚爲新莽所移，非獨人事積漸所致，殆亦天運默爲轉移。讀史者尚當原其初心，吾故於此爲表微之論云。

題宗人漢槎所藏方艾山香筆畫蘭册子

漳州織紙蕪湖鐵，一炷名香又可爇。本朝藝事出愈奇，畫法迥與前代别。沉檀爲屑榆末和，其細視綫較寸多。霜毫元玉俱退讓，拂箋腕下烟雲過。點痕著紙成妙用，濃淡全憑指輕重。躁心鈍質兩無功，静助相看去豪縱。崇明李氏畫出群，曾言并擅惟方君。不浮山水已妙絶，艾山此册符昔聞。蘭花高潔耽幽谷，顔色豈宜涴清淑。以香畫出王者香，縱使香銷自芳馥。吾宗漢槎兼衆長，上書善射琴高張。偶遇寸技便稱賞，題詩秖恐污鑒藏。

妝域歌并序

余見樊榭山房手稿，曾有《妝域聯句》詩，謂是明神宗宫人兒嬉之具。於後鮑氏知不足齋見有求售者，是雕漆所製，上刻神宗年號。今來泲上黄司馬小松署齋，出視所藏，乃琢象齒爲之，其體圜，徑二寸五分，面平而底稍隆起，正中有臍，六棱突起，臍中卓一錐，長三分寸之一，粗如燈心而不鋭，可使几上旋轉者，由此錐也。六棱周刻小楷字，自右而左順讀曰：「甲寅年七月二十四日造，李得仁。」蓋萬曆四十二年也。六棱之外，雲氣繚繞於仙山樓閣、琪花瑶草之間，下有二鹿，牝牡相倚，文顯而不深。其正面則樓館、山樹、人物，皆鏤空飛動，窪處大小二艇，酒樽、舟子相待，老羽衣翩然携琴，童子繼至。主人謂宜作詩紀之，遂爲此歌。時癸丑中秋後十日。

日月雙跳似丸轉，老大頭顱堆雪繭。書窗瞥見兒嬉物，少小情懷忽追緬。物名妝域始前明，神宗晚歲事游宴。深宫晝閟寂不嘩，宫人製此長日遣。切磋象齒三寸圜，中卓鐵錐五分淺。仙山樓閣雲樹重，二鹿馴行踏蒼蘚。一面深刻壑藏舟，仙客携琴方陟巘。甲寅七月二十四，李得仁造字可辨。此非鐘鼎及刀劍，款識何須仿彝典。朝家製器小亦謹，不使良工没其善。無如大事荒於嬉，玩弄江山任偃蹇。傳一二世乾坤傾，欲立錐無尺土踐。正如此器旋轉休，圜輪都付浮雲卷。百八十年物幸

存，笑語疑聞聚婉孌。拓文紀事附金石，物不足多事須勉。腐儒不敢歲月荒，垂語兒曹戒游衍。

嘉慶壬戌重陽前一日松江太守張古餘敦仁同郡人陳太守桂堂廷慶錢唐吴祭酒穀人錫麒嘉定錢州判獻之坫談讌於蘭泉書室述庵少寇有詩命和因成四律以紀事

岑寂珠溪館，喧傳五馬來。趁潮江路闊，觀稼隴雲堆。赤舄沾朝露，朱顔帶宿醅。不教騶入谷，檐雀未驚猜。

京雒追前事，古餘戊戌客京師時常得會。詞壇步後塵。穀人文字締交者二十餘年。龔黄傳治迹，桂堂守辰州，多善政。歐趙契先民。獻之工篆隸，嗜金石。桂晚榮詩徑，秋晴健酒人。司天占昇瑞，德聚在江濱。

湖海尊耆德，烟霞養此身。朝章原尚齒，天性愛留賓。洛社開樽滿，龍門曳履頻。歡然裙屐會，韵事一番新。

褦襶詞多拙，哀遲興尚酣。散材真不弃，末席每教參。古焰藏清閟，香光發錦函。是日出所藏漢銅雁足鐙及宋槧《説文》、《禮書》、《樂書》示客。賞心交令節，新菊勸分簪。

六月望日嚴古緣招同黄春帆張夢蘭家根石買舟泛月自曲院步至金沙港口與清溶上人茶話時已夜分上人方庭中澆花盆有佳菊及异種鳳仙紅白球而緑心者留賞久之觀壁間游客留題多妙墨因别製挂幅邀同人題詩其上以貽上人識一時佳興云

荷邊涼月柳邊風，此福閑僧享未窮。瀹茗正宜人慰渴，澆花亟與露分功。萬家塵夢呼難起，一夕承天事偶同。走壁龍蛇看過客，爪痕吾亦慕飛鴻。

任城南池送别述庵先生

解維詔許待春融，戀闕行遲六月中。染鬢齊烟連岱色，開襟泲水納荷風。香山此日成歸客，杜老當時感寓公。聞道珠街臨角里，珠家角屬青浦縣，西門外爲少寇所居。「角」本「甪」，四皓有甪里先生。張大木進士移居珠街，詞有「地如甪里」之句。「角」亦音「甪」，故詩與「公」、「族」同叶。今吴俗相沿皆以「甪」爲「角」，惟嘉興甪里街猶不失舊音耳。扁舟過訪乞鷗通。

圓津院清華閣訪慧照上人留題

圓津高閣敞清華，津逮圓通水四叉。閣下水名四叉港。殿聳慈門鈴語近，港穿青浦布帆斜。談禪恰喜同開士，讀畫何曾讓米家。一帙詩傳增寓客，新題留待補遺加。時少寇以《青浦詩傳》見贈。

清華閣送慧照赴金山受具

漕溪水緑泊群舟，高閣重登認舊游。折葦期先春社定，上人擇十八日登舟。是日春分。打包帆向大江收。指揮去日天花落，滿願歸程隴麥秋。添得詩篇并畫軸，圓津小志待增修。

金德輿

字雲莊，號鄂岩，桐鄉人。監生，官刑部主事。有《桐華館吟稿》。

《蒲褐山房詩話》：雲莊能詩善畫，累世所藏法書名迹及宋刻書甚富，南巡時擇善本以進，有「文

綺」之賜。又藏岳鄂王銅爵，一時能詩者作歌以咏之。入貲爲刑部主事，不久乞病歸。所居桐華館，擅圖書花木之勝，與蔣君元龍、方君薰等流連文酒，四方名士過桐鄉者，必造請盤桓而後去，掃門投轄，初無倦意。予七十生辰，雲莊以泥金書《佛説五福德經》貺予，與汪雲壑所書《妙法蓮華經》并爲佳玩。

晚步硤石宿紫薇山莊

木末亂鴉歸，遥山夕陽落。携筇踏崇岩，暝色暗山脚。上方起鐘魚，鏗鎗出林薄。罡風襲征衫，微霜濕芒屩。遠燈照歸人，荒墟警宵柝。山空天益高，萬象逼蕭索。境清難久居，山莊得暫托。同輩酌村醪，野蔬進藜藿。論詩譏褒并，談恐鬼神愕。襆被對匡床，寒輝浸簾箔。明當挈侣行，遐情入寥廓。

過緑飲村居

豆花棚下結書堂，秋到窗前引興長。久住漸知耕鑿趣，愛閑翻爲校讎忙。偶烹野蔌如兼味，每

借奇書潤薄裝。如此村居良不易，勸君何必羡衡湘。時君擬作楚游未果。

題錢同人策蹇訪碑圖

斷碣殘碑半草萊，零星隻字等瓊瑰。一鞭遥指斜陽裏，不爲尋梅得得來。

搜奇嗜古本家風，雅與歐陽結習同。他日書成應自笑，十年辛苦萬山中。

金廷榮

字筠林，元和人。貢生。

《蒲褐山房詩話》：筠林家在虎阜山塘，居於青山緑水兩橋間，垂楊映户，畫舫臨門，風景最爲清絶。生平善鑒别書畫鼎彝，經其估值，人無不信者。作詩無深造語，而風神俊雅，亦復可傳。

贈超塵上人

超公本夙慧，早歲入禪林。經卷參空相，湖山養道心。半龕花雨落，一徑竹烟深。愧我塵容對，焚香聽鼓琴。

慶似村窗外植竹甚茂賦此

談深不倦忘歸程，簾影斜陽下短楹。絶妙主人邀看竹，碧紗窗外數竿清。

年年滋長報平安，大有遭逢足古歡。憐爾性情耽雅静，不教食肉客來看。

湖海詩傳卷三十九

黄　易

字小松，錢唐人。監生，官至運河同知。有《小蓬萊閣詩》。

《蒲褐山房詩話》：小松尊人松石，名樹穀，因以小松爲號。松石工隸書，嘗客于我郡張文敏公家。博通金石，故小松愛古亦如之。官濟寧，凡嘉祥、金鄉、魚臺間漢碑悉搜而出之，而武氏祠堂畫像尤多，所見《漢石經》及《范式》、《三公山》諸碑，皆雙鈎以行于世。又工填詞。官雖不達，亦爲名流所重。小蓬萊閣者，其七世祖貞父先生讀書之所，在西湖雷峰之麓，今燬。

送郭十四南歸

踏雪送君去，江南筍正肥。花隨春雨密，帆逐亂雲飛。歸興濃於酒，波光緑上衣。官閑貧亦好，來往總忘機。

吴門夜雨

虚負吴閶六日留，殘冬衰柳繫行舟。獨聽一夜蕭蕭雨，也當春宵卧小樓。

登封九月十三夜作

鷄唱蛩吟那得眠，高寒古縣早霜天。傷心卅八年前事，此日辭親上客船。

嵩陽舊館圖爲盧雨田作

唐盧顥然嵩山草堂有樾館、倒景臺、枕烟庭、雲錦淙、期仙磴、滌煩磯、羃翠庭、洞元室、金碧潭諸勝，謝時臣手摹此圖，頗得幽深之趣。今藏姚制府家，雨田以素册索畫，爲寫此奉報。鳥倦知還，安居最樂，吾兩人志也。并系以詩。

廿年前見檽仙筆，羨煞唐賢舊草堂。何事河堤塵衮衮，半生辛苦飽風霜。
與君把盞更看花，不管燈前兩鬢華。圖取嵩陽嵐翠好，無邊風月屬盧家。

羅聘

字兩峰，歙縣人。布衣。寓居揚州。

《蒲褐山房詩話》：兩峰爲金壽門弟子，能畫，尤工梅。生有异禀，日見鬼物，有所遇，輒寫以長卷，久之，成《鬼趣圖》，殊形异狀，宛然吴道子地獄變相，又如讀《五王樓炭經》也。其寫大阿羅漢及摩訶薩各像，足與崔青蚓、陳章侯上下。又能詩，好游山，精通佛理，專向樂邦，撰《起信録》，釋禪净

兩家之惑，索余序之。游京師最久，垂老歸揚州。僅存《登岱詩》二卷。

登岱頂

石骨攢仙岩，紆迴盤磴窄。巍巍氣象尊，仰止高莫極。肩輿慰夙期，慚愧役人力。初登雲未生，移時間羃䍥。忽焉出山腰，俄訝没山脊。翛然天風吹，雲開見絶壁。一綫天門通，巨靈何時闢。我欲披霓裳，排闥整巾幘。行行造其巔，將訪安期宅。孰知俯八埏，布密了無隙。不見九點烟，只愛山雲白。

雨中復上岱宗遇聶二鈫歸簡朱大篔

夜雨侵客枕，山雲宿官閣。起聽新瀑聲，遥從空澗落。因思凌孱顔，飄然出城郭。抱癖憐寡諧，不憚濕芒屩。陟歷忽逢君，笑謂似宿諾。相與事躋攀，一一恣搜索。東崖疊壁壘，西嶺攢劍鍔。矚目千芙蓉，雲中辨隱約。萬松爲笙竽，寒風噫崖崿。盤迴走玉龍，聯絡垂珠箔。大聲吼波濤，小聲繫鈴鐸。石凹水疑碓，笠斜風欺箬。墨汁看屢翻，雷雨復交作。飛來澗底龍，噴灑遍林壑。歸輿時恐

傾，磴滑難停脚。未免俗士譏，亦任山鬼謔。静悟造物心，所忌在極樂。不知雨便佳，兹游足凌轢。
況有未來人，尚爲塵事縛。

投書澗 胡安定公讀書處，三年家書不開，盡投于此。

性拙寂爲樂，真意遂欣賞。入門花氣深，隔澗人語響。茶烟出樹間，山雲戀石上。前賢授經地，
我來親嚮往。想見投書時，理愜道益廣。

御幛坪 爲宋真宗駐蹕處。

橋平便游屐，赤欄無巧斫。窺澗俯亂流，面壁仰飛瀑。或如雪作花，或如几鋪玉。或如大小珠，
倒傾千萬斛。山靈慰勞人，娱耳復娱目。淹留坐陰磴，不獨洗煩溽。因嘆祥符初，繁華逝水速。玉
輅載天書，萬乘來空谷。辛苦獻芝人，於焉開御幄。遺迹問清流，高松聲謖謖。

鎖雲岩

綫路依岩根，行行一延佇。題字侵壁苔，剔抉偕吟侶。窮搜遂幽懷，陰竇晴猶雨。不見崖下人，但聞崖下語。

汪履成

字素之，全椒人。貢生。

朱淇泉叱犢圖

兒寬苦帶經，李密勞挂角。當其未遇時，二子豈不卓。媚上佞文詞，竊據空掎捔。乃嘆功名士，往往學非學。君心謝塵鞅，華黍奏笙樂。隴首自耕耘，堂前供稰穛。蠖屈非求伸，玉質何須琢。所以十畝間，觀書能卓犖。因知名山藏，道不離謹慤。志紛業必衰，性篤思愈邈。遠聽聲琅琅，遥聞蹄

跔跔〔一〕。谷響人不知，日暖鳥偏覺。秋雲被良田，春酒搴慈幄。一笑捧檄愚，願貞介石確。牛後我欲從，努力買磽确。

【校勘記】

〔一〕「聞」，疑當作「聞」。

金陵道中

一自傷離後，飄零未有家。石城新雨過，水閣夕陽斜。愁緒如芳草，春心畏落花。不堪思故劍，涕泪滿天涯。

大侄上章自西江歸見於梁山旅次

去年正月上長安，爾已乘舟十八灘。南北迢迢相憶久，音書落落幾回看。勞身漸覺同心少，握手翻嗟見面難。風雨一尊聊永夕，他鄉骨肉愛團欒。

陳　焯

字映之，號無軒，烏程人。貢生，官鎮海訓導。有《湘管齋詩稿》。

《蒲褐山房詩話》：映之清才博學，所居湘管齋，具圖書彝鼎竹木花藥之盛。又舉欽定《三希堂法帖釋文》，考其行草偏旁、印章名氏，以惠學者。所至采訪詞人逸事，掇其事迹，蓋浙東之行秘書也。其詩采采流水，蓬蓬遠春，正如表聖所云。常游粤東，獲水坑上品，且摹懷仁《聖教》内「水華」二字，刻銘硯背，以贈朱大令笠亭，笠亭轉贈於予，藏之文笥，每溪雨欲來，泫然光潤。

安邑宋明經芝山爲寫湘管齋圖并題古風次韻以謝

當年闢地構茅屋，偶種森森數竿竹。何期妙繪揮烟雲，更枉佳篇吐珠玉。吟高磊落見性情，畫致蕭疏謝青緑。君家本近中條山，游踪應歷王官谷。味外得味忌酸鹹，品入司空廿四目。餘事兼於六法精，一水一山必甄録。詩中有畫畫中詩，如此襟懷迥邁俗。束手驚看王宰圖，賡吟嘆絶《陽春》曲。他時歸去擁林於，清齋不厭食無肉。嘉話還增《寓賞編》，余所録唐宋元明人書畫編名也。看取琳琅

繼都穆。

海鹽朱笠亭進士見芝山所寫湘管齋圖爲更作素心閣圖即次芝山詩韵題句三疊前韵爲謝

蕭齋僅是打頭屋，小閣重開傍湘竹。素心延賞臭如蘭，勝日披懷人似玉。高高直接弁峰蒼，渺渺遥看苕水緑。縱使城市多囂塵，閉户何妨即深谷。樊桐山人笠亭别號。古誼深，十載追從見青目。前疏後疏争輝光，前者《募造湘管齋疏》，笠亭作也。今復撰《添建素心閣疏》云。一圖再圖成典録。興來更和廣平詩，瓌瑋清雄真絶俗。我閣猶在廣漠野，我心已寄欄干曲。能令止渴遠林梅，實且快意屠門肉。他年締構可同登，再繼雅風歸渾穆。

紫陽别墅有周雯摩厓石刻詩因次其韵

泉石耽成癖，園亭借作家。捫蘿緣磴上，剔蘚見題斜。敢擬舟藏壑，寧同鏡映花。虎林傳吏隱，元人李衎號虎林吏隱。亦願老烟霞。

勞攘風塵後，稍安即是家。玲瓏山骨瘦，澮淹水痕斜。風落猶聞葉，冬寒不見花。朝暉兼夕照，却愛望雲霞。

細讀摩厓作，汝南識故家。昔即周氏所居。筆峰排曲折，謂筆架峰。釣石帶攲斜。謂垂釣磯。儘可爐煨芋，還期雪作花。螺泉涓滴出，酌飲勝流霞。

書畫南宫舫，門庭北墅家。院舊有南宫舫，而門與堂北向。看潮石臺峻，謂看潮臺。巢翠草亭斜。謂巢翠亭。詩徑尋山腹，謂尋詩徑。春池聚墨花。謂春草池。攝官聊至止，逸興共飛霞。

吴　騫

字槎客，海寧人。諸生。有《拜經樓詩集》。

《蒲褐山房詩話》：槎客志在烟霞，情殷金石。少時所著《國山碑考》，極爲詳核。又喜搜羅宋元刻本，如陶淵明、謝元暉諸集，皆取而重刻之，學者珍爲秘寶。

復偕諸子游審山過碧雲寺尋稚川丹井

蒼莽紫硤天，停午景猶晦。吟朋互牽攀，適與雲意會。遂扶岩中屐，小聽風前唄。珠宫隱單椒，高標涌香界。其下選佛場，古碣昧人代。摩挲緑蘚痕，一再丹泉溉。五濁儻可蠲，千劫理不壞。回頭見絶壁，竹影動瑣碎。騫然木末亭，勢壓孤鳥外。疏鐘引微徑，蛇行出其背。方知琪樹林，别有天然畫。山有天然圖畫閣。層闌共徙倚，湖海渺襟帶。暮靄俄西來，松陰欲沈黛。平生志邱壑，意行隨所届。奚必三山期，更把浮邱袂。

漢雁足鐙歌爲述庵司寇作

君不見咸陽青玉銷沉久，七尺蟠螭希世有。先生視我六寸鐙，清光遍照西湖柳。考工制度窮形模，鶴脛高拳雙雁跗。注膏未見安、音主。樣，中規璧羨穿青蒲。《考古圖》載京兆蘇氏鐙，盤中有、以注膏，此鐙盤中穿如璧羨，而無〔一〕，制稍别。林華宫觀迷華餙，恒滿蓮枝虹運熄。恒滿鐙即常滿鐙，見《西京雜記》。鹿盧龍虎非其匹，黄鵠蹡蹡唼蘋食。甘泉蓮勺車宫槩，貢金不待梁山銷。五鳳黄龍飛上天，誰歟更

守宣王軒。得無巧匠菊與緌，護建惟憑奄寺選。《漢書・王莽傳》：内者令爲傅太后張幄蓋。内者，主供張奄人職也。籀文斯篆錐畫沙，蟲魚細瑣昆刀劖。炎精八葉承宴安，渭陵多埶史所傳。建昭乙酉三年。歲肇造，嗇夫丞令星羅躔。駸駸陰氣盛沙鹿，懷月巳符政君卜。賜予便番降内家，紀元乃復鋟陽朔。陽平行序争驕貴，何异鴻軒及鱗次。大厨想照作美鯖，蚖脂怒挺芝蘭穗。鐘磬喧闐鄭舞催，土山漸臺高崋嵬。家僮千指競携舉，壁帶金釭何有哉。鉅平京兆無憑藉，輕擲牛衣撼恩澤。身亡不待九囚呼，血化應先土花碧。十侯五將總傾朝，文母徒知守黑貂。彌天步障一朝散，詎有殘焰當風摇。孤鐙冷落二千載，泗水汾陰同顯晦。内史風流獨見收，耿耿凉宵短檠對。檠光雁影兩差池，猶憶西京晚祚時。木門倉琅燕啄矢，啄破緑綈剩方底。鴻冥夫豈避雌伏，瞥眼繁華同錠爥。知公鷄足山頭禮佛還，宣和不録傳燈録。《博古圖》不載諸鐙。

【校勘記】

〔一〕「無」下，諸清刻本皆缺一字。

奉次無軒二兄湘管聯吟元韵即以爲壽

蝸壁新泥同㲉屋，茆檐日日啼青竹。青竹笋，鳥名，見歐陽公詩。落寞村居過者誰，屈指故人惟伯

玉。曾邀見訪。廣文三絶吾方愛，未許霜毫染眉録。平生足迹半瀛壖，可但秦淮與燕谷。海昌權學昨年至，舉止風流照人目。崔嵬但載玉川書，賞析猶承直齋録。宋陳直齋著《書録解題》。即今璜宫爲君壽，桊韝鞠曆傳舊俗。齊眉況有齊年人，謝庭飛絮翻新曲。閑將玉稱佐衡才，暇事詠諧歸割肉。似聞舉觴重祝君，久矣功名輕費穆。

寒食嚴陵道中遣興

老我一身輕，飄飄愧此生。分釵無婦寄，古墓有人耕。塔瞑雲中寺，花飛瀨上城。轉憐漁父好，换酒過清明。

贈述庵司寇

當代無雙士，惟公第一流。籌邊嘗聚米，作賦擬登樓。氣挾三江闊，身兼五岳游。西泠奉顔色，恍挹列仙儔。

著作心猶壯，披尋手不停。龍門偏握髮，虎觀屢談經。學統開三浙，詞源拱百靈。天台雙屐遠，

謂次風先生。洗眼萬松青。

海内存知己，天涯問草萊。騫與先生素未謀面，時蒙于知舊間詢及。諸侯誰下士，夫子獨憐才。飄泊青陽晚，飛騰白髮來。何當陪賀監，日棹酒船迴。

善卷水洞

翠壁排空勢欲傾，玉龍飛出更峥嶸。祇看樹色連雲色，不道風聲是水聲。瀹茗聊資仙竈火，敲棋漫倚石床枰。人生到此元忘世，何必滄浪始濯纓。

龍門山晚眺

百折丹梯鳥道旁，龍門落日迴蒼蒼。危峰石裂雲多變，幽壑年深樹有香。事往湖樓歌管歇，秋來野寺佛鐘長。還舒不盡登臨眼，直送江潮過禹航。

嚴先生祠題壁次汪小海韵

暫脱羊裘寄釣臺，先生歸後麗華來。雲峰總使高千尺，不及長門泪一堆。

方薰

字蘭坻，石門人。布衣。有《山静居稿》。

《蒲褐山房詩話》：東南布衣能詩者，自李客山後，蘇州張崑南、沙斗初、吾松翁石瓠，而嘉禾爲方蘭坻。能畫，尤工蘭。性情和雅，翛然自得，故稱其爲隱君子也。

十二里洋中流望兩岸遠山

陂塘水時涸，舟楫艱旅情。掀篷人滉瀁，天水相與明。掠波散鷗影，曳林起蟬聲。芰荷隔浦香，桑柘開茆衡。快此琉璃界，令我耳目清。中流山光來，争欲搴裳迎。青浮雲表出，翠抹烟中平。雲

烟一以散，遠近難爲名。惜哉縱棹過，目斷修眉横。

寒山訪趙凡夫故居

峰峰莽迴亘，仄徑開林陰。空谷有高蹈，岩居阻幽尋。百年小宛堂，遺構留雲林。深知樂山者，獨抱考槃心。脱略世故累，痼疾烟霞深。矧得偕隱賢，能和邱中琴。江梅見風格，香滿寒山岑。

畫墨竹

山澤間臞不知肉，從事毛錐頭已秃。硯池中有梅花泉，一竿兩竿寫蒼玉。纖風午夜摇空庭，鳴璫翠羽來湘靈。湘娥清怨入瑶瑟，二十五弦聲泠泠。散入深宵不成夢，影上闌干舞青鳳。酒醒香殘看未真，黑痕著處秋陰重。

過養真村舍

伯休耽市隱，思邈亦山耕。曉樹有花落，春原無客行。力農敦本務，用拙見高情。何處存吾道，長鑱竟此生。

和鮑緑飲簾鈎

彎環懸處畫檐深，小挽湘波若不禁。燕蹴誤鳴雙曲玉，婢慵遲上一鈎金。輕撩雲髻釵聲溜，頻捻春荑粉膩侵。坐覺纖風吹不定，莫教捎起下花陰。

試燈漫成

招邀且復踏歌行，扶醉今宵快旅情。花底華燈懸夜市，笛中明月滿春城。貧偏仗歲成豐稔，老合隨鄉樂太平。酒醒歸來初得句，拂階梅影已三更。

程君凝霞彈琴

人意冰弦相與清，月華如水夜三更。誰知曲裏《思歸引》，多是天涯旅雁聲。

東湖即景

張家林亭杉葉遮，李公橋外柳絲斜。不知九派東湖水，流出春城幾處花。

翁　春

字澹生，號石瓠，江南華亭人。布衣。有《賞雨茅屋詩鈔》。

《蒲褐山房詩話》：石瓠遠性風疏，逸情雲上，蕭條孤寄，不與世俗相關。汪上舍大經序其詩云：「嗜恬澹，甘寂寞，菽水奉母，耕讀教弟，年逾四十不娶，不就有司試。爲詩一唱三嘆，如朱弦越疏。」足以盡石瓠矣。集中佳句如「蒓鱸入夢三間屋，風雨論心一紙書」，「病起自驚寒食雨，花開又負

故園春」，「簾波暝近調笙路，柳色寒欺側帽風」，「游迹重尋鴻爪外，故人半憶馬蹄間」，「人來山色蒼茫裏，春在梅花淺澹時」，許用晦、羅昭諫不是過也。

游龍門寺

信屐破白雲，得徑遠塵闠。欣踐物外踪，老鐵遺躅在。微風灑高杉，滿院落春黛。廉夫手植杉尚存。小憩佛香中，僧雛淡相對。疏磬時一聲，幽花弄餘態。空空雖未談，心心亦無礙。逍遥溯來途，欲蹴池光碎。叢篠摇夕陽，明滅歸禽背。

集飲學福齋花下以吟情多在酒旗前分韵得酒字

竭來雨乍晴，鶯喚隔溪柳。一徑帶草柔，半尺春泥厚。高館敞暄風，庭花粉以糅。香散堆床書，色弄盈尊酒。良會喜再續，名理互論剖。犖犖渥顔翁，玉麈揮座右。抉此六籍藴，瀉之懸河口。嘉吾同志朋，才章俱無偶。推激到風騷，追琢及瓊玖。繄余獨清放，烟江笠覆首。適從射鴨還，欣此醉銅斗。舞落簾前花，夕陽排闥久。

二如書塾坐月有懷

皎月澄秋霽，流光池北居。美人眇河漢，離憂消琴書。荷葉泠欲折，桂花香未疏。憑軒久延佇，暗露沾衣裾。

羅宿海將客蕪城詩以言别

憐君一揮手，千里莫雲遥。豈爲飢驅慣，頻煩勝引招。葉聲荒寺雨，秋色大江潮。又覺吟豪健，蒼茫感六朝。

南屏茇虚上人同沃田先生西溪觀梅先生倩陳君惠疇寫兩人照而上人爲之補圖賦詩歸示及門諸子余亦承命奉題

西溪有佳約，老不忘梅花。孤艇破澄緑，數村明澹霞。相携白足侣，來品紫茸茶。笑指板橋外，

亂流疏影斜。

病中偶述

倿佛希蘇晋，鈔詩愛杜陵。葉深四壁雨，秋老一窗鐙。蕉鹿夢何有，蒓鱸興欲乘。揩磨圓鏡裏，生意自騰騰。

宿東山書屋

暝色起蘿徑，高眠山館幽。松窺孤枕夢，蟲語一鐙秋。良友違多日，清醪凍半甌。疏櫺月東上，爲我更添愁。

王荔亭席上送別俞月樵時赴揚州張致齋總戎約

論别南村蟹正肥，交情風味兩依依。已酣尚勸鐙前酒，欲去深留月下扉。長谷濤生帆北度，廣

陵鐘斷雁南飛。元戎小隊江亭會，回首菰蘆隔翠微。

揚州春游奉懷沈沃田先生

竭來望古襟情勝，名士風流總不群。官閣開尊何水部，蕪城作賦鮑參軍。疏弦夜鼓花前雨，細馬晨衝江上雲。半刺那知磨字滅，笑他殘客日紛紛。

念無杜牧共清游，爛醉狂吟欲白頭。春雨楊花新酒肆，東風燕子舊歌樓。二分月影關山夢，一派濤聲今古愁。典却鷫鸘歸計得，滿囊詩卷壓扁舟。

過亡友欽菉畦村居

芳塘一曲水粼粼，重過晴村欲愴神。長卧有人寧覺曉，落花無主可憐春。舟横釣渚魚吹浪，窗掩琴臺鼠蹋塵。顧影空慚子桑扈，夕陽芳草重逡巡。

夜過潭上

紫荷花老碧潭虚，一帶頽垣草不除。馬策再過沈醉後，鷄壇重憶定交初。風凄柳岸空歸鍛，月冷松窗罷著書。剩有騷魂招未得，遠鐘聲裏獨欷歔。

研山自閩中來飲予白龍潭舟次即送解維之漸江二首

我友乘秋發半漳，輕帆昨夜過横塘。論心獨嘆家何在，握手先驚鬢已蒼。悔不短衣隨射虎，翻於岐路覓亡羊。據舷且醉龍潭月，天放成名豈酒狂。

少時烟墨鬥潭東，紲犬抨弓也自雄。命折飛騰雙翅塌，緣慳放達一尊同。高田種麥歌方罷，遠汊生潮夜已中。無那離情紛欲理，又教吟夢繞江楓。

慶　蘭

字似村，姓章佳氏，滿洲鑲黄旗人。諸生，文端公第六子。有《似村吟稿》。

《蒲褐山房詩話》：似村兩世平津，諸兄膴仕，即姻婭亦皆貴盛，當爲筆帖式，遽謝病家居。居相府後冰漿局，老屋數椽，軒窗枯槁，獨拓地數弓，種竹數十竿，并輦西山沙土以植之。愛蘭而北地無蘭，取以自名，常爲永嘆。早亡無嗣。蓋其性情幽淡，非軟紅所得久羈也。

訂簡齋往過

清談相訂菊花期，正慰幽懷入夢時。空谷傳書鴻屢至，閑庭掃徑僕先知。關心尚憶他鄉客，時以詩寄三兄。因病翻添數首詩。聞道芒鞋將我過，倚闌只恨月圓遲。

余秋間重過白下適簡齋杭州未歸不獲再一握手別後却寄

返棹重停白下舟，欲親笑語故遲留。與君握手差三日，予九月一日過白門，聞簡齋九月四日歸小倉，不能再晤。爲我還山負九秋。不晤争如相見好，來札有「相見争如不相見」之語。重離難補十年愁。此情竟被風吹斷，泪似江流那肯收。

奉和蘭泉先生寄懷原韵

遥分清俸度新年，薪水無愁樂自然。更買梅花供硯北，春融香滿屋三椽。
鏡中鬢影帶霜華，詩渴全憑一盞茶。縱是無兒書尚在，竹窗課女作生涯。
秦關百二擁旌旄，十様詩箋問薛濤。不是通家情誼重，敲門誰肯訪蓬蒿。
七載相思唤奈何，纏綿語是故人多。盼將尺素傳雙鯉，戴笠持竿釣潞河。

吴鈞

字陶宰，華亭人。布衣。有《獨樹園詩》。

十二古銅鈎歌爲鄭三雲使君作

慈溪使君示我銅鈎十有二，紫斑綉澀青花膩。錦包綿裹捧鞠躬，甲乙參差雁行比。去聲。或云三代禮服帶用鈎，夏后鳥書傳款識。薛尚功《鐘鼎款識》首載夏鈎帶。或云小戎繯甲相縮連，蔆拜軍容此遺制。一鈎體長腹大堅不磷，度以周尺將八寸。蛟胎皮蹙礙手文，想像考工牲血釁。其次九苞彩細頭角獰，或刻睡鳳雕龍形。黄河沙岸神物出，千年猶帶波涎腥。龍鈎、鳳鈎各一。自餘兩鈎長且瘦，兩鈎短小樸不鏤。楚晋盟壇陪莒許，耆老盤筵雜童幼。辟邪大鈎縮困蠢，四脚爬沙口哆吻。八分小字填水銀，筆法曹全意差近。辟邪大鈎，背銘「辟邪」二字，八分書。雲鈎鑄作尤瑰奇，蓮瓣細花凸而隱。虎頭出土同光精，剥盡黄金中不損。雲葉、蓮瓣、虎頭各一鈎。更有一鈎範作鰋鯉形，兩手握之勢遒緊。銘云抱魚丙午鈎，余識篆體知爲周。使君得此占作讖，指日袞袞登公侯。丙午鈎狀如二手捧魚，銘云「丙午鈎，

手捧魚，位王侯」九字，篆書。嘗考《宣和圖録》獨遺夏鈎帶，吕氏三條亦僅載。吕氏《考古圖》祇載三鈎。使君好古入骨髓，真賞寧同葉龍愛。我來醉卧菊花傍，夜夜巾箱見光怪。

晚　興

新沐葛衫輕，閑尋絡緯聲。嫩涼葵葉扇，暗緑豆花棚。雨歇雷還激，潮來月欲生。前村尨吠急，燈火有人行。

次韻王孟公泖涇一曲遺興泖涇一曲，錢文通公所築别業舊額。

金字誰家屋，臨流印數間。露花紅點岸，風柳緑侵灣。客羨池魚樂，人分水鳥閑。江干多苦竹，我欲概從删。

水閣偶集

小軒突兀大池旁，三面闌干一面床。垂釣不妨聯客座，看山何礙缺鄰牆。杯分柳色沾唇緑，水帶蘋花入硯香。記得手鋤磽确種，芙蓉幹已及肩長。

集醉白池

咬咬嘎嘎水禽啼，寒食籬根紙滿蹊。句裏艷情撩芍藥，酒邊春夢滯棠梨。大名宇宙諸家集，謂顧、黄兩先生。清氣乾坤四壁題。休道主人無長物，空廊貯得種花泥。

蔣元龍

字春雨，秀水人。貢生。

菜花鱸

亦擬持竿學釣翁，湖天連日雨濛濛。菜花開後魚方上，竹笋香時信早通。不識鄉音呼吐捕，何須歸計説秋風。年來枉作吴淞夢，又悮春帆一片東。

秋燕

烏衣巷口冷斜陽，争説當年王謝堂。一自梧桐飛藻井，漸無魂夢到雕梁。可堪别後星河隔，不省來時歲月長。只是將雛憐計拙，依栖還繞九迴腸。
西風促别暮烟交，枉被銜泥附熱嘲。何限春心隨絮影，强存軟語在花梢。天邊詎少曾留爪，日後難忘已定巢。回首繫殘紅一縷，主人恩重忍輕抛。

酒旗和吴西林先生

東風摇揚一行斜，獵取春光爛不遮。幾處題詩誇竹葉，有人扶杖趁梨花。小橋流水情無限，野店荒村夢愈賒。最是殷勤留盼意，白公集裏認仇家。

王開沃

字子良，號半庵，鎮洋人。諸生。

《蒲褐山房詩話》：子良疏節闊目，意致翛然，尤工於長短句。寓關中修《藍田縣志》，能盡山水之勝。既而主醴泉書院，凡十餘載，客死于秦。

秋杪游中峰

秋色净天地，砌蟲寒獨吟。客懷亦閑曠，策杖窮幽尋。古寺少塵迹，日斜珠殿陰。纔經蘚磴滑，

復轉筠廊深。山鳥不避客，翻然下高林。清風吹梵唄，泠泠有餘音。

蝦蟇

《爾雅》注魚蟲，條析到微族。蠢茲黽與蛙，蠕動遍水陸。陸處近蟲類，水居混魚屬。《爾雅》，鼃蟆在《釋蟲》，水黽在《釋魚》。要從科斗生，或并蟾蜍育。雌雄罕能辨，青紫徒見鬻。三冬方冱寒，錦襖苦不燠。泥中謹潛藏，竈下守縮朒。兩兩抱背眠，紛紛疊股宿。一逢啓蟄候，裸袒日相逐。前行尚蹣跚，後跳轉彳亍。草際每持頤，人前輒怒目。胖體多痱瘰，隆顱半蠡瘯。口闊如箕張，項短若鯿縮。無腸偏納污，《酉陽雜俎》：蝦蟆無腸。反舌易污俗。李時珍《本草》：反舌無聲，指蝦蟆也。捕蚤固鮮功，啖蛓彌腊毒。聲音托安漢，尊大儼帝蜀。憑軾構越兵，給廩麼晋禄。罵坐非灌夫，胡爲興謗讟。誑地非張儀，胡爲肆棖觸。冉耕歌《苿莒》，《詩》疏：苿莒，蝦蟆衣也。年命緣爾促。《新臺》傷䵹𪔂，床笫增爾辱。有時現金眚，禍招武牝酷。有時蝕玉輪，忍令決鼻衄。決鼻，月鬼也。在官復在私，爾罪總莫贖。吾廬枕荒江，春水漾澄緑。别圃生蕪萊，餘町蓺穜稑。此曹窟其中，國族聚歌哭。幻作僧伽形，妄稱鼓吹曲。獨吠破禪心，群噪妨夜讀。禁咒乏奇方，豐凶厭頻卜。終當付蟈氏，辟除焚牡鞠。

同盧廣文月船登寶林寺梵天閣

杰閣倚崚嶒，危闌客共憑。磬聲寒出竹，山色浮宜僧。外道嗤無想，壇經緬惠能。相傳爲六祖道場。萬緣何處寂，風壁閃秋燈。

送張約齋之秦約齋，平陽人。北闈下第，薄游滁濠間，秋仲始歸。余適掌龍河書院，遂定交焉。未幾，復應隴西記室之聘，以詩贈之。

惜别在初會，况逢摇落辰。白蘋寒野渡，黄葉送詩人。冀北方垂翼，淮南少縱鱗。知君西笑意，行探隴頭春。

百二函關道，崎嶇賦《載馳》。大河流禹迹，明月見秦時。書記雖云樂，秋懷亦易悲。可還憑雁羽，尺素慰相思。

王翰青

字鄂舟，德清人。諸生。

小寒食述庵先生招同游東湖拜蘇雲卿祠分韵

東湖春可游，草樹潑螺黛。流觴補修禊，冷節明已逮。騶從絶喧闐，賓客侍公退。隱居有專祠，路出茅屋背。到門黄蝶飛，依舊一畦菜。采蘋薦馨芬，掃葉去荒穢。緬懷嘉遁人，此間寄韜晦。于時小朝廷，國步見窘態。如何天下士，經濟軼流輩。見而不能舉，管樂讓前代。《伐檀》節彌厲，《清人》師用潰。使早得先生，方略定無對。才空張浚知，享合徐稚配。我來已後期，聞言太息再。何當肅摳衣，清吹接謦欬。

趙汝霖

字惠蒼，青浦人。諸生。

《蒲褐山房詩話》：惠蒼四世皆以文章學行著名峰泖。其尊人伯期先生，由名進士爲江西循吏，宜黄人至今尸祝之。惠蒼賦才英敏，有詞以達其才，有調以顯其氣，所作多多益善，不自珍惜，故多散佚。予中歲以來，海内賢士大夫以詩投贈者多如束笋，而今庶常全椒汪君庚、主事長洲陳君鍾麟獨用七言排律百韵，同知吴縣孔君傳金、貢生錢唐項君墉、諸生昆明陸君藻、吴縣張君鏞、江寧黄君之紀、嘉定張君彦曾、婁縣楊君之灝皆用五言排律百韵，又儀徵汪君光爔、光炬重集《千字文》，皆體大思精，文繁理富。而惠蒼是作清新工整，聲調鏗鏘，故采録于此。其餘不能備載。

謁忠義祠

祠在學宫，創於王廣文希伊，祀明給事中陳子龍孫訥及子深州知州贈太僕卿士美。

人生少建樹，零落等百卉。俯仰生民來，代謝一何駛。是惟正氣存，千載常不毁。上可光邦家，下可式閭里。廟食垂無窮，聞風足興起。青溪清且深，泖澱迭交匯。原隰既迴互，峰巒復邐迆。地

當華上交，偏隅稱都鄙。境僻無浮夸，民良恥譎詭。先朝神廟初，縣治實初徙。循良勞撫字，先後克濟美。遂使百里間，醇風布遐邇。王澤未衰遲，膠庠樂佑啓。惟時青衿士，周道式如砥。出則賡《卷阿》，明廷列金紫。處則安澗槃，空山蓺蘭芷。時窮節乃見，遁荒甘没齒。或懷踐士悲，或抱食粟恥。徵文而考獻，約略可屈指。誰歟誓捐軀，大節炳國史。曰惟孫與陳，屹然成鼎峙。孫公本孝廉，忠愛夙自矢。小試爲廣文，舒城始筮仕。適當流賊亂，郊原屯蜂蟻。令以他事出，孤城危卵累。公無民社寄，職不任鞭弭。愛國在愛民，何暇分人己。馳驅七十日，四郊獲寧敉。褒擢旌功庸，姓名達宸扆。天兵從東來，烽烟接河濟。聲撼太行山，風馳滹沱水。深州彈丸地，風鶴驚喪匕。公時爲刺史，國事更如燬。軍伍乏丁壯，倉儲無芻米。力窮勢不支，士卒悉解體。登樓望京華，愁雲凝靉靆。俯仰感生成，冠裳肅拜稽。上念國士恩，腹心備驅使。下念鞠子哀，恩勤無涯涘。平生子臣義，報稱曾有幾。城亡親亦殉，銜哀哭不偯。一死亦何裨，九原尚心痗。哀哉十三人，瞬息分人鬼。破巢問完卵，惟聞兄與弟。廉吏有子孫，躬耕安耘耔。黄門大雅材，偉哉天下士。抱負侔長沙，經術擬中壘。餘事成詞章，秋旻散霞綺。敦盤羅群雄，騷壇執牛耳。雲間號文藪，海内遵遺軌。力挽文風頹，淵然還正始。聲華馳京輦，公卿咸倒屣。奇才不世出，適丁國運否。枳棘栖鸞皇，乃爲越州李。是時浙阻飢，黎民半凍餒。中澤哀雁鴻，深山盤蛇虺。歷事五六年，賢勞無寧晷。彌縫力已殫，保障功亦偉。守令盡若公，禍亂庶有豸。無何神州陷，擁戴導福邸。天子號無愁，政柄歸宰嚭。桁楊北寺獄，

苞苴西園賄。外鎮咸匃休，內廷耽淫侈。江表王氣終，天塹方倚恃。惟公職諫垣，感懷日撫髀。傷心三十疏，痛哭復流涕。忠謀適不用，危亡伊何底。鎖斷長江炬，組繫軹道璽。填海誠有心，何憂波瀰瀰。移山誠有志，何憂石巊巊。報劉既已遂，甘從邱壑委。至今廣陵潮，哀音同湘澧。王師行吊伐，望風悉披靡。臣僕遍海壖，元黃奉筐篚。豈無股肱臣，乞哀拜階陛。豈無干城將，偷生戀戟棨。螳臂亦區區，思向車轍抵。一蹶不復振，是亦徒爲爾。人臣矢報國，忠孝無二理。親病縱莫治，勿藥竟奚俟。利合害即去，則將焉用彼。賣國與捐軀，其究何者是。太息百年來，故居没遺址。荒坆與斷碣，多半蒙棘杞。徒令有心人，望古增歔欷。我皇崇教化，亘古誠莫比。于以植天經，于以篤人紀。眷懷勝國臣，忠貞敦素履。靖難鼎革時，先後同一揆。桀犬曾吠堯，帝堯不爲罪。滌瑕蕩厥垢，普天雨露洗。爰錫易名典，哀榮軼銘誄。爰建忠義祠，春秋陳簠簋。詔書所經行，扶桑及濛汜。野老何所知，感泣空山裏。國典即民彝，淪肌復浹髓。英靈常不滅，天門騎箕尾。耿耿日月旁，寰瀛共翹企。而况我鄉人，是爲桑與梓。何爲歷數年，祀典若有待。邑素無專祠，因循未暇此。惟師名世裔，紹聞恒亹亹。心性窮淵源，學術固根柢。一爲秦川令，秦民樂愷悌。困厄蘇瘡痍，彝倫錫繁祉。只今棠陰間，父母歌樂只。年來絳帳懸，春風得廣被。詩書陳饘堂，衣冠集槐市。尚論嚴醇疵，持衡慎臧否。相期師古人，俗慮簸糠秕。式瞻講舍旁，有堂平不圮。蛛網集檐楹，苔痕没階戺。云何博士齋，瀆奉亭侯祀。浮圖老子宮，雜陳同鄙俚。國家崇廟享，二仲薦牢醴。奉神歸其宮，乃以肅典

禮。庭除誅菅茅，奥漏勤糞灑。遂令湫隘居，頓爾成爽塏。德意宣朝廷，寅恭協寮宷。諏吉祀三公，典型儼如在。于焉采蘋蘩，于焉酌沼沚。敬從師儒後，再拜肅筵几。師先得我心，私心竊自喜。懷古獨徬徨，空庭閑徙倚。憶昔燔臺禍，衛難靡有止。亂邦不可居，高賢悮投趾。食焉不避難，結纓心靡悔。緬懷古哲人，祝予痛未已。復醢中庭中，心傷由也死。三公殉國難，食荼甘如薺。大義炳日星，濁然泥不滓。先師如可作，感嘆復何似。廟食黌宫旁，于義亦可矣。屈賈傳可同，張許廟堪擬。視彼機與雲，奚啻相倍蓰。允矣百世師，鄉拜植模楷。鳳山石嵯峨，龍江水清泚。千秋萬歲還，吾鄉多君子。

呈王述庵先生一百韵

峰泖鍾靈杰，華戎識姓名。經綸坤軸奠，黼黻泰階平。東觀羅群籍，南皮擅駿聲。淵源宗漢魏，派别溯姬嬴。蘭譜聯冠蓋，賓筵聽瑟笙。簪花游閬苑，獻賦達蓬瀛。紫殿晴光迥，彤廷瑞靄縈。清吟傳謝朓，内詔重韓翃。日暖翻階芍，秋高浥露莖。薇垣工吐鳳，玉署看遷鶯。執法冰爲鑒，掄才玉作衡。青箱承絶業，絳帳彙群英。徼外俄傳箭，朝端早請纓。指揮飛騎擁，迢遞亂山行。鐵壁蠻雲合，金沙瘴霧横。鳴笳晨出塞，撝扇夜談兵。劫盡滇池戰，烽傳蜀郡驚。層碉巒岞崿，编笮浪淵泙。

零雨三年客，寒冰萬里程。雄材司馬檄，上將亞夫營。地險憑封豕，天威戮巨鯨。磨崖銘劍閣，奏凱達神京。杜預驅馳久，楊雄著述精。岷峨新石室，江灌築詩城。廟算恢王業，輿圖闡帝紘。雅歌周北伐，頌紀漢西征。麟閣勛庸盛，鑾坡寵錫榮。柏臺真御史，棘寺舊清卿。彭蠡移仙棹，匡廬拂使旌。祥刑崇令甲，弼教布先庚。遽抱蒿莪戚，應虚葵藿傾。松楸依故土，桑梓動遐情。志乘垂開國，以下叙修志之事。規模自有明。祚承三聖永，世閲百年贏。墉壑疏兼築，華離析更并。蠲租超漢詔，望幸慰吴氓。黨族繁丁户，萊田遍秫秔。人文頻代謝，曹署幾遷更。苔蘚前朝碣，荆榛异代塋。名藍餘杞棘，古宅竄鼯鼪。聞見拘吴下，風謡雜楚傖。殘編多漫漶，俗論總譻譠。文獻留耆碩，規模屬老成。詞壇推獨步，雅道仗孤撑。信史《春秋》筆，群倫月旦評。秦邦羅杞梓，楚澤采蘭蘅。豈謂芻蕘獻，還憑肺腑呈。一經慚似續，四葉溯祧祊。膠序聲華早，邱園道義貞。小朝危累卵，大勢悟空枰。迹絶鵷鸞侶，心隨鷗鷺盟。高踪傾沈范，蓺苑重關荆。先高祖希遠公，諱洞，少爲華亭諸生，有聲膠序間。晚年卜居辰山之麓，絶意進取，以翰墨自娱，家徒四壁，宴如也。董宗伯、王太常諸公高其雅尚，皆折節下之。西蜀楊龍友爲郡學博時，服公之才，雅相結納。迨福王南渡，楊以馬士英懿戚，權勢烜赫，作書招公，謂富貴可立致，公曰：「國家之危，比于累卵，而君若相惟耽樂是從，此所謂冰山不可倚也。」爲書謝之。逾年而金陵失守矣。詳吴日千、沈貢園、褚德珪諸公所作《趙母殷孺人壽序》中。公著有《盟鷗》、《惺園》諸詩草及《題畫録》行世，名見《續圖繪寶鑒》中。沈先生浩然題公遺像云：「不見希遠，二十餘年。道風篤行，在心目間。有涯之生，遣之以畫。幽貞之吉，得全于天。昔我方少，觴咏流連。今我老矣，斑鬢蒼顔。求如希遠，孰與比肩？翰墨在世，高山大川。」潜德音徽杳，清芬箧笥盈。前賢留慨嘆，至性

本純誠。老共姜肱被，貧餘穎考羹。樗材甘自弃，塵網漫相攖。隱愛山中豹，機忘海上蜻。於陵抱瓮灌，遼水荷鋤耕。先曾祖緘庵公，諱天延，天性純孝，與曾伯祖盥孚公友愛最篤。袁藥闌先生挽詩云：「世間無孝子，我輩失良朋。」沈獅峰先生題遺像詩云：「養親甘脆足，飯客菜根稀。」蓋實録也。著有《緘庵遺草》上下卷，「樗材」二語，即公《咏懷》之句。「於陵灌園叟，遼海荷鋤翁。托契千秋上，冥冥天際鴻。」西亭先生題像詩也。學術師前輩，儀型啓後生。元亭奇共賞，白社韵同賡。太素辭丹堊，繁音洗笛箏。表閭民望集，賜秩主恩宏。嗣祖橘香公，諱太樸，窮經力學，不求仕進。少年時即以學行見重于西亭王公，與潭西先生爲莫逆交。潭西著作，多囑公參訂。嘗訂定《正字通》之訛，手録經史古文，不下數十種，形聲訓詁，考據嚴確，用爲家塾課本。及門之士，亦多達者。與先伯祖盈缶公及陸臨潭、唐竹塢、孫雪窗諸先生結詩社。著有《素心集》行世。邑侯戴公重公行誼，下車時即造廬延訪，顔所居室曰「老成懿範」，用志矜式。公壽至九十，恩賚頂帶。著有《橘鄉詩鈔》。「橘鄉老詩人，霜雪遂幽蟄。平生不苟作，高蒼判卑濕。不着粉堊施，自异茅竹葺。」《潭西集·寄懷》詩也。曾伯祖盥孚公，諱禺先。伯祖盈缶公，諱太質。見袁心友先生《見聞龐記》、陸臨潭、唐竹塢諸公集及《孔宅志》、《學庵類稿》、《素心集》諸書。江左科名舊，鈐陽吏治清。歸舟曾載石，餘蔭尚垂楹。士類依宗主，人情托父兄。神明潛鬼蜮，感泣逭笞黥。輿論碑三尺，臣心水一泓。循良崇郡邑，俎豆傍庠黌。先君螻庵公，諱頤，生而穎异，至性過人，年五歲時遭祖母之喪，即能拜跪成禮，絶嬉游者累月。嗣祖授以經史之學，寓目不忘。凡《史》、《漢》、《騷》、《選》諸書，咸能成誦。年未成童，以背誦《十三經》受知于魚門鄭公。嗣後督學諸公，均有「文行兼優」之目。平居勵名節，慎交游，讀書講學而外，無他好也。甲子中本省鄉試，乙丑成進士，攝江西上高縣事。上高俗素强悍，先君繩之法，境內肅然，有「神君」之號。嘗捐俸修葺義學，邑人立碑記其事。逾

年，授分宜縣令。事載《袁州府志·名宦傳》。晏中丞一齋嘗移書所知曰：「趙公爲政，明如鏡，堅如鋼，有古强項吏風。至其視民如子，愛才如命，薄于自奉，不改寒士之素，則古稱循吏無以過之，不得僅以强項目之也。」先君爲寓公時，館于袁氏，嘗手植垂柳數株，數年之後，其居已再易主，而樹尚存，士人目爲「趙公樹」。嚴秀才秉遇、趙孝廉紱、張秀才炳文皆有《趙公樹》詩。歸舟載石，亦當時實事也。祛五顯神事，見《府志·軼事》。舊竊從良，感恩流涕，見張君《德政》詩。末學隳先業，家聲隕舊篇。顯揚愁髮短，纂述憾心盲。時事憐長鋏，生涯寄短檠。荒原悲馬鬣，廢寢缺魚牲。身世同朝露，情懷類宿酲。撫衷憂耿耿，望遠意怦怦。北斗瞻人瑞，南山仰國楨。絲藏綉趙勝，鞭慕執齊嬰。淺見嗤捫籥，蕪詞陋覆罌。因思隨驥尾，聊爾效蠅鳴。采擇憑權度，評量繫重輕。片言榮賜衮，一字感投瓊。巨浸容川澮，群材彙桷楹。人推大手筆，公類小鮮烹。薄海思屏翰，盈朝重棟甍。許身原稷契，致治比顛閎。夢卜王猷焕，賡揚帝道亨。屯雷蘇蟄動，解澤達勾萌。疆啓殷周甸，春頒虞夏正。明堂圖職貢，雅樂繼《韶》《誒》。望重三峰峙，勛高八柱擎。河山蒙上賞，秬鬯賜嘉盛。已自銘彝鼎，還教勒鉞鉦。平泉風月待，緑野管弦迎。蟲鳥占時序，桑麻問雨晴。鐵崖吹笛浦，白石種花坪。放鶴臨烟渚，烹茶記雪坑。高懷尋竹院，逸事話松棚。歌擅商山皓，書傳柱下彭。江湖思浩蕩，華岳想峥嶸。天錫榮鳩杖，嵩生祝兕觥。德功言不朽，奕葉頌周楨。

送述庵司寇重游泮宫

童年鼓篋等前塵，綺席重開四坐春。髣髴幔亭明月夜，雲璈瑶瑟會鄉人。

昔曾游處暫裴徊，杰閣臨風面面開。遥望頖宫宫畔水，分明前度認蓬萊。

蓋代才名擅鳳池，鷄林争誦白公詩。鄉人偏憶垂髫日，早擷瑶華第一枝。先生第一名入學。

四國旬宣遍頌聲，中朝人説舊清卿。多緣自任由來重，廊廟江湖萬古情。

坐擁圖書擬百城，依然逢掖老諸生。那知鐵壁金沙外，羽扇曾揮十萬兵。

凌雲才筆擬相如，著作頻聞典石渠。此日黌宫留寶笈，頒來已是卅年餘。先生嘗奉敕修《一統志》、《通鑑輯覽》諸書。丁丑召試詩賦，備載《南巡盛典》，久已頒發學宫。

鈞天樂奏九如歌，國老承恩雨露多。携得尚方靈壽杖，少年場裏更婆娑。嘉慶元年，召與千叟宴。

林下逍遥近十年，鑒湖一曲主恩偏。若教從此登雲路，及第還居梁灝先。

京雒浮塵十丈紅，斷虀人笑舊家風。銅山金穴須臾事，却羡蕭疏一畝宫。先生書塾聯語，嘗引用范文正公斷虀畫粥事。

衡才自昔佐昌辰，閲歷名場六十春。閑把文章溯流派，仙源一棹指迷津。先生六次爲鄉會試考官。

遥峰環抱水縈紆，二百餘年毓秀區。爲問看花上苑客，幾人曾到舊元都。

巋然人望魯靈光，《頖水》今歌第二章。正似寒梅留老幹，一枝瓊蕚領群芳。

南皮游讌舊時同，此日文壇望并崇。兩地膠庠添盛事，流傳佳話遍江東。聞嘉定錢竹汀宫詹亦重游頖宫。

常向丹青認故吾，雪泥鴻爪未模糊。何當更倩僧繇筆，旗影鸞聲盡入圖。先生自少壯以來，閱歷之境皆曾繪圖，題爲《雪鴻紀迹》。

桂苑花開接杏園，仙都寧復羨桃源。從今次第重游遍，屈指春風十四番。計將來重宴瓊林亦祇一紀有餘。

大椿知歷幾千秋，嘯傲湖山等十洲。應爲早年弦誦地，一逢周甲一來游。

莊師洛

字蒓川，婁縣人。諸生。

月夜懷人

虛館含清風，早凉生高樹。散髮滌煩襟，微吟恆幽步。月色淡如此，佳人渺何處。仰視銀漢橫，迢迢西南路。

笥山晚眺

不信九峰外，兹峰景絶佳。我來乘夕照，極目散愁懷。橫泖風帆駛，茸城雲樹埋。欲尋雨華洞，于此結茆齋。

金陵懷古

寄奴伐荻起新洲，運去彭城國祚休。落木臺空看戲馬，寒雲城壞聽符鳩。典籤裁抑傷同氣，斂板鋒棱蓄异謀。璽綬敕收循故例，淵生粲死古今愁。

憶破雲龍木德非，紛紛稗販尚依稀。解圍已恃迎靈帝，沽酒何妨倩貴妃。苑擬建章銷劫火，堂虛閱武淡斜暉。故應落葉悲吟客，遥望家山泪滴衣。

蕭寺捨身國亦傾，凄迷烟柳古臺城。重雲殿裏環僧衆，朱雀航前駐敵兵。建業金甌愁易缺，江陵玉軸嘆空盈。閑來讀罷蘭成賦，回首南朝倍愴情。

地如手掌逼强鄰，狎客相誇玉樹新。未見烟花歸大業，只聞歌舞屬臨春。哀鳴可怪山頭鳥，羞泣偏憐井底人。寄語阿麼看覆轍，錦帆何事遂亡陳。

黄花漲淺敵兵過，可念家山破奈何。醉舞有珠懸照夜，軍容無彩給凌波。收將天水看仍碧，失却春風惜已多。一自倉皇辭廟社，傷心揮泪對宫娥。

寶鼎曾移靖難年，又聞南渡此圖全。文孫已失分藩地，殘局難支半壁天。妙選蛾眉忘故劍，巧翻玉樹譜新箋。王師忽下宫車出，依舊當頭見月圓。

徐文錫

字竹所，吴縣人。諸生。有《竹所遺稿》。

夜宿天平兼山閣

春游澹忘歸，夜與雲俱宿。新月蕩客懷，松窗恣遥矚。山暝泉逾喧，竹霏露如玉。僧雛梵唱傳，野寺疏鐘續。孑影寄岩巒，孤衾夢幽獨。

冬晚訪施雲崖不值

貧居無客到，歲晚愜幽尋。一過南村路，每多塵外心。山禽流夕響，寒日下疏林。之子渺何處，白雲吟望深。

遲暮

遲暮悲生事，蹉跎未有涯。一氈空老大，雙鬢送年華。匏繫難爲食，萍飄到是家。依人當歲晚，獨立羡歸鴉。

孫魯

初名煒，字嘯甫，嘉善人。貢生。

《蒲褐山房詩話》：嘯甫以歲貢生依人萬里外，余在雲南識之，氣宇温醇，老而彌粹。詩如其人。句如「日烘岸草穿沙嫩，烟罥籬花帶露寒」，「過從三徑多賢友，點勘千秋有异書」，「水浮小艇波紋滑，山帶平林翠黛勻」，「回首獨憐同輩少，斷腸翻爲結交多」，「故園月色歸篷底，永夜江聲撼枕邊」，「一路橘林山影亂，千村烏桕夕陽多」，皆春容嘽緩之音也。

瞟城王定山以其師陳宏猷先生所著四書就正録暨故友殷元爽先生詩稿見視并將壽之梨棗此古誼也作此以贈

青山白屋閑，抱質愿且賢。足迹半寰宇，碑版暢幽悁。師友陳與殷，零落遺殘編。或闡發孔孟，或吟咏蘭荃。皮藏行笈笥，讎勘窮歲年。云是後死責，剞劂待流傳。以兹敦薄俗，餘事良無愆。士不顧窮餓。訓詁而漁畋。一朝長已矣，楮墨隨雲烟。守之俾勿失，感泣徹重泉。

皖江道中題吴藎臣所贈畫卷

讀畫論詩幾往還，無端祖道出江關。宜城渡口春殘後，烟柳濃於郭外山。

丁未臘月廿一夜宿五華山寓齋懷朱林一

夢醒鴻爪忽西東，榾柮煨殘數點紅。一枕松濤風又斷，梅花香細月玲瓏。

鍾駕鼇

字繩祖，嘉興人。貢生。有《海六詩鈔》。

入夏以後綿雨不休即事咏懷偶成四首

負米歸來息舊林，竹西回首客愁侵。世無知我休彈鋏，壯不如人敢碎琴。門外烟波濃淡畫，燈前風雨短長吟。夢消永日頻移枕，無復飛騰志士心。

自笑生涯任轉蓬，悠悠殘夢雨聲中。病多大類霜前鶴，老去誰憐爨後桐。早識文章終覆瓿，虚縻歲月事雕蟲。平生知己縈懷甚，譽擅無雙感謝公。謂舒蔗堂先生。

堤柳蕭疏竹樹清，三年留滯廣陵城。千家樓閣珠簾卷，十里笙歌畫舫明。水部新詩同覓句，謂李抑齋州守。樊川舊夢最關情。回思暮雨瀟瀟夜，腸斷江南玉笛聲。

精藍冒雨近登臨，何必游踪似向禽。忙裏尋閑聽念佛，鳥名。空中有色見塗林。龍牙茶熟初飛雪，虎掌瓜寒好鎮心。清磬一聲塵外遠，三乘參罷對榕陰。

汪大經

字書年，號秋白，嘉興人。貢生。有《借秋山居詩鈔》。

《蒲褐山房詩話》：秋白籍居秀水，爲贅茸城，生平往來吴越間，雨幔風檣，筆床茶竈，所至輒訪其名勝及與朗人俊士交。能書，善散體文，又從沈沃田學詩，清新峻拔，繩尺自然，群謂裒杍樓之後勁也。

紫雲洞

曉起斷檐溜，微陽漏耿耿。因逐樵人踪，來過湖西嶺。曲磴羸㲉旋，仄徑龜背亘。人從樹杪上，百折乃至頂。谽谺闢古洞，吞吐濕雲影。崖傾光難留，壁立勢何猛。局脊類入瓮，坎窞比坐井。山深古木寒，澗細流泉静。欲學阮公嘯，恐驚蛟龍醒。簌簌陰風生，逼我毛髮冷。拾級梯而登，出險衣乃整。疏林出磬聲，吟策思更騁。

談箋三十韵[一]

國書重白麻[二]，法書尚白練[三]。古人用各宜，貴素弗貴絢。有明談仲和，製箋共稱善。乃祖侍郎公，入直邀主眷。内府多秘藏[四]，携歸自別殿。當時秘不泄，遺法授後彦。仲和其從孫，斯技妙獨

擅。選材竹縞良，粗密百番揀。拓背膏細匀，側理漿暗濺。叠以雲舒舒，砑之雪片片。鋪槽淡日烘，縣桁嫩風扇。薄洒金熨帖，淺拓花隱見。稍煩黄蠟揩，略經碧砑煉。層層浄玉膚，溶溶澄鏡面。既殊剡川藤，亦勝鵝溪絹。其妙在本色，無取朱粉碾。愛兹質瑩潤，恰稱筆老健。捆載致遠可，束裝携饋便。攸往占《易》卦，利幾中夏遍。豈止充蓺林，亦且備宸院。〔五〕如何法失傳〔六〕，紛紛造都贗。詩奇貨競居，增華價反賤。譬彼啖名客，實去名尚戀。吾也生已晚，真者未獲見。考古識遺製，乃知今製變。年來寓茸城，生計惟筆硯。手曾十樣披，目慣五色炫。〔七〕草草供塗抹，何暇致深辨。蠅頭苦細書，埋首日常晏。打門者誰子，又聞索題卷。

【校勘記】

〔一〕「三十韵」三字，《借秋山居詩鈔》卷二無。

〔二〕「國書重」，《借秋山居詩鈔》卷二作「唐制書」。

〔三〕「法書尚」，《借秋山居詩鈔》卷二作「晋賢書」。

〔四〕「秘」，《借秋山居詩鈔》卷二作「庋」。

〔五〕「豈止」二句，《借秋山居詩鈔》卷二無。

〔六〕「法失傳」，《借秋山居詩鈔》卷二作「工不藝」。

〔七〕「手曾」二句，《借秋山居詩鈔》卷二無。

靈岩山

朝曦射初桃，影落峰際塔。舍輿步仄徑，粒粒露珠踏。寺門面湖開，湖光互歕欱。想見烟暝時，濕翠萬頃納。琴臺眇何處，導我來破衲。躡屐躋其巔，拂袖松風颯。雲外一聲鐘，響聽四山答。

野　泊

三月春風顛，落花雜飛絮。舟行閣淺沙，野宿不知處。夜半暗潮生，孤篷載夢去。

風雨不寐有感

尖風射罅作鬼嘯，短鐵燈檠閃殘照。蕭蕭落葉打寒窗，僵木怪鵰挾雨叫。風聲雨聲戰葉聲，萬聲力與萬竅争。使我聽之不得寐，夜半起舞思劉生，匣中劍亦錚錚鳴。

楊吴大安寺鐵香爐歌

楊吴太和僞改元，世亂安竊帝號尊。江山半角侈雄據，專事福利崇沙門。洪爐鑄供大安寺，風輪鼓橐雷車奔。蓮蕚作頂葉作蓋，如峰突兀暹朝暾。重萬二千高仞五，工監特誌内監孫〔一〕。聚六州鐵鑄此錯，緣化下括村夫村。霸圖誕冀佛力護，詎識煬竈先徐温。虚堂博山熒暗焰，秘謀籌畫灰無痕。彼火則活此火死，哀哉旋泣釜底魂。有其舉之莫或廢，代更物换爐猶存。摩抄每邀過客訪，銷歇無復沈檀歕。吾鄉竹垞稱博古，銘文惜未全討論。兹看頑鈍泯香色，苔蘚剥蝕蒼烟昏。汴京香井此豈類，出門一笑吟髯掀。

【校勘記】

〔一〕「誌」，《借秋山居詩鈔》卷四作「識」。

過净慈寺憶焂虚上人明中

偶然塵夢醒，來聽雨餘鐘。暝色歸深樹，秋陰染一峰。自從齊己去，難更德雲逢。舊日論詩地，

蒼涼徑蘚封。

客　裏

客裏重爲客，烟橈溯斷津。挑燈坐深夜，聽雨送殘春。性拙難諧俗，才疏不救貧。此行還自笑，誰爲念勞人。

石門灣

堠火石門灣，孤城早閉關。西風夜市静，小雨客舟閑。野宿生秋思，村酤暖醉顔。陵晨挂帆去，一髮瞰青山。

陶然亭

四圍濃翠滴，愛此草亭幽。風葉晴疑雨，冰泉夏亦秋。時來河朔飲，興發郢中謳。一事增惆悵，

斜陽隱渡頭。

述庵先生取宋漫堂中丞廬山僧寺所藏小像重摹供于北蘭寺綿津詩屋偕同人往祀之祀畢小飲即用中丞韵二律

前賢棲止處，爾室亦如蘭。選勝留初地，流光等急湍。庭空花破寂，林密鳥投安。不盡臨風感，遐心托翠巒。

及兹春未去，撰杖侍雲亭。釃酒杯浮白，鐫詩竹削青。舉頭延素月，僂指賦晨星。時述庵先生已有還少司寇之信。大雅思誰繼，箏琶本倦聽。

抵松江後作

卜得菰蘆鄉外居，蒓鱸招我賦歸歟。江湖頗悔輕横棹，風雨難忘舊敝廬。慰藉聊憑三勺酒，平安先報一緘書。故園朋好如相問，爲道疏狂習未除。

九日病中作

無分林巒結伴嬉，兼旬頽卧夢迷離。健騰雙屐豪心在，寒逼重衾病骨知。窗葉撲驚秋淅淅，爐香焚送晝遲遲。紫團白墮俱愁我，换得酸辛藥一卮。

鬥蟋蟀聯句用韓孟鬥鷄句韻

候蛩感秋生，大經。狎客聚族待。居壁善養鋭，翁春石瓠。登壇競博彩。石産體乃剛，大經。蕈化病則殆。辨名陸《疏》詳，春。品類賈《經》在。雌伏斂丁斧，大經。雄遇張甲鐓。紛紛列廣場，春。各各踞高塏。圭竇權頻頻，大經。丸泥封磊磊。朝蒴夕始食，春。有約無肯改。圓睒雙睛青，大經。堅奮兩牙嶉。聲先偶一鳴，春。氣特增十倍。六跪助相搏，大經。一心甘付醢。深喜獨勝勇，春。竊恥交綏餒。拱立持且僵，大經。倏竄遁非紿。急追臏鹵申，春。暗擊鄙逢亥。碎首真何辜，大經。强項竟加罪。裂齒腦髓迸，春。傷股血腥浼。用酬一飯恩，大經。重托千金賄。環睹屹成林，春。喧呼沸翻海。剋期再礪能，大經。計日中休怠。策勛爾徒爲，春。丕績孰嘉乃。藏之盆三花，大經。裹以囊

五彩。賈餘常矜豪，春。迎歸捷報凱。罷豈秦貶恬，大經。榮若燕拜隗。流風狃吴俗，春。游戲怪宋宰。庶幾《良士》篇，大經。足爲稗官采。春。

周厚堉

字仲育，婁縣人。諸生。

《蒲褐山房詩話》：仲育居婁縣干山，其先世與趙松雪諸名人交好，自元及明藏書至萬卷。父忠倚，工隸書。是時詔求天下遺書，周氏經進者多，上賜以御纂《佩文韵府》，又以御製石刻賜之，又題其所進宋本《漢書》，皆异數也。辛丑，仲育從予游，邀予過山中，因得拜而誦之。仲育取詩中「來雨」字以名其書樓，屬予作記，當爲吾松他日嘉話云。

小檀園續修禊得賢字

高會移中浣，開成紀昔年。纔過上巳節，總值莫春天。宴續東堂約，裙仍南澗湔。却援重九例，非礙曲江筵。唐文宗開成元年，歸融爲京兆尹，時逼近曲江賜宴，奏改十三日爲展上巳，見《天中記》。十日期初展，

招千秋制尚沿。檀園糾雅集，綺席擘蠻箋。迹尚交游遍，心寧仕宦牽。菖湖榮衣錦，漉水謝烹鮮。米隱柴桑里，歸耕陽羨田。林巒疑谷口，竹木狎平泉。折柬尋相約，呼朋每共延。欣依白傅社，屢泛家船。座接金閨彦，名齊玉局仙。冲懷流藹藹，丰度致翩翩。夙仰人如玉，同誇筆似椽。冶春司理句，修禊右軍篇。舊雨聯裙屐，薰風醉管弦。形骸須脱略，文字慣留連。爐檢名香爇，鐺停活火煎。都籃茶具足，列鼎食單全。侊飯長腰米，侯鯖縮項鯿。莼鱸兼别味，櫻笋飫加籩。杓捧羽觴進，花催羯鼓傳。興酣嫌燭短，酒罷聽歌妍。婪尾葩應吐，鼠姑色未蔫。圍場排蹋踘，索架買鞦韆。柳撲晴檐絮，荷翻淺沼錢。池塘風款款，樓榭月娟娟。叠翠奇峰涌，捫蘿仄徑穿。嬌鶯窺葉底，馴鶴下松顛。放浪忘形役，幽栖習地偏。迹陳情更戀，事過境隨遷。曩夕鈎方挂，今宵鏡漸圓。浹旬儲美景，練日聚群賢。時喜冠裳萃，門看車馬闐。上賓吴季札，列坐李龍眠。濯濯王恭柳，亭亭庾杲蓮。何人能顧曲，有客愛逃禪。氣誼羊求合，聲華顧陸先。俗情憎褦襶，仙骨羡褊襹。不速占紛若，相逢儘偶然。珠璣生欬唾，藻采落雲烟。體彙短長什，詩成倡和編。分鬮翻韵譜，擊鉢助吟聯。競病誰工押，妃豨漫解填。猥慚覆瓿作，就正運斤前。暢聚殊難繼，重來洵有緣。琴尊多跌宕，壇坫獲周旋。門捷頻叉手，争先敢着鞭。三三遲再閏，還擬與隨肩。

張雅宗

字習之，青浦人。諸生。梁孫，早卒。有《操縵居詩鈔》。

晚秋漫興

金風蕭瑟揚湘簾，寒氣依稀入短檐。濁酒肯辭連夜醉，新詩且喜一秋添。爐邊烟裊炊黄獨，枕畔鐘鳴破黑甜。病起未甘疏卷帙，菊花香裏整牙籤。屏迹幽栖寡所諧，凄凄蛩語唤吟懷。山當秋老容偏瘦，菊到霜濃色漸佳。一局楸枰藏犄角，三杯醽醁外形骸。倦來乍覺添岑寂，月弄疏陰逗小齋。

雨窗得青字

顛風送雨入疏櫺，檐溜淙淙怕獨聽。水漲小橋浮鴨緑，烟凝遠岫失螺青。苔痕斑駁盈階戺，草

色萋迷繞户庭。漠漠愁雲終不散，未容乳燕試梳翎。

萬福

字近蓬，鄞縣人。諸生。有《玉倉詩鈔》。

周亦庵明府招同顧涑園余松岩松屏蔡卧雲曹仙耨作展重九之會分得光字

濂溪家有好林塘，迤邐城東并女墻。壁上廬山屏九折，案頭海岳字千行。菊因霜冷遲猶艷，桂趁風微晚愈香。爲展重陽開美醞，如君真不負秋光。

石渠

字午橋，鄞縣人。監生。有《石田子詩鈔》。

和廖屺堂刺史石雲寺韵

匹馬尋春走石巔，緑藏紅寺夕陽邊。瀑過佛頂驚僧定，葉落花臺醒鶴眠。嶺樹雲移青到地，松巒石破碧摩天。每從險處逢佳境，萬壑千岩又滿前。

湖海詩傳卷四十

徐鑅慶

原名嵩，字朗齋，崑山籍，金匱人。乾隆五十一年舉人，湖北試用知縣，加知州銜。

即事

把卷卧疏雨，雨斷夢亦斷。不知簾外風，吹我卷帙亂。濕雲互明滅，庭柯夕陽半。屋角一帶山，晴翠落几案。忽聽幽鳥啼，餘花捲書幔。

九龍山晚歸

行行出翠微，一徑入斜暉。黄葉有時落，白雲何處飛。溪長虹暈斷，稻熟蟹匡肥。欲采芙蓉晚，烟波隱釣磯。

塞月聞歌

塞月照羈客，影連青海流。人閑嘗對酒，樓小不藏秋。畫燭銀箏艷，行雲鐵嶺愁。誰家怨遥夜，重唱古《凉州》。

秋　思

小扇緑窗紗，重重綺樹遮。新凉半床月，殘醉一簾花。睡鴨噴香細，鷩鸞起草斜。紅墻阻幽夢，對面已天涯。

花朝夜雨陪東閣讌集示雲峰

吴江官舍柳如烟，餵鶴修琴費俸錢。東閣懸簾一尊酒，春鐙飄雨百花天。醉來世事關心事，人入中年憶少年。他日定知追此會，封題應寄薛濤箋。

落葉

一夜微霜下碧林，年華荏苒暗相侵。幽衾酒醒重簾遠，孤館鐙昏細雨深。身世飄零遷客路，江關摇落故園心。何須更製哀蟬曲，祇恐天涯思不禁。

余鵬年

原名鵬飛，字伯扶，懷寧人。乾隆五十一年舉人。有《枳六齋詩稿》。

硤　石

硤石何峥嶸，鬱此積鐵色。占艮外隆背，習坎中限閾。烈風入呼號，短樹出屴崱。縣車向遥空，取道若引纆。石隙苟齟齬，下臨大壑黑。未省造化功，設此何逼仄。終古厄行人，百兩幾馬踣。解鞍即平岡，咄咄炎歊逼。

漢銅雁足鐙歌蘭泉先生席上作

雁足鐙，短續梟，長截鶴，涖阹髤髹土花剥。其技巧尚象，其銘妙用鑿。有紙蟬翼輕，麝煤試響拓。工輔造，佐者博。嗇夫掾，勒名各。曰有省，丞其爵。中宫内者誰，建昭三年作。一一隸在椠，蠅頭復蚊脚。蜿蜒小篆當唇前，紀元又到陽朔年，曰賜陽平敬謹鎸。後厨今至三，故家昔第五。無復蒲反首山之祝釐，却有青莎廳夜之歌舞。戚畹尹邢降，賓客田竇數。卯酒酌香螺，甲煎燒雲母。何以報君進樂府，飛燕雙栖花月午。花月午，燕還飛。飛啄王孫君那知。此時爾鐙弃，用昌黎「短檠弃」字。不滴君前泪。千枝帝火暉，一夕漆燈閉。爾從侯家翔人間，不逐金鼉玉梟游墓田。得遇歐陽

我有鸜鵒子，《集古》有補箋。墨花日拂拭，拔之銅與鉛，爲是如讀倉頡《凡將篇》。兔梳毫，繭裝帖。活眼硯在匣，臨池乞爾撥鐙法。

寶慈書屋觀文徵明山水横眉子因成長句呈蘭泉先生

游絲一縷揺筆顛，尺幅春影相迴旋。春山滄漾水娟秀，春樹濃抹村鉤連。山開樹斷見茅屋，屋畔高下皆春田。夜來已作一犁雨，青葱寸寸生芳妍。小童群戲不驚雉，老叟獨行還聽泉。桃花李花兩明媚，前川疑有春無邊。却嫌添着水楊柳，一白早晚愁飛綿。衡山作畫如作字，總使鋒穎含飄翩。豈廢烘染佐生韵，自有朗潤捐塵緣。嗟我擾擾隳泥滓，雅負家山春可憐。何當横圖側身入，乞公題句生雲烟。

孫星衍

字淵如，號季逑，陽湖人。乾隆五十二年殿試第二人及第，官山東糧道。有《雨粟樓詩集》。《蒲褐山房詩話》：畢秋帆撫軍在西安刊刻惠徵君《易漢學》、《九經古義》、《禘説》、《明堂大道

録》、《古文尚書考》諸書，皆淵如爲之校定，而秋帆撰《山海經校正》，亦藉其搜討之力，故其學壹以漢魏詁訓爲宗，鉤深致遠，探頤索奥，孫穀、董悦所弗能逮。作詩不多，亦能自抒所見。秋帆嘗以方正澍、洪亮吉、黄景仁、王復、徐書綬、高文照、楊倫、楊芳燦、顧敏恒、陳燮及淵如詩合選之，爲《吴會英才集》，不足十人之數，乃取淵如配王采薇詩以足之，寓「才難」之意，曾索予爲序，然古人無此例，不能應其求也。

宿元符宫

林宫鎮山坳，高下飛軒檽。征鞍上盤盤，日暝客始停。遵途百勞忘，尋异千念盈。徑微已三折，屋暗仍重扃。獨上怯曳衣，孤行危建瓴。道士然炬來，開門道前行。静覺鼠囓松，微同鳥梳翎。林空虎氣逼，草滑蛇涎腥。山頭白濛濛，寒氣生夜明。猶被露華涼，遠聽風笛横。悄然步初還，游侣見自驚。幽房感仙踪，客夢冷易醒。

入蓬壺洞

一途走山腰，一徑入地腹。華陽洞名。已參阻，玉柱洞名。復洄洑。兹游稍通人，所歷亦娱目。奇鋒訝孤竪，密理看斜矗。冬温蒸厚地，溜響滴虚谷。初驚石粼粼，始見沙漉漉。捫踪走妖怪，穴竅散蝙蝠。垂乳甘可餐，流膏滑難觸。心疑轉仙徑，曠蕩見平陸。居氓雜羲皇，村舍散花竹。道人見纔訝，謂此足蛇蝮。微微濕氣腥，慘慘毒霧蓄。朋行勇蹴踏，我興耻瑟縮。惜哉萬丈窟，不乞一寸燭。山靈厭披覽，居客怪剫劚。莫附杞人憂，甘貽謝公辱。

鬱　岡

尋幽轉岩隈，携杖行數里。離崖樹歷歷，矗地石齒齒。群峰已低環，兹岡復孤起。山栖寡俗駕，客至道人喜。開門響叢竹，繫馬落松子。檐溜挂薜蘿，階荒合榛杞。蕉心冷逾碧，茗味苦還美。星燈禮金仙，雷火合石理。遐搜已折屐，促坐况陳簋。念沉鐘聲前，影閉草花裏。耽奇悵將去，卧静想無始。遵路何茫茫，霜林亂紅委。

梁天監井床殘字詩

出門一鍤隨一丁，錯認乘醉埋劉伶。井床古字待我發，城根徒步來昤㴭。誅鋤草土辨摹刻，如讀怪牒搜仙經。文云天監丙申歲，作亭與井因書銘。蕭梁天子初佞佛，冀以方便延千齡。是年淮堰起復壞，飢鴻四野哀飄零。豈知皇帝愍渴乏，欲借一勺詒生靈。周田八家共一井，漢制十里置一亭。濟人興廢有司事，何用天語煩丁寧。黄河之潤泰山雨，澤及天下由朝廷。楊枝甘露詎足恃，金仙入夢呼不醒。异時臨渴更誰愍，荷荷口苦無人聽。悲歌吊古亦多事，但愛照影波清泠。千年萬古汲不竭，知有地脉通滄溟。摩挲苔蘚剔圭角，急印墨本懸中庭。此文埋没分終古，日近汲綆堆長瓶。其前牧馬肆蹴踏，行客縱至誰留停。欻然遇我自天幸，若獲知己雙眸青。王郎朱子好風調，予見是井文，以王蔭可言；見《葛府君碑》，以朱筠谷言。告我如試終軍鋋。歸途把臂又欲醉，便恐一别如晨星。

揚州集方立堂齋中同汪劍潭金晼芳諸君作

黄菊清尊夜漏微，貧交相聚尚依稀。何能奉倩生猶樂，只認秦嘉客未歸。紅燭照顔年少去，碧

山回首昔游非。多因添作他時恨，小雨泥深夢款扉。

試香

辟寒簾底漸氤氲，石葉拈來取次焚。銀燭暗隨灰一寸，綉衾虚借暖三分。離愁似此都成縷，幽夢從誰欲化雲。曾爲如蘭人坐對，錦裀幾日罷重薰。

月影次韵

隔廉當户最含情，半掩燈明半鏡明。一度落如人小别，暫時圓比夢難成。霜來玉宇寒無迹，風過金波静有聲。惆悵尊前邀不得，關山如此又孤行。

楊夢符

字西驔，號與岑，山陰人。乾隆五十二年進士，官刑部員外郎。

題戴嵩畫鬥牛

羊性狠，狗性險，見《南史》。惟牛其馴氣頗斂。畫工若恐牛不武，畫作鬥牛觀者堵。牛不好鬥胡不平，兩童驅之牛怒生。既不使竭爾力，耕爾田，麾爾以肱橫加鞭。復不及陳家青，王家烏，輕車快足誇當塗。兩者一傷戚爾牧，西鄰禴祭茲其福。烏乎，人生萬事如牛毛，毋以餘勇誇爾曹，今學割者皆操刀。

九日

風雨成佳節，秋林萬木哀。有家頻作客，非病倦登臺。夢入秦雲迥，心隨朔雁迴。何時伴松竹，三徑共銜杯。

重至東昌書院

閲世成華髮，惟餘作客工。懷人花影後，得句鳥聲中。湖海半知己，雲蘿隔幾重。庭前有枯樹，便是主人翁。

殘荷

蕩舟曾記擥新妝，零落秋波易感霜。初日依然臨畫檻，驚飆何事到銀塘。早知解語心原苦，但有餘芬夢亦涼。太華峰頭明月在，如船藕欲爲誰長。

何道生

字立之，號蘭士，靈石人。乾隆五十二年進士，官九江知府。有《方雪齋集》。

《蒲褐山房詩話》：予曩在京師，與蘭士比鄰而居，尊人編修君思鈞朝夕過從，故自小識之。乾

隆己酉，予由江西入京，始見其詩。風骨清蒼，如千金戰馬，騰溪注澗，無所不宜。山西自澤州相國以來，若蓮洋居士，清妙則有餘，排奡則不及也。十年來與法侍講式善、張檢討問陶、楊農曹芳燦諸君互相唱和，而才鋒之峻，則皆斂手避之。繇侍御出守九江，旋以病歸。匡廬彭蠡，山水名區，惜未得盡供其刻畫。

寄沈帶湖叔埏同年時寓杭州

修士恒厭俗，介士恒苦貧。北風振林薄，念我同袍人。之子抱高節，遐蹈江之濱。上堂奉甘旨，顏歡心苦辛。弃禄而就養，曷以供吾親。仍歌《乞食》篇，翻然辭鄉鄰。書來語重叠，情話款款陳。自言力經史，著述希先民。勖我意良厚，爲學戒因循。嗟我簿書吏，署諾惟算緡。十指拙懸椎，百骸役勞薪。豈不念淨業，垢膩叢心身。豈不念千古，奔走窮冬春。松柏植深谷，勢與荆棘均。抱奇豈敢泄，衆中祇逡巡。望君不可即，短咏聊自申。

青石梁

萬古此頑石，横亘青鴻濛。誰能役五丁，鑿取風雲通。千萬億石骨，蜿蜒爲卧龍。龍尾竟垂地，龍頭稍昂空。龍脊聳百仞，突兀撑蒼穹。古苔厚盈尺，一一鱗甲封。輪蹄所來往，滑碧摩青銅。馬力鬥石勢，步步彎强弓。攀躋倏到頂，萬里來長風。欲下勢轉陡，羈勒無全功。魚貫叠踐迹，尺地攢萬踪。一落到平地，快若鶻出籠。塞外足奇觀，吁此尤魁雄。過嶺投旅店，落日土壁紅。猶覺所歷境，磊塊填心胸。

廣仁嶺

昨過青石梁，今登廣仁嶺。坡陀夾峭壁，倏若墮眢井。巨石積鐵色，陰厓襲虚冷。萬車争一隙，如喉苦魚鯁。欲上不得上，顛危濟俄頃。陰盡忽開曠，蓄極得馳騁。疏林八九株，微風弄清影。前望縱遐矚，後顧抱虚警。想當開鑿時，萬夫力齊并。磊塊塞大地，千椎破其整。雷硠擺天垠，電劃坼頑礦。

青石梁觀瀑

石壁插天起，何處來飛泉。噴薄下百仞，匯爲蛟龍淵。水勢欲攫石，石避水怒濺。氣力兩相搏，終古無周旋。練影倏分裂，珠顆跳輕圓。殷雷吼晝壑，急雨飛晴烟。匡廬我未到，見此喜欲顛。駐馬久仰視，一洗塵慮蠲。銀河倘可溯，乘槎擬洄沿。

法時帆招集詩龕用東坡焦山韵

伊誰大厦雄耽耽，清歌妙舞傾東南。伊誰解作文字飲，竹籬花徑開三三。長安宦海一俗耳，大都束縛如眠蠶。梧門先生今作者，儼古賢達真無慚。詩如春雲淡高嶺，心如秋月澄寒潭。書齋四壁亦何有，千詩墨瀋淋漓酣。時當三伏正苦熱，招我竟日爲清談。我來最早客踵至，車聲轆轆趨詩龕。花木位置秀而野，壺尊羅列芳且甘。二難四美一朝并，造物應怪吾徒貪。詩人畫手各快意，畫吾不解詩猶堪。興酣日落不知暮，吾欲借此爲行庵。

重九後一日張瘦銅塤招集記珠軒約同王葑亭侍御友亮胡雲蕉同年次日載酒長椿寺看菊雨阻不果瘦銅用東坡九日黃樓韵作詩見示次韵

長安城中秋色老，詩人賞秋高興發。招朋共作小重陽，《歲時記》：重九後一日再會，爲小重陽。珍珠紅滴金杯滑。公性直須酒灑巾，我才短如綫折襪。雙螯輪囷許共持，大白淋漓試一呷。户小幾困吏部瓮，醉極擬荷參軍鍤。忽思黃菊正敷腴，不比白草畏肅殺。提壺更謀一日飲，命駕須訪城西刹。天宫何事妒勝游，雨師作意相磨軋。淺巷獨漉深泥埋，日脚黯淡雲頭壓。良辰過眼祇轉瞬，欲補如齒已成齾。隨公願效雲與龍，比鄰莫惱鵝共鴨。瘦銅寓齋同巷而近。他年卜築仿東籬，溪山何地非苕霅。

壺盧學士歌同雪蕉作觀音寺街酒家作一標子，冠巾頭面如學士狀，自項以下壺盧也，瘦銅先生以爲大白，作壺盧學士歌，雪蕉因邀余同作。

謫仙騎鯨歸仙都，手摘酒星天一隅。忽覺肉身太痴重，蓬壺乞得壺公壺。以壺作身輕而腴，壺

口拂拂飄長須。上帝怒之降玉符，曰汝故態猶狂奴，飄然復謫長安衢。長安酒家特狡獪，笵以水土塗以朱。細腰大腹堪絶倒，旁蹲二鬼如揶揄。吁嗟白也其何辜，既非五石之瓠大無當，亦非依樣而畫觚不觚。酒觴輪囷去芒角，繫而不食胡爲乎！吾欲衣之以雲霞，佩之以瓊琚，送之以清風，導之以靈輿，青龍素鶴前後驅，遒然而上達帝居。天漿一吸千秋餘，恒與北斗相盈虚。不然以身濟斯世，中流賴爾爲舟桴。嗚呼中流賴爾爲舟桴，爾其善保千金軀。

道上望大防諸山

横雲截山山入天，雲行山亦行蜿蜒。山青雲白兩嫵媚，此中定有飛空仙。我無垂天之翼躡雲屐，何由一舉登其巔。平生未識山面目，兹行所遇俱清妍。應接常虞有不暇，左顧右盼勞周旋。十年塵土一朝洗，愛之如有前生緣。羈途登頓何足計，佳處翻願馬不前。行行村落出林際，青帘招我投炊烟。

崇效寺舊名棗花寺。

我尋棗花寺，不見棗花開。一徑亂蟬響，數聲清磬來。碑殘藤絡字，地古石生苔。坐對蓮池浄，翛然絶點埃。

秋夕

孤寺鐘聲歇，蒼然碧宇空。峰高遲得月，樹老易知風。客思千山外，秋聲一院中。此時還獨醉，倚枕向疏櫳。

晚景

幽居無一事，飯罷看斜暉。嶺月忽已上，山僧猶未歸。烟深溪路迴，天遠寺鐘微。古佛静無語，相看坐石磯。

龍泉寺

初地何年構，柴門徑欲蕪。樹同山太古，僧共佛清臞。靈穴潛龍子，名花艷鼠姑。此中無一事，且自禮文殊。

雨　望

蒼莽盧龍塞，奔騰拒馬湖。雲憑山勢厚，風挾樹聲多。原野神靈會，江湖氣象俄。炎歊欣一洗，遠近聽田歌。

讀梅村詩集

白衣宣至爲浮名，便署頭銜誤一生。洛下風騷徐騎省，江南哀怨庾蘭成。歌殘金粉繁華地，寫出琵琶慷慨聲。應是婁東壇坫在，不教元美擅前明。

楊六士比部夢符移居巷南詩以賀之

失喜西南竟得朋，緑楊春擬兩家分。卜鄰久幸邀王翰，謂惕甫。問字今欣近子雲。室有异書容借我，詩無凡語最憐君。從兹下直頻來往，緩步當車趁夕曛。

試燈夕招同年謝恭銘汪彦博小飲

宦况蕭條感歲華，上燈時節正天涯。尊前鄭重同年話，雪後精神昨夜花。剩有酒狂容我輩，不知詩思落誰家。鰲山火樹尋常事，却笑兒童一倍嘩。

觀音庵僦舍

石徑苔階草不除，儵然此處得吾廬。墻堆磊砢山三面，門對潺湲水一渠。居士清齋數聲磬，幽人行李半肩書。跏趺便是維摩詰，何必隨僧叩木魚。

閑倚

閑倚山僧白版扉，沉沉西嶺下斜暉。溪頭烟暝客争渡，樹杪月明鴉亂飛。百八聲鐘空籟寂，兩三點翠遠峰微。誰家燈火摇籬落，照見牛羊得得歸。

暮春雨雪交作遣興

晝長風物鎮凄迷，漠漠重陰四面低。柳覺絲寒愁脱絮，燕防衣濕懶銜泥。情懷惡似酒初中，天色常如日欲西。上巳清明都過却，小園桃李未成蹊。

薄醉心情聽唤鳩，輕寒未許下簾鈎。花光膩似人初浴，我意懶於雲不流。天地無情飛野馬，江湖永憶泛扁舟。玉壺買得春常在，且可尊前自勸酬。

汪彦博

字厚夫，號文軒，鎮洋人，學金子。乾隆五十二年進士，官刑部員外郎。有《養泉齋詩鈔》。

和陸魯望茶具

離離一寸尖，戢戢數叢短。柔如竹脱綳，脆若蘆抽管。穿林美樾清，得氣陽崖暖。南山昨夜雷，已報頭番滿。茶笋

東崦兩三畦，西崦數間屋。似閑還似忙，盡日在澗曲。語兼藥草香，隱借杉蘿宿。户户祀茶神，先喜細雨足。茶舍

鑿石起新烟，團泥趁朝旭。山童隔竹呼，臼磨搬運熟。樵爨餘松柴，野庖雜杞菊。拾得火前芽，一杯春露足。茶竈

煎烹厭銅腥，膨脝訝石醜。呼起老彌明，安排伫吟友。傍似鐺折足，上爲瓶守口。竹爐聽風燃，任我持當酒。茶鼎

定州小花瓷，佳樣出雕飾。蟹眼翻雲腴，兔褐濺霜色。静携都籃具，好鬥晴窗側。睡足日高時，此意君未識。茶甌

花乳夜飛泉，松聲午鳴雪。鷄蘇與胡麻，論品抑已末。但得兩腋清，坐使萬想滅。誰扣玉川門，春風送瑶札。煮茶

將至荻岡舟中和存塘舅祖韵

晚程喜説近何山，未落帆時夕照殷。一路樵風潮上下，千家漁火市迴環。犬知迎客花源熟，鶴解看丹藥竈閑。三宿何妨寄桑下，再來亦欲扣雲關。舅祖已三至荻岡，余亦兩度矣。

梁履繩

字處素，號夬庵，錢塘人，敦書子。乾隆五十三年舉人。

安化道中

貪程隨落日，樹影漸依稀。人語空山應，泉鳴古洞微。怪松連石長，歸鳥雜雲飛。何處尋茅店，遥烟出板扉。

西湖冶春詞

不携游伴笑疏頑，畫舸停橈何處灣。怪底今朝容易醉，春風吹緑酒中山。
新晴芳草軟於茵，油壁香車動暗塵。十里東風簾不閉，看花兼爲看游人。

朱文治

字詩南，餘姚人。乾隆五十三年舉人。

潤州旅次

何處獨招涼，江樓倚夕陽。一聲秋在樹，千里客思鄉。小病詩猶健，多愁酒自香。西風莫吹急，新雁未成行。

南沙河題壁

北沙河畔柳凋零，路轉南沙幾樹青。最是歸心撩亂處，琵琶一曲泥人聽。
楚楚衣裳照眼新，到門留得十分春。東風不種雙紅豆，一夜燈花笑美人。

王芑孫

字念豐，號惕甫，長洲人。乾隆五十三年召試舉人，候補國子監博士。有《淵雅堂詩稿》。

《蒲褐山房詩話》：惕甫詩癯然以瘦，戛然以清，亦縝密以栗，蓋上溯杜、韓，而實出入於郊、島

間。十餘年來老成凋謝，惕甫在京師，與法時帆式善、何蘭士道生、張船山問陶、楊蓉裳芳燦諸君，琴歌酒賦，故爲南北時望所推。又工書，仿劉石庵相國，具體而微。配曹貞秀，亦以翰墨聞，係予門人曹指揮鋭之女，殆管仲姬、文端容流亞也。

冬夜爲法時帆學士式善點定所著存素堂集奉柬

朔風竟終日，積雪快始晴。夜讀梧門詩，見跋燭換檠。精想出生瘦，別構勞經營。如游松檜林，孤鶴時一鳴。霜鐘和松吹，流作空際聲。此聲從何來，窅自性地生。求詩莫於詩，稱性開奥閎。公當觀其大，鯨駕滄海横。公當觀其變，虎帥户牖驚。想思歲云久，一見肝膈傾。爲公致商榷，公亦披中誠。删存事粗了，街柝打四更。不勝徂年悲，迫此歲暮情。賈島倘祭詩，薦以寒泉清。

李介夫編修如筠見示所著蛾術齋集并承惠詩次韵奉答一首

人生但飲食，何异蟲有蠹。好文不好學，吾儕病亦痼。此心如穀種，直養要糞護。當其勃然興，自覺撥爾怒。風霜剥浮僞，雲夢恣吞吐。俗疲氣節銷，儒懦趨嚮誤。君子甘瓦全，小人幸塗附。工

將揣摩心，輒作娉婗具。得時相鬻賣，失意互嫉妒。薦寵忽驕矜，困窮多遜懼。道衰文不章，無所載之故。吁嗟往聖徂，志士入夢寤。可憐韓歐生，不抵衛霍遇。不遇良可悲，而竟誓不顧。詞句今流傳，謦欬儼接晤。譬諸雷出地，晦霆不能錮。士欲爲文章，職先崇志趣。鄙人蛙蹶泥，妄思追虎步。鄭重尊昔聞，孤危暗時務。金盡一氈存，鐵錯九州鑄。污潢學爲海，群流勢不赴。行年三十九，蹉跎容色暮。讀君一卷詩，見志妙托賦。警拔如有神，橫騖皆式度。縋山露厓窾，摩霄豁雺霧。屈指天下才，岳瀆自有數。傳觀顔高弓，著手竊驚怖。誤蒙就商榷，問盲疑管輅。驊騮萬里心，覘諸氣深固。能從性靈求，猶傾河漢注。堂堂古賢遠，將子共登路。

何蘭士工部道生枉詩見贈出示所著方雪齋集奉酬四首

文章一微塵，萬古悲泪海。《詩》緣發憤作，《易》有憂患在。神聽轉和平，胸中非磈礧。士以文載心，於中寓真宰。見心不見字，字字獻神采。古今旦暮耳，綿渺若相待。

自非讀書多，何以實其腹。妙處不關書，無書苦磽确。典墳丐津潤，糞養出嘉穀。心苗時怒生，百怪困役服。鴻通破拘攣，精神見雄獨。獨者衆所歸，九流貫一轂。

言中苟無物，憍氣非堅蒼。弦外苟無音，虛響寧久長。詩爲六藝一，騷雅相翱翔。巍巍千載客，

炯炯十目張。務將觀其裏，底藴森可量。小心事古人，偭規工弗良。

君詩不著紙，清雄更超逸。不謂太行西，落此一枝筆。贈言極綢繆，獎與過其實。倒篋出嘉篇，相要作評隲。敢不誦所聞，臚陳學師乙。我好攻君瑕，君宜指我失。

送洪稚存亮吉出督黔學兼寄石琢堂韞玉楚中〔一〕

一代作家無數公，天下健者方推洪。平生讀書萬萬卷，怪眼嵌月星羅胸。三軍背水旗幟赤，九牧鑄金爐鞴紅。漢唐宋明無不有，百川灌河一洗空。文心如龍氣如虎，牙鬚角甲光熊熊。開寶精神建安骨，創格自起今乾隆。廿年流宕不得意，一朝唱第蓬萊宮。受恩不次非故事，遂畀督學黔西東。黔風僑僿士疏樸，江山入手偏倚雄〔二〕。君昔好游如好學，題名歷紀登攝踪。往來岱華看不足，高歌嵩岳天當中。〔三〕以譚天口注釋地，三國補志畫橫縱。〔四〕篋中方草《九域志》，此行履勘證异同。果然萬卷走萬里，成就此學皆遭逢。皇天生才不擇地，炎荒分野連祝融。火房南離文所會，士有莫測惟靈鐘〔五〕。牂牁轟豗盛惡浪，玉屏秀矗霧雨霿。安知萬古閟不發，非待子手開鴻濛。子往誨之勿菲薄，袖攜春雷醒頑冬。暇時課士若課兒，士亦視之如家翁。花苗銅鼓峒苗篴，睹子始睹轟鼓鏞。餘事驚人謝家句，筆情飛上飛雲峰。須防佳倡熟傳誦，弓衣綉入蠻女賨。〔六〕書生快事那有此，一詩一朵青芙

蓉。所愁按部寡酬和，懷人北望嗟飛鴻。忽聞郵騎跫有喜〔七〕，曼卿醉墨米皮同〔八〕。因君却念郢中雪〔九〕，衡湘九疑道所從。故人同時把旄去，我此瓠落將安窮。雖然公等參錯在，豈憂餓死埋蒿蓬。二君努力慎自愛，去去與國充璜琮。文章報主諒不易，我后遇爾亦已豐。半生辛苦艱一飯，無忘在莒撝謙冲。瘴鄉加餐篤行李，勿以吾故傷離悰。吾儕窮達蓋有命，萬古一息悲迴風。作詩送君兼寄石，不覺腕底奔流虹。

【校勘記】

〔一〕詩題，《淵雅堂編年詩藁》卷十作「洪稚存亮吉出督黔學石琢堂韓玉出典閩試遂往督學於楚九月二十四日送稚存行因寄琢堂」。

〔二〕「倚」，《淵雅堂編年詩藁》卷十作「奇」。

〔三〕此句下，《淵雅堂編年詩藁》卷十有注：「稚存登嵩舊句『四面各萬里，兹山天當中』。」

〔四〕此句下，《淵雅堂編年詩藁》卷十有注：「君著有《三國疆域志補》。」

〔五〕「鍾」，原作「鐘」，據《淵雅堂編年詩藁》卷十改。

〔六〕「須防」二句，《淵雅堂編年詩藁》卷十無。

〔七〕「忽」，《淵雅堂編年詩藁》卷十作「却」。

〔八〕「米」，《淵雅堂編年詩藁》卷十作「來」。

〔九〕「却」，《淵雅堂編年詩藁》卷十作「復」。

家秋塍大令復以嘉慶元年九月與黄小松易武虚谷億爲嵩少伊闕之游尋碑選勝作圖紀事其年十二月求孫淵如星衍篆題其首明年五月以書抵余華亭官所求詩〔一〕

生平濟勝苦無具，僵卧瓮牖如蠶眠。九峰三泖衣帶物，坐隔霧雨如天邊。忽漫打門有題寄，龍門伊闕來吾前。吾家令尹老筌屩，部下山水雄且妍。脚靴手板了不困，能致二客寧非賢。高崖長谷勢開闔，瓊花瑶草光新鮮。昆都侖水黄界地，古陸渾火紅燒天。奇懷正逐秋興發，秣馬徑往聯鞍韉。仙扃森沉蓄靈閟，從傔包裹携椎氈。瓦棺篆鼎遍搜索，斷鈎蝕畫争摹填。攸緒早存邸壑志，虚谷。魯直慣注蟲魚篇。小松。洛下迦藍補前記，嵩陽石刻增餘編。伻來以圖要著句，不遠千里馳封箋。我無簿領自蹙縮〔二〕，君宰緊劇翻清便。何須較量問才地，只論胸次區霄淵。側聞秦蜀頗有事，羽書旁午從三川。楚氛沿江飛炮石，豫州錯壤横戈鋋。雖經剿殺鳥獸散，尚爾團結蜂蟻纏。嗟予季爲國殤哭，歸魂血面爪透拳〔三〕。三塗太室古厄塞，公等那得心飄然。詩成火急遣來使，引領北望空雲烟。

【校勘記】

〔一〕「易」，原作「昜」，據《淵雅堂編年詩藁》卷十四改。「求」上，《淵雅堂編年詩藁》有「往」字。

〔二〕「簿」，原作「薄」，據《淵雅堂編年詩藁》卷十四改。

〔三〕「爪」，原作「瓜」，據《淵雅堂編年詩藁》卷十四改。

馬蘭口

天劃中原盡，山隨絶界分。壯心懸落日，邊氣結孤雲。此地連三輔，前朝頓萬軍。車書今一統，守將總能文。

登平山頂

平山望不極，山背畫陰陽。斷磵穿雲黑，長城界樹黄。地懸惟鳥道，天盡即龍荒。一眺無中外，空烟點點蒼。

鮎魚關

山壓孤城斷，關臨大漠開。列屏高礙日，陰壑自生雷。古隘魚靈守，秋空虎氣來。繼光曾轉戰，鎖鑰想邊才。

題述庵先生柳波雲舫圖

寫將螺墨當驪歌，更有珠璣壓載多。舫底新潮三四尺，玉横流潤作春波。

潞河南下接星津，垂柳陰陰已過春。一路自開横卷看，今朝果作畫中人。

公還我亦到華亭，一舍烟波隔幾汀。正好漚波駕輕舫，相從泖上注《漁經》。余以丙辰買一舟，將妻子就官南下，曲阜桂未谷馥分書三字贈行，曰「漚波舫」，懸之舟中。

人生容易説歸田，况是歸來五六年。聖壽九旬公八十，又乘雲舫到天邊。

那彦成

字韶九，號繹堂，章佳氏文成公孫，滿洲正白旗人。乾隆五十四年進士，今官禮部尚書。

蠡濤識予時予猶總角别幾三十年相見於鵝城樽酒相對因出其稿細讀予將北還因和始興舟行十六韻

自笑同飄泊，何曾定止行。三秋月氐國，萬里尉佗城。瀕海連鋒燹，蚩氓震鼓鉦。一朝絲棼亂，百事棘縱横。襪綫才難續，朋簪屣倒迎。經綸藉老手，謡頌聽新聲。政以艱辛最，身因寵遇輕。姓名經特敕，黔庶喜更生。嘆我常羈旅，輸君難弟兄。漫辭燕市酒，徒飯惠州秔。白眼逢今雨，青燈感舊情。冰心原似朗，水鑒許同明。民乍安茅屋，兵方散柳營。莫愁神况瘁，要使海澄泓。衡量通權濟，邊隅付老成。語餘杯未盡，檐月促鐘鳴。

昭君曲

秋草黄雲冷夕曛，那堪回首漢宫春。龍城飛將今猶在，却使娥眉靖塞塵。
胭脂零落倍銷魂，急雪嚴霜泣暗吞。敢向琵琶傳怨語，衹今青冢亦君恩。

阮　元

字伯元，號芸臺，儀徵人。乾隆五十四年進士。今官浙江巡撫。

《蒲褐山房詩話》：昔人謂荀羨爲中興方伯，未有若此年少者；又謂崔湜爲中書令，其位可及，其年不可及。今芸臺中丞以己酉登第，不及十年，督學三齊兩浙，遂躋開府。蓋早受主知，近來所罕。詩賦而外，精窮經誼，校讎考訂，一本《爾雅》、《説文》。愛才好士，凡挾一藝之長者，皆胼藺歸之，相與搜采篇章，鈎稽典故。輯《淮海英靈集》、《兩浙輶軒録》及《經籍纂詁》諸書。又嗜算術，撰《疇人傳》，集推步之繩法，以盡句股割圓之妙，尤近日名儒所未有。年華甚盛，嚮用方殷，擴之以開物成務之功，進之以正心誠意之學，洵卓然一代偉人也。

約同里諸子爲經籍纂詁

六經麗中天，大義轉相注。周文監夏殷，先聖導其路。《謚法》及《序卦》，始有解與詁。葦籥發笙簧，椎輪創大輅。木鐸奮萬世，《爾雅》衍其祚。秦焰如螢磷，簡編自完具。《書》傳孔伏學，《詩》分齊魯故。西京迄東京，師儒以百數。揚許勒專書，鄭高博箋注。方言旁可通，古語遠能溯。典午斯風微，隋唐漸虛騖。宋代聞性天，雅訓飽蟫蠹。國家右文德，復旦鳴發煦。學士立如林，人具九經庫。文字識考老，音釋起沈痼。千聖百王言，精辨匪皮傅。惟以古訓辭，萬卷各分寓。散者未克貫，渙者鮮能聚。弱冠讀遺經，於兹略通悟。丁未游燕京，儒生接席遇。慨然念兹業，衆力乃齊赴。余於丁未晤大興朱錫庚、陽湖孫星衍、桐城馬宗璉，乃共約斯舉。歆移博士文，雄具輶軒素。分韵借劉臻，集字鄙丁度。平地一簣慚，弃井九仞懼。拜手吾鄉賢，共爲將伯助。決擇遍義訓，披覽窮章句。始焉括經史，終亦及子賦。《易》、《詩》二經及諸子、屈原賦，尚未措手。小學數萬言，疇以是爲務。《說文》、《廣雅》、《士林》、《倉頡》等，亦須人任之。摇摇動心旌，千里馳遐慕。苟能藏成事，功若禹鼎鑄。

自禹登山白雲峰東三里至佛峪

兹山何岧嶢，神禹之所登。東行入虚谷，泉石媚情澄。側徑臨深溪，馬足猶兢兢。午嶂屯春陽，陰崖積素冰。石無土附樹，壁有隙走藤。雲護岩上佛，泉養厨中僧。何當看秋瀑，濩落山三層。大者懸如紳，小者垂如繩。靈臺出其上，衆勢歸馮凌。而我亦遐舉，振翮隨花鷹。

白雲峰西北至錦屏岩憩壽聖院

靈湫住天龍，談禪闢初地。但見元豐碑，破屋已古意。繞階漱清泠，壓檐積蒼翠。泉急石丸轉，雲過松花墜。前峰升重甗，高鳥懾其翅。誰爲造孤塔，中使金仙睡。後峰獨離立，與嶺壁成二。誰爲架飛梁，鐫以摩崖字。古人具精力，耻作尋常事。否則寧如僧，碌碌老荒寺。

聖壽院西南石壁上有龍洞出入里許

神龍抉壁入，破壁復飛去。龍去壁已穿，介然用成路。當門立大佛，乍見心疑怖。石立面如削，曾向夢中遇。過此入深隧，秉燭始暗度。俯行頂接踵，相呼不相顧。一隙忽生明，如夜忽嚮曙。不知出何山，奇險更難步。手中得葛藟，足下生松樹。蜿蜒攫爪痕，是我題名處。

曉過四十九盤嶺至能仁寺

曉程將何之，四十九盤嶺。嶺高盤愈仄，曲折緣修綆。肩輿未及上，相顧色已警。凌緬惑回棧，心怯息尤屏。平生磊落懷，到此不敢騁。既登丹嶂高，坐見海天永。白雲涌潮聲，初陽生樹影。越嶺山西谷，倏忽闢靈境。奇變出恒情，震蕩不自省。行行至招提，幽籟泛虛靜。中粟既已平，嵐重衣裳冷。

馬鞍山

林薄無疏景，川谷莽回互。崖轉得新蹊，境深忘舊路。延緣入東谷，修嶺詎可度。盤磴引高情，飛泉入危步。沈雲散靈風，萬石盡豁露。停策聊憩息，于焉蔭嘉樹。宿心既申寫，景物相招遇。徘徊下層巒，嶺脊難久住。

登靈峰望五老靈芝諸峰

雲外日已頹，游者殊未倦。複谷窅以深，群峰闖然見。參差各離立，戍削盡成片。敻岫忽中空，直罅裂如綫。凌厲出林表，蟠徑將升甗。三休始及上，九折石猶旋。當門飛冷泉，入腹抗高殿。奇觀意已驚，靈迹情彌戀。靈芝若可采，吾將問佺羨。

登州聽海濤聲

海雨濕土春初晴，痴雲自北趨南行。風來渤澥暮轉急，吹落萬派驚濤聲。初疑驅車來遠道，輪雷欲動遲而輕。後如閉閣伏虛枕，檐前涑雨千條傾。或是汝南馬旋磨，不則試院茶煎槍。相視不語共欹耳，出户仰首巡南榮。天空晝静日將落，頗有鹵氣來山城。城頭雉列屋鱗次，其中直作波浪鳴。丹崖田戍近三里，長流迴洑聞縱横。日行北陸海底暖，潛陽蒸起蛟龍鯨。歡聲騰沸島嶼振，夕汐淘汰沙石清。洋洋一洗耳底净，心體虛豁無凡情。人生不俗即仙骨，豈有大藥真長生。更待夏仲望岱岳，遠收青色歸雙晴。奇情至此嘆觀止，或令聾聵開聰明。

題錢可廬蕉窗注雅圖

錢君磊落古丈夫，治經亦復兼蟲魚。解字九千分部居，字字剖出光明珠。更肆精力及其餘，稚讓《廣雅》釋且疏。唐宋以後此學粗，有如蹊徑生榛蕪。吴氏棗板猶模糊，坐令文字多齟齬。錢君一一爲爬梳，旁達衆説通經郛。此學吾見王石臞，與君同歸而殊途。蕉窗在屋西北隅，是即錢君之可

廬。臨風把卷吾愛吾，囅然一笑何軒渠。周君吮筆爲此圖，緑天曾與錢君俱。玲石一卷蕉三株，中有須鬢蒼且腴。蕉之爲物雅所無，稚讓所學在《漢書》。列傳嘗解馬相如，《埤》《蒼》傳至曹江都。選學欲問曹公徒，李善乃曹憲弟子。試注《子虚》之巴苴。芭蕉始見《子虚賦》。

邀同人游皋亭山看桃花

皋亭山下多春風，千樹萬樹桃花紅。江城愁雨二十日，放晴小舸來花中。三篙新漲紅到底，一片絳雲飛不起。仙子霞裳住赤城，麗人靚服臨春水。蘭槳摇摇行復回，横塘香霧轉輕雷。薄寒小雨燕支濕，留住濃酣緩緩開。兩年我爲行春去，每到花時不相遇。崔護重來似去年，劉郎又到成前度。詩裏情懷畫裏身，坐中慘緑盡詞人。若非才子樽前筆，辜負臨平二月春。

謁會稽大禹陵

會稽巨鎮東南雄，宛委巒嶂摩青空。文命之陵據吕墨，朝衣九拜揚春風。典謨有字還有紀，豈假弱筆陳豐功。惟思禹德在于儉，無間再嘆世折衷。山川主名徧天下，此山不載《禹貢》中。揚州域

廣漸海表，刊定未紀夷與戎。東教躬勞遂道死，參耕壟畝封葛桐。陵者葬陵澤葬澤，蒼梧之野將毋同。豈如後人詭且侈，沙邱還至咸陽宫。道元誕妄太白陋，亂引《汲》《竹》疑重瞳。夏家天下子亦聖，曷爲薄葬于越東。試以吾言問二子，無稽之説將立窮。我拜既畢題窆石，白雲滿穴春陽紅。帝之瑞應氣郁郁，神所出入光熊熊。重黎受命地天絶，惟有陵鎮猶相通。

游古永嘉石門觀瀑布用歐蘇禁體

永嘉謝守弄奇譎，康樂《石門》詩在江西，以青田當之，自太白始。手擘石門山壁裂。侵晨直上青雲梯，一泒寒泉迸龍穴。崖頭百丈直如削，逼冷泉飛出其缺。當其欲落未落時，衝擊紛披忽三折。坐教破碎飄輕清，不使渾淪成注泄。偶經宿雨更争來，少得迴風便旁掣。横拖雲氣泒將亂，影漏初陽眼尤瞥。沾衣濕意詫沈陰，撲面清光仰霏屑。澄潭半頃緑最净，石柱千年洗真潔。老僧新焙春中茶，燒松煮水快一啜。櫻桃蔗漿漫相勝，誰復此時猶内熱。暑天風日諒不到，寒想冰絲半空結。安得誅茆四時住，坐對天紳自怡悦。出山一步一迴顧，隔斷青林始忍别。試看雁蕩大龍湫，與此相衡孰奇絶。

大龍湫歌用禁體

山迴路斷溪谷窮，靈湫陰閟龍所宫。眼前無石不卓立，天上有水皆飛空。飛空直落一千尺，鬼神不在疏鑿功。絶壁古色劃爾破，山腹元氣冲然通。涓涓静注絶不動，羲輪下照神和融。有時飛舞漸作態，已知圓嶂生微風。一甌春茗啜已盡，水花猶復摇玲瓏。颯然乘飆更揮霍，隨意所向無西東。不向尋常落處落，或五十步百步皆濛濛。豈料仙境在人世，誰作妙戲惟天公。雲烟雨雪銀河虹，玉塵冰縠珠簾櫳。世間變幻那足比，若涉擬議皆非工。石門飛瀑已奇絶，到此始嘆無能同。惟有天柱矗立龍湫中，突兀萬古争雌雄。

晋磚詩和謝蘇潭方伯

蓬巒軒外三春天，物色廢甓得八磚。八磚日影古所傳，先生本是瀛洲仙。永平永興皆漢年，以楷定之屬晋焉。三楊改號國本顛，東南民物猶殷闐。永平元乃楊文長專政時所改。太康皇子相比肩，宴封吴郡藩應遷。或者就國避内權，閲歷唐宋留殘埏。武帝太康末，立皇子宴爲吴王。晋吴郡屬今錢塘，若當年

就國，或是藩府中物。不則吴郡族望賢，范氏褚氏居相連。永平、永興時，吴郡范平三子奭、咸、泉，并以儒學至大官。褚陶亦至中尉。此磚或是諸族第中舊物。所喜八磚數符前，字不薛暴餘精堅。抉剔土綉敲苔錢，空齋拓拓鳴槌氈。琢以爲硯開池田，紛綸經史裁鴻篇。浙水晋石無一拳，古磚屢見東海堧。浙江碑石絶無晋刻，而磚獨多，如蜀師、徐奉、戴氏、元康、太康、建元，皆藏海鹽張芑堂家。永和，藏海寧誰園家。咸和，藏秀水寶澤堂錢氏。吾藏咸和磚字全，永嘉續得相磨研。元藏咸和、永嘉二磚。先生延客開詩筵，鬥此何异璧與瑄。摩挲共咏花陰邊，軒階古甃斜陽躔。

華頂茅蓬

華頂茅蓬底，枯僧忘世情。披雲采春茗，劚雪得黄精。虎迹穿林見，龍腥帶雨生。此中五百輩，疑有應真名。茅蓬最小，皆苦行僧栖止處，幽岩窮谷，計一百五十餘所。

月夜過趙北口

碧天殘暑淡星河，爲避秋炎此夜過。露草清香蟲語細，水楊疏影馬蹄多。三更蟹含明簾火，十

里虹橋壓鏡波。豈有公孫能避世，只留風月滿滹沱。

鄒縣謁孟廟晚宿孟博士第

霸王代謝百年間，夫子風塵又轍環。若使靈臺開晉國，豈能秦石上鄒山。遺書賴有邠卿較，古廟惟餘博士閑。今夜斷機堂外住，主人鐙火照松關。

試雁蕩山茶

嫩晴時候焙茶天，來試天台雁蕩泉。十里午風添嗅渴，一甌春色鬥清圓。最宜蔬筍香厨後，况是松篁細石邊。玉茗遺編須記取，我家多種此山田。湯顯祖云：雁蕩山種茶人多姓阮。

雨後泛舟登匯波樓

急雨才過水上樓，門前争解木蘭舟。垂楊小屋菰蒲岸，不聽凉蟬已覺秋。

湖裏荷花百頃田，濕香如霧緑如天。會須盡翦青蘆葉，頓放花光上客船。

補題宗室瑶華主人畫柳波雲舫圖送述庵少司寇予告南還長卷卷後幅系以詩云：「春風烟柳緑絲絲，爲繫歸舟送別遲。四十年來鴻雪迹，三千里外樹雲思。薦新櫻笋梅時雨，感舊賓朋畫裏詩。桃李成陰身恰退，名臣名士兩無虧。」「海天霜鶴指前程，吴會雲間結隱盟。髪白早因經百戰，心閑久不動三彭。能無祖餞傷離别，有幾林泉荷寵榮。艷説葛山堪繼美，此情那復憶蒓羹。」

烟波是處許垂綸，更有湖灣便采蒓。不爲名山傳世計，也應月色促歸人。

馬上弓刀絶塞寒，凱歌聲裏路盤盤。書生骨相非凡甚，頭白歸來照鏡看。

柳絲綰得緑雲涼，一舸隨風入水鄉。鄉路不愁三泖闊，蓼花深處舊漁莊。

松關兩載擁皋比，我亦公餘問字宜。莫使堤邊折楊柳，教人雲水費相思。時司寇還南後，來主敷文書院。今復以病辭歸，故寓挽留之意。

伊秉綬

字組似，號墨卿，寧化人。乾隆五十四年進士，官惠州知府。有《留春草堂詩草》。

擬建安七子詩有序

仲冬廿三日，集賓谷農部寓齋，時同志七人，各賦七人故事，分得擬建安七子。考《典論》著七子之稱，靈運有八人之擬，然鄴中魏也，義專公讌，故遺北海增二曹。兹如蕭《選》，類以七名，於地於時，義無取焉。遂乃綜其生平，規其音響，譬之巴歌里諺，奉清夜娱，衣冠互易，筆墨一色，未遑嗤爾。

孔文舉

泱泱東海波，天地爲左顧。巍巍岱宗尊，亦以培塿護。國步雖播遷，及此延洪祚。高視展鷹揚，勇氣雄虎步。先公志東周，焉得嗟遲暮。憤切中州蝸，用耻屈瀫瓠。無以都昌蹶，有酒不我酤。管仲彼何人，九合功勛樹。

陳孔璋

炎運遘陽九，萬里風塵昏。關西既淪董，河北乃擁袁。奕奕輻輳士，跂跂狐兔奔。觚操狂瀾翻，矢發七札穿。豈不念忠厚，各爲其所天。獲宥幸寬政，敢望肉骨恩。朝游椒蘭室，夕集芙蓉園。華賞歡未已，弦絲聽彌繁。夙懷徑寸心，竊比璵與璠。持觴酹吴鈎，忠義我所敦。

王仲宣

伊昔歌式微，竄身適蠻荆。峨峨沮漳雲，薄暮愁殺人。江漢盡日流，猿猱終夜鳴。登高望長安，但見烽烟新。勁風撥元霧，頃刻瞻太清。何期芳讌娱，及此清漳濱。犀筋有餘飫，金罍無停傾。絲聲感人情，痛定還復驚。

徐偉長

人生各有志，窮達惟所適。宛洛誠非喧，箕濮豈云寂。幽默悟淵元，往者如有覿。愧乏濟世才，著書掃一室。

阮元瑜

黄雲起西北，飄飄連河洲。今夕知何夕，復此河曲游。白馬黄金羈，彩雉紅錦裘。公子鼓秦瑟，下走揚齊謳。日斜更秉燭，月落明星稠。莫辭盈樽酒，可以消緐憂。南皮追昔歡，已作清漳流。

應德璉

征雁從塞北，流影湘江湄。嗷嗷鳴聲哀，羈客獨見之。本懷稻粱謀，而復恒苦飢。雲羅雖云免，羽毛日夜摧。塞北還避寒，寒盡還復歸。借問歸何處，將由許京飛。托身在華沼，顧影鸞鳳姿。恭承君子意，幸與嘉賓期。暢以琴瑟好，惠以瓊琚辭。愛客誠古人，何以副我知。

劉公幹

薄帷鑒積雪，有若明秋月。攬衣起徘徊，漏斷百蟲絶。仰觀衆星列，俯視層冰結。一卧歲遂晚，生理安可説。沉吟縮寒衾，憂思亂我心。

同未谷夜訪笠帆小酌

晚凉同盼雨，疏磬落蒼烟。忽報月初上，因知人未眠。燈光深竹裏，露氣小山前。洗盞留斟酌，閑論《種樹》篇。

送同年達梅岑檢討奉使西域

凉州西去萬重山，鴻鵠高飛雉子斑。珥筆詞臣秋出塞，櫜弓都護夜臨關。風吹白草霜千里，天接黄沙月一彎。羌管未妨聽野戍，班生三十好容顔。

張錦芳

字粲夫，號葯房，順德人。乾隆五十四年進士，官編修。

喜李藝園歸自河南

美玉不隱璞，志士慚邱園。壯游萬人海，鼓篋趨橋門。鍾鏞與瑟笙，涵養皆粹温。似聞别舍中，諸生閉何蕃。一朝單車出，雕鶚凌風鶱。平生國士知，感激在梁園。結束渡大河，水氣何奔渾。一從北岸決，萬衆爲蛟鼉。漂流曹宋墟，蕩汩豐沛原。漕渠洸汶來，坐受洪濤吞。引河度地急，萬落連千村。勢如車北馳，挽之使南轅。畚鍤不難具，貴在無愁怨。薪蒭内府出，度支日以繁。要令螟蟗除，閭閻盡知恩。堂堂太原公，中州寄屏藩。君來下馬揖，意氣排鯨鯤。疏瀹日有程，可以資討論。月黑大堤火，風雷鬱飛翻。晦冥壓圓穹，震蕩裂厚坤。往來輕險絶，對案不及飧。誰能借箸籌，不惜筋力煩。功多匪簿領，退黜初無言。三年緩歸期，世識儒術尊。歸來拂衣袂，尚帶埃壒痕。九枝蟠胸臆，指畫委與源。我昔八閘行，濁浪連朝昏。一爲《瓠子歌》，至今有驚魂。喜聞濟時略，頓釋心煩冤。君才在用急，葉茂由深根。他時鱣堂開，官冷吾道存。襟期同野客，醉倒歌羲軒。

貫休咒鉢羅漢歌

香雲一縷垂盤陀，坐具敷設平不頗。火宅清凉道場現，天然真相開禪那。手中鈴杵石上鉢，口出神咒聲嘍囉。波旬億衆在何許，想見降伏心無他。四大海水入毛孔，何況一鉢容江河。凡夫視此寸涔比，豈知澒洞陽侯波。恍佛神龍内蟠屈，鱗鬣未現先翻渦。老熊千歲具佛性，擁錫立似阿修羅。鬅鬙髮束合兩掌，宛爾秘怪煩撝訶。當空寶月正圓滿，遍照大地窮逶迤。悠悠花香無隱爾，金粟吹落秋雲多。當時寫此第幾軸，渡海面壁殊臼科。訶林舊物龍象惜，流轉俗手誰摩抄。神光何自入齋壁，應喜丈室陪維摩。斷縑零落色黯淡，神理未遽同消磨。亦如香根終不壞，入眼詎止雲烟過。便思永結香火社，俗緣未盡真蹉跎。空齋得句試呈佛，要憑法力驚詩魔。

王廷蘭

原名史，字畹香，青浦人。乾隆五十四年進士，官淅川知縣。有《水竹居詩》。

緑家浜曉發

碧宇耿疏星，衰楊漏殘月。蕭晨獨叩舷，光景紛奇絶。水波正遥裔，雲霞乍明滅。市寒鐙半明，橋斷石將没。棹謳隨回風，餘音散林樾。沙邊人語遠，烟際漁舟失。川行方自今，洄沿無暫歇。何處協幽期，邈然寄寥泬。

支硎

疾風揚輕舟，蒼翠忽在眼。弭棹循廣途，層崖肆凌緬。是時當仲春，風物正暄暵。雜花既繽紛，修樹亦婉孌。紺宇出林端，岡巒玩迴轉。崟嶨互虧蔽，雲霞遞幽顯。辰良興故超，津逮思彌遠。邱壑平生心，囂塵自兹遣。

送邵餐霞之桂陽兼呈西樵先生

江南三月鶯亂飛，垂楊芳草凝春暉。忽唱驪歌送行客，欲別未別心依依。夫君跌宕真足慕，風格依然黄叔度。常將浩氣干青雲，獨以深心托毫素。憶昨共張文戰軍，羨君顧盼卓不群。龍鸞之音奮奇節，世間俗學徒紛紛。春風步屧追陪久，攬環結佩情彌厚。習家池上舊同游，黄公壚畔時沽酒。竭來欲向湘南去，頻行示我銷魂句。鄉心惻惻繞吴雲，旅迹遥遥瞻楚樹。君留別詩有「楚樹吴雲酒一甌」句。我昔夢想岳陽樓，洞庭波浪連天浮。男兒墮地志四海，安能鬱鬱終樊邱。萬里征途從此始，繫汰楊舲興何已。莫雨帆檣雲夢林，春風蘭茝瀟湘渚。自憐泥滓久留滯，雌伏雄飛各异勢。岐路空懸南浦愁，窮鱗未遂天池計。西樵夫子别歲餘，前年寄我湘中書。君去相逢一相訊，蓮花幕下今如何。

登北固山放歌

大江秋月澄波濤，奔流一夜飛輕舠。京口驛前卸帆席，曈曨曉日明蘭皋。蒜山霽景一登眺，超岸古寺浮金鰲。探奇選勝興未盡，鐵瓮城北來登高。江山第一甘露寺，寺有「天下第一江山」扁額，宋吴琚

書。米蘇千載風神超。研山易庵事終古，海岳遺址留山椒。長廊古殿極登頓，風旛摇動鐘魚敲。山僧導我陟巔頂，孤亭俯瞰窮秋毫。岷江萬里瀉一氣，尾閭泱漭連雲霄。曲江濤頭甲天下，疾雷百里窮昏朝。虯龍無聲老蛟舞，鯨魚跂浪鼉鼉驕。荆門郢樹在眼底，矧乃咫尺浮金焦。夙齡登覽興所托，兹游奇絶平生遭。海天遼闊豁胸臆，醯鷄不識良可嘲。結廬擬傍净名側，米芾齋名。江光山色相招要。登櫓揮手不得住，明朝練水鳴輕橈。

題孫陛玉挹翠山莊

最愛吴淞水，周遭十畝居。鳥聲新霽後，松影晚凉餘。竹屋朝看畫，繩床夜讀書。蕭然山澤裏，隨意狎樵漁。

細林山

辰峰一拳石，紺宇愜幽尋。偶造仙靈窟，因諧山水心。松風飄夕梵，花霧淡春陰。坐憶真人迹，謂彭素雲。蒼蒼修竹林。

渡江

海天斜日麗金焦，飽挂征帆趁暮潮。北固樓臺秋色冷，西津雲樹晚烟消。無邊白浪連三楚，一髮青山認六朝。陳迹空懷天塹險，沙汀荻葦自蕭蕭。

洪亮吉

字稚存，陽湖人。乾隆五十五年殿試第二人及第，官編修。有《卷施閣集》。

《蒲褐山房詩話》：稚存少孤失怙，爲母夫人守節教養而成，是以刻意厲行，確苦自持，每當絲竹長筵，輒徐引退，而於取與尤嚴，蓋古之狷者也。性好奇山水，如天都華岳，皆登其巔，必縋幽歷險而後已。作文具體魏晉，作詩五言古仿康樂，次仿杜陵，七言古仿太白，然嘔心鏤腎，總不欲襲前人牙慧。至於經史注疏、説文、地里，靡不參稽鈎貫，蓋非僅以詞章名世者。

由車箱谷經十八盤諸險

一松扶升天，一石絶入地。信哉雲門塹，巨石上鑿「雲門天塹」四大字。奇險難久閉。坡陀半日上，直下復里計。飛騰挂枝猿，曲折旋磨蟻。非徒鎸鑱工，迴出神鬼意。坤靈信難戴，天意恍立异。排空刺日月，巑巑試鋒利。仙人萬間厦，破碎忽被弃。岩東不開闢，拓以巨靈臂。十折復八折，草路入雲細。回瞻足幾失，直視神乃悸。籃輿尚徐行，仙路誠匪易〔一〕。

【校勘記】

〔一〕「仙」，《卷施閣詩》卷五《太華凌門集》作「天」。

天梯升日月岩〔一〕

峰危殊難飛，路斷鐵索在〔二〕。高瞻誠堪驚，欲往寧有待。思隨天風升，值此雲氣靉。千尋無寸曲，百上不一逮。足勢久已虚，腕力忽欲怠。先登倘一墮，直下無地載。誰云心胸奇，驟覺志氣餒。遵峰意猶掉，履險志不悔。乾坤分層梯，日月絢叠采。巉岩升甫半，突覺觀頓改〔三〕。腰平終南山，目

直大瀛海。

【校勘記】

〔一〕「天」上，《卷施閣詩》卷五《太華凌門集》有「經」字。

〔二〕「斷」，原作「斷」，據《卷施閣詩》卷五《太華凌門集》改。

〔三〕「覺」，《卷施閣詩》卷五《太華凌門集》作「兀」。

日昃經蒼龍嶺

先登夫何難，欲往恃所執。瞻茲雲路駛，揮此雨汗濕。途危氣偏降，退九進乃一〔一〕。崟崎誰人開，空處陡置級。踪疲欲暫駐，石石倏起立。山腰衝風來，忽攫頭上笠。中途一驚望，呼出不得吸。前行盡俯傴，垂鐵苦綉澀。危均騎虎勢，過趁老龍蟄。因堅向禽志，差免阮生泣。身輕既出險，始覺百憂集。前望金鎖關，傔從喜生入〔二〕。

【校勘記】

〔一〕「一」，《卷施閣詩》卷五《太華凌門集》作「十」。

〔二〕「喜」，《卷施閣詩》卷五《太華凌門集》作「訝」。

入蓬壺洞行二里許以燭盡不得入

探奇愜幽尋，百步得數洞。巉岩束穴口，已復拒徒衆。浹嗔持一鐙，幽光破苔縫。遲回嘆游侶，賈勇得予仲。孫大暨及門霞浦鄭聯華同入〔一〕。足跣踏伏流〔二〕，身輕擬飛鞚。仙扃怯靈響，鬼壁怵虚哄。百步不一申，稍寬復思縱。頗欣露岩竇，已復出盎瓮。去脉始及泉，回塗漸成衖。狰獰闪身入，岌嶪壓頂重〔三〕。惜此燭炬消，誰持蠟鐙送。蝸涎入衣綻，蝠嗉補壁空。堅此獨往心，危辭阻群從〔四〕。厓昏杳無睹，地暖已消凍。石乳嗅復馨，壁書捫可頌〔五〕。靈踪此疑聚，深處列屋棟。應有太古人，莓苔閉幽夢。

【校勘記】

〔一〕「及門」二字，《附鮚軒詩》卷七《茅峰攝山集》無。

〔二〕「跣」，《附鮚軒詩》卷七《茅峰攝山集》作「洗」。

〔三〕「頂」，《附鮚軒詩》卷七《茅峰攝山集》作「肩」。

〔四〕「辭」，《附鮚軒詩》卷七《茅峰攝山集》作「詞」。

〔五〕「頌」，《附鮚軒詩》卷七《茅峰攝山集》作「誦」。又，「壁書」句下有注：「石上有數人題名。」

金天宫夜宿

雙闕兀立峰西東，斜陽欲落已動鐘。〔一〕齋心正盥碧潭水，香炷乍謁金天宫。天衣颯爽垂坐上，神斧廓落交庭中。三重門閉鳥雀絶〔二〕，山果自落靈旗風。宫中道士張巨儼，自説七十顔如童。向求軒闥事偃仰，遠指樓閣穿青空。虚廊暝色下無際，歸寢更借神燈紅。闢窗四面且勿卧，星若瓮盎懸當中。作書下寄訝流輩，與鶴共宿南高峰。

【校勘記】

〔一〕「斜陽」句下，《卷施閣詩》卷五《太華凌門集》有「間階百級聚蟋蟀，要使天耳聞秋蟲」二句。

〔二〕「鳥雀絶」，《卷施閣詩》卷五《太華凌門集》作「寡天色」。

滎陽城

滎陽城，高百尺。因阜築城如鐵色，漢王夜出城西門。滎陽以東屬楚人，惜哉一鹿抵死争。食肉不足思分羹，當時若翁幸不烹，乃火紀信燔周生。嗟嗟兩烈士，殉主亦殉名。我行天下歷州七，奇

險莫若滎陽城。君不見，滎陽城，值太平，排百雉，無一兵。閽人午臥門掩扇[一]，百戰古城今下縣。

【校勘記】

〔一〕「閽人」，《卷施閣詩》卷二《憑軾西行集》作「司關」。

董宣祠

東京六酷吏，五輩政足觀。王孫非其流，類合附宦官。名儒歐歙首尹京，威聲始傳董少平。乾坤初平天子武，徑直寧知長公主。赫然盛怒乃可攖，九重幸識小吏名。殿頭東西排赤棒，百轉安能回令項。吁嗟乎，臣賢主聖誠難得，却霽主威成令直。君不見祠西半里府所治，道旁百碑名去思。叢碑雖高復誰記，只向道旁思酷吏。

函谷關

車行摧輪馬傷骨，一綫路中盤八日。今晨始及關北門，月黑望關關欲崩。新關高插天，舊關深入地。赤沙濛濛白日翳，一日一夕車帷蔽。樹根石脚露土窑，穴土一尺經旬勞。居人生世稀見日，

面黑映户疑山魈。君不見秦人虎狼據谷口，百二遂爲虎狼有。寧知天險不屬人，六國敗後終無秦，豈如蕩平天險失，前車後車行接轍。人生快意亦有時，馬上詩成車入穴〔一〕。

【校勘記】

〔一〕「入」，《卷施閣詩》卷二《憑軾西行集》作「出」。

潼關〔一〕

出險復入險，别山仍上山。河流五夜色昏黑，一片日紅先射關。壯哉龍門濤，至此始一折。驚流無風舟尚失，大魚如龍欲迎日。風陵津北起黑波，重舸徑向中流過。河聲漸遠坡愈迴，却控馬首看全河〔二〕。君不見哥舒拒禄山，魏武破孟起，門開如雲列千騎，喧聲動天箭灑地。時平雲氣亦卷舒，孱卒立門司啓閉。關頭飯罷客亦閑，早有太華開心顔。

【校勘記】

〔一〕「潼關」，《卷施閣詩》卷二《憑軾西行集》作「潼關門」。

〔二〕「控」，《卷施閣詩》卷二《憑軾西行集》作「拉」。

張問陶

字樂祖，號船山，遂寧人。文端元孫，乾隆五十五年進士，官檢討。

上人橋道中

隴水將愁遠，春流百道分。雪明箕口樹，風亂沓中雲。麥壠平無際，漁榔静不聞。遥憐沙上雁，歲晚重離群。

黄沙驛武侯所開。又青城道士於此仙去，故又名仙留。

大道連三輔，荒屯控百牢。市廛如壁壘，野水入城濠。游戲仙踪幻，經營相業勞。沙平征馬健，天敞雪風高。

興平城樓

乘輿危樓試一凭，天風浩蕩劇飛騰。人開野色耕秦畤，雁背斜陽下茂陵。畿輔雲烟新郡縣，閭閻規矩舊高曾。故山西望愁無際，隴樹蒼蒼已萬層。

送述庵先生予告南還

高軒過我氣如虹，雪髮霜髯顧盼雄。曾閱雲山游戒外，尚驚笳鼓夢軍中。東南名士推前輩，輦轂詞人拜下風。莫訝江湖歸棹緩，君恩留許待春融。

離亭舉酒故交稀，話舊還携老布衣。謂兩峰。望闕情懷原戀戀，憐才心事最依依。四筵名字停杯問，二月風花拂面飛。笑指春明門外路，公卿頭白幾人歸。

咏懷舊游

蟣虱生來亦帝臣，陶山常恐是前身。予生館陶署中。曾從莊岳通齊語，昔擬乖厓是魯人。風景至今猶可念，模糊入夢苦難真。幾時重作東平客，馬頰河干訪舊鄰。山東

貧賤依人不敢狂，差能脱略少年場。洞庭惡浪君山碧，樊口輕車我馬黄。如古布衣悲楚漢，無真名手畫瀟湘。淹留八載傷心處，春宅遥遥對武昌。楚中

驚沙撲面馬蹄遲，風近黄流總倒吹。鄴下墳穿才鬼賤，洛中珠碎富兒奇。樵居王屋無塵到，人上樊樓易酒悲。保曜全年真妙喻，孫登識火是吾師。中州

記曾孤艇送殘秋，潞水盈盈繞郭流。十里魚鹽新澤國，二分烟月小揚州。衣冠誰醒繁華夢，江海遥通汗漫游。欲指三山揮手去，只愁風力引飛舟。津門

皖口雲山壓短篷，先臣廟食至今同。宋四賢祠後有祠，祀先文端、通政二公。嘗謁拜。功名立後田園盡，恩怨銷時俎豆公。兩世碑銘餘手澤，一年伏臘聚村翁。殘衫破帽憑君笑，廉吏兒孫不諱窮。安慶

莫訪秦淮半里橋，江南能使客魂銷。帆檣歷亂迷三楚，金粉零星送六朝。篷底醉眠瓜步雨，雲中夜看海門潮。年來車馬疲筋骨，猶爲烟波想畫橈。江南

風流淘盡大江空，終日匡廬在望中。踪迹易隨彭蠡雁，文章難藉馬當風。柳邊松菊功名澹，水面琵琶際遇窮。回首潯陽餘夢影，木蘭舟上月融融。江州

秦棧縈紆鳥路長，三年三度客陳倉。詩因虎豹驅除險，身爲峰巒應接忙。雁響夜栖幽谷雨，柳枝秋老灞陵霜。美人名士英雄墓，一概纍纍古道旁。秦中

桂　馥

字未谷，曲阜人。乾隆五十五年進士，今官雲南永平知縣。

跋漢燉煌太守碑

古來邊患無時無，羈縻守禦徒區區。中國有土不能守，乃與荒服争錙銖。漢家永初罷都護，專制西域北匈奴。玉門陽關日夜閉，索班兒戲屯伊吾。張瑞三策善攻守，陳忠一疏豈腐迂。長史已下廷尉獄，呼衍但願加特奴。兵臨車師重圍急，帝視六國猶版圖。傳檄四郡救後部，燉煌太守馳兵符。勒山一戰漢軍走，呼衍聲振伊吾盧。永和改元岑來至，誰其版者吾當誅。克敵群兵三千耳，紀功大

書而特書。吾聞兵機貴神速，君命不受言非誣。朝廷日掣將帥肘，兩人牽羊躑路衢。用當其才一已足，司馬都尉空奔趨。任尚段禧不曉事，邊隙一開十年餘。中原疲敝白骨朽，縱收其地屋一隅。安得岑也守嚴徼，瘡痍休息長無虞。

歸里三載瓠落無成昇我詞丈獨尋舊好今將遠別情見乎詞

閑來相對說荒唐，翦燭垂簾醉不妨。群季趨庭争看客，樓頭聞唤取茶囊。王城東所厚唯楊大年，至則取茶囊具茶，他客莫與。子弟但聞取茶囊，即知大年至矣。

一病憐君嘆索居，坐穿木榻六年餘。從今老眼横秋水，且把神農夾注書。留贈水晶眼鏡。

題陸璞堂先生適園灌畦圖

文定園林緑水濱，百年猶見菜畦春。昇輿自有門生在，且作忘機抱瓮人。

偶從野老説風流，七業俱從畫卷收。畦壟閑來窗下課，屋東頭與屋西頭。

李賡芸

字書田，嘉定人。乾隆五十五年進士，今官乍浦同知。

金昌寓齋述庵中丞枉顧謹賦四律

星宿羅胸氣吐虹，騷壇早歲冠群雄。蜚聲茂苑才无敵，奏賦甘泉句最工。鳳沼演綸天語重，烏臺秉憲國恩隆。他時定叶金甌卜，玉鼎梅羹贊聖功。

太乙靈旗靖寇氛，蠶叢絶徼舊從軍。運籌密贊中樞策，磨盾飛馳露布文。日月旗常書駿烈，雲雷鐘鼎紀鴻勛。笑他定遠封侯相，投筆何曾事典墳。

讀《禮》歸來夜著書，烟波谷水暫閑居。鄴侯架上瑶函滿，曹氏倉中金薤儲。細究遺經宗漢説，廣搜逸事注唐餘。輪扶大疋文章伯，門外時停問字車。

末學荗蘆攤鼻吟，抱經探索漢儒林。紅蟫粉蠹相如壁，黄葉痕飄子憲衿。幸得光暉瞻北斗，可能聲價長南金。感公趨士多高誼，願奉巴歈待賞音。

題述庵先生三泖漁莊圖

木蘭橈子撥魚鱗，穩趁樵風到澱瀕。已識襟期同月朗，更從圖畫見天真。逸情自寄烟霞外，勝地常留水木新。南北垞深曾繞夢，東西泖近詎迷津。把茅恰縛三間屋，泛宅還携七尺綸。非市非城當僻地，有書有酒伴吟身。此間頗樂堪遺世，且住爲佳試結鄰。香餌沈浮都不問，銀鈎曲直總元因。訂交不乏村夫子，扣户應來農丈人。笠雨蓑烟供歗傲，菱紅蒲白采昏晨。補籬笆缺絲絲柳，插緯蕭連點點蘋。潮落鴨頭青不斷，雨餘螺髻翠無垠。千花塔影登樓見，九耳鏞聲到枕頻。遠火星星明午夜，清歌隱隱起蕭辰。五湖豈必思鰕菜，千里還教淪雉蓴。巷憶烏衣嫌尚俗，居同鹿柴弗沾塵。聊如甫里携茶竈，那向湘陰借釣輪。《笠澤叢書》應繼作，苕溪漁隱定相親。清風明月真無價，老鶴閑猿亦覺馴。只恐鑒湖難便乞，濟川舟楫重絲緡。

張若采

字谷漪，號子白，婁縣人。乾隆五十五年進士，今官鎮番知縣。有《梅屋詩鈔》。

如意庵曉起

月落城西隅，鄰鷄叫屋角。蟲吟徹曙闌，客夢先秋覺。曉風竹徑行，空翠眉間撲。已有趁墟人，遥山行犖确。

黄龍隘

朝發永康城，午達黄龍隘。山程五十里，應接頗不暇。峰迴學螺旋，磵峭畫猿界。雲日互蔽虧，榛莽發荒怪。時有風泉墮，濕翠襲衣衿。蘚衣滑行履，登頓互相戒。藍輿亟其間，點破春山畫。黄龍不可攀，白雲猶可贈。盎盎山中春，繁花垂古磴。重關昔據險，龍戰幾決勝。明初，耿再成敗元總管石抹宜孫于此。可憐笳鼓音，曾辱山靈聽。今看石户農，布穀啼春醒。閑閑鷄犬家，鬱鬱松篁徑。何限看山人，愛此靈區孕。

福成庵訪王伴梅

一徑堆黄葉，蕭蕭客閉關。佛鐙沉話雨，僧磬答秋山。名迹哀猿吊，壁間多家幻花先生及一泉上人詩畫。心情老鶴閑。卜鄰吾有願，待結屋三間。

洪坤煊

字載厚，臨海人。乾隆五十七年舉人，早卒。有《地齋詩草》。

王南陔困學説文圖

昔聞昌黎言，讀書貴識字。頗嫌楊子奇〔一〕，肯趁羲之媚。六書掌保氏，建受各殊類。形聲屬相益，子母巧乳孳。中間籀篆更，鉗赭佐徒吏。引斷法律紛，掇拾詩書弃。卓犖祭酒君，虎觀首諮議。遺文搜篆刻，破體别真僞。譬彼日月懸，手攬羲娥轡。陋儒趨簡捷，此語魏晋記。法創鍾氏八，聲困

隱侯四。龍蛇競飛舞，意象轉凌次。空迷菽麥分，强校蛙蛤异。殷勤戴魏徒，踳駁抵一戲。知君老蠹淫，寢饋幾何醉。野王篇已訛，徐鍇傳猶繫。是惟文字本，豈直小學識。何人擅畫手，省釋天和意。圖編倚春風，竹木鬱蒼翠。想當研究餘，萬象森構備。髣髴浚儀翁，家學此未墜。菁華泄元苞，疏鑿發深邃。金石坐刻畫，藝苑騰鼓吹。我今纔識丁，墨汁飲猶愧。他年載酒訪，膏馥乞溉漬。

【校勘記】

〔一〕「楊」，當作「揚」。

食菜作

我行來京師，不了藜藿債。夙聞白菜佳，飽食凌葱薤。離離露下苗，濯濯莧陸夬。寒威日欺壓，霜雪不可殺。初爲龍頭縮，稍褪鵝黄曬。水肌傲姑射，玉骨挺衛玠。椒鹽沸初下，齋飯學禪派。濃甘愜軟美，清氣漱沆瀣。勢侔玉版翁，坐割燕吴界。丰標兩不讓，夷惠各和介。生菹味尤絶，香色漬不壞。劇如茂陵渴，大嚼哀梨快。平生食肉腸，羔乳祇腐敗。天教洗葷濁，底事數蕘芥。幸無團泥貴，正值連車賣。猗嗟萬錢下，寧止一臠嘬。江瑶吾鄉物，舉念不須挂。他日學圃歸，卧看素壁畫。

余家有畫白菜一幅，頗妙。

白牛居士跨犢歌

一村莎草平蕪色，江南十里春如織。青楓涇畔夕陽時，跨上烏犍人不識。水田漠漠烟濛濛，輕蓑短笠嬉凉風。東郊雨晴泥路滑，四蹄踏破花蹊紅。萬言獻罷歸來早，熙寧新法太草草。遠傳風教憶河汾，桑麻自占溪流好。南山白石清水寒，何人長夜歌漫漫。黄昏飯牛飼轅下，明日横經角上看。

射虎石

將軍射虎如射石，氣涌神飛鳴霹靂。將軍射石如射虎，貫胸洞脅骨飲羽。是虎是石兩不知，驚雷陡掣流星馳。層崖叠巘夜崩裂，山鬼拳縮潛獻巇。射雕壯兒讋欲死，數奇歸報動天子。高牙大纛竟何人，蔡也爲人下中耳。陰山刁斗静不聞，虎頭食肉徒紛紛。酒酣却遇霸陵尉，夜行呵止故將軍。

華陽臺

風蕭蕭，易水寒，壯士怒髮衝上冠。白衣涕泣何汍瀾，將軍頭血濡未乾。入關上殿刺天子，鈎陳森衛肅星紀。舞陽健兒額汗泚，《督亢圖》窮匕首起，手縛祖龍若豪豕，藥囊倒擲天所使。怒酣嘻笑庭柱倚，目眦上裂驚雷紫。白虹貫日壯士死，博浪之椎毋乃似，長安大索幸免耳。我登華陽臺，重憶馬角時。惜哉魯勾踐，欲講劍術將奚爲。男兒成敗要莫論，擊筑還悲高漸離。

丱兮城

徐福將樓船，海上求仙山。荒唐縱欺誕，一去不復還。仙山茫茫海水立，鯨魚潑浪長風急。天陰雨濕嗚嗚泣，牽衣頓足何嗟及。歲深長大遂成家，雲樹迷離隔鄉邑。我聞生男惡，此語悲已然。人生骨肉豈長保，武陵何必非神仙。縱勿鷄犬共拔宅，海外粗足桑麻田。君不見長城征戍更南粵，驪山深隧閉幽卒。送徒夜半大澤發，咸陽一火連三月，四海何人收白骨！

李陵臺

隴西降將家聲絶，荒臺愁卧陰山雪。河梁落日暮何之，地慘天昏不成别。依依越鳥悲南風，漢家城闕斜陽中。生還自羨典屬國，論救誰憐太史公。

送黄潤川補官江右

先生矯矯人中師，下筆疾掃風雨馳。南宫作賦久無敵，爲政風流今在兹。我昨訪君古寺裏，兀坐一卷鬚眉垂。人皆竊指向我笑，如此作吏寧非痴。我謂使君故不痴，詩書之腹中怡怡。往年入蜀携琴鶴，三載牧民如牧兒。吏民不知官長貴，禾黍自覺春風慈。西江江水清且瀰，百花洲畔滄浪池。善政豈煩易俗理，坐嘯況是吾儒宜。嗚呼龔黄古有作，君看武健勝者誰。他時報最膺首選，請煩示我清風碑。

余　煜

字月文，號板桐，錢塘人。乾隆五十七年舉人。

懷陳雨田

昔别在南郊，悲感一何深。徘徊溪路側，撫景愴我心。亦知當久離，不意忽至今。至今遂所懷，索居已三春。别易會面難，未知更何辰。修竹多悲風，幽澗多浮雲。人生能幾時，奈何輒離群。願得十日飲，叙此平生親。

詹肇堂

字石琴，儀徵人。乾隆五十七年舉人。

康山

山擁滄江出，闤闠雉堞平。千秋存俠氣，一簣得詩名。宮錦丁年賜，檀槽子夜聲。未知何李輩，誰此共齊盟。

送退庵之粵西

三年東閣聯床數，兩月春明下第同。豪氣難消摧折後，傷心已慣别離中。桄榔葉暗吟官廨，邏沙聲低唱僰童。此去蠻鄉五千里，更無書附北來鴻。

吴本

字秀文，太倉人。乾隆五十七年舉人。有《篔韵軒詩草》。

過閘

漕河水急流，險處亘堤堰。洪濤一束縛，激石蒼波濺。大木中斷折，奔騰摇石扇。數里聞雷聲，倒瀉黄河噴。上閘百倍難，巨絙施輪轉。白浪高篷竿，并死争一綫。千夫聲喊呀，縴進不盈寸。攫拏偶失手，一落如奔電。下閘驚墜淵，舟子心膽顫。船頭入水底，船尾離水面。欻從水底迴，躍出如急箭。或恐觸旋渦，勢與黿鼉戰。我來睹此情，足縮銀海眩。嗟哉轉粟勞，性命反輕賤。寄語畿輔人，慎勿廢耕佃。

維揚道中

一棹横江去，山光四望收。夕陽瓜步樹，細雨廣陵舟。柳色依官渡，濤聲逼郡樓。鄉關何處是，回首暮雲愁。

建平道中

策馬荒郊路，寒風向古原。亂山銜落日，高樹抱孤村。地僻宵無犬，人閑晝閉門。今年田事稔，處處賽鷄豚。

泊舟廣陵

一路垂楊學舞腰，飛花點點落紅橋。不知今夜揚州月，曾照何人按玉簫。

英和

字樹琴，索綽絡氏，滿洲正白旗人，德保子。乾隆五十八年進士，今官户部侍郎。

神木行并序

東便門外黄木廠，有巨木，長六十尺，相傳永樂建北京時，自南方轝致，因不中規矩，故弃置於此。癸亥、戊寅，兩邀御製詩章。近又置祠歲祭。余偶道經，土人指以告曰：「此黄木也。」因作《神木行》。

城東神木堅如石，辨之非松亦非柏。風霜已歷四百年，砂礫猶横六十尺。傳自明初建北京，千夫轝致供選擇。工師繩墨不可施，一朝弃置村荒僻。亭亭芝蓋省東方，俯覽神木考其詳。睿藻兩頒碑并勒，遣官致祭牲醪香。聖主推恩及枯朽，此木頓覺生榮光。將軍大樹根何在，曲轅社櫟枝空揚。一木有靈尚如此，何况人材勝杞梓。深谷栽培世未知，旁求勝任工方使。離朱審曲班雕文，慘淡經營盡乎技。斫成梁棟獻天家，堂哉皇哉共仰視。

與百菊溪侍御夜語

把酒深杯冷，圍爐笑語并。不聞群籟響，相對一燈明。往事增惆悵，新詩費品評。談餘凉月入，

心與鏡俱清。

夏夜聞蛩

萬籟寂無聲，俄聞斷續鳴。微風穿竹徑，淡月挂松棚。一枕夢初破，中宵心最清。苦吟予亦好，與爾結詩盟。

種松書屋圖爲初頤園給諫題

偶著尋山屐，閑鈔種樹書。烟霞招勝友，霜雪倚蓬廬。共識喬柯古，誰云節目疏。故園三徑裏，手植廿年餘。

好向圖前想，何須澗底看。種成千丈勢，耐得十分寒。地僻林泉勝，人過歲月闌。孤松思共撫，開卷日盤桓。

爲王伴梅秀才題乘風破浪圖

一片風帆影，篷窗面面開。水隨天共遠，春與客俱來。落筆無涯涘，披圖每溯洄。壯游誰得似，挾策上金臺。

伊春臺齋壁畫梅索題

貌得南枝又北枝，横斜滿壁影參差。空山月冷無人問，半夜香清有夢知。衡品不輸松竹逸，盟心還與雪霜期。退朝花底春光好，想見巡檐索笑時。

葉紹楏

字琴柯，歸安人。乾隆五十八年進士，今官監察御史。

出古北口

畫角冷邊霜，霜濃野草黄。人家淡秋色，客路下殘陽。寺古松鱗老，山晴石髪香。停驂成小憩，禪院得清凉。

贈袁香亭太守即送其之南粤

音塵初接意猶驚，不道相逢未識名。秋水鱸香疑昔夢，春泥鴻爪感離情。朱輪宦迹殊消長，紅豆詩篇羨老成。鄭重西窗重握手，燕臺風雨又清明。

入官莫嘆鬢眉蒼，老圃争傳晚節香。始信文章關利濟，莫因山水悔行藏。江鄉不種千頭橘，海甸曾留滿路棠。贈我瑶編應及早，碧天南雁已成行。索《香亭詩集》。

喜晤王秋塍明府賦贈

詩章夙已羨瓊瑶，兩世交情更久要。薄宦生涯疏酒盞，離人情緒又花朝。年華似水匆匆逝，豪氣如雲漸漸消。莫便臨風促征騎，萬條新柳拂河橋。

客暨陽三旬得沁園春詞一卷録寄許竹嶼大令綴以二絶句

枇杷庭院長莓苔，小閣輕陰燕子來。吟遍江南花落處，斷腸人是賀方回。

新愁多付《沁園春》，儘説粗豪亦愴神。不敢尊前歌《子夜》，知君同是未歸人。

唐仲冕

字□□，號陶山，善化人。乾隆五十八年進士，今官海州知州。

客院小笋甚繁率賦

性雅好此君，每樂共晨夕。故鄉多篔簹，却苦事塵陌。或如叔孫館，手植傍所宅。或逢辟彊園，徑造恣快適。岳祠得小簃，幾個倚古柏。解榻疏井横，擁鋤灌莽闢。相對幾何時，菭芽迸墻隙。恰經微雨滋，已分新籜碧。三五漸成行，長短可計尺。側盆佐涵濡，壘垣倍護惜。憶我泰山阿，移栽趁露舄。半隨叢薄翳，幸負平安驛。解后接檀欒，攢生慰幽僻。好待長且成，招雲入苔席。得此堪低徊，知君不倦客。

桃溪勘山舟中得詩

傍溪溪欲盡，樵徑入雲深。薄霧岩腰斷，淺流石齒侵。村春當旭日，葉颭滿寒林。不許馬蹄疾，驚飛宿樹禽。

便返桃溪渡，仍迴楓澗船。荻聲喧落日，鵶影破寒烟。地憶銅官渚，人懷玉局仙。漁燈洴洌闊，知有雪蓑眠。

游徂來山

嶂疊峰仍斷，溪泉出谷幽。亂雲投小徑，積翠引吟眸。過澗輕塵隔，憑欄薄霧收。丹黄紛滿樹，不道是深秋。

小酌聞竹間雨聲

孤檠對客寮，小飲度清宵。忽訝竹聲急，方知雨意饒。銜杯聽淅瀝，欹枕覺聊蕭。明日春膏發，循階覓笋苗。

菊花

别有清芬耐晚寒，不妨疏落與君看。一邱一壑人携酒，秋雨秋風客倚欄。琴罷惟聞香淡淡，竹披斜裛露團團。飽經霜後英初落，猶護荒籬賞未闌。

罨畫溪晚舟

緑樹清溪畫幾層，夕陽歸棹一波澄。村中擊鼓秋祈穀，澗外傳歌夜采菱。叢竹深深藏雁齒，流螢點點亂漁燈。欲尋坡老田安在，牒訴裝懷惜未能。

即事舟中絶句

短槳出烟汀，寂歷無人語。鴻雁叫孤雲，蓼花紅半渚。

題松陵圖

翦取吴淞水，裁成楚澤圖。故園昨入夢，好挂一帆蒲。

章嵩生

字松樵，德清人。乾隆五十九年舉人。

宿遷端午和人原韵

淹留不計日，客緒轉紛然。去鳥斜陽外，停舟緑樹邊。風凉燒燭夜，雨急熟梅天。何物酬佳節，萱蒲似往年。

夜　雨

小霽無三日，檐聲入夜沉。衾寒難索夢，蛩濕不成吟。疏柝連鐘斷，新苔抱砌深。芭蕉三兩葉，葉葉故園心。

孫爾準

字平叔，金匱人。乾隆六十年舉人。

晚晴登環翠亭

日脚溜晚晴，庭樹孤影直。草濕宜笋鞋，危亭快登陟。浹旬人到稀，檐前蛛網織。久苦跼繩床，登臨散結轖。周遭瞰城郭，縱目天際極。前山濕黛濃，冷翠未可拭。雲寒落遠汀，蒼然起秋色。臨風增莫寒，顧影帽欲側。暝色催人歸，草徑蟲唧唧。

十一月廿六日見雪喜賦

殘夢逼朝寒，披衣犯清曉。不知雪已深，重門閉猶悄。户外竹無聲，垂緑見折篠。冰條綴枯枝，鑒影映曲沼。對此神魂清，凜然俗氛少。登樓拓寒窗，皓如月出皦。遠近辨微茫，頗覺眸子瞭。千

里雲色同，長天絶飛鳥。粟起玉樓寒，擁爐召朋好。共和尖叉詩，湘醪泛深縹。

爲顧卞聲題龍隱山圖

遠山曉霽雲模糊，望中黛色半有無。是何下筆風雨快，浮雲掃盡青峰孤。朅來幾載到嶺嶠，閉關應被山靈笑。瞥見高堂五尺圖，點染青蒼得真貌。孤舟一葉泊遠汀，篔簹影裏風泠泠。漁竿擲處發清嘯，雨絲灑面宿酒醒。空堂卧對忘晝永，翠色蒼然撲衣冷。可能借作三日游，一洗從前俗塵疑。去聲。

早春聞雁

客散忽疏雨，空齋聞雁聲。蕭蕭孤影過，瑟瑟莫寒生。怨别情方切，懷人歲已更。相思江水上，煩爾再南征。

月夜登北樓有懷

共此青天月，高樓思不堪。故人渺天末，春色老湘南。鴻雁九霄斷，山河一氣涵。不知留賞久，更鼓聽撾三。

北樓

招客憑闌暮靄收，鰕鬚八尺卷雙鈎。斜陽樹影千家晚，過雨蟬聲五月秋。涼氣已疏陶侃柳，濤聲直到庾公樓。更聞前渚紅蓮裍，好上瓜皮一葉舟。

顧張思

字懷祖，太倉人。諸生。有《越游小草》。

《蒲褐山房詩話》：顧行人陳垿以博學能文爲同鄉諸老所服。懷祖纂成家業，涉獵群書，所著有

《七經訓詁异同》、《土風録》、《識字略》、《陳檢討四六補注》諸書。頻歲依人，往來楚粵，故其詩音多蕭屑。

夜宿斑竹嶺

草行不厭疲，廿里一小住。晨爲冒雨游，歸途忽已莫。陰濃竹木深，知是舊宿處。欣然含輿入，曠焉發心悟。桑下戒三宿，揭來空兩度。登高日夕佳，好景慚莫賦。惟聞水潺湲，終夜風濤怒。

莘園主人招飲松山下

性頗愛林泉，邂逅如夙好。商飆送殘炎，白雲動遠抱。忽聞季膺招，褰裳涉修道。園花引游屐，石臺飫遐眺。青山與白紵，一一可辨了。松風時一來，塵懷净如掃。况逢二秸秀，主人二子孿生，皃相似，故以張伯秸兄弟擬之。清芬出群表。殷勤酌百花，酒名。秋風翦蒓茆。那惜醉如泥，相逢恨不蚤。月影滿松顛，歸途踏霜草。

己酉元旦和石君先生

鹿鹿風塵道，春禽乍惜閑。殘年如小劫，少住即深山。興共新梅發，愁同舊草删。獨憐北堂上，寂寞減歡顔。

王文潞

字介人，太倉人。諸生。有《羲亭詩鈔》。

《蒲褐山房詩話》：介人，明兵部尚書在晋之後，性聰穎，風度閑雅。予主婁東書院，授以詩法，作五七言古詩，頗得門徑。詞以姜、張爲宗。年二十餘，得急疾而卒，友朋無不憨惜者。

題友人雲山紀游圖

人説遠行苦，誰解遠行樂。君游逮萬里，意氣尚磊落。甲乙志所經，瑶篇富囊橐。示我一幅圖，

結構在雲壑。林深徑欲迷，山遠泉空落。萬籟此俱寂，紅塵净寥廓。倘遇青邱子，爲君歌憶昨。

畫山水歌贈陳孝廉詩庭和陸孝廉學欽

陳畫生風格，超逸才峥嶸。朅來婁江地，意氣高同盟。平生好詩復好畫，揎袖落筆風雲生。昔嘗爲余作小幀，就中岩壑紛嶒崚。涼陰翛翛潤琴硯，落翠冉冉霏柴荊。恍惚別有小天地，坐移勝境來書檈。我婁烟翁及湘碧，得其萃者惟茂京。近來畫法半榛莽，如君妙手得未曾。江山千里腕底赴，圖書萬卷腸中撑。淋漓元氣拗奇特，人巧直與天工争。河南季子雅好事，手持一卷光㶷藤。作詩題贈播佳話，聞者四座皆心傾。畫中有詩詩有畫，觀詩讀畫神飛騰。繼聲之咏我何讓，歌成山月松梢明。

送春詞

花如殘夢柳如烟，回首光陰一惘然。擬向東風買春色，枝頭榆莢已無錢。

何錦

字尚之，吴縣人。有《篋中草》。

聽鐵師鼓琴

抱琴來幾年，孤寺夕陽邊。永日唯高坐，閑心托古弦。未秋先落葉，無澗忽鳴泉。彈罷静相對，庭松起暮烟。

青蓮庵看梅

到此心如水，梅花尚未殘。幽禽先客在，蒼蘚隔窗寒。經雪數枝亞，向陽一徑看。誰云銅井外，無地駐吟鞍。

湖海詩傳卷四十一

朱宗大

字直方，寶應人。諸生，嘉慶元年舉孝廉方正。有《壽藤軒吟稿》。

《蒲褐山房詩話》：予於乾隆丙子、丁丑間與直方定交，讀其詩而愛之。沈文慤公亦謂其絶類大曆十子，尚神味，不尚才情，取意趣，不取學問，蓋珠湖諸君子如喬慕韓輩，造詣皆如此。人亦蕭閑真淡，有道之容，溢於咳吐。

遲王澹泉不至

掃徑碧蕪淺，捲簾清晝遲。知君有幽興，肯負茅齋期。喧鳥茂林集，雜花微雨滋。云胡不我顧，

永望空相思。

泛舟至長干寺宿

落日明半壁，溪流澮迴風。玩舟愜清景，緣源杳無窮。岸篠自叢媚，浦樹亦青葱。前峰倏已轉，花界空冥中。雲木聳森秀，彩翠環玲瓏。捨楫展孤興，攝衣踐幽踪。繚繞林壑瞑，逶迤臺砌重。軒開蘿月皎，夕永槐露濃。蕭條鐘梵静，紺宇秋華空。不涉妙靈趣，焉與名理通。明發復惆悵，迴櫓烟雨濛。

夜　坐

秋聲截微雨，月色開疏林。颯爾夕凉至，當階横素琴。天空獨鳥過，砌冷孤蛩吟。不見幽期者，悁悁勞我心。

下攝山最高峰

孤雲眷游侶，相從下危峰。却顧千仞巔，暝色蒼茫中。背山歷紆折，歸路穿蒙蘢。就夷石勢廣，絡險溪流通。遥見上崕月，松際光玲瓏。行吟意靡倦，即事趣彌重。已覽岩壑勝，未遠高尚踪。明末張白雲先生隱此地。塵網有時釋，嘉遁當來同。

山中歸作

曳杖亂峰下，歸雲亦徐徐。風來榛莽間，樵聲與之俱。行吟意悠然，返我林中居。月色滿階戺，花氣彌空虚。徘徊永今夕，物外自怡如。

送　客

離緒已凄凉，離樽猶在御。依依語後期，望望懷前路。前路迥悠悠，君行那可留。千峰凝翠晚，

一雁渡江秋。江秋饒興致，江帆日容裔。采采汀渚花，吟情亦何麗。吟好寄無忘，居間憶正長。兩情如不隔，那復怨分張。

秋夕懷劉又徐

窮巷少來轍，索居惟掩扉。凉生幽院早，葉墜暝烟微。芳序倏已暮，故人猶未歸。無因展良覿，惻惻佇音徽。

送王少林

歲月慣行役，風波忘苦辛。殘年江上路，孤艇雪中人。相見亦無幾，歡忱多未申。離亭一樽酒，悄悄各傷神。

姑蘇送趙明府赴震澤

寥落江天晚，西風慘别歌。人隨孤棹遠，秋入五湖多。水驛楓初冷，山城雁正過。遥知訟庭静，琴韵出烟蘿。

張燕昌

字芑堂，海鹽人。貢生，嘉慶元年舉孝廉方正。

《蒲褐山房詩話》：芑堂屏居村落，孤介爲懷，夙嗜金石，尤愛小品，搜奇采癖，凡斷缺零星，都爲一集，名《金石契》。予所藏西漢雁足鐙亦并著焉。又撰《古來飛白書考》。常往寧波，入范氏天一閣，在藏書中獲北宋《石鼓文》拓本，摹勒以歸，重刻之，因撰《石鼓文釋存》，證以篆籀，考其偏旁點畫，較薛、楊、潘、董諸家，更爲精審。

鴛鴦湖棹歌

通越門邊烏夜栖，馬嘶隱隱雜鳴鷄。五更聽得鄰船語，一道斜風到水西。

竹莊花發滿沙汀，桂楫蘭橈幾度經。猶記武塘傳十咏，藕花香到水心亭。

池邊乳鴨半雙栖，遠樹參差望裏低。爲愛枇杷多結子，園東載酒到園西。

湖天風雪逼輕裘，酒滿深杯月滿樓。羨煞黄門添冷趣，芳洲雪夜有歸舟。

夜泛輕航買女桑，三春鄉市各紛忙。儂家接得石門種，十畝閑閑蔽草堂。

邵志純

字懷粹，仁和人。諸生，嘉慶元年舉孝廉方正。有《右庵詩文集》。

《蒲褐山房詩話》：右庵懷文抱質，有儒者恂恂氣象，然高瞻遠視，己所傾慕者無多。嘉慶丁巳，余至錢唐，右庵同項金門墉來謁，執弟子禮甚恭，因得閱其所作。古文馴雅，有黄文肅、柳待制之風，詩稍次之。未幾，以孝廉方正被薦，賜六品頂帶。同時薦者海寧陳仲魚鱣、海鹽張芑堂燕昌、慈溪鄭

簡香勛、鄞縣袁秉穀鈞，皆敦篤之士，詩非所長。今與芑堂略存梗概，而陳、鄭、袁諸君，則無可録者。

妾入門有序

海昌吴丈槎客，年六十一，因妻病買婢，媒者疑其欲置妾，輒舁良家女來。吴一見，即認爲義女。時吴有女，已適人矣，亟呼歸，使同卧處。越數月，以禮嫁於武原魏氏，相待一如舅甥。時在乾隆五十八年。

妾入門，泪如雨。生長本良家，家貧難自主。拚作先生妾，敢望先生女。先生見妾不肯睹，自言衰老當爲父。呼女歸來相伴居，殷勤姊妹鐙前叙。此際猶疑夢不真，此身恩遇勝生身。枯楊竟斷生稊夢，絡秀翻同咏絮人。來朝便爲尋佳婿，嫁衣一一從頭製。臘月初旬婚禮成，仿佛鍾離當日事。君不見滄海潮平有長時，人生榮瘁任推移。去時兒女來時妾，膝下依依難别離。還愁世上公瑜少，不盡紅顔薄命悲。

由靈隱至弢光

入寺復尋寺，穿林上白雲。竹窮清磬出，磴轉暗泉聞。仙佛山頭共，江湖樹杪分。振衣發長嘯，空翠落紛紛。

登净慈寺無量壽懺堂

古寺南屏勝，虚堂傍翠微。竹光團佛座，花影綉僧衣。簾捲湖一角，窗明山四圍。茶瓜留小憩，竟日憺忘歸。

余慶遠

字璟度，安陸人。貢生，嘉慶元年舉孝廉方正。

箐口

我行久入雲，豈必愛澤藪。高風吹我衣，乘雲入箐口。乍臨深無底，黝窾漏清湫。徬徨不可陷，箕踞一搔首。日升射氤氲，循環窨如甎。箐外勢建瓴，箐口窗開牖。木棧俯鵲巢，高峰等培塿。循壁下繩梯，狼狽携僕手。側身辭岊陬，盤辟轉層岰。人擬投渚鶴，馬同竄穴鼬。得勢忽輕逸，如墜拂垂柳。飄摇到山陴，奇情得未有。惆悵亦何爲，此游將不朽。

錢大昭

字晦之，嘉定人。監生，嘉慶元年舉孝廉方正。有《尊聞齋稿》。

秋窗即事

寒風瑟瑟渺愁余，暮雨蕭蕭感索居。鄉思不隨飛雁斷，客心時并曉雲舒。已知縱飲情初減，漫

喜狂歌興未除。一榻最宜消永晝，從知化蝶自蘧蘧。

後蜀宮詞

踏青三月草初齊，御輦過來碧柳低。十字水中看島嶼，小樓亭榭浣花溪。
畫屏七十敕高張，小殿凌波納晚涼。一自月明清似水，六洲三島照琳瑯。
百寶燈前不夜天，露臺歌舞愛嬋娟。艷娘一曲聲聲麗，博得天家十萬錢。

陳　燮

字理堂，泰州人。嘉慶三年舉人，官泰興訓導。有《半芥山房詩鈔》。

平山堂秋望

岷峨八千里，地脉通蕪城。岡巒出其上，接構煩雕甍。寒雅散疏木，復此虚堂清。登臨亦偶爾，

俯仰難爲情。秣陵諸名山，隱與兹堂平。群峰雜嵐翠，一一羅前楹。江空夕照下，鳥去天冥冥。不知瓜步遠，但覺寒潮增。回首莽寥廓，雉堞何峥嶸。隋堤萬楊柳，并作秋蟬聲。悲風動地來，哀響無端生。豈伊异窮達，懷土心常驚。愴然念古昔，涕泗何縱横。

黄樓懷古〔一〕

黄樓屹立城之隅〔二〕，下瞰汴泗東南趨。使君遺址足登眺，保障勢與宣房俱〔三〕。憶昔洪流下澶魏，遠注鉅野吞淮徐。彭門三版作屏障，吕梁千仞來斯須。高浪駕天水皆立，支祁斷鎖爲先驅。吏民盡走使君泣，投白馬誓捐微軀〔四〕。歲寒水落急版築，躬親梩梮安群居。伐蘆折柳恣束縛〔五〕，辮竹壓土歌喁于。功成不日勢鞏固，河伯受職瘡痍舒。蕭條小市見鷄黍，零星野老歸田廬。餘功作樓鎮兹土，不獨觀閣耽雄都。南山巑巑石犖确〔六〕，遠水漠漠沙糢糊。使君登樓一長嘯，政成物理心則娱。勝游遠繼三百載，此樂豈與青蓮殊。雄詞照耀淮海賦，凌轢屈宋餘子無〔七〕。兹樓閲歷近千載，河勢遷變需良圖。至今好事謁公像，謂微公績吾其魚。我來正逢豆花水，目擊駭浪心瞿瞿。登樓再拜一灑泪〔八〕，酹公卮酒公知乎。

【校勘記】

〔一〕「懷古」二字，《憶園詩鈔》卷一無。

〔二〕「城之」，《憶園詩鈔》卷一作「彭城」。

〔三〕「宣房」，《憶園詩鈔》卷一作「金堤」。

〔四〕「誓」，《憶園詩鈔》卷一作「逝」。

〔五〕「恣束縛」，《憶園詩鈔》卷一作「具茭梢」。

〔六〕「确」，原作「角」，據《憶園詩鈔》卷一改。

〔七〕「躒」，《憶園詩鈔》卷一作「鑠」。

〔八〕「泪」，《憶園詩鈔》卷一作「涕」。

安宜道中同仲雲澗〔一〕

水國城偏小，湖天日易斜。荒村連雁鶩，生計仰魚蝦。送客迴帆鼓，驚心下澤車。海雲三百里，東望一長嗟。

【校勘記】

〔一〕「同仲雲澗」四字，《憶園詩鈔》卷三無。

題陸得岑明府畫紅梅

一笑相逢竹外枝，斷霞殘照欲開時。珊瑚筆格桃花紙，細寫官齋雪後詩。

許宗彦

字積卿，號周生，德清人。嘉慶四年進士，官兵部主事。

《蒲褐山房詩話》：周生年方就傅，穎悟非常，讀書目數行下。稍長，遂博通墳典，自經史詩詞而外，如小學、算術、醫方、梵筴，靡不涉獵。尤深於古文，本於宋之南豐、明之遵岩，理實而氣空，學充而辭達，同時與戴金溪敦元均以神童稱，而金溪樸學專工注疏，至於兼擅詞章，其所不逮也。嘗從其尊人方伯君遍歷滇、黔、東粤山水之勝，故瀏覽之作，亦多超越。

望廬山

名山如佳人，莊雅羞自薦。容光若易近，意態與人遠。秀中而樸外，可敬不可玩。娬媚出天然，妝飾謝彩絢。斜陽故相惱，纔許露半面。雲綃護窈窕，全身終未見。應有素心人，相對共晨宴。

自萬安陸行晚宿玉振寺次日至烏兜驛緣山行得小道至贛山徑縈曲岩澗幽坱仿佛黔中林木特富蒼翠四滴乃更勝之

水漲畏途遥，山程理輕策。驚波辭潺湲，織路入深僻。林巒窈窕延，堆阜縱横隔。溪鳥鳴鈎輈，野花映紅白。烟際聞鐘聲，招提傍崖隙。放梵趁莫齋，僧床一宵借。薜蘿織月挂，竹影參差積。清夢逗禪關，明發憩山驛。輿人耽捷徑，一綫穿岜客。瀑泉隨地流，石滑小橋窄。拂袖柏葉香，罥杖藤梢碧。立久雲滿衣，當午風生腋。迤邐峰争高，去天不盈尺。空翠四垂圓，濛濛落巾舄。中央忽平曠，田舍儼區畫。鷄犬雜猿狖，童稚詫生客。桃源路庶近，仇池穴疑闢。山靈巧位置，勝境深秘惜。前行尋去途，迴望窮來迹。孤絶難重游，幽興轉增劇。高城梟縣旌，暮氣罨將夕。仿佛憶黔南，兹行

儻更適。寧嫌簦笠勞，賞懷自怡懌。

咏懷

單柯植春林，弱實依密蔭。清芬貽弦誦，結髮事丹槧。義方幸早承，構穫凛勿任。蘭暉永昕照，小草舒薄艷。學海浩波瀾，密爾勉涵浸。不因温飽安，敢忘身名忝。粲粲咏白華，磨錯結深念。

至静藴生初，哀樂因物移。有懷誰能已，發言乃爲詩。比興或殊趣，風雅寧异辭。要於情有感，各自義所施。寄托邈爾遠，文采斐然宜。端憑寸心寫，足使萬象隨。真意苟不存，奇語終支離。良工矜雕琢，大樸無還期。頹波孰能挽，椎輪尚可思。聲音本自然，悟者自得之。寧爲後人弃，勿使前民嗤。

中宿峽用少陵集鐵堂峽韵

連峰蔽空來，勢阻江路絶。非岨非崖巍，太古立積鐵。翠重陰崖肥，雲透石根裂。細溜停空凹，皎若化殘雪。此地實奇險，過客色無悦。峭帆掠懸岩，屢作之字折。飛雨忽灑人，曦景互明滅。天

風颯以寒，盡觸肝肺熱。

大廟峽用少陵寒峽韵

昨暮泊中宿，秋氣感百端。晨入大廟峽，崖險風愈寒。日澹草木瘦，路細行人單。魚龍逼沸鬱，咫尺銀濤翻。奮棹就沙嘴，怖止未敢餐。此生長行路，畏説行路難。

湞陽峽用少陵青陽峽韵

綿延太尉山，十峰九不惡。切漢高巃嵸，摩天翠崔錯。森如佛座嚴，靈胡不敢削。白猿渺孤騰，清泉忽雙落。屏張九叠深，江轉一帆弱。日色覆虛陰，烟光斂空漠。層岩人徑窮，冥寄傲五岳。鬱鬱蛟龍宮，千年氣旁薄。太造矜神奇，太始隱寥廓。俯仰惟生平，生理耽寂寞。

墨龍潭古梅

天龍聽法耽空綺，歸來偃卧空山裏。千年鱗甲古苔封，片片白雲吹不起。幽人銜雪戴圓笠，足繭嵣岏拾危級。盎然春意溢冬襟，習習微聞暗香裛。黯淡龍祠抗風榭，拗屈疏枝壓檐亞。啄花凍雀喑無聲，潭水清空玉光瀉。寂歷荒壇少人迹，絶世芳姿誰得惜。色相超超不離塵，相視無言兩莫逆。晚來霧冥山如醉，瘦影浮空點輕翠。神清骨冷絶閑愁，鐵石心腸轉嫵媚。花前卧聽清商弄，翩翩化作栖花鳳。一聲清磬梵天來，月落參横破幽夢。

鮑桂星

字覺生，歙縣人。嘉慶四年進士，官編修。有《覺生初稿》。

題松月鳴琴圖

華月出銀河，松風洒然至。携琴坐松根，脉脉寫遐思。美人今不來，黄鶴渺天際。泉流白石響，雲沈遠山翠。浩歌忘夜闌，露下沾羅袂。

己酉歲杪客吴門訪黄雪香得見林子遠峰因留度歲爲長歌贈之

我生蹇拙寡所諧，疲驢破帽淹江淮。孤鴻彳亍唳寥廓，隻翼何足凌天街。間逢奇人一青眼，屈指落落晨星排。揭來吴會偶頓轡，爲訪叔度敲荆柴。豈知主人固豪士，邂逅一見傾心懷。鍵扉投轄不令去，爲我下榻開西齋。庭前老樹静兀兀，門外流水鳴湝湝。陳編插架畫驅蠹，古壁題句晴篆蝸。是時臘盡朔風吼，白日西遁生雲霾。居人僵似紇干雀，逋客哄若井底蛙。男呻女嘆四鄰滿，愁緒那免縈吾儕。主人于此興轉烈，蒼龍躍出腰間靫。投杖忽思逐夸父，振衣便欲牽洪厓。紅塵唾盡底須浣，青冥直上不用階。疾呼兒童召賓客，謂我且住誠爲佳。堆盆滿抑瓮頭鮓，佐飲遍割園中鮭。藏鈎置覆百不猒，顛倒箬帽兼棕鞋。酒酣狂叫吐奇氣，噴薄騷雅祛淫哇。胸羅甲兵敵孫吕，筆補造化

窮庖媧。詩成光閃百煉鐵，書罷勢折千股釵。男兒窮達固有命，豈恤餓死溝中埋。皋夔伊周企不及，屈宋賈馬期與偕。千秋萬歲有述作，白璧安可辭摩揩。况逢知音二三輩，攻錯不力毋乃乖。眼前聚散亦偶耳，同心所貴蠲形骸。歌闌重與主人别，櫓聲咿啞來吴娃。

露筋祠題壁

細雨踏成泥，楊花暮繞堤。人家春水北，客棹古祠西。岸草緣階短，湖雲覆檻低。貞魂風露裏，終古夜烏啼。

寄鶴舫江西

鳳城春柳碧扶疏，客舍銜杯嘆索居。落日雲沙愁匹馬，高樓風雨夢雙魚。匡廬峰好容支枕，郭隗臺空少傳車。安得甘泉陪翠輦，早將詞賦薦相如。

秋雁

荻花吹雪晚冥冥，塞北江南幾度經。千點月涵汾水白，一行天斷楚峰青。蛾眉舊恨弦中識，馬首新愁笛裏聽。我亦十年湖海客，秋風君莫怨飄零。

殘臘將治北游之裝與家人話别

十載吴山越水湄，漂零此日更何之。江湖泪滿窮途後，雨雪魂銷遠别時。燕市風塵空駿足，漢宫金粉自蛾眉。兹行豈有干時策，聊展平生捧檄思。

吴鼒

字山尊，全椒人。嘉慶四年進士，官編修。有《夕葵書屋疊韵詩》。

《蒲褐山房詩話》：山尊胸藏二酉，力富五丁。所作駢體沉博絶麗，少爲石君司農激賞，而詩才

亦以韓、孟、皮、陸爲宗，鬥險盤空，句奇語重，五言長古尤足以推倒一世。

放生招同志用東坡先生岐亭韵[一]

群命畢杯羹，一飽求多汁。奚翅草菅人，酷吏方束溼[二]。春風回枯荄，生理須臾得。請充不忍心，延此殘喘急。命畜鄭國魚[三]，看放唐亭鴨。方乳矢勿發，已漏網不羃。亦有姥好善，食報龜眼赤。亦有雀受飼，來獻白環白。臨池浴鵝衣，開窗對鷄幘。時悟濠濮樂，罔聞芒碭泣。萉兒芥有孫，足補給鮮缺。好善誰不如，廣告大羅客。朝入功德林，謝者夕已集。用曾魯公放生事。

【校勘記】

〔一〕「招」，《吴學士詩集》卷一作「示」。

〔二〕「方」，《吴學士詩集》卷一作「才」。

〔三〕「畜」，《吴學士詩集》卷一作「蓄」。

題張丈雪鴻畫册并贈用前韵[一]

霜鐘氣感聲，月鑒光生汁。窮谷吹管温，晴天雨花溼。君蓺疑鬼神，君心忘失得。遠志去官輕，

閑情涉園急。階除飲鳥雀[二]，鄰舍習鵝鴨。賓筵寒無氈，吟屋風不冪。發興青林青，著色赤岸赤。俯視楊契丹，尚友陶貞白。擲筆傾百壺，伸紙岸孤幘。喜作溪桃笑，悲寫江竹泣。乞君墨戲妙，資我筆陣缺。却惜卧游圖，乃贈遠行客。無緣感蘇髯，不歸笑虞集。

【校勘記】

〔一〕「張丈雪鴻」，《吴學士詩集》卷一作「張雪鴻丈敔」；「贈」下，有「十二」二字。

〔二〕「飲」，《吴學士詩集》卷一作「飫」。

咏明趙忠毅公鐵如意倒叶前韵

公仕衆正從，公黜群邪集。秉憲失楊左，舉國授魏客。太阿或可倒，干將那肯缺。遺此百煉剛，傳之萬世泣。初操選郎印，繼冠尚書幘。臣志在澄清，吏私拒關白。入手七星寒，頸銀嵌七星。剖心一寸赤。請劍動漢廷，揮樂去魯冪。共聽喈喈鳳，肯若泛泛鴨。如意良復難，求治詎嫌急。聚鐵錯已成，荷戈死亦得。一歌朔風悲，再舞塞雲濕。逆案已如山，毅魄不鎔汁。

不灰木爐

西海陰火燃，太行六月雪。地氣實資之，不沃亦不滅。偉哉純陽精，德盛流金鐵。何物質幹固，頓使汝力竭。蕭邱木重熺，已灼非奇絶。獨數徐吾産〔一〕，靈根一種别。惜未辭斧斤，干霄已折泄。刳中鏤其外，致用意良屑。薪材本同林，忽憂剥膚切。那知性難鑠，氣焰徒爾烈。燧人古神人，值此肘應掣。〔二〕想當焚如初，真氣自摶結。我聞至人者，入火能無爇。飲以玉池肥，溉我初生蘖。君子處富貴，炙手中不熱。堅白惟自完，百試不磨涅。高齋積霰晴，雄談茗爐設〔三〕。即物悟真性，詎患干將缺。〔四〕何必火中蓮，更從我佛説。

【校勘記】

〔一〕「數」，《吴學士詩集》卷一作「敷」。
〔二〕「值此」句下，《吴學士詩集》卷一有「丁甲非世婚，胡爲亦相悦」二句。
〔三〕「談」，《吴學士詩集》卷一作「譚」。
〔四〕「詎患」句下，《吴學士詩集》卷一有「玉壺在上頭，賓客知清節」二句。

銅鼓一百韻

南荒製作奇，冶銅乃可撾。韗人法不守，吴鼒。造鼓知干鎯。瀕海病潮濕，曾燠。夾江愁瘴窊。援桴或多喑，詹肇堂。冒革且易瑕。變例捒邛都，蔣知讓。取精瀉若耶。樂府配鐘鏞，陳燮。武庫銷鋋鍛。稍殺蒙黄膜，胡森。最上騰赤霞。鳩材徐煉剛，吴嵩梁。獸炭急生煆。雷公自呵護，郭堃。祝融暗咄嗟。風火初橐籥，黄郁章。丙庚相齘齬。久之地瀉銀，俞國鑑。焕乎林升椵。存液候已到，鼒。依模式不差。三尺徑匀圓，燠。四垂中谽谺。臍肥小作凸，肇堂。面平全不窪。周坐六銀蟾，知讓。間叠雙金蟆。無當敵卮美，燮。有耳較鼎加。腹隆股仍縮，森。唇淺口不哆。文身紛陸離，嵩梁。雕題細髿髟。十九暈周遭，堃。廿六重整斜。乍視目瞀眩，郁章。細數口聱齖。或如鏡啓奩，國鑑。或如輻在車。或如老榆莢，鼒。或如新荷蕸。或如圖負龜，燠。或如篆吐蝸。或如玉有璺，肇堂。或如戟交叉。或如芝九秀，知讓。或如參五椏。或如斬陰木，燮。或如吐陽葩。或如簟細織，森。或如螭紛拏。或如鼉在涇，嵩梁。或如鳳在篜。青黑四氣竭，堃。黄赤七寶塗。燦若注瓔珞，郁章。美若飾笄珈。大小質偶殺，國鑑。雌雄聲俱遐。當其不鳴時，鼒。有如雷蟄洼。偶然一考擊，燠。淵響風颬颬。苗民畏鬼怪，肇堂。淫祀貴縏奓。不需鼙播鼗，知讓。那用巫傳芭。琴瑟非孤竹，燮。笙簧非聖媧。極

西摻都曇，森。扶南舞袈裟。邊人習嘈雜，嵩梁。洞蠻喧淫哇。大器陳廣庭，堃。諸獠奔豪家。淋淋酒如澠，郁章。濟濟人如麻。獠童與獠女，國鑑。舊俗延妖衺。赤脚錦全刺，鼐。披髮髻不丫。言聲聚咿喔，燠。姿態矜妍姱。其笙材用蘆，肇堂。其鑼名曰沙。紫膽作桐魚，知讓。朱提當鐵撾。奮袖出十指，燮。納釵集群娃。都老義奚取，森。相襲名以嘉。喜則歌且舞，嵩梁。殷雷如金琶。怒則成殺聲，堃。應者如雲荼〔一〕。一奏呞熊羆，郁章。萬戟來杈枒。輕生殉利刃，國鑑。赴響駢短鉈。倉卒破俘馘，鼐。弱者多自剄。强者幸逃誅，燠。神物猶謾誇。跪陳聲硿硿，肇堂。價值千頭椵。諸史文可徵，知讓。此物用頗奢。其在東謝蠻，燮。宜穀人肯畬。勞功兼牛馬，森。賞勤先耕枷。其在永順夷，嵩梁。鳴之逐厲瘕。僉云鏗訇作，堃。鬼物不敢搓。土風固陳陳，郁章。小説徒呀呀。數典求權輿，國鑑。紀載非頗頤。偉哉馬文淵，鼐。卓識弃井蛙。遇主提勝旅，燠。破羌於允吾。再礪征武溪，肇堂。擊鼙呼爪牙。奮槌聲不揚，知讓。銅鼓始萌芽。堅却霖潦滲，燮。高破瘴霧遮。淵淵厲虓虎，森。闐闐逐奔麚。頗好滕侯馳，嵩梁。能識周王騂。收材自越駱，堃。鐫式品厩騧。山陽葬禪陵，郁章。漢宫植兩鋘。南陽起卧龍，國鑑。赤手扶赤蛇。豈嘗忘中原，鼐。未暇出漢巴。南征盛羽葆，燠。寶蓋承曲笳。獨惜大星落，肇堂。竟使蜀婦髽。坡句。千鈞鎔冶存，知讓。萬祀供奉賒。埋以厭蠻獠，燮。傳聞近詖邪。公自多材藝，森。石陣深宂窊。驅蠢運犢特，嵩梁。弄獊流騆騢。釜冷水驚沸，堃。弩連車呼划。却想出師初，郁章。中軍手自抓。大聲動岩壑，國鑑。萬騎不敢嘩。南人共膜唄，鼐。

佛指醒阿闍。劫灰閱兵燹，煥。劍氣辭卑污。或出叢冢中，肇堂。或見流波涯。水土恣剥蝕，知讓。駁苔蘚俟梳爬。黯淡雲掩星，燮。朦朧霧籠紗。鷓斑間綠珠，森。猩唇隱硃砂。缺畫疑斧斤，嵩梁。痕成瘢痂。大名垂宇宙，堃。遺製留些些。又聞歐陽顀，郁章。干城歌《兔罝》。征南得銅材，國鑑。作貢獻京華。晉乘稱寶貴，鼒。夷俗豪且夸。赫連費莊嚴，煥。光怪額迫胯。唐典冠軍樂，肇堂。兩行列峇岈。詩人善賦物，知讓。江上迎神鴉。有銘不可認，燮。摩挲徒長嗟。乾德與景德，森。來獻同賓嫁。代遠不淪没，嵩。渤海存枯槎。古器驚過眼，堃。高吟逢退衙。咏史誰抗行，郁章。命酒兼催花。擊鈸方琮琤，持布懒嘔啞。國鑑。

【校勘記】

〔一〕「荼」，疑當作「茶」。

樂　鈞

字蓮裳，臨川人。嘉慶五年舉人。

羊蹄嶺

絶險吾未經，世傳羊腸坂。兹來羊蹄嶺，嶄岩畏欲返。雲氣已中劈，地軸更旁鏟。懸猿臂莫舒，健鳥翼難展。肩輿勞十夫，并力事推挽。愁隨崩石墮，陡躡迴峰轉。來徑如堵墻，前路見疆畎。建瓴下深麓，飄瓦落平衍。駛足仰脅息，平頭坐噴喘。此地扼山海，東路資管鍵。樓櫓凌層霄，雉堞跨絶巘。勢比殽函固，形争劍閣險。守關用一夫，萬騎空偃蹇。時平虚地利，斥堠上苔蘚。汛卒迎長官，旌旗半空捲。嶺樹生暮嵐，髣髴萬里遠。餘勢猶嶙峋，征夫足已繭。

謁潮州韓文公祠

鳳翔佛骨存不存，公像巍巍山岳尊。聖賢俎豆享崇報，精藍香火羞同論。公居潮陽八月耳，手搜榛莽開蒙昏。佛示降灾天護佑，匹馬旋入長安門。何充蕭瑀世不乏，爝火豈敢扶桑暾。生能佞佛没則已，餒鬼乞食隨諸髡。潮人感公永勿替，廟下歲歲陳羔豚。魂魄戀此理或有，騎龍冉冉來帝閽。紹聖遷客亦人杰，身宫磨蝎同邅迍。狂瀾砥柱百川障，非公孰能當此言。我來肅拜後千載，若探積

石通昆侖。白鸚鵡碑傳刻在，蛟龍鬱律不敢捫。大賢餘事尚如此，況乃道德凝胚渾。夢中丹篆誰會得，長與元氣相氤氲。海國斯文未墜地，韓江浘浘猶東奔。

壽述庵先生八十

先生講學西湖時，賤子走謁當炎曦。萬松翳日火雲斷，一鶴守門仙翮垂。横簹晝入華胥譜，麈扇早賞亭皋詩。廿年引領望風采，一見挽袖軒霜眉。面色凍梨壽者相，目光閃電人倫師。公言聞聲欲識久，我恨問字從游遲。使旌昔駐章貢上，儒巾始著臨汝湄。金臺萬里既北客，鑒湖一曲先南歸。雲泥判隔星霜錯，葵藿傾向萍蓬違。羊欣曾被望蔡禮，王粲特荷中郎知。古賢款接豈偶爾，當時遇合真榮施。社櫟薪樗外匠石，丹砂玉札歸神醫。青雲舊多才畯附，絳帳尚有生徒隨。門前泖水洗丹筆，座右嶧桐鳴素絲。百城坐擁老益壯，萬間廣厦貧猶支。手握星辰布朝列，胸羅兵甲清邊陲。勛名耀今那暇述，風義抗古疇能齊。神仙儒者所唾弃，壽考君子當娱嬉。大海瀾光照玉樹，細林山影浮金卮。頌禱敢爲衆人語，因緣儻訂千秋期。

錢　林

字東生，錢塘人，琦子。嘉慶五年舉人。有《竹醉亭吟稿》。

李代國刷馬圖歌 靖

四十佩銀印，與作開國公。垂鞭陰山還，顧眄生長風。即看未遇身在下，亦是縱橫不羈者。百金腰下青脊劍，一匹階頭紫騮馬。曹家白鶻非我儔，刷取毛片横雙眸。虬髯當時正在坐，四面山色凛若秋。固知愛馬如愛士，要令低頭聽驅使。嗚呼太原李公子，拂拭英雄亦如此。

韓蘄王策蹇圖

將軍少日爲走卒，豈料刻印封公侯。荷戈碌碌在人下，得飯一飽死即休。忽然騰踔青雲起，麒麟殿前拜天子。十戰五戰皆先鋒，冠軍將軍無乃是。姿何颯爽褒鄂同，戇直又有前人風。曾聞坐法

辛慶忌，肯學徙邊陳子公。拂衣竟爾還鄉土，甘向田間作野父。杖策今朝自跨驢，射生當日能擒虎。君不見北平太守豪且賢，年年手弓常在邊。一言偶失勛貴意，對簿自到無人憐。以兹老住江湖上，落落長歌益疏放。父老能談京口兵，朝廷竟弃山西將。畫工作意何太深，手拊髀肉如沈吟。請看韝上蒼鷹意，常有雲霄待用心。

陸學欽

字子若，太倉人。嘉慶五年舉人。有《蘊真居吟草》。

舟中望虞山[一]

看月不猒闕，看山不猒遥。闕月光轉媚，遥山景逾饒。我行指海虞，秋老風蕭蕭。皎日照寒水，一葉隨飄飄[二]。同心有二子，跂脚時長謡[三]。推篷落空翠，失喜聲喧嘈。初視若堆阜，影混雲天交。須臾見凹凸，雉堞圍山腰。舟行逐岸曲[四]，横側看雲椒。迤邐似龍卧，誰能辨林皋。嵐容杳無定，到眼信所遭。反恐倏而至，遠景難重描。回頭謝長年，鼓枻毋爾勞。

【校勘記】

〔一〕「舟」，原作「丹」，據《蘊真居詩集》卷三改。

〔二〕「飄飄」，《蘊真居詩集》卷三作「飄颻」。

〔三〕「跂」，《蘊真居詩集》卷三作「企」。

〔四〕「舟」，原作「再」，據《蘊真居詩集》卷三改。

吾谷看楓葉

金風吹山浄如沐，青女行霜掃寒緑。仙人昨夜勾漏來，亂灑丹砂遍吾谷〔一〕。西川合號丹邱生，能使佳城變赤城。風流文彩久銷歇，墓田丙舍猶峥嶸。我來却下維摩寺，暝色蒼茫千里至。嶺曳餘霞暈轉明，山銜落日看逾媚。歸來跂脚短篷欹〔二〕，坐覺雲霞繫我思。好將設色痴翁筆，寫入停車小杜詩。

【校勘記】

〔一〕「遍」，《蘊真居詩集》卷三作「向」。

〔二〕「跂」，《蘊真居詩集》卷三作「企」。

石梅澗曉坐

尋幽憩古澗，澗水流涓涓。竹色緑無際，鳥聲清可憐。青山向秋静，紅樹得霜妍。冥坐不知返，臨風懷古賢。前爲巫公祠。

劍門

此豈梁州險，何爲號劍門。兩崖撑鐵色，一罅豁雲根。特立形偏壯，排空氣自尊。勒銘吾敢效，不用掃蕪痕〔一〕。

【校勘記】

〔一〕「蕪」，《蘊真居詩集》卷三作「苔」。

偕吴竹筠木錢許田宗穎同游虞山放舟西關作[一]

秋山如静女，婉孌繫人思。快友欣相約，登臨共賦詩。江皋下黄葉，一棹破漣漪[二]。後夜昆湖月，殷勤照酒卮。

【校勘記】

〔一〕「竹筠」、「許田」四字，《藴真居詩集》卷三無；「宗穎」，作「宗頴」。

〔二〕「漣」，原作「璉」，據《藴真居詩集》卷三改。

過曇陽觀故址時刺史鰲公方議修復。

曾聞仙魄閟幽宫，月佩霞裳想像中。跨鳳不隨秦弄玉，乘雲真見李騰空。百年琳宇埋殘碣，當日琅函拜鉅公。重向荒原問香火，霓旌何處捲靈風。

沈端

字方立，鎮洋人。嘉慶五年舉人。有《滄洲吟稿》。

《蒲褐山房詩話》：方立與弟安成，爲敬亭光禄文孫。光禄精研道學，身體力行，於詩取法杜陵，務歸質實端確，其論詩云：以性靈爲本，卷軸爲輔，責之聲響之間，辨之神味之外。而方立志和節雅，中矩中規，安城則氣猛才雄，多多益善，轍迹雖殊，要皆不愧其家學。

游山

索居寡儔侣，杖策登遥岑。烟江静暝色，碧嶂含夕陰。迴睞岩樹密，俯聆泉溜音。嵐氣拂衣袖，涼風響空林。久坐契静旨，展眺空囂忱。忽忽感時序，悠悠懷所欽。孤賞發遥思，慨焉撫瑶琴。

送弟安成之山左

念我寡兄弟，飢驅奈爾何。秋風吹木葉，孤棹渡黄河。門户資親健，艱難仗友多。青雲須努力，少壯莫蹉跎。

弧矢平生志，風塵亦壯游。白雲泰岱色，明月大江流。湖海身如寄，文章食易謀。同行感知己，稍爲解離愁。與畢硯山别駕同行。

家貧無舊業，所至輒依人。難得故鄉聚，况兼多病身。薄游增意氣，行路飽艱辛。老輩吹嘘力，還期汨没伸。

出門送子去，策馬即長驅。遠道親朋隔，天涯形影孤。離情懸落日，清興自吾徒。我祖曾游地，還存故舊無。先大父掌教濼源書院，從游甚衆。

臨别不能語，離魂黯自傷。持家無健婦，春間弟悼亡。掩涕爲高堂。骨肉偏分散，關河正渺茫。殷勤囑杜宇，催汝早還鄉。

游憩清涼寺

此地真堪住，置身屋半間。泉飛常見雨，雲合不知山。幽鳥啼還静，道人心自閑。一聲清磬響，寂寞掩松關。

讀史記偶題

隧道魚燈冷未灰，望夷回首接平臺。庭前有鹿何人識，天下紛紛逐得來。

太息咸陽焚突如，文章都付劫灰餘。六經諸子元何用，一卷亡秦黄石書。

繼　昌

字□□，□□□氏，滿洲正白旗人。嘉慶五年舉人，今官户部主事。

片石居步家大人韵

俯仰真空闊，欣看物候新。禪心原似鏡，勝境迥無塵。雲映山横黛，風來水蹙鱗。松關長好在，足寄此吟身。

龍　井

闢境超諸勝，肩輿此暫停。竹深迷碉户，花密拂雲亭。遠水沿堤碧，重山隔樹青。泉甘茶復嫩，飲罷有餘馨。

由龍井至净慈寺

選勝從初地，尋幽到上方。山連雲氣濕，風過竹陰涼。我輩探春數，山僧應客忙。歸來天欲暮，一路野梅香。

湖海詩傳卷四十二

吴嵩梁

字子山，號蘭雪，東鄉人。嘉慶五年舉人，候補國子監博士。有《香蘇山館詩集》。

《蒲褐山房詩話》：西江自明以來，稱詩者衆，而無卓然杰出號大家者。予嘗以語蘭雪，蘭雪深以爲然。今自蔣苕生後二十餘年，蘭雪繼之。予兩至南昌，故才人多在門下，如雲衣、照南、修之、三吴，咸以詩名當世，而蘭雪實爲巨擘。詩如天風海濤，蒼蒼浪浪，足以推到一世豪杰[一]。每閲數年，輒來三泖漁莊省視，故録其詩較多。

【校勘記】

〔一〕「到」，當作「倒」。

九鳥灘

長河走驚濤，巨灘横砥柱。驟觸勢暫迴，力戰氣逾怒。雪花噴作山，蛟涎吐爲霧。九鳥不得飛，諺云：「九鳥灘，飛不得。」一葦敢輕渡。連朝狎清淺，俄頃變憂怖。全力争半篙，微命托孤注。浮生足波瀾，此水疑灧澦。不知涉險難，豈悔虚名誤。

弋陽溪

微雨釀初寒，輕橈漾新霽。漲落沙岸高，風定石灘沸。苔髮浄可梳，波紋蹙可細。拍拍水禽過，策策游魚逝。數峰開夕陽，遥天接空翠。稍參雲淡濃，未辨山向背。臨水或有村，鬻蔬不成市。炊烟裊若絲，浦樹平於薺。塵勞惜暫閑，清景恐難繼。佳節負黄菊，故園隔青桂。蓼花既疏散，楓葉況明媚。試展《輞川圖》，欲補《愚溪記》。

禮烈親王勒克馬歌二首有序

國初禮烈親王有良馬曰克勒，猶漢言棗騮也。順治朝，汪編修琬爲作傳。今禮王子汲修主人，屬張檢討問陶爲補圖。馬高七尺，長丈有咫，耳際肉骨寸許，腹下旋毛若鱗甲然。在軍中，每聞鼓聲，奮迅欲出。嘗乘至安平，適病蹄，自跑土出泉洗其創而瘉。今有聖水泉。王薨，馬聞哭聲，哀鳴不已，未幾遂斃。比奉天歲取馬至，王世子猶問孰爲克勒馬種，必善飼之。嵩梁嘉其有古烈士之風，因作是詩附書圖後。

長白山高江水黑，天遣神駒歸貝勒。諸將逡巡不敢騎，渾身血汗桃花色。頭角嶄然鱗甲動，始信天龍有真種。生立功名死報恩，畫中見汝猶神勇。吉林岡連薩爾滸，巨炮驚雷箭如雨。霜蹄奮蹴陣雲飛，二十萬兵殲一鼓。辛苦身經百戰場，自跑泉水洗金瘡。路人今日尋靈迹，一掬春波映夕陽。

烈王勛德史有傳，天馬今從畫中見。百戰歸來汗血流，論功馬亦當封侯。王師破陣如破竹，王來騎馬如騎龍。四蹄雷電雙耳風，但聞戰鼓先騰空。跨山驀磵若平地，豈知身在重圍中。箭傷刀斫不能死，得意騰驤日千里。王歸天上馬人間，矯首蒼雲泪如水。功成身殞爲酬恩，刻石昭陵未足論。遼海年年千騎出，王孫猶問舊龍孫。

康山草堂歌

康山一拳石，寄托城市間。得姓乃以狀元誤，盛名遂壓揚州山。當年流竄猶英氣，傅粉簪花恣游戲。若果尋秋到草堂，名山便是埋憂地。山上危樓倚夕陽，風帆葉葉度雲檣。隔江遥見萬峰揖，白鷗影盡連空蒼。山下不知何代墓，王侯草木今同腐。夜半衣冠尚出游，神燈吹入青楓樹。吴生年少來揚州，第一華筵開此樓。燭花萬朵照狂醉，天河倒入銀槎流。琵琶仙語復鬼語，一曲聽殘泪如雨。人海飄零又十年，素心賴有山靈許。昨夜秋風隨雁來，主人招我傾新醅。桂花三日落成雪，飲酒不痛徒心哀。君不見，康對山，歌且舞，救友污名心獨苦。烏紗一擲能千古，英雄才子亦黄土，碌碌狀元何足數。

歐陽公南唐官硯追次居士集中和劉原父澄心堂紙韵

少微製硯多良才，真賞未遘蒙蒼埃。此硯幸入醉翁手，所實惟德非瓊瑰。手澤摩挲七百歲，古香拂拂生麝煤。羅紋山下選工處，雲根斫破青崔嵬。王家舍人弃如土，江南故老心先摧。龍尾銷沉

石魚死，三十六峰安在哉。區區片石感興廢，鸜鵒泪滴松風哀。往時監造給官俸，後賢寶惜逾金罍。相隨廿載老居士，手記一一煩心裁。平生石友最清鯁，豈以玩好供嘲詼。《朋黨論》成痛至骨，青天終掃浮雲開。一角小缺亦何憾，乾坤正氣留中臺。夷陵洗硯峽水碧，錦雲所覆疑蓬萊。平山亦翁舊游地，當時賓從皆鄒枚。殘雅如墨點江樹，東都觴屐群公陪。澄心堂紙尚可覓，乞寫硬句盤空來。

秦良玉錦袍歌

五花戰馬千金戟，馬上紅妝能殺賊。健兒羅拜秦將軍，氣蓋西川貌傾國。平臺召見詩寵行，天子臨軒賜顏色。宫袍歸來换戰袍[一]，鏤金錯綉皆天澤。崇正之季軍政荒[二]，本兵獨倚楊嗣昌。盡驅流賊入巴蜀，斬刈黔首如牛羊。白棓縱横三十萬，將軍掃境來酣戰[三]。旌旗五色陣雲高，帳下女兒亦驍悍。烽火連天笳震地，殺賊逾多氣逾厲。賊中望見錦袍來[四]，百萬雕戈同日弃。雪花如席天漫漫，錦袍雖暖邊風酸。寄衣一千五百襲，將軍愛士同飢寒。張令軍前鼓聲死，本兵不恤將軍耻。峒兵二萬請分廩[五]，妾家甘爲朝廷毁。巡按巡撫嗟何人，劉之勃與邵捷春。按圖扼要十三處，奇策不用徒因循。此時錦袍慘無色，半污蠻血沾征塵[六]。沙場百戰蛾眉老，畫像敢望登麒麟。成都一破金甌裂，石砫孤城堅似鐵。巾幗蒙恩四十年，耿耿丹心照邊月。左家良玉非英雄，一敗終教慚晚節。

思陵身殉福王走，南渡衣冠復何有。六宫紈綺燒成灰，秦氏錦袍猶世守〔七〕。海内承平二百年，岷江劍閣無烽烟。匹婦何敢奮螳臂，窮寇乃與相鈎連。計日王師大斬獲，擲汝鼎鑊供炮煎。〔八〕攻心有術當革面，内地戡亂殊籌邊。宣恩一檄定感泣，各習井臼投戈鋋。請爲將軍崇廟祀，祠官奉職春秋虔。忠義所招魑魅化，一矢不用三軍旋。〔九〕錦袍樂府蠻女唱，弓衣合綉都官篇。

【校勘記】

〔一〕「宫袍」，《香蘇山館古體詩鈔》卷三作「宫錦」。
〔二〕「崇正」，《香蘇山館古體詩鈔》卷三作「崇禎」。
〔三〕「掃境」，《香蘇山館古體詩鈔》卷三作「盡室」。
〔四〕「錦袍」，《香蘇山館古體詩鈔》卷三作「將軍」。
〔五〕「峒」，《香蘇山館古體詩鈔》卷三作「土」。
〔六〕「沾」，《香蘇山館古體詩鈔》卷三作「參」。
〔七〕「氏」，《香蘇山館古體詩鈔》卷三作「家」。
〔八〕「匹婦」四句，《香蘇山館古體詩鈔》卷三作「妖婦何敢結群盜，鼎鑊未免煩炰煎」。
〔九〕「請爲」四句，《香蘇山館古體詩鈔》卷三作「請祀將軍勵忠義，靈旗風送鐃歌旋」。

鶯脰湖

平生愛説鶯脰湖，扁舟未放神先徂。前年過此夜已半，蕭蕭寒夢依菰蒲。今年端午客吴下，彩船百棹笙歌俱。傳聞此地更繁盛，萬花如海龍所都。我來江郭值秋首，但看湖影涵清虚。靴紋細蹙晚風定，練光横捲餘霞鋪。布帆葉葉送歸客，畫槳枝枝摇晚漁。紅蓼叢邊沙溆出，白鷗没處遥山無。水天如此極幽賞，管弦底用矜吴歈。徑思手築一茅舍，特來補種千芙蕖。人間俯仰足憂患，眼前清境留須臾。秋風一棹踏雲浪，釣竿去拂青珊瑚。

銀槎杯[一]元人朱碧山製，賓谷運使得於江氏，屬賦[二]。

前宵酌我對山樓，銀河倒入青樽流。我詩有識果奇中，康山詩有句云：「倒捲銀河瀉杯底。」舉杯一笑逢張侯。斗大黄金印懸肘，探源萬里窮星宿。現身忽化酒中仙，一朵白雲墮清晝。科頭兀坐槎中央，輕裾直欲凌風翔。支機片石傳星渚，枯樹何年卧雪霜。銀鈎洗出元朝字，妙絶碧山誇手製。四百年來任拍浮，我笑此翁應骨醉[三]。虞揭介壽張華筵，當時主客皆神仙。此杯雙舉銀燭前，桃花一

放三千年。白雁聲中换滄海，塵土銷沉舊光采。一爵曾開内府收〔四〕，三鍰却憶江村買。高澹人草堂名。後先拂拭群公手，神物流傳信非偶。江湖隻影豈飄零，天上人間同不朽。月華秋浸馮夷宫，平湖萬頃玻璃風。美人濃笑持碧筒，酒波滿瀉真珠紅。浩歌手把雙芙蓉，竟疑跳入仙槎中。吾儕得酒且快意，富貴長生總游戲。蒲萄一斛换凉州，如此胸襟定奴隸。誦君長句追昔賢，痛飲爲君歌此篇。醉鄉佳話從今補，壓倒錢唐藥玉船。

【校勘記】

〔一〕「杯」下，《香蘇山館古體詩鈔》卷二有「歌」字。

〔二〕「屬賦」，《香蘇山館古體詩鈔》卷二作「頡雲」。

〔三〕「應」，《香蘇山館古體詩鈔》卷二作「真」。

〔四〕「開」，《香蘇山館古體詩鈔》卷二作「聞」。

登岱詩和覃溪先生

日披岱史坐山麓，百讀不及身一登。連宵快雨天驟霽，筍輿出郭邀禪僧。磴道盤旋到林杪，老樹怪石森蒼棱。壺天一閣跨空立，徂徠俯視非岡陵。雷霆百戰怒龍出，擘開山骨青崚嶒。懸流忽斷

萬松舞，孫枝亦縛千年藤。天門直上接翔鳳，絶磵欲下愁飢鷹。七十二家古封禪，芝泥玉檢神依憑。翠華所莅群岳拜，至今鶴嘯猿歡騰。是時山中日亭午，蔚藍鋪遍雲層層。長風萬里捲不去，破碎乃似春江冰。重陰蕩漾覆齊魯，彈丸隱約開田塍。全收滄海入杯底，混茫一氣晴嵐蒸。平生局促厭塵市，如鶻閉籠蛟在罾。此間放眼九州隘，變化勢可褰鯤鵬。頗聞峰頂夜方半，海霞已擁朱輪升。金支翠旗白銀闕，蓬萊恨不仙槎乘。山氣蒼然滿城郭，斜陽斂盡天澄澄。入門未轉北斗柄，覓句急翦南窗鐙。但將游覽豁胸臆，興酣落筆吾何能。公詩雄秀冠當代，墨妙況兼貽百朋。車塵十丈拂鞭去，山川奇勝歸行縢。名岳有緣許再陟，撰杖喜説今年曾。

七月四日由净慈寺放舟西湖遍覽諸勝夜泊荷花中獨飲至醉

我與杭州别三載，夢魂苦爲西湖牽。昨夜蒲帆卸江口，喜如道渴逢山泉。侵晨欲出苦未暇，買舟直待驕陽偏。净慈寺外水拍岸，垂楊幾樹飄殘蟬。葛衫芒屐扇如雪，湖光一照俱翩翩。畫橋曲折導幽嶼，危樓窈窕臨平川。荷花開滿五千頃，葉大如蓋高枝騈。浮萍破處倒雙影，紅妝浸澈玻璃天。花光欲斷碧嵐出，北山遥與南屏連。峰巒到此盡縹緲，蒼虬棹尾青鸞騫。疏鐘迢遞度林末，破空新月來娟娟。映花着水態逾妙，蛾眉一笑流清妍。打門沽酒邀月飲，香風吹我湖亭邊。移舟更入萬花

裏，鴛鴦鸂鶒皆酣眠。自臨江水翦銀燭，但欠女手調冰弦。暗螢結陣風點亂，驚魚擲影波紋圓。中流回望好臺榭，珠欄碧瓦吹成烟。却憶前年繫歌舫，振衣直上孤山巔。寒梅未花月正滿，鶴聲夜半招逋仙。美人禁寒倚篷檻，玉簫入破山雲穿。再來便有今昔感，一行暫結湖山緣。手折花枝揖明月，浩歌起舞青樽前。不辭痛飲便達曙，此别俊游當隔年。會約故人共幽築，且覓新句書蠻箋。明朝單棹溯潮去，富春青到嚴州船。

溪行遇雨

竹密青連樹，溪寒碧映沙。獨來因避雨，深處忽逢花。濕濕雲初散，荒荒日又斜。却尋前路出，沽酒問漁家。

舟中自訂癸丑甲寅詩卷感懷[一]

燕市蹉跎百感侵，歡場未散已沾襟。吹笙易醒游仙夢，擊筑難銷壯士心。海氣青蒼連碣石，岱雲浩蕩接淮陰。支離病鶴籠初放，隻影江湖瘦不禁。

盛名何敢匹鄒枚，一代公卿盡愛才。幕府高秋張宴出，元戎小隊送詩來。座中跌宕揮金戟，花裏沉酣倒玉杯。午夜軍門猶未掩，記從湖上棹歌回。

平生襟抱托青霞，鳳泊鸞飄亦可嗟[二]。十載論文交海内，群公傾蓋慰天涯。放翁團扇摹詩社，賀監金龜擲酒家。曾許俊游陪杖履，山陰夜雪鏡湖花。

建業姑蘇又廣陵，當筵彩筆最飛騰。樓臺春晚頻移棹，絲管宵闌獨翦鐙。年少風懷花正綺，天寒離緒酒初冰。誰知縱飲酣歌地，中有唐衢泪數升。

寶幄鈿車白玉驄，瓊花璧月錦帆風。山横北固斜陽裏，寺在南朝細雨中。越水浣紗誰絶艷，吴門乞食有英雄。登臨莫抱千秋感，身世茫茫亦斷蓬。

屐印衫痕翠未銷，湖山入望又迢遥。西泠花信遲三載，南渡風流訪六朝。叠雪樓頭春漠漠[三]，涌金門外柳蕭蕭。錦袍鐵弩今安在，請爲錢王賦射潮。

【校勘記】

〔一〕「感懷」下，《香蘇山館今體詩鈔》卷三有「八首兼寄吴越諸公」八字。按，此處爲第一首、第二首、第三首、第五首、第六首、第八首。

〔二〕「泊」，原作「拍」，據《香蘇山館今體詩鈔》卷三改。

〔三〕「春」，《香蘇山館今體詩鈔》卷三作「天」。

瞻園月夜

林塘幽絶似山家，臨水闌干卧影斜。仙鶴一雙都睡着，冷香吹遍緑梅花。

陳文述

字雲伯，錢唐人。嘉慶五年舉人。

仿宋畫院畫製團扇

江南三月春風歇，櫻桃花底鶯聲滑。合歡團扇翦輕紈，分明采得天邊月。南渡丹青待詔多，傳聞舊譜出宣和。入懷休説班姬怨，羞見曾憐晋女歌。班姬晋女今何有，携來合付纖纖手。闌前撲蝶影香遲，花間障面徘徊久。樓臺花鳥院中春，馬畫楊題竟逼真。歌得《合歡詞》一曲，祇應留贈合歡人。

鐵笛

梅花飛出仙雲黑，不鑄鐵簫鑄鐵笛。元冰一握朱唇寒，青天吹作芙蓉色。螺文百結螺花鋪，秋星歷歷排明珠。昆吾夜斷瘦蛟脊，誰與作者來南圖。笛上欸。我聞中郎舊截柯亭竹，寧王醉弄唐宫玉。秦庫招華不可尋，唐家玳瑁今誰屬。尺八何如鐵鑄成，水仙夜舞雌鳳鳴。江城楊柳不堪折，倚樓愁聽關山聲。草堂夜雨開金粟，淚痕洗盡湘江緑。鐵厓曾賦《冶師行》，玉山誰奏《花游曲》。八月秋風下洞庭，魚龍夜伏暮山青。鐵心譜出《梅花弄》，吹與群仙月下聽。

李廣銅印歌

嗚呼飛將軍，數奇不封侯。結髮大小七十戰，惟餘一印千秋留。將軍起家良家子，得士能令士心死。無雙才氣泣公孫，刁斗行軍安足比。雁門秋老生邊塵，將軍此印應隨身。篆文劃斷瀚海雪，虹光透出天山雲。紅沫棱棱土花暈，定爲將兵作符信。謝罪曾鈐幕府書，酬功誰授梁王印。我思漢文恭儉稱賢主，禁中頗牧慕良輔。賈生不相廣不封，縱遇高皇亦何補。又聞武帝恢雄圖，丁零鄯善

開邊隅。但以私親封衛霍，不使名將當單于。老去藍田甘弃置，東道行師復何意。一代威名右北平，但留虎鈕旁邊字。銅花不覺摩挲久，當年曾綰英雄手。志士成功自古難，庸夫獲福從來有。君不見李蔡爲人居下中，肘後黄金大如斗。

京　口

江流萬里海天長，門户金焦鎖建康。北去雲帆通楚越，南來戰壘剩齊梁。重重樹色開秋霽，衮衮潮聲走夕陽。獨倚篷窗酹杯酒，隔江燈火認維揚。

郭　堃

字厚庵，丹徒人。嘉慶五年舉人。

題周文矩明皇擊梧圖

明皇奏伎先諸伶，宮商之精絲竹靈。有時打鼓飛白雨，有時擊梧花滿庭。梧高百尺清陰接，響應琴心奏三疊。商聲一動六宮愁，颯颯涼風下秋葉。寧王玉笛相和賡，一擊再擊雲不行。女官數輩侍左右，玉顏如花珠珮鳴。我聞楚宮之材中琴瑟，多少興亡彈不出。朝陽鳳去猪龍來，蜀道崎嶇誰扈蹕。慘絶漁陽動鼙鼓，阿環寂寞成黄土。悲莫悲兮桐樹心，秋階滴碎霖鈴雨。

聽雪

寒飆一夜紙窗鳴，側耳蕭騷夢不成。布被却宜高士卧，匏尊深話故人情。微飄陋巷驚厖吠，密灑孤篷大蟹行。炙硯有誰誇白戰，當筵鵝鸛總無聲。

葉紹本

字□□，歸安人。嘉慶六年進士，官編修。

津門道中

碣石雲山擁薊東，寒蘆蕭瑟水連空。臨河燈火千家市，橫海樓船萬里風。左輔星辰環紫極，高秋霜露老丹楓。扁舟笑我身如寄，一片歸心伴渚鴻。

悼亡詩

芳篁塵侵寶瑟橫，畫簾著地少人行。只餘玳瑁窗前鳥，學得紅閨喚茗聲。

碧海青天不可招，廣寒人去夜迢迢。從今腸斷傳柑節，鏡破偏當璧月宵。孺人歿於上元前二日。

優曇示現理難詳，玉化飛灰蕙霣霜。最是傷情憐阿母，白頭來炷影前香。

汪庚

字上章，全椒人。嘉慶六年進士，官編修。

别蔣璘齋

將爲十日飲，忽作三秋别。君懷不可期，我心誠如結。文章信有真，此事向誰説。念我同心人，山水音清絶。明日挂帆行，西風孤雁咽。

題山樓眺月圖

獨有高樓月，愁人不忍看。亂雲千里隔，孤雁一聲寒。未減登臨興，翻嗟去住難。多君栖息好，酌酒自相寬。

有感

十里河陽散晚霞，春風歲歲逐芳華。多情一種蛾眉月，猶照墻東半落花。

張興鏞

字金冶，華亭人。嘉慶六年舉人。夢喈子。有《紅椒山館詩》。

秋日侍家大人坐岸舫齋時桂花盛開分韵同賦

小榭枕秋水，日夕延清霽。言從杖履游，四山引遥睇。地僻神自怡，掃石共閑憩。斜照澹疏林，白雲渺天際。杯茗佐清談，落英點苔砌。好鳥時一鳴，曲廊風細細。鼻觀參妙香，笑結無言契。

秋日家園小集

僻處憐岑寞，經旬鵲噪稀。誰携花外屐，同叩竹邊扉。齋迴延清霽，岩秋净夕暉。桂林香正好，留賞未容歸。

寄金蓬春上舍

忽動懷人興，層樓試獨登。溪風涼似水，林月遠疑鐙。碧碗煎茶共，紅牙顧曲曾。索居勞悵望，得句寫溪藤。

抵雄縣

無數垂楊拂玉驄，迢迢驛路亘西東。消磨春色征塵裏，撩亂鄉愁旅店中。生計總輸巢燕穩，家書難得尺鱗通。南雲瞻望成依切，幾度停鞭向夕風。

顧蒓

字希翰，長洲人。嘉慶七年進士，改庶吉士。有《南雅詩鈔》。

送陳稽亭鶴之京師

入秋積陰雨，草蟲夜鳴砌。廬居無好懷，兼之雜離思。之子室云邇，往來親臭味。浮雲厭世情，古道相砥礪。讀書識名節，所難在處事。素立苟自堅，行藏無二致。昔子攻古文，不欲苟悦世。道重名自輕，生平葆此志。别我將之官，河堤同一醉。堤外種芙蕖，餘花含爽氣。折此聊贈君，清芳常襲袂。

酬鈕斐石樹玉

余日坐空齋，憧擾如亂絲。君日游市中，淡然脱塵羈。一卷許氏書，研慮聊自怡。興來弄翰墨，

藻繪安所施。春風扇群物，止水無淪漪。坐看月輪上，流影涵清輝。漫求安心法，相對可息機。

秋樹有感

孤榦貞心迥出塵，不隨凡木共沉淪。還期鸑鶴重留迹，無奈風霜老此身。大厦於今望梁棟，空山到處是荆榛。漢家大將思馮异，不爲江潭泪滿巾。時阿文成公初薨。

王世錦

字再陸，吴縣人。監生，官嘉峪關巡檢。有《藝芸館詩鈔》。

《蒲褐山房詩話》：再陸爲文恪公裔孫，少日能詩，屢試不遇，因爲佐貳官，發往甘肅，屢歷照磨典史，又爲嘉峪關巡檢。關古之燉煌玉門，番稱羊巴喀爾遜，爲極邊苦寒之地。杜工部詩云：「不作河西尉，凄凉怕折腰。」岑嘉州詩云：「自憐無舊業，不敢耻微官。」蓋古今同慨也。居十七年，竟卒于任。故詩多噍殺抑鬱之音。從孫芑孫稱其刻苦挺拔，而楊蓉裳在蘭州時，亦相推許。

通渭書感

五月九日，賊破通渭。知縣王樓走匿，倉内典史温模自經，署中教諭劉某投魁星閣，折足。紳士李元暉率子侄與賊鬥，俱被害。

城不必深與高，守之有法堅難摇。官不論尊與卑，命所當授無游移。蕞爾通渭縣，賊巢距不遠。民社伊誰司，致使賊滋蔓。校官只秉鐸，縣尉惟典囹。投閣足遭折，懸梁義自經。紳士李公更憤烈，率屬巷戰俱殉節。常山駡賊氣吐虹，睢陽禦寇心如鐵。男兒各自死忠貞，那同一死鴻毛輕。何爲縣令昧此理，臨難偷生人不齒。往來過客吊忠魂，指點孤城説温李。

安定巡夜

角聲催落日，古戍起更籌。伏莽戎猶在，焚杅事可憂。終宵嚴暴客，比户賦同仇。借問專城吏，誰知曲突謀。官川逆回未發之先，有馬姓回民赴縣出首，邑令未即往捕，致賊肆逸。

遣鼎伯回家詩以慰之

宦途三載共艱辛，遣汝旋歸泪滿巾。萬里寧家兒有母，百年飲恨我無親。函關落日催投宿，洛水停車好問津。行到豫楊鄉路近[一]，渡江彈指太湖濱。

【校勘記】

〔一〕「楊」，《藝芸館詩鈔》卷十《廣香草》作「揚」。

宿蓮花城軍營

軍營暫宿不成眠，萬幕垂垂盡枕鋋。卧聽鐵衣傳半夜，起看玉帳自中堅。掃氛好藉徵兵力，决勝誰司大將權。聞説奸回宵已遁，星飛追襲莫遷延。

自嘲[一]

覓句言懷當解嘲，猿驚鶴怨浸喧呶[二]。一官乍去蟬遺蛻，萬里將歸燕顧巢。擊柝無才安逆旅，買山有贈累知交[三]。西安李刺史[四]、敦煌彭明府、玉門嚴明府、高臺汪明府，俱遠道饋贐。林泉志遂尋何樂，課罷兒孫讀《易》爻。

【校勘記】

〔一〕此題下，《藝芸館詩鈔》卷十一《嘉峪草》有詩四首，此處爲第四首。

〔二〕「浸」，《藝芸館詩鈔》卷十一《嘉峪草》作「漫」。

〔三〕「贈」，《藝芸館詩鈔》卷十一《嘉峪草》作「遺」。

〔四〕「西安」，《藝芸館詩鈔》卷十一《嘉峪草》作「安西」。

渡錢塘江

雨漲春潮江勢平，乘風飛度一帆輕[一]。好山無數迎船出，水到桐廬分外清。

【校勘記】

〔一〕「度」，《藝芸館詩鈔》卷四《浙游草》作「渡」。

王尚珏

字若農，嘉興人。監生，以四庫館議叙，今官西林知縣。若農從予南昌，盡發所藏，編次而收録之，爲《祇平居士集》若干卷，頗完善。後從書館議叙發粤西，以才名爲巡撫謝蕴山所知，招入廣西志局，薦升今官。所存詩數首，猶是二十年前所作也。

《蒲褐山房詩話》：若農尊人元啓，通經術，兼擅古文，而日久叢雜，尚無定本。

重九日同人游七星岩入栖霞洞分賦得色字

桂嶺森七峰，如斗拱南極。偉兹岩壑奇，不讓端溪特。肇慶亦有七星岩。令節盍朋簪，于焉暢登陟。木落山骨瘦，野曠寬目力。攀藤捷升猱，排空矯輕翼。次第入雲表，直與象緯逼。折徑窮坎窞，列炬破深黑。蟻行穿屈曲，魚貫循逼仄。或廣厦崇樓，或重關叠閾。此中别有天，如入化人域。謂

可通九疑，靈怪杳莫測。岩乳結嶙峋，肖形謝鏤刻。若鼎鑄神奸，照眼生惶惑。緣象以著名，僧雛導我識。亘古積陰氣，當有蛟螭匿。急行問前路，衹恐爝火熄。扣石發鐘聲，洞有石鐘。仙樂欣可即。二客不我逢，唐鄭冠卿遇二客，飲酒奏樂，出，晤負芻曰：「碧空之樂知之乎？」乃日華、月華君也。見鄺露《赤雅》。延佇仙源側。晨光一綫來，恍如日已翌。出洞乃亭午，相顧各喜色。歲歲賦登高，此境豈易得。即事豁奇懷，淋漓灑醉墨。

陽朔山

陽朔富奇山，厥狀失常律。無草木與土，崚嶒撑瘦骨。不作蜿蜒勢，歷亂争地出。凌霄建牙纛，摩空摇健筆。或鋭如劍鋩，或妥如繭栗。高騰若鸞翔，群奔若獸逸。或莊嚴若神，環向作輔弼。或傲岸自喜，争長不受屈。或如朝玉京，千行拱象笏。或如臨太液，萬柄芙蕖發。聚合偏兩陣，頽散戰潰卒。縹緲結蜃樓，玲瓏構仙闕。神光幻離宫，靈氣紛蟠鬱。凡兹險怪形，一一難盡述。縱比雁宕山，奇麗詎能匹。山谷詩：「懷嶺環城如雁宕。」我來乍見之，眩惑而自失。大地如文章，格局良不一。生面此獨開，窠臼真盡脱。造物何狡獪，惜哉此西粤。

棕亭教授以新正九日招客泛湖會者四十餘人分體賦詩予不及與即次原韵

往日邗江盛主賓，而今宏奬有何人。春風猶見開文讌，旅迹還欣與德鄰。狼籍詩篇憑甲乙，時以拙稿就商。蒼涼舊雨話丁辛。先伯父丁辛老人與棕亭先生交善。眼前大雅如君少，好爲詞場護此身。

年光節物并鮮新，索笑檐前負手巡。蜀井烹茶餘逸興，紅橋修禊記芳塵。儘輸風月歸名士，常與湖山作主人。貰酒典衣勤愛客，鬢眉奕奕動丰神。

重過萊州留宿海山書院諸生携酒話舊

諸子殷殷道義交，經年風雨咏鷄膠。雪鴻去後迷陳迹，社燕歸時感舊巢。再到有緣留信宿，多情豈忍遽分抛。應知未了三生願，又聽鼉更隔院敲。

不信今朝此盍簪，前燈款語兩情深[一]。林花已換春風面，庭草猶含舊雨心。良會休忘宜入畫，清尊莫負且同斟。蓬山萊海無多路，有意還期策蹇尋。

【校勘記】

〔一〕「前燈」，疑當作「燈前」。

馮金伯

字墨香，南匯人。貢生，官句容訓導。有《墨香居詩鈔》。

鄭磵南棟屬題磵南漁隱圖圖爲雪樵筆。

雪中樵夫得樵趣，磵南漁者無漁具。形神相得衡宇連，托迹漁樵久爲侣。我先識樵繼識漁，樵兄漁弟常相於。不樵不漁非善策，爲樵爲漁未定居。凉雲篩空秋暑薄，肴核堆盤勸深酌。酒間示我一幅圖，緑蓑青箬元真徒。雪樵妙筆山樵比，兼多題句同璠璵。洞口迷津誰所記，山中柯爛事尤异。闌入漁樵隊裏游，始信神仙在人世。飲君旨酒爲君吟，人生不患寡同岑。試將江渚漁樵曲，譜作雲山《韶》《濩》音。

端午後五日楊仁山招同人集春水船分韵得船字

小閣憑欄意渺然，蒲觴泛後更開筵。揭來風雨譚心地，如上江湖載酒船。七里溪光浮檻外，一奩山翠落尊前。依稀李郭芳踪合，岸幘微吟即是仙。

慧上人别後寄懷一詩次韵奉答

雲構翛然水一灣，息機誰似遠公閑。去時預約來時候，興在凉秋淡靄間。

史善長

字誦芬，號赤厓，吴江人。諸生。有《秋樹讀書樓集》。

《蒲褐山房詩話》：誦芬從其尊人客游秦隴，其詩鏗鏘激楚，殊有北地之風。既而從秋帆制軍於湖廣，苗民未靖，楚寇旋興，誦芬來往荆襄，日親焚突之慘，故形之篇什者，雖一哭六太息不是過也。

體材似本杜陵，而諫詞琢句〔一〕，得之謝康樂、鮑明遠者居多。

【校勘記】

〔一〕「諫」，當作「煉」。

抵武昌節署項大喈鳳諸君招集獲秋帆制軍手問詰旦即行賦此爲別〔一〕

夕陰亂人烟，曉色辨江郭。言尋漢上春，隔歲梅破萼。相携昔雨諧，未背晨風約。流連繼昏朝，瞬息越晦朔。念我閒關至，鋌險事戎幕。對花眼暫明，燒燭酒互酌。忽指高樹影〔二〕，初月挂樓角。三春去堂堂，萬馬走濯濯。浹旬戰良苦，彌望氛甚惡。楚鋒本慓狡，盛化久耕鑿。胡然作瘈狗，毋乃類甌爵〔三〕。亂絲須亟斬，厝火竟自灼。舉烽遍荆襄，帶甲及關洛。廓清仗公才，戡定表王略。却思西南徼，巴漢接筰笮〔四〕。龍蛇之所藏，山野遠包絡。是非扼其隘，牽合勢相薄。頗懷杞人憂，敢附魯叟諾。尺書昨催赴，褲褶亦易着。周旋惜朋簪，忼慨聞戍柝〔五〕。愧無箸借籌，恐致手傷斫。夜闌不成醉，起舞亂鷄喔〔六〕。

【校勘記】

〔一〕「抵武昌節署」，《秋樹讀書樓集》卷十五作「甫抵署」；「諸君」，作「黄二澗張大琦沈大家瑛分

夜」；「秋帆制軍」，作「尚書」。

〔二〕「影」，《秋樹讀書樓集》卷十五作「顛」。

〔三〕「毆」，原作「毆」，據《秋樹讀書樓集》卷十五改。

〔四〕「笻」，《秋樹讀書樓集》卷十五作「邛」。

〔五〕「析」，原作「析」，據《秋樹讀書樓集》卷十五改。

〔六〕「亂鷄」，《秋樹讀書樓集》卷十五作「鷄唱」。

馬鍾灘

半陂純浸山，水落不到土。連綿石角齊，戢戢盡南俯。平流曲猶紆，瀉影粲可數。絢知丹翠開，潤得金碧聚。螺旋一匡束，逼仄斷鬼斧。雙磯截層瀾，齾齾鴟吻吐。東西望轉駛，所過僅垂縷。松梢遞清磬，遠出蕭寺古。瓢笠計亦佳，風波意增憮。

募鄉兵

朝募兵，夜募兵。府帖火急無留停，排門比户抽强丁。一丁百錢米一升，官爲支給以日程。宜

施郎介山峥嶸，下游黄漢上襄荆。水陸攔截繁于星，追逐逋寇絶亂萌。費帑百萬不得贏，要使曠野皆堅城。椎埋惡少多竄名，磨刀霍霍喧相争。十里五里險隘憑，路難澀棘敢漫行。殺人爲功官所令，手毒漸覺軀命輕。肉肥酒大羅羶腥，飽食且贍妻兒生。一賊不獲官不刑，有時斬馘群矜能。告身百道飛如蠅，羊頭狗尾彯長纓，一笑目已無公卿。昨者大將方南征，瓜期未代烽烟横。爾曹擊賊吾亦懲，借力終恐違師貞。何當彎弧射欃槍，銷甲散伍歸春耕，勿忘軒轅歌承平。

樊城火

《白銅鞮》曲歌未央，黄龍壋内賊已藏。收召黨與數逾萬，遍掠丁壯搜資糧。所過村落半焦土，徑欲直北窺南陽。將軍持重不輕戰，留屯樊口爲民坊。彈丸吕堰地扼要，斷頭一尉甘國殤。王巡檢翼孫。凶徒得勢大充斥，百里素積三秋霜。樊侯遺築蔽江滸，直以一面當全襄。誰司戎柄撤兵衛，退保不復完封疆。可憐烟火十萬户，一炬頓逐灰飛揚。投鞭南岸水倒立，郭門雖閉憂唇亡。登陴守死太守責，親率羸弱重裹創。怒雷晴空出樓角，陣雲黑壓如頹墻。將軍拊手賊圍潰，危城安堵謀其臧。吁嗟乎，危城安堵謀其臧！君看千載舟車會，猶有星星徹夜光。

聞述庵先生予告歸籍率成長句奉寄[一]

行年七十階二品，更有文章燦於錦。書生奇福古難兼，公備享之疑太甚。登朝晼晚四十秋，銜命作伯半九州。持衡北冀多名馬，執法西曹重爽鳩。棹頭只願尋松澱，休沐經年勞帝眷。此去能忘戀闕情，重來尚致臨淵羨。聖主殷勤念老臣，扣墀封事再三陳[二]。賦歸田似張平子，乞鑒湖應賀季真。詔許還山猶未忍，潞河春淺風凄緊。三月桃花暖浪融，一帆柳絮輕舟引。聞道郊居晚計成，江干遥指德星明。錢少詹事大昕。王光禄鳴盛。無恙袁太史枚。盧學士文弨。健，詩酒相於意氣傾。舊築漁莊臨泖口，泖外青青烟點九。屢因圖畫借人看，果有綸竿落公手。蒲褐房通鄭學齋，禪宗儒術公能該。著書十萬《娜嬛記》，繞屋三百羅浮梅。門生多少籃轝側，獨我羈栖歸不得。前度常憐爨後桐，近來似著裘中棘。暫托江湘亦偶然，蹉蹉攬鏡惜華顛。向人自負凌雲氣，知己難爲流水弦。苦求榮利今何補，一霎飛光疾於弩[三]。低頭只合拜名經，舉足真如避阿堵。戒装粗就待殘年，仍擬讀書秋樹邊。雲亭重到非生客，頭白侯芭問《太元》。

【校勘記】

〔一〕「句」，《秋樹讀書樓遺集》卷十三作「律」。

〔二〕「扣」，《秋樹讀書樓遺集》卷十三作「叩」。

〔三〕「一霎飛光疾於弩」，《秋樹讀書樓遺集》卷十三作「眼底霸才誰是主」。

當陽紀事〔一〕

楚客頻游處，年來却厭兵。依劉直失計，薦禰况虚名。落日隨飛鞚，翔風卷急旌。四郊多戰壘，何地置蒼生。

聽説襄鄖路，窮黎實健丁。詐佯衷楚甲，狠比毒秦涇。此輩能輕貰，惟宜用重刑。鈎聯及關洛，要處仗牢扃。鄖賊冒良民詣官營，輒身懷利刃，乘間殺掠以去。襄賊又混入難民，謀以毒藥分投各城市井水中，俾汲飲者，及被獲，始悉其狡。

斬關纔得勢，堅壁敢偷生。孰任龍驤責，翻教兔窟成。斷虹開玦影，驟雨挾潮聲。困鬥知難久，諸君速蕩平。既破東南二門，賊堅守西北，中亘寨栅，凡樓墻皆爲細孔，施放槍箭。我兵累攻不克。是日大雨。

【校勘記】

〔一〕「紀事」下，《秋樹讀書樓遺集》卷十五有「十六首」三字。此處爲第一首、第八首、第十五首。

襄陽紀事〔一〕

霸上真如戲，枋頭悔已遲。裹糧煩轉戰，卷甲費窮追。漫礪王孫劍，虛搴鄭伯旗。莫膺焦爛賞，史筆有微詞。恒將軍、永都統并晋宫保銜，賜雙眼翎。永公總統湖北軍務。比日官軍屢失利。

太息花都督，青溪掃賊屯。直窮九折險，暝入萬山昏。竟落魚門胄，難歸白狄元。死綏更巴蜀，誰與賦招魂。貴州青溪賊起，提督花公連布既戰勝，乘夜追襲，路迷被害。近接四川文報，兩總戎亦同日陣亡。

今日傳中旨，祥雲爛九霄。檻車徵鄧艾，節鉞付班超。兆卜金甌固，疆連玉斧遥。酬恩公等事，協力贊熙朝。永總統被逮入獄，詔以惠公保齡代之。秋帆制軍銜命南行〔二〕，綜理苗疆善後，蓋撤兵之奏至是始驗。

【校勘記】

〔一〕「紀事」下，《秋樹讀書樓遺集》卷十五有「十三首」三字。此處爲第二首、第八首、第十三首。

〔二〕「秋帆制軍」，《秋樹讀書樓遺集》卷十五作「尚書」。

過述庵先生經訓堂及所創祠塾有作奉寄

如對春風駘宕人，倏然幽築遠囂塵。常求插架貽群從，欲待歸田謝雜賓。花木幾時邀拄笏，烟波終擬伴抽綸。謝公無限東山致，珍重蒼生萬里身。

諸葛武侯草廬二十韵

豈料烽烟暗，飄零至漢濱。濟時思俊杰，多難惜經綸。郡古傳耆舊，才高托隱淪。幾能生并世，不復見斯人。蜿蜿罔龍偃，飛飛瓦雀馴。後來無管樂，此地即磻莘。少日容堅卧，衰朝肯致身。三分留宇宙，一德冠君臣。委任知何忝，籌紆若有神。虎賁嚴北伐，鑾輅肅西巡。絶魏名難假，連吴誼自親。惟當誅國賊，先在睦强鄰。歐血愚忠竭，攻心智略醇。旄頭星慘澹，陣角石嶙峋。盡瘁言終踐，歸耕志未伸。乞閑重抱膝，矢死益沾巾。遺貌丹青永，虛堂結構新。大名懸日月，正氣鬱松筠。孰任登壇寄，常淹閂將辰。微吟作《梁父》，天地正風塵。

王炘

字子乘，上海人。諸生。有《吴淞草堂詩稿》。《蒲褐山房詩話》：子乘少學温、李，多繁縟語，既而學宋人詩，故吴編修雲謂其如秋山木落，刻露巉削。信然。生平好飲，得腑疾以終，大江南北知名士競相感悼。蔣立匡、張子白、徐縵雲、汪太章裒其詩選刻之。

西磧山九峰草廬

東辭光福塔，西陟銅陀嶺。緣山委蛇行，復得幽邃境。草廬何年闢，老木已生癭。九峰羅户庭，日夕异光景。登臺發長嘯，坐攬三萬頃。遠岫浮若沉，去帆動如静。湖山最高處，俯仰塵慮屏。試酌白魚泉，松風送清泠。

�莊圖爲孫緯蒼賦

我家淞水南，繞村種修竹。捎雲十萬個，日色變寒緑。風來疑笙竽，雨過若膏沐。恍泛瀟湘舟，如坐篔簹谷。今來客吴下，日飽花猪肉。胸中無千畝，那不令人俗。羡君居竹中，山環水回復。清琴對客理，素書置酒讀。何當肩輿來，經就茅堂宿。

同子白客門泛舟石湖即送子白東歸用坡翁題郭熙畫秋山韵

湖平如鏡山如環，山侵湖影湖吞山。山光水色兩蕩漾，詩人一葉居其間。菰蒲獵獵西風遠，蓼白蘋香送秋晚。美人别去我欲愁，嘹唳飛鴻度雲巘。白門楊柳烏啼霜，青溪之陰淮水陽。犀簪綉褲燈火夜，何似越來秋水光。上方高處看落日，七十二峰青一髮。後游有約君當來，貰取横塘酒千石。

伊道人於劉崧嵐便面寫焦山圖爲題長句時六月晦日

大江昔放八月舟，恨未一上焦山游。眼明忽睹此素箋，白銀堆裏青螺浮。吾聞焦先昔居此，飢拾橡栗渴漱流。林深衹與猿鶴侶，谷邃或恐蛟龍求。隱淪逃名名愈著，青山難免人窮搜。好奇昔已詫玉局，冒險今復來髯劉。孤筇崚嶒俯滄海，一氣呼吸通瀛洲。虛堂晝静對此畫，江風六月寒如秋。尻車神馬吾徑往，雲峰佳處應有茅庵留。

清涼山寺

石頭古禪院，高踞石城岡。竹柏滿山翠，烟雲一徑凉。秋晴開遠岫，江色入殘陽。曠覽久趺坐，虛空聞妙香。

蒲葦塘候潮題村寺壁

柳破東風緑未能，客貪春釀醉難勝。繞籬看竹驚眠犬，入寺尋梅起定僧。蒲葦潮來船解纜，龍華鍾動塔懸燈。雪泥偶著飛鴻迹，到處題詩記我曾。

邵步瀛

字梓風，常熟人。諸生。有《光音詩草》。

答素容

正是思君切，俄傳有報書。緑楊人去後，黄葉雁來初。絮語憐多病，柔情悵索居。迴環看尺素，神往賦歸歟。

寄酬永昌太守佛容齋先生

息影蓬門宴始開，更無屐齒破蒼苔。天涯踪迹三年隔，夜半音書萬里來。不是黄堂能愛客，可知青眼解憐才。蹉跎久負春明約，慚愧清時伏草萊。

新秋東蓮溪

新秋爽氣逼簾櫳，習静人來旅泊中。雲栖精舍顔曰「旅泊」。鳥夢乍驚梧葉雨，蛩吟先怯蓼花風。閑心此日清如水，浪迹當年轉似蓬。不爲逃禪聊息影，漫勞豎拂説空空。

赴黎陽路過新嶺恍在永昌道中感賦一律

山行無日不崔嵬，今更崎嶇一綫開。澗底水從危石轉，嶺頭人踏亂雲來。舊時險阻心還怯，薄莫攀援首重回。浪迹半生成底事，艱難空嘆馬虺隤。

夜　雨

閑理殘編對短檠，静聽檐溜落階聲。愁心恰比階前草，春雨廉纖逐漸生。

王汝翰

字西林，江寧人。諸生。

春　雨

當窗不斷雨絲斜，引得苔痕上碧紗。入夜最宜新種竹，捲簾可惜早開花。閼閼鳥語林間滑，閣閣蛙聲水際嘩。擬辦元真青箬笠，濕雲踏遍伴漁家。

濯遍長堤柳萬枝，潺潺恰與好春期。寒侵幽夢重衾覺，水長平橋畫舸知。芳草色濃歸路遠，啼鶯意倦出花遲。只愁緑葉從今滿，又誤尋春杜牧之。

湖海詩傳卷四十三

張興載

字坤厚，江南華亭人。貢生，候補訓導。有《賓稧軒詩存》。

《蒲褐山房詩話》：坤厚性情静穆，而體氣清羸，無心於科舉，雖例選廣文，非其素尚也。詩不多作，而中矩中規，無乖風雅。能揲蓍，本于尊人玉壘，玉壘本之從叔幻花先生，蓋《易》道參天兩地而倚數，故後來數術，如太乙下行九宫風角壬遁之術，無所不包。而孟喜卦氣，康成爻神，虞翻納甲，荀爽升降，京房飛伏，皆可紬繹而推之。然孔子獨取大衍之數入于《繫辭》，因《易》以出贊神明，非此無以通陰陽之撰、造化之微。而《周禮》太卜掌三《易》，皆以蓍爲用，其占動者既玩本爻之辭，兼變爻之辭，六爻不變，則取大象之辭。《左傳》所載十餘條，其辭不同《周易》者，則爲連山坤乾，其云以《周易》筮者，則爲文王所繫之辭，此古來蓍法之大凡也。《易》學衰微，號通經者亦復不知蓍策，予數十

年來，惟見兖州太守黄岡張君鳳鳴、雲南總兵錢唐華君封善用其術，所占無不驗者。著法京房而後，改爲父母兄弟妻財官鬼游魂歸魂之説，及六朝以十有八變爲煩，改用金錢，而揲著益失其傳。坤厚大抵本之《易學啓蒙》，而古法具在。予故命孫紹書往受其業，庶以廣聖賢之數學也。

唐六如村居圖卷歌爲姚芳淑賦

吴興公子嗜好殊，愛客出示《村居圖》。自云此圖六如筆，珍襲不啻青珊瑚。我恨六如多贋本，魚目慣以明珠呼。欣然展視明兩眼，毫端神秀難描摹。烟巒一碧秋遠近，江樹十里雲模糊。天光水色浩無際，凉風仿佛生菰蒲。就中一人擁書坐，風流瀟灑清而癯。硯田活計不足恃，可憐紡績勞妻孥。吾聞先生落拓不偶世，但解弦管醉紅襦。鉛華十載南國夢，解首猶復矜區區。觀兹畫意與願左，得毋老大懷吴都。太平日月容嘯傲，思歸耕鑿隨農夫。世外桃源覺荒幻，海中蓬島知虚誣。卷圖一笑謂公子，卧游今日其仙乎。

吴蒿田齋中敬觀先文敏公白描大士像

吾家從父筆奇矯，書畫出手天然好。御評八法繼羲之，十萬麻箋流布早。臨池餘技及梅花，鐵幹斜斜萼皎皎。吾生已晚不識公，愧乏囊錢收法寶。「法寶」二字，本御題《天瓶齋帖》。一朝忽瞻滿月容，痴雲居士舊祈禱。瑞像知仿十洲仇，《心經》兼摹松雪趙。款云仿仇英畫相，臨趙孟頫書經，送痴雲居士供養。莊嚴瓔珞藍鬖髻，衣摺無多澹墨掃。得未曾有珍重看，歡喜贊嘆熱龍腦。底須更圖紫竹林，恍疑身在普陀島。吾聞從父悟三乘，慈雲妙相由心造。是幀臨寫更絕倫，人書到此俱已老。相見明窗下筆時[一]，海波無聲佛日杲。留傳宛有神護持，篋衍適逢我探討。敢嗤故友葛蒸田，贋鼎示人太草草。蒸田名泳，善摹文敏公書畫。

【校勘記】

〔一〕「相」，當作「想」。

岳祠銅爵

爵高五寸六分，中容四合，重四百八十九銖，中鐫「精忠報國」四字，左側有小印曰：「岳珂建造。」今藏桐川金鄂岩家。

半角山河不復存，靈祠宗器照乾坤。孤臣地下歆家祭，异代人間識酒樽。碧血長埋三字獄，黄封想紀九重恩。珂有《紀恩詩》。綉旗湼背摹文在，一奠南枝一愴魂。

太息紅羅輟岳旗，背嵬痛飲竟無期。君王繼統旌忠孝，名將生孫奉鼎彝。緑醑百分澆墓日，丹心一寸勒銘時。憐他魏國鎔金碗，賞與三軍世不知。張俊鎔金碗飲兵將，將官即以予之。見《四朝聞見録》。

沈　靖

字安成，鎮洋人。諸生。早卒。有《葯園詩鈔》。

游千佛山

步出城南隅，風日弄晴態。青山迎面來，婉孌静可愛。雲霞倏興没，林木互晻藹。拾級躋層巔，聳身出塵界。冰洞窅以深，凍泉落珠琲。雪消石磴净，苔古佛髻戴。琳宫夢響沈，諸天花雨灑。振衣千仞高，憑闌萬景會。鵲華舞烟鬟，娟然妙相對。間以蓮子湖，湖波激清籟。勝情虚十年，放眼始一快。斜陽促我歸，臨風發長慨。

銅陵舟中望九華山

昨過五松下，置酒恣瞻眺。扁舟任超越，奇景迭縈繞。匝岸紛蒼霞，沿江媚幽篠。推篷揖九華，奇秀入襟抱。連峰既婉孌，單椒復窈窕。木落黛更清，雲動氣逾悄。陰厓垂古藤，夕霏潤衰草。行役信悠悠，羈愁正渺渺。濠梁莊子樂，青山謝公老。遠游豈所歡，聞道苦不早。何時弄烟霞，貞素常自保。

正月十九日大雪同家兄赴吴趨即送其計偕北上

鬧蛾節初過，氣候益凛烈。紙窗朔風鳴，曲澗凍泉咽。晨起眄庭柯，院宇皓以潔。初疑現空花，旋訝霏玉屑。所嗟負米游，年年怨離别。阿兄上長安，病羽思振刷。辦裝本無資，内顧更憂惙。短衣不掩踝，布被冷如鐵。衝寒涉長途，行李致蕭瑟。眠食祝高堂，相對兩難説。同舟一夜心，輾轉夢恍惚。行矣慎羈旅，雲路自空闊。平安早寄書，屈指在三月。惘惘送遠行，依依瞻魏闕。好待東風和，冰花散林樾。

簇蠶詞

南山桑葉春萋萋，大婦中婦相扶携。手執籠繩上山去，采桑飼蠶蠶欲齊。蠶簇編成蒿草細，密室無風紙窗閉。三眠四眠蠶長成，焚香更向蠶神祭。蠶娘辛苦蠶不知，但願今歲多新絲。不織流黄不織錦，將絲换米療我飢。誰家艷服光耀日，皆自寒閨手中出。

雨中渡清江閘

急流束縛怒不平，十里五里先有聲。峭帆無力不可上，兩岸衝激方訇訇。飛廉惡劇送雨至，打頭逆浪如雷轟。船頭高下船尾横，榜人股栗目盡瞠。我身托舟舟托水，性命直與洪濤争。長繩百尺當頭縈，如魚登木蟻磨行。道旁擊鼓兼鳴鉦，千夫踴躍心力并。須臾出險雨亦晴，一輪紅日將西傾。急呼杯酒坐斟酌，篷窗掩映波光明。舟行逆水總如此，風波小試何須驚。

題十八羅漢渡海圖

海天莽莽吹怒濤，騰波訇訇驚回飈。百靈雜遝蜃樓現，黎衣金縷來飄飄。寶纓梵相盡奇古，妙光照耀三山椒。一人携杖驅馬驕，一人執拂鞭神鰲。驪龍夭矯奮長鬣，猛虎馴伏無雄虓。一人合掌坐奇獸，非貙非貄非猰貐。枯槎七尺四人立，便衣掃塔長眉飄。鯤鱗螺蚌各浮渡，蓮花蕉葉輕乘潮。是時月上風怒號，沈雲黯黯星辰高。天吳前導罔象懾，呵歘萬怪皆潛逃。神珠熠熠海童立，天琛隱隱雲旗捎。自從象教入中國，抽衣解髻元言超。阿難化身幾萬萬，玉書一册愁烟消。窮溟跣踔古所

嘆，亦有挂罥悲岑嶔。踏流飛過著奇迹，笑彼勺水浮堂坳。吁嗟衆生那得渡，徒示幻相愚童髦。大千世界盡極樂，何必托鉢松花挑。幾時晨風送爾去，各返靈鷲間逍遥。畫師傳神筆倏儵，無諸奸魗窮纖毫。黰丹黕粉細點染，奔雲屑雨紛蕭騷。紙窗展玩嘆奇絶，但覺耳畔聞颼飂。夜深放歌愁老蛟，一笑辯舌豐干饒。

靈芝歌爲述庵先生賦

許慎作解字，芝也稱獨神。春風飄摇吹不起，要待和氣培靈根。我公家住九峰側，流傳世澤高名門。先人丙舍鬱佳氣，百弓地占秧田濱。惟春二月歲辛亥，墓田百草争懷新。挺然一本最奇异，重英連葉房初分。乍疑蓬萊山頂墜下丹鳳腦，又疑珊瑚海底現出蒼龍鱗。不然九光七明盤碗石崖上，松枝百丈何時却吐凝脂痕。經時不凋亦不萎，堅貞之質同雙麟。寶光夜射七寸鏡，毋乃種自句曲三茅君。采之展玩洵可寶，藏以錦匣流清芬。傳觀四座盡色動，异瑞可以垂千春。我聞芝草本是月精化，玲瓏幻出神功存。瓊田瑶島衆仙宅，中有靈氣交氤氳。玉胎墮地色温潤，鹿銜鳳吐各各全其真。銅池宛宛九莖耀，玉殿肅肅三花尊。王者偶獲見奇産，猶然作咏來儒臣。佳城葱蘢乃得此，遂令遠近争傳聞。是時先生位通顯，席上一一羅奇珍。芝生乃是得人瑞，惟家之慶實國禎。竭來歸

田返初服，漁莊春水方粼粼。摩抄此芝意不厭，寶蓋熠熠含精純。入山靈寶那用佩，笑彼博戲鋤崑崙。願公沃以湛湛之甘露，覆以縵縵之祥雲。奇英世所貴，常保德潤身。金容玉華互映發，山中歲月仙中人。長歌紀瑞詞不文，傳之足與齋房露寢同芳塵。

畫山水歌贈嘉定陳進士詩庭

平生具勝情，踪迹困株守。朅來看畫嘆神奇，大好江山落君手。吾婁畫手推三王，流傳尺幅珍琳瑯。咫尺千里縱遠目，晴天風雨生虛堂。陳侯愛畫入骨髓，論畫真能得畫理。解衣盤礴工揣摩，山真山兮水真水。當其作畫凌清晨，隃糜一斗松烟新。觀者屏息不敢議，待君揮灑驅烟雲。陳侯對此雙眸定，旁人呼之曾不應。須臾落紙墨花飛，神致如生氣雄横。乃知此事非苟成，用志定者神斯凝。包鼎畫虎作虎勢，子昂畫馬作馬形。君也胸中置邱壑，遂令下筆烟霞生。豈惟丹青擅奇絶，陳侯才調真超越。風月俱歸濯錦腸，咏歌自掉生花舌。錯被人間唤畫生，畫生名字人争説。陳五自號畫生。今年握手常相於，知君學古良非誣。好將餘事寫縑素，經營亦自開榛蕪。乞君更試淋漓筆，爲補《西窗剪燭圖》。

大風渡黄天蕩

檣頭五兩晨飄颻，熹微旭影涵山椒。舟行難得好風日，江平似鏡晴烟捎。十幅蒲帆疾於鳥，篷窗盡拓波光摇。金焦兩點忽明滅，鍾阜天闕紛相招。須臾逆浪如山高，沈雲黯黯風怒號。江豚摇尾作人拜，巨魚奮鬣乘波驕。奔騰泙湃不可睹，船頭白雨如珠抛。長年色沮我獨喜，中流擊汰心神豪。陟險安能恃忠信，賦命本薄輕波濤。詩成擲筆驅靈潮，狂歌拍手驚老蛟。如斯壯游亦不惡，笑彼踪迹淹蓬茆。石城明日更回首，一江奇境煩鈎描。

舟中聞雁

篷窗寂寂悄寒生，嘹唳霜天幾雁聲。似爾迢遥方北鄉，有人憔悴尚東征。夢回鄉國風初厲，水落沙灘月自明。一紙家書何處寄，暮雲千里不勝情。

蕪湖江行

一棹纔過捉月亭，魯明江口復揚舲。磯頭雲氣封祠樹，山外禽聲和塔鈴。客路尚憐吴岫碧，波光遥接楚天青。行人莫唱湖陰曲，樂府淒凉不忍聽。

壽述庵先生八十

優游杖履澱湖濱，緑野堂中樂事真。南極星辰原拱斗，東山歲月自長春。名高四海尊耆宿，身歷三朝重老臣。投紱歸來俄十載，夢魂猶自戀楓宸。

胸藏萬卷氣如虹，早歲聲華達九重。掌制樞庭常儤直，紆籌幕府又參戎。馬卿喻蜀文偏重，韓愈平淮筆最雄。麟閣曾聞同錫宴，書生奇遇幾人同。

常持英蕩走騑驂，帝眷良臣命屢覃。觀象乍傳虚貫索，量才又喜盡楩楠。胸襟何止容卿百，事業真兼不朽三。十畝漁莊歸去穩，杏花春雨滿江南。

鬚眉如雪劇清臞，賜杖行春手自扶。白傅早編《長慶集》，伏生還有《授經圖》。皈依馬帳皆名

士，聲價龍門仰大儒。玉筍班中諸侍從，從游多半是門徒。

選樓高迥與雲連，盟主騷壇六十年。鐵網論才群彦集，弓衣綉句百蠻傳。案排綈槧陰逾惜，筆吐滂葩老更妍。海内文章歸月旦，篋中行卷手親編。

校讎考訂互喧譊，正業誰人建斗杓。經術源流兼漢宋，詞章根抵溯風騷。學通今古才猷富，養到身心氣象超。更向行藏徵定力，歲寒松柏信難凋。

徐熊飛

字渭揚，武康人。貢生。有《白鵠山房詩鈔》。

《蒲褐山房詩話》：渭揚生長吴興，得山水之勝，故詩多清峭，風骨超然。與王柳村、石遠梅、吴楚諸詩人弦詩鬥酒，江湖名士未能或先。阮芸臺中丞開詁經精舍于西湖上，招集浙中文士三十餘人，而春華秋實，兼擷其長者，亦當以渭揚爲翹楚。

白蘋洲懷柳文暘

山椒激微風，陵苕媚芳澤。遥瞻隴首雲，忽憶瀟湘客。汀洲澹容與，一鳥破寒碧。波影霽澄輝，蘋花吐微白。何處蕩舟人，漁歌遠天夕。

宿竹林庵懷邵童溪澂

僧房竹樹青，雲影在空翠。無風花自香，寂歷得禪意。山空天早寒，鐘定月西墜。風泉度遥嶺，石髪冷平地。荒徑百蟲喧，圓蒲一僧睡。入山君有期，采藥我先至。飛夢落遥天，涼秋千里思。

石遠梅鈞招同邵子雨澍金雪槎學潮自支硎山抵天平兼尋下白雲洞

繫纜青楓根，看山白石路。人家交爨烟，鷄聲竹中度。林巒媚秋爽，節序感新故。溪雲淡不流，籬花寒未吐。崇岡引西嶺，樹色莽迴互。飛蘿裊空岩，山鬼睇寒霧。行行就遥岑，尋途日將暮。

白雲釀泉源，秋響滴岩洞。下有金光草，神仙帶雲種。入門石氣青，松鼠竄梁棟。窗諠竹籟繁，庭暗蘿陰重。空香從何來，冥心與之共。天花不著我，無勞梵聲諷。

商山四皓博奕圖

商山四老人，高帝不能致。太子在青宮，招之等兒戲。我疑留侯出奇計，優孟衣冠定其事。不然四皓已鴻騫，與人家國復何意。風吹長陵一抔土，商山如龍欲飛舞。英雄遺叟兩寂寥，畫圖仿佛鬚眉古。泉聲潺潺溪路長，繞山曲折通石梁，上有幽竹羅平岡。四人圍棋坐相對，耳邊寂歷松風香。浮雲隨風去不息，石上靈芝光五色。在山不奉明主詔，豈肯爲人作羽翼。黄石素書精入神，董公奇策叩馬陳。漢家舉事多老人，姓名一種垂千春。入宮天子駭顔色，何人能辨僞與真。君不見赤松仙人不問世，意態自是無懷民，何必出而圖吾君。

仙人篇贈王柳村豫

仙人意氣凌滄洲，振衣天末之飛樓。大江西來數千里，烟波日夜窗中流。乘雲追風結遐想，落

日倒景空岩幽。素琴彈清商，石上風颸飅。明月出江水，白鶴聲相求。碧桃參差已成實，一開一落三千秋。飄然從風下吴會，有時倒鞚黄金虬。太湖三萬六千頃，化爲美酒浮糟邱。仰攀斗柄對天酌，醉來不脱青貂裘。笑謂安期生，爲我彈箜篌。飛泉無聲紫霞夕，西風落葉驚梧楸。翩如征鴻不可留，臨行贈我珊瑚鉤。手無蒼藤緑玉杖，安得萬里從之游？芙蓉落青天，白雲無時休。瑶草一以秀，麋鹿呼其儔。我欲揚舲弄秋色，風塵不上沙棠舟。三山二水倘相待，與君浩蕩隨輕鷗。

唐雎帶劍上殿圖

虎狼之秦誰敢攖，布衣一怒天子驚。彼何人者唐先生，干將出匣摇秋星。攬衣上殿辭不屈，叱咤萬乘如孩嬰。晝圖兀突森勇氣，劍光上逼秦皇帝。堂高九尺北風寒，貫日長虹色凌厲。先生受命安陵君，獨持大義摧狂秦。不然彤庭盛環衛，玉具那敢批龍鱗。安陵之地五十里，危哉賴有先生耳。從來大勇由義立，白髮盈頭皆上指。乃知生劫非良謀，匹夫之勇誠堪羞。荆軻匕首擿銅柱，自此秦王并九州。

偕耕南先生訪金山人鎬

鳲鳩逐婦林梢啼，雨無其極風凄凄。鶯花一半到寒食，穠桃亂點春郊泥。今朝霽色滿平野，鴨頭水長青玻璃。過橋曲折苔徑滑，兔葵燕麥連荒畦。江村自古足魚蟹，五里十里循沙堤。人家高下掩松竹，茅屋向背忘東西。暖風昨夜破萌甲，門前楊柳青絲齊。辛夷百尺花照眼，破籬掩映紅棠梨。孫登祠屋緑蘿擁，歲久寂寥成招提。粥魚齊鼓動清晝，石臺人静風幡低。松聲一屋醒午夢，山人睡起扶青藜。我從束髮客滄海，好求遺逸尋岩扉。相逢何物可持贈，門前香草生清溪。影堂相對悟禪寂，吾無隱爾花成蹊。歸來步步踏明月，浩歌驚起雙鳧鷖。

楊蓉裳吴瘦夫石遠梅邵子雨金手山王柳村同集金閶亭送蔡芷衫先生元春歸金陵

太湖秋水生，輕帆疾於箭。蔡侯渡江來，手持白羽扇。金閶門邊一相見，華髮盈頭目如電。飄然引我離風塵，芒鞋同踏青山雲。興來題詩滿僧屋，長虹破壁摇星辰。大江西來裂地走，昔日曾攀

武昌柳。招呼白鶴登峴首，氣吞雲夢有八九。歸來坐嘯碧山月，天下詩名滿人口。即今七十身尚强，上山下山衣履香。西風鴻雁去不息，目極萬里天蒼凉。天平山中白雲洞，菖蒲花發清風送。叔夜常隨麋鹿群，景純不斷游仙夢。坡前倒拖緑玉筇，濯足飛瀑摩青松。文章知己古來少，今日之日俱相逢。酒闌握手斜陽暮，笛聲吹出長亭樹。湖山秋色正蕭爽，草莽交情肝膽露。一夜鄉心向秣陵，復持羽扇横江去。

同子雨宿山寺觀燒

木葉落盡山蒼然，風晴雕鶚盤清天。江鄉十月罷農事，村舍遠近鳴烏鳶。故人招我入林去，荒徑百折東皋田。繞山行歌足不倦，松柏十丈流飛泉。岡頭佛屋壓山破，紅墻緑柱紛相連。入門洗足深夜卧，星斗爛漫臨窗前。道人忽報山燒發，攬衣同上青山巔。長虹怒飛幽谷底，一片騰出空林烟。迴飆亂捲赤龍立，電光疾掃朱蛇懸。紅輪焰鳥互出没，影入空翠争盤旋。雷公長驅爆山骨，丁女振彩行珠軿。燔毛燎血舞零亂，千尺遥見紅雲旃。狐貍跳踉木客遁，黄蘆苦竹空芊綿。迴岡斷壑不可阻，餘燒化作空中蓮。吾生奇氣頗自許，對此便欲成高騫。天風吹人立不定，山頭笑拍洪厓肩。歸來一枕北窗夢，鐘聲敲斷人間緣。

訪柏谷上人

維舟訪導師，踪迹白鷗知。水繞一村竹，花明何處籬。香臺尋舊迹，禪意入新詩。縹緲聞鐘磬，斜陽客到時。

吳梅村先生墓

靈岩山色暮雲開，高冢荒凉積翠苔。感遇自憐青史在，思鄉要乞白衣回。茂陵玉碗初明恨，江左牙旗庾信哀。依舊東風吹秀麥，牧童驅犢上琴臺。

題顧晴沙先生光旭響泉集

輪臺西北路漫漫，戀闕思親去住難。雲外蛾眉笻杖老，塞門風雪佩刀寒。文翁治化通羌部，充國聲名重漢官。歸卧九龍山下月，飄然烟水一漁竿。

寄顧晴沙先生

賀蘭西去鼓鼙聲，轉粟當年正用兵。玉塞橫刀家萬里，鐵衣磨盾夜三更。論功絶域風吹角，投老荒江月照城。絲竹登臨多感慨，未能高卧爲蒼生。

金 棻

字誦清，錢塘人。監生，候補員外郎。早卒。

《蒲褐山房詩話》：誦清生長綺羅，性耽書畫，嘗集明人法書刻之，名《清嘯閣帖》。尤愛惲南田筆墨，搜藏獨富。所至山水勝處，輒有題名。詩才輕蒨，如《幽居秋晚》云：「蒼苔猶有色，黄葉欲舞聲。」《詠簾》云：「隔院渾疑霧，齊檐不礙風。」《寒食雨中泛湖》云：「潑墨欲遮山寺塔，殘花半露酒家樓。」《理安寺》云：「藏經樓抱千重樹，法雨泉飛四面山。」亦堪諷咏。年三十餘而殁，西泠同學皆爲嘆惋。

葛嶺

嗚泉落幽澗，始與澄湖通。葉葉釣魚艇，摇漾空烟中。沙禽白於雪，深映葭葦叢。幽尋行徑紆，忽欲迷西東。遠見江外山，螺髻紛青葱。

蔣　莘

字覺夫，號于野，元和人。諸生。有《水竹莊詩鈔》。

林屋洞

靈山據湖濱，石路苦紆曲。筭輿自南來，遠遠度層麓。壁立千丈峰，誰人刳其腹。山根盡倒懸，仰視不敢觸。剪草除蛇虺，取經問童僕〔一〕。鼓勇着先鞭，側身入窮谷。斷碣掃莓苔，嗚泉散珠玉。舉步嘆泥濘，屢欲蹶雙足。隔凡别有天，不夜須秉燭。靈威尚可逢，奇字渺難讀。六書恐未通，欲往

慚縮朒。

【校勘記】

〔一〕「經」，疑當作「徑」。

山行

山行無遠近，好景若爲招。寺古藤當瓦，溪幽樹作橋。酒帘晴撲絮，餳市晚吹簫。指點西林去，言逢谷口樵。

曉起

疏柳剛新沐，空庭宿雨過。鳴蟲催曉急，病葉到秋多。苔老階猶滑，池平水不波。閑窗續殘夢，清境落岩阿。

蔣徵蔚

字應質，元和人。諸生。有《經學齋詩集》。

《蒲褐山房詩話》：于野兄弟時號「三珠」，應質之名尤著。應質賦才穎异，年未二十，已能讀群經注疏，又通《周髀》、《説文》之學。阮伯元閣學視學浙中，稱爲小友，延之入幕。遍歷浙東山水奇勝。其詩或清新微妙，或揮霍紛紜，靡所不有。與予同至揚州，曾運使賓谷亦愛重之。在竹西歲餘，得風疾，三載未痊。恐邱錦早還，江花已謝，不能復唱渭城也。

山居漫題

芳草有古意，白雲多逸姿。何須不得志，始卧南山陲。朝食竹間笋，夕剪園中葵。偶然步溪上，林影吹參差。君看岩石下，溪流無盡時。

春山

春風來幾日，吹綠門前山。白雲如識我，挂在高松間。我欲采芝去，獨行積翠灣。紫芝不可得，日暮荷筐還。

月下有懷

明月照我幃，廣庭宿霧濕。空閨自生寒，不爲西風入。天高木葉下，夜永砧聲急。望望隔秋河，露涼空伫立。

南峰寺

斜陽下招提，雲霧不没嶺。隔籬清磬聲，山色涵虚景。晞髪投石門，蘿雨濕衣冷。空龕下落葉，古木翳深井。高僧一以去，留此清絶境。觀泉體心涼，撫琴來鶴聽。待叩栖禪關，我識支公影。

山中晚歸

白雲生莫陰，飛度高峰嶺。但覺松風凉，不知歸路暝。循溪過蘭若，山僧入禪定。新月烟中流，微茫辨蘿徑。

石公山

驚波不肯斷，斗絶數峰矗。山石備萬象，溯湃轉地軸。長風駕高浪，落葉號古木。秋色湖上來，蒼然瀉寒谷。岩乳垂離離，嵐氣森肅肅。洞瓔古龍蟠，石怒猛虎伏。歸雲字罅漏，孤松一頂禿。岌業竄鼷鼠，空明飛蝙蝠。石琴與石梁，勢似鬼工築。劍樓聳天畔，雲梯架山麓。造化供雕鐫，取象一何獨。是時秋雨餘，朔夜月當朒。絶頂望烟螺，罨靄波中緑。居人傍岩坳，霜清橘櫾熟。長嘯來鶴巔，試伴猿猱宿。

雨宿包山寺

雨過衆山昏，湖光尚餘景。殘鐘度溪水，言入招提境。落花滿蘭若，面佛得所請。山僧四五人，導客煮清茗。遠響振寒葉，莫靄散鹵嶺。雨止松色深，寒潭照人影。濕翠窗户寒，坐覺秋衣冷。夜久寂聲聞，禪心半偈永。何待鐘魚清，夢覺發深省。

縹緲峰

七十有二峰，縹緲此獨尊。直上勢無地，半嶺風烟昏。罡風吹古木，天闕手可捫。驚波流足下，倒插虚無根。絶頂俯吴越，窮髪留青痕。烟驪馬迹出，猋掣東溟奔。萬山泄尾閭，蒼然歸海門。鼉鼉自拜舞，烏兔爲吐吞。嗟此左神居，金庭至今存。青鸞不可驂，何由眺重閽。倒景俯長嘯，壯觀誰與論。

跋萬氏石經考後

漆書定蘭臺，偉哉議郎力。張馴《水經注》作「訓」，恐誤。與日磾，當時固名德。皇皇闢堂門，落落深鐫刻。碑成萬手模，車兩自填塞。雖喜聖籍尊，可惜漢運亟。洛陽既淪陷，銅駝盡荆棘。四十有六枚，存毁固非一。正始紀衛恒，延昌傳江式。師法無差訛，水濡而火熄。誰遺㬎贔馱，荷此大手筆。遭厄遇石虎，陝津痛沉蝕。兵燹之所餘，金寒水能泐。自此下唐宋，各見樹屴崱。要夫尊經功，陳留其首特。道元論碑數，紀載不可及。黄伯思。趙明誠。逮董逌。洪，适。諸家辯無忒。寧人及太冲，踵事最詳悉。善哉萬先生，繼起奮補緝。力洗齟齬辭，論一常得十。我思古經存，乖啎勢孔岌。苟非立碑石，參謬孰能識。亥豕帝虎文，賢聖同一泣。《書》僞《易》《禮》淆，此事足於邑。再拜告學人，識字本所急。

永樂二十年古刺水歌罐上鐫云：「永樂二十年熬造古刺水一罐，净重三斤，罐重四兩。」

孟養之鹵吾洞南，擺古濱海緬所貪。哀牢山連九隆地，暹羅大甸交戈鐔。忽哥子死沐英鎮，荒

徼革面紅牌函。永樂四載始入貢，潑地那浪譯所諳。宣慰司一長官一，分疆直到茶山嵁。芬陀水制厥包貢，得無遠汲蘭滄潭。深宮密合黄封署，熬成細字鎸金奩。是時南交正深入，鬼方遠克三年三。揚威查里張撻伐，土酋膽落羈縻甘。此水自隨戎幕進，甲煎沈速花香含。一甌擎至宫娃遞，氛氲頗似君恩覃。御衣小炷清殿閟，船回取寶洋彝趁。北征歌凱獻捷罷，四方無事戎馬戢。以後方物計歲入，洪熙宣德蠻荒妉。土木難興失遠略，達賴蠶食何能堪。木邦孟密互吞據，六宫遂絶香篝䭐。流傳小物亦非偶，控馭殷鑒知誰儋。前朝事往遽增慨，銅仙鉛淚將無憨。

崔道母伏生授經圖

入關未除挾書律，六經燼餘紛補殘。齊南博士抱脱簡，二十有九數不刊。潁川掌故朝家令，奉詔往授智則姍。老不能言女傳教，衛宏序語來無端。惟生壁藏有明據，正史遷固文難删。歐陽夏侯親著録，再傳尚得聞兒寬。堂堂漆書豈不貴，何必咿啞煩雙鬟。登來貨化語言异，後儒穿鑿興波瀾。當時實事本非是，師古引用難詰盤。航頭僞誓太康末，古文孔壁巧索瘢。一手力掩萬耳目，出奴入主晋宋還。紛綸割限界今古，枚賾劉焯膚無完。顧此傳聞事非一，畫師今得觀崖丹。丹也崛强節介士，窟室餓槁甘飢寒。獨解尊聖愧浮學，落筆深意存其間。智囊刻削激國變，尚古奥誼高難攀。弟

子流傳失師説，事或可信非等閑。紛紛疑竇特障我，讀畫直作聟經觀。

謁王文成公祠

良知學始文成公，左顔右孟相雝容。心齋語固出莊叟，尼山一貫將毋同。初歷曹郎見風節，龍場謫豈吾道窮。苗獠化道居非陋，蠻貊行矣本諸躬。督師電掃浄横洷，寧藩南贛空言功。爾時讒佞惑簧鼓，九華宴坐君心通。程朱正學公豈背，後儒自作長城攻。鄉賢有派足興起，公非於陸無折中。白沙定山雜儒釋，况公并未稱禪宗。人生之蔽在無耻，赤子心足開昏蒙。庭杖既開士習廢，闖門奔走斯頽風。公倡是學挽末俗，狂瀾復障歸諸東。試觀後來士習卑，三案與國持其終。念臺清修世所尚，系出公學追公踪。東林高顧亦私淑，九死必不附進忠。實學之效乃若此，有明一代昭發矇。我過公里謁祠宇，真才治世豐趺隆。龍溪德洪皆嫡嗣，狷狂止一顔山農。大書壁間洗公謗，在天正氣如長虹。

海忠介公瓦章

其介可以擊貪吏，其忠可以方比干。三楊死後一疏上，滿朝動色嗟心寒。市棺訣死誠如此，海瑞之言無不是。小臣犯上果何爲，談笑原思付西市。諫書紙紙飛血痕，此瓦豈是連城珍。職司風憲亦何事，不隨玉石崑岡焚。臣言是否臣不顧，再起田間清節固。瓦全玉碎豈容心，鉛刀不折名如故。棱棱圭角風霜多，有如公節不可磨。紅泥鈐處色黯淡，當時手澤今如何。觸邪不少懷中笏，可惜讒言終猖獗。休從地下説孤臣，此即錚錚御史骨。

向友人處借崔鴻十六國春秋長歌簡之

典午之末群盜起，七王骨肉爭相殘。鹵河豪杰盡羌落，元海首事開兵端。先業奄有復五部，聰曜更代謀中原。洛陽再陷懷閔北，風塵從此干戈昏。潼關以東石虎起，曰宏曰勒開其先。是時流氐立李特，成蜀五世據劍門。趙顛燕熾戝也武，苻秦崛興都長安。五凉蠶食畢撲滅，鮮卑乃見姚襄尊。鄴城二燕繼餘閏，馮氏不守來烏丸。乞伏赫連互雄長，遂使元魏定五源。縱横割據百五載，私書記

事繁哉繁。鴻也條貫統其次，一十六國實録存。序例既分立年表，終于馮跋始劉淵。正光之末更史筆，行世乃在宋以前。晁説之稱司馬温公所考，已非鴻全書，知亡在宋初。《崇文總目》不著録，此書自是無流傳。《唐志》所表百二卷，紀年乃紀江左年。今本紀年用僞國年號。茫茫散失誰復補，諸家采摭非其全。録略别本顧先出，例以卷數稍殊懸。嘉禾屠氏創緣起，項琳繼作著述嫺。本之正史著其概，參之册府究其煩。今本乃明屠遷之與其友人姚士粦及琳輩，取《晋書·載紀》、《北史》、《册府元龜》等書爲之者。聯貫排比亦勤苦，百卷之舊還大觀。能事直足代刊著，戰國興廢可略言。年表失傳序例闕，校以《魏史》然乎然。我生信書斷前古，秘籍約略能攢研。敢云傳經角岳岳，頗善讀史腹便便。一瓻許借感至意，傳鈔不待羅丹鉛。其書同异具可核，有其作者垂不刊。何人更補年表一，繼以序例書乃完。長歌敢用告之世，孰克勝任無愧旃。

題董香光臨趙榮禄鵲華秋色圖

明湖秋水明如練，我在江南不能見。鵲華山色鬱蒼寒，我向吴興畫裏看。此圖本是鷗波筆，點染生綃誇第一。癸辛街破草窗寒，流傳更到香光室。香光妙筆擬鷗波，平遠青山擁髻螺。無端描出單椒影，相見毫端秋氣多。雙峰秀澤横雲表，莫靄朝嵐青未了。練帶頻將踧注躔，天容畫出眉痕小。

有時著意作深秋，樹杪千尋紫翠浮。兩點空蒼留不得，風烟早已遍齊州。三間屋近依山住，本是齊州栖隱處。可憐四水老潛夫，苦憶當年山下路。作圖聊復慰思鄉，一段風流未可量。只今讀畫多生趣，想見丹青各擅場。朅來我訪鷗波屋，菡萏霜清殘竹木。鵲華深惜不親游，欲乞弁陽成小築。

甲天下漢瓦歌上有二鹿形，考定爲喿鹿觀瓦。

喿鹿之觀事有無，團沙鑄此形模殊。秦代山河漢家土，甲先天下徒區區。石泐金泄何爲者，可憐野火荒原下。二殺風雨暗諸陵，安用當年一片瓦。惜哉此鹿抵死争，鴻溝以東交楚兵。三章約法漢業定，失鹿得鹿皆虚名。土石之餘存古氣，壞瓦猶留天下字。離宫百四盡寒烟，太息功臣恩掃地。函關雙峙雄哉雄，天教隆準王漢中。宫成燒瓦代刻石，以耀萬世威無窮。炎精墮地蒼鵝死，屈指黄巾蛾賊起。玉魚金碗劇悲凉，陵谷滄桑嗟已矣。嗚呼魚鱗斑剥空，團團阿房之築開其先。倘求碎鏶盟鐘鼎〔一〕，我向梁間拆一磚。

【校勘記】

〔一〕「鏶」，當作「礫」。

翠微庵

不識香林路，前峰積翠重。清泉迴別澗，白日淡寒松。看菊蠟山屐，隔溪尋寺鐘。空岩無俗駕，老衲自支筇。

人家

人家村落古，修竹護深廬。小圃花苗長，荒園菜甲疏。清泉通暗井，細雨入春耡。莫問閉門客，機心未有餘。

横山晚歸

秋氣與愁生，秋山入望清。晚鐘沈雨氣，落葉聚風聲。渚雁思群侶，陵苕哀故榮。歸來掩關卧，蟋蟀已宵征。

姜萊陽祠四首

伏闕臣言戇，端門拜杖時。孤忠存諫草，毅魄有生祠。折檻心原苦，銜刀命若絲。如何國恤恨，垂老獨餘悲。

幾載圜扉縶，生全付杳冥。一朝寬桎梏，九死感雷霆。國步悲江左，家緣問敬亭。鬚眉如可見，冷落蒨丹青。

遥想批鱗日，淋漓血肉飛。生毋忘故國，死尚著戎衣。草莽終何補，銅駝不可歸。猶傳清節在，未愧北山薇。

多難餘生劇，完貞事苦辛。寓公同令弟，戍卒慟孤臣。糞土傳遺命，殘碑説黨人。精靈應不作，山鬼護蕭晨。

秋　月

秋月如秋女，蛾眉見一鈎。含情托斜漢，和恨在高樓。玉露盈盈泪，金波脉脉愁。自憐惆悵慣，

爲爾怨牽牛。

題費處士密遺像

巒洞歸來客，滄桑劫後身。江湖寒布褐，心史老遺民。虎口人猶怖，蠶叢句獨神。凄凉懷故里，愁絶草堂貧。

賣藥師盧扁，平生信有之。上書辭漢日，折節治經時。亡命祇爲寇，傷懷不廢詩。如何談汐社，山鬼只空祠。

當日蘇門老，高風邈羽翰。自從師北面，終不脱南冠。五岳支笻過，千言給札難。等身遺著在，留與後人看。

到眼丹青古，深衣作像殊。半枯猶拄策，獨立豈名儒。展卷懷風義，焚香禮畫圖。蒼茫心事在，吾道莫窮途。

無錫高忠憲公祠

弁冕東林海内推，驅除奄竪似風雷。殿廷慷慨持清議，洛蜀縱横奉黨魁。國體尚留垂死日，末流空屈濟時才。沉淵幸不同楊左，地下龜山笑口開。

故里猶聞廟像真，遺書終在表傳人。九卿謇諤争封事，三案鋃鐺禍縉紳。講學敢存希聖志，成仁纔見致君身。一池清水澄千古，漫説湘纍恨未伸。

蔣　夔

字希甫，元和人。諸生。有《青荃詩集》。

夏夜泛舟石湖

暮雨洗炎蒸，凉意愜幽賞。忽生鼓楫思，渡頭理雙槳。絲絲柳垂陰，蒼蒼月初上。微風静不波，

緑水平於掌。天空絶衆籟，神虚細萬象。遠望烟靄中，山色楞伽爽。繫纜秋槐根，明日支笻往。

倚　欄

木葉下汀洲，蕭蕭逐水流。江城三日雨，塞雁一聲秋。苔合澗逾碧，竹深樓更幽。倚欄無限意，原不爲多愁。

新　蟬

自汲寒泉洗宿酲，風來還向北窗迎。翠簾窣地桐陰午，卧聽新蟬第一聲。

張彦曾

字韭文，嘉定人。貢生。

桃花嶺

繞麓幾千轉，泉聲杳不聞。衆山迎面合，一徑到關分。天遠愁飛鳥，風高散暮雲。幽懷尋古洞，修竹掩斜曛。

阮芸臺閣學招同錢可廬丈家子白江墨君携尊過楊梅嶺至理安寺小飲

晴嵐層叠指吟鞭，一帶松杉影接天。疏磬出雲穿梵徑，微風隔竹揚茶烟。閑携山榼歡游最，共叩禪關勝地偏。莫道重城歸路遠，尋詩還倚曲檻邊。

湖海詩傳卷四十四

郭　麐

字祥伯，吴江人。諸生。有《近游》、《探梅》、《會吟》、《移家》諸集。

《蒲褐山房詩話》：祥伯詩初效李長吉、沈下賢，稍變而入於蘇、黄。予題行卷云：「攬其詞旨，哀怨爲宗；玩厥風華，清新是尚。如見衛叔寶、許元度一流人物，不患其過清而寒，過瘦而枯，過新而纖。」如姬傳儀部所云也。

九月十四日同鐵門瘦生由六和塔放舟至范村游雲栖寺留宿僧樓遲明下山循九溪十八澗至南山尋水樂石屋諸洞唤渡西湖以歸得詩四首

青山初論交，見我猶偃蹇。漸行徑漸深，一曲峰一轉。夕照遠忽明，層叠出諸巘。丹黄互虧蔽，楓槲間隱顯。到此始畢呈，自悔測山淺。投寺已瞟黑，䴥糲勸餐飯。微行更幽尋，月上門未楗。万竹圍森森，群緑不可剗。月影或中穿，下見人影短。夜深鳥聲怪，山好虎心善。歸來卧聞鐘，星星一樓滿。

雲卧夜不瞑，山心曉先寤。木魚苦唤人，已具朝餐故。豈知居士心，於法了無住。老松沐朝暾，瘦竹泫宿露。竹杠一兜輕，輿丁兩僧付。裵裹意猶戀，曲折頭屢顧。蒼蒼五雲山，揮手墮烟霧。江光蕩我前，上下天水素。群山如群龍，氣盛欲竟渡。到此忽然止，抝急有餘怒。偉哉此壯觀，横絶見奇處。過江山不來，隔江山不去。

夙聞幽絶處，十八澗九溪。昨行所未經，逶迤尋其蹊。稍稍遠村落，棱棱分田畦。決決脚底泉，清徹無沙泥。泉流自東注，少折反向西。偶逢亂石叠，嗚咽聲酸嘶。一澗有一橋，縱横使人迷。其上烏柏楓，碧緑青紅齊。垂藤結瑽碎，甘酸同樝梨。我僕走流汗，我行裘還披。豈云變氣候，對面分

暄凄。路轉山忽高，仰面驚我低。松陰得小坐，角角啼午鷄。

歸塗遵南山，欲上西湖舟。南山多洞壑，因以窮冥搜。烟霞在道旁，已過猶回頭。水樂洵清越，鏗鏘戛琳球。或云此海眼，深黑蟠蛟虬。惜無好事人，蛇行入其喉。石屋乃呀肰，鑿佛如摩睺。其旁竟題壁，斑剥成瘡疣。山骨不自保，汝名安能留。夕陽漸催人，松風何颼飀。黄頭急歸榜，唤渡横中流。一夕理宿夢，合眼群山秋。作詩如追逋，但勿劖岩幽。

寄鐵門武林

山雲草莽旱雲火，赤日如繩繫難墮。鳴蜩抱葉聲愈嘶，野鳥窺園口尚哆。樹杪寂無一葉摇，草頭時見數花妥。茶瓜不甘聊入唇，几榻如焚屢遷坐。倦鋪枕簟苦沾濡，怒及蚊蠅亦么麽。得時看逞炎官炎，失笑真成裸蟲裸。高卧北窗病未能，夢想西湖近尤頗。一方明鏡滑琉璃，萬柄蕅花紅髮騀。縱無凉月照嬋娟，尚有明星燦婐姬。故人欲去我欲來，前約未忘今未果。褦襶應知觸熱難，招邀試待新凉可。兔目雖黄未要忙，鷗波已白且遲我。

七月十三日西湖夜泛作

去年七月西湖住，賓從風流盛詞賦。今年又復來西湖，滿眼青山故人去。青山不比故人好，笑我今年去年老。白傅堤邊漫溯洄，黄公墟畔能潦倒。湖船小小如缺瓜，亦有二八吴姬划。水風微波急打槳，凉露已濕紅荷華。游船外湖裏湖過，眼中之人無一個。船頭獨酌仍獨謡，仰看白月如槃大。

錢武肅王小像前有開寶二年四月初七日追封制書後有岳忠武紹興八年贊

錢王何人熊豹姿，奮臂一呼去。如雲馳。羅平妖鳥奈何帝，縛此自取真王爲。宫中漏下龍不睡，江上潮來犀弩利。指揮畫斷十四州，三世開門節度使。譎諫能容羅隱狂，豐碑尚得蘇公製。想見英雄顧盼殊，山頭石鏡凛髯須。至今孫子雖爲庶，猶抱丹青舊畫圖。玉帶錦袍神颯爽，隆準豐頤更廣顙。璽書傳自開寶年，上有芝泥大於掌。更有雄詞贊者誰，淋灕大筆蟠蛟螭。諦觀姓氏紛涕泪，細讀詞意凄肝脾。當時南渡倉黄極，名將中興首鄂國。百戰肯令牧馬南，十年定擣黄龍北。一

朝和議奸邪蠱，生縛將軍如縛虎。埋冤三字死風波，格天一德從歌舞。誰言夢裏索錢唐，再世湮留戀故鄉。稱臣不惜朝廷小，帶水依然吴越王。此説荒唐我無取，如此雄姿肯低首。當年倘復得將軍，朱三爾是何鷄狗。一卷分明見興廢，兩朝南北須臾事。龍節虎符蓋世才，握拳透爪忠臣氣。好語諸孫須世守，會與世家垂不朽。君不見鐵券文殘金塔荒，金陀巷陌亦蒼凉。錢王祠廟岳王墓，士女年年吊夕陽。

咏　史

威弧弦矢直天狼，逆命公然敢跳踉。都尉自誇羊胃爛，文成人説馬肝亡。軍前星墜秋如雨，幕上烏啼夜月霜。聞道鬥鷄諸惡少，争携刀劍事戎行。

干戈鑾觸漫紛紜，伊洛縱横雜蟻群。惑衆王郎元卜者，報仇吕母號將軍。矛頭日淅輸邊米，盾鼻先傳露布文。肘後明年印如斗，不知若個策殊勛。

仰蘇樓即事和湘濂

雨後看山分外清，斜陽不分作新晴。樹摇殘滴有時響，雲與暮烟相間生。偶愛緑陰成久坐，何來横竹有奇聲。老僧笑指蹣跚客，偏向石頭滑處行。

歷亭丈招同奚鐵生朱鐵門同集待菘軒次歷亭丈韵

江湖牢落總龐才，到處難逢笑口開。滿眼青山秋士老，打頭黄葉酒人來。深杯百罰何辭醉，此事千秋莫便推。聊作歌行歌主客，黑雲堆墨又相催。

積　雨

三旬未有幾朝晴，稱體綿衣尚覺輕。湖上小桃三百樹，一齊彈泪過清明。
卷幔縈窗暗斷魂，小樓長日似黄昏。一春生恐匆匆過，政要焚香與閉門。

徐　葵

字佩雲，蘇州人。諸生。有《澮如近草》。

戊午三月十一日陪王述庵錢竹汀兩先生潘農部蔣司馬段明府方臺山金雪槎王价人戈小蓮集袁君綬階漁隱小圃賞牡丹分韻得朗字

嘉客乘興過，名花得雨長。良會隨景光，高懷藉跌蕩。小亭登頓高，仄徑延緣上。裴褢俯清池，屈曲過書榥。霞光蒸曲欄，花叢謝塵坱。枝枝麗于錦，朵朵大如盎。看花明老眼，賦詩共吾黨。雅韵蘭亭拈，吟社月泉仿。即景寫性情，豈止愜幽賞。撰杖春風和，縱目天宇朗。名園幸追陪，鄙懷异曏曩。

喜雨詞

麥喜晴，禾喜雨。三麥收，秧針吐。一雨十日苦爛麥，十日不雨愁枯禾。麥田雨少秧田多，太平時雨無差訛。或歌天雨金，或歌天雨玉。不用呼人同踏車，好向茅檐穩睡足。

馬將軍歌

將軍諱定國，官福建南路營守備。康熙五十四年朱一貴之亂，力戰殉難。其孫鳳池述將軍遺事，爰作長歌記之。

朝呼鴨，莫呼鴨。鴨興妖，賊擐甲。一貴本農家子，幼養鴨爲業，每叱鴨，鴨皆成伍。愚民异之，遂擁之作亂。臺灣城中將軍守，臺灣城頭墮天狗。海水起立飛妖氛，將軍開城揮三軍。跳刀走戟何紛紛，十蕩十決奔如雲。何事城頭鼓聲死，守陴軍爲賊人使。將軍守土關存亡，轉戰已無麾下士。白首親兵乜大成，短衣匹馬相隨行。賊人注矢弦不鳴，環呼將軍是好人，我輩戒勿戕其生。將軍聞言忽嗔喝，賊不我殺我豈活。急揮大成速突圍，他日呼兒收我骨。拔刀自刭血灑空，以血塗玦玦盡紅。手付大成成

泣受，身僵直立横尸中。賊人咋指盡羅拜，是將軍者真鬼雄。天兵迅掃欃槍奔，大成幸保將軍門。郎君問關歷戰地，瞥見高冢嵬然存。將軍義不葬賊手，敢道骨寒今已久。啓土争看忽大驚，异事流傳萬人口。五十三日顔如生，昔日刀瘢痂結成。吁嗟乎，將軍忠勇信無敵，將軍英烈真如神。同時死難歐總兵歐陽凱。許副將許雲。馬，將軍事未聞朝野。大書特書不一書，以告采風入史者。

袁綬階招集漁隱小圃賞桂

城西桂花多勝境，塔影即蔣園，今建白公祠。雲蔭在白蓮涇。常游敖。一爲僧寮一别墅，苦無地主供香醪。袁君漁隱築小圃，圃中花木紛周遭。主人讀書常閉户，每逢花放招同袍。臨池桂花數十樹，枝枝争與書樓高。小山叢桂軒在五硯樓下。深秋開作衆香國，餘芳散遍楓江皋。連朝陰雨忽開霽，日光淡淡明堂坳。滿庭芳透芍藥醬，一林花滴珍珠槽。鼻觀但聞香隱隱，酒場不覺群陶陶。天公似爲花護惜，特教我輩揮吟毫。江干日暮促歸棹，寒山古寺鳴蒲牢。

秋日書懷次南雅韵

雨風聲裏掩蓬廬，兀坐悠然萬慮除。畫虎羞邀名士目，塗雅偶學古人書。庭前野卉憑榮落，天外浮雲自卷舒。最是野王新句好，夢來栩栩醒蘧蘧。南雅句。

王　槐

本姓趙[一]，字茂階，號丹宸[二]，錢唐人。監生。有《廢莪軒吟草》。

《蒲褐山房詩話》：茂階因業吴鹽，寓居婁水，然不善生殖，每至屢空。性好吟咏，無聊賴，則爲五七言以發之，牢騷困頓中，亦往往肺腑楂枒，見于翰墨。從蘇君加玉學詩，大抵出入於賈、孟、皮、陸，而風骨嶄然。獨傾心於余，暇輒拏舟過訪，談詩竟日而後去。揆其品格，當在逸民、獨行之選也。

【校勘記】

〔一〕「本姓趙」三字，同治亦西齋本無。

〔二〕「號丹宸」三字，原無，據同治亦西齋本補。

先游東山至乾元宫

城中駐烟霞，幽禽唤早起。西山實奇崛，反從東山始。譬食甘蔗枝，欲使味逾旨。磴道盤高空，梵宇隔塵市。山下俱禪寺，游山者由寺後而登。林風卷衣裳，雲氣潤膚理。久未睹山色，觸境皆可喜。上登乾元宫，突兀山頂峙。水田布僧衣，人烟聚瓮底。東望海一杯，微茫辨沙沚。西山隔城垣，奇勝略可指。頗聞盛三春，游人等蟲蟻。時過不復尋，經年絶游履。乃知世事乖，趨炎到山水。山靈苟有知，毋乃抱深耻。嗟余困塵寰，愛山入骨髓。今日始得償，胸中聊一洗。倘得一畝宫，弃世真敝屣。日落尋歸途，烟凝暮山紫。

横山曉起

蒼松高矗天，白日不到地。忽聞竹鷄聲，游人不能寐。徘徊草堂前，山光擁朝翠。胸懷净緇塵，衣袂流雲氣。世人漫求仙，神仙此何异。

山川不在奇，静者得真味。携笻出門去，信步隨所至。春禽覓食喧，松鼷見人避。所嗟不能留，

烟霞空結契。倘遂買山緣，與世當永弃。

王　豫

字應和，號柳村，丹徒人。諸生。有《種竹軒集》。

《蒲褐山房詩話》：柳村居潤州之翠屏峰下，在大江南岸，正直金、焦，江雲海月，朝夕在几硯間，故其襟情瀟曠，超然物外，僅與詞客梵僧扁舟來往。顧數訪予三泖漁莊，從容談蓺，得知其所造。詩宗劉眘虛、王龍標諸人，長於五言古體。古文亦似南宋人小品。

城南訪鶴山

山空景蕭然，以意適所至。百折出暮烟，一徑轉寒翠。峭壁百丈懸，風高石時墜。黄葉斷溪流，石橋通古寺。遥見山人居，雲房鼓松吹。策蹇往造之，但話桑麻事。擬待梅花開，同君十日醉。

石湖小憩

閑遵石湖濱，徑入湖邊寺。四峰分夕陽，一帆落空翠。明鏡蕩白雲，風引荷香至。緬彼盟鷗人，范石湖有盟鷗軒。逍遥此高寄。淡然客思清，湖風吹薄醉。

棲霞寺東峰

皓月出海上，忽照東磵松。露下衣袂寒，石氣青濛濛。昔聞明高士，結屋棲兹峰。或言九節杖，化作青芙容。遺迹渺莫覩，崖壑秋烟封。予將煉金骨，擬來飧紫耳。

秋日寶蓮庵同吴樸莊作

高閣閟寒翠，懸崖入大荒。江光浮樹杪，山色淡斜陽。芳草不成夢，蓮花何處香。寤歌誠足樂，况在水雲鄉。

翠螺山

山抱螐磯壯，江涵螺髻秋。曉風吹翠雨，都入謫仙樓。此地足高咏，蒼烟生古愁。美人碧雲外，疑挾鳳鸞游。

初冬村居寫懷

愁絶翻辭酒，交多轉避名。霜嚴凋樹色，風冷助江聲。茅屋少塵事，田家多古情。著書擬閉户，休更負平生。

蔣　炯

字葆存，錢唐人。諸生。有《蔣村草堂稿》。

《蒲褐山房詩話》：葆存所居西溪，西南十餘里，山環水轉，宅幽勢阻，長松古檜、梅花竹箭，彌望

無際。中有陂田數千頃，澄湖曲沚，復與烟嵐相間，蔣氏聚族而居，饒秔稻、魚蝦、菱橘之利，屋數十椽，聚書萬卷。葆存摘蔬瀹茗之外，覃研鉛槧，物外翛然。詩學中晚唐，散體文學三蘇，長于議論。浙東西名士多聞名而訪之者。高情朗志，即不主風雅之盟，亦當爲山澤之癯也。

西溪舟行玩月

溪行隨岸轉，面面與月遇。月色不讓人，當舟占先步。群山爾何來，若與月争赴。寒翠半蒼茫，渺若隨烟霧。時見清輝流，散在隔溪樹。山盡月復來，照見前村路。

冷泉亭納涼同李光甫作

風泉生夜凉，月上古松頂。石亭無人行，峰峰散秋影。窅然倚迴欄，心空萬緣净。入秋憚餘暑，趨避苦無境。誰知深山中，四時水長冷。僧廬如可借，終年此習静。

冬暮自南塘歸杉墩

冬溪無近渡，水涸港路斷。溯洄遵古塘，自午每及旰。寒山若迎人，隱見殘蘆岸。移時入前浦，溪狹如在澗。進退隨水勢，微路争一綫。回思三月時，桃花春水漫。到門無十里，快若坐雲漢。隆寒縮地脉，勞逸乃縣判。安得乘輕風，揚帆去如箭。

徐雪廬過訪草堂是日適探梅天柱山悵然有懷

我家鳳溪南，君家鳳溪北。溪水日夕深，思君意無極。相思不相見，渺渺含春愁。空留溪上月，照君梅花樓。種梅憶西溪，探梅向天柱。遲君蕩舟來，我又入山去。九峰多白雲，見梅即思君。欲折瑶華贈，恨乏山中人。歸來誦君詩，清言敵瑶玖。悵君不少留，醉我梅花酒。梅花開又殘，漠漠溪風寒。春心欲飛渡，愁隔大遮山。

晚步西圩

明月溪上來，照我柴門樹。幽光散積翠，因風化寒霧。風定霧旋合，溟濛若無路。林隙露溪光，水月漾成趣。安得命扁舟，溯洄向前渡。

轡水岩

探幽步易窮，緣澗屧得路。潺潺不知遠，導入泉深處。岩迴澗復折，巨石忽横布。至此群流匯，奔騰勢陡住。雲根伏萬竅，水脉暗傾注。急若雲璈鳴，清如玉磬度。迴環無定響，節奏自成趣。趺坐臨長林，静聽發深悟。山鳥時驚飛，亭午滴殘露。

西方庵觀雲海

西峰時險絶，峭壁摩蒼穹。宛轉陟梯級，直下無留踪。僧庵若鳥巢，鑿石安房櫳。松烟落禪榻，

化作朝嵐濃。虛檐納空曠，萬山羅心胸。須臾見鋪海，白雲生逢逢。群峰類萍浮，出没波濤中。晃瀁迸奇彩，倒浴金輪紅。積氣久始散，漸辨天宇空。振策上崖崿，衣袂吹罡風。

犁田曲

削木爲軛横牛脊，駕以長犁約三尺。麻繩雙絡垂牛腰，塍高水淺行易勞。駕牛老翁頭盡白，叱牛揚鞭雙踝赤。牛行在前翁在後，人牛齊心復齊力。雨犁水田土易匀，旱犁阪田多苦辛。牛毛半脱牛尾掉，驅牛不行翁怒嗔。歸來解牛放道左，大牛嬉游小牛卧。年年犁田無盡時，問翁那不鬢成絲。

何元錫

字夢華，錢唐人。監生，候補主簿。有《秋神閣詩鈔》。

中秋後招同人集張園來青閣

西郭幽栖地，尋秋倚薄醺。柳疏先受月，波静欲歸雲。旅雁還求侣，沙鷗總戀群。何當樓上宿，花雨看紛紛。

淮陰釣臺

劉項興亡代幾更，釣臺三尺尚崢嶸。早知推解翻成餌，自願綸竿老此生。渭水後車王者夢，桐江高卧故人情。可憐一樣投緡處，只有淮流怒未平。

姚　椿

字春木，華亭人。監生。有《望雲集》。

《蒲褐山房詩話》：春木無所師承，而才情宏放，正如天馬凌空，不宜羈勒，由是而充之，則所謂

「詞源倒流三峽水，筆陣横掃千人軍」，足以繼吾鄉趙升之、張策時而起也。自蜀還吴，正值滇池寇驚，直書所見，有杜、白新樂府之風。予嘗勸其知古知今，積爲經濟，無以尋章摘句，搜僻矜奇，至獨角麟類于萬牛毛也。

舟發錦江

十八游京師，出門道路長。二十還成都，入門拜家慶。侍養及二年，出入常在旁。昔乘劍門馬，今上錦江航。此行分安穩，反恐傷高堂。東望陣雲塞，阿翁猶嚴裝。文書事填委，戎馬氣慨慷。若非急掃除，病軀何能當。阿母性淡泊，不索甘旨嘗。軍中及途中，兩兩勞衷腸。唯當勉加餐，毋使心旁皇。我歸婦始來，計程八千强。今去婦如子，何以事尊章。無爲行役艱，望遠意感傷。

舟過長壽感賦

嘉慶之三載，孟夏月上旬。舟行發巴渝，薄莫瀕江濱[一]。因思去年冬，此邑遭黄巾。傳聞意尚惻，何況目睹真。[二]一山在城西，廟宇黯不新。不知何王宫，樓觀栖微塵。棟梁未盡圮，階級猶可循。

刧火所偶遺〔三〕，此亦靈光倫。折行入禹廟，明德昭明禋。謂當食萬年，何意荒荆榛。内有前縣令，坐繫經年春。守土弃土走，何以腰垂紳。諜告反得死，何以謝萬民。廟前雙桂樹，圍大容專輪。曾見探丸來，烈焰飛城闉。我欲從之語，無言獨含顰。偶焉遇牙郎，爲我瑣細論。自云有父兄，同來達巴岷。與君爲同鄉，身亦江南人。嗟哉爲利謀，豈意遭難屯。先是警風鶴〔四〕，寇至聞比鄰。令當静境内，大義慷慨申。民心既以安，士氣亦以振。常時乏備禦，臨難猶逡巡。游偵彼何辜，乃向長流湮。静鎮爾豈能，聞賊意則瞋。城中擊鐘鼓，城外叢棘薼。此地高踞山，其下爲通津。寇來何坦如，不用設距堙。官守死其職，去就民所遵。縣令倉卒逃，餘衆尤私身。擠排大江中，戢戢爲魚鱗。親戚誰復知，但聞呼救頻。縣尉獨守廨，平日頗寬仁。賊渠知好官，摧磨使之馴〔五〕。願爲厲鬼死，氣結不復呻。元戎率滇師，解圍策如神。首問失城罪，有喙何能伸。章綬宜在腰，積貯宜在囷。犴狴宜有囚，庫藏宜有銀。一一皆自服，縶俟軍事竣。獨惜十萬家，一炬胥泯泯。至今月黑時，野闊飛青磷。衆者化爲少，富者化爲貧。弟行尋其兄，兒啼號其親。身亦有父兄，欲問無由詢。孤身客佗鄉〔六〕，已矣長含辛。吾聞此言悲，涕泗横無因。蜀中苦兵久，惟有呼旻旻。作詩紀姓氏，尉張令則陳。生者戒守吏，死者勸爲臣。

【校勘記】

〔一〕「莫」，《通藝閣詩録》卷二作「暮」。

〔二〕「何况」句下，《通藝閣詩録》卷二有「繫纜上岸行，城市皆沈淪」二句。
〔三〕「火」，《通藝閣詩録》卷二作「灰」。
〔四〕「讋」，《通藝閣詩録》卷二作「驚」。
〔五〕「摧」，《通藝閣詩録》卷二作「推」。
〔六〕「佗」，《通藝閣詩録》卷二作「他」。

上閿天鋪〔一〕

朝過牛皮箐，莫過閿天鋪〔二〕。兩險皆絶倫，我行一朝莫。爲貪利涉途，勇往力須努。巉岩排雲起，曲徑屢愁誤。一氣數十折，輿石兩觸迕。輿旋竟無地，石滑不受屨。其間土扶寸，插脚僅能步。出險心稍夷，不敢重回顧。所恐記憶真，夢魂醒猶怖〔三〕。前臨走丸坂，嶄絶下山路。

【校勘記】

〔一〕此題下，《通藝閣詩録》卷二有注：「閿，土人音鑽。」
〔二〕莫，《通藝閣詩録》卷二作「暮」。下「朝莫」字同。
〔三〕「醒」，《通藝閣詩録》卷二作「心」。

十二夜幾失道隨月行二十里許夜半乃達旅店〔一〕

水行月莫春〔二〕，陸行旬初夏。朝發迎日東，夕宿已及夜。奇險飽已經〔三〕，氣結不能咤。初疑連岡斷，謂是達平垻。豈知岸勢失，輿從出石罅。輿底擊有聲，石巨步難跨。前升後益俯，趾高身乃下。〔四〕危橋彌凌兢，僅以二木架。飛流百道泉，其下迅噴瀉〔五〕。舉足足退縮，欲進無可藉。鵩鴞如兒啼，作意使人怕。此橋劃然裂，此身與之化。空山人烟稀，秉燭向誰借。天帝知我愁，亟遣素靈迓。〔六〕雲中爛銀盤，何异夜珠假〔七〕。崖根行復息，彳亍達旅舍〔八〕。作詩記涉險〔九〕，浩歌泪盈把〔一〇〕。

【校勘記】

〔一〕「幾」字，《通藝閣詩録》卷二無。

〔二〕「莫」，《通藝閣詩録》卷二作「暮」。

〔三〕「險」，《通藝閣詩録》卷二作「絶」。

〔四〕「趾高」句下，《通藝閣詩録》卷二有「桎梏貳負手，蒲伏淮陰胯。死力相挾持，性命衹一卸」四句。

〔五〕「其下迅噴瀉」，《通藝閣詩録》卷二作「澎湃會其下」。

〔六〕「天帝」二句，《通藝閣詩録》卷二無。
〔七〕「夜珠假」，《通藝閣詩録》卷二作「千炬迸」。
〔八〕「彳亍」，《通藝閣詩録》卷二作「久久」。
〔九〕「記」，《通藝閣詩録》卷二作「紀」。
〔一〇〕「浩歌泪盈把」，《通藝閣詩録》卷二作「儌幸聊復詑」。

過壩

楚南但苦旱〔一〕，勿憚水荒洊。此中有健者，激水使之濺。中流峙巨壩，一里數回漩。簸舟聲若灘，灌田利同堰。水車圓如環〔二〕，四角相貫穿。雙木丁字横〔三〕，虚中受以轉〔四〕。出水幾丈餘，倒向岸頭捲。天風吹不動，飛雨灑白練。鏗然琴筝鳴，水樂奏一片。船從東南來，輕舠苦難牽。我行船稍巨，懷安意所便。長年自云强，久行勿辭倦。毋爲小敵怯，出死力與戰。哀哀邪許聲，聲盡不能咽〔五〕。叢叢短木立，記里如置傳。船底寧有棱〔六〕，相觸響忽遍。篙師據地撑〔七〕，自顧性命賤。却羡下水船〔八〕，急卸速于箭。

【校勘記】

〔一〕「但」，《通藝閣詩録》卷二作「第」。

〔二〕「圓如環」，《通藝閣詩録》卷二作「法環圓」。
〔三〕「丁字横」，《通藝閣詩録》卷二作「一丁字」。
〔四〕「受以」，《通藝閣詩録》卷二作「妙于」。
〔五〕「出水幾丈餘」至「聲盡不能咽」，《通藝閣詩録》卷二作「因風風不知，出水水倒捲。鐘鼓爰居饗，雷雨昆陽戰。又疑織女機，乘夜掛雪練」。
〔六〕「寧」，《通藝閣詩録》卷二作「森」。
〔七〕「據地撑」，《通藝閣詩録》卷二作「手據地」。
〔八〕「下水」，《通藝閣詩録》卷二作「放溜」。

見山中采煤者以詩告之〔一〕

五行火無質，乃自佗物掇。油與薪炭外，煤賤利莫奪。惟患伐取艱，山根恣搜括〔二〕。洞深杳無底，洞口丈餘闊。墮落黑海中〔三〕，側足無路達。斧斤聲丁丁，地脉刻意割。十步置一鐙，照見腓無胈。冥行歷寒暑，食盡耐饑渴。掘久山骨空，當頭壓肩骸。生埋獨何辜，一崩百夫閼。或鑿水脉通，横流勢難遏。受此山水灾〔四〕，九死一或活。面目誰復識，皮骨便疑脱。〔五〕錢刀亦錙銖，性命竟豪末。

無煤用猶濟，無生意所怛。〔六〕我欲封此山〔七〕，毋使山靈聒〔八〕。

【校勘記】

〔一〕詩題，《通藝閣詩録》卷二作「哀山中采煤者」。

〔二〕「括」，《通藝閣詩録》卷二作「刮」。

〔三〕「黑」，《通藝閣詩録》卷二作「泥」。

〔四〕「山」，《通藝閣詩録》卷二作「地」。

〔五〕「皮骨」句下，《通藝閣詩録》卷二有「可憐黧黑軀，歷劫不能拔」二句。

〔六〕「無煤」二句，《通藝閣詩録》卷二無。

〔七〕「我」，《通藝閣詩録》卷二作「誰」。

〔八〕「毋使山靈聒」，《通藝閣詩録》卷二作「愷悌意所怛」。

瀘州聞滇黔官兵過境

城中擾攘鷄犬呼〔一〕，城外慘澹人烟無〔二〕。官行索吏吏走匿，市兒大號兵過途。兵來滇黔亦非遠，一身無功意驕蹇。前驅供頓聲勢張，役夫嗷嗷日將晚。欲來不來行遲延，口索夫馬意索錢。倉

卒使爾悮軍限，高貲急納充腰纏。可憐縣官受嗔責，吾爲爾民來殺賊。此曹平時性命輕，身到疆場反愛惜。蜀道當關重一夫，頻年征調困軍租。却思丞相天威遠，六月炎蒸此渡瀘。

【校勘記】

〔一〕「擾攘」，《通藝閣詩録》卷二作「擾擾」。

〔二〕「澹」，《通藝閣詩録》卷二作「淡」。

夜泊醴陵

山勢低連岸，江聲曲抱城。晚霞天五色，新月夜初更。柝斷還鄉夢，帆催去楚程。愁聽笛中調，辛苦怨南征。

却寄沈州判 楫

東陽才子久從戎，帊首靴刀氣轉雄。萬里行吟孤露後，半生遺恨履霜中。狂能慢世醒猶醉，詩到窮人拙亦工。莫爲近來豪興減，渭城無暇唱匆匆。

將抵龍潭

山行十日憚途長，暫喜嚴程此卸裝。身帶雲歸衣尚濕，林吹雨過草微香。尋詩境每招奇句，出險人如到故鄉。撇却蠻中風景劣，扁舟直爲下辰湘。

枕上口占

寂寂徒供鄧禹嗤，飄飄未受馬卿知。狂緣病減先讎酒，懶與愁兼久廢詩。春色二分人去後，雨聲一夜夢回時。無端驚聽檐前鐵，猶道軍書劍外馳。

楊文蓀

字秀實，海寧人。諸生。有《述鄭齋詩鈔》。

紫雲洞

空青孰擘碎，腹裂下疑井。峭聳驚鬼工，窅窱异人境。短笻力安恃，步蹈不敢猛。石縫陰飆吹，颼颼入肌冷。圓穴耽微光，一綫透岩頂。翻訝造化力，有意示奇警。虚房滴乳泉，伫聽心亦静。轉轉出幽竇，驚魂夢初醒。

同蔣蔣村炯游西溪

夙願慕卤溪，兹游出意外。同心得蔣詡，杉艇喜共載。緩棹緣溪流，岸曲繞如帶。十里無行人，水竹互向背。遠翠時飛來，隨雲共明晦。魚鳥亦習静，忘機自相對。漸入彌覺佳，輞川境疑在。意愜已忘歸，興劇幸無礙。去舟尚遲遲，暮山忽晻曖。

陳曼生鴻壽招同人集第一樓分韵得鳥字

尋幽踐宿諾，理楫及清曉。隔浦聞漁歌，客來狎鷗鳥。同心得數子，登樓豁襟抱。林霏淡成烟，山容静逾悄。百五風日佳，斯游覺彌好。歸棹故遲遲，鐘聲隔雲表。

上述庵先生

當時小謫賦從征，戎幕曾隨萬里行。磨盾千言朝草檄，飛書一紙夜徵兵。金沙鐵壁移師地，雅雨黎風作客情。勣業于今爍天壤，更教絶域震威名。

鄭學齋中萬卷儲，精研秘籍總膏腴。《禮》詳郊禘宗高密，《易》辨蓍爻祖上虞。任筆沈詩當代重，鵝湖鹿洞衆材趨。問奇擬載元亭酒，可許侯芭侍座隅。

吴引年

字子長，錢塘人。諸生。有《益壽室初稿》。

《蒲褐山房詩話》：啓侯一字雲裳，少年多病，常有憂生之嘆。謁余於西湖梅莊，以詩見示，大抵前仿襄陽，後仿昌穀。清詞妙旨，人所應無盡無。

曉出清波門至長橋

夜雨霽山郭，松翠曉猶滴。徑路聊延緣，芒屨因之濕。古塔接雲氣，空亭聚野色。寓目皆天機，去住任所適。岩栖願久違，塵網苦見逼。不及釣魚人，湖灣獨吹笛。

青煥外舅游台山歸以黄精見餉

偶隨白雲去，忽與飛鳥還。雲鳥亦超忽，安知心更閑。囊中有仙草，采之自名山。謂我久服食，

可以駐紅顏。

舟過五里塘

遠樹鬱蒼蒼，揚舲向野塘。風吹凉雨過，一路藕花香。客在閑鷗外，興隨流水長。相將有漁父，垂釣亦徜徉。

游雲居寺懷胡庾香

蕭寺舊相識，今來獨款扉。秋風下古堞，凉氣滿生衣。佛共疏花静，僧先宿鳥歸。悵然天末望，所惜故人違。

蔡元春

字芷衫，江寧人。諸生。有《在山堂詩集》。

初夏同人集翦湘巢

城陰得小閣，窗臨溪一灣。誰施快翦刀，翦此碧玉環。草樹蕩空水，新緑澄爲潭。湘簾一以卷，湘雲落其間。主人謝塵事，愛客復愛閑。坐中吴越彦，風雅同追攀。摇風有叢葦，窺烟來白鷴。却憶老居士，看山猶未還。謂遽門先生。

李將軍射虎圖歌

將軍伉爽真神武，猿臂善射誰能伍。失職家居頓足舞，躍馬出射南山虎。是時太陰爲震怒，夜半盲風雜怪雨。脱幘大呼勇可賈，熊羆早已空林莽。萬竅怒號草木竪，依稀有物憑險阻。意石爲虎爪牙踞，猛氣横穿石氣腐。石死不濡血一縷，朝來見石石飲羽。大笑疑飛馬陵弩，静念身爲北平主，長城坐鎮如安堵。亦曾提兵從幕府，幾回投石更超距，七十戰中驅虎旅，刁斗自鳴人不語。却恨生平建旗鼓，數奇未得當前部。聲如霹靂目如炬，彎弓不殪單于父。射馬射人百夫禦，如何弃置當强虜。鳴鏑荒郊偶一舉，裂眦空看鐵色土。吁嗟乎，君不見將軍射石石俱古，衛青李蔡終狐鼠。

登長干寺塔

身無羽翼飛不能，平地瞪視秋空鷹。偶游長干逢老僧，指示古塔試一登。茲塔雄麗衆所稱，赤烏永樂創建仍。丹樓紺殿梯層層，金碧之氣空中蒸。振衣直上雙眸凝，俯視一切殊自矜。三山迢遞排岡陵，六代宮闕幾廢興。江摇素練何奔騰，長烟皓月同清澄。誰摘天星綴以繩，天女入夜燃神燈。竭來御風兩腋乘，放眼世外感不勝。塔從前代始崇宏，爲母資福金錢增。吾謂孝治理可徵，横天塞地大業升。式廓丕基孫子承，齊梁仿佛轍當懲。此窣堵波安足憑，忽發高言俗且憎，遥聞大笑如蒼蠅。

古　道

九折原通蜀，千盤復向秦。可憐嘶老馬，長此怨離人。冰雪關河氣，風塵豪杰身。年年楊柳發，猶自傍前津。

秋鐘

萬籟當秋肅，聞鐘意渺然。一聲清夜氣，餘響入霜天。古寺僧看月，寒山客在船。此中發深省，空外道心傳。

讀蕭相國世家

曾無奇節逐群雄，早附真王起沛豐。秦代圖書歸掌上，漢家根本在關中。獨追韓信知英杰，却薦曹參化黨同。諸將紛紛誇汗馬，誰能第一奏元功。

袁文揆

字時亮，保山人。貢生，官甘肅縣丞。有《食蛤吟》。

《蒲褐山房詩話》：永昌袁氏家風醇謹，子弟咸能讀書敦品。乾隆己丑，余以籌軍駐其地，時亮

同其群從咸來受業。滇中風雅久衰，今以詩鳴者，蔣太史鳴鹿、陳明府文錦及時亮，而三人皆出予門下。時亮又撰《滇南詩略》二十四卷，遺文舊事，稍存十一，亦足爲邊隅文獻。

安肅阻雨

客從新樂來，臨河方躑躅。及兹安肅縣，霪雨復相續。銀河倒奔流，通衢竟爲谷。襆被盡淋濕，轅駒等局促。主人勸客飲，言姑進醽醁。今年秋夏夜，横潦害百穀。可憐禾麻地，河魚來聚族。難言竈下薪，况問瓶中粟。且喜免官税，吏胥莫予毒。請客更停駕，泥塗亦窘足。嗟哉農家子，苟完更何欲。寄語遠游人，何年安蔀屋。

西岩夜泊

擬傍魚翁宿，西岩有數家。寒江明遠火，絶壁動棲鴉。衣薄風兼入，篷低雨易斜。今宵故園夢，應在水之涯。

客舍獨坐有懷

客心怯邊塞，歲序又將終。日薄晴飛雪，山多夜吼風。孤吟倍騷屑，短夢只倥傯。前夕君猶共，寒匏勸屢空。

晚過天心湖

秋色蒼茫接洞庭，搴蘭何處吊湘靈。日沉天際雲全紫，月到波心烟更青。四顧杳無山露影，三更徐快客揚舲。生平久有江湖興，不待而今讀《水經》。

舟發大孤塘得順風

樓頭縹緲與雲平，風轉帆檣曙色清。纔見雲端移塔影，便從山下聽鐘聲。地連吳楚分秦郡，水合江湖下皖城。最喜小孤先入望，曉烟霏處棹歌行。

胡雋年

字瑀章，歙縣籍，監生，僑居太倉。有《曙戒軒詩鈔》。

晚過青浦

適從吴淞來，江水净如練。扁舟信晚風，淅淅乘潮便。遠火漾中流，孤城辨鄉縣。但看雉堞移，不覺清流轉。九峰暮烟沉，螺髻迭隱現。愛此宵景幽，欲卧有餘戀。回首隔市囂，鐘聲起禪院。

晚步韶光北徑

適從鷲嶺來，散步韶光麓。山水向夕佳，映此萬竿竹。石徑歷盤紆，到眼無雜木。天風時一拂，清籟滿虚谷。僧歸落照間，鬟眉忽已緑。更聽引泉遥，泠泠漱寒玉。一笑别此君，兹游可醫俗。

蘇餐霞點定拙稿并辱賦詩見贈率成長句一律

僻耽毫素寄遐心，把臂蘇髯許入林。自覺有情多感慨，非關無病作呻吟。劍光每向宵中發，琴理還從弦外尋。引我狂言莫相笑，古來難得是知音。

湖海詩傳卷四十五

華瑞潢

字秋槎，無錫人。監生，官臨海知縣。

宿松門普照寺

密竹沿門繞，危橋倚碧湍。僧樓一雨過，客夢五更寒。隔嶺猿啼樹，推窗月滿欄。勞勞行役者，何日解征鞍。

自國清寺度金地嶺

一徑緣溪轉，行行上翠微。遥從青嶂外，時見白雲飛。殘葉鳴空谷，疏烟淡落暉。入山猶未遠，已喜足音稀。

松陵道中

一帆秋色過垂虹，回首金閶烟靄中。曉夢不成黄葉雨，暮愁無際白蘋風。鐘聲隔浦藏孤寺，塔影中流壓短篷。七十二峰青未了，渡湖可惜太匆匆。

高　岑

字韵苕，江南華亭人，錢塘籍。諸生。有《笑讀軒存稿》。

游圓通寺中有軒名妙心。

舍舟就平陸，隨處偕幽尋。潮音有遺迹，步屧來疏林。清磬一聲寂，落葉紛階陰。徑迂引勝入，謖謖松風吟。梵宫出雲際，結構依青岑。老僧啓幽軒，儵然生妙心。稍坐欲移時，碧雲秋正深。

辛村晚歸口號

暝色忽無際，驅車返古原。亂烟迷遠樹，新月澹前村。馬踏平沙軟，人歸近郭喧。問余何僕僕，一笑已忘言。

重至平山天桂書院即景偶成

周遭依舊緑陰遮，鴻爪空留感物華。滿院微風飛燕子，一簾細雨落槐花。蠅頭試寫《黄庭》字，蟹眼初烹顧渚茶。笑我重來纔十日，渾忘此處是天涯。

施　晉

字錫蕃，無錫人。諸生。有《閩游草》。

斷藤峽在桂平三十里。

千林頸血淋漓濕，六軍駐馬無人色。怪底村甿縛馬前，刃出衣間始知賊。韓公天威信有神，么磨鬼蜮空紛綸。鋭師直入取嵎虎，黑夜斫斷妖龍鱗。投戈餘孽乞殘命，摐金乃下班師令。生貙生貔歷有年，爲獍爲梟豈其性。大哉仁勇來文成，書生胸中百萬兵。三十六巢朔風捲，兩堡八塞烟塵清。至今灘流勁於弩，峽裏砰訇震金鼓。尖峰怪石森戈鋋，白日青天壞檣櫓。我行城東路稍紆，挂帆安穩百不虞。況逢太平日無事，峒猺耕作安良圖。回看峽雲隔一舍，舟揖春撞在其下〔一〕。吊古猶令心膽寒，雨生黑霧沉山夜。

【校勘記】

〔一〕「揖」，當作「楫」。

長至後雷雨大作

疾雷迸地震屋瓦，欹枕欲碎頭怦怦。是時招摇柄指子，起例毋乃符《麟經》。豈知荒徼事多异，若論氣候原無憑。雷州仙犬抱雷子，月黑往往呼雷耕。惡溪靈洞神所穴，飛車急鼓交訇訇。只看兩粵一隅耳，莫怪百里非時驚。尼父居夷計未遂，若令到此書宜停。今年夏秋況苦旱，山田萬頃黄沙平。却憑疾響警龍睡，快聽急霤翻盆傾。娟娟蕎麥吐輕素，鬱鬱病菜蘇餘青。田家得此亦良足，稍救瑣尾魴魚赬。披衣開窗看庭樹，小桃紅綻當窗横。

炎徼

炎徼遷流客，扁舟倚短篷。草先霜已白，楓到晚能紅。身世催衰鬢，行藏著惱公。年年對摇落，得弗感秋風。

食　橘

憑仗園官着意栽，人烟取次晚寒催。誰聞二叟園棋話，絶勝千奴供絹來。匀顆滿盤香欲破，寒漿繞齒感初迴。懷歸輸與兒童好，曾博衰顔一笑開。

朱　鐘

字質亭，歙縣人。諸生。有《謙山詩鈔》。

南池謁杜工部祠

菰蒲八月天雨霜，城隅洗馬秋風凉。沿波小艇漾荇藻，紛紛橘緑橙柑黄。是時南池開景光，摳衣來謁杜老堂。紅亭倚桂花簇簇，石橋潴水魚泱泱。詩情畫意入幽邃，參差浦溆虚蒼茫。先生游興何悠揚，風流主簿搴衣裳。東郡趨庭迹已杳，南池放艇名猶香。豐碑贔屭蟠屋角，天章雲漢增輝煌。

浣花草堂竟何在，秋風茅屋嗟飄揚。胸懷稷契剩皮骨，十年奔走西南鄉。薄游任城亦偶爾，山東李白相翱翔。何劉沈謝風格下，詩壇振起調宫商。謫仙酒樓幸咫尺，雲旗晝下生光芒。但覺高歌神鬼泣，毋乃奔逐賢豪傷。我來任城日吊古，兩公勝迹追相羊。白雲在天樽在手，南池之水流湯湯。人生富貴何足道，隙駒電影真荒唐。惟公詩名塞天地，金薤萬古垂琳琅。

春過嚴灘

一派桐江水，梅花十里開。人間春信至，天上客星來。片石懸清節，荒詞長緑苔。不知銅馬帝，何處有雲臺。

懷孫彭山

愁心似芳草，緑到錦官城。一夜岷江雨，春波萬里生。寒鴉驚返照，斷雁有歸聲。予亦飄蓬客，汀洲采杜蘅。

寄弟黄州

吴山楚水望迢迢，夢裏黄州又幾宵。多難逢人偏慷慨，少孤爲客倍蕭條。風塵我自憐王粲，詞賦今誰識鮑昭。稍喜板輿能就養，蒸藜炊黍樂斯陶。

鳳山春望

越岫吴山望眼遥，登臨天闕景蕭蕭。唐家割據分龍節，宋室偏安建虎幖。霸氣千年銷電影，江流三浙涌春潮。何須立馬觀圖畫，載酒西湖聽玉簫。

幸蜀圖

一曲淋鈴萬古哀，君王西幸蜀川迴。誰知南内凄凉月，都自長生殿裏來。

射潮圖

風急江頭水怒號，錢王英氣儼凌霄。空嗟十萬神機弩，不射朱梁只射潮。

題奚鐵生畫

江上烟波萬里情，瀟瀟寒雨泊孤城。多君示我停雲卷，一夜思親白髮生。

陳 韶

字九儀，青浦人。以四庫館議叙，官浙江通判。有《花南詩集》。

《蒲褐山房詩話》：花南性情蕭澹，不樂仕進，一署烏鎮通判，即以病辭。買屋於西湖之梅莊，有烟波花月之勝。其地與姜白石所居馬塍相近，或云即韓蘄王舊第。春秋佳日，花南與華秋槎瑞潢、鮑淥飲廷博[一]、項秋子墉作詩會於此，故浙中好事者多趨之。花南又工山水，奚鐵生之外無與比者。

其弟東橋善蘭菊，別見於後。

【校勘記】

〔一〕「渌」，原誤作「緑」。

小閣夜坐同栴園話舊

君賦新詩我苦吟，夜闌小閣共登臨。花飛空苑餘紅雨，風定重簾透緑陰。三月春愁頻中酒，十年舊夢話題襟。別情却憶長安月，一片秦雲望裏深。

上巳遇雨同家兄古村作寄弟東橋

對床永夕屋西東，擁鼻微吟刻燭紅。三月風光春黯淡，兩堤花事雨冥濛。綉簾辛苦銜泥燕，畫舫蹉跎爪雪鴻。佳節故園池草緑，夢回應是有詩筒。

山中漫興

風雨湖山不掩扉，杜鵑啼斷送春歸。懷人江上青衫冷，對酒天涯白髮稀。地僻更無車馬迹，病餘已息利名機。北窗讀罷羲皇卦，静看閑雲濕翠微。

山中曉起寄弟東橋

曉窗詩思玉壺清，竹屋茶烟聽早鶯。老樹生花春有信，寒山凝翠雨新晴。羈情客感《登樓賦》，隱迹人傳賣藥名。憶爾閉門能索句，鬢絲禪榻不勝情。

項　墉

字金門，錢塘人。貢生。候選州同知。

《蒲褐山房詩話》：秋子少以詞賦擅長，乾隆庚子，高宗純皇帝南巡，獻賦行在。壬寅、癸卯間，

予應制軍聘修《西湖志》，在事者二十餘人，秋子與焉。與予晨夕聚首，請益問字，執禮彌謹。爲人情耽風雅，興協朋簪。自少即爲倪侍郎承寬諸君所知，既而老成徂謝，壇坫久空，秋子西泠文酒之會，每月舉行，月榭風亭，籃輿畫舫，勝流交集，人望如仙。故阮中丞芸臺、謝中丞藴山、秦臬使小峴，皆相引重。

湖上雨中觀桃

看花恰值雨纖纖，世事何能美必兼。亭館霏霏紅霧濕，水波淼淼碧痕添。老來遇物情多感，興至逢人韵强拈。幾日禁烟期又近，好同覓醉趁青帘。

雨　情

乾鵲呼晴雨乍收，曉寒猶着木棉裘。楊梅盧橘垂垂熟，又近陂塘五月秋。

胡　量

字元謹，號眉峰，長洲人。監生。

七里灘登嚴子陵釣臺

瀧聯峰亦迴，緣源造幽境。面面青芙蓉，七里開奩鏡。聊放一葉舟，雲光忽遠映。灘聲雖聒耳，神閑氣乃定。野禽隔屋啼，江天轉螺徑。釣磯何嵬嵬，登嘯衆山應。緬懷羊裘翁，占此岩栖勝。清風邈難追，吊古發微咏。夕陽在岡巒，萬籟入虚聽。

上巳日西山道中遇雨雪舟上人留宿何亭有懷崧嵐居士

修禊過蘭若，清禪訪道林。澗聲喧晝夜，山氣變晴陰。蔬笋嘗兼味，鶯花入苦吟。有懷江上客，半臂峭寒侵。

飛來寺

荒江浩淼瘴雲邊，古寺飛來不計年。鬱鬱松篁遮曲磵，層層樓閣護輕烟。品泉僧爲留清供，題壁人還結净緣。却笑芒鞋行萬里，雪中鴻爪總茫然。

袁廷檮

字又愷，號綬階，吴縣人。監生。

《蒲褐山房詩話》：又愷六俊之後，荆州太守韞玉，其從高祖輩也。嗜風雅，好友朋。又得王岡齡小停雲館，楓橋水西來繞其前，中爲漁隱小圃，有貞節堂、竹柏樓、紅蕙山房、楓江草堂、吟暉亭、五硯樓等十六景，樓西見楞伽、靈岩諸山，花藥扶疏，賓朋翕集。予與曉徵少詹皆爲文以記之，後有撰《吴地記》、《吴都文粹》者所當采録也。

五硯樓所藏先世遺硯

先澤在硯田，經訓是菑畬。灌溉若穎發，筆耕信非虛。開窗面平野，樓中看荷鋤。

吟暉亭

孤亭對初日，幽砌露未稀。離離見寸草，融融樂春暉。吟哦東野句，零泪沾裳衣。

夢草軒

一榻近池塘，獨卧布衾底。忽聞魚夜躍，棖觸披衣起。年年春草生，謝夢今已矣。

洗硯池

舍後有清池，池清可洗硯。緑縠縐千層，冰輪沉一片。風吹翰墨香，青蓮生水面。

信宿靈祐觀呈少詹夫子

問字隨函丈，精廬信宿居。方言徵記載，雜咏寫樵漁。林屋題名字，仙壇放故墟。當年無礙子，住此樂何如。

偕鈕匪石周懶漁游東山翠峰寺和懶漁韵

山抱招提古，人行積翠中。重雲寒釀雪，幽壑暮雲濃。題壁推邦彦，尋碑憶不空。言歸望湖渚，漁火影微濛。

陳基

字竹士，元和人。諸生。

湖莊即事

鳥亦知晴好，芳林振羽過。曉寒臨水重，春夢近花多。客到惟看竹，池寬合種荷。畫簾風動處，吹酒緑生波。

山夜有憶

待月空庭夕，茫茫離思多。吟蟲依落葉，高樹瀉明河。道遠書難寄，山寒客少過。誰憐今夜夢，更繞洞庭波。

陳　逵

字吉甫，青浦人。諸生。有《東橋詩鈔》。

中條山

王官谷口晝冥冥，曲徑尋幽一騎停。烟外鳥啼千樹碧，雲中樵唱數峰青。新愁驛路沽村釀，故宅司空問草亭。如此溪山容小隱，好携琴鶴訊山靈。

明州鎮海樓

憑江俯海古明州，戎馬烽烟异代愁。越國山川推重鎮，唐家節使盡通侯。時清罷擊千門鼓，海晏晴開萬里秋。笑語燕齊迂怪士，三山何處問丹邱。

方　夔

字子和，南安人。諸生，寓居吴縣。有《雪鴻樓近稿》。

早春歸自北平艤舟郭門書所見

二百五長亭，歸帆帶曉星。燒痕連夜赤，山色過江青。近郭門還閉，當花楫暫停。桅前雙喜鵲，先我到家庭。

居庸秋望

觱篥吹殘一夜霜，關門曉色鬱蒼蒼。長城飲馬千年窟，大漠呼鷹百戰場。絶徼土田歸版籍，大平邊塞盡農桑。堪憐落木蕭騷裏，猶有飢烏覓稻粱。

鈕樹玉

字非石，吴縣人。布衣。

《蒲褐山房詩話》：匪石早嘗貨殖，往來齊魯吴楚間，然性嗜縹緗，又好校讎考訂，遇有漢魏善本及經世之書，必録而藏弆。并通音律，予嘗告以古樂久亡，東晋時僅存《鹿鳴》、《魚麗》四首，後并無之，今欽定《詩經樂譜》，取三百篇，悉注以四上工尺，且將簫笛琴瑟而盡譜之。君誠好樂，能舉是書商諸同志，擇優伶數輩弦習，俾古音復著於世，實六經之鼓吹，而蓺苑之功臣也。

冬月贈戈大襄

一棹沿清流，得與幽人晤。囂聲遠市闤，微陽隱半樹。耽此曠朗懷，不辭來往屢。紛華謝外假，素履任坦步。既殊沮溺流，亦無仙佛慕。悠然觀所尚，自適有餘裕。

己未季秋陳大鴻壽招集小園繪圖索題

疏林澹秋氣，天宇轉高爽。適然偕同調，一往延心賞。茲園雖近郭，面勢頗寬廣。潛鱗樂深池，飛鳥脱塵網。良友豈易逢，佳辰足俯仰。短韵激清商，長嘯振逸響。陳君今謫仙，超絶誰能仿。雲夢具胸懷，烟霞出指掌。中夜爲此圖，流暉月正朗。异時儻重游，風景殊可想。

楊之灝

字簣山，婁縣人。諸生。

月夜江行數百里

日斜初上漢口船，月出已過道士洑。臨流對月還命酒，青山過客如相逐。一江無人夜欲寒，兩槳不動去仍速。水光月光相與閑，翻嫌船過微生縠。遠聽乍聞柔櫓聲，叢蘆知有征鴻宿。快哉此行

畫不如，烟中早露黄山麓。

辛丑八月將出都之秦汪小蘭諸君招集陶然亭賦别

軟紅回首隔人天，一片秋光在眼前。積水曉開千匹練，空亭晴入萬家烟。砧聲遠近催寒信，屐齒依稀記往年。舊雨不來今雨集，停雲重與駐吟鞭。

朱　桂

字林一，嘉興人。諸生。官淳安教諭。

發沅江過洞庭湖口

朝發沅江渚，初日尚和煦。遠水浸垂楊，中洲没芳杜。水鳥拍拍飛，回旋妙楚舞。揚帆入淼莽，破浪隨仰俯。山低岸影移，浪疊雲容聚。浩浩蕩心胸，脉脉思往古。酌酒奠芳魂，美人渺何許。

六月十五夜泊辰溪對月

萬里一輪月，波光上下浮。故鄉當此夕，清影入高樓。萍梗憐踪迹，壺觴强勸酬。明宵何處宿，雲擁楚天愁。

何其偉

字韋人，青浦人。諸生。有《簳山草堂吟稿》。

《蒲褐山房詩話》：簳山不在吾鄉九峰之數，而澄泓蕭瑟，昔董思翁常作水墨圖長卷，頗有事外遠致。韋人世居此山之下，曾祖王模精岐黄術，亦能詩。韋人曾從曲阜顔運生孝廉游，故知讀書愛古。憫陳忠裕公子龍詩文零落已久，因與同人搜采而剞劂之，亦有功于先哲者矣。

通波塘道中

放棹尋幽勝，迢迢溪路長。三篙新水緑，九點暮山蒼。牧笛花村外，漁罾柳市旁。歸來燈火處，指點是山莊。

出京口

帆翦西津渡，推篷入畫圖。樹連瓜步暗，雲擁蒜山孤。跋浪神魚出，團沙宿鳥呼。廣陵何處是，小泊傍菰蘆。

湖上過梅莊訪陳花南司馬賦贈

落拓生涯去住便，湖山小隱絶塵緣。名園舊植梅千樹，客館新營屋數椽。水閣夏凉聽雨坐，蕉窗晝静抱書眠。六橋烟月誰消受，盡付先生樽酒邊。

偶來湖上叩雲亭，鎮日淹留雨未停。新竹漸添三徑緑，好山常放一簾青。赤城霞彩餘詩卷，時從天台游歸。烏戍溪流入畫屏。先爲烏鎮通判。最羨重陽籬菊綻，題襟裙屐又盈庭。去歲曾作展重陽詩會，期於今秋再聚梅莊。

湯禮祥

字典三，仁和人。諸生，吏部侍郎右曾曾孫。有《栖飲草堂詩》。

《蒲褐山房詩話》：典三自言《懷清堂集》宗派能守不墜，然少宰清幽秀雅，出入漁洋、綿津，而典三詩頗有奇氣，未必不厭家鷄而喜野鶩也。

吾師顧涑園太守曾宰清豐有惠政距今五十年矣戊午十一月其邑人有過杭者知公里居無恙相率三十餘人登堂羅拜而去禮祥作詩紀其事以修輶軒之采云

山鷄愛毛羽，志士重修名。況乃爲民牧，毁譽尤易成。清豐有賢宰，吾鄉推耆英。憶昔漳衛水，

一決連魏城。哀哉城下骨，尚帶蛟龍腥。賑恤招流亡，溝壑餘零丁。三上河渠書，議格終不行。紀灾淚盈紙，鴻雁同哀鳴。公有《勘灾吟》四章，詞甚淒楚。距今五十載，父老來西陵。自言清豐民，我曹皆侯生。侯今喜健在，侯昔何賢能。中有年少子，傳聞自父兄。今幸睹侯面，恨未竹馬迎。或長跽不起，或稽首階庭。或起焚爐香，或笑或涕零。何以獻我侯，紫棗雜黄橙。何以頌我侯，壽考而康寧。我公前致辭，小惠何足稱。無端念衰朽，而我愧益增。願爾爲良民，願不負太平。手摩父老頂，歡愛如孩嬰。出門尚回顧，觀者填柴荆。允矣古遺愛，亦足驗民情。民情有如此，願共惜賢聲。

壽先生歌并序

先生諱同春，諸暨人，佐臺灣淡水郡丞程峻幕。丙午冬林賊亂，郡丞死之，竹塹城陷，先生糾義民克復之。明年十二月，官軍進發，遂駐烏牛欄。初十日，進逼賊巢。賊懼，設伏以出。義民潰。先生馬蹶被獲，駡賊不屈死。時年七十二。

布衣之勇不可敵，七十老翁來殺賊。躍馬大呼壯士趨，義氣一激吞澎湖。狼豕狰獰忽奔突，軍聲不動鼓聲咽。血光射海海水紅，狂氛惡霧迷西東。馬蹄一蹶落虎口，怒駡群凶爾莫走。十萬官軍在爾後，殲爾凶殘傳爾首。是時月黑群鬼號，賊兵林立揮長刀。須臾見刀不見人，可憐萬刃攢一身。

嗚呼幕府之客有如此，布衣不愧真男子。

李　福

字子仙，吴縣人。諸生。有《嘯月軒草》。

嚴子陵釣臺

自有高人迹，桐江水獨清。一竿常在手，三聘竟忘情。天子何能屈，先生豈好名。至今釣臺上，夜夜客星明。

咏西楚霸王

中原騷擾獨横行，地盡身亡氣不平。鉅鹿先時誅宋義，沐猴失計拒韓生。萬人敵早降秦將，八載天應厭楚兵。帳下悲歌數行泪，英雄兒女各吞聲。

徐雲路

字起萬，崑山人。諸生。有《釀花居詩》。

擬古

陽和二三月，桃李華參差。夭冶倚東風，婀娜不自持。得氣既微薄，悦世遂以姿。恒恐冰雪至，汲汲開及時。東籬有黄菊，秋老挺霜姿。孤山有老梅，歲寒意自知。何爲看花者，桃李路成蹊。

停君白玉卮，聽我彈清琴。冥心衆籟寂，妙悟得古音。一彈流水咽，再彈山月沉。急雨灑空江，悲風動遥岑。獨賞良亦佳，安用求知心。

陳蘭汀招集小蓬瀛作

俊侶適然集，開樽傍夕陽。纖雲流濕翠，曲澗閟幽香。獨鶴警宵寂，高梧侵夢凉。永懷仙客去，

酒醒幾回腸。

護經室寓齋示戴生竹友

萬花叢裏讀書堂，寶篆茶烟裊細香。馬老未諳迷詰曲，鳳雛已覺勢飛翔。客來屐損苔紋古，酒罷談銷晝燭長。尚有金針花樣好，閑教妙手綉鴛鴦。

石　鈞

字遠梅，吴縣人。監生。有《清素堂詩》。

青石嶺

絶壁一綫開，雙崖插天壯。連山走東南，截海作屏障。上蟠太古松，元氣殷摩蕩。高鳥倒翅飛，石角森怒向。孤雲輕一觸，破碎變萬狀。赤豹從黄狐，出没負嵎望。險絶聞劍關，兹嶺復不讓。我

今陟危梯，足縮意含愴。通塞命固然，作歌當樵唱。

登潼梓門海中眺望

揚帆赴滄溟，倏失萬重嶺。怒濤挾風雷，海底蛟龍騁。映天黑如漆，水色詫北溟。浪花没前舟，瞥眼絶形影。須臾駕高浪，忽若坐山頂。我行駭心魂，險絶閱异境。四面水壁立，孤舟落深井。下上捷騰梭，掀簸風力猛。稍師嚴捩柁〔一〕，到此各相警。静念垂堂言，慨焉發深省。

【校勘記】

〔一〕「稍」，當作「艄」。

仰天塢尋石林山房

披烟上層崖，危亭塞嶺隘。蘿徑屢曲盤，磴轉躡山背。佳趣隨境深，流雲隔塵壒。潛游空翠中，稍漏日光碎。磵花多妙香，竹泉無驚籟。俯仰澄孤懷，憩息玩晻靄。幽禽不飛鳴，坐久聞梵唄。理策轉蒼茫，精廬竟何在。

曉度山海關

馬首西風緊，關門曉霧開。地形隨海盡，山勢抱城來。磊落心猶壯，飄零鬢已摧。從今清宴日，不必戍龍堆。

李方湛

字光甫，仁和人。諸生。有《小石梁山館詩》。

西溪道中

一舟摇欸乃〔一〕，曲港容延緣。竟日不見人，十里菰蒲天。白雲起我後，青山落我前。稍稍現墟落，遂覺耳目遷。兒童看鷄犬，返照柴門邊。水光澹叢竹，翠色何娟娟。漸入境轉佳，身與鷗鳧閒。相將發高唱，意適不欲旋。微雨溪上來，散作蘆花烟。

【校勘記】

〔一〕「欵」，當作「欸」。

人日偕施樹存姜淳庵家允升河渚探梅

獻歲厭塵雜，拏舟尋花叢。素心二三子，聯此物外踪。沿溪欲窮源，烟樹何蒙茸。斜陽照殘雪，明滅八九峰。老梅萼未吐，已抱冰雪容。有如癯仙癯，高躅不易逢。咤兹清景絶，百慮一以空。何當把春鋤，來作梅花農。

二月二日偕家允升重游河渚看梅泊舟雲溪庵

鷗鳥見已慣，復來導烟艇。遥山回春姿，掩冉無定影。花光水上來，化作溪雲冷。濛濛染衣裳，風香任人領。清磬一聲圓，茅庵隔畦町。

白衲庵曉起同舍弟方洽

春山挾春雲，浮動不自主。東風一以吹，散作前溪雨。雨止山依然，風定雲更吐。幽人曉夢清，披衣聽鳥語。初陽尚未升，山間雲縷縷。不知身在山，但覺雲滿户。

河　渚

舟蕩一溪烟，凌風意渺然。竹光多在水，山影不離船。欲置三間屋，曾無二頃田。回頭語朋好，風景勝斜川。

蒹葭里

蒼茫一片雲，蒹葭欲無岸。盡日不見人，亭亭起樵爨。
溪清石齒齒，沙凈鷗娟娟。微風吹波光，散作花上烟。

金學蓮

字青儕，吴縣人。諸生。有《環中集》。

登三泉亭後最高閣晚眺

秋色擁蒼烟，秋聲亂高樹。四山微雨來，慨然秋已暮。三泉引游人，聽泉得行路。整衣上高閣，下瞰飛鳥度。頓覺心神開，滿目欣所遇。梵聲送天香，妙理從此悟。

山居秋暝

暝色有無間，秋光滿竹關。小池明月上，照見一痕山。風静響初歇，形忘心益閑。稍聞西澗水，林外過潺湲。

秋庭桂開遲朱磵東不至

籬落翛閑處士家，可憐詩卷寄生涯。人歸小閣餘楓樹，酒熟空山發桂花。幾片薄雲時待畫，一簾秋雨自煎茶。徘徊莫助幽居興，檢點殘書半榻斜。

大雪良鄉曉發

良鄉冬盡雪花飛，路遠江南夢亦稀。父曰嗟予猶北望，歲云莫矣曷南歸。馬開曉凍蹄應脱，城罨重陰樹已微。始信朔方寒氣盛，誰憐客子嘆無衣。

李 斗

字□□，號艾塘，儀徵人。□□。有《艾塘詩》。

《蒲褐山房詩話》：艾塘矜情既勝，詩筆亦佳。嘗作《揚州畫舫録》十八卷，山水園林，勝流佳話，

多見其中。雖雅鄭雜陳，而風流旖旎，使讀者如在緑揚城郭、二分明月間然。乾隆丁丑，翠華再幸，鹽政高君圖紅橋之平山堂二十四景，屬余各爲小叙題之，進呈行幄，荷蒙留覽，而此録未及搜采，知所遺尚多也。余過廣陵，艾塘以詩見示，寥寥無幾。摘而録之，一滴亦可知味爾。

東平道中

曉發東昌道，晨光積翠間。馬嘶孤店月，鷄唱半城山。柏老秦封古，蘆收魯道間。十年游子夢，記取此間關。

過嶺至南安

翠屏丹嶂不成圍，露出城南白板扉。雨後亂流鞭馬渡，樹梢殘月趁鴉歸。倚天關塞空長劍，匝地風霜但短衣。此去誰爲東道主，荒亭且與息驂騑。

周中孚

字信之，烏程人。諸生。有《山茨詩録》。

秋夜書感

蕭齋秋雨後，寂寞一燈懸。短笛飄殘夜，疏砧擣暮天。自憐吟積瘦，深惜酒成顛。怪底西窗月，偏來照獨眠。

過問松庵

空山環面面，隱見問松庵。暮靄迷紅樹，寒鴉點翠嵐。鐘鳴修竹裏，人語小橋南。雅尚耽禪悦，行同彌勒龕。明歲擬讀書庵中。

游萬魁塔院

古刹傍危巒，凌虚足壯觀。諸峰浮翠黛，一水漾清瀾。梵響法雲裏，猿聲幽樹端。殷勤尋勝迹，不覺夕陽殘。

月夜泛舟

良宵如此月，載酒木蘭橈。漁火依遥渚，星光落晚潮。半帆清影碎，一帶宿烟消。經過蒲塘路，良朋抗手招。時遂過沈四淦齊。

柬劉丈海寧

劉子杼山隱，飄然鸞鳳儔。閉關惟頌酒，乘月獨登樓。忽憶隅園好，駕言滄海游。何時一蓑笠，鼓棹白蘋洲。

過費宏韜齋

小圃經年築，蓬門鎮日關。栽花疑入畫，叠石宛成山。竹外茶烟静，籬間鳥語閑。結鄰曾有願，勝景許同攀。

贈潘一崙

白蘋洲畔緑楊陰，静掩衡門歲月深。高士書還藏萬卷，真人方自擅千金。客來嶠外頻談劍，鳥語窗前獨撫琴。安樂窩中幽趣在，隱居何必定山林。

春夜同人讌集時周三敬歸自河間

亭亭新月照窗扉，促席清談與俗違。雪上偶然知己合，河間喜得故人歸。梅花一盎詩懷淡，春雨三更酒力微。兹夕剪燈真韵事，應教游客悔前非。

董國華

字琴南，吴縣人。貢生，候補訓導。有《讀書帷初稿》。

海潮庵晚坐

湖山生夕陰，凉月挂喬嶺。琅然何處鐘，遠聽發深省。夾衣怯微風，稍覺露華冷。不見支公流，松間淡秋影。

送友入蜀

凉風動天末，落木助秋聲。到眼總寒色，故人且遠行。關河千里夢，烽火十年兵。漫説蠶叢險，書生竟請纓。

陶　梁

字寧求，號鳧鄉，長洲人。諸生。

《蒲褐山房詩話》：鳧鄉風流儒雅，爲近日吴閶文士之冠，尤擅倚聲，吴穀人、倪米樓諸君斂手推之。予撰《續詞綜》，搜采編排，多其所助。詩不多作。少學《長慶集》而能去其淺率，無乖正始之音。

蘆庵贈梅嶼上人用樊榭韵

溪行夕彌佳，群山轉窅窕。秋蘆渺無際，月出淡四照。相携款精廬，禪客并才峭。「吟寒應齒落，才峭自名垂」，姚合贈賈島句也。示我一卷詩，疏野絶俗調。嗟余困塵鞅，役役過年少。發想結林廛，于此理耕釣。手投巢父竿，肩荷丈人篠。盟言有如水，梅花莫相笑。

硯山丙舍

崇阿抱佳城，林木閟深冷。面山屋數椽，絶塵事幽屏。落日聞樵歌，四圍亂峰影。

梵香齋

往昔住參寥，空齋坐禪悦。妙香静者聞，逆風吹梵筴。安得契元言，相依理白業。

栖雲閣

高閣俯山徑，春花落如雨。開窗嵐翠濃，霏霏濕衣屨。栖托本無心，閑雲自來去。

聞思精舍

香龕半跏趺，觀心澈三界。溪聲與禽響，妙解偶然會。何如斷聞根，天空寂萬籟。

西溪秋雪庵

延緣渚中去，倚棹趁朝暾。秋水白無岸，遠山青到門。鳥聲喧佛頂，蘚字蝕墻根。彈指空興廢，閑從老衲論。庵有彈指樓。

西溪道中口占

凉風晴日過殘秋，出郭携朋汗漫游。纔指秦亭西去路，青山紅葉滿船頭。

層嵐迎面起寒烟，芡港菱灣别有天。未許豪游人到此，野橋只進庳篷船。樊榭《西溪詩》：「矮梅花繫庳篷船。」〔一〕

【校勘記】

〔一〕詩題，厲鶚《樊榭山房續集》卷六作「泛舟河渚過曲水秋雪諸庵二首」；「花」，作「下」。

楊惕龍

字健齋，海寧人。貢生。有《得樹軒詩稿》。

舟中望九龍山

不知九蒼龍，飛來自何代。一龍化一峰，天際浮遠黛。隱現無全形，俄頃有諸態。神游坐超忽，目極迷向背。鳥度青嵐間，鐘鳴白雲内。舟行望已隔，眉宇翠猶在。無由携蠟屐，把酒登龍背。日落半規銜，渾疑抱珠睡。

曉經太湖

夜談五湖奇，殘夢墮雲水。七十二山靈，夢中呼我起。潮平月稍落，極望波瀰瀰。人語寒蘆間，中有漁舟檥。長烟迷白鷗，平林没青薺。俄頃朝陽升，萬象歸眼底。修蛾翠若掃，匹練浄于洗。不知遠峰外，湖光復幾里。豈無濟勝具，坐惜孤帆駛。一舸倘浮家，發興自兹始。

從軍行

匹馬度陰山，黄沙一望間。陣雲低壓帳，邊月迥臨關。鼙鼓消春色，烽塵損壯顔。深閨知報國，未敢唱刀鐶。

憩萬峰庵

幡影香臺畔，蕭然晝掩關。客依幽鳥坐，僧帶野雲還。一徑入紅樹，半窗横碧山。平生清絶意，

喜得暫時閑。

晚晴散步湖上

湖光洗出碧玻璃，游屐微沾雨後泥。斜照忽明孤塔杪，落霞都在亂峰西。一林晚磬烟藏寺，十里秋荷水拍堤。乘興却忘歸路暝，步隨漁火度前溪。

楊試昕

字允成，丹徒人。監生。有《海岳山房詩草》。

雪後登石頭城

窗外飢雀喧，曉雪紛已積。聯袂登石城，一水通鄉國。皎潔寫素懷，周覽心更適。山容掩空翠，江光破虛白。昔日王謝流，清談緬遺迹。何當恣幽尋，古梅弄寒色。

九華山

凭欄俯視群峰小，雨過秋泉飛木杪。蓮臺香氣繞雲中，石磴盤空烟縹緲。山僧留我古雪堂，清談剪燭開懷抱。花間不覺露華明，天鷄忽唱山窗曉。

吴山觀潮

雪捲千山白，天開一綫青。勢疑挾風雨，聲忽走雷霆。不見錢王迹，誰招伍相靈。波濤吾久涉，鼓棹入滄溟。

西　溪

兩岸荻花遠，一溪秋水深。山光忽左右，竹翠與浮沉。遠籟出雲表，空香清道心。境幽延賞劇，泛棹入疏林。

徐　鉽

字彦常，仁和人。諸生。有《竹光樓稿》。

靈隱借秋閣觀貝葉經

吾觀西域書，三藏十二部。率皆支那本，梵筴未曾睹。偶尋山僧來，高閣坐逃暑。云有貝葉經，藏弆歷年所。茶餘出示客，几净還拂塵。香吐栴檀函，濯手許摩撫。尊如啓蓍櫝，葉葉帖然貯。四十有餘翻，中通貫綦組。長逾桐葉圭，闊倍箭笴羽。微黄隱碧色，細脉繞金縷。堅韌勝雲箋，滑笏比玉楮。竹映若新采，風來恐輕舉。其字雜半滿，其體殊媚嫵。紆餘鳥迹聯，屈曲蚊脚聚。非篆亦非籀，有咏復有努。纖濃得三昧，訣法受諸祖。墨煉鷄足煤，光明乃如許。恍疑用竹册，點漆學上古。想見碧眼僧，力寫亦良苦。腕底開青蓮，人天爲眉舞。此經延平時，萬里進中土。無煩白馬馱，寧懼毒龍取。流傳免塵劫，完好在佛宇。惜無竺法騰，譯此秘密語。諦觀字茫然，但以手畫肚。三點尚識伊，一勺竟非與。欲明菩提旨，難誦釋迦譜。且復倚高窗，雲陰待凉雨。

龍井一片雲石歌

深山古井神龍宅，龍過蓬萊雲五色。攫得青雲一片歸，擲向岩前化爲石。玲瓏瘦碧雷斧雕，至今屹立神自超。望之髣髴如輕綃，勢將一躍千層霄。雲頭欲起雲脚牢，依然閣在青林梢。停雲不動行雲聚，雲去雲來作雲主。

夏日登玳光庵遇雨

獨上清凉地，經樓梵唱停。竹風緣澗響，江雨到山青。池想金蓮涌，泉留石室聽。坐深幽鳥散，霽色滿雲屏。

朱　壬

字謂卿，錢塘人，彭子。諸生。有《畫舫齋稿》。

冷泉亭坐月

明月如故人，到山若相識。愛兹林壑閑，迥與塵境隔。流泉通雲根，涓涓漱石脉。水光交月光，倒射潭底白。夜静生峭寒，凭欄清露滴。兹游不易逢，聊以永今夕。

吴山觀潮兼送遠梅時庵游金華

秋放萬山青，潮來一綫横。浪花低越嶠，樹杪走江聲。不盡登臨感，還增離别情。金華洞天好，相送去帆輕。

送陳新篍歸黄山

黄山奇秀處，三十六芙蓉。未識君歸去，高居第幾峰。閑騎幽澗鹿，静聽隔林鐘。何日來相訪，同看六代松。

聞李光甫北行作此送之

河梁忽聽唱驪歌，一片孤帆逐遠波。鴻雁南來君北去，不知何處稻粱多。

吴　嵰

原名尚錦，字敦素，常熟人。監生。

别石太守韞玉

縹緲雲陽路，驪歌落日斜。萬山來劍外，孤棹去長沙。住久難爲别，情深此亦家。碧鷄坊下客，淪落聽悲笳。

答　友

太守憂時切，殷勤訊益州。大江天設險，落日鳥知愁。地僻斷樵徑，山危多戍樓。年年聞戰伐，無計覓吴鈎。

于　淵

字静齋，丹徒人。有《第一村詩鈔》。

送李祖佑之邗上

肝膽憑忠信，風流愛典墳。情深常話舊，酒盡更留君。斜日沉江水，秋山隱暮雲。那堪揮手别，落木正紛紛。

與倪米樓王柳村季雲崖暨揖峰夫子登江上小閣

村路梅花放，天風飄古香。爲登江上閣，一繫月中航。春氣涵孤嶼，濤聲到客床。今宵頻剪燭，話别意蒼凉。米樓有欲至漢上之意。

戴延介

字受兹，歙縣人，寓居吴縣。監生。有《古藤山館詩鈔》。

題陳永齋初哲觀察登崋圖遺照爲蘭汀賦

百二秦關使節開，參天岳色勢崔嵬。秋從白帝祠邊肅，人自金鰲頂上來。讀畫倍增耆舊感，徵詩更賴子孫才。芙蓉九朵雲千叠，常護芸香慰夜臺。

吴傑

字卓堂，號梅粱，山陰人。貢生。

《蒲褐山房詩話》：梅粱瑶林玉樹，風格超群，而慧業性成，清才泉涌。年纔弱冠，與歸安邵保初升泰、弟保和履咸名相上下，芸臺中丞貢入成均，蓋越中之秀也。予在敷文書院，嘗以《西湖柳枝詞》課士，芸臺謂自鐵厓没後，五百餘年無繼聲者，而鈍翁《姑蘇柳枝詞》和者亦鮮，因編徵諸吴越士大夫[一]，同作者凡數百人，芸臺序而行之。今酌選數首，附于卷末，以當他日西湖故事云。

【校勘記】

〔一〕「編」，當作「遍」。

登卧龍山望會稽禹陵

卧龍不化梅粱飛，玲瓏佳氣騰翠微。風雲萬里護名鎮，百神朝罷迴靈旗。蒼松翠柏儼成列，玉書金簡精光結。宛委山頭雷雨開，窆碑亭上龍蛇掣。岣嶁石氣涵餘青，玉帛千重會大廷。回首蓬萊

舊城闕，鷓鴣啼破雲冥冥。越王宫殿鎖歌舞，衰草荒烟自終古。瑯琊北徙争中原，一朝金玉藏黄土。豈如不封不樹明德馨，馭下九龍卧風雨。

西湖柳枝詞

十里蘇堤半緑條，籃輿宛轉馬蹄驕。折來欲挽同心結，無奈相逢是斷橋。
風前嬌態倩誰扶，映李遮桃入畫圖。縱是楊花飄莫定，浮萍猶得住西湖。

章　柱

字巨卿，分水人。諸生。

西湖柳枝詞

西泠吹雨晝冥冥，深淺螺峰叠畫屏。似替蘇娘作寒食，小桃墳畔一枝青。

邵保和

字履咸，歸安人。諸生。

西湖柳枝詞

無限長條又短條，白蘇堤畔不勝嬌。行人漫唱驪駒曲，留得春光住六橋。

王紹舒

字作明，青浦人。諸生。有《澹園詩鈔》。

聞雁

試聽風前斷續聲，樓頭孤客漫關情。呼群寒浦飛難定，流影空江字不成。塞北無端愁遠别，天南從此嘆遐征。如何石上藤蘿月，照見蘆花一夜明。

聞鷄

宿霧籠烟散未收，黄鷄聲裏曙光浮。燭房已隔游仙夢，茅店應生遠客愁。九塞雲荒催落月，五更霜冷逼殘秋。平生不羨劉琨舞，日上三竿被擁頭。

王莊壽

字椿齡，號硯傭，青浦人。諸生。

復歸樂天廬舊居

年來闤闠逐囂塵，刺促徒慚近市身。一笑故廬尋息壤，烟霞欣得舊時鄰。
茅舍田家雨乍晴，村村耞板樂豐盈。我來長物嗟何有，兩架圖書一酒槍。
試啓蓬門落葉稠，滿林寒色露華浮。蔬芽昨夜抽新緑，好佐空厨一夕謀。
遥指西林日欲晡，竹爐活火暖村酤。奚僮入市歸來晚，買得松江半尺鱸。
未向長安逐錦韉，時澹園三兄將赴都下。且從三泖狎鷗眠。吾廬吾愛原非隱，舊額由來是樂天。樂天廬，高祖命名。

湖海詩傳卷四十六 方外

明中

字大恒，仁和人。幼投嘉興楞嚴寺出家，晚主西湖净慈寺，入寂。有《芅虚大師遺集》。

《蒲褐山房詩話》：大恒梵誦之餘，兼習詩畫。交厲樊榭、施竹田、周穆門諸君，故其詩澄澹幽敻，癯然以瘦，皎然以清，如孤鶴警露，清猿嗷霜。杭太史堇浦謂以蒼松翠竹、清泉白石爲供養，以經行晏坐、打鐘掃地爲職業，以寒山、拾得爲本師，以皎然清晝爲程式，信也。行脚入京，侍永覺無礙禪師，直萬善殿，歸主西湖之聖因寺。上南巡，製一絕賜之。後住净慈最久。乾隆戊子示疾，弆其稿，命弟子佛裔求香樹尚書及堇浦爲序，而屬梁山舟侍講刻焉。先是，歲丁丑秋，余過西湖，大恒留宿山房，乘月夜邀天台齊次風宗伯與堇浦及僧讓山泛舟，歷三潭、斷橋諸勝，迄夜分始返。其寄興蕭寂如此。嗣法門人實蔭不能詩，而山水頗得其法。

送陸南香之廣陵

得得來東湖，秋晴愜幽抱。西風不作寒，勝事縱探討。珠臺繪烟林，詩壇問諸老。况復籬花黃，流連托同好。先生忽言別，重尋竹西道。山堂記曾游，石磴冷荒草。遥指萬松間，一榻爲君掃。

題　畫

黛色連修林，春曉破烟靄。時從湖上看，偶與幽意會。白雲何娟娟，奇姿不可繪。遐思輞川人，展卷坐相對。觀妙各有得，喧寂兩無礙。聊以物外心，參之畫三昧。

林栖愜所適，勝概恣登臨。秋清景物曠，蒼翠紛遥岑。山中寒意早，疏瘦愛烟林。塵慮不待遣，日夕娱冲襟。蕭然禪誦暇，即此窮幽尋。何人携野屐，相訪丹崖陰。

早春椒園看雲茘帷過訪山中坐梅花下茶話分得聞字

入春未匝月，草木便欣欣。獨有耐冷花，不藉東風薰。山中一枝早，朝暮栖白雲。尋幽來素侶，短棹烟波分。空香引屐齒，世界銷塵氛。相對各無語，微妙在寂聞。經行或坐卧，蕭散如鷗群。須臾晚鍾動，疏影明斜曛。轉憶西溪西，籬落方繽紛。擬探輒又止，清夢嗟徒殷。期游西溪不果。

招沃田雲汀讓山暨實踪甘墩村看桃花以李青蓮犬吠水聲中爲韵得水字

故人雲間來，訪我碧岩裏。夜雨龕燈寒，幽事喜重理。乘霽陪清游，游情詎肯已。人生合并難，風光況云美。更問甘村花，拏音出春水。稚柳摇輕烟，濯濯十數里。波痕九曲静，蒸霞四面起。短篙礙平橋，將進如欲止。欣然携枯藤，仄徑行花底。紅雨飛晴空，白雲狎羅綺。匝地花陰生，凌亂趁芒履。忽焉俯仰迷，安能辨桃李。青春去堂堂，開落一彈指。撫景乃放吟，惜哉日趖矣。柴門啼鳥下，斜陽白沙觜。蒼茫唤歸船，隔岸鶴峰紫。

寓梧竹居同陸敷南張鐵珊夜話

遲客過秋寺，西風石徑斜。晚鐘吹落葉，清雨對霜花。一鉢詩情在，孤燈鬢影華。最憐深竹處，覓句共量茶。

秋日同竹田鐵珊四照亭看雨用賈仲穎詩句雨聲中爲韵得詩字

短棹西風握手遲，空亭茶話又移時。四山雲氣曉初濕，萬竹雨聲秋最宜。畫愛米家新潑墨，地鄰天竺舊題詩。此間清景供消受，試與芒鞋訂後期。

廣陵重游馬嶰谷行庵

香茅一抱屋三椽，彈指聲中憶舊緣。隔岸疏林猶著雨，到門修竹欲生烟。秋光却趁重來衲，詩案仍參未了禪。際此蕭辰莫辜負，不妨遲上渡江船。

小滿日雨中同樹田嶺雲集小有天園得陰字

雲影空濛一壑深，偶留雙屐笑無心。碧潭雨過來寒瀑，緑樹烟昏墮濕陰。高閣寂時幽鳥下，亂山圍處晚鐘沈。眼前好景誰收拾，錯向南宫畫裏尋。

題　畫

秋樹無定色，秋泉無定聲。支笻過橋去，衣袖秋雲生。

板橋疏竹外，門對一峰青。溪柳未全緑，風蒲已滿汀。

題　畫

徑僻闃無人迹，山空只許雲來。聽得風泉亂處，烟篁翠濕琴臺。

秋日喜江聲竹田過訪白雲堂即次竹田韵

游迹吟情兩不孤，獨㸐燒笋出荒厨。疏簾清簟秋聲裏，爲寫張爲《主客圖》。

曉烟冪䍥五峰陰，看雨尤憐到石林。蠟屐風流還信宿，不須爲問去來心。

辛未初冬重游京師道出清江與慈雲主人夜話口占斷句二首以志别懷

帝里游情記得曾，十年重作打包僧。暫來一宿清江寺，絲鬢相看話佛燈。

茶板聲殘禪板催，紙窗寒透月來時。翻嫌見面成多事，未盡離懷又别離。

宿西水驛

三分秋月照當頭，樹影參差認故邱。不信到家還是客，聽殘戍鼓水西樓。

篆玉

字讓山，錢塘人。住南屏萬峰山房。有《話墮集》。

《蒲褐山房詩話》：讓山居西湖之北，雲水翛然，與烎虚掩關却掃，同擅詩畫，爲法門兄弟，不啻無着、天親。烎虚供奉萬壽殿，賜紫迎鑾，有紅樓應制之作，而讓山參學之外，不入軟紅，又如雪嶠之於天童也。其詩幽新清悟，有攬擷之不盡者。昔維摩詰默然晏坐，而諸大士十二義皆墮，是以初祖西來，掃盡語言文字，然無言之教，藉言以顯，三乘所同，正不礙以吟咏作佛事耳。

雨後集雲居望湖上諸山

雨止整游屐，清思遂紛紛。微風拂林杪，疾卷陰壑雲。興會固無適，登陟從所欣。修廊展遐矚，物態呈殷勤。重湖界若罫，山暉鎔氛氳。羡彼衆峰影，遍繞荷香熏。天空愜晴望，連袂忘遽分。側行浄莎圃，示我瘞髮墳。各循城坳歸，喧寂雨不聞。回首緑沈寺，啞啞鴉叫群。

法相寺

摳衣躡沙嶺，著意度花津。忽聽穿林磬，來參不壞身。爐烟昏古殿，庭樹緑初春。卓錫泉猶在，真堪濟世塵。

題竹西圖

幾回欲買竹西舟，今日翻從畫裏游。隔水蒼松千點翠，照人明月二分幽。固無陳迹關清夢，難忘遺文在選樓。暫别重湖定相訪，凉聽歌吹入新秋。

秋日南屏坐雨

黄妃塔影曉霏微，山色蒼茫碧四圍。妨帽略删捎徑竹，延賓方啓傍岩扉。一聲柔櫓衝烟出，幾對閑鷗背雨飛。我亦願同湖上去，擬將荷葉補秋衣。

實　源

初名三友，號一泉，青浦人，居白鶴江。投來青庵出家。

《蒲褐山房詩話》：一泉居停横雲山張氏山莊歲最久，故其書宗法文敏，又寫梅，多兀奡縱横之氣，持較前賢，神韵或不逮，而瘦硬亦可喜也。然題句頗有佳者，如「半塢寒雲依水石，一鈎新月挂簾櫳」，「着人自有奇香處，對客常含不語情」，「兩岸嚴風吹玉樹，一灣春水浸雲根」，「薄批明月歸詩肆，笑約春風伴酒觥」，「九畹蕙蘭爲上客，六橋風月是知音」，「漠漠遠香來澗谷，微微春色染林塘」。世有陳希顔輩，必亟爲集録也。錢唐金壽門農嘗送其歸青浦云：「夢醒槐根日未晡，願聞妙法闡醍醐〔一〕。石人閉口寧相妒，蓮子空心自不污。成佛莫居靈運後〔二〕，彌天得似道安無。袒肩持鉢師歸去，如蓋涼雲薛澱湖。」後游京師，偕一侍者往禮五臺，遂不復反。

【校勘記】

〔一〕「醍」，原作「醒」，據《冬心先生集》卷三《送性原上座還青浦》改。

〔二〕「居」，《送性原上座還青浦》作「教」。「運」，原作「連」，據《送性原上座還青浦》改。

和村居雜咏

携鋤抱瓮寄閑身，雨甲烟苗滿院春。一覺東華塵土夢，於陵常作灌園人。釀花小圃

蕉衫葵箑送新凉，六曲紅闌亞字墻。一翦微風香不斷，桂花如霰撲空廊。黄雪廊

疏陰滿徑鹿胎斑，凍雀無聲晝掩關。紙帳峭寒人未醒，舊游依約到孤山。冷香徑

紅嫣紫姹衆芳敷，一片迷離錦綉鋪。天女散來真色相，可曾微笑佛前無。花韵館

晤對蕭齋臭味同，仙根五色白雲封。應知綺季風流在，夢到商山第幾峰。芝室

仿佛倪迂翰墨林，珊瑚鐵網遍搜尋。馬肝鴝眼皆皮相，珍重磨礱一片心。友硯齋

沙禽撲漉破烟叢，池面波翻菡萏紅。好是晚凉殘照裏，釣竿斜罥蔫絲風。妙香亭

琉璃一碧漲春灘，回首風波行路難。何似翦燈同話舊，菰蒲疏雨夜窗寒。話雨篷

題語石畫

瞻禮花公已有年，曹溪法乳續高賢。即觀翰墨留千古，遥想宗風比具禪。

逸雲

字念亭，一名正感，長洲人。住支硎中峰寺。有《嘯雲山房詩鈔》。

《蒲褐山房詩話》：念亭住中峰，在支硎之後，弱冠出家，翛然自遠，不與時俗往還。性喜吟咏，吴竹嶼愛之，故常造其廬，且於峰前池上作水平樓以居之。時偕予輩游讌。後移居梁溪，晚歲復回山中，則樓亦圮矣。其詩幽閑澄迥，如染香人身有香氣者是也。同時以詩名者，□□静蓀，住支硎之□□院。兩僧與予同庚，皆先寂滅，而静蓀詩，其徒不戒於火，求之無有存者。

秋杪呈五峰李客山先生

雲卧驚時暮，秋深木欲落。路遠尺書遲，山暝聞栖鶴。松子墮空階，夜凉侵高閣。離思悵難同，北風助蕭索。

雨霽偕汪大紳步至法螺小憩

山雨夜來歇，霽景聊幽尋。欣與烟霞侶，清吟度竹林。相携出蘿徑，初旭開遥岑。飛泉注邃壑，清磬如鳴琴。緣泉不覺遠，直入重雲深。詎知寒岩裏，樓閣倚森沉。茂林交晴光，孤花表澗陰。鐘磬動齋時，看下林間禽。憩久欲忘言，澹然冥禪心。

張雨亭新構小閣詩以貽之

愛君嗜閑静，構閣近雲根。雨過頻移竹，花時獨閉門。野橋通小市，曲水抱孤村。莫厭今相過，蒼苔破履痕。

省齋上人雨阻中峰

錫駐近雲霄，中峰一徑遥。林花經雨潤，岩雪到春消。風竹頻蕭瑟，烟巒自暮朝。不知溪畔路，

新漲想平橋。

答王蘭泉都中寄懷

憐君鸞鳳侶，何事念山居。泉石心偏切，烟霞興未疏。禪庭冷似昔，世味淡如初。出處雲泥隔，多情慰遠書。

秋日汪愛廬王鳳喈李禹亭金南溟同過中峰留宿

承訪幽踪偕素侶，即依曲徑到香林。松蹊雨後苔添滑，岩壑秋來葉漸深。久近樵蘇荒禮數，懶同麋鹿枉招尋。諸公倘就繩床宿，月色柴門夜不禁。

湛　汎

字藥根，江都人。有《雙樹堂詩鈔》。

《蒲褐山房詩話》：藥根捨身奈苑，而以孝聞，趙侍御青藜極重之。來往揚州、江寧，與諸名士倡和。書法亦工，學於秦學士劍泉，得其指授。

新秋雨中同程香溪太史黄北垞閔玉井許藕生韋葯軒程筠榭書舸諸君過莎圃分韵

商飆吹颯爽，涼雨洗寥廓。不辭泥濘艱，來踐良友約。莎圃結構精，曲折饒邱壑。樹繁深院宇，荷静閑池閣。幽興殊不孤，好懷斯可托。坐待莫鴉歸，暝色一林薄。

將之焦山別邗上諸子用岑嘉州終南山雙峰草堂韵

我本雲水人，交多素心輩。彈琴且賦詩，相與晨夕對。偶欲躡焦岩，長揖別英概。去此不百里，乃在松寮内。繁喧勿我擾，孤寂性所愛。茫茫宇宙寬，浩浩江海大。舒嘯雙峰巔，周覽衆奇會。黄鶴擬可招，青山逸如帶。巍峨不波亭，靈風吹夕靄。高樹隱參差，修篁響細碎。坐傍焦公祠，何异嚴子瀨。諸君倘與游，扁舟可同載。

江村訪吕凉州

茅構臨江屋，尋君野興寬。春風窗四面，幽鳥竹千竿。山好如留客，人間似去官[一]。殷勤憐稚子，茗碗助清歡。

【校勘記】

〔一〕「間」，疑當作「閑」。

秋郊野步

出郭意何極，郊原緩步通。雲從天際薄，秋向寺門空。蛩語野塘水，鴉栖老樹風。那能盡游興，斜日酒旗紅。

性　仁

字慈恒，號懋膺，海寧人，爲陳文勤公從子。住揚州建隆寺。

同人天寧寺竹岡閑步分韵得半字

愛此修竹岡，行吟其蕭散。烟開鐘磬餘，氣爽陰晴半。林深翠影稠，風急蟬聲亂。避炎固所宜，尋秋深可玩。遥山秋雲生，近水野田漫。眺望意何窮，沉沉日將晏。

冬日張喆士蔣秋涇吴葑田陳竹町對鷗兄弟過寺看黄葉分賦

西風日卓午，嵇阮同乘興。不嫌郊寺荒，却愛桑林勝。任意憩空齋，落葉聲可聽。寂寞在忘言，妙理各契證。慚余非惠然，風幡論難罄。何時净業開，相與參清磬。

秋日洪闇公史苕湄焦五斗沈江門諸君子暨松亭藥根小集桐柏軒用孟襄陽游景空寺蘭亭韵

犬吠秋陰夕，細聽人叩關。雨驅殘暑去，秋放小庭閑。詩思碧梧外，客懷紅蓼間。荒厨無款待，煮茗語空山。

過桃花庵

隔林鳥語正綿蠻，落盡桃花客到關。楊柳陰中移畫舫，栖臺闕處見青山。漏聽蓮葉琴初罷，茶熟松風鶴未還。來向石頭尋畫本，豈知身在畫圖間。庵僧石莊，善丹青，自號石頭和尚。

達澄

字如鑑，江寧人。住持揚州高旻寺。

《蒲褐山房詩話》：高旻寺僧照圓，早歲得天童之傳，開堂叩法，如鑑與慧超、巨超，皆其入室弟子。參學之外，兼工吟咏。詩取法于放翁，夢樓極稱之。予南北往還，過瓜洲，必與盤旋竟日。

辛亥秋九月同夢樓先生暨汪梅村居士游寶華山乘興至攝山歸宿焦山借莽方丈次韵

琴書林下士，瓢笠水邊僧。共泛晴江棹，同扶秋寺藤。溪山行處遠，樓閣望中增。日暮風旛定，微明丈室燈。

徵君栖隱處，策杖入烟霞。苔澗千秋雪，霜楓二月花。留賓僧繾綣，礙路石硌砑。欲暢登臨興，籬陰一徑斜。

探幽情未盡，懷古咏猶餘。特趁一帆便，來尋三詔廬。齋鐘香飯後，漁火夜潮初。淅瀝空林外，時聞雨滴疏。

夏日放生河亭與無餘居士納涼

竹密烟深一徑虛，桐陰如幄覆階除。庭前時有窺簾鳥，池内應無避釣魚。南浦潮隨明月上，西林鐘帶夕陽疏。人間莫漫愁煩熟[一]，好共臨流此卜居。

池亭瀟洒絶纖埃，竹裏披襟坐石苔。世事且隨流水去，吟懷閑對晚凉開。風從緑樹濃邊起，雲向青山缺處來。沙鳥有情還戀我，烟波飛去復飛回。

【校勘記】

〔一〕「熟」，疑當作「熱」。

達瑛

字慧超，丹徒人。今居焦山寺。有《練塘詩鈔》。

寄空青山主

新秋桐葉飛，颯颯凉風起。遥望江上山，空青烟霧裏。幽人杳不見，展轉心何已。日暮勞我吟，白雲横素几。相思寄何處，一片浣花紙。爲乞幾月團，試此東泠水。

山居雜興

雙峰突兀似蓬瀛，百尺高樓近水晶。庵名。蕉雨一窗詩思净，松風半榻夢魂清。出墻花影横書幌，隔岸山光潑畫楹。薄暮來尋三詔洞，緑陰深處有啼鶯。

海雲樓

波光雲影接樓臺，一幅王維圖畫開。簾捲斜陽人獨立，帆移斷岸客初來。倚欄點筆題黄葉，着屐登山破緑苔。更汲東泠烹石鼎，松風謖謖響江隈。

鶴壽堂夜坐懷如鑑上人

銀河耿耿澹秋光，無那伊人天一方。淅瀝雨聲楓葉落，霏微露氣桂花香。琴彈石上桐三尺，雁到江頭字一行。蓮漏滴殘清不寐，松風蘿月夜蒼涼。

寄禹門上人

日暮空江采白蘋，天涯悵望素心人。禪通柏子庭前意，夢隔梅花嶺上春。十載風塵同是客，半生泉石與爲鄰。遥知細雨孤燈夜，得句惟應寄海濱。

餞秋

九十清光逐水流，西風惜别客悲秋。青帘一角離亭晚，紅葉千山祖道愁。攬轡馬嘶衰草路，銷魂人倚夕陽樓。蘆花何事多情甚，也爲秋歸白了頭。

清恒

字巨超，海寧人。住焦山寺。有《借庵詩鈔》。

《蒲褐山房詩話》：巨超住松寥，得照圓衣鉢之傳。劉石庵尚書贈以對聯：「萬疊江山工絶唱，三秋水月證參禪。」蓋道其實也。丁巳，予往訪之，下榻山樓，三更呼起，看長江墮月，五更後促觀滄海朝霞。胸次高曠若此，故其詩亦非九僧等可比。

桃花澗坐雨

身入萬重烟，濤聲澗底泉。一庵栖白足，千佛擁青蓮。坐久鬢眉緑，陰多草木鮮。桃花開已過，門掩竹籬邊。

懷楊夢蓮

海上分襟已十年，萍蓬鬚鬢總蒼然。嘗多世味心方冷，聽到鄉音喜欲顛。夜雨梧桐蕭寺磬，西風楊柳廣陵船。忽驚歲晚空相憶，咫尺烟波各一天。

喜晤茅耕亭學士鮑論山農部同古岩作

寂歷虚堂壁四懸，追隨雙屐到峰前。群鷗暮狎烟中浦，一雁秋涵水底天。鼎煮松風留客醉，門開蘿月向人圓。不知禪榻香消盡，爲覓新詩和智仙。

落　葉

蕭蕭復蕭蕭，可聽不可數。山童睡忽驚，報道窗前雨。

垂虹亭

夕陽曾倚小亭空，渺渺長橋挂彩虹。又卸夕陽帆一片，蘆花如雪捲西風。

默　可

字杲堂，吴縣人。住海彙庵。

題淡于秋山策杖圖

闔閭城中老詞客，生平落落耻彈鋏。故人盡擬拾瑶草，獨自空山踏紅葉。古徑深深絶塵染，悄然不聞吠村犬。倚笻小立疏林間，閑看白雲舒復卷。

即事

四十餘年事竺仙，而今情味益蕭然。資生小圃蔬盈畒，息影荒村屋數椽。飯後閉門惟面壁，人前緘口不談禪。故園歸棹猶慵買，豈暇携瓢到市廛。

寄嶺南諸故人

瓶鉢寥寥怯遠游，庵居蓑笠老林邱。雲遮庾嶺三生杳，楓落吴江兩鬢秋。數畒幸無官吏擾，一枝耻爲子孫謀。幽懷豈是思丹荔，夜夢頻隨度海舟。

際祥

字主雲，仁和人。住持净慈寺。善畫，爲大恒孫。

題　畫

岩花磵草鬱紛紛，濕翠千巒隱白雲。莫訝草堂人不到，恐無佳句可貽君。
性僻耽泉石，看山我未曾。松花香似飯，水氣冷於冰。路轉藏村落，林深見佛燈。最宜携枕簟，消夏此間能。

題　畫

路繞西湖西復西，夕陽紅樹板橋低。秋風記得春歸日，花落柴門雨滿溪。

覺　銘

字慧照，青浦人。住圓津禪院。

《蒲褐山房詩話》：吾鄉圓津禪院本精舍，瀕於漕溪，有烟水之勝。國初，僧語石、蕉士皆工詩

畫，故太倉吴梅村、王烟客，崑山葉訒庵、徐健庵，同邑王西亭、陸孝武諸公，皆結支、許之契。有清華閣、墨花禪以供眺望，有書法名畫以供鑒賞，四方知名之士經吾邑者，必游覽憩息於此。慧照受具金山，傳法于净慈，爲語石四代孫，亦能詩，尤工於畫。北至京師，南至武林，如梁侍講山舟、錢少詹竹汀，咸以方外交之，亦近日緇流之翹楚也。

雲栖

招提何幽深，竹徑路幾曲。疏雨度遥岑，淡烟鎖群木。燈明空翠懸，地迴萬籟肅。焚香拜蓮池，慈光清心目。我願續瓣香，下品心亦足。

陪王述庵司寇雨宿净慈寺即贈方丈主雲和尚

昨識南屏路，松陰一徑通。人行青嶂裏，門掩白雲中。蓮社招元亮，香臺訪法融。此行成宿願，踏雪笑飛鴻。

宿宿歌今夕，隨緣寄客踪。助談殘夜雨，破寂暮山鐘。墨海窺三昧，主公工畫。雲門辨五宗。珠

林多軼事，采輯藉陶鎔。時方屬朱映漘先生修輯寺志。

劉　敏

字崑培，號伴霞，青浦人。爲道士於城西萬壽道院。

《蒲褐山房詩話》：伴霞業宗符籙，從周邠裔爲師，嗣西河薩真人宏宣法派。院在城西，地洿下，伴霞悉取其旁窪地，築爲堤岸，雨水至，不爲灾，是以歲收恒稔。所作野屋靚深，清池周匝，建摩利支天杰閣，所謂才情故能有多許也。工琴能畫，邵珏庭玘、張巨來夢鰲咸與唱和。

次韵酬且拙

皓月娟娟照兩心，雨餘緑漲一篙深。庭花撲檻如招飲，梁燕窺簾似索吟。托興慢裁新玉版，賞音重拂古瑶琴。詩狂欲據南樓坐，烟暝前村樹色沉。

寄琴村再次前韵

同具蕭然物外心，清虚轉覺道情深。半窗冷韵梧桐雨，四壁秋聲蟋蟀吟。腕健欲摸新拓帖，指生難問舊傳琴。蒓鱸又復催秋思，漁步西風一釣沉。

湖海詩傳

著者索引

按音序編排

K

L

M